August Bebel

Aus meinem Leben

Die Autobiographie in drei Teilen in einem Buch

August Bebel: Aus meinem Leben. Die Autobiographie in drei Teilen in einem Buch

Bebel, August: Aus meinem Leben. 3 Teile, Berlin: JHW Dietz Nachfolger, 1946.

Neuausgabe
Herausgegeben von Karl-Maria Guth
Berlin 2016

Der Text dieser Ausgabe folgt:
Bebel, August: Aus meinem Leben. 3 Teile, Band 1. Berlin: JHW Dietz Nachfolger, 1946.
Bebel, August: Aus meinem Leben. 3 Teile, Band 2. Berlin: JHW Dietz Nachfolger, 1946.
Bebel, August: Aus meinem Leben. 3 Teile, Band 3. Berlin: JHW Dietz Nachfolger, 1946.

Die Paginierung obiger Ausgaben wird hier als Marginalie zeilengenau mitgeführt.

Umschlaggestaltung von Thomas Schultz-Overhage unter Verwendung des Bildes: August Bebel, um 1900

Gesetzt aus der Minion Pro, 11 pt

Verlag: Henricus - Edition Deutsche Klassik GmbH
Mörchinger Str. 33, 14169 Berlin, info@henricus-verlag.de
Druck: Libri Plureos GmbH, Friedensallee 273, 22763 Hamburg

Die Ausgaben der Sammlung Hofenberg basieren auf zuverlässigen Textgrundlagen. Die Seitenkonkordanz zu anerkannten Studienausgaben machen Hofenbergtexte auch in wissenschaftlichem Zusammenhang zitierfähig.

ISBN 978-3-86199-757-3

Bibliografische Information der Deutschen Nationalbibliothek

Die Deutsche Nationalbibliothek verzeichnet diese Publikation in der Deutschen Nationalbibliografie; detaillierte bibliografische Daten sind im Internet über www.dnb.de abrufbar.

Inhalt

Erster Teil

Vorwort

Der Wunsch vieler meiner Parteigenossen, ich möchte meine Erinnerungen schreiben, trifft mit meinem eigenen Wunsche zusammen. Ist man wie ich durch die Gunst der Verhältnisse in eine einflußreiche Stellung gelangt, dann hat auch die Allgemeinheit ein Recht, die Umstände kennenzulernen, die dazu führten. Aber auch die Menge falscher Anklagen und schiefer Urteile, mit denen ich so oft überschüttet wurde, lassen es mir gerechtfertigt erscheinen, der Öffentlichkeit zu zeigen, was daran Wahres ist.

Dazu sind Offenheit und Wahrheit die ersten Erfordernisse, andernfalls hat es keinen Zweck, über sein Leben Veröffentlichungen zu machen. Der Leser meiner Aufzeichnungen, einerlei auf welcher Seite er steht oder zu welcher Partei er sich zählt, wird mir nicht den Vorwurf machen können, ich hätte vertuscht oder schöngefärbt. Ich habe die Wahrheit gesagt auch dort, wo mancher denken wird, ich hätte besser getan, sie zu verschweigen. Diese Ansicht teile ich nicht. Es gibt keinen fehlerlosen Menschen, und manchmal ist es das Bekenntnis eines Fehlers, das den Leser am lebhaftesten interessiert und zur richtigen Beurteilung am besten befähigt.

Wollte ich nach Möglichkeit die Wahrheit schreiben, so konnte ich mich nicht auf mein Gedächtnis verlassen. Nach einer Reihe von Jahren läßt einen das Gedächtnis im Stich, selbst Vorgänge, die sich einem tief einprägten, erlangen im Laufe der Jahre unter allerlei Suggestionen eine ganz andere Gestalt. Ich habe diese Erfahrung häufig nicht nur bei mir, sondern auch bei anderen gemacht. Ich habe nicht selten im besten Glauben Vorgänge früherer Jahre im Kreise von Bekannten und Freunden erzählt, die sich nachher, zum Beispiel durch aufgefundene Briefe, die unmittelbar unter dem Eindruck der Vorgänge geschrieben wurden, ganz anders darstellten. Das hat mich zu der Ansicht geführt: Kein Richter sollte über wenige Jahre eines Vorfalls hinaus einem Zeugen einen Eid abnehmen. Die Gefahr des Falscheides ist groß.

Um die Richtigkeit meiner Angaben und auch der Auffassungen, wie ich sie zu einer bestimmten Zeit hatte, festzustellen, habe ich nach Möglichkeit Briefe, Notizen, Artikel usw. benutzt.

Aber es gab Abschnitte in meinem Leben, in denen es gefährlich war, Briefe aufzubewahren, wollte ich nicht zum Denunzianten an anderen oder an mir selbst werden. Das war ganz besonders die Zeit unter der Herrschaft des Sozialistengesetzes, während welcher ich jede Stunde Gefahr lief, einer Haus- oder körperlichen Durchsuchung unterworfen zu werden, sei es, um Material für einen Prozeß gegen mich oder gegen andere zu gewinnen. Ich stand lange Zeit bei Polizei und Staatsanwälten in dem Rufe, ein gefährlicher Mensch zu sein, dem man nicht über den Weg trauen dürfe. Vielleicht nicht mit Unrecht. Aus denselben Gründen verbot sich aber auch die Führung eines Tagebuchs.

In der vorliegenden Veröffentlichung ist namentlich in bezug auf die antisozialistischen Arbeitervereine in den sechziger Jahren des vorigen Jahrhunderts ein Material enthalten, das bisher nur teilweise bekannt war. Nachdem Ende Oktober letzten Jahres in Frankfurt a.M. L. Sonnemann gestorben ist, lebt außer mir keiner mehr, der die Geschichte jener Zeit so kennt und miterlebte wie ich, und dem auch das Material zur Verfügung stand. Ich hoffte, mit der Arbeit weiter zu kommen, als ich gekommen bin. Aber Krankheit, die mich fast zwei Jahre lang zu jeder anstrengenden Geistesarbeit unfähig machte, ließ es nicht zu. Behalte ich die nötige Gesundheit, so soll dem ersten in nicht zu langer Zeit ein zweiter und vielleicht ein dritter Teil folgen.

Schöneberg-Berlin, Neujahr 1910

A. Bebel

Zur zweiten Auflage

Nachdem ein Neudruck meines Buches, das einen Absatz von 70000 Exemplaren gefunden hat, erforderlich geworden ist, habe ich neben zahlreichen Korrekturen auch einige wertvolle Ergänzungen dem Texte eingefügt; sie sind hervorgerufen durch Briefe und Materialien, die mir erst in letzter Zeit in die Hände kamen.

Bemerken will ich noch, daß im Anschluß an die Herausgabe der zweiten Auflage des ersten Teils auch der zweite Teil der Erinnerungen aus meinem Leben unmittelbar folgen wird.

Zürich, Juni 1911

A. Bebel

Aus der Kinder- und Jugendzeit

Will man einen Menschen genauer beurteilen, so muß man die Geschichte seiner Kinder- und Jugendjahre kennen. Der Mensch kommt mit einer Anzahl Anlagen und Charaktereigenschaften zur Welt, deren Entwicklung von den ihn umgebenden Zuständen sehr wesentlich abhängt. Anlagen und Charaktereigenschaften können durch Erziehung und Beispiel der Umgebung gefördert oder gehemmt, ja bis zu einem gewissen Grade unterdrückt werden. Es hängt alsdann von den Verhältnissen im späteren Leben, öfter auch von der Energie der betreffenden Persönlichkeit ab, ob und wie fehlerhafte Erziehung oder unterdrückt gewesene Eigenschaften sich Geltung verschaffen. Das kostet oft genug einen schweren Kampf mit sich selbst, denn die Eindrücke, die der Mensch in seiner Kinder- und Jugendzeit empfängt, beeinflussen am meisten sein Fühlen und Denken. Was immer im späteren Leben die Verhältnisse aus dem einzelnen machen, die Eindrücke seiner Jugend wirken im guten wie im schlimmen Sinne auf ihn, und oft bestimmen sie sein Handeln.

Ich wenigstens muß eingestehen, daß die Eindrücke und Erlebnisse in den Kinder- und Jugendjahren mich häufig in einer Weise gefangen nahmen, daß ich Mühe hatte, mich ihrer zu erwehren, und ganz losgeworden bin ich sie nie.

Der Mensch ist irgendwo geboren.

Mir wurde dieses Glück zuteil am 22. Februar 1840, an welchem Tage ich in der Kasematte zu Köln-Deutz das Licht der Welt erblickte. Mein Vater war der Unteroffizier Johann Gottlob Bebel in der 3. Kompanie des 25. Infanterieregiments, meine Mutter Wilhelmine Johanna geborene Simon. Mein Taufschein weist nicht Deutz – das damals noch eine selbständige Gemeinde war –, sondern Köln als Geburtsort auf, offenbar weil die Deutzer Garnison zu jener der Festung Köln und zur gleichen Kirchengemeinde gehörte.

Das »Licht der Welt«, in das ich nach meiner Geburt blickte, war das trübe Licht einer zinnernen Öllampe, das notdürftig die grauen Wände einer großen Kasemattenstube beleuchtete, die zugleich Schlaf- und Wohnzimmer, Salon, Küche und Wirtschaftsraum war. Nach der Angabe meiner Mutter war es abends Schlag 9 Uhr, als ich in die Welt trat, insofern »ein historischer Moment«, als eben draußen vor der Kasematte der Hornist den Zapfenstreich blies, bekanntlich seit »unvordenklichen

Zeiten« das Zeichen, daß die Mannschaften sich zur Ruhe zu begeben haben.

Prophetisch angelegte Naturen könnten aus dieser Tatsache schließen, daß damit schon meine spätere oppositionelle Stellung gegen die bestehende Staatsordnung angekündigt wurde. Denn streng genommen verstieß es wider die militärische Ordnung, daß ich als preußisches Unteroffizierskind in demselben Augenblick die Wände einer königlichen Kasemattenstube beschrie – und ich soll schon bei meiner Geburt eine recht kräftige Stimme gehabt haben –, in dem der Befehl zur Ruhe erlassen wurde.

Aber die so folgerten, täuschten sich. Es hat später noch geraumer Zeit bedurft, ehe ich mich aus den Banden der Vorurteile befreite, in die das Leben in der Kasematte und die späteren Jugendeindrücke mich geschlagen hatten.

Es ist nicht überflüssig, weil für die Beurteilung meiner selbst notwendig, hier einiges über meinen Vater und meine Mutter zu sagen. Mein Vater war in Ostrowo in der Provinz Posen geboren als der Sohn des Böttchermeisters Johann Bebel. Ich glaube annehmen zu müssen, daß die Bebels aus dem Südwesten Deutschlands (Württemberg) nach dem Osten, etwa um die Reformationszeit, eingewandert sind. Feststellen konnte ich, daß um 1625 schon ein Bebel in Kreuzburg (Schlesien) lebte. Aber zahlreicher sind sie bis heute in Südwestdeutschland vorhanden. Auch kommt der Name Bebel seit der Reformationszeit durch Träger desselben in öffentlichen Stellungen vor. Ich erinnere an den Verfasser der »Facetiae«, den Humanisten Heinrich Bebel, der Professor in Tübingen war und 1518 starb. Ferner gab es einen Buchdrucker Johann Bebel in Basel, der um 1518 die Utopie des Thomas Morus herausgab. Ein Professor Balthasar Bebel lebte um 1669 in Straßburg im Elsaß und ein Dr. med. Friedrich Wilhelm Bebel um 1792 in Nagold in Württemberg. Der Name Bebel ist auch noch verbalhornt als Böbel in Süddeutschland zu finden. Daß mein Vater vom Osten nach dem Westen verschlagen wurde, hatte seinen Grund darin, daß er mit seinem Zwillingsbruder August im Jahre 1828 in ein posensches Infanterieregiment, ich glaube in das 19., eintrat. Als dann im Jahre 1830 der polnische Aufstand ausbrach, hielt es die preußische Regierung für angemessen, die posenschen Regimenter aus der Provinz zu entfernen. Das Regiment, in dem mein Vater diente, wurde als Teil der preußischen Bundesgarnison nach der damaligen Bundesfestung Mainz verlegt. Dieser Umstand veranlaßte, daß mein Vater und meine Mutter sich kennenlernten.

Meine Mutter stammte aus einer alteingesessenen, nicht unbemittelten Kleinbürgerfamilie der ehemaligen Freien Reichsstadt Wetzlar. Der Vater war Bäcker und Landwirt. Die Familie war zahlreich, und so trat meine Mutter, dem Beispiel der Töchter anderer Wetzlarer Familien folgend, die Wanderung nach Frankfurt a.M. an, woselbst sie als Dienstmädchen Stellung nahm. Von Frankfurt kam sie nach dem benachbarten Mainz und machte hier die Bekanntschaft meines Vaters. Als dann später das betreffende Infanterieregiment wieder nach der Provinz Posen zurückversetzt wurde, trat mein Vater in Rücksicht auf seine Braut, vielleicht auch, weil es ihm im Rheinland besser gefiel als in seiner Heimat, aus demselben aus und trat in das in Köln-Deutz garnisonierende 25. Infanterieregiment ein. Sein Zwillingsbruder August, mein Taufpate, folgte seinem Beispiel insofern, als dieser in das damals in Mainz garnisonierende 40. Infanterieregiment (8. Rheinisches Füsilierregiment) übertrat.

Eine preußische Unteroffiziersfamilie der damaligen Zeit lebte in erbärmlichen Verhältnissen. Das Gehalt war mehr als knapp, wie denn zu jener Zeit überhaupt in der Militär- und Beamtenwelt Preußens Schmalhans Küchenmeister war, und so ziemlich jeder für Gott, König und Vaterland den Schmachtriemen anziehen und hungern mußte. Spricht man davon, daß Preußen sich großgehungert habe, so ist an dieser Angabe etwas Wahres. Daher wohl auch der Appetit, den es allezeit nach fremdem, besserem Land betätigt hat. Meine Mutter erhielt die Erlaubnis, eine Art Kantine führen zu dürfen, das heißt sie hatte das Recht, allerlei kleine Bedarfsartikel an die Mannschaften der Kasematten zu verkaufen, was in der einzigen Stube geschah, die wir innehatten. So sehe ich sie im Geiste noch heute vor mir, wie sie abends bei der mit Rüböl gespeisten Lampe den Soldaten die steinernen Näpfe mit dampfenden Pellkartoffeln füllte, à Portion 6 Pfennig preußisch.

Für uns Kinder – mir war im April 1841 der erste Bruder und im Sommer 1842 der zweite geboren worden – war das Leben in den Kasematten ein Leben voller Wonnen. Wir trieben uns in den Kasemattenstuben umher, verhätschelt oder auch gehänselt von Unteroffizieren und Mannschaften. Waren aber die Stuben leer, weil die Mannschaften zu Übungen ausgerückt waren, so begab ich mich auf eine derselben und holte die Gitarre des Unteroffiziers Wintermann, der auch mein Taufpate war, von der Wand, auf der ich dann so lange musikalische Übungen

betrieb, bis keine Saite mehr ganz war. Um diesen ungezügelten Musik-
übungen und ihren bösen Folgen eine entsprechende Ablenkung zu geben, schnitzte er mir aus einem Brett ein gitarreartiges Instrument, das
er mit Darmsaiten bezog. Ich saß nunmehr mit diesem in Gesellschaft
meines Bruders stundenlang auf der Türschwelle zu einem Hof in der
Deutzer Hauptstraße und malträtierte die Saiten, was die beiden Töchter
eines gegenüberwohnenden Dragonerrittmeisters so »entzückte«, daß
sie uns öfter für meine musikalischen Leistungen mit Kuchen oder
Konfekt regalierten. – Natürlich litten unter diesen musikalischen nicht
die militärischen Übungen. Der Anreiz dazu lag ja in der ganzen Umgebung; er lag buchstäblich in der Luft. Sobald ich also die ersten Hosen
und den ersten Rock anhatte, die selbstverständlich beide aus einem alten
Militärmantel des Vaters gezimmert worden waren, stellte ich mich,
ausgestattet mit der nötigen Bewaffnung, neben oder hinter die auf dem
freien Platz vor der Kasematte übenden Mannschaften und ahmte ihre
Bewegungen nach. Wie mir meine Mutter später öfter humorvoll erzählte,
soll ich namentlich das Rechts- und Linksaufrücken meisterlich fertig
bekommen haben, eine Übung, die den Mannschaften viel Schweiß
verursachte und bei der ich ihnen manchmal von dem kommandierenden
Offizier oder Unteroffizier als Muster hingestellt worden sein soll.

Meines Vaters Augen sahen aber allmählich das Kommißleben anders
an wie sein Sohn. Er war zwar, wie uns meine Mutter öfter erzählte,
gleich seinem Bruder ein außerordentlich gewissenhafter, pünktlicher
und adretter Militär – ein sogenannter Mustersoldat, was sogar eines
Tages bei einer Musterung von dem Major vor dem ganzen Bataillon
anerkannt wurde –, aber er hatte zu jener Zeit bereits seine zwölf und
mehr Jahre Militärdienstzeit auf dem Rücken, und ihm stand das Soldatenleben schließlich, wie man zu sagen pflegt, bis an den Hals. Der
Dienst wurde damals wohl auch noch kleinlicher und engherziger betrieben als heute. Der Gamaschendienst feierte zu jener Zeit seine Orgien.
An Unabhängigkeits- und Oppositionsgeist hat es meinem Vater offenbar
auch nicht gefehlt, für den zu jener Zeit in der Rheinprovinz der rechte
Boden war, und so kam er öfter in höchstem Zorn und mit Verwün-
schungen auf den Lippen vom Exerzierplatz in die düstere Kasematten-
stube. Als im Jahre 1840 unter Louis Philipp und seinem Ministerium
Thiers ein Krieg zwischen Frankreich und Preußen drohte, soll er eines
Tages in höchster Empörung in die Stube getreten sein, weil nach seiner
Ansicht ein blutjunger Offizier ihm zu nahe getreten war, und meiner

Mutter zugerufen haben: »Frau, wenn es losgeht, die erste Kugel, die ich verschieße, gilt einem preußischen Offizier!« Der Ausdruck »preußischer Offizier« im Munde eines preußischen Unteroffiziers befremdet, er erklärt sich aber. Damals und noch viel später wurde von der Bevölkerung des preußischen Rheinlandes jeder Offizier und Beamte einfach als »Preuß« bezeichnet. Die Rheinländer fühlten sich noch nicht als Preußen. Mußte ein junger Mann Soldat werden, so hieß es kurz: er muß Preuß (plattdeutsch »Prüß«) werden. Es gab sogar hierfür ein derbes Schimpfwort. Ich hörte noch im Frühjahr 1869, als ich mit Liebknecht in einer politischen Angelegenheit in Elberfeld war, daß in der Wirtsstube des Hotels, in dem wir wohnten, ein Gast zu den anderen sagte: »Was will denn der preußische Offizier hier?« als er auf der Straße einen Offizier vorübergehen sah. Elberfeld hatte damals wie heute keine Garnison.

Die geschilderte Auffassung war offenbar auch meinem Vater geläufig geworden. Als er dann in den Jahren 1843 und 1844 nach fünfzehnjähriger Dienstzeit als schwerkranker Mann über Jahr und Tag im Militärlazarett verbringen mußte, den Tod und das Elend seiner Familie vor Augen, hat er die Mutter wiederholt in der nachdrücklichsten Weise gebeten, nach seinem Tode uns Jungen ja nicht für das Militärwaisenhaus einzugeben, weil damit die Verpflichtung zu einer späteren neunjährigen Dienstzeit in der Armee verbunden war. Bei dem Gedanken, daß die Mutter dieses dennoch aus Not tun könnte, rief er in seiner durch die Krankheit gesteigerten Erregung wiederholt aus: »Tust du es dennoch, ich erstech' die Jungen vor der Kompanie.« In seiner Erregung übersah er, daß er alsdann nicht mehr unter den Lebenden sein würde.

Meinem Vater schlug insofern die Erlösungsstunde, als ihm im Frühjahr 1843 der Posten eines Grenzaufsehers angeboten wurde, für welchen Dienst er sich seit langem gemeldet hatte. Er nahm den Posten an, und so zog nun die Familie, teils zu Fuß, teils auf dem Frachtwagen sitzend, der die Möbel trug – denn eine Eisenbahn gab es damals in jener Gegend noch nicht –, nach Herzogenrad an der belgischen Grenze. Aber unseres Bleibens war hier nicht lange. Noch bevor die dreimonatige Probezeit zu Ende war, hatte sich mein Vater infolge des anstrengenden Nachtdienstes eine schwere Erkrankung zugezogen. Muskelentzündung nannte es meine Mutter, ich vermute, es war Gelenkrheumatismus, wozu sich die Schwindsucht gesellte. Da durch den Nichtablauf der Probezeit mein Vater noch nicht aus dem Militärverhältnis entlassen war, mußten wir mit dem schwerkranken Manne dieselbe Reise in derselben Weise wieder nach Köln zurücklegen. Ein sehr schweres Stück für meine Mutter.

In Köln angekommen, wurde der Vater in das Militärlazarett geschafft, und uns wurde wieder eine Stube in den Deutzer Kasematten, diesmal hinten nach dem Wallgraben hinaus, angewiesen. Nach dreizehnmonatiger Krankheit starb der Vater, 35 Jahre alt, ohne daß die Mutter die Berechtigung zum Bezuge einer Pension hatte. Wir mußten kurz nach dem Tode des Vaters die Kasematte verlassen, und die Mutter wäre schon jetzt gezwungen gewesen, nach ihrer Heimat Wetzlar überzusiedeln, wenn nicht der Zwillingsbruder des Vaters, August Bebel, sich der Mutter und unserer annahm. Um diese Pflicht besser erfüllen zu können, entschloß er sich, Herbst 1844, meine Mutter zu heiraten.

Dieser mein Stiefvater war im September 1841 wegen Ganzinvalidität mit einem Gnadengehalt von zwei Talern monatlich aus dem Dienst im 40. Infanterieregiment entlassen worden. Ursache der Invalidität war der Verlust der Kommandostimme infolge einer Kehlkopfentzündung, die später ebenfalls in Schwindsucht ausartete. Er hatte nach Aufgabe seiner Stellung im Regiment nahezu zwei Jahre als Polizeiunteroffizier im Militärlazarett in Mainz fungiert und alsdann provisorisch die Stelle eines Revieraufsehers in der Provinzial-Korrektionsanstalt Brauweiler bei Köln angenommen. Seine eigentliche Absicht war, bei der Post in Dienst zu treten. Aber damals war das nicht so einfach, denn gewöhnlich mußte erst ein Beamter sterben oder pensioniert werden, bis ein anderer Aussicht auf Anstellung hatte. Bezeichnend für die Art des Postdienstes jener Zeit ist, daß, als mein Stiefvater im Sommer 1844 nach Ostrowo an seinen Bruder schrieb, um eine ihm nötige amtliche Vollmacht für seine Heirat zu erwirken, er auf der Adresse des zufällig in meinen Händen befindlichen Briefes vermerkte: »Absender bittet um baldige Abgabe.« Die Briefbestellung war also damals offenbar eine seltene und auch säumige. Die gewünschte Stelle bei der Post als Briefträger wurde meinem Stiefvater nach mehrjährigem Warten endlich im Oktober 1846 angetragen, als er eben auf der Totenbahre lag.

Wir siedelten im Spätsommer 1844 nach Brauweiler über. Mein nunmehriger Vater hatte hier in der großen Provinzialanstalt sicher den schwersten Dienst. Er war unter anderem auch Aufseher der Gefangenenanstalt, die sich dort für die Arbeitshäusler befand, die wegen Vergehen in der Anstalt zu Gefängnis verurteilt wurden. Die Anstalt bildete einen großen Komplex von Gebäuden und Höfen und umschloß auch

Gartenland. Das alles war mit einer hohen Mauer umzogen. Männer, Frauen und jugendliche Insassen waren voneinander getrennt. Um nach dem Arresthaus zu gelangen, in dem sich auch unsere Wohnung befand, mußte man über mehrere Höfe schreiten, die durch schwere verschlossene Türen voneinander getrennt waren. Das Arresthaus war also von jeder menschlichen Umgebung abgeschieden. Allabendlich, sobald die Dämmerung eintrat, flogen Dutzende von Eulen in allen Größen mit ihrem Gefauche und Gekrächze um das Gebäude und jagten uns Kindern Angst und Schrecken ein. Der Aufenthalt dieser Eulen war der Turm der nahen Kirche. Auch sonst war dieser Aufenthalt für uns Kinder, und vermutlich auch für meine Eltern, kein erfreulicher. Der Dienst meines Vaters, der morgens um 5 Uhr begann und bis zum späten Abend währte, war ein sehr anstrengender und mit viel Ärger verknüpft. Die Art der damaligen Gefangenenbehandlung war eine grausame. Ich habe mehr als einmal mit angesehen, daß junge und ältere Männer, die extra schwer bestraft wurden, sich der scheußlichen Prozedur des Krummschließens unterziehen mußten. Dieses Krummschließen bestand darin, daß der Delinquent sich auf den Boden der Zelle auf den Bauch zu legen hatte, alsdann bekam er Hand- und Fußschellen angelegt. Darauf wurde ihm die rechte Hand über den Rücken hinweg an den linken Fuß und die linke Hand ebenfalls über den Rücken an den rechten Fuß gefesselt. Damit noch nicht genug, wurde ihm ein leinenes Tuch strickartig um den Körper über Brust und Arme auf dem Rücken scharf zusammengezogen. So als lebendes Knäuel zusammengeschnürt, mußte der Übeltäter zwei Stunden lang auf dem Bauch liegend aushalten. Alsdann wurden ihm die Fesseln abgenommen, aber nach wenigen Stunden begann die Prozedur von neuem. Das Gebrülle und Gestöhne der so Mißhandelten durchtönte das ganze Gebäude und machte natürlich auf uns Kinder einen fürchterlichen Eindruck.

Hier in Brauweiler besuchte ich schon von Herbst 1844 ab, erst viereinhalb Jahre alt, die Dorfschule, und zwar wurde ich in diesem jugendlichen Alter als »Freiwilliger« aufgenommen. Kehrten wir Kinder aus dieser zurück, so mußten wir eines der Anstaltstore passieren, das eine Schildwache zu öffnen hatte. Eines Tages aber waren wir starr vor Überraschung, als der Posten die Tür öffnete und wir statt des bisher im Gebrauch gewesenen Tschakos einen glänzenden Helm von sehr bedeutender Höhe auf seinem Haupte thronen sahen. Diese ersten Helme waren im Vergleich zu ihren Nachfolgern in der Jetztzeit wahre Ungetüme und entsprechend schwer. Wir erholten uns von unserer Überraschung und unserem Staunen erst, als der Posten uns zuherrschte: »Jungs, macht, daß ihr hereinkommt, oder ich schlage euch die Tür vor der Nase zu!«

Das Leben für uns Kinder war in der Anstalt nicht sehr abwechslungsreich. Es spielte sich in der Hauptsache innerhalb eines Teiles der Anstaltsmauern ab. Auch wurde unser Vater, der ein sehr strenger Mann war und dem es an Ärger nicht fehlte, immer reizbarer, eine Reizbarkeit, die durch die mittlerweile bei ihm zum Ausbruch gekommene Schwindsucht immer mehr zunahm. Die Mutter und wir Kinder hatten viel darunter zu leiden. Mehr als einmal mußte die Mutter dem Vater in die Arme fallen, wenn dieser in maßloser Erregung schwere körperliche Züchtigungen an uns vollzog. Sind Prügel der höchste Ausfluß erzieherischer Weisheit, dann muß ich ein wahrer Mustermensch geworden sein. Aber wer wagte das zu behaupten? Was ich geworden bin, wurde ich trotz der Prügel.

Andererseits wieder war der Vater aufs emsigste für unser Wohl bemüht, denn er war trotz alledem ein gutherziger Mann. Konnte er uns zum Beispiel zu Weihnachten, Neujahr oder Ostern eine Freude bereiten, so geschah es, soweit es die bescheidenen Mittel erlaubten. Und sehr bescheiden waren diese. Neben freier Wohnung (zwei Stuben), Heizung und Licht empfing der Vater monatlich etwa acht Taler Gehalt. Damit mußten fünf, später vier Menschen auskommen, da mein jüngster Bruder, ein bildhübsches Kind und der Liebling des Vaters, im Sommer 1845 starb.

Die Krankheit meines Vaters machte unterdes rapide Fortschritte. Bereits am 19. Oktober 1846 starb er nach etwa zweijähriger Ehe. Mein Bruder und ich betrachteten den Tod des Stiefvaters als eine Befreiung von schwerem Druck. Die furchtbare Strenge, mit der er jede ihm nicht passend scheinende Lebensäußerung an uns strafte, ließ uns zittern, sobald wir seiner ansichtig wurden. Furcht vor ihm hatte er uns beigebracht, ein Gefühl der Liebe zu ihm blieb uns fremd. Wie meine Mutter den Verlust ihres zweiten Ehemannes aufnahm, weiß ich nicht; eine glückliche Ehe war es nicht, die sie an seiner Seite verlebte; sie war nunmehr binnen drei Jahren zum zweiten Male Witwe, und wir waren wiederum vaterlose Waisen. Auch aus dieser Ehe hatte die Mutter keinen Anspruch auf staatliche Unterstützung. Jetzt blieb ihr nichts übrig, als nach ihrer Heimat Wetzlar überzusiedeln. Anfang November wurden abermals die Siebensachen auf einen Wagen geladen und die Reise nach Köln angetreten. Das Wetter war häßlich. Es war kalt und regnerisch. In Köln wurde der Hausrat am Rheinufer unter freiem Himmel aufs Pflaster gesetzt, um von dort per Schiff nach Koblenz und von dort wieder per Wagen das Lahntal hinauf nach Wetzlar transportiert zu werden. Als wir abends gegen 10 Uhr die Schiffskajüte zur Fahrt nach Koblenz betraten, war diese mit Menschen überfüllt und es herrschte ein Tabaksqualm zum Ersticken. Da uns niemand Platz machte, legten wir zwei Jungen, todmüde wie wir waren, uns dicht an der Tür auf den Fußboden und schliefen, wie nur müde Kinder schlafen können. Den fünften oder sechsten Tag kamen wir endlich in Wetzlar an, in dem damals noch meine Großmutter und vier verheiratete Geschwister – drei Schwestern und ein Bruder meiner Mutter – lebten.

Unsere eigentliche Jugendzeit verlebten wir jetzt hier. Wetzlar, eine kleine, romantisch gelegene Stadt, besaß damals eine ganz vortreffliche Volksschule. Zunächst kamen wir beide in die Armenschule, die sich in einem großen Gebäude, dem Deutschen Haus, das ehemals den deutschen Ordensrittern gehörte, befand. In dem großen Vorhof zu diesem Gebäude steht links das einstöckige Haus, in dem einst Charlotte Buff, die Heldin in Goethes Werther, wohnte. Der Zufall wollte, daß ich später mehreremal in diesem Haus übernachtete, als einer meiner Vettern Cicerone für das Charlotte-Buff-Zimmer wurde. Ich kann mich auch noch der Feier zum hundertsten Geburtstag Goethes (1849) erinnern, die am Wildbacher Brunnen stattfand, woselbst sich die Goethelinde befindet. Der Brunnen heißt seit jener Zeit Goethebrunnen. Zehn Jahre später wohnte ich der Feier zu Schillers hundertstem Geburtstag im Salzburger Stadttheater bei.

Nach einigen Jahren wurde die Armenschule mit der Bürgerschule verschmolzen, wir hießen jetzt Freischüler; die Mädchen erhielten das Deutsche Haus als Schulhaus angewiesen.

Mit der Schule und den Lehrern fand ich mich im ganzen sehr gut ab, nur mit dem Kantor nicht, der mir nicht hold war. Ich gehörte zu den besten Schülern, was namentlich unseren Lehrer der Geometrie, einen kleinen prächtigen Mann, veranlaßte, mich mit noch zwei Kameraden besonders vorzunehmen und uns in die Geheimnisse der Mathematik einzuweihen. Wir lernten mit Logarithmen rechnen. Neben Rechnen und Geometrie waren meine Lieblingsfächer Geschichte und Geographie. Religion, für die ich keinen Sinn hatte – und meine Mutter, eine aufgeklärte und freidenkende Frau, quälte uns zu Hause nicht damit –, lernte ich nur, weil ich mußte. Ich war zwar auch hier mit an der ersten Stelle, aber das verhinderte nicht, daß ich namentlich in der Katechumenenstunde dem Oberpfarrer einigemal Antworten gab, die gar nicht ins Schema paßten und mir kleine Strafpredigten eintrugen.

Im übrigen war unser Oberpfarrer ein sehr ehrenwerter Mann und durchaus kein Frömmling, was aber, nebenbei bemerkt, nicht verhinderte, daß man ihm eines Tages, richtiger in einer Nacht, einen losen Streich spielte. In Wetzlar bestand zu jener Zeit die Sitte – sie besteht vielleicht auch heute noch –, die im Spätherbst oder Winter geschlachteten Gänse eine Nacht der Durchfrierung auszusetzen, das soll dem Geschmack des Bratens förderlich sein. Die Gans wurde also in respektvolle Höhe, in der Regel vor das Fenster gehängt. So auch bei Oberpfarrers. Aber am nächsten Morgen war die Gans verschwunden. Dagegen hing am darauffolgenden Morgen das fein säuberlich abgenagte Gerippe der Gans am Glockenzug der Haustür und daran befestigt ein Zettel, auf dem das schöne Verslein stand:

Guten Morgen, Herr Schwager!
Gestern war ich fett und heut’ bin ich mager!

Ganz Wetzlar lachte, denn in einer kleinen Stadt sprechen sich derartige Vorkommnisse rasch herum. Ich nehme an, auch der Oberpfarrer lachte.

Wenn ich aber fleißig lernte und überall im Können mit an der Spitze stand, so stand ich auch an der Spitze der meisten losen Streiche, die nun einmal bei Jungen, die ein größeres Maß Bewegungsfreiheit haben, unausbleiblich, ja selbstverständlich sind. Das brachte mich in »sittlicher« Beziehung in einen üblen Ruf. Namentlich genoß ich diesen bei unserem Kantor, der das Departement des Äußern zu vertreten hatte, das heißt, der all die bösen Streiche, die der Schule gemeldet wurden, an den Attentätern zu bestrafen hatte. Wieso er statt des Rektors zu dieser Rolle kam, weiß ich nicht. Vielleicht daß sein Dienstalter oder seine Körperfülle oder ein Gewohnheitsrecht ihn dazu prädestinierte. Auch wußte er mit unnachahmlicher Grazie und sehr wirksam den Bakel zu schwingen. Weniger schmerzte es, wenn er mit seinen kleinen fetten Händen uns rechts und links ins Gesicht fuhr, daß es nur so klatschte.

Aber auch in einem solchen Moment konnte ich nicht unterlassen, die kleinen fetten Hände zu bewundern.

Unsere Haupttummelplätze waren die nächste Umgebung des Domes, das alte Reichskammergerichtsgebäude, dessen große Räume jahrelang einem Gastwirt als Lagerplatz dienten, die große Burgruine Kalsmunt vor der Stadt, die Felsenpartien an der Garbenheimer Chaussee – der Ort Garbenheim besitzt ebenfalls Erinnerungen an Goethe –, auf deren Felsplatten wir unsere »Festungen« errichteten, die alte Stadtmauer und vor allem die auf einem Hochplateau gelegene Garbenheimer Warte, von der aus wir im Herbste unsere Raubzüge in die Kartoffelfelder unternahmen, um Kartoffeln zum Braten zu holen. Eines Tages mußten wir dafür eine mehrstündige Belagerung durch eine Bauernfamilie aushalten, die wir aber siegreich abschlugen. Das war nur möglich, weil man in den Turm erst durch eine gewagte Kletterübung an dessen Außenseite gelangen konnte. Die Garbenheimer Warte ist mittlerweile in einen sogenannten Bismarckturm umgewandelt worden. Goethe wanderte auf seinen Spaziergängen nach oder von Garbenheim öfter über die Höhe, auf der die Warte steht, weil man von hier aus einen prächtigen Blick über das Lahntal hat. Andere Unterhaltungen waren die häufigeren Streifereien durch Wald und Flur, wobei wir uns denn auch nach böser Bubenart die Aushebung von Vogelnestern und die Wegnahme von Vogeleiern zuschulden kommen ließen.

Auch war das Obststrippen, wie wir es nannten, eine Lieblingsbeschäftigung im Sommer und Herbst, denn die Umgebung Wetzlars ist sehr obstreich. Die Lahn, ein ganz respektabler Fluß, gab im Sommer die gewünschte Badegelegenheit und im Winter die Möglichkeit zum Schlittschuhsport. Bei einer solchen Gelegenheit passierte es, daß mein Bruder hart neben mir in ein leicht zugefrorenes Loch einbrach und unzweifelhaft unter das Eis geraten und ertrunken wäre, breitete er nicht unwillkürlich die Arme aus, die ihn oben hielten. Ein Kamerad und ich zogen ihn aus dem Wasser und brachten ihn auf eine Felsplatte an der Garbenheimer Chaussee. Hier mußte er sich entkleiden, wir borgten ihm einzelne Kleidungsstücke von uns und wrangen dann seine Kleider aus, die wir in der ungewöhnlich warmen Februarsonne trockneten. Die Mutter erfuhr erst nach Monaten den Unfall ihres Zweiten, was nur dadurch ermöglicht wurde, daß wir unsere Kleider selbst reinigten, auch, so gut es ging, selbst flickten, um die Schäden dem Auge der Mutter zu verbergen.

Das Jahr darauf half ich einem meiner Vettern, der einige Jahre älter
war als ich, bei ähnlicher Gelegenheit das Leben retten. Dieser, ein vorzüglicher Schlittschuhfahrer, kam eines Tages in sausender Fahrt die
Lahn herunter und fuhr auf ein Wehr zu, wobei er infolge der spiegel-
blanken Eisfläche nicht sah, daß vor dem Wehr ein breiter Streifen offenen Wassers war. Voll Schrecken schrie ich ihm zu, umzukehren. Er
gehorchte auch. Aber es war zu spät. Als er den Ausweichbogen beschrieb, brach er ein. Krampfhaft hielt er sich am Eis fest, sobald er aber
den Versuch machte, ein Bein auf dasselbe zu bringen, brach es von
neuem. Rasch riß ich jetzt einen langen gestrickten wollenen Schal, wie
sie damals allgemein getragen wurden, vom Hals, nahm einen zweiten
von einem neben mir stehenden Kameraden, knüpfte beide zusammen
und warf das eine Ende meinem Vetter zu, das er glücklich erhaschte.
Dann zogen wir ihn langsam auf festes Eis. Er war gerettet.

Mein schlimmer Ruf bei unserem Kantor war allmählich so fest begründet, daß er es als selbstverständlich voraussetzte, daß ich bei jeder
Teufelei, die vorkam, beteiligt sei. Versuchte ich einmal einen Kameraden
vor ungerechter Strafe zu schützen, indem ich mich für diesen ins Mittel
legte, so wurde ich ohne Gnade als Beteiligter angesehen und mitbestraft,
auch wenn ich gänzlich unbeteiligt war. Später hat man mir in der Partei
die Eigenschaft, um jeden Preis gerecht sein zu wollen, scherzweise als
Gerechtigkeitsmeierei angekreidet. Oft genug hatte allerdings unser
Kantor berechtigte Ursache, mit mir ins Gericht zu gehen. So als ich
eines Tages, dem dunklen Triebe nach »Berühmtheit« folgend, in die
roten Sandsteinstufen zum Eingang in den Dom in lapidaren Buchstaben
meinen vollen Namen, Geburtsort und Geburtstag eingemeißelt hatte.
Ein starker Nagel als Meißel und ein Stein als Hammer bildeten die
Werkzeuge, die ich dazu benutzte. Natürlich wurde die böse Tat am
nächsten Sonntag beim Kirchgang allseitig entdeckt, auch von dem
Kantor. Endresultat: etwelche Ohrfeigen und dreimal über Mittag bleiben.
Das bedeutete, daß ich vom Schluß der Schule am Vormittag bis zum
Beginn derselben am Nachmittag im »Karzer« zubringen mußte, also
erst nach dem zweiten Schulschluß nach Hause kam und so mein Mit-
tagessen einbüßte. Zum Glück aber hatte der Kantor eine weichmütige
Tochter. Diese beobachtete mich an der Seite ihres Bräutigams, als ich
am zweiter Mittag am Karzerfenster stand und philosophische Betrach-
tungen über die Freiheit der Spatzen anstellte, die auf dem Schulhof in
Scharen lärmten. Von meinem Schicksal gerührt, erwirkte sie mir bei

ihrem Vater sofort eine vollständige Amnestie und kam selbst, um mir die Freiheit anzukündigen und mich aus der Haft zu entlassen. Es war die erste und einzige Begnadigung, die mir in meinem Leben zuteilgeworden ist. Hätte das Ewigweibliche öfter über mein Geschick zu entscheiden gehabt, ich glaube, ich wäre manchmal besser davongekommen.

Indes kam auch für mich der Tag der Erkenntnis, an dem ich mir sagte, jetzt mußt du doch anfangen, ein ordentlicher Kerl zu werden. Dieser Akt vollzog sich also. Der Sohn des Majors des in Wetzlar garnisonierenden Jägerbataillons, Moritz von G., war mein Kumpan bei vielen losen Streichen gewesen. Da kam das Schulexamen. Der einzige Mensch, der von der Bevölkerung demselben als Zuhörer beiwohnte, war Major von G., ein Hüne von Gestalt. Die Prüfung war zu Ende und es wurden die Zensuren verlesen. Merkwürdigerweise wurden diese ausschließlich auf das sittliche Verhalten hin erteilt. Alle Schüler der Klassen hatten bereits ihre Zensur erhalten, nur Moritz von G. und ich waren übrig. Wir allein erhielten die Zensur fünf, also die schlechteste, die es gab. Der Vater Major verzog keine Miene, aber ich habe Grund, anzunehmen, daß es zu Hause für Moritz nicht glimpflich abging. Ich sah ihn seit jenem Tage nie wieder, er kam unmittelbar nach jenem Vorgang auf die Kadettenschule. In den neunziger Jahren erfuhr ich, daß er in K. eine hohe militärische Stellung bekleidete. Ihm hatte also seine böse Bubennatur so wenig geschadet wie mir. Von jener Stunde an wurde ich ordentlich, das heißt ich tat nichts mehr, was mir Strafen eintrug. So erhielt ich im nächsten Examen die Zensur drei und bei der folgenden und letzten Prüfung, an der ich teilnahm, die Eins. Wäre es damals auf die Stimmung der Klasse angekommen, ich hätte auch eine der beiden zur Verteilung gelangten Prämien erhalten. Als der Rektor den Namen des zweiten Ausgezeichneten nennen wollte, rief die ganze Klasse meinen Namen. Der Rektor aber meinte, ich hätte mich zwar sehr gebessert, aber doch nicht in dem Maße, um mir eine Prämie zu geben. So trat ich prämienlos ins Leben.

*

Unsere materiellen Verhältnisse konnten sich in Wetzlar nicht bessern. Auf Pension konnte meine Mutter keinen Anspruch erheben. Die einzige Unterstützung, die sie später vom Staat erhielt, bestand in 15 Silbergroschen pro Monat und Kopf von uns zwei Jungen. Diese waren ihr gewährt worden, weil sie trotz des Abratens ihres ersten Ehemannes uns beide als Kandidaten für das Militärwaisenhaus in Potsdam angemeldet hatte. Es war die Not, die sie dazu zwang; sie hatte zwar von ihrer mittlerweile gestorbenen Mutter fünf bis sechs Parzellen Land geerbt, die in den verschiedensten Gemarkungen um Wetzlar herum zerstreut lagen. Und sie hatte, der Not gehorchend, auch mehrere davon bereits verkauft, um leben zu können. Aber dieser Verkauf fiel ihr herzlich schwer. Ihr ganzes Dichten und Trachten war darauf gerichtet, uns den noch vorhandenen Besitz zu erhalten, damit wir nicht gänzlich mittellos in der Welt stünden. Was eine Mutter für ihre Kinder opfern kann, habe ich an der eigenen erfahren. Einige Jahre lang hatte meine Mutter für ihren Schwager – einen Handschuhmacher – weiße Militär-Lederhandschuhe genäht, das Paar für 6 Kreuzer, ungefähr 20 Pfennig. Mehr als ein Paar im Tag konnte sie aber nicht fertigen. Dieser Verdienst war zum Leben zu wenig, zum Sterben zu viel. Aber auch diese Arbeit mußte sie nach einigen Jahren aufgeben, denn auch sie war mittlerweile von der Schwindsucht ergriffen worden, die ihr in den letzten Lebensjahren jede Arbeit unmöglich machte. Ich als Ältester mußte die Ordnung des kleinen Hauswesens, Stube und Kammer, übernehmen. Ich hatte Kaffee zu kochen, Stube und Kammer zu reinigen und sie samstäglich zu scheuern; ich mußte das Zinn- und Blechgeschirr putzen, unser Bett machen usw., eine Tätigkeit, die mir nachher als Handwerksbursche und als politischer Gefangener sehr zustatten kam. Da es meiner Mutter später aber auch unmöglich wurde, zu kochen, ging jeder von uns beiden zu einer Tante zum Mittagessen, die sich zu diesem Liebesdienst bereit erklärten. Für die Mutter selbst holten wir abwechselnd bei verschiedenen bessersituierten Familien das bißchen Essen, dessen sie benötigte. Um unsere Lage etwas zu verbessern, beschloß ich, als Kegeljunge tätig zu sein. Nach Schluß der Schule ging ich zum Kegelaufsetzen auf die Kegelbahn in einer Gartenwirtschaft. Von dort kam ich in der Regel erst abends gegen zehn Uhr nach Hause, am Sonntag weit später. Aber das fortgesetzte Bücken verursachte mir so heftige Rückenschmerzen, daß ich jeden Abend stöhnend nach Hause kam. Ich mußte diese Beschäftigung einstellen. Eine andere Beschäftigung, an der wir Jungen beide teilnahmen, war im Herbst das Kartoffellesen bei der Ernte auf den Äckern einer unserer Tanten. Es war, wenn es neblig, naß und kalt war, keine angenehme Beschäftigung, von früh sieben bis zum Dunkelwerden auf den Kartoffelfeldern zu arbeiten, aber es winkte uns als Lohn ein großer Sack Kartoffeln für den Winter, außerdem erhielten wir jeden Morgen, wenn wir mit aufs Feld gingen, zur Anregung ein großes Stück Zwetschgenkuchen, den wir beide leidenschaftlich liebten.

Als ich im dreizehnten und mein Bruder im zwölften Lebensjahr stand, kam vom Militärwaisenhaus die Nachricht, mein Bruder könne einrücken. Ich war auf Grund ärztlicher Untersuchung als körperlich zu schwach dazu erklärt worden. Jetzt sank aber meiner Mutter der Mut; sie fühlte ihr Ende nahen, und so glaubte sie es nicht verantworten zu können, daß mein Bruder für zwei Jahre Militärerziehung nachher zu neun Jahren Militärdienstzeit verpflichtet wurde. »Wollt ihr Soldat werden, so geht später freiwillig, ich verantworte es nicht«, äußerte sie zu uns. So unterblieb der Eintritt meines Bruders in das Militärwaisenhaus, der für mich damals zu meinem Bedauern nicht in Frage kam.

Mein lebhaftes kindliches Interesse weckten die Bewegungsjahre 1848 und 1849. Die Mehrzahl der Wetzlarer Einwohner war entsprechend den Traditionen der Stadt republikanisch gesinnt. Diese Gesinnung übertrug sich auch auf die Schuljugend. Bei einer Disputation über unsere politischen Ansichten, wie sie unter Schuljungen vorzukommen pflegt, stellte sich heraus, daß nur ein Kamerad und ich monarchisch gesinnt waren. Dafür wurden wir beide mit einer Tracht Prügel bedacht. Wenn sich also meine politischen Gegner über meine »antipatriotische« Gesinnung entrüsten, weil nach ihrer Meinung Monarchie und Vaterland ein und dasselbe sind, so ersehen sie aus der vermeldeten Tatsache, vielleicht zu ihrer Genugtuung, daß ich schon fürs Vaterland gelitten habe, als ihre Väter und Großväter noch in ihrer Maienblüte Unschuld zu den Antipatrioten gehörten. Im Rheinland war wenigstens zu jener Zeit der größere Teil der Bevölkerung republikanisch gesinnt.

Für meine Mutter brachte jene Zeit in ihr tägliches Einerlei insofern eine kurze Abwechslung, als, ich glaube bei dem Rückmarsch aus dem badischen Feldzug, das Bataillon des 25. Infanterieregiments, bei dem mein Vater gedient hatte, kurze Zeit in Wetzlar verblieb. In demselben standen noch eine Anzahl Unteroffiziere, die meine Mutter von früher her kannten. Diese besuchten uns jetzt. Auf ihr Drängen ließ sich meine Mutter herbei, einen Mittagstisch für sie einzurichten. Profitiert hat sie wohl nichts. Ich hörte eines Tages, daß zwei der Gäste auf der Treppe beim Fortgehen sich unterhielten und das Essen sehr lobten, sich aber auch wunderten, daß es meine Mutter für so billigen Preis liefern könne.

Sehr amüsant für uns Jungen waren die Bauernrevolten, die sich in jenen Jahren im Wetzlarer Kreise abspielten. Die Bauern mußten damals noch allerlei aus der Feudalzeit übernommene Verpflichtungen erfüllen. Da alles für Freiheit und Gleichheit schwärmte, wollten sie jetzt diese Lasten auch los sein; sie rotteten sich also zu Tausenden zusammen und zogen nach Braunfels vor das Schloß des Fürsten von Solms-Braunfels. An der Spitze des Zuges wurde in der Regel eine große schwarz-weiße Fahne getragen, zum Zeichen, daß man allenfalls preußisch, aber, nicht braunfelsisch sein wollte. Ein Teil des Haufens trug Flinten verschiedenen Kalibers, die große Mehrzahl aber Sensen, Mist- und Heugabeln, Äxte usw. Hinter dem Zug, der sich mehrfach wiederholte und stets unblutig verlief, marschierte in der Regel die Wetzlarer Garnison, um den Fürsten zu schützen, wenn sie nicht schon vorher ausgerückt war. Üben die Begegnung der Bauernführer mit dem Fürsten kursierten in Wetzlar sehr amüsante Erzählungen. Die Wetzlarer blieben noch lange in ihrer oppositionellen Stimmung. Als im Jahre 1849 oder 1850 der Prinz von Preußen, der spätere Kaiser Wilhelm I., in Begleitung des Generals von Hirschfeld, der damals das 8. rheinische Armeekorps kommandierte, auf seiner Inspektionsreise auch nach Wetzlar kam, wurde sein Wagen vor dem Tore mit Schmutz beworfen. Ein Verwandter von mir, der sich bei einer Gelegenheit zum Sturmläuten hatte fortreißen lassen, wurde mit drei Jahren Zuchthaus bestraft. Für die Bürgerwehr, die in den Bewegungsjahren auch in Wetzlar bestand, hatte ich nur ein Gefühl der Geringschätzung, obgleich mehrere meiner Verwandten zu ihr gehörten, und zwar wegen der mangelnden militärischen Haltung, mit der sie ihre Übungen vornahm. Mit der wiederkehrenden Reaktion verschwand sie.

*

Das Jahr 1853 machte meinen Bruder und mich zu Waisen. Anfang Juni starb meine Mutter. Sie sah ihrem Tode mit Heroismus entgegen. Als sie am Nachmittag ihres Todestages ihr letztes Stündlein herannahen fühlte, beauftragte sie uns, ihre Schwestern zu rufen. Einen Grund dafür gab sie nicht an. Als die Schwestern kamen, wurden wir aus der Stube geschickt. In trübseliger Stimmung saßen wir stundenlang auf der Treppe und warteten, was kommen werde. Endlich gegen sieben Uhr traten die Schwestern aus der Stube und teilten uns mit, daß soeben unsere Mutter gestorben sei. Noch an demselben Abend mußten wir unsere Habseligkeiten packen und den Tanten folgen, ohne daß wir die tote Mutter noch zu sehen bekamen. Die Ärmste hatte wenig gute Tage in ihrem Ehe- und Witwenleben gesehen. Und doch war sie immer heiter und guten Mutes. Ihr starben binnen drei Jahren zwei Ehemänner, außerdem zwei Kinder, außer meinem jüngsten Bruder eine Schwester, die vor mir geboren worden war, die ich aber nicht gekannt habe. Mit uns zwei Brüdern hatte sie wiederholt schwere Krankheitsfälle durchzumachen. Ich erkrankte 1848 am Nervenfieber und schwebte mehrere Wochen zwischen Leben und Tod. Einige Jahre danach erkrankte ich an der sogenannten freiwilligen Hinke, kam aber mit graden Gliedern davon. Mein Bruder stürzte, neun Jahre alt, beim Spiel in einer Scheune von der obersten Leiterstufe auf die Tenne herab und trug eine schwere Kopfwunde und eine Gehirnerschütterung davon. Auch er entging nur mit genauer Not dem Tode. Meine Mutter selbst litt mindestens sieben Jahre an der Schwindsucht. Mehr Trübsal und Sorge konnten kaum einer Mutter beschieden sein.

Ich kam jetzt zu einer Tante, die eine Wassermühle in Wetzlar in Erbpacht hatte; mein Bruder kam zu einer anderen Tante, deren Mann Bäcker war. Ich mußte jetzt fleißig in der Mühle zugreifen. Besonderes Vergnügen machte es mir, mit den beiden Eseln, die wir besaßen, Mehl aufs Land zu den Bauern zu transportieren und Getreide von ihnen in Empfang zu nehmen. Am liebsten aber war mir, wenn ich nur wenig Getreide zum Rücktransport erhielt, dann konnte ich auf einem der Esel nach der Stadt reiten. Das ließ sich auch unser Schwarzer, der ein geduldiges Tier war, gefallen, aber unser Grauer, der jung und feurig war, dachte anders. Er besaß offenbar so etwas wie Standesbewußtsein, denn außer der gewohnten Last litt er keine fremde auf seinem Rücken. Als ich aber doch eines Tages auf seinem Rücken Platz genommen hatte, setzte er sich sofort in Trab, steckte den Kopf zwischen die Vorderbeine und schlug mit den Hinterbeinen nach Kräften aus. Ehe ich mich's versah, flog ich in einem eleganten Bogen in den Straßengraben. Glücklicherweise ohne mich zu verletzen. Er hatte seinen Zweck erreicht, ich ließ ihn fortan in Ruhe.

Außer den beiden Eseln besaß meine Tante ein Pferd, mehrere Kühe, eine Anzahl Schweine und mehrere Dutzend Hühner. Und da sie auch Landwirtschaft betrieb, fehlte es nicht an Arbeit, obgleich neben ihrem Sohn ein Müllerknecht – wie damals die Gesellen genannt wurden – und eine Magd beschäftigt wurden. Hatte der Knecht keine Zeit, so mußte ich Pferd und Esel putzen und manchmal auch das Pferd in die Schwemme reiten. Die Sorge für den Hühnerhof war mir ganz überlassen. Ich mußte die Fütterung der Hühner besorgen, die Eier aus den Nestern nehmen, oder wohin sonst diese gelegt worden waren, und den Stall reinigen. Bei diesen Beschäftigungen kam Ostern 1854 heran. Es folgte meine Entlassung aus der Schule, ein Ereignis, dem ich keineswegs freudig entgegensah. Am liebsten wäre ich in der Schule geblieben.

Die Lehr- und Wanderjahre

Was willst du denn werden? war die Frage, die jetzt mein Vormund, ein Onkel von mir, an mich stellte. »Ich möchte das Bergfach studieren!« – »Hast du denn zum Studieren Geld?« Mit dieser Frage war meine Illusion zu Ende.

Daß ich das Bergfach studieren wollte, war dadurch, veranlaßt, daß, nachdem im Anfang der fünfziger Jahre die Lahn bis Wetzlar schiffbar gemacht worden war, in der Wetzlarer Gegend der Eisenerzabbau einen großen Aufschwung genommen hatte. Bis dahin hatten Haufen Eisenerze fast wertlos vor den Stollen gelegen, weil die hohen Transportkosten die Ausnutzung der Erze wenig rentabel machten. Da aus dem Bergstudium nichts werden konnte, entschloß ich mich, Drechsler zu werden. Das Angebot eines Klempnermeisters, bei ihm in die Lehre zu treten, lehnte ich ab, der Mann war mir unsympathisch, auch stand er im Rufe eines Trinkers. Drechsler wurde ich aus dem einfachen Grunde, weil ich annehmen durfte, daß der Mann einer Freundin meiner Mutter, der Drechslermeister war, und der in der Stadt den Ruf eines tüchtigen Mannes genoß, bereit sein werde, mich in die Lehre zu nehmen. Dies geschah auch. Die Begründung, mit der er meine Anfrage bejahte, war wunderlich genug. Er äußerte, seine Frau habe ihm erzählt, ich hätte mein religiöses Examen bei der Konfirmation in der Kirche sehr gut bestanden, er nehme also an, ich sei auch sonst ein brauchbarer Kerl. Nun war ich sicher kein dummer Kerl, aber ich müßte die Unwahrheit sagen, wollte ich behaupten, ich sei in der Drechslerei ein Künstler geworden. Es gab solche, und mein Meister gehörte zu ihnen, aber ich habe es trotz aller Mühe nicht über die Mittelmäßigkeit gebracht, was nicht verhinderte, daß ich drei Jahre später, am Ende meiner Lehrzeit, für mein Gesellenstück die erste Zensur bekam.

Meine physische Leistungsfähigkeit wurde durch meine körperliche Schwäche beeinträchtigt. Ich war ein ungemein schwächlicher Junge, wozu wohl auch mangelhafte Ernährung beitrug. So bestand unser Abendessen viele Jahre lang täglich nur in einem mäßig großen Stück Brot, das mit Butter oder Obstmus dünn bestrichen war. Beschwerten wir uns, und wir klagten täglich, daß wir noch Hunger hätten, so gab die Mutter regelmäßig zur Antwort: »Man muß manchmal den Sack zumachen, auch wenn er noch nicht voll ist«. Der Knüppel lag eben beim Hunde. Unter sotanen Umständen war es erklärlich, daß wir uns heimlich ein Stück Brot abschnitten, wenn wir konnten. Aber das entdeckte meine Mutter sofort, und die Strafe blieb nicht aus. Eines Tages hatte ich wieder dieses Verbrechen begangen. Trotz aller Mühe, die ich mir gegeben hatte, den glatten Schnitt der Mutter nachzuahmen, wurde am Abend die Tat von ihr entdeckt. Ihr Verdacht fiel, ich weiß nicht warum, auf meinen Bruder, der sofort mit der breiten Seite eines langen Bürolineals, das aus der Väter Nachlaß stammte, ein paar Schläge erhielt. Mein Bruder protestierte, er sei nicht der Täter gewesen. Das sah aber meine Mütter als Lüge an, und so bekam er eine zweite Portion. Jetzt wollte ich mich als Täter melden, aber da fiel mir ein, daß das töricht wäre; mein Bruder hatte die Schläge weg, und ich hätte wahrscheinlich noch mehr als er bekommen. Damit tröstete ich auch meinen Bruder, als dieser nachher mir Vorwürfe machte, daß ich mich nicht als Täter gemeldet hatte. Es ist begreiflich, wenn jahrelang mein Ideal war, mich einmal an Butterbrot tüchtig sattessen zu können.

Meister und Meisterin waren sehr ordentliche und angesehene Leute. Ich hatte ganze Verpflegung im Hause, das Essen war auch gut, nur nicht allzu reichlich. Meine Lehre war eine strenge und die Arbeit lang. Morgens 5 Uhr begann dieselbe und währte bis abends 7 Uhr ohne eine Pause. Aus der Drehbank ging es zum Essen und vom Essen in die Bank. Sobald ich morgens aufgestanden war, mußte ich der Meisterin viermal je zwei Eimer Wasser von dem fünf Minuten entfernten Brunnen holen, eine Arbeit, für die ich wöchentlich 4 Kreuzer gleich 14 Pfennig bekam. Das war das Taschengeld, das ich während der Lehrzeit besaß. Ausgehen durfte ich selten in der Woche, abends fast gar nicht und nicht ohne besondere Erlaubnis. Ebenso wurde es am Sonntag gehalten, an dem unser Hauptverkaufstag war, weil dann die Landleute zur Stadt kamen und ihre Einkäufe an Tabakpfeifen usw. machten und Reparaturen vornehmen ließen. Gegen Abend oder am Abend durfte ich dann zwei oder drei Stunden ausgehen. Ich war in dieser Beziehung wohl der am strengsten gehaltene Lehrling in ganz Wetzlar, und oftmals weinte ich vor Zorn, wenn ich an schönen Sonntagen sah, wie die Freunde und Kameraden spazierengingen, während ich im Laden stehen und auf Kundschaft warten und den Bauern ihre schmutzigen Pfeifen säubern mußte. Nur am Sonntagvormittag, nachdem ich die Sonntagsschule nicht mehr besuchte, wurde mir gestattet, zur Kirche zu gehen. Dafür schwärmte ich aber nicht. Ich benutzte also die Gelegenheit, die Kirche zu schwänzen. Um aber sicherzugehen und nicht überrumpelt zu werden, erkundigte ich mich stets erst, welches Lied gesungen werde und welcher Pfarrer predige. Eines Sonntags aber ereilte mich mein Geschick. Beim Abendessen fragte mich der Meister, ob ich in der Kirche gewesen sei? Dreist antwortete ich: »Ja!« Er fragte weiter, was für ein Lied gesungen worden sei? Ich gab die Nummer an, entdeckte aber zu meinem Schrecken, daß sich die beiden Töchter, die mit am Tisch saßen, kaum das Lachen verbeißen konnten. Als ich nun auf die dritte Frage: »Wer von den Pfarrern predigte denn?« auch eine falsche Antwort gab, schlugen diese eine laute Lache auf. Ich war hereingefallen. Ich war zu früh an die Kirchentüre gegangen, noch ehe der Küster die neue Liedernummer aufgesteckt hatte, und in bezug auf den Namen des Pfarrers war mir falsch berichtet worden. Der Meister meinte trocken, es scheine, daß ich mir aus dem Kirchenbesuch nichts machte, ich möchte also künftig zu Hause bleiben. So war ein schönes Stück Freiheit verloren. Ich warf mich nun mit um so größerem Eifer auf das Lesen von Büchern, die ich ohne Wahl las, natürlich meistenteils Romane. Ich hatte schon in der Schule meine Vorzugsstellung gegen Kameraden, denen ich beim Lösen der Aufgaben half oder ihnen das Abschreiben derselben erlaubte, dazu benutzt, sie zu veranlassen, mir zur Belohnung Bücher, die sie hatten, zu leihen. Dadurch kam ich zum Beispiel zum Lesen von Robinson Crusoe und Onkel Toms Hütte. Jetzt verwandte ich meine paar Pfennige, um Bücher aus der Leihbibliothek zu holen. Einer meiner Lieblingsschriftsteller war Hackländer, dessen Soldatenleben im Frieden mit dazu beitrug, meine Begeisterung für das Militärwesen etwas zu dämpfen. Weiter las ich Walter Scott, die historischen Romane von Ferdinand Stolle, Luise Mühlbach usw. Aus der Väter Nachlaß hatten wir einige Geschichtsbücher gerettet. So ein Buch, das einen ganz vortrefflichen Abriß über die Geschichte Griechenlands und Roms enthielt. Den Verfasser habe ich vergessen. Ferner einige Bücher über preußische

Geschichte, natürlich offiziell geeicht, deren Inhalt ich so im Kopfe hatte, daß ich alle Daten in bezug auf brandenburgisch-preußische Fürsten, berühmte Generale, Schlachttage usw. am Schnürchen hersagen konnte. Schmerzlich wartete ich auf das Ende der Lehrzeit, ich hatte Sehnsucht, die ganze Welt zu durchstürmen. Aber so schnell, wie ich wünschte, ging es nicht. An demselben Tage, an dem meine Lehrzeit beendet war, starb mein Meister, und zwar ebenfalls an der Schwindsucht, die damals in Wetzlar förmlich grassierte. So kam ich in die seltsame Lage, an demselben Tage, an dem ich Geselle geworden war, auch Geschäftsführer zu werden. Ein anderer Geselle war nicht vorhanden, ein Sohn, der das Geschäft hätte fortführen können, fehlte; so entschloß sich die Meisterin, allmählich auszuverkaufen und das Geschäft aufzugeben. Für die Meisterin, die eine auffallend hübsche und für ihr Alter ungewöhnlich rüstige Frau war, die mich stets gut behandelte, wäre ich durchs Feuer gegangen. Ich zeigte ihr jetzt meine Hingabe dadurch, daß ich über meine Kräfte arbeitete. Von Mai bis in den August stand ich mit der Sonne auf und arbeitete bis abends 9 Uhr und später. Ende Januar 1858 war das Geschäft liquidiert, und ich rüstete zur Wanderschaft. Als ich mich von der Meisterin verabschiedete, gab sie mir außer dem fälligen Lohn, der pro Woche 15 Silbergroschen betrug, noch einen Taler Reisegeld. Am 1. Februar trat ich die Reise zu Fuß bei heftigem Schneetreiben an. Mein Bruder, der das Tischlerhandwerk erlernte, begleitete mich ungefähr eine Stunde Weges. Als wir uns verabschiedeten, brach er in heftiges Weinen aus, eine Gefühlsregung, die ich nie an ihm beobachtet hatte. Ich sollte ihn zum letzten Male gesehen haben. Im Sommer 1859 erhielt ich die Nachricht, daß er binnen drei Tagen einem heftigen Gelenkrheumatismus erlegen sei. So war ich der letzte von der Familie.

Mein nächstes Ziel war Frankfurt a.M. Von Langgöns aus benutzte ich die Bahn und kam so noch am Abend des gleichen Tages in Frankfurt an, wo ich in der Herberge zum Prinz Karl einkehrte. Arbeit wollte ich noch nicht nehmen, so fuhr ich zwei Tage später mit der Bahn nach Heidelberg. Der Zug, auf dem ich fuhr, hatte statt Glasfenster Vorhänge aus Barchent, die zugezogen werden konnten. Damals bestand noch der Paßzwang, das heißt es bestand für die Handwerksburschen die Verpflichtung, ein Wanderbuch zu führen, in das die Strecken, die sie durchwandern wollten, polizeilich eingetragen – visiert – wurden. Wer kein Visum hatte, wurde bestraft. In vielen Städten, darunter auch in Heidelberg, bestand weiter zu jener Zeit die Vorschrift, daß die Handwerksburschen morgens zwischen 8 und 9 Uhr auf das Polizeiamt kommen mußten, um sich ärztlich, namentlich auf ansteckende Hautkrankheiten, untersuchen zu lassen. Wer die Stunde für diese Visitation übersah, mußte mit der Abreise bis zum nächsten Tage warten, er bekam kein Visum. So erging es mir, weil ich die Vorschrift nicht kannte und auf das Polizeiamt zu spät kam. Von Heidelberg wanderte ich zu Fuß nach Mannheim und von dort nach Speyer, woselbst ich Arbeit fand. Die Behandlung war gut und das Essen ebenfalls und reichlich, schlafen mußte ich dagegen in der Werkstatt, in der in einer Ecke ein Bett aufgeschlagen war. Das geschah mir später auch in Freiburg i.B. In jener Zeit bestand im Handwerk noch allgemein die Sitte, daß die Gesellen beim Meister in Kost und Wohnung waren, und diese letztere war häufig erbärmlich. Der Lohn war auch niedrig, er betrug in Speyer pro Woche 1 Gulden 6 Kreuzer, etwa 2 Mark. Als ich mich darüber beklagte, meinte der Meister, er habe in seiner ersten Arbeitsstelle in der Fremde auch nicht mehr erhalten. Das mochte fünfzehn Jahre früher gewesen sein. Eines Sonntags ließ ich mich in der Brauerei zum Storchen verleiten, ein Kartenspiel zu machen. Ich verlor, da ich nichts vom Spiel verstand, in kurzer Zeit 18 Kreuzer, mehr als ein Viertel meines Wochenlohnes. Darüber geriet ich in große Aufregung und schwor, nie mehr um Geld zu spielen. Meinen Schwur habe ich gehalten. Sobald das Frühjahr kam, litt es mich nicht mehr in der Werkstätte. Anfang April ging ich wieder auf die Walze, wie der Kunstausdruck für das Wandern lautet. Ich marschierte durch die Pfalz über Landau nach Germersheim und über den Rhein zurück nach Karlsruhe und landaufwärts über Baden-Baden, Offenburg, Lahr nach Freiburg i.B., woselbst ich wieder Arbeit nahm. In jenem Frühjahr war die Nachfrage nach Schneidergehilfen ungemein stark; und da ich sehr flott marschierte und im Äußeren der Vorstellung, die man sich von einem Schneidergesellen machte, durchaus entsprach, wurde ich auf dieser Reise öfter schon vor den Toren der Städte von Schneidermeistern angesprochen, die in mir ein Objekt für ihre Ausbeutung zu sehen glaubten. Mehrere wollten nicht glauben, daß ich kein Schneider sei, andere wieder entschuldigten sich, daß sie mich für einen solchen gehalten, »weil ich ganz wie ein Schneider aussähe«.

In Freiburg i.B. verlebte ich einen sehr angenehmen Sommer. Freiburg ist nach seiner Lage eine der schönsten Städte Deutschlands; seine Wälder sind bezaubernd, der Schloßberg ist ein herrliches Stückchen Erde, und zu Ausflügen in die Umgegend locken Dutzende prächtig gelegener Orte. Aber was mir fehlte, war entsprechender Anschluß an gleichgesinnte junge Leute. Ein Zusammenhang mit Fachgenossen bestand zu jener Zeit nicht, und in meiner Werkstatt war ich der einzige Gehilfe. Die Zunft war aufgehoben, und neue Gewerksorganisationen gab es noch nicht. Politische Vereine, denen man als Arbeiter hätte beitreten können, existierten ebenfalls nicht. Noch herrschte überall in Deutschland die Reaktion. Für reine Vergnügungsvereine hatte ich aber keinen Sinn und auch kein Geld. Da hörte ich von der Existenz des katholischen Gesellenvereins, der am Karlsplatz sein eigenes Vereinshaus hatte. Nachdem ich mich vergewissert, daß auch Andersgläubige Aufnahme fänden, trat ich, obgleich ich damals Protestant war, demselben bei.

Während meines Aufenthalts in Süddeutschland und in Österreich habe ich in Freiburg und Salzburg dem katholischen Gesellenverein als Mitglied angehört und habe es nicht bereut. Der Kulturkampf bestand zum Glück zu jener Zeit noch nicht. In diesen Vereinen herrschte daher auch damals gegen Andersgläubige volle Toleranz. Der Präses des Vereins war stets ein Pfarrer. Der Präses des Freiburger Vereins war der später im Kulturkampf sehr bekannt gewordene Professor Alban Stolz. Die Mitgliedschaft wurde durch den von den Mitgliedern gewählten Altgesellen repräsentiert, der nach dem Präses die wichtigste Person war. Es wurden zeitweilig Vorträge gehalten und Unterricht in verschiedenen Fächern erteilt, so zum Beispiel im Französischen. Die Vereine waren also eine Art Bildungsvereine; wie diese Gesellenvereine später sich gestaltet haben, darüber vermag ich nichts zu sagen. In dem Vereinszimmer fand man eine Anzahl allerdings nur katholischer Zeitungen, aus denen man aber doch erfahren konnte, was in der Welt vorging. Das war für mich, der schon am Ende der Schuljahre und nachher in den Lehrjahren, als der Krimkrieg entbrannt war, sich lebhaft um Politik bekümmerte, eine Hauptsache.

Auch das Bedürfnis nach Umgang mit gleichaltrigen und strebsamen jungen Leuten fand hier seine Befriedigung. Ein eigenartiges Element im Verein waren die Kapläne, die, jung und lebenslustig, froh waren, daß sie gleichaltrigen Elementen sich anschließen konnten. Ich habe einige Male mit solchen jungen Kaplänen die vergnügtesten Abende verlebt. Einen solchen Abend verbrachte ich unter anderen in München, indem ich das Gesellenvereinshaus auf der Rückreise von Salzburg besuchte und darin wohnte, und zwar Anfang März 1860. Verließ das Gesellenvereinsmitglied den Ort, so bekam es ein Wanderbuch mit, das ihn in den Gesellenvereinen und bei den Pfarrherren, falls es bei diesen um Unterstützung vorsprechen wollte, legitimierte. Ich bin noch heute Besitzer eines solchen Buches, in dem auf der ersten Seite der heilige Josef mit dem Christkindlein auf dem Arme abgebildet ist. Der heilige Josef ist der Schutzpatron der Gesellenvereine. Den Gründer der Vereine, Pfarrer Kolping, damals in Köln, der, irre ich nicht, selbst in seiner Jugend Schuhmachergeselle war, lernte ich in Freiburg im Breisgau kennen, woselbst er eines Tages einen Vortrag hielt.

Im September 1858 drängte es mich, weiterzuwandern. Ich verließ Freiburg und marschierte bei herrlichstem Wetter durch das Höllental über den Schwarzwald nach Neustadt, Donaueschingen und Schaffhausen. Ein wunderbarer Anblick war es in jenen Tagen, schon am Nachmittag am Firmament einen gewaltigen Kometen – den Donatischen – zu beobachten, der in seltenem Glanze strahlte und einen Schweif von ungewöhnlicher Länge besaß. Zu jener Zeit stand der Schwarzwald noch in seiner ganzen Pracht und Herrlichkeit. Jahrzehnte später haben die Axt und die Säge große Strecken des prächtigen Waldes gefällt und gelichtet. Die moderne Entwicklung forderte es. In der Schweiz durfte ich nicht bleiben. Der Aufenthalt in der Schweiz war damals den preußischen Handwerksburschen von ihrer Regierung verboten. War doch der Neuenburger Streit das Jahr zuvor erst zuungunsten der preußischen Regierung beendet worden. Außerdem hätten die Handwerksburschen republikanische Ideen in sich aufnehmen können, und das mußte im Interesse der staatlichen Ordnung verhütet werden. Als ich im Frühjahr 1858 auf der preußischen Gesandtschaft in Karlsruhe um die Erlaubnis zum Aufenthalt in der Schweiz anfragte, wurde mir diese mit Hinweis auf das bestehende Verbot verweigert.

So wanderte ich auf der Schweizer Seite nach Konstanz, fuhr zu Schiff über den Bodensee nach Friedrichshafen, wobei ich infolge eines Sturmes seekrank wurde. Von Friedrichshafen ging der Marsch zu Fuß über Ravensburg, Biberach, Ulm, Augsburg nach München. In Württemberg bestand zu jener Zeit in den Städten die Einrichtung, daß die reisenden Handwerksburschen ein sogenanntes Stadtgeschenk in Empfang nehmen konnten, das in der Regel 6 Kreuzer betrug, um sie vom Fechten abzuhalten. Ich habe dieses Geschenk überall gewissenhaft kassiert. Von Ulm aus schloß sich mir ein stämmiger Tiroler an, der wie ein Fleischer aussah, aber ein Schneider war. Statt des »Berliners« (ein mit Wachstuch überzogenes Bündel, das in der Regel die Form einer Riesenwurst hat,

mit den notwendigsten Habseligkeiten angefüllt) trug er einen Militärtornister auf dem Rücken, was ihm, da er auch eine leinene Bluse anhatte,
ein seltsames Aussehen gab. Da unser Geld knapp war und Fechten zu
keiner Zeit als Schande für einen Handwerksburschen galt, klopften wir
ziemlich häufig die Dörfer ab, die wir passierten. Eines Mittags hatten
wir wieder in einem Dorfe einen strategischen Plan entworfen. »Du
nimmst die rechte Seite, ich die linke!« hieß es. Als ich in ein Haus kam
und ansprach, erhielt ich von der Tochter mit dem Geschenk zugleich
die Warnung, mich in acht zu nehmen, der Gendarm sei in der Nähe.
Das ließ ich mir gesagt sein. Als ich aber außen vor dem Dorfe ein
stattliches Haus stehen sah, allerdings auf der anderen Seite, das aber
das Aussehen hatte, als könnten seine Bewohner zwei Handwerksburschen unterstützen, konnte ich der Versuchung nicht widerstehen und
marschierte drauflos. Glücklicherweise betrachtete ich das Haus mir
nochmals von außen, ehe ich die sechs oder sieben Steinstufen hinaufstieg, und da entdeckte ich zu meiner Überraschung über der Tür ein
Schild mit dem Inhalt: Königlich bayerische Gendarmeriestation. Hier
ging ich mit Andacht vorbei und legte mich im herrlichsten Sonnenschein
außerhalb des Dorfes auf eine Wiese, um meinen Reisegenossen zu erwarten. Dieser kam endlich angetrappt und marschierte direkt auf das
Haus los, das ja auf der ihm zugeteilten Seite lag. Ohne es von außen
anzusehen, stieg er die Treppe hinauf und ging hinein. Ich gestehe, daß
ich in diesem Augenblick von einem Lachkrampf befallen wurde. Nach
einigen Sekunden kam der Tiroler zum Hause herausgeschossen, sprang
mit einem mächtigen Satze über sämtliche Treppenstufen und rannte,
was ihn die Beine tragen konnten, davon. Als ich ihn lachend fragte,
was denn passiert sei, erzählte er, er sei direkt nach der Kuchel (Küche)
gegangen, aus der es sehr gut gerochen habe, dort aber habe ein Gendarm
in Hemdsärmeln gestanden und ihn angeschnauzt, was er wolle. Er habe
natürlich die Lage sofort erkannt und sei spornstreichs zum Hause hinaus.

Anderen Nachmittags kamen wir nach Dachau. Hier machte mein
Reisekollege den Vorschlag, wir sollten beide bei den Schneidermeistern
Umschau halten, was ich ohne Bedenken tun könnte, da ich ganz wie
ein Schneider aussähe. Hier sei bemerkt, daß bei einer Umschau bei den
Meistern des Gewerbes die Geschenke wesentlich reichlicher ausfielen
als beim Fechten; dafür hatte man aber auch die moralische Verpflichtung, wenn bei der Umschau ein Meister erklärte, er habe Arbeit, diese

anzunehmen. Gedacht, getan. Vorsichtshalber ließ ich aber dem Tiroler den Vortritt. Daß dieses klug gehandelt war, zeigte sich sofort. Wir stiegen in einem Hause die Treppe hinauf und läuteten. Sobald der Tiroler sagte: »Zwei zugereiste Schneider bitten um ein Geschenk«, antwortete der Meister, der uns empfing: »Sehr erfreut, ich kann Sie beide gut brauchen, geben Sie mir Ihre Wanderbücher.« Während nun der Tiroler zögernd sein Wanderbuch aus der Tasche zog, machte ich rechtsum kehrt und sprang in großen Sätzen die Treppe hinunter und zum Städtchen hinaus. Daß ich den Tiroler als Reisegefährten verlor, bedauerte ich, er war ein guter Kamerad und angenehmer Gesellschafter gewesen.

Von Dachau führte zu jener Zeit eine schnurgerade Straße, die rechts und links mit breitgewachsenen Pappeln besetzt war, nach München. Das Bild der Straße wurde abgeschlossen durch die Türme der Münchener Frauenkirche, den Heinrich Heineschen »Stiefelknecht«, die am Ende der meilenlangen Straße zu stehen schienen. Ich wanderte mißmutig meinen Weg, als hinter mir ein Bauer mit einem Korbwagen erschien, der offenbar nach München fuhr. Über den Inhalt des Wagens war eine große Plane gedeckt. Der Weg war noch weit und der Spätnachmittag herangekommen. Ich frug höflich an, ob mir das Aufsitzen gestattet sei. Der Bauer antwortete in seinem bayerischen Deutsch, das ich damals noch nicht verstand, aber seine Worte legte ich als Zustimmung aus. Ich stieg also auf den Wagen und rückte mich behaglich auf der Plane zurecht. Der Bauer sah wiederholt hinter sich und rief mir einiges zu, was ich aber ebenfalls nicht verstand. Endlich zogen wir in München ein. Der Wagen hielt am Karlstor vor einem Kaufmannsladen. Ich sprang ab, zog den Hut und dankte höflich für die Freifahrt. In demselben Augenblick hatte der Bauer die Plane zurückgezogen, an der jetzt ein mehrere Pfund schwerer Butterklumpen klebte. Ich hatte, ohne es zu wissen, mit den Stiefelabsätzen in einem nur mit der Plane bedeckten Butterfaß herumgearbeitet. Sobald ich das angerichtete Unheil sah, wurde ich blutrot, bat um Verzeihung und erklärte mich bereit, den Schaden zu ersetzen. In demselben Augenblick erfolgte eine Lachsalve zweier junger Mädchen, die aus einem Fenster der ersten Etage sahen und das Schauspiel beobachtet hatten. Das machte mich noch verlegener. Der Bauer aber half mir rasch aus der Verlegenheit, indem er auf mein Angebot, Schadenersatz zu leisten, grob antwortete: »Mach, daß du fortkommst, du hast a nix!« Das ließ ich mir nicht zweimal sagen; in wenigen Sätzen war ich um die Ecke in der Neuhauser Straße. Sooft ich nach München ans Karlstor komme, fällt mir dieser Vorgang ein.

In München war ich am Tage nach Schluß der siebenhundertjährigen Feier der Gründung der Stadt angekommen, eine Feier, die eine ganze Woche gewährt hatte und an die sich unmittelbar das Oktoberfest anschloß. Die ganze Bevölkerung war noch in dulci jubilo, und auf der Herberge in der Rosengasse, auf der zu jener Zeit noch stark zünftlerische Sitten herrschten, ging es hoch her. Ich wurde freundlich begrüßt und blieb eine volle Woche in München, wo es mir ausnehmend gut gefiel. Aber so sehr ich und meine Kollegen sich bemühten, mir Arbeit zu verschaffen, es war vergeblich. Alle Stellen waren besetzt. So entschloß ich mich, nach Regensburg zu wandern. Mit noch einem Reisegefährten, der ebenfalls nach dort wollte, begab ich mich an die Isar, um zu sehen, ab wir mit einem Floß bis Landshut fahren könnten. Man hatte uns gesagt, daß wenn wir uns auf dem Floß zum Rudern bereiterklärten, wir gratis mitfahren könnten und auch Verpflegung erhielten. Das erste war richtig, das zweite nicht. Die Isar war um jene Zeit wasserarm und hatte zahlreiche Krümmungen. Mein Reisegefährte – ein Trierer –, der vorn steuerte und ich hinten, machte überdies seine Sache sehr ungeschickt, und so fuhren wir einigemal auf den Sand, was den Flößer in Zorn versetzte, wobei es Schimpfworte regnete. Während einer Ablösung ließ ich mich mit den Passagieren, Bauersleuten und einem Pfarrer, in ein politisches Gespräch ein, das von meiner Seite so hitzig geführt wurde, daß der Flößer drohte, »den verdammten Preiß« in die Isar zu werfen, wenn er nicht aufhöre, zu disputieren. Ich schwieg, denn mit dem Wasser der Isar im Oktober Bekanntschaft zu machen, hatte ich keine Lust. Als wir in Mosburg, einige Stunden von Landshut, gegen Abend landeten, schlugen wir uns seitwärts in die Büsche. Wir hatten von der Fahrt genug.

In einem Dorfwirtshaus, das wir bei dunkler Nacht, empfangen von wütendem Hundegebell, erreichten, fanden wir Nachtquartier. Alle Räume waren überfüllt mit Leuten, die am nächsten Morgen zum Jahrmarkt in Landshut sein wollten. Wir mußten in der Scheune schlafen, in der bereits einige Dutzend Männlein und Weiblein durcheinanderliegend Platz gefunden hatten. Kaum lagen wir frierend im Halbschlummer, als wir durch Lärm geweckt wurden. Eine der Frauen, die bereits im Stroh lag, war Zeugin, wie ihr Mann der Magd, die ihn mit einer Laterne in der Hand zum Nachtquartier in die Scheune geleitete, mit einigen derben Zärtlichkeiten dankte. Darauf hielt sie ihm eine Strafpredigt im echtesten Bayerisch, die alle Schläfer aufscheuchte und großes Gelächter hervorrief. Morgens, es war noch pechfinster, drückten wir uns aus der Scheune, da uns in unseren dünnen Kleidern jämmerlich fror, was aber daran lag, daß wir beide uns oben auf einem Heuhaufen gelagert hatten und während der Nacht auf entgegengesetzten Seiten heruntergerutscht waren. Nachdem wir am Brunnen auf dem Hofe Toilette gemacht, wanderten wir weiter. Zunächst nach Landshut, von dort über Eckmühl, bekannt durch die Schlacht, in der im Jahre 1809 Napoleon über die Österreicher siegte, nach Regensburg.

In Regensburg fand ich mit einem gleichfalls zugereisten Kollegen aus Breslau in der gleichen Werkstatt Arbeit. Man hatte mir auf der Herberge abgeraten, sie anzunehmen, der Meister sei in ganz Bayern als der größte Grobian bekannt, was sicher viel heißen wollte. Ich ließ mich aber nicht abschrecken.

In Regensburg erlebte ich nicht viel Bemerkenswertes. Im Kreise der Fachgenossen, in dem ich verkehrte, war mit Ausnahme des Breslauers keiner, der höhere geistige Bedürfnisse hatte. Wer am meisten trank, war der Gefeiertste, es gab Kollegen, die Sonntag und Montag ihren ganzen Wochenlohn vertranken. So gingen wir beide die meisten Sonntagabende ins Theater, in dem wir natürlich auf den Olymp stiegen, auf dem der Platz 9 Kreuzer kostete. Eines Tages wollten wir aber auch in der Woche uns ein bestimmtes Stück ansehen. Das war aber undurchführbar, weil der Schluß unserer Arbeitszeit mit dem Beginn des Theaters zusammenfiel. Wir gaben also unserer Köchin gute Worte, das Abendessen eine halbe Stunde früher anzurichten, wir würden die Uhr in der Stube entsprechend vorrücken. Damals gab es in Süddeutschland und Österreich bei den Meistern stets warmes Abendessen. Nach dem Essen kleideten wir uns rasch um und stürmten nach dem Theater. Aber in demselben Augenblick, in dem wir von der einen Seite in dasselbe traten, kam von der anderen Seite der Meister mit seiner Frau, und in demselben Augenblick schlug auch die Uhr auf einer benachbarten Kirche sieben. Jetzt wäre erst unsere Arbeitszeit zu Ende gewesen. Wir waren verraten. Merkwürdigerweise sagte der Meister am nächsten Tage zu uns kein Wort, aber zur Köchin äußerte er: »Hören Sie, Kathi, nehmen Sie sich vor den Preußen in acht, die haben gestern abend die Uhr um eine halbe Stunde vorgerückt.«

Von Regensburg aus stattete ich auch einen Besuch der Walhalla ab die oberhalb Donaustauf auf einer Bergeshöhe liegt, von der man einen weiten Blick in die Ebene hat. Bekanntlich ist Ludwig I. von Bayern, der »Teutsche«, der Erbauer der Walhalla, in der zu jener Zeit unter den aufgestellten Büsten der Berühmtheiten diejenige Luthers fehlte.

Der Winter von 1858 auf 1859 war ein sehr langer und strenger. Hohe Kälte setzte bereits Mitte November ein. Ein Streit mit dem Meister veranlaßte mich, schon am 1. Februar trotz Kälte und Schnee, auf die Reise zu gehen. Der Breslauer schloß sich mir an. Wir marschierten zunächst nach München, woselbst wir abermals vergeblich um Arbeit anklopften. Nunmehr marschierten wir weiter über Rosenheim nach Kufstein. Der Eintritt nach Österreich machte uns Kopfzerbrechen. Damals wurde an der Grenze von jedem Handwerksburschen, der nach Österreich wollte, der Nachweis von fünf Gulden Reisegeld verlangt. Diese hatten wir aber nicht. So verfielen wir auf die Idee, von der letzten bayerischen Station die Bahn nach Kufstein zu benützen. Um möglichst als Gentlemen auszusehen, putzten wir extrafein unsere Stiefel und Kleider und steckten einen weißen Kragen auf. Unsere List hatte den gewünschten Erfolg. Unser sauberes Aussehen und die Tatsache, daß wir mit der Bahn ankamen, täuschte die Grenzbeamten; sie ließen uns unbeanstandet passieren. Bei starker Kälte und meterhohem Schnee ging die Reise zu Fuß durch Tirol. Die Kälte und der Schnee trieben die Gemsen aus dem Gebirge herab, deren Lockrufe wir auf dem Marsch in der Abenddämmerung hörten. Sehr verwundert waren wir, beim Fechten reichlich Geld zu erhalten, und zwar Kupferstücke in der Größe unserer heutigen Zweimarkstücke. Als wir am ersten Abend in das Gasthaus traten, trugen wir schwer an der Last der erfochtenen Münzen. Als wir aber am nächsten Morgen unsere kleine Rechnung beglichen, mußten wir den halben Wirtstisch mit diesen Kupfermünzen bedecken. Es stellte sich heraus, daß dieselben in wenigen Wochen wertlos wurden, weil die österreichische Regierung neue Münzen herausgegeben hatte. So löste sich das Rätsel von der großen Freigebigkeit, man war froh, das wertlos werdende Geld los zu sein.

Endlich marschierten wir nach einer Reihe Tage über Reichenhall direkt nach Salzburg, das wir an einem Nachmittag bei wundervollem Sonnenschein erreichten. Wir standen wie gebannt, als wir bei dem Marsch um einen niederen Gebirgsrücken (den Mönchsberg) die Stadt mit ihren vielen Kirchen und der italienischen Bauart, überragt von der Feste Salzburg, vor uns liegen sahen.

Was mir im späteren Leben als ein Rätsel erschien, war, daß ich von all den Märschen, bei denen ich oft bis auf die Haut durchnäßt wurde und jämmerlich fror, nie eine ernste Krankheit davontrug. Meine Kleidung war keineswegs solchen Strapazen angepaßt, wollene Unterwäsche oder ein Überrock war ein unbekannter Luxus, und ein Regenschirm wäre für einen wandernden Handwerksburschen ein Gegenstand des Spottes und Hohnes geworden. Oft bin ich morgens in die noch feuchten Kleider geschlüpft, die am Tage vorher durchnäßt worden waren und am nächsten Tage das gleiche Schicksal erfuhren. Jugend überwindet viel.

In Salzburg fand ich Arbeit, wohingegen mein Reisegefährte, nachdem ich ihm mit dem Rest meines Geldes nach Kräften ausgeholfen, weiter nach Wien reiste. In Salzburg verblieb ich bis Ende Februar 1860. Bekanntlich ist Salzburg nach seiner Lage eine der schönsten Städte Deutschlands, denn damals gehörte es noch zu Deutschland; aber es steht im Rufe, im Sommer sehr viel Regentage zu haben. Eine Ausnahme machte der Sommer 1859, der wunderschön genannt werden mußte. Der Sommer 1859 war aber auch ein Kriegssommer. Der Krieg zwischen Österreich auf der einen und Italien und Frankreich auf der anderen Seite war in Norditalien entbrannt. Dadurch wurde das Leben in Salzburg insofern besonders interessant, als Massen Militär aller Waffengattungen und Nationalitäten singend und jubelnd nach Südtirol zogen. Einige Monate später kamen die Armen niedergedrückt als Besiegte zurück, gefolgt von Hunderten von Wagen mit Verwundeten und Maroden. Zunächst aber herrschte siegesfreudige Zuversicht. Ich war über die politischen Ereignisse so aufgeregt, daß ich an Sonntagen, für andere Tage hatte ich weder Zeit noch Geld, nicht aus dem Café Tomaselli ging, bis ich fast alle Zeitungen gelesen hatte. Als Preuße hatte man zu jener Zeit in Österreich einen schweren Stand. Daß Preußen zögerte, Österreich zu Hilfe zu kommen, sahen die Österreicher als Verrat an. Als guter Preuße, der ich damals noch war, suchte ich die preußische Politik zu verteidigen, kam aber damit übel an. Mehr als einmal mußte ich mich vom Wirtschaftstisch entfernen, wollte ich nicht eine Tracht Prügel einheimsen. Als dann aber die freiwilligen Tiroler Jäger aus Wien, Nieder- und Oberösterreich nach Salzburg kamen und auch dort ihr Werbebüro aufschlugen, packte mich die Abenteurerlust. Mit noch einem Kollegen, einem Ulmer, meldeten wir uns als Freiwillige, erhielten aber die Antwort, sie könnten Fremde nicht brauchen, nur Tiroler fänden Aufnahme. War es nun hier nichts mit dem Mitdabeisein, so entschloß ich mich, als jetzt verlautete, daß Preußen mobilmache, mich in der Heimat als Freiwilliger zu melden. Ich schrieb sofort an meinen Vormund, er möge mir zu diesem Zwecke einige Taler Reisegeld senden. Nach einiger Zeit kam auch das Geld – sechs Taler – an, aber jetzt bedurfte ich desselben als Reisegeld nicht mehr, denn mittlerweile war der Friede von Villafranca geschlossen worden. Der Krieg war zu Ende. Dagegen leistete mir das Geld gute Dienste, als ich im nächsten Frühjahr nach Wetzlar reiste.

Die Löhne waren auch in Salzburg – wie überall in der Drechslerei – schlechte. Da war sparen schwer. Ich hatte mir im Spätherbst den ersten Winterrock auf Abzahlung gekauft, und als gewissenhafter Mensch sparte ich nicht nur, ich darbte, um die wöchentlichen Raten zahlen zu können. Abgesehen vom Mittagessen, das wir beim Meister hatten, lebte ich ausschließlich von Schwarzbrot und Milch. Dabei drückte mich noch eine große Sorge. Die Arbeit war knapp, und ich fürchtete, als Jüngster in der Werkstatt nach Neujahr die Kündigung zu erhalten. Das hatte die Meisterin durch meinen Kollegen erfahren. Als ich nun ihr und dem Meister, am Neujahrstag gratulierte, gab sie mir die tröstliche Versicherung, daß ich bis zu meiner Heimreise in Arbeit bleiben könnte. Damit fiel mir ein Stein vom Herzen. Unwillkürlich dachte ich an den Neujahrsempfang, den der österreichische Gesandte, Baron von Hübner, das Jahr zuvor bei der Gratulationscour in den Tuilerien gehabt hatte, bei der die Ansprache Napoleons an Hübner als die Einläutung zum italienischen Krieg angesehen wurde.

In Salzburg bestand ein katholischer Gesellenverein mit über 200 Mitgliedern, unter denen sich nicht weniger als 33 Protestanten, fast alle Norddeutsche, befanden. Ich trat ebenfalls dem Verein bei, aus den schon oben angeführten Gründen. Präses des Vereins war ein Dr. Schöpf, Professor am dortigen Priesterseminar. Schöpf war ein junger, bildschöner Mann mit einem äußerst liebenswürdigen und jovialen Wesen. Er soll dem Jesuitenorden angehört haben. Schöpf wußte natürlich, daß eine Anzahl Protestanten seinem Verein angehörten.

In einer Vereinsversammlung erklärte er eines Tages offen, daß ihm die Protestanten die liebsten seien, weil sie zu den fleißigsten Besuchern des Vereins gehörten. Jeden Sonntagabend hielt er einen stets stark besuchten Vortrag, der ein reiner Moralvortrag war, den jeder, wes Glaubens er immer war, ohne Bedenken besuchen konnte. Ich wurde mit Dr. Schöpf bekannt, und auf seine Einladung besuchte ich ihn öfter Sonntag nachmittags in seiner Wohnung, wo wir uns namentlich über die Zustände in Deutschland und Österreich unterhielten, und er überraschend freie Anschauungen äußerte.

44Weihnachten rückte heran, und es sollte wie üblich vom Verein eine Weihnachtsfeier veranstaltet werden. Im Verein hatte sich eine kleine Musikkapelle und ein Gesangverein gebildet. Diese sollten bei jener Gelegenheit Vorträge zum besten geben. Außerdem sollten nach Dr. Schöpfs Vorschlag eine Anzahl Mitglieder, die verschiedenen deutschen Volksstämmen angehörten, Deklamationen vortragen. Ich wurde als Repräsentant der Rheinländer hierzu ausersehen. Ich hatte ein Gedicht »Die Zigarren und die Menschen« vorzutragen. Die Übungen fanden in Dr. Schöpfs Wohnung statt, wobei er uns mit Bier und Brot regalierte. Bei diesen Übungen passierte mir, daß ich fast immer einen Fehler im Schlußreim machte, indem ich ein Wort anwandte, das wohl zum Reim, aber nicht zum Sinne des Gedichtes paßte. Dr. Schöpf warnte mich nachdrücklich, am Festabend ja den Fehler nicht zu machen. Der Festtag (19. Dezember) kam. Dem Fest wohnte eine illustre Gesellschaft bei! Der Fürstbischof von Salzburg, der Abt von Sankt Peter und eine Anzahl anderer Geistlicher, auch Vertreter der Behörden. Endlich kam auch ich zum Vortrag an die Reihe. Kurz vor meinem Auftreten ermahnte mich Dr. Schöpf nochmals, mich ja in acht zu nehmen, was ich ihm feierlichst versprach. Aber mit des Geschickes Mächten ist kein ew'ger Bund zu flechten, und das Schicksal eilet schnell. Abermals machte ich den Sprechfehler, worauf im Hintergrund des Saales Dr. Schöpfs Arm auftauchte, der mir mit der Faust drohte. Das Unglück war aber geschehen, ich glaube, die meisten haben es nicht einmal bemerkt. Im übrigen verlief die Feier sehr gemütlich, und ich ging, ohne Schaden an meiner Seele genommen zu haben, vergnügt nach Hause.

Im März ist der St. Josefstag, der in Österreich ein hoher Feiertag ist. St. Josef ist, wie ich schon anführte, der Schutzpatron der katholischen Gesellenvereine. Einige Zeit vor diesem Tage hielt Schöpf eine eindringliche Rede an die katholischen Mitglieder des Vereins, daß sie an diesem Tage vollzählig zur Kirche gehen möchten. Er wisse wohl, äußerte er, daß junge Leute sich gern darum drückten, aber diesmal gehe es nicht, man dürfe ihn nicht blamieren, denn die Kaiserin – die Witwe des Kaisers Ferdinand, die in Salzburg wohnte –, die viel für den Verein tue, werde es sicher erfahren. Den Nachmittag, setzte er schmunzelnd hinzu, machen wir eine Wallfahrt nach Maria-Plain, ein Wallfahrtsort, dessen Kirche auf einem Hügel mitten in der Ebene, eine gute Stunde von Salzburg, prachtvoll gelegen ist. Dort werde auf Kosten der Kasse ein Faß Bier aufgelegt, das zweite zahle er, er sei sicher, hierbei fehle niemand. Alle lachten. Ich glaube, er behielt recht. Die Wallfahrt fand statt. Wir Nichtkatholiken marschierten wohlgemut und vollzählig im Zug, hinter der Fahne, die der Altgeselle trug, auf der der heilige Josef mit dem Christkind auf dem Arme abgebildet war. In Maria-Plain ange-kommen, besahen wir uns die überreich geschmückte Kirche. Dann ging es zum Trunk. Die Fässer wurden rasch geleert, gar mancher ging wan-kenden Schrittes nach Salzburg zurück. Der Zug war aufgelöst. Wie die Fahne mit dem heiligen Josef wieder nach Salzburg kam, weiß ich bis heute nicht.

Dr. Schöpf, ich und ein Hannoveraner traten zusammen den Rückweg an. In der Stadt angekommen, führte er uns in ein Café, in dem wir eine Partie Billard spielten. Es war für mich die erste und letzte, die ich in meinem Leben spielte. Natürlich verloren wir zwei, aber Dr. Schöpf zahlte.

Ende Februar 1860 reiste ich nach Hause. Einige dreißig Jahre später schickte mir ein Ritter von Pfister aus Linz einen Brief nach Berlin, in dem es hieß, er habe nach Berlin reisen wollen und habe bei dieser Ge-legenheit mir einen Gruß vom Domherrn Dr. Schöpf in Salzburg über-bringen sollen, er sei aber durch Krankheit an der Reise verhindert worden, so schicke er mir brieflich dessen Gruß. Wieso Dr. Schöpf sich meiner erinnerte, ist mir ein Rätsel geblieben. Er konnte unmöglich an-nehmen, daß der neunzehn- bis zwanzigjährige junge Drechslergeselle – wenn er sich überhaupt dessen entsann – der spätere sozialdemokrati-sche Reichstagsabgeordnete war. Solch tiefen Eindruck hatte ich sicher nicht auf ihn gemacht. Ich nehme vielmehr an, daß Kollegen aus dem Zentrum, denen ich gelegentlich meine Salzburger Erlebnisse erzählte, den Domherrn davon unterrichtet hatten. Als ich Anfang dieses Jahrhun-derts nach langer Zeit wieder einmal nach Salzburg kam, war einige Jahre zuvor Dr. Schöpf gestorben. Die joviale, heitere Natur und die volle Lebensfreude soll er sich bis an sein Ende bewahrt haben.

Ich will die Mitteilungen über meinen Salzburger Aufenthalt nicht schließen, ohne noch eines Vorgangs zu erwähnen, der damals unter uns jungen Leuten erzählt und viel belacht wurde. Zu jener Zeit lebte

König Ludwig I. von Bayern, der bekanntlich wegen der Lola-Montez-Affäre die Regierung niederlegte, im Sommer in Schloß Leopoldskron, in nächster Nähe Salzburgs. Der König, ein hochaufgeschossener Herr, der im grauen Sommeranzug, den Kopf mit einem großen, etwas ramponierten Strohhut bedeckt und mit einem starken Krückstock in der Hand, öfter an unserer Werkstatt vorbeipassierte, liebte es, in der Umgebung Salzburgs allein Spaziergänge zu machen. Eines Tages macht er wieder einen solchen und sieht, wie ein Knabe sich abquält, Äpfel von einem Baume herunterzuwerfen. Der König tritt zu dem Knaben und sagt: »Schau, das mußt du so machen!« und schleudert seinen Krückstock mit bestem Erfolg in die Äste des Baumes. Das hatte aber aus dem in der Nähe liegenden Hause die Bäuerin beobachtet, die jetzt hochrot vor Zorn in die Tür trat und dem König, den sie nicht kannte, zurief: »Du alter Lackl, schamst di net, den Buam beim Äpfelstehln z'helfe!« Der König nahm seinen Krückstock und trollte sich von dannen. Am nächsten Morgen erschien ein Diener und brachte der Bäuerin einen Gulden mit der Bemerkung, das sei für die Äpfel, die gestern der Herr vom Baum geschlagen habe. Auf ihre Frage, wer denn der Herr gewesen sei, erfolgte die sie höchst überraschende Antwort: »Der König Ludwig.«

Wenn ich hier einen verstorbenen Bayernkönig des Obstfrevels bezichtige, will ich wahrheitsgemäß hinzufügen, daß auch ich in dieser Beziehung nicht ohne Fehl und Sünde war. Das Obststehlen war allezeit meine schwache Seite; es war wohl eine vererbte Anlage, der ich zum Opfer fiel. So auch jetzt wieder in Salzburg. Es waren die prachtvollen Pfirsiche im Mirabellengarten, der dem Fürstbischof gehörte, die es mir angetan hatten. Ich konnte bei mehreren Spaziergängen in dem Garten der Versuchung nicht widerstehen, einige der Früchte mir anzueignen. Ich nehme an, dem Fürstbischof hat mein Obstfrevel nicht geschadet, und mir bekamen die Früchte vorzüglich. Auch meine Gewissensbisse verschwanden, als ich las, daß der heilige Ambrosius, der gegen Ende des vierten Jahrhunderts Bischof von Mailand gewesen war, geäußert habe:

»Die Natur gibt alle Güter allen Menschen *gemeinsam;* denn Gott hat alle Dinge geschaffen, *damit der Genuß für alle gemeinschaftlich sei.* Die Natur hat also das Recht der Gemeinschaft erzeugt, und es ist nur die *ungerechte Anmaßung* (usurpatio), die das Eigentumsrecht erzeugte.«

Konnte mein Tun glänzender entschuldigt, ja gerechtfertigt werden?

Zurück nach Wetzlar und weiter

Am 27. Februar 1860 trat ich die Heimreise an. Bahnen gab es zu jener Zeit im südöstlichen Bayern noch nicht, außerdem reiste damals der Handwerksbursche am billigsten zu Fuß, wenn er sich ein bißchen mit aufs Fechten verlegte. Das Wetter war wieder miserabel. Als ich eines Tages bei stürmischem Schneewetter, das mir ins Gesicht schlug, die Hände in den Hosentaschen, den Stock unter dem Arme und die Hutkrempe ins Gesicht gezogen, auf der Straße über den fränkischen Landrücken stapfte, wurde ich plötzlich am Arm gepackt und in den Straßengraben geschleudert. Als ich verwundert aufschaute, war es das Pferd von einem mir entgegenkommenden Fuhrwerk, das mich klugerweise am Arme gepackt und beiseite geschleudert hatte. Bei dem stürmischen Wetter hatte ich das herankommende Fuhrwerk weder gesehen noch gehört.

Jetzt war ich zum drittenmal über München gewandert und von dort nach Ingolstadt, Eichstätt, Nürnberg, Fürth, Würzburg, Aschaffenburg und Frankfurt. Zwischen Würzburg und Aschaffenburg durchschritt ich während mehr als vier Stunden einen prächtigen Buchenwald, der zum Spessart gehörte, in dem ich keiner Seele begegnete. Meine Schritte waren das einzige Geräusch, das ich vernahm. Selbst das mitten im Walde abseits von der Straße liegende Försterhaus sah aus, als sei es unbewohnt. Ich atmete auf, als ich den endlos scheinenden Wald hinter mir hatte. Böcklins Gemälde »Das Schweigen im Walde«, das ich Jahrzehnte später kennenlernte, erzeugte in mir zum erstenmal wieder die Stimmung, die mich damals bei dem einsamen Marsch durch den gespenstisch stillen Buchenwald beschlich. Als ich mich endlich Wetzlar näherte, wurde es mir etwas eigenartig ums Herz. Ich eilte eine vor mir liegende leichte Anhöhe hinauf, von wo ich zunächst die Spitze des Domes und bald darauf das ganze Städtchen vor mir liegen sah. Es war Mitte März, als ich nach mehr als zweijähriger Abwesenheit die zweite Heimat wieder zu sehen bekam. Ich fand bei einer meiner Tanten, der Müllerin, vorübergehende Unterkunft.

Bei der Militäraushebung wurde ich wegen allgemeiner Körperschwäche um ein Jahr zurückgestellt. Dasselbe passierte mir die nächsten Jahre bei der Gestellung in Halle a.S., wohin ich von Leipzig zweimal reiste, so daß ich schließlich als militäruntauglich entlassen wurde.

Einstweilen trat ich, da eine Arbeitsstelle in Wetzlar nicht zu haben war, bei einem jüdischen Drechslermeister in Butzbach, zwei Meilen von Wetzlar, in Arbeit. Als aber die Jahreszeit immer schöner wurde und eines Tages drei meiner Schulfreunde mit dem Berliner auf dem Rücken in die Werkstatt traten und mir mitteilten, daß sie sich auf der Wanderschaft nach Leipzig befänden, »da zog es mich mächtig hinaus«, wie es im Handwerksburschenlied heißt, und ihnen nach. Ich versprach meinen Freunden, binnen drei Tagen zu folgen, und hoffte sie einzuholen, falls sie nicht zu große Märsche machten. Ich konnte dieses Angebot riskieren, denn im Marschieren war mir zu jener Zeit keiner voraus.

Ich hatte bisher nicht die geringste Sehnsucht gehabt, Leipzig und Sachsen kennenzulernen, und wäre es auf mich angekommen, ich hätte damals beides nicht gesehen. Und doch war diese Reise in mehr als einer Richtung entscheidend für meine ganze Zukunft. So entscheidet sehr oft der Zufall über das Schicksal des Menschen.

Ich möchte hier einschalten, daß ich von dem Satze: der Mensch ist seines Glückes Schmied, blutwenig halte. Der Mensch folgt stets nur den Umständen und Verhältnissen, die ihn umgeben und ihn zu seinem Handeln nötigen. Es ist deshalb auch mit der sogenannten Freiheit seines Handelns sehr windig bestellt. In den meisten Fällen kann der Mensch die Konsequenzen seines momentanen Handelns nicht übersehen; er erkennt erst später, zu was es ihn geführt hat. Ein Schritt nach rechts statt nach links, oder umgekehrt, würde ihn in ganz andere Verhältnisse gebracht haben, die wiederum bessere oder schlechtere sein konnten als jene, in die er auf dem eingeschlagenen Wege gekommen ist. Den klugen wie den falschen Schritt erkennt er in der Regel erst an den Folgen. Oftmals kommt ihm aber auch die richtige oder falsche Natur seines Handelns nicht zum Bewußtsein, weil ihm die Möglichkeit des Vergleichs fehlt. Der Selfmademan existiert nur in sehr bedingtem Maße. Hundert andere, die weit ausgezeichnetere Eigenschaften haben als der eine, der obenauf gekommen ist, bleiben im Verborgenen, leben und gehen zugrunde, weil ungünstige Umstände ihr Emporkommen, das heißt die richtige Anwendung und Ausnutzung ihrer persönlichen Eigenschaften verhinderten. Die »glücklichen Umstände« geben erst dem einzelnen den bevorzugten Platz im Leben. Für unendlich viele, die diesen Platz nicht erhalten, ist des Lebens Tafel nicht gedeckt. Sind aber die Umstände günstig, so muß allerdings die nötige Anpassungsfähigkeit vorhanden sein, sie auszunutzen. Das kann man als das persönliche Verdienst des einzelnen ansehen.

Ich holte die drei Freunde ein, noch ehe sie Thüringen erreicht hatten, und kam gerade recht, um den einen, der bereits wunde Füße hatte, hilfreich unter den Arm zu nehmen, was beim Durchwandern der Orte bei den Bewohnern öfters Heiterkeit erregte. Wir passierten Ruhla, Eisenach, Gotha und kamen nach Erfurt. Hier übernachteten wir zum ersten Male in der Herberge eines christlichen Jünglingsvereins. Aber nur einmal und nicht wieder. Das muckerische, schleichende Wesen des Herbergsvaters widerte mich an. Am Abend mußten wir auf Kommando gemeinsam zu Bett gehen. Als wir die erste Etage erstiegen hatten, öffnete sich die Tür zu einem kleinen Saal, und eine Choralmelodie tönte uns entgegen, die ein glattgescheitelter, hellblonder Jüngling auf einem Harmonium spielte. Überrascht traten wir ein, neugierig auf die Dinge, die da kommen würden. Darauf trat der Herbergsvater auf ein Podium und las aus einem Gesangbuch einen Vers Zeile für Zeile vor. Die zitierte Zeile hatten wir unter Begleitung durch das Harmonium nachzusingen. Ähnliches war mir in einem katholischen Gesellenvereinshaus nicht passiert. In München zum Beispiel war an der Wand der Stube, in der wir zu zweit schliefen, ein gedrucktes Gebet angeschlagen, mit dem Ersuchen, es vor dem Zubettgehen zu beten. Von einem moralischen Zwang keine Spur. Ich wiederhole, wie es seitdem in den katholischen Gesellenvereinen geworden ist, weiß ich nicht.

In Erfurt fing der geschilderte Vorgang an, uns zu amüsieren. Wir brüllten wie Löwen die vorgespielte Melodie mit dem zitierten Text. Dann ging's höher hinauf in den Schlafsaal. Nachdem vorschriftsmäßig unsere Hemdkragen auf fremde Bewohner untersucht worden waren, stiegen wir zu Bett. Darauf entfernte sich der Herbergsvater mit dem Licht, und schwarze Dunkelheit herrschte. Jetzt ging aber unter den Dutzenden junger Leute, unter denen fast alle deutschen Landsmannschaften vertreten waren, ein Ulken und Spotten los, wie es mir bisher noch nicht zu Ohren gekommen war. Die Heiterkeit erreichte ihren Höhepunkt, als in der entferntesten Ecke des Saales ein Schlafgenosse aus Württemberg im unverfälschtesten Schwäbisch seine humoristischen Bemerkungen machte. Erst spät nahm der Lärm ein Ende. Nächsten Tages marschierten wir nach Weimar. Hier erklärten meine Begleiter, nicht weitergehen zu können, denn alle drei hatten sich die Füße wundgelaufen; sie wollten mit der Bahn nach Leipzig fahren. Ich protestierte dagegen, denn mein Geld war sehr knapp, und was dann, wenn es in Leipzig keine Arbeit gab? Doch mein Protest half nichts, wollte ich nicht allein reisen, so mußte ich mitfahren. Am 7. Mai 1860, abends 11 Uhr, kamen wir in Leipzig an und frugen uns durch nach der Herberge in der Großen Fleischergasse. Als wir nächsten Tages beim herrlichsten Maiwetter die Stadt und die in voller Frühjahrspracht stehenden Promenaden besichtigten, gefiel mir Leipzig ungemein. Ich hatte auch Glück und bekam Arbeit, und zwar in einer Werkstatt, in der ich den Artikel kennenlernte, auf den ich mich später selbständig machte. Traf ich vierundzwanzig Stunden später in Leipzig ein, so wäre die Stelle von einem anderen besetzt worden. So entschied hier wieder »ein Augenblick des Glückes« über meine Zukunft. Zum zweitenmal arbeitete ich in einer größeren Werkstatt. Es wurden fünf Kollegen und ein Lehrling neben mir beschäftigt. Meister und Kollegen gefielen mir, die Arbeit auch, bei der sich etwas lernen ließ. Was mir aber nicht gefiel, war der schlechte Kaffee, den wir morgens erhielten, und das an Quantität und Qualität äußerst mangelhafte Mittagessen. Frühstück, Vesper und Abendbrot mußten wir uns selbst stellen. Die Schlafstelle war beim Meister; wir schliefen sieben Mann in einer geräumigen Bodenkammer. Ich fing sehr bald an, gegen die Kost zu rebellieren. In einigen Wochen hatte ich die Kollegen so weit, daß sie sich zu einer gemeinsamen Beschwerde bei dem Meister verstanden, wobei wir erklärten, gemeinsam die Arbeit einzustellen, falls unsere Beschwerde keinen Erfolg hätte. Wir drohten also mit Streik, noch ehe einer von uns dieses Wort gehört hatte. Die Form der Abwehr ergab sich eben aus der Sache selbst. Der Meister war äußerst betreten, er erklärte, er verstehe die Klagen nicht, ihm schmecke das Essen ausgezeichnet. Das war natürlich. Er aß mit seiner Familie später als wir und bekam ein anderes Essen. Das wußte er nicht. Nach wiederholten Verhandlungen erreichten wir, daß wir gegen entsprechende Entschädigung von seiner Seite die Selbstbeköstigung durchsetzten, wobei er, wie er behauptete, finanziell noch profitierte. Er hatte seiner Frau mehr für unsere Verpflegung zahlen müssen, als wir forderten. Später erreichten wir durch hartnäckiges Liegenbleiben im Bett, daß der Beginn der Arbeitszeit von morgens 5 Uhr auf 6 Uhr hinausgeschoben wurde. Noch später setzten wir auch die Stückarbeit durch, auf die der Meister nicht eingehen wollte, weil er fürchtete, schlechte Arbeit geliefert zu bekommen, worin er sich täuschte, wie er sich nachher überzeugte. Schließlich erlangten wir auch das Wohnen außer dem Hause.

Mein Eintritt in die Arbeiterbewegung und das öffentliche Leben

Die Übernahme der Regentschaft in Preußen durch den Prinzen Wilhelm von Preußen, den Bruder König Friedrich Wilhelms IV., sowie der italienische Krieg hatten das Volk mächtig aufgerüttelt. Der Druck der Reaktionsjahre, der seit 1849 auf dem Volke lastete, war gewichen. Insbesondere war es die liberale Bourgeoisie, die sich jetzt politisch zu regen begann, nachdem sie während der Reaktionsjahre ihre ökonomische Entwicklung nach Kräften gefördert hatte und sehr viel reicher geworden war. Immerhin kann ihre damalige Entwicklung keinen Vergleich aushalten mit der Entwicklung, die ihr Wirtschaftssystem nach 1871 und besonders seit den neunziger Jahren des vorigen Jahrhunderts erlangt hat.

Die Bourgeoisie verlangte jetzt ihren Anteil an den Staatsgeschäften; sie wollte nicht nur in Preußen parlamentarisch herrschen, in ihrer großen Mehrheit erstrebte sie auch eine Einheit Deutschlands unter preußischer Spitze, um ganz Deutschland politisch und wirtschaftlich zu einem von einheitlichen Grundsätzen geleiteten Staatswesen zu machen, wie das durch die Revolution von 1848 und 1849 und das damalige deutsche Parlament vergeblich versucht worden war. Dieses Bestreben kam durch die Gründung des Deutschen Nationalvereins im Jahre 1859 zum Ausdruck, dessen Präsident Rudolf von Bennigsen wurde. Die Berufung des altliberalen Ministeriums Auerswald-Schwerin durch den Prinzregenten schwellte die Hoffnungen des Liberalismus. Das veröffentlichte Programm des Prinzregenten hätte freilich große Hoffnungen nicht gerechtfertigt, wogegen ihn auch seine Vergangenheit und namentlich seine Rolle in den Revolutionsjahren hätte schützen sollen. Aber die liberale Bourgeoisie sah eine neue Ära hereinbrechen.

Der Liberalismus ist stets hoffnungsselig, sobald ihm nur der Schein eines liberalen Regimentes winkt, soviel Enttäuschungen er auch im Laufe der Jahrzehnte erlebte. Weil ihm selbst der Mut und die Energie zu kräftigem Handeln fehlt und er vor jeder wirklichen Volksbewegung Angst hat, setzt er seine Hoffnungen stets auf die Regierenden, die ihm scheinbar oder wirklich etwas entgegenkommen. Durch den Enthusiasmus und das blinde Vertrauen, das er solchen Persönlichkeiten entgegenbringt, hofft er dieselben seinen Interessen dienstbar zu machen. Im vorliegenden Falle wurden die Blüten seiner Hoffnungen bald genug geknickt. Der Prinzregent, vom Scheitel bis zur Sohle Soldat, empfand zunächst das Bedürfnis einer gründlichen Militärreform auf Kosten der bis dahin geltenden Landwehreinrichtungen. Nach seiner Auffassung hatte sich die geltende preußische Heeresorganisation während und nach der Revolution sowie bei der Mobilmachung im Jahre 1859 nicht bewährt. Die Verwirklichung seiner Pläne kostete aber nicht nur viel mehr Geld, sie verstießen auch gegen die Traditionen, die sich im Volke seit 1813 über die Brauchbarkeit der Landwehr gebildet hatten; außerdem wurde in der neuen Organisation die Verlängerung der Dienstzeit von zwei auf drei Jahre und für die Reserve von zwei auf vier Jahre verlangt.

Die Landwehr hatte allerdings in den Revolutionsjahren hier und da versagt, sie fühlte sich zu sehr eins mit dem Volke und war nicht ohne weiteres für reaktionäre Handstreiche zu haben, und für einen Krieg, der nicht populär war, war sie ebenfalls schwer zu brauchen. Das war es aber, was den Prinzregenten mit bewegte, sie bei der neuen Organisation nach Möglichkeit in den Hintergrund zu drängen. Als aber die Reorganisation ohne die ausdrückliche Zustimmung der Kammer, die, kurzsichtig genug, zunächst die Mittel provisorisch bewilligt hatte, definitiv eingerichtet wurde, begannen die Liberalen, die in der Zweiten Kammer die Mehrheit hatten, aufsässig zu werden. Allein der Prinzregent ließ sich nicht irremachen und reorganisierte weiter. Das rief den Konflikt hervor. Die Wahlen im Dezember 1861 verstärkten die Opposition. Obgleich die Regierung durch Gewährung liberaler Konzessionen (Ministerverantwortlichkeitsgesetz und eine neue Kreisordnung) die Kammer zu gewinnen suchte, lehnte diese jetzt die geforderten Kosten für die Heeresorganisation ab. Darauf erfolgte im März 1862 die Auflösung der Kammer, die aber das Resultat hatte, daß sie bei den Neuwahlen im Mai noch radikaler zusammengesetzt wurde. Die Konservativen waren auf elf Mann zusammengeschmolzen.

Der Konflikt spitzte sich immer mehr zu, und der König, der keinen Rat mehr wußte, berief jetzt Herrn von Bismarck, der den Ruf genoß, ein sehr energischer und rücksichtsloser Mensch zu sein. Als solcher hatte er sich 1847 im Vereinigten Landtag, 1849 im preußischen Abgeordnetenhaus und 1850 im Erfurter Parlament erwiesen. Sein Auftreten in diesen Versammlungen hatte ihn selbst bei Friedrich Wilhelm IV. in den Ruf gebracht, ein roter Reaktionär zu sein, der nach Blut rieche.

Bismarck war von 1851 bis 1859 preußischer Gesandter beim Bundesrat in Frankfurt a.M. gewesen und hatte dort die Unhaltbarkeit des politischen Zustandes in Deutschland kennengelernt. 1859 kam er als Gesandter nach Petersburg und im Frühjahr 1862 nach Paris, von wo er bereits im September an die Spitze eines nunmehr konservativ zusammengesetzten Ministeriums berufen wurde. Der Konflikt zwischen Regierung und Kammer erlangte damit seinen Höhepunkt.

In der deutschen Frage war mittlerweile ebenfalls die Bewegung in ganz Deutschland immer lebendiger geworden und schlug hohe Wogen. Der Nationalverein verlangte die Einberufung eines deutschen Parlaments auf Grund der Reichsverfassung und des Wahlgesetzes von 1849. Zugleich sollte Preußens Rivale, Österreich, in Rücksicht auf seine starken nichtdeutschen Bevölkerungsteile aus diesem neuen Reiche hinausgedrängt werden. Die Mehrheit des Nationalvereins wollte ein Kleindeutschland bilden im Gegensatz zu jenen, die Deutsch-Österreich nicht ausgeschlossen sehen wollten und sich deshalb Großdeutsche nannten. Diese Gegensätze beherrschten die Kämpfe für die Lösung der deutschen Frage in der ersten Hälfte der sechziger Jahre. Daneben trat die sogenannte Triasidee auf, wonach neben Österreich und Preußen die Mittel- und Kleinstaaten eine Vertretung in der künftigen Reichsspitze beanspruchten, die aus einem dreiköpfigen Direktorium bestehen sollte.

Der Umfang, den die Bewegung angenommen hatte, und die große Bedeutung, die sie noch erlangen konnte, veranlaßte die weitsichtigeren Liberalen, beizeiten ihr Augenmerk auf die Arbeiter zu richten und diese für ihre politischen Ziele zu gewinnen. Was sich in den letzten fünfzehn Jahren in Frankreich abgespielt hatte, die rapide Entwicklung der sozialistischen Ideen, die Junischlacht, der Staatsstreich Louis Bonapartes und seine demagogische Ausnutzung der Arbeiter gegen die liberale Bourgeoisie, ließen es die Liberalen ratsam erscheinen, womöglich ähnlichen Vorkommnissen in Deutschland vorzubeugen. So benutzten sie vom Jahre 1860 ab den Drang der Arbeiter nach Gründung von Arbeitervereinen und förderten diese, an deren Spitze sie ihnen zuverlässig erscheinende Personen zu bringen suchten.

Die wirtschaftliche Entwicklung Deutschlands hatte zwar in jener Zeit erhebliche Fortschritte gemacht, aber immerhin war Deutschland damals noch überwiegend ein kleinbürgerliches und kleinbäuerliches Land. Über drei Viertel der gewerblichen Arbeiter gehörten dem Handwerk an. Mit Ausnahme der Arbeit in der eigentlichen schweren Industrie, dem

Bergbau, der Eisen- und Maschinenbauindustrie, wurde die Fabrikarbeit von den handwerksmäßig arbeitenden Gesellen mit Geringschätzung angesehen. Die Produkte der Fabrik galten zwar als billig, aber auch als schlecht, ein Stigma, das noch sechzehn Jahre später der Vertreter Deutschlands auf der Weltausstellung in Philadelphia, Geheimrat Reuleaux, der deutschen Fabrikarbeit aufdrückte. Für den Handwerksgesellen galt der Fabrikarbeiter als unterwertig, und als Arbeiter bezeichnet zu werden, statt als Geselle oder Gehilfe, betrachteten viele als eine persönliche Herabsetzung. Zudem hatte die große Mehrzahl dieser Gesellen und Gehilfen noch die Überzeugung, eines Tages selbst Meister werden zu können, namentlich als auch in Sachsen und anderen Staaten anfangs der sechziger Jahre die Gewerbefreiheit zur Geltung kam. Die politische Bildung dieser Arbeiter war sehr gering. In den fünfziger Jahren, das heißt in den Jahren der schwärzesten Reaktion groß geworden, in denen alles politische Leben erstorben war, hatten sie keine Gelegenheit gehabt, sich politisch zu betätigen. Arbeitervereine oder Handwerkervereine, wie man sie öfter nannte, waren nur ausnahmsweise vorhanden und dienten allem anderen, nur nicht der politischen Aufklärung. Arbeitervereine politischer Natur wurden in den meisten deutschen Staaten nicht einmal geduldet, sie waren sogar auf Grund eines Bundestagsbeschlusses aus dem Jahre 1856 verboten, denn nach Ansicht des Bundestags in Frankfurt a.M. war der Arbeiterverein gleichbedeutend mit Verbreitung von Sozialismus und Kommunismus. Sozialismus und Kommunismus aber waren uns Jüngeren zu jener Zeit vollständig fremde Begriffe, böhmische Dörfer. Wohl waren hier und da, zum Beispiel in Leipzig, vereinzelte Personen, wie Fritzsche, Vahlteich, Schneider, Schilling, die vom Weitlingschen Kommunismus gehört, auch Weitlings Schriften gelesen hatten, aber das waren Ausnahmen. Daß es auch Arbeiter gab, die zum Beispiel das Kommunistische Manifest kannten und von Marx' und Engels' Tätigkeit in den Revolutionsjahren im Rheinland etwas wußten, davon habe ich in jener Zeit in Leipzig nichts vernommen.

Aus alledem ergibt sich, daß die Arbeiterschaft damals auf einem Standpunkt stand, von dem aus sie weder ein Klasseninteresse besaß, noch wußte, daß es so etwas wie eine soziale Frage gebe. Daher strömten die Arbeiter in Scharen den Vereinen zu, die die liberalen Wortführer gründen halfen, die den Arbeitern als Ausbund der Volksfreundlichkeit erschienen.

Diese Arbeitervereine schossen nun zu Anfang der sechziger Jahre aus dem Boden wie die Pilze nach einem warmen Sommerregen. Namentlich in Sachsen, aber auch im übrigen Deutschland. Es entstanden in Orten Vereine, in denen es später viele Jahre währte, bis die sozialistische Bewegung dort einigen Boden fand, obgleich der frühere Arbeiterverein mittlerweile eingegangen war.

In Leipzig war damals das politische Leben sehr rege. Leipzig galt als einer der Hauptsitze des Liberalismus und der Demokratie. Eines Tages las ich in der demokratischen »Mitteldeutschen Volkszeitung«, auf die ich abonniert war und die der Achtundvierziger Dr. Peters redigierte, der Ehemann der bekannten verstorbenen Vorkämpferin für die Frauenrechte Luise Otto-Peters, die Einladung zu einer Volksversammlung zur Gründung eines Bildungsvereins. Diese Versammlung fand am 19. Februar 1861 im Wiener Saal statt, einem Lokal, das in der Nähe des Rosentals in einem Garten stand. Als ich in das Lokal trat, war dasselbe bereits überfüllt. Mit Mühe fand ich auf der Galerie Platz. Es war die erste öffentliche Versammlung, der ich beiwohnte. Der Präsident der Polytechnischen Gesellschaft, Professor Dr. Hirzel, hatte das Referat; er teilte mit, daß man einen Gewerblichen Bildungsverein als zweite Abteilung der Polytechnischen Gesellschaft gründen wolle, weil Arbeitervereine auf Grund des Bundestagsbeschlusses von 1856 in Sachsen nicht geduldet würden. Dagegen erhob sich Opposition. Neben Professor Roßmäßler, der Mitglied des deutschen Parlaments in Frankfurt a.M. gewesen und von seiner Professur an der Forstakademie zu Tharandt durch Herrn von Beust gemaßregelt worden war, nahmen Vahlteich, Fritzsche und andere Redner das Wort und verlangten volle Selbständigkeit des Vereins, der ein politischer sein müsse. Die Verfolgung von Unterrichtszwecken sei Sache der Schule, nicht eines Vereins für Erwachsene. Ich war zwar mit diesen Rednern nicht einverstanden, aber es imponierte mir, daß Arbeiter den gelehrten Herren so kräftig zu Leibe rückten, und wünschte im stillen, auch so reden zu können.

Der Verein wurde gegründet, und obgleich die Opposition ihren Zweck nicht erreicht hatte, trat sie dem Verein bei. Ich wurde ebenfalls an jenem Abend Mitglied. Der Verein wurde in seiner Art eine Musteranstalt. Vortragende für wissenschaftliche Themen waren in Menge vorhanden. So neben Professor Roßmäßler Professor Bock – der Gartenlaube-Bock und Verfasser des Buches vom gesunden und kranken Menschen –, die Professoren Wuttke, Wenck, Marbach, Dr. Lindner,

Dr. Reyher, Dr. Burckhardt und andere. Später folgten Professor Biedermann, Dr. Hans Blum, von dem die Sage ging, daß er sich während seiner Studentenzeit auf seiner Visitenkarte als Student der Menschenrechte bezeichnet habe, Dr. Eras, Liebknecht, der im Sommer 1865 nach Leipzig kam, und Robert Schweichel. Einer der fleißigsten Vortragenden im ersten Jahre war Dr. Dammer, der später der erste von Lassalle eingesetzte Vizepräsident des Allgemeinen Deutschen Arbeitervereins wurde. Unterricht wurde erteilt im Englischen, Französischen, in Stenographie, gewerblicher Buchführung, deutscher Sprache und Rechnen. Auch wurde eine Turn- und Gesangabteilung gegründet. Ersterer trat Vahlteich bei, der ein großer Turner vor dem Herrn war und blieb, zu der Gesangabteilung traten Fritzsche und ich. Fritzsche sang vorzüglich zweiten Baß, ich ersten, den bekanntlich jeder singt, der keine Singstimme hat.

An der Spitze des Vereins stand ein vierundzwanzigköpfiger Ausschuß, in dem der Kampf um den Vorsitz entbrannte. Roßmäßler unterlag gegenüber einem Architekten Mothes, aber die Opposition arbeitete planmäßig weiter. Bei dem ersten Stiftungsfest Februar 1862 hielt Vahlteich die Festrede, die ausgeprägt politisch war. Er forderte das allgemeine Stimmrecht. Bei der Neuwahl des Ausschusses wurde auch ich in denselben gewählt. Meine Sehnsucht, öffentlich reden zu können, war bei den häufigen Debatten im Verein rasch befriedigt worden. Ein Freund erzählte mir später, daß, als ich zum ersten Male einige Minuten sprach, um einen Antrag zu begründen, man sich an seinem Tisch gegenseitig angesehen und gefragt habe: »Wer ist denn der, der so auftritt?« Da im Ausschuß verschiedene Abteilungen für die verschiedenen Verwaltungsfächer gebildet wurden, wurde ich in die Bibliothekabteilung und die Abteilung für Vergnügungen gewählt. In beiden wurde ich Vorsitzender. Die Wahl des Vereinsvorsitzenden, die wieder der Ausschuß vorzunehmen hatte, rief dieses Mal einen heftigen Kampf hervor. Viermal wurde gewählt, ohne für einen Kandidaten ein Mehr erzielen zu können. Stets war Stimmengleichheit vorhanden. Schließlich unterlag wieder Professor Roßmäßler gegen Architekt Mothes mit einer Stimme, weil dieser sich selbst gewählt hatte. Die Opposition trug jetzt den Kampf in die Generalversammlung, die am Karfreitag 1862 stattfand. Der Verein hatte damals über fünfhundert Mitglieder. Die Opposition stellte wieder ihre alte Forderung auf, den Verein zu einem rein politischen zu machen und den Unterricht aus demselben auszuschließen. Nach einem heftigen, vielstündigen Redekampfe, an dem auch ich mich beteiligte, unterlag sie gegen eine Mehrheit von Dreiviertel der Stimmen. Hätte die Opposition geschickter operiert, hätte sie verlangt, daß zeitweilig politische Vorträge über Zeitereignisse gehalten und darüber Diskussionen veranstaltet werden sollten, sie hätte glänzend gesiegt. Aber daß man den Unterricht aus dem Verein verbannen wollte, der für die große Mehrheit der jüngeren Mitglieder das größte Interesse hatte, reizte diese zum Widerstand. Ich selbst nahm an der Buchführung und Stenographie teil. Einige Tage vor jener entscheidenden Versammlung hatten sich Fritzsche und Vahlteich eifrig bemüht, mich zu sich hinüberzuziehen. Ich konnte mich nicht entschließen, ihnen zu folgen.

Die Opposition schied nunmehr aus und gründete den Verein Vorwärts, der im Hotel de Saxe sein Hauptquartier aufschlug. Der Wirt in diesem Lokal war der in den Reaktionsjahren gemaßregelte ehemalige Pfarrer Würkert. Dieser hatte eine eigene Methode, Aufklärung zu verbreiten und dabei auch sein Geschäft zu machen. Er veranstaltete allwöchentlich Vorträge, die er selbst hielt, über alle möglichen Themen, wie die Geburts- und Todestage berühmter Männer, politische Tagesereignisse usw. An solchen Abenden war sein Lokal gedrängt voll. Da machte es denn einen eigenartigen Eindruck, wenn Würkert, der soeben noch unter den Gästen sich bewegt und diesem und jenem ein Glas Bier verabreicht hatte, auf dem Treppenpodest Platz nahm, der vom oberen in das untere Lokal führte, und von dort allen sichtbar seinen Vortrag hielt. Nicht im Gegensatz, sondern vielmehr in Ergänzung der Zusammenkünfte im Hotel de Saxe stand die Restauration zur Guten Quelle auf dem Brühl, ein damals eben gebautes Kellerlokal, dessen Wirt der Achtundvierziger Grun war. In der einen Ecke jenes Lokals stand ein großer runder Tisch, der der Verbrechertisch hieß. Das besagte, daß hier nur die ehrwürdigen Häupter der Demokratie Platz nehmen durften, die zu Zuchthaus oder Gefängnis verurteilt worden waren oder die man gemaßregelt hatte. Öfter traf beides zu. Da saßen Roßmäßler, Dolge, der wegen seiner Beteiligung am Maiaufstand zum Tode verurteilt worden war, nachher zu lebenslänglichem Zuchthaus begnadigt wurde und dann acht Jahre in Waldheim gesessen hatte. Zu den »Verbrechern« gehörten weiter Dr. Albrecht, der in unserem Verein Stenographie lehrte, Dr. Burckhardt, Dr. Peters, Friedrich Ölkers, Dr. Fritz Hofmann, Gartenlaube- Hofmann genannt, usw. Wir Jungen rechneten es uns zur besonderen Ehre an, wenn wir an diesem Tisch in Gesellschaft der Alten ein Glas Bier trinken durften.

Die Leiter des Vereins Vorwärts begnügten sich aber nicht mit ihren Vereinsversammlungen, sie trugen die Agitation in die Arbeiter- und Volksversammlungen, die sie von Zeit zu Zeit einberiefen, in welchen Arbeiterfragen und Tagesfragen erörtert wurden. Diese Erörterungen waren noch sehr unklar. Man diskutierte über eine Invalidenversicherung der Arbeiter, über die Veranstaltung einer Weltausstellung in Deutschland, über den Eintritt in den Nationalverein, wobei man verlangte, daß dieser den Jahresbeitrag von 3 Mark auch in Monatsraten erhebe, damit die Arbeiter beitreten könnten. Weiter forderte man das allgemeine Stimmrecht für die Landtagswahlen und ein deutsches Parlament, das sich der Arbeiterfrage anzunehmen habe. Ferner wurde die Einberufung eines allgemeinen deutschen Arbeiterkongresses diskutiert, auf dem die aufgetauchten Forderungen debattiert werden sollten. Die Frage der Einberufung eines Arbeiterkongresses tauchte fast gleichzeitig auch in den Berliner und Nürnberger Arbeiterkreisen auf.

Um die Vorbereitungen hierfür zu treffen und weiter nötig werdende Arbeiterversammlungen einzuberufen, wurde ein Komitee niedergesetzt, in das neben Fritzsche, Vahlteich und anderen weniger bekanntgewordenen Arbeitern auch ich gewählt wurde. Neben den Arbeiterversammlungen, die von unserer Seite ausgingen, berief die örtliche Leitung des Deutschen Nationalvereins öfter Volksversammlungen, manchmal mit Rednern von auswärts, Schulze-Delitzsch, Metz-Darmstadt usw., ein, in denen die deutsche Frage, die Gründung einer deutschen Flotte, der mittlerweile sehr akut gewordene preußische Verfassungskonflikt, die schleswig-holsteinsche Frage usw. erörtert wurden. Man ersieht schon aus der Aufzählung dieser Themen, daß in jener Zeit das politische Leben in Leipzig ein außerordentlich reges war und uns in Atem hielt. Ein sehr beliebtes Thema in den von den Liberalen einberufenen Volksversammlungen waren auch die Erörterungen über die Verfassungszustände in den Einzelstaaten, ganz besonders in Sachsen, Hessen-Kassel und Hessen-Darmstadt. In zweiter Linie folgten Mecklenburg und Bayern. Die Herren von Beust (Sachsen) und Dalwigk (Hessen-Darmstadt) waren ganz besonders Gegenstand heftiger Angriffe. Zu diesen gesellte sich Herr von Bismarck, als dieser im September 1862 an die Spitze der preußischen Regierung trat.

Es war richtig, in den erwähnten Klein- und Mittelstaaten waren nach der Niederwerfung der Revolution Verfassungsbrüche und Oktroyierungen aller Art vorgekommen, aber nicht minder in Preußen. Außerdem hatten diese Klein- und Mittelstaaten ihre verbrecherische Tätigkeit nur unter dem Schutze Preußens und Österreichs – die hierin ein Herz und eine Seele waren – ausüben können. Gleichwohl behandelten die Liberalen der verschiedenen Schattierungen in ihren öffentlichen Angriffen die Klein- und Mittelstaaten viel schlechter als zum Beispiel Preußen. Und doch war es Preußen gewesen, das die Revolution niedergeworfen und es neben den Oktroyierungen im eigenen Lande an Gewalttaten gegen die Revolutionäre nicht hatte fehlen lassen. Ich erinnere nur an die Verurteilung Gottfried Kinkels zu lebenslänglichem Zuchthaus, an die Erschießung von Adolf von Trützschler in Mannheim und Max Dortü in Freiburg i.B., an die Erschießungen in den Kasemattengräben in Rastatt, an die furchtbaren Grausamkeiten, die das preußische Militär nach der Niederwerfung des Mai-Aufstandes in Dresden an den gefangenen Revolutionären begangen hatte. Auch waren die Zustände Preußens in den fünfziger Jahren unter der Herrschaft des Systems Manteuffel so, daß sie jeden halbwegs freidenkenden Mann zur Empörung aufstacheln mußten und Preußen in Deutschland und im Ausland aufs schlimmste diskreditierten. Auch der im Zuge befindliche Verfassungskonflikt suchte seinesgleichen in Deutschland vergeblich. Mir, der ich damals als ein in der Politik noch unerfahrener junger Mann gelten mußte, fiel dieses Messen mit zweierlei Maß bald auf. Und dieses wurde namentlich von den sächsischen Liberalen und Demokraten praktiziert. Allerdings war das System des Herrn von Beust, das dieser mit Zustimmung des Königs Johann in Sachsen inszeniert hatte, wegen der volksfeindlichen Maßnahmen und Bedrückungen aller Art und insbesondere durch die grausame Behandlung, die die politischen Gefangenen im Zuchthaus zu Waldheim erlitten hatten, ganz besonders und mit Recht verhaßt. Im Waldheimer Zuchthaus waren nicht weniger als 286 Maigefangene, darunter 148 Arbeiter, untergebracht worden, von denen schon bis zum Jahre 1854 34, also 12 Prozent, gestorben waren. Über 42 der Gefangenen war das Todesurteil ausgesprochen worden, die dann zu lebenslänglichem Zuchthaus »begnadigt« wurden. In der Strafanstalt Zwickau waren 286 politische Gefangene, darunter 239 Arbeiter, eingesperrt worden; das Landesgefängnis Hubertusburg hatte 70 politische Gefangene beherbergt.

Im Zuchthaus zu Waldheim saß unter anderen auch August Röckel, Musikdirektor in Dresden, ein Freund Richard Wagners und des berühmten Baumeisters Semper, denen beiden die Flucht gelungen war. Röckel war wegen seiner Beteiligung am Maiaufstand zu lebenslänglichem

Zuchthaus verurteilt worden. Nach seiner Begnadigung, Anfang 1862, nachdem er elfeinhalb Jahre im Zuchthaus zugebracht – er war mit dem Rechtsanwalt Kirbach in Plauen, der letzte der begnadigten Zuchthäusler, weil beide sich weigerten, ein Gnadengesuch einzureichen –, veröffentlichte er 1865 über die Vorkommnisse im Waldheimer Zuchthaus ein Buch, betitelt: »Die Erhebung in Sachsen und das Zuchthaus zu Waldheim«, dessen Inhalt in Sachsen und Deutschland einen Schrei des Entsetzens hervorrief. Ich war einer der eifrigsten Verbreiter von Röckels Buch, ich setzte über 300 Exemplare ab, selbstverständlich ohne persönlichen Vorteil, was nicht hinderte, daß ich in der Koburger Arbeiterzeitung als Anhänger Beusts verdächtigt wurde.

Unter den in Waldheim Mißhandelten war es Kirbach, den ich zwanzig Jahre später als Kollege im sächsischen Landtag persönlich kennenlernte, wohl mit am schlimmsten ergangen. Er war keiner von denen, die im Zuchthaus zu Kreuze gekrochen waren; ihm ließ der Zuchthausdirektor Christ einen sogenannten Springer zwischen den Füßen anbringen. Dieses war eine etwa einen Fuß lange Eisenstange, die mit Fußschellen zwischen den Knöcheln befestigt war. Wollte Kirbach gehen, so mußte er springen, daher der Name Springer. Bei dieser Prozedur wurden Haut und Fleisch an den Knöcheln zerrieben, und da Kirbach nicht nur furchtbare Schmerzen litt, sondern auch gefährlich erkrankte, mußte ihm nach einiger Zeit der Springer wieder abgenommen werden. In seiner späteren politischen Entwicklung kam der ehemalige Revolutionär Anfang der achtziger Jahre zur Freisinnigen Partei, deren Vorstand in seinem Wahlkreise er lange Jahre angehörte. Er war der einzige bürgerliche Abgeordnete, der im sächsischen Landtag für unsere Anträge auf Einführung des allgemeinen, gleichen, direkten und geheimen Wahlrechts stimmte. Er verleugnete also nicht, wie so viele andere seiner ehemaligen Gesinnungsgenossen, den alten Demokraten.

Eine ganz andere politische Entwicklung nahm Kirbachs Zuchthausgenosse August Röckel. Als das Jahr 1866 die politische Krise über Deutschland brachte, stellte sich Röckel auf die Seite seines früheren Feindes von Beust und ging, als Beust in Österreich Kanzler wurde, mit ihm nach Wien, um ihm Preßdienste zu leisten. Er starb dort als armer Mann.

Was aber immer für Zustände in Preußen herrschten, die Liberalen sahen in ihm den Staat, der allein die deutsche Einheit, wie sie sich dieselbe dachten, durchführen konnte und sie vor einer Herrschaft der

Masse zu schützen vermochte. Daher war es ihre Taktik, die Mittel- und Kleinstaaten nach Kräften herunterzureißen, damit der Staat des deutschen Berufs, was in ihren Augen Preußen war, in um so günstigerem Lichte erschien. Die Ära Bismarck stand zwar dieser Mythe sehr im Wege, aber man erklärte sie für eine vorübergehende Erscheinung, und dann werde Preußen erst recht im liberalen Glanze erscheinen. Herr von Bismarck war aber eine Realität ersten Ranges, und er kannte auch die Liberalen, von denen er sagte: »Mehr als sie mich hassen, fürchten sie die Revolution«, was durchaus richtig war. Indes gerieten die Leidenschaften immer mehr in Glühhitze. Wer in den Versammlungen am heftigsten auf Bismarck losschlug und die bedenklichsten Drohungen laut werden ließ, der konnte auf den stürmischsten Beifall rechnen. Selbst in manchem Liberalen erwachte die alte revolutionäre Leidenschaft, so in Johannes Miquel, der zehn Jahre früher mit Karl Marx in Verbindung gestanden und selbst in den sechziger Jahren seine Beziehungen zu ihm noch nicht ganz abgebrochen hatte; der sich zu jener Zeit als Kommunist und Atheist bekannte und seine Hilfe zur Organisierung von Bauernaufständen anbot. Jetzt drohte er dem König von Preußen mit dem Schicksal der Bourbonen, man werde die Arbeiter gegen die Hohenzollern aufrufen, wenn sie keine Vernunft annehmen wollten. Eine solche Äußerung fiel von ihm im privaten Kreise gelegentlich der Generalversammlung des Deutschen Nationalvereins in Leipzig. Nahezu dreißig Jahre später war Johannes Miquel, als Herr von Miquel, Finanzminister eines Hohenzollern und war ihm selbst die mittlerweile sehr zahm gewordene nationalliberale Partei, zu deren Gründern er gehörte, noch zu liberal.

Indes mochten auch an Bismarcks Ohren solche Drohungen gedrungen sein – die blutigsten Drohungen durch anonyme Briefe sind wohl schon Mode gewesen, ehe es sozialdemokratische Führer gab, die solche gelegentlich dutzendweise empfingen –, denn er hat später öffentlich zugestanden, daß er es nicht für unmöglich gehalten, das Schicksal Straffords zu teilen, der bekanntlich als Minister Karls I. von England hingerichtet worden war. Er habe daher als sorgsamer pater familias auf alle Fälle sein Haus bestellt.

Aber auch vom König ging in jener Zeit das Gerücht, daß er infolge der fortgesetzten Aufregungen an Halluzinationen leide und fürchtete, daß ihn das Schicksal der Bourbonen treffen werde. Bestätigt wurden jene Gerüchte durch eine spätere Veröffentlichung, die der verstorbene preußische Landtagsabgeordnete von Eynern als persönliche Mitteilung

Bismarcks bezeichnete. Danach hatte Bismarck ihm erzählt, als er 1862 zum Minister ernannt worden sei, wäre er dem König bis Jüterbog entgegengefahren und habe denselben in größter Niedergeschlagenheit angetroffen. Die badischen Herrschaften, von denen der König gekommen, hätten den Konflikt mit dem Landtag für unlösbar gehalten und ihn zum Einlenken zu bestimmen gesucht. Der König habe zu ihm gesagt: »Minister sind Sie geworden, aber nur, um das Schafott zu besteigen, was auf dem Opernplatz für Sie errichtet wird; ich selbst werde nach Ihnen an die Reihe kommen.« – »Der König hoffte zweifellos, ich würde ihm diese Dinge ausreden«, fuhr Bismarck fort, »ich tat aber das Gegenteil, weil ich meinen ehrlichen und gegen jede erkennbare Gefahr mutigen Mann kannte. Ich sagte ihm, die beiden Fälle hielte ich augenblicklich vielleicht für nicht ganz ausgeschlossen – aber wenn sie eintreten sollten, was sei dann Großes daran gelegen, sterben müßten wir alle einmal, und es sei gleichgültig, ob ein bißchen früher oder später. Er sterbe dann, wie es seine Pflicht sei, im Dienste seines Königs und Herrn, und der König sterbe dann in Verteidigung seiner heiligen Rechte, was auch seine Pflicht sei gegen sich selbst und gegen sein Volk. Man brauche ja nicht gleich an Ludwig XVI. zu denken, der sei ja unangenehm gestorben, aber Karl I. habe einen höchst anständigen Tod erlitten, einen solchen, der ebenso ehrenvoll gewesen wie der auf dem Schlachtfelde.«

»Als ich« – erzählte Bismarck weiter – »derart den König als Soldaten an sein Portepee faßte, wurde er noch ernster, und dann wurde er sicher, und ich reiste mit einem vergnügten, kampfesfrohen Manne nach Berlin hinein.«

Diese Vorgänge zeigen, was die Liberalen hätten erreichen können, wenn sie die Lage auszunützen verstanden. Aber sie fürchteten bereits die hinter ihnen stehenden Arbeiter. Bismarcks Wort, wenn man ihn zum Äußersten dränge, werde er den Acheron in Bewegung setzen, jagte ihnen einen heillosen Schrecken ein.

In der Tat hat denn auch Bismarck alle Register gezogen, um Herr der Situation zu werden; seine Werkzeuge nahm er, wo er sie fand. Er hätte sich mit dem Teufel und seiner Großmutter verbunden, fand er einen Vorteil dabei. So zog er August Braß, den Chefredakteur der damals großdeutschen »Norddeutschen Allgemeinen Zeitung«, in seine Dienste, obgleich dieser früher roter Demokrat gewesen war und das hübsche Lied gedichtet hatte:

> Wir färben rot, wir färben gut,
> Wir färben mit Tyrannenblut!

Er hatte auch nichts dagegen einzuwenden, daß Braß Liebknecht von London und Robert Schweichel von Lausanne als Redakteure an die »Norddeutsche Allgemeine Zeitung« berief. Weiter gelang es Bismarck, neben Braß im Jahre 1864 Lothar Bucher, den alten Demokraten und Steuerverweigerer, zu gewinnen, dessen großes historisches Wissen und gewandte Feder er sich dienstbar machte. Bucher war es auch, der im Auftrag Bismarcks 1865 den Versuch machte, Karl Marx als Mitarbeiter für den preußischen Staatsanzeiger zu werben, wobei er die Freiheit haben sollte, ganz, nach Belieben zu schreiben, propagiere er selbst den Kommunismus.

Die Methoden, nach denen Bismarck jetzt zu regieren versuchte, hatte er Louis Napoleon abgesehen, der es meisterhaft verstanden hatte, die bestehenden Klassengegensätze für sein System auszunutzen, und zwar sogar unter der Herrschaft des allgemeinen Stimmrechts. Es zeigte sich bald, daß auch Bismarck versuchte, die Arbeiterbewegung in seinem Interesse gegen die liberale Bourgeoisie auszunutzen. Sein Helfer in diesen Dingen war der Geheime Oberregierungsrat Hermann Wagener, dessen Kenntnis der sozialen Fragen und dessen Geriebenheit ihn als den geeigneten Mann erscheinen ließen.

Ende August 1862 hatte eine Arbeiterversammlung in Berlin ebenfalls beschlossen, einen allgemeinen deutschen Arbeiterkongreß, und zwar nach Berlin, einzuberufen. Das veranlaßte das Leipziger Komitee, sich mit den leitenden Persönlichkeiten der Berliner Bewegung in Verbindung zu setzen, um eine Vereinbarung wegen der Einberufung des Kongresses zu erzielen. Man wünschte der besseren geographischen Lage wegen Leipzig als Kongreßort. Anfangs Oktober kam als Berliner Vertreter der Maler und Lackierer Eichler nach Leipzig zu einer Besprechung, der auch ich als Mitglied des Komitees beiwohnte.

Diese Besprechung fand in der Restauration »Zum Joachimstal« in der Hainstraße statt. Eichler ging gleich aufs Ganze. Er führte aus, daß die Arbeiter von der Fortschrittspartei und dem Nationalverein nichts zu erwarten hätten. Die Mehrzahl der Komiteemitglieder teilte auf Grund der gemachten Erfahrungen diese Ansicht. Weiter fuhr Eichler fort, er habe die Gewißheit – und damit entpuppte er sich nach unserer Ansicht als Agent Bismarcks –, daß Bismarck für die Einführung des allgemeinen, gleichen und direkten Wahlrechts zu haben sei und auch bereit wäre, die nötigen Mittel (60000 bis 80000 Taler) zur Gründung einer Produktivgenossenschaft der Maschinenbauer herzugeben.

Zu jener Zeit bildeten die Maschinenbauer die Elite der Berliner Arbeiter und galten als die eigentliche Leibgarde der Fortschrittspartei. Die Ausführungen Eichlers riefen eine stundenlange Debatte hervor, deren Endergebnis war, daß das Komitee, mit Ausnahme Fritzsches, sich gegen Eichler erklärte. Es fällt auf, daß Eichler Ideen propagierte, wie sie sechs Monate später Lassalle in seinem Antwortschreiben an das Leipziger Komitee entwickelte, nur daß Lassalle einen demokratischen Staat als Begründer der Produktivassoziationen mit Staatshilfe forderte.

In jenen Tagen war der Name Lassalle uns unbekannt, obgleich er schon im April jenes Jahres öffentlich einen Vortrag »Über den besonderen Zusammenhang der gegenwärtigen Geschichtsperiode mit der Idee des Arbeiterstandes« gehalten hatte, der später und bis auf den heutigen Tag unter dem Titel »Arbeiterprogramm« erschienen ist. Auch hatte er in demselben Jahre seine Vorträge über Verfassungswesen gehalten. Daß diese Vorgänge uns unbekannt blieben, lag wohl daran, daß keiner von uns Berliner Zeitungen las. Wir bezogen unsere Kenntnisse über die Tagesereignisse aus der Leipziger Presse, namentlich der demokratischen »Mitteldeutschen Volkszeitung«, und was diese nicht brachte, blieb uns fremd. Es waren eben noch rückständige Zeiten.

Eichler hatte, als er mitteilte, Bismarck sei eventuell für die Einführung des allgemeinen, gleichen und direkten Wahlrechts zu haben, nur einem Gedanken Ausdruck gegeben, der damals schon namentlich von dem Geheimen Oberregierungsrat Hermann Wagener öffentlich propagiert wurde. Man dachte dabei an eine Oktroyierung desselben, von der Auffassung ausgehend: ist das Dreiklassenwahlrecht im Mai 1849 oktroyiert worden, so kann es auch durch eine königliche Verordnung wieder beseitigt und ein neues Wahlrecht oktroyiert werden. Den Liberalen, die in ihrer sehr großen Mehrzahl nicht für das allgemeine, gleiche, direkte und geheime Wahlrecht schwärmten, war diese Aussicht höchst fatal, und Herr von Unruh, einer ihrer Hauptführer, gab ihrer Besorgnis auch öffentlich Ausdruck. Ihre Abneigung gegen das allgemeine, gleiche, direkte und geheime Wahlrecht versteckten die Liberalen damals hinter der Erklärung, diese Forderung sei während des Verfassungskampfes nicht opportun, erst müsse der Kampf mit dem Ministerium Bismarck zu Ende sein, ehe man an eine Änderung des Wahlrechts denken könne.

Daß zu jener Zeit die konservativen Demagogen sich für Einführung des demokratischsten aller Wahlrechte ins Zeug legten, wohingegen sie heute die entschiedensten Gegner desselben sind, hatte seinen zulänglichen Grund. Napoleon III., der nach dem Staatsstreich das allgemeine, gleiche, direkte und geheime Wahlrecht in Frankreich wieder einführte, das die honette Republik nach der Junischlacht durch ein schlechteres Wahlrecht ersetzt hatte, war mit demselben ausgezeichnet gefahren. Natürlich unter obligater Einwirkung durch die Staatsgewalten auf die Wähler. Es gab anfangs unter sechshundert Delegierten nur sieben Oppositionsmänner, alle übrigen waren kaiserliche Mamelucken. Erst 1863 stieg die Opposition auf 38 und 1869 auf 110 Köpfe.

Umgekehrt hatte in Preußen das Dreiklassenwahlrecht, das man geschaffen hatte, um eine gefügige Kammer zu besitzen, jetzt eine scharf oppositionelle geliefert; so kam man auf den Gedanken, das Napoleonische Beispiel nachzuahmen.

Eine andere Frage ist: Wie kam die Idee der Produktivgenossenschaften mit Staatshilfe in die Kreise der Konservativen? Und da scheint es, daß Lassalle schon im Jahre 1862 diesen Gedanken in seinem Kopfe bearbeitete und ihn seiner Freundin und Vertrauten, der Gräfin Hatzfeldt mitteilte, von der dann die Idee in die konservativen Kreise getragen wurde, noch ehe Lassalle sie öffentlich formuliert hatte. Später, als Vahlteich Sekretär Lassalles geworden war, entdeckte dieser, welch zweideutige Elemente Lassalle um sich hatte. Dasselbe nahm Liebknecht wahr, der Lassalle vor seiner Umgebung und speziell vor Bismarck warnte, worauf Lassalle antwortete: »Pah, ich esse mit Herrn von Bismarck Kirschen, aber er bekommt die Steine.« Es ist höchst wahrscheinlich, daß der Geheimrat Wagener Eichler den Plan mit den Produktivgenossenschaften als Plan Bismarcks suggerierte, noch ehe Bismarck selbst sich damit beschäftigt hatte[1]. Klarheit über die Rolle Eichlers und die Beziehungen Bismarcks zu Lassalle erfolgte im September 1878 bei Beratung des Sozialistengesetzes, als ich auf jene Vorgänge zu sprechen kam. Ich klagte damals Fürst Bismarck an, daß er jetzt die Sozialdemokratie zu vernichten

1 Nachträglich kommen mir die Memoiren des Geheimen Oberregierungsrates Hermann Wagener (Erlebtes) zu Gesicht, in denen er mitteilt, daß er mit Lassalle und der Gräfin Hatzfeldt und anderen Häuptern der Sozialisten (Schweitzer?) in Beziehung gestanden habe. Danach hat er also höchstwahrscheinlich von Lassalle selbst dessen Programmgedanken kennengelernt und bei Eichler verwendet.

trachte, die er einstmals für seine politischen Zwecke zu benutzen versucht habe. Ich wies zunächst auf den Fall Eichler hin und die Angebote, die dieser in seinem Namen uns im Leipziger Komitee gemacht habe; ich führte weiter an, daß durch Vermittlung eines Hohenzollernprinzen (vermutlich Prinz Albrecht, Bruder des Königs) und der Gräfin Hatzfeldt Lassalle mit ihm (Bismarck) in Verbindung gekommen sei, daß seine Unterhaltungen mit Lassalle öfter stundenlang gedauert und eines Tages sogar der bayerische Gesandte abgewiesen worden wäre, der Bismarck sprechen wollte, als Lassalle bei ihm war.

Fürst Bismarck nahm darauf am folgenden Tage, am 17. September, im Reichstag das Wort. Ich hatte irrtümlich gesagt, daß die Verhandlungen zwischen Eichler und dem Leipziger Komitee schon im September, statt erst im Oktober stattgefunden hätten. Daran knüpfte Bismarck an, um nachzuweisen, daß er solche Aufträge nicht könne gegeben haben, da er erst am 23. September ins Ministerium eingetreten sei. Wohl sei ihm erinnerlich, *daß Eichler späterhin Forderungen an ihn gestellt für Dienste, die er ihm nicht geleistet habe. Im weiteren gab er zu, daß Eichler im Dienste der Polizei gestanden* und Berichte geliefert habe, von denen ihm einige zur Kenntnis gekommen seien. Diese hätten sich aber nicht auf die sozialdemokratische Partei bezogen, sondern auf intime Verhandlungen der Fortschrittspartei und, wenn er nicht irre, des Nationalvereins.

Damit war erwiesen, wie begründet unser Verdacht im Komitee gegen Eichler gewesen war. Im übrigen bestritt Fürst Bismarck, daß er 60000 bis 80000 Taler für eine Produktivgenossenschaft habe hergeben wollen. Er habe keine geheimen Fonds gehabt, und wo hätte er das Geld hernehmen sollen? Das sagte derselbe Mann, der im April 1863 in der Kammer geäußert hatte, die Regierung werde, wenn es ihr nötig erscheine, mit oder ohne Bewilligung der Volksvertretung Krieg führen und das Geld dazu nehmen, wo sie es finde – und jahrelang die Staatsausgaben ohne Zustimmung der Kammer machte. Auf die ihm von mir vorgehaltenen Beziehungen zu Lassalle äußerte er, nicht er, sondern Lassalle habe den Wunsch gehabt, mit ihm zu sprechen, und er habe ihm die Erfüllung dieses Wunsches nicht schwer gemacht. Er habe das auch nicht bereut. Verhandlungen hätten zwischen ihnen nicht stattgehabt, was hätte Lassalle als armer Teufel ihm auch bieten können? Lassalle habe ihn aber außerordentlich angezogen, er sei einer der geistreichsten und liebenswürdigsten Menschen gewesen, mit denen er je verkehrt habe, er sei auch kein Republikaner gewesen: die Idee der er zustrebte, sei das deutsche Kaisertum gewesen. Darin hätten sie Berührungspunkte gehabt. Auch sei Lassalle in hohem Grade ehrgeizig gewesen, und ob das deutsche Kaisertum mit der Dynastie Hohenzollern oder mit der Dynastie Lassalle abschließe, daß sei ihm vielleicht zweifelhaft gewesen, aber monarchisch wäre er durch und durch gewesen. Dieser Erklärung folgte im Reichstag große Heiterkeit.

Die burschikose Art, wie Bismarck Lassalle zum Monarchisten stempelte, bedarf keiner Widerlegung, sie wird auch durch Lassalles Schriften und Briefe widerlegt. Immerhin war die Rolle Lassalles Bismarck gegenüber eine höchst eigenartige. Gestützt auf sein sehr hohes Selbstgefühl und seine unabhängige soziale Stellung glaubte er, mit Bismarck wie von Macht zu Macht verhandeln zu können, noch ehe er eine Macht hinter sich hatte. Wie das Spiel schließlich ausgegangen wäre, darüber braucht man sich den Kopf nicht zu zerbrechen, da der Tod Lassalles, Ende August 1864, ihn als Partner beseitigte.

Bismarck bestritt ferner in jener Rede, daß zwischen ihm und Lassalle der Gedanke einer Oktroyierung des allgemeinen, gleichen, direkten und geheimen Wahlrechts erörtert worden sei. Ich konnte ihm das Gegenteil nicht beweisen, glaubte aber den Worten Bismarcks nicht. Hier ist mir Lassalle maßgebend, der in seiner Verteidigungsrede vor dem Staatsgerichtshof in Berlin, 12. März 1864, öffentlich sagte: »Und so verkünde ich Ihnen denn an diesem feierlichen Orte, es wird vielleicht kein Jahr mehr vergehen – und Herr von Bismarck hat die Rolle Robert Peels gespielt und das allgemeine und direkte Wahlrecht ist oktroyiert.« Lassalle hätte ganz unmöglich eine solche Sprache führen können, wäre nicht in seinen Unterhaltungen mit Bismarck die Oktroyierung des allgemeinen, direkten Wahlrechts in Betracht gezogen worden. Wie schon angeführt, wurde dieser Gedanke, und zwar immer wieder, in konservativen Kreisen sehr ernst erörtert, und er fand im liberalen Lager vollen Glauben. Außerdem war Bismarck, der gegen die Beschlüsse der Kammer verfassungswidrig regierte, und im Juni 1863 wider Recht und Gesetz die berüchtigten Preßordonnanzen erließ, nicht der Mann, der vor einer Oktroyierung eines Wahlsystems zurückgeschreckt wäre, wenn er sich Nutzen davon versprach. Zudem wäre ihm eine solche Oktroyierung von den bisher politisch entrechteten Massen in Preußen nicht übelgenommen worden.

Welchen Charakter die Unterhandlungen Lassalles mit Bismarck angenommen hatten, dafür sprechen zwei Briefe Lassalles, die erst viel später veröffentlicht wurden, hier aber am besten ihren Platz finden.

Lassalle schrieb an Bismarck:

»Exzellenz!

Vor allem klage ich mich an, gestern vergessen zu haben, Ihnen noch einmal ans Herz zu legen, daß die *Wählbarkeit schlechterdings allen Deutschen erteilt* werden muß. Ein immenses Machtmittel! Die wirkliche ›moralische‹ Eroberung Deutschlands! Was die Wahltechnik betrifft, so habe ich noch gestern nacht die gesamte französische Gesetzgebungsgeschichte nachgelesen und da allerdings wenig Zweckmäßiges gefunden. Aber ich habe auch nachgedacht und bin nunmehr allerdings wohl in der Lage, Ew. Exzellenz die gewünschten Zauberrezepte zur Verhütung der Wahlenthaltung wie der Stimmenzerbröckelung vorlegen zu können. An der durchgreifenden Wirkung derselben wäre nicht im geringsten zu zweifeln!

Ich erwarte demnach die *Fixierung eines Abends seitens Ew. Exzellenz.* Ich bitte aber dringend, den Abend so zu wählen, daß wir nicht gestört werden. Ich habe viel über die Wahltechnik und noch mehr über anderes mit Ew. Exzellenz zu reden, und eine ungestörte und erschöpfende Besprechung ist bei dem drängenden Charakter der Situation wirklich unumgängliches Bedürfnis.

Der Bestimmung Ew. Exzellenz entgegensehend, mit ausgezeichneter Hochachtung Ew. Exzellenz ergebenster

F. Lassalle

Berlin, Mittwoch, 13. 1. 64, Potsdamer Straße 13.«

Und weiter:

»Exzellenz!

Ich würde nicht drängen, aber die äußeren Ereignisse drängen gewaltig, und somit bitte ich, mein Drängen zu entschuldigen. Ich schrieb Ihnen bereits Mittwoch, daß ich die gewünschten ›Zauberrezepte‹ – Zauberrezepte von der durchgreifendsten Wirkung – gefunden habe. Unsere nächste Unterredung wird, wie ich glaube, endlich von entscheidenden Beschlüssen gefolgt sein, und da, wie ich ebenso glaube, diese entscheidenden Entschlüsse unmöglich länger zu verschieben sind, so werde ich

mir erlauben, morgen (Sonntag) abend achteinhalb Uhr bei Ihnen vor-
zusprechen. Sollten Ew. Exzellenz zu dieser Zeit verhindert sein, so bitte
ich, mir eine andere möglichst nahe Zeit bestimmen zu wollen. Mit
ausgezeichneter Hochachtung Ew. Exzellenz ergebenster

F. Lassalle

Sonnabendabend (16. 1. 64), Potsdamer Straße 13.«

Herr von Keudell, der um jene Zeit im Auswärtigen Amt beschäftigt
wurde und von dem Verkehr Bismarcks mit Lassalle wußte, behauptete,
Bismarck habe den Verkehr mit Lassalle abgebrochen, weil letzterer
immer zudringlicher geworden sei. Der letzte der vorstehend abgedruckten Briefe spricht für eine solche Auffassung. Auf alle Fälle war aber der
Verkehr Lassalles mit Bismarck, wie so manche seiner anderen Handlungen im Jahre 1864, sehr bedenklich und konnte nur gewagt werden von
einem Manne wie er. Leider hat er mit diesem Verkehr und seinem
sonstigen Auftreten gegen das Ende seines Lebens anderen, die keine
Lassalles waren, ein Beispiel gegeben, das zum Betreten von Abwegen
ermunterte. Darüber später.

Bezeichnend ist in Bismarcks Rede vom 17. September 1878 auch die
Art, wie er sich mit den Produktivgenossenschaften mit Staatshilfe, zum
Entsetzen der Liberalen, abfand. Nachdem er zugestanden, daß er öfter
stundenlange Unterhaltungen mit Lassalle gehabt und immer bedauert
habe, wenn diese zu Ende gewesen seien, fuhr er fort, er gebe zu, daß
er mit Lassalle auch über die Gewährung von Staatsmitteln zu Produktivgenossenschaften gesprochen, das sei eine Sache, von deren Zweckmäßigkeit er noch heute überzeugt sei. Diesen Gedanken spann er dann
weiter aus. Die Bewilligung von 6000 Talern aus der Schatulle des Königs
an die Weberdeputation aus dem Reichenbach-Neuroder Kreis zwecks
Errichtung einer Produktivgenossenschaft spricht auch dafür, daß ihm
jedes Mittel recht war, einen Keil zwischen Arbeiterklasse und Bourgeoisie
zu treiben, um nach dem Grundsatz »Teile und herrsche« sich in der
Macht zu halten.

Ich bin in der Schilderung der Ereignisse dem Gange der Dinge etwas
vorausgeeilt.

Kurze Zeit nach Eichlers Anwesenheit in Leipzig reisten Fritzsche und
Vahlteich als Delegierte nach Berlin, um sowohl mit den Führern der
Berliner Arbeiter wie mit denen der Fortschrittspartei und des National-
vereins über die obenerwähnten Punkte zu verhandeln. Daß der deutsche

Arbeiterkongreß erst Anfang 1863 und dann nach Leipzig berufen werden sollte, darüber einigte man sich rasch, ebenso über die Tagesordnung des Kongresses, aus der der Punkt »Abhaltung einer Weltausstellung in Berlin« gestrichen wurde. Eichler war mit anderen Arbeitern im Sommer 1862 Besucher der Londoner Weltausstellung gewesen, zu der der Nationalverein und eine Anzahl Gemeindevertretungen Arbeiter geschickt hatten. Im ganzen besuchten etwa fünfzig Arbeiter unter Führung von Max Wirth die Londoner Ausstellung. So war die Idee der Berliner Weltausstellung entstanden.

Die Verhandlungen mit den Führern der Liberalen befriedigten die Leipziger Delegierten sehr wenig, wie sie unverhohlen nach ihrer Rückkunft bei ihrer Berichterstattung mitteilten. Anfang 1863 hielt der Nationalverein seine Generalversammlung in Leipzig ab. In einer preußischen Stadt sie abzuhalten, durfte er nicht wagen, trotzdem er für die preußische Spitze arbeitete. Schulze-Delitzsch sprach am 3. Januar in einer großen Versammlung im Tivoli, dem jetzigen Volkshaus der Leipziger Arbeiter, eine Umwandlung, die damals kein Mensch für möglich gehalten hätte. Hier richtete Dr. Dammer an Schulze-Delitzsch das Ersuchen, sich zu äußern über das Verhältnis des Nationalvereins zu den Arbeitern. Schulze antwortete unter anderem, daß die Arbeiter sich allerdings um Politik kümmern sollten, aber, fuhr er fort, der Arbeiter, der so schlecht gestellt ist, daß er von der Hand in den Mund lebt, hat der Zeit und Sinn, sich um öffentliche Angelegenheiten zu bekümmern? Nein, wahrlich nicht. Die Befreiung aus dieser Armseligkeit des Daseins sei für jeden Volksfreund und für Deutschland ganz besonders eine große nationale Aufgabe. Und rechte Arbeiter, die ihre Ersparnisse dazu verwendeten, ihre Lage zu verbessern, »die begrüße ich hiermit im Namen des Ausschusses als geistige Mitglieder, als Ehrenmitglieder des Nationalvereins«.

Diese Rede machte in den Kreisen der radikalen Arbeiter böses Blut, sie zeigte, daß der Nationalverein sich die Arbeiter als Mitglieder fernhalten wollte, darum lehnte er die Zahlung von Monatsbeiträgen ab. Als dann kurz nach jener Versammlung eine neue Deputation nach Berlin ging – Dr. Dammer, Fritzsche, Vahlteich – blieb diese über die Gesinnung der maßgebenden Persönlichkeiten gegenüber den Arbeitern nicht mehr im Zweifel. Da war es der junge Ludwig Löwe, der Gründer der bekannten Waffenfabrik Ludwig Löwe & Co., der die Deputation zu Lassalle führte. Hier fanden die drei, was sie suchten: Verständnis für ihre Forderungen und bereitwilliges Entgegenkommen. Mit Lassalle wurde verabredet, daß der Arbeiterkongreß weiter hinausgeschoben werden solle, bis er (Lassalle) seine Ansichten über die Stellung der Arbeiter in Staat und Gesellschaft in einer besonderen Broschüre niedergelegt habe, deren Verbreitung das Leipziger Zentralkomitee übernehmen solle.

Ich möchte hier bemerken, daß der Wandel bei den maßgebenden Personen in der Leipziger Bewegung äußerlich sich ziemlich rasch vollzog, und man ihnen deshalb gegnerischerseits den Vorwurf der Wankelmütigkeit und Unklarheit machte. So war noch im November 1862 in einer großen Arbeiterversammlung auf Antrag Fritzsches beschlossen worden, ein Komitee für die Gründung eines Konsumvereins niederzusetzen. Und Anfang Februar 1863, also zu einer Zeit, in der man bereits mit Lassalle in Verbindung stand, berichtete Fritzsche über eine Reise nach Gotha und Erfurt, über die dortigen Konsumvereine und beantragte die Gründung eines solchen für Leipzig. Einen Beschluß hierüber verhinderte Vahlteich, der erklärte, das Zentralkomitee habe die Frage bereits in Erwägung gezogen. Das war von ihm sehr klug gehandelt, denn es hätte sich merkwürdig ausgenommen, einen Konsumverein in Leipzig zu einer Zeit zu gründen, in der Lassalle bereits über seinem Antwortschreiben saß, in dem er bekanntlich die Konsumvereine als vollständig wertlos für die Hebung der Lage der Arbeiter hinstellte.

Auch Vahlteich war um jene Zeit noch in vergleichsweise friedlicher Stimmung. Ende 1862 veröffentlichte er in der Leipziger »Mitteldeutschen Volkszeitung« einen langen polemischen Artikel gegen Angriffe, die gegen das Zentralkomitee erhoben worden waren, in dem er ausführte, daß die Pflicht gegen die zu erstrebende Zukunft der Arbeiter gebiete, die *höchste Mäßigung zu beobachten.* Dagegen ging Vahlteich in dieser Erklärung schon über Lassalle, der noch von einem Arbeiterstand sprach, hinaus, indem er den Satz aufstellte: Einen besonderen Stand bilden die Arbeiter nicht, *aber eine durch die faktischen Verhältnisse geschaffene Klasse.* Mit dem Erscheinen des Lassalleschen Antwortschreibens trat allerdings eine vollständige Frontveränderung der Führer ein. Ihnen daraus einen Vorwurf zu machen, wäre verfehlt. In gärenden Zeiten treten Gesinnungswandlungen rasch ein. Der Denkprozeß wird beschleunigt. Drei Jahre später, als Deutschland der Katastrophe von 1866 entgegeneilte, erging es mir und vielen meiner damaligen Gesinnungsgenossen ganz ähnlich. Die rasche Wandlung von einem Saulus zu einem Paulus vollzieht sich auch ohne Wunder immer wieder.

Ich war Anfang November 1862 aus dem Zentralkomitee ausgeschieden. Meine Stellung im Gewerblichen Bildungsverein nahm meine Zeit, meine Kraft und mein Interesse im höchsten Maße in Anspruch. Da ich Abend für Abend, falls nicht eine Arbeiterversammlung oder eine Komiteesitzung mich abhielt, im Verein zubrachte, lernte ich die Wünsche und Bedürfnisse der Mitglieder besser kennen als die Vorsitzenden des Vereins. So wurde ich bald der fleißigste Antragsteller in den Ausschußsitzungen und Monatsversammlungen. Meine Anträge konnten fast regelmäßig auf Annahme rechnen. Dadurch wurde mein Einfluß ein großer. Zu jener Zeit war ich aber noch Arbeiter, das heißt ich mußte von morgens 6 bis abends 7 Uhr an der Drehbank stehen mit Unterbrechung von im ganzen zwei Stunden für die Einnahme der Mahlzeiten. So wurde meine allzu große Tätigkeit nach verschiedenen Richtungen auch zu einer Geldfrage. Außerdem erschienen mir die im Komitee und in den Versammlungen gepflogenen Debatten sehr unklar und zwecklos, dadurch wurde mir der Austritt aus dem Komitee erleichtert.

Am 6. Februar 1863 hatte ich noch eine Auseinandersetzung mit Vahlteich. Dieser war für den Vorwärts, ich für den Gewerblichen Bildungsverein Delegierter beim Stiftungsfest des Dresdener Arbeiterbildungsvereins. Bei dem gemeinschaftlichen Essen hielt Vahlteich eine provokatorische Rede, in der er in alter Weise ausführte, daß die Arbeiter wohl politische und humanitäre Bildung sich aneignen, nicht aber auch Elementarbildung pflegen sollten. Diese letztere den Arbeitern zu gewähren, sei Sache des Staates. Er brachte auf die ersteren ein Hoch aus. Das rief mich auf den Plan. Ich polemisierte gegen ihn und brachte ein Hoch auf die allgemeine Bildung aus. Unsere Auseinandersetzung machte natürlich keinen erfreulichen Eindruck, aber auf die Vahlteichsche Provokation konnte ich nicht schweigen, um so weniger, da der Dresdener Verein die gleichen Ziele verfolgte wie der unsere.

Lassalles Auftreten und dessen Folgen

Anfang März 1863 erschien Lassalles »Offenes Antwortschreiben an das Zentralkomitee zur Berufung eines allgemeinen deutschen Arbeiterkongresses zu Leipzig«. Wenige Tage vor dieser Veröffentlichung hatte ich auf dem zweiten Stiftungsfest des Gewerblichen Bildungsvereins die Festrede gehalten, in der ich mich gegen das allgemeine, gleiche, geheime und direkte Wahlrecht aussprach, weil die Arbeiter dafür noch nicht reif seien. Ich stieß mit dieser Anschauung selbst bei einigen meiner Freunde im Verein an. Ausnehmend gut gefiel dagegen die Rede meiner späteren Braut und Frau, die mit ihrem Bruder das Fest besuchte. Ich habe aber die begründete Vermutung, daß es mehr die Person des Redners war, die ihr gefiel als der Inhalt seiner Rede, der ihr damals ziemlich gleichgültig gewesen sein dürfte.

Das Antwortschreiben Lassalles machte auf die Arbeiterwelt nicht entfernt den Eindruck, den in erster Linie Lassalle und nächst ihm der kleine Kreis seiner Anhänger erwartet hatte. Ich selbst verbreitete die Schrift in ungefähr zwei Dutzend Exemplaren im Gewerblichen Bildungsverein, um auch die Gegenseite zu Wort kommen zu lassen. Daß die Schrift auf die Mehrzahl der damals in der Bewegung stehenden Arbeiter so wenig Eindruck machte, mag heute manchem unerklärlich erscheinen. Und doch konnte es nicht anders sein. Nicht nur die ökonomischen, auch die politischen Zustände waren noch sehr rückständige. Gewerbefreiheit, Freizügigkeit, Niederlassungsfreiheit, Paß- und Wanderfreiheit, Vereins- und Versammlungsfreiheit waren Forderungen, die dem Arbeiter der damaligen Zeit viel näher standen als Produktivassoziationen, gegründet mit Staatshilfe, von denen er sich keine rechte Vorstellung machen konnte. Der Assoziations- oder sagen wir der Genossenschaftsgedanke war erst im Werden. Auch das allgemeine Stimmrecht schien den meisten kein unentbehrliches Recht zu sein. Einmal war, wie wiederholt hervorgehoben, die politische Bildung noch gering, dann aber erschien der großen Mehrzahl der Kampf des preußischen Abgeordnetenhauses gegen das Ministerium Bismarck als eine tapfere Tat, die Unterstützung und Beifall, aber keinen Tadel und keine Herabsetzung verdiente. Wer politisch regsam war wie ich, verschlang die Kammerverhandlungen und betrachtete sie als Ausfluß politischer Weisheit. Die liberale Presse, die damals die öffentliche Meinung weit mehr beherrschte als heute, sorgte auch dafür, daß dieser Glaube erhalten blieb. Die liberale Presse war es jetzt auch, die mit einem Wut- und Hohngeschrei über Lassalles Auftreten herfiel, wie es bis dahin wohl unerhört war. Persönliche Verdächtigungen und Herabsetzungen regneten auf ihn nieder, und daß es vorzugsweise konservative Organe, zum Beispiel die »Kreuzzeitung«, waren, die Lassalle objektiv behandelten – weil ihnen sein Kampf gegen den Liberalismus ungemein gelegen kam –, erhöhte den Kredit Lassalles und seiner Anhänger in unseren Augen nicht. Wenn wir uns endlich vergegenwärtigen, daß es selbst heute, nach einer mehr als fünfundvierzigjährigen intensiven Aufklärungsarbeit, noch Millionen Arbeiter gibt, die den verschiedenen bürgerlichen Parteien nachlaufen, wird man sich nicht wundern, daß die große Mehrheit der Arbeiter der sechziger Jahre der neuen Bewegung skeptisch gegenüberstand. Und damals lagen noch keine sozialpolitischen Erfolge vor, die erst viel später dank der sozialistischen Bewegung erzielt wurden. Pioniere sind immer nur wenige.

Im Leipziger Komitee hatte Lassalles Auftreten die Wirkung, daß dieses sich spaltete und ebenso der Verein Vorwärts, der die Hauptstütze des Komitees war. Professor Roßmäßler, Eisengießereibesitzer Götz, ein Bruder des Turner-Götz in Lindenau-Leipzig, Dolge und eine größere Anzahl Arbeiter im Verein erklärten sich gegen Lassalle. Fritzsche, Vahlteich und Dr. Dammer mit einer Minderheit hinter sich wurden die eigentlichen Träger der neuen Bewegung. In Leipzig fand dieselbe relativ noch am meisten Anhang. Berlin versagte fast vollständig. Boden fand sie allmählich in Hamburg-Altona, von wo aus sie sich nach Schleswig-Holstein ausdehnte, dann in Hannover, Kassel, Barmen-Elberfeld, Solingen, Ronsdorf, Düsseldorf, Frankfurt a.M., Mainz, in einigen Städten Thüringens, wie Erfurt und Apolda, in Sachsen außer Leipzig in Dresden, wo der Vorsitzende des Dresdener Arbeiterbildungsvereins, Försterling, sich mit einer kleinen Schar Anhänger Anfang 1864 Lassalle anschloß, ferner in Augsburg.

Aber diese Ausbreitung war, wie gesagt, eine allmähliche und schwache und entsprach sehr wenig den Hoffnungen, die Lassalle und seine Anhänger hegten. Hunderttausend Mitglieder, die er im Offenen Antwortschreiben in dem von ihm zur Gründung vorgeschlagenen Allgemeinen Deutschen Arbeiterverein voraussetzte und die er als eine große politische Macht ansah, hoffte er in nicht ferner Zeit zu erreichen. Es hat bekanntlich noch lange gedauert, ehe die sozialistische Bewegung auf diese Zahl organisierter Anhänger rechnen konnte.

Gegen Ende März legte das Leipziger Komitee in einer großen Arbeiterversammlung sein Mandat nieder und beantragte, ein neues Komitee zu wählen, das die Gründung des von Lassalle vorgeschlagenen Allgemeinen Deutschen Arbeitervereins betreiben sollte. Nach einer sehr erregten Debatte erklärte sich die Mehrheit der Versammlung für diesen Plan. Dr. Dammer, Fritzsche und Vahlteich wurden mit der neuen Aufgabe betraut.

Am 16. April kam endlich Lassalle selbst nach Leipzig, um in einer großen Versammlung zu sprechen, die wie die meisten großen Versammlungen jener Zeit im Odeon in der Elsterstraße abgehalten wurde. Die Rede ist unter dem Titel »Zur Arbeiterfrage« erschienen. Die Versammlung war von ungefähr 4000 Personen besucht, von denen aber ein erheblicher Teil noch vor Schluß derselben das Lokal verließ. Die Liberalen waren unter Führung eines Kaufmanns Kohner auf der der Rednertribüne gegenüberliegenden Galerie postiert und unterbrachen den Redner öfter durch Zwischenrufe. Die Vorbereitungen für den Redner waren etwas eigenartige. Der Katheder, von dem Lassalle sprach, war mit Büchern, darunter schwere Folianten, bepackt, als sollte es zu einer Disputation à la Luther kontra Eck kommen.

Lassalle scheint geglaubt zu haben, daß er eine schwere Opposition finden werde, die er widerlegen müsse, was nicht der Fall war. Sein persönliches Auftreten war nicht jedem sympathisch. Von hoher, schlanker, aber kräftiger Gestalt stand Lassalle sehr herausfordernd auf dem Katheder, wobei er öfter bald eine, bald beide Hände in die Armlöcher seiner Weste steckte. Er sprach fließend, manchmal pathetisch, doch schien es mir, als stoße er leicht mit der Zunge an. Er endete unter stürmischem Beifall eines großen Teiles der Versammlung, dem der andere mit Zischen antwortete.

Nach Lassalle ergriff Professor Roßmäßler das Wort und verlas eine längere Erklärung, in der er ausführte, er wisse, daß er keine Mehrheit in diesem Saale für seine Ansichten habe, aber er hoffe, daß die Einsicht noch kommen werde. Er protestiere gegen die Angriffe, die Lassalle gegen die deutsche Fortschrittspartei erhoben habe, er protestiere weiter gegen das Bestreben, die Arbeiter und die Fortschrittspartei zu trennen und eine besondere Arbeiterpartei zu bilden. Lassalle antwortete kurz und auffallend entgegenkommend. Er meinte, ihm schienen die Differenzen zwischen Roßmäßler und ihm mehr taktischer als prinzipieller Natur zu sein. Man hatte offenbar im Lassalleschen Lager noch Hoffnung, Roßmäßler herüberziehen zu können. Außerdem waren Fritzsche und Vahlteich warme Verehrer Roßmäßlers wegen des Kampfes, den er gegen Kirche und Pfaffentum führte. Beide gehörten mit Roßmäßler der deutsch-katholischen Gemeinde an, die in Leipzig bestand, beiden tat die Trennung von Roßmäßler weh.

Lassalle genügte der Beifall der Masse nicht, er legte großes Gewicht darauf, Männer von Ansehen und Einfluß aus dem bürgerlichen Lager auf seiner Seite zu haben, und er gab sich große Mühe, solche zu gewinnen. Wohl trat in Leipzig Professor Wuttke auf seine Seite, aber mit dessen sonstiger politischer Stellung war das nicht leicht zu vereinbaren. Wuttke war Großdeutscher, und zwar mit starker Neigung für Österreich. Als solcher war er auch Mitglied des Parlaments in Frankfurt a.M. gewesen. Er und Roßmäßler waren politische und persönliche Gegner. Außerdem war Wuttke grimmiger Gegner der kleindeutschen Fortschrittspartei und des Nationalvereins – zwei Organisationen, deren Angehörige fast ein und denselben Personenkreis bildeten. Da nun Lassalle gegen die Fortschrittspartei vorging, fand er Wuttkes lebhaftesten Beifall. Ein tieferes soziales Verständnis besaß Wuttke nicht, der nebenbei bemerkt ein glänzender Redner war und ein schönes Organ besaß. Die kleine, gebückte, schwarzhaarige Gestalt hatte etwas Gnomenhaftes. Der Brief Wuttkes an Lassalle, der in der erwähnten Leipziger Versammlung zum Verlesen kam, bestätigt meine Auffassung von Wuttkes Stellung. Zweifellos hat auch Lassalle Wuttke richtig eingeschätzt, aber es genügte ihm, daß Wuttke scheinbar auf seiner Seite stand.

Ich bemerke hier, ich schreibe keine Geschichte der Gesamtbewegung, sondern schildere nur meine persönlichen Erlebnisse und Beziehungen in derselben. Wer sich mit der Geschichte der Gesamtbewegung vertraut machen will, den verweise ich auf Mehrings Geschichte der deutschen Sozialdemokratie und Bernsteins Geschichte der Berliner Arbeiterbewegung.

*

Mit dem Auftreten Lassalles und der Gründung des Allgemeinen Deutschen Arbeitervereins, die am 23. Mai 1863 in Leipzig erfolgte, war das Signal gegeben zu erbitterten Kämpfen innerhalb der Arbeiterwelt, die sich von jetzt ab während einer ganzen Reihe Jahre abspielten und in denen oft Szenen vorkamen, die jeder Beschreibung spotten. Die Erbitterung wuchs mit den Jahren hüben und drüben, und da Arbeiter nicht an den Salonton gewöhnt sind – der übrigens auch bei denen versagt, die stolz auf denselben zu sein pflegen, sobald sie untereinander in starke Meinungsverschiedenheiten geraten –, so flogen die derbsten Grobheiten und Beschuldigungen herüber und hinüber. Nicht selten kam es aber auch zu Raufereien und Gewaltszenen in den Versammlungen, in denen die beiden Gegner aufeinanderplatzten, was zur Folge hatte, daß öfter die Wirte ihre Säle für Versammlungen verweigerten. Ein Hauptstreben jeder Seite war in den Versammlungen, die Leitung in die Hand zu bekommen; der Kampf begann also in der Regel schon um den Vorsitz. Als ich einmal in einer Chemnitzer Arbeiterversammlung entdeckte, daß die Lassalleaner, um eine Mehrheit zu erlangen, beide Hände in die Höhe hoben, forderte ich auf, es sollten nunmehr beide Parteien beide Hände in die Höhe heben. Unter großem Jubel wurde der Vorschlag angenommen. Jetzt unterlagen die Lassalleaner.

Wie natürlich, erfüllten die Kämpfe und die vorhandenen Gegensätze in der Bewegung, namentlich in Leipzig, unser ganzes Fühlen und Denken. Die Disputationen, die wir im Verein, in den Versammlungen und im Privatzirkel gepflogen hatten, setzten wir in der Nacht auf der Straße auf dem Heimweg fort. Diese Streitereien wurden in der Regel so laut geführt, daß die Nachtwächter sich öfter einmischten und drohten, uns wegen öffentlicher Ruhestörung nach dem Naschmarkt (dem Polizeiamt) zu bringen, wenn wir uns nicht ruhig verhalten würden, eine Mahnung, die nur momentan von Erfolg begleitet war.

Der einzige Vorteil dieser Meinungskämpfe war, daß beide Teile die größten Anstrengungen machten, ihren Anhang zu vermehren. Das geschah besonders, als einige Jahre später die Seite, der ich angehörte, sich ebenfalls zum Sozialismus bekehrte, aber ihre eigenen Organisationen schuf und ihre Kämpfe gegen den Allgemeinen Deutschen Arbeiterverein führte, der sich von 1867 an in zwei ungleich starke Fraktionen spaltete. Aber Kraft, Geld und Zeit wurden in jener, fast ein Jahrzehnt dauernden gegenseitigen Bekämpfung in unerhörter Weise verschwendet, zur Freude der Gegner.

In Leipzig hatte das Aufkommen des Lassalleanismus die Wirkung, daß die alten Differenzen zwischen dem Gewerblichen Bildungsverein und dem Verein Vorwärts verschwanden und endlich im Februar 1865 eine Vereinigung unter dem Namen Arbeiterbildungsverein herbeigeführt wurde. Die Polytechnische Gesellschaft hatte längst die Bevormundung des Gewerblichen Bildungsvereins aufgegeben, die sich als eine Sisyphusarbeit erwies. Außerdem erkannte auch die sächsische Regierung, daß es mit dem alten Bundestagsbeschluß von 1856 nicht mehr gehe; sie ließ wohl oder übel die Zügel schleifen. Hatte doch sogar der Allgemeine Deutsche Arbeiterverein als Sitz Leipzig erkoren, obgleich dessen Tendenz ganz offensichtlich mit dem Bundestagsbeschluß in Widerspruch stand.

Die Regierung zog schließlich die Konsequenzen und erklärte am 20. März 1864 jenen Bundestagsbeschluß für aufgehoben.

Es ist eine Erfahrung, die wir seitdem öfter machten, daß alle Gesetze und Unterdrückungsmaßregeln, die eine Bewegung hintanhalten oder unterdrücken sollen, versagen und ihre praktische Wirksamkeit überwunden wird, sobald die Bewegung sich als naturnotwendig und deshalb als unüberwindlich herausstellt. Die Behörden verlieren schließlich selbst den Glauben an ihre Macht und stellen den hoffnungslos gewordenen Kampf ein. So war es zu jener Zeit auch mit den vereinsgesetzlichen Bestimmungen in Sachsen, so war es bald darauf mit den Arbeiterkoalitionsverboten in Preußen und anderen Staaten, die einfach nicht mehr beachtet wurden.

Die Lohnkämpfe durch Arbeitseinstellungen begannen, allen Koalitionsverboten zum Trotz, noch während die weisen Herren in der Regierung darüber berieten, ob man diese Verbote ganz aufheben oder wie weit man sie aufheben solle. Dieselbe Erfahrung machte später die deutsche Sozialdemokratie unter der Herrschaft des Sozialistengesetzes, unter dem die Behörden schließlich es auch als unmöglich ansehen mußten, die Versammlungs- und Organisationsverbote und die Unterdrückung der Blätter und Literatur in derselben Weise fortzuführen, wie das in den ersten Jahren unter dem Sozialistengesetz geschehen war. Dieselbe Erfahrung hat noch später auch die Frauenbewegung in denjenigen deutschen Staaten gemacht, in denen es den Frauen verboten war, sich in politischen Vereinen zu organisieren oder an politischen Vereinsversammlungen teilzunehmen. Praktisch waren diese Verbote längst überwunden, ehe man sich von seiten der Regierungen endlich entschloß, durch Gesetz zu sanktionieren, was tatsächlich bereits, dem Früheren Verbot zum Trotze, bestand. Gesetze hinken stets hinter den Bedürfnissen drein, sie kommen nie einem solchen zuvor.

Im Leipziger Arbeiterbildungsverein wurde ich bei der notwendig gewordenen Neukonstituierung zum zweiten Vorsitzenden gewählt, eine Stellung, die ich bereits in der letzten Zeit im Gewerblichen Bildungsverein innehatte. Und als der erste Vorsitzende Dr. med. Reyher – ein Schüler Professor Bocks – bald darauf sein Amt niederlegte, rückte ich an dessen Stelle, eine Stellung, die ich bis zum Jahre 1872 innehatte, in welchem Jahre ich meine Festungshaft antreten mußte, die mir wegen angeblicher Vorbereitung zum Hochverrat wider das Deutsche Reich zuerkannt worden war.

Der Arbeiterbildungsverein erhielt vom Jahre 1865 ab eine jährliche städtische Unterstützung von 500 Talern, die ihm hauptsächlich zur Beschaffung besserer Lokalitäten und Aufrechterhaltung des Unterrichts gewährt wurde. Als aber in den nächsten Jahren der Verein, der politischen Mauserung seines Vorsitzenden folgend, ebenfalls immer mehr nach links abschwenkte, wurde dieselbe von der städtischen Vertretung zunächst auf 200 Taler herabgesetzt. Und als der Verein im Jahre 1869 sich unter meiner Führung für das Programm der zu Eisenach neugegründeten sozialdemokratischen Arbeiterpartei Deutschlands erklärte, eine Entscheidung, die nach einer Redeschlacht, die drei Abende in Anspruch nahm, mit großer Mehrheit getroffen wurde, verlor er im nächsten Jahre den Rest der Subvention. Der Liberalismus unterstützt nur politisch brave und gehorsame Kinder, denn die Unterrichtszwecke des Vereins hatten unter seiner politischen Wandlung nicht im geringsten gelitten. Der Verein blieb weiter am Leben und gedieh, bis das Sozialistengesetz ihm gewaltsam den Lebensfaden abschnitt.

Der Vereinstag der deutschen Arbeitervereine

Die Zahl der Arbeitervereine war namentlich in Sachsen erheblich geworden. Außer uns in Leipzig arbeiteten Julius Motteler, den ich 1863 auf dem Stiftungsfest des Gewerblichen Bildungsvereins in Leipzig kennenlernte, und Wilhelm Stolle in Crimmitschau, Kupferschmied Försterling, bevor er zu den Lassalleanern überging, und Schuhmacher R. Knöfel in Dresden, Weber Pils in Frankenberg, die Weber Lippold und Franz in Glauchau, Buchbinder Werner in Lichtenstein-Callnberg, Weber Bohne in Hohenstein-Ernstthal usw. an der Gründung von Arbeitervereinen. Unsere Wirksamkeit dehnten wir auch auf Thüringen aus. Im unteren Erzgebirge waren unter der Wirker- und Weberbevölkerung Dutzende von Arbeiterlesevereinen gegründet worden, in denen ein reges geistiges Leben herrschte. Ähnliche Erscheinungen zeigten sich auch im übrigen Deutschland. Namentlich wurden in Württemberg eine große Zahl Arbeitervereine gegründet, die bereits 1865 sich zu einem Gauverband zusammenschlossen und bald darauf ein eigenes Organ ins Leben riefen. Auch in Baden und dem Königreich Hannover traten viele Arbeitervereine, meist Bildungsvereine, ins Leben.

Die Rührigkeit und Geschlossenheit, mit der andererseits die Lassalleaner arbeiteten, rief auch auf der Gegenseite das Bedürfnis nach Zusammenschluß hervor. Dieser Zusammenschluß konnte aber nur ein loser sein, denn ein gemeinsames, festes Ziel, wie es die Lassalleaner hatten, für das sie mit Begeisterung und Opfermut kämpften, fehlte den Vereinen. Das einzige, in dem wir einig waren, war die Gegnerschaft gegen die Lassalleaner, und daß man angeblich keine Politik in den Vereinen treiben wolle. Tatsächlich aber suchten die Leiter der meisten dieser Vereine oder ihrer Hintermänner den Verein, auf den sie Einfluß hatten, für ihre Parteipolitik zu gewinnen. In diesen Vereinen waren alle Nuancen der bürgerlichen Parteien jener Zeit vertreten. Vom republikanischen Demokraten bis zum rechtsstehenden Nationalvereinler, aus deren Mitte später (1867) die Nationalliberale Partei gebildet wurde. Indes lösten sich schon 1865 die radikalen, großdeutsch gesinnten Elemente vom Nationalverein los und bildeten die demokratische Volkspartei, deren Organ das von Professor Eckhardt herausgegebene »Deutsche Wochenblatt« in Mannheim wurde.

Einstweilen vertrug man sich in den Vereinen so gut es ging. Die politische Situation drängte noch nicht zu einer klaren Entscheidung, denn der Verfassungskampf gegen das Ministerium Bismarck in Preußen machte ein geschlossenes Zusammengehen nötig. Der Deutsche Reformverein, der sich im Gegensatz zum Nationalverein gebildet hatte und für die Beibehaltung von Gesamtösterreich zum Deutschen Reich eintrat, war ein Sammelsurium von süddeutsch-partikularistischen und österreichischen Elementen mit stark ultramontanem Einschlag. Dieser hatte für die Arbeiterbewegung keine Bedeutung. Sein Eintreten für die österreichische Bundesreform, die in der Hauptsache in einem deutschen Parlament bestand, das aus den Landtagen der einzelnen Staaten gewählt werden sollte, erweckte im Volke nirgends Sympathien. Zu einer klaren Stellungnahme in der deutschen Frage kam man übrigens in den Arbeitervereinen nicht, ebensowenig in der schleswig-holsteinschen Frage, die mit dem Jahre 1864 anfing, sehr aktuell zu werden.

Die Arbeiterbewegung hatte auch im Westen Deutschlands, insbesondere im Maingau, Boden gefaßt. In Frankfurt a.M. kam es gelegentlich eines Arbeitervereinstags, den der Frankfurter Arbeiterbildungsverein, 29. Mai 1862, einberufen hatte, zu scharfen Auseinandersetzungen über die politische Stellung der Arbeiter. Hier trat der Rechtsanwalt J.B. von Schweitzer – der später eine Hauptrolle in der Bewegung spielte – für eine besondere politische Organisation der Arbeiter ein, offenbar unter dem Einfluß von Lassalles Vortrag: »Über den besonderen Zusammenhang der gegenwärtigen Geschichtsperiode mit der Idee des Arbeiterstandes«. Seitdem hörten auch im Maingau die Meinungskämpfe nicht auf. Das Erscheinen von Lassalles Antwortschreiben schürte das Feuer. In Frankfurt machte sich jetzt auch Bernhard Becker bemerklich, in dem ich eine Reihe Jahre später einen mäßig veranlagten und eitlen Menschen kennenlernte, der auch ungelenk in der Rede war. Der Versuch, auf einem Arbeitertag in Rödelheim – 19. April 1863 –, auf dem Professor Louis Büchner einen Vortrag über Lassalles Programm hielt, eine Erklärung gegen Lassalle durchzusetzen, mißglückte. Dagegen erschien Lassalle selbst am 17. Mai in Frankfurt a.M., um seine Sache zu vertreten. Schulze-Delitzsch, der ebenfalls eingeladen war, entschuldigte sein Fernbleiben durch Überhäufung mit Geschäften. Er tat wohl daran. Wie ich später Schulze-Delitzsch persönlich kennenlernte, wäre er Lassalle gegenüber in jeder Beziehung unterlegen. Sonnemann, der vor Lassalle sprach, hatte dieses Schicksal.

Die Antwort auf jene Vorgänge im Maingau war ein Aufruf, datiert vom 19. Mai, durch den die deutschen Arbeitervereine zu einem Vereinstag nach Frankfurt a.M. für den 7. Juni 1863 eingeladen wurden. Unterzeichnet war der Aufruf vom Zentralkomitee der Arbeiter des Maingaus, von den Arbeitervereinen Berlin, Kassel, Chemnitz und Nürnberg und dem Handwerkerverein zu Düsseldorf.

In dem Aufruf wurde dem Leipziger Zentralkomitee die Schuld beigemessen, die Einberufung eines Arbeiterkongresses auf lange hinaus unmöglich gemacht zu haben. Der Bewegung selbst liege aber »ein so wichtiger und fruchtbarer Gedanke von so weittragender Bedeutung für eine friedliche, glückliche Entwicklung der Wohlfahrt unseres ganzen Volkes und Vaterlandes zugrunde, daß sie durch den Mißgriff einzelner in ihrem gesunden Verlauf nimmermehr gestört werden dürfe. Es sei die Pflicht aller, denen die Sache selbst am Herzen liege, mit allen Kräften zu verhüten, daß nicht das Ende eines durch Verschulden einzelner verfehlten Versuchs der Anfang einer unheilvollen Spannung und Zersplitterung der ganzen Bewegung werde.«

Diese Spaltung war aber bereits vorhanden, und sie war, wie ich später erkannte, eine innere Notwendigkeit. Auf dem Vereinstag in Frankfurt a.M. waren 54 Vereine aus 48 Städten und einer freien Arbeiterversammlung (Leipzig) durch 110 Delegierte vertreten. Wäre die Einberufung des Vereinstages nicht Hals über Kopf erfolgt, so daß sie einer Überrumpelung ähnlich sah, was den Einberufern in der Vorversammlung auch vorgehalten wurde, die Vertretung wäre eine erheblich stärkere geworden. Der Leipziger Gewerbliche Bildungsverein wählte mich mit 112 von 127 Stimmen zu seinem Vertreter. Außerdem waren in einer Leipziger Arbeiterversammlung Professor Roßmäßler und der Werkführer Bitter als Delegierte gewählt worden.

Als ich in Frankfurt in der Vorversammlung erschien, wurde ich August Röckel, der Vorsitzender des Lokalkomitees war, vorgestellt, der mich mit den Worten anredete: »Nun, ihr Sachsen, habt ihr endlich ausgeschlafen? Es wird Zeit!« Etwas geärgert antwortete ich: »Wir sind früher aufgestanden als viele andere!« Röckel lachte, er habe es nicht bös gemeint.

Unter den Delegierten befanden sich unter anderen Hermann Becker, der rote Becker, der seinerzeit im Kölner Kommunistenprozeß zu langer Festungshaft verurteilt worden war, Eugen Richter, den man kurz zuvor wegen seiner politischen Tätigkeit als Assessor gemaßregelt hatte, ferner Julius Knorr aus München, der Besitzer der »Münchener Neuesten Nachrichten«, die damals als kleines Blättchen erschienen, aber ihrem Besitzer ein großes Vermögen einbrachten.

Ob der rote Becker seinen Beinamen seinem roten Haare, das nur noch spärlich den mächtigen Kopf bedeckte und seinem kurzgeschnittenen roten Schnurrbart oder seiner früheren roten Gesinnung verdankte, weiß ich nicht. Becker war ein großer, stattlicher, sehr jovialer Herr, dem man die Freude an einem guten Tropfen und einem guten Bissen vom Gesicht ablesen konnte. Er war auch mitteilsam und gesprächig, im Gegensatz zu Eugen Richter, dessen frostiges, zurückhaltendes Wesen mir schon damals auffiel; Richter machte den Eindruck, als sähe er uns alle mit souveräner Geringschätzung an. Der Zufall wollte, daß ich eines Tages in der Mittagspause mit Becker, Eugen Richter und einigen anderen Delegierten einen Spaziergang auf der Stadtpromenade machte. Hierbei kam die Unterhaltung auch auf Lassalle. Becker äußerte, Lassalle habe nur aus verletzter Eitelkeit, weil die Fortschrittspartei ihn nicht auf den Schild gehoben und ihm kein Landtagsmandat verschaffte, sein Pronunziamento gegen sie unternommen. Wie Guido Weiß erzählte, hatte der alte Waldeck geäußert, es sei ein Fehler, daß man Lassalle zurückgestoßen habe. Ferner deutete Becker an, Lassalle habe auch durch allerlei Frauengeschichten »sittliche Bedenken« in der Fortschrittspartei hervorgerufen, was in Anbetracht der »sittlichen Verfehlungen«, die andere Führer der Fortschrittspartei jener Zeit sich zuschulden kommen ließen, etwas nach Heuchelei aussah. Becker machte seine Äußerungen, wie ich hervorheben will, ohne Animosität gegen Lassalle, wie er sich denn überhaupt nie zu Angriffen gegen seine ehemaligen Parteigenossen hinreißen ließ, im Gegensatz zu Miquel, der später auch für das Sozialistengesetz stimmte.

Die Leitung des Vereinstags wurde Handelsschuldirektor Röhrich – Frankfurt a.M. als erstem und Dittmann-Berlin als zweitem Vorsitzenden übertragen. Als ersten Punkt der Tagesordnung hatte Roßmäßler einen Antrag eingebracht, der fast einstimmige Annahme fand und lautete:

»Der erste Vereinstag deutscher Arbeiter- und Arbeiterbildungsvereine stellt an die Spitze seiner Beratungen und Beschlüsse den Ausspruch, daß er es für erste Pflicht der in ihm vertretenen und aller Arbeitervereine sowohl als überhaupt des gesamten Arbeiterstandes hält, bei der Verfolgung seines Strebens nach geistiger, politischer, bürgerlicher und wirtschaftlicher Hebung des Arbeiterstandes, einig unter sich, einig mit allen nach des deutschen Vaterlandes Freiheit und Größe Strebenden, einig und mithelfend zu sein mit allen, welche an der Veredlung der Menschheit arbeiten.«

Diese Resolution drückt mehr als lange Reden den Standpunkt des Vereinstags aus. Obgleich diese Resolution direkt gegen den Lassalleanismus gerichtet war, wie die ganzen Verhandlungen des Vereinstags, wurde, soweit ich mich erinnere, der Name Lassalle nur von einem Redner erwähnt. Diese Ignorierung geschah nicht auf Verabredung; es ist wohl anzunehmen, sie geschah, weil man an die Zukunft der von Lassalle hervorgerufenen Bewegung noch nicht glaubte oder auch, weil man ihm nicht die Ehre antun wollte, seinen Namen zu nennen. Über den zweiten Punkt der Tagesordnung: »Wesen und Zweck der Arbeiterbildungsvereine«, referierte Eichelsdörfer-Mannheim, der auf der linken Seite der Versammlung stand. Ich beteiligte mich ebenfalls an der Debatte. Bemerkenswert ist, daß ein Amendement Dittmanns, das forderte, daß die Vereine auch Lehrkräfte für Ausbildung in der Volkswirtschaftslehre und in der Kenntnis der Landesgesetzgebung zu gewinnen suchen sollten, mit 25 gegen 25 Stimmen abgelehnt wurde. Dem Arbeiter von heute ist diese Rückständigkeit kaum begreiflich.

Einen anderen Punkt der Tagesordnung, über den Dittmann referierte, bildete die Forderung nach Beseitigung der Hemmnisse, die der Freiheit der Arbeit entgegenstünden. Seine Resolution forderte Gewerbefreiheit, Freizügigkeit und Beseitigung der Erschwernisse der Eheschließung. Ein weiterer Punkt der Tagesordnung betraf die Stellung der Arbeiter zu den Spar- und Vorschußvereinen, den Konsum- und Produktivgenossenschaften, deren Gründung der Vereinstag den Arbeitern empfahl. Desgleichen empfahl er Gründung von Genossenschaften zur gemeinschaftlichen Benutzung von Werkstätten mit Triebkräften, als das beste Mittel zur Förderung des nationalen Wohles und der bürgerlichen Selbständigkeit der Arbeiter. In dieser Resolution wurde besonders darauf hingewiesen, daß dieses alles nach Schulze-Delitzschen Vorschlägen durchgeführt werden solle. Auch sollten Arbeiter und *Arbeitgeber gemeinsam* das Zustandekommen solcher Genossenschaften fördern, eine Auffassung, die nur in einer auf kleinbürgerlichem Standpunkt stehenden Versammlung Zustimmung finden konnte. Endlich sprach sich der Vereinstag für Schaffung von Alters- und Invalidenversicherungskassen aus, die geeignet seien, »manche Sorge wenigstens teilweise zu beseitigen«. Hier lag wenigstens keine Überschätzung dieser Kassen vor. In der Organisationsfrage wurde die Gründung von Gauverbänden mit monatlichen Zusammenkünften der Delegierten befürwortet, um die Gründung neuer Vereine zu fördern und unter den bestehenden Vereinen den Verkehr zu unterhalten. Ich nahm bei diesem Punkte das zweitemal das Wort, um mich gegen die Zulassung von Vertretern freier Arbeiterversammlungen auszusprechen. Gestützt auf meine damaligen Erfahrungen, führte ich aus, daß mir diese Versammlungen bisher nicht imponiert hätten. Es fehle den Teilnehmern die vorbereitende Aufklärung, die in den Vereinen erreicht würde, und so folgten sie dem augenblicklichen Eindruck, den ein gewandter Redner erziele. Die Fußangeln der Vereinsgesetze fürchtete ich einstweilen nicht, bisher hätte man uns wenigstens in Sachsen gewähren lassen, doch könne ein Rückschlag kommen. Gauverbände hielt ich für nützlich. Diese Ausführungen riefen meinen Leipziger Widerpart Bitter auf die Tribüne, der gegen mein Urteil über den Wert der Arbeiterversammlungen protestierte. Diese seien viel besser, als ich sie schilderte, und mit Rücksicht auf die Möglichkeit, daß man das Vereinsgesetz wieder scharf gegen uns anwende, müßten wir uns die Vertretung durch freie Arbeiterversammlungen als Rückendeckung sichern.

Die schließlich angenommene Organisation lautete:

I. Es sollen periodisch, in der Regel alljährlich, freie Vereinigungen von Vertretern der deutschen Arbeitervereine stattfinden, um durch einen lebendigen persönlichen Austausch von Ansichten und Erfahrungen unter den Arbeitern selbst das Verständnis ihrer wahren Interessen zu erweitern und diese Erkenntnisse in immer ausgedehnteren Kreisen zur Anerkennung zu bringen.

II. Gegenstand der Verhandlungen ist alles, was auf die Wohlfahrt der arbeitenden Klassen von Einfluß sein kann.

III. Zutritt zu den Versammlungen haben die Vertreter von deutschen Arbeitervereinen, welche sich als solche auf dem Vereinstag durch schriftliche Vollmacht legitimieren. Ausnahmsweise können auch Vertreter freier Arbeiterversammlungen zugelassen werden, wenn der ständige Ausschuß, dem überhaupt die Prüfung der Vollmachten obliegt, sie zuläßt. Verweigert der Ausschuß die Zulassung, so ist Appellation an den Vereinstag gestattet. Jeder Verein kann einen oder mehrere bis zu fünf Abgeordnete senden, hat aber bei Abstimmungen nur eine Stimme. Jeder Abgeordnete kann nur einen Verein vertreten. Die Vereine, welche an einem Vereinstag teilgenommen haben, werden jedesmal brieflich eingeladen. Gleichzeitig wird die Einladung in möglichst vielen Blättern, jedenfalls aber in der »Deutschen Arbeiterzeitung« in Koburg und in dem Frankfurter »Arbeitgeber« veröffentlicht. Jeder Verein, welcher sich auf dem Vereinstag vertreten läßt, hat einen Beitrag von zwei Talern für jeden Vereinstag zu bezahlen. Denselben Beitrag haben diejenigen Vereine zu leisten, welche zwar keinen Vertreter entsenden, doch aber alle Berichte und Drucksachen zugesandt haben wollen.

IV. Jeder Vereinstag wählt einen ständigen Ausschuß von zwölf Mitgliedern, welcher mit der Besorgung nachfolgender Geschäfte beauftragt ist: 1. Der Ausschuß bestimmt Ort und Zeit des nächstfolgenden Vereinstags, sofern darüber von der letzten Versammlung nicht ausdrücklich beschlossen worden ist, und trifft die nötigen Vorbereitungen an dem Orte der Zusammenkunft. 2. Er erläßt die Einladungen und Bekanntmachungen, nimmt die Anmeldungen entgegen, fertigt die Eintrittskarten aus, empfängt die Beiträge, bestreitet die Ausgaben und führt die Rechnungen darüber. 3. Er stellt eine vorläufige Tagesordnung auf und bestellt nach Maßgabe derselben die Berichterstatter und bildet die vorberatenden Kommissionen vorbehaltlich der Bestätigung oder Abänderung der Beschlüsse des Vereinstags. 4. Er sorgt in der Zwischenzeit bis zum nächsten Vereinstag für die Förderung der Zwecke und die Ausführung der Beschlüsse des Vereinstags. 5. Der Ausschuß ernennt seinen Vorsitzenden und bestimmt über die Verteilung der Geschäfte unter seine Mitglieder;

er legt dem Vereinstag die Rechnungen zur Prüfung und Genehmigung vor. Die Sitzungen des Ausschusses finden immer am Wohnort des jeweiligen Vorsitzenden statt. Zur Gültigkeit eines Beschlusses ist die Einladung sämtlicher, die Mitwirkung von wenigstens sieben Mitgliedern und die einfache Majorität der Abstimmenden erforderlich. Die Beschlußfassung kann auch auf schriftlichem Wege erfolgen. Eintretende Lücken ergänzt der Ausschuß, und wenn die beschlußfähige Anzahl nicht zu erlangen sein sollte, der Präsident.

V. Die Geschäftsordnung für die Verhandlungen des Vereinstags wird von demselben festgesetzt.

VI. Der Vorsitzende des Ausschusses leitet bei den Vereinstagen die Verhandlungen, bis die Versammlung ihren Präsidenten erwählt hat.

VII. Die Sitzungen des Vereinstags sind öffentlich.

In den ständigen Ausschuß wurden u.a. gewählt: Sonnemann, Max Wirth aus Frankfurt a.M., Eichelsdörfer-Mannheim, Dittmann-Berlin usw. Die Seele dieser neuen Organisation wurde Sonnemann, der die Sekretärarbeiten und die eigentliche Leitung übernahm.

Die Mittel, die dem Ausschuß aus der Organisation zur Verfügung standen, waren sehr unbedeutend, und selbst den geringen Beitrag von zwei Talern pro Jahr zahlten viele Vereine nicht. Opfer für einen gemeinsamen Zweck zu bringen, dafür waren damals die antisozialistischen Arbeitervereine nicht zu haben, darin unterschieden sie sich sehr unvorteilhaft von den Lassalleanern. Weil die Mittel fehlten, wandte sich der Ausschuß im Laufe des Sommers an den Nationalverein und erhielt von diesem 500 Taler, die auch in den nächsten zwei Jahren gezahlt wurden. Ebenso wandte sich Sonnemann persönlich an eine Reihe großer Unternehmer, um von diesen Mittel zu erhalten. Aber die Abneigung gegen alles, was Arbeiterverein heißt, war schon damals instinktiv bei unseren Bourgeois vorhanden, und so flossen von dieser Seite die Beiträge sehr spärlich.

Hier möchte ich auf einen Vorfall zu sprechen kommen, der sich zwar erst im übernächsten Jahre (Sommer 1865) abspielte, der aber vierzig Jahre später in der »Kölnischen Zeitung« in einer für mich ungünstigen Weise auszunutzen versucht wurde.

In Sachsen war der Kampf gegen die Anhänger Lassalles besonders heftig. Die für jene Zeit hochentwickelten industriellen Verhältnisse in Sachsen schienen für die sozialistischen Ideen einen besonders günstigen Boden zu bieten. Um aber Gegenagitation betreiben zu können, fehlten uns die Mittel. Was immer wir für Agitation aufbrachten, es langte nicht, obgleich die Redner elend bezahlt wurden. So setzten sich eines Tages Dr. Eras und Schriftsteller Weithmann – ein Württemberger, der eine katilinarische Existenz führte – hin und verfaßten ein überschwenglich gehaltenes Schreiben an den Vorstand des Nationalvereins, in dem sie um Geld für die Agitation gegen die Lassalleaner baten. Ich wurde erst nachträglich von dem Schreiben verständigt und gab auf ihr Ansuchen meine Unterschrift, außerdem unterzeichneten Eras und Weithmann. Die »Kölnische Zeitung«, die dieses Schreiben und mein Dankschreiben für die empfangenen 200 Taler – nicht 300, wie sie behauptete – vor einigen Jahren veröffentlichte, sprach die Vermutung aus, alle drei Unterschriften rührten von mir. Gegen diese Verdächtigung muß ich mich entschieden verwahren. In dem Dankschreiben führte ich aus, daß wir namentlich Literatur für die Vereine zu beschaffen beabsichtigten, und könnte der Vorstand des Nationalvereins in der Beziehung seinen Einfluß bei den Buchhändlern geltend machen, daß sie uns diese billig überließen. Daß er die Unterstützung gewährte, zeige, daß er mehr Interesse für die Bewegung habe, als man ihm verschiedenseitig vorwerfe. Das Geld wurde indes namentlich zu Agitationsreisen verwandt; es wurde aber sehr sparsam ausgegeben, denn als Ende 1866 und Anfang 1867 die Agitation für die Wahlen zum Norddeutschen Reichstag einsetzte, waren von den 200 Talern noch 120 vorhanden, die jetzt ihre Verwendung fanden. Das war allerdings eine Verwendung, die nicht vorgesehen war. Aber von 1865 bis 1866 änderte sich eben die Situation, und es trat hüben und drüben eine so rasche Wandlung in den Ansichten ein, daß nur noch sehr wenige auf dem alten Standpunkt stehenblieben. Der Nationalverein litt unter dieser Wandlung am allermeisten, der von da ab in rascher Auflösung begriffen und tatsächlich längst tot war, als er offiziell im Herbst 1867 seine Auflösung beschloß. Daß wir die 200 Taler erhalten hatten, ärgerte viele. Es war namentlich Dr. Hans Blum, der das nicht verwinden konnte. Er hielt sich ganz besonders verpflichtet, bei der Wahlagitation mir entgegenzutreten und mir zum Vorwurf zu machen, daß wir jenes Geld angenommen hätten. Er mußte aber die Entdeckung machen, daß all seine Mühe, mir zu schaden, vergeblich war.

Bei dieser Gelegenheit möchte ich feststellen, daß ich niemals Mitglied des Nationalvereins war, wie mehrfach behauptet worden ist. Damit drücke ich keine Gegnerschaft gegen denselben zu jener Zeit aus, aber neben all den großen materiellen Opfern, die mir meine Stellung und Tätigkeit in der Arbeiterbewegung auferlegten, auch noch einen Beitrag für den Nationalverein zu zahlen, schien mir überflüssig, denn mein Einkommen war ein sehr schmales. Ich begnügte mich, um mit Schulze-Delitzsch zu reden, »geistiges Ehrenmitglied« des Nationalvereins zu sein.

*

In Leipzig empfand man das Bedürfnis, als Gegengewicht gegen das Auftreten Lassalles und gegen die Agitation seiner Anhänger einen Hauptschlag zu führen. Ich erhielt also den Auftrag, mich mit Schulze-Delitzsch wegen einer Versammlung in Verbindung zu setzen. Dieser erklärte sich dazu bereit. In seiner Antwort setzte er mir auseinander, daß wir in Sachsen besonders aufpassen müßten, die sächsischen Arbeiter hätten schon 1848 und 1849 Neigung für kommunistische und sozialistische Ideen gehabt. Im Laufe des Januar 1864 kam Schulze-Delitzsch nach Leipzig.

Es war vereinbart worden, daß ich die Versammlung mit einer Begrüßung Schulzes eröffnen und alsdann zum Vorsitzenden gewählt werden sollte. Aber ich hatte Pech. Ich eröffnete die Versammlung, die von 4000 bis 5000 Personen besucht war, blieb aber mitten in der Eröffnungsrede – die ich einstudiert hatte – elend stecken. Mein Temperament war mit meinen Gedanken durchgegangen. Ich hätte vor Scham in den Boden sinken mögen. Das Ende war, daß nicht ich, sondern Dolge zum Vorsitzenden gewählt wurde. Ich gelobte mir jetzt, nie mehr eine Rede einzustudieren und bin gut damit gefahren. Schulze-Delitzsch besaß kein angenehmes Organ, auch war sein Vortrag trocken und seinem Inhalt nach nicht geeignet, Begeisterung zu erwecken. Er brachte für viele eine Enttäuschung. Die Entwicklung nach links hielt er nicht auf.

Der Beschluß des Frankfurter Vereinstags, die, Gründung von Gauverbänden zu betreiben, versuchten wir in Sachsen zu verwirklichen. Da aber die bestehende Gesetzgebung dem im Wege stand, suchten wir bei dem Ministerium Beust um Genehmigung nach. Auf einer Landesversammlung, die im Sommer 1864 unter meinem Vorsitz tagte, kam das Schreiben des Herrn von Beust zur Verlesung, wonach der Minister den Gauverband gestatten werde, wenn die Vereine sich verpflichteten, sich weder mit politischen und sozialen, noch überhaupt mit öffentlichen

Angelegenheiten zu beschäftigen. Darauf beantragte ich folgende Resolution, die einstimmig angenommen wurde:

»Die sächsischen Arbeitervereine danken für das Gnadengeschenk des Herrn von Beust und ziehen es vor, von der Gründung eines Gauverbandes abzusehen.« Eine zweite Resolution, lautend: »Die versammelten Deputierten fordern die sächsischen Arbeiter auf, mit aller Energie für die Beseitigung des bestehenden Vereinsgesetzes einzutreten«, wollte der überwachende Polizeibeamte nicht zur Abstimmung kommen lassen, weil dieses eine politische Handlung sei. Ich geriet darüber mit ihm in eine scharfe Auseinandersetzung, fügte mich aber unter Protest, als er mit der Auflösung der Konferenz drohte.

*

Am 31. August 1864 trug der Telegraph die Kunde durch die Welt, daß Ferdinand Lassalle an den Folgen eines Duells in Genf verschieden sei. Der Eindruck, den diese Nachricht hervorrief, war ein tiefer. Der weitaus größte Teil seiner Gegner atmete auf, als wenn er von einem Alp befreit sei; sie hofften, daß es nunmehr mit der von ihm hervorgerufenen Bewegung zu Ende gehen werde. Und in der Tat schien dieses anfangs so. Nicht nur zählte sein Verein bei seinem Tode trotz riesenhafter Arbeit erst wenige tausend Mitglieder, diese gerieten sich auch alsbald untereinander in die Haare. Dann hatte Lassalle unbegreiflicherweise in dem Schriftsteller Bernhard Becker, den er als seinen Nachfolger im Präsidium des Vereins empfohlen hatte, einen Mann gewählt, der in keiner Richtung seiner Aufgabe gewachsen war.

Daß manche Gegner der Bedeutung Lassalles gerecht wurden, bewies ein Artikel in der Ende 1862 gegründeten Koburger »Allgemeinen Arbeiterzeitung«, die von dem Rechtsanwalt Dr. Streit in Koburg, dem Geschäftsführer des Nationalvereins, ins Leben gerufen worden war. Dieselbe hatte bisher, wenn auch maßvoll, Lassalle bekämpft, das hielt sie aber nicht ab, ihm einen ehrenvollen Nachruf zu widmen, an dessen Schluß es hieß:

»Ein Teil der liberalen Partei und der liberalen Presse, derselbe Teil, der ihn am bittersten und dennoch mit dem wenigsten Recht angefeindet, eben diejenigen, welche seine Keulenschläge am meisten verdienten, mögen jetzt im stillen seines Todes sich freuen. Wir beklagen den Tod eines Gegners, den nur Ungerechtigkeit oder Beschränktheit sich erlauben mag, mit dem gewöhnlichen Maße zu messen.«

Bekanntlich trieb die Gräfin Hatzfeldt, die langjährige intime Freundin Lassalles, mit der Leiche des verstorbenen Freundes einen förmlichen Kultus, indem sie dieselbe zwecks Abhaltung von Totenfeiern durch ganz Deutschland führen wollte, ein Plan, der ihr, auf Intervention von Lassalles Angehörigen, behördlicherseits durchkreuzt wurde. Auf die Nachricht, daß die Leiche Lassalles Mannheim passieren werde, schrieb Eichelsdöfer an Sonnemann einen Brief, dem ich die folgenden Stellen entnehme, weil sie zeigen, wie bereits einzelne auf unserer Seite die Situation ansahen.

Der Brief lautete:

»Lieber Freund Sonnemann!

Die Leiche Lassalles wird am Freitag, wie mir Reusche aus Genf telegraphiert, dahier eintreffen und auf das Dampfboot verbracht. Mögen wir ihm im Leben gegenübergestanden haben, wir waren doch in der Hauptsache einig, der großen Masse unseres Volkes zu helfen, und ich glaube, wir haben inzwischen gelernt, daß ohne allgemeines Stimmrecht und dadurch herbeigeführte Umgestaltung der jetzigen staatlichen Zustände auf eine durchgreifende Hilfe nicht zu rechnen ist. Vielleicht wäre der jetzige Moment ein günstiger, daß von unserer Seite etwas geschähe, um eine Vereinigung der beiden Strömungen auf Grund eines entsprechenden Programms herbeizuführen und damit dem dahingeschiedenen Kämpen ein Denkmal zu setzen. Etwas mehr Mäßigung auf der anderen und etwas mehr Entschlossenheit auf unserer Seite könnte dazu führen und der Sache nur nützen, da die Philisterhaftigkeit des jetzigen tonangebenden Liberalismus doch getrieben werden muß, wenn sie vorwärts dem Ziele entgegengehen soll. Es ist dies eine Ansicht von mir, die ich nicht ermangle, Dir mitzuteilen und Deine Ansicht zu hören, um sodann unsere Freunde vielleicht zu einem Schritte zu veranlassen, der unter Umständen von weittragenden Folgen sein – im gegenteiligen Sinne nichts schaden kann.

Auch habe ich das unbestimmte Gefühl, daß wir in Leipzig[1] doch zu energischen Beschlüssen geführt werden: da einmal alles auf die Prinzipien drängt und wir uns wohl denselben nicht entgegenstellen. Halbheit

1   Leipzig war als Ort für den nächsten Vereinstag bestimmt.

und Verschwommenheit nützen zu nichts; sie taugen nicht einmal dazu, für die richtige Lösung vorzubereiten ... Ich werde mich der Aufgabe nicht entziehen können, der Leiche Lassalles das Geleite zu geben. Einige Freunde werden dasselbe tun. Ich weiß nicht, ob ich den Verein dazu einladen soll, da es mißverstanden werden könnte, da viele Leute nicht verstehen und noch mehrere nicht verstehen wollen, daß man Lassalle anerkennen kann, ohne vollständig mit ihm einig zu gehen.« Schließlich bittet er Sonnemann, ihm seine Ansicht mitzuteilen.

In einer Nachschrift heißt es: »Würde es Dir als Präsident der Arbeitervereinigung nicht anstehen, hierherzukommen und dem Gegner die Ehre zu geben? Wenn Du dieses willst, telegraphiere, worauf ich Dir alsdann die Zeit des Eintreffens der Leiche, sobald ich es weiß, ebenfalls übermitteln werde.«

Was Sonnemann auf diesen Brief antwortete, ist mir nicht bekannt, jedenfalls wurde der Vorschlag Eichelsdörfers nicht berücksichtigt. Es mußte noch viel Wasser den Rhein hinunterfließen, ehe Ähnliches, wie Eichelsdörfer wollte, erfüllt wurde.

Nachdem der ständige Ausschuß auf den Antrag des Gewerblichen Bildungsvereins zu Leipzig beschlossen hatte, dort den nächsten Vereinstag abzuhalten, machte die Koburger »Arbeiterzeitung« dagegen Opposition. Es sei ausgeschlossen, daß in dem von Herrn von Beust regierten Sachsen die Abhaltung eines Vereinstags möglich sei, und sie eröffnete über den Beschluß die Debatte. Die einzigen Vereine, die sich der Koburger »Arbeiterzeitung« anschlossen, waren die badischen, die auf ihrem Vereinstag in diesem Sinne votierten. Gewisse Bedenken gegen die Abhaltung eines Vereinstags in Sachsen waren berechtigt, denn die Abhaltung desselben lag auf Grund des sächsischen Vereinsgesetzes ganz in den Händen des Herrn von Beust, der Regen oder Sonnenschein gewähren konnte.

Um es nicht zum Regnen kommen zu lassen, trugen wir der Situation insoweit Rechnung, daß der ständige Ausschuß sich auf unser Ansuchen bereiterklärte, die Wehrfrage, als eine eminent politische, nicht auf die Tagesordnung des Vereinstags zu setzen. Das Lokalkomitee für die Vorbereitungen wurde durch je zwei Mitglieder des Vereins Vorwärts, des Gewerblichen Bildungsvereins und des Fortbildungsvereins für Buchdrucker, außerdem durch Professor K. Biedermann und ein Ausschußmitglied der Polytechnischen Gesellschaft gebildet. Der Vorsitz wurde mir übertragen. Herr von Beust ließ lange auf die nachgesuchte

Entscheidung warten, endlich erfolgte sie in zustimmendem Sinne. Der Vereinstag wurde nunmehr auf den 23. und 24. Oktober einberufen und als Tagesordnung festgesetzt: 1. Freizügigkeit. 2. Genossenschaftswesen, und zwar a) Konsumvereine, b) Produktivgenossenschaften. 3. Ein gleicher Lehrplan für die Bildungsvereine. 4. Wanderunterstützungskasse, deren Gründung von den vielen jungen Arbeitern in den Vereinen verlangt wurde. 5. Altersversicherung. 6. Lebensversicherung. 7. Regulierung des Arbeitsmarktes, also Arbeitsnachweis. 8. Arbeiterwohnungen. 9. Wahl des ständigen Ausschusses.

Das war für zwei Tage Beratung eine sehr reiche Tagesordnung, deren Erledigung nur dadurch möglich wurde, daß die Berichterstatter vorher Gutachten und Resolutionen veröffentlichten und Berichte und Reden kurz waren. Die Gründlichkeit beider ließ in der Regel viel zu wünschen übrig.

Vertreten waren 47 Vereine, darunter allein 8 aus Leipzig, und 3 Gauverbände: badisches Oberland, Württemberg und Maingau. Es gab damals in Leipzig neben dem Fachverein der Buchdrucker auch noch einen solchen der Maurer und der Zimmerleute. Außerdem hatten die Lassalleaner unter Leitung Fritzsches rasch drei weitere Fachvereine gegründet, und zwar einen Zigarrenarbeiter-, einen Schneider- und einen Schmiedegesellenverein. Unter den Delegierten befanden sich zum erstenmal Dr. Friedrich Albert Lange, Vertreter des Duisburger Konsumvereins, und Dr. Max Hirsch für den Magdeburger Arbeiterbildungsverein. Ferner war als Gast anwesend Professor V.A. Huber, der konservative Vertreter der Genossenschaftsidee.

Die Versammlung wählte Bandow-Berlin zum ersten Vorsitzenden, Dolge und mich zu seinen Stellvertretern. Im Namen der Stadt begrüßte der Bürgermeister Dr. Koch die Versammlung. Gleich bei dem ersten Punkte der Tagesordnung: Freizügigkeit, kam es zu einem Krach mit Fritzsche und zu tumultuarischen Szenen durch seine Anhänger, die die Tribünen des Saales (Schützenhaus) stark besetzt hatten. Fritzsche erklärte im Sinne Lassalles, daß man über die Freizügigkeit nicht mehr debattiere, sondern sie dekretiere, dagegen müsse man das allgemeine Wahlrecht verlangen. Er sprach sehr provokatorisch und fand damit demonstrativen Beifall bei seinen Anhängern. Gegen diese Methode erhoben die Delegierten lebhafte Proteste. Bei dieser Gelegenheit bewunderte ich Friedrich Albert Langes Vermittlertalent, womit er Erfolg hatte. Ein energisches Eingreifen von meiner Seite, als Vorsitzender des Lokalkomitees, schaffte auch Ruhe auf den Galerien. Am nächsten Tage kam es nochmals zu einer lebhaften Szene, als Fritzsche verlangte, noch zum Worte zugelassen zu werden, nachdem bereits der Schluß der Debatte angenommen worden war. Als ihm das Wort verweigert wurde, protestierte er gegen den herrschenden Terrorismus und legte sein Mandat nieder. Die Beschlüsse des Vereinstags waren von keinem großen Belang. Fr. Albert Lange, der über Konsumvereine referierte, zeigte sich als ein glänzender Redner. In den ständigen Ausschuß wurden gewählt: Bandow, Bebel, Dr. M. Hirsch, Lachmann-Offenbach, Lange, Martens-Hamburg (ein ehemaliger Weitlingianer, von dessen Kommunismus aber nichts mehr zu spüren war), Reinhard-Koburg, ehemaliges Parlamentsmitglied für Mecklenburg,Sonnemann,Staudinger-Nürnberg,Stuttmann-Rüsselsheim, Weithmann-Stuttgart und Max Wirth-Frankfurt a.M.91

Friedrich Albert Lange

Infolge meiner Mitgliedschaft im ständigen Ausschuß kam ich mit Friedrich Albert Lange in näheren persönlichen und schriftlichen Verkehr. Lange, eine untersetzte und kräftige Figur, war eine äußerst sympathische Erscheinung. Er hatte prächtige Augen und war einer der liebenswürdigsten Menschen, die ich kennengelernt habe, der auf den ersten Blick die Herzen eroberte. Dabei war er ein Mann von festem Charakter, der aufrecht durchs Leben ging, den Maßregelungen nicht beugten. Und sie blieben ihm nicht erspart, als er offen für die Arbeiter eintrat. Er war sehr bald einer der »Geächteten« und »Isolierten« in der Industriestadt Duisburg. Zwischen uns und den Lassalleanern nahm er eine vermittelnde Stellung ein, wie sein Januar 1865 erschienenes Buch »Arbeiterfrage« zeigt. Wenn in der später erschienenen Auflage desselben sein Standpunkt mehr nach rechts geht, wie ihm auch von Kritikern seiner Geschichte des Materialismus nachgesagt wird, daß er darin zum Metaphysischen neige, so betrachte ich dieses als die Folgen eines langen und schweren körperlichen Leidens, dem er leider zu früh erlag.

Lange stand im ständigen Ausschuß stets auf der linken Seite und drängte nach links. Mir erwies er zu jener Zeit einen großen persönlichen Dienst aus rein sachlichen Gründen. Wir in Leipzig waren, wie ich schon andeutete, mit der »Allgemeinen Deutschen Arbeiterzeitung« in Konflikt gekommen. Die Stellungnahme des Blattes gegen die Abhaltung des Vereinstags in Leipzig hatte begreiflicherweise bei uns verschnupft.

Bei der Redaktion der »Arbeiterzeitung« war, wahrscheinlich auf Einbläsereien aus Leipzig, der Glaube entstanden, wir wollten das Blatt untergraben, und ich sei Beustianer. Das war ein starkes Stück. Ich war im Gegenteil stets für das Blatt eingetreten und hatte seine Verbreitung gefördert. Auch im ständigen Ausschuß, in dem Gegner der Koburger »Arbeiterzeitung« saßen, trat ich für dieselbe ein und befürwortete ein günstiges Abkommen mit dem Verleger. Als aber die Koburger »Arbeiterzeitung« mit ihren Angriffen gegen mich fortfuhr, sandte ich ihr eine gepfefferte Erklärung, aus der sie nur abdruckte, daß ich mich als einen unerbittlichen Gegner der Beustschen Mißwirtschaft bekannt habe.

Dieser Streit veranlaßte den ständigen Ausschuß, Lange mit der Abfassung eines Berichtes zu betrauen, in dem er mich warm verteidigte und meine Haltung rechtfertigte. Immerhin hatte die »Arbeiterzeitung« erreicht, daß, als wir am 30. Juli 1865 in Glauchau eine Landesversammlung hielten, ich bei der Wahl zum Delegierten für den Stuttgarter Vereinstag mit einer Stimme, die ich weniger hatte als mein Gegenkandidat, unterlag. Als ich nachher meinen Standpunkt in bezug auf die »Arbeiterzeitung« darlegte, erklärte eine Anzahl Delegierter, daß sie nunmehr die Sache anders ansähen. Die »Arbeiterzeitung« hat mir denn auch später volle Genugtuung gegeben, sie sei falsch berichtet gewesen. Streit selbst entschuldigte sich auf dem Stuttgarter Vereinstag persönlich bei mir.

Die Ereignisse des Jahres 1866 – auf die ich später zu sprechen komme – und die Stellung, die Lange zu denselben einnahm, machten ihn in Duisburg, wo er Handelskammersekretär war, unmöglich. Er ließ sein Blättchen »Der Bote vom Niederrhein« eingehen und folgte einer Einladung seines Freundes Bleuler zur Übersiedlung nach Winterthur in der Schweiz. Dort trat er in die Redaktion von Bleulers Blatt »Der Winterthurer Landbote« ein. Bleuler war einer der Führer der radikalen Demokratie im Kanton Zürich. Um jene Zeit begann die Agitation für eine Reform der rückständigen Verfassung des Kantons. Bleuler, Lange und der junge Reinhold Rüegg, der spätere Mitbegründer der »Züricher Post«, traten mit Gleichgesinnten in eine umfassende Agitation für eine demokratische Verfassungsreform ein und sahen im Jahre 1868 ihre Arbeit mit Erfolg gekrönt. Langes Einfluß ist es geschuldet, daß in die neue Verfassung folgender Artikel 23 aufgenommen wurde: »Der Staat stützt und fördert auf dem Wege der Gesetzgebung das geistige und leibliche Wohl der arbeitenden Klassen und die Entwicklung des Genossenschaftswesens.«

Wie ich dann Sommer 1868 noch einmal mit Lange in briefliche Verbindung trat, indem ich ihn im Namen des Vorortsvorstandes der Arbeitervereine, dessen Vorsitzender ich mittlerweile geworden war, einlud, ein Referat über die Wehrfrage auf dem Vereinstag zu Nürnberg zu übernehmen, berichte ich an anderer Stelle. Lange lehnte die Einladung ab, und der Nürnberger Vereinstag fand ohne ihn statt. Ich sah ihn überhaupt nicht mehr wieder, auch hörten meine brieflichen Beziehungen zu ihm auf. Ende Oktober 1870 wurde Lange zum Professor an der Universität Zürich ernannt. Als ihn dann 1872 der liberale Kultusminister Falk als Professor nach Marburg berief, versuchte Zürich vergeblich, ihn festzuhalten. Der Zug nach dem Heimatland, der namentlich bei seiner Gattin sehr lebhaft war, siegte. Aber bereits am 23. November 1875 erlag er, erst 47 Jahre alt, seinem langjährigen Leiden. Mit Lange hatte einer unserer Besten aufgehört zu leben.

Neue soziale Erscheinungen

Im Frühjahr 1865 trat in Leipzig der erste deutsche Frauenkongreß zusammen unter Führung von Luise Otto-Peters und Auguste Schmidt, der die Gründung eines Allgemeinen Deutschen Frauenvereins zur Folge hatte. Es war der erste Schritt aus der bürgerlichen Frauenwelt, welcher zu einer Frauenorganisation führte. Die »Frauenzeitung«, die damals ein Hauptmann a.D. Korn herausgab, wurde Organ des Vereins, und neben Korn traten Frau Luise Otto-Peters und Fräulein Jenny Heinrichs in die Redaktion ein. Ich wohnte den Verhandlungen als Gast bei. Als dann der Leipziger Frauenbildungsverein, dessen Vorsitzende Luise Otto-Peters war, sich an den Arbeiterbildungsverein wandte, damit dieser an Sonntagen sein Lokal zur Errichtung einer Sonntagsschule für Mädchen hergebe, gaben wir bereitwillig unsere Zustimmung.

*

Das Jahr 1865, das ein Prosperitätsjahr war, sah eine Menge Lohnkämpfe, die in den verschiedensten Städten ausbrachen. So gab es unter anderen große Arbeitseinstellungen in Hamburg, den Streik der Tuchmacher in Burg bei Magdeburg, die Arbeitseinstellung der Leipziger Buchdrucker, der eine Arbeitseinstellung der Leipziger Schuhmacher, Buchbinder und anderer Branchen folgte. Der Leipziger Buchdruckerausstand war hervorgerufen durch die niedrigen Löhne und durch die lange Arbeitszeit. Der höchste Wochenlohn betrug $5^1/_4$ Taler. Für 1000 n wurden 25 Pfennig sächsisch bezahlt, die Gehilfen verlangten 30 Pfennig und Herabsetzung der Arbeitszeit. Am 24. März kündigten von 800 Mann 545 und traten acht Tage später in den Ausstand. Eine Organisation für Streikunterstützungen bestand nicht. Der Buchdrucker-Fortbildungsverein, dessen Vorsitzender Richard Härtel war, mußte neutral bleiben, bei Strafe der Auflösung. Härtel selbst arbeitete in einer Offizin, der Colditzschen, in der der neue Tarif anerkannt war. Der Buchdruckerverband wurde erst 1866 gegründet; hierzu gab der Leipziger Ausstand die Anregung. Ein Vermittlungsversuch, den der Geheimrat Professor Dr. von Wächter, einer der ersten Juristen Deutschlands, machte, war erfolglos gewesen.

Sonnemann, der als Buchdruckereibesitzer mit besonderem Interesse die Angelegenheit verfolgte, schrieb an mich, ich möchte beiden Seiten die Vermittlung des ständigen Ausschusses anbieten, und gab mir für diesen Versuch verschiedene Verhaltungsmaßregeln. Da der Briefwechsel, den ich mit ihm über diese Angelegenheit hatte, auch noch heute von Interesse sein dürfte, veröffentliche ich denselben.

»Leipzig, den 11. Mai 1865

Herrn Leopold Sonnemann, Frankfurt a.M.

Durch längeres Unwohlsein abgehalten, bin ich erst heute in der Lage, auf Ihr Wertes vom Ersten dieses Monats zu antworten. Ihren Plan, eine Vermittlerrolle in Sachen des hiesigen Buchdruckerstreiks zu versuchen, muß ich vollkommen billigen. Ich wandte mich daher zunächst brieflich an den Vorsitzenden des hiesigen Buchdruckervereins, um sein Urteil über die Sache zu hören. Derselbe antwortete, daß er selbst in einer Offizin arbeite, in der der Tarif genehmigt sei, er daher der ganzen Angelegenheit ferner stehe. Er riet mir, mich an die Tarifkommission zu wenden.

Am Dienstagnachmittag nahm ich mit dieser Rücksprache und war erfreut, über die Bereitwilligkeit, mit der man meinem Vorschlag entgegenkam. Man nannte mir auch einige der Prinzipale, bei denen ich mich zunächst erkundigen sollte, ob man auch von dieser Seite Geneigtheit zu einer Vermittlung zeige. Es waren dies die Herren Giesecke & Devrient und Ackermann (Firma Teubner). Gestern ging ich nun zu den Genannten.

Devrient war verreist, Giesecke nicht zugegen, und bei Ackermann wurde mir der Bescheid, daß ich mich am besten an Stadtrat Härtel (Firma Breitkopf & Härtel) oder an Brockhaus wende, da diese Vorsitzende der Genossenschaft seien. Ich muß hierbei bemerken, daß ich mich absichtlich nicht an die Letztgenannten gewendet hatte, und zwar aus dem Grunde, weil dieselben als die heftigsten Gegner der Arbeiter bekannt sind. Gleichwohl sah ich mich nach dieser Anweisung veranlaßt, dennoch zu Härtel zu gehen. Ich traf beide Brüder zu Hause an und hatte eine ziemlich eine Stunde dauernde Unterhaltung mit ihnen, deren Endresultat war, daß die Prinzipale keinen Schritt zu einer Verständigung mehr tun würden, nachdem die Tarifkommission der Schriftsetzer sich gegenüber den Vermittlungsversuchen des Geheimrats Professor von Wächter so unnachgiebig gezeigt habe. Ich erwiderte darauf, daß seit jener Zeit (vierzehn Tage) sich die Ansichten doch wohl geändert hätten und man von jener Seite auf eine Verständigung bereitwilligst eingehen werde.

Aber diese und ähnliche Erklärungen von meiner Seite nützten nichts. Ich merkte sehr deutlich aus den Äußerungen dieser Herren, daß man auf die Tarifkommission aufs äußerste erbittert sei und eine Verständigung einfach nicht wolle.

So stellte man unter anderem die Behauptung auf, daß diese Kommission kein Mandat habe, namens der Schriftsetzer zu unterhandeln, sondern sie habe sich dasselbe angemaßt. Eine Behauptung, die gegenüber den Tatsachen sich ganz merkwürdig ausnimmt. Dann sagte man wieder, was es denn nütze, wenn die Kommission auch eine Einigung mit den Prinzipalen erziele und nun die übrigen aber nicht wollten. Überhaupt habe man keine Veranlassung, eine andere Vermittlung anzunehmen, da der genannte Geheimrat Professor von Wächter sich noch bei Abbruch der Verhandlungen bereiterklärt habe, jederzeit dieselben wieder aufzunehmen, und wenn es den Arbeitern mit dem Vorschlag wirklich ernst sei, sie hierzu Schritte tun möchten.

Nach dieser Erklärung sah ich allerdings ein, wie wenig Erfolg weitere Verhandlungen haben müßten, und, entfernte mich.

Den feiernden Schriftsetzern, welche mittlerweile eine Versammlung im Kolosseum abhielten, ließ ich diese Nachricht sofort zukommen; was man beschlossen hat, ist mir bis zu diesem Augenblick unbekannt.

Es tut mir leid, nicht ein besseres Resultat erzielt zu haben.

Gleichwohl werde ich die Sache genau verfolgen, und wenn sich irgendwie die Sache für uns noch günstig gestalten sollte, Ihnen sofort Mitteilung machen.

Ich bin überzeugt, daß man von seiten der Kommission mit einer Verständigung es wirklich ernst meint, da man wohl nach und nach einzusehen anfängt, wie gefährlich es ist, die Sache aufs Äußerste zu treiben, und ein ehrenvoller Vergleich das Beste ist. Andernteils aber bin ich ebensosehr überzeugt, daß der genannte Herr Härtel keineswegs im Sinne aller Prinzipale mir gegenüber handelte, da es bekannt ist, wie die meisten zu einem Vergleich gern die Hand böten. Indes läßt sich mit den einzelnen nicht unterhandeln, da Härtel als Vorsitzender der Genossenschaft alle derartige Anträge vorzubringen hat. Ich habe die Absicht, die ganze Angelegenheit durch die Presse zu veröffentlichen und abzuwarten, ob nicht darauf einzelne sich herbeilassen, über die Köpfe der extremsten Führer wie Härtel, Brockhaus usw. hinweg die Hand zur Verständigung zu bieten. Noch bemerke ich, daß sechs Druckereien in der Hauptsache die Forderungen der Arbeiter bewilligt haben ...«

Auf diesen Brief antwortete postwendend Sonnemann am 12. Mai:

»Ich war erstaunt, so lange ohne alle Nachricht zu bleiben. Meine Anfrage vom 1. ds. Mts. bezüglich der Buchdrucker war nur eine vorläufige. Meine deutlich ausgeprochene Absicht war, daß Sie in der Sache gemeinschaftlich mit Dr. Hirsch und Bandow operieren sollten, und beide hatten sich auch schon mir gegenüber dazu bereiterklärt. Nicht etwa, daß ich nicht zu Ihnen das volle Vertrauen hätte, daß Sie auch allein imstande sind, die Sache zu führen; meine Absicht war, dem Auftreten des Ausschusses dadurch, daß drei seiner Mitglieder als Vertreter kommen, mehr Förmlichkeit und dadurch mehr Gewicht zu geben. Ich rechnete in dieser Beziehung besonders auf Bandow, der als Vorsitzender des Kongresses in Leipzig dort in gutem Andenken steht. Indessen haben Sie ja alles mögliche aufgeboten, und es ist nur zu bedauern, daß der Erfolg Ihrer vielen Bemühungen nicht günstiger war. Ehe Sie etwas veröffentlichen, halte ich für passend, wenn ich nochmals an Brockhaus und Härtel schreibe und diesen Herren wiederholt die Absendung einer

Deputation von seiten des Ausschusses anbiete. Als Motiv würde ich angeben, daß die Arbeiter zu ihren gewählten Vertretern doch das meiste Zutrauen haben würden. Vielleicht macht man die Sache so, daß die Buchdrucker unserer Deputation Pleinpouvoir geben. Die Prinzipale mögen ihren Geheimrat von Wächter und noch einige Herren ernennen und diese Kommission dann einen für alle Teile bindenden Spruch fällen. Schreiben Sie mir mit Postwendung, ob Sie damit einverstanden sind, daß ich nochmals an die Herren schreiben soll. Einige Zeilen von Ihnen genügen mir. Ich darf Ihnen nicht verhehlen, daß ich der Ansicht bin: die Buchdruckergehilfen sind in der Form und in der Sache zu weit gegangen. Sie sind, wie ich vermute, von den Lasalleanern aufgehetzt worden. Wäre das nicht der Fall, dann hätten sie ihre Forderungen durchgesetzt, denn niemals war eine Zeit den Bestrebungen um Lohnerhöhung günstiger als die jetzige; das zeigt sich daran, daß allenthalben die in mäßigen Grenzen gehaltenen und anständig vorgebrachten Forderungen durchgesetzt wurden ...«

Die Vermutung Sonnemanns, als hätten die Lassalleaner in diesem Streik ihre Hände gehabt, war vollkommen falsch. Der »Sozialdemokrat« Schweizers zeigte zwar ein außerordentlich lebhaftes Interesse für die Arbeitseinstellung der Leipziger Buchdrucker, aber Einfluß auf diese erlangte er nicht.

Am nächsten Tage gab ich folgende Antwort:

»Auf Ihre geehrte Zuschrift vom 12. ds. Mts. habe ich zu erwidern, daß ich Ihre Absicht in dem Schreiben vom 1. ds. Mts. vollständig richtig aufgefaßt habe. Danach aber war es ganz natürlich, zuvor anzufragen und zu hören, ob beide Parteien geneigt seien, eine Vermittlung des ständigen Ausschusses anzunehmen. Daß ich nichts weiter getan habe, werden Sie schon aus der Erklärung Härtels in der gestrigen ›Deutschen Allgemeinen Zeitung‹ ersehen haben. Nur muß ich hier zu meiner Rechtfertigung bemerken, daß es mir nach den persönlichen Erklärungen dieses Herrn unmöglich war, offiziell einen derartigen Antrag zu stellen.

Seine Erklärung scheint hauptsächlich hervorgerufen worden zu sein durch verschiedene Anfragen der Prinzipalität auf die Notizen verschiedener Zeitungen, die hiesige Buchdruckergenossenschaft habe die Vermittlung abgelehnt, während man sie in corpore nicht darum gefragt hatte.

Ich bemerke hierüber ausdrücklich, daß die Nachrichten in öffentlichen Blättern, die sich sogar vielfach widersprechen, nicht von mir ausgegangen sind. Das Gute aber haben sie gehabt, daß die öffentliche Meinung aufs neue angeregt wurde und mich unter anderen Geheimrat von Wächter gestern früh zu sich bescheiden ließ, um mit ihm über die Sache zu konferieren. Er teilte mir mit, daß er bereit sei, jederzeit die Vermittlung wieder zu übernehmen, und er sich hierzu meine Hilfe erbitte. Er schlage mir vor, zunächst nochmals bei der Tarifkommission anzufragen, ob man hierzu geneigt sei und auf welcher Grundlage. Wobei er mir bemerkte, wie er es für unumgänglich notwendig erachte, daß man sich von seiten der Gehilfen zu Konzessionen herbeilasse. Dieser letzteren Ansicht muß ich vollkommen beistimmen, und haben auch Sie vollkommen recht, daß die Form, in welcher man anfangs vorging, nicht die rechte war.

Auf nochmalige Anfrage bei der Tarifkommission erklärte man sich bereit zu Wächter zu gehen und sich mit ihm zu vereinbaren. Ich erklärte dabei nochmals, daß der ständige Ausschuß sofort bereit sein würde, in Gemeinschaft mit Wächter die Vermittlung zu übernehmen. Man nahm dies dankend an und versprach, nachdem man mit Wächter Rücksprache genommen, mir Antwort zu sagen. Leider war ich gestern nachmittag nicht anwesend, als die Deputation bei mir war. Heute morgen nach Empfang Ihres Briefes begab ich mich sofort in das Sitzungslokal der Tarifkommission, traf aber dort niemand an. Ich werde daher später nochmals hingehen. So weit vormittags $^{1}/_{2}$10 Uhr.

Mittags 1 Uhr. Soeben verließ mich ein Mitglied der Tarifkommission, das mir folgendes mitteilte: Der Vorsitzende der genannten Kommission habe sich gestern auf meinen Wunsch zu Wächter begeben und ihm ihre Bereitwilligkeit, unter Hinzuziehung des ständigen Ausschusses nochmals zu unterhandeln, ausgesprochen. Auf die Frage, auf welcher Grundlage das geschehen solle, habe man den Vorschlag gemacht, eine andere Art der Berechnung aufzustellen, nämlich statt nach 1000 n nach dem Alphabet. Wächter ist damit einverstanden gewesen und hat versprochen, mit einigen Prinzipalen Rücksprache zu nehmen und über den Erfolg Antwort zukommen zu lassen. Bis jetzt ist eine solche nicht erfolgt, und es bleibt uns nach meiner Ansicht für jetzt nichts anderes übrig, als diese abzuwarten; ich werde Ihnen alsdann sofort Nachricht zukommen lassen.

Ihrer Ansicht, an Brockhaus und Härtel zuschreiben, kann ich nicht zustimmen, da diese gerade die größten Gegner der Arbeiter respektive der Arbeitervereine sind und Sie sich durch ein Motiv, wie Sie es in Ihrem Schreiben angeben, aufs schlimmste insinuieren würden. Sagt man doch Härtel nach, daß er beim hiesigen Polizeidirektorium dahin zu wirken versucht habe, daß man die hiesigen Vereine auflöse, weil sie die feiernden Arbeiter zum Teil unterstützt haben, und mußte ich doch auch aus seinem Munde hören, daß die Angelegenheit am besten zu Ende geführt würde, wenn die Arbeiter und Vereine aufhörten, die Buchdrucker mit Geldsammlungen zu unterstützen.

Schließlich muß ich mich gegen den Vorwurf in Ihrem Schreiben verwahren, als wenn ich allein die Vermittlung hätte übernehmen wollen. Es ist mir dies nicht im entferntesten eingefallen, und ich habe ausdrücklich, sowohl bei der Tarifkommission wie bei Härtel, von einer Deputation des ständigen Ausschusses gesprochen und auch ausdrücklich die Namen genannt. Schon wegen einer Besprechung in unseren eigenen Angelegenheiten wäre es mir lieb, Bandow und Hirsch hierzuhaben.«

Drei Tage später, den 16. Mai, folgte alsdann von mir ein neuer Brief an Sonnemann, in dem es hieß:

»Ich bin nunmehr in der Lage, Ihnen endgültig über die Buchdruckerangelegenheit zu berichten.

Wie ich Ihnen in meinem Schreiben mitteilte, war die Tarifkommission auf meine Veranlassung mit Wächter in Unterhandlung getreten und hatte diesem als Grundlage die neue Berechnungsart vorgeschlagen. Wächter ging darauf ein und berief die frühere Vermittlungskommission der Prinzipale, um ihr diese Proposition der Tarifkommission zu stellen. Man rechnete und rechnete, fand aber schließlich, daß das Resultat dasselbe sei, indem man allerdings oftmals nur 27 bis 28 Pfennig zu zahlen haben würde, aber ebensooft auch 32 und 33 Pfennig. Mitglieder der Tarifkommission versicherten mir selbst, der Preis bleibe nach dieser Berechnung der gleiche und nur die Form sei eine andere. Die Prinzipale lehnten nunmehr die Vermittlung ab, da sie nur im Falle einer Konzession in den Bedingungen der Gehilfen sich zu einer Verständigung herbeilassen wollten.

Als ich nun gestern früh Ihr wertes Schreiben erhielt[1], trat ich sofort wieder mit der Tarifkommission in Unterhandlung, legte ihr den Frankfurter Tarif sowie Ihre Berechnung als Basis für eine Vermittlung mit den Prinzipalen vor, nochmals hervorhebend, wie ich es selbst für notwendig hielt, nicht starr an den Forderungen festzuhalten und die Sache nicht auf die Spitze zu treiben. Der Betreffende erklärte sich mit diesen Ansichten einverstanden, versprach, den Vorschlag seinen Kollegen vorzulegen und mir Bericht zu erstatten.

Gestern abend erhielt ich Antwort. Diese lautete abschlägig. Man motivierte diese Antwort damit, man habe verschiedenes in Aussicht, weshalb man hoffe, dennoch die Forderungen durchzusetzen. Leipzig als Hauptort des Buchdrucks habe vor allem darauf zu sehen, einen möglichst hohen Lohn zu erzielen, da dieses für die anderen Städte von großem Einfluß sei, auch enthalte der von Ihnen aufgestellte Entwurf eine ganze Menge von Bestimmungen, in denen sie den Prinzipalen Konzessionen machen könnten und wollten.

Ich war durch diese Antwort überrascht. Ich hatte sicher erwartet, daß man diesen Vorschlag annehmen würde. Nachdem er abgelehnt wurde, habe ich keine Veranlassung, in dieser Angelegenheit noch einen Schritt zu tun, es sei denn, man fordere mich von jener Seite dazu auf.

Mir scheint, daß, wie die Prinzipale von Härtel und Brockhaus sich beeinflussen lassen, auch einige in der Tarifkommission über alle anderen gebieten. Man muß es nun schließlich darauf ankommen lassen, welche von den beiden Parteien mit ihrer Starrköpfigkeit den Sieg davonträgt.

Von seiten der Gehilfen erwartet man von der jetzt im Gange befindlichen Buchhändlerbörse einen günstigen Einfluß für ihre Forderungen; wie weit dies richtig ist, wird sich herausstellen. Tatsache ist auch, daß von auswärts immer noch eine Masse von Zuschriften und Geldsendungen einlaufen, die sie zur Ausdauer anfeuern.

Wie Ihnen bereits bekannt sein dürfte, geht man von seiten der Polizei mit Maßreglungen gegen die feiernden Gehilfen vor, was ich durchaus nicht billige. Es haben infolgedessen am Montag bereits 19 Mann die Stadt verlassen. Einer hat wieder zu arbeiten angefangen. Jedenfalls ein klägliches Resultat, wenn man zu diesem Zweck, wie zu vermuten, die Maßregelungen ins Werk gesetzt hat.«

1 In diesem (Kopie) ist die Tinte so blaß geworden, daß dasselbe nicht mehr zu entziffern ist.

In einem anderen Briefe von mir an Sonnemann vom 28. Mai heißt es in einer Nachschrift lakonisch: »In der Buchdruckerangelegenheit steht alles beim alten.«

Am 20. Juni schreibt Sonnemann wieder:

»Ich bin nicht wenig erstaunt, daß Sie mein Schreiben vom 17. d. Mts. gänzlich unbeachtet lassen« (dasselbe ist aus dem schon oben angegebenen Grunde nicht mehr zu entziffern, es bezog sich aber auch mit auf die Buchdruckerangelegenheit). »Wenn der Mechanismus bei uns nicht besser ineinandergreift, dann wird mir wohl die Herausgabe der Flugblätter sehr schwer werden.«

Hierzu sei bemerkt: Der ständige Ausschuß hatte, weil er mit dem Verleger der »Allgemeinen Arbeiterzeitung« in Koburg beständig in Konflikt war, die Herausgabe von Flugblättern beschlossen, die womöglich wöchentlich erscheinen sollten. Diese Flugblätter sollten alle auf die Arbeiterbewegung bezüglichen Mitteilungen enthalten und sollten in erster Linie die Mitglieder des ständigen Ausschusses daran mitarbeiten. Meine Antwort auf Sonnemanns Brief ist vom 23. Juni datiert und lautete:

»Die Vorwürfe, die Sie mir in Ihrem letzten Schreiben vom 20. d. Mts. über meine angebliche Lauheit machen, muß ich zurückweisen. Sie würden dieselben nicht gemacht haben, wenn Sie meine Verhältnisse kennten. Diese aber sind derart, daß ich über meine Zeit nicht so verfügen kann, wie ich möchte. Habe ich auch ein selbständiges Geschäft, so bin ich durch meine Unbemitteltheit gezwungen, durch Arbeit den täglichen Lebensunterhalt zu verdienen; dazu kommt, daß ein guter Teil der Last der Geschäfte im (Arbeiterbildungs-)Verein ebenfalls auf mir liegt und ich auch hier schon gezwungen bin, manche Stunde zu opfern, abgesehen von den Abenden, die gänzlich durch Vereinsangelegenheiten in Anspruch genommen sind. Gleichwohl werde ich, soweit es irgend geht, den an mich gestellten Anforderungen nachzukommen suchen und würde auch auf Ihr erstes Schreiben bereits geantwortet haben, wenn das, was ich zu schreiben hatte, sich der Mühe verlohnte …

Namentlich ist in bezug auf Arbeiter- und Lohnfragen eine förmliche Windstille eingetreten, wie das nach der Aufregung und dem Lärm der vorhergehenden Wochen nicht anders zu erwarten war.

Bezüglich der Buchdruckerangelegenheit war ich am Dienstag bei Heinke, dem Redakteur des ›Korrespondent‹« (der 1863 gegründet worden war). »Heinke will Ihnen das Blatt vom 1. Juli ab regelmäßig unter Kreuzband zukommen lassen gegen Eintausch der Flugblätter und von sonstigen Mitteilungen ... Ferner versprach er, mir wichtige Nachrichten über Buchdruckerangelegenheiten, sei es von hier oder auswärts, zukommen zu lassen, und werde ich alsdann Ihnen möglichst schnell referieren.

Betreffs des hiesigen Buchdruckerstreiks teilte er mir mit, daß der größte Teil der Tarifkommission sowie des Vorstandes des Buchdruckerfortbildungsvereins noch keine Kondition habe und so schnell auch noch keine bekommen werde. Gleichwohl glaubte er, daß man eine Unterstützung von unserer Seite nicht annehmen werde, indem erstens noch Geld vorhanden sei, zweitens die in Arbeit getretenen Gehilfen für die Arbeitslosen wöchentlich steuerten, endlich drittens sie alsdann in die Lage kommen könnten, bei Arbeitseinstellungen anderer Branchen ebenfalls zu steuern, was ihren schon jetzt sehr in Anspruch genommenen Geldbeutel nur noch mehr belasten würde; man habe von allem Anfang an beschlossen, Unterstützung von Nichtbuchdruckern gar nicht oder doch nur im alleräußersten Falle anzunehmen[2].«

Die Befürchtung der Buchdrucker, daß sie auch für die Streiks anderer Branchen herangezogen werden könnten, hatte insofern eine Berechtigung, als in jenem Frühjahr sowohl die Schneider und Buchbinder wie die Arbeiter an dem Bau der städtischen Wasserleitung streikten und die Schuhmacher ebenfalls in den Streik eintraten.

In bezug auf letzteren schrieb ich Sonnemann am 28. Juni:

»Gestern fand im Hotel de Saxe eine Versammlung der Schuhmacher zum Zwecke der Lohnerhöhung statt. Da wir eine dringende Sitzung hatten, konnte ich erst später hingehen. Einen vollständigen Bericht

2   Gustav Jaeckh behauptet in seinem Buche »Die Internationale« (Leipzig 1904), die deutschen Buchdrucker hätten sich durch ihren Verbandsvorsitzenden an den Generalrat der Internationale gewandt, um die Internationale, und in erster Linie die Buchdrucker-Union, für den Streik ihrer Brüder in Leipzig zu interessieren. Diese Angaben sind nicht ganz richtig. Erstens gab es zu jener Zeit noch keinen Verband der Buchdrucker, folglich auch keinen Vorsitzenden des Verbandes; zweitens weigerten sich die Buchdrucker, von politischen Organisationen Geld anzunehmen. Wie ich feststellen konnte, wendeten sich die Streikenden um Vermittlung bei der Londoner Buchdrucker-Union an den Generalrat, der diesem Wunsche nachkam und durch eine Delegation (K. Marx, Kremer und Fox) den Londoner Buchdruckern das Verlangen auf Hilfe vortragen ließ.

könnte ich deshalb nicht liefern. Dr. Eras, welcher den Verhandlungen von Anfang bis Ende beigewohnt hat, wird Ihnen einen solchen für die ›Neue Frankfurter Zeitung‹ zugesandt haben, den Sie im Flugblatt mit verwenden können.

Nach dem Geiste zu urteilen, der in jener Versammlung herrschte, werden die Arbeiter mit ihren sehr gerechten Forderungen nicht durchkommen. Unklarheit, Uneinigkeit unter ihnen lassen es nicht dazu kommen, obgleich sie es mehr wie jeder andere Arbeiter bedürften, da ein guter Arbeiter bei zwölfstündiger Arbeitszeit 2 Taler 20 Neugroschen bis 3 Taler die Woche verdient. Da wir als Unbeteiligte uns nicht in die Debatten mischen durften, so haben Eras und ich es ihnen später im Privatzirkel tüchtig gesagt, es wird nur nichts nützen.«

Am 1. Juli antwortete Sonnemann:

»Ich habe Ihre werten Briefe vom 23. und 28. Juni vor mir. Meine Mahnung an Sie war gewiß nicht so bös gemeint, wie Sie dieselbe vielleicht aufgefaßt haben. Ich weiß sehr gut, wie sehr Sie in Anspruch genommen sind, und wie schwer es Ihnen fällt, unserer Sache noch weiter Zeit zu opfern; ich verlange auch keine langen Briefe; zwei Zeilen genügen jederzeit, um eine Tatsache kurz mitzuteilen. Hätten Sie mir gleich geschrieben, die Buchdrucker bedürfen von uns keiner Unterstützung, so wäre es für den Augenblick genug gewesen.

Was nun den eben erwähnten Gegenstand betrifft, so freut es mich, daß es den Leuten dort vorerst nicht an Geldmitteln fehlt. Ich bitte Sie nur, ihnen wiederholt zu sagen, daß der Ausschuß nötigenfalls bereit sei, für sie einzutreten, und habe mich auch demgemäß in unserem Flugblatt ausgesprochen.«

Damit war unsere Korrespondenz über den Buchdruckerstreik zu Ende. Die Buchdrucker erlangten nur einen teilweisen Erfolg. Die Mehrzahl ihrer Leiter wurde gemaßregelt. Im August beschloß der Buchdruckerverein, die Steuer zu vervierfachen, einmal um die gewährten Darlehen zurückzuzahlen, dann um die noch übriggebliebenen Gemaßregelten entsprechend unterstützen zu können. Die Tarifkommission wurde zu vierzehn Tagen Gefängnis verurteilt wegen Verletzung des Streikparagraphen der sächsischen Gewerbeordnung. Auf erhobenen Rekurs wurde das Urteil aufgehoben. Glücklicher waren wider Erwarten die Schuhmacher, die Lohnerhöhungen bis zu 25 Prozent durchsetzten. Was ihnen zustatten kam, war, daß die Meister keine Organisation hatten und daß es meist Kleinmeister waren, die keinen Widerstand leisten konnten.

Das Verhalten einer Anzahl bekannter Liberaler bei den Leipziger Streiks veranlaßte mich, in Nummer 8 der Flugblätter des ständigen Ausschusses auszusprechen, es sei eine Tatsache, daß gerade von jener Seite, auf der man mit dem Volke immerwährend geliebäugelt und sich als Arbeiterfreund dargestellt habe, die Forderungen der Arbeiter den entschiedensten Widerstand gefunden hätten. Es dürfe daher nicht wundernehmen, daß man selbst in Arbeiterkreisen, die mit dem Lassalleanismus nichts zu tun hätten, über das Gebaren eines Teiles der Fortschrittspartei nichts weniger als schmeichelhafte Urteile fällen hörte. Das erhöhe die Sympathie für diese nicht.

In demselben Sommer (Juli) beriefen wir Arbeiterversammlungen ein, um gegen die Beschlüsse der Handels- und Gewerbekammern von Dresden und Zittau zu protestieren, die beschlossen hatten, die neueingeführten Arbeitsbücher sollten entgegen der Gewerbeordnung nicht die Arbeiter, sondern die Arbeitgeber in Verwahrung haben, auch sollten sie ohne Zustimmung des Arbeiters über dessen Verhalten Zeugnisse in das Arbeitsbuch eintragen dürfen. Ein Aufruf, den wir an die sächsischen Arbeiter veröffentlichten, sich unserem Protest anzuschließen, hatte guten Erfolg. Die Lassalleaner machten in diesem Falle mit uns gemeinsame Sache.

Der Stuttgarter Vereinstag

Der dritte Vereinstag der Arbeitervereine war vom ständigen Ausschuß auf den 3. bis 5. September 1865 nach Stuttgart berufen worden. Auf demselben waren 60 Vereine und ein Gauverband durch 60 Delegierte vertreten. Unter den Delegierten traten unter anderen hervor: Hermann Greulich-Reutlingen, Professor Eckhardt-Mannheim, Bankier Eduard Pfeiffer-Stuttgart, Julius Motteler-Crimmitschau, der schon 1864 in Leipzig war, Streit-Koburg, Staudinger-Nürnberg, Professor Wundt-Heidelberg, der sich nachmals einen großen Namen als Physiologe erworben hat und gegenwärtig Professor der physiologischen Psychologie an der Universität Leipzig ist. Von den hier Genannten ging Hermann Greulich kurz nach dem Stuttgarter Vereinstag von Reutlingen nach Zürich, woselbst er fast gleichzeitig mit mir, und zwar als Schüler Karl

Bürklis und Jean Philipp Beckers, zum Sozialisten wurde. Julius Motteler machte um dieselbe Zeit die gleiche Entwicklung durch. Professor Eckhardt war Redakteur des in Mannheim gegründeten »Deutschen Wochenblatts«. Eckhardt stand auf dem äußersten linken Flügel der Demokratie.

Im Lokalkomitee saß neben Bankier Pfeiffer Rechtsanwalt Hölder, später Minister des Innern für Württemberg, der im Namen des Lokalkomitees und der Stadt die Begrüßungsrede hielt. Bandow präsidierte. Die Tagesordnung war wieder überreichlich belastet. Der Punkt »Altersversorgungskassen« wurde auf Wunsch Sonnemanns abgesetzt; er wollte erst eine Broschüre darüber herausgeben. Ich hatte ein Referat über Speisegenossenschaften, wie solche damals mehrfach in den deutschen Arbeitervereinen der Schweiz für Unverheiratete bestanden. Mein gedruckt erstatteter Bericht war recht dürftig. Meine Rede darüber war die kürzeste von allen. Max Hirsch hatte das Referat über die Eroberung des allgemeinen, gleichen und direkten Wahlrechts. Er befürwortete in der von ihm vorgeschlagenen Resolution, daß die Arbeitervereine sich mit aller Kraft für die Eroberung desselben einsetzen sollten. Diese Resolution rief die Opposition Professor Wundts hervor, der im Namen des Oldenburger und der badischen Vereine, mit Ausnahme von Mannheim, Übergang zur Tagesordnung beantragte, was einen Sturm des Unwillens hervorrief. Schließlich änderte Hirsch seine Resolution dahin, daß er statt deutsche Arbeitervereine deutsche Arbeiter setzte, worauf sie einstimmig angenommen wurde. Hirzel-Nürnberg referierte über das Koalitionsrecht; er beantragte die Beseitigung aller Schranken, die der Ausübung dieses Rechtes entgegenstünden. Der Antrag wurde einstimmig angenommen. Ebenso einstimmig wurde der Antrag Bandows auf Aufhebung der Wanderbücher und des Legitimationszwanges angenommen.

Moritz Müller-Pforzheim, ein etwas eigentümlicher, aber eifriger und in seiner Art wohlwollender Bijouteriefabrikant, hatte das Referat über die Frauenfrage, eine Frage, die er als Spezialität behandelte. In seinem schriftlichen Referat verlangte er die volle soziale Gleichheit der Frau mit dem Manne, die Gründung von Fortbildungsanstalten für Arbeiterinnen und die Gründung von Arbeiterinnenvereinen. Die Debatte über diese Frage nahm die meiste Zeit in Anspruch. Professor Eckhardt erklärte ausdrücklich, daß die soziale Befreiung der Frau auch die *Gewährung des Stimmrechtes an die Frauen,* wie solches der Vereinstag für die

Männer fordere, einschließe. Mit dieser Auslegung wurden die Müllerschen Resolutionen mit erheblicher Mehrheit angenommen.

Die Beschlüsse des Stuttgarter Vereinstags bedeuteten in ihrer Gesamtheit einen entschiedenen Ruck nach links. In allen praktischen Fragen der inneren Politik standen jetzt die sogenannten Selbsthilfler und die Lassalleaner auf ein und demselben Boden. Auch die Organisation erlitt eine kleine Verbesserung. Der Beitrag von 2 Talern pro Jahr von jedem Verein bedeutete die finanzielle Ohnmacht des ständigen Ausschusses. Ich machte also in den Flugblättern des ständigen Ausschusses den Vorschlag, zunächst pro *Kopf* der Vereinsmitglieder einen Groschen Beitrag pro Jahr zu erheben und den Vorsitzenden des ständigen Ausschusses mit 300 Talern zu remunerieren, damit auch eventuell Personen, die finanziell abhängig waren, die Stellung eines Vorsitzenden bekleiden könnten; auch solle der Vorsitzende vom Vereinstag direkt gewählt werden. Endlich schlug ich vor, der großen Kosten wegen den Vereinstag nur alle zwei Jahre zu berufen – was gerade kein Meistervorschlag von mir war – und damit den Gauverbänden eine bessere Entwicklung zu ermöglichen. Nach lebhafter Debatte wurde der Groschenbeitrag, den auch die Organisationskommission vorschlug, angenommen, die anderen Vorschläge wurden abgelehnt. Ebenso entschied der Vereinstag mit 30 gegen 22 Stimmen, daß ein offizielles Vereinsorgan nicht notwendig sei. Man ging durch diesen Beschluß einem Konflikt mit dem Verleger der Koburger »Arbeiterzeitung« aus dem Wege, die einen starken Anhang unter den Vereinen besaß. Bemerken möchte ich hier, daß die vorhandenen Berichte über die Vereinstage ungemein kurz und sehr lückenhaft sind.

In den ständigen Ausschuß wurden gewählt Bandow, Bebel, Eichelsdörfer, M. Hirsch, Hochberger-Eßlingen, König-Hanau, F.A. Lange, Lippold-Glauchau, Richter-Hamburg, Sauerteig-Gotha, Sonnemann, Staudinger-Nürnberg. Sonnemann, der wieder als Vorsitzender vom Ausschuß gewählt wurde, lehnte die Wahl ab. An seine Stelle trat Staudinger, der, wie die Erfahrung zeigte, seiner Aufgabe nicht gewachsen war. Staudinger, ein älterer Mann, war seines Zeichens Schneidermeister, ihm sollte Ingenieur Hirzel-Nürnberg als Sekretär an die Hand gehen.

Auf keinem Vereinstag trat das Bestreben der verschiedenen bürgerlichen Parteiführer, entscheidenden Einfluß auf die Vereine zu erlangen, so deutlich in die Erscheinung als in Stuttgart. Alle fühlten, daß man in der deutschen Frage einer Entscheidung entgegengehe. Die Auseinandersetzungen zwischen der Linken und der Rechten wurden immer lebhafter und gereizter. Die Gegensätze zwischen Preußen auf der einen und Österreich und der Mehrheit der Mittel- und Kleinstaaten auf der anderen Seite wurden immer schroffer. Die gemeinsame Besetzung der Herzogtümer Schleswig-Holstein durch österreichische und preußische Truppen nach der Niederlage der Dänen und deren Abzug aus den beiden Ländern, die jetzt in deutschen Besitz übergingen, zeitigte immer neue Konfliktsfälle. Das deutsche Volk kam allmählich in einen Zustand hochgradiger Erregung.

Diese Stimmung machte sich auch in den Toasten auf dem Bankett des Vereinstags bemerkbar, das am Sonntagabend im Sitzungslokal des Vereinstags, der Liederhalle, stattfand, in demselben Lokal, in dem 42 Jahre später, August 1907, der erste internationale Arbeiterkongreß auf deutschem Boden tagte. Während die Hölder und Genossen in verblümter Weise sich für die preußische Spitze begeisterten, traten die Demokraten und speziell deren Wortführer Karl Mayer-Stuttgart für eine radikale Lösung ein, die wir Jungen, ohne daß das Wort ausgesprochen wurde, als ein Eintreten für die deutsche Republik ansahen. Karl Mayer, damals der gefeiertste Volksredner Württembergs, dem die Natur eine Stentorstimme verliehen hatte, saß an der Tafel mir schräg gegenüber. Er erhob sich, um mit aller Kraft seiner Lungen und in packenden Bildern gegen den reaktionären Bundestag in Frankfurt loszudonnern, der von seinem Platze müsse, um eine demokratische Einheit Deutschlands zu ermöglichen. Im Eifer der Rede streifte er Rock- und Hemdsärmel in die Höhe und zeigte ein paar muskulöse Arme, mit deren Gesten er seine Rede begleitete. Ab und zu schlug er mit der Faust auf den Tisch, daß Gläser und Teller tanzten. Natürlich fand sein Hoch auf ein freies, demokratisches Deutschland donnernden Beifall. Auch die Stadt Stuttgart hatte sich in Unkosten gestürzt und spendete uns am Montagnachmittag bei einem Spaziergang auf das damalige Schützenhaus einen Trunk schwäbischen Weines mit Vesperbrot.

Bei Streit in Koburg erschien um jene Zeit eine Schrift, betitelt »Deutschlands Befreiung aus tiefster Schmach«, in der offen für die deutsche Republik Propaganda gemacht wurde, was selbstverständlich nicht ohne Revolution möglich gewesen wäre. Aber der Revolutionsgedanke schreckte damals nicht. Die Reminiszenzen aus den Revolutionsjahren waren durch Reden und Schriften von Beteiligten und Unbeteiligten wieder lebendig geworden. Daß eine siegreiche Revolution möglich sei, daran glaubte mit Ausnahme von Ostelbien fast ganz Deutschland. Ich führte schon an, wie Bismarck und Miquel mit dieser Möglichkeit sich abfanden. Aber auch des letzteren Freund, Herr von Bennigsen, schrieb schon im Jahre 1850 an seine Mutter einen Brief, in dem er nach Erörterung der damaligen Lage Schleswig-Holsteins also fortfuhr:

»Solange die nationale Partei nicht in Preußen regiert – und noch in diesem Augenblick schwanken die Führer, ob sie der jetzigen Regierung überhaupt eine ernsthafte, auf deren Sturz berechnete Opposition für den nächsten Landtag machen sollen! –, ist der heldenmütige Kampf dieses deutschen Landes vergebens. Ich fürchte nur zu bestimmt, daß wir, um das Maß der Schande und Erbitterung übervoll zu machen, für einige Jahre wenigstens die gänzliche Unterwerfung Schleswig-Holsteins erleben werden. Die Ruhe unserer europäischen Königsgeschlechter über so viel Gräbern soll aber nicht durch böse Erinnerungen und Träume allein gestört werden. In höchstens einem Dutzend Jahren wird es ja wohl wieder gewittern und dreinschlagen, *und von uns Jüngeren schwören täglich mehrere im stillen, daß man, einerlei, ob Konstitutioneller oder Radikaler, durch elende Versprechungen im Augenblick der Furcht sich nicht wieder täuschen lassen will. Man wird die ganze Gesellschaft nach Amerika schicken und nachher sich zu einigen suchen, ob man sich einen König oder Präsidenten setzen will.* Und das werden die Anhänger von Gagern und Dahlmann schwerlich wieder hindern, noch auch zu lindern Lust haben ...«

Zwölf Jahre später gehörte der Schreiber dieses Briefes, als Präsident des Deutschen Nationalvereins, zu den einflußreichsten Personen Deutschlands, ja er war vielleicht die einflußreichste. Aber Herr von Bennigsen befolgte jetzt dieselbe Politik, die er einst an den Gagern und Dahlmann verurteilt hatte. Der Gedanke an eine Revolution gegen das Bismarcksche Preußen war ihm unfaßbar. Und wie er gegen Ende seines Lebens über die Revolution von 1848 und 1849 dachte, ging aus der aufregenden Debatte hervor, die ich zum fünfzigsten Jahrestag des 18. März, am 18. März 1898, absichtlich im deutschen Reichstag hervorgerufen hatte, und wobei Herr von Bennigsen mein Hauptgegner war.

Wie Lassalle, Marx und Engels über eine kommende Revolution in Deutschlands dachten, geht aus dem Briefwechsel zwischen denselben hervor, den Mehring im Verlag Dietz-Stuttgart erscheinen ließ. Auch der siegreiche Zug Garibaldis nach Neapel und Sizilien (1860), der seinem

Urheber eine ungeheure Popularität in der ganzen Kulturwelt eintrug, hatte den Glauben an die Macht revolutionärer Massen befestigt.

Daß man selbst in sehr hochstehenden Kreisen Süddeutschlands an die Wahrscheinlichkeit einer Revolution für eine Einheit Deutschlands dachte, zeigen die Memoiren des Fürsten Hohenlohe, der, nachdem er ausgeführt, daß die Zersplitterung Deutschlands auf die Dauer unerträglich sei, sagt: »Hieraus erklärt es sich, daß auch die friedlichsten, konservativsten Leute in Deutschland dahin geführt werden, zu erklären: wir müssen durch die Revolution zur Einheit kommen, weil wir auf gesetzlichem Wege nicht das Ziel erreichen können.« Und unter dem 23. März 1866 schrieb der Prinz Karl von Bayern an Hohenlohe: »Mir dünkt, eine günstigere Gelegenheit, *ohne Revolution* (auch im Original gesperrt) zu einer Bundesreform zu kommen ...« usw.

Wenn man oben so dachte, warum nicht ebenso unten?

*

Die Verhandlungen und Beschlüsse des Stuttgarter Vereinstags über die Koalitionsfreiheit waren eine Antwort auf die gleichartigen Verhandlungen des preußischen Abgeordnetenhauses. Schultze-Delitzsch und Faucher – letzterer auch ein sogenannter Nationalökonom, der in einer Leipziger Volksversammlung im Jahre 1864 ernsthaft nachzuweisen versuchte, die soziale Frage könne am besten gelöst werden, wenn jeder die doppelte Buchführung verstehe und eine richtiggehende Uhr habe, um mit der Zeit zu rechnen – hatten beantragt, die Paragraphen 181 und 182 der Gewerbeordnung von 1845, betreffend die Koalitionsverbote, aufzuheben. Seltsamerweise hatten sie aber unterlassen, auch die Aufhebung der Paragraphen 183 und 184 zu beantragen. Nach Paragraph 183 konnte die Bildung von Verbindungen unter Fabrikarbeitern, Gesellen, Gehilfen oder Lehrlingen ohne polizeiliche *Erlaubnis* bestraft werden, an den Stiftern und Vorstehern der Verbindung mit Geldstrafe bis zu 50 Talern oder Gefängnis bis zu vier Wochen, an den Mitgliedern mit Geldstrafe bis zu 20 Talern oder Gefängnis bis zu vierzehn Tagen. Nach Paragraph 184 war zu bestrafen das eigenmächtige Verlassen der Arbeit oder die Weigerung zur Verrichtung derselben oder grober Ungehorsam, oder beharrliche Widerspenstigkeit mit Geldstrafe bis zu 20 Talern oder Gefängnis bis zu vierzehn Tagen. Im »Sozialdemokrat« J.B. von Schweitzers und in den Versammlungen zur Rede gestellt, ließen die

Antragsteller erklären, der Paragraph 183 sei bereits seit fünfzehn Jahren durch die preußische Verfassung aufgehoben und der Paragraph 184 habe mit dem Koalitionsrecht nichts zu tun. Diese Auffassung machte auch in unseren Reihen böses Blut, und die Koburger »Arbeiterzeitung«, die immer entschiedener geworden war, griff darauf die Schulze-Delitzsch und Genossen aufs schärfste an.

Das schwächliche Verhalten der Liberalen in dieser Frage suchte der konservative Oberdemagoge Geheimrat Wagener geschickt auszunutzen, indem er die Liberalen übertrumpfte. Er beantragte, den Kommissionsantrag über den Antrag der Liberalen – weil seine Fassung Zweifel zuließen – abzulehnen und die Regierung aufzufordern, einen Gesetzentwurf vorzulegen, durch welchen nicht allein sämtliche das Vereinsrecht der Arbeiter beschränkenden Ausnahmebestimmungen der Gewerbeordnung aufgehoben, sondern in Verbindung damit auch solche Organisationen angebahnt respektive zur Ausführung gebracht würden, welche es ermöglichten, daß der Arbeiterstand die ihm gebührende Stellung innerhalb des Staates einnehmen und seine eigenen Interessen selbständig zu handhaben und zu vertreten vermöge. Also Zwangsgewerkvereine, begründet durch das Gesetz.

So die Konservativen zu jener Zeit, als es galt, der liberalen Bourgeoisie das Wasser abzugraben.

Eine andere Angelegenheit, in der die beiden Arbeiterparteien Hand in Hand gingen, war das Kölner Abgeordnetenfest und sein Verlauf. Die Kölner Fortschrittler hatten die fortschrittlichen preußischen Abgeordneten, das heißt also die sehr große Mehrheit der Zweiten Kammer nach Köln zu einem Reformfest für den 22. Juli 1865 geladen, dessen Glanzpunkt ein Bankett im Gürzenich sein sollte. Herr von Bismarck ließ die Abhaltung des Festes verbieten, und der Kölner Oberbürgermeister Bachem war schwach genug, die Erlaubnis zur Benutzung des Gürzenichsaales zurückzuziehen. Der Vorgang machte gewaltiges Aufsehen. Als die Abgeordneten nach Köln kamen, die übrigens nur zum kleinsten Teil sich dort einfanden, ließ Herr von Bismarck ihre Zusammenkünfte durch Polizei und Militär auseinandertreiben. Man dampfte darauf nach Oberlahnstein, um dort auf kleinstaatlich nassauischem Boden zu tun, was im Staate des deutschen Berufs, in Preußen, nicht möglich war. Aber auch hier schritt Militär ein und machte eine Versammlung unmöglich. Gegen diesen Gewaltstreich Bismarcks erhoben sich überall Proteste. In Berlin, in Leipzig und anderwärts gingen Lassalleaner und

Arbeitervereinler zusammen, um gegen die Kölner Vorgänge nachdrücklichst zu protestieren und die volle Freiheit der Vereine und Versammlungen zu verlangen. Gleich dem »Sozialdemokrat« zog die Koburger »Arbeiterzeitung« gegen die fortschrittlichen Abgeordneten höhnend und spottend zu Felde, die sich nichts weniger als tapfer in dieser Sache benommen hatten.

Diese Vorgänge veranlaßten einen Briefwechsel zwischen Sonnemann und Fr. Alb. Lange. Letzterer war anläßlich des Festes in Köln gewesen. Sonnemann beklagte sich, daß er (Lange) ihm keinen Bericht über die Kölner Vorgänge geschickt, und meinte, die Sozialdemokraten spielten va banque, sie würden aber das Spiel verlieren. Er sende ihm beiliegend einen Brief über die Kölner Vorgänge von Bandow, der leider in dieser wichtigen Zeit krank sei, er möge denselben nach Kenntnisnahme an mich senden, ich solle ihn dann an ihn (Sonnemann) zurückgelangen lassen. Was der Brief enthielt, ist mir nicht mehr erinnerlich. Lange antwortete am 31. Juli 1865:

»Was die Versammlung bei Lantsch« (Arbeiterversammlung in Köln) »betrifft, so hielt ich es nicht für zweckmäßig, viel davon zu sagen. Die Stimmung an sich war vortrefflich. Ich will aber ebensowenig wie Sie die Verantwortung übernehmen, in der jetzigen Zeit der Gärung auf eigene Faust Parole auszugeben, und das wäre bei einem Bericht über diese Versammlung mit ihren interessanten Fragen nötig gewesen …

Ich beurteile die Zeit ganz ähnlich wie Sie, als eine äußerst kritische. Übrigens glaube ich nicht, daß Schweitzer völlig va banque spielt. Dann wäre das Spiel schon verloren. Es fällt den Arbeitern jetzt, namentlich im Rheinland, gar nicht ein, sich für das Prinzip zu erheben. Ich glaube, man geht darauf aus, den ›Sozialdemokrat‹ ehrenvoll totschlagen zu lassen und dann, gestützt auf die öffentlich angebahnte Organisation, das System der geheimen Gesellschaft einzuführen.« (?! A.B.) »Durch den Glanz des Abgeordnetenfestes lasse ich mich nicht blenden. Ich habe niemals deutlicher gefühlt, daß es mit der bisherigen Fortschrittspartei vorbei ist, aber *unsere* Zeit ist noch nicht gekommen.

Beobachten und die Fäden in der Hand behalten, Verbindungen erweitern, Freunde sammeln; aber keine Parole ausgeben. *Ob wir*, falls es Zeit dazu ist, *zusammengehen können, wird sich finden.* Lassen Sie uns einstweilen den Zusammenhang pflegen …

Zurückkommend auf die Haltung unseres Blattes« (der Flugblätter) »und die politisch-soziale Krisis, empfehle ich nochmals, den sozialen

Teil ausführlich und interessant, aber objektiv zu halten; *den politischen Teil aber scharf, so offen gegen die gesamten Fürsten als nur möglich. Man kann in den Händeln dieser Menschen keine andere Partei ergreifen als gegen alle, und zwar unveränderlich, und gegen diejenigen, welche momentan liberal flöten, erst recht.«*

In einer Nachschrift schreibt Lange: »Ich sehe soeben, daß der Anfang meines Briefes unnütz mysteriös ist. Über die Versammlung bei Lantsch sind die Berichte sämtlicher liberaler Blätter total aus der Luft gegriffen. Es war außer W. Angerstein kein Berichterstatter da. Nach der Versammlung organisierte sich ein freiwilliger Zug durch die Stadt zur Begrüßung der Abgeordneten. Vor der Hauptwache Hochrufe auf das Vereinsrecht usw. Die Bewegung war den Lassalleanern ebenso vollständig aus der Hand genommen, wie sie den Liberalen quer ging. Das Volk suchte nach Führern. Es hätte auf einen Wink von Angerstein und mir getan, was wir wollten ... Die ganze Sache machte sich übrigens ganz von selbst. Niemand leitete. Man sah aber, was kommen kann, wenn die Regierung so fortfährt.«

In dem zitierten Schreiben deutete Lange auch an, daß es später zu einer Spaltung im ständigen Ausschuß und zwischen den Vereinen kommen dürfte. Darüber sprach er sich noch deutlicher aus in einem Briefe vom 10. Februar 1865 an Sonnemann. Darin hieß es:

»Meine Stellung zur Arbeiterfrage anlangend, hatte ich anfangs den Plan, mein Verbleiben im Ausschuß von der Aufnahme meines Schriftchens (Die Arbeiterfrage) abhängig zu machen; es scheint mir jetzt jedoch in jeder Beziehung zweckmäßiger, meine Stellung zu behaupten, auch falls ich mit der Mehrheit in etwas schärfere Opposition geraten sollte. Die Geister müssen ja aufeinanderplatzen.«

In den Jahren 1865 und Anfang 1866 schien es eine Zeitlang, als sollten die streitenden Brüder in der Arbeiterbewegung sich zusammenfinden. Abgesehen von den schon erwähnten Fällen, in denen Lassalleaner und Arbeitervereinler gemeinsame Sache machten und gemeinsame Forderungen erhoben, sprach sich am 17. Juli 1865 eine Versammlung des Maingaues, in der als Redner vom Allgemeinen Deutschen Arbeiterverein Lauer und Welcker aus Frankfurt a.M. auftraten, folgendermaßen aus:

»Der Arbeitertag erklärt, daß er im Interesse der guten Sache des Arbeiterstandes die Spaltung in der Arbeiterbewegung für schädlich und nachteilig hält, und erklärt sich die aus Mitgliedern der Arbeiterbildungsvereine des Maingaues und aus Mitgliedern des Allgemeinen Deutschen Arbeitervereins bestehende Versammlung bereit, allen Schritten zur Vereinigung die Hand zu bieten.« Hauptredner in jener Versammlung war Professor Eckhardt, der seiner Rede das Thema »Staatshilfe und Selbsthilfe« zugrundegelegt hatte. Ein ähnlicher Versuch zur Einigung, der Mitte Januar 1866 in Leipzig gemacht wurde, scheiterte; dagegen kam man überein, gemeinsam für die Eroberung des allgemeinen, gleichen, direkten und geheimen Wahlrechts zu kämpfen. Der Hauptredner in dieser Versammlung war Professor Wuttke.

Weiter forderte eine andere Volksversammlung kurz danach in Dresden, bei deren Einberufung wieder beide Arbeiterparteien beteiligt waren, ein konstituierendes Parlament auf Grund des allgemeinen Wahlrechts und zu dessen Schutz und Unterstützung die Einführung der allgemeinen Volksbewaffnung. Die gleichen Forderungen erhob in Berlin eine große Volksversammlung unter Bandows Vorsitz.

Zu Weihnachten 1865 wurde infolge eines Aufrufs von Fritzsche ein Allgemeiner Deutscher Zigarrenarbeiterkongreß nach Leipzig einberufen, auf dem die Gründung eines Verbandes für ganz Deutschland beschlossen wurde. Im folgenden Frühjahr erschien als Organ des Verbandes »Der Botschafter«, dessen Redakteur Fritzsche wurde. Damit war die erste zentralorganisierte Gewerkschaft Deutschlands gegründet. An der Spitze stand ein dreiköpfiges Direktorium, dessen Vorsitzender Fritzsche war. Lokale Gewerkschaften bestanden um diese Zeit bereits in erheblicher Anzahl, sowohl in Leipzig wie anderwärts. Auch wurde bereits im Sommer 1864 in Zwickau ein Bergknappenverein gegründet, dessen Mitglieder sich über das Zwickau-Lugau-Stollberger Kohlenrevier verbreiteten. Es war dieses die erste deutsche moderne Bergarbeiterorganisation. Der Gründer und Leiter derselben war ein gemaßregelter Bergmann mit Namen Dinter, dessen Bestrebungen von Motteler, W. Stolle und mir, später auch von Liebknecht, lebhaft unterstützt wurden. Ich hielt zugunsten dieser Organisation mehrere Versammlungen unter den sächsischen Bergarbeitern ab.

Auf einer Landesversammlung im Juli in Glauchau hatte ich den Vorschlag gemacht, dem Ministerium zum Trotz einen Gauverband zu gründen, und es auf dessen Unterdrückung und unsere Bestrafung ankommen zu lassen. Für diesen Vorschlag war aber keine Stimmung vorhanden. So zog ich meinen Antrag zurück. Statt dessen wurde beschlossen, einen Verein zur Förderung und Unterstützung der geistigen und materiellen Interessen der Arbeitervereine zu gründen, dessen Vorsitzender ich wurde. Beschlossen wurde weiter, daß jedes Mitglied pro Jahr einen Groschen Beitrag leisten solle. Der neuen Verbindung traten 29 Vereine mit 4600 Mitgliedern bei. Dieser Vereinigung legten die Behörden kein Hindernis in den Weg.

Als ich zwanzig Jahre später als Mitglied des sächsischen Landtags dem Nachfolger des Herrn von Beust, Herrn von Nostitz-Wallwitz, in der schärfsten Weise zu Leibe rückte wegen der schamlosen Auslegung, die das sächsische Vereins- und Versammlungsgesetz unter ihm gegen uns fand, und dabei erklärte, daß gegenüber seinem Regiment das Regiment des Herrn von Beust noch ein Ausbund von Liberalismus gewesen sei, beeilte sich Herr von Beust, diesen Ausspruch zu seiner Rechtfertigung in seine Memoiren aufzunehmen. Er hatte in gewissen Grenzen ein Recht dazu. Was nachher in Sachsen jahrzehntelang an Schikanen und kühnsten Auslegungen auf Grund des Vereins- und Versammlungsgesetzes geleistet wurde, überstieg alle Begriffe. Erklärten doch vom Ministertisch sowohl Herr von Nostitz-Wallwitz wie sein Nachfolger Herr von Metzsch wiederholt, die Sozialdemokratie müsse mit anderem Maße gemessen werden wie jede andere Partei. Das hieß also, an Stelle des Rechts tritt die Willkür der Beamten. Und diese haben denn auch an Willkür das Menschenmögliche geleistet.

Im August 1865 hatte Bismarck die Koburger »Arbeiterzeitung« für Preußen verboten. Unter den Personen, die seinem Regiment ebenfalls zum Opfer fielen, weil sie seiner Politik Widerstand entgegensetzten und den Arbeitern ihren wahren Charakter denunzierten, stand an erster Stelle Liebknecht.

Wilhelm Liebknecht

Liebknecht und ebenso Bernhard Becker wurden im Juli 1865 aus Preußen ausgewiesen. Liebknecht war nach dreizehnjährigem Exil im Sommer 1862 nach Berlin zurückgekehrt. Die Amnestie von 1860 ermöglichte ihm dieses. Er folgte dem Rufe des alten Revolutionärs August Braß, den er gleich Engels in der Schweiz kennengelernt, und der, wie bereits mitgeteilt, im Sommer 1862 in Berlin ein großdeutsch-demokratisches Blatt, die »Norddeutsche Allgemeine Zeitung«, gegründet hatte. Liebknecht war neben Robert Schweichel für die Redaktion gewonnen

worden, und zwar Liebknecht für die auswärtige Politik. In den Charakter
von Braß setzte keiner von beiden den geringsten Zweifel, hatte er doch
zu den radikalsten Revolutionären gehört. Als aber Ende September 1862
Bismarck das Ministerium übernahm, entdeckten beide bald nachher,
daß etwas nicht stimmte. Der Verdacht bestätigte sich, als eines Tages
der Zufall wollte, daß Schweichel von einem Boten des Ministeriums
ein Schreiben für Braß in Empfang nahm, dessen Inhalt, wie der Bote
bemerkte, sofort veröffentlicht werden sollte. Beide kündigten und traten
aus der Redaktion. Wie Liebknecht gelegentlich öffentlich erklärte, hat
ihm Lassalle noch ein Jahr nach seinem Austritt aus der »Norddeutschen
Allgemeinen Zeitung« einen Vorwurf daraus gemacht, daß er seine
Stellung aufgab. Liebknecht, der damals Frau und zwei Kinder besaß,
die er von London nach Berlin hatte kommen lassen, erwarb sich jetzt
den Unterhalt mit Korrespondenzen für verschiedene Zeitungen. Als
ich ihn kennenlernte, schrieb er unter anderen für den »Oberrheinischen
Kurier« in Freiburg in Baden, für die Rechbauersche demokratische
»Tagespost« in Graz und das »Deutsche Wochenblatt« in Mannheim,
von dem er aber wohl kaum Honorar bezog. Später schrieb er auch einige Jahre für die »Frankfurter Zeitung«. Öffentliche Vorträge hielt er
namentlich im Berliner Buchdrucker- und im Schneiderverein, aber auch
in Arbeiter- und Volksversammlungen, in denen er die Bismarcksche
Politik bekämpfte, als deren Schildknappen er J.B. von Schweitzer, den
Redakteur des »Sozialdemokrat«, ansah.

Nach seiner Ausweisung reiste er zunächst nach Hannover, wo
Schweichel am dortigen »Anzeiger« eine Redakteurstelle gefunden hatte.
Da aber hier sich für ihn nichts fand, kam er nach Leipzig, woselbst er
eines Tages, Anfang August, durch Dr. Eras, der damals Redakteur der
»Mitteldeutschen Volkszeitung« war, bei mir eingeführt wurde. Liebknecht, dessen Wirken und Ausweisung ich durch die Zeitungen kannte,
interessierte mich natürlich sehr lebhaft. Er stand damals im vierzigsten
Lebensjahr, besaß aber das Feuer und die Lebendigkeit eines Zwanzig-
jährigen. Sofort nach der Begrüßung kamen wir in ein politisches Gespräch, in dem er mit einer Vehemenz und Rücksichtslosigkeit die
Fortschrittspartei und namentlich ihre Führer angriff und charakterisierte,
daß ich, der ich damals doch auch keine Heiligen mehr in denselben
sah, ganz betroffen war. Indes er war ein erstklassiger Mensch, und sein
schroffes Wesen verhinderte nicht, daß wir uns bald befreundeten.

Liebknecht kam uns in Sachsen wie gerufen. Im Juli hatten wir auf der Landeskonferenz in Glauchau die Sendung von Reisepredigern beschlossen. Das war aber leichter beschlossen als durchgeführt, denn es fehlten die passenden Persönlichkeiten, deren Lebensstellung eine solche Tätigkeit erlaubte. Liebknecht stellte sich für diese Vortragsreisen bereitwillig zur Verfügung. Auch im Arbeiterbildungsverein war er als Vortragender willkommen, und bald waren seine Vorträge die besuchtesten von allen. Weiter übernahm er im Arbeiterbildungsverein den Unterricht in der englischen und französischen Sprache. So erlangte er allmählich eine allerdings sehr bescheidene Existenz. Dennoch war er gezwungen, was ich später erfuhr, manches gute Buch zum Antiquar zu tragen. Seine Lage wurde dadurch noch verschlimmert, daß seine (erste) Frau brustkrank war und einer kräftigen Pflege bedurft hätte. Äußerlich sah man Liebknecht seine Sorgen nicht an, wer ihn sah und hörte, mußte glauben, er befinde sich in zufriedenstellenden Verhältnissen.

Die erste Agitationstour unternahm er ins untere Erzgebirge, speziell in die Arbeiterdörfer des Mülsengrundes, womit er sich den Weg zu seiner späteren Kandidatur für den Norddeutschen Reichstag bahnte. Da auch ich öfter Agitationsreisen unternahm, und wir von da ab in allen politischen Fragen meist gemeinsam handelten, wurden unsere Namen immer mehr in der Öffentlichkeit genannt, bis wir schließlich dieser gegenüber als zwei Unzertrennliche erschienen. Das ging so weit, daß, als in der zweiten Hälfte der siebziger Jahre sich ein Parteigenosse mit mir assoziierte, ab und zu Geschäftsbriefe ankamen, die statt der Adresse Ißleib & Bebel die Namen Liebknecht & Bebel trugen, ein Vorgang, der jedesmal unsere Heiterkeit erregte.

Ich habe Liebknecht in diesen Blättern noch öfter zu erwähnen, aber eine Beschreibung seines Lebenslaufes kann ich hier nicht geben. Wer sich für denselben interessiert, findet das Nähere in dem Buche »Der Leipziger Hochverratsprozeß gegen Liebknecht, Bebel und Hepner« und in der Schrift von Kurt Eisner »Wilhelm Liebknecht«. Beide Publikationen sind in der Buchhandlung Vorwärts erschienen.

Liebknechts echte Kampfnatur wurde von einem unerschütterlichen Optimismus getragen, ohne den sich kein großes Ziel erreichen läßt. Kein noch so harter Schlag, ob er ihn persönlich oder die Partei traf, konnte ihn nur einen Augenblick mutlos machen oder aus der Fassung bringen. Nichts verblüffte ihn, stets wußte er einen Ausweg. Gegen die Angriffe der Gegner war seine Losung: Auf einen Schelmen anderthalbe.

Den Gegnern gegenüber schroff und rücksichtslos, war er den Freunden und Genossen gegenüber allezeit ein guter Kamerad, der vorhandene Gegensätze auszugleichen suchte.

In seinem Privatleben war Liebknecht ein sorgender Ehemann und Familienvater, der mit großer Liebe an den Seinen hing. Auch war er ein großer Naturfreund. Ein paar schöne Bäume in einer sonst reizlosen Gegend konnten ihn enthusiasmieren und verleiten, die Gegend schön zu finden. In seinen Bedürfnissen war er einfach und anspruchslos. Eine vorzügliche Suppe, die ihm meine junge Frau kurz nach unserer Verheiratung, Frühjahr 1866, eines Tages vorsetzte, begeisterte ihn so, daß er ihr diese sein Leben lang nicht vergaß. Ein gutes Glas Bier oder ein gutes Glas Wein und eine gute Zigarre liebte er, aber größere Aufwendungen machte er dafür nicht. Hatte er mal ein neues Kleidungsstück an, was nicht häufig vorkam, und hatte ich das nicht sofort wahrgenommen (und meine Anerkennung darüber ausgesprochen, so konnte ich sicher sein, daß er, ehe viele Minuten verflossen waren, mich darauf aufmerksam machte und mein Urteil verlangte. Er war ein Mann von Eisen mit einem Kindergemüt. Als Liebknecht am 7. August 1900 starb, waren es auf den Tag fünfunddreißig Jahre, daß wir unsere erste Bekanntschaft gemacht hatten.

In seiner Parteitätigkeit liebte es Liebknecht, fertige Tatsachen zu schaffen, wenn er annahm, daß ein Plan von ihm Widerstand finden würde. Unter dieser Eigenschaft litt ich anfangs schwer, denn ich bekam in der Regel die Suppe auszuessen, die er eingebrockt hatte. Bei seinem Mangel an praktischem Geschick mußten andere die Durchführung der von ihm getroffenen Maßnahmen übernehmen. Endlich aber fand ich den Mut, mich von dem Einfluß seines apodiktischen Wesens zu befreien, und nun gerieten wir manchmal hart aneinander, ohne daß die Öffentlichkeit es merkte und ohne daß unser Verhältnis dadurch dauernd getrübt worden wäre.

Man hat viel geschrieben über den Einfluß, den Liebknecht auf mich gehabt habe; man behauptete zum Beispiel, daß nur seinem Einfluß es zu danken gewesen sei, daß ich Sozialist wurde. In einer bei Langen in München im Jahre 1908 erschienenen Broschüre wird weiter gesagt, Liebknecht habe mich zum Marxisten gemacht, als welchen ich mich im September 1868 auf dem Nürnberger Vereinstag bekannt habe. Liebknecht hätte hiernach volle drei Jahre gebraucht, um aus dem Saulus einen Paulus zu machen.

Liebknecht war vierzehn Jahre älter als ich, er hatte also, als wir uns kennenlernten, eine lange politische Erfahrung vor mir voraus. Liebknecht war ein wissenschaftlich gebildeter Mann, der fleißig studiert hatte; diese wissenschaftliche Bildung fehlte mir. Liebknecht war endlich in England zwölf Jahre lang mit Männern wie Marx und Engels in intimem Verkehr gestanden und hatte dabei viel gelernt, ein Umgang, der mir ebenfalls fehlte. Daß Liebknecht unter solchen Umständen erheblichen Einfluß auf mich ausüben mußte, war ganz selbstverständlich. Andernfalls wäre es eine Blamage für ihn gewesen, daß er diesen Einfluß nicht auszuüben verstand, oder eine Blamage für mich, daß ich aus dem Umgang mit ihm nichts zu profitieren wußte. Einer meiner Bekannten aus jener Zeit schrieb vor einigen Jahren in der »Leipziger Volkszeitung«, er habe (1865) gehört, wie ich im kleinen Kreise von meiner Bekanntschaft mit Liebknecht erzählt und dazu bemerkt hätte: »Donnerwetter, von dem kann man was lernen!« Das dürfte stimmen. Aber Sozialist wäre ich auch ohne ihn geworden, denn dazu war ich auf dem Wege, als ich ihn kennenlernte. Im beständigen Kampfe mit den Lassalleanern, mußte ich Lassalles Schriften lesen, um zu wissen, was sie wollten, und damit vollzog sich in Bälde eine Wandlung in mir.

Mein Grundsatz ist allezeit im Leben gewesen, sobald ich einen Standpunkt, den ich bisher in einer Frage verfochten hatte, als unhaltbar erkannte, ihn zu verlassen und rückhaltlos der neugewonnenen Überzeugung zu folgen und sie auch öffentlich und nachdrücklich zu vertreten. Im vorliegenden Falle war es die Haltung der liberalen Wortführer, sowohl in der Politik wie insbesondere den Arbeiterfragen gegenüber, die mir das Verlassen des alten Standpunktes und meinen Übergang ins sozialistische Lager erleichterten. Große Seelenkämpfe hat mich diese Wandlung nicht gekostet, und wenn alte, liebgewordene persönliche Beziehungen dabei geopfert werden mußten, nahm ich dieses als selbstverständliche Konsequenz hin. Ich habe, wie ich glaube, allezeit die Sache über die Person gesetzt und mich weder durch Verwandtschafts- noch Freundesbande davon abbringen lassen, zu tun, was ich im Interesse einer von mir vertretenen Sache für unumgänglich hielt.

Im vorliegenden Falle hat zweifellos mein Umgang mit Liebknecht meine Mauserung zum Sozialisten beschleunigt. Dieses Verdienst hat er. Ähnlich ist es mit der Behauptung, Liebknecht habe mich zum Marxisten gemacht. Ich habe in jenen Jahren viele sehr gute Vorträge und Reden von ihm gehört. Er sprach über das englische Gewerkvereinswesen, die englischen und französischen Revolutionen, die deutschen Volksbewegungen, über politische Tagesfragen usw. Kam er auf Marx und Lassalle zu sprechen, dann stets polemisch, längere theoretische Auseinandersetzungen hörte ich meiner Erinnerung nach nicht von ihm. Zu privaten Unterweisungen hatte aber weder er noch ich Zeit, die Tageskämpfe und was damit zusammenhing ließen uns zu privaten theoretischen Erörterungen nicht kommen. Auch war Liebknecht nach seiner ganzen Veranlagung weit mehr großzügiger Politiker als Theoretiker. Die große Politik war seine Lieblingsbeschäftigung.

Ich bin vielmehr, wie fast alle, die damals Sozialisten wurden, über Lassalle zu Marx gekommen. Lassalles Schriften waren in unseren Händen, noch ehe wir eine Schrift von Marx und Engels kannten. Wie ich von Lassalle beeinflußt worden war, zeigt noch deutlich meine erste Broschüre »Unsere Ziele«, die Ende 1869 erschien. Gegen Ende 1869 fand ich aber auch erst auskömmlich die Zeit und Ruhe, den im Spätsommer 1867 erschienenen ersten Band »Das Kapital« von Marx gründlich zu lesen, und zwar im Gefängnis. Fünf Jahre früher hatte ich versucht, die 1859 erschienene Schrift von Marx »Zur politischen Ökonomie« zu studieren, aber es blieb bei dem Versuch. Überarbeit und der Kampf um die Existenz gewährten mir nicht die nötige Muße, die schwere Schrift geistig zu verdauen. Das Kommunistische Manifest und die anderen Schriften von Marx und Engels wurden aber der Partei erst gegen Ende der sechziger und Anfang der siebziger Jahre bekannt. Die erste Schrift, die mir von Marx in die Hände kam und die ich mit Genuß las, war seine Inauguraladresse für die Gründung der Internationalen Arbeiterassoziation. Diese Schrift lernte ich 1865 kennen. Ende 1866 trat ich der Internationalen Arbeiterassoziation bei.

Zunehmende Verstimmung in den Arbeitervereinen

Die unerquicklichen öffentlichen Zustände, die den Arbeitern immer mehr zum Bewußtsein kamen, wirkten naturgemäß auch auf deren Stimmung. Alle verlangten nach Änderung. Aber da keine klare und zielbewußte Führung vorhanden war, zu der man Vertrauen hatte, auch keine mächtige Organisation bestand, die die Kräfte zusammenfaßte, verpuffte die Stimmung. Nie verlief resultatloser eine im Kern vortreffliche Bewegung. Alle Versammlungen waren überfüllt, und wer am schärfsten sprach, war der Mann des Tages. Diese Stimmung herrschte vor allem im Leipziger Arbeiterbildungsverein. Gegen Ende Oktober veranlaßte ich Professor Eckhardt aus Mannheim – der einer der glänzendsten Redner jener Zeit war –, nachdem er in einer Volksversammlung in Leipzig gesprochen hatte, auch im Arbeiterbildungsverein einen Vortrag zu halten. In diesem behandelte er die Stellung des Arbeiters in der damals gegebenen Situation, namentlich in bezug auf seine sozialen Forderungen. In letzterer Beziehung sprach er sich entschieden für das Eingreifen des Staates aus. Er hatte auch gegen die Lassallesche Idee der Staatshilfe nichts einzuwenden, wenn diese von einem demokratischen Staate ausgehe. Der Redner erntete stürmischen Beifall und fand keinerlei Widerspruch.

Um festzustellen, wie die Stimmung nach einem solchen Vortrag im Verein war, pflegte ich als Vorsitzender nach dem Vortrag das Wort zu nehmen, ihn kurz kritisch zu beleuchten und meine eigene Ansicht auszusprechen. Gab es Meinungsverschiedenheiten, so kamen sie in Anknüpfung an meine Ausführungen sicher zum Ausdruck. Waren Unklarheiten vorhanden, so wurden sie durch Fragestellung zur Klärung gebracht. Diese von mir gehandhabte Methode, einen Vortrag im Interesse der Zuhörer gründlich auszunutzen, wurde allseitig begrüßt. Anders mußte gehandelt werden, galt es einen bestimmten Zweck zu erreichen. Daß wir es zu keiner legalen Verbindung zwischen den Vereinen bringen konnten, war unseren Bestrebungen sehr hinderlich. Häufiger mündlicher Austausch der Ansichten über Zweck und Ziele war um so nötiger, da uns ein Presseorgan fehlte. So entschlossen wir uns abermals, trotz der wiederholten Abweisungen, Ende 1865 uns an die sächsische Regierung um Genehmigung eines Gauverbandes zu wenden. Das Ministerium stellte wiederum Bedingungen, die wir nicht annehmen konnten. Doch beschlossen wir im Vorstand des Vereins für Förderung der geistigen und materiellen Interessen der Arbeitervereine, den Vereinen die Entscheidung zu überlassen, und beriefen eine Landesversammlung für den 28. Januar 1866 nach Zwickau, deren Tagesordnung wir festsetzten, als gäbe es kein gesetzliches Hindernis. Danach sollte nach dem Bericht über die Verwaltung die Antwort des Ministeriums besprochen werden. Weiter sollten beraten werden: Petitionen für volle Gewerbefreiheit und Freizügigkeit, für die Förderung eines freisinnigen Vereinsgesetzes, die Aufhebung der Arbeits- und Dienstbücher und aller Paßbeschränkungen. Nach diesem sollten die Anträge der Vereine beraten und die Wahl des

Vorstandes vorgenommen werden. Wegen Erlangung des allgemeinen Wahlrechts wollten wir uns in einer Privatbesprechung verständigen.

Unsere Tagesordnung ging dem Leipziger Polizeidirektorium zu weit. Unser Schriftführer Germann und ich wurden vorgeladen und ersucht, dieselbe zu ändern, widrigenfalls die Konferenz nicht stattfinden dürfe und die Vereine für politische erklärt würden, was eine Verbindung unter denselben unmöglich gemacht hätte. Polizeidirektor in Leipzig war damals ein Dr. Rüder, ein ehemaliger demokratischer Achtundvierziger, der aber das Vereins- und Versammlungsgesetz in einer Weise handhabte, daß es kein Konservativer hätte strenger handhaben können. Wir setzten nunmehr nur die Besprechung der Ministerialverordnung auf die Tagesordnung, unterrichteten aber unter der Hand die Vereine, sie möchten sich gut vertreten lassen, wir würden versuchen, auf der Konferenz durchzusetzen, was möglich sei. Es waren von 24 Vereinen 31 Vertreter anwesend. Sonntagvormittag begannen die Verhandlungen. Als ein Vertreter für Werdau den Antrag stellte, die gesetzliche Verkürzung der Arbeitszeit auf die Tagesordnung zu setzen, widersprach dem der anwesende Polizeikommissar. Über die Verordnung des Ministeriums (Beust) machte ich der Versammlung den Vorschlag, zu erklären:

»In Anbetracht, daß die Verordnung des Ministeriums des Innern den Arbeitervereinen Sachsens die Gründung eines Gauverbandes nur unter der Bedingung gestattet, daß dieselben sich nicht mit politischen, sozialen oder öffentlichen Angelegenheiten befassen, durch diese Beschränkung aber die Tätigkeit der Vereine auf Null reduziert wird, beschließt die Versammlung, von der Gründung eines Gauverbandes abzusehen, und überläßt es jedem Verein, wie er seiner Aufgabe nachkommen will.«

Die Folge jener Zwickauer Vorgänge war, daß das Leipziger Polizeidirektorium den Arbeiterbildungsverein unter das Vereinsgesetz stellte, das heißt, ihn von nun an als politischen Verein behandelte.

Große Mißstimmung hatte im Leipziger Arbeiterbildungsverein seit langem die Haltung der »Berliner Volkszeitung« erregt, die im Lesezimmer auslag, und zwar sowohl wegen ihrer undemokratischen Haltung als auch wegen der Feindseligkeit, mit der sie die weitergehenden Arbeiterforderungen bekämpfte. In der Generalversammlung des Vereins (März 1866) stellte ich im Auftrag des Vorstandes den Antrag, die »Berliner Volkszeitung« abzuschaffen und dafür die »Rheinische Zeitung« in Köln zu abonnieren. Der Antrag gab Anlaß zu einer erregten Debatte, er wurde aber schließlich mit 160 gegen 17 Stimmen angenommen. Dieser Beschluß führte in der liberalen Presse zu heftigen Angriffen gegen den Verein und mich persönlich. Man sah mich nicht mit Unrecht als den Urheber des Antrags an.

Die im Jahre 1863 in Sachsen eingeführte Gewerbefreiheit setzte voraus, daß wer sich selbständig machen wollte, erst das Gemeindebürgerrecht erlangen mußte. Das kostete aber namentlich in den größeren Städten viel Geld. Es begann nunmehr im Winter von 1865 auf 1866 in Leipzig eine Bewegung, die auf Beseitigung beziehungsweise Herabsetzung der Bürgerrechtsgebühren und eine radikale Umgestaltung der sächsischen Städteordnung abzielte. Liberale Führer standen damals an der Spitze dieser Bewegung. Ich besuchte ebenfalls die betreffenden Versammlungen und soll, so wurde mir mehrfach versichert, die besten Reden gehalten haben. Nachdem man sich über die Grundforderungen verständigt hatte, wurde ein Komitee niedergesetzt, dem auch ich angehörte, das die Agitation über ganz Sachsen in die Wege leiten sollte. Aber unsere Arbeit erwies sich bald als zwecklos. Als wir im Frühjahr 1866 so weit waren, die Agitation beginnen zu können, war die Zuspitzung der Gegensätze zwischen Preußen und Österreich und die Erörterungen über die Lösung der deutschen Frage so weit gediehen, daß sie jedes andere Interesse in den Hintergrund drängten. Das gleiche Schicksal hatte unsere Agitation für eine Umgestaltung der sächsischen Gewerbeordnung. Dagegen traten jetzt die politischen Forderungen in den Vordergrund.

Den 25. und 26. März fanden hierfür mehrere Versammlungen in Dresden statt, zu denen ich von Leipzig delegiert wurde, auf deren Tagesordnung auch die Einigungsfrage stand. Ich sprach mich als Delegierter für Leipzig für ein gemeinsames Zusammengehen aus, dagegen machte Vahlteich den Fehler, daß er die Mitglieder des Allgemeinen Deutschen Arbeitervereins scharf angriff und mit Vorwürfen überhäufte, was einen Sturm der Entrüstung hervorrief. Vahlteich konnte die ihm als einstigem Sekretär Lassalles im Allgemeinen Deutschen Arbeiterverein widerfahrene Behandlung nicht vergessen – er war auf Antrag Lassalles, der keinen Widerspruch vertragen konnte, ausgestoßen worden –, und so schlug er auf den Verein los, wo er immer Gelegenheit dazu fand. Dennoch kam es nach Schluß jener Versammlungen zu einer gemeinsamen Konferenz, an der die Arbeiterbildungsvereine Leipzig, Dresden, Chemnitz, Glauchau und Görlitz, die Mitgliedschaften des Allgemeinen Deutschen Arbeitervereins zu Dresden, Plauenscher Grund, Chemnitz und Glauchau, der Altgesellenverein und die Typographia zu Dresden durch 20 Delegierte teilnahmen. Man beschloß gemeinsame Agitation für das allgemeine Wahlrecht, für ein demokratisches Vereins- und Versammlungsrecht, für Freizügigkeit, Gewerbefreiheit, Aufhebung der Paßbeschränkungen, Einführung einer Schulreform, Erhaltung der Schulen durch den Staat, Regelung der Lohnfrage, der Kranken- und Unterstützungskassen- und der Assoziationsfrage. Die Anwesenden konstituierten sich als Komitee. Försterling wurde dessen Vorsitzender.

Bei der Einberufung von Versammlungen beteiligten sich jetzt alle in Dresden bestehenden Arbeiterorganisationen, einschließlich des Buchdruckergehilfenverbandes. Man handelte, als gäbe es kein sächsisches Vereinsgesetz mehr, das die Verbindung von Vereinen für politische Zwecke verbot. Auch wurde von allen Seiten ein dauerndes Zusammengehen der Arbeiterorganisationen verlangt. Die Parlamentsfrage wurde von jetzt ab Gegenstand lebhaftester Agitation in den Arbeiterkreisen. Wir forderten ein konstituierendes Parlament für Gesamtdeutschland und die Einführung der allgemeinen Volksbewaffnung zum Schutze des Parlaments, eine Forderung, die damals in den demokratischen Kreisen als selbstverständlich galt, weil ohne einen solchen Schutz das Parlament Gegenstand eines Staatsstreichs werden könne. Hatte doch sogar Schulze-Delitzsch bereite im Juli 1862 auf dem deutschen Schützenfest in Frankfurt a.M. ausgesprochen: »Die Frage einer dauernden Entwicklung freiheitlicher konstitutioneller Zustände werde der bestehenden Gewalt gegenüber nicht eher gelöst werden, *als bis das Volksheer in dem bewaffneten Volke selbst hinter dem Parlament stehe.*« Die bisherige Entwicklung hat die Richtigkeit dieser Auffassung bestätigt.

Etwas seltsam lauteten die Beschlüsse einer Versammlung, die am 7. Mai in Dresden tagte und von 2000 Personen besucht war. Darin hieß es:

1. Wir verdammen jede Politik, welche die Kraft des Volkes lähmt und ihm nicht die Garantien seiner Freiheit und seines Wohlstandes gibt. 2. Wir erklären die Abtretung von nur einem Fußbreit deutschen Landes als Verrat am Vaterland. 3. Wir verlangen, daß Seine Majestät der König und die Regierung ihren Pflichten gegen das Vaterland und das Volk nachkommen, und daß deshalb diejenigen Männer, welche diesen Pflichten entgegen die Energie des Widerstandes lähmen, durch solche ersetzt werden, welche energisch und im volkstümlichen Sinne handeln. 4. Wir verlangen, daß die Interessenherrschaft, deren landesver-

derbliche Resultate jetzt offen zutagetreten, durch Wiederherstellung des allgemeinen, gleichen und direkten Stimmrechtes mit geheimer Abstimmung und unbeschränkter Wählbarkeit ersetzt wird. 5. Wir verlangen, daß die Regierung seiner Majestät den Entschluß kundgebe, auf Grund der Bundesbeschlüsse vom 30. März und 9. April 1848 das Parlament einzuberufen und in die Lösung der deutschen Verfassungsfrage im Sinne der im Februar 1849 der deutschen Nationalversammlung ausgesprochenen Geneigtheit einzutreten. 6. Wir verlangen sofortige Wiederherstellung der deutschen Grundrechte und allgemeine Volksbewaffnung.

Es wurde alsdann eine Deputation gewählt, zu der Försterling, Knöfel und Rechtsanwalt Schraps gehörten, die dem König die Wünsche der Versammlung vortragen sollten. Selbstverständlich wurde der Empfang dieser Deputation abgelehnt.

Schließlich mußte wohl oder übel auch die sächsische Regierung, gedrängt durch die Stimmung im Lande und den mittlerweile einberufenen Landtag, Stellung zur Bundesreformfrage nehmen. Herr von Beust, der bisher Anhänger des unmöglichen österreichischen Reformprojekts gewesen war und auch der Triasidee warm das Wort geredet hatte, kam jetzt ins Gedränge. Von der Deputation der Zweiten Kammer des Landtags befragt, wie nunmehr die Regierung zu dem österreichischen Reformprojekt stehe, erklärte er, es sei nicht ihre Absicht, auf das Delegiertenprojekt zurückzukommen; sie sei bereit, für eine Bundesreform zu wirken und für ein Parlament, das auf Grund des Wahlgesetzes von 1849 zu wählen sei. Gegenüber dem preußischen Reformentwurf machte er allerlei unklare Vorbehalte. Die Deputation der Zweiten Kammer beantragte im Verein mit der Deputation der Ersten Kammer, an die Regierung den Antrag zu richten:

»Die Regierung möge mit aller Energie dahin wirken, daß die Anordnung der Wahlen zum deutschen Parlament auf Grund allgemeiner und direkter Wahl, womöglich nach dem Reichswahlgesetz vom 27. März 1849, in ganz Deutschland noch im Laufe dieses Monats (Juni) erfolge und die Einberufung des Parlaments in möglichst kurzer Frist geschehe.«

Aber die Kugel war bereits im Rollen und lief nach einer anderen Richtung, als man erwartete.

Die Katastrophe von 1866

Es ist für die Beurteilung meiner und meiner Freunde Stellungnahme zu den Ereignissen von 1866 notwendig, zunächst eine summarische Übersicht der Vorgänge zu geben, die zu jener Katastrophe führten, Vorgänge, die zur Folge hatten, daß die langen diplomatischen Kämpfe zwischen Preußen und Österreich um die Vorherrschaft in Deutschland auf dem Schlachtfeld zur Entscheidung kamen, womit die deutsche Frage eine Lösung fand, die bis dahin keine Partei gewünscht oder erstrebt hatte. Daß nachher insbesondere der weitaus größte Teil der Liberalen, als politische Repräsentanten des Kapitalismus, sich mit der neuen Ordnung der Dinge abfand, weil er eine wesentliche Förderung seiner materiellen Interessen in derselben sah und nunmehr auch mit den einst von ihm bitter befehdeten Gewalthabern Frieden schloß, änderte unsere Auffassung über jene Vorgänge nicht.

Durch den Tod des Dänenkönigs Friedrich VII., November 1863, tauchte von neuem die schleswig-holsteinische Frage auf, da mit dem Tode des Königs die Oldenburger Linie erloschen war. Den neuen Dänenkönig Christian IX. erkannten die Schleswig-Holsteiner als erbberechtigten Herzog nicht an, sondern entschieden sich für den Prinzen Friedrich von Augustenburg, der denn auch seinen Regierungsantritt als Herzog Friedrich VIII. verkündete. Damit war die Zugehörigkeit der beiden Herzogtümer zu Deutschland ausgesprochen, was allgemein große Genugtuung hervorrief. Dänemark widerstand dieser Lösung. Der Bundestag mußte sich also für die Bundesexekution gegen Dänemark entscheiden, deren Ausführung er Sachsen und Hannover übertrug. Aber sie paßte nicht in Bismarcks Pläne. Dieser ließ durch seine Kronjuristen nachweisen, daß der Augustenburger nicht erbberechtigt sei, eine Entscheidung, die die öffentliche Meinung gegen die Bismarcksche Politik aufs äußerste erregte. Man sah in Bismarck, dem Manne des preußischen Verfassungsbruchs, nicht denjenigen, der die Frage im Sinne der Bevölkerung von Schleswig-Holstein lösen würde, man erinnerte sich auch wieder, daß es Preußen war, das an dem schmählichen Ausgang des ersten Schleswig-Holsteinschen Krieges gegen Dänemark, 1851, die Hauptschuld trug.

Der Vorstand des Nationalvereins fand daher lebhafte Zustimmung, als er bereits im Spätherbst 1863 in einem Aufruf, unterzeichnet von

Rudolf von Bennigsen als Präsident, das Volk zur Selbsthilfe aufrief. In dem betreffenden Aufruf hieß es: »Der Nationalverein fordert alle Gemeinden, Korporationen, Vereine, Genossenschaften, fordert alle Vaterlandsfreunde, die sich mit ihm zu dem großen Werke verbinden wollen, auf, ungesäumt Geld herbeizuschaffen – und Mannschaften, Waffen und alle Mittel bereitzuhalten, die zur Befreiung unserer Brüder in Schleswig-Holstein erforderlich sein werden.«

Dieser Aufruf verstieß zweifellos gegen eine Reihe Gesetze in den Einzelstaaten, aber kein öffentlicher Ankläger rührte sich. Die Volksstimmung sympathisierte mit diesem Vorgehen.

Kurz nachher veröffentlichte der Ausschuß des Nationalvereins für Schleswig-Holstein einen Aufruf, in dem es hieß:

»Wohlan! rüsten wir uns, auf daß, wenn der Augenblick zum Handeln gekommen ist, die deutsche Jugend kampfbereit zu den Waffen greifen kann … Die vielleicht nur sehr kurze Zwischenzeit möge sie benutzen zur Übung in den Waffen und zur taktischen Ausbildung.«

Man sieht, wie damals die liberalen Wortführer die Durchführung der Volksbewaffnung in kurzer Zeit für möglich hielten. Wehe dem Sozialdemokraten, der heute einen ähnlichen Aufruf erlassen wollte. Das ist der »Fortschritt« seit jener Zeit! –

Hier möchte ich einfügen, daß mit Beginn der sechziger Jahre neben der massenhaften Gründung von Arbeitervereinen auch die massenhafte Gründung von Turn- und Schützenvereinen vorgenommen wurde, die in der nationalen Bewegung jener Tage eine große Rolle spielten. Bismarck sah diesem Treiben sehr mißmutig zu. Die großen Feste, die jene Vereinigungen für ganz Deutschland abwechselnd veranstalteten, waren Massenvereinigungen, die sich in der Hauptsache mit der deutschen Frage beschäftigten. In Leipzig fand im August 1863 das allgemeine deutsche Turnfest statt, dem selbst Herr von Beust seine Reverenz machte. Aber, und das ist charakteristisch, während dieser eine patriotische Rede auf dem Turnplatz hielt, verbot die Leipziger Polizei den Verkauf der Reichsverfassungsurkunde von 1849 an öffentlichen Orten. Ich nahm ebenfalls insofern an jenem Feste teil, als unsere Sängerabteilung, deren Vorsitzender ich nach dem Austritt Fritzsches geworden war, mit den übrigen Gesangvereinen Leipzigs die Gesangsaufführungen in der Festhalle ausführte. Im Oktober desselben Jahres fand auch die fünfzigjährige Feier der Schlacht bei Leipzig statt. Dieses Fest war in seiner Art noch weit großartiger als das Turnfest. Es wurde ebenfalls zu großen politischen Demonstrationen benutzt. Hier wirkte ich wieder als Angehöriger unserer Sängerschar mit.

Es wurden von jetzt ab in ganz Deutschland Versammlungen zugunsten der Unabhängigkeit Schleswig-Holsteins veranstaltet. In Leipzig beschloß eine Arbeiterversammlung, in der alle Richtungen vertreten waren: »sie betrachte es als eine Pflicht der deutschen Arbeiter, der Ehre, dem Rechte und der Freiheit des Vaterlandes in allen Fällen, wo diese bedroht seien, ihren Arm zur Verfügung zu stellen«. Im gleichen Sinne wurde in anderen Städten resolviert. Der in Frankfurt a.M. Ende 1863 abgehaltene Abgeordnetentag, der von 500 Abgeordneten besucht war, erklärte sich gegen die Annexion von Schleswig-Holstein an irgendeinen deutschen Staat. Der Beschluß zielte gegen Preußen und Bismarck, für dessen Politik damals selbst diejenigen Liberalen nicht einzutreten wagten, die innerlich für eine Annexion an Preußen waren.

Natürlich war Bismarck über diese seiner Politik bereiteten Hindernisse aufs höchste aufgebracht. Er verlangte vom Frankfurter Senat die Auflösung des Sechsunddreißiger-Ausschusses des Abgeordnetentags, dessen Vorsitzender der Stadtrat Siegmund Müller in Frankfurt war. Ferner verlangte er vom Senat das Verbot der Wehrübungen der Frankfurter Jugend. Mit beiden Anträgen fiel er ab. Aber er vergaß dieses Frankfurt nicht. 1866 mußte das »Demokratennest« dafür büßen, indem er es erst drangsalierte und dann annektierte. Schließlich fand die schleswig-holsteinsche Frage doch die von Bismarck geplante Lösung. Es gelang ihm, den Leiter der österreichischen Politik, Graf Rechberg, gründlich einzuseifen und für seine nächsten Pläne zu gewinnen. Statt der Bundestruppen, die mittlerweile in Schleswig-Holstein eingerückt waren, führten jetzt Preußen und Österreich den Krieg gegen die Dänen, die ihnen gegenüber bald unterlagen und genötigt wurden, im Friedensschluß Schleswig-Holstein und Lauenburg an Preußen und Österreich abzutreten. Österreich machte schließlich mit Preußen noch ein Handelsgeschäft, indem es seinen Anteil an Lauenburg für $2^{1}/_{2}$ Millionen Taler an Preußen verkaufte. Der Krieg war von Bismarck gegen den Willen der Abgeordnetenkammer geführt worden, die mit 275 gegen 80 Stimmen die geforderte Kriegsanleihe verweigert hatte. Man kann sich vorstellen, daß diese Art zu regieren die Stimmung für Preußen nicht stärkte, die im übrigen Deutschland noch verschlimmert wurde, als nach langen Verhandlungen zwischen Preußen und Österreich der Vertrag von Gastein, 14. August 1865, bekannt wurde, nach dem die Verwaltung von Schleswig an Preußen und jene von Holstein an Österreich fiel. Das war der zweite Meisterstreich Bismarcks, der damit den Keil zwischen Österreich und dem Bunde immer tiefer trieb. Allerdings bot sich jetzt der Welt das heitere Schauspiel, daß die Preußen unter Manteuffel alle Demonstrationen zugunsten des Augustenburgers in Schleswig rücksichtslos unterdrückten und überhaupt ein sehr strenges Regiment führten, wohingegen die Österreicher unter dem General von Gablenz in Holstein allem freien Lauf ließen. Wie Gablenz seine Aufgabe auffaßte, zeigt seine Äußerung: »Ich werde die bestehenden Landesgesetze beachten, damit kein Holsteiner bei meinem eventuellen Wegziehen von hier sagen kann, ich habe rechtlos regiert. Ich will hier im Lande nicht als türkischer Pascha regieren.« Das war eine moralische Ohrfeige für Herrn von Manteuffel und seinen Auftraggeber.

Daß die neue Ordnung in den Herzogtümern nur ein Provisorium sein konnte, war klar. Diese Lösung war keine. Schließlich mußte die Auseinandersetzung zwischen Preußen und Österreich kommen, und die konnte, nachdem alle übrigen Faktoren ausgeschaltet waren, nach Bismarcks Ansicht nur durch einen Krieg erfolgen. Auf diesen arbeitete er nun systematisch hin. Auf der einen Seite suchte er sich durch dilatorische Verhandlungen, wie er sie später nannte, Napoleons Neutralität durch Versprechungen auf eventuelle Abtretung deutschen Gebietes an Frankreich zu sichern – die Rheinpfalz und das preußische Saarrevier standen bei den Unterhandlungen in Frage –, andererseits schloß er mit Italien ein Abkommen, wonach es im gegebenen Falle Österreich im Süden angreifen sollte, sobald Preußen von Norden losschlagen würde. Bezeichnend für die Art, wie Bismarck seine »nationale« Politik durchzusetzen suchte, sind die Verhandlungen mit den italienischen Staatsmännern, die später der italienische Ministerpräsident La Marmora in seinem Buche »Mehr Licht« veröffentlichte. So äußerte im März Bismarck gegen den italienischen außerordentlichen Militärbevollmächtigten in Berlin, der König habe die allzu ängstlichen legitimistischen Skrupel aufgegeben. Er hätte Bedenken gehabt, sich mit dem durch Kronenraub und Annexionen großgewordenen Italien zu verbinden, auch wollte er aus legitimistischen Bedenken keinen Krieg gegen Österreich führen. In einigen Monaten, so fuhr Bismarck fort, werde er die Frage der deutschen Reform, verziert mit einem Parlament, aufs Tapet bringen, mit diesem Vorschlag werde er Wirren hervorrufen, die Österreich in Gegnerschaft zu Preußen bringen würden, was dann zwischen beiden den Krieg zur Folge haben werde.

Dieses Programm wurde prompt ausgeführt.

Am 3. Juni berichtete der italienische Gesandte in Berlin, Govone, seiner Regierung, Bismarck habe ihm gegenüber geäußert: »Ich bin viel weniger Deutscher als *Preuße* und würde kein Bedenken tragen, die Abtretung des ganzen Landes zwischen dem Rheinufer und der Mosel an Frankreich zu unterschreiben: Pfalz, Oldenburg, einen Teil des preußischen Gebiets.« ... »Sorge mache ihm der König, der das religiöse, ja abergläubische Bedenken habe, er dürfe die Verantwortung für einen europäischen Krieg nicht auf sich laden.«

Die Darlegung der Zettelungen, die Bismarck mit Italien führte, um durch Anstiftung revolutionärer Erhebungen in Ungarn und Kroatien Österreich zu schwächen und die Heeresteile aus den erwähnten Ländern zum Abfall von der österreichischen Armee zu bringen, will ich im einzelnen nicht schildern. Diese Vorgänge zeigen, daß hoch- und landesverräterische Unternehmungen gerade gut genug waren, um Bismarck zum Ziele zu führen, und Hoch- und Landesverrat nur dann Verbrechen sind, wenn sie von unten ausgehen. Preußen und Italien verständigten sich, daß die Kosten für diese revolutionären Erhebungen von ihnen gemeinsam getragen werden sollten. Überflüssig zu sagen, daß Österreich nunmehr seine Lage erkannt hatte und Gegenmaßregeln traf. Gegen Ende März begann das diplomatische Spiel lebhaft zu werden. Man begann sich beiderseitig mit Vorwürfen zu traktieren und – rüstete. Am 9. April stellte Preußen seinen Bundesreformantrag in Frankfurt a.M. Es beantragte, die Bundesversammlung wolle beschließen, eine aus direkten Wahlen und allgemeinem Stimmrecht der ganzen Nation hervorgegangene Versammlung für einen näher zu bestimmenden Tag einzuberufen, in der Zwischenzeit aber, bis zum Zusammentritt derselben, sollten die Regierungen die Vorlagen für eine Reform der Bundesverfassung untereinander feststellen.

Es war klar, daß Österreich nach seinem bisherigen Verhalten in der deutschen Frage diesem Vorschlag, in dem es eine Falle sah, nicht zustimmen konnte. Aber auch bei den übrigen Regierungen und in den weitesten Volkskreisen begegnete der Bismarcksche Vorschlag einem intensiven Mißtrauen. Man sagte sich: »Wie kommt Bismarck dazu, sich für ein deutsches Parlament auf Grund des allgemeinen, direkten Wahlrechts zu erklären und sich als radikalen Reformator aufzuspielen, er, der in Preußen im Widerspruch gegen die klaren Bestimmungen der Verfassung regiert, der die berüchtigten Preßordonnanzen, die Führung des Schleswig-Holsteinschen Krieges wider den Willen der Kammer, die eben erst getroffene Entscheidung des Obertribunals über den Artikel 84 der Verfassung, betreffend die Redefreiheit der Abgeordneten, und vieles andere auf dem Gewissen hat?« Der Widerstand, den der preußische Reformvorschlag fand, veranlaßte im April die »Kreuzzeitung«, zu erklären, es bleibe nur eine Alternative: Bundesreform oder Revolution. In Wahrheit war es Bismarck mit seinem Vorschlag eines gesamtdeutschen Parlaments nicht ernst, wie das sein späterer Parlamentsvorschlag an den Bundestag zeigte. Aber er dachte auch nicht einmal daran, die südwestdeutschen Staaten darin aufzunehmen, wie sich nachher herausstellte, als es sich um die Gründung des Norddeutschen Bundes handelte.

Zum Überfluß ist dieses durch die Denkwürdigkeiten des Fürsten Hohenlohe bestätigt worden. Bismarck sah damals in der großen Mehrzahl der Süddeutschen heterogene Elemente, die ihm seine Zirkel stören könnten. Erst die Wahlen zum Zollparlament und die Aufnahme, die der Krieg von 1870/71 in Süddeutschland fand, beseitigten seine Befürchtungen.

Das Vorgehen Bismarcks in der schleswig-holsteinschen und der deutschen Frage wirkte, auf die Liberalen zersetzend; sie wurden in zwei Lager getrennt. Die einen sympathisierten mit seinem Vorgehen, die anderen, konnten ihm seinen inneren Konflikt in Preußen nicht verzeihen und opponierten. Twesten schrieb Anfang Oktober 1865 an den Vorsitzenden des Sechsunddreißiger-Ausschusses: »Wir« – er sprach also im Namen von mehreren – »ziehen *jede* Alternative einer Niederlage des preußischen Staates vor.« Das hieß also: Siegt Preußen im Kampfe um die Vorherrschaft in Deutschland selbst mit Hilfe des Auslandes und unter Preisgabe deutschen Gebiets, wir stehen zu Preußen. Das war das Bismarcksche: »Ich bin mehr Preuße als Deutscher!« Mommsen meinte, die Differenzen in Freiheitsfragen seien kein Grund, daß man Bismarck nicht in seiner auswärtigen Politik unterstütze. Und Ziegler, der Steuerverweigerer von 1848, der des Hochverrats angeklagt, zu Festung verurteilt und als Oberbürgermeister von Brandenburg gemaßregelt worden war, erklärte kurz vor Ausbruch des Krieges vor seinen Breslauer Wählern: »Das Herz der preußischen Demokratie ist, wo die Landesfahnen wehen.« Ziegler war ein merkwürdiger Herr. So hatte er einige Monate zuvor im preußischen Abgeordnetenhaus seinen Parteigenossen aus einer

Rede Marrasts, der Februar 1848 Mitglied der provisorischen Regierung in Paris war, das Wort an den Kopf geworfen: Die Perversität ist euch vom Unterleib ins Gehirn gestiegen, ihr könnt nicht mehr denken.

Der Nationalverein suchte durch eine Generalversammlung, die er für Ende Oktober 1865 nach Frankfurt a.M. berief, in seiner Art ebenfalls der Bismarckschen Politik zu Hilfe zu kommen. Er erntete freilich keinen Dank. Bismarck war über diese Absicht so aufgebracht, daß er die österreichische Regierung veranlaßte, mit ihm eine Note an den Frankfurter Senat zu schicken, in der beide das Verbot der Generalversammlung forderten, ein Schritt, den nur ein Mann unternehmen konnte, der nicht mehr Herr über seine Nerven war. Der Senat lehnte auch diese Forderung ab, und die Generalversammlung fand statt. Die Beschlüsse besagten: Der Nationalverein bestätigte seine früheren Beschlüsse, wonach er eine Zentralgewalt und ein Parlament mit der Reichsverfassung von 1849 als Ziel erstrebe und die Zentralgewalt an Preußen übertragen sehen wolle. Für Schleswig-Holstein fordere er das Selbstbestimmungsrecht mit der Einschränkung, daß, solange keine deutsche Zentralgewalt vorhanden sei, es die für eine Zentralgewalt notwendigen Attribute an Preußen übertrage. Ferner solle eine Landesvertretung der Herzogtümer einberufen werden. Nach heftigen Debatten wurden diese Anträge mit großer Mehrheit angenommen. Jedenfalls lag in diesen Beschlüssen ein großes Entgegenkommen gegen Preußen! Weiter konnte vorerst der Nationalverein nicht gehen.

Als dann die Möglichkeit eines Krieges zwischen Österreich und Preußen immer mehr in den Vordergrund rückte, ging das Bestreben der Liberalen dahin, die Neutralität der Mittel- und Kleinstaaten durchzusetzen, denn sie sagten sich, daß diese im Kriegsfall wohl in ihrer großen Mehrheit auf österreichischer Seite stehen würden.

In Sachsen drehten die Liberalen sogar den Spieß um und machten die sächsische Regierung für den eventuellen Ausbruch eines Krieges verantwortlich; sie verlangten Abrüstung und Anschluß an Preußen. Die Leipziger städtischen Behörden schlossen sich durch Beschluß vorn 5. Mai dieser Auffassung an. Dagegen protestierte eine von 5000 Personen besuchte Volksversammlung, die Professor Wuttke und seine nächsten politischen Freunde, unterstützt von den Lassalleanern Fritzsche u.a., für den 8. Mai einberufen hatten, eine Einberufung, der auf mein Betreiben der Arbeiterbildungsverein sich öffentlich anschloß. Der Lassalleaner Steinert präsidierte. Wuttke hielt die erste Rede. Er protestierte gegen das Vorgehen von Stadtrat und Stadtverordneten und forderte in einer Resolution die Regierung auf, die Verteidigungsmaßregeln auszudehnen und allgemeine Volksbewaffnung zum Schutze des Landes einzuführen; ferner solle die Regierung sich schleunigst der Hilfe ihrer Bundesgenossen versichern und beharrlich jeder Sonderstellung Preußens in Schleswig-Holstein wie im übrigen Deutschland entgegentreten.

Diese Resolution war uns zu schwächlich. Ich nahm also das Wort und begründete folgende Resolution:

1. Die gegenwärtige drohende Lage Deutschlands ist durch die Haltung und das Vorgehen der preußischen Regierung in der schleswig-holsteinschen Frage provoziert, zugleich aber auch die natürliche Konsequenz der Politik des Nationalvereins und der Gothaer für die preußische Spitze. 2. Eine direkte oder indirekte Unterstützung dieser undeutschen Politik betrachten wir als eine Schädigung der Interessen des deutschen Volkes. 3. Dieses Interesse kann nur gewahrt werden durch ein aus allgemeinen, gleichen und direkten Wahlen mit geheimer Abstimmung hervorgegangenes Parlament, unterstützt durch allgemeine Volkswehr. 4. Wir erwarten, daß das deutsche Volk nur solche Männer zu seinen Vertretern erwählt, die jede erbliche Zentralgewalt verwerfen. 5. Wir erwarten, daß im Falle eines deutschen Bruderkriegs, der nur dazu dienen kann, deutsches Gebiet dem Ausland in die Hände zu spielen, das deutsche Volk wie ein Mann sich erhebt, um mit den Waffen in der Hand sein Eigentum und seine Ehre zu vertreten.

Der Stadtverordnetenvorsteher Dr. Joseph versuchte Stadtrat und Stadtverordnete zu rechtfertigen, ihm antworteten scharf Liebknecht und Fritzsche. Die Wuttkesche Resolution wurde gegen eine Minorität, die meinige einstimmig angenommen.

Die Leipziger liberale Presse brachte die verlogensten Berichte über jene Versammlung, was die Arbeiter der Offizin von Giesecke u. Devrient so empörte, daß sie die betreffende Nummer der »Mitteldeutschen Volkszeitung« feierlich verbrannten. Das Leipziger Beispiel fand vielfach Nachfolge. So sprach sich unter anderem der Arbeitertag des Maingauverbandes, der am 13. Mai unter Professor Louis Büchners Vorsitz tagte, im gleichen Sinne aus.

In dieser Situation glaubte man im Sechsunddreißiger-Ausschuß des Abgeordnetentages Preußen zu Hilfe kommen zu müssen. Derselbe berief auf den ersten Pfingstfeiertag einen Abgeordnetentag nach Frankfurt a.M. Die Frankfurter Demokratie beschloß, auf denselben Tag eine Ge-

gendemonstration zu veranstalten, zu der aus Sachsen Wuttke und ich eingeladen wurden. Der Abgeordnetentag, von zirka 250 Abgeordneten besucht, wurde vom Vorsitzenden des Sechsunddreißiger-Ausschusses eröffnet. Herr von Bennigsen wurde Präsident. Unter den Anwesenden war auch Bluntschli, der durch sein Vorgehen in den vierziger Jahren in der Schweiz gegen Weitling keinen guten Namen hatte. Ferner war anwesend der alte Geheimrat Welcker, der, obgleich er für die preußische Spitze schwärmte, über die Bismarcksche Politik so erbittert war, daß er, wie damals die Zeitungen meldeten, die sonderbare Preisfrage gestellt hatte, wie eine verderbliche Regierung ohne das Mittel der Revolution entfernt werden könnte? Die bekannte Frage: »Wie wäscht man den Pelz, ohne ihn naß zu machen?«

Unter den Zuhörern der Verhandlungen befanden sich unter anderen die Achtundvierziger Amand Goegg, August Ladendorf und Gustav Struve. Letzterer war eine hagere, hoch aufgeschossene Gestalt mit einer Fistelstimme und einer merkwürdig roten Nase, obgleich er ein, Gegner des Alkohols war. Ich hatte mir den ehemaligen Führer aus der badischen Revolution etwas anders vorgestellt, machte aber bald die Entdeckung, daß wie es mir mit Struve, es anderen Leuten mit mir erging, die auch ganz andere Vorstellungen von meiner Person hatten.

Dr. Völck-Augsburg, der später den Spitznamen die Frühlingslerche erhielt, weil er im Zollparlament jubilierend verkündete: »Es will in Deutschland Frühling werden«, war Referent. Er begründete folgende Resolution der Mehrheit des Sechsunddreißiger-Ausschusses:

»Der Sieg der Waffen hat uns unsere Nordmarken zurückgegeben. Ein solcher Sieg würde in jedem wohlgeordneten Reiche zur Erhöhung des Nationalgefühls gedient haben. In Deutschland führte er durch die Mißachtung des Rechts der wiedergewonnenen Länder, durch das Streben der preußischen Regierung nach gewaltsamer Annexion und infolge der unheilvollen Eifersucht der beiden Großmächte zu einem Zwiespalt, dessen Dimensionen weit über den ursprünglichen Gegenstand des Streites hinausreichten.

Wir verdammen den drohenden Krieg als einen nur dynastischen Zwecken dienenden; Kabinettskrieg. Er ist einer zivilisierten Nation un-würdig, gefährdet alle Güter, welche wir in fünfzig Jahren des Friedens errungen haben, und nährt die Gelüste des Auslandes. Fürsten und Mi-nister, welche diesen unnatürlichen Krieg verschulden oder aus Sonderinteressen die Gefahren desselben erweitern, machen sich eines schweren Verbrechens an der Nation schuldig.

Mit ihrem Fluche und der Strafe des Landesverrats wird die Nation diejenigen treffen, welche in Verhandlungen mit ausländischen Mächten deutsches Gebiet preisgeben.

Sollte es nicht gelingen, den Krieg selbst durch den einmütig ausgesprochenen Willen des Volkes noch in der letzten Stunde zu verhindern, so ist wenigstens dahin zu trachten, daß er nicht ganz Deutschland in zwei große Lager teile, sondern auf den engsten Raum beschränkt werde.

Wir erblicken hierin das wirksamste Mittel, um die Wiederherstellung des Friedens zu beschleunigen, die Einmischung des Auslandes abzuhalten, durch die Heeresmacht der nichtbeteiligten Staaten die Grenzen zu decken und, im Falle der Krieg einen europäischen Charakter annehmen sollte, mit noch frischen Kräften dem äußeren Feind entgegenzutreten.

Diese Staaten haben also die Pflicht, solange ihre Stellung geachtet wird, nicht ohne Not in den Krieg der beiden Großmächte sich zu stürzen. Insbesondere liegt es den Staaten der südwestdeutschen Gruppe ob, ihre Kraft ungeschwächt zu erhalten, um gegebenen Falles für die Integrität des deutschen Gebietes einzustehen.

Es wird Sache der Landesvertretungen sein, wenn sie über Anforderungen zu militärischen Zwecken zu entscheiden haben, diejenigen Garantien von ihren Regierungen zu fordern, welche die Verwendung in der oben ausgesprochenen Richtung und im wahren Interesse des Vaterlandes sichern. Nur hierdurch wird sich die Gefahr abwenden lassen, aus den jetzigen Verwicklungen eine neue Ära allgemeiner deutscher Reaktion entspringen zu sehen.

Wie ein deutsches Parlament allein die Behörde ist, welche über die deutschen Interessen in Schleswig-Holstein zu entscheiden vermag, so ist auch die Erledigung der deutschen Verfassungsfrage durch eine freigewählte deutsche Volksvertretung allein imstande, der Wiederkehr solcher unheilvoller Zustände wirksam zu begegnen. Die schleunige Einberufung eines nach dem Reichswahlgesetz vom 14. April 1849 gewählten Parlaments muß daher von allen Landesvertretungen und von der ganzen Nation gefordert werden.«

Der Schwerpunkt dieser Resolution lag in den Abschnitten 5, 6 und 7, nach denen man die Mittel- und Kleinstaaten zur Neutralität in dem Kampfe zwischen Österreich und Preußen verpflichten wollte. In einer sehr wirkungsvollen Rede ging der preußische Abgeordnete Julius Freese der Resolution des Ausschusses und den Rednern, die sie verteidigt hatten, zu Leibe, häufig von stürmischem Beifall der Minorität und der Zuhörerschaft im Saal unterbrochen. Über die den Mittel- und Kleinstaaten zugemutete Rolle äußerte er:

»Und was würde die Folge sein, wenn die beiden Staaten sich nun gepackt hätten? Wie zwei Hirsche um eine Hirschkuh kämpfen, und die Hirschkuh waffenlos und ruhig dabeisteht, so sollen Österreich und Preußen miteinander kämpfen, und das dritte Deutschland soll die milde sanfte Hirschkuh sein, die dann abwartet, welchem Sieger das Ende des Kampfes sie überweist ...« Und er schloß: »*Nur dann wird Preußen frei, wenn es in Deutschlands Dienste tritt; wenn Sie aber Deutschland in Großpreußen aufgehen lassen, dann sei Gott denen gnädig, die das Regiment sehen, welches dann über Preußen und Deutschland ergehen wird.*«

Diese Worte lösten langanhaltenden Beifall aus.

Aber neben der Tragik kam auch die Komik zu ihrem Rechte. Mitten in der Rede Völcks donnerten mehrere Kanonenschläge durch den Saal, so daß alles entsetzt aufsprang und nach der Decke schaute, deren Einsturz man befürchtete. Völck selbst schien zu glauben, es handle sich um ein Attentat auf ihn. Mit einem mächtigen Satze sprang er rückwärts von der Tribüne an die Wand, begleitet von einem lauten Gejohle und Händeklatschen auf der obersten Galerie. Die Frankfurter und Offenbacher Lassalleaner hatten unter Führung Oberwinders die Kanonenschläge gelegt, um auf diese Weise ihre Visitenkarte beim Abgeordnetentag abzugeben. Dem Schrecken folgte allgemeine Heiterkeit.

Selbstverständlich wurden die Resolutionen des Ausschusses mit großer Mehrheit angenommen gegen einen Antrag Müller-Passavant.

Am Nachmittag desselben Tages fand dann im Zirkus die von demokratischer Seite einberufene, von etwa 3000 Personen besuchte Volksversammlung statt. Neben anderen Rednern nahm auch ich das Wort. Ich führte ungefähr folgendes aus:

»Nachdem soeben hier und heute vormittag im Saalbau verschiedene Männer in ihrer Eigenschaft als Volksvertreter ihre Ansicht über die gegenwärtige Lage dargelegt haben, glaube ich als Mann aus dem Arbeiterstande ebenfalls meine Meinung aussprechen zu sollen, um so mehr, als ich aus einem Lande komme, das bei der gegenwärtigen Krisis zunächst bedroht ist. Man hat heute im Saalbau vielfach die Neutralität der Mittel- und Kleinstaaten befürwortet, und die Versammlung hat schließlich die Anträge der Mehrheit des Sechsunddreißiger-Ausschusses angenommen. Ich will mich nicht weiter auf die dort vorgebrachten Gründe einlassen. Eines aber muß ich hervorheben. Eine Neutralität der Mittel- und Kleinstaaten und besonders Sachsens ist unmöglich. Jeder, der einigermaßen die Karte von Deutschland studiert hat, muß zugeben, daß es ganz unwahrscheinlich ist auf die schmale schlesisch-mährische Grenze einen Krieg von solchen Dimensionen zu lokalisieren, wie ein solcher zwischen Preußen und Österreich werden würde. Dafür spricht auch die Geschichte von 1756. Bei Ausbruch des Siebenjährigen Krieges fiel der König von Preußen, nachdem er von einer Koalition gegen sich Kunde erhalten hatte, urplötzlich in Sachsen ein, überschwemmte mit 80000 Mann das Land, nahm die sächsische Armee gefangen, nahm weiter das ganze vorhandene Kriegsmaterial an sich, und nachdem er die sächsischen Soldaten in seine eigene Armee gesteckt hatte, mußte das Land auch noch die Verpflegung und Unterhaltung der ganzen Armee auf seine Kosten tragen. Später hat Preußen seine Gesinnung gegen Sachsen auf dem Wiener Kongreß gezeigt, als es Sachsen annektieren wollte, was damals Österreich und die übrigen Großmächte verhinderten.

Ein Redner im Saalbau, Schulze-Delitzsch, hat ausgeführt, daß schon auf dem Wiener Kongreß Österreich die Einigung Deutschlands verhinderte. Das ist vollkommen richtig. Er hätte aber hinzusetzen müssen, daß damals ebensowenig Preußen an eine Einigung Deutschlands dachte, sondern nur darauf sann, sein Land möglichst zu vergrößern. Hat doch Preußen nicht einmal die seinem Volke während der Befreiungskriege versprochene Verfassung gewährt, als dieses für Gott, König und Vaterland in den Krieg zog und die schwersten Opfer an Gut und Blut brachte. Die Verfassung bekam das preußische Volk erst infolge seiner drohenden Haltung im Jahre 1848. Damals zwang es die Regierung, ihm die Verfassung zu gewähren. Überhaupt möge man uns doch nachweisen, wo die besonderen Verdienste sind, die Preußen sich um Deutschland erworben hat? Etwa in der Demagogenhetze der zwanziger und dreißiger Jahre und in der Unterdrückung jeder freien Meinungsäußerung, wobei es so einig mit Österreich ging? Wer war es denn in erster Linie, der die glorreiche Erhebung in den Jahren 1848 und 1849 blutig niedergeschlagen hat? Preußen! Wer hat in Baden die Freiheitskämpfer zu Hunderten niedergeknallt und andere, wie zum Beispiel Adolf von Trützschler und Max Dortü, standrechtlich erschießen lassen? Preußen! Und wer hat in Dresden den Maiaufstand niedergeschlagen, die Kämpfer für die Reichsverfassung niedergemetzelt und der verzagten sächsischen

Regierung wieder ans Ruder geholfen? Preußen! Oder war das Preußen des Herrn von Manteuffel oder ist das Preußen des Herrn von Bismarck mit seiner Mißachtung von Recht und Verfassung der Staat, zu dem das deutsche Volk Vertrauen haben kann? Sicher nicht! Und dieses Preußen will man jetzt an die Spitze Deutschlands stellen, den Staat, der nach seiner ganzen Geschichte mit Ausnahme jener Periode, von 1807 bis 1810, wo er zerschmettert am Boden lag, nie ein liberaler Staat gewesen ist und *nie* ein solcher sein wird! Wer anders darüber urteilt, kennt Preußen nicht.

Was nun die gegenwärtige Krisis anbelangt, so wird niemand leugnen, daß Preußen sie hervorgerufen hat, und nur dadurch, daß das übrige Deutschland sich wie ein Mann erhebt und zeigt, daß es nicht gewillt ist, ruhiger Zuschauer eines Bürgerkrieges zu sein, kann dieser verhütet und Preußen in seine Schranken zurückgewiesen werden. Das zeigt sich schon jetzt, wo die entschiedene Haltung des übrigen Deutschlands Preußen stutzig machte und es bisher sich hütete, den Krieg zu erklären. Bricht aber dennoch derselbe aus, so möge sich das ganze Volk erheben, um gegen Preußen als Friedensbrecher zu marschieren.«

Es sind seit jener Zeit vierunddreißig Jahre verflossen, aber was ich in jener Rede über das liberale Preußen sagte, ist mehr denn je zur Wahrheit geworden. Das liberale Preußen blieb bis heute eine Mythe.

Nach beendeter Debatte wurde folgende von uns vorgeschlagene Resolution unter allgemeiner Zustimmung angenommen:

1. Gegen die friedensbrecherische Politik Preußens den bewaffneten Widerstand; Neutralität ist Feigheit oder Verrat. 2. Schleswig-Holstein solle auf Grund des bestehenden Rechtes seine Selbständigkeit erlangen. 3. Der preußische Parlamentsvorschlag sei unbedingt zu verwerfen, dagegen solle eine konstituierende, mit der nötigen Macht ausgestattete Volksvertretung über die Verfassung Gesamtdeutschlands entscheiden. 4. Einführung der Grundrechte und gesetzliche Einführung der allgemeinen Volksbewaffnung. 5. Das Volk solle überall in Stadt und Land in politischen Vereinen zusammentreten.

Nach Annahme dieser Vorschläge wurde ein Ausschuß niedergesetzt, der ein Programm entwerfen und eine Delegiertenversammlung nach Frankfurt einberufen sollte, um endgültig das Programm zu beraten. In den Ausschuß wurden auf Vorschlag von Haußmann-Stuttgart, dem Vater des Reichstagsabgeordneten Konrad Haußmann, gewählt: Bebel, Eichelsdörfer-Mannheim, Goegg-Offenburg, K. Grün-Heidelberg, Kolb-

Speyer, K. Mayer-Stuttgart, Dr. Morgenstern-Fürth, von Neergardt-Kiel, Aug. Röckel und Gustav Struve-Frankfurt, Trabert-Hanau, Krämer von Doos, Bayern. Von diesen zwölf bin ich der einzige noch Lebende, allerdings war ich auch der Benjamin der Korona.

Der Ausschuß verfaßte folgendes Programm:

A. 1. Demokratische Grundlage der Verfassung und Verwaltung der deutschen Staaten. 2. Föderative Verbindung derselben auf Grund der Selbstbestimmung. 3. Herstellung einer über den Regierungen der Einzelstaaten stehenden Bundesgewalt und Volksvertretung. Keine preußische, keine österreichische Spitze.

B. 1. Wir fordern die Erhaltung des Friedens in Deutschland. Die Kriegsgefahr ist aus der schleswig-holsteinschen Sache entsprungen; beseitigt kann sie nur werden durch die sofortige Konstituierung der Herzogtümer als eines selbständigen Staates auf Grund des Rechtes und des Volkswillens. Die Stimme Holsteins im Bunde muß ohne weiteres in Kraft treten, seine Wehrkraft aufgeboten werden. Keine Verfügung über die Herzogtümer wider den Willen der Bevölkerung; keine Teilung Schleswigs. 2. Gegen die preußische Kriegspolitik ist der Widerstand Deutschlands geboten. Neutralität wäre Feigheit oder Verrat. 3. Kein Fußbreit deutscher Erde darf an das Ausland abgetreten werden. Die Gefahr des Verlustes von deutschem Gebiet und die Schmach einer Einmischung des Auslandes in deutsche Angelegenheiten werden nur dann von uns abgewendet, der Widerstand wird nur dann erfolgreich, *die Gefahr eines Sieges an der Seite Österreichs nur dann beseitigt sein,* wenn die Bundesgenossen im Kampfe keine dynastische, sondern eine nationale Politik verfolgen und ihren Bund auf die volle Wehrkraft, sowie auf die parlamentarische Mitwirkung des Volkes stützen. Die gesetzliche Einführung des Milizsystems ist vor allen Dingen zu verlangen. 4. Der preußische Parlamentsvorschlag ist zu verwerfen; nur eine aus dem Volke hervorgegangene, in voller Freiheit gewählte Nationalversammlung mit entscheidender Stimme und ausgestattet mit der nötigen Macht kann über die Verfassung des Vaterlandes endgültig entscheiden.

Bluntschli konnte es sich nicht versagen, am 7. Juni in der badischen Zweiten Kammer zu denunzieren, in Frankfurt bestehe ein Wohlfahrtsausschuß, dem Struve und Genossen angehörten, der auch in Heidelberg einen Ableger habe (Karl Grün). Dieser Ausschuß dränge zum Krieg, er habe auch in Frankfurt die Kanonenschläge gelegt. Darauf antwortete ihm Röckel in einer öffentlichen Erklärung im Namen des Zwölfer-

Ausschusses: Diese Behauptung des Herrn Bluntschli sei eine Lüge, und da sie in einer Kammersitzung unter dem Schutze der Redefreiheit aufgestellt worden sei, eine feige Lüge. 1868 lernte ich Bluntschli im Zollparlament kennen, er machte den Eindruck eines feisten Pastors, dem die Unehrlichkeit aus dem Gesicht sah.

Die Einberufung einer Delegiertenversammlung, die zum Zweck der Feststellung eines Programms stattfinden sollte, mußte unterbleiben, weil mittlerweile der Krieg ausbrach. Nunmehr erließ der Ausschuß folgende Proklamation:

»An das deutsche Volk!
Der deutsche Bruderkrieg ist entbrannt. In die Zeit des rohen Faustrechtes ist Deutschland zurückgeworfen. Dies schwerste Verbrechen an der Nation fällt jener Partei in Preußen zur Last, die ruchlos genug ist, den Bruch des preußischen Volksrechtes und des schleswig-holsteinschen Landesrechtes mit der Vergewaltigung von ganz Deutschland krönen zu wollen. In dem Augenblick, wo die staatliche Zukunft Schleswig-Holsteins endlich auf dem friedlichen Wege deutschen Rechtes und deutscher Ehre entschieden werden sollte, ist diese Partei zum Äußersten geschritten, den ewigen Bund deutscher Stämme zu sprengen und an die Stelle des öffentlichen Rechtes und des Willens der Gesamtheit das Machtgebot des einzelnen zu setzen. In die deutschen Länder Hannover, Kurhessen, Sachsen ist sie eingebrochen wie in Feindesland, und alle deutschen Staaten, die sich ihr nicht fügen, bedroht sie mit gleicher Gewalt. In Preußen selbst stachelt sie das Volk zum Haß gegen Deutschland und spricht ihm von erdichteten Gefahren, von Demütigung, Erniedrigung, Zerstücklung, womit es von Deutschland bedroht sei.

Noch droht Preußen keine Gefahr der Erniedrigung, als die es in seinem Innern birgt. Der Sturz der Kriegspartei wäre für ganz Preußen selbst der schönste Sieg. Die Gefahr der Zerstücklung ist gerade durch diese Partei über ganz Deutschland gebracht. Im Süden ist durch Bündnis mit Italien deutsches Bundesland gefährdet. Im Westen hat sie die alte Gefahr heraufbeschworen, die jedesmal droht, wenn Deutschland uneinig ist.

Die deutschen Stämme, welche die Berliner Gewaltpolitik gegen sich in Waffen gerufen hat, ziehen nicht gegen das *Volk* in Preußen, ziehen nicht für habsburgische Hauspolitik ins Feld; *die Nation will so wenig Österreich wie Preußen dienen.* Frei will sie sein, selbst Herr im eigenen

Hause. Gegen ihren Willen verstrickt in das jetzige Unglück, darf und will sie nicht die Folgen desselben untätig abwarten. Wie sie mit richtigem vaterländischen Gefühl die ihr angesonnene Neutralität im Bruderkrieg von sich gewiesen hat, so ist es jetzt ihre Pflicht, mit voller Kraft und einmütiger Entschlossenheit sich die Mitwirkung an der Entscheidung ihrer Geschicke zu sichern durch *allgemeine Volksbewaffnung und gemeinsame Volksvertretung.*

Auf diese beiden Forderungen ist sofort und allerorten die Tätigkeit des deutschen Volkes zu richten; eine allgemeine Agitation in öffentlichen Volksversammlungen muß schleunigst dafür organisiert werden. Das deutsche Volk allein kann noch das deutsche Vaterland retten.

Frankfurt, 1. Juli 1866
　　Der Ausschuß
　　der Frankfurter Volksversammlung vom 20. Mai
　　　　　　　I.d.N.: *G.F. Kolb. Aug. Röckel.*«

Der Aufruf war gut gemeint, aber er kam zu spät. Und was ihm einzig hätte Nachdruck geben können, eine große, geschlossene Organisation, fehlte.

Den Tag nach den erwähnten Frankfurter Vorgängen, am zweiten Pfingstfeiertag, war ich mit einer Anzahl Herren bei Siegmund Müller zu Tisch geladen. Nach beendetem Essen traten wir an die weit geöffneten Fenster, um den herrlichen Mittag zu genießen. Wie auf Kommando erhoben wir ein homerisches Gelächter. Aus Müllers Wohnung sah man auf den Main und die alte Mainbrücke, auf der in ihren weißen Uniformen Scharen österreichischer Soldaten herüber- und hinüberspazierten, fast ein jeder ein Mädchen am Arme. Dieser Anblick hatte unsere Lachlust erregt. Unser Gastgeber sah die Sache ernster an; in seinem Frankfurter Hochdeutsch äußerte er: »Meine Herren! Sie hawwe gut lache, die Mädercher krieche alle Kinner, und die misse dann von der Stadt erhalte werrn!« Eine zweite Lachsalve war unsere Antwort. Kurze Zeit nachher, am 10. Juni, verließen die Preußen, die zur Bundesgarnison in Frankfurt gehörten, mit »klingendem Spiel« die Stadt, am 11. folgten in gleicher Weise die Österreicher. Diese auf Nimmerwiedersehen. Gar mancher der lustigen Burschen, die an jenem Pfingstfeiertag fröhlich über die Mainbrücke zogen, dürfte später mit seinem Blute das Schlachtfeld gedüngt haben.

Den 10. Juni trat auch der ständige Ausschuß der Arbeitervereine zu einer Sitzung in Mannheim zusammen, um Stellung zu dem vorhandenen politischen Konflikt zu nehmen. Mit Ausnahme von M. Hirsch war der ganze Ausschuß anwesend, ebenso auf besondere Einladung Streit-Koburg.

In der deutschen Frage kam es zu erregten Auseinandersetzungen. Ein preußisches Mitglied bestritt, daß im preußischen Volke Sympathien für Annexionen vorhanden seien, worin er sich, wie die Folge lehrte, gründlich irrte. Die große Mehrheit des Ausschusses war gegen eine Neutralität der Mittelstaaten. Von einer Seite wurde hervorgehoben, die preußische Hegemonie werde der industriellen Entwicklung förderlich sein, von anderer Seite wurde bestritten, daß die preußische Spitze dazu nötig wäre. Schließlich wurde einstimmig beschlossen, sich der bereits bestehenden Volkspartei und dem von dem Frankfurter Ausschuß aufgestellten Programm anzuschließen. Auch wurde empfohlen, folgenden Kompromißantrag in das Programm der Volkspartei aufzunehmen: »Jede volkstümliche Regierung muß die allmähliche Ausgleichung der Klassengegensätze so weit zu fördern suchen, als es irgend mit der Schonung der individuellen Freiheit und den volkswirtschaftlichen Gesamtinteressen vereinbar ist. Die materielle und moralische Hebung des Arbeiterstandes ist ein gemeinsames Interesse aller Klassen, ist eine unentbehrliche Stütze der bürgerlichen Freiheit.«

Da die politischen Wirren bereits große Arbeitslosigkeit zur Folge hatten, kam man überein, die Unternehmer aufzufordern, während der Dauer der Arbeitsstockung eine entsprechende Verkürzung der Arbeitszeit eintreten zu lassen, statt Arbeiter zu entlassen; ferner sollten die Staats- und Gemeindebehörden die begonnenen Bauten weiterführen und bereits geplante zur Ausführung bringen. Unerfreulich war der Kassenbericht, nicht minder unerfreulich, was Streit über den Stand der »Arbeiterzeitung« zu berichten hatte. Das Verbot der Zeitung in Preußen, die politischen Differenzen in vielen Vereinen, die Feindseligkeit und die Hindernisse, die der Buchhändlerverband dem Blatte entgegenstellte, hatten den Abonnentenstand sehr herabgedrückt, und der passive Widerstand, den einzelne Mitglieder im Ausschuß Streit und seinem Blatte entgegenstellten, verhinderte, von unserer Seite entsprechende Hilfe zu bringen. Streit sah sich gezwungen, am 8. August das Weitererscheinen, des Blattes einzustellen.

Meine erneut eingebrachten Reorganisationsanträge wurden wiederum abgelehnt, dagegen wurde beschlossen, dem Vorsitzenden ein Fixum von 200 Talern im Jahr als Vergütung für Arbeiten zu gewähren. Man verhandelte auch über den Ort des nächsten Vereinstags, für den Chemnitz oder Gera in Aussicht genommen wurde. Der Gang der Ereignisse zwang aber, denselben für 1866 ausfallen zu lassen. Die Verhandlungen wurden alsdann auf einige Stunden unterbrochen, um eine Volksversammlung abzuhalten, die sich mit den alles Interesse beherrschenden politischen Vorgängen beschäftigte.

Von jetzt ab überstürzten sich die Ereignisse und trieben zur Katastrophe. Am 9. Mai hatte Bismarck den Landtag aufgelöst, um durch dessen Opposition nicht in seinen politischen Maßnahmen gestört zu werden. Er führte den Krieg genau wie 1864 ohne Zustimmung der Kammer und veranlaßte die Herausgabe von Kassenscheinen, um die Mittel zum Kriegführen zu haben. Im Gegensatz zu Preußen beriefen die Mittelstaaten ihre Landtage ein. Am 1. Juni übergab Österreich die schleswigholsteinsche Sache dem Bundestag. Es hatte zu spät den Fehler eingesehen, den es gemacht hat, als es sich in dieser Angelegenheit von Preußen ins Schlepptau nehmen ließ. Zwei Tage später, am 3. Juni, erklärte Preußen, daß durch den Schritt Österreichs der Gasteiner Vertrag hinfällig geworden sei. Am 11. Juni sprengte Preußen mit Militärgewalt die Versammlung der nach Itzehoe einberufenen holsteinschen Stände. Darauf räumten am 12. Juni die Österreicher Holstein. Am gleichen Tage rief Österreich seinen Gesandten von Berlin ab und stellte dem preußischen Gesandten in Wien seine Pässe zu. Am 14. Juni entschied sich der Bundestag gegen Preußen, worauf der preußische Gesandte den Verfassungsentwurf für einen neuen Bund auf den Tisch des Bundestags niederlegte, dessen erster Artikel lautete:

Das Bundesgebiet besteht aus den seitherigen Staaten, mit Ausnahme der kaiserlich österreichischen und der königlich niederländischen Landesteile (Luxemburg und Limburg).

Also Kleindeutschland. Der Krieg war erklärt. Dieser nahm wider Erwarten vieler einen für Preußen ausnehmend günstigen Verlauf. Binnen wenigen Wochen war die österreichische Armee in Böhmen aus allen ihren Positionen geworfen, und die Preußen standen vor den Toren Wiens. Die mittelstaatlichen Armeen, mit Ausnahme der sächsischen, die in Böhmen focht, und der hannoverschen, die nach zähem Widerstand den Preußen erlag, spielten eine klägliche Rolle. Ihr Widerstand war gebrochen, ohne daß es zu einer wirklichen Schlacht kam. In Italien entwickelte sich der Krieg etwas anders. Bismarck mißtraute anfangs Italien, daß es den Krieg gegen Österreich ernsthaft führen werde. In einer Depesche vom 13. Juni an den preußischen Gesandten von Usedom empfahl er, energisch darauf zu bestehen, daß sich die italienische Regierung mit dem ungarischen Komitee ins Einvernehmen setze. Die Weigerung La Marmoras könnte bei Preußen den Verdacht erregen, daß Italien nicht die Absicht habe, einen ernsten Krieg gegen Österreich zu führen. Er solle mitteilen, daß Preußen nächste Woche die Feindseligkeiten beginne. Aber ein fruchtloser Krieg Italiens im Festungsviereck werde Argwohn erregen. Am 17. Juni sandte Usedom an La Marmora eine lange Depesche, in der er diesem im Namen seiner Regierung Vorschläge über die Kriegführung machte. Der Krieg müsse bis zur Vernichtung des Gegners geführt werden. Ohne Rücksicht auf die zukünftige Gestaltung der Territorien müßten beide Mächte den Krieg endgültig, entscheidend, vollständig und unwiderruflich zu machen suchen. Italien dürfe sich nicht damit begnügen, bis an die nördlichen Grenzen Venetiens vorzudringen: es müsse sich mit Preußen an dem Mittelpunkt der Monarchie selbst begegnen. Um sich den dauernden Besitz Venetiens zu sichern, müsse es die österreichische Monarchie ins Herz treffen.

Das war die berüchtigte Stoß-ins-Herz-Depesche, die, als sie 1868 bekannt wurde, große Aufregung hervorrief. Die Dinge liefen aber anders. Nicht die Italiener, sondern die Österreicher siegten. Die Italiener wurden zu Lande in der Schlacht von Custozza und zu Wasser in der Seeschlacht von Lissa besiegt. Trotz dieser Siege trat jetzt Österreich Venetien an Napoleon ab, also nicht an Italien. Es hoffte auf eine Intervention Napoleons. Diese neue Situation veranlaßte nunmehr Bismarck, trotz dem großen Unmut, der darüber im Hauptquartier entstand, Österreich einen Waffenstillstand zu gewähren, der in Nikolsburg abgeschlossen wurde und an dessen Schluß, 27. Juli, es zu Friedenspräliminarien kam. Im definitiven Friedensvertrag, abgeschlossen in Prag, erhielt Preußen Schleswig-Holstein, Hannover, Nassau, Kurhessen und Frankfurt zugebilligt. Österreich selbst kam mit einer mäßigen Kriegsentschädigung davon. Politische Gründe bestimmten Bismarck, Österreich glimpflich zu behandeln. Die südwestdeutschen Staaten sollten einen besonderen Bund bilden. Venetien wurde von Napoleon an Italien abgetreten.

Daß Österreich Venetien an Napoleon abgetreten hatte, rief bei den deutschen Liberalen einen Sturm der Entrüstung hervor. Das sei Vaterlandsverrat. Eine Anklage, die Preußen mindestens ebenso traf wie Österreich. Vertuscht wurde nach Möglichkeit, daß Preußen sich mit Italien, also dem Ausland, zur Vernichtung eines deutschen Staates verbunden hatte; vertuscht wurde, daß Bismarck mit Klapka in Verbindung getreten war, um Ungarn zu insurgieren, der infolgedessen folgenden Aufruf veröffentlicht hatte:

»An die ungarischen Soldaten!

Durch das Vertrauen meiner Mitbürger übernehme ich das Oberkommando der gesamten ungarischen Streitkräfte; als Führer spreche ich also zu euch.

Preußens und Italiens mächtige Könige sind unsere Verbündeten. Aus Italien eilt Garibaldi herbei, von der Donau her Türr, aus Siebenbürgen Bethlen, um das Vaterland zu befreien; von hier führe ich die tapfere ungarische Schar ins Land. Ludwig Kossuth wird mit uns sein; so vereint jagen wir die Österreicher, die unseres Landes Gut und Blut rauben, hinaus. Wir erobern zurück, was unser ist: den Boden Arpáds; in den Jahren 1848 und 1849 ernteten wir ewigen Ruhm, nun wartet unser der Lorbeer- und der Friedenskranz, wenn wir das Vaterland befreien. Vorwärts also, folget dem ungarischen Banner! Unseres Vaterlandes heilige Erde ist nur wenige Tage weit, dorthin führe ich euch; kommet denn nach Hause, wo Mutter, Geschwister und Braut euch mit offenen Armen erwarten.

Wählet! Wollt ihr erbärmliche Gefangene bleiben oder ruhmvolle Vaterlandsverteidiger werden?

Es lebe hoch das Vaterland!

Klapka m.p., ungarischer General.«

Auch daran wollte man nicht erinnern, daß aus dem preußischen Hauptquartier beim Einrücken in Böhmen ein Aufruf »An die Einwohner des glorreichen Königreichs Böhmen« veröffentlicht worden war, der Stellen enthielt Wie die folgende:

»Sollte unsere gerechte Sache obsiegen, dann dürfte sich vielleicht auch den Böhmen und Mähren der Augenblick darbieten, in dem sie ihre nationalen Wünsche gleich den Ungarn verwirklichen können. Möge dann ein günstiger Stern ihr Glück auf immer begründen!«

Es war das alte Lied von dem Messen mit zweierlei Maß. Wenn zwei dasselbe tun, ist es nicht dasselbe. Beging Preußen die größten Niederträchtigkeiten – und als eine loyale Kriegführung konnte man doch die Vorgänge in Böhmen und Ungarn nicht ansehen –, sie wurden entschuldigt, ja gerechtfertigt. Aber wehe seinen Gegnern, die seine Beispiele nachahmten. Was würde man zum Beispiel heute sagen, wenn eine auswärtige Macht eines Tages in die Provinz Posen mit einer ähnlichen Proklamation an die Polen einrückte wie die der Preußen in Böhmen?

Dem Landesverrat im großen, der in den österreichischen Ländern begünstigt wurde, schloß sich der Landsverrat im kleinen in Deutschland an. Anfang August 1866 beschlossen die sächsischen Liberalen unter Führung von Professor Biedermann, Dr. Hans Blum usw. in einer Landesversammlung in Leipzig eine Resolution, in der es hieß: Wir halten die deutschen und sächsischen Interessen am besten gewahrt durch die Einverleibung Sachsens in Preußen. Und noch nachdrücklicher sprach sich Herr von Treitschke, ein geborener Sachse, aus, der als Redakteur der »Preußischen Jahrbücher« Bismarck aufforderte, die oppositionellen Staaten – Sachsen, Hannover, Kurhessen – zu vernichten:

»Jene drei Dynastien sind reif, überreif für die verdiente Vernichtung; ihre Wiedereinsetzung wäre eine Gefahr für die Sicherheit des neuen deutschen Bundes, eine Versündigung an der Sittlichkeit der Nation – Nächst dem Hause Habsburg hat kein anderes. Fürstengeschlecht die Jahrhunderte hindurch sich schwerer versündigt an der deutschen Nation als das Haus der Albertiner … König Johann ist unzweifelhaft der achtungswerteste Mann unter den vertriebenen deutschen Fürsten, doch mit einer Fülle gelehrter Kenntnisse ist er ein gewöhnlicher Mensch geblieben, engen Herzens, unfrei, philisterhaft in seinem Urteil über Welt und Zeit. Der Kronprinz, ein Mann nicht ohne derbe Gutmütigkeit, aber roh und jeder politischen Einsicht bar, war von jeher eine Stütze der österreichischen Partei, und von dem Prinzen Georg, dessen Hochmut und Bigotterie selbst in dem zahmen Dresden Anstoß erregen, ist noch weniger zu erwarten … Vor allem fürchten wir von einer Restauration die Entsittlichung des Volkes durch den Geist der Lüge, durch die Gleisnerei einer Loyalität, welche nach den Ereignissen des Sommers mindestens von dem jüngeren Geschlecht gar nicht mehr gehegt werden kann. Man male sich die Szene aus, wie König Johann einzieht in seine Hauptstadt, wie der allezeit getreue Stadtrat von Dresden den Landverderber mit Worten des Dankes und der Verehrung empfängt, rautenbekränzte weiß und grüne Jungfrauen sich neigen vor der befleckten und entweihten Krone – wahrhaftig, schon der Gedanke ist ekelerregend.«

Und er schloß: »In Tagen wie diesen soll man das Herz haben, die *Paragraphen des Albertinischen Strafgesetzbuches zu mißachten ...* Wir wollen nicht, daß ein von Gott und den Menschen gerichtetes Haus zurückkehrt auf den Thron.«

Ich erinnere an diese Vorgänge hauptsächlich, weil dieselben Liberalen, die damals nach den bestehenden Gesetzen des Landesverrats sich schuldig gemacht hatten, 1870 Liebknecht und mir gegenüber sich gar nicht genug tun konnten, uns des angeblichen Landesverrats zu bezichtigen.

Bismarck sorgte dafür, daß seinen glühenden Verehrern kein Haar gekrümmt wurde. Im Artikel 19 des Friedensvertrags mußte der König von Sachsen zusichern, »daß keiner seiner Untertanen, oder wer sonst den sächsischen Gesetzen unterworfen ist, wegen eines in bezug auf die Verhältnisse zwischen Preußen und Sachsen während der Dauer des Kriegszustandes begangenen Vergehens oder Verbrechens gegen die Person Seiner Majestät oder wegen Hochverrats, Staatsverrats oder endlich wegen seines politischen Verhaltens während jener Zeit überhaupt strafrechtlich, polizeilich oder disziplinarisch zur Verantwortung gezogen oder in seinen Ehrenrechten beeinträchtigt werden soll«.

Man hat Liebknecht und mir später öfter die Frage gestellt, was geworden wäre, wenn statt Preußen Österreich siegte. Traurig genug, daß nach den damaligen Verhältnissen nur noch diese Alternative vorhanden war, und eine Parteinahme *gegen* den einen als Parteinahme *für* den anderen angesehen würde. Aber die Dinge lagen so. Meine Ansicht ist, daß für ein Volk, *das sich in einem unfreien Zustand befindet,* eine kriegerische Niederlage seiner inneren Entwicklung eher förderlich als hinderlich ist. Siege machen eine dem Volke gegenüberstehende Regierung hochmütig und anspruchsvoll. Niederlagen zwingen sie, sich dem Volke zu nähern und seine Sympathie zu gewinnen. Das lehrt uns 1806/07 für Preußen, 1866 für Österreich, 1870 für Frankreich, die Niederlage Rußlands im Kriege mit Japan 1904. Die russische Revolution wäre *ohne* jene Niederlage nicht gekommen, ja sie wäre durch einen Sieg des Zarentums auf lange Jahre unmöglich gewesen. Und ist die Revolution auch niedergeschlagen worden, das alte Rußland ist nicht mehr, sowenig wie das alte Preußen von 1847 noch nach 1849 bestand. Umgekehrt zeigt uns die Geschichte, daß, als das preußische Volk unter Darbringung gewaltiger Opfer an Gut und Blut Napoleons Fremdherrschaft gestürzt und die Dynastie aus der Patsche gerettet, letztere alle schönen Versprechungen vergessen hatte, die sie in der Stunde der Gefahr dem Volke gemacht. Es mußte erst nach langer Reaktionszeit das Jahr 1848 kommen, damit das Volk sich eroberte, was man ihm jahrzehntelang vorenthalten, hatte. Und wie hat Bismarck nachher im Norddeutschen Reichstag jede wirklich liberale Forderung zurückgewiesen. Er trat als Diktator auf.

Einmal angenommen, Preußen wäre 1866 unterlegen, so wäre das Ministerium Bismarck und die Junkerherrschaft, die noch bis heute wie ein Alp auf Deutschland haftet, fortgefegt worden. Das wußte niemand besser als Bismarck. Die österreichische Regierung wäre nach einem Siege nie so stark geworden, wie das bei der preußischen der Fall war. Österreich war und ist nach seiner ganzen Struktur ein innerlich schwacher Staat, ganz anders Preußen. Aber die Regierung eines starken Staates ist für dessen demokratische Entwicklung gefährlicher. In keinem demokratischen Staate gibt es eine sogenannte starke Regierung. Dem Volke gegenüber ist sie ohnmächtig. Höchstwahrscheinlich hätte die österreichische Regierung nach einem Siege versucht, in Deutschland reaktionär zu regieren. Aber sie hätte alsdann nicht nur das gesamte preußische Volk, sondern auch den größten Teil der übrigen Nation, einschließlich eines guten Teiles der österreichischen Bevölkerung, gegen sich gehabt. Wenn eine Revolution jemals Aussicht auf Erfolg hatte, so damals gegen Österreich. Die demokratische Einigung des Reiches wäre die Folge gewesen. Der Sieg Preußens schloß das aus. Und noch ein anderes. Der Ausschluß Deutsch-Österreichs aus der Reichsgemeinschaft – von der Preisgabe Luxemburgs nicht zu reden – hat zehn Millionen Deutsche in eine fast trostlose Lage versetzt. Unsere »Patrioten« geraten in nationale Raserei, wird irgendwo im Ausland ein Deutscher mißhandelt, aber an dem Stück kulturellen Mordes, der an den zehn Millionen Deutschen in Österreich begangen wurde, nehmen sie keinen Anstoß.

Übrigens hatten wenige Jahre vor 1866 ähnliche Erörterungen unter unseren Großen stattgefunden, was natürlich erst später zu meiner Kenntnis kam.

In einem Briefe an Lassalle vom 19. Januar 1862 schrieb Lothar Bucher – also zwei Jahre vor seinem Eintritt in Bismarcks Dienste – über den Fall eines Krieges mit Frankreich, in dem Preußen siegte: »Ein Sieg des Militärs, das heißt der preußischen Regierung, wäre ein Übel.«

Mitte Juni 1859 schrieb Lassalle an Marx: »Nur in dem *populären* Krieg gegen Frankreich ... sehe ich ein Unglück. In dem bei der Nation *unpopulären Kriege aber ein immenses Glück für die Revolution ...*«

Lassalle ging noch weiter und führte aus: »Eine Besiegung Frankreichs wäre auf lange Zeit das konterrevolutionäre Ereignis par excellence. Noch immer steht es so, daß Frankreich, trotz aller Napoleons, Europa gegenüber die Revolution, Frankreichs Besiegung ihre Besiegung darstellt.« Und Ende März 1860 schrieb Lassalle an Engels: »Nur zur Vermeidung von Mißverständnissen muß ich bemerken, daß ich übrigens auch im *vorigen* Jahre, als ich meine Broschüre schrieb«, (»Der italienische Krieg«) »*sehnlichst* wünschte, daß Preußen den Krieg gegen Napoleon mache. *Aber ich wünschte ihn nur unter der Bedingung, daß die Regierung ihn mache, er aber beim Volke unpopulär und so verhaßt wie möglich sei. Dann freilich wäre er ein großes Glück gewesen*[1].«

Und in seinem Vortrag: »Was nun?«, den Lassalle im Oktober 1862 hielt, sagt er (in der ersten Auflage auf Seite 33 bis 34): »Endlich aber ist die Existenz der Deutschen nicht von so prekärer Natur, daß bei ihnen *eine Niederlage ihrer Regierungen eine wirkliche Gefahr für die Existenz der Nation in sich schlösse.* Wenn Sie, meine Herren, die Geschichte genau und mit innerem Verständnis betrachten, so werden Sie sehen, daß die Kulturarbeiten, die unser Volk vollbracht hat, so riesenhafte und gewaltige, so bahnbrechende und dem übrigen Europa vorleuchtende sind, daß an der Notwendigkeit und Unveräußerlichkeit unserer nationalen Existenz gar nicht gezweifelt werden kann. Geraten wir also in einen großen äußeren Krieg, *so können in demselben wohl unsere einzelnen Regierungen, die sächsische, preußische, bayerische, zusammenbrechen, aber wie ein Phönix würde sich aus der Asche derselben unzerstörbar erheben das, worauf es uns allein ankommen kann – das deutsche Volk.*« –

Der Ausgang des Krieges schien uns einen unerwarteten Erfolg in den Schoß werfen zu sollen. Eines Tages erschien Liebknecht freudestrahlend in meiner Werkstatt und teilte mir mit, er habe die »Mitteldeutsche Volkszeitung« gekauft, die die Leipziger Liberalen preisgegeben hatten, weil das Defizit der Zeitung täglich größer wurde. Der Abonnentenstand des Blattes war in wenig Wochen von 2800 auf 1200 gefallen, und außerdem hatte Liebknecht 800 Taler Schulden zu zahlen übernommen. Mich erschreckte diese Nachricht, denn wir hatten keinen (Pfennig Geld, und es war ganz ausgeschlossen, daß wir unter den damaligen Verhältnissen

---

1 Briefe von Ferdinand Lassalle an Karl Marx und Friedrich Engels, Stuttgart 1902.

das Blatt in die Höhe bringen konnten. Außerdem hatten wir mit der preußischen Okkupation zu rechnen. Liebknecht suchte mich zu trösten. Geld verlange der Verleger zunächst nicht, und was sonst nötig sei, würden wir schaffen. Er war glücklich, Besitzer eines Blattes zu sein, in dem er seine Ansichten vertreten konnte. Und das tat er weidlich und so gründlich, daß man glauben konnte, nicht die Preußen, sondern er sei Herr in Sachsen. Natürlich dauerte die Freude nicht lange. Das Blatt wurde unterdrückt. Ich war über diese Maßregel nicht erbost, obgleich ich mich hütete, ihm das zu sagen. Wir waren aus einer großen Verlegenheit gerettet worden, denn der kühne Plan, den wir gefaßt hatten, 5000 Anteilscheine à 1 Taler in den deutschen Arbeitervereinen unterzubringen, hätte ein großes Fiasko erlebt.

Nach dem Krieg

Die Folge des Krieges war bekanntlich die Schaffung des Norddeutschen Bundes, in dem der Riese Preußen neben lauter staatlichen Zwergen die Führung hatte. Wenn es auf den König angekommen wäre, so hätte er den größten unter den Kleinen, Sachsen, gleichfalls annektiert; das verhinderte aber in erster Linie Napoleon. Die Rücksicht auf diesen war es auch, die den König veranlaßte, den Waffenstillstand von Nikolsburg abzuschließen, wie das Bismarck in einer Depesche an den preußischen Gesandten in Paris vom 20. Juli 1866 zugestand. Darin hieß es weiter, der König sehe auch voraus, daß für den Frieden ein bedeutender Territorialerwerb für Preußen im Norden Deutschlands gesichert sei. *Der König schlage die Bedeutung eines Norddeutschen Bundes geringer an als er (Bismarck) und lege demgemäß vor allem Wert auf Annexionen, die er (Bismarck) ebenfalls neben der Reform als Bedürfnis ansehe, weil sonst Sachsen und Hannover für ein intimes Verhältnis zu groß blieben ... Der König habe geäußert*, er werde lieber abdanken, als ohne bedeutenden Ländererwerb für Preußen zurückkehren, und habe heute den Kronprinzen hierher gerufen.

Daß dem König die Annexionen lieber waren als die ganze norddeutsche Bundesherrlichkeit, entspricht nur dem Standpunkt, den er später in Versailles einnahm, als es sich um seine Ausrufung zum Deutschen Kaiser handelte. Das alte Preußen stand ihm näher als das neue Deutschland. Indes der Bund wurde ins Leben gerufen, und da nunmehr auch der Zusammentritt eines Norddeutschen Reichstags auf Grund des allgemeinen Wahlrechts in Aussicht stand, war für uns eine festere politische Organisation geboten und ein Programm nötig, um das die neue Partei sich scharte. Daß das Programm offen sozialdemokratisch sein konnte, war angesichts der Stellung, die ein Teil der führenden Elemente, Professor Roßmäßler und andere, einnahm, ausgeschlossen, auch war noch ein Teil der Arbeitervereine politisch zu rückständig, als daß wir einen solchen Schritt wagen konnten. Es wäre zu einer Spaltung gekommen, und die mußte in diesem Stadium der Entwicklung vermieden werden. Endlich war auch die Ansicht maßgebend, daß bei der Stimmung, die damals noch erhebliche Teile des Bürgertums wegen der eben stattgehabten kriegerischen Ereignisse und der Zerreißung Deutschlands in drei Teile beherrschte, es nötig sei, alle Kräfte für eine Demokratisierung Deutschlands zusammenzufassen.

Auf den 19. August beriefen wir nach Chemnitz eine Landesversammlung, an der auch Mitglieder des Allgemeinen Deutschen Arbeitervereins (Fritzsche, Försterling, Röthing und andere) teilnahmen, um die neue demokratische Partei zu gründen. Das angenommene Programm lautete:

Forderungen der Demokratie

1. Unbeschränktes Selbstbestimmungsrecht des Volkes. Allgemeines, gleiches und direktes Wahlrecht mit geheimer Abstimmung auf allen Gebieten des staatlichen Lebens (das Parlament, die Kammern der Einzelstaaten, die Gemeinden usf.). Volkswehr an Stelle der stehenden Heere. Ein mit größter Machtvollkommenheit ausgestattetes Parlament, welches namentlich auch über Krieg und Frieden zu entscheiden hat.

2. Einigung Deutschlands in einer demokratischen Staatsform. Keine erbliche Zentralgewalt. – Kein Kleindeutschland unter preußischer Führung, kein durch Annexion vergrößertes Preußen, kein Großdeutschland unter österreichischer Führung, keine Trias. Dies und ähnliche dynastisch-partikularistischen Bestrebungen, welche nur zur Unfreiheit, Zersplitterung und Fremdherrschaft führen, sind von der demokratischen Partei auf das, entschiedenste zu bekämpfen.

3. Aufhebung aller Vorrechte des Standes, der Geburt und Konfession.

4. Hebung der leiblichen, geistigen und sittlichen Volksbildung. Trennung der Schule von der Kirche, Trennung der Kirche vom Staat

und des Staates von der Kirche, Hebung der Lehrerbildungsanstalten und würdige Stellung der Lehrer, Erhebung der Volksschule zu einer aus der Staatskasse zu erhaltenden Staatsanstalt mit unentgeltlichem Unterricht. Herbeischaffung von Mitteln und Gründung von Anstalten zur Weiterbildung der der Volkschule Entwachsenen.

5. Förderung des allgemeinen Wohlstandes und Befreiung der Arbeit und der Arbeiter von jeglichem Druck und jeglicher Fessel. Verbesserung der Lage der arbeitenden Klasse, Freizügigkeit, Gewerbefreiheit, allgemeines deutsches Heimatrecht, Förderung und Unterstützung des Genossenschaftswesens, namentlich der Produktivgenossenschaften, damit der Gegensatz zwischen Kapital und Arbeit ausgeglichen werde.

6. Selbstverwaltung der Gemeinden.

7. Hebung des Rechtsbewußtseins im Volke: Durch Unabhängigkeit der Gerichte, Geschworenengerichte, namentlich auch in politischen und Preßprozessen; öffentliches und mündliches Gerichtsverfahren.

8. Förderung der politischen und sozialen Bildung des Volkes durch freie Presse, freies Versammlungs- und Vereinsrecht, Koalitionsrecht.

Dieses Programm ließ an Entschiedenheit nichts zu wünschen übrig. Die Mitglieder des Allgemeinen Deutschen Arbeitervereins hatten demselben ebenfalls zugestimmt, sie wurden aber durch von Schweitzer genötigt, sich von der neuen Parteibildung fernzuhalten. Mißtrauisch und unzufrieden war auch Roßmäßler, dem die sozialen Forderungen zu weit gingen und der in dem Programm den sozialistischen Pferdefuß entdeckte. Als ich kurz nach der Landesversammlung ihn besuchte, machte er aus seiner Mißstimmung kein Hehl. Er glaubte mich nachdrücklich vor Liebknecht warnen zu sollen, der ein gefährlicher Mensch, ein verkappter Kommunist sei. Ich suchte ihn zu beruhigen, konnte aber nicht verhindern, daß er bis zu seinem Tode im nächsten Frühjahr noch manche Enttäuschung erlebte. So schmerzte es ihn, daß, als er es ablehnte, eine Reichstagskandidatur für Leipzig zu übernehmen, sein persönlicher Gegner Wuttke von uns aufgestellt wurde. Roßmäßler hatte die merkwürdige Idee, das Parlament von 1849 bestehe noch zu recht, und so müßte Löwe-Calbe, der der letzte Präsident jenes Parlaments gewesen war – weshalb er sich gern den letzten Präsidenten des ersten deutschen Parlaments nennen hörte –, dasselbe einberufen. In der Tat hatte Löwe-Calbe einige Jahre zuvor auf einem Abgeordnetentag erklärt, er betrachte sich als den legitimen Erben des Parlaments von 1849 und werde gegebenenfalls dasselbe wieder einberufen. Er hat sich aber nachher gehütet, sich gründlich lächerlich zu machen.

*

Unter dem 7. November 1866 veröffentlichte der Vorsitzende des ständigen Ausschusses, Staudinger, ein Flugblatt, in dem er sich über die mittlerweile in Deutschland eingetretenen Veränderungen aussprach. Das Flugblatt unterzog die durch den Prager Frieden geschaffene Lage einer absprechenden Kritik. Für die Volksfreiheit und die Volksrechte sei wenig zu hoffen, dagegen sei das System der stehenden Heere, wenigstens im Norden Deutschlands, auf lange Jahre festgelegt. An eine Verminderung der Staatsausgaben und namentlich an eine Herabsetzung oder Aufhebung der indirekten Steuern sei gegenwärtig weniger zu denken als je. Es stehe vielmehr eine Vergrößerung dieser Lasten in sicherer Aussicht.

Weniger glücklich war das Flugblatt in der Kritik der herrschenden sozialen Zustände, wobei es die in den Einzelstaaten noch vielfach bestehenden rückständigen wirtschaftlichen Einrichtungen im Auge hatte, deren Beseitigung gerade in erster Linie die neue Ordnung der Dinge herbeiführen mußte, sollte sie überhaupt einen Sinn haben. Es galt vor allem, die Bedürfnisse der Bourgeoisie nach freier Entfaltung ihrer ökonomischen Kräfte zu befriedigen.

Neben den Schattenseiten, die nach Staudingers Ansicht die Katastrophe der letzten Monate erzeugte, seien indes auch einzelne Lichtseiten, wenigstens negativer Art, vorhanden. Zwei Erscheinungen seien insbesondere für den Arbeiterstand von großer Bedeutung. Einmal, daß die große Mehrheit der Fortschrittspartei sich als *vollständig unfähig* zur politischen und sozialen Neugestaltung des Vaterlandes gezeigt habe, was der Verfasser näher ausführte. Die zweite erfreuliche Erscheinung sei, daß die Arbeiter in ganz Deutschland sich für die allgemeine Einführung des allgemeinen, gleichen und direkten Wahlrechtes und eine freie Sozialgesetzgebung ausgesprochen hätten.

Das Flugblatt meinte schließlich, die Erfahrungen des Jahres 1866 hätten gezeigt, daß zur Spaltung innerhalb des Arbeiterstandes kein Anlaß vorhanden sei, vielmehr sei gegenüber der durch die Fortschrittspartei verstärkten Gegnerschaft Einigkeit und Einmütigkeit mehr als je not.

»Die wichtige Forderung des allgemeinen und direkten Stimmrechtes ist gemeinsames Losungswort der beiden Richtungen. Beide verlangen ferner gänzliche Umgestaltung der die Arbeit ausbeutenden Steuersysteme, Änderung des den Bürger zum Hörigen erniedrigenden Heerwesens. Die große Bedeutung der Koalitionen und Genossenschaften und damit die Notwendigkeit einer Umgestaltung der Produktionsverhältnisse wird von keiner Seite in Abrede gestellt. Der Streit aber um den geringeren oder höheren Grad *von Pflichten des Staates gegen den einzelnen*« (auch im Original gesperrt) »ist vorerst ein müßiger, solange die Staatsgewalt, an den feudalen Traditionen festhaltend, über die Bürger wie über eine willenlose Herde verfügt, und solange das Schwert die politische Umgestaltung des Vaterlandes diktiert, das Schwert, das, wenn es statt der Freiheit nur verhaßten Zwang schafft, uns allen Boden für unsere Bestrebungen zu einer friedlichen Lösung der sozialen Fragen zu entziehen droht.«

Zum Schlusse forderte der Aufruf die Arbeiter auf, frisch ans Werk zu gehen und allen Hader schwinden zu lassen.

Dieser Aufruf war von Staudinger persönlich veröffentlicht worden. Der ständige Ausschuß war um seine Meinung nicht befragt worden. Wir wurden durch das Flugblatt überrascht. Ich, der ich Staudinger näher kannte, war der Ansicht, daß es Staudingers Anschauungen nicht entsprechen könne. Und meine Vermutung bestätigte sich. Von seinen fortschrittlichen Nürnberger Freunden über das Flugblatt zur Rede gestellt, gestand er, daß *Sonnemann* der Verfasser desselben sei und er es nur unterschrieben habe.

Die in greifbare Nähe gerückten Wahlen zum Norddeutschen Reichstag nötigten uns zu einer intensiven Agitations- und Organisationsarbeit, die jedem von uns schwere Opfer auferlegte. In den Augen unserer bürgerlichen Gegner sind die sozialdemokratischen Agitatoren Leute, die sich von den Arbeitergroschen mästen. Hatte eine solche Anschuldigung *nie* Berechtigung, so am wenigsten in jener Zeit, von der ich eben spreche. Es gehörte ein großes Maß von Begeisterung, Ausdauer und Opfermut für die Sache dazu, um die Agitationsarbeit zu übernehmen. Der Agitator mußte froh sein, wenn er seine baren Auslagen ersetzt erhielt, und um diese möglichst herabzudrücken, betrachtete man es als selbstverständlich, daß er jede Einladung, bei einem Parteigenossen zu wohnen, annahm, und das waren in den allermeisten Fällen arme Teufel, die namentlich an ihre Behausung die bescheidensten Ansprüche stellen mußten. Hier erlebte man aber manchmal merkwürdige Dinge. Mehr als einmal geschah es, daß ich mit den Eheleuten in demselben Raume schlafen mußte; ein andermal passierte es, daß unter dem Sofa, auf dem ich meine Nachtruhe hielt, die Hauskatze ihre Jungen zur Welt brachte, was nicht ohne Geräusch und Miauen abging. Wieder ein andermal wurde ich mit meinem Freunde Motteler in später Nacht auf dem Boden eines Hauses einquartiert, der mit Garnsträhnen angefüllt war, die der Faktor an die Hausweber abzugeben hatte. Als ich früh am Morgen durch die Sonne, deren Strahlen durch die Dachluke mir ins Gesicht fielen, geweckt wurde, entdeckte ich, daß ich in einem Quantum gelber Garne und Mottelers schwarzlockiger Kopf in einem Haufen purpurroter Garne lagerte, ein Anblick, der mich dermaßen zum Lachen reizte, daß Motteler erwachte und verwundert fragte, was los sei! Ähnliche Erlebnisse hatte zu jener Zeit und auch noch später jeder durchzumachen, der für die Partei agitatorisch arbeitete. Liebknecht war damals in der Agitation besonders tätig. Unerwarteterweise wurde er in dieser Tätigkeit auf Monate lahmgelegt. In Preußen war nach dem Kriege eine umfassende Amnestie erlassen worden. Liebknecht, im Glauben, seine Ausweisung aus Preußen sei damit ebenfalls hinfällig geworden, ging Anfang Oktober nach Berlin und hielt im Buchdruckerverein einen Vortrag. Er wurde noch an demselben Abend festgenommen und nachher wegen Bannbruch zu drei Monaten Gefängnis verurteilt, die er in der Stadtvogtei verbüßte, behandelt wie ein gemeiner Verbrecher. So wurde ihm zum Beispiel bereits abends 6 Uhr das Licht entzogen, was er besonders hart empfand. Seinem Widerpart J.B. von Schweitzer erging es darin weit besser. Diesem wurden in seiner Haft Freiheiten und Annehmlichkeiten gestattet, die seitdem nie wieder ein politischer Gefangener in einem preußischen Gefängnis genossen hat.

Die Wahlen zum konstituierenden Norddeutschen Reichstag waren für Anfang Februar 1867 angesetzt worden. Das veranlaßte uns, zu Weihnachten 1866 nach Glauchau eine Landesversammlung zu berufen, um die Kandidaten aufzustellen. Die materiellen Mittel und die agitatorischen Kräfte nötigten uns, auf solche Wahlkreise uns zu beschränken, in denen die Organisation eine gute war. Das war in erster Linie der 17. Wahlkreis, Glauchau-Meerane, in dem ich als Kandidat aufgestellt wurde, der 18. Wahlkreis, Crimmitschau-Zwickau, in dem Rechtsanwalt Schraps kandidierte, und der 19. Wahlkreis, Stollberg-Lugau-Schneeberg, den Liebknecht zugewiesen erhielt. Da dieser aus seiner Haft in Berlin erst in der zweiten Hälfte des Januar freikam, konnte er seinen Wahlkreis nur ungenügend bearbeiten, und so fiel er durch. Schraps und ich siegten. Ich hatte vier Gegenkandidaten, darunter Fritzsche als Mitglied des Allgemeinen Deutschen Arbeitervereins, der aber nur gegen 400 Stimmen erhielt. In einer großen Wählerversammlung in Glauchau trat er mir gegenüber, zog aber entschieden den kürzeren. Politisch war ich ihm voraus, und in sozialistischer Beziehung blieb ich nicht hinter ihm zurück. Ich kam mit 4600 Stimmen erheblich in Vorsprung über meinen nächsten Gegner und siegte in der engeren Wahl mit 7922 Stimmen. Auf meinen Gegner, einen nationalliberalen Stadtrat, fielen 4281 Stimmen.

Der Wahlkampf wurde schon damals oft in sehr unehrlicher Weise geführt. So hörte ich eines Tages, als ich in den Wahlkreis reiste, in einem Nebenabteil des Bahnwagens einen Herrn gewaltig über mich losziehen. Ich hätte in Glauchau den Wählern doppelten Lohn und achtstündige Arbeitszeit in Aussicht gestellt, falls sie mich wählten. Diese Lügen wurmten mich. Ich stand auf und fragte den Ankläger, ob er das, was er soeben erzählt, von Bebel selbst gehört habe. Das bejahte er. Darauf nannte ich ihn einen unverschämten Lügner, und als er gegen mich auffahren wollte, nannte ich meinen Namen. Nun wurde er sehr kleinlaut, er erntete von den Passagieren Hohn und Spott. Auf der nächsten Station verließ er eiligst den Wagen.

Das Jahr 1867 machte zwei allgemeine Reichstagswahlen notwendig, was große Ansprüche an unsere persönliche Leistungsfähigkeit stellte. Obgleich wir mit dem Ausfall der Wahlen zum konstituierenden Reichstag zufrieden sein konnten, waren Wuttke und mehrere seiner ihm politisch nahestehenden Dresdener Freunde von starkem Pessimismus befallen, den sie auf einer Konferenz, die wir im Juli 1867 in Dresden hielten, zum Ausdruck brachten. Es zeigte sich auch hier, daß die bürgerlichen großdeutschen Demokraten keine Kampfnaturen waren; sie sprachen sich für Nichtbeteiligung an den Wahlen aus, blieben aber mit ihrer Ansicht in einer kläglichen Minderheit. Nützlich insbesondere für Liebknecht war, daß Robert Schweichel statt seiner den Unterricht im Arbeiterbildungsverein im Englischen und Französischen übernahm und auch sich sonst lebhaft an der Agitation beteiligte. Die Wahlen für die erste Legislaturperiode, die Ende August stattfanden, ergaben von unserer Seite die Wahl von Liebknecht, Schraps, Dr. Götz-Lindenau – der Turnergötz, der damals ein roter Republikaner war – und mir. Von den Lassalleanern wurde J.B. von Schweitzer und Dr. Reincke – der, als er später sein Mandat niederlegte, durch Fritzsche ersetzt wurde – und in einer Nachwahl Hasenclever gewählt. Da mittlerweile vom Allgemeinen Deutschen Arbeiterverein sich ein Teil unter der Patronage der Freundin Lassalles, der Gräfin von Hatzfeldt, losgelöst und einen Lassalleschen Allgemeinen Deutschen Arbeiterverein gebildet hatte, erhielt auch diese Fraktion einen Vertreter in der Person Försterlings und später einen zweiten in der Person Mendes, der Försterlings Nachfolger im Präsidium wurde. Mende war ein Hohlkopf, der sich in den Diensten der Gräfin physisch so heruntergebracht hatte, daß er ohne eine Morphiuminjektion nicht zu reden wagte und seine Reden in der Regel mit den Worten schloß: »Ich habe gesprochen«, was jedesmal große Heiterkeit im Reichstag erregte. Über meine Stellung und Tätigkeit im Reichstag später.

Die Weiterentwicklung des Verbandes der deutschen

Arbeitervereine

In der Sitzung des ständigen Ausschusses, die Ende März 1867 in Kassel abgehalten wurde, aber nur von wenigen Mitgliedern besucht war, mußte festgestellt werden, daß die politischen Ereignisse des letzten Jahres eine geradezu verheerende Wirkung auf die Vereine ausgeübt hatten. Die Kasse war leer, das Organ des Verbandes, die »Allgemeine Arbeiterzeitung«, war, wie schon mitgeteilt, eingegangen, eine Monatsschrift, »Die Arbeit«, die Dr. Pfeiffer-Stuttgart herausgegeben und Sonnemann gedruckt hatte, war ebenfalls nach kurzer Lebensdauer wieder verschwunden. Dazu kam, daß die Leitung des Verbandes nicht in den rechten Händen war. Der Ausschuß beschloß, ein neues Verbandsorgan herauszugeben, das unter dem Titel »Arbeiterhalle« von Eichelsdörfer-Mannheim redigiert werden und alle vierzehn Tage erscheinen sollte. Ich wurde sein eifrigster Mitarbeiter.

Die »Arbeiterhalle« erschien vom 1. Juni 1867 bis zum 4. Dezember 1868, an welchem Tage sie einging zugunsten des Anfang Januar 1868 von uns in Leipzig gegründeten und von Liebknecht redigierten, »Demokratischen Wochenblattes«. Endlich wurde beschlossen, zum Herbst wieder einen Vereinstag einzuberufen.

Mit der Gründung des »Demokratischen Wochenblattes« war einem von uns allen tief empfundenen Bedürfnis Genüge geleistet. Wir hatten bis dahin kein Organ zur Verfügung gehabt, in dem wir unsere Ansichten vertreten konnten, damit war auch keine Möglichkeit gegeben, die politische und soziale Aufklärung unserer Anhänger genügend zu betreiben, und das tat vor allem not. Auch waren wir den Angriffen unserer Gegner gegenüber waffenlos. Freilich legte uns das Blatt große Opfer auf, aber sie wurden gern gebracht, denn es war das wichtigste Kampfmittel, das wir hatten.

Die Lauheit in der Leitung des Verbandes der Arbeitervereine veranlaßte mich, in häufigen Briefen Staudinger vorwärtszuschieben. Ende Mai 1867 schrieb ich ihm, ich schätzte nach allem, was uns der Norddeutsche Bund bis jetzt gebracht habe und noch bringen werde, als den größten Vorteil, daß die Massen in einer Weise aufgeregt wurden wie seit dem Jahre 1848 nicht, und daß wir dadurch zu vielen neuen Verbindungen gekommen seien, die wir im Interesse der Bewegung ausnutzen müßten. Er solle Verbindungen mit der Internationale anknüpfen. Ich protestierte dagegen, daß immer noch Versuche gemacht würden, die Arbeitervereine von der Politik fernzuhalten. Auch sei eine neue Organisation zu erwägen, die Luft im Norddeutschen Bund lasse befürchten, daß man gegen die Arbeitervereine losgehe.

In Sachsen war das politische Leben in den Vereinen besonders rege, ununterbrochen agitierten wir, um die Massen zu gewinnen. Pfingsten 1867 hatten wir wieder einen Arbeitertag nach Frankenberg einberufen, dem ich präsidierte, der sich in erster Linie mit einer Petition zur Reform des sächsischen Gewerbegesetzes befaßte. Wir verlangten zehnstündigen Normalarbeitstag, Abschaffung der Sonntagsarbeit, Abschaffung des Koalitionsverbots, Abschaffung der Kinderarbeit in Fabriken und Werkstätten, Vertretung der Arbeiter in den Gewerbekammern und Gewerbegerichten, Selbstverwaltung der Arbeiterkassen, Vereinbarung der Fabrik- und Werkstättenordnungen zwischen Arbeiter und Arbeitgeber. Vahlteich als Referent über die Frage: »Wie haben sich die Arbeitervereine den politischen Parteien gegenüber zu verhalten und wie gegenüber der sächsischen Regierung?« schlug als Resolution vor, die Versammlung möge die von Schulze-Delitzsch zur Lösung der sozialen Frage vorgeschlagenen Mittel als unzureichend verwerfen und erklären, daß diese Frage nur in einem demokratischen Staat unter Intervention der Gesamtheit gelöst werden könne. Weiter empfahl er das Lesen sozialistischer Schriften und Zeitungen. Die Resolution rief ziemliche Erregung bei einer Minderheit hervor, und so glaubte ich durch eine vermittelnde

Resolution die erregten Gemüter beschwichtigen zu sollen. Darin hatte ich mich getäuscht. Die Vahlteichsche Resolution wurde gegen 7, die meine gegen 9 Stimmen angenommen. Als Ort für den nächsten deutschen Vereinstag wählte die Versammlung Gera, für das sich auch der ständige Ausschuß erklärte.

Dieser Vereinstag – der vierte – wurde am 6. und 7. Oktober abgehalten. Vertreten waren 37 Vereine und 3 Gauverbände durch 36 Delegierte. Ein Neuling unter den letzteren war der freireligiöse Prediger Uhlig aus Magdeburg, ein über mittelgroßer Mann mit langem weißem Haar. Unglücklicherweise hatte die Natur ihm in das nicht unsympathische Gesicht eine ungeheure Nase gesetzt, die sehr störend wirkte. Zum Vorsitzenden des Vereinstages wurde durch das Los unter den drei Kandidaten, die gleiche Stimmenzahl hatten, der Schriftsteller Wartenburg-Gera bestimmt. Im Laufe seiner Verhandlungen ehrte der Vereinstag das Andenken Bandows-Berlin, der im Hochsommer 1866, und Professor Roßmäßlers, der im April 1867 gestorben war. Über die Schuldfrage referierte Uhlig in einem schwammigen Referat, das in sechzehn Postulaten gipfelte. Der Vereinstag erledigte dasselbe, indem er in einer Resolution erklärte, ihm »im allgemeinen« seine Zustimmung zu geben. In der Organisationsfrage, über die Hochberger und Motteler referierten, gelang es endlich, im wesentlichen die Anschauungen zur Geltung zu bringen, die ich seit Jahren vertreten hatte. Nach Artikel IV wählte der Vereinstag einen Präsidenten, der an der Spitze eines weitere sechs Mitglieder umfassenden Vorstandes stehen sollte. Letzterer wurde von dem Verein gewählt, dem der Präsident angehörte. Der Sitz dieses Vereins war der Vorort des Verbandes. Ferner wurde bestimmt, daß der Vorortsvorstand für seine Mühewaltung jährlich 300 Taler beziehen solle. Neben dem Vorstand sollten 16 Vertrauensmänner, die über Deutschland verteilt sein sollten, gewählt werden, die die Geschäftsführung des Vorstandes kontrollieren und in wichtigen Angelegenheiten zu Rate gezogen werden sollten. Bei der Wahl des Präsidenten fielen von 33 Stimmen 19 auf mich, 13 auf Dr. Max Hirsch, 1 auf Krebs-Berlin. Damit war Leipzig Vorort. Die neue Richtung hatte gesiegt. Es war erreicht, was lange von mir erstrebt worden war. Der Verband wurde jetzt einigermaßen aktionsfähig.

Einen anderen Punkt der Tagesordnung bildete ein Referat von mir über die Lage der Bergarbeiter. Dasselbe war veranlaßt durch ein großes Unglück im Lugauer Kohlenrevier im Sommer 1867, bei dem 101 Arbeiter getötet wurden, die 50 Witwen und zirka 150 Kinder hinterließen. Ich hatte im Auftrag des Arbeiterbildungsvereins eine Sammlung veranstaltet, die an 1400 Taler ergab. Die vereinbarte und angenommene Resolution besagte:

»Die in letzter Zeit im Bergbau vorgekommenen Unglücksfälle machen es den Arbeitern zur Pflicht, die Landesregierungen zu veranlassen, daß Gesetze geschaffen werden, wonach jeder Arbeitgeber oder Unternehmer eines industriellen Etablissements die Verpflichtung hat, für jeden Schaden, den der Arbeiter während der Verrichtung seiner Tätigkeit erleidet und der durch Fahrlässigkeit seitens des ersteren entstanden ist, einzutreten. Insbesondere wird bezüglich der Bergarbeiter als notwendig erkannt: 1. Strengste Kontrolle des Staates über die Bergwerksgesellschaften. 2. Gesetzliche Einführung des Zweischachtsystems, bestehend in einem Förder- und einem Sicherheitsschacht. 3. Einführung des Entschädigungsprinzips an die Verunglückten und deren Hinterlassenen auf Grund eines zu erlassenden Gesetzes, sowie strengste Handhabung der Bestimmungen in bezug auf Tötung oder Beschädigung aus Fahrlässigkeit. 4. Entschiedene Bekämpfung der einseitigen Einführung sogenannter Knappschaftsordnungen (Geldstrafen, Gedingwesen, Knappschaftskassen betreffend) durch Werkbesitzer und Werkgenossenschaften ohne Vereinbarung und Zustimmung der Arbeiter. 5. Verwaltung der Knappschaftskassen durch die Arbeiter.«

Es war das erstemal, daß ein deutscher Arbeitertag den Erlaß eines Haftpflichtgesetzes forderte, ein Verlangen, das dann im Jahre 1872 durch die Reichsgesetzgebung, allerdings in ungenügender Weise, erfüllt wurde.

In der Wehrfrage wurde von einem Referat wegen Mangel an Zeit Abstand genommen, doch entschloß man sich zu einer Resolution, die bei den vorhandenen widersprechenden Ansichten ein faules Kompromiß darstellte, was veranlaßte, daß die Frage abermals auf dem nächsten Vereinstag in Nürnberg verhandelt wurde.

Ich war seit einiger Zeit mit Joh. Phil. Becker in Genf in Korrespondenz getreten. Diesem schrieb ich unter dem 9. Oktober unter anderem:

»Zum Geraer Arbeitertag kam Ihr Brief leider zu spät. Derselbe traf Sonntag ein, nachdem ich Samstag schon nach Gera abgereist war, und meine Frau ließ ihn, unbekannt mit dem Inhalt, liegen bis zu meiner Rückkunft. Freund Liebknecht war nicht in Gera, dagegen Krebs-Berlin.

Über die Verhandlungen des Arbeitertags werden Sie aus den Zeitungen Genaueres erfahren, als ich Ihnen brieflich mitteilen kann. Wir hatten große Vorsicht bei den Verhandlungen nötig, da die Ereignisse des vorigen Jahres auch innerhalb der Arbeitervereine eine Spaltung hervorgerufen haben, die mehrfach in den Verhandlungen zutagetrat. Dennoch war der Verlauf derselben im allgemeinen ein befriedigender.

In der Organisationsfrage habe ich meine Anträge trotz aller Opposition glücklich durchgesetzt und errang auch bei der Präsidentenwahl über Dr. Hirsch (früher Magdeburg, jetzt Berlin) mit 19 gegen 13 Stimmen den Sieg. Dadurch ist Leipzig zugleich Vorort geworden und die Bewegung vorläufig in unseren Händen.

Ihre Wünsche bezüglich der Gründung einer Sektion der Internationalen werde ich zu verwirklichen suchen, werde jedoch in dieser Sache nicht eher etwas tun können, bis der Reichstag geschlossen ist und ich wieder definitiv hier am Platze bin. Ob Ihr Plan, die Redaktion des Vorboten hierher zu verlegen, sich verwirklichen läßt, darüber will ich kein bestimmtes Urteil fällen. Tatsache ist, daß die Schultern derjenigen, die sich ernsthaft um die sozialdemokratische Bewegung bekümmern, so mit Arbeit beladen sind, daß neue hinzuzunehmen kaum ratsam sein dürfte. Der Mangel an Kräften macht sich gegenüber den vielerlei und vielseitigen Ansprüchen auch bei uns geltend. Indes werde ich mit Freund Liebknecht und den übrigen Gesinnungsgenossen die verschiedenen Punkte beraten und Ihnen Nachricht zukommen lassen …

Im ganzen läßt die Bewegung manches zu wünschen übrig. Die schlimmen Zeiten (Verdienstlosigkeit, Teuerung) halten viele von den Vereinen fern. Letztere haben infolgedessen sehr mit materiellen Sorgen zu kämpfen. Die Diätenlosigkeit der Reichstagsabgeordneten legt den Vereinen innerhalb der Wahlkreise, die Vertreter wählten, ebenfalls nicht unerhebliche Opfer auf[1], da ist es denn kein Wunder, wenn nach allen Seiten die Resultate ungenügend sind. Ich fürchte oder hoffe, wie Sie wollen, das alte Staatsgebäude Europas wird über kurz oder lang mit einem gewaltigen Ruck zusammenbrechen. Lange kann es in der bisherigen Weise nicht so fortgehen, das fühlt man selbst in Kreisen, die einer gewaltsamen Umwälzung grundsätzlich, feind sind. Wir wollen aufpassen, daß aus dem Chaos, was dann folgt, etwas Tüchtiges sich herausbildet.

1   Die Freifahrt der Abgeordneten wurde erst 1874 eingeführt.

Mit freundschaftlichem Gruß

Ihr *A. Bebel.*«

Mit der in Gera geschaffenen neuen Organisation zog auch ein neuer Geist in den Verband ein. Es galt vor allem, die Mehrzahl der Vereine aus ihrer bisherigen Gleichgültigkeit zu reißen und sie zu tatkräftigem Handeln anzuregen. Das konnte nur geschehen, indem man ihnen Aufgaben stellte und deren Erfüllung von ihnen forderte. Von jetzt ab erschien fast keine Nummer der »Arbeiterhalle«, an deren Spitze nicht ein von mir verfaßter Aufruf des Vorortsvorstandes stand, der die Tätigkeit der Vereine für die verschiedensten Angelegenheiten in Anspruch nahm. Der Erfolg blieb nicht aus. Allmählich kam Leben in die Vereine. Nun wurden auch die mäßigen Verbandssteuern mit bisher nicht gekannter Pünktlichkeit bezahlt. In der Vorortsverwaltung gestalteten sich aber die Dinge so, daß fast die ganze Last der Geschäfte auf mich fiel. Ich war Vorsitzender, Schriftführer und Kassierer in einer Person. Nur die Protokolle der Sitzungen des Vorortsvorstandes und die Ordnung der Akten führte der gewählte Schriftführer. Im Vorortsvorstand saß unter anderen auch Rechtsanwalt Otto Freytag, der aber bald seine Stelle niederlegte, ferner Chr. Hadlich und P. Ulrich. Der Verkehr und die daraus entstehende Korrespondenz mit den Vereinen wuchs allmählich ins Riesenhafte. Am Schlusse des ersten Geschäftsjahres – Ende August 1868 – betrug die Zahl der Eingänge nur 253, die der Ausgänge nur 543, immerhin erheblich mehr als bisher. Aber vom Nürnberger Vereinstag, Anfang September 1868, bis zum Eisenacher Kongreß, Anfang August 1869, erreichten die Eingänge die Zahl 907, die Ausgänge die Zahl 4484, darunter die größere Hälfte Streifbandsendungen, alles übrige waren Briefe und oft lange Briefe von mir.

Zu dieser Arbeit kamen die Sitzungen der Vorortsverwaltung, die Leitung des Arbeiterbildungsvereins, die Tätigkeit im Norddeutschen Reichstag und Zollparlament, zahlreiche Agitationsreisen und vom Herbst 1868 ab die ständige Mitarbeiterschaft am »Demokratischen Wochenblatt«, dessen ganzen Arbeiterteil ich schrieb. Daß ich bei einer solchen Tätigkeit meine junge Frau und mein kleines Geschäft in unverantwortlicher Weise vernachlässigte, ist naheliegend, und so war es nur erklärlich, daß mir in finanzieller Beziehung öfter das Wasser bis an den Hals stand und ich manchmal kaum ein noch aus wußte.

Da ich eine ähnliche Tätigkeit, wie ich sie entfaltete, auch von anderen forderte, hatte ich wiederholt an Vahlteich geschrieben und ihn gedrängt, rühriger zu sein. Dafür wusch er mir in einem Briefe vom 25. Mai 1869 den Kopf. In demselben hieß es:

»Lieber Freund! Vor Monaten schriebst Du mir einen ähnlichen aufmunternden Brief wie den vom vorgestrigen Tage. Meine Antwort darauf machte aber auf Dich einen ›kläglichen‹ Eindruck. Das glaube ich nun wohl, ich will Dich aber doch bitten, dem, was ich Dir schreibe, den Wert der Wahrheit beizulegen, indem ich daran erinnere, wie ich in ähnlicher Situation wie Du, in ähnlicher Weise mit fieberhafter, aufopfernder Ungeduld gearbeitet habe.

Wenn ich jetzt vom ›Erzwingenwollen‹ abgekommen bin, so ist nicht die Faulheit die Ursache, sondern die mühsam genug errungene Überzeugung, daß sich gewisse Dinge mit den uns zu Gebote stehenden Mitteln einfach nicht erzwingen lassen; ich bin dafür, daß man immer für unsere Grundsätze arbeitet, daß man sich aber nicht für diese aufreiben müsse.

Von diesem Gesichtspunkt muß ich offen aussprechen: Ich fürchte, Du richtest Dich zugrunde nach mehr als einer Richtung hin. Irre ich mich, so ist das im Interesse der Sache sehr gut, und mir soll es lieb sein; soweit ich aber die Dinge beurteilen kann, begreife ich zur Zeit nicht, wie Du Deine agitatorische, überhaupt öffentliche Tätigkeit auf die Dauer fortführen willst ...«

Schließlich erklärte er, für ihn stehe die Sache so, daß er entweder seine agitatorische Tätigkeit oder seine geschäftliche Stellung aufgeben müsse.

Die letztere Bemerkung war zweifellos richtig, denn in dieselbe Lage wie Vahlteich kam im Laufe der Jahre eine große Zahl von Parteigenossen. Wenn unsere Gegner noch heute gern darauf hinweisen, daß zum Beispiel in der sozialdemokratischen Reichstagsfraktion kein wirklicher Arbeiter sitze, so erklärt sich dieses daraus, daß jeder Arbeiter, der für die Sozialdemokratie öffentlich tätig ist, *sofort aufs Pflaster fliegt.* Entweder er schweigt, oder die Partei, die Agitatoren, Redakteure, Verwaltungsleute nötig hat, gibt ihm eine Stelle. Noch schlimmer erging es von jeher den selbständigen Gewerbetreibenden in der Partei. Unsere Gegner beklagen sich über den Terrorismus der Sozialdemokratie. O, diese Heuchler! Niemand treibt schlimmeren Terrorismus als sie. Wieviel brave Parteigenossen habe ich im Laufe der Jahrzehnte an Terrorismus der Gegner verbluten sehen.

Da war zum Beispiel Jul. Motteler, ein Mann von hohem Idealismus, der, als er sich 1867 an der Wahlagitation beteiligte, seine Stelle in einem Fabrikkontor gekündigt bekam. Um den Gegnern nicht den Gefallen zu tun und das Feld zu räumen, gründete er eine Spinn- und Webgenossenschaft in Crimmitschau. Dieselbe gedieh auch einige Jahre. Als aber der Krieg von 1870/71 ausbrach, und die Liberalen über unsere Haltung wütend waren, kündigte man der Genossenschaft den Bankkredit; sie wurde zur Zahlungseinstellung gezwungen. Jetzt opferte Motteler sein ganzes Vermögen, um die Gläubiger nach Möglichkeit zu befriedigen. Er trat nunmehr in die Leitung der Leipziger Buchdruckereigenossenschaft ein. Aus ähnlichen Vorkommnissen erklärt sich auch die Erscheinung, daß, wenn es unter den sozialistischen Abgeordneten und der Führerschaft überhaupt so viele Tabak- und Zigarrenhändler und Restaurateure gibt, diese Berufe ergriffen werden mußten, weil sie fast die einzigen sind, in denen die Gemaßregelten von der Parteigenossenschaft unterstützt werden können. Und was habe ich selbst in fünfundzwanzigjähriger gewerblicher Tätigkeit unter Entziehung der Kundschaft und dem Widerstreit der Interessen zwischen öffentlicher Tätigkeit und Geschäft zu leiden gehabt.

Wiederholt meinten Freunde von mir in bürgerlichen Stellungen, die meine Tätigkeit in der Arbeiterbewegung nicht begreifen konnten, ich sei ein dummer Kerl, daß ich mich für die Arbeiter opfere. Ich solle für das Bürgertum tätig sein und mich um die Gemeindeangelegenheiten bekümmern, ich machte ein glänzendes Geschäft und würde bald Stadtrat sein. Das erschien ihnen als das Höchste. Ich lachte sie aus, danach strebe mein Ehrgeiz nicht.

Wie ich die Arbeitslast – und die Jahre 1867 bis 1872 waren die arbeitsreichsten meines Lebens, obgleich es mir bis heute nie an Arbeit fehlte– bewältigen konnte, mochte manchem als Rätsel erscheinen. In gewissem Sinne mir selbst, denn ich hatte auch mehrere Male mit Krankheit zu kämpfen. Ich war zu jener Zeit ein Mann von schmaler Statur mit hohlen Wangen und bleicher Gesichtsfarbe, was Freundinnen meiner Frau, die unserer Verehelichung beiwohnten, zu der Äußerung veranlaßte: »Die Arme, den wird sie nicht lange haben!«

Zum Glück hatten sie unrecht.

Persönliches

Für einen Mann, der im öffentlichen Leben mit einer Welt von Gegnern im Kampfe liegt, ist es nicht gleichgültig, wes Geistes Kind die Frau ist, die an seiner Seite steht. Je nachdem kann sie eine Stütze und eine Förderin seiner Bestrebungen oder ein Bleigewicht und ein Hemmnis für denselben sein. Ich bin glücklich, sagen zu können, die meine gehörte zu der ersteren Klasse. Meine Frau war die Tochter eines Bodenarbeiters an der Leipzig-Magdeburger Bahn, der schon gestorben war, als ich sie kennenlernte. Meine Braut war Arbeiterin in einem Leipziger Putzwarengeschäft. Wir verlobten uns im Herbst 1864, kurz vor dem Tode ihrer braven Mutter, und heirateten im Frühjahr 1866. Ich habe meine Ehe nie zu bereuen gehabt. Eine liebevollere, hingebendere, allezeit opferbereitere Frau hätte ich nicht finden können. Leistete ich, was ich geleistet habe, so war dieses in erster Linie nur durch ihre unermüdliche Pflege und Hilfsbereitschaft möglich. Und sie hat viele schwere Tage, Monate und Jahre zu durchkosten gehabt, bis ihr endlich die Sonne ruhigerer Zeiten schien.

Eine Quelle des Glückes und ein Trost in ihren schweren Stunden wurde ihr unsere im Januar 1869 geborene Tochter, mit deren Geburt ein amüsanter Vorgang verknüpft ist. Am Vormittag des betreffenden Tages saß ich in der Stube vor meinem Schreibtisch und wartete in großer Aufregung auf das erhoffte Ereignis, als an die Tür geklopft wurde und auf meinen Hereinruf ein Herr in die Stube trat, der sich als Rechtsanwalt Albert Träger vorstellte. Trägers Name war mir bereits durch seine in der Gartenlaube veröffentlichten Gedichte und seine öffentliche Tätigkeit bekannt. Nach unserer Begrüßung äußerte Träger verwundert: »Sie sind ja noch ein junger Mann, ich glaubte, Sie seien ein älterer, behäbiger Herr, der sein Geschäft an den Nagel gehangen hat und die Politik zu seinem Vergnügen treibt.« Ich stand in der üblichen grünen Drechslerschürze vor ihm und antwortete lächelnd: »Wie Sie sehen, sind Sie im Irrtum!« Wir unterhielten uns dann, bis ich in der Nebenstube den erwarteten Kinderschrei hörte. Jetzt gab's für mich kein Halten mehr. Mit wenigen Worten klärte ich Träger über die Situation auf, worauf er mir herzlich gratulierte und sich entfernte. Einige Jahre später kam Träger ebenfalls in den Reichstag, und so wurden wir

Kollegen und blieben, trotz unserer prinzipiell verschiedenen Standpunkte, gute Freunde.

Meine Stellung in der Arbeiterbewegung wie meine Verlobung ließen mir meine dauernde Niederlassung in Leipzig wünschbar erscheinen. Sachsen hatte zwar im Jahre 1863 die Gewerbefreiheit eingeführt, aber wer sie als »Ausländer« benutzen wollte, und das war jeder Nichtsachse, mußte die sächsische Naturalisation erwerben. Das kostete damals viel Geld, denn gleichzeitig mußte man sich auch in einer Gemeinde einbürgern lassen. Zur Selbständigmachung und zur Naturalisation fehlten mir aber die Mittel. Die letztere erforderte mit dem Bürgerwerden in Leipzig zirka 150 Taler, und was ich von Hause erwarten konnte, waren zirka 350 Taler. Unerwarteterweise wurde ich zur Selbständigmachung gezwungen, indem mir mein Meister Ende 1863 unter der Vorgabe, er habe keine Arbeit mehr für mich, kündigte. In Wahrheit kündigte er mir, weil er gehört, ich wolle mich selbständig machen. Er wollte sich also einen Konkurrenten vom Leibe halten. Ich reiste darauf nach Wetzlar und holte, was an Geld flüssig zu machen war. Ich mietete dann ein Werkstattlokal mitten in der Stadt, im Hofe eines Kaufhauses, das eben aus einem Pferdestall in einen Arbeitsraum umgewandelt worden war. Das Lokal war so primitiv, daß es noch keine Kaminanlage hatte, und ich bis zur Fertigstellung derselben, wider alle polizeiliche Vorschrift, mein Ofenrohr durch das Fenster in den Hof leiten mußte. Dasselbe Lokal mußte mir auch, da meine geringen Mittel wie Butter an der Sonne zusammengeschmolzen waren, als Schlafraum dienen, wobei ich in den kalten Winternächten jämmerlich fror. Um die Naturalisation einstweilen zu umgehen, hatte ich mein Geschäft unter der Firma eines befreundeten Bürgers eröffnet, bis ich im Frühjahr 1866, um heiraten zu können, auch die Naturalisation mit Schuldenmachen unternahm. Zwei Jahre später wären mir viele Kosten infolge der Gesetzgebung des Norddeutschen Bundes erspart geblieben.

Ich begann mein Geschäft im kleinsten Maßstab, mit Hilfe eines Lehrlings. Anfangs arbeitete ich wiederholt Tag und Nacht durch, das heißt sechsunddreißig Stunden hintereinander, um die bestellte Arbeit liefern zu können. Nach einigen Monaten vermochte ich einen Gehilfen einzustellen. Als ich aber im Frühjahr 1867 in den Reichstag gewählt worden war und nun während meiner Abwesenheit meinem Gehilfen Einblicke in das Geschäft gewähren mußte, die er sonst nicht erlangte, kündigte er mir nach meiner Rückkunft und machte sich selbständig.

Als ich später diesen Vorgang einem ehemaligen Kollegen erzählte, meinte dieser trocken: »Das geschieht dir recht, warum zahltest du einen Lohn, bei dem er sich Geld sparen konnte.« Dieser »horrende Lohn« betrug damals $4^1/_2$ Taler pro Woche, er war um einen halben Taler höher als in jeder anderen Werkstatt, auch währte bei mir die Arbeitszeit täglich zehn Stunden, anderwärts elf.

Im übrigen lernte ich das Elend des Kleinmeisters gründlich kennen. Die gelieferten Waren mußten auf längeren Kredit gegeben werden, Lohn für Gehilfe und Lehrling, Spesen und der eigene Lebensunterhalt erforderten aber täglich und wöchentlich Ausgaben. Woher das Geld nehmen? Ich lieferte also einem Kaufmann meine Ware gegen Barzahlung zu einem Preis, der nur wenig höher als die Selbstkosten war. Holte ich mir aber am Samstag mein Geld, so erhielt ich lauter schmutzige Papierscheine, von denen damals Leipzig durch seinen Verkehr mit den thüringischen Kleinstaaten überflutet wurde. Jeder dieser kleinen Staaten nutzte sein Münzrecht gründlich aus und überschwemmte mit Papiergeld den Markt. Aber dasselbe wurde allgemein gegeben und genommen und galt als Verkehrsgeld. Daneben erhielt ich aber auch öfter Coupons irgendeines industriellen Unternehmens, die noch nicht fällig waren, oder Dukaten, die der Manichäer derart beschnitten hatte, daß ich statt 3 Taler 5 Groschen, wie sie mir angerechnet wurden, beim Bankier, bei dem ich sie wechseln mußte, oft nur 3 Taler und weniger erhielt. Ähnlich ging es mit den Coupons. Ich war über diese Zahlungsweise wütend, aber was wollte ich machen? Ich ballte die Faust in der Tasche und lieferte die nächste Woche wieder Ware und holte mir die gleiche Zahlung, denn ich brauchte um jeden Preis bares Geld.

Meine öffentliche Tätigkeit brachte allmählich das Unternehmertum gegen mich auf. Man verweigerte, mir Aufträge zu geben. Das war der Boykott. Wäre es mir nicht gelungen, außerhalb Leipzigs in anderen Städten einen kleinen Kundenkreis auf meine Artikel (Tür- und Fenstergriffe aus Büffelhorn) zu erwerben, ich wäre Ende der sechziger Jahre zum Bankrott gezwungen worden. Schlimm erging es mir während der Kriegszeit 1870/71, in der an sich schon die Arbeit stockte. Als ich dann im Winter 1870/71 mit Liebknecht und Hepner in eine hundertzweitägige Untersuchungshaft genommen wurde, mußte mir meine Frau eines Tages die Mitteilung zugehen lassen, daß kein Stück Arbeit mehr verlangt werde, wohl aber mußten wöchentlich Gehilfe und Lehrling bezahlt werden. Das war eine bitterböse Situation. Doch sie wendete sich bald zum Besseren. Mit dem Friedensschluß begann die Prosperitätsepoche, die bis zum Jahre 1874 währte. Die Bestellungen kamen jetzt ungerufen ins Haus, die Kunden waren froh, wenn sie bedient wurden. Als ich daher im Frühjahr 1872 mit Liebknecht meine zweiundzwanzigmonatige Festungshaft in Hubertusburg antrat, der für mich noch neun Monate Gefängnis folgten, konnte ich das Geschäft mit einem Werkführer, sechs Gehilfen und zwei Lehrlingen zurücklassen. Seide gesponnen wurde freilich nicht, obgleich meine Frau tüchtig auf dem Posten war. Die Geschäftskorrespondenz führte ich von der Festung beziehungsweise aus dem Gefängnis. Schlimm wurde es wieder, als 1874 mit dem Krach gleichzeitig meine Artikel durch Konkurrenten der fabrikmäßigen Herstellung verfielen, und zwar zu Preisen, bei denen ich mit dem Handbetrieb unmöglich mehr konkurrieren konnte. Ich dachte schon daran, das Geschäft aufzugeben und in eine Parteistellung zu treten, da wollte der Zufall, daß ich in der Person eines Parteigenossen, des Kaufmanns Ferd. Ißleib in Berka a.W., einen Associé fand, der neben den materiellen Mitteln die nötigen kaufmännischen Kenntnisse besaß und sehr bald auch in anerkennenswerter Weise die nötigen technischen Kenntnisse sich aneignete. Im Herbst 1876 bezogen wir eine kleine Fabrik mit Dampfbetrieb, in der jetzt auch die Herstellung der betreffenden Artikel aus Bronze vorgenommen wurde, in denen wir bald einen guten Ruf erlangten. Anfangs hatten wir schwer zu kämpfen, denn noch wütete die Krise. Meine Haupttätigkeit wurde nunmehr, die Kunden aufzusuchen und die Geschäftsreisen zu unternehmen, durch die ich später, unter dem Sozialistengesetz, der Partei die größten Dienste leisten konnte. Nachdem ich dann 1881 auf Grund des sogenannten kleinen Belagerungszustandes aus Leipzig ausgewiesen worden war, und diese Ausweisung von Jahr zu Jahr erneuert wurde, ich auch zwischendurch wieder Bekanntschaft mit den Gefängnissen gemacht hatte, löste ich im Herbst 1884 das Associéverhältnis und trat in die Stellung eines Reisenden für das Geschäft. Ich glaubte es meinem stets opferbereiten Associé gegenüber nicht mehr verantworten zu können, an dem mäßigen Nutzen eines Unternehmens teilzunehmen, für das er die Sorge und die Hauptarbeit zu tragen hatte. Außerdem wurde ich durch meine dauernde Entfernung von Leipzig dem inneren Gange des Geschäfts immer mehr entfremdet So legte ich 1889 auch die Stelle des Reisenden nieder und widmete mich von jetzt ab ganz der Schriftstellerei, durch die ich in dauernde geschäftliche Beziehungen zu meinem Freunde Heinrich Dietz in Stuttgart kam.

Ich habe weiter oben bemerkt, daß man sich öfter ein ganz anderes Bild von meiner Persönlichkeit machte. Darüber amüsierten wir – mein Associé und ich – uns wiederholt. Jener entsprach im äußeren ganz der Vorstellung, die man sich von mir machte. Er war ein großer, starker Mann, der rotes Haar und einen roten Bart hatte, der bis auf die Brust wallte. Da kam es denn vor, daß, wenn jemand aufs Kontor kam, um mich zu sprechen, mich aber nicht persönlich kannte, er sich an meinen Associé wandte. Diese Verwechslung machte uns stets großes Vergnügen. Sehr heiter stimmte mich auch, als ich eines Tages auf einer Geschäftsreise in Tübingen war und ich mich in einer Weinwirtschaft von einigen Bekannten verabschiedete, hinter mir ein Tübinger Bürger im reinsten Schwäbisch verwundert äußerte: »Was? Der kloine Ma ischt d'r Bebel?« – Ähnliches erlebte ich öfter. Auch kam es in früheren Jahren nicht selten vor, daß auf der Eisenbahn Reisegefährten sich über mich unterhielten, ohne zu ahnen, daß ich mitten unter ihnen saß und still zuhörte. Es waren manchmal rechte Räubergeschichten, die ich anzuhören bekam.

Und nicht nur erzählte man sich »Räubergeschichten« von mir, man sah mich in weiten Kreisen auch für eine Art »Räuberhauptmann« an, für einen Menschen, der alles ruinieren wolle, eine Vorstellung, zu der die Schilderungen der gegnerischen Presse nicht wenig beitrugen. Wie oft mußte ich nach einer Gesellschaft, die ich besucht hatte, hören, daß man sich verwundert geäußert habe: »Der Bebel ist ja ein ganz anständiger Mensch.« Das mußte ich als ein Kompliment ansehen.

Der Marsch nach Nürnberg

Im Juli 1867 war nach langen Verhandlungen zwischen Norddeutschland und den süddeutschen Staaten ein Vertrag zustandegekommen, wonach die Regelung der Zoll- und indirekten Steuerverhältnisse den Beratungen eines sogenannten Zollparlaments unterworfen werden sollte, das aus den Mitgliedern des Norddeutschen Reichstags und eigens dazu gewählten Vertretern der vier süddeutschen Staaten zusammengesetzt war. Bismarck hatte es abgelehnt, den Wünschen der badischen Regierung wie der süddeutschen Liberalen nach voller Aufnahme in den Norddeutschen Bund nachzukommen. Die preußische Regierung werde durch den Eintritt von achtzig süddeutschen Abgeordneten in den Reichstag nur in Verlegenheit geraten. Das Wahlrecht für die Vertreter in dem Zollparlament war dasselbe wie für den Norddeutschen Reichstag. Gleichwohl lehnte ein großer Teil der süddeutschen Volkspartei, namentlich in Württemberg, die Wahlbeteiligung ab, obgleich Liebknecht und ich auf einer Konferenz in Bamberg, Februar 1868, uns alle Mühe gaben, einen solch unsinnigen Beschluß zu verhindern, der nichts anderes bedeutete als Fahnenflucht vor dem Feinde. Auch ein größerer Teil der Arbeitervereine in Württemberg folgte der Parole der Volkspartei. Ein anderer Teil wählte, und da auch die Volkspartei gespalten war, gelang es, mehrere Demokraten für das Zollparlament durchzubringen. Anders in Hessen, das in jener Zeit politisch in zwei Hälften geteilt war. Oberhessen gehörte zum Nordbund, Rheinhessen und Starkenburg waren selbständig und wählten jetzt in das Zollparlament. Liebknecht und ich unterstützten die demokratischen Kandidaten in Südhessen bei der Wahlagitation und hielten Wahlversammlungen für dieselben ab. Bei einer dieser Versammlungen kamen wir auch nach Darmstadt in das Haus von Louis Büchner (des Kraft- und Stoff-Büchner), woselbst Liebknecht die Bekanntschaft seiner späteren zweiten Frau machte. Die erste war das Jahr zuvor gestorben. Liebknecht machte in diesem Wahlfeldzug die einzige Eroberung, eben seine zweite Frau; im übrigen zogen wir als die Geschlagenen nach Hause. Die demokratischen Kandidaten in Mainz und Darmstadt waren unterlegen.

In Bayern und Württemberg agitierten um jene Zeit ein großer Teil der Arbeitervereine in Gemeinschaft mit der Volkspartei für die Einführung des Milizsystems, da es sich in beiden Staaten um eine neue Militärorganisation handelte. Es wurde insofern auch ein Erfolg erzielt, als die württembergische Regierung sich mit der Kammer auf eine siebzehnmonatige Dienstzeit verständigte. In Bayern hatte sich der Militärgesetzausschuß der Kammer, unter dem Einfluß des bekannten Statistikers Kolb, für eine gar nur neunmonatige Dienstzeit erklärt und die Aufhebung von vier Kavallerieregimentern beschlossen. Diese Errungenschaften wurden durch den Deutsch-Französischen Krieg und den Eintritt der süddeutschen Staaten in das Reich zu Fall gebracht.

In Sachsen agitierten wir, da ein neues Wahlgesetz eingeführt werden sollte, für das gleiche Wahlrecht wie zum Reichstag. Das erreichten wir zwar nicht, wohl aber eine wesentliche Verbesserung gegenüber dem früheren Zustand. Weiter veranlaßte der Vorort die Arbeitervereine zur

Stellungnahme gegen den im Norddeutschen Reichstag von Schulze-Delitzsch eingebrachten Gesetzentwurf, betreffend die privatrechtliche Stellung der Genossenschaften, der weit hinter dem in Sachsen geltenden Genossenschaftsgesetz zurückstand. Andere Agitationen richteten sich gegen die im Zollparlament geplante Tabak- und Petroleumsteuer und gegen eine ganze Reihe reaktionärer Bestimmungen in dem dem Norddeutschen Reichstag vorgelegten Gesetzentwurf einer Gewerbeordnung, die ich in einem Artikel in der »Arbeiterhalle« beleuchtete.

Daß die politische Zwieschlächtigkeit im Verband der Arbeitervereine auf die Dauer nicht aufrechterhalten werden konnte, war uns im Vorort klar. Nachdem wir in Gera das Heft in die Hand bekommen hatten, stand für mich fest, daß die Situation gründlich ausgenutzt werden müsse. Es mußte vor allem ein festes Programm geschaffen werden, mochten die Folgen für den Verband sein, welche sie wollten. Unserer eigenen Auffassung kam der Arbeiterbildungsverein Dresden, in dem seit September 1867 Vahlteich Vorsitzender geworden war, entgegen, indem er einen dahingehenden Antrag stellte. Aus Süddeutschland regte Eichelsdörfer den gleichen Gedanken an.

Diesem antwortete ich unter dem 18. April 1868, die Programmfrage sei von uns diskutiert und zustimmend beschlossen worden, es werde aber dabei zum Bruch im Verband kommen, was ich für kein Unglück hielt.

Zunächst wurde bei Sonnemann angefragt, ob er einen Programmentwurf vorlegen wolle; er lehnte ab. Darauf ersuchten wir Robert Schweichel, der von Hannover nach Leipzig übergesiedelt war und Liebknecht bei der Redaktion des »Demokratischen Wochenblatts« unterstützte, auf Grund des Programms der Internationalen Arbeiter-Assoziation einen Entwurf auszuarbeiten und das Referat über denselben auf dem nächsten Vereinstag zu übernehmen. Wir wählten Schweichel im Einverständnis mit Liebknecht. Schweichels konziliantes Wesen war für diesen Fall, in dem es galt, die noch zögernden Vereinsvertreter zu gewinnen, besser als Liebknechts Draufgängernatur.

Sobald bekannt wurde, der Vorort wolle dem nächsten Vereinstag ein Programm vorlegen, gab es in den von den Liberalen geleiteten Vereinen eine gewaltige Aufregung. Vor allem schlug die liberale Presse in Nord und Süd gegen uns los und suchte die Vereine gegen uns aufzuhetzen. Von den verschiedensten Seiten kamen an mich Briefe mit Protesten und Warnungen. Der Vorsitzende des Nürnberger Arbeitervereins, ein

Oberlehrer Rögner, unterstellte unserem Vorgehen alle möglichen Motive. Wir wollten unsere »Mißerfolge« im Reichstag und Zollparlament mit unserem Vorgehen auf dem Vereinstag auszugleichen suchen, Preußenhaß leite unser Handeln usw. Wir würden uns aber täuschen, wir würden eine Niederlage erleiden. Ich antwortete, gerade die bisherigen Verhandlungen im Norddeutschen Reichstag und Zollparlament zeigten, welch großen Wert die Arbeiter auf nachdrückliche Beteiligung an der Politik einer ihren Interessen entsprechenden Weise legen müßten. Soziales und Politisches ließe sich nicht voneinander trennen, eines ergänze das andere ... Der Arbeiter müsse vom Standpunkt seiner Interessen demokratisch sein ... Die bisherige Unklarheit im Verband könne nicht mehr weitergehen ... Er (Rögner) sage, es sei unrecht, jetzt, wo die scharfen Gegensätze zwischen Staatshilfe und Selbsthilfe sich verlören und eine Annäherung beider Parteien stattgefunden habe, einen neuen Erisapfel dazwischenzuwerfen. Ich antwortete, gerade dieser Annäherung Ausdruck zu geben, sei der Zweck des Programms ... Die Gegensätze würden nicht durch Totschweigen, sondern durch offene Aussprache ausgeglichen ... Möglich, daß wir auf dem Vereinstag eine Niederlage erleiden würden, aber das könne mich nicht von dem geplanten Schritte abhalten. Es sei nicht das erstemal, daß ich in der Minderheit geblieben sei und nach erneuten Versuchen in die Mehrheit kam. Ich erinnere nur an meinen Antrag der direkten Wahl des Präsidenten und eines Vororts, der seit 1865 bekämpft, 1867 siegte ... Auch mit dem Vorsitzenden des Oldenburger Arbeiterbildungsvereins hatte ich eine lange Auseinandersetzung. Ich erklärte ihm, wir hielten ein Programm für notwendig, damit jedermann wisse, wo der Verband stehe, und namentlich Vorort und Redaktion wüßten, wie die Mehrheit regiert sehen wollte. Wir hätten den Mangel eines klaren Standpunktes häufig empfunden. Der einen Seite gingen wir zu weit, der anderen nicht weit genug. Ich wollte allerdings bekennen, daß wenn die Mehrheit der Vereine ein sozialdemokratisches Programm ablehne, der Vorort und die Mehrheit der sächsischen Vereine sich alsdann fragen würden, ob sie dem Verband noch angehören könnten.

Damit aber dieser Fall nicht eintrete, entfaltete ich jetzt eine umfassende briefliche Agitation bei allen, von denen ich annahm, daß sie unserem Plane zustimmten. Da aber über die Stellung mancher Persönlichkeiten im Verband selbst auch bei mir Unklarheit bestand, geschah es, daß ich mich einige Male an solche wandte, die erklärten, mit mir nicht einverstanden zu sein. Das war zwar ärgerlich, änderte aber nichts an dem schließlichen Resultat.

Zwischenhinein befürwortete Moritz Müller in Pforzheim die Gründung von Gewerkschaften und empfahl, dahin zu wirken, daß die Leitung der Vereine durch Doktoren und Professoren beseitigt werde. Ich antwortete ihm am 16. Juli, daß ich mit seinen Ideen über Berufsorganisationen einig ginge. Die Buchdrucker und Zigarrenarbeiter Deutschlands seien bereits dem Beispiel der englischen Arbeiter gefolgt, jetzt folgten die Schuhmacher in Leipzig und die Buchbinder in Dresden. Auch sei ich mit ihm auch darin der gleichen Meinung, daß die Arbeitervereine ihre Leiter aus den Reihen der Arbeiter wählen sollten. Die Doktoren- und Professorenleitung tauge in der Regel nichts, das wüßten wir aus eigener Erfahrung.

Anfang Juli schrieb ich an Joh. Ph. Becker, er möchte entschuldigen, wenn ich seine Briefe so spät beantwortete. Der Nürnberger Vereinstag mache uns heiß, ich wüßte nicht, wo ich die Arbeit zuerst anpacken solle. Ich hätte gewühlt, soviel nur in eines Menschen Kräften stehe, und ich hoffte mit Erfolg. Die Gegenpartei mache ebenfalls alle Anstrengungen, nur sei das Komische, daß sie glaube, wir würden dem Vereinstag unser Chemnitzer Programm vorlegen. Die Gegner würden Augen machen, wenn sie die nächste Nummer der »Arbeiterhalle« zu Gesicht bekämen und sähen, daß wir die Annahme des Programms der Internationalen Arbeiter-Assoziation vorschlügen.

Becker glaubte diese Gelegenheit, ergreifen zu müssen, um uns den Eintritt in die deutsche Abteilung der Internationale, an deren Spitze er in Genf stand, zu empfehlen. Ich antwortete ihm unter dem 16. Juli, daß dieses kaum anders möglich sein werde, als daß der Verband als solcher sich anschließe. Jeden einzelnen Verein zu zwingen, als Sektion beizutreten und den vollen Mitgliederbeitrag zu zahlen, gehe nicht. Die Vereine hätten auch ihre lokalen Bedürfnisse, die ihre Kräfte in Anspruch nähmen und die nicht geschädigt werden dürften, falls nicht die Bewegung aus dem Leime gehen sollte. Ich beabsichtigte zu beantragen, daß der Vereinstag mit Zweck und Ziel der Internationale sich einverstanden erkläre und den engsten Anschluß an dieselbe erstrebe. Mir wäre es wünschenswert, recht bald von ihm zu wissen, wie der Anschluß am besten bewerkstelligt werden könnte. Es sei wünschbar, daß er oder ein anderes Mitglied des Zentralkomitees nach Nürnberg komme, um Auskunft zu geben und zugleich Zeugnis abzulegen für die Zusammengehörigkeit der Arbeiter aller Nationen. Die Versammlung in Nürnberg werde sehr zahlreich besucht sein, es gelte einen hohen Preis, der des Schweißes der Edlen wert sei.

In einer Nachschrift bemerkte ich, daß wir soeben eine Sitzung des Vororts abgehalten hätten, in der sich eine erfreuliche Übereinstimmung in bezug auf das Verhältnis zur Internationale ergeben hätte. Nächste Woche solle definitiv Beschluß gefaßt werden, der sicher günstig ausfallen würde. Sobald die Entscheidung in Nürnberg gefallen sei und ein Teil der in den Händen der nationalliberalen Bourgeoisie befindlichen Vereine ausgeschieden wäre, würden wir wahrscheinlich die »Arbeiterhalle« eingehen lassen müssen, da diese zu viel Zuschuß erfordere. Alsdann würde selbstverständlich das »Demokratische Wochenblatt« unter entsprechender Erweiterung Verbandsorgan.

Da wir auch wieder die Wehrfrage auf die Tagesordnung des Vereinstags gesetzt hatten, die bisher niemals gründlich behandelt worden war, obgleich nach unserer Meinung unter den damaligen Verhältnissen sie eine gründliche Behandlung erforderte, beantragte ich, Friedrich Albert Lange als Referent zu ernennen. Der Vorortsvorstand stimmte diesem Vorschlag zu und beauftragte mich, Lange einzuladen, von dessen Anwesenheit in Nürnberg ich namentlich auch in der Programmfrage einen uns günstigen Einfluß erwartete. Die Überlassung des Briefes, den ich damals an Lange schrieb, verdanke ich Professor O.A. Ellissen, der eine Biographie Langes[1] veröffentlichte und so in den Besitz meines Briefes kam. Derselbe lautete:

»Leipzig, den 22. Juni 1868

Geehrter Herr Doktor!
Schon längst hatte ich die Absicht, mit Ihnen in brieflichen Verkehr zu treten, leider aber war es mir nicht möglich, weil Arbeiten aller Art mich belasteten. Nunmehr greife ich jedoch um so lieber zur Feder, als ich zugleich im Auftrage meiner Kollegen im Vorortsvorstand dies tue, um an Sie eine Bitte zu richten, deren Gewährung wir sicher hoffen.

Wie Ihnen aus der ›Arbeiterhalle‹ hinlänglich bekannt sein wird, sind wir daran, die Vorbereitungen für den nächsten Vereinstag zu treffen. Unter den verschiedenen Punkten der Tagesordnung befindet sich auch

1 Friedrich Albert Lange. Eine Lebensbeschreibung von O.A. Ellissen. Leipzig
   1891. Ein empfehlenswertes Buch.

auf Antrag Pößnecks, und mit unserer vollen Zustimmung, die Wehrfrage. Es wird Ihnen bekannt sein, daß diese schon mehrere Male auf der Tagesordnung des Vereinstags gestanden hat, ohne zur Erörterung gekommen zu sein. Noch auf dem letzten Vereinstag hatte man durch allerlei Mittelchen diese wichtige Frage als Schlußgegenstand auf die Tagesordnung gesetzt, und die Folge war, daß sie damals ohne alle und jede Erörterung mit der en-bloc-Annahme einer wässerigen Resolution abgetan wurde.

Wir sind entschlossen und haben bereits unsere Maßregeln danach ergriffen, bei dem nächsten Vereinstag die täglich brennender werdende Frage nicht wieder von der Tagesordnung streichen zu lassen, sondern sie zu einer Hauptfrage zu machen. Wir bedürfen aber für diese Frage einen tüchtigen Referenten, und da herrscht bei uns nur eine Stimme, daß wir für diesen Fall keinen besseren (ohne Schmeichelei) als Sie bekommen können.

Ich richte demnach im Auftrag des Vororts die herzliche Bitte an Sie, das Referat über die Wehrfrage annehmen zu wollen.

Als Ort für den Vereinstag wird auf alle Fälle eine süddeutsche Stadt gewählt, wahrscheinlich Nürnberg, als Zeit haben wir den 6. und 7. September in Aussicht genommen, für Reisespesen wird selbstverständlich die Verbandskasse aufkommen. Wir bitten Sie inständigst, uns unsere Bitte nicht abzuschlagen. Neben der Wehrfrage steht noch so mancher andere Punkt auf der Tagesordnung, bei dem Ihre Anwesenheit und Ihre gewichtige Stimme von der größten Wichtigkeit ist.

Wir haben, wie Sie wissen werden, auch die Programmfrage auf die Tagesordnung gesetzt, denn wir sind der Meinung, daß es hohe Zeit ist, daß die deutschen Arbeitervereine sich erklären, welche Stellung sie künftig politisch und sozial einnehmen wollen. Wir wissen, daß es zu harten Kämpfen, möglicher-, ja wahrscheinlicherweise zu einer Spaltung kommen wird. Wir halten das aber für kein Unglück, denn zehn überzeugungstreue sichere Vereine sind uns lieber als dreißig schwankende oder solche, die sich zu Schleppenträgern des Gothaertums und der Bourgeoisie hergeben.

Wir in Sachsen werden alles aufbieten, um unsere Vereine auf den Platz zu bringen, geht es nicht durch Abgeordnete, so durch Mandate, auch nach anderwärts werde ich die gleiche Aufforderung ergehen lassen.

Ich rechne sicher auf einen Sieg, sollte der aber nicht werden, nun dann können wir sofort am Orte selbst noch die Gründung eines sozialdemokratischen Arbeiterbundes in die Hand nehmen. Mit der jetzigen Spaltung ist nicht weiter zu regieren, man ist an Händen und Füßen gebunden.

Verschiedene Zuschriften gothaisch gesinnter Vereine zeigen uns, welche Angst man vor der Erörterung politischer und tiefgehender sozialer Fragen hat, man versucht alles, um deren Diskussion zu verhindern; um so notwendiger ist es, daß unsere Leute Mann für Mann auf dem Platze sind.

Von Sachsen werden von bekannten Gesinnungsgenossen Germann, Liebknecht, Motteler, Schweichel usw. hinkommen. Die Österreicher und Schweizer und die Internationale Arbeiter-Assoziation werde ich ebenfalls einladen; mit letzterer anzuknüpfen halte ich für notwendig, indes ist daran nicht eher zu denken, bis wir im eigenen Hause reinen Tisch haben.

Privatbriefe, die ich von Nürnberg erhalte, sprechen den Verdacht aus, daß Crämer von Doos seine Hand stark im Spiele habe, möglicherweise darauf spekuliere, sich an die Spitze der Arbeitervereine zu schwindeln. Die Idee wäre sehr kühn, die Ausführung wohl unmöglich, denn so weit dürften doch auch wohl die nationalliberalen Vereine nicht mehr sein, daß sie ihre Stimme einem Manne geben, dessen politische und soziale Stellung dem Arbeiterinteresse diametral entgegensteht. Auch spricht man davon, er (Crämer) habe die Absicht, den bayerischen Handelsminister von Schlör einzuladen, dem Arbeitertag beizuwohnen. Träte das wirklich ein und käme Herr von Schlör, so schadet das sicher nichts, er soll böse Pillen verschlucken müssen[2]. Jedenfalls beweist dieser Verdacht, daß etwas von den bayerischen Herren Fortschrittlern gebraut wird, und diesen einen Nasenstüber zu versetzen, wird auch Ihnen ein Vergnügen sein.

In Sachsen haben wir die Bewegung im besten Gange. Arbeiter-, Volksvereine schießen wie Pilze aus der Erde, in unseren Wahlkreisen ist kein größerer Ort, an dem nicht ein Arbeiter- oder Volksverein besteht. Einzelne Städte, wie Zwickau, Crimmitschau usw., haben auf allen Nachbardörfern Filialen errichtet und zählen auch unter den Bauern nicht wenig Mitglieder. Dagegen hält sich die ganze Bourgeoisie, ganz vereinzelte Ausnahmen abgerechnet, feindlich gegen uns, und das ent-

---

2 Ich hatte Herrn von Schlör im Zollparlament kennengelernt, dessen Mitglied er war und hier sich rückschrittlich betätigte.

spricht natürlich unseren Wünschen. Das einzige Übel, an dem wir leiden, ist die gänzliche Mittellosigkeit der Partei. Alles muß pfennig- und groschenweise zusammengebracht werden. Sie können danach ermessen, was es für Mühe kostete, bis wir zum Beispiel unser Wochenblatt gründen konnten. Dieses hat aber einen guten Boden gefunden (wir zählen jetzt über 1200 Abonnenten), und damit haben wir das Mittel gesichert, die Partei zusammenzuhalten und ihr Wachstum zu fördern.

Auf dem genossenschaftlichen Gebiet tut Germann seine Schuldigkeit, namentlich hat er die Konsumvereine sich als Steckenpferd erkoren und sie zu einem Verband zusammengebracht. Natürlich ist unser Bestreben, den Leuten stets ans Herz zu legen, daß es mit der Förderung ihrer wirtschaftlichen Interessen nicht genug ist, daß an eine Lösung der sozialen Frage mit diesen Mitteln nicht zu denken ist, daß es not tut und Pflicht ist, auch auf politischem Gebiet tätig einzugreifen, und ich kann Ihnen versichern, wir haben in den Konsumvereinen nicht wenige unserer ›Hauptwühler‹.

Ich könnte Ihnen noch vieles mitteilen, aber einesteils fehlt mir die Zeit und dann hoffe ich auch, Sie ganz bestimmt auf dem nächsten Arbeitertag persönlich zu treffen. Ich habe eine wahre Sehnsucht, mit Ihnen ein paar Stunden zu plaudern. Bringen Sie also ja keine Entschuldigung, daß Sie nicht kommen könnten, wir nehmen eine solche nicht an.

In Erwartung einer recht baldigen gewissen Antwort zeichnet mit freundschaftlichem Gruß

Ihr A. Bebel.«

Auf dieses Schreiben erhielt ich am 5. Juli folgende Antwort Langes:

»Lieber Herr Bebel!
Ich bedaure sehr, Sie in Ungewißheit gelassen zu haben, aber meine Existenz war in letzter Woche die, daß ich den Tag über in Zürich war, um aus der Verfassungskommission zu referieren, und in der Nacht hier eine tägliche Zeitung und ein Wochenblatt zu machen hatte. Mein Associé und Kollege hat als Vizepräsident der Verfassungskommission und Mitglied zahlreicher Spezialkommissionen augenblicklich so viel pro patria zu tun, daß ich die Redaktionsarbeit und dabei noch die Sorge für ein ziemlich großes Geschäft allein auf dem Halse habe. Dabei kann ich nur Samstagnachmittags und Sonntags an Korrespondenz denken. Leider kann ich vor Vollendung der neuen Verfassung – wir sind froh,

wenn sie noch in diesem Jahre fertig wird – nicht mit Sicherheit über meine Zeit verfügen. Es wird zwar eine mehrmonatige Pause geben; allein ich kann nicht sicher wissen, wann diese fällt, und daher auch zu meinem großen Bedauern das Referat über die Wehrfrage nicht annehmen. Wenn meine Zeit es irgend erlaubt, komme ich dann noch nach Nürnberg, da ich meinerseits ebenfalls mich danach sehne, so viele wackere Freunde – leider zum Teil in getrennten Lagern – wiederzusehen.«

Lange kam nicht.

Wie zu erwarten, war der Vereinstag, für den die große Mehrheit der Vereine Nürnberg als Verhandlungsort gewählt hatte, ungewöhnlich stark besucht. Es waren 93 Organisationen durch 115 Delegierte vertreten. Außerdem befanden sich unter den geladenen Gästen Eccarius-London als Vertreter des Generalrats der Internationale[3], Oberwinder und Har-

---

3   Mein Einladungsschreiben an den Generalrat lautete:

»An den Generalrat der Internationalen Arbeiter-Assoziation zu London. Geehrte Herren! Ein wichtiger Vorgang, der in einem großen Teile der deutschen Arbeitervereine bevorsteht, veranlaßt mich, diese Zeilen an Sie zu richten.

Am 5., 6. und 7. September hält der Verband Deutscher Arbeitervereine in Nürnberg seinen Verbandstag ab. Unter den wichtigen Fragen, welche die Tagesordnung enthält, steht als die wichtigste ›Die Programmfrage‹ obenan, das heißt, es soll sich entscheiden, ob der Verband noch ferner in dem jetzigen prinzip- und planlosen Arbeiten beharren oder nach festen Grundsätzen und bestimmter Richtung wirken soll.

Wir haben uns für das letztere entschieden und sind gesonnen, das Programm der Internationalen Arbeiter-Assoziation, wie es die erste Nummer des ›Vorboten‹ enthält, zur Annahme vorzuschlagen, respektive den Anschluß an die Internationale Arbeiter-Assoziation zu beantragen. Die Majorität für diesen Antrag ist bereits gesichert, der Erfolg also zweifellos. Wir glauben aber, daß es einen sehr guten Eindruck machen würde, wenn bei diesen Ihr Interesse auf das lebhafteste in Anspruch nehmenden Verhandlungen die Internationale Arbeiter-Assoziation durch einen Deputierten vertreten wäre, und beehren uns deshalb, an Sie den Wunsch und die dringende Einladung auszusprechen, zum Vereinstag in Nürnberg einen oder mehrere Deputierte als Vertreter der Internationalen Arbeiter-Assoziation zu entsenden.

Wir geben uns der angenehmen Hoffnung hin, daß Sie unsere Bitte erfüllen und uns bald geneigte Antwort zukommen lassen werden. Einer freundlichen Aufnahme können Ihre Herren Deputierten sich versichert halten.

Mit Gruß und Handschlag

tung als Vertreter des Wiener Arbeiterbildungsvereins, Quick und Greulich als Vertreter der deutschen Arbeitervereine der Schweiz, Dr. Ladendorf-Zürich, der ehemalige Berliner Zuchthäusler, als Vertreter des deutsch-republikanischen Vereins in Zürich, Dr. Heger-Bamberg als Vertreter der deutschen Abteilung der Internationale in Genf, Bütter als Vertreter der französischen Abteilung der Internationale in Genf, Brückmann und Niethammer-Stuttgart als Vertreter des Ausschusses der deutschen Volkspartei. Unter den Vereinstagsdelegierten befand sich als Vertreter eines badischen Vereins Jakob Venedey, der durch Heinrich Heine als Kobes von Köln eine gewisse Berühmtheit erlangt hat. Auch war ein Mitglied des Allgemeinen Deutschen Arbeitervereins, Dr. Kirchner, zugegen, der ein Mandat des Hildesheimer Webervereins zu vertreten hatte. Kirchner war sozusagen die erste Schwalbe, die es wagte, aus dem Allgemeinen Deutschen Arbeiterverein zu uns herüberzufliegen. Das war in den Augen J.B. von Schweitzers ein Verbrechen. Kirchner wurde nachher auch als Vertrauensmann gewählt. Die Hauptverhandlungen des Vereinstags fanden im großen historischen Rathaussaal statt, den der Nürnberger Magistrat in der Hoffnung hergegeben hatte, daß die liberale Richtung siegen werde. Diese Hoffnung wurde zu Wasser. Mit einer Begrüßung der fremden Vertreter eröffnete ich die Versammlung und ließ das Präsidium wählen. Von 94 abgegebenen Stimmen fielen 69 auf mich und 21 auf Rögner-Nürnberg, 4 Stimmen zersplitterten. Damit war die Entscheidung über den Geist, der den Vereinstag beherrschen werde, gefallen. Als erster Vizevorsitzender wurde Löwenstein-Fürth mit 62 Stimmen, als zweiter Vizevorsitzender Bürger-Göppingen mit 59 Stimmen gewählt. Die Gegenpartei unterlag auf der ganzen Linie. Letztere suchte nun bei Feststellung der Tagesordnung zu retten, was zu retten möglich; sie verlangte die Absetzung der Programmfrage von der Tagesordnung. Darüber kam es zu scharfen Auseinandersetzungen. »Keine Kompromisse!« rief es von den verschiedensten Seiten, und so wurde die en-bloc-Annahme der Tagesordnung mit großer Mehrheit beschlossen.

Die Verhandlungen des Vereinstags nahmen einen vorzüglichen Verlauf. Die Nürnberger Tagung war eine der schönsten, denen ich beige-

Der Vorort des Verbandes Deutscher Arbeitervereine

Aug. Bebel, Vorsitzender

Leipzig, den 23. Juli 1868.«

wohnt. Als Berichterstatter für die Vorortverwaltung konnte ich mitteilen, daß die neue Organisation sich vortrefflich bewährt habe und der Verband im Vergleich zu früher glanzvoll dastehe. Die zum Verband gehörigen Vereine zählten zirka 13000 Mitglieder. Ein Versuch Venedeys, die Programmfrage durch eine motivierte Tagesordnung zu beseitigen, mißlang. Die Programmdebatte wurde vom allgemeinsten Interesse begleitet. Das Endresultat war, daß das Programm mit 69 Stimmen, die 61 Vereine hinter sich hatten, gegen 46 Stimmen, die 32 Vereine vertraten, angenommen wurde. Gegen diesen Beschluß erhob die Minderheit Protest, sie verließ den Saal und beteiligte sich nicht mehr an den Debatten. Ihr Versuch, unter dem Namen Deutscher Arbeiterbund eine neue Organisation zu schaffen, versagte. Die betreffenden Vereine verloren jede politische Bedeutung und betätigten sich von jetzt ab nur noch als Anhängsel der verschiedenen liberalen Parteien.

Das angenommene Programm lautete:

»Der zu Nürnberg versammelte fünfte Vereinstag deutscher Arbeitervereine erklärt in nachstehenden Punkten seine Übereinstimmung mit dem Programm der Internationalen Arbeiter-Assoziation:

1. Die Emanzipation (Befreiung) der arbeitenden Klassen muß durch die arbeitenden Klassen selbst erobert werden. Der Kampf für die Emanzipation der arbeitenden Klassen ist nicht ein Kampf für Klassenprivilegien und Monopole, sondern für *gleiche* Rechte und *gleiche* Pflichten und für die *Abschaffung aller Klassenherrschaft.*

2. Die ökonomische Abhängigkeit des Mannes der Arbeit von den Monopolisten (dem ausschließlichen Besitzer) der Arbeitswerkzeuge bildet die Grundlage der Knechtschaft in jeder Form, des sozialen Elends, der geistigen Herabwürdigung und politischen Abhängigkeit.

3. Die politische Freiheit ist das unentbehrliche Hilfsmittel zur ökonomischen Befreiung der arbeitenden Klassen. Die soziale Frage ist mithin untrennbar von der politischen, ihre Lösung durch diese bedingt und nur möglich im demokratischen Staat.

Ferner in Erwägung, daß alle auf die ökonomische Befreiung der Arbeiter gerichteten Anstrengungen bisher an dem Mangel der Solidarität zwischen den vielfachen Zweigen der Arbeit jedes Landes und dem Nichtvorhandensein eines brüderlichen Bandes der Einheit zwischen den arbeitenden Klassen der verschiedenen Länder gescheitert sind; daß die Befreiung der Arbeit weder ein lokales noch nationales, sondern ein soziales Problem (Aufgabe) ist, das alle Länder umfaßt, in denen es moderne Gesellschaften gibt, und dessen Lösung von der praktischen und theoretischen Mitwirkung der vorgeschrittensten Länder abhängt, beschließt der fünfte deutsche Arbeitervereinstag seinen Anschluß an die Bestrebungen der Internationalen Arbeiter-Assoziation.«

*

Die Beschlüsse des Nürnberger Arbeitervereinstags über das Programm ließen keinen Zweifel mehr zu, in welchem Lager die Vereine nunmehr standen. Gleichwohl tat die Mehrheit auf der Generalversammlung der Volkspartei am 19. und 20. September in Stuttgart, als sei eine Änderung in der gegenseitigen Stellung nicht eingetreten; sie erklärte sich sogar mit den in Nürnberg gefaßten Beschlüssen über das Programm einverstanden, wobei besonders hervorgehoben wurde, daß das Programm nachdrücklich betone, daß die staatlichen und gesellschaftlichen Fragen untrennbar seien und daß namentlich die ökonomische Befreiung der arbeitenden Klassen und die Verwirklichung der politischen Freiheit sich gegenseitig bedingten. Auch mit der von Johann Jacoby am 24. Mai 1868 in Berlin gehaltenen Programmrede erklärte sie sich einverstanden.

Das war ein Maß von Einsicht, das nachmals den Nachfolgern der Volksparteiler von 1868 vollständig abhanden gekommen ist. Es war insbesondere der in Nürnberg anwesend gewesene Rechtsanwalt Niethammer-Stuttgart, der für ein weiteres Zusammengehen wirkte. Er vertrat die Ansicht, die Demokratie müsse sich zur Sozialdemokratie erheben, wolle sie ihre Aufgabe erfüllen. Er wäre wahrscheinlich später ganz in unsere Reihen getreten, hätte nicht ein jäher Tod (Herzschlag) frühzeitig seinem Leben ein Ende gemacht.

Neben Niethammer war es aber vorzugsweise Sonnemann, der für diese Beschlüsse wirkte. Sonnemann, der um keinen Preis eine Lösung des Verhältnisses zwischen Arbeitervereinen und Volkspartei wollte, hatte in Nürnberg dem Programm zugestimmt, für das er nicht begeistert war. Es mußte ihm jetzt alles daran liegen, daß die Generalversammlung der Volkspartei seinen Schritt in Nürnberg sanktionierte.

Der Austritt der Minderheit hatte die Tagesordnung des Vereinstags zerstört, denn für verschiedene Fragen waren mehrere Referenten unter den Ausgeschiedenen. Ein Referat Sonnemanns über die Gründung einer Altersversorgungskasse, die unter staatlicher Aufsicht stehen sollte, fand insofern Widerspruch, als sämtliche Redner, insbesondere Vahlteich, sich dahin aussprachen, daß das gesamte Arbeiterunterstützungswesen durch die in zentralisierten Gewerkschaften vereinigten Arbeiter verwaltet werden sollte.

Die hierauf bezügliche Resolution, die Vahlteich und H. Greulich vorschlugen und die einstimmig angenommen wurde, lautete:

»In Erwägung, daß das Anheimgeben der Verwaltung einer allgemeinen Altersversorgungskasse für Arbeiter an den bestehenden Staat den Arbeiter unbewußt zu einem konservativen Interesse an den bestehenden Staatsformen bringt, denen er keineswegs Vertrauen schenken kann[4];

in Erwägung, daß Kranken- und Sterbeunterstützungs- sowie Altersversorgungskassen erfahrungsgemäß am besten durch *Gewerksgenossenschaften* ins Leben gerufen und erhalten werden können, beschließt der fünfte Vereinstag, den Mitgliedern des Verbandes und speziell dem Vorort aufzugeben, für *Vereinigung der Arbeiter in zentralisierten Gewerksgenossenschaften tatkräftig zu wirken.*«

Germann-Leipzig sprach über Krankenünterstützungskassen; sein Referat faßte er in folgender Resolution zusammen: Der Vereinstag wolle den Verbandsangehörigen empfehlen, durch Deputierte des Orts ein Kollegium zu bilden, das erstens eine gute Organisation der Kassen, volle Selbstverwaltung, *Vereinigung derselben nach Gewerken in Verbände und Besprechung der Kasseninteressen in einem geeigneten Organ;* zweitens *Freizügigkeit innerhalb der Gewerkskassen* und bankmäßige Bewirtschaftung des Krankenkassenkapitals anstrebt, außerdem aber auch drittens die Gründung solcher Kassen veranlaßt, an denen bis jetzt noch Mangel ist, für *Dienstboten und Arbeiterinnen.*

Im weiteren Verlauf der Verhandlungen referierte Schweichel über die indirekten Steuern, Liebknecht über die Wehrfrage. Die Kommission, die zur Prüfung der Geschäftsführung des Vororts niedergesetzt worden war, zollte demselben hohes Lob. Bücher und Akten befänden sich in schönster Ordnung, obgleich die Arbeitslast ganz bedeutend gestiegen sei, dem Vorort gebühre wärmste Anerkennung. Die materielle Entschädigung für die geleistete Arbeit betrug für das Geschäftsjahr 57 Taler 4 Neugroschen. Bei der Wahl zum Vorsitzenden erhielt ich von 59 abge-

177

---

4   Viel später erklärte auch Bismarck, daß kleine Pensionen für den Arbeiter das beste Mittel seien, ihn für die bestehende Staatsordnung günstig zu stimmen, daher der Gedanke der Invaliden- und Altersversicherung.

gebenen Stimmen 57. Damit hatte Leipzig wieder die Leitung für das nächste Jahr in der Hand.

Als Vertrauensmänner wurden gewählt: Bürger-Göppingen, Notz-Stuttgart, Eichelsdörfer-Mannheim, Günzel-Speyer, Sonnemann-Frankfurt a.M., Stuttmann-Rüsselsheim, Dr. Kirchner-Hildesheim, Heymann-Koburg, Motteler-Crimmitschau, Krause-Mülsen (St. Jakob), Bremer-Magdeburg, Vahlteich-Maxen (bei Dresden), Kobitzsch-Dresden, Oberwinder-Wien, Löwstein-Fürth. Die geringe Vertretung Norddeutschlands unter den Vertrauensmännern war dadurch verursacht, daß die Vertreter der norddeutschen Vereine mit wenig Ausnahmen zur Opposition gehörten und den Austritt ihrer Vereine aus dem Verband erklärt hatten.

Der Arbeiterbund veröffentlichte nach seiner Konstituierung einen Aufruf, worin er heftige Anklagen gegen den Nürnberger Vereinstag erhob und es auch an Unwahrheiten und Entstellungen nicht fehlen ließ. Darauf antwortete ich in Nr. 46 des »Demokratischen Wochenblatts« unter dem 23. September 1868 an einer langen Erklärung, in der ich die Angriffe zurückwies. Unter anderem war in dem gegnerischen Aufruf gesagt worden, wir wollten die Arbeiter auf einen »sozial-kommunistischen Standpunkt« locken. Darauf bemerkte ich: Ein sonderbarer Standpunkt, der »sozial-kommunistische«; es sind nur zwei Worte, und doch enthalten diese erstens eine Dummheit, zweitens eine Lüge, drittens eine Denunziation. Die letztere sah ich darin, daß man durch das Wort Kommunismus nicht bloß die Besitzenden, sondern auch die Arbeiter vor uns kopfscheu machen wolle. Die Worte »Sozialist« und »Sozialismus« reichten nicht mehr aus, daran seien Arbeiter und Arbeitgeber bereits gewöhnt. Diese fänden immer mehr, daß der Sozialismus gar nichts so Schreckliches sei, da müsse das Wort Kommunismus herhalten, um dem Philister Angst in die Glieder zu jagen.

Die Beschlüsse des Nürnberger Vereinstags schufen für die Bewegung eine neue Lage. Jetzt konnte nicht mehr von einer kleinbürgerlichen Bourgeoispartei die Rede sein, wie das bisher Schweitzer in seinem Moniteur, dem »Sozialdemokrat«, den Mitgliedern des Allgemeinen Deutschen Arbeitervereins immer wieder verkündet hatte und namentlich die sächsische Volkspartei zu bezeichnen beliebte, obgleich er genau wußte, daß die bürgerlichen Elemente in derselben in verschwindender Minderheit waren. Jedenfalls waren sie nicht stärker als im Allgemeinen Deutschen Arbeiterverein, wie Liebknecht ihm im nächsten Frühjahr auf der Generalversammlung des Allgemeinen Deutschen Arbeitervereins

in Elberfeld ins Gesicht sagte, was er durch zustimmendes Kopfnicken
bejahte. Das erfuhren auch die Agitatoren, die er uns einige Monate
später zu unserer Bekämpfung nach Sachsen schickte. Einer derselben
– L. Sch., der später zu den Zünftlern überging und heute wohlbestallter
Obermeister einer Schuhmacherinnung ist – äußerte nachher:
»Schweitzer hat uns bös hereingelegt, in den überfüllten Versammlungen,
die wir abhielten, haben wir nichts als Arbeiter und wieder Arbeiter
gesehen.« Er hätte hinzufügen können: »und unser Erfolg war Null.«
Liebknecht und ich folgten ihnen fast in alle Versammlungen, die sie
abhielten, und brachten ihnen eine Niederlage nach der anderen bei.

Nun konnte auch nicht mehr bestritten werden, daß in der sächsischen
Volkspartei und dem Verband der Arbeitervereine jetzt eine sozialistische
Partei vorhanden war, die auf dem Boden der Internationale stand. Die
Nürnberger Tagung und ihre Resultate machten deshalb auch im Allge-
meinen Deutschen Arbeiterverein Eindruck, in dem bereits gegen
Schweitzer ein tiefes Mißtrauen bestand. Die Wirkung zeigte sich im
Laufe des folgenden Jahres. Hätte damals an der Spitze des Allgemeinen
Deutschen Arbeitervereins der rechte Mann gestanden, die Einigung der
sozialistisch denkenden Arbeiter wäre nunmehr sofort eine Tatsache
geworden. Sieben Jahre schädigender gegenseitiger Bekämpfung wären
der Bewegung erspart geblieben.

Kurz nach dem Nürnberger Vereinstag kam es im Berliner Arbeiterverein, dessen Vorsitzender Krebs in dem ganzen Streit im Verband eine
zweideutige Haltung eingenommen hatte, zu lebhaften Auseinandersetzungen, die damit endeten, daß eine starke Minderheit aus dem Verein
austrat und einen demokratischen Arbeiterverein ins Leben rief, der sich
für das Nürnberger Programm erklärte. Unter den Gründern des neuen
Vereins befanden sich unter anderen G. Boas, Havenith, Karl Hirsch,
Jonas, Paul Singer, O. Wenzel. Später traten demselben Th. Metzner,
Milke und Heinrich Vogel bei, die aus dem Allgemeinen Deutschen
Arbeiterverein ausgetreten oder wie Vogel ausgeschlossen worden waren.
Der Verein hatte in Berlin gegen die Lassalleaner einen schweren Stand;
sie höhnten, es sei ein Verein von Offizieren ohne Armee, was nicht so
ganz falsch war. Aber die Offiziere leisteten etwas und schafften sich
allmählich die fehlende Armee.

Die Achillesferse des Arbeitervereinsverbandes waren die schwachen
Finanzen. Mit dem jährlichen Groschenbeitrag ließ sich nicht viel anfangen, obgleich der Verband 10000 Mitglieder hatte. Neben den Steuern

für lokale Zwecke vergaß man, größere Opfer für den Verband zu bringen. Hierin war uns der Allgemeine Deutsche Arbeiterverein überlegen. Wir im Vorort dachten daher ernstlich auf Abhilfe durch Änderung der Organisation. Die Lage wurde für uns noch unangenehmer, als Schweitzer große Agitationstouren durch Sachsen und Süddeutschland ankündigte, für die er eine Anzahl Agitatoren bestimmt hatte. Die Abwehr erforderte unsererseits vor allem Geld, das wir nicht hatten. Erhebliche Geldzuschüsse erforderte auch das »Demokratische Wochenblatt«, das vom Dezember 1868 ab Verbandsorgan wurde. Wir hatten dasselbe mit ganzen 10 Talern in der Tasche gegründet, zu denen noch weitere kleine Beträge kamen. Auf ähnlicher »finanzieller Grundlage« wurden später öfter Parteiorgane ins Leben gerufen. Rechnerisch waren sie schon mit der ersten Nummer bankrott. Aber die Opferwilligkeit und Begeisterung für ein Blatt kannte kaum Grenzen. Die leitenden Persönlichkeiten mußten sich freilich mit lächerlich geringen Summen für ihre Arbeitsleistung begnügen, und sie taten es. Die heutige Generation in der Partei hat keine Vorstellung von der Armseligkeit der damaligen Zustände und von den Ansprüchen an Unentgeltlichkeit der Leistungen. So erhielt zum Beispiel Liebknecht als Redakteur des »Demokratischen Wochenblatts« monatlich nur 40 Taler, später als Redakteur des dreimal wöchentlich erscheinenden »Volksstaat« monatlich 65 Taler. Hepner wurde 1869 mit monatlich 25 Talern angestellt; den Arbeiterteil im »Demokratischen Wochenblatt« schrieb ich unentgeltlich, für die Leitung der Expedition erhielt ich monatlich 12 Taler, dafür mußte ich auch die Räume hergeben. Als 1870 der Krieg ausbrach, verzichtete ich auf dieses Gehalt. Gehaltserhöhungen kannte man damals nicht. Als zum Beispiel 1878 der »Vorwärts«, der Nachfolger des »Volksstaat«, auf Grund des Sozialistengesetzes totgeschlagen wurde, hatte Liebknecht noch dasselbe Gehalt wie neun Jahre zuvor. Aber mittlerweile hatte er aus der zweiten Ehe fünf Kinder mehr, von denen damals das älteste keine zehn Jahre zählte. In finanzieller Beziehung sind wir im Vergleich zu früher – denn was ich hier vom Verband der Arbeitervereine sage, galt auch für den Allgemeinen Deutschen Arbeiterverein – eine Bourgeoispartei geworden.

Doch die Partei hat immer »Schwein« gehabt, weshalb ich manchmal zu meinen Freunden scherzhaft sagte: »Gibt es einen Gott, so muß er die Sozialdemokratie sehr lieb haben, denn wenn die Not am größten, ist stets die Hilfe am nächsten.« Im vorliegenden Falle kam die Hilfe von einer Seite, von der wir sie nicht erwarteten. Eben klagte ich einem unserer auswärtigen Vertrauensmänner, der mich besuchte, unsere Geldverlegenheit, als der Briefträger einen eingeschriebenen Brief brachte. Absender war Dr. Ladendorf in Zürich, den ich 1866 in Frankfurt kennengelernt und mit dem ich auf dem Nürnberger Parteitag die Bekanntschaft erneuert hatte. Er schrieb, daß er mir aus einem ihm und seinen Freunden zur Verwaltung anvertrauten Fonds, dem sogenannten Revolutionsfonds, 3000 Franken zur Verfügung stelle, die ich in drei Raten in Empfang nehmen und über deren Verwendung ich ihm Rechnung ablegen solle. Wer war glücklicher als ich? Ich machte vor Freude einen Luftsprung und teilte meinem verdutzt dreinschauenden Freunde die gute Botschaft mit. Der Revolutionsfonds, der später auch im Leipziger Hochverratsprozeß eine Rolle spielte, über dessen Entstehung in den Verhandlungen jenes Prozesses das Nötige nachgelesen werden kann, half uns noch mehrmals aus der Patsche. Aber diese Quelle versiegte, als wir infolge unserer Stellungnahme zu den Beschlüssen des Baseler internationalen Arbeiterkongresses über die Grund- und Bodenfrage und zu den kriegerischen Ereignissen des Jahres 1870 mit Ladendorf und Genossen in Konflikt kamen.

Die von Schweitzer angeordnete Agitation gegen uns in Sachsen war erfolglos; in Süddeutschland war sie nur von geringem Erfolg begleitet gewesen. Wider Erwarten hatten sich auch in Süddeutschland aus unseren Vereinen Kräfte gefunden, die seinen Agitatoren die Spitze boten. Es lag aber auf der Hand, daß durch diese gegenseitige Bekämpfung die Stimmung in beiden Parteien immer erbitterter wurde.

Die Gewerkschaftsbewegung

Ich beschäftige mich mit der Gewerkschaftsbewegung nur insoweit, als ich glaube, mich zu ihren Geburtshelfern zählen zu dürfen. Man könnte das Jahr 1868 das Geburtsjahr der deutschen Gewerkschaften nennen, aber nur mit Einschränkung. Ich habe schon oben mitgeteilt, daß das Prosperitätsjahr 1865 eine große Anzahl Arbeitseinstellungen in den verschiedensten Städten sah, die zu einem guten Teil versagten, weil die Arbeiter nirgends organisiert waren und keine Fonds besaßen. Daß beides notwendig vorhanden sein müsse, darauf wurden sie jetzt sozusagen mit der Nase gestoßen. Es wurden nunmehr eine Menge zumeist lokaler Fachvereine gebildet, aber daß diese auch nicht genügten, erkannte man sehr bald. Wie zu Weihnachten 1865 auf Fritzsches Anregung der Allgemeine Deutsche Zigarrenarbeiterverein gegründet wurde, so folgten im Jahre 1866 die Buchdrucker, die von vornherein sich den politischen Arbeiterparteien gegenüber streng neutral verhielten, was indes Richard Härtel im Oktober 1873 nicht abhielt, in einer Versammlung der Berliner Buchdrucker zu erklären, in seiner Eigenschaft als Verbandspräsident halte er es für das beste, sich formell keiner Partei anzuschließen, »im Geiste gehören wir jedoch der sozialdemokratischen Arbeiterpartei Eisenacher Programms an«. Streng genommen konnte er das nicht für alle Buchdrucker erklären, viele gehörten auch dem Allgemeinen Deutschen Arbeiterverein an. Weiter bestand schon vor 1868 der Goldarbeiterverband mit einem eigenen Organ und der Allgemeine Deutsche Schneiderverein. Im großen und ganzen war von den Führern der politischen Bewegung bis dahin für die Organisation von Gewerkschaften sehr wenig geschehen. Es war hauptsächlich Liebknecht, der durch seine Vorträge im Leipziger Arbeiterbildungsverein und in Leipziger und auswärtigen Volksversammlungen über den englischen Trade Unionismus für gewerkschaftliche Organisation Verständnis schaffte. Im Mai 1868 hatten wir auch bereits im Vorortsvorstand die Gründung von Gewerkschaften erörtert, aber die Menge der laufenden Arbeiten und vor allen Dingen die Notwendigkeit, erst einmal im Verband durch ein Programm Klarheit zu schaffen, verhinderten, daß wir uns sofort mit der Ausführung des Planes beschäftigten. Im Sommer 1868 war Max Hirsch nach England gereist zwecks Studien über die dortigen Trade Unions, worüber er in der Berliner »Volkszeitung« berichtete. Dieses veranlaßte Schweitzer und Fritzsche, die den Gedanken bereits ventiliert hatten, Hirsch, der durch die Gründung von Gewerkvereinen die Arbeiter an die Fortschrittspartei zu fesseln hoffte, zuvorzukommen. Beide schritten jetzt rasch zur Tat, wie ich glaube annehmen zu sollen, auf Anregung Fritzsches, der die Bedeutung der Gewerkschaften längst erkannt hatte, aber auch die Organisation der neuen Gründung wohl anders gestaltet haben würde, hätte er Schweitzer gegenüber freie Hand gehabt. Die Braunschweiger Mitglieder beantragten durch Fritzsche, der den Antrag im Einverständnis mit Schweitzer angeregt hatte und auch Brackes Zustimmung fand, auf der Generalversammlung des Allgemeinen Deutschen Arbeitervereins zu Hamburg am 25. August 1868:

»Die Generalversammlung erklärt: 1. Die Streiks sind kein Mittel, die Grundlagen der heutigen Produktion zu ändern und somit die Lage der

Arbeiterklasse durchgreifend zu verbessern; allein sie sind ein Mittel, das Klassenbewußtsein der Arbeiter zu fördern, die Polizeibevormundung zu durchbrechen und unter Voraussetzung richtiger Organisation einzelne Mißstände drückender Art, wie zum Beispiel übermäßig lange Arbeitszeit, Kinderarbeit und dergleichen, aus der heutigen Gesellschaft zu entfernen. 2. Die Generalversammlung beauftragt den Vereinspräsidenten, einen allgemeinen deutschen Arbeiterkongreß zur Begründung von allgemeinen Gewerkschaften zu berufen, die in diesem Sinne wirken.«

Der erste Teil der Resolution wurde angenommen, der zweite abgelehnt. Dagegen beschloß, wie bereits erwähnt, wenige Tage nachher der Arbeitervereinstag zu Nürnberg ohne große Debatte, den Vorort mit der Gründung von Gewerkschaften zu beauftragen. Hier hatte man also die gegenteilige Auffassung von der Bedeutung der Gewerkschaften, die bei der Mehrheit im Allgemeinen Deutschen Arbeiterverein herrschte. Nach jener Abstimmung in Hamburg erklärten Schweitzer und Fritzsche, sie würden als Reichstagsabgeordnete einen Arbeiterkongreß für Gründung von Gewerkschaften einberufen. Als aber auch hiergegen Opposition laut wurde, drohte Schweitzer, daß, wenn man dieses ihm verbiete, er sofort sein Amt niederlegen und aus dem Verein ausscheiden würde. Diese Drohung hatte die gewünschte Wirkung. Der Kongreß fand denn auch am 27. September und folgende Tage in Berlin statt. Es waren nicht weniger als 206 Delegierte anwesend, die meist in Arbeiterversammlungen gewählt worden waren und 140000 Arbeiter vertraten. Bemerkenswert sind folgende Äußerungen Schweitzers aus der Rede, mit der er den Kongreß eröffnete:

»England ist weitaus das kapitalreichste Land der Erde, und wenn dennoch die ausländische Industrie über die englische Herr geworden ist, so ist das geschehen, weil die englischen Arbeiter den dortigen Kapitalisten so viel Schwierigkeiten machten. Dasselbe kann in Deutschland geschehen, und leichter. Die *deutschen Arbeiter können geradezu die deutsche Industrie ruinieren, wenn sie wollen, und sie haben kein Interesse daran, sie zu halten, solange ihnen diese den erbärmlichsten Lohn zukommen läßt* ... Die Arbeiter können, wenn sie fest organisiert sind, *die deutsche Industrie konkurrenzunfähig machen,* und wenn die Herren Kapitalisten das nicht wollen, so mögen sie höhere Arbeitslöhne zahlen.« Diese Begründung war möglichst ungeschickt, aber Schweitzer äußerte keinen Gedanken ohne Berechnung.

Der Kongreß gründete sogenannte Arbeiterschaften, die unter einer Zentralleitung standen, die Schweitzer, Fritzsche und Karl Klein-Elberfeld, Präsident und zwei Vizepräsidenten, bildeten. Die Organisationsform war nicht besonders glücklich gewählt und nur Schweitzer zu danken, der unter keinen Umständen auch nur einem Teile der Bewegung, auf den er Einfluß hatte, Unabhängigkeit einräumen wollte.

Schweitzer hatte, da es ihm sehr darum zu tun war, von Marx eine günstige Antwort für sein Unternehmen zu bekommen, diesem am 13. September einen Brief geschrieben und seinen Statutenentwurf beigefügt. Marx, der, wie er nachher Schweitzer schrieb, den Brief mißverstanden hatte, gab erst auf einen zweiten Brief Schweitzers eine Antwort, in der die auf die Schweitzersche Organisation bezüglichen Stellen lauten:

»Was den Berliner Kongreß betrifft, so war d'abord (zunächst) die Zeit nicht drängend, da das Koalitionsgesetz noch nicht votiert ist[1]. Sie mußten sich also mit den Führern *außerhalb* des Lassalleschen Kreises verständigen, gemeinsam mit ihnen den Plan ausarbeiten und den Kongreß berufen. Statt dessen ließen Sie aber nur die Alternative, sich *Ihnen* anzuschließen oder Front *gegen Sie zu machen.* Der Kongreß erschien selbst nur als erweiterte Auflage des Hamburger Kongresses (der Generalversammlung des Allgemeinen Deutschen Arbeitervereins). Was den Statutenentwurf betrifft, so halte ich ihn für prinzipiell verfehlt, und ich glaube so viel Erfahrung als irgendein Zeitgenosse auf dem Gebiet der Trade Unions zu haben. Ohne hier weiter auf Details einzugehen, bemerke ich nur, daß die Organisation, so sehr sie für geheime Gesellschaften und Sektenbewegungen taugt, dem Wesen der Trade Unions widerspricht. Wäre sie möglich – ich erkläre sie tout bonnement (aufrichtig gestanden) für unmöglich –, so wäre sie nicht wünschenswert, am wenigsten in Deutschland. Hier, wo der Arbeiter von Kindesbeinen an bürokratisch gemaßregelt wird und an die Autorität, an die vorgesetzte Behörde glaubt, gilt es vor allem, ihn *selbständig gehen zu lehren.*

Ihr Plan ist auch sonst unpraktisch. Im Verband drei unabhängige Mächte verschiedenen Ursprungs: 1. der Ausschuß, gewählt von den Gewerken; 2. der Präsident – eine ganz überflüssige Person –, gewählt

---

1   Das sollte besagen, der Gewerbeordnungsentwurf, der dem Norddeutschen Reichstag vorlag, sei noch nicht durchberaten und Gesetz geworden.

durch allgemeines Stimmrecht[2]; 3. Kongreß, gewählt durch die Lokalitäten. Also überall Kollisionen, und das soll rasche Aktion befördern. Lassalle beging großen Mißgriff, als er den élu du suffrage universel (den Gewählten des allgemeinen Stimmrechts) der französischen Konstitution von 1852 entlehnte. Nun gar in einer Trade-Unions-Bewegung! Diese dreht sich großenteils um Geldfragen, und Sie werden bald entdecken, daß hier alles Diktatorentum aufhört.

Indes, welches immer die Fehler der Organisation, sie können vielleicht durch rationelle Praxis mehr oder minder ausgemerzt werden. Ich bin bereit, als Sekretär der Internationale den Vermittler zwischen Ihnen und der Nürnberger Majorität, die sich direkt der Internationale angeschlossen hat, zu spielen – auf rationeller Grundlage versteht sich. Ich habe deshalb nach Leipzig geschrieben. Ich verkenne die Schwierigkeiten Ihrer Stellung nicht und vergesse nie, daß jeder von uns mehr von den Umständen als seinem Willen abhängt.

Ich verspreche Ihnen unter allen Umständen die Unparteilichkeit, die meine Pflicht ist. Andererseits kann ich aber nicht versprechen, daß ich eines Tages als Privatschriftsteller – sobald ich es für absolut durch das Interesse der Arbeiterbewegung diktiert halte – offene Kritik an dem Lassalleschen Aberglauben üben werde, wie ich es seinerzeit an dem Proudhonschen getan habe.

Indem ich Sie persönlich meines besten Willens für Sie versichere

Ihr ergebener K. Marx.«

2   Hier machte Marx folgende Zwischenbemerkung: »In den Statuten der Internationalen Arbeiter-Assoziation figuriert auch ein Präsident der Assoziation. Er hatte jedoch in Wirklichkeit nie eine andere Funktion, als den Sitzungen des Generalrats zu präsidieren. Auf meinen Vorschlag schaffte man 1867 die Würde, die ich 1866 ausschlug, ganz ab und ersetzte sie durch einen Vorsitzenden, der in jeder Wochensitzung des Generalrats gewählt wird Der Londoner Trade Council hat ebenfalls nur einen Vorsitzenden. Sein stehender Beamter ist nur der Sekretär, weil dieser eine kontinuierliche Geschäftsfunktion verrichtet.«
So der »Diktator« der Internationale. Ich muß meinerseits konstatieren, daß Marx und Engels auch in ihrem Briefwechsel mit mir sich nie anders denn als Ratgebende gezeigt haben, und ihr Rat wurde von mir in mehreren sehr wichtigen Fällen nicht befolgt, weil ich mir aus der Lage der Dinge heraus die bessere Einsicht zuschrieb. Ernste Differenzen habe ich trotzdem nie mit ihnen gehabt. A.B.

Die geschaffene Organisation paßte aber Schweitzer nicht lange. Wie vorauszusehen war, machten sich bald gewisse Selbständigkeitsbestrebungen in den Arbeiterschaften bemerkbar. Diesen trat Schweitzer im »Sozialdemokrat« vom 15. September 1869 entschieden entgegen; man strebe den Arbeiterschaftsverband vom Allgemeinen Deutschen Arbeiterverein zu trennen und unter eine selbständige Leitung zu stellen; davor warnte er. Drei Monate später ging er weiter. In Nr. 152 des »Sozialdemokrat« kündigte er unter dem 29. Dezember an, daß von den verschiedensten Seiten Wünsche laut geworden seien, die verschiedenen Gewerkschaften in eine einzige allgemeine Gewerkschaft zu verschmelzen. Er habe dementsprechend einen Entwurf ausgearbeitet, den er in derselben Nummer veröffentlichte. Vorher schon hatte Fritzsche sich vom Allgemeinen Deutschen Arbeiterverein und vom Arbeiterschaftsverband losgesagt und sein Amt als erster Vizepräsident niedergelegt. Ebenso hatten sich von Schweitzer losgesagt Louis Schumann, Präsident des Allgemeinen Deutschen Schuhmachervereins, York, Präsident des Allgemeinen Deutschen Holzarbeitervereins, und Schob, Präsident des Allgemeinen Deutschen Schneidervereins.

Die Generalversammlung des Allgemeinen Deutschen Arbeitervereins, die Anfang Januar 1870 in Berlin tagte, kam Schweitzers Wunsch entgegen und beschloß, als hätten die Gewerkschaften diesem Beschluß zu folgen, daß die Gewerkschaften bis zum 1. Juli zu verschmelzen seien und ein neuer Verein gegründet werden solle unter dem Namen Allgemeiner Deutscher Gewerkverein. Unmittelbar hinter der Generalversammlung des Allgemeinen Deutschen Arbeitervereins fand dann die des Allgemeinen Deutschen Arbeiterschaftsverbandes statt. Die Mehrzahl der Delegierten erklärte sich ebenfalls für Schweitzers Vorschlag. Lübkert, Präsident des Allgemeinen Deutschen Zimmerervereins, meinte, die Gewerkschaften seien doch im Grunde nichts weiter als eine Vorschule für die politische Heranziehung der Arbeiter. Zilowsky war ebenfalls für die Verschmelzung, damit werde der Präsidentenkitzel aus der Welt geschafft, der zumeist an der Zersplitterung in viele Gewerkschaften schuld sei. Hartmann, Schallmeyer und Vater aus Hamburg sprachen ebenfalls für die Verschmelzung, aus ähnlichen Gründen wie die vorhergehenden Redner.

Für die Verschmelzung stimmten die Vertreter von 12500 Stimmen, dagegen solche, die 9000 Stimmen hinter sich hatten. Obgleich damit die statutenmäßige Zweidrittelmehrheit für die Auflösung des Verbandes nicht vorhanden war, wurde dennoch beschlossen, an Stelle des Arbeiterschaftsverbandes einen neuen Verein, der den Namen Allgemeiner Deutscher Arbeiterunterstützungsverband erhalten sollte, am 1. Juli ins Leben treten zu lassen. Diesem Beschluß wurde von einer Anzahl Arbeiterschaften keine Folge geleistet, die sich damit ihre Selbständigkeit wahrten. Die Gegnerschaft gegen die gewerkschaftlichen Organisationen blieb unter einem Teil der einflußreichsten Mitglieder des Allgemeinen Deutschen Arbeitervereins weiterbestehen, so daß noch 1872 auf dessen Generalversammlung Tölcke den Antrag stellte, die Versammlung solle beschließen, alle innerhalb der Partei neben dem Allgemeinen Deutschen Arbeiterverein bestehenden Verbindungen, namentlich der Allgemeine Deutsche Arbeiterunterstützungsverband, der Berliner Arbeiterbund, der Allgemeine Deutsche Maurerverein, der Allgemeine Deutsche Zimmererverein und sämtliche zu denselben gehörende Mitgliedschaften seien *aufzulösen,* ihre Bestände seien dem Allgemeinen Deutschen Arbeiterverein einzuverleiben und sollten deren Mitglieder dem Allgemeinen Deutschen Arbeiterverein beitreten. Dieser Antrag konnte aber nicht angenommen werden, weil die Generalversammlung keine Macht hatte, außerhalb des Allgemeinen Deutschen Arbeitervereins bestehende Organisationen aufzulösen.

Wie über die Gewerkschaften auch noch andere Führer als Tölcke dachten, zeigen zum Beispiel die Äußerungen von Hasenclever: »Wenn der Bund« (Berliner Arbeiterbund) »seinen Zweck erfüllt hat, werden wir schon von selbst dafür sorgen, daß er wieder verschwindet.« Hasselmann äußerte: »Wir haben nur deshalb den Bund gegründet, um diese Gewerke zu uns herüberzuziehen, was uns auch ganz gut gelungen ist. Wir haben also mit dem Bunde nichts Besonderes schaffen wollen, er war nur ein Mittel zum Zweck.« Ähnlich sprachen Grottkau und andere. Schließlich wurde folgender Antrag angenommen:

»Die Generalversammlung möge den Wunsch aussprechen, daß sobald wie möglich die innerhalb unserer Partei bestehenden gewerkschaftlichen Verbindungen aufgelöst und die Mitglieder dem Allgemeinen Deutschen Arbeiterverein zugeführt werden. Es ist Pflicht der Mitglieder des Allgemeinen Deutschen Arbeitervereins, in diesem Sinne zu wirken.«

Kann man Mende trauen – und seine Angabe ist meines Wissens unwidersprochen geblieben –, so hatte auch Schweitzer gegenüber Mende und der Gräfin Hatzfeldt bei ihrem im Frühjahr 1869 abgeschlossenen Pakt – ich komme später darauf – versprochen, die Gewerkschaftsorganisation als im Widerspruch mit Lassalles Ansichten stehend mehr und mehr in den Hintergrund treten zu lassen. Später änderten sich die Ansichten im Allgemeinen Deutschen Arbeiterverein zugunsten der Gewerkschaften.

*

Der dem Vorort Leipzig vom Nürnberger Vereinstag zugeteilten Aufgabe kamen wir nach und entwarfen ein Normalstatut für Gewerksgenossenschaften, dessen Verfasserschaft mir zufiel. Sobald dasselbe fertiggestellt war, ging es in Massen an die Organisationen mit der Aufforderung, für die Gründung internationaler Gewerksgenossenschaften – welchen Titel wir gewählt hatten – tätig zu sein. Ich selbst legte Hand mit an, indem ich zahlreiche Versammlungen für die Gründung solcher Gewerkschaften abhielt. Der Titel »Internationale Gewerksgenossenschaften« ging eigentlich etwas weit, denn wir konnten doch nur darauf rechnen, die deutschsprechenden Länder in die Organisation zu ziehen. In der Hauptsache sollte mit dem Namen die Tendenz ausgedrückt werden. Es kamen denn auch eine Anzahl solcher Organisationen zustande, so die Internationale Gewerksgenossenschaft der Manufaktur-, Fabrik- und Handarbeiter, der Maurer und Zimmerer, der Metallarbeiter, der Holzarbeiter, der Schneider, Kürschner und Kappenmacher, der Schuhmacher, der Buchbinder, der Berg- und Hüttenarbeiter.

Es war nicht zu leugnen, daß, wenn schon die politische Bewegung unter der Spaltung litt, die Gewerkschaftsbewegung in noch viel höherem Maße darunter leiden mußte. Aber keine Partei wollte auf die Gründung besonderer Gewerkschaften verzichten, weil jede darin eine Stärkung ihrer Macht sah. Wie unglücklich die Zersplitterung wirkte, bekam namentlich Fritzsche im folgenden Jahre am eigenen Leibe zu spüren, indem infolge der heftigen Parteikämpfe die Mitgliedschaft seines Verbandes von ungefähr 9000 Mitgliedern auf etwas über 2000 sank. In Hamburg-Altona verlor er sämtliche Mitglieder. Allerdings war an diesem Sturze teilweise der Bankrott der Berliner und der Leipziger Produktivgenossenschaften der Tabakarbeiter schuld, die nach einem verlorenen Streik gegründet worden waren.

Wir in Leipzig suchten den Zerwürfnissen in der Gewerkschaftsbewegung möglichst vorzubeugen. Wir beriefen Ende Oktober 1868 im Verein mit Mitgliedern des Allgemeinen Deutschen Arbeitervereins eine stark besuchte Arbeiterversammlung mit der Tagesordnung »Die Gewerksgenossenschaften« ein. Liebknecht referierte und empfahl folgende Resolution:

»In Erwägung, daß die Gründung von Gewerksgenossenschaften nach dem Muster der englischen Trade Unions behufs Organisierung der Arbeiterklasse zur Wahrung und Förderung ihrer Interessen und zur Stärkung ihres Klassenbewußtseins notwendig ist;

in Erwägung ferner, daß durch die Beschlüsse der verschiedenen Arbeiterkongresse bereits die Anregung gegeben und der Anfang zur Gründung von Gewerksgenossenschaften gemacht worden ist, beschließt die heutige Arbeiterversammlung, energisch vorzugehen zur Bildung solcher Genossenschaften, und beauftragt ein zu diesem Zwecke zu wählendes Komitee, die dazu nötigen Schritte zu tun und namentlich mit den Verwaltungen der Arbeiterkassen usw. in Verbindung zu treten.«

Es wurde alsdann ein Komitee gewählt, in dem vom Allgemeinen Deutschen Arbeiterverein unter anderen Seyferth und Taute neben Liebknecht und mir saßen. Das Komitee lud Angehörige aller Gewerke ein, um mit diesen die Organisation von Gewerkschaften zu besprechen. Diese Zusammenkunft fand unter meinem Vorsitz statt und wurde folgende von Liebknecht und mir verfaßte Resolution einstimmig angenommen:

»Die Versammlung beschließt: Die von der Mehrheit des Nürnberger Arbeitervereinstags und der Mehrheit des Berliner Arbeiterkongresses gegründeten respektive zu gründenden Gewerksgenossenschaften haben darauf hinzuwirken:

1. daß von beiden Seiten nach gegenseitiger Verabredung eine gemeinschaftliche Generalversammlung *zum Behuf der Einigung und Verschmelzung berufen werde;*

2. daß, bis eine Einigung und Verschmelzung zustandekommt, die beiderseitigen Gewerksgenossenschaften in ein Vertragsverhältnis zueinander treten, sich namentlich mit ihren Kassen gegenseitig unterstützen und womöglich einen gemeinsamen provisorischen Ausschuß wählen;

3. daß beide Teile unter allen Umständen jede Gemeinschaft mit den Hirsch-Dunckerschen Gewerksgenossenschaften zurückweisen, die, von Feinden der Arbeiter gestiftet, keinen anderen Zweck haben, als die Organisation der Arbeiter zu hintertreiben und die Arbeiter zu Werkzeugen der Bourgeoisie herabzuwürdigen.«

Das Verlangen nach Verständigung fand aber auf der anderen Seite kein Entgegenkommen. In Nr. 141 des »Sozialdemokrat« vom 2. Dezember 1868 veröffentlichte Schweitzer eine Resolution, wonach das Präsidium und der Zentralausschuß des Allgemeinen Deutschen Arbeiterschaftsverbandes unsere Anträge zurückgewiesen hatten und aufforderten, »jedem Versuch, die Bewegung zugunsten der persönlichen Zwecke einzelner zu zersplittern, mit allem Nachdruck entgegenzuarbeiten«.

Damit war der Versuch, wenigstens zwischen uns und dem Allgemeinen Deutschen Arbeiterverein auf dem Gebiet der gewerkschaftlichen Organisation zu einer Verständigung zu gelangen, bis auf weiteres aussichtslos geworden.

War im Allgemeinen Deutschen Arbeiterverein für die Gewerkschaftsbewegung keine große Sympathie vorhanden, so war im Lassalleschen Allgemeinen Deutschen Arbeiterverein, das heißt der Hatzfeldt-Mendeschen Richtung, die Stimmung eine direkt feindselige. Hier sah man die Gründung von Gewerkschaften als eine Verletzung der Lassalleschen Grundsätze und der Lassalleschen Organisation an, mit der man eine Art religiösen Kultus trieb. Als ich daher unter den vielen Versammlungen, die ich damals für die Gründung von Gewerkschaften abhielt, auch einer solchen in Dresden beiwohnte, kam es dort zu tumultuarischen Störungen zwischen uns und den Anhängern der Hatzfeldt-Mende unter Försterlings Führung. Ich hatte nach einer Rede zu erklären beantragt:

»In Erwägung, daß die Organisation der Arbeiterklasse zum Schutz gegen die Ausbeutung der Bourgeoisie dringend notwendig ist; in Erwägung ferner, daß eine Organisation der gesamten Arbeiterklasse nach dem Beispiel und den Erfahrungen der industriell am weitest vorgeschrittenen Länder durch die Gewerksgenossenschaften am besten erreicht werden kann, erklärt sich die Versammlung mit der Gründung von Gewerksgenossenschaften einverstanden und beauftragt das einzuberufende Komitee, die nötigen Schritte zu deren Bildung zu tun.«

In der darauf folgenden Diskussion entdeckte ich, daß der Vorsitzende, ein Lassalleaner, wiederholt die Rednerliste fälschte, was ich öffentlich feststellte und was zu heftigen persönlichen Auseinandersetzungen zwischen Försterling und mir führte. Plötzlich schloß Försterling die Versammlung, worauf großer Tumult entstand. Der Polizeikommissar forderte die Anwesenden auf, den Saal zu verlassen. Vahlteich und ich protestierten. Der Kommissar erklärte, er habe keinen Grund gehabt, die Versammlung aufzulösen, aber nachdem dieselbe geschlossen worden sei, würde jede Fortsetzung derselben eine Verletzung des Gesetzes bedeuten. Darauf verließen er und Försterling den Saal. Unter heftigem Widerspruch eines Teils der Versammlung eröffnete Vahlteich aufs neue die Versammlung und ließ mich zum Vorsitzenden wählen. Die Debatte war im schönsten Gang und Vahlteich als dritter Redner eben beim Wort, als der Polizeikommissar wieder erschien, den Redner unterbrach und mich aufforderte, die Versammlung zu schließen. Ich widersprach, da zur Schließung kein Grund vorliege. Darauf drohte er mit der Auflösung, worauf ich unter Protest die Versammlung schloß. Die Aufregung über diese Vorgänge war so groß, daß Försterling, wäre er noch anwesend gewesen, eine unangenehme Erinnerung davongetragen hätte.

Die Gewerkschaftsfrage kam unsererseits wieder auf dem Eisenacher Kongreß im August 1869 zur Erörterung. Man mißbilligte namentlich, daß die Aufnahme von Mitgliedern von einem politischen Glaubensbekenntnis abhängig gemacht würde, wie das von Schweitzer verlangt wurde. Greulich sprach sich für die internationale Organisation aus, die am besten sich eigne, die Massen in die Gewerkschaften zu bringen. Vor den Massen habe der Kapitalist Angst, nicht vor unseren paar elenden Pfennigen. Zuletzt wurde auf Antrag Yorks eine Resolution zugunsten der Einigung der Gewerkschaften angenommen. Ein Antrag Mottelers, der verlangte, daß die Gewerkschaften den Abschluß von Rückversicherungen (Kartellen) betreiben sollten, fand ebenfalls Zustimmung. Auf dem Parteikongreß zu Stuttgart – Juni 1870 – stand abermals die Gewerkschaftsfrage auf der Tagesordnung. Die Verhandlungen bewegten sich auf dem alten Gleise. Die Frage der Einigung spielte wieder die Hauptrolle, aber ein praktisches Resultat blieb aus. Von 1871 ab begannen die Gewerkschaften unter der Gunst der großen Prosperitätsepoche, die nach dem Schluß des Deutsch-Französischen Krieges einsetzte, sich stärker zu entwickeln; sie traten jetzt auch selbständiger auf. Die Zeit des glänzenden Geschäftsganges, der im Jahre 1874 von dem großen Krach plötzlich unterbrochen wurde, begünstigte ungezählte Arbeitseinstellungen in allen Branchen. Aber diese Erscheinung schuf auch eine Menge Unzuträglichkeiten für die bestehenden Organisationen, die Mittel zur Unterstützung der Streikenden aufbringen sollten, die weit über ihre Kräfte gingen. Das veranlaßte schon Ende Mai 1871 den sozialdemokratischen Arbeiterverein in Leipzig nach längerer Diskussion, folgende Resolutionen zu beschließen und zu veröffentlichen:

»1. Daß Arbeitseinstellungen nur eines der Palliativmittel sind, die für die *Dauer* nicht helfen; 2. daß das Ziel der Sozialdemokratie nicht bloß dahin geht, innerhalb der heutigen Produktionsweise höhere Löhne zu erstreben, sondern die kapitalistische Produktionsweise überhaupt abzuschaffen; 3. daß bei der heutigen bürgerlichen Produktionsweise die Höhe der Löhne sich nach Angebot und Nachfrage richtet und sie auch durch die erfolgreichsten Streiks über diese Höhe nicht dauernd emporgehoben werden können; 4. daß in letzter Zeit mehrere Streiks nachweisbar von den Fabrikanten veranstaltet worden sind, um einen plausiblen Grund für die Erhöhung der Warenpreise während der Messe zu haben, und daß solche Streiks nicht den Arbeitern, sondern nur den Fabrikanten zugutekommen, die den Preis der Waren ungleich mehr erhöhen als den Arbeitslohn; 5. daß verunglückte Streiks die Fabrikanten ermutigen und die Arbeiter entmutigen – also unserer Partei doppelten Schaden verursachen; 6. daß die großen Fabrikanten sogar bisweilen einen Extravorteil von den Streiks haben, indem sie, während die kleinen Fabrikanten nicht arbeiten lassen, ihre Vorräte mit erhöhtem Gewinn absetzen; 7. daß unsere Partei augenblicklich nicht imstande ist, so viele Streiks materiell zu unterstützen.

Aus allen diesen Gründen wird den Parteigenossen dringend empfohlen, einen Streik nur dann zu beginnen, wenn eine gebieterische Notwendigkeit vorliegt und man über die dazu erforderlichen Mittel verfügen kann; ferner: Nicht so planlos zu verfahren wie bisher, sondern nach einem ganz Deutschland umfassenden Organisationsplan. Als bester Weg, Geldmittel und Organisationen zu beschaffen, wird die Gründung und Pflege der Gewerksgenossenschaften empfohlen.«

In Wien erging sich das Zentralorgan der österreichischen Parteigenossen, der »Volkswille«, in ähnlichen Betrachtungen und Ratschlägen, da auch dort infolge der außerordentlich günstigen Wirtschaftslage das Streikfieber immer mehr um sich griff. Die Ratschläge waren gut, aber befolgt wurden sie in den seltensten Fällen. Immerhin nahmen in jenen Jahren die Gewerkschaften eine erfreuliche Entwicklung.

Dagegen zeigte sich um diese Zeit, daß der von Schweitzer gegründete Allgemeine Deutsche Arbeiterunterstützungs-Verband keine Lebensfähigkeit besaß. Auf seiner Generalversammlung am 25. Mai 1871 waren nur noch 4275 Mitglieder durch 19 Delegierte aus 27 Orten vertreten. Das war der vollständige Zusammenbruch des Verbandes, dessen Organisation eine widersinnige war.

Mitte Juni 1872 trat in Erfurt ein Gewerkschaftskongreß zusammen, auf dem namentlich die Frage nach einer zentralen Leitung für die Gewerkschaften (Union) und die Gründung eines besonderen Gewerkschaftsorgans erörtert wurde. In einem Artikel, den ich am 8. Juni im »Volksstaat« veröffentlichte, entwickelte ich mein Programm für den Kongreß und verbreitete mich über die nach meiner Ansicht beste Art einer Verbindung der Gewerkschaften unter sich. Ich führte unter anderem aus, es ließe sich nicht leugnen, daß die Gewerkschaftsbewegung in Deutschland noch ziemlich im argen liege. Schuld sei die Spaltung der Arbeiter in verschiedene Fraktionen, die sich aufs bitterste bekämpften. Sei es schon schlimm, wenn sich die Arbeiter in verschiedenen sozialpolitischen Organisationen gegenüberstünden, so sei es erst recht schlimm, wenn die Arbeiter der einzelnen Gewerke in jeder Fabrik, ja in jeder Werkstätte sich gespalten gegenüberstünden. Und zwar nicht wegen des Prinzips, sondern wegen der Organisationsform, die doch veränderlich sei und sich den Verhältnissen anpassen müsse. Das sei der Fluch, unter dem die Bewegung leide. Traurig sei auch, daß die Masse sich von gewissenlosen Menschen fanatisieren ließe, was beweise, daß ein Teil der Arbeiter an Beschränktheit leide. Man spöttele über die Verknöcherung des Christentums, das aber doch immerhin achtzehn Jahrhunderte hinter sich habe, also ein Alter, das zum Verknöchern angetan sei. Aber die neuere soziale Bewegung sei erst zehn Jahre alt, und schon zeigten sich in ihr Verknöcherungssymptome. Diese würden zwar überwunden, aber vorläufig hinderten sie die Entwicklung ... *In der Gewerksgenossenschaft beruhe die Zukunft der Arbeiterklasse; sie sei es, in der die Massen zum Klassenbewußtsein kämen, den Kampf mit der Kapitalmacht führen lernten und so, naturgemäß, die Arbeiter zu Sozialisten machten.* Dann setzte ich ausführlich meine Organisationsvorschläge auseinander.

Auf dem Erfurter Gewerkschaftskongreß, auf dem sechs Gewerkschaftsorganisationen, die der Manufaktur- und Fabrikarbeiter, der Metallarbeiter, der Holzarbeiter, der Schneider, der Schuhmacher, der Maurer und verschiedene Fachvereine vertreten waren, wurde eine Gewerkschaftsunion und die Herausgabe eines Gewerkschaftsorgans, »Die Union«, beschlossen. Auf Antrag Yorks wurde folgende Resolution einstimmig angenommen:

»In Erwägung, daß die Kapitalmacht alle Arbeiter, gleichviel, ob sie konservativ, fortschrittlich, liberal oder Sozialdemokraten sind, gleich sehr bedrückt und ausbeutet, erklärt der Kongreß es für die heiligste

Pflicht der Arbeiter, allen Parteihader beiseitezusetzen, *um auf dem neutralen Boden einer einheitlichen Gewerkschaftsorganisation* die Vorbedingung eines erfolgreichen kräftigen Widerstandes zu schaffen, die bedrohte Existenz sicherzustellen und eine Verbesserung ihrer Klassenlage zu erkämpfen. Insbesondere aber haben die verschiedenen Fraktionen der sozialdemokratischen Arbeiterpartei die Gewerkschaftsbewegung nach Kräften zu fördern, und spricht der Kongreß sein Bedauern darüber aus, daß die Generalversammlung des Allgemeinen Deutschen Arbeitervereins (in Berlin) einen gegenteiligen Beschluß gefaßt hat.«

Als ich nach langer Festungs- und Gefängnishaft im Frühjahr 1875 wieder frei war, machte mir August Geib den Vorschlag, an Stelle des braven York, der leider in der Neujahrsnacht auf 1875 gestorben war, die Redaktion des Zentral-Gewerkschaftsblattes »Die Union« zu übernehmen. Er stellte 50 Taler monatliches Gehalt in Aussicht. Partei und Gewerkschaften waren mittlerweile finanziell stärker geworden. Geib meinte, ich könne die Redaktion ganz gut neben meinem Geschäft übernehmen. Ich lehnte ab. Ich konnte unmöglich neben meinem Geschäft und meiner Tätigkeit für die Partei auch noch dauernd gewerkschaftlich tätig sein.

Das hinderte mich natürlich nicht, nach wie vor der Gewerkschaftsbewegung meine Aufmerksamkeit und Unterstützung zuteilwerden zu lassen, namentlich durch Versammlungen, die ich für die verschiedensten Branchen hielt. Anfangs der neunziger Jahre, als die Gewerkschaftsbewegung in auffälliger Weise in ihrer Entwicklung hinter der sozialistischen Parteibewegung zurückblieb, schien es mir, als sei sie zu einem gewissen Stillstand verurteilt, namentlich infolge der ins Leben getretenen deutschen Versicherungsgesetzgebung, die den Gewerkschaften wichtige Gebiete ihrer Wirksamkeit entzogen hatte. Dieser Ansicht gab ich auch auf dem Parteitag in Köln 1893 öffentlich Ausdruck. Aber dieser Pessimismus war unberechtigt. Bald genug belehrten mich die Tatsachen eines Besseren. Mein Urteil, das ich im Anfang der Bewegung über die Gewerkschaften hatte, bestätigte sich jetzt glänzend als das richtigere und veranlaßte mich aufs neue, für die Gewerkschaften einzutreten wo immer ich konnte.

In den siebziger Jahren, von denen ich oben sprach, standen der Gewerkschaftsbewegung noch schwere Zeiten bevor. Die preußische Regierung, das heißt Bismarck, sah nicht nur in der sozialdemokratischen Partei, sondern auch in den Gewerkschaften einen Todfeind der Staats-

und Gesellschaftsordnung. So fand er für nötig, gegen beide vorzugehen. Bismarcks Werkzeug war in erster Linie der Staatsanwalt Tessendorf, der sich schon in Magdeburg auf diesem Gebiet die Sporen verdient hatte. Er wurde 1874 nach Berlin berufen, um hier auf höherer Stufenleiter die in Magdeburg begonnene Verfolgung fortzusetzen. Tessendorf entsprach den in ihn gesetzten Erwartungen. Er erreichte durch seine Anklagen nicht nur die Unterdrückung der Parteiorganisationen, auch verschiedene Gewerkschaften fielen ihnen zum Opfer. Dann kam das Attentatsjahr 1878 mit dem Sozialistengesetz, und nun wurde mit einem Schlage zerstört, was in mehr als zehnjähriger Arbeit unter unendlichen Opfern an Zeit, Geld, Kraft und Gesundheit geschaffen worden war. Aber nicht für immer. Dem Drang der Entwicklung und den Bedürfnissen der Zeit kann auch die stärkste Gewalt auf die Dauer nicht widerstehen. Das mußte jetzt Bismarck zu seiner eigenen Überraschung erfahren.

Meine erste Verurteilung

Die Miß- und Günstlingswirtschaft, die unter der Regierung der Königin Isabella von Spanien eingerissen war, vereinigte die Oppositionsparteien zu einer gewaltsamen Erhebung, die die Flucht Isabellas – Ende September 1868 – zur Folge hatte. Die Unentschiedenheit, mit der die aus den Führern der Oppositionsparteien zusammengesetzte provisorische Regierung die Frage nach der neuen Staatsform behandelte, veranlaßte die Demokratie der verschiedenen Länder, in Resolutionen und Adressen dem spanischen Volke die Gründung der Republik zu empfehlen. Natürlich glaubten wir noch ein übriges tun zu müssen und den Spaniern die Gründung einer sozialdemokratischen Republik anraten zu sollen, wozu nicht weniger als alle Bedingungen fehlten. Von den mehr als sechzigtausend Mitgliedern, die nach Zeitungsnachrichten sich der Internationale angeschlossen haben sollten, standen wohl mehr als fünfzigtausend nicht einmal auf dem Papier, sie waren ein Produkt der Phantasie. Es war damals die Periode der Übertreibungen, die namentlich der Internationale zugutekamen. Hörte man die bürgerlichen Zeitungen, so besaß die Internationale in Europa Millionen Mitglieder, und dementsprechend waren ihre Geldmittel ungeheure. Der gute Bürger geriet in Angst und Schrecken, las er in seiner Zeitung, der Kassierer der Internationale brauche nur den großen Geldschrank zu öffnen, um für jeden Streik

Millionen zur Verfügung zu haben. Ich selbst war eines Abends Augen-
und Ohrenzeuge, wie Prince Smith, der mir bei einer geselligen Zusammenkunft im Verein der Berliner Presse gegenübersaß, seinem Nachbarn
vertraulich erzählte, er habe heute einen Brief aus Brüssel erhalten, wonach der Generalrat der Internationale für den Streik der Kohlengräber
in der Borinage (Belgien) zwei Millionen Franken zur Verfügung gestellt
habe. Ich hatte Mühe, das Lachen zu unterdrücken. Der Generalrat wäre
froh gewesen, wenn er zwei Millionen Centimes in der Kasse gehabt
hätte. Der Generalrat hatte einen großen moralischen Einfluß, aber Geld
war immer seine schwächste Seite.

Diesen Übertreibungen von der Macht der Internationale fiel einige
Jahre später nach dem Aufstand der Kommune auch Bismarck zum
Opfer. Er wollte eine internationale Konferenz zur Bekämpfung der In-
ternationale veranstalten, wobei ihm der österreichische Kanzler, Herr
von Beust, bereitwillig an die Hand ging, obwohl nach dessen eigenem
Geständnis die Internationale für Österreich nicht in Betracht kam. Die
Durchführung des schönen Planes durchkreuzte die englische Regierung.
Und nicht bloß Bismarck, auch ein so gewandter Diplomat und Unter-
händler wie Oberst von Bernhardi ließ sich über die Internationale die
größten Bären aufbinden. So teilt er in »Aus dem Leben Theodors von
Bernhardi« den Bericht eines seiner Vertrauensleute mit, in dem es heißt:

»Vor allem werden die sozialistischen Wühlereien von London und
Genf aus eifrig fortgesetzt, um ganz Europa zu revolutionieren, und
zwar, um nicht bloß eine politische, sondern auch eine soziale Revolution
hervorzurufen. Sie werden von den beiden Comités internationaux in
London und in Genf geleitet. Das Komitee in London präsidiert Louis
Blanc, das Komitee in Genf Philipp Becker. Die Revolution soll zuerst
in Paris ausbrechen, und wenn sie dort siegreich ist, sich zunächst auf
Italien und dann auf das südliche Deutschland ausdehnen, wo viel
Zündstoff ist; sie soll dann aber auch das nördliche Deutschland erfassen,
wo man ebenfalls zahlreiche Verbindungen hat, und überhaupt ganz
Europa umgestalten. Zunächst ist man überall bemüht, das städtische
Proletariat vermittels des Koalitionsrechts militärisch zu organisieren.«

Nach Bernhardi waren alle Hauptstädte Deutschlands bereits insurgiert.
Häupter der Bewegung seien namentlich Schweitzer und Bebel. Solcher
Unsinn wurde also von sehr ernst zu nehmenden Leuten verzapft.

Die erwähnte Adresse »An das spanische Volk«, die Liebknecht in
einer Versammlung begründet und ich, als Vorsitzender der Versamm-

lung, vorgelesen und zur Abstimmung gebracht hatte, führte uns vor
den Kadi. Wir wurden schließlich jeder zu drei Wochen Gefängnis wegen
Verbreitung staatsgefährlicher Lehren verurteilt, die wir gegen Ende 1869
– so lange hatte der Instanzenzug gedauert – im Leipziger Bezirksgerichtsgefängnis verbüßten.

Außer der Anklage wegen Verbreitung staatsgefährlicher Lehren durch
Veröffentlichung der Adresse »An das spanische Volk« wollte man anfangs auch eine Anklage wegen Beleidigung Kaiser Napoleons gegen uns
erheben. Diese mußte aber fallengelassen werden, weil nicht, wie es das
Gesetz erforderte, Napoleon persönlich den Strafantrag gestellt hatte,
sondern sein Gesandter in Dresden.

Daß die spanische Revolution in ihrem weiteren Verlauf indirekt den
Anlaß zum Kriege zwischen Frankreich und Deutschland geben würde,
ahnte damals niemand.

196

Vor Barmen-Elberfeld

Die Kämpfe mit den Lassalleanern beider Linien wurden mit dem Jahre
1868 immer heftiger. Daran änderte auch nichts, daß wir für die Wahl
Hasenclevers im Wahlkreis Duisburg – Herbst 1868 – eine Geldsammlung
veranstalteten und die engere Wahl Yorks gegen den nationalliberalen
Professor Planck – der später Hauptmitarbeiter am Bürgerlichen Gesetzbuch und sein Kommentator wurde – im Wahlkreis Celle unterstützten.
Beide Schritte sollten beweisen, daß wir einen Unterschied zwischen den
Mitgliedern des Allgemeinen Deutschen Arbeitervereins und ihrem
Präsidenten machten. Für Anfang März 1869 hatten wir einen allgemeinen sächsischen Arbeitertag nach Hohenstein-Ernstthal ausgeschrieben
mit der Tagesordnung: »Reform des sächsischen Vereinsrechts und
Wahlrechts«. Die Einladung hatten auch die sächsischen Führer der
beiden Richtungen der Lassalleaner unterzeichnet. Den Tag vor dem
Arbeitertag sollte unsere Partei eine Landesversammlung abhalten mit
der Tagesordnung: »Die Gewerksgenossenschaften«. Im Rate der Hatzfeldt-Mende war es aber anders beschlossen.

Als ich Sonntagfrüh von einer Versammlung aus Mittweida nach
Hohenstein kam, sah ich, daß viele Arbeiter, die übernächtig und mit
Schmutz bedeckt waren, auf den Bahnhof eilten. Ich erfuhr jetzt, daß
diese, Anhänger der Hatzfeldt-Mende, den Abend zuvor 80 bis 100 Mann

stark aus Chemnitz in das Versammlungslokal gedrungen waren, um die Landesversammlung zu sprengen. Es war hierbei zu einem großen Tumult und schließlich zu Gewalttätigkeiten gekommen, worauf der Bürgermeister die Feuerwehr requiriert hatte, weil die Polizei sich als machtlos erwies, die Ruhe herzustellen. Vahlteich war verhaftet worden, weil er einen Stockdegen gezogen hatte. Nach wenigen Tagen kam er wieder frei. Die furchtbare Erregung, die diese Vorgänge in der ganzen Bevölkerung hervorriefen, hatten weiter dazu geführt, daß man die Landesversammlung absagte, was ich für einen groben Fehler hielt, aber nicht mehr ändern konnte. Von verschiedenen Seiten wurde mir gratuliert, daß ich bei jenem Tumult nicht zugegen gewesen sei; die Tumultuanten hätten besonders nach mir verlangt und mich niederzuschlagen gedroht.

Sechs Monate später – der Eisenacher Kongreß war vorüber – hielt ich in Chemnitz eine Riesenversammlung mit durchschlagendem Erfolg ab. Nach der Versammlung kamen eine Anzahl Arbeiter zu mir, die sich an jenem Tumult in Hohenstein beteiligt hatten, und baten mich um Verzeihung; sie erklärten, sie begriffen selbst nicht mehr, wie sie damals der Verhetzung hätten Folge leisten können.

Liebknechts und mein Wunsch war längst, mit J.B. von Schweitzer einmal eine persönliche Begegnung und Auseinandersetzung zu haben. Der Wunsch wurde rascher erfüllt, als wir hofften. Am 14. Februar beschloß eine von den Lassalleanern einberufene Versammlung in Leipzig, in der weder Liebknecht noch ich zugegen waren, Schweitzer und Liebknecht einzuladen, sich in einer öffentlichen Versammlung gegenüberzutreten und gegenseitig ihre Anschuldigungen vorzubringen. Liebknecht erklärte sofort im »Demokratischen Wochenblatt«, daß er diesen Beschluß mit Freuden annehme und bereit sei, in einer Volksversammlung Schweitzer entgegenzutreten und zu beweisen, daß Schweitzer – sei es für Geld oder aus Neigung – seit Ende des Jahres 1864 systematisch die Organisation der Arbeiterpartei zu hintertreiben suchte und das Spiel des Bismarckschen Zäsarismus spiele. Sollte Schweitzer, wie er schon einmal getan, ihm ausweichen wollen, so sei er bereit – allein oder mit mir –, in Gegenwart von Schweitzers Bevollmächtigten und der Arbeiterschaftspräsidenten ihm entgegenzutreten, oder – allein oder mit mir – auf der Generalversammlung des Allgemeinen Deutschen Arbeitervereins zu erscheinen und seine Anklagen zu begründen.

Weiter machte er den Vorschlag, den Generalrat der Internationale als Schiedsrichter zwischen Schweitzer und sich anzurufen.

Nachdem der »Sozialdemokrat« in seiner Antwort festgestellt, daß Schweitzer auf der letzten Generalversammlung nahezu einstimmig zum Präsidenten gewählt worden sei, also das volle Vertrauen des Vereins besitze, erwiderte er: nach der Organisation sei der Präsident über sein Tun und Lassen nur der Generalversammlung des Allgemeinen Deutschen Arbeitervereins verantwortlich. Schweitzer sei in Haft; seinen Entschließungen könne er, der »Sozialdemokrat«, nicht vorgreifen, er glaube aber, versichern zu können, daß er jedem, also auch den Herren Liebknecht und Bebel, auf der Generalversammlung in Barmen-Elberfeld Rede und Antwort stehen werde. Liebknecht werde also beim Wort genommen. Auf ein Schiedsgericht in Sachen seines Präsidenten könne sich der Allgemeine Deutsche Arbeiterverein nicht einlassen.

Wir waren von dieser Antwort, die offenbar Schweitzer selbst verfaßt hatte, sehr befriedigt. Bei dem Verlauf, den die Angelegenheit genommen, und bei dem Aufsehen, das sie in beiden Lagern gemacht hatte, konnte Schweitzer nicht ausweichen. Daß er sich für unsere Zulassung zur Generalversammlung entschied, war uns sehr genehm, obgleich wir, streng genommen, dorthin nicht gehörten, da wir nicht Mitglieder des Allgemeinen Deutschen Arbeitervereins waren. Offenbar nahm Schweitzer an, daß er inmitten der Delegierten zur Generalversammlung am ehesten Deckung finden würde und eine Verhandlung hinter verschlossenen Türen ihn am wenigsten kompromittiere.

Merkwürdigerweise erklärte der »Sozialdemokrat« drei Tage später, Schweitzer werde sich uns nicht stellen, wir hätten kein Recht, auf der Generalversammlung zu erscheinen. Aber in der nächsten Nummer des »Sozialdemokrat« wurde diese Notiz widerrufen. Wir sollten kommen, Schweitzer werde sogar auf der Generalversammlung seinen Einfluß ausüben, daß wir zugelassen würden. In Barmen-Elberfeld las man's später anders.

Nachdem wir die offizielle Einladung zur Generalversammlung erhalten hatten, dampften wir ab. In Kassel stieg ein Herr in unser Abteil, den wir für einen Delegierten zur Generalversammlung hielten. Unsere Vermutung stellte sich als begründet heraus. In der Unterhaltung erfuhren wir, daß unser Reisegefährte Wilhelm Pfannkuch war, der, wie er uns gestand, auch gleich geahnt hatte, wer wir waren. Wir fuhren zusammen nach dem Wuppertal.

Die Vorgänge auf der Generalversammlung in Barmen-Elberfeld und was dann weiter folgte zu schildern, behalte ich mir für den nächsten Teil meiner Erinnerungen vor; alsdann sollen auch die Gründe dargelegt werden, die J.B. von Schweitzer und uns zu Gegnern gemacht hatten.

Das Jahr 1869 ist für die deutsche Arbeiterbewegung von schwerwiegender Bedeutung geworden. Während desselben wurden, wenn auch erst nach heftigen Kämpfen und Beseitigung mancher Mißverständnisse die Richtlinien festgelegt, die für die weitere Entwicklung der deutschen Arbeiterbewegung sich als ausschlaggebend erwiesen. Der Eisenacher Kongreß, Anfang August, auf dem die sozialdemokratische Arbeiterpartei Deutschlands gegründet wurde, bildete den Höhepunkt in dieser Entwicklung. Auch politisch war die Situation eine gänzlich andere gegen wenige Jahre früher. Die Verfassung des Norddeutschen Bundes war dem Schöpfer desselben, Bismarck, wie auf den Leib geschnitten, wobei natürlich die liberalen Forderungen, von demokratischen ganz zu schweigen, sehr übel gefahren waren. Die Hoffnungen und Erwartungen, die nach dieser Richtung in den Kreisen der Liberalen vorhanden waren, erwiesen sich als eitel. Bismarck war nicht der Mann, der eine ihm günstige Situation ungenutzt vorübergehen ließ. Vorgänge, wie er sie in der Konfliktszeit erlebte, suchte er jetzt ein für allemal unmöglich zu machen. Und der größte Teil der Liberalen kam ihm darin entgegen. Es war ihnen vor ihrer eigenen Gottähnlichkeit, als Männer der starren Opposition, bange geworden. Das preußische Militärsystem wurde in Bausch und Bogen und unter entsprechender Erweiterung auf den Norddeutschen Bund übertragen. Für die Marine wurden die ersten Keime gelegt. Ministerverantwortlichkeit und Diäten für die Abgeordneten flogen ins alte Eisen. Bismarck wurde unumschränkter Beherrscher der inneren Situation.

Dafür, daß die liberale Bourgeoisie in allen wichtigen politischen Fragen Bismarck das weiteste Entgegenkommen zeigte, ein Entgegenkommen, das bis zur Entmannung ging, erlangte sie die volle Befriedigung ihrer wirtschaftlichen Forderungen, die ihrer Natur nach auch eine Anzahl Forderungen der Arbeiterklasse erfüllten. Freizügigkeit, Aufhebung der Paßbeschränkungen, Erleichterung der Eheschließung und Niederlassung, denen im Jahre 1869 die Gewerbeordnung folgte, hatten mittlerweile Gesetzeskraft erlangt. Mit der Schaffung des Zollparlaments war unter Teilnahme der süddeutschen Staaten die Zoll-, Handels- und indirekte Steuergesetzgebung ebenfalls in den Kreis der parlamentarischen

Beratungen gezogen. Damit war ein Tätigkeitsfeld eröffnet, das ich nach meinen Kräften beackern half. Wie und mit welchem Erfolg, soll mit Gegenstand der Darlegung im zweiten Teile werden.

Zweiter Teil

Geleitwort

Früher, als ich selbst gehofft, ist es mir ermöglicht worden, den vorliegenden zweiten Band »Aus meinem Leben« fertigzustellen. Mein Gesundheitszustand hat sich in den letzten anderthalb Jahren erheblich gebessert und damit ist meine Leistungsfähigkeit gehoben worden. Leider fiel in diese Zeit die lange, schwere Erkrankung meiner teuren, unvergeßlichen Frau, mit deren Hinscheiden Ende November 1870 ihr Leiden seinen Abschluß fand.

Der zweite Band ist weit stärker geworden, als ich anfangs geahnt; er wuchs mir unter den Händen zu einer Art Geschichte der Partei, was erklärlich ist bei der Stellung, die ich in der Partei erlangte. Auch kamen mir noch Briefe und Aktenmaterial in die Hände, das ich verloren glaubte. Während dem ruhelosen, überarbeiteten Leben, das ich länger als ein Menschenalter führte, war vorsichtshalber manches beseitigt und vergessen worden, das sich bei gründlichem Nachforschen wiederfand. Außerdem gelangten, da ich als Miterbe des Friedrich Engelsschen literarischen Nachlasses testamentarisch eingesetzt worden war, die meisten meiner Briefe wieder in meinen Besitz, die ich im Laufe mehrerer Jahrzehnte mit Friedrich Engels und Karl Marx gewechselt hatte. Den Hauptinhalt dieser Briefe, die wesentlich in die Zeit des Sozialistengesetzes fielen, werde ich im dritten Bande benutzen.

Dieser letztere wird, vorausgesetzt, daß mir überhaupt das Leben und die nötigen Kräfte verbleiben, erst nach längerer Zeit erscheinen. Die Vorarbeiten befinden sich noch in den Anfängen. Möglicherweise muß ich diesen dritten Band in zwei Teile zerlegen. Sein Inhalt wird die zwölf Jahre Sozialistengesetz, die »Heroenzeit« der Partei, wie diese Periode gern genannt wird, umfassen. Damit gedenke ich meine Veröffentlichungen größeren Umfangs abzuschließen.

Dem Schlußband wird ein Namen- und Sachregister beigegeben werden.
Zürich, den 2. September 1911

A. Bebel

Die Periode des Herrn v. Schweitzer in der Proletarischen Arbeiterbewegung

Jean Baptist v. Schweitzer

Unter den Persönlichkeiten, die nach dem Tode Lassalles nacheinander die Führung des von ihm gegründeten Vereins übernahmen, steht J. B. v. Schweitzer allen weit voran.

In Schweitzer erhielt der Verein einen Führer, der in hohem Grade eine Reihe Eigenschaften besaß, die für seine Stellung von großem Werte waren. Er besaß die nötige theoretische Vorbildung, einen weiten politischen Blick und eine kühle Überlegung. Als Journalist und Agitator hatte er die Fähigkeit, die schwierigsten Fragen und Themen dem einfachsten Arbeiter klarzumachen; er verstand es wie wenige, die Massen zu fanatisieren, ja zu faszinieren. Er veröffentlichte im Laufe seiner journalistischen Tätigkeit in seinem Blatte, dem »Sozialdemokrat«, eine Reihe populärwissenschaftlicher Abhandlungen, die mit zu dem Besten gehören, was die sozialistische Literatur besitzt. So beispielsweise seine Kritik des Marxschen »Kapital« und die später als Broschüre veröffentlichte Abhandlung »Der tote Schulze gegen den lebenden Lassalle«, Arbeiten, die noch heute ihren vollen Wert haben. Auch als Parlamentarier erwies er sich als sehr geschickt und gewandt. Er erfaßte rasch eine gegebene Situation und verstand sie auszunutzen. Endlich war er auch ein guter Redner von großer Berechnung, der Eindruck auf die Massen und die Gegner machte.

Aber neben diesen guten, zum Teil glänzenden Eigenschaften besaß Schweitzer eine Reihe Untugenden, die ihn als Führer einer *Arbeiterpartei*, die in den ersten Anfängen ihrer Entwicklung begriffen war, dieser gefährlich machten. Für ihn war die Bewegung, der er sich nach mancherlei Irrfahrten anschloß, nicht Selbstzweck, sondern Mittel zum Zweck. Er trat in die Bewegung ein, sobald er sah, daß ihm innerhalb des Bürgertums keine Zukunft blühte, daß für ihn, den durch seine Lebensweise früh Deklassierten, nur die Hoffnung bestand, in der Arbeiterbewegung die Rolle zu spielen, zu der sein Ehrgeiz wie seine Fähigkeiten ihn sozusagen prädestinierten. Er wollte auch nicht bloß der Führer der Bewegung, sondern ihr Beherrscher sein, und trachtete sie für seine egoistischen Zwecke auszunutzen. Während einer Reihe von Jahren in einem von Jesuiten geleiteten Institut in Aschaffenburg erzogen, später sich dem Studium der Jurisprudenz widmend, gewann er in der jesuitischen Kasuistik und juristischen Rabulistik das geistige Rüstzeug, das ihn, der von Natur schon listig und verschlagen war, zu einem Politiker machte, der skrupellos seinen Zweck zu erreichen suchte, Befriedigung seines Ehrgeizes um jeden Preis und Befriedigung seiner großen, lebemännischen Bedürfnisse, was ohne auskömmliche materielle Mittel, die er nicht besaß, nicht möglich war. Es ist aber eine alte geschichtliche Erfahrung, die in allen Volksbewegungen sich bestätigt hat, daß führende Persönlichkeiten, die sybaritische[1] Gewohnheiten haben, aber wegen Mangel an Mitteln sie nicht zu befriedigen vermögen, leicht an sie herantretenden Versuchungen unterliegen, namentlich wenn sie dabei auch glauben, außer der Befriedigung ihres Ehrgeizes Scheinerfolge erringen zu können.

Die diktatorische Stellung, welche die Organisation des Allgemeinen Deutschen Arbeitervereins dem Leiter des Vereins einräumte, begünstigte die Schweitzerischen Bestrebungen ungemein. Es war aber auch ebenso natürlich, daß gegen die Gelüste des Diktators ein ständiger Kampf der selbständiger denkenden Mitglieder im Verein entstand. Die Opposition, zeitweilig durch seine brutale Rücksichtslosigkeit scheinbar niedergeworfen und aus dem Verein hinausgedrängt, erhob sich in Kürze in anderen Personen und an anderen Orten wieder, und es begann der Kampf von neuem gegen ihn. Seine Herrschaftsbestrebungen wurden noch dadurch ungemein begünstigt, daß das einzige Blatt, das der Verein besaß – und ein zweites neben diesem duldete er nicht –, »Der Sozialdemokrat«, in seinen Händen war und von ihm geleitet wurde. Damit hatte er das Mittel in der Hand und wandte es ohne Skrupel an, die geistige Beherrschung der Mitglieder zu einer absoluten zu machen, wobei er jeden Widerspruch und jede ihm unbequeme Meinungsäußerung gewaltsam niederhielt. Die Art, wie dabei wieder Schweitzer den Massen zu schmeicheln verstand, obgleich er innerlich sie verachtete, ist mir nie mehr in ähnlichem Maße begegnet. Sich selbst stellte er als ihr Werkzeug hin, das nur dem Willen des »souveränen Volkes« gehorche, dieses souveränen Volkes, das nur seine Zeitung las und dem er seinen Willen suggerierte. Wer aber wieder ihn zu lecken wagte, der wurde der nieder-

---

1   schwelgerische.

sten Motive geziehen, als eine Viertels- oder Achtelsintelligenz gebrandmarkt, die sich über die braven, ehrlichen Arbeiter erheben wolle, um sie im Interesse ihrer Gegner zu mißbrauchen.

Eine Rolle, wie Schweitzer sie allmählich spielte, war allerdings nur in den Jugendjahren der Bewegung möglich, und darin liegt die Entschuldigung für seine fanatisierten Anhänger. Wer heute die Rolle eines Schweitzer in der Bewegung spielen wollte, wäre in kurzer Zeit unmöglich, sei er wer er wolle.

Schweitzer war ein Demagog großen Stils, der an der Spitze eines Staates sich als ein würdiger Schüler Machiavellis – für dessen grundsatzlose Theorien er schwärmte – erwiesen haben würde. Die absolute Herrschaft, die er durch die erwähnten Mittel sich auf Jahre in seinem Verein zu sichern wußte, läßt sich nur vergleichen mit gewissen Erscheinungen in der katholischen Kirche. Er hatte eben nicht umsonst bei den Jesuiten Unterricht genommen.

Wessen wir – Liebknecht und ich – Schweitzer beschuldigten, war, daß er den Allgemeinen Deutschen Arbeiterverein – natürlich wider Wissen und Wollen des weitaus größten Teiles seiner Mitglieder – im Interesse der Bismarckschen Politik leite, *die wir nicht als eine deutsche, sondern als eine großpreußische Politik betrachteten,* eine Politik, betrieben im Interesse der Hohenzollernschen Hausmacht, die bestrebt war, die Herrschaft über ganz Deutschland zu gewinnen und Deutschland mit preußischem Geist und preußischen Regierungsgrundsätzen – *die der Todfeind aller Demokratie sind* – zu erfüllen.

Wie damals die Dinge im allgemeinen lagen und bei dem schweren Kampfe, in dem sich Bismarck mit der liberalen Bourgeoisie befand, benutzte er jedes Mittel, auch das unscheinbarste, das seinen Zwecken dienen konnte. Ich habe bereits im ersten Teil dieser Arbeit dargelegt, wie Bismarck noch vor dem Auftreten Lassalles in dem Lackierer Eichler einen gewandten Agenten besaß, der für seine Politik in den Arbeiterkreisen Propaganda machte. Lassalle, der nicht als Dienender, sondern als Gleichberechtigter, als Macht zu Macht mit Bismarck in Unterhandlungen sich einließ, unterstützte mehr als er wohl selbst wollte diese Bismarckschen Bestrebungen. Seine Verhandlungen mit Bismarck wurden zwar offenbar mit dem Februar 1864 abgebrochen und bis zu seinem (Lassalles) Tode nicht wieder aufgenommen, aber das Streben, die Arbeiterbewegung der Bismarckschen Politik dienstbar zu machen, blieb bestehen und hatte einen gewissen Erfolg, woran die scharfe Absage, die

Karl Marx dem alter ego Bismarcks, Lothar Bucher, gab, als dieser ihn zur Mitarbeit am preußischen »Staatsanzeiger« einlud, nichts änderte.

Helene v. Rakowicza (Helene v. Dönniges), die ehemalige Geliebte Lassalles, wegen der er in das Duell, das ihm das Leben kostete, verwickelt wurde, erzählt in ihrem Buche: »Von anderen und mir«, Berlin 1909, daß sie in einer Nachtunterhaltung Lassalle die Frage vorgelegt: Ist's nun wahr? Hast du mit Bismarck allerlei Geheimes zu tun? Worauf dieser geantwortet habe: »Was Bismarck anbelangt und was er von mir gewollt hat und ich von ihm? – Laß dir's genügen, daß es nicht zustandekam, nicht zustandekommen konnte. Wir waren beide zu schlau – wir sahen unsere beiderseitige Schlauheit und hätten nur damit enden können, uns (immer politisch gesprochen) ins Gesicht zu lachen. Dazu sind wir zu gut erzogen – also blieb es bei den Besuchen und geistreichen Gesprächen.«

Diese Darstellung klingt wahrscheinlich. Es hieße Lassalles Scharfsinn und seine Einsicht beleidigen, sollte er anders gedacht haben, als hier seine ehemalige Geliebte erzählt. Überhaupt konnte kein scharfsinniger und einsichtiger Mensch, und das war auch Schweitzer, sich täuschen über das, was ein Sozialdemokrat von Bismarck erlangen konnte, was nicht, und daß, wenn Bismarck auf irgendwelche Beziehungen mit Sozialdemokraten sich einließ, es nur geschah, um sie in seinem Interesse zu verwenden und nachher wie ausgepreßte Zitronen beiseitezuwerfen. Oder ein anderes, daß sie sich an ihn verkauften und ihm Dienste leisteten, was bei Lassalle nicht in Frage kommen konnte.

Für meine Auffassung spricht zunächst die Tatsache, daß, als an des Präsidenten Bernhardt Beckers Stelle F.W. Fritzsche Vizepräsident des Allgemeinen Deutschen Arbeitervereins wurde, Dr. Dammer, der frühere Vizepräsident des Vereins, Fritzsche empfahl, *er solle bei seinen Agitationen im Königreich Sachsen neben den sozialistischen Forderungen für die preußische Spitze eintreten und die über diese Versammlungen veröffentlichten Zeitungsberichte direkt an Bismarck senden, auch diesem über die abgehaltenen Versammlungen direkt berichten.* Fritzsche selbst hat mir diese Mitteilungen gemacht, als es sich im Herbst 1878 um die Bekämpfung des Entwurfs des Sozialistengesetzes handelte. Diese Mitteilungen habe ich damals im Reichstag in einer Rede gegen Bismarck auch verwendet.

Die Versuche, den Allgemeinen Deutschen Arbeiterverein für die Bismarcksche großpreußische Politik nutzbar zu machen, waren also

sehr frühzeitig vorhanden und dauernde. Es wird Sache meiner Auseinandersetzungen sein, zu beweisen, daß Schweitzer diesen Bestrebungen
Bismarcks bewußt diente.

Wäre Schweitzer ein Mann gewesen, der der Sache, die er äußerlich
verfocht, innerlich ehrlich zugetan war, wäre er ein Mann gewesen, von
dem jeder Parteigenosse überzeugt sein mußte, daß nur die Begeisterung
und das reinste Streben, der Arbeiterklasse zu dienen, bei ihm vorhanden
war, hätte er die sehr bedenklichen Zweideutigkeiten, die in seinem politischen Leben auftauchten, zu vermeiden gewußt, wäre mit einem
Worte sein ganzes Tun Vertrauen fordernd gewesen, er wäre bis an sein
Lebensende unbestritten der Führer der Partei geblieben. Jeder Versuch,
ihn zu diskreditieren, wäre an ihm abgeprallt, mochten solche Angriffe
ausgehen von welcher Seite immer. Statt dessen mußte er sein stetig
sinkendes Ansehen verteidigen und erlebte schließlich, daß nach der
Niederlegung seiner Präsidentschaft, als jeder wagen durfte, frei zu
sprechen, ohne Gefahr, von einem Bannstrahl getroffen zu werden, gerade diejenigen die ehrenrührigsten Anklagen gegen ihn erhoben, die
ihn einstmals gegen die Angriffe von unserer Seite fanatisch verteidigt
hatten. So kam es, daß die Nachricht von seinem Tode jene kalt und
gleichgültig ließ, die im anderen Falle ihn bis zur letzten Stunde als ihren
Führer anerkannt und seinem Andenken alle Ehren erwiesen haben
würden.

*

Jean Baptist v. Schweitzer wurde am 12. Juli 1834 zu Frankfurt am
Main geboren. Das Blut, das in seinen Adern floß, war, nach seinen
Vorfahren zu urteilen, eine Mischung von italienisch-französischem mit
deutschem Blute. Seine Familie, die im Jahre 1814 vom damaligen König
von Bayern geadelt wurde, gehörte zu den sogenannten Patrizierfamilien
Altfrankfurts.

Was der junge Schweitzer in seiner Familie sah und hörte, war nicht
sehr erhebend und von zweifelhaft erzieherischem Einfluß. Der Vater,
einst Kammerjunker bei dem berüchtigten Herzog Karl von Braunschweig, der 1830 eilig sein Land verlassen mußte, wollte er nicht der
Volkswut zum Opfer fallen, war ein Lüdrian, der als Verschwender lebte.
Die Mutter, die getrennt von ihrem Manne ein besonderes Haus führte,
trieb es in der gleichen Weise. Kein Wunder, daß der junge Jean Baptist

bei solcher Abstammung und bei solchem Vorbild in die elterlichen Fußtapfen trat, nur daß ihm die Mittel fehlten, welche die Eltern verjubelt hatten, worauf denn für ihn das Schuldenmachen die notwendige Konsequenz war.

Gegen die Mitte der fünfziger Jahre führte ihn sein Studium auch nach Berlin, wo er unter anderem im Hause Krummachers, dessen Frau eine Verwandte seiner Großmutter war, verkehrte, und die führenden Männer der preußischen Reaktion, so zum Beispiel Friedrich Julius Stahl, kennenlernte. Die später in seinen Schriften hervortretende scharfe und treffende Kritik der Natur des preußischen Staates dürfte er bei seinem Aufenthalt in Berlin und im Verkehr mit den maßgebenden Gesellschaftskreisen gewonnen haben. Sein großdeutsch-österreichischer Standpunkt, der nicht nur der herrschende in seiner Familie, sondern auch in den Bürgerkreisen Altfrankfurts war, mochte seine Beobachtungsgabe besonders schärfen. Er lernte jetzt den Staat in seinem innersten Wesen kennen, der der Todfeind Österreichs war. Dieser sein großdeutsch-österreichischer Standpunkt kam auch in den politischen Schriften zum Ausdruck, deren erste Schweitzer 1859 veröffentlichte, und zwar in Frankfurt, wo er sich 1857 als Rechtsanwalt niedergelassen hatte, dem aber die Praxis fehlte. Diese Schrift, die während des österreichisch-italienisch-französischen Krieges veröffentlicht wurde, führte den bezeichnenden Titel »Österreichs Sache ist Deutschlands Sache« und forderte das Eintreten von Gesamtdeutschland für Österreich. Die zweite Schrift mit gleicher Tendenz führte den Titel: »Widerlegung von Karl Vogts Studien zur gegenwärtigen Lage Europas«. Dieselbe schließt: Österreichs Sache ist die Sache des europäischen Rechtes und der europäischen Ordnung, die Sache der Kultur und Humanität und vor allem die *nationale Sache deutscher Ehre und deutscher Unabhängigkeit.*

In einer dritten Schrift, die 1860 erschien, betitelt »Der einzige Weg zur nationalen Einheit«, rückt er erheblich nach links. Er bekennt sich als Republikaner und sieht nur in einer demokratischen Einheit Deutschlands, die durch eine Revolution von unten herbeizuführen sei, das Heil Deutschlands. Indes verfiel er später wieder in seine großdeutsch-österreichischen Sympathien, bis er endlich nach seiner persönlichen Bekanntschaft mit Lassalle ins kleindeutsche Lager abschwenkte und in der Politik eines Bismarck die einzige Möglichkeit zur Lösung der deutschen Frage sah.

Der Beginn der Volksbewegung und die Gründung des Nationalvereins im Jahre 1859 mit seinen kleindeutschen Bestrebungen konnten Schweitzer nicht gleichgültig lassen. Er trat, entsprechend seinem damaligen Standpunkt, gegen den Nationalverein auf. Er meinte (Januar 1861), nur wenn der Nationalverein sich für die Republik, das hieß also für die Revolution erkläre, könne er auf die Hilfe der *Arbeiter* rechnen. Preußen sei nicht besser als Österreich; *beide müßten zertrümmert werden,* sollte die deutsche Einheit möglich sein.

Als dann im November 1861 in Frankfurt a.M. mit seiner Hilfe ein Arbeiterbildungsverein gegründet wurde, wählte man Schweitzer zu dessen Vorsitzenden. Hier vertrat er die gleichen radikalen Ideen. Anfang 1862 erschien wiederum eine Schrift von ihm, »Zur deutschen Frage«, in der er sich abermals als unerbittlichen Gegner der hohenzollernschen Hauspolitik und der preußischen Führerschaft in Deutschland bekannte und die Jämmerlichkeit der Mittelparteien brandmarkte. Er trat jetzt als Vielgeschäftiger in der Politik hervor. So wurde er auch Vorsitzender des Frankfurter Turnvereins; Vereine, die damals samt und sonders eine eifrige politische Tätigkeit entfalteten, obgleich sie angeblich unpolitische Vereine sein sollten. Das gleiche war mit der Schützenvereinsbewegung der Fall. Auch in dieser trat Schweitzer aktiv hervor und wurde, als der deutsche Schützenbund gegründet wurde, Mitglied des engeren Ausschusses desselben. Als dann Juli 1862 das erste deutsche Schützenfest in Frankfurt abgehalten wurde, war Schweitzer Schriftführer des Zentralausschusses und Redakteur der Festzeitung. Der intime Umgang, den er damals mit dem Herzog von Koburg, dem »Schützenherzog«, pflog, an dessen Seite er sich häufig auf dem Festplatze zeigte, stand freilich in Widerspruch zu seinem bisherigen radikalen Verhalten und auch zu der radikalen Rede, die er am 22. Mai 1862 auf dem Arbeitertag des Maingaues in durchaus sozialistischem Sinne gehalten hatte, wie ich das bereits im ersten Teil dieser meiner Arbeit erwähnte.

Schweitzer hatte um diese Zeit gleichzeitig mehrere Eisen im Feuer. Aber da brach das Verhängnis über ihn herein. Er wurde kurz nach dem Frankfurter Schützenfest zweier Verfehlungen öffentlich beschuldigt, die einen schwarzen Schatten auf sein späteres Leben warfen und als Merkmale seines Charakters von Bedeutung sind.

Zunächst wurde er beschuldigt, 2600 Gulden für die Kasse des Frankfurter Schützenfestes unterschlagen zu haben. Klage wurde von seiten des Ausschusses nicht erhoben, und das gab wohl Veranlassung, daß die Tat überhaupt bestritten wurde. Demgegenüber möchte ich feststellen, daß der Justizrat Sterzing in Gotha, der im Zentralausschuß des Schützenfestes saß, mit seiner Namensunterschrift eine Erklärung in der »Allgemeinen Deutschen Arbeiterzeitung« in Koburg erließ, worin er die Unterschlagung als Tatsache bestätigte. Als dann einige Jahre später im Allgemeinen Deutschen Arbeiterverein die Opposition gegen Schweitzer losbrach, schickte die Gothaer Mitgliedschaft einen ihrer Angehörigen zu Justizrat Sterzing, um ihn zu fragen, ob die gegen Schweitzer erhobene Beschuldigung der Unterschlagung wahr sei. Sterzing bestätigte das. Darauf wandte sich die Gothaer Mitgliedschaft an Schweitzer, teilte ihm die Äußerung Sterzings mit und ersuchte ihn, Sterzing zu verklagen. Schweitzer lehnte ab. Er erklärte: das falle ihm nicht ein, da habe er viel zu tun.

Ein anderer noch unliebsamerer Vorgang trug sich im August 1862 im Schloßgarten zu Mannheim zu. Schweitzer wurde beschuldigt, am Vormittag des betreffenden Tages ein Sittenvergehen an einem Knaben begangen zu haben. Er wurde mit vierzehn Tagen Gefängnis bestraft. Die Handlung wäre viel schwerer bestraft worden, hätte man den betreffenden Knaben feststellen können. Dieses gelang nicht. Wohl aber wurden andere Knaben gefunden, denen Schweitzer das gleiche Ansinnen gemacht hatte. Daraufhin fand seine Verurteilung statt. Im Eifer, Schweitzer reinzuwaschen, hat man die Unschuld Schweitzers, die er natürlich selbst behauptete, zu beweisen versucht. Im Interesse der historischen Wahrheit sollten solche Versuche unterbleiben. Man mag über die gleichgeschlechtliche Liebe noch so frei denken, so war es unter allen Umständen eine Ehrlosigkeit, die Befriedigung derselben am hellen Tage in einem öffentlichen Park und an einem schulpflichtigen Knaben zu versuchen. Bemerkt sei auch, daß Schweitzer sich hütete, gegen das erstinstanzliche Urteil Berufung einzulegen, was sicher geschehen wäre, wenn er sich unschuldig gefühlt hätte.

Diese beiden Vorkommnisse zwangen Schweitzer, auf einige Zeit Frankfurt zu verlassen. In den Arbeiterkreisen erweckten sie natürlich eine starke Animosität gegen ihn. Als daher im nächsten Jahre, nach Gründung des Allgemeinen Deutschen Arbeitervereins Schweitzer die persönliche Bekanntschaft Lassalles gemacht hatte und Mitglied des Vereins geworden war, stellten die Frankfurter Mitglieder an Lassalle das Ersuchen, er solle Schweitzer angehen, den Versammlungen des Vereins nicht mehr beizuwohnen. Lassalle lehnte dieses Ersuchen als philiströs ab, das Schweitzer zugeschriebene Vergehen habe mit seinem politischen Charakter nichts zu tun. Die Knabenliebe sei in Griechenland allgemein herrschender Brauch gewesen, dem der Staatsmann und der Dichter gehuldigt habe. Im übrigen zollte er den Fähigkeiten Schweitzers hohes Lob. An Schweitzer selbst schrieb er, daß die gerügten Neigungen nicht nach seinem Geschmack seien. Einen Zweifel, daß Schweitzer diese nicht besitze, drückte er nicht aus; er wußte wohl warum.

Anfang 1863 veröffentlichte Schweitzer eine neue Schrift bei Otto Wigand in Leipzig, betitelt »Die österreichische Spitze«. Die Schrift widmete er seinem Freunde Herrn v. Hofstetten, einem ehemaligen bayerischen Offizier, »in Verehrung und Freundschaft«; die Vorrede ist von einer schwülen Überschwenglichkeit, als rede Alkibiades zu einem seiner Lieblinge. Der Inhalt der Schrift ist in mehr als einer Beziehung interessant. Er schildert darin den Charakter des preußischen Staates durchaus richtig und erklärt Preußen für eine Einigung Deutschlands durchaus *ungeeignet.* Im weiteren tritt er trotz aller demokratischen Vorbehalte wieder für die *österreichische* Spitze ein. Der preußische Staat stehe der Gesamtheit Deutschlands gegenüber, so führt er aus, auf Grund seiner historischen Entwicklung ..., die ihn zwinge, sich weiter in demselben Lande und durch dieselbe Bereicherungsart zu vergrößern, also auf Annexionen auszugehen. Diese Mission *Preußens sei aber keine deutsche, sondern eine preußische.* Preußen müsse nach seiner inneren Natur darauf sehen, *daß der alles einzelne mehr oder weniger durchdringende Geist, der althistorische spezifisch preußische, wesentlich hohenzollernsche Charakter des Staates nicht verloren gehe.*

Gegen dieses Preußen macht er energisch Front, das mit einem *wirklichen Gesamtdeutschland unverträglich sei.* Er spricht sich dabei in folgender programmatischer Weise aus, eine Auffassung, der wir später in einer anderen Situation wieder begegnen werden. Er sagt: »Wenn dem künftigen Deutschen Reiche – sei es eine Republik oder ein Kaisertum – auch nur ein einziges Dorf des jetzigen deutschen Bundesgebiets fehlt, *so ist dies ein nationaler Skandal.* Die kleinste Hütte im fernsten Dorfe, wo deutsche Zunge klingt, hat das heilige Recht auf den Schutz der Gesamtheit.«

Diese feierliche Erklärung hielt ihn aber bald darauf nicht ab, *die Po*litik zu unterstützen, die den *nationalen Skandal* herbeiführte und herbeiführen wollte, und nach seiner eigenen Auffassung herbeiführen mußte. Und es handelte sich dabei nicht bloß um ein einzelnes Dorf oder eine Hütte, sondern um Ländergebiete mit zehn Millionen Deutscher, die Jahrhundertelang früher zum Reiche gehörten als die Provinz Preußen, deren Namen die Hohenzollern ihrem Königreich gaben. Schließlich forderte er die *österreichische Spitze* und den Eintritt *Gesamtösterreichs* in den Bund, wenn nicht anders, *so durch die Zertrümmerung Preußens.* Demgemäß verlangte er, daß die großdeutsche Partei *energisch für die österreichische Spitze* eintrete und nicht der kleindeutschen Partei das Feld in der Agitation für die preußische Spitze überlasse.

So Schweitzer als schwarzgelber Großdeutscher noch Anfang 1863. In wenigen Monaten war er ein anderer. Mittlerweile hatte er die persönliche Bekanntschaft Lassalles gemacht. Er begriff rasch, daß sich hier eine Gelegenheit zu einer Stellung für seine Zukunft bot, die seinem Ehrgeiz entsprach, die ihm in der bürgerlichen Welt nach des oben geschilderten Vorgängen für alle Zeit abgeschnitten war. In diesen Kreisen galt er als ein Mensch, vor dem man die Tür schließen müsse.

Als im Frühjahr 1863 Lassalle nach Frankfurt kam, verständigten sich beide offenbar sehr bald. Gelegenheit dazu bot auch ein gemeinsamer Ausflug in die Rheinpfalz, auf dem sich ein amüsanter Vorgang mit Lassalle zutrug. Außer Lassalle und Schweitzer nahmen an der Partie die Gräfin Hatzfeldt, Hans v. Bülow und unser verstorbener Parteigenosse, der damals jugendliche *Wendelin Weißheimer* teil. Die Reise ging nach Osthofen am Rhein, von wo aus der Ebernburg, bekanntlich einst der Sitz Sickingens, ein Besuch gemacht werden sollte. Auf Betreiben Weißheimers hatte sein Vater, der in Osthofen wohnte, die Gesellschaft zum Mittagstisch geladen. Lassalle saß an der Tafel neben Frau Weißheimer. Als diese im Laufe des Gesprächs, wißbegierig wie Frauen nun einmal sind, die Frage an Lassalle richtete, ob er glaube, daß seine Pläne durchführbar seien, umarmte Lassalle sie und drückte ihr mit den Worten: »Sie sind eine köstliche Frau« einen Kuß auf die Lippen. Er schloß ihr also buchstäblich den Mund. Über diese Verhöhnung aller gesellschaftlichen Etikette geriet der alte Weißheimer dermaßen in Aufregung, daß er einige Sekunden nach Atem schnappte, wohingegen die übrige Gesellschaft aus vollem Halse lachte.

Die Wandlung in der Gesinnung Schweitzers unter dem Einfluß Lassalles zeigte sich sofort deutlich in der Rede, die er am 13. Oktober 1863 in Leipzig unter dem Titel hielt: »Die Partei des Fortschritts als Trägerin des Stillstandes.« Diese Rede bezeichnet eine vollständige Umwandlung seiner bisherigen Stellung zu Preußen, zugleich war sie eine Rechtfertigung der Politik Lassalles und eine klare Stellungnahme gegen den Liberalismus, *was zu jener Zeit hieß* eine Parteinahme für Bismarck und die Feudalen. In jener Rede führt er unter anderem aus:

»Allein, meine Herren, wenn Sie meinem Vortrag gefolgt sind, so werden Sie erkannt haben, daß zwar der moderne Absolutismus samt seinen Adels- und Priesterkoterien uns feindlich gegenübersteht, da er überhaupt von Neuerung nichts wissen will; allein, Sie werden zugleich erkannt haben, *daß unser eigentlicher, hartnäckiger und erbitterter Feind wo ganz anders steckt – nämlich in der Bourgeoispartei und ihren Vertretern.* Es muß durchaus einmal *offen und bestimmt ausgesprochen werden,* daß in der weitaus höchsten und wichtigsten Frage der Zeit *der wahre Sitz des Stillstandes in der sogenannten liberalen Partei liegt, daß also unser, der sozialdemokratischen Partei Kampf in erster Linie gegen sie gerichtet sein muß.* Wenn Sie dies aber festhalten, meine Herren, dann werden Sie sich selbst sagen: *Warum hätte Lassalle sich nicht an Bismarck wenden sollen?«*

¹⁶

Nach dieser Theorie waren also nicht die Feudalen, denen jeder politische und soziale Fortschritt ein Greuel war, die, um modern zu reden, die heftigsten Verteidiger der gottgewollten Abhängigkeiten sind, der Hauptfeind der Arbeiter, das waren vielmehr die Liberalen, von denen selbst der am weitesten rechtsstehende Anhänger doch immer noch ein Vertreter der modernen Entwicklung, ein Anhänger eines gewissen Kulturfortschrittes ist, ohne den die kapitalistische Ordnung nicht bestehen kann, die dem Proletarier erst die Möglichkeit schafft, sich zum freien Menschen emporzuarbeiten, die Unterdrückung des Menschen durch den Menschen zu beseitigen. Schweitzer *wußte,* daß die von ihm gepredigte Auffassung eine *grundreaktionäre* war, ein Verrat an den Interessen des Arbeiters, aber er propagandierte sie, weil er glaubte, sich dadurch nach oben zu empfehlen.

Es verstand sich von selbst, daß Bismarck und die Feudalen eine solche Hilfe von der äußersten Linken mit Vergnügen sich gefallen ließen und den Vertreter einer solchen Auffassung eventuell auch unterstützten. War doch dieses Spielen mit Sozialismus und Kommunismus – und kein vernünftiger Mensch konnte annehmen, daß es sich um mehr als um ein Spielen handle – ein vortreffliches Mittel, die liberale Bourgeoisie, die nie an einem Übermaß von Mut und Einsicht litt, ins Bockshorn zu jagen und *sie dem Bismarckschen Cäsarismus ins Garn zu treiben*. Je radikaler dieser Sozialismus sich gegen die Bourgeoisie aufspielte, je mehr erfüllte er seinen Zweck. Daher auch die Aufforderung Buchers an Marx – man muß dieses immer wiederholen –, im »Staatsanzeiger« selbst kommunistisch zu schreiben.

Diese Politik war aber das gerade Gegenteil von Demokratie und Sozialismus, was ich nicht erst zu beweisen nötig habe.

»Der Sozialdemokrat«

Schweitzer siedelte im Juli 1864 nach Berlin über und ließ sich dort naturalisieren. Sein Zweck war, die Herausgabe eines Parteiorgans »Der Sozialdemokrat« zu betreiben, wozu sein Freund v. Hofstetten, der mit einer Gräfin Strachwitz verheiratet war und einiges Vermögen besaß, die Mittel hergab. Auffallend ist, daß Lassalle in seinem Testament keinen Pfennig für das von ihm gebilligte Unternehmen anwies.

Schweitzer war es gelungen, trotz des Mißtrauens, das ein Teil der hier Genannten gegen ihn hegte, außer Liebknecht, Karl Marx, Friedrich Engels, Oberst Rüstow, Georg Herwegh, Jean Philipp Becker, Fr. Reusche, Moritz Heß und Professor Wuttke als Mitarbeiter zu gewinnen, selbstverständlich auf ein radikales Programm, das Schweitzer entworfen hatte, das sich durch Klarheit, Bestimmtheit und Kürze auszeichnete. Dasselbe erschien an der Spitze der Probenummer des »Sozialdemokrat« vom 15. Dezember 1864 und lautete:

»Unser Programm

Drei große Gesichtspunkte sind es, welche das Streben und die Tätigkeit unserer Partei bestimmen:

Wir bekämpfen jene Gestaltungen des europäischen Staatensystems, welche, unnatürlich die Völker trennend und verbindend, aus dem feudalen Mittelalter in das neunzehnte Jahrhundert sich herübergeschleppt haben – wir wollen fördern die Solidarität der Völkerinteressen und der Volkssache durch die ganze Welt.

Wir wollen nicht ein ohnmächtiges und zerrissenes Vaterland, machtlos nach außen und voll Willkür im Innern – das *ganze gewaltige Deutschland wollen wir, den einen, freien Volksstaat.*

Wir verwerfen die bisherige Beherrschung der Gesellschaft durch das Kapital – wir hoffen zu erkämpfen, daß die Arbeit den Staat regiere.

Diese drei großen auf gemeinsamer Grundlage beruhenden Gesichtspunkte *weisen uns in jeder möglichen Frage mit zwingender Notwendigkeit auf die Bahnen, die wir zu wandeln haben.*

Unsere Prinzipien sind einfach und klar – *ihre Konsequenzen zu ziehen werden wir uns niemals scheuen.*«

Kein Zweifel, wäre dieses durchaus unanfechtbare, von allen maßgebenden Personen in der Partei gebilligte Programm fortan die Richtschnur des Blattes geblieben, eine Spaltung wäre unmöglich gewesen, eine Ära gesunder Fortentwicklung wäre eingetreten und hätte eine ungeahnte Ausbreitung der Partei schon in jungen Jahren höchst wahrscheinlich gemacht.

Aber Schweitzer wollte es anders. Von Herrn v. Hofstetten, seinem Associé und Miteigentümer des »Sozialdemokrat«, rede ich nicht. Hofstetten war ein schwacher Mann ohne tiefere Einsicht in das Wesen der Dinge, der sich von Schweitzer treiben und mißbrauchen ließ, und den dann Schweitzer wie eine ausgequetschte Zitrone nach einigen Jahren beiseitewarf, nachdem Hofstetten sein Vermögen bis zum letzten Rest für den »Sozialdemokrat« und für Schweitzer, der über Jahr und Tag auch an seinem Tische saß, geopfert hatte.

Die korrekte Haltung des »Sozialdemokrat« währte nicht lange.

Bereits in Nr. 6 des »Sozialdemokrat« waren in dem Artikel »Das Ministerium Bismarck und die Regierungen der Mittel- und Kleinstaaten« Wendungen enthalten, in denen Schweitzers Sympathie mit der Politik Bismarcks, wenn auch noch sehr vorsichtig, zum Ausdruck kam. Mit der Nr. 14 des »Sozialdemokrat« vom 27. Januar 1865 beginnt dann jene Serie Artikel »Das Ministerium Bismarck«, in denen er die demokratische Maske fallen läßt, was die öffentliche Absage der meisten der eben erst gewonnenen Mitarbeiter zur Folge hatte.

In dem ersten dieser Artikel wurde ausgeführt:

»Parlamentarismus heißt Regiment der *Mittelmäßigkeit,* heißt *machtloses Gerede,* während *Cäsarismus* doch wenigstens *kühne Initiative, doch wenigstens bewältigende Tat heißt.* ›Schmach den Renegaten, die jetzt der Reaktion dienen‹, rufe man. Sonderbar aber doch, daß diese radikalen Renegaten, (deren rasche Abwirtschaftung wir erlebt haben. A.B.) nicht bei Pfordten und Beust (selbstverständlich nicht. A.B.), daß diese radikalen Renegaten gerade bei Bismarck sind.«

Die Renegaten, die er meinte, waren eben alles Leute, die keinen Beruf zu einem revolutionären Vorgehen in sich verspürten, die sich mit der kapitalistischen Ordnung der Dinge – vorausgesetzt, daß sie überhaupt je deren Gegner waren – abgefunden hatten und sich sagten, daß der Kapitalismus unter der Ägide des märkischen Junkers nicht zu kurz kommen werde, worin sie sich nicht täuschten.

Im zweiten Artikel Schweitzers hieß es in Betrachtung der Entwicklung Preußens:

»Von dieser Grundlage aus (dem Kurfürstentum) hat sich sodann der vergleichungsweise junge Staat, vorzugsweise durch *das mächtige Genie eines großen Königs und gewaltigen Kriegshelden, eines in jeder Beziehung bewunderungswürdigen Mannes,* zu einem ausgedehnten und mächtigen Königreich erweitert.«

Nach dieser Verherrlichung Friedrichs des Großen, die ein Sybel oder Treitschke tönender nicht betreiben konnte, spendet er auch der Volkserhebung von 1813 ein Lob, die eine glänzende Ausnahme von der Regel preußischer Geschichte sei. »Der Hauptsache nach und alles in allem genommen, ist Preußen das, was es ist, durch die an seiner Spitze stehende Dynastie geworden.«

Alsdann charakterisiert er das Wesen des preußischen Royalismus.

»Während ein solcher Geist in den einen deutschen Staaten zwar nicht ohne alle Begründung sein mag, jedenfalls aber alles höheren und politischen Ernstes und der tieferen Würde entbehrt, in den anderen Staaten aber geradezu als Karikatur dessen erscheint, was man Royalismus nennt, *ist der königliche Geist in Preußen eine wohlbegründete politische Anschauungsweise und Richtung.* Denn die Dynastie und in ihr *der jedesmalige Regent können mit innerer Berechtigung als der Kulminationspunkt der aufsteigenden Skala* der herkömmlichen Elemente, als der Schwerpunkt der in hergebrachten Bahnen rotierenden Kräfte, als Herz und Gehirn des Organismus innerhalb eines Staatsganzen betrachtet werden, welches nur so und unter solcher Voraussetzung seine eigentümliche Wesenheit und seine dermalige Stellung erlangte und erlangen konnte.«

Des weiteren meinte er noch, daß der preußische Staat in seinem dermaligen Zustand das offenbare Gepräge des Unfertigen, einer noch nicht abgeschlossenen geschichtlichen Entwicklung auf sich trage. Ein Zustand also, *der nach Annexionen schreie.* Diese Mission, die Preußen in Deutschland habe, sei aber keine deutsche, wie man uns glauben machen wolle, sondern *eine preußische.*

Schweitzer kannte also die Natur des preußischen Staates, wie keiner sie besser kennen konnte, seine Schlüsse waren durchaus logisch. Aber um so mehr drängt sich die Frage auf, wie konnte er dann eine Politik unterstützen, die nach seinem eigenen Geständnis *undeutsch,* weil nur *großpreußisch* war, und wenn siegreich, die *Niederlage der Demokratie bedeutete?* Eine solche Politik durfte vom demokratischen Standpunkt aus nicht unterstützt, *sie mußte vielmehr auf Leben und Tod bekämpft werden, denn es war der Todfeind der Demokratie, der diese Politik betrieb.*

Schweitzer schließt seinen zweiten Artikel also:

»Ein *wahrhaft preußisches* Ministerium, ein solches, welches die aus der Geschichte des preußischen Staates hervorgegangene Wesenheit desselben zu befestigen und weiterzuentwickeln strebt, kann weder in Gemäßheit bloßen Schablonenkonservatismus *lediglich die stupide Aufrechterhaltung des gerade Vorhandenen beabsichtigen,* wie dies konservative Ministerien in Preußen lange getan, noch auch kann es die dem Staate von seiner Geschichte indizierte äußere Politik *unter Aufhebung des inneren Charakters des Staates anstreben, wie dies die liberale Partei unter Verleugnung des Machtschwerpunktes von der Krone hinweg in das Abgeordnetenhaus beabsichtigte.«*

Das heißt also in klares Deutsch übersetzt: Die Eigenart des preußischen Staates verbietet einer preußischen Regierung die Einführung eines parlamentarischen Regimes, und wenn ihr Liberalen dennoch danach strebt, so verlangt ihr etwas, was der Natur des preußischen Staates entgegen ist. Begnügt euch also, ein Ornament am Staatswagen zu sein. In der Situation, in der damals die Kammer sich der Regierung gegenüber befand, bedeuteten solche Auslassungen einfach ein *In-den-Rücken-fallen* der Volksvertretung und eine *Unterstützung der Pläne Bismarcks.*

In seinem dritten Artikel führt er zunächst aus: Die Schlußfolgerungen seines zweiten Artikels und die Untersuchungen, die zu denselben führten, seien *mehrfach mißverstanden (!)* worden. Er wird also jetzt noch deutlicher. Er sagt:

»Indem Preußen eine Politik verfolge, die zur Annexion der Herzogtümer (Schleswig-Holstein) führen müsse, setze es, *die glorreichen Traditionen preußischer Geschichte aus langem Schlummer weckend, an den innersten Kern des preußischen Staatsgeistes seine Hebel an.*

Es ist eine bedeutende Politik, die jetzt in Preußen gemacht wird! ... Wer Annexion anfängt, muß sie durchsetzen. Mehr noch.

Eine preußische Regierung, die in der zweiten Hälfte des neunzehnten Jahrhunderts deutsches Land zu annektieren beginnt, eine preußische Regierung, *die angesichts der offenkundigen, von Kaiser, Königen und Fürsten feierlich proklamierten Unnahbarkeit der politischen Verfassung Deutschlands die ›fridericianische Politik‹* (wie ein großdeutsches Blatt sich ausdrückte) *wieder aufnimmt, kann nicht stille stehen nach kleinem Sieg – weiter muß sie auf der betretenen Bahn – vorwärts, wenn nötig mit ›Blut und Eisen‹.*

Denn anknüpfen an die stolzesten Traditionen eines historisch erwachsenen Staates und dann feige zurückbeben vor entscheidender Tat, hieße den innersten Lebensnerv eines solchen Staates ertöten.

Man kann solche Traditionen ruhen lassen – *aber man kann sie nicht aufnehmen, um sie zu ruinieren!*

Ein preußischer Minister, der *solche* Politik für Preußen machte – er verfiele unrettbar *den zürnenden Manen des großen Friedrich und dem Gelächter seiner Zeitgenossen.*«

Wie mußte bei dem Lesen solcher Artikel das Herz jedes guten Preußen schlagen; war doch danach Preußen quasi von der Vorsehung vorher bestimmt, der Beherrscher Deutschlands zu werden. Und wie mußten die Herzen der Feudalen einem Manne zugetan sein, der besser als sie alle die »historische Mission« des preußischen Staates darzulegen und zu verherrlichen verstand. Und das sollte unbeachtet und unbelohnt bleiben?

Was Schweitzer hier schrieb, war aber auch eine Verherrlichung der weiteren Bismarckschen Politik, es war eine förmliche Anpeitschung Bismarcks, auf dem betretenen Wege weiterzugehen, wäre eine solche noch notwendig gewesen.

Im vierten Artikel kam Schweitzer auf den Bundestag und Österreich zu sprechen. Hier hatte er mit seiner Kritik leichtes Spiel, denn dümmer und dem Zeitbedürfnis widersprechender konnte nicht gehandelt werden, als diese beiden Faktoren in der deutschen Frage gehandelt hatten. Im übrigen war die Haltung, die in diesem Artikel Schweitzer Österreich gegenüber einnahm, wie in seiner ganzen späteren Politik, das direkte Gegenteil von dem, was er noch im Jahre 1863 – also anderthalb Jahre zuvor – in seiner Broschüre »Die österreichische Spitze« zur Verherrlichung Österreichs gesagt hatte, und was das Programm besagte, das angeblich der »Sozialdemokrat« vertreten sollte.

Der fünfte Artikel beschäftigte sich mit der Stellung der Nation und der deutschen Frage. Er kommt zu dem Resultat:

»Aktionsfähig in Deutschland sind nur noch zwei Faktoren: Preußen und die Nation, preußische Bajonette oder deutsche Proletarierfäuste – wir sehen kein drittes.

… Das Preußentum ist der Feind des Deutschtums, aber es ist auch der Feind der bestehenden Gewalten Deutschlands.

Die Nation steht fest auf ewigem Fundament – die Fürstenstühle Deutschlands aber müssen wanken, wenn Preußen sich erinnert, daß Friedrich der Große sein König war.«

Und wie stand's mit dem preußischen Thron?

Der Leser wird zugeben, daß raffinierter, demagogischer nicht zu schreiben war. Wie ein Aal windet er sich vor einer klaren Stellungnahme. Er laßt nur ahnen, spricht aber nicht aus, was er will. Klar ist, daß das Lesepublikum, an das Schweitzer sich wandte, von seinem Plädoyer für Preußen gefangen genommen wurde, und das war sein Zweck. Dazu kam, daß der ganze politische Inhalt des »Sozialdemokrat« von der Tendenz durchtränkt war, welche die fünf Artikel erfüllte. Bismarck hatte in der ganzen deutschen Presse keine Feder, die geschickter für seine Politik Propaganda machte.

Kein Zweifel, diese Bismarckartikel standen mit dem Programm des »Sozialdemokrat« in seiner ersten Nummer im schneidendsten Widerspruch. Es ist auch ausgeschlossen, daß der äußerst scharfsinnige Schweitzer nicht vorausgesehen habe, daß er mit diesen Artikeln der großen Mehrzahl der eben erst gewonnenen Mitarbeiter in gröblichster Weise vor den Kopf schlug. Es war eine Brüskierung sondergleichen. Es war also selbstverständlich, daß darauf Karl Marx, Friedrich Engels, W. Liebknecht, Herwegh, Joh. Ph. Becker und Friedrich Reusche von dem Blatte sich lossagten.

Schweitzer quittierte in einem Artikel in der Nr. 31 seines Blattes über die Rücktritte mit den Worten: Einige borniertes Köpfe hatten sich an unseren Leitartikeln »Das Ministerium Bismarck« gestoßen. Mit Genugtuung konstatiere er, daß zwei Hauptorgane des österreichischen Liberalismus, die »Presse« und die »Ostdeutsche Post«, sich auf seine Seite gestellt hätten und brachte längere Auszüge aus denselben. Weiter zitierte er die »Neue Frankfurter Zeitung«, das Blatt Sonnemanns, die ausgeführt hatte, daß die von Schweitzer befolgte Politik nichts als die Fortsetzung der Lassalleschen Politik sei.

Das war richtig! Ohne Lassalles Verhalten wäre es Schweitzer sehr schwer geworden, die von ihm beliebte Politik im Allgemeinen Deutschen Arbeiterverein zur Geltung zu bringen. Aber doch war zwischen Lassalle und ihm ein Unterschied. Lassalle, ökonomisch vollständig unabhängig, stand zu Bismarck wie Macht zu Macht, davon konnte bei Schweitzer, der tief in Schulden steckte und nach seiner sonstigen Qualität in alle Wege keine Rede sein. Er erschien in seinem Auftreten als ein Werkzeug der Bismarckschen Politik, als ein Mann, der den Vorteil des Lassalleschen Scheins für sich hatte und ihn geschickt ausnutzte.

Im weiteren erklärte Schweitzer gegen Marx und Engels, daß sie sich vom »Sozialdemokrat« zurückgezogen, sobald sie eingesehen hätten, daß sie nicht die erste Rolle bei der Partei spielen konnten. Im Gegensatz zu ihnen sei Lassalle nicht der Mann der unfruchtbaren Abstraktion, sondern ein Politiker im strengen Sinne des Wortes, nicht ein schriftstellerischer Doktrinär, sondern ein Mann der praktischen Tat gewesen.

Wobei wieder nicht vergessen werden darf, daß später Schweitzer den Mann der »unfruchtbaren Abstraktion«, den »schriftstellerischen Doktrinär« Karl Marx, umschmeichelte und für sich zu gewinnen suchte.

Marx und Engels blieben die Antwort nicht schuldig. Unter dem 24. Februar 1865 veröffentlichten sie folgende Erklärung:

»Die Unterzeichneten versprachen ihre Mitarbeit am ›Sozialdemokrat‹ und gestatteten ihre Nennung als Mitarbeiter unter dem ausdrücklichen Vorbehalt, daß das Blatt im Geiste des ihnen *mitgeteilten* kurzen Programms redigiert werde. Sie verkannten keinen Augenblick die schwierige Stellung des ›Sozialdemokrat‹ und machten daher keine für den

Meridian Berlin unpassenden Ansprüche. Sie forderten aber wiederholt, *daß dem Ministerium und der feudalabsolutistischen Partei gegenüber eine wenigstens ebenso kühne Sprache geführt werde wie gegenüber den Fortschrittlern.* Die von dem ›Sozialdemokrat‹ befolgte Taktik schließt unsere weitere Beteiligung an demselben aus. Die Ansicht der Unterzeichneten *vom königlich preußischen Regierungssozialismus* und von der richtigen Stellung der Arbeiterpartei zu solchem Blendwerk findet sich bereits ausführlich entwickelt in Nr. 73 der ›Deutschen Brüsseler Zeitung‹ vom 12. September 1847, in Antwort auf Nr. 206 des damals in Köln erscheinenden ›Rheinischen Beobachters‹, worin die Allianz des Proletariats und der Regierung gegen die liberale Bourgeoisie vorgeschlagen war. Jedes Wort unserer damaligen Erklärung unterschreiben wir noch heute.«

Die Erklärung in der »Deutschen Brüsseler Zeitung«, auf die hier Marx und Engels sich bezogen, lautete:

»Wenn eine gewisse Fraktion deutscher Sozialisten fortwährend gegen die liberale Bourgeoisie gepoltert hat, und zwar in einer Weise, die niemandem Vorteil brachte als den deutschen *Regierungen,* wenn jetzt Regierungsblätter wie der ›Rheinische Beobachter‹, auf die Phrasen dieser Leute gestützt, behaupten, *nicht die liberale Bourgeoisie, sondern die Regierung repräsentiere die Interessen des Proletariats, so haben die Kommunisten weder mit der ersteren noch mit der letzteren etwas gemein ...*

Das Volk oder, um an die Stelle dieses weitschichtigen, schwankenden Ausdrucks den bestimmten zu setzen, das Proletariat räsoniert ganz anders, als man im geistlichen Ministerium sich träumen läßt. Das Proletariat fragt nicht, ob den Bourgeois das Volkswohl Nebensache oder Hauptsache sei, ob sie die Proletarier als Kanonenfutter gebrauchen werden oder nicht. Das Proletariat fragt nicht, was die Bourgeois bloß *wollen, sondern was sie müssen.* Es fragt, ob der jetzige politische Zustand, die Herrschaft der Bürokratie, *oder der von den Liberalen erstrebte, die Herrschaft der Bourgeoisie, ihm mehr Mittel bieten wird, seine eigenen Zwecke zu erreichen.* Dazu hat es nur nötig, die politische Stellung des Proletariats in England, Frankreich und Amerika mit der in Deutschland zu vergleichen, um zu sehen, *daß die Herrschaft der Bourgeoisie dem Proletariat nicht nur ganz neue Waffen zum Kampfe gegen die Bourgeoisie in die Hand gibt, sondern ihm auch eine ganz andere Stellung, eine Stellung als anerkannte Partei verschafft.«*

Es heißt weiter: »Das Volk kann sich nicht für die *ständischen Rechte* interessieren. Aber ein Landtag, der Geschworenengerichte, Gleichheit vor dem Gesetz, Aufhebung der Frondienste, Preßfreiheit, Assoziationsfreiheit und eine wirkliche Repräsentation verlangt, *ein Landtag, der ein für allemal mit der Vergangenheit gebrochen und seine Forderungen nach den Bedürfnissen der Zeit eingerichtet hat statt nach alten Gesetzen, solch ein Landtag kann auf die kräftigste Unterstützung des Proletariats rechnen.*«

Am 4. März schlössen sich Georg Herwegh und Wilhelm Rüstow der Erklärung von Marx und Engels ausdrücklich an. Am 5. März erklärte Fr. Reusche in der »Rheinischen Zeitung« seinen Rücktritt von der Mitarbeiterschaft am »Sozialdemokrat«, wobei er unter anderem bemerkte, er habe wiederholt die Redaktion aufgefordert, das Junkertum rücksichtslos zu bekämpfen. Rüstow habe Anfang Februar eine eingehende Kritik der Militärfrage an die Redaktion gesandt; aber trotz der wiederholten Anfragen von Rüstow und ihm erschienen weder diese noch ein von ihm eingesandter Artikel gegen den königlich preußischen Regierungssozialismus. Bald habe es geheißen, es sei kein Raum vorhanden, bald, man wolle warten, bis die Zeit geeignet wäre. Am 11. März erklärte Jean Philipp Becker in Genf im Hamburger »Nordstern«, dem Vorgehen von Marx und Engels sich anzuschließen. Liebknecht hatte sich gleichzeitig mit den letzteren von Schweitzer und dem »Sozialdemokrat« losgesagt. Professor Wuttke in Leipzig gab zwar keine öffentliche Erklärung ab, stellte aber seine Mitarbeiterschaft am »Sozialdemokrat« ein. Der einzige, der von dem ganzen Mitarbeiterstab einstweilen noch dem »Sozialdemokrat« verblieb, war Moritz Heß in Paris. Er schied Ende 1866 aus. Eine zweite Erklärung von Marx und Engels, datiert London den 15. März und abgedruckt in der Berliner »Reform« vom 19. März 1865, richtete sich gegen einen Artikel, den Schweitzer aus der »Neuen Frankfurter Zeitung« im »Sozialdemokrat« abgedruckt hatte, in dem nachgewiesen werden sollte, »wie inkonsequent und innerlich haltlos das Verfahren der Herren Marx und Engels dem ›Sozialdemokrat‹ gegenüber ist«. Marx konstatiert: Schweitzer habe am 11. November 1864 ihm das Erscheinen des »Sozialdemokrat« angezeigt und habe bei dieser Gelegenheit geschrieben:

»Wir haben uns an etwa sechs bis acht bewährte Mitglieder der Partei oder derselben wenigstens nahestehende Männer gewandt, um sie für die Mitarbeiterschaft zu gewinnen ... Allein für ungleich wichtiger halten wir es, daß Sie, der *Begründer der deutschen Arbeiterpartei und ihr erster Verfechter,* uns Ihre Mitwirkung angedeihen lassen. Wir hegen die Hoffnung, daß Sie einem Verein, der, wenn auch nur indirekt, auf Ihre eigene Wirksamkeit zurückzuführen ist, nach dem großen Verlust, der ihn betroffen, in seinem schweren Kampfe zur Seite stehen werden.«

In dem Prospekt habe der Name Lassalle nirgends gestanden. Der Prospekt habe nur drei Punkte enthalten: »Solidarität der Völkerinteressen«, »Das ganze gewaltige Deutschland – ein freier Volksstaat«, »Abschaffung der Kapitalherrschaft«. Daraufhin hätten er und Engels ihre Mitarbeit zugesagt. ... Am 28. November habe Schweitzer ihm geschrieben, daß seine und Engels' Zusage in der Partei, soweit sie überhaupt eingeweiht sei, die freudigste Sensation hervorgerufen. ... Marx erzählt weiter, wie er im Laufe des Januar gegen die Taktik Schweitzers im »Sozialdemokrat« protestierte und daß, als trotz Schweitzers Beruhigungsschreiben die Taktik im Blatte dieselbe geblieben, er aufs neue protestiert habe, worauf Schweitzer ihm am 15. Februar folgendes geschrieben:

»Wenn Sie mir wie im letzten Schreiben über theoretische Fragen Aufklärung geben wollen, so würde ich solche Belehrung von Ihrer Seite dankbar entgegennehmen. Was aber die praktischen Fragen momentaner Taktik betrifft, so bitte ich Sie, zu bedenken, daß, um diese Dinge zu beurteilen, man im Mittelpunkt der Bewegung stehen muß. Sie tun uns daher unrecht, *wenn Sie irgendwo und irgendwie Ihre Unzufriedenheit mit unserer Taktik aussprechen.* Dies dürfen Sie nur dann tun, wenn Sie die Verhältnisse genau kennen. Auch vergessen Sie nicht, daß der Allgemeine Deutsche Arbeiterverein ein konsolidierter Körper ist und bis zu einem gewissen Grade an seine Tradition gebunden bleibt. (Der Verein war damals kaum 22 Monate alt und hatte nur einige tausend Mitglieder. A.B.) Die Dinge *in concreto* schleppen eben immer irgendein Fußgewicht mit sich herum.«

Es war also selbstverständlich, daß Marx, Engels und Genossen handeln mußten, wie sie gehandelt haben. Schweitzer scheint geglaubt zu haben, daß er seinen Mitarbeitern eine ähnliche Rolle zumuten dürfe, wie sie

Lothar Bucher im Einverständnis mit Bismarck Marx im »Staatsanzeiger«
zugemutet hatte. Sie sollten Mitarbeiter sein, aber kein Recht haben,
über die Taktik mitzusprechen, die mit dem Programm, auf Grund
dessen sie ihre Mitarbeiterschaft zugesagt hatten, im *schneidendsten
Widerspruch stand.* Schreibt so radikal wie möglich für Sozialismus und
Kommunismus, je radikaler, desto besser; ihr seid dann die Flagge, unter
der ich meine Konterbande decke. So ungefähr mochte Schweitzer räson-
nieren. Es war daher eine Unverschämtheit, wenn er auf die Beschwerde
von Marx und Engels über die Haltung des Blattes erklärte, sie im Ausland könnten die Dinge in Deutschland nicht beurteilen. Diese konnten
aber selbst Personen durchaus richtig beurteilen, die den Marx und Engels nicht das Wasser reichten. Eines konnte man damals Bismarck nicht
vorwerfen, daß er seine Politik verschleierte und mit verdeckten Karten
spielte.

Bucher hat später, im Herbst 1878, als anläßlich des bevorstehenden
Sozialistengesetzes seine Einladung von Marx, für den »Staatsanzeiger«
zu schreiben, Gegenstand der öffentlichen Erörterung wurde, die Marxsche Darlegung dieser Einladung bestritten. Darauf antwortete Marx in
der »Daily News« unter anderem:

»Der Brief, worin mich Herr Bucher für den ›Staatsanzeiger‹ zu kirren
suchte, datiert vom *8. Oktober 1865.*« Es heißt darin unter anderem: »In
betreff des Inhaltes versteht es sich von selbst, daß Sie nur Ihrer wissenschaftlichen Überzeugung folgen; jedoch wird die Rücksicht auf den
Leserkreis – haute finance –, nicht auf die Redaktion, es ratsam machen,
daß Sie den innersten Kern nur eben für den Sachverständigen durch-
scheinen lassen.« Dagegen besagt die »Berichtigung« des Herrn Bucher,
daß er bei »Herrn Marx anfrug, ob er die gewünschten Artikel liefern
wolle, indem es auf eine objektive Behandlung ankäme. Von des Herrn
Marx ›eigenem wirtschaftlichen Standpunkt‹ steht nichts in meinem
Briefe.«

Ferner heißt’s in dem Briefe Buchers:

»Der ›Staatsanzeiger‹ wünscht monatlich einen Bericht über die Bewegungen des Geldmarktes (und natürlich auch des Warenmarktes, soweit
beide nicht zu trennen). Ich wurde gefragt, ob ich nicht jemanden
empfehlen könnte, und erwiderte, niemand würde das besser machen
als Sie. Ich bin infolgedessen ersucht worden, mich an Sie zu wenden.«

Klassisch ist der Schluß der Bucherschen Einladung, die Marx in jener Erklärung ebenfalls abdruckt:

»Der Fortschritt (er meinte die liberale oder Fortschrittsbourgeoisie) wird sich noch oft häuten, ehe er stirbt; wer also während seines Lebens noch innerhalb des Staates wirken will, der muß sich ralliieren um die Regierung.«

Das war also der Grund, der Bucher Bismarck in die Arme trieb und der ihn veranlaßte, bei anderen das gleiche zu versuchen.

Nach einer Erklärung, die Liebknecht am 24. März in der »Rheinischen Zeitung« veröffentlichte, habe Schweitzer nach dem Tode Lassalles Marx zum Präsidenten des Allgemeinen Deutschen Arbeitervereins vorgeschlagen. Marx habe abgelehnt, sich mit einer Bewegung zu identifizieren, deren Taktik er für grundverkehrt hielt, auch habe es keine Neigung gehabt, unter den obwaltenden politischen Zuständen nach Deutschland überzusiedeln. Schweitzer habe sich verpflichtet, daß das neue Blatt die Lassallesche Taktik nicht befolgen, jedes Kokettieren mit der Reaktion vermeiden sollte, unter dieser Bedingung, und nur unter dieser, habe er sich zur Mitarbeiterschaft bereit erklärt, vorausgesetzt, daß auch Marx und Engels sich beteiligen würden. Beide hätten sich schließlich nur mit dem größten Widerstreben dazu verstanden, und nur auf seine wiederholte Versicherung, daß er an die Loyalität Schweitzers – von dem er sehr schlimme Dinge gehört – glaube.

Die Politik des »Sozialdemokrat« trug rasch die gewünschten Früchte. Bereits Anfang Februar 1865 hielt ein Mitglied des Allgemeinen Deutschen Arbeitervereins, Peter Rex, in Köln eine Rede, worin er sagte: *ihm sei die jetzige Regierung lieber als ein Fortschrittsministerium.* Der »Sozialdemokrat« druckte ohne ein Wort der Kritik diese Äußerungen ab. Am 12. März erklärte der Rheinisch-Westfälische Arbeitertag zu Barmen sich mit der Haltung des »Sozialdemokrat« einverstanden, auch sei es durchaus zu billigen, die Vorschläge der preußischen Regierung, die bei verschiedenen Gelegenheiten die Verbesserung der Lage der arbeitenden Klassen durch die Gesetzgebung *versprochen* habe, abzuwarten, bevor man über dieselbe aburteile, indem es keineswegs unmöglich sei, *daß dieselbe das Dreiklassenwahlgesetz aufhebe und statt desselben das allgemeine, gleiche, direkte und geheime Wahlrecht,* wie es das von Lassalle, dem Begründer der deutschen Arbeiterpartei, vorgezeichnete nächste Ziel der jetzigen deutschen Arbeiterbewegung sei, *einführe.*

Form und Inhalt dieser Resolution sprachen dafür, daß Schweitzer sie verfaßt hatte, auch empfahl der »Sozialdemokrat«, überall dieselbe zu Abstimmung zu bringen, ein Akt, der einem Vertrauensvotum für die preußische Regierung gleichkam.

Bereits begann aber auch die Opposition im Verein sich bemerkbar zu machen. In seiner Nr. 38 polemisierte der »Sozialdemokrat« gegen die offenen Feinde und falschen Freunde, die Zwietracht in die Partei zu säen suchten. Und da die Opposition auch begann, gegen die diktatorischen Organisationsbestimmungen im Vereinsstatut zu polemisieren, so mußte die Organisation als das ureigenste Werk Lassalles mit einer Art *Glorienschein* umgeben werden. Der Lassallekultus wurde von jetzt ab systematisch gefördert und jeder als eine Art Schänder des Heiligsten gebrandmarkt, der andere Ansichten zu hegen wagte. Es waren namentlich die Worte im Lassalleschen Testament: »Dem Allgemeinen Deutschen Arbeiterverein empfehle ich, den Frankfurter Bevollmächtigten, Bernhard Becker, zu meinem Nachfolger zu wählen. *Er soll an der Organisation festhalten; sie wird den Arbeiterstand zum Siege führen*«, die das Schibboleth[2] wurden, das den echten von dem falschen Lassalleaner unterschied. Und Schweitzer unterstützte diese allmählich ans Idiotenhafte grenzenden Anschauungen, die schließlich eine Art religiöser Glaubenssätze wurden. Kam es doch im Laufe der Jahre dahin, daß das Thema »Christus und Lassalle« das Thema für die Tagesordnung zahlreicher Volksversammlungen wurde. F.W. Fritzsche erhielt sogar 1868 in Berlin eine Anklage wegen eines Vertrags über dieses Thema, in dem der Staatsanwalt eine Gotteslästerung erblickte. Fritzsche wurde nur freigesprochen, weil ihm der Dolus nicht nachgewiesen werden konnte.

Wie Schweitzer innerlich über dieses von ihm geförderte Treiben dachte, bedarf keiner Auseinandersetzung.

In einem merkwürdigen Gegensatz zu den Bismarckartikeln veröffentlichte der »Sozialdemokrat« in seiner Nr. 43 vom 5. April 1865 eine Schlußbetrachtung über die österreichischen Staatsverhältnisse, worin es hieß:

2   Erkennungswort.

»Die Deutsche Volkspartei ist, wie in allem, so auch in der deutschen Einheitssache radikal, das heißt sie will die ganze und ausnahmslose Verwirklichung der als gut und richtig erkannten Idee.

Die Deutsche Volkspartei also will das *ganze* Deutschland zum freien Volksstaat vereinen.

Das *ganze* Deutschland! sagen wir. Nicht ein Dorf, nicht ein Meierhof, nicht die kleinste Hütte im fernsten Winkel darf uns fehlen!

Der kleindeutsche Gedanke eines ›einigen Deutschland‹ ohne die deutsch-österreichischen Provinzen *ist ein Hochverrat an der Nation und ihrer Zukunft.* (Im Text gesperrt gedruckt.)

Ein einiges Deutschland – *bedingungslos, ausnahmslos!*«

Das war eine der Doppelzüngigkeiten, womit Schweitzer bezweckte, die Opposition zum Schweigen zu bringen, die sich anläßlich der Bismarckartikel innerhalb und außerhalb des Vereins geltend machte. Er sah, daß er sich zu weit vorgewagt hatte. Ein solches Manöver wiederholte er *regelmäßig,* sobald er wegen seines Verhaltens öffentlich Angriffen ausgesetzt war. Alsdann warf er sich wieder auf die linke Seite und schrieb mit einem Radikalismus, der nichts zu wünschen übrig ließ. Er konnte so, aber auch anders.

Und er nicht allein, auch der eine und andere seiner Anhänger. In derselben Nummer des »Sozialdemokrat«, in der der oben zitierte Artikel über Österreich stand, veröffentlichte Tölcke einen spaltenlangen Bericht über eine *Königsgeburtstagsfeier, welche die Mitglieder des Allgemeinen Deutschen Arbeitervereins in Iserlohn veranstaltet hatten und in der Tölcke ein Hoch auf den König von Preußen ausgebracht hatte.* In diesem Toast führte Tölcke aus, der Wille, den Allgemeinen Deutschen Arbeiterverein vernichten zu wollen – wie das der Iserlohner Bürgermeister durch maßlos brutale Unterdrückungsmaßregeln versucht hatte – sei vergeblich.

»Das gelingt nimmermehr, weil das preußische Ministerium den Bestrebungen des Vereins, mehr aus volkswirtschaftlichen als aus politischen Beweggründen, augenscheinlich die große Aufmerksamkeit schenkt – es gelingt endlich nimmermehr, weil Seine Majestät unser allverehrter König der Freund der Arbeiter ist.«

Auf Tölckes Betreiben hatte man sogar den König durch eine telegraphische Depesche zum Geburtstag beglückwünscht, worauf folgende Antwort eingegangen war:

»Dem Arbeiterverein Iserlohn. Seine Majestät dankt bestens für Ihre Glückwünsche. Im allerhöchsten Auftrag: Strubberg, Oberstleutnant und Flügeladjutant.«

Die Verlesung dieser Depesche wurde, wie Tölcke weiter berichtete, mit einem gewaltigen Hoch auf Seine Majestät aufgenommen. Im Festsaal war ein Transparent angebracht, der preußische Adler stehend auf verschlungenen Eichen- und Lorbeerzweigen, und darüber die Inschrift: Heil dem Könige, dem Beschützer der Bedrängten! … Weithin schallten patriotische Lieder. Ein Kriegerverein konnte nicht patriotischer handeln.

Schweitzer druckte den spaltenlangen Bericht Tölckes im »Sozialdemokrat« ab, ohne ein Wort des Tadels oder der Unzufriedenheit hinzuzufügen. Tölcke handelte eben in den Intentionen Schweitzers. Das hinderte ihn aber nicht, im »Sozialdemokrat« vom 20. September 1865 bei Besprechung einer Depesche Lord Russells, worin dieser den Gasteiner Vertrag zwischen Preußen und Österreich aufs schärfste verurteilte, zu sagen: Was geht uns der Gasteiner Vertrag an? … Es ist nur eine Angelegenheit der preußischen Regierung, deren Politik im offensten und entschiedensten Widerspruch zum Willen des Volkes in Preußen steht. Und gegen die »Kreuzzeitung« gewendet, die dem Volke mit dem Ausland drohte, das sich in deutsche Angelegenheiten mischen werde, antwortete er: Nicht in Frankreich, in Deutschland sitzen die Erbfeinde deutscher Nation. Wen er darunter meinte, das überließ er dem Leser, sich zurechtzulegen. Wie konnte der Arbeiter von damals in dieser Zweideutigkeit und Doppelzüngigkeit sich zurechtfinden? Er hatte nur das eine Gefühl, daß der Mann, der alles das schrieb, geistig turmhoch über ihm stand und er darum ihm folgen müsse.

Die Verbreitung, die damals der »Sozialdemokrat« besaß, war eine sehr geringe. Er hatte nur *einige hundert Abonnenten*. Das Blatt erforderte also *sehr erhebliche* Zuschüsse, und es konnte gar keine Rede davon sein, daß es seinen Redakteuren auch nur einen Pfennig Gehalt abwarf, obgleich beide darauf angewiesen waren. Um so mehr müßte auffallen, daß bei einem solch elenden finanziellen Stand dasselbe vom 1. Juli 1865 ab sogar *täglich* erschien, also sein Defizit fast verdoppelte, ohne jede

Aussicht, in absehbarer Zeit einen Abonnentenzuwachs zu erlangen, der auch nur einen nennenswerten Teil der Kosten deckte. Die Frage war also sehr natürlich: Wo kommt das Geld her? Denn ohne daß erhebliche Zuschüsse von irgendeiner Seite in Aussicht standen, war der Plan, das Blatt täglich erscheinen zu lassen, der Plan von Irrenhäuslern.

Der Verein hatte kein Bedürfnis nach einer solchen Vergrößerung des Blattes, wohl aber die *konservative Presse,* welche die scharfen Angriffe, die der »Sozialdemokrat« unausgesetzt gegen die Fortschrittspartei und ihre Politik führte, mit Behagen weiter verbreitete und die liberale Presse zwang, dem »Sozialdemokrat« ebenfalls größere Beachtung zu schenken. Auf diese Weise erlangte das Blatt eine Bedeutung, die ganz außer Verhältnis zu seiner Verbreitung stand. Die Frage: Woher kommt das Geld, wurde auch für die liberale Presse aktuell, und so sahen sich Schweitzer und Hofstetten genötigt, in der Nr. 77 des »Sozialdemokrat« vom 28. Juni 1865 eine Erklärung gegen die »Rheinische Zeitung« zu veröffentlichen, die in ihrer Nr. 139 erklärt hatte: Der *»Sozialdemokrat« stehe in nahen Beziehungen zu Bismarck, und in ihrer Nr. 139 weiter die Beschuldigung aussprach, dem »Sozialdemokrat« flössen aus hochkonservativen Kreisen die Mittel zu, um statt dreimal wöchentlich täglich zu erscheinen.* Die Erklärung Schweitzers und Hofstettens gegen die »Rheinische Zeitung« lautete:

»In diesen beiden Stellen hat die Redaktion der ›Rheinischen Zeitung‹, obwohl mit einiger Vorsicht (? A.B.) und in etwas gewundenen Phrasen (? A.B.), so doch im ganzen ziemlich unzweideutig uns, die Redakteure des ›Sozialdemokrat‹, der schmählichsten und erbärmlichsten Haltung beschuldigt, die überhaupt in der Politik möglich ist, daß nämlich wir, die berufen sind, die sozialdemokratische Partei in der Presse zu vertreten, uns an eine entgegenstehende Partei oder politische Macht verkauft hätten.

Wenn die Redaktion der ›Rheinischen Zeitung‹ *nicht sofort nach Kenntnisnahme dieser Erklärung ihre Verleumdung widerruft, werden wir gegen dieselbe, weiteres uns übrigens vorbehaltend, bei dem zuständigen Gericht Klage erheben.*«

Darauf antwortete die Redaktion der »Rheinischen Zeitung« bereits am folgenden Tage, den 29. Juni:

Darauf antwortete Schweitzer:

30 *»Demgemäß wird also die in Aussicht gestellte Klage stattfinden.«*

Diese Klage fand aber *nicht* statt, Schweitzer ließ die schweren Beschuldigungen gleich anderen, die ihm schon gemacht worden waren, auf sich sitzen. Das besagt genug.

Um diese Zeit und noch Jahre nachher machte sich ein Individuum in den Berliner Arbeiterkreisen sehr bemerklich, das im Verdacht stand, im Dienste der Regierung zu stehen. Es war dies der angebliche Arbeiter Preuß. Tatsächlich war dieser für ein Gehalt von 50 Taler monatlich angestellt, und zwar stand er im direkten Dienst des *Geheimen Regierungsrats Wagener.* Nebenher lieferte Preuß für eine Anzahl Blätter die Polizeinachrichten, die ihm eine Extraeinnahme brachten. Preuß war es auch, der Liebknechts Anwesenheit in Berlin, Herbst 1866, wegen Bannbruchs der Polizei denunzierte, worauf dieser, wie ich schon im ersten Teil dieser Arbeit erzählte, zu drei Monaten Gefängnis verurteilt wurde. Preuß besuchte mit Vorliebe die Versammlungen des Allgemeinen Deutschen Arbeitervereins, in denen er auch öfter sprach. Liebknecht und andere unserer damaligen Berliner Parteifreunde behaupteten mit Bestimmtheit, daß er den Mittelsmann zwischen Schweitzer und Wagener abgebe, doch hatte Schweitzer wohl direktere Beziehungen zu Wagener.

Letzterer, der Geriebene, mit allen Wassern Gewaschene, war, wie allbekannt, die rechte Hand Bismarcks in allen sozialpolitischen Angelegenheiten, zugleich war er vortragender Rat und stand so in engster täglicher Beziehung zu Bismarck und dem König. Die Kette Schweitzer-Wagener-Bismarck war also ohne ein weiteres Verbindungsglied geschlossen, was für alle Teile sehr wichtig war. Daß Schweitzer je mit Bismarck persönlich verkehrte, betrachte ich als vollkommen ausgeschlossen. Schweitzer war kein Lassalle. Unvergeßlich bleibt mir, wie Bismarck eines Tages im Reichstag den Neugierigen spielte und mit der Lorgnette vor den Augen den auf die Tribüne zuschreitenden Schweitzer vom Scheitel bis zu den Zehen maß, als wollte er sagen: »Also du bist der, der mir an den Rockschößen hängt?«

Am Molkenmarkt mußte man die Beziehungen Schweitzers zu Wagener und höher hinauf kennen. Daher kam es wohl, daß, wenn der »Doktor«, wie Schweitzer dort kurz und vertraulich genannt wurde, seine öfteren Besuche auf dem Präsidium machte, die Beamten und Offiziere ihn sehr entgegenkommend behandelten, wie das der undankbare Tölcke nach einer Reihe Jahre, als er mit Schweitzer gebrochen hatte, zugestand. Das Berliner Polizeipräsidium hatte offenbar ein lebhaftes Interesse, auf Grund seiner wenig sagenden Akten Schweitzer zu rehabilitieren und damit auch Wagener und Bismarck weißzuwaschen. Aus diesem Grunde geschah es wohl, daß, als Dr. Gustav Mayer sein Werk »Johann Baptist v. Schweitzer und die Sozialdemokratie« schrieb (bei Gustav Fischer in Jena erschienen), ihm das Berliner Polizeipräsidium bereitwilligst Einsicht in seine Geheimakten über Schweitzer nehmen ließ. Schon fünfzehn Jahre früher wurde Genosse Franz Mehring, als er seine Geschichte der deutschen Sozialdemokratie verfaßte, vom Polizeipräsidium dieselbe Offerte gemacht, die Mehring aber ablehnte.

*

Die Gräfin Hatzfeldt, der die Unterstützung der Bismarckschen Politik durch Schweitzer noch nicht weit genug ging, hatte eine Rechtfertigung dieser Politik schon gegen Ende 1864 in einem Briefe an die Frau Herweghs versucht, in dem sie schrieb:

»Es liegt ein förmlicher Abîme (Abgrund) zwischen folgenden zwei Sachen: Sich an einen Gegner zu verkaufen, für ihn arbeiten, verdeckt oder unverdeckt, oder wie ein großer Politiker den Augenblick zu erfassen, um von den Fehlern des Gegners zu profitieren, einen Feind durch den anderen aufreiben zu lassen, ihn auf eine abschüssige Bahn zu drängen und die dem Zwecke günstige Konjunktur, sie möge hervorgebracht werden von wem sie wolle, zu benutzen. Die *bloßen* ehrlichen Gesinnungen, diejenigen, die sich immer nur auf den idealen, in der Luft schwebenden Standpunkt der zukünftigen Dinge stellen und darauf nur das momentane Handeln bestimmen, mögen privatim als recht brave Menschen gelten, aber sie sind zu nichts zu brauchen, zu Handlungen, die auf die Ereignisse wirklich einwirken, ganz unfähig, kurz, sie können nur in der großen Masse dem Führer folgen, der besser weiß.«

Die Frau Gräfin hatte sich hier ein Programm zurechtgelegt, das selbst einen Lassalle zum Scheitern gebracht hätte, weil vor allen Dingen die Macht, die dazu gehörte, in der von ihr geschilderten Weise zu politisieren, fehlte. Lassalle wäre, das ist meine Überzeugung, wenn es zum Kirschenessen mit Bismarck gekommen wäre, gehörig hereingefallen; sein Spiel hätte mit einer gewaltigen Blamage geendet. Zu glauben, ein Bismarck konnte oder wollte der Sozialdemokratie, also dem Todfeind der bürgerlichen Gesellschaft, ernsthafte Konzessionen machen, er, dem doch allein daran liegen mußte, mit der modernen Macht des Kapitalismus sich zu verständigen und der zu diesem Zwecke die Sozialdemokratie allenfalls als *Mittel* benutzte, hätte von einer Verblendung gezeugt, die alles andere, nur nicht Realpolitik gewesen wäre. Auch ist die Sozialdemokratie keine Schafherde, die gedankenlos hinter dem Führer trottet und sich beliebig führen und nasführen läßt. Das mochte die Gräfin Hatzfeldt zu ihrer Zeit und in der Atmosphäre, in der sie lebte, noch glauben, aber eine sozialdemokratische Politik ist auf die Dauer nicht ohne die bewußte Mitwirkung der Massen und das Betreten ehrlicher, gerader Wege möglich. Die Massen lassen sich auf diplomatische Finessen nicht ein; der Führer, der anders rechnet, wird bald erkennen, daß er sich verrechnet hat.

Der Sommer 1865 bot Schweitzer Gelegenheit, sich wieder als Radikaler aufzuspielen, womit er die gegen ihn erhobenen Beschuldigungen in den Hintergrund zu drängen hoffen durfte. Es war das ebenfalls schon von mir im ersten Bande erwähnte Abgeordnetenfest in Köln, demgegenüber Bismarck den Gewaltmenschen spielte. Schweitzer mit seinem gewohnten großen Geschick wendete sich in einer Reihe Artikel im »Sozialdemokrat« gegen die Regierung. Und wenn er darin der Fortschrittspartei wegen ihres feigen Verhaltens in der Kölner Angelegenheit übel mitspielte, so forderte er auch mit Nachdruck ein völlig freies Vereins- und Versammlungsrecht für Preußen. Trotz seiner eminenten journalistischen Gewandtheit schrieb er jetzt mit einer Schärfe, daß der »Sozialdemokrat« eine längere Reihe von Tagen *täglich konfisziert* wurde. Diese oppositionelle Haltung übertrug er auch auf die Kritik an der auswärtigen Politik, all Bismarck im Oktober zu Napoleon nach Biarritz reiste, um dessen Zustimmung zu seiner »nationalen« Politik zu erlangen, Verhandlungen, bei denen, wie sich nach 1866 erwies, Napoleon der Geprellte war. Gegen Schweitzer erhob die Staatsanwaltschaft Anklage wegen verschiedener Preßvergehen. Auch reizte die Opposition des »Sozialdemokrat« die Staatsanwaltschaft noch zu weiterer Verfolgung. So wurden durch Gerichtsbeschluß in Berlin und Magdeburg die Mitgliedschaften des Allgemeinen Deutschen Arbeitervereins unterdrückt, weil sie als selbständige politische Vereine anzusehen seien, die nach dem § 8 des preußischen Vereins- und Versammlungsgesetzes nicht miteinander in Verbindung stehen durften.

Diese Verfolgungen verhinderten aber nicht, daß im Allgemeinen Deutschen Arbeiterverein Schweitzer mit einer starken Opposition zu kämpfen hatte, wobei die Gräfin Hatzfeldt tapfer schürte, weil er dieser nicht den verlangten Einfluß auf den Verein und seine Politik einräumte. Es begann ein wahres Tohuwabohu im Verein, es war der Kampf um die Macht. Lassalle hatte kurz vor seinem Tode Schweitzer zum Vorstandsmitglied des Allgemeinen Deutschen Arbeitervereins ernannt. Die Generalversammlung in Düsseldorf ließ ihn aber für diesen Posten durchfallen. Bernhard Becker war ebenfalls mit Schweitzer zerfallen und versuchte einen Haupttrumpf gegen ihn auszuspielen, indem er die Generalversammlung des Vereins nach Frankfurt a.M. einberief, den Ort, der Schweitzer nach seiner Vergangenheit der allerunangenehmste sein mußte. Indes war die Opposition auch gegen den unfähigen Becker so stark, daß dieser kurz vor der Frankfurter Generalversammlung sein Amt niederlegte, worauf Tölcke als sein Nachfolger gewählt wurde. Bis aber dessen Wahl durch die Urabstimmung in den Mitgliedschaften bestätigt war, sollte Hillmann-Elberfeld, der wieder Fritzsche als Vizepräsident ersetzt hatte, die Leitung des Vereins übernehmen. Hillmann, der zu den entschiedensten Gegnern Schweitzers gehörte, benutzte jetzt seine Stellung, um den zwischen Becker und Schweitzer abgeschlossenen Vertrag, wonach der »Sozialdemokrat« offizielles Vereinsorgan war, für null und nichtig zu erklären und ihm das Recht, sich Vereinsorgan zu nennen, zu entziehen. Schweitzer und Hofstetten bezeichneten von da ab das Blatt als »Organ der Sozialdemokratischen Partei«.

Mittlerweile war Schweitzer ins Gefängnis gewandert. Er war am 24. November wegen verschiedener Preßvergehen, darunter Majestätsbeleidigung und Schmähung obrigkeitlicher Anordnungen, zu einem Jahre Gefängnis verurteilt worden. Später bekam er noch vier Monate dazu, auch wurden ihm jetzt die Ehrenrechte aberkannt. Seine Verhaftung erfolgte kurz nach seiner ersten Verurteilung. Schweitzers journalistische Tätigkeit wurde aber durch die Haft in keiner Weise unterbrochen, wie er denn im Gefängnis ein Maß von Freiheiten genoß, das weder bis dahin noch später einem in Berlin zu Gefängnis verurteilten politischen Gefangenen zuteil wurde. Er traf alle Anordnungen sowohl als Redakteur wie später als Präsident des Vereins aus dem Gefängnis. Seine Korrespondenz war unbeschränkt, Besuche empfing er häufig. Als er 1869 eine mehrmonatige Gefängnisstrafe in Rummelsburg verbüßte, konnte er sich sogar dem Vergnügen des Kahnfahrens auf dem Rummelsburger See widmen. Selbstbeköstigung war ihm ebenfalls gestattet, die in den Berliner Gefängnissen für politische Gefangene erst in sehr viel späterer Zeit, zu Ende des vorigen Jahrhunderts, erlangt wurde.

Man hat geltend gemacht, daß die verschiedenen Gefängnisstrafen ein Beweis gegen die Anklage seien, Schweitzer wäre Bismarckscher Agent gewesen. Diese Auffassung ist durchaus *falsch*. Die Beziehungen, die eine Regierung zu ihren politischen Agenten zu haben pflegt, bindet sie nicht den Staatsanwälten und Richtern auf die Nase. Eine zeitweilige Verurteilung eines politischen Agenten wegen oppositioneller Handlungen ist auch sehr geeignet, Mißtrauen gegen den Betreffenden zu beseitigen und das Vertrauen in ihn zu stärken. Bekanntlich haben auch die Berliner Gerichte zu derselben Zeit in der Lassalle mit Bismarck seine stundenlangen politischen Unterhaltungen als »angenehmer Gutsnachbar« hatte, sich nicht gescheut, ihn zu einer Reihe harter Gefängnisstrafen zu verurteilen, obgleich man damals in weiten Kreisen wußte, wie Bismarck und Lassalle zueinander standen. Lastete doch der Gedanke schwer auf Lassalle, wie er bei seinem Gesundheitszustand die langen Haftstrafen überstehen werde.

In den Monaten, welche der Kriegsentscheidung im Juni 1866 vorausgingen, arbeitete der »Sozialdemokrat« weiter zugunsten der Bismarckschen Politik, und zwar wie auch früher mit raffiniertem Geschick. Es mußten schon geübte Augen und ein scharfer Verstand sein, um aus all den Verklausulierungen und Widersprüchen herauszuschälen, daß er eine unehrliche Politik betrieb.

Gegen Ende März 1866, also während er im Gefängnis sitzt, wird er im »Sozialdemokrat« deutlicher: »Die Zerstörung der Bundesleiche zu Frankfurt sollte die Auflösung der Nation bedeuten. Die Geburt der Nation würde von diesem Tage an datieren.« Einer seiner Hamburger

Anhänger, Schallmeier, erklärte im »Sozialdemokrat«, die Arbeiter würden für den Krieg sein, gebe man denselben das allgemeine Wahlrecht. Gleichzeitig erhebt der »Sozialdemokrat« unausgesetzt heftige Angriffe gegen die Fortschrittspartei, den Nationalverein, den Sechsunddreißiger-Ausschuß. Daneben erschienen wieder einige Artikel, worin ein Buch Rüstows über das Milizsystem günstig besprochen und das Milizheer als eine Einrichtung gepriesen wird, die am billigsten die meisten Streiter liefere.

Im März noch hatte der »Sozialdemokrat« den preußischen Bundesreformentwurf mit Geringschätzung behandelt, er werde »schätzbares Material« bleiben. In der zweiten Hälfte April tritt er entschieden für die preußische Bundesreform ein. Jetzt war keine Rede mehr von den früheren Versicherungen, dem neuen Deutschen Reiche dürfe kein Dorf, nicht der letzte Weiler fehlen. Er hatte auch vergessen, daß er noch in der zweiten Hälfte September 1865 geschrieben: »Unser köstliches Kleinod ist, daß wir kein Österreich und kein Preußen, kein Bayern und kein Hessen-Homburg, daß wir nur ein Deutschland kennen, ein deutsches Volk und eine deutsche Sprache.«

In einer Artikelserie: »Habsburg, Hohenzollern und die deutsche Demokratie«, die Ende April erschien, spricht er sich schließlich für die Vernichtung Österreichs aus; es müsse reduziert werden auf die 12900000 Einwohner, die zum Bunde gehörten. Dann sei Deutschland konstituiert, das heißt, dann hat Preußen das Feld.

Auf ein wiederholtes Gesuch wurde Schweitzer am 9. Mai 1866 angeblich wegen gefährdeter Gesundheit aus dem Gefängnis beurlaubt. Dagegen wäre nichts einzuwenden gewesen, entsprach der Grund des Urlaubs der *Wahrheit*. Dieser Grund erwies sich aber als eine Lüge. *Kaum aus dem Gefängnis beurlaubt, entwickelte Schweitzer eine umfassende politische Tätigkeit,* die nicht nur bewies, daß die Ruhe des Gefängnisses ihm wieder eine gute Gesundheit verschafft hatte, *sondern daß auch die maßgebenden Behörden gegen seine politische Tätigkeit nichts einzuwenden hatten, obgleich sonst die Behörden bei Beurlaubungen politischer Gefangener die selbstverständliche Forderung stellen, daß der Beurlaubte nicht eine Tätigkeit betreibe, wegen der er in Strafe genommen worden ist.*

Am 21. Mai erscheint Schweitzer in Hamburg, um dort »Ordnung zu schaffen«, am 11. Juni in Erfurt und am 18. Juni in Leipzig, woselbst er in einer Rede für die Bismarcksche Bundesreform eintritt. Dieses Eintreten hatte aber nicht verhindert, daß am 18. Mai der »Sozialdemokrat«

in einem Leitartikel sagte: Von einem liberalen Preußen sprechen die Gothaer, das an die Spitze Deutschlands zu treten habe, aber das hieße in Wahrheit sprechen, *von einem Preußen, das nicht existiert und nicht existieren kann.*

Und dieser positiven durchaus richtigen Auffassung über das Wesen Preußens gegenüber sagt Schweitzer am 16. Juni in Leipzig in einem Vortrag »Über die gegenwärtigen Aufgaben der Sozialdemokratischen Partei Deutschlands« am Schlusse:

»Wenn es aber gelingt, die preußische Regierung weiterzutreiben *auf dem Wege der Konzessionen an uns* (sic! A.B.) …, dann werden wir soviel wir können das *Unsere tun,* daß der Sieg nicht bei den Fahnen Öster- reichs, sondern bei den Fahnen Preußens, nicht bei den Fahnen Benedeks, sondern bei den Fahnen Bismarcks und Garibaldis sei.«

Kann man widerspruchsvoller handeln?

Diese Auslassungen sind als Programmsätze Schweitzers sehr bemer- kenswert, und sie fanden wohl an hoher Stelle in Berlin ihr Echo. Was aber das Antreiben der preußischen Regierung zu Konzessionen an uns (also an den Allgemeinen Deutschen Arbeiterverein) betraf, so war, ganz abgesehen von dem Utopismus, auf *Bismarcksche* Konzessionen zu hoffen – woran Schweitzer auch selbstverständlich *nicht* glaubte – das ganze Gerede eine *Aufschneiderei,* denn Schweitzer selbst hatte zuletzt noch am 3. Juni, vierzehn Tage vor seiner Leipziger Rede, im »Sozialdemokrat« geschrieben, *daß die Wirren im Verein bis auf weiteres denselben unfähig machten, in sozialpolitischen Dingen irgend etwas zu leisten.*

Diesem Gedanken hatte er auch schon wiederholt vor dem 3. Juni im »Sozialdemokrat« Ausdruck gegeben, wie denn in der Tat die Wirren im Verein, an denen Schweitzer sein vollgerüttelt Maß der Schuld trug, bis in das Jahr 1867 hinein denselben in Zerrüttung hielten.

In seltsamem Widerspruch zu diesen wiederholten Erklärungen Schweitzers steht es, wenn noch in unseren Tagen die Behauptung auf- gestellt wurde, der Allgemeine Deutsche Arbeiterverein habe zu jener Zeit einen merkbaren Einfluß auf die Neugestaltung der Dinge ausgeübt, zum Beispiel bei Erlangung des allgemeinen Wahlrechts. Bei dem Wider- stand, den das Bismarcksche Reformprojekt in den weitesten Kreisen fand, mußte Bismarck allerdings jede Unterstützung, war sie auch noch so unbedeutend, für sein Projekt willkommen sein. Daß er das allgemeine

Wahlrecht gewährte, geschah, weil er es gewähren mußte. Das war so selbstverständlich, daß es dazu keiner Einflüsterungen und Anfeuerungen bedurfte. Hatte er doch bereits Sommer 1863, also zu einer Zeit, in der der Allgemeine Deutsche Arbeiterverein eben erst gegründet worden war, gegenüber dem österreichischen Reformentwurf, der das deutsche Parlament aus Delegationen der einzelstaatlichen Landtage zusammensetzen wollte, ein Parlament gefordert, das auf Grund des in der Paulskirche 1849 beschlossenen allgemeinen Wahlrechtes gewählt werden sollte. Bismarck hat die Gründe, weshalb er zu demselben griff und greifen mußte, nicht bloß später im Norddeutschen Reichstag auseinandergesetzt; er schrieb auch in einer Zirkulardepesche am 24. März 1866, also drei Monate vor dem Krieg:

»Direkte Wahlen und allgemeines Stimmrecht halte ich für größere Bürgschaften einer konservativen Haltung als irgendein künstliches, auf Erzielung gemachter Majoritäten berechnetes Wahlgesetz. Nach unseren Erfahrungen sind die Massen ehrlicher bei der Erhaltung staatlicher Ordnung interessiert als die Führer derjenigen Massen, die man durch die Einführung irgendeines Zensus in der aktiven Wahlberechtigung privilegieren möchte.«

Und an den Grafen Bernsdorf in London schrieb Bismarck unter dem 19. April 1866:

»Ich darf es wohl als eine auf langer Erfahrung begründete Überzeugung aussprechen, daß das künstliche System indirekter und Klassenwahlen ein viel gefährlicheres ist, indem es die Berührung der höchsten Gewalt mit den gesunden Elementen, die den Kern und die Masse des Volkes bilden, verhindert ... Die Träger der Revolution sind die Wahlmännerkollegien, die der Umsturzpartei ein über das Land verbreitetes und leicht zu handhabendes Netz gewähren, wie dies 1789 die Pariser Elekteurs gezeigt haben. Ich stehe nicht an, indirekte Wahlen für eines der wesentlichsten Hilfsmittel der Revolution zu erklären und ich glaube, in diesen Dingen praktisch einige Erfahrungen gesammelt zu haben.«

Zu diesen Gründen, die deutlich das Unbehagen verraten, das die bisherigen Resultate der Wahlen nach dem Dreiklassenwahlsystem in Preußen bei ihm erzeugten, kommen noch als besonders *entscheidende,* daß in dem Staatenkonglomerat, das der später neugebackene Norddeutsche Bund bildete, es keine gemeinsame, Grundlage gab, auf der ein anderes Wahlrecht als das allgemeine möglich war. Ferner gebot die Rücksicht auf die Traditionen des ersten deutschen Parlaments in Frankfurt 1848/49, daß er das allgemeine Wahlrecht einführte, das allein die starken Antipathien, die gegen die Gründung des Norddeutschen Bundes selbst in weiten Kreisen der norddeutschen Bevölkerung vorhanden waren, einigermaßen überwinden konnte. Es muß weiter hinzugefügt und *wiederholt* daran erinnert werden, daß in jenen Jahren der Gedanke, das allgemeine Wahlrecht einzuführen, selbst in konservativen Kreisen im Hinblick auf die Resultate des Dreiklassenwahlsystems sympathisch aufgenommen wurde und der Geheime Regierungsrat Wagener schon im Spätsommer 1862, also *ehe* noch Lassalle öffentlich diese Forderung erhoben hatte, die Einführung des allgemeinen Wahlrechts befürwortete. Auch hatten schon zu Anfang 1862 die radikalen Leipziger Arbeiter diese Forderung gestellt, und seit 1865 war es eine Programmforderung der *gesamten deutschen Arbeiterklasse ohne Unterschied der Partei.* Im Winter 1865/66 wurde diese Forderung in unzähligen Volksversammlungen propagiert, noch ehe jemand an den Bismarckschen Reformentwurf denken konnte, weil er für die Öffentlichkeit noch nicht existierte. Es war also nach Lage der Dinge unmöglich, daß der Allgemeine Deutsche Arbeiterverein ab solcher merkbaren Einfluß auf die Gewährung des allgemeinen Stimmrechts ausgeübt hat.

Bismarck hatte am 9. Mai den Landtag nach Hause geschickt, weil er fürchtete, daß er ihm, wie bei Gelegenheit der Schleswig-Holsteinschen Frage, die Mittel zum Kriegführen verweigern werde. Bismarck brauchte aber Geld, und so gab er auf dem Verordnungswege, also ohne alles gesetzliche Recht, 40 Millionen Taler Kassenscheine aus und ordnete die Errichtung von Darlehnskassen an. Die gesamte liberale und demokratische Presse spie mit Recht Feuer und Flamme über diese gesetzwidrige Handlung, aber *Schweitzer brachte es fertig, unter sehr deplacierten Angriffen auf die Fortschrittspartei die Handlung Bismarcks zu verteidigen.* Als dann Bismarck nach dem Kriege die Gründung eines Staatsschatzes, der mit 20 Millionen Taler dotiert werden sollte, verlangte, um ausgesprochenermaßen im Kriegsfall zunächst von einer Geldbewilligung der Kammer unabhängig zu sein, *führte Schweitzer wieder eine Menge Gründe zugunsten desselben an, wagte aber nicht,* sich rückhaltlos für den Plan auszusprechen.

Der »Sozialdemokrat« mußte mit dem 1. April 1866 sein sechsmaliges Erscheinen einstellen; er erschien wieder nur dreimal wöchentlich. Es mochte niemand mehr ein Bedürfnis haben, angesichts der kommenden kriegerischen Ereignisse weiter schwere Opfer für ein sechsmaliges Erscheinen zu tragen. *Denn er besaß noch keine 500 Abonnenten.* Am 17. Juni fand eine Generalversammlung des Allgemeinen Deutschen Arbeitervereins in Leipzig statt, die nur von 12 Delegierten besucht war, was zeigt, wie gering damals die Leistungsfähigkeit des Vereins war. Angeblich sollten diese 12 Delegierten, unter denen sich auch Schweitzer befand, 9400 Mitglieder vertreten. Bei der Präsidentenwahl unterlag Hillmann-Elberfeld gegenüber Perl-Hamburg, das war ein indirekter Sieg Schweitzers. Im »Sozialdemokrat« wiederholte sich jetzt das Spiel, das man nach seiner Leipziger Rede erwarten mußte. Als Österreich während der Waffenstillstandsverhandlungen Venetien an Napoleon übergab, um es nicht an das verhaßte Italien abtreten zu müssen, entdeckte Schweitzer hierin, gleich der liberalen Presse, einen *Verrat* Österreichs an Deutschland, und ging nun, diesen Vorwand benutzend, mit fliegenden Fahnen in das Lager Preußens, dessen »staunenswerte organisatorische Kraft« gezeigt, daß Deutschland zu ihm zu stehen habe. Von diesem seinem Standpunkt aus war es ihm außerordentlich peinlich, als Ende August Johann Jacoby anläßlich der Beratung einer Adresse an den König eine vorzügliche Rede im preußischen Landtag hielt, in der er sich entschieden gegen das neue Gebilde, den Norddeutschen Bund, aussprach, der die Ausschließung Deutsch-Österreichs und der süddeutschen Staaten zur Voraussetzung gehabt habe. Im weiteren erklärte sich Jacoby gegen die Indemnität, die jetzt die Regierung für ihre gesetzwidrigen Maßnahmen vor und während des Krieges von dem Landtag forderte. Schweitzer zollte zwar dem Mute und dem Idealismus Jacobys volles Lob, rechtfertigte aber durch gewundene Ausführungen den neuen Stand der Dinge. Als dann am 20. September die allgemeine Amnestie erschien, war niemand vorhanden, der dieselbe mehr verdient hätte als er für die Dienste, die er vom 9. Mai ab für die Regierung geleistet hatte; sie brachte ihm den Nachlaß von zehn Monaten seiner Haft.

Ende August 1866 machte der »Sozialdemokrat« in der Anwandlung einer melancholischen Stimmung das Geständnis: »So habe sich das deutsche Volk die deutsche Einheit nicht vorgestellt.« Was damals über den Entwurf zur künftigen Nordbundsverfassung verlautete, war allerdings zum Melancholischwerden. Bismarck, der wirkliche Realpolitiker, der jetzt im Zenith seiner Macht stand, schmiedete das Eisen, solange es warm war, und schuf einen Verfassungsentwurf, der noch ein gut Stück hinter der preußischen Verfassung an konstitutionellen Rechten zurückstand. Es hieße den Scharfsinn Schweitzers beleidigen, wollte man annehmen, daß er ernstlich darüber enttäuscht war. Wer wie er das Wesen des jetzt alles beherrschenden preußischen Staates und auch das Wesen und den Charakter Bismarcks kannte, konnte nichts anderes erwarten. Aber wie wollte er seine großpreußische Politik dem Verein gegenüber rechtfertigen und mundgerecht machen? Jetzt zeigte sich, was es mit seiner Behauptung, der Verein sei eine Macht, so »daß er ihm (Bismarck) Konzessionen abnötigen könne«, auf sich hatte.

Wir waren nicht enttäuscht, denn wir hatten uns keinen Illusionen hingegeben. Indes spann Schweitzer den alten Faden weiter. Vor allem setzte er auf der Generalversammlung in Erfurt, die für den 27. Dezember einberufen worden war, ein Wahlprogramm durch, dessen erster Punkt in Berlin an maßgebender Stelle notwendig freundlich aufgenommen werden mußte. Dieser Punkt lautete: »Gänzliche Beseitigung jeder Föderation, jedes Staatenbundes, unter welcher Form es auch sei. Vereinigung aller deutschen Stämme zu einer innerlich und organisch durchaus verschmolzenen Staatseinheit, durch welche allein das deutsche Volk einer glorreichen nationalen Zukunft fähig werden kann: Durch Einheit zur Freiheit!« Also auf dem Wege der Bismarckschen Politik zur Freiheit. Das war die *gleiche* Parole, welche die nationalliberale Partei aufgestellt hatte, und bedeutete weitere Annexionen, die nicht ohne einen neuen Krieg ausführbar waren. Der zweite Punkt des Programms handelte von der Forderung des allgemeinen, gleichen Wahlrechtes mit Diätenzahlung für Reichstag und Landtage. Sicherung der Volksrechte. Die Forderung nach allgemeiner Volksbewaffnung, die in dem von der Gräfin Hatzfeldt herrührenden Programmentwurf stand, strich Schweitzer, denn nach dem »Sozialdemokrat« hatte Preußen bewiesen, »daß es allein durch seine staunenerregende organisatorische Kraft zur Führung der deutschen Wehrkraft berufen sei«, und dem durfte man doch jetzt nicht mit der allgemeinen Volksbewaffnung kommen. Der vierte Punkt verlangte Anbahnung der Lösung der Arbeiterfrage durch freie Assoziationen mit Staatshilfe nach den Prinzipien Ferdinand Lassalles. Also von Bismarcks Gnaden. Für Moritz Heß gab das Erfurter Programm endlich den Anstoß, um als letzter von den ersten Mitarbeitern dem »Sozialdemokrat« die Mitarbeiterschaft aufzusagen.

Man vergleiche dieses Verhalten Schweitzers mit seinem Verhalten im Frühjahr 1865, als er, durch die Opposition in seinem Verein bedrängt, im »Sozialdemokrat« vom 5. April 1865 erklärte:

»Die Deutsche Volkspartei also will das *ganze* Deutschland zum freien Volksstaat vereinen. Das ganze Deutschland sagen wir. Nicht ein Dorf, nicht ein Meierhof, nicht die kleinste Hütte im entferntesten Winkel darf uns fehlen. Der kleindeutsche Gedanke eines einigen Deutschland *ohne die deutsch-österreichischen Provinzen ist ein Hochverrat an der Zukunft der Nation.*«

So hatte der Schweitzer von 1865 dem Schweitzer von 1866 das Urteil gesprochen. Aber was er 1865 geschrieben und beteuert hatte, hatten seine Anhänger vergessen. Blieb nach einer anderen seiner früheren Ausführungen nur die Wahl zwischen deutschen Proletarierfäusten und Preußen für die Lösung der deutschen Frage, und waren damals die deutschen Proletarierfäuste zu schwach, die deutsche Frage im demokratischen Sinne zu lösen, so war dies für den Führer einer Arbeiterpartei kein Grund, sich zum Werkzeug der Lösung im cäsarischen Sinne herzugeben. Einmal die Ehrlichkeit Schweitzers für einen Augenblick vorausgesetzt, so wäre selbst dann seine Taktik ein Verrat an der Demokratie gewesen, weil er die Politik ihres gewalttätigsten und grimmigsten Feindes unterstützte.

Schweitzer und die Konservativen

Mit der Agitation für die Wahlen zum konstituierenden norddeutschen Reichstag, die auf den 12. Februar 1867 angesetzt waren, beginnt die zweite Periode der Tätigkeit Schweitzers. Die Haltung des »Sozialdemokrat« ließ keinen Zweifel, daß Schweitzer es mit den *Konservativen* nicht verderben wollte. Er rechnete offenbar auf Schachergeschäfte mit diesen gegen die Liberalen, was auch im Wunsche Bismarcks liegen mußte. Schweitzer ging also wieder gegen die Fortschrittspartei aufs schärfste ins Feuer, eine Taktik, die ihm der alte Moritz Heß als Verrat anrechnete. Dieser meinte, es handle sich vor allen Dingen doch darum, die *linke* Seite des Parlaments nach Kräften zu stärken, um eine leidliche Verfassung zustandezubringen, was ein durchaus richtiger Standpunkt, aber nicht der Schweitzers war.

Schweitzer hatte unter den verschiedenen Kandidaturen, die ihm von seinen Anhängern angeboten worden waren, sich für Barmen-Elberfeld entschieden, ein Wahlkreis, der ihm die meiste Aussicht auf Sieg bot. Die Leipziger Lassalleaner wollten in Leipzig Liebknecht aufstellen, den wir im neunzehnten sächsischen Wahlkreis aufgestellt hatten, wo wir hofften, ihn durchzubringen, was leider nicht gelang. Wir hatten in Leipzig, nachdem Professor Roßmäßler abgelehnt hatte, Professor Wuttke als Kandidat proklamiert. Schweitzer eiferte gegen Liebknechts Kandidatur. Dieselbe gehe von einer Seite aus, der das Werk Lassalles stets ein Dorn im Auge gewesen sei. Die Leute, die im Hintergrund von Liebknechts Kandidatur stünden, seien im Zusammenhang mit österreichischen reaktionären Kreisen. Liebknecht habe noch vor zwei Jahren Lassalle in öffentlichen Blättern geschmäht. Wer Liebknecht wähle, sage sich offen von Lassalle und seinem Werke los. So spekulierte er auf die blinde Voreingenommenheit seiner Anhänger für Lassalles Werk. Liebknecht zu wählen, war also ein Verbrechen an Lassalle. Wie Schweitzer überhaupt die Dinge ansah, zeigt ein Aufruf »An meine Freunde und Parteigenossen in Schlesien und im Rheinland«, in dem es pathetisch hieß: »*Eine mildere Zeit, eine weisere Regierung ist gekommen!*« In Barmen-Elberfeld, woselbst Schweitzer Ende Januar wieder eine seiner geschickten Reden hielt, sprach er *mit keinem Worte über seine Stellung in der Politik und gegebenenfalls im Parlament.* Im »Sozialdemokrat« wurden ungeschickterweise maßlose Hoffnungen über den Ausfall der Wahlen genährt. So wurde zum Beispiel in der Nr. 15 vom 3 Februar angekündigt, die gewählten Vertreter würden in Berlin einen gemeinsamen Haushalt führen. Man sprach von Diätenkommunismus usw. Schweitzer wurde sogar im »Sozialdemokrat« als Sieger angesungen, noch ehe er gewählt war. Er hatte als Gegenkandidaten in Barmen-Elberfeld von konservativer Seite Bismarck, von liberaler Herrn v. Forckenbeck. Der Wahltag brachte eine schwere Enttäuschung. Bismarck erhielt 6523, Forckenbeck 6123, Schweitzer nur 4688 Stimmen. Er war nicht einmal in die engere Wahl gekommen. Auch im übrigen Deutschland war der Wahlausfall für den Allgemeinen Deutschen Arbeiterverein eine Enttäuschung. In der engeren Wahl in Barmen-Elberfeld hatten also die Sozialdemokraten den Ausschlag zu geben. In einer großen Wählerversammlung am 26. Februar nimmt Schweitzer zunächst das Wort, erklärt aber, keine Parole für die engere Wahl auszugeben, bevor er nicht die Meinung

der Versammlung gehört. Schließlich ergreift er wieder das Wort, wobei
er äußerte:

»Das vielfache Rufen des Namens Bismarck aus der Versammlung
hätte ihn erkennen lassen, *nach welcher Seite sich die Stimmung im all-*
gemeinen gelenkt habe. Er könne dem einzelnen keine Vorschriften machen,
für wessen Wahl sich derselbe entscheiden solle, ein jeder solle dem Zuge
seines Herzens folgen.«

Damit wußte jeder, woran er war. Um aber das Komödienspiel zu
vollenden, ließ er im Widerspruch mit seiner eigenen Rede eine Resolution annehmen, in der sich die Versammlung für *Stimmenthaltung* aussprach. In der Tat erhielt Bismarck bei der engeren Wahl *fast die gesam-*
ten Schweitzerschen Stimmen. Er wurde mit 10196 gegen 6944, die
Forckenbeck erhielt, gewählt.
Schweitzer suchte in einer Erklärung diese Abstimmung damit zu
rechtfertigen, daß er ausführte,

man habe der liberalen Bourgeoisie eine Lehre geben wollen für die
gemeine Kampfweise, die sie im Wahlkampf geübt habe. *»Vielleicht auch,*
Arbeiter«, fuhr er fort, *»war eure Abstimmung eine Huldigung nicht zwar*
für den Kandidaten der konservativen Partei, wohl aber für den Minister,
der aus eigenem Antrieb ein Volksrecht euch zurückgegeben, welches die
liberale Opposition für euch zu fordern so hartnäckig vergessen hatte.«

Der gute, volksfreundliche Bismarck!
Wenige Tage nach jener Elberfelder Bismarckwahl stand ich in engerer
Wahl im 17. sächsischen Wahlkreis (Glauchau, Meerane usw.) gegen
einen nationalliberalen Kandidaten. Hier erklärte der Führer der Lassal-
leaner – den Bericht veröffentlichte der »Sozialdemokrat« –, *ein reiner*
Lassalleaner dürfe Bebel nicht wählen, der nach dem Standpunkte, den
sie, die Lassalleaner, einnähmen, ein Verräter an der Sache sei.
Bismarck der Wohltäter der Arbeiter, Liebknecht und Bebel ihre Verrä-
ter. Das war das Resultat der Schweitzerschen Erziehungsmethode. Wie
schon früher gemeldet, wurde ich trotzdem gewählt, die wenigen hundert
Stimmen der Lassalleaner gaben nicht den Ausschlag.
In Barmen-Elberfeld mußte kurz darauf eine Neuwahl stattfinden, da
Bismarck, der doppelt gewählt worden war, das Mandat für Barmen-

Elberfeld niederlegte. Bei der darauf folgenden Neuwahl erhielt Schweitzer 4919, der liberale Professor Gneist 4291, der konservative von der Heidt 2594, Oberbürgermeister Bredt 1497 Stimmen. Es mußte also wieder engere Wahl stattfinden, und zwar diesmal zwischen Schweitzer und Gneist. Der »Sozialdemokrat« buhlte jetzt offen um die Stimmen der konservativen – Arbeiter. *Noch charakterloser und würdeloser trieb Schweitzer die Buhlerei in einer Versammlung am 17. März, in der er die Konservativen aufforderte, von zwei Übeln das kleinere oder entferntere zu wählen, und das sei er. Auf dem sozialen Boden könnte sich die Arbeiterpartei mit den Konservativen über manches die Hände reichen.* Er bezieht sich dafür auf *Reden des Geheimen Oberregierungsrats Wagener,* auf Bischof Kettelers Buch, *auf Äußerungen Bismarcks.*

»Die Konservativen möchten mitwirken, damit die Arbeiter durch ihn im Parlament zum Wort kämen. Als die Konservativen die Arbeiter riefen – einerlei aus welchem Grunde –, kamen diese mit ihrer ganzen Armee. Jetzt rufen die Arbeiter, und die Konservativen würden eine moralische Verpflichtung nicht lösen, wenn nicht auch sie nun dem Rufe folgten. Sie müßten kommen, wenn sie nicht die gerechteste Entrüstung über sich heraufbeschwören wollten.«

Dann stößt er Drohungen gegen die Fortschrittspartei aus.

Aber für diese Charakterlosigkeit und Würdelosigkeit sondergleichen blieb dennoch der Lohn aus. Schweitzer unterlag abermals, und zwar mit 7923 gegen 8019 Stimmen, die auf Gneist fielen.

Schweitzer im Norddeutschen Reichstag

Nachdem der konstituierende Norddeutsche Reichstag die Verfassung des Norddeutschen Bundes beraten hatte und diese verkündet worden war, wurden die Wahlen für die erste Legislaturperiode auf Ende August 1867 angesetzt. Schweitzer kandidierte wieder in Barmen-Elberfeld, diesmal mit Erfolg. Schweitzer erhielt im ersten Wahlgang 6110, Dr. Löwe-Calbe (Fortschritt) 3588, Professor v. Sybel-Düsseldorf 3478 Stimmen, es war also engere Wahl zwischen Schweitzer und Löwe-Calbe nötig, in der Schweitzer mit 8915 Stimmen gegen 6690 Stimmen, die auf Löwe-Calbe fielen, siegte. *Diesmal hatte wieder der größte Teil der Konservativen für Schweitzer gestimmt.* Wie er in seiner Danksagung glaubte hervorheben zu müssen, waren es die konservativen Arbeiter, die in richtiger Erkenntnis der Sachlage dem Arbeiterkandidaten ihre Stimme gegeben hätten. Inwieweit das richtig war, zeigt die später bekannt gewordene Tatsache, *daß der Führer der Konservativen, Herr v. Kusserow, Schweitzer für seine Wahl 400 Taler eingehändigt hatte.* Auf der Berliner Generalversammlung stellte man, als diese Tatsache bekannt wurde, das grausame Verlangen, Schweitzer solle das Geld zurückgeben. Wie konnte man nur so naiv sein.

Aber Schweitzer glaubte noch ein übriges tun zu müssen und den Konservativen Zusicherungen für sein Wohlverhalten im Reichstag geben zu sollen, und so äußerte er in seiner Erklärung vom 11. September weiter:

»Mein sozialer Standpunkt wird von niemand in Zweifel gezogen; ich brauche daher in dieser Beziehung nichts zu sagen. In politischer Beziehung bemerke ich, daß ich gemäß den Grundsätzen der Partei, der ich angehöre und die mich zu ihrem Führer erkoren, in Fragen der Freiheit und *des Volkswohls* unwandelbar mit der äußersten Linken (der Fortschrittspartei) stimmen werde. Sollten ernstliche Gefahren vom Ausland her das deutsche Vaterland bedrohen, so werde ich den König von Preußen, in dem jetzt die nationale Machtstellung Deutschlands gipfelt, und seine Regierung mit aller Kraft, die einem einzelnen zu Gebote stehen kann, in dem Parlament wie außerhalb desselben zu unterstützen bestrebt sein.«

Schweitzers Wahl hatte begreiflicherweise unter seinen Anhängern große Begeisterung hervorgerufen, und er nutzte diese nun aus, indem er in einem mit vier Schimmeln bespannten Wagen einen Triumphzug durch die beiden Städte Barmen-Elberfeld unternahm. Solche Triumphzüge, die, wollte sie heute ein Arbeiterführer arrangieren, ihn zum toten Manne machten, liebte er. Solche Triumphzüge, wobei stets die Schimmel eine Rolle spielten, kamen wiederholt auch später vor, so zum Beispiel in Hamburg-Altona, nochmals in Barmen-Elberfeld und in Kassel. Damit aber auch das nötige Volk auf der Straße war, unterbrach zum Beispiel Schweitzer seine Reise von Berlin nach Kassel in Minden und fuhr von dort mit einem Zug, der erst abends nach 7 Uhr in Kassel eintraf. Hier benutzte er die mit Schimmeln bespannte Equipage auch während der mehrtägigen Dauer der Generalversammlung des Arbeiterverbandes, verlangte aber, daß seine Anhänger die hohen Kosten dafür tragen sollten. Dessen weigerten sie sich. Die Kosten des Triumphzugs vom Bahnhof nach der Stadt wollten sie bezahlen, das andere müsse Schweitzer tragen. Dabei blieb es.

Mit Schweitzers Eintritt in den Norddeutschen Reichstag, dem außer mir nunmehr auch Liebknecht angehörte, kam es zeitweilig zwischen uns und Schweitzer zu Auseinandersetzungen. Eine solche von besonderem Interesse spielte sich in der Sitzung vom 17. Oktober 1867 ab, in der der Gesetzentwurf betreffend die Verpflichtung zum Kriegsdienst auf der Tagesordnung stand. Liebknecht sprach zunächst, und zwar in außerordentlich scharfer Form unter häufigen heftigen Unterbrechungen der Mehrheit und des Präsidenten. Namentlich griff er die Politik Bismarcks schonungslos an und schloß seine Rede mit den Worten: »Die Weltgeschichte wird hinwegschreiten über diesen Norddeutschen Reichstag, der nichts ist als das Feigenblatt des Absolutismus.« Nachher kam ich zum Wort. Ich begründete in aller Ruhe unseren Standpunkt als Vertreter des Milizsystems. Mittlerweile hatte sich auch Schweitzer gemeldet, um seinen entgegengesetzten Standpunkt zu markieren. Bei Einbringung eines Schlußantrags verlas der Präsident, wie es damals Vorschrift war, die Namen der eingeschriebenen Redner für und wider den Gesetzentwurf, darunter Schweitzer als Gegner. *Dieser erklärte darauf zur Geschäftsordnung, er habe sich nicht wider, sondern für den Gesetzentwurf einschreiben lassen.*

Schweitzer ergriff alsdann bei der Spezialdebatte das Wort und führte aus, nach dem Standpunkt, den Herr Liebknecht einnehme, müßte auch die allgemeine Wehrpflicht verworfen werden. Dabei hatten wir beide eine Resolution einzubringen versucht, für die wir aber nicht die nötigen Unterschriften erhielten, in der die Einführung des Milizsystems, also die Verwirklichung der allgemeinen Wehrpflicht nach dem Muster Scharnhorsts und Gneisenaus gefordert wurde. Liebknecht wünsche, daß der Norddeutsche Bund überhaupt nicht existiere. Er und seine Freunde wollten den Norddeutschen Bund freiheitlich gestalten, darin ständen sie mit der *Fortschrittspartei* auf einem Boden. Er berief sich also wieder auf dieselbe Partei, die er seit 1863 als Trägerin des Rückschritts bekämpft und fortgesetzt angegriffen hatte. Er, Schweitzer, wolle nicht mit Herrn Liebknecht und seinen Freunden, den depossedierten Fürsten und dem Ausland, dahin trachten, Preußen und den Norddeutschen Bund zu ruinieren und zu zerstören:

»Wir haben erkannt, daß der preußische Machtkern unser deutsches Vaterland, das so lange mißachtet war, dem Ausland gegenüber endlich zur Geltung und zu Ehren gebracht hat und dies auch künftig tun wird, und es liegt uns fern, mit jenen selbst diejenigen Eigenschaften an Preußen leugnen und bemäkeln zu wollen, die im vorigen Jahre eine feindliche Welt bewundernd anerkennen mußte.«

Sie stünden innerhalb, wir außerhalb des neu sich bildenden Vaterlandes, wollten außerhalb desselben stehen.

Liebknecht antwortete in einer persönlichen Bemerkung:

»Der Abgeordnete v. Schweitzer hat mir einen großen Gefallen getan, denn er hat mir die Gelegenheit gegeben, die ich bis jetzt vergebens gesucht habe, zu erklären, *daß ich allerdings mit dem Doppelgänger des Herrn Wagener nichts zu tun habe.*«

Schweitzer schwieg und Wagener schwieg. Vor der Abstimmung über den entscheidenden § 1 verließ Schweitzer den Saal. Er wagte nicht dafür zu stimmen und wollte nicht dagegen stimmen.

Diese Vorgänge im Reichstag beschäftigten kurz darauf zwei Versammlungen der Berliner Mitgliedschaft des Allgemeinen Deutschen Arbeitervereins. Schweitzer beantragte hier folgende Resolution:

»Die Versammlung erkennt an, daß die von Preußen geschaffene Macht die Möglichkeit der Herstellung der deutschen Einheit in sich trägt; zweitens ist sie *mit der Fortschrittspartei damit einverstanden* (weiter nach links wagte Schweitzer nicht mehr zu gehen. A.B.), daß mit äußerstem Nachdruck und ohne daß man sich um Drohungen der preußischen Regierung kümmere, auf eine freiheitliche Gestaltung Preußens und des Norddeutschen Bundes gedrungen werden muß, da nur hierdurch eine ersprießliche endgültige Lösung der deutschen Sache möglich ist; drittens erklärt sie es für verfehlt, in Gemeinschaft mit der Auffassung des mißgünstigen Auslandes das Vorgehen Preußens im vorigen Jahre zu beurteilen und demgemäß eine Zertrümmerung Preußens und des Norddeutschen Bundes zu erstreben und zu erhoffen.«

Rückhaltloser konnte man für die Bismarcksche Schöpfung nicht eintreten. Dieser Resolution gegenüber beantragten nun *Theodor Metzner* und *Reimann,* zwei Opponenten von Schweitzer:

»Die Versammlung beschließt, daß Herr v. Schweitzer sowohl im Reichstag als durch seine Verdächtigung der radikalen Partei in der heutigen Versammlung *das wenige Vertrauen, das derselbe bisher bei den Berliner Arbeitern genossen, vollständig verloren hat.*«

Eine dritte Resolution brachte der fortschrittliche Maschinenbauer Andreack ein, die forderte:

»*Die Versammlung möge beschließen, daß sie in der deutschen frage sich nur mit dem Standpunkt der Deutschen Fortschrittspartei einverstanden erklären kann.*«

Und was geschah jetzt? Als Schweitzer merkte, daß die scharfe Opposition, die er fand, seine Resolution zu Fall bringen könnte, zog er, feig wie er immer war, wenn ihm eine Niederlage drohte, *dieselbe zurück und erklärte sich für die fortschrittliche Resolution, die dasselbe besage wie die seine.* Hofstetten, der den Vorsitz hatte, tat Schweitzer den Gefallen, über die Andreacksche Resolution zuerst abzustimmen und sie für angenommen zu erklären, was seitens der Opposition einen Sturm der Entrüstung hervorrief.

Schweitzers Diktatur

Schweitzer hatte das dringendste Interesse, den Allgemeinen Deutschen Arbeiterverein ganz in die Hand zu bekommen, also dessen Präsident zu werden. Dieses Sehnen verwirklichte sich, als Perl-Hamburg, der Präsidentschaft müde, erklärte, dieselbe niederlegen zu wollen. Es wurde eine außerordentliche Generalversammlung auf den 19. und 20. Mai 1867 nach Braunschweig einberufen, die von 18 Delegierten, die 2500 Stimmen hinter sich hatten, besucht war. Schweitzer vertrat Apolda mit 22 und Limbach in Sachsen mit 30 Stimmen. Der Verein war sehr heruntergekommen. Die beständigen Zerwürfnisse das Mißtrauen gegen Schweitzer wegen seiner Politik, der ungünstige Ausfall der Wahlen zum Norddeutschen Reichstag, trotz aller großsprecherischen Worte

Schweitzers, die Krise waren die Hauptursachen dieser Erscheinung. Die Eröffnungsrede Perls war der Ausdruck der vorhandenen Mutlosigkeit. Die Hoffnung, die man noch in Leipzig gehegt, Ordnung in den Verein zu bringen, hätte sich nicht erfüllt; die finanziellen Verhältnisse des Vereins seien sehr ungünstig, nur wenige Orte zahlten Beiträge usw. Im weiteren Verlauf der Verhandlungen bat Perl, von seiner Wiederwahl als Präsident abzustehen; er könne die Opfer nicht mehr tragen, die ihm diese Stellung auferlege. Schweitzer kritisierte Perls Geschäftsführung, doch wolle er, wie er sagte, ihm nicht persönlich zu nahe treten. Er erklärte, die Generalversammlung sei entscheidend für den Verein, nach Tölcke sollte er sogar die Präsidentschaft *gefordert* und gedroht haben, falls er nicht gewählt werde, ließe er mit der nächsten Nummer den »Sozialdemokrat« eingehen. Er versprach Garantien zu geben, daß die *Verwaltungsgeschäfte* korrekt erledigt würden, da er wisse, daß man ihm mißtraue. Die Versammlung war unschlüssig, was sie tun sollte; so ließ man auf Vorschlag Brackes eine Pause eintreten, um sich zu verständigen. Nach dieser schlug Tölcke Schweitzer als Präsidenten vor. Es wurde darauf mehrseitig wieder geltend gemacht, daß gegen Schweitzer Mißtrauen vorhanden sei; auch sei es ein Unding, daß der Präsident des Vereins und der Redakteur des Vereinsorgans ein und dieselbe Person sei. Tölcke suchte die Bedenken zu beschwichtigen. Schweitzer erklärte, er wisse, daß man Mißtrauen gegen ihn habe; er werde das Amt nur annehmen, wenn man ihm Vertrauen entgegenbringe. Er beantragte eine zweite Pause zur Verständigung. Nach dieser erklärten mehrere Delegierte, ihr Mißtrauen gegen Schweitzer fallen zu lassen. Er wurde alsdann, nachdem er auf einen Vorhalt Tölckes noch mitgeteilt, *er werde sich selber wählen,* mit 2385 gegen 97 Stimmen und 41 Enthaltungen Präsident des Vereins. Er hatte, um sich Vertrauen zu erwerben, auf dieser Generalversammlung ein radikales Programm vorgelegt und annehmen lassen. Jetzt gab er auch die sogenannten Garantien für sein ferneres Wohlverhalten, indem er durch Handschlag sämtlichen Delegierten gegenüber sich feierlich verpflichtete, alles zu tun, was in seinen Kräften stehe, den Verein vorwärtszubringen. Umgekehrt verpflichteten sich die Delegierten ebenfalls durch Handschlag Schweitzer gegenüber, treu zur Organisation und zum Präsidenten zu stehen. Also eine Art Ballhausschwur, wie ihn die französische Nationalversammlung 1789 leistete, nur mit dem Unterschied, daß der Regisseur der Schwurszene in Braunschweig, Schweitzer, wußte, daß es sich um eine Posse handelte. –

Auf der Generalversammlung des Vereins in Berlin – 23. bis 25. September 1867 – wiederholte Schweitzer, *daß in politischen Fragen der Verein mit der Fortschrittspartei gehen könne.* Das verhindert allerdings nicht, daß, als um dieselbe Zeit in Düsseldorf eine Nachwahl für den Reichstag stattzufinden hatte, bei der in der engeren Wahl der fortschrittliche Kandidat, Redakteur der »Rheinischen Zeitung«, Bürgers, und ein konservativ-nationalliberaler Kandidat sich gegenüberstanden, Schweitzer im »Sozialdemokrat« die Mitglieder des Allgemeinen Deutschen Arbeitervereins aufforderte, für den letzteren zu stimmen, worauf Bürgers durchfiel. Neben dem, daß er damit Bismarck einen Gefallen erwies, kühlte er seine Rache wegen der Anklage der »Rheinischen Zeitung«, er habe aus hochkonservativen Kreisen Geld für den »Sozialdemokrat« genommen.

Ein anderer für Schweitzer wenig ehrenvoller und seinen Charakter beleuchtender Vorgang war die Auseinandersetzung mit seinem bisherigen Freunde Hofstetten. Hofstetten hatte seine Mittel für die Gründung des »Sozialdemokrat« hergegeben. Diese Mittel waren Mitte 1867 verbraucht und Hofstetten ein armer Mann. Anfang 1868 versuchte Schweitzer Hofstetten nach Wien zu schieben, woselbst er ein sozialdemokratisches Blatt gründen sollte. Hofstetten kam aber in Wien übel an und eilte nach Berlin zurück. Jetzt verschloß Schweitzer ihm den Wiedereintritt in die Redaktion des Blattes, er bestritt auch, daß Hofstetten noch irgendwelche Ansprüche habe, und setzte ihn vor die Tür, wobei er sich auf einen Vertrag stützte, den er dem gutmütigen und nicht gerade scharfsinnigen Hofstetten abgedrungen hatte. Als Hofstetten im Frühjahr 1869 auf der Generalversammlung des Vereins in Barmen-Elberfeld eine lange Anklagerede gegen Schweitzers Verhalten ihm gegenüber hielt, entrüsteten die mitgeteilten Tatsachen den Delegierten Heinrich Vogel – der gegenwärtig noch in Charlottenburg lebt – so, daß er erklärte, Schweitzer habe Hofstetten gegenüber wie ein ordinärer Bourgeois gehandelt, eine Charakterisierung, die bei Schweitzers Anhängern einen Sturm der Entrüstung hervorrief und nachher Vogels Ausschluß aus dem Verein zur Folge hatte. Hofstetten klagte auch Schweitzer an, daß er das Geld mit vollen Händen zum Fenster hinausgeworfen habe; woher er es erhielt, wisse er nicht. Als er Schweitzer wegen seiner verschwenderischen Lebensweise Vorhalt gemacht, habe dieser geantwortet, darüber sei er ihm keine Rechenschaft schuldig, er habe seine Schulden nicht zu bezahlen. Darin hatte Schweitzer sicher recht, aber die Tatsache an sich ist sehr beachtlich. Ende 1867 hatte das Blatt erst 1200 Abonnenten, deckte also bei weitem noch immer nicht seine Kosten; es war also die Frage sehr wohl gerechtfertigt: »Woher kommt das Geld für das Blatt und die verschwenderische Lebensweise Schweitzers?« Das ewige Schuldenmachen hatte doch seine Grenze. Auch wollten die Gläubiger ab und zu Geld sehen. Eine Erbschaft, die er nach dem Tode seines Vaters Ende 1868 machte, war so geringfügig, daß sie einen Tropfen auf einen heißen Stein bedeutete. Dabei hielt Schweitzer sich während des Reichstags eine Equipage mit galonierten Dienern.

Gustav Mayer, dessen Buch über Schweitzer ich oben erwähnte, hielt es für zweckdienlich, sich bei Paul Lindau, der nach Schweitzers Rücktritt häufigen Verkehr mit ihm hatte, zu befragen, ob er Extravaganzen Schweitzers wahrgenommen habe. Lindau habe das verneint. Mir ist Paul Lindaus Urteil nicht maßgebend. Die lebemännischen Gewohnheiten des alten, heute noch lebenden Herrn waren immer große und da legt er wohl einen anderen Maßstab an »Extravaganzen« als andere Menschenkinder. Auch war Schweitzer, als er zu Lindau in Beziehungen trat, bereits krank und hatte geheiratet, zwei Umstände, die Extravaganzen erschwerten. Die Informationen, die wir seinerzeit in Berlin über Schweitzers Lebensweise einzogen, lauteten anders. Danach war er ein Lebemann ersten Ranges, der namentlich auch häufig bei Kroll und in den Berliner Nachtlokalen mit der Demimonde verkehrte, womit er wahrscheinlich die »Treue« gegen seine langjährige Braut betätigte, die man ihm als Tugend nachrühmte. Auch veranstaltete er zeitweilig Champagnergelage mit seinen intimsten Anhängern. Schweitzer gehörte zu den Naturen, die stets mindestens doppelt so viel Geld verbrauchen als sie einnehmen, deren Parole ist: »Die Bedürfnisse haben sich nicht nach den Einnahmen, sondern die Einnahmen haben sich nach den Bedürfnissen zu richten«, was bedingt, daß sie dann skrupellos das Geld nehmen, wo sie es finden. Hatte Schweitzer 1862 2600 Gulden aus der Schützenfestkasse entnommen, so unterschlug er später, als er Präsident des Allgemeinen Deutschen Arbeitervereins war und als solcher über die Kassengelder verfügte, von schlecht gelohnten Arbeitern gesammelte Groschen, um seine Gelüste zu befriedigen. Es handelte sich hier nicht um große Summen, aber das lag nicht an Schweitzer, sondern an dem mageren Inhalt der Kasse. Diese Mißwirtschaft ist ihm auf verschiedenen Generalversammlungen des Vereins vorgeworfen und nachgewiesen worden, und *Bracke,* der jahrelang Kassierer des Vereins war und auf

Schweitzers Anweisung die Gelder auszahlen mußte, hat ihn öffentlich
dieser Schandtat bezichtigt, ohne daß Schweitzer ein Wort der Verteidigung wagte. Wer aber dergleichen fähig ist, von dem soll man nicht
behaupten, daß er unfähig gewesen sei, sich politisch zu verkaufen, was
doch das einzige halbwegs lukrative Geschäft für ihn sein konnte. Den
Nachweis, wieviel gezahlt wurde, kann niemand erbringen, denn dergleichen Geschäfte werden nicht auf offenem Markte abgeschlossen. Es kann
sich hier nur um den Nachweis durch Indizien und zahlreiche Tatsachen
handeln, die sich anders nicht erklären lassen. Hervorheben möchte ich
hier, daß Bismarck nach 1866 die Zinsen aus dem 48 Millionen Mark
betragenden Privatvermögen des Königs von Hannover zur Verfügung
standen, die er skrupellos für ihm gutdünkende politische Zwecke benutzte. Diesen Fonds, der unter dem Namen »Reptilienfonds« berüchtigt
geworden ist, konnte Bismarck verwenden, ohne jemand darüber Rechenschaft abzulegen. Da ist's nun charakteristisch, daß, während die ganze
Oppositionspresse gegen diesen Korruptionsfonds ankämpfte, der »Sozialdemokrat« den Fonds niemals erwähnte.

Charakteristisch für den Mann ist ferner, daß, als wir Anfang 1868
das »Demokratische Wochenblatt« herausgaben, er systematisch den
Namen desselben totschwieg und, wenn er nicht umhin konnte, gegen
dasselbe zu polemisieren, er immer nur von dem Blatte des Herrn
Liebknecht sprach. Er wollte mit dieser Taktik verhindern, daß einer
seiner Anhänger durch Nennung des Namens des Blattes auf den Gedanken kommen könnte, das »Demokratische Wochenblatt« zu abonnieren,
wodurch der Leser, vieles erfahren konnte, was ihm, Schweitzer, unangenehm war. Das war eine kleinliche und lächerliche Kampfesweise, aber
er übte sie.

*

Eine merkwürdige Wandlung stellte sich bei Schweitzer wieder im
Frühjahr 1868 ein. Gleich dem »Demokratischen Wochenblatt« druckte
jetzt der »Sozialdemokrat«, wenn er vom Norddeutschen Reichstag
sprach, diese Worte in Gänsefüßchen ab. Auch hielt er im Reichstag –
Mitte Juni 1868 – eine Rede, in der er in einer Polemik gegen v. Kirchmann eine ganz andere Auffassung als bisher vom Wert des allgemeinen
Wahlrechts entwickelte. Bisher hatte er damit eine Art Kultus getrieben
und die Wahl Bismarcks durch seine Anhänger in Barmen-Elberfeld

bekanntlich damit zu rechtfertigen gesucht, daß sie dem Geber des allgemeinen Stimmrechts ihre Dankbarkeit beweisen wollten, als sie ihn wählten. Jetzt erklärte er:

»Ich muß im Interesse derjenigen, die mich gewählt haben, und im Interesse der demokratischen Sache konstatieren, daß dieses Haus nur scheinbar und nicht in Wirklichkeit aus allgemeinen Wahlen hervorgegangen ist.«

Er motivierte dieses damit, daß Preßfreiheit und volle Vereins- und Versammlungsfreiheit fehlten. Diese fehlten aber von Anfang an, und doch klang damals sein Urteil anders. Das Urteil, das er jetzt über das geltende Wahlrecht fällte, deckte sich mit dem, das das »Demokratische Wochenblatt« längst und wiederholt abgegeben hatte. Diese plötzliche auffällige Meinungsänderung wurde offenbar wieder durch die zunehmende Opposition in seinem Verein verursacht.

In Nr. 80 des »Sozialdemokrat« vom 19. Juli kündigt Schweitzer an, daß er eine *dreiwöchige* Haft in der Stadtvogtei antrete, die ihm wegen eines Flugblattes vom Landgericht Elberfeld zuerkannt worden war. Er ernannte W. Real in Düsseldorf zum Vizepräsidenten und Hasselmann zum Leiter des Vereinsorgans, mit dessen Eintritt die Rüpelhaftigkeit im Ton des Blattes einkehrte. Der pathetische Schluß der Ansprache lautete:

»Indem ich meine Haft antrete, richte ich an alle Parteigenossen meinen herzlichsten Abschiedsgruß. Ich hoffe, den Verein in derselben Blüte, in der ich ihn verlasse, oder in noch gesteigertem Maße (nach ganzen *drei* Wochen) wiederzufinden.«

Im Sommer 1868 hatte Johann Jacoby eine Rede über »Die soziale Frage« gehalten, in der er stark nach links und weit ab von der Fortschrittspartei rückte. Auf einem großen Volksfest, das auf der Asse bei Braunschweig abgehalten wurde, hatte sich Bracke über dieses Auftreten Jacobys sehr günstig ausgesprochen und es begrüßt. Bracke stellte hier über die Rede folgende Thesen auf: Erstens, das demokratische Programm von Johann Jacoby verdient im höchsten Maße die Beachtung des deutschen Volkes; zweitens, nach demselben gibt es in den Zielen keinen prinzipiellen Unterschied zwischen der entschiedenen demokratischen

Partei und der eigentlichen Arbeiterpartei; drittens, beide Parteien müssen in dem von Jacoby aufgestellten Ziel: Umgestaltung der bestehenden staatlichen und gesellschaftlichen Zustände im Sinne der Freiheit, gegründet auf Gleichheit alles dessen was Menschengesicht trägt, übereinstimmen. Darauf antwortete der »Sozialdemokrat« in einem »Verwirrung« überschriebenen Artikel:

»Der von Jacoby aufgestellte Satz einer gerechten Verteilung des Arbeitslohnes zwischen Kapital und Arbeit, die zu erstreben wäre, ist eine über alle Maßen verfehlte, alberne und hohle Phrase; es ist traurig, daß es Mitglieder des Allgemeinen Deutschen Arbeitervereins gibt, die an diesen elenden Brocken herumkauen ... Wenn einer behauptet, es seien beachtenswerte Gedanken in Jacobys Rede, wird es hoffentlich von allen Seiten tönen: Nein! es ist albernes, hohles Geschwätz eines wichtigtuenden Bourgeois.«

Diese erregte, grobe Sprache zeigte, welche Aufregung es Schweitzer verursachte, sobald Mitglieder des Vereins den Anschein erweckten, als wollten sie mit Vertretern nahestehender Parteien Fühlung nehmen. Der Verein mußte nach außen mit einer Art chinesischer Mauer umgeben sein, damit er ihn absolut beherrschen und nach seinem Willen lenken konnte.

Die nächste Generalversammlung des Vereins war auf den 22. bis 26. August nach Hamburg einberufen. Waren auf der Braunschweiger Generalversammlung nur 2508 Mitglieder vertreten, auf der Berliner 3102, so jetzt 8192 durch 36 Delegierte. Der Verein war also wesentlich stärker geworden. Man hat diese Entwicklung ausschließlich der Tätigkeit und der Leitung Schweitzers zugeschrieben. Mit Unrecht. Der Druck der Krise, die sich als Folge des sechsundsechziger Krieges eingestellt hatte, war gewichen, an deren Stelle brachte das Jahr 1868 eine Prosperitätsperiode. Damit hatte die Hoffnungsfreudigkeit und das politische Leben in den Arbeiterkreisen von neuem eingesetzt, wovon nicht nur der Allgemeine Deutsche Arbeiterverein, sondern auch der Verband der Arbeitervereine profitierte, an dessen Spitze ich stand und der damals über 13000 Mitglieder zählte, die freilich keine programmatische Geschlossenheit wie der Allgemeine Deutsche Arbeiterverein besaßen. Schweitzer suchte jetzt Karl Marx für sich zu gewinnen. Er hatte Marx den Dank des Vorstandes für sein Werk »Das Kapital« votieren lassen, auch hatte er ihn zur Generalversammlung nach Hamburg eingeladen, eine Einladung, die Marx wegen Überbürdung mit Arbeit ablehnte. Auch erlaubte er, daß Geib folgenden Antrag stellte:

»Die Generalversammlung erklärt, da der Druck des Kapitals und der Reaktion in allen Kulturländern aus im wesentlichen gleichen Ursachen auf der Arbeiterklasse lastet und da die Bestrebungen der Arbeiter nur dann erfolgreich sein können, wenn sie einheitlich zusammenhängend in allen Kulturländern auftreten, ist es die Pflicht der deutschen Arbeiterpartei und der Arbeiterparteien aller Kulturländer, die von denselben Prinzipien geleitet werden, gemeinsam vorzugehen.«

Dieser Antrag wurde einstimmig angenommen. Aber wie radikal sich Schweitzer auch gebärdete, die Unzufriedenheit mit seiner Diktatur nahm zu. So beantragten die Erfurter Mitglieder, Schweitzer solle spezifizierte Rechnung ablegen über die Gelder, die er seit dem 1. Januar 1868 der Kasse entnommen habe. Der Vorstand solle die Abrechnung prüfen. Düsseldorf verlangte, daß Präsidium und Redaktion des Vereinsorgans getrennt würden, die Einrichtung könne leicht zu Despotismus führen; sie hätte bereits dazu geführt. Weiter waren lebhafte Klagen auf den verschiedenen Generalversammlungen laut geworden, daß die Redaktion des »Sozialdemokrat« ihr mißfallende Korrespondenzen unterdrücke, andere willkürlich ändere, ja fälsche. Ein Antrag, das Organ von seiten des Vereins zu übernehmen, wurde auf der Generalversammlung für untunlich, die Trennung der Redaktion vom Präsidium als unzweckmäßig erklärt. Dagegen wurde beschlossen, daß der vierundzwanzigköpfige Vorstand des Vereins, der in vielen Orten verteilt wohnte, konzentriert werden solle. Er wurde nach Hamburg verlegt. Das war der erste harte Schlag, der die Diktatur Schweitzers traf. Bei den Erörterungen hierüber machte er eine Mitteilung, durch die er sich wider Willen denunzierte. Er äußerte: *»Dies wird unsere letzte Generalversammlung sein. Die Feindseligkeit der preußischen Regierung wird immer mehr hervortreten. Der Verein wird aufgelöst werden.«* Und siehe da, kaum drei Wochen später löste die Leipziger Polizeibehörde, da der Verein in Leipzig seinen Sitz hatte, den Verein wegen der örtlichen Kassenverwaltungen auf, einer Einrichtung, die von Anfang an im Verein bestanden hatte.

Es ist ganz zweifellos, daß Schweitzer vorher von dieser Auflösung wußte, ja daß sie zwischen ihm und dem Berliner Polizeipräsidium verab-

redet war und die Leipziger Polizei auf Wunsch von Berlin den Verein auflöste. Natürlich unterließ unter so bewandten Umständen Schweitzer jede Beschwerde gegen das Vorgehen der Leipziger Polizei bei Kreishauptmannschaft und Ministerium. Schweitzer schloß seinen bezüglichen Artikel, worin er die Auflösung besprach, mit den Worten:

»Wir fügen uns einfach darum, weil es nach Lage der Dinge das Vernünftigste ist, was wir tun können. Daher erkläre auch ich andurch:
›Der Allgemeine Deutsche Arbeiterverein tat sich aufzulösen ...‹
Arbeiter in ganz Deutschland! Wir stehen heute am Grabe des Allgemeinen Deutschen Arbeitervereins.

Aber der Allgemeine Deutsche Arbeiterverein lebt unter uns fort.
So stehen wir auch am Grabe Lassalles; er selbst aber weilt noch unter uns.

Daß unser Verein aufgelöst wurde, gereicht ihm, gereicht uns zur Ehre. Der Verein hat seine Schuldigkeit getan für die Arbeitersache – darum wurde er aufgelöst.

Die alte Form ist gefallen – wir werden neue Formen für die Betätigung unseres Strebens zu finden wissen.«

Dann dankt er für das ihm geschenkte Vertrauen.

»Wir haben gemeinsam gekämpft und gelitten – wir werden auch in Zukunft gemeinsam kämpfen und leiden.«

So auf die Rührseligkeit spekulierend, rührte er die Mitglieder zu Tränen, und sie vertrauten ihm weiter.

Wäre es die Feindseligkeit der preußischen Regierung gegen den Verein gewesen, wie Schweitzer *wider besseres Wissen* schrieb, dann war es jetzt seine Pflicht und Schuldigkeit, den Verein dem Einfluß der preußischen Regierung nach Möglichkeit zu entziehen, zum Beispiel dessen Sitz *nach Hamburg* zu verlegen, dessen Vereins- und Versammlungsgesetz kein Verbindungsverbot kannte. Außerdem hatte der Verein in Hamburg-Altona seine stärkste Mitgliedschaft, die für die Finanzen des Vereins wie für das Blatt das eigentliche Rückgrat bildete. Auch fehlte es in Hamburg nicht an geistigen Kräften. Statt dessen gründete Schweitzer den neuen Verein *unter den Augen der Berliner Polizei,* und *Berlin wurde dessen Sitz.* In Preußen bestand *aber das Verbindungsverbot so gut wie in Sachsen, und außerdem verlangte das damalige preußische Vereins- und Versammlungsgesetz, daß die Mitgliederlisten des Vereins aus ganz Deutschland bei dem Polizeipräsidium eingereicht werden mußten.* Und wiederum verriet, er seine Beziehungen zum Berliner Polizeipräsidium und sein Einverständnis mit der Auflösung, indem er in Nr. 119 des »Sozialdemokrat« sagte:

»Man habe Berlin als Sitz der Partei gewählt, damit die Polizei fortwährend Gelegenheit habe, sich davon zu überzeugen, daß die Partei ihre Agitation auf Grund und in Gemäßheit der bestehenden Gesetze betreibe.«

Wie rührend folgsam gegen die liebe Polizei von der Leitung einer demokratischen Partei!

Wenn je die innige Verbindung zwischen Schweitzer und dem Berliner Polizeipräsidium nachgewiesen werden konnte, so jetzt. Aber nicht allein, daß der Verein nunmehr unter die Kontrolle des Berliner Polizeipräsidiums kam, Schweitzer benutzte auch die Neugründung, um *die ihm unbequemen Beschlüsse der Hamburger Generalversammlung aus der Welt zu schaffen und durch die neue Organisation seine Diktatur unumschränkter denn je zuvor zu befestigen.* Er verkündete den neuen Plan mit den Worten:

»Jedenfalls wird dafür gesorgt werden, daß die Einheitlichkeit der Partei durch ganz Deutschland gewahrt werde. Denn diese Einheitlichkeit ist unser bestes Kleinod – sie ist der Grundgedanke der Lassalleschen Organisation, und von dieser werden wir niemals abgehen.«

So mußte also die beständige Berufung auf Lassalle dazu dienen, seine Autorität aufrechtzuerhalten und den Mitgliedern Sand in die Augen zu streuen.

Die neue Vereinsgründung fand *unter Ausschluß der Öffentlichkeit* statt in einem kleinen Kreise Auserwählter, die mit ihm durch dick und dünn gingen. Das neue Statut enthielt geradezu *ungeheuerliche* Bestimmungen. So sollte der Präsident *sechs Wochen vor der ordentlichen Generalversammlung in Urabstimmung durch die Mitglieder des Vereins gewählt werden,* also ehe noch die Generalversammlung gesprochen und dessen Geschäftsführung geprüft hatte. Ein Mißtrauensvotum auf der

Generalversammlung war dann wirkungslos, ebenso eine unliebsame Kritik seiner Tätigkeit. Ferner besagte § 5 der Statuten:

»Wenn der Präsident es für dringlich hält, so kann er, vorbehaltlich der in drei Monaten einzuholenden Genehmigung des Vorstandes, alle Anordnungen treffen.«

Der Vorstand selbst sollte, im Gegensatz zu den Beschlüssen der Hamburger Generalversammlung, wieder über ganz Deutschland verteilt wohnen. Die Generalversammlung sollte eine Statutenänderung *nur* dann vornehmen können (§ 7), wenn ein solcher Antrag von 60 Mitgliedern unterzeichnet *und drei Monate vor der Generalversammlung beim Vorstand eingereicht worden war.* Wo und wie der Verein aufs neue gegründet wurde, darüber hat man nie Sicheres erfahren. Aber die Polizei mußte davon unterrichtet sein, sonst hätte sie den Verein nicht anerkannt. Der organisierte Arbeiter unserer Zeit wird sich bei dem Lesen solcher Vorgänge fragen, wie denn dergleichen möglich gewesen sei und ob denn nicht die ungeheure Mehrheit der Mitglieder des Vereins sich wie ein Mann erhob und gegen solche Ungeheuerlichkeiten protestierte, den Urheber derselben aber sofort von seinem Posten entfernte? Von alledem keine Spur. Mit seinem Blatte beherrschte Schweitzer absolut den Verein; jeder, der wagte aufzumucken, dessen Beschwerde flog in den Papierkorb, und wer in einer Versammlung auftrat, der wurde als Verräter an dem Kleinod der Lassalleschen Organisation gebrandmarkt und mit dem Bann belegt. Im Verein war er tot. Ließ aber jemand sich merken, daß er mit Liebknecht und mir sympathisiere, so galt dieses selbst in den Augen der meisten Mitglieder als ein Verbrechen, womöglich größer als Blutschande oder Mord. Das war die Folge der systematisch von ihm betriebenen Verhetzung.

Doch die Umwandlung in den Anschauungen vollzog sich bei einem Teil der Vereinsmitglieder rascher, als wir damals selbst für wahrscheinlich hielten.

Unter dem 26. November 1868 veröffentlichte Schweitzer einen langen Aufruf in dem mittlerweile seit dem 10. Oktober vergrößerten »Sozialdemokrat«, der damals 3400 Abonnenten hatte, in welchem er seine Ansicht über die Finanzlage des Vereins darlegte, die durch das Wachstum desselben eine wesentliche günstigere geworden war. Zum Schluß kündigte er an, daß er auf drei Monate »in die Einsamkeit des Gefängnisses wandere«, die er wegen Veröffentlichung einer Broschüre, »Der Arbeitslohn und der Kapitalgewinn«, anzutreten hatte. Er schließt den Artikel mit den Worten:

56

»Lassalle sagt in betreff der Organisation, daß alle Einzelkräfte zusammengeschmiedet werden müßten zu einem einzigen Hammer. Die Partei war, als sie mich zu ihrem Führer erkor, der Meinung, daß mein Arm kräftig genug sei, diesen Hammer zu schwingen. Ich will hoffen, daß mir diese Kraft niemals erlahmt.«

An Selbstgefühl ließen diese Ausführungen nichts zu wünschen übrig.

Anfang Dezember trat er seine Haft an, er wurde aber bereits gegen Ende Dezember wieder aus dieser entlassen, weil sein Vater schwer erkrankte, der noch vor Ende des Jahres starb. Schweitzer erhielt darauf eine Woche Urlaub zur Ordnung von Familienangelegenheiten. Jetzt spielte sich aber dasselbe ab, was sich 1866 abgespielt hatte, als er auf Urlaub entlassen wurde. Aus der einen Woche wurden viele Wochen Urlaub, und nun begann *Schweitzer abermals eine umfassende politische Tätigkeit, als sei der Urlaub ihm nur zu diesem Zweck gewährt worden.*

Am 1. Januar 1869 kündigte der »Sozialdemokrat« an, *der Präsident sei noch auf Tage den Geschäften der Parteileitung entzogen. Am 14. Januar veröffentlichte Schweitzer unter den Augen der Polizei im »Sozialdemokrat« eine lange Ansprache an die Mitglieder des Allgemeinen Deutschen Arbeitervereins und berief die Generalversammlung des Vereins auf den 27. bis 30. März nach Barmen-Elberfeld.*

Nach normalem Gang hätte Schweitzer dieser Generalversammlung gar nicht beiwohnen können, da um diese Zeit seine Haft noch nicht zu Ende war. *Aber er wußte bereits, daß er die Freiheit dazu haben würde.* Weiter ordnete er an, daß die Präsidentenwahl sechs Wochen *vor* der Generalversammlung, zwischen dem 24. Januar und dem 7. Februar stattzufinden habe, wie es die neue, von ihm oktroyierte Organisation vorschrieb.

Ferner kündigte er die Einberufung einer Konferenz des Vorstandes in einer Stadt Mitteldeutschlands an, in der über die Agitation in Süddeutschland und Sachsen beschlossen werden sollte. Gegen uns nahm der »Sozialdemokrat« jetzt eine noch schärfere Stellung ein, da wir bewußt oder unbewußt im Schlepptau der österreichischen Politik uns befänden. Bemerkt sei hier, daß um diese Zeit Liebknecht wiederholt im »Demokratischen Wochenblatt« Österreich gegenüber eine Taktik eingeschlagen hatte, die ich für durchaus verfehlt hielt, was wiederholt zwischen uns zu Meinungsverschiedenheiten führte. Liebknecht war eben ein Mann des Extrems. Wie sein Haß gegen Bismarck und den Nordbund oft die Grenze überschritt, so auch wieder seine Zuneigung zu Österreich, dessen liberalem Bürgerministerium er übermäßige Leistungen zutraute. Es war nur natürlich, daß Schweitzer diese Schwäche Liebknechts ausnutzte, wobei ich bemerken will, daß es im Jahre 1867 auch für Schweitzer eine Periode gab, in der er dem Bürgerministerium seine Unterstützung in Aussicht stellte. Er wollte offenbar Hofstetten die Wege in Wien ebnen.

Im Januar 1869 setzten wir unseren schon früher gegen Schweitzer im »Demokratischen Wochenblatt« und in Volksversammlungen aufgenommenen Kampf mit aller Vehemenz und mit schwerstem Geschütz fort, dessen vorläufiger Abschluß war, daß wir zur Generalversammlung des Allgemeinen Deutschen Arbeitervereins nach Elberfeld-Barmen eingeladen wurden, um unsere Anklagen gegen Schweitzer zu erheben. Ich habe das Vorspiel zu diesem Ereignis bereits im ersten Teil dieser Arbeit ausführlicher geschildert.

*

Sozusagen zwischenaktlich sei hier erwähnt, daß Hasenclever infolge einer Stichwahl in Duisburg Anfang 1869 ebenfalls in den Reichstag gewählt worden war. Da ich glaubte annehmen zu dürfen, daß Hasenclever das Treiben Schweitzers mißbillige und ehrlich eine Vereinigung wolle, hatte ich 12 Taler gesammelt, die ich ihm zur Unterstützung seiner Wahl schickte. Damals rechneten wir hüben und drüben bei Wahlen noch nicht mit Tausenden und Zehntausenden Mark wie heute. Jeder Taler galt als namhafter Beitrag. Ich machte darauf unter dem 13. Februar 1869 im »Demokratischen Wochenblatt« bekannt, daß Hasenclever seine große Freude und Genugtuung über die Sympathie und Unterstützung, die ihm zuteil geworden, ausspreche. Er bedauere die Spaltung, die unter den verschiedenen Fraktionen der Arbeiterpartei ausgebrochen sei, und hoffe, daß die Differenzen, die wir mit anderen Führern seiner eigenen Partei hätten oder gehabt hätten, und die doch nur persönlichen Ursprungs seien, bald verschwinden würden. Er lebe der vollsten Überzeugung, daß die Zeit nicht fern sei, wo sämtliche Sozialdemokraten Deutschlands in festgeschlossenen Reihen unter einem Banner kämpften.

An dieser Erklärung Hasenclevers ist bemerkenswert, daß er von uns als Sozialdemokraten spricht, ein Zugeständnis, das Schweitzer und der »Sozialdemokrat« bis ans Ende der Wirksamkeit Schweitzers uns versagten. Freilich hat es nachher, als Hasenclever Nachfolger Schweitzers im Präsidium wurde, auch noch Jahre gedauert, ehe die Einigung sich vollzog. Es scheint, daß auch sozialdemokratische Kronprinzen, wo solche vorhanden, liberaler sind, denn später als regierende Herren.

Am 14. Februar verkündete Schweitzer das Wahlresultat; er war wieder mit rund 5000 Stimmen gegen 54 zum Präsidenten gewählt. Die Wahl war ein moralisches Mißtrauensvotum, wenn man bedenkt, daß einige Wochen später auf der Generalversammlung in Barmen-Elberfeld 12000 Mitglieder vertreten waren; 40 Orte hatten gar keine Stimme abgegeben. Nachdem so der politische Urlaub Schweitzers seinen Zweck erreicht hatte, ging er am 18. Februar wieder ins Gefängnis, er wurde aber bereits am *4. März, dem Tage vor dem Zusammentritt des Reichstags, aus der Haft entlassen.*

Diese Haftentlassung bewies aufs neue die intimen Beziehungen Schweitzers zur Regierung. Solange ein Reichstag besteht, also von 1867 bis heute, ist es *nie* vorgekommen, daß ein Reichstagsabgeordneter, *auch kein bürgerlicher, während des Reichstags aus der Strafhaft entlassen wurde,* um an den Verhandlungen desselben teilzunehmen. Sogar mitten in der Session von 1909 bis 1910 mußte ein elsässischer Abgeordneter seine zweimonatige Strafhaft antreten. Die Regierungen, die preußische voran, wie die Mehrheit des Reichstags, haben stets die Ansicht vertreten, daß der Artikel 31 der Verfassung, der von der Immunität der Abgeordneten handelt, die *Strafhaft nicht umfaßt.* Im Gegensatz zu dieser jahrzehntelangen Übung, die Preußen auch schon früher handhabte, *wurde jetzt Schweitzer aus der Strafhaft beurlaubt, was nicht ohne Einwilligung des zuständigen Ministers geschehen konnte, der dieses nicht ohne die Zustimmung Bismarcks gewagt hätte.*

Wie letzterer im übrigen in diesen Dingen dachte, zeigte plastisch die Verhandlung, die der Reichstag am 28. April – also wenige Wochen nach Schweitzers Beurlaubung aus der Strafhaft – hatte. Mende hatte in München-Gladbach eine Versammlung abgehalten, nach der es zu tumultuarischen Auftritten gekommen war, wobei er verhaftet wurde, weil er angeblich diese Auftritte verursacht habe, was nicht der Fall war.

Schweitzer stellte einen Antrag auf Haftentlassung Mendes. In der Debatte nahm auch Bismarck das Wort und erklärte sich in seiner peremptorischen Art *gegen* die Haftentlassung. Der Reichstag mußte aber auf Grund der vorliegenden Tatsachen gegen Bismarck entscheiden. Darauf rächte sich dieser dadurch, daß er den Beamten, die die Verhaftung Mendes angeordnet und vorgenommen hatten, Ordensauszeichnungen zustellte. Und im Falle Mende handelte es sich um keine rechtskräftig gewordene Strafhaft wie im Falle Schweitzer, sondern um eine Untersuchungshaft.

Kurze Zeit vor jenem Vorgang war ich unfreiwilliger Zeuge einer Begegnung zwischen Schweitzer und dem Prinzen Albrecht, Bruder des Königs, der Mitglied des Reichstags war. Ich kam einen Korridor entlang und sah am Ende desselben den Prinzen Albrecht in Gesellschaft einiger konservativer Abgeordneter stehen. Aus einem Seitenkorridor trat Schweitzer. Sobald der Prinz seiner ansichtig wurde, winkte er Schweitzer heran, reichte ihm die Hand, die er kräftig schüttelte und fragte sehr leutselig: Mein lieber Schweitzer, wie geht es Ihnen? Schweitzer: Danke, Königliche Hoheit! Der Prinz: Warum waren Sie gestern nicht in der Sitzung? Schweitzer: Doch, Königliche Hoheit, ich war zugegen! Der Prinz: Warum haben Sie denn nicht das Wort ergriffen? Man hatte dieses erwartet. ... Ich trat rasch in den Sitzungssaal, um nicht als Horcher zu erscheinen. Die Unterhaltung zeigte, daß Schweitzer mit dem Prinzen schon öfter verkehrt hatte, und sie zeigte weiter, daß »man« auf der rechten Seite des Reichstags genau wußte, was selbst die radikalsten Reden Schweitzers bedeuteten.

Die Generalversammlung in Barmen-Elberfeld

Als wir am 27. März gegen Abend in Barmen-Elberfeld ankamen, empfingen uns eine Anzahl Gesinnungsgenossen, die sämtlich der Internationale angehörten. Über unsere Verhandlungen an jenem Abend schrieb ich noch in der Nacht an *Marx:*

»Liebknecht und ich sitzen eben hier in Elberfeld in einem kleinen Kreise von Gesinnungsgenossen, um den Feldzugsplan für die morgige Schlacht vorzubereiten. Wir haben hier eine solche Fülle von Schuftereien Schweitzers zu hören bekommen, daß uns die Haare zu Berge stehen. Ebenso stellt sich zur Evidenz heraus, daß Schweitzer das Programm der Internationale nur zu dem Zwecke vorschlägt, um einen Hauptcoup gegen uns zu führen und ein gut Teil oppositioneller Elemente niederzuschlagen respektive zu sich herüberzuziehen. Ich bitte Sie deshalb, zugleich im Namen Liebknechts und sämtlicher hiesiger Freunde, eine etwaige Ratifikation des betreffenden Beschlusses der Generalversammlung durch Schweitzer vorläufig unberücksichtigt zu lassen oder wenigstens nur sehr vorsichtig zu beantworten.

Nähere Mitteilungen folgen bald nach.

Über den Ausgang der morgigen Disputation läßt sich noch gar nichts sagen, nur das eine kann ich mitteilen, daß Schweitzer mit allen Mitteln der Perfide und Intrige gegen uns wühlt, auf einen durchschlagenden Erfolg hoffen wir auf keinen Fall. Die Organisation, um jede Opposition aus der Mitte seines eigenen Vereins totzuschlagen, ist hier schon seit Wochen mit großem Geschick getroffen worden. Gestern abend beispielsweise hat Schweitzer bei seiner Ankunft einen wahren Triumphzug durch Elberfeld-Barmen gehabt. (In einer mit Schimmeln bespannten Equipage.) Damit schließe ich für heute.«

Schweitzer hatte im »Sozialdemokrat« angekündigt, daß die Feinde schon bis in die Nähe des Präsidenten (also der allerhöchsten Person) gedrungen seien und die Generalversammlung wohl strenger und entschiedener als bisher alle Angriffe auf die Organisation, das heißt auf die von ihm oktroyierte, zurückweisen müsse.

In der Vorversammlung war gegen die Ansicht Schweitzers – der die Begegnung mit uns hinausschieben, wenn nicht ganz verhindern wollte – mit 30 gegen 27 Stimmen unsere sofortige Zulassung beschlossen worden. Am nächsten Nachmittag traten wir in den überfüllten Saal, von wütenden Blicken der fanatisierten Anhänger Schweitzers empfangen. Liebknecht sprach zuerst, etwa anderthalb Stunden, ich folgte und sprach wesentlich kürzer. Unsere Anklagen enthielten zusammengedrängt, was ich bisher gegen Schweitzer vorgebracht habe. Mehrere Male erfolgten heftige Unterbrechungen, namentlich als ich Schweitzer als Regierungsagent bezeichnete. Ich solle das Wort zurücknehmen. Dessen weigerte ich mich. Ich glaubte, das Recht zu haben, meine Meinung frei aussprechen zu dürfen, sie, die Zuhörer, brauchten mir ja nicht zu glauben.

Der »Sozialdemokrat« brachte einen sehr verstümmelten, zum Teil gefälschten Bericht unserer Reden, der irreführend wirkte. Liebknecht übertrieb die Loyalität. Er unterließ jede Berichterstattung und begnügte sich, im »Demokratischen Wochenblatt« mitzuteilen, daß wir auf der

Generalversammlung des Allgemeinen Deutschen Arbeitervereins gewesen und unsere Anklagen gegen Schweitzer vorgebracht hätten. Schweitzer habe mit 6500 Stimmen gegen 4500, deren Vertreter sich der Abstimmung enthalten hätten, ein Vertrauensvotum erhalten. Doch da wir begründete Aussicht auf Verständigung, wenn auch nicht auf Vereinigung der verschiedenen sozialdemokratischen Fraktionen hätten, werde das »Demokratische Wochenblatt« keine Angriffe auf Schweitzer mehr veröffentlichen, wobei wir voraussetzten, daß von der Gegenseite dieselbe Taktik innegehalten werde. Das geschah aber nicht, vielmehr setzte der »Sozialdemokrat« seine Angriffe auf uns fort.

Schweitzer, der während unserer Reden auf dem Podium hinter uns saß, erwiderte kein Wort. So verließen wir den Saal, wobei einige Delegierte vor und hinter uns gingen, um uns vor Tätlichkeiten der fanatisierten Anhänger Schweitzers zu schützen. Aber Schmeichelworte wie »Schufte, Verräter, Lumpe, euch sollte man die Knochen im Leibe zerschlagen« usw., bekamen wir bei dem Gange durch das lebende Spalier in Menge zu hören. Auch machte einer der Anwesenden den Versuch, mich beim Heruntersteigen vom Podium durch einen Stoß in die Kniekehle zu Fall zu bringen. Vor der Tür nahmen uns unsere Freunde in Empfang, um uns als Schutzgarde nach unserem Hotel zu geleiten.

Schweitzer verlangte von den Delegierten ein Vertrauensvotum. Nach erregter Debatte wurde ihm dasselbe mit der oben mitgeteilten Stimmenzahl erteilt. Die Delegierten, die sich der Abstimmung enthielten, waren Bracke, Bräuer, Rudolph-Hannover, v. Daake, Geib, Hirsch, Perl, Raspe-Essen, Schrader, Louis Schumann-Berlin, Spier, Heinrich Vogel, Wilke und York.

Die Genannten mußten schwer büßen, daß sie das Vertrauensvotum verweigert hatten; im »Sozialdemokraten« fielen die Angriffe hageldicht auf sie nieder. Das beschlossene Vertrauensvotum lautete:

»In Erwägung, daß in den Ausführungen der Herren Bebel und Liebknecht nichts Neues und Erhebliches enthalten ist, erklärt die Generalversammlung, daß der Vereinspräsident nach wie vor das volle Vertrauen der deutschen Arbeiterpartei besitzt.«

Die Elberfelder Generalversammlung bedeutete für Schweitzer eine Reihe schwarzer Tage. Was er im Herbste nach der Auflösung des Vereins durch die Leipziger Polizei an diktatorischen Bestimmungen in die neue Organisation gebracht hatte, fiel jetzt den Beschlüssen der Generalversammlung zum Opfer. Zunächst wurde beschlossen, daß die Leitung des Vereins aus einem Vorstand von 15 Personen statt wie bisher von 25 bestehen solle. Außer dem Präsidenten, Kassierer und Sekretär mußten die übrigen 12 Mitglieder an einem Orte wohnen, damit sie in beständiger Fühlung miteinander waren und jeden Augenblick eine Sitzung einberufen konnten. Die Sitzungen des Vorstandes sollte dessen Vorsitzender berufen, nicht wie bisher der Präsident. Der letztere sollte auch nicht sechs Wochen *vor* der Generalversammlung, sondern erst *nach* derselben durch direkte Wahl seitens der Vereinsmitglieder gewählt werden, nachdem das Protokoll veröffentlicht worden sei, damit die Mitglieder wußten, was auf der Generalversammlung geschehen sei. Die Befugnis des Präsidenten, für von ihm getroffene Anordnungen erst binnen drei Monaten die Genehmigung des Vorstandes einzuholen, wurde auf acht Tage beschränkt, machte also die Befugnis gegenstandslos. Außerdem sollte der Vorstand mit einfacher Mehrheit über die innere Organisation, den Geschäftsgang, die Förderungsmittel des Vereins, das Schreib- und Kassenwesen beschließen. Ferner sollte der Vorstand auch das Recht haben, in Fällen einer *politischen Unredlichkeit oder grober Kassenvergehen ihn vom Amte zu suspendieren und die endgültige Entscheidung durch eine sofort zu berufende Generalversammlung oder durch Urabstimmung herbeiführen.* Durch diese und noch eine Reihe anderer Bestimmungen wurden die Machtbefugnisse Schweitzers sehr bedeutend eingeschränkt. Die Beschlüsse legten Zeugnis ab *von einem sehr intensiven Mißtrauen, das gegen ihn herrschte,* und bemerkenswert ist, daß die wichtigsten Bestimmungen angenommen wurden, obgleich er opponierte. Weiter wurde eine Überwachungs- und Beschwerdekommission von drei Berliner Mitgliedern eingesetzt, die alle Beschwerden gegen die Redaktion entgegennehmen und darüber entscheiden sollte. Durch diese Beschlüsse war der Verein auf eine durchaus *demokratische Basis* gestellt. Schweitzer war durch die Einschränkung seiner Allmacht so deprimiert, daß er, nach Berlin zurückgekehrt, Annäherungsversuche an uns machte. Unter dem 8. April sandte ich meiner Frau einen Brief, in dem es hieß:

»Schweitzer hatte, obgleich ich ihn anfangs ignorierte, sich an mich herangeschlängelt, als ich mit einem anderen Kollegen eine Unterhaltung hatte. Beim Schluß der Sitzung hat er mich eingeladen, mit ihm, Fritzsche und Hasenclever zu speisen. Diese Einladung auszuschlagen war unmög-

lich, ohne grob zu erscheinen. Schweitzer ließ darauf seine elegante
Equipage mit Livreebedienten vorfahren und fuhr mit uns nach dem
Lokal, in dem wir speisten. (Wir aßen bei Olbrich, damals ein bayerisches
Bierlokal, auf der Leipziger Straße in der Nähe der Linden.) Nach dem
Essen ließ er es sich nicht nehmen, mich mit der Equipage nach dem
Anhalter Bahnhof zu fahren, woselbst ich Liebknecht abholen wollte.«
Nebenbei bemerkt, sein Essen zahlte jeder selbst.

Während des Essens wurde über Waffenstillstandsbedingungen verhandelt. Ich erklärte mich zu solchen bereit, könnte mich aber auf nichts
Bestimmtes einlassen, bevor nicht Liebknecht mit dabei sei. Mit dreien
gegen mich allein zu verhandeln, war mir bedenklich. Die folgenden
Tage setzten wir die Verhandlungen im Reichstag fort. Schweitzer verlangte, daß nicht nur die gegenseitigen Angriffe in den Blättern und
Versammlungen eingestellt würden, sondern daß auch die Mitglieder
der beiden Parteien nicht miteinander politisch verkehren oder gemeinsame Aktionen unternehmen dürften. Das letztere lehnten wir ab, wie
wir denn überhaupt wiederholt sehr heftig aneinander gerieten und
Schweitzer nichts schenkten. Es sei eine Beleidigung für uns und auch
eine solche für die Mitglieder des Allgemeinen Deutschen Arbeitervereins,
sich gegenseitig wie Feinde anzusehen. Daß weder die Personen noch
die Organisationen gegenseitig angegriffen werden dürften, sei selbstverständlich. Auch kamen wir überein, künftig im Reichstag die von der
einen oder anderen Partei gestellten Anträge gegenseitig zu unterstützen.
Darauf veröffentlichte der »Sozialdemokrat« in der Nummer 45 vom 16
April die Ankündigung, wonach er von jetzt ab weder Angriffe gegen
Liebknecht und mich, noch gegen unsere Partei bringen würde, und
forderte die Vereinsmitglieder auf, im gleichen Sinne zu handeln. Umgekehrt veröffentlichten wir im »Demokratischen Wochenblatt« eine ähnlich
lautende Erklärung.

So schien alles in schönster Harmonie zu sein. Aber Schweitzer
konnte sich der neuen Ordnung nicht fügen; eine demokratische Organisation, wie sie die Barmen-Elberfelder Generalversammlung geschaffen
hatte, war für ihn der politische Tod. Dieselbe legte ihm in einer Weise
Fesseln an, daß die bisher geübte politische Zweideutigkeit für künftig
unmöglich wurde. Außerordentlich bezeichnend für sein damaliges
Verhalten ist auch, daß er das ausführliche Protokoll, das über die Elberfelder Verhandlungen erschienen war, unterschlug und verschwinden

ließ, wie er das gleichfalls mit dem Protokoll der Hamburger Generalversammlung aus dem vorhergehenden Sommer getan hatte. Es sollte nichts, was ihn kompromittierte, den Vereinsmitgliedern bekannt werden und in die Öffentlichkeit dringen.

Da erschien wie ein Blitz aus heiterem Himmel eine Proklamation in Nummer 70 des »Sozialdemokrat« vom 18. Juni, überschrieben: *Wiederherstellung der Einheit der Lassalleschen Partei,* und unterzeichnet von Schweitzer und Mende. Wiederholt sei hier, daß seit Anfang 1867 sich ein Teil der Mitglieder vom Allgemeinen Deutschen Arbeiterverein unter dem Einfluß der Gräfin Hatzfeldt losgelöst und unter dem Namen »Lassallescher Allgemeiner Deutscher Arbeiterverein« organisiert hatte, dessen Präsident Mende war. Das Organ des letzteren Vereins war die »Freie Zeitung«. Die beiden Vereine lagen sich seitdem gegenseitig in den Haaren. Jetzt hatten sich die feindlichen Brüder, soweit ihre Präsidenten und die Gräfin Hatzfeldt in Frage kamen, auf einmal gefunden und traten Hand in Hand vor ihre Anhänger.

Der veröffentlichte Aufruf war ein ungemein phrasenreiches Schriftstück, das mit einer Verherrlichung Lassalles begann. Wieder wurde das Wort Lassalles: »Ihr sollt die Organisation aufrechterhalten, sie wird euch zum Siege führen«, zitiert. Weiter hieß es in hochtrabenden Worten:

»Die erwählten Führer der beiden Vereine sind von dieser Erkenntnis durchdrungen; mit gehobenem Gefühl treten sie heute vor die Mitglieder der beiden Vereine und fordern sie auf, ein stolzes Werk ihnen bauen zu helfen, ... einen wahrhaft Allgemeinen Deutschen Arbeiterverein, mächtig über ganz Deutschland ... Unseren Vorschlag unterbreiten wir den gesamten Mitgliedschaften beider Vereine, das heißt *dem souveränen Volk selbst unmittelbar zur sofortigen Entscheidung.* (Im Original gesperrt.)

Das alte Lassallesche Statut ist es, unter dem wir dereinst einig waren und zu dem wir zurückkehren müssen, *um diesmal in einheitlicher Entwicklung,* von diesem Boden aus gemeinsam voranzuschreiten ...«

Dann wurde gefordert, daß bis zum 22. ds. Mts. – der Aufruf, vom 16. datiert, erschien am 18. Juni im »Sozialdemokrat« und gelangte erst am 19. oder 20. in die Hände der meisten Mitglieder – über ihren Vorschlag abgestimmt werden solle und *am 23. das Abstimmungsresultat in Berlin angelangt sein müsse.*

Des weiteren wurde erklärt, daß, wenn die Abstimmung zugunsten des Mende-Schweitzerschen Vorschlags ausfalle – in berechnender Bescheidenheit trat Schweitzer hinter den stupiden Mende zurück –, sollten am 24. Juni beide Vereine *aufgelöst* werden, worauf noch *an demselben Tage einige Parteifreunde zusammentreten und die Wiederherstellung des ursprünglichen Allgemeinen Deutschen Arbeitervereins unter dem alten Lassalleschen Statut beschließen sollten.* Die Präsidentenwahl sollte am 30. Juni stattfinden und am 3. Juli das Resultat verkündet werden. Bis zur Wahl des Präsidenten sollte Mende als Präsident, Tölcke als Sekretär, Bracke als Kassierer fungieren. Der Aufruf schloß:

>»Macht es möglich, Parteigenossen, daß, wenn der Todestag Lassalles wiederkehrt, wir alle, alle über seinem Grabe uns die Hände reichen und uns sagen können: *Wir haben uns des Meisters würdig gezeigt.*«

Dieses Vorgehen der beiden Präsidenten war der *Staatsstreich.* Damit war die demokratische Organisation, welche die Elberfelder Generalversammlung dem Schweitzerschen Verein gegeben hatte, mit einem Schlage vernichtet. Schweitzer hatte die ihm angelegten Fesseln mit einem Ruck zerrissen und war wieder unumschränkter Herr und Diktator. Um den befürchteten Widerstand des in Hamburg domizilierten Vorstandes zu brechen, schickte Schweitzer seinen Vertrauensmann Tölcke nach dort, dem die Überredung des Vorstandes gelang. Geib telegraphierte: »Vorstand befürwortet einstimmig nach Erwägung der ihm von Tölcke vorgetragenen Gründe Wiedervereinigung. Mitgliederversammlung stimmte zu.«

Aber nun galt es auch die zwischen Schweitzer, Fritzsche, Hasenclever und uns getroffenen Vereinbarungen aufzuheben. Zu diesem Zwecke erklärte Schweitzer in der Nummer 72 des »Sozialdemokrat« vom 22. Juni: Wir hätten diese Abmachungen gebrochen, *indem wir erneut wissentlich und in böswilliger Weise einen Eingriff in die von uns gehaßte Organisation des Allgemeinen Deutschen Arbeitervereins versuchten.* Damit hätten wir die getroffenen Vereinbarungen gelöst, und nun hielten auch sie sich nicht mehr daran gebunden.

Das begangene »Verbrechen« fiel zunächst auf mein Haupt. Ich hatte im Laufe des Juni in zwölf thüringischen Städten Versammlungen abgehalten, darunter auch in Apolda, Erfurt und Gotha. Hier hatten die Mitglieder des Allgemeinen Deutschen Arbeitervereins, indem sie mich dazu einluden, Versammlungen einberufen, und deren Bevollmächtigte führten darin den Vorsitz. Alle Versammlungen waren überfüllt und verliefen ausgezeichnet. In jenen Versammlungen war eine Resolution angenommen worden, dahin lautend, daß nur die sozialdemokratischen Prinzipien es seien, welche die Lage der arbeitenden Klassen verbessern könnten, und daß eine Einigung der sozialdemokratischen Arbeiterfraktionen herbeigeführt werden müsse.

Den Schluß meiner Agitationsreise bildete eine Konferenz in Eisenach, an der außer unseren Anhängern auch Mitglieder des Allgemeinen Deutschen Arbeitervereins und Mitglieder der Demokratischen Partei teilnahmen. Es sei hier erläuternd bemerkt, daß zu jener Zeit eine Anzahl bürgerlicher Demokraten in Thüringen vorhanden waren, die sämtlich auf dem Standpunkt Jacobys standen, so Professor Abbe und sein Schwiegervater Professor Snell, weiter Dr. Sy in Jena, der später der Partei sich anschloß, Rechtsanwalt Creuznacher in Eisenach usw. Ferner zählte diese Partei Anhänger in Weimar, Gotha und Altenburg. In Eisenach war in einer Resolution erklärt worden:

»Zur gemeinsamen Arbeit für die Lösung der sozialen Frage ist es nicht nur erforderlich, daß die Spaltung unter den verschiedenen Fraktionen der Demokratischen Arbeiterpartei aufhört, sondern auch, daß die demokratischen Arbeitervereine mit der gesamten Demokratischen Partei geeint seien, daß namentlich bei gemeinsamen politischen Angelegenheiten, insbesondere bei Wahlen, die Demokratische Partei und die sozialdemokratischen Arbeitervereine zusammengehen.«

Das war also das Verbrechen, das Schweitzer zu seinem Vorgehen gegen uns veranlaßte.

Das Agitieren machte mir übrigens trotz aller Erfolge und Beifallsbezeigungen wenig Vergnügen. Am 7. Juni hatte ich meiner Frau von Ronneburg aus geschrieben: »Bei aller Liebe und Freundschaft, die einen die Leute erweisen, ist das Agitieren kein angenehmes Geschäft.« Und wie lange habe ich es nachher noch betrieben. Die Pflicht gebot es, das genügte.

Die Rebellion im Allgemeinen Deutschen Arbeiterverein

Schweitzers und Mendes Staatsstreich machte in weiten Kreisen des Allgemeinen Deutschen Arbeitervereins böses Blut. Ein Teil der intelligenteren Mitglieder sah ein, daß es kein Auskommen mehr mit Schweitzer gebe und er das Hindernis einer Einigung sei. Bracke ließ durch Vermittlung von Bremer-Magdeburg Liebknecht und mich wissen, sie wünschten eine Zusammenkunft mit uns. Auf diesen Wunsch gingen wir bereitwillig ein. Am 22. Juni abends trafen wir uns – Bracke, Bremer, Spier-Wolfenbüttel, York-Harburg, Liebknecht und ich – in einem Gasthaus dritter Güte in Magdeburg. Die Verhandlungen zogen sich in die Länge. Bracke und Bremer waren für sofortiges Losschlagen gegen Schweitzer und Austritt aus dem Allgemeinen Deutschen Arbeiterverein. Spier und York hatten große Bedenken. Man müsse versuchen, den Verein von »innen heraus« zu reformieren, meinten sie; worauf wir antworteten, daß gerade die Vorgänge von Barmen-Elberfeld zeigten, wie es mit einer Reformierung von innen heraus aussehe. Solange Schweitzer Präsident sei und den »Sozialdemokrat« in der Hand habe, sei es unmöglich. Schließlich wurden wir einig. Es war Mitternacht, als der prächtige Bracke sich über das in der Wirtsstube stehende Billard streckte, um auf demselben den Aufruf niederzuschreiben, für den alsdann Unterschriften für die Einberufung eines Kongresses gesammelt werden sollten. Nachdem wir den Aufruf nochmals gründlich durchberaten, gingen wir gegen 3 Uhr zu Bett. Aber, o weh! Wir waren in ein Wanzennest geraten. Keiner von uns konnte schlafen. Bereits um 4 Uhr erhoben wir uns und fuhren mit den ersten Frühzügen nach unseren Heimatorten zurück. Beschlossen war worden, einen Kongreß nach einer mitteldeutschen Stadt – Gotha oder Eisenach – zu berufen und zur Beschickung desselben auch die deutsch-österreichischen und die deutschen Arbeitervereine der Schweiz einzuladen, ebenso die deutsche Abteilung der Internationale um eine Vertretung zu ersuchen.

Wegen seiner historischen Bedeutung bringe ich den Aufruf von Bracke und Genossen wörtlich zum Abdruck:

»An die Mitglieder des Allgemeinen Deutschen Arbeitervereins
Parteigenossen! Unter einer Menge von heuchlerischen Redensarten hat der Präsident unseres Vereins eine Maßregel getroffen, welche jedes denkende Mitglied mit Entrüstung erfüllen muß. In derjenigen Eile,

welche diese Vorgänge geboten – weshalb denn auch niemand sich über Zurücksetzung beklagen wolle –, sind die Unterzeichneten zusammengetreten und haben sich über einen Schritt geeinigt, der von den weittragendsten Folgen für die Partei sein wird. Wir bitten Euch, Parteigenossen, aufmerksam und vorurteilsfrei unsere Meinung zu prüfen.

Während noch vor kurzem die Herren Schweitzer und Mende, die sich in der heftigsten Weise gegenseitig beschuldigten, Söldlinge der Reaktion zu sein, von einer Verschmelzung der verschiedenen Fraktionen der Arbeiterpartei nichts wissen wollten, treten sie plötzlich heute (im Einverständnis mit der Gräfin Hatzfeldt) mit rührenden Worten vor die Mitglieder ihrer Vereine, um dieselben aufzufordern, eine Einheit lediglich dieser beiden Fraktionen der Partei herbeizuführen – wobei denn von der Einigung der gesamten Sozialdemokratischen Partei keine Rede ist –, und dies alles unter Bedingungen, welche ein Hohn sind auf die Rechte des sogenannten ›souveränen Volkes‹. Nicht allein ist die Frist der Abstimmung so kurz, daß es unmöglich erscheinen muß, daß die Mitglieder sich über die Frage wirklich ein Urteil bilden können, so daß alles wie die reinste Überrumpelung erscheint; nicht allein ist die Form der Abstimmung, bei der man den Mitgliedern einfach die Pistole auf die Brust setzt mit der Aufforderung, ja oder nein zu sagen, also entweder sich in die schmachvollsten Bedingungen zu fügen oder auf die sehnlichst gewünschte, wenn auch nur stückweise Einigung zu verzichten; nicht allein ist diese Form der Abstimmung eine demokratisch gesinnter Männer unwürdige, sondern es ist auch der Präsident so eigenmächtig bei dem allen vorgegangen, wie es fast ohne Beispiel ist. Nie ist über amerikanische Sklaven in willkürlicherer Weise verfügt worden, als hier über die Mitglieder des Allgemeinen Deutschen Arbeitervereins. Wozu auch vorher, ehe man solche im höchsten Grade wichtige Schritte tut, die Mitglieder oder den Vorstand um ihre Meinung fragen?! Wenn die Tatsachen fertig sind, wird die ›freie‹ Zustimmung der Mitglieder durch einige Redensarten erpreßt. Wenn Herr v. Schweitzer diktiert, haben die Mitglieder einfach zu gehorchen, und dann nennt man dieselben noch das ›souveräne Volk‹. Ein größerer Hohn war nie einem Menschen geboten. Wenn Herr v. Schweitzer es für gut hält, wird den Mitgliedern zugemutet, mit eigener Hand und mit einem Schlage das mühsam in einer Reihe von Jahren aufgebaute Reformwerk zu vernichten und ohne weiteres ein Statut anzunehmen, das früher zu dem erbittertsten Zwiespalt Veranlassung gegeben hat; ein Statut, nach welchem der Präsident die unumschränkteste Gewalt in seinen Händen und der Vorstand nicht den allergeringsten Einfluß hat, und das zu alledem dahin ausgelegt werden kann, daß auf volle drei Jahre hinaus jede Änderung an demselben unmöglich ist! Das Vorgehen des Präsidenten in diesem Falle – ein Staatsstreich im kleinen – erhebt den schon seit langer Zeit von vielen Mitgliedern des Vereins gehegten Argwohn zur Gewißheit, daß Herr v. Schweitzer den Verein lediglich zur Befriedigung seines Ehrgeizes benutzt und ihn zum Werkzeug einer arbeiterfeindlichen reaktionären Politik herabwürdigen will; sonst würde derselbe jetzt die Einigung der gesamten sozialdemokratischen Arbeiter Deutschlands suchen. Wer die Einigung eines Teils der sozialdemokratischen Arbeiter empfiehlt, ohne dabei mit aller Energie auf die Einigung der gesamten Partei zu wirken, welche ihr allein Macht und Einfluß verschaffen kann, wer durch Einigung eines Teiles in diesen Formen die Einigung aller Teile unmöglich macht, und wer dies tut mit rührenden, von Bruderliebe überfließenden Worten, der ist ein elender Heuchler; und wer dann diejenigen, welche sich den gestellten schmachvollen Bedingungen nicht fügen, sondern etwas Größeres, etwas Erhabeneres erstreben, als Gegner der Einigung überhaupt brandmarken will, ist ein Jesuit ohnegleichen.

Die Einigung der gesamten sozialdemokratischen Arbeiter Deutschlands herbeizuführen, muß das Streben jedes ehrlichen Sozialdemokraten sein. Angesichts der immer mächtiger sich ausbreitenden Wogen der Bewegung, angesichts der Vorzeichen, welche in allen Kulturstaaten der Welt auf eine baldige mächtige Umgestaltung der politischen und sozialen Verhältnisse hindeuten, ist ein Verschleppen dieser Einigung Verrat.

Diese Einigung kann aber nur das Werk sein des wirklich souveränen Volkes selbst, und Ihr, Mitglieder des Allgemeinen Deutschen Arbeitervereins, werdet Euch nicht verschachern lassen nach der Laune einiger Führer wie eine Herde Schafe, sondern Ihr werdet wie Männer Eures Geschickes Schmiede sein!

Wir haben eingesehen, daß eine Organisation, in welcher der Wille eines Einzelnen sich hinwegsetzen kann über alle Errungenschaften des Vereins, ja den Verein selber in jedem Augenblick in Frage stellen, denselben jeden Augenblick auflösen und in anderer ihm passenderer Form wieder ins Leben rufen kann, in welcher dieser Einzelne die Pfennige der Arbeiter gebraucht, um elende Lumpen zu bestechen, daß eine solche Organisation keine Faser von demokratischem Geiste in sich hat. In einer solchen Organisation ferner zu wirken, wäre schmähliche Verschwendung unserer besten Kräfte; wir verzichten darauf!

Geleitet von dem Gedanken, daß nur von der Partei selbst über ihre Organisation beschlossen werden kann, und ferner geleitet von dem Gedanken, die Einigung der sozialdemokratischen Arbeiter Deutschlands, auch was die Gewerkschaften betrifft, herbeizuführen, haben wir den Entschluß gefaßt, in kürzester Zeit einen allgemeinen Kongreß der gesamten sozialdemokratischen Arbeiter Deutschlands zu berufen, auf welchem der Grund einer wirklich demokratischen Organisation der Partei, im Anschluß an die internationale Bewegung, gelegt werden kann. Parteigenossen, wir rechnen auf Eure Unterstützung! Die sozialdemokratischen Arbeiter, welche nie anders als von einem künstlich erregten Haß gegeneinander erfüllt gewesen sind, werden sich zu einigen und sich eine Organisation zu geben wissen, welche den Geist ihrer Prinzipien mit der Zusammenfassung aller ihrer Kräfte vereint.

Parteigenossen, Ihr werdet Euch nicht verblenden lassen von den heuchlerischen Redensarten von Leuten, denen die Einigung der Partei nie am Herzen gelegen hat; Ihr werdet Euch eine Behandlung nicht gefallen lassen, welche man nur ehrlosen oder gedankenlosen Menschen zu bieten wagen kann; Ihr werdet Euch als das zeigen, was Ihr seid – nicht als die willenlosen Sklaven eines launischen Herrschers –, sondern als das wirklich und wahrhaft souveräne Volk, das allein über die Gestaltung seiner Geschicke zu entscheiden hat. Wagt einmal im Interesse unserer Prinzipien, im Interesse der Demokratie und des Sozialismus eine kühne Tat! Laßt uns die Fahne, auf welcher die Einigung der gesamten Partei geschrieben steht, nicht vergebens erhoben haben! Einig nur sind die Arbeiter eine Macht! Zersplittert sind wir ewig das Gespött unserer Gegner, aber einheitlich und wahrhaft demokratisch organisiert sind wir unüberwindlich.

Wenn Ihr uns zustimmt – und wir hoffen sehr, daß Ihr dies tun werdet –, so sendet Eure Zustimmung an einen der Unterzeichneten ein, damit wir gemeinsam die Einberufung des Kongresses betreiben können.

Aus dem Allgemeinen Deutschen Arbeiterverein werden wir – es ist uns schwer geworden, den Entschluß zu fassen – austreten. Der Allgemeine Deutsche Arbeiterverein war uns ans Herz gewachsen, aber im Interesse der Sache muß man das schwerste Opfer zu bringen verstehen; und anders ist keine Rettung!

Vorwärts denn, Parteigenossen, auf der neuen Bahn in heiligem Kampf für unsere große und erhabene Sache! Begeisterung und Ausdauer verbürgen den Sieg.

Den 22. Juni 1869.

J. Bremer in Magdeburg. Hoffmann in Neustadt-Magdeburg. W. Klees in Buckau bei Magdeburg. Th. Yorck in Harburg. C. Müller, S. Spier und A. Vieweg in Wolfenbüttel. W. Bracke junior, H. Ehlers, E. Lüdecke und A. Schrader in Braunschweig. Friedrich Ellner in Frankfurt a.M.«

In derselben Nummer des »Demokratischen Wochenblatts« vom 26. Juni, in der wir den vorstehenden Aufruf veröffentlichten, erschien auch eine Erklärung von uns an die Parteigenossen, in der die Beschuldigung Schweitzers, wir hätten die mit ihm getroffenen Abmachungen gebrochen, zurückgewiesen wurde. Alsdann unterzogen wir die Einigungskomödie der Mende-Hatzfeld-Schweitzer einer scharfen Kritik. Wir erklärten: »Wir werden den Kampf aufnehmen und mit aller Kraft und Zuversicht ihn führen, Hand in Hand mit den klarblickenden Mitgliedern des Allgemeinen Deutschen Arbeitervereins.« Wir schlossen:

»Es wird sich zeigen, ob die Korruption, die Gemeinheit, die Bestechlichkeit auf jener Seite, oder die Ehrlichkeit und die Reinheit den Absichten auf unserer den Sieg davonträgt.
Unsere Losung sei: Nieder mit der Sektiererei! Nieder mit dem Personenkultus! Nieder mit den Jesuiten, die unser Prinzip in Worten anerkennen, in Handlungen es verraten! Hoch lebe die Sozialdemokratie, hoch die Internationale Arbeiterassoziation!«

Daß wir in dieser Erklärung und später wiederholt die Ehrlichkeit unserer Absichten gegen die unehrlichen Schweitzers ins Feld führten, brachte nachher der neu gegründeten Partei von der Gegenseite den Spitznamen »Die Ehrlichen« ein.
Auf meinen Antrag beschloß der Vorortsvorstand einstimmig, sich dem Aufruf von Bracke und Genossen zur Einberufung eines allgemeinen deutschen sozialdemokratischen Arbeiterkongresses anzuschließen und die Vorstände der Arbeitervereine aufzufordern, ein gleiches zu tun. Ein am 28. Juni von mir hinausgesandtes Zirkular verlangte Antwort bis

spätestens den 1. Juli mittags, eventuell telegraphisch. Auch schrieb ich an Joh. Phil. Becker in Genf, der Zentralrat der deutschen Sektion der Internationale möge ebenfalls eine zustimmende Erklärung zu dem Einigungswerk einsenden. Ich hoffte, diesesmal gelinge uns ein Hauptschlag. Am 26. Juni hatten auch Geib, Praast und Ockelmann-Hamburg ihren Austritt aus dem Allgemeinen Deutschen Arbeiterverein erklärt und sich Bracke und Genossen angeschlossen.

Der »Sozialdemokrat« beobachtete jetzt die Taktik, ständig zu verkünden, unser Anhang bestehe nicht aus Arbeitern, sondern aus Literaten, Schulmeistern und sonstigen Bourgeois.

Schweitzer suchte weiter mit dem Geschick, das er besaß, die Mitglieder des Allgemeinen Deutschen Arbeitervereins an der von ihm systematisch gepflegten schwachen Seite zu fassen. In einem Artikel schrieb er mit Bezug auf die Opposition:

»Ein einziger Punkt entscheidet alles. Seid ihr Demokraten oder nicht? Ihr behauptet: Ja? Wißt ihr oder wißt ihr nicht, daß der Demokrat sich der Mehrheit zu fügen hat – doppelt zu fügen hat, wenn diese Mehrheit an Einstimmigkeit grenzt? Nun denn! Der Allgemeine Deutsche Arbeiterverein – beide bisherigen Vereine – habe nahezu einstimmig mit Ja gestimmt. Unterwerft ihr euch jetzt dem Volkswillen? O nein! In eurer Eitelkeit, ihr ›Demokraten‹, erklärt ihr das Volk für eine Herde Schafe und eure Meinung für unfehlbar. Geht doch, ihr aufgeblasenen Heuchler, *die ihr euch weiser dünkt als das ganze Volk und als Ferdinand Lassalle!*

Weiser als Ferdinand Lassalle, euer riesenhafter Lehrer und Meister – ja ja. Denn der Stein des Anstoßes liegt euch darin, daß die Lassallesche Organisation in ihrem ganzen Umfang wieder hergestellt wurde ...«

Das Spiel mit der Lassalleschen Organisation ging spaltenlang und fast Nummer um Nummer weiter.

Auf der anderen Seite brachte das »Demokratische Wochenblatt« Nummer für Nummer Erklärungen gegen Schweitzer aus der Mitte des Allgemeinen Deutschen Arbeitervereins. So aus Gotha, Hamburg, Hildesheim, Erfurt, Hannover, Solingen, Wiesbaden, Elberfeld, Chemnitz (letztere gegen Mende). Auch H. Roller, der bisherige Sekretär des Allgemeinen Deutschen Arbeitervereins, erklärte sich ebenfalls gegen Schweitzer.

Von den Gewerkschaftsführern sagten sich Fritzsche, Präsident des Zigarren- und Tabakarbeitervereins, L. Schumann, Präsident des Allgemeinen Deutschen Schuhmachervereins, Th. York, Präsident des Gewerkvereins deutscher Holzarbeiter und Schob, Präsident des Allgemeinen Deutschen Schneidervereins, von Schweitzer los.

Unter dem 5. Juli teilte Mende im »Sozialdemokrat« mit, daß Schweitzer mit absoluter Mehrheit zum Präsidenten gewählt sei. Eine starke Minorität sei auf ihn (Mende) gefallen, trotzdem er wiederholt erklärt habe, er nehme eine Wahl nicht an. Zahlen wurden nicht mitgeteilt. Die Beteiligung an der Wahl war weit hinter den Erwartungen zurückgeblieben. In der schwülstigen Ansprache, mit der Mende die Wahl Schweitzers zum Präsidenten verkündete, hieß es:

»Wie Marat, der größte Revolutionär seiner Zeit, es so treffend bezeichnet: Als Diktator mit der Kugel am Bein soll der Präsident den Verein leiten, und diese Kugel soll sein: *Prinzip und Organisation.*«

Bekanntlich erwies sich diese Kugel als Attrappe. Und wiederum zitierte Mende:

»Haltet treu und fest an der Organisation, sie muß uns zum Siege führen«, und schloß: »Es lebe Ferdinand Lassalle! Es lebe der von ihm gestiftete Allgemeine Deutsche Arbeiterverein! Es lebe die Organisation!«

Schweitzer dankte für seine Wahl in einer Ansprache, die ebenso schwülstig und emphatisch war wie jene Mendes. Der Schluß lautet:

»Wohlan denn! Namens des hingegangenen Meisters, der euch alle, ihr Arbeiter, aus dem Schlummer geweckt – namens des *souveränen Volkes unserer Partei,* das mich zum Führer erkoren – *namens* eurer leidenden *Brüder auf der ganzen Erde, entfalte ich die Fahne und trage sie voran.* Festgeschlossen in Reih' und Glied, ihr Arbeiterbataillone, folget dem erwählten Führer!

Hoch die Manen Lassalles! Hoch die sozialdemokratische Agitation!«

So die beiden Auguren, beide, wie sich nachher sehr bald herausstellte, betrogene Betrüger. Darauf ordnete unter dem 10. Juli Schweitzer die Wahl der vierundzwanzig Vorstandsmitglieder an, für die er die Kandidatenliste vorschlug. Der Vorstand wurde wieder wie in früherer Weise, über Deutschland verteilt wohnend, gewählt.

Im »Sozialdemokrat« vom 14. Juli machte Schweitzer bekannt, der Allgemeine Deutsche Arbeiterverein werde sich auf dem von uns berufenen sozialdemokratischen Kongreß vertreten lassen und veröffentlichte eine Reihe von Resolutionen, die seine Anhänger auf dem Kongreß zur Annahme vorschlagen sollten. Hinter unserem Kongreß, hieß es in der betreffenden Nummer, stehe die ganze liberale Bourgeoisie in allen ihren Schattierungen. Von straffer, einheitlicher Organisation könne natürlich bei uns unter einem Regiment von Literaten, Schulmeistern, Kaufleuten usw. keine Rede sein. Jeder dieser Leute müsse Gelegenheit haben, sich recht wichtig zu machen. Die gesamte Bourgeoispresse stehe uns zu Gebot, log er weiter. Er werde dafür sorgen, daß eine entsprechende Anzahl Delegierter auf den Eisenacher Kongreß komme, aber keine Literaten und Bourgeois, sondern wirkliche Arbeiter.

Von den Literaten, Schulmeistern, Kaufleuten usw., aus denen allein unsere Partei bestehen sollte, sprach er von jetzt ab nicht anders als von Achtels- und Viertelsintelligenzen.

Unter dem 17. Juli forderte das *»Demokratische Wochenblatt« Schweitzer auf, nicht nur seine Werkzeuge nach Eisenach zu schicken, sondern selbst zu kommen.* Ein Wort bei der Berliner Polizei, und der Urlaub werde ihm bewilligt, falls Herr v. Schweitzer sich überhaupt noch anstandshalber sollte einsperren lassen.

Das letztere zog Schweitzer vor. Er veröffentlichte, datiert vom 17. Juli, einen langen Aufruf »An die Mitglieder des Allgemeinen Deutschen Arbeitervereins«, worin er noch einmal einen Überblick über die vorhandenen Wirren gab und eine Anzahl Versprechungen machte, die er nach seiner Freilassung aus der Haft erfüllen wolle. Er schloß den Aufruf mit den Worten:

»Behaltet mich in gutem Andenken, wie auch ich *inmitten meiner Kerkermauern eurer gern gedenken werde.* Ich scheide von euch mit dem Rufe: Auf frohes Wiedersehen bei der alten Fahne! Es lebe der Allgemeine Deutsche Arbeiterverein!«

Der Rest der Haft, den er jetzt »hinter Kerkermauern« verbüßen sollte, betrug noch acht Wochen, die er in Rummelsburg mit Kahnfahrten auf dem See und anderen Annehmlichkeiten verbrachte.

Man vergegenwärtige sich jetzt folgendes. Ende November ging Schweitzer zur Verbüßung einer dreimonatigen Haft ins Gefängnis. Gegen Ende Dezember wird er wegen Ordnung von Familienverhältnissen infolge seines Vaters Tod auf acht Tage beurlaubt; er bleibt aber *sieben Wochen frei, betreibt in dieser Zeit unter den Augen der Polizei und den Behörden eine intensive politische Agitation und tritt erst am 18. Februar wieder die Haft an.* Am 4. März erweist ihm die Regierung abermals den Dienst, ihn wegen Eröffnung der Reichstagssession aus der Haft zu beurlauben. Die Session wird am 22. Juni geschlossen, aber Schweitzer bleibt wieder frei und betreibt abermals bis zum 19. Juli unter den Augen von Polizei und Behörden eine intensive politische Agitation. Alsdann beliebt es ihm, die Haft wieder anzutreten.

Dergleichen war weder vor noch nach Schweitzer in Preußen je möglich. Als zum Beispiel 1868 Dr. *Guido Weiß* wegen Preßvergehen zu 14 Tagen Gefängnis verurteilt wurde, überfielen ihn einige Polizisten morgens 6 Uhr im Bett und transportierten ihn ins Gefängnis. Diese brutale Methode, politisch Verurteilte in frühester Stunde aus dem Bette zu holen und ins Gefängnis zu schleppen, war *jahrzehntelang Sitte bei der Berliner Polizei.* Es sind noch nicht viele Jahre her, daß diese Sitte verlassen wurde. Schweitzer hatte sich *nie* über solche oder ähnliche Mißhandlungen zu beklagen. Er ging ins Gefängnis und verließ dasselbe, als wenn er ins Hotel ging und dasselbe verließ. Und jeden gewünschten Besuch konnte er empfangen. Das Mißtrauen gegen ihn war also zehnfach gerechtfertigt.

*

Kurz vor dem Eisenacher Kongreß glaubte Tölcke mir eine Stinkbombe an den Kopf werfen zu müssen, in der Hoffnung, mir politisch zu schaden. Er erklärte in Nummer 87 des »Sozialdemokrat« vom 28. Juli, ich beziehe vom Exkönig von Hannover eine jährliche Besoldung von 600 Talern. Die Beschuldigung war blöde, aber es gab Leute im Allgemeinen Deutschen Arbeiterverein, die daran glaubten. So beschloß ich, Tölcke wegen verleumderischer Beleidigung zu verklagen. Ich bat den Parteigenossen Wilhelm Eichhoff in Berlin, mit Rechtsanwalt Hirsemenzel, damals der erste Rechtsanwalt Berlins, zu reden und ihn zu fragen, ob er den Prozeß annehmen werde. Hirsemenzel lehnte ab, und zwar weil bei dem Prozeß nichts herauskomme. Der Richter werde in der

Behauptung, daß ich im Solde eines Fürsten stehen solle, nichts Ehren-
kränkendes finden und eine Beweiserhebung darüber ablehnen. Tölcke
würde also höchstens wegen Beleidigung verurteilt, womit mir nicht
gedient sein könne. Weiter machte Hirsemenzel geltend, ließe ich den
Grafen Platen, den Hausminister des Exkönigs von Hannover, als Zeugen
darüber vernehmen, ob die Behauptung Tölckes wahr sei, so werde
dieser *schon der Konsequenzen halber* das Zeugnis verweigern und dadurch erhalte die Behauptung Tölckes einen Schein von Berechtigung.
Eichhoff richtete darauf zweimal ein Schreiben an Tölcke mit der Aufforderung, im »Sozialdemokrat« die Beweise zu veröffentlichen, da er
behauptete, ich stünde »erwiesenermaßen« im Dienste des Exkönigs.
Tölcke schwieg; ich richtete darauf ebenfalls eine Aufforderung an ihn,
die Beweise zu veröffentlichen. Statt dessen wiederholte er seine Beschuldigung und forderte mich auf, ihn zu verklagen. Ich nannte ihn darauf
einen gemeinen Verleumder und ersuchte ihn, mich vor dem Leipziger
Gericht zu belangen, da der Ausgang des Prozesses in Berlin kein Resultat
verspreche. Die Sache ging aus wie das Hornberger Schießen. Bracke
gegenüber erklärte Tölcke, er selbst habe keine Beweise für seine Behauptung, aber ein Regierungsrat (!) habe die Behauptung aufgestellt und
den könne er nur bei einer gerichtlichen Klage meinerseits als Zeugen
zum Beweis seiner Angaben zwingen. – 74

Der Eisenacher Kongress

Die Gründung der Sozialdemokratischen Arbeiterpartei und die Auflösung des Verbandes der deutschen Arbeitervereine

Nachdem wir uns verständigt hatten, den Kongreß auf den 7. August
nach Eisenach einzuberufen, erschien im »Demokratischen Wochenblatt«
vom 17. Juli der Aufruf, der unterzeichnet war von 66 ehemaligen Mitgliedern des Allgemeinen Deutschen Arbeitervereins aus verschiedenen
Orten, 114 Mitgliedern des Verbandes der deutschen Arbeitervereine –
worunter ebenfalls eine Anzahl ehemaliger Mitglieder des Allgemeinen
Deutschen Arbeitervereins waren –, einer Anzahl ehemaliger Mitglieder
des Lassalleschen Allgemeinen Deutschen Arbeitervereins, vom Zentralkomitee der deutschen Arbeitervereine der Schweiz, vom Deutsch-Republikanischen Verein in Zürich; für die Arbeiter Österreichs von H.

Oberwinder, H. Hartung, B. Beschan, A. Macher, A. Straßer-Graz, und
für die deutsche Abteilung der Internationale in Genf von Joh. Phil.
Becker.

Der Aufruf lautete:

»An die deutschen Sozialdemokraten!

Parteigenossen! In der jüngsten Zeit haben sich im Schoße unserer
Partei Ereignisse vollzogen, die jeden ehrlichen Sozialdemokraten mit
Freude erfüllen müssen. Der Bann, welcher bisher auf der sozialdemokratischen Arbeiterbewegung lastete, ist gebrochen; die Selbstsucht einzelner, welche sich wie ein spaltender Keil in das Mark, in das Herz
unserer Partei geschoben, ist entlarvt und niedergeschmettert, und es
gilt nun, rasch zu handeln, damit die Früchte des Sieges uns nicht wieder
entrissen werden und damit aus der heilsamen Revolution, welche sich
soeben vollzogen hat, die Prinzipienreinheit und die einheitliche Organisation hervorgehen mögen, ohne die unsere Partei den ihr gebührenden
Einfluß nicht ausüben, die ihr innewohnende Kraft nicht entfalten kann.

Lange, leider zu lange, war es dem Egoismus und der Bosheit einzelner
möglich, die Partei in sich zu verfeinden. Doch eine neue Zeit ist ange-
brochen; mit ehernem Finger zeigt sie uns auf die Notwendigkeit hin,
die Partei der gesamten sozialdemokratischen Arbeiter Deutschlands in
sich zu einigen und dieselbe in die richtige, einzig zum Siege führende
Bahn der auf internationaler Grundlage beruhenden, großen Arbeiterbewegung hinüberzuleiten.

Wer, der ein aufrichtig denkender Sozialdemokrat ist, sollte sich dieser
Notwendigkeit verschließen können? Wer sollte die unberechenbaren
Vorteile für unsere Partei nicht ahnen, die sich aus einer derartigen Einigung auf Grund einer gemeinsamen Organisation, eines gemeinsamen
Programms, eines gemeinsamen Auftretens in der politisch-sozialen Welt
ergeben? – Wir zweifeln keinen Augenblick daran, daß die große, die
überwältigende Mehrheit unserer Parteigenossen der besseren Erkenntnis
huldigt, daß sie gern und freudig die Hand zu dem stolzen Werke bietet,
das endlich unsere Partei zur großartigen und wirksamen Machtentfaltung
befähigt!

Von dieser Überzeugung durchdrungen, haben wir uns auf einer in
Braunschweig am 6. Juli dieses Jahres stattgehabten Konferenz über die
hierzu zunächst erforderlichen Schritte völlig verständigt und berufen

hiermit in Gemäßheit des dort gefaßten Beschlusses einen *allgemeinen deutschen sozialdemokratischen Arbeiterkongreß* auf Sonnabend, den 7. August, Sonntag, den 8. August, und Montag, den 9. August nach Eisenach.

Auf die Tagesordnung des Kongresses sind, unbeschadet weiterer Anträge, folgende Punkte gesetzt: 1. Die Organisation der Partei. 2. Das Parteiprogramm. 3. Das Verhältnis zur Internationalen Arbeiterassoziation. 4. Das Parteiorgan (Blatt). 5. Die Vereinigung der Gewerkschaften (Gewerksgenossenschaften).

Die auf diese fünf Punkte der Tagesordnung sich beziehenden spezielleren Anträge, zum Beispiel Vorlage betreffs der Parteiorganisation usw., werden ihrem Wortlaut nach spätestens Ende dieses Monats gedruckt versandt werden.

Die Delegierten (Abgeordneten) zum Arbeiterkongreß haben sich durch ein Mandat (Vollmacht), worin der Ort, für den sie abgeordnet sind, sowie die Zahl ihrer Wähler, die sie vertreten, angegeben sein muß, zu legitimieren. Es kann solche Legitimation erfolgen entweder durch Mandate, welche im Namen von Vereinen oder deren Mitgliedschaften, oder welche auch im Auftrag von zum Zwecke der Beschickung des Kongresses stattgehabten Volksversammlungen ausgestellt sind, oder endlich auch Mandate, welche mit den Unterschriften der an einem Orte anwesenden Parteigenossen versehen sind. Mehrere Orte, denen es zu schwer wird, je einen Delegierten zu senden, mögen zusammentreten, um mindestens gemeinsam einen Delegierten abzuordnen.

Es ist dringend notwendig, daß der Kongreß schon am Sonnabend, dem 7. August, abends 8 Uhr, eröffnet wird, damit die Wahl des Büros und die Feststellung der Geschäftsordnung erfolgen kann, weshalb denn auch die Delegierten noch an diesem Tage (7. August) in Eisenach eintreffen wollen.

Wir geben uns der frohen Hoffnung hin, daß von allen Orten des großen Gesamtdeutschlands, wo die Arbeit im Kampfe mit der Kapitalmacht, wo der Volkswille gegen die staatliche Reaktion tagtäglich im Ringen nach Freiheit begriffen ist, Vertreter zum Kongreß abgeordnet werden – wir hoffen es zum Wohle und Wachstum der Partei, welche die politischen und sozialen Rechte des gedrückten Volkes mit Flammenschrift auf ihre Fahne schrieb.

Auf, Parteigenossen, zu wirken für den allgemeinen deutschen Arbeiterkongreß, zu wirken durch ihn für die Größe und Einheit der Partei!«

Im weiteren berief ich im Auftrag des Vorortsvorstandes als Vorsitzender desselben für Montag, den 9. August, einen Vereinstag der deutschen Arbeitervereine nach Eisenach mit der Tagesordnung: 1. Bericht des Vorstandes. 2. Beratung über die Frage: Welche Stellung soll der Verband zu der neuen Organisation der sozialdemokratischen Partei einnehmen? Eventuell Auflösung des Verbandes.

Von den Einberufern des Kongresses erhielt ich den Auftrag, die nötigen Vorkehrungen für den Kongreß in Eisenach zu treffen, ferner einen Programm- und einen Organisationsentwurf auszuarbeiten und zur gemeinsamen Beratung vorzulegen. Bracke und Geib meinten, es sei an uns, die für passend erachteten Vorschläge zu machen. Liebknecht war mit der Redaktion des »Demokratischen Wochenblattes« und der Polemik gegen den »Sozialdemokrat« beschäftigt, so fiel mir die erwähnte Arbeit zu.

Ich betrachte noch heute mit einiger Heiterkeit die Schriftstücke, worin sowohl die königlich sächsische Staatsbahnverwaltung wie das Direktorium der damals privaten Thüringischen Eisenbahngesellschaft auf meine Gesuche mir anzeigten, daß sie die üblichen Fahrpreisermäßigungen für Besucher von Kongressen auch den Besuchern des in Eisenach stattfindenden sozialdemokratischen Kongresses gewährten. Heute geschähe dergleichen nicht mehr.

*

In eine kleine Verlegenheit brachte mich ein Artikel, in dem Joh. Phil. Becker im »Vorboten« seine Ansichten über die Organisation der neuen Partei entwickelte. Der alte Jean Philipp war ein prächtiger Kerl, opferbereit, hingebend, unermüdlich bei Tag und Nacht, ein Haudegen, der wie 1848 und 1849 in der badischen Revolution als Oberst eines Freischarenregiments jetzt wieder bereit gewesen wäre, zu Pferde zu steigen. Auch wußte er aus seinem sehr bewegten Leben eine Menge Geschichten, Schnurren und Anekdoten zu erzählen, die er in äußerst lebendiger Weise zum Vortrag brachte. Ich habe mich öfter stundenlang über seine Erzählungen amüsiert. Aber von einer Parteiorganisation verstand er nicht allzuviel, und seine lange Abwesenheit aus Deutschland hatten ihn den deutschen Verhältnissen entfremdet. Statt einer geschlossenen, möglichst zentralisierten, aber demokratisch organisierten Partei, die fähig zu kräftigem Handeln war, wollte Becker eine Verbindung, die wohl die Propagierung der sozialdemokratischen Grundsätze betreibe, aber keine feste Parteiorganisation habe; sie müsse sich, wie er es nannte, einen stets wandelbaren und entwicklungsfähigen Charakter bewahren, und diese Verbindung sollte von Genf abhängen. Einen bezüglichen Entwurf hatte er im »Vorboten« veröffentlicht und hoffte, daß der Eisenacher Kongreß ihm zustimmen werde. Dieser Artikel Beckers veranlaßte Marx, mir zu schreiben, daß sie mit demselben nichts zu tun hätten und die Ansichten desselben nicht teilten. Darauf antwortete ich Marx unter dem 30. Juli:

»Ihr werter Brief, den ich soeben empfangen, hat mir viel Freude gemacht. Ich habe die Vorschläge Beckers im ›Vorboten‹ ebenfalls gelesen und muß gestehen, daß sie mich etwas unbehaglich stimmten, weil ich daraus zu ersehen glaubte, daß es Becker darum zu tun sei, die Leitung für Deutschland in bezug auf die Internationale in die Hände zu bekommen. Mein Entschluß war denn auch, auf dem Kongreß das unpraktische, ja unausführbare, Zeit und Geld kostende Projekt zu bekämpfen. Es freut mich nun, an dem Generalrat der Internationale selbst eine Stütze gefunden zu haben. Fürchten Sie deshalb nicht, daß ich Sie oder den Generalrat irgendwie nutzloser Weise in die Debatte hereinziehen werde; ich werde sogar versuchen, wenn Becker selbst oder ein anderer Vertreter aus Genf kommt, ihm privatim die Gründe auseinanderzusetzen. Auch können Sie im voraus versichert sein, daß Beckers Vorschlag weder von unserer Seite, noch von seiten der Opposition des Allgemeinen Deutschen Arbeitervereins, noch von den schweizer oder österreichischen Vertretern unterstützt wird, ich müßte denn die Stimmung sehr schlecht kennen. Wie wir uns unser Verhältnis zur Internationale gedacht, werden Sie aus dem von mir entworfenen und von Braunschweig und Hamburg mitberatenen Organisationsentwurf, den das ›Demokratische Wochenblatt‹ diese Woche bringt, ersehen. Ich glaube, es ist die einzig richtige und mögliche Form.«

An J. Ph. Becker schrieb ich einen Brief im gleichen Sinne, in dem ich unter anderem auch ein Urteil über Schweitzer abgab, und zwar schrieb ich Becker mit Bezugnahme auf Schweitzers Plan, Delegierte zum Eisenacher Kongreß senden zu wollen:

»Es ist bei aller Pfiffigkeit Schweitzers doch eine große Dummheit, daß er seinen Coup selber verrät. Ich habe überhaupt im Zusammensein mit ihm, sowohl in Barmen-Elberfeld wie in Berlin, die Beobachtung gemacht, daß er, namentlich wenn man ihm persönlich gegenübertritt, sehr leicht den Kopf verliert und Dummheiten macht. Das böse Gewissen ist's, das ihm jederzeit die Besinnung raubt, sobald ihn einer an der Kehle packt.«

Ich möchte hier auch einige Worte über Schweitzers Äußere verlieren. Schweitzer war von hoher, schlanker Gestalt und hatte bleiche, verlebte Gesichtszüge. Das braune Haar war dünn, ebenso die Bartkoteletten und der verzwirbelte Schnurrbart. Die Nase war ziemlich lang und gegen ihr Ende gebogen und spitz; hinter der Brille sahen ein paar kalte, glitzernde Augen hervor. Wenn er stand oder ging, legte er stets die Hände auf den Rücken und zog den Kopf zwischen die Schultern. Er mußte sehr blutarm sein, denn als ich ihm nach der Barmen-Elberfelder Affäre einmal in Berlin die Hand reichte, schauerte ich ein wenig zusammen. Es war, als hätte ich die kalte, feuchte Hand einer Leiche erfaßt.

*

Der Kongreß war von einer stattlichen Zahl von Delegierten besucht. Es waren 262 Abgeordnete anwesend, die 193 Orte vertraten. Darunter Johann Philipp Becker-Genf, Greulich und Dr. Ladendorf-Zürich, Oberwinder und Andreas Scheu-Wien, Hofstetten-Berlin. Sonnemann-Frankfurt war ebenfalls zugegen, er beteiligte sich auch einigemal an der Debatte. Von jetzt ab besuchte er aber keinen Arbeiterkongreß mehr; seine Hoffnungen, es können noch zwischen der Arbeiterpartei und der Volkspartei zu einer Verständigung kommen, erfüllten sich nicht. Der Klassencharakter der Partei stieß ihn ab. Die »Schweitzerianer«, wie wir die Delegierten des Allgemeinen Deutschen Arbeitervereins jetzt nannten, waren ganz bedeutend schwächer vertreten, nicht halb so stark. Dieselben versammelten sich im »Schiff«, unsere Delegierten im »Goldenen Bären«. Da von den verschiedensten Seiten Mitteilungen gemacht wurden, daß die Schweitzerianer den Kongreß mit Gewalt sprengen wollten, begab ich mich zum Oberbürgermeister und zur Polizei, um zu hören, wie diese die Situation betrachteten, denn es lag uns selbstverständlich alles daran, den Kongreß abhalten zu können, sollten nicht die enormen

Opfer umsonst gebracht worden sein. Die Erklärung lautete, daß wir die Versammlung ganz nach Belieben wo und wie abhalten könnten. In Sachsen-Weimar gebe es kein Vereins- und Versammlungsgesetz, die Versammlungsfreiheit war also eine absolute. Weiter wurde mir versichert, daß die Polizei, falls die von uns getroffenen Anordnungen mit Gewalt gestört werden sollten, bereit sei, einzugreifen. Eine Aufforderung an die Schweitzerianer im »Schiff«, ihre Mandate abzugeben und dieselben gegen rote Legitimationskarten einzutauschen, verweigerten sie. Abends gegen 7 Uhr rückten sie dann über hundert Mann stark, unter Führung des Riesen Tölcke, in den »Goldenen Bären«. Über seine damalige Mission schrieb Tölcke später in seiner Schrift »Zweck, Mittel und Organisation des Allgemeinen Deutschen Arbeitervereins«:

»Es war überhaupt eine beliebte Manier des Herrn v. Schweitzer, *überallhin, wo es galt, in heißem Kampf einen Strauß auszufechten, andere zu senden* und diesen die Verantwortlichkeit der Partei gegenüber für ein etwaiges Mißlingen aufzubürden.«

Das war vollkommen zutreffend; Tapferkeit war nicht die Stärke Schweitzers, dagegen ließ sich damals Tölcke zu allem gebrauchen, wozu Schweitzer ihn benutzen wollte.

Als die Schweitzerianer in den »Goldenen Bären« einrückten, fanden sie die Treppe von uns so stark besetzt, daß sie es vorzogen, ihre Mandate abzugeben. Am Nachmittag waren in einer Vorversammlung Geib und ich zu Vorsitzenden, Oberwinder und Quick-Genf zu Stellvertretern in Aussicht genommen worden. Es war weiter auf meinen Vorschlag zwischen uns vereinbart worden, daß, falls die Versammlung am Abend tumultuarisch verlaufe, Geib den Kongreß schließen solle. Alsdann solle ein neuer Kongreß auf Sonntag vormittag einberufen werden, zu dem nur Delegierte mit gelben Eintrittskarten Zutritt hätten.

Wie vorausgesehen, so kam es. Bei der Bürowahl entstanden bereits die stürmischsten Szenen. Wir hatten, da die Beleuchtung eine elende war, am Bürotisch ein halbes Dutzend Flaschen, in deren Hälse wir Stearinlichter gesteckt, aufgestellt. Diese waren in beständiger Gefahr, umzufallen, und mußten mit den Händen gehalten werden. Schließlich nahm der Tumult so zu, daß Geib den Kongreß schloß und anzeigte, daß er einen neuen Kongreß für nächsten Vormittag 10 Uhr in den

»Mohren« berufe, an dem nur Delegierte mit gelben Legitimationskarten teilnehmen könnten.

Unser Coup war gelungen. Während der Nacht sichteten wir (Bracke, Geib und ich) die Mandate, suchten die der Schweitzerianer heraus, und Geib übersandte sie am frühen Morgen an Tölcke mit dem Ersuchen, er möge sie den betreffenden Delegierten aushändigen. Der Kongreß verlief alsdann ohne jede Störung.

Zu Berichterstattern über Programm und Organisation waren ich und Bracke bestimmt. J. Ph. Becker hatte es sich trotz all meiner Gegengründe nicht nehmen lassen, einen langen Antrag einzubringen, wonach die Partei sich »Allgemeiner deutscher sozialistisch-demokratischer Arbeiterverein, Bestandteil der internationalen Arbeiterassoziation« nennen solle. Der Antrag fand keine Zustimmung. Programm und Organisation wurden mit geringen Änderungen in der von den Einberufern vorgeschlagenen Fassung angenommen. Die neue Partei erhielt den Namen »*Sozialdemokratische Arbeiterpartei*«. Das angenommene Programm lautete:

»Programm der Sozialdemokratischen Arbeiterpartei

I. Die Sozialdemokratische Arbeiterpartei erstrebt die Errichtung des freien Volksstaates.

II. Jedes Mitglied der Sozialdemokratischen Arbeiterpartei verpflichtet sich, mit ganzer Kraft einzutreten für folgende Grundsätze:

1. Die heutigen politischen und sozialen Zustände sind im höchsten Grade ungerecht und daher mit der größten Energie zu bekämpfen.

2. Der Kampf für die Befreiung der arbeitenden Klassen ist nicht ein Kampf für Klassenprivilegien und Vorrechte, sondern für gleiche Rechte und gleiche Pflichten und für die Abschaffung aller Klassenherrschaft.

3. Die ökonomische Abhängigkeit des Arbeiters von dem Kapitalisten bildet die Grundlage der Knechtschaft in jeder Form, und es erstrebt deshalb die sozialdemokratische Partei unter Abschaffung der jetzigen Produktionsweise (Lohnsystem) durch genossenschaftliche Arbeit den vollen Arbeitsertrag für jeden Arbeiter.

4. Die politische Freiheit ist die unentbehrliche Vorbedingung zur ökonomischen Befreiung der arbeitenden Klassen. Die soziale Frage ist mithin untrennbar von der politischen, ihre Lösung durch diese bedingt und nur möglich im demokratischen Staat.

5. In Erwägung, daß die politische und ökonomische Befreiung der Arbeiterklasse nur möglich ist, wenn diese gemeinsam und einheitlich den Kampf führt, gibt sich die Sozialdemokratische Arbeiterpartei eine einheitliche Organisation, welche es aber auch jedem einzelnen ermöglicht, seinen Einfluß für das Wohl der Gesamtheit geltend zu machen.

6. In Erwägung, daß die Befreiung der Arbeit weder eine lokale noch nationale, sondern eine soziale Aufgabe ist, welche alle Länder, in denen es moderne Gesellschaft gibt, umfaßt, betrachtet sich die Sozialdemokratische Arbeiterpartei, soweit es die Vereinsgesetze gestatten, als Zweig der Internationalen Arbeiterassoziation, sich deren Bestrebungen anschließend.

III. Als die nächsten Forderungen in der Agitation der Sozialdemokratischen Arbeiterpartei sind geltend zu machen:

1. Erteilung des allgemeinen, gleichen, direkten und geheimen Wahlrechtes an alle Männer vom 20. Lebensjahr an zur Wahl für das Parlament, die Landtage der Einzelstaaten, die Provinzial- und Gemeindevertretungen wie alle übrigen Vertretungskörper. Den gewählten Vertretern sind genügende Diäten zu gewähren.

2. Einführung der direkten Gesetzgebung (das heißt Vorschlags- und Verwerfungsrecht) durch das Volk.

3. Aufhebung aller Vorrechte des Standes, des Besitzes, der Geburt und Konfession.

4. Errichtung der Volkswehr an Stelle der stehenden Heere.

5. Trennung der Kirche vom Staat und Trennung der Schule von der Kirche.

6. Obligatorischer Unterricht in Volksschulen und unentgeltlicher Unterricht in allen öffentlichen Bildungsanstalten.

7. Unabhängigkeit der Gerichte, Einführung der Geschworenen- und Fachgewerbegerichte, Einführung des öffentlichen und mündlichen Gerichtsverfahrens und unentgeltliche Rechtspflege.

8. Abschaffung aller Preß-, Vereins- und Koalitionsgesetze, Einführung des Normalarbeitstags; Einschränkung der Frauen- und Verbot der Kinderarbeit.

9. Abschaffung aller indirekten Steuern und Einführung einer einzigen direkten progressiven Einkommensteuer und Erbschaftssteuer.

10. Staatliche Förderung des Genossenschaftswesens und Staatskredit für freie Produktivgenossenschaften unter demokratischen Garantien.

IV. Jedes Mitglied der Partei hat einen monatlichen Beitrag von 1 Groschen ($3^1/_2$ Kreuzer süddeutsch, 5 Kreuzer österreichisch, 12 Centimes) für Parteizwecke zu entrichten. Die Parteigenossen, welche auf das Parteiorgan abonnieren und dies glaubhaft nachweisen, sind während der Dauer des Abonnements ihrer Beitragspflicht enthoben. Sache des Ausschusses ist es, einzelnen Orten den Beitrag zu ermäßigen.

V. Der Beitrag ist monatlich franko an den Parteiausschuß abzuliefern.

VI. Wer drei Monate lang seine Pflichten gegen die Partei nicht erfüllt, wird als Parteimitglied nicht mehr betrachtet.

VII. Mindestens einmal im Jahre findet ein Parteikongreß statt, auf dem über alle die Partei berührende Fragen beraten und beschlossen, der Vorort der Partei sowie der Sitz der Kontrollkommission und der Ort für den nächsten Parteikongreß bestimmt wird. – Die Entschädigung für den Ausschuß respektive einzelne seiner Mitglieder setzt der Kongreß fest.

VIII. Außerordentliche Kongresse finden statt, wenn der Ausschuß oder die Kontrollkommission mit absoluter Majorität dies beschließt oder wenn ein Sechstel sämtlicher Parteimitglieder darauf anträgt.

IX. Zu jedem Kongreß ist die vorläufige Tagesordnung mindestens sechs Wochen vorher durch den Ausschuß im Parteiorgan bekanntzumachen. Die innerhalb der nächsten zehn Tage nach erfolgter Bekanntmachung von seiten der Parteigenossen einlaufenden Anträge sind alsdann mindestens vierzehn Tage vor dem Kongreß als definitive Tagesordnung zu veröffentlichen. Auf dem Kongreß gestellte selbständige Anträge kommen nur dann zur Verhandlung, wenn sich mindestens ein Drittel der Delegierten dafür erklärt.

X. Jeder Delegierte hat eine Stimme. Die Parteimitglieder, welche sich an einem Orte an den Wahlen der Delegierten beteiligen, dürfen nicht mehr als fünf stimmberechtigte Abgeordnete zum Kongreß senden. Parteimitglieder, welche nicht Delegierte sind, haben nur beratende Stimme.

XI. Spätestens drei Wochen nach dem Kongreß muß das Kongreßprotokoll allen Mitgliedern zum Kostenpreise zugänglich gemacht werden. Alle Kongreßbeschlüsse, welche eine Abänderung des Statuts, die Grundsätze und die politische Stellung der Partei oder die Besteuerung derselben betreffen, müssen innerhalb sechs Wochen nach dem Kongreß der Urabstimmung aller Parteimitglieder unterbreitet werden. Einfache

Majorität der Abstimmenden entscheidet. Das Resultat der Abstimmung wird im Parteiorgan veröffentlicht.

XII. Die Leitung der Parteigeschäfte ist einem Ausschuß von fünf Personen, als einem Vorsitzenden und dessen Stellvertreter, einem Schriftführer, einem Kassierer, der eine entsprechende Kaution zu leisten hat, und einem Beisitzer übertragen. Sämtliche Ausschußmitglieder müssen an *einem* Orte oder in dessen einmeiligem Umkreis wohnhaft sein und werden von den am Vorort der Partei wohnhaften Parteimitgliedern in besonderen Wahlgängen durch Stimmzettel mit absoluter Majorität gewählt. Weder ein Mitglied der Redaktion noch der Expedition des Parteiorgans darf im Ausschuß sein. Treten im Laufe des Jahres im Ausschuß Vakanzen ein, so hat der Vorort – mit Ausnahme des in § VII erwähnten Falles – nach demselben Wahlmodus die Ergänzungswahlen vorzunehmen.

XIII. Der Ausschuß muß innerhalb vierzehn Tagen nach stattgehabtem Kongreß gewählt sein; bis zu dieser Wahl verbleibt dem bisherigen Ausschuß, falls der Kongreß nicht anders verfügt, die Geschäftsführung.

XIV. Der Ausschuß faßt alle Beschlüsse gemeinsam und ist nur dann beschlußfähig, wenn in einer ordentlich einberufenen Sitzung wenigstens drei Mitglieder anwesend sind; derselbe gibt sich, soweit nicht der Kongreß darüber bestimmt, selbst eine Geschäftsordnung.

Der Ausschuß ist dem Parteikongreß für alle seine Handlungen verantwortlich.

XV. Um Eigenmächtigkeiten des Ausschusses möglichst zu vermeiden, konstituiert die Partei eine Kontrollkommission von elf Personen, an die alle von dem Ausschuß unberücksichtigt gelassenen Beschwerden zu richten sind, und die zugleich die Geschäftsführung des Ausschusses zu kontrollieren hat.

XVI. Die Kontrollkommission wählen die Parteimitglieder desjenigen Ortes und seines einmeiligen Umkreises, welcher von dem Parteikongreß als Sitz der Kontrollkommission bestimmt worden ist. Die Wahl erfolgt durch Stimmzettel und hat spätestens vierzehn Tage nach dem Kongreß stattzufinden.

XVII. Die Kontrollkommission ist verpflichtet, die Geschäftsführung, Akten, Bücher, Kasse usw. des Ausschusses mindestens einmal vierteljährlich zu prüfen und zu untersuchen, und ist berechtigt, falls sie begründete Ursache hat und der Ausschuß die Abhilfe der Unregelmäßigkeiten verweigert, einzelne Mitglieder wie den gesamten Ausschuß zu

suspendieren sowie die nötigen Schritte für provisorische Weiterführung
der Geschäfte zu tun. Es müssen solche Beschlüsse mit Zweidrittelmajorität der Kontrollkommission gefaßt werden und ist, wenn mehr als die
Hälfte der Ausschußmitglieder suspendiert wird, innerhalb vier Wochen
ein Parteikongreß einzuberufen, der endgültig in der Sache entscheidet.

XVIII. Die Partei gründet eine Zeitung als Organ unter dem Namen
›Der Volksstaat‹, Organ der sozialdemokratischen Arbeiterpartei. Das
Organ erscheint in Leipzig und ist Eigentum der Partei. Personen und
Gehalt des Redaktions- und Expeditionspersonals, des Druckers, Preis
des Blattes wird durch den Ausschuß bestimmt. Streitigkeiten hierüber
entscheidet die Kontrollkommission, in letzter Instanz der Parteikongreß.
Die Haltung des Blattes ist streng dem Parteiprogramm anzupassen.
Einsendungen von Parteigenossen, welche demselben entsprechen, sind
– soweit der Raum des Blattes ausreicht – unentgeltlich aufzunehmen.
Beschwerden über Nichtaufnahme oder tendenziöse Färbung der Einsendungen sind bei dem Ausschuß, in zweiter Instanz bei der Kontrollkommission anzubringen, welcher die endgültige Entscheidung zusteht.

XIX. Die Parteimitglieder verpflichten sich, überall auf Grund des
Parteiprogramms die Gründung sozialdemokratischer Arbeitervereine
in die Hand zu nehmen.«

Im Laufe der Verhandlungen teilte ich mit, daß mir aus dem Revolutionsfonds in Zürich von den Verwaltern desselben, Dr. Ladendorf und
Genossen, 900 Taler zur Agitation bewilligt worden seien. Das sei die
Geldquelle, die Tölcke und Genossen so viel Schmerzen verursachte,
und die sie dem Hitzinger, dem König von Hannover, zuschrieben.

Zum Parteiorgan wurde das »Demokratische Wochenblatt« bestimmt,
das nunmehr vom 1. Oktober ab wöchentlich zweimal unter dem Titel
»Der Volksstaat«, Organ der Sozialdemokratischen Arbeiterpartei und
der internationalen Gewerkschaftsgenossenschaften, erschien. Als Sitz
des Ausschusses wurde *Braunschweig-Wolfenbüttel,* als Sitz der Kontrollkommission *Wien* gewählt. Man hatte anfangs die Absicht, Leipzig zum
Sitze des Ausschusses zu bestimmen. Ich riet entschieden ab. Unsere
Propaganda im Allgemeinen Deutschen Arbeiterverein sei weit leichter,
wenn ein Ort wie Braunschweig Sitz der Parteileitung werde, woselbst
ausschließlich frühere Mitglieder des Allgemeinen Deutschen Arbeitervereins in Frage kämen. Unser Einfluß in der neuen Partei bleibe uns
gesichert, wir würden uns mit dem Ausschuß zu stellen wissen. So ge-

schah es. Als nächster Kongreßort wurde Stuttgart bestimmt. Die Vertretung auf dem Kongreß der Internationale, der Anfang September in Basel stattfand, wurde Liebknecht übertragen, dem sich später Spier-Wolfenbüttel als Delegierter des Ausschusses anschloß.

Der glänzende Verlauf des Kongresses hatte im Schweitzerschen Lager einen sehr unangenehmen Eindruck erzeugt. Nachdem wir die nach Eisenach entsandten Delegierten Schweitzers von unserem Kongreß ausgeschlossen hatten, tagten diese im »Schiff«, woselbst sie eine Reihe Resolutionen gegen uns faßten. So lautete eine derselben, die sich gegen Liebknecht und mich persönlich richtete: »In Erwägung der gehörten Tatsachen beschließt der Kongreß, daß die Herren Liebknecht und Bebel unwürdig sind, daß der Kongreß sich weiter mit ihnen befaßt.« Tölcke veröffentlichte im »Sozialdemokrat« vom 15. August einen »Aufruf an die Parteigenossen«, der mit den Worten begann: »Der Kongreß zu Eisenach ist vorüber. Mit Stolz und mit voller Zuversicht auf die Zukunft der Partei können wir auf den Verlauf und das Resultat desselben zurückblicken.«

*

Nach dem Schlusse des Kongresses hielt der Verband der deutschen Arbeitervereine seinen Vereinstag ab. Zum Vorsitzenden wurde ich, Bürger-Göppingen zum Stellvertreter, Motteler zum Schriftführer gewählt. Crimmitschau erhielt den Auftrag, die Geschäftsführung des Vorortes zu prüfen und im Parteiorgan Bericht zu erstatten. Aus dem von mir erstatteten Bericht ging hervor, daß infolge der Spaltung in Nürnberg der Verband auf 72 Vereine gesunken war, daß im Laufe des Jahres weitere 5 ausschieden, aber 42 Vereine sich neu anschlossen, so daß schließlich zum Verband 109 Vereine mit rund 10000 Mitglieder gehörten. Die Einnahmen betrugen 470 Taler, die Ausgaben 457 Taler, der Revolutionsfonds hatte 934 Taler gesteuert, von denen 800 Taler für Unterstützung des »Demokratischen Wochenblatts« und für Agitation ausgegeben worden waren. Alsdann beschloß die Versammlung einstimmig die Auflösung des Verbandes nach sechsjährigem Bestehen und Anschluß an die Sozialdemokratische Arbeiterpartei. Der vorhandene Kassenbestand wurde der letzteren überwiesen, das vorhandene Inventar (Akten, Briefe, Protokolle) wurde mir zur Aufbewahrung überlassen. Nach einem warmen Danke an den Vorortsvorstand für dessen Mühewaltung trennte man sich mit dem Wunsche auf Wiedersehen in Stuttgart.

Nach Eisenach

Wie man sich leicht vorstellen kann, entbrannte nunmehr heftiger als je der Kampf zwischen den beiden sozialistischen Fraktionen. Erklärungen flogen herüber und hinüber, und die Szenen, die sich in zahlreichen Versammlungen abspielten, spotteten jeder Beschreibung. Insbesondere waren es die Gewerkschaften, die unter der gegenseitigen Zerfleischung schwer litten. So kam zum Beispiel in der Metallarbeiterschaft die Wahl eines Präsidenten nicht zustande, weil eine vollständige Zersplitterung der Stimmen eintrat, außerdem wurde die Wahl nur bei 23 Abstimmungen anerkannt, bei 17 wurde sie verworfen.

Von jetzt ab schlug der »Sozialdemokrat« einen Ton an, wie er bisher nur selten vorkam, und fälschte Tatsachen und Berichte in einer Weise, daß die Leser derselben ein vollständig falsches Bild von der Bewegung auf unserer Seite bekommen mußten.

Am 10. September verließ Schweitzer das Gefängnis. Am 12. September kündigte er in einem längeren Aufruf eine Rundreise durch Deutschland an, wobei er hinter verschlossenen Türen vor seinen Anhängern erschien, »um überall Ordnung und strenges Recht zu schaffen« … »Fürchten werden meine Gegenwart«, hieß es in dem Aufruf, »alle diejenigen, welche sich einer bösen Absicht oder einer Verletzung der Arbeitersache schuldig wissen; mit Freuden begrüßen werden mich diejenigen, welche als Bevollmächtigte, Agitatoren oder in sonstiger Eigenschaft treu zur Fahne gehalten haben.«

Glaubt man nicht einen gewissen Jesu zu hören, der ein Gericht über die Guten und die Bösen ankündigt, wobei die Böcke von den Schafen gesondert werden sollen.

Auf dieser Tour beobachtete Schweitzer die alte Taktik, daß überall, wo er über die gegen ihn erhobenen Beschuldigungen interpelliert wurde, er entweder schwieg oder mit spöttischen Bemerkungen darüber hinwegging.

Dem »Volksstaat« gegenüber nahm er dieselbe Taktik ein wie gegenüber dem »Demokratischen Wochenblatt«. Niemals wurde der Name des »Volksstaat« genannt, und von der Partei sprach er nicht anders als von der Eisenacher Volkspartei.

In Augsburg, wohin er ebenfalls auf seiner Rundreise kam, verlangte er von den dortigen Mitgliedern des Allgemeinen Deutschen Arbeitervereins das Eingehen des von ihnen gegründeten Wochenblatts »Der Proletarier«. Als diese sich weigerten, seinem Verlangen nachzukommen, drohte er, daß er alles aufbieten werde, das Blatt zugrundezurichten, sollte darüber die Bewegung in Bayern um fünf Jahre zurückgeworfen werden. Ein kleines Blättchen, »Der Agitator«, den Schweitzer dann zu Neujahr 1871 ins Leben rief, das vierteljährlich nur 15 Pfennig kostete, sollte in erster Linie bestimmt sein, massenhaft in Bayern verbreitet zu werden, um dort die obstinaten Elemente im Zaume zu halten.

Von seiner Rundreise zurückgekehrt, erklärte er, »daß die Partei niemals stärker, niemals einiger und zahlreicher gewesen sei als in diesem Augenblick«. Die Unwahrheit dieser Behauptung wurde dadurch bewiesen, daß zwischen ihm und Mende-Hatzfeldt von neuem der Zank ausbrach. Mende berief eine Generalversammlung nach Halle, die sich gegen Schweitzer erklärte, und veröffentlichte eine Broschüre, in der er Schweitzer aller möglichen Schandtaten zieh. Daß es so kommen würde, war vorauszusehen. Während aber Schweitzer ankündigte, daß mit dem 1. Januar 1870 der »Sozialdemokrat« in vergrößertem Format erscheinen werde – es waren die Anstrengungen eines Schwindsüchtigen, der sich den Anschein von Kraft gibt –, mußte Mende ankündigen, daß, falls nicht bis zum 15. Januar für sein Organ, die »Freie Zeitung«, 1000 neue Abonnenten herbeigeschafft würden, er dasselbe werde eingehen lassen. Die größere Macht war also auf Schweitzers Seite. Die Generalversammlung seines Vereins berief Schweitzer auf den 5. Januar 1870 und die folgenden Tage nach Berlin.

Vorher, am 7. November, war es in Berlin zu einer großen Auseinandersetzung zwischen der Fortschrittspartei und den Lassalleanern gekommen. Der Abgeordnete Professor Virchow hatte im preußischen Abgeordnetenhaus einen *Abrüstungsantrag* gestellt, der nachher von der Mehrheit der Abgeordnetenhauses verworfen worden war. Die Fortschrittspartei wollte diesen Antrag durch das moralische Gewicht einer Volksversammlung unterstützen lassen, die auf den erwähnten Tag einberufen worden war. Eine Verhandlung wurde aber unmöglich gemacht durch die Lassalleaner, die massenhaft erschienen waren und den Vorsitz in der Versammlung beanspruchten. Als nun ein großer Tumult ausbrach, schloß der Abgeordnete Löwe-Calbe die Versammlung. Darauf eröffnete Tölcke sofort dieselbe aufs neue. Er hatte in der Voraussicht, daß die fortschrittliche Versammlung gesprengt werde, eine zweite Versammlung in dasselbe Lokal polizeilich angemeldet, und die Polizei hatte diese *gleichzeitige doppelte Anmeldung zu einer Versammlung* in ein und dasselbe Lokal angenommen. Wider alle bisherige Gepflogenheit waren auch die Versammlungen polizeilich nicht überwacht. Tölcke präsidierte, Schweitzer sprach. In der vorgeschlagenen Resolution war kein Wort gegen die Regierung enthalten, dagegen wurde die Fortschrittspartei als Gegnerin des allgemeinen, gleichen Wahlrechts und Gegnerin des Normalarbeitstages verurteilt und die Abschaffung der stehenden Heere und die Einführung der Volkswehr, gegründet auf militärische Jugenderziehung, verlangt.

Schweitzer suchte also wieder einmal den Standpunkt vergessen zu machen, den er in Militärfragen vorher wiederholt eingenommen hatte.

Nebenbei bemerkt: In der sächsischen Zweiten Kammer wurde um jene Zeit ein Abrüstungsantrag mit 55 gegen 21 Stimmen angenommen.

*

Auf dem am 9. September begonnenen *Internationalen Arbeiterkongreß in Basel* bildete den Hauptpunkt der Verhandlungen die Haltung der Sozialisten zur Grund- und Bodenfrage. Die Debatte hierüber füllte mehrere Sitzungen. Schließlich stimmten von 75 Delegierten 54, darunter Liebknecht und Spier, für folgende Resolution:

»Der Kongreß erklärt, daß die Gesellschaft das Recht hat, das individuelle Eigentum an Grund und Boden abzuschaffen und *den Grund und Boden in Gemeineigentum zu verwandeln*.«

Ebenso stimmten die beiden dem zweiten Teil der Resolution zu, der lautete:

»Der Kongreß erklärt auch, daß es *notwendig* ist, den Grund und Boden zum Kollektiveigentum zu machen.«

Diese Beschlüsse riefen in Deutschland großes Aufsehen hervor, insbesondere fiel die volksparteilich-demokratische Presse über diese Beschlüsse her, die sie als eine Ungeheuerlichkeit bezeichnete. Statt daß nun Liebknecht den Beschluß des Kongresses gegen die Angriffe verteidigte, erklärte er in der letzten Nummer des »Demokratischen Wochenblatts«, die erschien:

»Man hat gefragt: Welche Stellung nimmt die Sozialdemokratische Arbeiterpartei zu dem Beschluß über das Grundeigentum?

Antwort: Gar keine! Jedes einzelne Parteimitglied kann und soll Stellung nehmen, der Partei als solcher steht das nicht zu, weil sie nach keiner Seite an den Beschluß gebunden ist – ebensowenig *wie die Internationale Arbeiterassoziation selbst.*«

Dieses salomonische Urteil wurde in der Partei mit sehr gemischten Gefühlen aufgenommen. Es brachte der Partei keine Verbesserung, sondern eine Verschlimmerung ihrer Lage, denn nunmehr nutzte Schweitzer die Situation aus, indem er triumphierend auf die Halbheit der Eisenacher hinwies, die in einer Haupt- und Kardinalfrage des Sozialismus versagten und von Rücksichten auf die Bourgeois in ihren Reihen sich bestimmen ließen: das sei der beste Beweis, daß wir keine sozialdemokratische Partei seien. Unsere Stellung als Partei zu dem Baseler Beschluß wurde nicht klarer, als es in Nr. 4 des mittlerweile erschienenen *»Volksstaat«* auf einmal hieß: »Über die Zweckmäßigkeit oder Unzweckmäßigkeit des Baseler Beschlusses, betreffend das Grundeigentum, mögen innerhalb unserer Partei verschiedene Meinungen obwalten. *Nachdem er aber einmal gefaßt ist, kann die Partei als solche ihn nicht verleugnen, ohne ihre Grundprinzipien zu verleugnen.*« Diese Erklärung war korrekter als die erste, sie stand aber im *Widerspruch* zu jener. Es war deshalb notwendig, daß die Partei klare Stellung nahm, und so schlug ich vor, die Frage auf dem nächstjährigen Parteikongreß zu erörtern, ein Vorschlag, dem auch der Ausschuß zustimmte. Und da ich für Anfang November eine große Agitationsreise nach Süddeutschland geplant hatte, nahm ich mir vor, den Baseler Beschluß zu verteidigen, wo die Gelegenheit dieses notwendig mache. Ich trat meine Reise am 8. November an und beendete sie am 28. Ich hielt in dieser Zeit achtzehn Volksversammlungen und an zwei Orten, Erlangen und München, private Besprechungen ab. Ich besuchte nacheinander: Koburg, Bamberg, Nürnberg, Fürth, Erlangen, Regensburg, München, Augsburg, Ravensburg, Tuttlingen, Reutlingen, Metzingen, Stuttgart, Eßlingen, Göppingen, Aalen, Heidenheim, Giengen, Schwäbisch Hall und Heilbronn. Opposition fand ich in nur vier Versammlungen. Der Erfolg war in allen Versammlungen ein sehr zufriedenstellender.

In Stuttgart, woselbst in der Versammlung der ganze Stab der Volkspartei und der Herausgeber der »Demokratischen Korrespondenz«, Julius Freese, anwesend waren, kam es zwischen mir und dem Mitglied der Volkspartei Hausmeister zu prinzipiellen Auseinandersetzungen, bei denen selbstverständlich mein Gegner den kürzeren zog. Den Abend vorher hatte ich in einer geselligen Zusammenkunft, bei welcher der damalige Führer der Volkspartei, Karl Maier, mich fragte, wie die Partei zu dem Baseler Beschluß stehe, erklärt, die Partei werde auf dem nächsten Kongreß in Stuttgart Stellung nehmen und zweifellos sich im Sinne der Baseler Beschlüsse aussprechen. Tröstend hatte ich hinzugesetzt, aber man brauche deshalb nicht aus der Haut zu fahren, denn die Ausführung des Beschlusses sei doch erst möglich, wenn die öffentliche Meinung dafür gewonnen sei. Mit dieser Verzuckerung schluckte man die Pille. In der Versammlung am nächsten Tage trat mir auch der Lassalleaner Leickhardt entgegen, der mich wegen unserer Stellung zu Schweitzer interpellierte, worauf ich gründlich antwortete. Alles in allem hatte ich an drei Stunden sprechen müssen.

Freese und einem größeren Teil der Volkspartei waren aber meine Auseinandersetzungen in die Glieder gefahren, und so sah Freese sich veranlaßt, in vier Artikeln in der »Demokratischen Korrespondenz« gegen mich zu polemisieren. Ich beantwortete dieselben durch eine Reihe Artikel im »Volksstaat«, die zusammengestellt als Broschüre unter dem Titel »Unsere Ziele« bis heute erschienen sind. In diesen Aufsätzen verteidigte ich natürlich auch den Baseler Beschluß. Freese, dem, wie wohl allen Schwelgern (Sybariten), es keine allzu großen Gewissensskrupel bereitete, seine Grundsätze zu opfern, sobald er seine lebemännischen Bedürfnisse durch die Vertretung seiner Grundsätze nicht mehr befriedigen konnte, ging später in die Dienste des österreichischen Reichskanzlers, des Herrn v. Beust.

Nach meiner Rückkehr aus Süddeutschland trat ich meine mittlerweile rechtskräftig gewordene dreiwöchige Gefängnisstrafe an, die, wie schon erwähnt, Liebknecht und mir wegen Verbreitung staatsgefährlicher Lehren aus Anlaß der Adresse »An das spanische Volk« zuerkannt worden war.

*

Wir mußten nunmehr dem Allgemeinen Deutschen Arbeiterverein gegenüber große Anstrengungen machen, um neue Mitglieder zu gewinnen. Was immer an Kräften und Mitteln aufgebracht werden konnte, wurde für diesen Zweck benützt. In erster Linie kam hier York als Agitator in Frage. Der Erfolg seiner Reisen war nicht immer ein zufriedenstellender. So klagte er mir Ende 1869 über die Erfolglosigkeit einer Agitationsreise, die er nach dem Rheinland unternommen hatte. Er war darüber in recht pessimistischer Stimmung. Agitator zu sein, schrieb er mir, sei eine traurige Existenz, was um so richtiger war, als die finanzielle Entschädigung, die der Agitator zu jener Zeit erhielt, eine geradezu erbärmliche genannt werden mußte. Er denke wieder daran, als Arbeiter bei einem Meister Stellung zu nehmen. York war Tischler. Hätte er keine Familie, läge die Sache anders, allein könnte er sich durchschlagen. Indes war sein Opfermut und seine Hingabe an die Sache doch zu groß, als daß er die Drohung ausgeführt hätte.

Liebknecht und ich benutzten unsere Anwesenheit während des Reichstags in Berlin, um dort immer mehr Anhänger zu gewinnen. Wir sprachen namentlich öfter in einer Reihe Branchenversammlungen mit bestem Erfolg.

Eine beständige Klage des Braunschweiger Ausschusses war der schlechte Eingang der Mitgliederbeiträge. Diese Klage war vollauf berechtigt. An eine regelmäßige monatliche Zahlung an den Ausschuß nach Braunschweig gewöhnten sich namentlich schwer die ehemaligen Mitglieder des Arbeitervereinsverbandes, die das Hauptgewicht auf die Verwendung ihrer Mittel für die lokalen Bedürfnisse zu legen gewohnt waren.

Zwischen dem Ausschuß in Braunschweig und uns in Leipzig entwickelte sich ein außerordentlich lebhafter Briefverkehr, in den auch August Geib in Hamburg, der dort als Buchhändler etabliert war, hereingezogen wurde, als die Kontrollkommission durch Beschluß des Stuttgarter Kongresses von Wien nach Hamburg verlegt worden war. Lebhafte Beschwerde führten Bracke und der Ausschuß über die Redaktion des »Volksstaat«, die zu viel Politik und zu wenig Sozialismus bringe. Eine Beschwerde, die vielfach in der Partei laut wurde.

Sehr aufgebracht war ich darüber, daß wir in der Person Rüdts, der seine Universitätsstudien unterbrochen hatte und in die Partei als Agitator eingetreten war, durch den Beschluß des Eisenacher Kongresses einen Redakteur erhalten hatten, der seine Pflichten stark vernachlässigte, aber mit dem Honorar, das freilich nicht hoch war, beständig im Vorschuß sich befand. Das ging gegen meine Auffassung von Leistung und Gegenleistung. Ich habe es allezeit, und zwar bis auf den heutigen Tag, als schlimmste Schädigung der Partei und als eine unverzeihliche Gewissenlosigkeit angesehen, die in einer Arbeiterpartei doppelt gerügt werden müsse, wenn Personen ein Amt übernehmen, aber vergessen, die damit übernommenen Pflichten gewissenhaft zu erfüllen, das Gehalt einstreichen, aber nicht entsprechend dafür leisten. Ein Sozialdemokrat, der eine Brotstellung in der Partei annimmt, hat damit nach meiner Auffassung eine Art Ideal erreicht. Er kann nach seiner Überzeugung tätig sein, er hat Maßregelung nicht zu fürchten und findet die volle Anerkennung seiner Parteigenossen, wenn er seine Schuldigkeit tut.

Als ich eines Tages mich bei Bracke bitter über Rüdt beschwerte – der betreffende Brief spielte nachher im Leipziger Hochverratsprozeß eine Rolle und ist im Bericht darüber abgedruckt –, antwortete mir Bracke unter dem 17. Oktober:

»Rüdt ist nicht schlecht, wenigstens glaube ich es nicht. Ich habe einen intimen Freund, der ebenso ist wie Rüdt, und er ist ein braver Kerl. Diese Art Menschen sind das Gegenteil eines Philisters, aber in ihrer Einseitigkeit verfahren sie sich oft, bis sie durch längere, meist bittere Erfahrung klug werden. Je weniger ich selbst solchem Charakter ähnele (ich komme mir oft selbst wie ein Philister vor, wenn ich meinen ›Lebenswandel‹ betrachte), um so mehr liebe ich diesen Charakter bei anderen. Ich will allerdings gestehen, daß ich Rüdt zu wenig kenne, um behaupten zu können, er sei so wie mein Freund. Aber ich vermute es. Hast Du die Biographie von Lessing gelesen? Was war der eine längere Zeit leichtsinnig! Ich habe oft Sehnsucht, auch einmal leichtsinnig zu sein, aber werde es wohl schwerlich werden. Die Verhältnisse fesseln mich an mein arbeitsames, ernstes, ja philiströses Dasein! Von Natur heiteren Temperamentes, bin ich es in Wirklichkeit so selten.«

Ich weiß heute nicht mehr, was ich Bracke auf diesen Brief antwortete, aber eine Zustimmung zu seinem Urteil über Rüdt war die Antwort sicher nicht.

Bracke, der einer wohlhabenden Familie angehörte und aus dem höchsten Idealismus sich der Partei der Enterbten angeschlossen hatte, war damals in großen Nöten. Er hatte sich durch Fritzsche bestimmen

lassen, für die Produktivgenossenschaft der Tabak- und Zigarrenarbeiter
Bürgschaften zu übernehmen, und kam nach dem Konkurs der Genossenschaft in die höchst fatale Lage, sehr erhebliche Summen bezahlen
zu müssen. Bracke klagte mir in zahlreichen Briefen sein Leid, wie wir
denn beide kurz nach unserer Bekanntschaft uns eng aneinandergeschlos-
sen und keine Geheimnisse voreinander hatten. Der Ärmste hat viele
Jahre zu kämpfen gehabt, um aus den Verlegenheiten herauszukommen,
in die er sich durch seine Gutherzigkeit und Opferwilligkeit gestürzt
hatte. Als ihn der Tod ereilte – er starb allzu jung im Jahre 1879, kaum
38 Jahre alt –, wurde sein Verlust in der ganzen Partei als ein unersetz-
licher angesehen.

Im Oktober 1869 war Karl Marx mehrere Wochen bei seinem
Freunde Dr. Kugelmann in Hannover auf Besuch. Bracke und Bonhorst,
der Sekretär des Ausschusses, fuhren hinüber nach Hannover, um Marx
kennenzulernen und zu begrüßen. Bracke war von der Begegnung mit
Marx aufs höchste entzückt; er sei, schrieb er mir, »ein lieber Mensch«,
sie hätten sich beide sehr gut verständigt. Ich lernte Marx und zugleich
auch Engels persönlich erst 1880 in London kennen anläßlich eines
»Kanossaganges«, den ich mit Bernstein unternahm. Darüber später.

Im Dezember 1869 spielte uns die österreichische Regierung einen
unangenehmen Streich; sie entzog dem »Volksstaat« den Postdebit. Der
»Volksstaat« stand damals so, daß er keinen Abonnenten entbehren
konnte. Der Akt war aber der beste Beweis, was es mit der Verleumdung
des »Sozialdemokrat« auf sich hatte, Liebknecht stehe im Dienste der
österreichischen Regierung.

*

Gegen Ende des Jahres brach in Waldenburg in Schlesien ein großer
Bergarbeiterstreik aus, der größte Streik, den Deutschland bis dahin gesehen hatte. Das Bemerkenswerteste an diesem war, daß er in einem
Gebiet und unter Arbeitern ausbrach, die, soweit sie organisiert waren,
den Hirsch-Dunkerschen Gewerkvereinen angehörten, und zwar verlangten die Bergherren den Austritt der Arbeiter aus dem Gewerkverein.
Die Lehre der Hirsch-Duncker von der Harmonie der Interessen zwischen
Kapital und Arbeit erhielt damit einen argen Stoß. Beide sozialdemokratischen Fraktionen traten energisch für die Bergarbeiter ein und unterstützten sie. Ich wollte in Leipzig ein Plakat anschlagen lassen, in dem

ich zu Sammlungen für die Streikenden aufforderte, aber die Polizei verbot den Anschlag des Plakats und die Sammlung, die die Genehmigung der Polizei erfordere, weil auf Grund der Armenordnung von 1842 Sammlungen für »Notleidende« dieser Genehmigung bedürften. Ich appellierte wegen dieser sonderbaren Auslegung der Armenordnung bis an das Ministerium, aber Herr v. Nostitz-Wallwitz, der damals bereits Minister des Innern war, billigte die Entscheidung der Leipziger Polizei.

Mangels genügender Mittel ging der Waldenburger Streik verloren.

*

Im Frühjahr 1870 fiel mir eine Aufgabe zu, die zu erfüllen Pflicht eines Fortschrittsmannes oder bürgerlichen Demokraten gewesen wäre. In Leipzig starb Rechtsanwalt Tzschirner, der während des Dresdener Maiaufstandes 1849 mit Heubner und Tod Mitglied der provisorischen Regierung gewesen war. Nach Niederwerfung des Aufstandes floh Tzschirner nach der Schweiz, kehrte aber infolge der sächsischen Amnestie von 1865 als gebrochener Mann nach Leipzig zurück. Er mußte unterstützt werden, und ich selbst veranlaßte eine Sammlung zu seinen Gunsten, deren Ertrag ich an Tzschirners Parteigenossen Rechtsanwalt Schaffrat in Dresden gelangen ließ.

Als nun Tzschirner im Frühjahr 1870 in Leipzig starb, war kein einziger seiner alten Parteigenossen, auch Schaffrat nicht, bereit, dem Manne die Grabrede zu halten; man schämte oder scheute sich offenbar, öffentlich als ehemaliger Parteigenosse des Revolutionärs zu erscheinen. So mußte ich die Rede übernehmen, obgleich ich den Mann persönlich nicht gekannt hatte und von seiner Tätigkeit nur vom Hörensagen wußte. Die deutsche Demokratie hat frühzeitig aufgehört, Mannesmut zu zeigen.

*

Die Generalversammlung des Allgemeinen Deutschen Arbeitervereins für 1870 begann am 5. Januar. Schweitzer war nicht in rosiger Stimmung. Nachdem man ihn darüber interpelliert, ob er seinerzeit einen geheimen Vertrag mit Mende bei der sogenannten Vereinigung abgeschlossen habe, was er bestritt, stellte man ihn wegen der Kassenführung zur Rede. Er habe Gelder des Vereins für den »Sozialdemokrat« verwendet, wozu er

kein Recht habe, da das Blatt sein Privateigentum sei. Es wurde sogar
ein Beschluß herbeigeführt, wodurch ihm dieses ausdrücklich verboten
wurde. Schweitzer war durch diesen Beschluß und die an der Redaktion
des »Sozialdemokrat« geübte Kritik sehr aufgebracht. Er antwortete: Was
das Vertrauen anlange, *so müsse er nach den in der Generalversammlung
gefallenen Äußerungen annehmen, daß er das Vertrauen der Generalversammlung nicht besitze;* jedenfalls habe er großenteils das Vertrauen auf
die Delegierten verloren ... Man scheine nicht zu wissen, was der »Sozialdemokrat« sei. *Nicht die Partei habe den »Sozialdemokrat« gemacht,
sondern der »Sozialdemokrat« die Partei ...* Zu verlangen, daß ein Redakteur für den Inhalt des Blattes eintreten müsse, sei leicht, wenn man
selbst den Rücken frei habe und nicht einmal die Strafgelder bewilligte.
Er habe es satt, sich in dieser Weise erst mit den Vereinsgegnern und
dann mit den Vereinsmitgliedern herumzuärgern. Gegenüber dem Verlangen, daß in Geldangelegenheiten der Vorstand beschließen solle und
nicht wie bisher der Präsident, erklärte er, dann sei es gleich besser, einen
Ausschuß zu wählen, aber keinen Präsidenten. Die Generalversammlung
nahm alsdann eine genaue Prüfung der Kassenausgaben vor. Ein Antrag,
die Generalversammlung erklärt sich mit der diesjährigen Kassenabrech-
nung vollständig zufrieden und weist alle Angriffe der Gegner unserer
Partei als ungerechtfertigt zurück und spricht den Wunsch aus, daß die
Kassenangelegenheit für alle Zeiten so bleiben möge, wurde mit 5097
gegen 3409 Stimmen angenommen.

Eine Äußerung Schweitzers, daß es die Aristokratie des Vereins sei,
die Agitatoren und Delegierten, von denen immer die Wirren im Verein
ausgingen, führte zu gereizten Auseinandersetzungen. Ein Antrag Richter-
Wandsbeck, dem Präsidenten die *Mißbilligung* auszusprechen, weil er
auf Antrag von Hamburger Mitgliedern wider alles Recht die Mitglieder,
die gleichzeitig dem Allgemeinen Tabak- und Zigarrenarbeiterverein
angehörten, bis zur Berliner Generalversammlung ihrer Mitgliedsrechte
für verlustig erklärt hatte, wurde mit 24 gegen 12 Stimmen bei zwei
Enthaltungen abgelehnt. Diese Vorgänge ließen es Schweitzer wieder
einmal geraten erscheinen, den radikalen Demokraten hervorzukehren.
Am 9. Januar fand eine von 2000 Personen besuchte öffentliche Sitzung
statt, in der das Thema »Der Militarismus« auf der Tagesordnung stand.
Hatte Schweitzer am 17. Oktober 1867 im deutschen Reichstag sich *für*
die Militärgesetzvorlage einschreiben lassen und hatte er damals in seiner
Rede ausgeführt, daß es ihm fernliege, jene Eigenschaften an Preußen

leugnen und bemäkeln zu wollen, welche im vorigen Jahre eine feindliche Welt bewundernd anerkennen mußte, so ließ er jetzt folgende Resolution zur Annahme vorschlagen:

»Die Generalversammlung erklärt: Die stehenden Heere sind die Hauptstützen der heutigen reaktionären Regierungen und zugleich der gesellschaftlichen Ausbeutung; das demokratische Prinzip verlangt, daß überall an Stelle der stehenden Heere die allgemeine Volksbewaffnung trete.«

Also ganz wie in unserem ehemaligen Chemnitzer und jetzt im Eisenacher Programm. Nach längerer Debatte, an der Schweitzer sich nicht beteiligte, wurde die Resolution einstimmig angenommen. Im weiteren erklärte sich die Generalversammlung für den Übergang des Grund und Bodens in Gemeineigentum der Gesellschaft. Mit einer sehr radikalen Rede schloß Schweitzer diese Sitzung.

Im weiteren Verlauf der Verhandlungen wurde ein Antrag, den »Sozialdemokrat« als Parteieigentum zu erwerben, mit 6492 gegen 2585 Stimmen abgelehnt. Schweitzer hatte im Laufe der Debatte geäußert, der »Sozialdemokrat« habe während der sieben Jahre seines Bestehens *enorme* Summen verschlungen *und erfordere auch jetzt noch Opfer.* Woher diese enormen Summen kamen, erfuhr man nicht. Er sei bereit, das Eigentumsrecht abzutreten, wenn die Partei einen geringen Teil der auf das Blatt verwendeten Summen zurückzahle. Ein Redner äußerte die Besorgnis, Schweitzer werde ein neues Blatt gründen, falls es zu Differenzen komme. Die Mehrheit sah nach dieser Erklärung die Übernahme des Blattes als ein Danaergeschenk an. Schweitzer teilte weiter mit, daß vom 1. Januar ab Hasenclever neben Hasselmann in die Redaktion eingetreten sei. Eine ganze Reihe Mitgliedschaften beantragte ausführliche und *wahrheitsgemäße* Abfassung der Protokolle der Generalversammlungen.

Eine längere und heftige Debatte entspann sich über verschiedene Anträge; zum Beispiel der Präsident solle, wie es im Statut stehe, durch die Generalversammlung gewählt werden, wohingegen namentlich Schweitzer mit aller Entschiedenheit für die Wahl durch »das Volk« eintrat, das er durch sein Blatt in der Hand hatte. Er drang mit seiner Ansicht durch. Das mehrfache Verlangen, die Redaktion durch eine Beschwerdekommission zu kontrollieren, wurde durch den Beschluß

erledigt, daß alle Beschwerden über die Redaktion des Vereinsorgans an
den Präsidenten zu richten seien. Die oberste Kontrolle über die Wirksamkeit der Redaktion und die des Präsidenten in seiner Eigenschaft als
Kontrolleur habe der Vorstand zu vollführen und könne derselbe etwa
nötige Anordnungen treffen. In der betreffenden Debatte äußerte
Pfannkuch daß durch die bisherige Handhabung der Redaktion viele
brave Mitglieder aus dem Verein hinausgestoßen worden seien.

Bei der Wahl zum Präsidenten, die am 12. Februar stattfand, wurde
Schweitzer wieder mit 4744 gegen 249 Stimmen gewählt, eine Stimmenzahl, die man auch nicht als besonderes Vertrauensvotum gegenüber
den 9000 Mitgliedern, die auf der Berliner Generalversammlung vertreten
waren, ansehen kann.

*

Zu den drei vorhandenen sozialdemokratischen Organisationen trat
Anfang 1870 eine vierte, die allerdings nur unbedeutend war und eine
kurze Lebensdauer hatte. Die hartnäckige Gegnerschaft, die Schweitzer
dem in Augsburg erscheinenden »Proletarier« und seinen Hintermännern
erwies, erregte diese aufs äußerste. Und als nunmehr auch die Berliner
Generalversammlung sich gegen die Bayern erklärte, beschlossen diese
den Austritt aus dem Allgemeinen Deutschen Arbeiterverein und beriefen
auf Ende Januar einen sozialdemokratischen Kongreß nach Augsburg.
An der Spitze dieser Separatbildung standen Franz, Neff und Tauscher;
alle drei Schriftsetzer. Franz hat später eine vorzügliche Broschüre geschrieben: »Herr Böhmert und seine Fälschungen der Wissenschaft. Von
einem Arbeiter. 1873.« Franz starb vor wenig Jahren in Amerika. Neff
starb weit früher, Tauscher lebt noch heute als Parteigenosse in Stuttgart.
Von seiten des Braunschweiger Ausschusses wurde ich nach Augsburg
delegiert, um den Anschluß der bayerischen Genossen an unsere Partei
herbeizuführen und die Gründung einer vierten Fraktion zu verhüten.
Auf dem Kongreß waren nur neun Delegierte anwesend. Der Standpunkt,
den ich vertrat, war folgender:

»Die Bildung einer neuen Fraktion werde nur den Gegnern der Arbeitersache nützen. Dieselben würden aufs neue über diese Spaltung jubeln
und darauf hinweisen, daß die Arbeiter zur Leitung ihrer Angelegenheiten
unfähig, als Partei ungefährlich seien, da sie trotz aller prinzipiellen

95

Übereinstimmung sich nicht einigen könnten, sondern rein formeller und persönlicher Bedenken wegen sich gegenseitig zerfleischten. Ein weiterer zwingender Grund für die Einigung sei die Verhütung der Zersplitterung der geistigen und materiellen Kräfte der Arbeiter. An beiden litten die Arbeiter keinen Überfluß. Je mehr Fraktionen, je mehr Verwaltungen müßten geschaffen werden. Diese kosteten Geld, und so würden die sauer erworbenen Groschen der Arbeiter allein durch diesen Verwaltungsapparat aufgezehrt. Statt die Gelder zur Bekämpfung der Bourgeoisie und der Reaktion zu verwenden, bekämpfe man sich gegenseitig, die nicht im Überfluß vorhandenen geistigen Kräfte würden in diesem selben Kampf verbraucht und aufgerieben, ohne Nutzen für die Gesamtheit. Wohl sei mir bewußt, daß man hauptsächlich zwei Bedenken gegen die Verschmelzung habe. Das eine sei unser angebliches Bündnis, wohl gar Verquickung mit der Volkspartei, das andere unsere Organisation, die man als eine zu wenig einheitliche ansehe. Beide Einwände beruhten auf Vorurteilen, durch diejenigen geschickt verbreitet und in die Massen eingepflanzt, welche aus einer Berührung der Arbeiter mit dem demokratischen Bürgertum für ihre eigene Stellung fürchteten (Schweitzer, Mende) und unter der Firma ›Kampf gegen die radikale Bourgeoisie‹, ihr Einverständnis mit der Reaktion verbergen wollten. Volkspartei und Sozialdemokratische Arbeiterpartei seien zwei vollständig getrennte Parteien, jede habe ihr eigenes Programm und ihre eigene Organisation. Was das Programm unserer Partei betreffe, so brauchte ich es nicht weiter zu entwickeln, da man es ja nahezu wörtlich auch diesem Kongreß zugrundegelegt, unser Programm gehe aber in seinem ersten Teile noch weiter, indem es das internationale Programm in schärfster Fassung enthalte und klar und scharf seine Stellung auch zum bestehenden Staate formuliere. Die ›Volkspartei‹ sei insofern mit uns einverstanden, als sie unsere politischen Forderungen und auch einige unserer sozialen (Normalarbeitstag, Verbot der Kinderarbeit) in ihrem Programm habe, also ein gewisses Stück Weg neben uns hergehe. Sie in den Punkten zu bekämpfen, in denen sie gleicher Meinung mit uns sei, sei Torheit; selbstverständlich würden wir ihr aber überall da entgegentreten, wo Differenzen zwischen ihr und uns beständen, also vorzugsweise auf dem sozialen Gebiet. Die Volkspartei sei, das wüßten wir genauer als jeder andere, eine Partei, die aus verschiedenen Elementen zusammengesetzt sei. Sie bestehe aus großdeutschen konstitutionellen Monarchisten, bürgerlichen Republikanern und einer kleinen Zahl von Leuten, welche im wesentlichen auch unser soziales Programm anerkennten, letztere seien indes sehr in der Minderheit. Einig sei die Volkspartei in dem Kampfe gegen die großpreußischen Tendenzen, den Militarismus und Cäsarismus und bekämpfe von diesem Standpunkt aus mit uns auch die uns feindlich gesinnte Fortschritts- und nationalliberale Partei. Wir ständen also zur Volkspartei in keinem anderen Verhältnis, als es sich aus der Natur der beiderseitigen Standpunkte von selbst ergebe. Habe doch Lassalle dasselbe der Arbeiterpartei gegenüber der Fortschrittspartei im Jahre 1863 angeraten, ja Lassalle habe sogar an mehreren Stellen seiner Schriften über ›Verfassungswesen‹ sich selbst als Mann der Volkspartei bezeichnet. Ebenso haltlos wie die beständigen Vorwürfe über unser Verhalten zur Volkspartei seien die Einwendungen gegen unsere Organisation. Lebten wir in Deutschland in einem freien Staat, dann verstünde sich von selbst, daß wir nur praktische Gründe bei Entwerfung einer Organisation im Auge zu behalten hätten. Deutschland sei aber kein Freistaat, sondern bestehe aus Staaten, die zum größten Teil sehr reaktionär seien, und in denen die Macht der Gesetze sich unliebsamen Volksorganisationen sehr fühlbar mache. Die Auflösung des Allgemeinen Deutschen Arbeitervereins in Sachsen, die Schließung der vielen Gemeinden in Preußen, der Beschluß des preußischen Ober- tribunals gegen den schleswig-holsteinischen Wahlverein, der eine ähn- liche Organisation gehabt habe wie der Allgemeine Deutsche Arbeiter- verein, die neuesten Vorgänge in Bayern bewiesen, wie das Gesetz jeder- zeit die Organisation vernichten könne. Hätte Schweitzer die Urteile der Untergerichte über seinen Verein durch alle Appellinstanzen verfolgt, das Obertribunal hätte zweifellos die Organisation als ungesetzlich aner- kannt und wäre damit das Verbot des Vereins für Preußen ausgesprochen worden. Schweitzer habe sich davor gehütet, und wenn sein Verein dennoch existiere, dann habe er dies einzig und allein der Gunst zu verdanken, deren er sich notorisch von seiten des Berliner Polizeipräsi- diums und der Regierung zu erfreuen habe. Wir müßten eine Organisa- tion schaffen, die mit der Einheitlichkeit zugleich die formelle Unabhän- gigkeit der Parteimitglieder an den einzelnen Orten vor dem Gesetz möglich mache. Die Einheitlichkeit der Partei sei gewahrt in dem von der Partei gewählten und in seinen Machtbefugnissen scharf begrenzten und zugleich kontrollierbaren Parteiausschuß, wodurch jede ›Führerschaft‹ beseitigt und der Herrschaft einer einzelnen Person ein für allemal ein Ende gemacht sei; ferner in regelmäßigen Steuern, die monatlich jedes

96

Parteimitglied leistet; und endlich in dem Parteiorgan, das Eigentum der Partei sei, zu Privatzwecken also nicht benutzt werden könne. Durch diese Einrichtungen sei also die Möglichkeit einer kräftigen Agitation zur Verbreitung der Partei und die Geltendmachung des Parteiwillens in allen Fragen gegeben. In den Lokalvereinen könnten die Parteigenossen die Parteiangelegenheiten in der ungehindertsten Weise besprechen und die lokale Agitation betreiben, ohne daß das Gesetz eingreifen könne. Daß die von uns angenommene Organisation wirklich und nicht bloß in der Einbildung gut sei, beweise, daß trotz aller Verfolgungen, welche die Partei vom ersten Tage ihres Bestehens zu erdulden gehabt habe, die Organisation noch nicht angetastet worden sei, weil man es einfach nicht könne. Mit einer Organisation, wie sie der Allgemeine Deutsche Arbeiterverein habe, würden wir längst zugrundegerichtet worden sein.

Habe die Polizei das Urteil des Obertribunals auf den Allgemeinen Deutschen Arbeiterverein nicht angewandt, so kennzeichne das mehr als alles andere das gute Einvernehmen des Chefs des Allgemeinen Deutschen Arbeitervereins mit der preußischen Polizei. Wir hätten uns einer solchen Gönnerschaft nicht zu erfreuen, wollten sie auch nicht haben, müßten also unsere Organisation so einrichten, daß sie gegen polizeiliche Übergriffe sicher sei. Die Form sei übrigens für uns Nebensache, die Hauptsache sei das Prinzip und seine Anwendung. Wir gehörten nicht zu denen, die als Orthodoxe die äußere Form über die Sache setzten, wir hielten die Organisation keineswegs für unverbesserlich. Jedes Mitglied der Partei könne seinen Einfluß für Änderung derselben geltend machen, und gelänge es ihm, die Majorität hierfür zu gewinnen, dann sei der Wille derselben entscheidend; die ganze Verfassung der Partei sei mit einem Wort demokratisch.«

Ich hatte mit meinen Ausführungen kein Glück. Die Einberufer stießen sich an unserer Stellung zur Volkspartei, die man, gerade weil sie ein radikales Programm habe, als gefährlich am schärfsten bekämpfen müsse. Auch passe ihnen unsere Organisation nicht.

In dem Bericht, den ich in Nr. 10 des »Volksstaat« von 1870 veröffentlichte, führte ich noch aus:

»Ich ergriff wiederholt das Wort und widerlegte die aufgestellten Bedenken, sah aber sehr bald ein, daß alles Reden unnütz sei, da man einmal fest entschlossen war, eine vierte Arbeiterfraktion mit dem ganzen bürokratischen Apparat einer solchen zu konstituieren. Ich erklärte darauf, daß ich mein Mandat als erledigt betrachte und an den öffentlichen Verhandlungen nur insofern noch teilnehmen würde, um eine Erklärung über meine Stellung zu dem Kongreß abzugeben.

Als kurz darauf die öffentliche Versammlung wieder aufgenommen wurde, legte ich die Gründe dar, die mich verhinderten, weiter an den Verhandlungen mich zu beteiligen. Zugleich benutzte ich diese Gelegenheit, um nochmals öffentlich die Vorurteile entschieden zurückzuweisen, die noch als Erbstück Schweitzerscher Erziehung gegen unsere Partei in der Versammlung vorhanden sein möchten. Nachdem ich geendet, zog ich mein Mandat zurück und verließ mit unseren Parteigenossen den Saal.

War die mir offiziell übertragene Mission auch als gescheitert zu betrachten, so habe ich dennoch die moralische Überzeugung von Augsburg mitgenommen, daß die Masse der Arbeiter es müde ist, sich kleinlicher persönlicher oder formeller Bedenken wegen gegenseitig in die Haare zu geraten. Die Arbeiter begreifen, daß nur in festem Zusammenhalten, in der Vereinigung aller Kräfte die Gewähr des Sieges für sie liegt, und ich müßte mich sehr täuschen, wenn nicht trotz der jetzt konstituierten vierten sozialdemokratischen Fraktion der Zeitpunkt sehr nahe herangekommen wäre, wo der vollständige Eintritt in die Sozialdemokratische Arbeiterpartei stattfinden wird.«

Die hier ausgesprochene Hoffnung erfüllte sich rasch. Bereits im Juni fand auf dem Stuttgarter Kongreß eine Verständigung und der Übertritt der bayerischen Fraktion in unsere Partei statt. Auf meiner Rückreise von Augsburg hielt ich in München eine Volksversammlung ab, in der als Zuhörer der damals zwanzigjährige Georg v. Vollmar anwesend war, wie er mir gelegentlich erzählte.

Der Monat Januar 1870 war für mich noch insofern von besonderem Interesse, als der Rat der Stadt Leipzig beschloß, dem Arbeiterbildungsverein den Rest der städtischen Unterstützung von 200 Talern jährlich zu entziehen, weil der Verein sich für das Eisenacher Programm erklärt hatte. Die Stadtverordneten beschlossen wenige Tage darauf nach einer heftigen Debatte mit 27 gegen 16 Stimmen, dem Beschluß des Rats beizutreten. An demselben Abend wählte mich der Verein wieder mit 121 gegen 20 Stimmen zu seinem Vorsitzenden.

*

Die Agitation zur Ausbreitung der Partei wurde seit Eisenach von uns in ganz Deutschland mit allen Kräften betrieben. Unter den zahlreichen Versammlungen, die auch ich abhielt, waren zwei in Plauen im Vogtland gegen Dr. Max Hirsch dadurch von besonderem Interesse, daß der Inhalt meiner Reden zu einer neuen Anklage gegen mich wegen Verbreitung staatsgefährlicher Lehren Veranlassung gab. Als dann noch vor Erledigung dieser Anklage das Strafgesetzbuch für den Norddeutschen Bund Geltung erlangte, das diese Bestimmung des sächsischen Strafgesetzes nicht enthielt, wurde das Material in dem nachher eingeleiteten Hochverratsprozeß wider mich verwertet. Diese Versammlungen, die an zwei Abenden hintereinander stattfanden, weil in der ersten die Debatte nicht zu Ende kam, endeten mit einer vollständigen Niederlage Dr. Max Hirschs, der damals Vertreter für den Plauener Wahlkreis im Norddeutschen Reichstag war. Zwei Jahre zuvor war ich Dr. Max Hirsch auch in seiner Vaterstadt Magdeburg entgegengetreten und hatte ihm hier ebenfalls eine große Niederlage beigebracht. In einer späteren Magdeburger Versammlung, in der ich Schweitzers Treiben scharf kritisierte, warf ein fanatischer Zimmerer ein Bierglas nach mir, das hart an meinem Kopf vorbeiflog und an der Wand zerschellte. Wäre ich getroffen worden, so würde ich höchst wahrscheinlich einen Schädelbruch davongetragen haben. Diese Zeilen wären dann wohl nicht geschrieben worden. Das waren eben Liebenswürdigkeiten, mit denen sich damals die feindlichen Brüder traktierten.

*

Der Stuttgarter Kongreß der Sozialdemokratischen Arbeiterpartei war von uns auf den 4. bis 7. Juni einberufen worden. Anwesend waren 74 Delegierte. Unter den Gästen befand sich auch *Eduard Vaillant* mit seinem Freunde Dr. Mülberger, deren Bekanntschaft ich damals machte. Nach den Bestimmungen der norddeutschen Bundesverfassung mußten Ende August 1870 die Neuwahlen zum Reichstag stattfinden – die nachher der Ausbruch des Deutsch-Französischen Krieges verhinderte – und so war die Frage der Taktik bei den Wahlen ein Hauptthema in den Verhandlungen. Liebknecht und ich, die wir über die praktische Beteiligung im Parlament in Meinungsverschiedenheiten geraten waren, worüber ich noch an anderer Stelle berichte, hatten uns auf folgende Resolution verständigt:

»Die Sozialdemokratische Arbeiterpartei beteiligt sich an den Reichs- und Zollparlamentswahlen lediglich aus agitatorischen Gründen. Die Vertreter der Partei im Reichstag und Zollparlament haben, soweit es möglich, im Interesse der arbeitenden Klasse zu wirken, im großen und ganzen aber sich negierend zu verhalten und jede Gelegenheit zu benutzen, die Verhandlungen beider Körperschaften in ihrer ganzen Nichtigkeit zu zeigen und als Komödienspiel zu entlarven.

Die Sozialdemokratische Arbeiterpartei geht mit *keiner* anderen Partei Allianzen oder Kompromisse ein, dagegen empfiehlt der Kongreß bei den Wahlen zum Reichstag und Zollparlament da, wo die Partei einen eigenen Kandidaten nicht aufstellt, solchen Kandidaten ihre Stimme zu geben, die wenigstens in politischer Hinsicht wesentlich unseren Standpunkt einnehmen. Namentlich empfiehlt der Kongreß in *den* Bezirken, wo die Partei von Aufstellung eigener Kandidaten absieht, von anderen Parteien aufgestellte wirkliche Arbeiterkandidaten zu unterstützen.«

Werth-Barmen beantragte, die Nichtbeteiligung an den Wahlen auszusprechen; die Resolution sei inkonsequent. Dieser Antrag wurde abgelehnt und unsere Resolution angenommen.

Darauf kam die Grund- und Bodenfrage zur Verhandlung, für die ich Berichterstatter war. Die von mir vorgeschlagene Resolution lautete:

»In Erwägung, daß die Erfordernisse der Produktion wie die Anwendung der Gesetze der Agronomie – wissenschaftliche Bewirtschaftung des Bodens – den Großbetrieb beim Ackerbau erheischen und, ähnlich wie in der modernen Industrie, die Einführung von Maschinen und die Organisation der ländlichen Arbeitskraft notwendig machen, und daß im allgemeinen die moderne ökonomische Entwicklung den Großbetrieb im Ackerbau erstrebt; – in Erwägung, daß demgemäß bei dem Ackerbau wie bei der Großindustrie die allmähliche Verdrängung der kleinen und mittleren Eigentümer durch die Großbesitzer vor sich geht, das Elend und das Abhängigkeitsverhältnis der weitaus größten Mehrzahl der Ackerbaubevölkerung zugunsten einer kleinen Minorität stetig zunimmt und dies den Gesetzen der Humanität und Gerechtigkeit zuwiderläuft – in Erwägung, daß die produktiven Eigenschaften des Bodens, die keine

Arbeit erheischen, das Material aller Produkte und aller brauchbaren Dinge bilden, spricht der Kongreß die Ansicht aus, daß die ökonomische Entwicklung der modernen Gesellschaft es zu einer gesellschaftlichen Notwendigkeit machen wird, das Ackerland in gemeinschaftliches Eigentum zu verwandeln und den Boden von Staats wegen an Ackerbaugenossenschaften zu verpachten, welche verpflichtet sind, das Land in wissenschaftlicher Weise auszubeuten und den Ertrag der Arbeit nach kontraktlich geregelter Übereinkunft unter die Genossenschafter zu verteilen. Um die vernünftige und wissenschaftliche Ausbeutung des Grund und Bodens zu ermöglichen, hat der Staat die Pflicht, durch Einrichtung entsprechender Bildungsanstalten die nötigen Kenntnisse unter der ackerbautreibenden Bevölkerung zu verbreiten. Als Übergangsstadium von der Privatbewirtschaftung des Ackerlandes zur genossenschaftlichen Bewirtschaftung fordert der Kongreß, mit den Staatsdomänen, Schatullengütern, Fideikommissen, Kirchengütern, Gemeindeländereien, Bergwerken, Eisenbahnen usw. zu beginnen, und erklärt sich deshalb gegen jede Verwandlung des oben angeführten Staats- und Gemeinbesitzes in Privatbesitz.«

Der Schlußsatz der Resolution wurde mehrfach angefochten, man solle nicht ins Detail gehen. Schließlich aber wurde der Resolution zugestimmt.

Da um jene Zeit in Wien der Hochverratsprozeß gegen die Führer der österreichischen Arbeiter, Oberwinder, Andreas Scheu, Johann Most usw. bevorstand, ferner die österreichische Regierung die Führer der Arbeiterbewegung mit fanatischem Haß verfolgte und der »Sozialdemokrat« fortfuhr, Liebknecht als Agenten der österreichischen Regierung anzugreifen, schlug ich folgende Resolution vor:

»Der Kongreß erklärt, daß die österreichische Regierung durch ihre Haltung gegenüber der Arbeiterbewegung und durch die aller Menschlichkeit hohnsprechende Behandlung der eingekerkerten Arbeiter sich den Haß und die Verachtung der Arbeiter aller Nationen erworben hat.«

Die Resolution wurde unter stürmischem Beifall des Kongresses angenommen.

Als Kongreßort für das Jahr 1871 wurde Dresden gewählt.

Schweitzers Ende

Während die geschilderten Vorgänge sich zutrugen, setzte der »Sozialdemokrat« seine Angriffe mit ungeschwächten Kräften und ohne Bedenken über die Wahl der Kampfmittel gegen uns fort. So war es zum Beispiel jetzt bei ihm Sitte geworden, daß er beständig Artikel aus dem nationalliberalen *Frankfurter Journal«*, das ein Organ unserer Partei sei, abdruckte und gegen uns verwertete. Die Verlogenheit konnte kaum weitergetrieben werden. Aber es kam noch besser.

Unter dem Datum des 3. Juli veröffentlichte der »Volksstaat« einen Aufruf des Braunschweiger Ausschusses, worin dieser aufforderte, die Vorbereitungen zu den Reichstags- und Zollparlamentswahlen zu treffen, wobei er entsprechend den Beschlüssen des Stuttgarter Kongresses darauf hinwies, daß in Wahlkreisen, in denen wir selbst keinen Kandidaten aufstellten, zu erwägen sei, ob nicht dem Kandidaten einer anderen Arbeiterpartei mit unseren Stimmen zum Siege verholfen werden könne. Der Braunschweiger Ausschuß ahnte damals nicht, daß schon am Tage vorher, den 2. Juli, in einer Vorstandssitzung des Allgemeinen Deutschen Arbeitervereins in Hannover Schweitzer Anträge eingebracht hatte, denen der Vorstand seine Zustimmung erteilt hatte, die folgendermaßen lauteten:

»1. Bei der engeren Wahl zwischen einem Reaktionär (Konservativen) und einem Liberalen: Stimmabgabe für den Liberalen.

2. Bei der engeren Wahl zwischen einem Reaktionär und einem Volksparteiler (Ehrlichen, womit er uns meinte): *Stimmenthaltung.*

3. Bei der engeren Wahl zwischen zwei Liberalen: Stimmabgabe für den weitergehenden Kandidaten.

4. Bei der engeren Wahl zwischen einem Liberalen und einem *Volksparteiler (Ehrlichen): Stimmabgabe für den Liberalen.«*

Die ersten drei Punkte waren einstimmig, der vierte gegen vier Stimmen angenommen worden.

Man kann sich die Empörung vorstellen, die uns ergriff, als wir diesen Beschluß lasen, den wir als eine *Infamie ersten Ranges* ansahen. Es war klar, daß Schweitzer und Tölcke den fanatischen Haß der Vorstandsmitglieder gegen uns benutzt hatten, um diesen infamen Beschluß, der die der Bismarckschen Politik am feindlichsten gegenüberstehende Partei

traf, durchzusetzen. Richter-Wandsbeck hat später erklärt, *er habe* gegen
*den Antrag gestimmt, weil er gewußt, daß Schweitzer ihn im Auftrag der
Regierung gestellt habe.* Ich lasse das dahingestellt sein. Zweifellos entsprach aber dieser Beschluß *den Wünschen Bismarcks,* und das genügte.

Sobald der Beschluß in unseren Reihen bekannt wurde, erließ der
Braunschweiger Parteiausschuß unterm 11. Juli einen Aufruf, in dem es
hieß: »daß ungeachtet jenes Beschlusses unsere Parteigenossen, wo dies
im Interesse der Arbeitersache liege, *den Kandidaten des Allgemeinen
Deutschen Arbeitervereins unterstützen sollten, treu dem Gedanken, daß
die Organisation dazu da sein solle, die Einigung aller sozialdemokratischen
Arbeiter zu ermöglichen«.* Im weiteren hieß es alsdann:

»Dem Herrn v. Schweitzer aber, der in der gehässigsten und verwerf-
lichsten Weise Arbeiter gegen Arbeiter, Sozialdemokraten gegen Sozialdemokraten zu hetzen sucht, sind wir um der Arbeitersache verpflichtet,
mit aller Energie entgegenzutreten. Daher fordern wir die *Parteigenossen
in Barmen-Elberfeld,* dem klassischen Boden für diesen Kampf, auf, die
nötigen Schritte in dieser Richtung ohne Säumen zu tun; *die Partei ist
schuldig und verbunden, die allgemeine Bewegung von einem Menschen
zu säubern, der, unter dem Deckmantel einer radikalen Gesinnung, bisher
im Interesse der preußischen Staatsregierung alles getan hat, dieser Bewegung zu schaden.* Die Partei wird den Genossen in Barmen-Elberfeld zur
Seite stehen. Nun kräftig vorwärts!«

Am 13. Juli mußte der »Sozialdemokrat« bekanntmachen, daß sein
Format verkleinert werden müsse, weil die verlangten 500 neuen Abonnenten nicht gekommen seien. Das war die Antwort auf die prahlerische
Ankündigung am Schlusse des Vorjahres, das Format des Blattes zu
vergrößern. Die Zahl habe sich kaum um 100 vermehrt. Bald darauf
mußte aber sowohl der »Sozialdemokrat« wie der »Volksstaat«, der Ende
März 1870 2000 Abonnenten hatte, weitere Raumbeschränkungen eintreten lassen. Es brach plötzlich der Deutsch-Französische Krieg aus, der
von beiden Fraktionen zahlreiche Parteigenossen unter die Waffen rief,
andere durch hereinbrechende Arbeitslosigkeit brotlos machte.

Auf die Ursachen und die Entwicklung dieses Krieges komme ich in
anderem Zusammenhang zu sprechen. Liebknecht und ich betrachteten
denselben als einen solchen, an dem Napoleon und Bismarck gleichmäßig
schuldig seien, und enthielten uns bei der verlangten Kriegsanleihe der

Abstimmung, was wir durch eine Erklärung zu den Akten des Reichstags motivierten. Anders Schweitzer und Genossen. Nach Schweitzer war der Krieg nicht nur ein Krieg gegen das deutsche Volk, *sondern gegen den Sozialismus.* Und jeder Deutsche, der sich dem Friedensbrecher entgegenwerfe, kämpfe nicht nur fürs Vaterland, *sondern auch gegen den Hauptfeind der Ideen der Zukunft, für Freiheit, Gleichheit und Brüderlichkeit.*

Den Sozialismus mit dem Kriege in Verbindung zu bringen, war zwar grandioser Blödsinn, aber in jener aufgeregten Zeit, in der der größte Unsinn geglaubt wurde, wenn er sich gegen uns richtete, lag Methode in diesem Verhalten.

Mitten in die Kriegswirren traf die Nachricht aus Wien ein, daß Oberwinder, Andreas Scheu, Most und Papst wegen Hochverrats, ersterer zu sechs Jahren, die anderen zu fünf bis drei Jahren Zuchthaus, verschärft für jeden durch einen Fasttag im Monat, verurteilt worden seien. Außerdem wurde für Oberwinder und Most die Ausweisung aus den österreichischen Ländern nach verbüßter Strafe ausgesprochen. Die übrigen Angeklagten wurden zu geringeren Strafen verurteilt. Ein Hauptanklagepunkt war die Beteiligung am Eisenacher Kongreß (Oberwinder und Scheu) und die Anerkennung des Eisenacher Programms, das durch Gewalt durchgesetzt werden könne.

An der Hatz, die jetzt gegen uns seitens fast der gesamten Presse wegen unseres Verhaltens im Reichstag inszeniert wurde, beteiligte sich der »Sozialdemokrat« in hervorragendem Maße, der uns »Landesverräter« und ähnliche schöne Titel anhängte. Damit nicht genug, sandte Schweitzer verschiedene seiner Agitatoren nach Leipzig, die dort die Massen gegen uns aufhetzen sollten. Zunächst kam Hasenclever, dessen Versammlung durch ein Plakat angekündigt wurde, in dem es hieß: »Sämtliche Arbeiter, Bürger und Bewohner der Stadt werden zu dieser Versammlung freundlichst eingeladen. Während unsere Truppen im Felde stehen, scheint eine öffentliche Kundgebung des echt deutschen Sinnes unserer Einwohnerschaft einzelnen undeutschen Elementen gegenüber, die sich auch hier bemerklich machen, dringend geboten. Der Bevollmächtigte des Allgemeinen Deutschen Arbeitervereins.«

Hasenclever machte aber schlechte Geschäfte; wir hatten die Mehrheit in der Versammlung, und so wurde die von uns vorgeschlagene Resolution angenommen. Weit schlimmer ging es in der Versammlung zu, in der nach ihm Wolf-Hamburg und Armborst-Stettin sprechen sollten.

Hier kam es sofort zu tumultuarischen Szenen, die bald in ein Handgemenge ausarteten, dem der erschreckte Wirt durch Ausdrehen der Gasflammen ein Ende bereitete. Als wir nach der Versammlung in unserem Vereinslokal uns zusammenfanden, kam die Kunde, die Schweitzerianer seien nach Liebknechts Wohnung gezogen, um diesem die Fenster einzuwerfen. Im Sturmschritt eilten wir auf dem kürzesten Wege nach Liebknechts Wohnung, kamen aber leider einige Minuten zu spät. In der Tat waren Liebknecht eine Anzahl Fensterscheiben eingeworfen worden, und war dadurch Frau Liebknecht, die ahnungslos in der Stube saß und ihrem ersten Sprößling die Brust reichte, aufs tiefste erschreckt worden. Voll Zorn eilten wir den Attentätern nach und erreichten sie in der Nähe der inneren Stadt, worauf sie regelrecht verprügelt wurden. Kurz darauf meldete der »Sozialdemokrat« die Heldentat seiner Anhänger mit den Worten:

»Der Volkszorn gegen das landesverräterische Treiben der Volkspartei hat einen Ausbruch gefunden. Liebknecht sind die Fenster eingeworfen worden.«

Einige Tage später hatten mir eine Anzahl Studenten eine ähnliche Ovation zugedacht. Zu dem Fenstereinwurf sollte noch eine Katzenmusik kommen. Zum Glück wohnte ich hinten im Hofe im Hause eines Großkaufmanns. Sobald der Hauswart erfuhr, was die eines Abends heranziehenden Studenten beabsichtigten, schloß er rasch das Tor; so mußten sie unverrichteter Sache abziehen.

Alle diese Hetzereien, die weiter aufzuzählen sich nicht lohnt, erregten derart meine Wähler, daß diese, meist arme Teufel, sich veranlaßt sahen, mir einen silbernen Lorbeerkranz, begleitet von einem Uhlandschen Sinngedicht, zu überreichen. Würde ich von dieser Absicht eine Ahnung gehabt haben, ich hätte ihre Ausführung verhindert.

Ende August 1870 machte Tölcke im »Iserlohner Kreisblatt« bekannt, daß er vorläufig die Politik an den Nagel gehangen und sich als Volksanwalt niedergelassen habe. Damit war eine der festesten Säulen Schweitzers geborsten. Aber jetzt trat auch im »Sozialdemokrat« plötzlich eine Schwenkung ein, der Draht nach oben war offenbar zerrissen. Der Krieg mit seinen ununterbrochenen Siegen der deutschen Waffen führte Süddeutschland und fast das gesamte Bürgertum Norddeutschlands zu den Füßen Bismarcks. Selbst in den Kreisen der süddeutschen Volkspartei feierte der Chauvinismus wahre Orgien. Jetzt konnte ein Schweitzer Bismarck mehr schaden als nützen; es hatte keinen Zweck mehr, ihn zu halten.

Am 31. August wendete sich der »Sozialdemokrat« gegen eine gewaltsame Annexion von Elsaß-Lothringen. Anfang September, nach der Gefangennahme Napoleons, sprach er sich für Abschluß eines Waffenstillstandes und gegen den Gedanken einer Wiedereinsetzung Napoleons aus. Genau also wie wir im »Volksstaat«. Am 14. September veröffentlichte der »Sozialdemokrat« einen Leitartikel, in dem er sich gegen die stehenden Heere aussprach und sich dabei auf Gneisenau berief.

Als er die Verhaftung August Geibs in Hamburg meldete, der das Schicksal des Braunschweiger Ausschusses teilte, dessen Mitglieder man mit Ketten gefesselt nach der Festung Lötzen geschleppt hatte, bemerkte er ingrimmig, Liebknecht und Bebel, die andere für sich die Kastanien aus dem Feuer holen ließen, befänden sich als Haupthetzer in Sicherheit. Er brauchte nicht allzulange zu warten, und seine Sehnsucht nach unserer Verhaftung wurde gestillt. Als dann auch Johann Jacoby und Herbig-Königsberg verhaftet und ebenfalls nach Lötzen geschleppt wurden, wendete sich jetzt der »Sozialdemokrat« gegen diese Verhaftung. Anfang November 1870 meldete das Blatt, daß Petzold-Leipzig, einer seiner fanatischsten Anhänger, aus dem Vorstand des Allgemeinen Deutschen Arbeitervereins ausgetreten sei. Er wollte von Schweitzer nichts mehr wissen.

Für den 24. November war der Reichstag wieder einberufen worden, um unter anderem über eine neue Geldbewilligung für Fortsetzung des Krieges zu beschließen. Jetzt kündigte der »Sozialdemokrat« an, daß diesmal die Abgeordneten der Partei *gegen* die Geldbewilligung stimmen würden. Der Krieg, der anfangs ein Verteidigungskrieg gewesen, sei jetzt zu einem Eroberungskrieg geworden. Er war also nunmehr auch hierin auf unserem Standpunkt. Bei den außerordentlich heftigen Debatten, die Liebknecht und ich beständig im Reichstag provozierten, verhielten sich Schweitzer und Genossen vollkommen schweigsam, sie griffen mit keinem Worte in die Debatte ein. Nur als Liebknecht in einer Rede sich gegen die Unterstellung wandte, wir seien mehr die Freunde Frankreichs als Deutschlands, und bemerkte: Ich will lieber der gute Bruder des französischen Volkes als der gute Bruder des Schurken Napoleon sein, rief Schweitzer ein lautes Bravo! Bravo! dazwischen. Das war die einzige Äußerung, die er in den Kriegsdebatten machte.

Am 17. Dezember wurden Liebknecht, Hepner (der Mitredakteur des »Volksstaat«) und ich in unseren Wohnungen polizeilich überfallen, und nachdem eine Durchsuchung unserer Wohnungen stattgefunden hatte, wurden wir für verhaftet erklärt und in Untersuchungshaft abgeführt. Wir waren also, da die Untersuchungshaft bis Ende März 1871 dauerte, während des Wahlkampfes, der nach Neujahr einsetzte, vollständig lahmgelegt, das verhinderte aber Herrn v. Schweitzer nicht, am 8. Januar im »Sozialdemokrat« nochmals die Mitglieder des Allgemeinen Deutschen Arbeitervereins darauf hinzuweisen, daß der Beschluß des Vereinsvorstandes vom 2. Juli des verflossenen Jahres betreffend ihr Verhalten bei engeren Wahlen sich gegen uns, die Eisenacher Ehrlichen, richte. Das brachte dieser Mensch fertig, während wir in strengster Einzelhaft hinter Schloß und Riegel saßen und Staatsanwalt und Richter einen Hochverratsprozeß gegen uns zusammenbrauten.

Aber die Leipziger Mitglieder des Allgemeinen Deutschen Arbeitervereins besaßen zuviel Ehrgefühl und Klassenbewußtsein, um diesem Winke zu folgen; sie machten mit unseren Parteigenossen gemeinsame Sache, indem sie mich als Kandidaten für Leipzig aufstellten. Auch weigerte sich eine Anzahl Kandidaten des Allgemeinen Deutschen Arbeitervereins, eine Erklärung zu unterschreiben, worin sie sich in ihrer Taktik bei einer engeren Wahl gegen uns festlegen sollten. Herr v. Schweitzer hatte wieder einmal den Bogen überspannt.

Am 3. März 1871, dem Tage des Friedensschlusses, der mit Berechnung als Wahltag gewählt worden war, veröffentlichte der »Sozialdemokrat« einen Leitartikel, der die größte Siegeszuversicht atmete. Aber am Abend jenes Tages wurde gemeldet, daß nirgends ein Sieg erfochten worden war und Schweitzer in Barmen-Elberfeld mit dem Kandidaten der Konservativen, Herrn v. Kusserow, in engere Wahl komme. Es war dieses derselbe Herr v. Kusserow, der im Herbst 1867 an Schweitzer 400 Taler zahlte als Wahlkostenbeitrag der Konservativen für seine Wahl. In der engeren Wahl unterlag Schweitzer mit 8477 gegen 9540 Stimmen. *Diese Niederlage brachte bei ihm den Entschluß zur Reife, sich vom öffentlichen Leben zurückzuziehen,* was wohl am deutlichsten für seinen Charakter spricht. In einer langen Ansprache im »Sozialdemokrat« vom 26. März »An die Partei« kündigt er an, *er könne die Leitung fortan nicht beibehalten,* sein Entschluß sei unwiderruflich. Indem er auf das Wahlergebnis hinweist, bemerkt er, daß dasselbe zwar nicht die *Ursache* seines Rücktritts sei, aber es gebe ihm allerdings Gelegenheit, den längst beabsichtigten Rücktritt zu verwirklichen. Zahlreiche Parteigenossen in seiner Umgebung könnten bezeugen, daß er schon seit einem Jahre hierzu entschlossen sei. Er werde sein Amt bis zur nächsten Generalversammlung beibehalten, und nachdem die Partei ihn von seiner Geschäftsgebarung entlastet habe, die Gewalt in die Hände der höchsten Behörde der Partei niederlegen.

Der eigentliche Grund seines Rücktritts sei, er habe lange Jahre hindurch Zeit, Arbeitskraft, Seelenruhe und Geld für die Arbeiterpartei geopfert. Niemand könne ihm zumuten, diese Opfer weiter fortzusetzen … Er habe das Seinige getan, habe lange genug auf dem Posten gestanden, um verlangen zu dürfen, daß Ablösung stattfinde.

Diese Ankündigung war für den Verein wie für die Gegner Schweitzers eine Überraschung. Bisher hatte sein Gebaren nicht gezeigt, daß er es satt habe, auf dem Posten weiter zu stehen, auf den der Verein ihn gestellt. Alle seine Maßnahmen bewiesen *das Gegenteil.* Es mag zugegeben werden, daß er sich seit einem Jahre mit dem Gedanken eines eventuellen Rücktritts trug und ihn auch diesem oder jenem aus seiner Umgebung gegenüber äußerte. Aber ernsthaft daran geglaubt hat wohl niemand. Was seinen Entschluß zunächst hervorgerufen haben mochte, waren wohl die Erfahrungen in Barmen-Elberfeld und der Verlauf der Berliner Generalversammlung im Januar 1870, die ihm beweisen mußten, daß es ihm *nie* gelingen werde, das volle Vertrauen des Vereins zu erwerben, ja daß im Gegenteil das Mißtrauen und die Unzufriedenheit mit seiner Leitung und seinem Verhalten wuchs. Er hatte doch zu viel Anklagematerial geliefert, zu sehr durch zahlreiche Handlungen Kopfschütteln und Mißfallen erregt, als daß man schließlich es noch fertigbrachte, wegen der glänzenden Eigenschaften, die er als Parteiführer besaß, über das Vorgekommene hinwegzusehen, wie das bisher geschehen war. Diesen Eigenschaften zuliebe hatte man ihm vieles verziehen, was der Verein unter anderen Umständen sich niemals würde haben bieten lassen. Aber dieses Maß von Nachsicht ging auf die Neige. Andererseits erkannte er, *daß er auf die Dauer den Krieg gegen uns mit Aussicht auf Erfolg nicht fortführen konnte.* Trotz aller Mängel, die damals unsere Partei noch aufwies in ihrer Organisation und im festen Zusammenschluß ihrer Glieder, die Partei wuchs beständig, und ihr moralisches Ansehen war in den Augen ihrer Gegner unbestritten. Es konnte also bald der Tag für ihn kommen, an dem er einen Friedensschluß mit uns suchen *mußte,* was einer Verurteilung seines ganzen bisherigen Verhaltens gleichkam. Diesem Gang unter das kaudinische Joch, als das er ihm erschien, wollte er sich nicht unterwerfen. Dieser Möglichkeit zog er die Preisgabe seiner Stellung im Allgemeinen Deutschen Arbeiterverein vor, die auch nach oben hin haltlos geworden war.

Schweitzer hatte auch bereits die Fühler für die Gewinnung einer bürgerlichen Stellung ausgestreckt. Im Januar 1871 war ein dreiaktiges Drama von ihm, betitelt »Kanossa«, über eine Berliner Bühne gegangen, wodurch er zeigte, daß bei ihm dramatisches Geschick vorhanden war. Auf diesem Gebiet arbeitete er nunmehr weiter.

*

Am 30. April hatte ein Teil des *Lassalle*schen Allgemeinen Deutschen Arbeitervereins seine Auflösung und seinen Übertritt in unsere Partei beschlossen. Auch August Kühn, damals in Bremen, trat in einem »Offenen Brief« für eine Einigung der verschiedenen Fraktionen ein, die namentlich hinsichtlich der gewerkschaftlichen Bewegung eine absolute Notwendigkeit sei.

Die Generalversammlung des Allgemeinen Deutschen Arbeitervereins war vom 30. April auf den 19. Mai vertagt worden. Aber Ende April ließ Schweitzer den »Sozialdemokrat« eingehen, so daß nunmehr der Verein ohne Organ war.

Auf dieser Generalversammlung nahmen namentlich die Verhandlungen über die Kassenzustände einen sehr weiten Raum ein; sie endeten damit, daß ein Antrag *Frohmes* einstimmig angenommen wurde, lautend, *»dem Präsidenten eine Rüge zu erteilen* wegen der teilweise höchst unzweckmäßigen Verwendung der Gelder für die Agitation«. Im Laufe der weiteren Verhandlungen setzte Schweitzer auseinander, daß finanzielle Gründe ihn gezwungen hätten, den »Sozialdemokrat« Ende April eingehen zu lassen. Er hob dabei hervor, *daß der »Sozialdemokrat« zu keiner Zeit seine Kosten gedeckt habe,* also auch kein Redaktionsgehalt ihm einbringen konnte. Ein Delegierter gab an, daß vom 1. Oktober 1870 bis 1. Januar 1871 der »Sozialdemokrat« zirka 1700 Abonnenten verlor. Der »Volksstaat« verlor in der gleichen Zeit 300. Die Generalversammlung beschloß, den »Sozialdemokrat« in der alten Form wieder erscheinen zu lassen, und zwar als Vereinseigentum. Das Blatt erschien unter dem Titel »Neuer Sozialdemokrat« vom 1. Juli ab. Ferner wurde beschlossen, eine Verwaltungs- und Beschwerdekommission von drei Mitgliedern

108

einzusetzen. An Stelle Schweitzers wurde Hasenclever zum Vereinspräsidenten gewählt, Hasselmann wurde erster Redakteur, Derossi Sekretär. Der Präsident wurde von jetzt ab mit 50 Talern monatlich honoriert.

Schließlich sprach die Generalversammlung *einstimmig Schweitzer ihren herzlichen Dank aus für seine tatkräftige Leitung der Partei und bedauerte, ihn nicht länger auf diesem Posten und an ihrer Spitze zu haben.* Offenbar wollte man ihm eine goldene Brücke bauen und die Genugtuung verbergen, die sein Rücktritt bei vielen seiner früheren Anhänger hervorrief.

Zu diesem einstimmigen Vertrauensvotum standen die Verhandlungen im *grellen Widerspruch,* die im nächsten Jahr auf der Generalversammlung des Vereins zu Berlin vom 22. bis 25. Mai 1872 gepflogen wurden. Auf dieser wurde das Protokoll der Vorstandssitzung in Hannover vom 3. März 1872 verlesen, auf der Tölcke, der frühere Vertrauensmann Schweitzers, ausgeführt hatte:

»Wenn man die Geschichte des Vereins betrachte, so falle es einem in die Augen, daß jedesmal, wenn derselbe in die Höhe ging, irgendein Experimentchen gemacht wurde, das ihn wieder herunterbrachte.«

Worauf ihm mit Recht geantwortet wurde, daß er diese Experimente mitgemacht, aber bisher geschwiegen habe. Weiter äußerte Tölcke:

»Schweitzer habe keine Vereinskarten drucken lassen, weil er das einkommende Geld sofort selbst konsumierte. Er (Tölcke) habe den Agitatoren das doch nicht schreiben können, dann wären immer neue Risse in der Partei entstanden. Aurin habe damals gesagt, die Verbandskasse sei nicht in Ordnung; das sei richtig gewesen, da Schweitzer 500 Taler aus der Verbandskasse genommen und zu einem Bankier getragen habe. Man habe in Rücksicht auf die Partei darüber geschwiegen.«

Weiter erzählte Tölcke:

»Schweitzer stehe mit dem Polizeipräsidium in Verbindung und hinterbringe demselben alles, was passiere. Schweitzer habe ihm kurz vor dem Antritt seiner Haft in Rummelsburg gesagt, daß er (Redner) sich zu jeder Zeit, wenn etwas passiere, an das Polizeipräsidium wenden könne; er sei auch mit ihm dorthin gegangen und habe ihn daselbst vorgestellt, wobei

109

Schweitzer eine große Kenntnis der Räumlichkeiten dort entwickelte. Nachher sei er mit ihm um den ganzen Hof herumgegangen, wo sämtliche Hauptleute usw. aufgepflanzt waren und den Doktor freundlich grüßten. Dann sagte ihm Schweitzer auch, daß er (Redner) jederzeit zum Minister des Innern kommen könne.«

Hierauf wurde Tölcke abermals mit Recht erwidert, er habe die Partei immer im Dunkeln tappen lassen, noch auf der vorigen Generalversammlung habe er Schweitzer verteidigt. Ein anderer Redner meinte, nach seinen eigenen Angaben sei Tölcke ein weit *schlimmerer Verräter* als Schweitzer. Ein dritter Redner äußerte:

»Er bemerke die Anwesenheit Doktor Schweitzers und frage an, ob auch Nichtmitglieder anwesend sein dürfen. Könne sich Schweitzer weder als Mitglied noch als überwachender Polizeibeamter ausweisen, so habe er ohne weiteres das Lokal zu verlassen.«

Es wird konstatiert, daß Schweitzer seit seinem Rücktritt vom Präsidium keine Beiträge mehr bezahlte, also kein Mitglied des Vereins mehr sei. Schweitzer verließ hierauf das Lokal.

Lingner beantragte alsdann, einen Beschluß zu fassen, daß Schweitzer nicht mehr in den Verein aufgenommen werden dürfe, er wolle ihn ausgeschlossen wissen.
Bei der Abstimmung wurde der Antrag, *daß Schweitzer nicht mehr in den Allgemeinen Deutschen Arbeiterverein aufgenommen werden könne, mit 5595 gegen 1177 Stimmen bei 1209 Enthaltungen angenommen.*

So endete Schweitzers politische Laufbahn. Er war preisgegeben und verurteilt selbst von denen, die ihm viele Jahre ein fast unbegrenztes Vertrauen schenkten oder wie Tölcke seine Helfershelfer waren. Mayer meint in seinem von mir mehrfach zitierten Buche über Schweitzer, es wären die literarischen Gefälligkeiten gegen den konservativen Sozialpolitiker Rudolf Meyer gewesen, die Schweitzers Ausschluß aus dem Verein herbeigeführt hätten. Das ist ein Irrtum, *so* empfindlich war man in jener Zeit im Allgemeinen Deutschen Arbeiterverein nicht. Auch hätte alsdann *Hasenclever* ausgeschlossen werden müssen, der, wie *allbekannt* war, damals ebenfalls mit Rudolf Meyer im Verkehr stand. Dieser Verkehr wäre aber auch kein Grund zu einem Ausschluß aus der Partei gewesen. Haben doch auch Fr. Engels und ich später zu Rudolf Meyer in persönlichen Beziehungen gestanden, der 1893 in Prag unser Führer durch die Stadt war. Ich meine, an den gewichtigsten Gründen für den betreffenden Beschluß gegen Schweitzer mangelte es dem Verein nicht, man brauchte nicht nach anderen zu suchen.

Mit Schweitzer schied eine Persönlichkeit aus dem politischen Leben, die, wenn sie zu ihren sonstigen Eigenschaften auch die Eigenschaften gehabt hätte, *die der Führer einer Arbeiterpartei unbedingt haben muß,* Selbstlosigkeit, Ehrlichkeit und volle Hingabe an die zu vertretende Sache, unbestreitbar der erste Führer der Partei bis an sein Lebensende geblieben wäre, wie ich das schon hervorhob. Man mag diese großen Fehler seiner Persönlichkeit bedauern, übersehen durfte man sie nicht. Unter den damaligen Verhältnissen wäre er der gegebene Mann gewesen. Viele Jahre erbitterter Kämpfe, in denen Zeit, Kraft, Gesundheit und Geld zur Freude der gemeinsamen Gegner verschwendet und verpufft wurden, was wieder ungezählte Kräfte abhielt, sich der Bewegung anzuschließen, wären unmöglich gewesen. Die Saat, die Schweitzer gesät, trug auch weiter ihre Früchte. Wohl hatte er die Ideen des Sozialismus in seltener Klarheit und Lebendigkeit den Massen beizubringen verstanden – das war sein Verdienst, und diese Tätigkeit stand mit der zweideutigen politischen Rolle, die, er spielte, durchaus nicht im Widerspruch –, aber politisch hatte er Unheil gesät, den Fanatismus großgezogen und durch den Apfel der Zwietracht eine dauernde Spaltung und damit die Schwächung der Arbeiterbewegung aufrechtzuerhalten versucht.

Dieses war nach meiner Überzeugung seine eigentliche Aufgabe. Die Richtigkeit derselben wird bestätigt durch die bereits zitierte Äußerung Tölckes auf der Berliner Generalversammlung, »daß bei einem Blick auf die Geschichte des Vereins es in die Augen falle, daß, sobald derselbe in die Höhe ging, irgendein Experiment gemacht worden sei, das ihn wieder herunterbrachte«. Dafür liefert die Geschichte des Vereins zahlreiche Beispiele. Genau so ging es mit den Gewerkschaften. Nachdem ihre Gründung, weil im Zuge der Zeit liegend, unumgänglich war, mußte eine möglichst widersinnige Organisation ihre Entwicklung hemmen. Wenn hier Schweitzer seinen Zweck nicht erreichte, so, weil die Bewegung viel zu gesund war, um sich in spanische Stiefel schnüren zu lassen, sie wuchs ihm über den Kopf.

Der eigentliche Zweck seiner Tätigkeit, und in Bismarcks Augen ihr Hauptzweck, war, *eine der Regierung politisch gefügige Arbeiterbewegung zu schaffen.* Darum wurde als Grenzlinie für ihre Opposition der Standpunkt der Fortschrittspartei festgehalten, jener Partei, die nach Schweitzers Diktum in sozialen Dingen die Partei des Rückschritts war. Daß Schweitzer nach alledem, was ich hier an Tatsachen zusammengestellt habe, im Dienste Bismarcks stand, kann nicht dem geringsten Zweifel mehr unterliegen. Daß man die Summen nicht kennt, die er für seine Rolle bezog, beweist nichts. Dergleichen wird nicht, wie ich wiederhole, auf offenem Markte abgemacht, und daß bei einem Manne wie Schweitzer auch nicht subalterne Beamte damit zu tun hatten, ist sicher. Nach meiner Überzeugung wußte nicht einmal der Berliner Polizeipräsident darüber Genaueres.

Gegen seine Bestechung spricht auch nicht, daß er beständig und bis an sein Lebensende sich mit Gläubigern herumschlagen mußte. In der ersten Zeit des Bismarckschen Preußen waren die Summen nicht allzu hoch, die man für Dienste zahlte, wie Schweitzer sie leistete. Später stand Bismarck der Reptilienfonds zur absoluten Verfügung. Über diesen, der von der ganzen Oppositionspresse angegriffen wurde, *schrieb und sprach bezeichnenderweise Schweitzer nie ein Wort.* Er gehörte andererseits mit seinen sybaritischen Neigungen zu den Leuten, die selbst mit einem Bankdirektoreneinkommen leicht fertig werden. Möglich ist auch, daß er hoffte, und sein Ehrgeiz sprach dafür, zu gelegener Zeit mit einer entsprechenden Stellung in einem der Ministerien oder Reichsämter etwa als Geheimrat für Sozialpolitik angestellt zu werden, von der nach Bismarcks Geständnis seine damaligen Geheimräte nichts verstanden.

Für die Rolle, die Schweitzer spielte, war aber auch unumgänglich notwendig, daß er frei und unabhängig nach eigenem Gutdünken mit dem Verein schalten und walten konnte, an dessen Spitze er stand. *Dazu gehörte die Diktatur.* Die Diktatur, die ihn jeder Kontrolle entzog, die ihm erlaubte, ganz nach eigenem Gutdünken zu handeln, ohne daß er nötig hatte, andere in seine Machenschaften einzuweihen oder gar ihre Zustimmung einholen zu müssen. Das wäre der Tod der Diktatur gewesen und hätte ihm seine Rolle *unmöglich* gemacht. Daher die beständigen kleinen und großen Staatsstreiche, durch die er die Fesseln wieder abstreifte, die eben eine Generalversammlung ihm angelegt hatte. Und da Lassalle infolge seines eigenen Diktatorengelüstes eine Organisation geschaffen hatte, die dem Führer eine diktatorische Gewalt einräumte, *mußte diese Organisation zu einer Pflanze Rührmichnichtan gemacht und Angriffe auf sie zu einer Art Staatsverbrechen gestempelt werden. Die absolute Gewalt des Präsidenten mußte unangetastet bleiben.* Dazu mußte weiter der beständige Kultus mit Lassalle und der von ihm geschaffenen Organisation dienen, ein Kultus, über den der Zyniker heimlich lachte und seine Verachtung gegen diejenigen steigerte, die sich von ihm führen ließen.

Schweitzer hat wie an anderer Stelle so auch Rudolf Meyer gegenüber geklagt über die »Undankbarkeit« der Arbeiter. Diese Klage paßt ganz zu dem Bilde, das er uns zeigt. Er kam eben mit einer ganz falschen Auffassung von seiner Stellung in die Bewegung. Der Führer einer Partei wird wirklicher Führer nur durch das, was er nach seinen Kräften und Fähigkeiten der Partei als ehrlicher Mann leistet. Das Höchste zu leisten, was er vermag, ist die Pflicht und Schuldigkeit eines jeden, der in einer demokratischen Bewegung steht und zu ihr gehört. Durch seine Leistung erwirbt er sich das Vertrauen der Masse, und diese stellt ihn deshalb als Führer an ihre Spitze. Aber nur *als ihren ersten Vertrauensmann, nicht als ihren Herrn, dem sie blindlings zu gehorchen habe. Er ist der erwählte Verfechter ihrer Forderungen, der Dolmetsch ihrer Sehnsucht, ihrer Hoffnungen und Wünsche. Solange der Führer dieser Aufgabe gerecht wird, ist er der Vertrauensmann einer Partei; sieht diese aber, daß sie getäuscht und betrogen und auf Irrwege geführt werden soll, dann ist es nicht nur ihr Recht, sondern ihre Pflicht, dem Führer die Führerschaft zu entreißen und ihm ihr Vertrauen zu nehmen.* Eine Partei ist nicht der Führer wegen da, sondern die Führer der Partei wegen. *Und da jede Machtstellung in sich die Gefahr des Mißbrauchs enthält, hat die Partei die Pflicht, die Handlungen ihrer Führer unter scharfe Kontrolle zu nehmen.*

Schweitzer sah aber die Dinge umgekehrt an, als er sie ansehen mußte. Er fühlte sich als eine Art *Wohltäter,* er sah in der Partei nur das Fußgestell, auf dem er emporstieg, das Mittel, seinen Ehrgeiz, und die Möglichkeit, seine Genußsucht zu befriedigen. Und als ihm dieses Spiel mißlang, klagte er über Undankbarkeit. Die Massen sind aber *nie* undankbar, vorausgesetzt, solange sie an die Ehrlichkeit ihrer Führer glauben. Und sie sind schwer zu überzeugen, daß sie betrogen werden, wenn sie erst jemand ihr Vertrauen schenkten. Dafür gibt es eine Menge Beispiele. Wer über Undankbarkeit der Massen klagt, klage sich selber an. Die Schuld liegt an ihm.

Nachdem Schweitzer das Spiel verloren geben mußte, glaubte er auf einmal seinen Anhängern empfehlen zu sollen, was er, solange er im Besitz seiner Stellung war, aus Leibeskräften verhindert hatte. In einem Flugblatt, betitelt: »An meine persönlichen Freunde im Allgemeinen Deutschen Arbeiterverein«, das er unter dem 2. November 1872 veröffentlichte, trat er mit aller Entschiedenheit *für eine Vereinigung der beiden Parteien* ein. Natürlich konnte er dieses nicht, ohne zuvor zu versuchen, sein früheres Verhalten gegen uns zu rechtfertigen. Nach ihm war jetzt gar kein Zweifel mehr, daß wir eine sozialdemokratische Partei seien, wozu uns aber erst der Übertritt zahlreicher rühriger Mitglieder des Allgemeinen Deutschen Arbeitervereins gemacht, die er aber vordem mit uns in einen Topf geworfen und als Literaten, Schulmeister, Kaufleute, Viertels- und Achtelsintelligenzen bezeichnet hatte. Weiter wandte er sich gegen den Beschluß der letzten Generalversammlung des Allgemeinen Deutschen Arbeitervereins, wonach er nicht mehr Mitglied des Vereins werden dürfe, dessen gefeierter Präsident er jahrelang gewesen sei. Er sah in diesem Beschluß einen unlösbaren Widerspruch zu dem das Jahr vorher ihm von der Generalversammlung erteilten Vertrauensvotum. Er versicherte pathetisch seinen redlichen Willen, mit dem er der Partei gedient habe. Er setzte dann die Nachteile auseinander, die für beide Teile die Spaltung und gegenseitige Bekämpfung mit sich bringe, und forderte zu einem gemeinsamen Kongreß auf, der eine zentralistische Organisation, die nach seiner jetzigen Auffassung das eigentliche Wesen der Lassalleschen Organisation sei, zu schaffen habe. Er fordert, die Einigung zu schaffen »*mit* den Führern, wenn diese wollen, *ohne sie,* wenn sie untätig bleiben, *trotz* ihnen, wenn sie widerstreben«. Man sieht, er konnte auch so.

Schweitzer hatte anfangs den Versuch gemacht, sein Flugblatt im »Volksstaat« zu veröffentlichen. Dieses wurde abgelehnt, nicht weil der Gedanke der Einigung unseren Widerspruch fand, sondern weil namentlich Liebknecht Schweitzer nicht traute. Er sah in dem Flugblatt eine Falle. Mir machte der Vorschlag den Eindruck, daß Schweitzer seine Nachfolger damit ärgern und in Verlegenheit bringen wollte. Im Allgemeinen Deutschen Arbeiterverein versagte die Schweitzersche Aufforderung zur Vereinigung vollständig. Er bekam jetzt in gewissem Sinne am eigenen Leibe zu spüren, was er durch jahrelange Verhetzung gegen uns gesät. Es mußten erst weitere Jahre ins Land gehen, bis unter dem

Zwange innerer und äußerer Umstände die Einigung der deutschen Sozialdemokratie verwirklicht wurde.

Schließlich muß ich noch einige Handlungen Schweitzers erwähnen, die weiter dazu dienen, seinen Charakter in das richtige Licht zu stellen. Die Vorgänge, die sich auf der Generalversammlung des Allgemeinen Deutschen Arbeitervereins zugetragen, wurden natürlich auch der bürgerlichen Presse bekannt, und diese erging sich nunmehr in allerlei Glossen über die Schweitzer bewiesene Undankbarkeit. Darauf veröffentlichte er in der »Berliner Börsenzeitung« eine Erklärung, an deren Schluß es hieß:

»Ich stimme Ihnen daher vollständig zu, wenn Sie sagen, daß der Vorgang bezeichnend sei. Die Formfrage war diesen versammelten ›Führern‹ und ›Agitatoren‹ nur Vorwand. Derartige immer wiederkehrende Beweise von Undankbarkeit sind jedoch sehr erklärlich bei Leuten, von denen leider nur ein sehr kleiner Teil durch die Begeisterung für eine neue Idee bewegt wird, *während weitaus die meisten, wie ich zu meiner Betrübnis beobachten mußte, nur durch den Neid gegen die höheren Gesellschaftsklassen* (den niemand heftiger als er geschürt hatte. A.B.) *oder durch andere unschöne Motive angetrieben werden. Nimmt man dazu den beschränkten Horizont und man wird sich über Erscheinungen des Undankes oder des Blödsinnes nicht weiter wundern.«*

Der »Berliner Volkszeitung« schrieb er auf einen Artikel hin, daß er sich seit seinem Rücktritt von der Präsidentur des Allgemeinen Deutschen Arbeitervereins in keiner Weise aktiv um sozialdemokratische Angelegenheiten gekümmert habe und auch in Zukunft nichts damit zu schaffen haben wolle. Er habe es gründlich sattbekommen. Gründlicher konnte sich Schweitzer selbst nicht bloßstellen, als es durch solche Erklärungen geschah.

Damit hatte er aber seiner Feindseligkeit gegen die Träger der von ihm so viele Jahre geleiteten Bewegung noch nicht genug getan. Fast zu der gleichen Zeit, in der er sein Flugblatt »An meine Freunde im Allgemeinen Deutschen Arbeiterverein« veröffentlichte, erschien auf einer Berliner Bühne ein von ihm verfaßtes Stück, betitelt »Unser großer Mitbürger«, Originalposse mit Gesang in drei Akten und sieben Bildern. In diesem verhöhnte und verspottete er aufs blutigste die Agitatoren des Allgemeinen Deutschen Arbeitervereins, deren Erzieher doch *er* war.

Selbst in der bürgerlichen Presse wurde diese Handlung als Charakterlosigkeit gerügt und verurteilt.

Schweitzer litt jahrelang an Tuberkulose, schließlich suchte er in der Schweiz Heilung seines Leidens. Vergeblich. Am 28. Juli 1875 verschied er an einer Lungenentzündung im zweiundvierzigsten Lebensjahr. Am 7. Oktober desselben Jahres wurde seine Leiche, wie Gustav Mayer erzählt, in der Familiengruft in Frankfurt a.M. beigesetzt. Das Geleite bildeten ausschließlich seine Familienangehörigen und ein katholischer Geistlicher. Von seinen einstigen Anhängern und Bewunderern im Allgemeinen Deutschen Arbeiterverein folgte keiner dem Sarge. Für die Sozialdemokratie war er tot, noch ehe er gestorben war. Eine Grabrede von ihrer Seite hätte keine Lobrede sein können. Auch war dazu die Leichengruft der Familie nicht der Ort. Auch kein Nachruf zeugt davon, daß man des ehemaligen Führers gedachte. So endete einer der bedeutendsten Führer der deutschen Arbeiterbewegung, der sein Schicksal selbst verschuldet hatte.

Beginn meiner parlamentarischen Tätigkeit

Im konstituierenden Norddeutschen Reichstag

Sobald ich die offizielle Anzeige meiner Wahl zum Reichstag in der Tasche hatte, reiste ich mit einigem Herzklopfen am 5. März 1867 nach Berlin. Der Reichstag war bereits am 24. Februar eröffnet worden. Ich ging einer ganz neuen politischen Tätigkeit entgegen. Bis jetzt war mir das parlamentarische Leben noch gänzlich fremd; jemand, der mich hätte über dasselbe unterrichten können, kannte ich nicht. Rechtsanwalt Schraps, der mit mir von der gleichen Partei gewählt worden war, wußte davon so viel wie ich. Doch hinein ins Wasser. Als ich eben die Tür zum alten Herrenhause in der Leipziger Straße, in dem der Reichstag tagte, öffnen wollte, wurde dieselbe von innen geöffnet und heraus trat der Prinz Friedrich Karl, der ebenfalls Mitglied des Reichstags war. Da begegnet der auf der sozialen Stufenleiter Höchste dem Niedersten, dachte ich. Nachdem ich mich auf dem Büro angemeldet hatte, begab ich mich in die Wohnung von Rechtsanwalt Schaffrath und Professor Wigard, an die ich ein Empfehlungsschreiben Professor Roßmäßlers hatte, die ich aber beide persönlich noch nicht kannte, um zu hören, wie es im Reichstag stehe. Beide klagten über ihre preußischen Gesinnungsgenossen, die Fortschrittler, unter denen auch der Beste sich nicht auf einen wirklich freien, demokratischen Standpunkt erheben könne. Auch die partikularistischen Sachsen, Geheimrat v. Wächter und Genossen, hätten sich bereits durch Bismarck ins Bockshorn jagen lassen und wagten nicht mehr ihren konstitutionellen Standpunkt zu vertreten.

Bemerken will ich, daß *damals* die konservativen Sachsen, Hannoveraner usw., die schon ein weit längeres Verfassungsleben hinter sich hatten als die Preußen, konstitutionellen Anschauungen huldigten und in ihrem Lande verwirklicht hatten, die selbst liberale Preußen nicht zu vertreten wagten.

Ich war der ersten Abteilung zugewiesen worden. Für Laien sei bemerkt, daß die Mitglieder des Reichstags durch das Los sieben Abteilungen zugewiesen werden, welche damals noch die Wahlprüfungen endgültig vorzunehmen hatten und wie heute die Fachkommissionen wählen. Aus diesem Grunde muß die Zahl der Kommissionsmitglieder stets durch sieben teilbar sein.

Meiner Frau schrieb ich unter dem 8. März, Schraps und ich bildeten die äußerste Linke und wir säßen dementsprechend. Weiter nach links zu rücken, verhindere uns die Wand, die wollten wir aber doch nicht mit dem Kopfe einrennen.

Unter den Abgeordneten befand sich damals die Elite der norddeutschen Politiker und parlamentarischen Koryphäen. Da sah ich wieder v. Bennigsen, der im Vorjahr dem Abgeordnetentag in Frankfurt a.M. präsidiert hatte; weiter Dr. Karl Braun-Wiesbaden, der Parlamentsspaßmacher wurde und die beste Weinzunge im Reichstag gehabt haben soll; den roten Becker, dessen Bekanntschaft aus dem Jahre 1863 ich erneuerte; Max Duncker, der auf seine Löwenmähne stolz war; v. Forckenbeck, der später Nachfolger Simsons und der parteiischste Präsident wurde, den der Reichstag je hatte; Gustav Freytag, der bekannte Romanschriftsteller; Rudolf Gneist, dem nachher eines Tages der Kriegsminister v. Roon vor dem ganzen Hause das Kompliment machte, er sei ein Mann, der *alles* beweisen könnte, den kleinen Lasker, der mit seinen kurzen Beinchen wie ein Wiesel lief, wenn er zur Tribüne eilte, was häufig vorkam; das ehemalige Mitglied des Kommunistenbundes Miquel, ein feiner Kopf und Redner; Dr. Planck, nachmals Hauptmitarbeiter am Bürgerlichen Gesetzbuch und Kommentator desselben; Eugen Richter, der noch ebenso frostig dreinsah wie 1863, als ich ihn in Frankfurt a.M.

kennenlernte; Dr. Simson, einst einer der Präsidenten des Frankfurter Parlaments, dem man jetzt dieses Amt im Reichstag übertragen hatte; wegen der würdevollen Art, mit der er präsidierte und die Glocke schwang, wurde er scherzweise Jupiter Tonans genannt; Schwerin-Putzar, früher Minister in der »liberalen Ära«, setzte später durch, daß der Reichstag für die Beratung der Initiativanträge seiner Mitglieder einen bestimmten Tag in der Woche, in der Regel den Mittwoch, bestimmte; daher werden diese Tage noch heute im Parlamentsjargon Schwerinstage genannt. Schulze-Delitzsch, Twesten, besonders bekannt geworden durch sein Duell mit Herrn v. Manteuffel; v. Unruh, ein liberaler Reaktionär; Waldeck, der eigentliche Führer der Fortschrittspartei; die beiden Mecklenburger Gebrüder Wiggers, beide ehemalige Revolutionäre, von denen der eine zu den Nationalliberalen, der andere zur Fortschrittspartei gehörte. In der bundesstaatlich-konstitutionellen Fraktion ragte vor allen neben Windthorst-Malinckrodt hervor, der mit der feinste Kopf des späteren Zentrums war. In der Fraktion des Zentrums, das damals aus Altliberalen bestand, saß Georg v. Vincke, der Schrecken der Stenographen. Er war der schnellste Redner des Reichstags. Endlich befand sich auf der äußersten Rechten und als ihr eigentlicher Führer der Geheime Oberregierungsrat Hermann Wagener, eine hohe, hagere Bürokratengestalt, mit einem knochigen, unsympathischen Gesicht und einem unangenehmen Organ.

Eine gewichtige Person war Karl Mayer v. Rothschild, den das annektierte Frankfurt mit Unterstützung der »Frankfurter Zeitung« in den Reichstag geschickt hatte. Rothschild war eine untersetzte, breitschulterige Persönlichkeit mit wohlgepflegtem pechschwarzen Haar und Bart; er trug eine schwere goldene Kette über dem ziemlich stattlichen Bauch und war immer höchst elegant gekleidet. Ich erkannte ihn auf den ersten Blick, ohne je ein Bild von ihm gesehen zu haben. Ähnlich erging es mir im nächsten Reichstag mit Schweitzer. Auch gehörten dem Reichstag die Generale Vogel v. Falckenstein und v. Steinmetz an; sie waren gewählt worden wegen ihrer Kriegstaten im vorhergehenden Jahre.

Mehr aber als alle die Genannten interessierte mich Bismarck, den ich vordem noch nicht gesehen hatte. Er erschien damals im Reichstag fast immer im schwarzen Gehrock, schwarzer Weste und hoher schwarzer Geheimratskrawatte, aus der die weißen Spitzen der Vatermörder hervorsahen. Das Haar, soweit er solches noch besaß, war dunkel, ebenso der kurzgeschnittene Schnurrbart. Nach den drei Haaren, die nach Angabe aller seiner Karikaturenzeichner auf dem im übrigen kahlen Schädel stehen sollten, wie drei Pappeln auf weiter Flur, hielt ich vergebens Ausschau. Entweder waren sie nur in der Phantasie der Zeichner vorhanden gewesen, oder er hatte sie im Verfassungskampf als Trophäe in den Händen seiner Gegner lassen müssen. Ich war sehr begierig, ihn sprechen zu hören, aber nicht wenig enttäuscht, als der Hüne sich erhob und, statt mit einer Löwen- oder Stentorstimme, mit einer Diskantstimme zum Hause sprach. Er prägte lange, sehr verwickelte Sätze, stockte auch zeitweilig ein wenig, sprach aber stets interessant. Was er sagte, hatte Hand und Fuß.

Bismarck hatte sich zwar mit der großen Mehrheit der Liberalen, namentlich den Nationalliberalen ausgesöhnt, aber er war immer noch mißtrauisch gegen sie und fürchtete, daß sie in die alten Fehler der Sucht nach parlamentarischer Macht verfallen und ihm das Leben wieder sauer machen möchten. Den Verfassungsentwurf hatte er deshalb auf seinen eigenen Leib zugeschnitten, aber diesen Entwurf konnten die Liberalen, so sehr sie auch sich zu bescheiden bereit waren, doch nicht ohne einige nicht unerhebliche Änderungen akzeptieren. Schließlich machte er ihnen eine Anzahl Konzessionen, aber in zwei Hauptpunkten, dem eisernen Militäretat und der Verweigerung der Diäten, gaben sie ihm nach. Letztere hätte er sicher auch gewährt, wie er später einmal zugestand, wären die Liberalen, die in der ersten Abstimmung mit erheblichem Mehr die Diäten durchgesetzt hatten, festgeblieben. Aber schon damals wurde das Umfallen, namentlich den Nationalliberalen, zur süßen Gewohnheit. Es wäre undenkbar gewesen, daß Bismarck, wie er drohte, die Verfassung ins Wasser fallen ließ, falls die Diäten in derselben blieben. Diese Blamage konnte er sich vor der Welt nicht zufügen. Im konstituierenden Reichstag bezogen übrigens die Abgeordneten sämtlicher Staaten, mit Ausnahme jener von Preußen, Mecklenburg und Reuß jüngerer Linie, Diäten, so zum Beispiel wir sächsischen Abgeordneten vier Taler pro Tag, die aus der Landesstaatskasse gezahlt wurden.

Dagegen mußte Bismarck in der Sitzung am 28. März, in der der Artikel über das künftige Wahlrecht für den Reichstag zur Beratung stand, dieses verteidigen. Die rechtsnationalliberalen Abgeordneten v. Sybel, Grumbrecht-Harburg und Dr. Meier-Thorn und verschiedene Redner der Rechten hatten Bedenken gegen dasselbe geäußert. Sybel sah in ihm »die Diktatur der Demokratie«. Darauf erklärte Bismarck: »Das allgemeine Wahlrecht ist uns gewissermaßen als ein Erbteil der deutschen

Einheitsbestrebungen überkommen; wir haben es in der Reichsverfassung gehabt, wie sie in Frankfurt entworfen wurde; wir haben es im Jahre 1863 den damaligen Bestrebungen Österreichs in Frankfurt entgegengesetzt, und ich kann nur sagen: *Ich kenne wenigstens kein besseres Wahlgesetz.*«

Er setzte dann auseinander, wie es ganz unmöglich gewesen sei, in dem gründenden Bunde von einundzwanzig Staaten eine andere gemeinsame Basis für ein Wahlrecht zu finden. Oder wolle man etwa das Dreiklassenwahlsystem? »Ja, wer dessen Wirkung und Konstellationen, die es im Lande schafft, etwas in der Nähe beobachtet hat, muß sagen, *ein elenderes, ein widersinnigeres Wahlgesetz ist nicht in irgendeinem Staate ausgedacht worden.*« Er warf diesem Gesetz Willkür und Härte vor. Der Erfinder desselben würde es nie gemacht haben, hätte er sich die praktische Wirkung desselben vergegenwärtigt. Er finde es natürlich, *daß jeder sich als Helot, als politisch tot ansehe, der durch dieses Gesetz in eine untere Wählerklasse gestellt werde.*

Meine erste parlamentarische Handlung bestand darin, daß ich den Reichstag zu einer *Ungesetzlichkeit* verleitete. Da diese Tat noch nicht in die Tafeln der Geschichte eingegraben worden ist, sei sie hier in Kürze erzählt. Als ich der ersten Abteilungssitzung beiwohnte, stand zufällig die Wahl des Abgeordneten Professor v. Wächter für Leipzig auf der Tagesordnung. Wächter war in engerer Wahl mit 5434 gegen 4403 Stimmen gewählt worden. Der Leipziger Magistrat hatte aber den groben Fehler begangen, daß er nicht, wie § 7 des Wahlreglements vorschreibt, den Wahlkreis in Wahlbezirke, von denen keiner über 3500 Einwohner haben darf, einteilte, sondern daß er die Namen der gesamten Wählerschaft der Stadt, nach dem *Alphabet geordnet,* auf acht Wahlorte verteilte, die im Mittelpunkt der Stadt lagen. Es entschied also nicht der Wahlbezirk, sondern die alphabetische Ordnung der Namen der Wähler, wo ein solcher zu wählen hatte. Der Berichterstatter Graf Bethusy-Huc trug den Fall vor, der nach seinem eigenen Geständnis sehr kritisch lag. In der Debatte, die über die Gültigkeit der Wahl entstand, ergriff auch ich das Wort und führte aus, ich wohnte seit sechs Jahren in Leipzig, wäre mit den politischen Verhältnissen der Stadt genau bekannt und könnte danach bestimmt behaupten, wenn der Wahlkreis nach der gesetzlichen Vorschrift eingeteilt worden wäre, würde das Wahlresultat auch kein anderes gewesen sein. Diese Auffassung, nach der ich die gesetzliche Vorschrift vollständig ignorierte, schlug durch. Die Kommission beschloß mit 14 gegen 11 Stimmen die Gültigkeit der Wahl, und das Plenum schloß sich dem Antrag *ohne Debatte einstimmig* an.

Ich hatte also den Leipziger Magistrat vor einer großen Blamage bewahrt, der er verfallen wäre, wenn die Wahl für ungültig erklärt worden wäre. Ich hatte aber auch der Stadt die Vertretung gerettet, denn da der Reichstag bereits am 17. April geschlossen wurde, hätte eine Nachwahl, für die eine neue Wählerliste aufgestellt werden mußte, nicht mehr rechtzeitig stattfinden können. Daß so beschlossen wurde, war allerdings nur in ungefestigten Verhältnissen möglich, wie sie in der ersten Session dieses neuen Reichstags vorhanden waren.

Ich habe oben den Namen des Grafen Bethusy-Huc genannt. Dieser Herr war einer der oberflächlichsten Vielredner jener Zeit und liebte es besonders, in gewagten Bildern zu sprechen. So äußerte er zum Beispiel eines Tages, ›man müsse den Strom der Zeit an der Stirnlocke fassen‹; ein andermal sagte er mit Beziehung auf die Abgeordneten, ›sie seien von der Sehnsucht erfüllt, heimzukommen zu ihren väterlichen Ochsen‹, ein Satz, der die stürmische Heiterkeit des ganzen Hauses hervorrief.

Einmal Mitglied des Reichstags, hatte ich das Bedürfnis, eine größere Rede im Plenum zu halten. In meinem Wahlkreis wartete man sehnlichst darauf und richtete dementsprechende Anfragen an mich. Aber die Schlußanträge waren sehr häufig, und in der Generaldebatte über den Verfassungsentwurf war mir das Wort abgeschnitten worden. Endlich gelangte ich bei Artikel 14, Verhältnis der süddeutschen Staaten zum Norddeutschen Bund, zum Worte. Ich führte aus:

»Ich sei überzeugt, daß es Preußen bei der Gründung des Norddeutschen Bundes keineswegs um eine Einigung Deutschlands zu tun gewesen sei (lebhafter Widerspruch rechts), man habe im Gegenteil ein spezifisch preußisches Interesse, die Stärkung der hohenzollernschen Hausmacht, im Auge gehabt. (Lebhafter Widerspruch rechts. Der Präsident forderte zur Ruhe auf, man solle mich nachher widerlegen.) Betrachte man den Bund näher, so ergebe sich ein ganz abnormes Verhältnis der übrigen Staaten zu Preußen. Der Bund sei nur ein Groß-Preußen, umgeben von Vasallenstaaten, deren Regierungen nichts weiter als Generalgouverneure der Krone Preußen seien. (Lebhafter Widerspruch rechts.)«

Ich führte weiter aus:

Wenn Preußen die süddeutschen Staaten in das Bundesbündnis hätte mit aufnehmen wollen, hätte es das gekonnt. Die Behauptung, daß Frankreich dem entgegengetreten sein würde, ließe ich nicht gelten, denn durch die Militärkonventionen mit den süddeutschen Staaten sei die militärische Macht Deutschlands im Falle eines Krieges in der Hand Preußens vereinigt. Frankreich würde sich also gehütet haben, sich gegen die Aufnahme Süddeutschlands in den Nordbund zu erklären. Eine Einmischung von seiner Seite in die inneren Angelegenheiten Deutschlands würde zur Folge gehabt haben, daß ganz Deutschland sich wie ein Mann gegen Frankreich erhoben hätte.

Wenn der Prager Friedensvertrag nur eine *international* geregelte Einigung zwischen Nord- und Süddeutschland zulasse, dann sei damit bewiesen, wie Preußen in der Frage denke, denn Preußen habe den Prager Friedensvertrag diktiert, und würde die preußische Regierung finden, daß dieser Vertrag ihr schädlich sei, so werde sie nicht anstehen, denselben zu zerreißen. (Oh! Oh! rechts.) Ich sei auch überzeugt, daß Österreich dasselbe tun werde, sobald es die Niederlage und Blamage des vorigen Jahres auswetzen könne. Die preußische Regierung wolle die süddeutschen Staaten nicht in den Nordbund aufnehmen, weil alsdann Preußen eine Majorisierung fürchten müsse. Preußen werde sich also begnügen, daß es durch die Militärkonventionen die militärische Gewalt in die Hände bekommen habe, im übrigen werde man durch Zollverträge die vorhandene Kluft zu überbrücken trachten, aber ausfüllen werde man sie nicht. Eine solche Politik unterstützten wir nicht. Ich protestierte dagegen, daß man eine solche Politik eine deutsche nenne, und ich protestierte gegen einen Bund, der nicht die Einheit, sondern die *Zerreißung* Deutschlands proklamiere, gegen einen Bund, der Deutschland *zu einer großen Kaserne machte* (lebhafter Widerspruch) und den letzten Rest von Freiheit und Volksrecht vernichte.

Der nationalliberale Abgeordnete Weber-Stade fand, daß durch meine Rede ein Mißton in die Versammlung geworfen worden sei, er hoffe aber, daß mit dem Aussprechen solcher Mißtöne die Gelegenheit zur Auflösung derselben in Harmonie gegeben sei.

Der Abgeordnete *Miquel* polemisierte ebenfalls gegen mich. Ich hätte bedauert, daß der Norddeutsche Bund den Rechten der kleinen Fürsten einen so gewaltigen Abbruch tue, daß sie sich in der beklagenswerten Stellung von Generalgouverneuren befänden. Das war eine Verdrehung meiner Worte, da ich mit dem Gleichnis nur dartun wollte, was für ein sonderbares Gebilde dieser Norddeutsche Bund sei. Wären damals sämtliche Klein- und Mittelstaaten annektiert worden, ich hätte keinen Finger dagegen gerührt. Ein weiteres Diktum von Miquel war: Der preußische Staat ist *kein* Militärstaat, sondern ein Staat der Kultur. ... Es sei wunderbar, welche Koalition von Gegnern dem neuen Staatsgebilde entgegentrete. Auf der einen Seite die *entschiedensten Demokraten,* deren Tendenzen doch nicht darauf hinausliefen, sich besonders für die Machtvollkommenheit der kleinen Fürsten zu interessieren, und verbunden mit ihnen sei die ultramontane Partei, die, wenn man offen sein wolle, unser Vaterland nirgends anderswo als in Rom sehe.

Man sieht, daß vom ersten Augenblick unseres parlamentarischen Lebens bereits die Denunziation auftauchte, wir seien Verbündete der ultramontanen Partei, die damals im Norddeutschen Reichstag noch keine organisierte Vertretung hatte. Miquel ist also der Vater dieser Denunziation, die bis heute von seinen Gesinnungsgenossen uns gegenüber praktiziert wird. Im weiteren sprach er die Hoffnung aus, der König von Preußen werde mit Gegnern wie Bebel fertig werden. Bis heute hat sich diese Hoffnung nicht erfüllt, so wenig wie die andere, die drei Jahrzehnte später geäußert wurde: die Sozialdemokratie sei nur eine vorübergehende Erscheinung.

Natürlich konnte auch Lasker, die parlamentarische Anstandsdame, auf meine Rede nicht schweigen. Er sei nicht wenig erstaunt gewesen, daß der erste Redner (ich) mit so heftigen Angriffen gegen den Leiter unserer Politik auftrat. So viel er wüßte, gehörte ich zu einer Partei, die in Elberfeld-Barmen die Wahl des Herrn Ministerpräsidenten sehr kräftig unterstützt habe. (Er meinte die Wahl Bismarcks.) Im übrigen müsse er mir allerdings das Zugeständnis machen, daß ich die Gespräche, die man in Bierstuben zu führen pflege, hier klar abgespiegelt habe. Hier unterbrach ihn der Präsident mit dem Bemerken, daß es ihm (Lasker) nicht zustehe, eine solche Kritik an der Rede eines Kollegen zu üben. In einer persönlichen Bemerkung antwortete ich Lasker: Es sei mir sehr angenehm, durch seine Angriffe auf meine Parteistellung eine Erklärung abgeben zu können. Ich gehörte nicht zu der Partei, die in Barmen-Elberfeld geholfen habe, den Grafen v. Bismarck durchzubringen, das heiße der Lassalleschen Partei. Er (Lasker) hätte dies schon aus der Tatsache entnehmen können, daß ich hier gegen die Politik des Grafen v. Bismarck aufgetreten sei. Ich gehörte nicht der Lassalleschen, sondern der radikaldemokratischen, oder wenn man wolle, der Volkspartei an. Auf seine persönlichen Angriffe hätte ich keine Veranlassung mehr zurückzukommen, nachdem der Präsident ihm eine Rüge erteilt habe.

Meine Rede hatte erhebliches Aufsehen auch außerhalb des Hauses und namentlich bei meinen Wählern große Befriedigung hervorgerufen. Dagegen gab das liberale »Glauchauer Tageblatt« seinem Ärger dadurch Ausdruck, daß es schrieb: »Der jugendliche Drechslermeister Bebel aus Leipzig hat seine wohleinstudierte Jungfernrede glücklich vom Stapel gelassen, infolgedessen schlägt das Schweinefleisch um drei Pfennig ab.« Darauf antwortete nächsten Tages eine Annonce im »Schönburger Anzeiger«, der ebenfalls in Glauchau erschien: »Der erwartete Abschlag des Schweinefleisches ist nicht erfolgt, wohl aber steht infolge großen Andranges von ostpreußischem Rindvieh (Anspielung auf den Verfasser) ein bedeutender Abschlag des Ochsenfleisches bevor.«

Meine Jungfernrede hatte noch zwei weitere Nachspiele. Die »Gartenlaube« veröffentlichte zu jener Zeit eine Reihe Artikel, in der das Auftreten markanter Persönlichkeiten im Reichstag besprochen wurde. Mir wurde die Ehre zuteil, ebenfalls in diesen Artikeln genannt zu werden. Der Verfasser führte aus, als ich meine Rede gehalten, sei es gewesen, als rausche der Sturmvogel der Revolution durch das Haus. Das schien dem Verleger der »Gartenlaube«, Ernst Keil, mit dem ich früher persönlich wiederholt wegen politischer Dinge Verkehr gehabt hatte, ein zu großes Lob zu sein. Der Druck der betreffenden Nummer wurde unterbrochen und der Satz geändert.

Einige Wochen später, als ich wieder zu Hause war, traten eines Tages zwei aristokratisch aussehende Herren in meine Werkstatt, in der ich eben am Schraubstock stand und Büffelhörner zersägte. Der eine der Herren fragte nach dem Drechslermeister Bebel. »Der bin ich«, gab ich zur Antwort. Darauf sah mich der Frager etwas betroffen an und äußerte: »Ich meine den Reichstagsabgeordneten Bebel.« Etwas pikiert antwortete ich: »Ja, ja, der bin ich.« Erstaunt sah er mir vom Kopf bis zu den Füßen herunter und stellte sich als Freiherr v. Friesen auf Rötha vor. Er war der Bruder des Ministers. Er habe meine Reichstagsrede gelesen und sich über eine Anzahl Stellen in derselben gefreut. Ich verneigte mich für das Kompliment. Dann fragte er, wer der Dr. Johann Jacoby sei, der im preußischen Landtag eine so gute Rede gegen die Annexionen und die von Bismarck geforderte Indemnität gehalten habe. Ich gab ihm die gewünschte Aufklärung. Dann entfernten sich die beiden.

Unsere Partikularisten waren zu jener Zeit von einem unbändigen Haß gegen Bismarck beseelt; sie hätten mit dem Teufel ein Bündnis geschlossen, um ihn zu vernichten. Während des Reichstags saß der größte Teil der sächsischen Abgeordneten im Leipziger Garten, der vis-à-vis dem Herrenhaus sich befand. Wir hatten mit dem Wirt ein Abkommen getroffen, wonach er für uns jeden Tag nach Schluß der Sitzung ein gemeinsames Mittagessen bereithielt. Eines Tages saß ich neben dem Abgeordneten Haberkorn, der Bürgermeister von Zittau und Präsident der Zweiten sächsischen Kammer war. Im Laufe der Unterhaltung kam das Gespräch auch auf Bismarck, der in der Sitzung am Vormittag wieder eine seiner heftigen Reden gehalten hatte. Haberkorn war darüber so erregt, daß er sich in den denkbar stärksten Ausdrücken wider ihn erging.

Gegen Ende der Session hatte der König den gesamten Reichstag zu Tisch ins Schloß geladen. Ich und einige andere Abgeordnete nahmen an diesem Essen nicht teil. Am nächsten Vormittag nach jenem Tage stieß ich im Reichstag auf den roten Becker, mit dem ich gut Freund geworden war. Becker war noch in weinseliger Stimmung und trug auf dem breit ausgelegten Chemisette Spuren des genossenen Weines. Becker war damals Junggeselle. »Nun Becker«, fragte ich ihn, »wie war es denn gestern bei Wilhelms?« Darauf stellte er sich breit vor mich hin, legte beide Hände auf meine Schultern, schüttelte mich ein wenig und antwortete: »Bebelchen, es war großartig, Wilhelm hat deliziöse Weinchen«, dabei schnalzte er mit der Zunge, »und hinter mir stand so'n Kerl, der immer einschenkte, wenn mein Glas leer war.« Ich lachte und fragte: »Da werden Sie wohl auch künftigen Einladungen ins Schloß folgen?« worauf er ebenfalls lachend erwiderte: »Mein Lieber, das können Sie sich denken.«

In Becker und Miquel besaß der Norddeutsche Reichstag zwei Mitglieder des ehemaligen Kommunistenbundes, von denen jeder in seiner Art Karriere machte. Becker wurde Oberbürgermeister von Dortmund und später von Köln, in welcher Eigenschaft er auch Mitglied des Herrenhauses wurde. Miquel stieg noch einige Stufen höher. Er wurde zunächst Oberbürgermeister von Osnabrück, dann von Frankfurt a.M. und starb bekanntlich als geadelter pensionierter preußischer Finanzminister und Liebling der Agrarier.

Eine Anzahl Mitglieder des ehemaligen Kommunistenbundes hatte überhaupt eine besondere Entwicklung genommen. So neben Becker und Miquel der ehemalige Schriftsetzer Wallau, der als Oberbürgermeister von Mainz starb, ferner Bürgers, der längere Zeit Chefredakteur der »Rheinischen Zeitung« war und während einer Legislaturperiode Mitglied des Deutschen Reichstags wurde. Er gehörte wie damals Becker zur Fortschrittspartei.

Am 16. April fand die namentliche Abstimmung über die Verfassung des Norddeutschen Bundes statt. Von 283 anwesenden Mitgliedern – der Reichstag zählte 297 – stimmten 230 dafür und 53 dagegen. Außer Schraps und mir *die gesamte Fortschrittspartei,* die Polen, Windthorst, Wächter, Haberkorn und mehrere Hannoveraner. Nach Ansicht der damaligen Fortschrittspartei war die norddeutsche Bundesverfassung ein Werk, das nicht die Rechte enthielt, auf deren Gewährung eine konstitutionelle Volksvertretung bestehen mußte. Keine Grundrechte, kein Steuerbewilligungsrecht, keine Ministerverantwortlichkeit, keine Diäten. Dafür den eisernen Militäretat und eine große Machtstellung des Bundeskanzlers. Reichskanzler heißt er von 1871 ab. Am 17. April wurde der Reichstag geschlossen; er hatte fünfunddreißig Sitzungen abgehalten.

*

Ich hatte gegen Schluß der Session meine Frau nach Berlin kommen lassen, um ihr die Stadt zu zeigen. Das damalige Berlin kann sich mit dem heutigen in nichts vergleichen. Die schmucklosen Fassaden der Häuser an den langen geraden Straßen ließen es langweilig und eintönig erscheinen. Die Häuser standen gleichmäßig nebeneinander wie ein Regiment Soldaten, aber ohne anregende Farbe. Der Verkehr war im Vergleich zu heute gering. Ab und zu humpelte ein Omnibus mit zwei müden Gäulen über das Pflaster. Droschken sah man selten, deren Benutzung war dem Berliner jener Zeit zu teuer. Das einzige moderne Verkehrsmittel war die Pferdebahn, die vom Kupfergraben nach Charlottenburg führte. Mit den hygienischen Zuständen war es übel bestellt. Eine Kanalisation war noch nicht vorhanden. In den Rinnsteinen, die längs der Bürgersteige hinliefen, sammelten sich die Abwässer der Häuser und verbreiteten an warmen Tagen mephitische Gerüche. Bedürfnisanstalten auf den Straßen oder Plätzen gab es nicht. Fremde und namentlich Frauen gerieten in Verzweiflung, bedurften sie einer solchen. In den Häusern selbst waren diese Einrichtungen meist unglaublich primitiv. Eines Abends besuchte ich mit meiner Frau das Königliche Schauspielhaus. Ich war entsetzt, als ich in einem Zwischenakt in den Raum trat, der für die Befriedigung kleiner Bedürfnisse der Männer bestimmt war. Mitten in dem Raum stand ein Riesenbottich, längs den Wänden standen einige Dutzend Pots de Chambre, von denen man den benutzten höchst eigenhändig in den großen Kommunebottich zu entleeren hatte. Es war recht gemütlich und ganz demokratisch. Berlin als Großstadt ist wirklich erst nach dem Jahre 1870 aus dem Zustand der Barbarei in den der Zivilisation getreten.

*

Ich hatte die Gewohnheit angenommen, nach jeder Session des Reichstags in meinen Wahlkreis zu reisen und in den Hauptorten eine Anzahl Wählerversammlungen abzuhalten, in denen ich über die Verhandlungen des Reichstags und meine Tätigkeit Bericht erstattete. Da wir überall große Säle zur Verfügung hatten, konnte ich auf Massenbesuch rechnen, und es war mir besonders interessant, daß von Anfang meiner Agitation an die Frauen ein nicht unerhebliches Kontingent zu den Versammlungsbesuchern stellten, die nachher eifrige Agitatorinnen für uns wurden. Da wir keine Presse besaßen und die paar im Kreise verbreiteten Parteiblätter nur von wenigen gelesen wurden, die gegnerische Presse aber unausgesetzt sich namentlich mit mir beschäftigte, waren diese Versammlungen nötig. Es bildete sich allmählich zwischen mir und meinen Wählern ein Vertrauensverhältnis heraus, das nichts zu wünschen übrig ließ. Die Gegner machten bei den verschiedenen Wahlen vergebliche Anstrengungen, mich aus dem Sattel zu heben. Es fiel mir sehr schwer, als ich nach zehn Jahren (1877) doppelt gewählt wurde, den Wahlkreis aufzugeben; andernfalls wäre der neugewonnene Wahlkreis (Altstadt-Dresden) der Partei wieder verlorengegangen.

Im Norddeutschen Reichstag und dem Zollparlament

Die erste Session der ersten Legislaturperiode des Norddeutschen Reichstags wurde am 10. September 1867 eröffnet. Unter den Abgeordneten, die neugewählt waren, ragten besonders hervor Freiherr v. Hoverbeck, Franz Ziegler und v. Kirchmann. Alle drei gehörten zur Fortschrittspartei! Kirchmann hatte wie Ziegler eine längere demokratische Vergangenheit hinter sich. So gehörte er in der preußischen Nationalversammlung im Jahre 1848 zu den Steuerverweigerern. Er war aber auch einer der am meisten verfolgten preußischen Richter, gegen den sich die Reaktion die nichtswürdigsten Mittel erlaubte. Schließlich wurde er seines Amtes als Vizepräsident des Appellationsgerichts in Ratibor ohne Pension entsetzt, weil er einen Vortrag gehalten hatte über den Kommunismus in der Natur, in dem er für eine Einschränkung der Bevölkerungsvermehrung eintrat, und zwar im Interesse einer höheren Kulturentwicklung und der Beseitigung der wirtschaftlichen Ungleichheit. Er hatte darin vor seinen Zuhörern ausgeführt: »Das Ideal einer fortschreitenden Gleichheit aller Menschen im Glück und Wohlbefinden liegt so tief in der Brust eines jeden, daß man nicht zu verzagen braucht. Die Bewegung, die Annäherung zu diesem Ziele wird vorschreiten, des seien Sie gewiß. Wenn viertausend Jahre dazu gehörten, um nur die Gleichheit des Rechts in einem hohen Grade zu gewinnen, so dürfen wir nicht den Mut verlieren, weil die Gleichheit der Glücksgüter, diese viel schwerere Aufgabe, innerhalb zweier Generationen nicht hat erreicht werden können.« Dieser Vortrag sollte »unsittlich« sein und einen so unsittlichen höheren Richter konnte der allezeit so fromme und sittliche preußische Staat nicht gebrauchen. Kirchmann war wohl der philosophisch gebildetste Kopf im Reichstag, jedenfalls stand er an Bildung und Wissen hoch über den Mitgliedern des Gerichtshofs, die ihm seine Stellung aberkannten. Außer den drei Genannten war auch Feldmarschall v. Moltke Mitglied des Hauses geworden. Ferner gehörte dem Hause der später berüchtigt gewordene Strousberg an, der es meisterhaft verstand, zahlreiche Vertreter des preußischen Hochadels als Lockvögel für seine Gründungen zu gewinnen, deren Unterschriften denn auch unter seinen Prospekten prangten. Das schien um so unbegreiflicher, als Strousbergs Äußeres schon den Eindruck eines höchst unsympathischen Emporkömmlings machte. Sein Auftreten war protzenhaft. Die Feste, die er veranstaltete, machten in dem Berlin jener Zeit großes Aufsehen. Die Berliner Presse veröffentlichte lange Berichte über dieselben. So verschwenderisch wie er hatte bis dahin in Berlin kein Privatmann gewirtschaftet. Es war die Ära des Großkapitalismus, die Strousberg einläutete. Aristokratie und Plutokratie verschwägerten sich.

Meine erste Rede in der neuen Session hielt ich anläßlich einer Adreßdebatte am 24. September. Ich legte Verwahrung dagegen ein, daß in der Adresse an das Bundesoberhaupt – den König von Preußen – sich der Reichstag als die Vertretung der deutschen Nation bezeichne. Der Präsident unterbrach mich, es gebe keine andere Vertretung der

Nation. Darauf antwortete ich, der Reichstag vertrete nur einen Teil der Nation. Man habe 18 Millionen Deutsche preisgegeben – 10 Millionen Deutsch-Österreicher, 8 Millionen Süddeutsche – und Luxemburg, das ebenfalls aus dem Bunde geschieden sei. Außerdem bestehe auf Grund Artikel 4 des Prager Friedensvertrags die Gefahr, daß wir eines Tages die nordschleswigschen Distrikte an Dänemark abtreten müßten. Das sei keine nationale Politik.

Darauf nahm Bismarck das Wort. Er wolle mir nicht persönlich entgegnen – bemerkte er etwas maliziös –, sondern weil ich mich zum Mundstück eines weitverbreiteten Irrtums gemacht hätte. Luxemburg sei nicht preisgegeben, was er durch eine Reihe Sophismen zu beweisen versuchte. Oder ob ich etwa wünschte, daß man wegen Luxemburg habe einen Krieg machen sollen? Das fiel mir selbstverständlich nicht ein, ich wollte nur konstatieren, daß die alten Beziehungen des Landes zu Deutschland infolge Bismarcks »nationaler« Politik gelöst werden mußten, und zwar auf Verlangen *Napoleons*. Luxemburg war vordem deutscher Bundesstaat, es hatte Sitz und Stimme im Bundestag in Frankfurt, und die Stadt Luxemburg war deutsche Bundesfestung, und da der Großherzog von Luxemburg der König von Holland war, so waren Hollands Interessen in hohem Grade an die Deutschlands gekettet, was bei internationalen Verwicklungen ein Vorteil war.

Am 17. Oktober hielt ich meine zweite Rede bei der Beratung des Entwurfs betreffend die Wehrpflicht. Der Gesetzentwurf fordere nur scheinbar die allgemeine Wehrpflicht, denn alle Wehrfähigen wehrpflichtig zu machen, sei bei der langen Dienstzeit unmöglich. Alle Wehrfähigen militärisch auszubilden, sei aber ein Akt der Gerechtigkeit und eine Wohltat für das Land. Das sei nur bei einem Wehrsystem möglich, wie es infolge der Militärreorganisation von Scharnhorst und Gneisenau in Preußen von 1809 bis 1813 bestanden habe. Daß man mit kürzerer Dienstzeit ebenfalls kriegstüchtige Mannschaften liefern könne, habe 1866 auch Sachsen gezeigt, dessen weitaus größte Zahl der Mannschaften nicht über neun Monate bei den Fahnen gewesen sei. Auch das in Preußen bestehende Einjährig-Freiwilligensystem beweise es.

In großer Erregung trat mir Hans Blum entgegen, der sehr ausfallend gegen mich wurde. Woher ich die Stirne zu einer solchen Rede nehme? (Rüge des Präsidenten.) In persönlicher Bemerkung antwortete ich Blum, ich hätte die Stirne hergenommen, wo sein Vater sie 1848 hergenommen habe, als er für ähnliche Forderungen wie ich im Frankfurter Parlament eintrat. Liebknechts und meine Reden bei diesem Gesetzentwurf hatten nach außen Aufsehen erregt. Wir erhielten über dreißig Zustimmungsadressen, fast alle aus preußischen Städten. Die Leipziger Parteigenossen schickten uns als Anerkennung einen neun Pfund schweren Schinken, der uns als diätenlosen Abgeordneten, die wir jetzt waren, willkommen war.

Bei der Beratung des Paßgesetzes stellten Liebknecht und ich einen Antrag, wonach die Polizei kein Recht zu Ausweisungen haben solle. Zum Freizügigkeitsgesetz stellten wir Anträge, wonach die Polizei niemand Aufenthaltsbeschränkungen unterwerfen dürfe, solche sollten nur infolge eines richterlichen Urteils ausgesprochen werden können. Alle bisher erfolgten Ausweisungen sollten mit Inkrafttreten des Gesetzes aufgehoben sein. In der Rede, mit der Liebknecht den Antrag begründete, kam er auf die Vorgänge zu sprechen, die 1865 zu seiner Ausweisung aus Preußen und Herbst 1866 zu seiner Verurteilung wegen Bannbruch führten. Natürlich wurden die Anträge abgelehnt.

128 Die Session ging bereits am 26. November zu Ende.

Im Frühjahr 1868 wurde die Session des Reichstags, die am 23. März eröffnet worden war, unterbrochen; es sollte nach den Osterferien das Zollparlament zusammentreten, das für den 27. April nach Berlin berufen worden war. Dessen Sitzungen wurden im Sitzungssaal des preußischen Landtags – damals am Dönhofsplatz – abgehalten, weil für die um rund hundert größere Abgeordnetenzahl der Saal des Herrenhauses nicht reichte. Die Arrangeure für die Verteilung der Plätze begingen dabei die kleine Bosheit, daß sie Rothschild neben Liebknecht placierten. Alles lachte. Der Frankfurter Weltbankier hielt es aber in der gefährlichen Nachbarschaft nicht lange aus, er ließ sich einen anderen Platz anweisen.

Unter den süddeutschen Zollparlamentsmitgliedern befanden sich eine Anzahl, die bereits eine politische Rolle hinter sich hatten, so Ludwig Bamberger, der Staatsrechtslehrer Professor Bluntschli, der katholische Sozialpolitiker Jörg, der Statistiker Dr. Kolb, Fürst zu Hohenlohe-Schillingsfürst, der spätere Reichskanzler, Professor Marquardsen, Rechtsanwalt Metz-Darmstadt, Moritz v. Mohl, Rechtsanwalt Oesterlen-Stuttgart, der gewesene Minister v. Roggenbach, Professor Schäffle, Professor Sepp, Freiherr v. Stauffenberg, Dr. Tafel-Stuttgart, Minister v. Varnbühler, Rechtsanwalt Völck – die Frühlingslerche – und andere.

Da ich bei der Eröffnungssitzung des Zollparlaments zugegen war, wurde ich neben den Abgeordneten Hans Blum, v. Watzdorf und Tobias

Jugendschriftführer. Damals bestand noch in der Geschäftsordnung des
Reichstags die Bestimmung, daß die bei der Eröffnungssitzung anwesenden vier jüngsten Mitglieder neben dem Alterspräsidenten das provisorische Büro bildeten. Aus Ärger, daß auf diese Weise Sozialdemokraten
in das Büro kommen konnten, änderte man später die Geschäftsordnung.
Jetzt wählt der Alterspräsident die vier Schriftführer, des provisorischen
Büros. An Kleinlichkeit der Auffassung der Opposition gegenüber hat
es dem Reichstag nie gefehlt.

Unter den süddeutschen Abgeordneten befanden sich eine Anzahl,
mit denen Liebknecht und ich in nähere Beziehungen traten: Ammer-
müller, Freiesleben, Kolb, Oesterlen, Schäffle, Tafel usw. Mehrere
derselben, wie Kolb und Tafel, gehörten zur Demokratie. Der größte
Teil der süddeutschen Abgeordneten fand sich nur sehr schwer in die
neue Ordnung der Dinge. Das Zollparlament war eine der Früchte des
zwei Jahre vorher stattgehabten Bruderkriegs, dessen Wunden in Süddeutschland noch nicht vernarbt waren. Man fühlte sich immer noch
als Besiegte. Zudem war das Zollparlament eine politische Zangengeburt,
ein Verlegenheitsprodukt, nicht Fisch, noch Fleisch. Die Liberalen, als
Vertreter der modernen kapitalistischen Entwicklung, wollten aus dem
Zollparlament ein Vollparlament machen; dem widerstrebte nicht nur
Bismarck, aus politischen Rücksichten auf Frankreich und die Stimmung
in Süddeutschland, dem widerstrebten auch die Vertreter aller anderen
Parteien in Süddeutschland, die in dem Nordbund, seiner Verfassung
und seinen Einrichtungen kein politisches Ideal sahen. Nimmt man
hinzu, daß zu jener Zeit noch ein besonders scharfer Gegensatz in der
Volksgesinnung zwischen Süd und Nord bestand, auf Grund dessen man
in Süddeutschland besser Wien und Paris als Berlin kannte, das Süddeutsche zu jener Zeit selten besuchten, so begreift man, daß die Geister
scharf aufeinanderplatzten, wo immer sich eine Gelegenheit dazu bot.
Doch zeigte sich auch hier, daß die Süddeutschen an Zähigkeit hinter
den Norddeutschen zurückstanden. Liebknecht und ich hatten manchmal
Mühe, dem uns näher stehenden Teil der süddeutschen Abgeordneten
den Rücken zu steifen.

Der Versuch der Nationalliberalen, eine Adresse an den König von
Preußen durchzusetzen, fiel nach heftiger Debatte mit 186 gegen 150
Stimmen, ein Resultat, das die Antragsteller ganz perplex machte. Ich
nahm in dieser Session zu zwei längeren Ausführungen das Wort. Das
erstemal sprach ich gegen den Entwurf eines Gesetzes, wonach der Tabak

besteuert werden sollte, das zweitemal zu dem Zollvertrag zwischen dem Zollverein und Österreich. Ich stieß bei dieser Debatte scharf mit dem Abgeordneten Lasker zusammen. Derselbe hatte sich wieder einmal allerlei schulmeisterliche Bemerkungen gegen uns erlaubt und die Zustände in den Kleinstaaten in übertriebenster Weise angegriffen. Ich wies seine schulmeisterlichen Bemerkungen energisch zurück und äußerte wegen seiner Angriffe auf die Kleinstaaten, daß mich diese aus seinem Munde um so mehr wunderten, da er einem Kleinstaat (Meiningen) sein Mandat verdanke, eine Bemerkung, durch die ich die Lacher auf meiner Seite hatte.

*

Auf den 14. Mai war eine Volksversammlung von Berliner Demokraten und Parteigenossen nach dem Konzerthaus berufen worden, und zwar saßen unter anderem im Komitee: Buchhändler Jonas, der nachher wegen geschäftlicher Misere nach den Vereinigten Staaten auswanderte und dort die New Yorker Volkszeitung mitbegründete, deren Chefredakteur er wurde, Ludwig Löwe, Paul Singer, Fr. Stephani, Tölde usw. Von den süddeutschen Abgeordneten waren Freiesleben, Kolb, Oesterlen, Schäffle und Tafel, ferner Liebknecht, Dr. Reinke, der vom Allgemeinen Deutschen Arbeiterverein in Lennep-Mettmann gewählt worden war, und ich anwesend. Liebknecht griff die Politik der Fortschrittspartei und speziell Waldeck und Genossen heftig an, auch sprach er so scharf gegen den Nordbund, daß es einem Teil der Komiteemitglieder angst und bange wurde. Ich führte aus, was jetzt unter den Formen der deutschen Einheit vorgenommen werde, sei nie und nimmer das einige Deutschland. Wir hegten die Erwartung, daß in einem Deutschland, das durch den Gesamtwillen der Bevölkerung getragen werde und an dessen Spitze eine Regierung stehe, die aus dem freien Willen des Volkes hervorgegangen sei, allein das wirkliche Heil für die Bevölkerung, insbesondere für die arbeitende Bevölkerung zu erwarten sei. Ich kritisierte weiter die Zustände im Norddeutschen Bund mit Bezug auf die Entwicklung des Militarismus, nicht Verminderung, sondern Vergrößerung der Lasten werde die Folge sein.

Dr. Max Hirsch, der mit seinem Anhang erschienen war, versuchte Lärm hervorzurufen; das Tischtuch sei zwischen uns zerschnitten. Das war es längst; sein lärmender Anhang wurde zur Ruhe verwiesen.

*

An einem Maisonntag waren Liebknecht und ich zu einem Fest des Berliner Schneidervereins geladen. Wir nahmen auf ihren Wunsch die Abgeordneten Oesterlen, Schäffle und Tafel zu demselben mit. Bei dem Ball kam es zu einem sogenannten Damenengagement. Die Damen stürzten sich auf uns fünf. Jede wollte mit einem von uns tanzen. Die vier Kollegen erklärten aber, nicht tanzen zu können. Nun fielen die Damen über mich Unglücklichen her. Vier Engagements hatte ich glücklich hinter mir, beim fünften versagten mir Kopf und Magen. Mir wurde übel, ich mußte in den Garten flüchten. Nächsten Vormittag kam eine Damendeputation zu mir in meine Wohnung, um sich nach meinem Befinden zu erkundigen. Ich konnte ihr die beruhigende Versicherung geben, daß ich die Strapazen glücklich überwunden hätte. Als wir in jener Nacht nach Hause gingen, äußerte sich Schäffle höchst überrascht über den guten Ton und die ganze Haltung der Ballgesellschaft, die nicht besser hätte sein können. Er glaube, in Süddeutschland sei dergleichen auf einem Ballfest der Arbeiter unmöglich, dort würde es zu Prügeleien kommen. Ich protestierte gegen diese Auffassung. Ich sei zwar noch auf keinem Ballfest süddeutscher Arbeiter gewesen, sei aber fest überzeugt, daß dergleichen auf einem Fest organisierter Arbeiter nicht vorkomme.

Für den 20. Mai hatte die Berliner Kaufmannschaft die Mitglieder des Zollparlaments zu einem Festessen geladen, bei dem das Kuvert 25 Taler kostete. Ich nahm an demselben nicht teil. Kollegen, die daran teilgenommen hatten, versicherten mir nächsten Tages, die Arrangements seien so mangelhaft gewesen, daß eine Anzahl Gäste sich nicht einmal habe sattessen können.

Die meisten Süddeutschen waren froh, als sie nach vierwöchiger diätenloser Anwesenheit in Berlin wieder zu ihren Penaten zurückkehren konnten. Im übrigen waren die Sitzungen meist so schlecht besucht, daß die Berliner den Witz machten, Zollparlament bedeutet Leerparlament. An den Schlußberatungen der unterbrochenen Reichstagssession beteiligte ich mich nicht.

*

Die nächste Session des Norddeutschen Reichstags begann den 4. März 1869. Hauptgegenstand seiner Beratung war der Gesetzentwurf für eine Gewerbeordnung. Ich trat erst in der 10. Sitzung in das Haus und nahm gleich zur Generaldebatte über den Gesetzentwurf das Wort. Ich polemisierte unter anderem gegen den Geheimen Regierungsrat Wagener, den ich wegen seines Auftretens in der Debatte als königlich preußischen Hofsozialisten bezeichnete. Im weiteren wandte ich mich gegen den Freiherrn v. Stumm, der uns heftig angegriffen hatte. Ich rechtfertigte unsere Agitation und Organisation. Organisierten die Arbeiter sich international, was er ihnen zum Vorwurf gemacht hatte, so sei dieses die notwendige Konsequenz gegenüber der Internationalität des Kapitalismus. Gegen den Abgeordneten Miquel trat ich ebenfalls polemisch in die Schranken, der behauptet hatte, wir in Deutschland seien in sozialen Dingen weiter als England und Frankreich. Ich antwortete, jedenfalls streite man sich in England und Frankreich nicht mehr wochenlang wie wir um Gewerbefreiheit und Freizügigkeit. Ich führte ferner aus, der Abgeordnete Wagener habe dem Abgeordneten Schulze-Delitzsch gegenüber gesagt, was er (Schulze) fordere, sei ihm (Wagener) insofern angenehm, als es gelte, die letzten Konsequenzen des Wirtschaftssystems zu ziehen, das führe dann zur Reaktion. Ich sei der Meinung, er (Wagener) habe sich in der Schlußfolgerung geirrt, nicht die Reaktion, sondern die Revolution werde schließlich kommen und kommen müssen.

Ich hatte mich in meiner Rede gegen eine Kommissionsberatung des Gesetzentwurfs erklärt, da das Haus doch keinen von uns in die Kommission wähle. Das hatte die Wirkung, daß man mich in die Kommission schickte.

Ich möchte hier die Bemerkung einschalten, daß die Teilnahme an den Reichstags- und Zollparlamentsverhandlungen, für Liebknecht und mich ein großes Opfer war. Zwar taten unsere Wahlkreise, und namentlich der meine, was sie konnten, um uns finanziell zu unterstützen. Es war aber doch ein peinliches Gefühl für uns beide, von einer Wählerschaft finanzielle Hilfe annehmen zu sollen, die mit zur ärmsten in Deutschland gehörte. Eine Parteiunterstützung gab es damals noch nicht, für Diäten war kein Geld vorhanden. Die Diätenzahlung durch die Partei trat erst vom Jahre 1874 ab ein, die mager genug ausfiel. Auch mußten wir die Reisen nach und von Berlin aus eigener Tasche bezahlen. So fehlten wir häufig in den Sitzungen, manchmal sogar, wenn unser Parteiinteresse gebot anwesend zu sein. Schweitzer und Genossen hatten es darin besser. Sie wohnten in Berlin, mit Ausnahme von Reinke, der aber bereits 1868 sein Mandat niederlegte, worauf Fritzsche an seine Stelle trat; sie konnten ohne Mühe und größere Opfer jeder wichtigen Sitzung beiwohnen. Doch waren wir bei weitem nicht die einzigen, die schwänzten. Die große Mehrzahl der Gesetze wurde von beschlußunfähigen Häusern angenommen. So blieb es bekanntlich bis zur Einführung der Diäten im Frühjahr 1906.

*

Bei der zweiten Beratung der Gewerbeordnung stellten wir eine Anzahl Anträge, mit denen wir aber nur vereinzelt Glück hatten. Wir beantragten Bestimmungen, nach denen die Streitigkeiten betreffend Kündigungsfristen usw. Gewerbegerichten überwiesen werden sollten; wir forderten ferner das Verbot des Trucksystems; obligatorische Fabrikordnungen für alle Betriebe mit mehr als zehn Arbeitern, wobei die Arbeiter gutachtlich zu hören seien; weiter beantragten wir Bestimmungen über den Lehrvertrag, Aufhebung der Arbeitsbücher, Verbot der Kinderarbeit für Kinder unter vierzehn Jahren in Fabriken. Weiter verlangten wir das Verbot der Sonntagsarbeit, einen zehnstündigen Normalarbeitstag für Betriebe mit mehr als zehn Lohnarbeitern, volle Vereinigungsfreiheit für die Gewerkschaftsorganisationen, Einführung von Fabrikinspektoren. Meist hatten Schweitzer und Genossen dasselbe beantragt.

Einen unerwarteten Erfolg hatte ich mit meinem Antrag, die Arbeitsbücher abzuschaffen. Das kam so. Das Leipziger Polizeiamt hatte eine Verordnung erlassen, in der es hieß, Wirte, bei denen einwandernde Erwerbsgehilfen einkehrten, seien verbunden, ihnen sogleich nach ihrer Ankunft ihre Wanderlegitimationen abzufordern und solche an das Fremdenbüro abzugeben. Diejenigen Gesellen aber, welche eine Wanderlegitimation vorzuzeigen nicht vermöchten, ohne Verzug dem Fremdenbüro zuzuführen. Überdies sollten die Wirte darauf sehen, daß zugewanderte oder arbeitslos gewordene Gewerbsgehilfen ohne polizeiliche Erlaubnis nicht über vierundzwanzig Stunden in Leipzig verweilten.

Diese Verordnung stand in schneidendem Widerspruch mit dem Paßgesetz, das den Legitimationszwang für das Inland aufgehoben hatte. Die bezüglichen Bestimmungen der sächsischen Gewerbeordnung, die die Arbeitsbücher vorschrieben, seien, so führte ich aus, durch das Paßgesetz gegenstandslos geworden. Lasker unterstützte meinen Antrag, und so wurde derselbe angenommen. Zehn Jahre später wurden bei einer Revision der Gewerbeordnung von der konservativ-ultramontanen

Mehrheit die Arbeitsbücher für Personen unter 21 Jahren wieder eingeführt.

Die Annahme meines Antrags auf Beseitigung der Arbeitsbücher verschnupfte in den Kreisen der selbständigen Handwerker. Das ganze Raffinement, mit dem ich bei Stellung dieses Antrags zu Werke gegangen sein sollte, beschrieb Dr. C. Roscher, der Sohn des bekannten verstorbenen Nationalökonomen W. Roscher – dem Marx und Lassalle übel mitspielten –, in einem Artikel überschrieben: Wie der deutsche Gewerbsstand die Arbeitsbücher verlor. Fragment aus einem sozialen Roman. Nach C. Roscher, der heute noch in einem hohen Amt in der sächsischen Regierung sitzt, hatte ich meinen schlau erdachten Plan meinem »Freund Tübicke« – der Mann hat wohl nie gelebt – entwickelt, als er mich eines Abends »in meinem öden Zimmer« aufsucht, wo ich eben meine – nebenbei bemerkt – sehr kurze Rede zu meinem Antrag entwarf. Ich lasse mich nun – immer nach Roscher – mit Tübicke in ein Gespräch ein, wobei ich ihm auseinandersetzte, wie ich morgen den Reichstag düpieren würde, damit er für meinen Antrag stimme. Ich war nicht wenig stolz, zu lesen, welche Schlauheit mir Roscher zuschrieb, um meine verehrten Kollegen über den Löffel zu barbieren. Natürlich gelang der Streich genau so, wie ich den Plan entworfen haben sollte. Als der Präsident verkündete, der Antrag habe die Mehrheit, hörte man auf der Tribüne ein unterdrücktes Kichern. Es war mein Freund Tübicke, der sich über das Gelingen meines Planes diebisch freute. Ich bin überzeugt, mancher, der diese Schilderung las, nahm sie ernst und sagte sich: »Der Bebel ist doch ein verfluchter Kerl!« Aber geschichtliche Wahrheit enthielt die Schilderung nicht. So wird aber oft Geschichte gemacht.

Ein zweiter, minder wertvoller Antrag, den ich durchsetzte, war, daß überall, wo es im Gesetz »Muße« hieß, »Pause« gesetzt wurde. Die Regierung sah selbst ein, daß das Wort »Muße« unpassend sei, und akzeptierte meinen Vorschlag. Dagegen wurden alle unseren anderen Anträge abgelehnt.

In derselben Session wurde auch das Wahlgesetz für den Reichstag festgestellt. Schweitzer und Hasenclever beantragten, statt fünfundzwanzig Jahre zwanzig zu setzen, und der Wahltag müsse ein Sonntag sein. Ich beantragte, daß die Wahlen am gleichen Tage im ganzen Bundesgebiet stattfinden und der Wahltag ein Sonn- oder Feiertag sein müsse. Ferner verlangte ich, die Bestimmung zu streichen, wonach Personen das Wahlrecht verlieren sollten, die eine Armenunterstützung aus öffentlichen oder Gemeindemitteln beziehen oder im letzten Jahre vor der Wahl bezogen haben.

Es ist überflüssig zu sagen, daß trotz aller unserer Reden diese Anträge ebenfalls abgelehnt wurden. Auch verloren jetzt die *unter der Fahne stehenden Militärpersonen das aktive Wahlrecht.* Es waren die Nationalliberalen, die hierfür eifrig eintraten. Die Regierungen hatten diese Forderungen *nicht* gestellt.

Bei der Debatte über den Haushaltsetat – 24. April – hatte sich der Abgeordnete v. Hoverbeck für eine Entwaffnung ausgesprochen. Darauf antwortete ich, ich sei der Ansicht, daß, wie gegenwärtig die Dinge in Europa stünden, wo der Cäsarismus hüben und der Cäsarismus drüben das Ruder führe, ernstlich eine Entwaffnung für möglich zu halten eine Torheit sei. Ich hielte es für unmöglich, daß unsere Cäsaren, von denen jeder nach der Gelegenheit hasche, über den anderen herzufallen und ihn niederzuschlagen, sich einfallen ließen, eine noch so mäßige Entwaffnung eintreten zu lassen. Es geschehe eben hier, was von den beiden Löwen der Fabel erzählt werde, sie fielen über sich her und fraßen sich bis auf die Schwänze auf. Dabei könnten wir nur profitieren.

Am 13. Mai hielt ich eine Rede gegen das Privileg der Portofreiheit der Fürsten. Ich wurde wiederholt heftig unterbrochen. Meine Ausführungen hatten die »loyalen Gefühle« eines Teils der Mitglieder verletzt. Dafür erhielt ich aus der Wählerschaft viele Zustimmungen.

Am 3. Juni wurde das Zollparlament wieder eröffnet, aber bereits am 22. Juni geschlossen. Ich beteiligte mich nicht an den Debatten, die für mich keine besondere Bedeutung hatten; außerdem erforderte mein Geschäft meine Anwesenheit in Leipzig.

*

In der Frühjahrssession des Norddeutschen Reichstags von 1870 war der Hauptberatungsgegenstand der Strafgesetzentwurf für den Norddeutschen Bund. Ich nahm bei dessen Beratung nur einmal das Wort, und zwar in dritter Lesung bei Beratung der Todesstrafe. Der Reichstag, der in der zweiten Lesung mit erheblicher Mehrheit sich gegen die Todesstrafe ausgesprochen hatte – das im Jahre 1868 erlassene sächsische Strafgesetzbuch hatte sie abgeschafft, ebenso war sie in Baden abgeschafft worden –, stimmte jetzt auf Drängen und Drohen Bismarcks *für* dieselbe, und zwar mit 127 gegen 110 Stimmen. Der *einzige* sächsische Abgeordnete, der *für* die Todesstrafe eintrat, war Dr. Hans Blum, der Sohn des im Herbst 1848 in der Brigittenau bei Wien erschossenen Robert Blum. Als Blum sein Ja für die Todesstrafe abgab, antworteten wir auf der äußersten Linken mit einem kräftigen Pfui!

Hans Blum gehörte zu den schmutzigsten und perfidesten Gegnern der Sozialdemokratie; um uns zu bekämpfen, war ihm *jedes* Mittel recht. Selbstverständlich war er ein begeisterter Verehrer Bismarcks, und dieser wollte ihm wohl. Aber er konnte ihn vor schimpflichem Untergang nicht retten. Blum wurde wegen ehrloser Handlungen die Advokatur entzogen. Er ging alsdann nach der Schweiz, woselbst er eine Zigarrenfabrik betrieb. Er starb 1909 als wohlhabender Mann.

In einer zweiten Rede in der Frühjahrssession 1870 trat ich für einen Antrag Lasker ein, der eine Revision des Militärstrafrechtes verlangte. Der Antrag wurde mit 117 gegen 73 Stimmen angenommen.

Die Zollparlamentssession von 1870 war wiederum sehr kurz, sie währte nur gegen drei Wochen. Vor Beginn derselben hatte der Abgeordnete Dr. Kolb-Bayern sein Mandat für das Zollparlament niedergelegt. Das Zollparlament sei ein Werk der Täuschung und des Truges, das nur für die Machtstellung Preußens zu arbeiten habe. Es ist bemerkenswert, wie kampfunlustig die bürgerliche Demokratie wurde. Damit erhält man aber keine Partei am Leben, geschweige, daß man sie stärker macht. Die Klügeren sahen eben schon damals, daß bei der Entwicklung, die die Sozialdemokratie nahm, die bürgerliche Demokratie keine Zukunft mehr habe. Die wachsenden Klassengegensätze schieden immer mehr die Geister.

Die Frühjahrssession 1870 war die letzte des Zollparlaments, denn wenige Monate nachher begann die große Tragödie, die auch die politischen Verhältnisse Deutschlands sehr wesentlich änderte und das Zollparlament überflüssig machte.

Taktische Unstimmigkeiten

Bevor ich auf die Tragödie des Deutsch-Französischen Krieges eingehe, muß ich in Kürze auf die taktischen Unstimmigkeiten zu sprechen kommen, die sich zwischen Liebknecht und mir wegen unserer parlamentarischen Stellung herausgebildet hatten.

Liebknecht hatte schon zur Zeit, als der Bismarcksche Bundesreformantrag zur Diskussion stand – Frühjahr 1866 –, sich gegen das Wählen zu einem solchen Parlament ausgesprochen, und zwar im Mannheimer »Deutschen Wochenblatt«. Dieses wurde aber in unseren Kreisen fast nicht gelesen, und da Liebknecht, soweit ich mich dessen entsinne, weder im Leipziger Arbeiterbildungsverein, noch im Demokratischen Verein, noch in einer anderen Versammlung seinen negierenden Standpunkt zur Geltung zu bringen suchte, kam es infolgedessen zu keiner Diskussion. Als wir dann Weihnachten 1866 auf unserer Landesversammlung zu Glauchau ohne jeden Widerspruch die Wahlbeteiligung als selbstverständlich beschlossen und Liebknecht, der damals drei Monate Gefängnis in der Berliner Stadtpolizei verbüßte, mit als Kandidaten für den 19. sächsischen Wahlkreis aufstellten, akzeptierte er diese Aufstellung ohne jeden Vorbehalt. Bei seiner zweiten Kandidatur, Hochsommer 1867, wurde er auch gewählt. Anfangs stellte er selbst Anträge zu Gesetzentwürfen, aber bald kam die alte Abneigung gegen den Parlamentarismus wieder bei ihm zum Durchbruch und äußerte sich in lebhaften Auseinandersetzungen zwischen uns über die Taktik, die wir im Reichstag einnehmen sollten.

Liebknecht sah in dem Norddeutschen Bunde ein Gebilde, das mit allen Mitteln bis zur Vernichtung bekämpft werden müsse. An dessen Parlament sich anders als negierend und protestierend zu beteiligen, war nach seiner Meinung eine Preisgabe des revolutionären Standpunktes. Daher kein Paktieren, kein Kompromisseln, das heißt kein Versuch, die Gesetzgebung in unserem Sinne zu beeinflussen.

Zu dieser Auffassung unseres revolutionären Standpunktes konnte ich mich nicht bekennen. Protestieren und negieren, wo es am Platze war, also vor allen Dingen gegen alles Schlechte und Verderbliche, aber zugleich auch agitieren in positivem Sinne, indem wir überall unsere Anträge zu den einzelnen Gesetzentwürfen stellten und damit zeigten, wie wir uns die Gestaltung der Dinge dachten. Indem wir diese Anträge stellten und Reden zu ihren Gunsten hielten, die, wenn auch noch so verstümmelt, in den Berichten der Zeitungen von Millionen gelesen wurden, würden wir im höchsten Grade agitatorisch und propagandistisch wirken.

Diese Meinungsverschiedenheiten kamen zwischen uns am lebhaftesten zum Ausdruck, als ich zahlreiche Anträge zur Gewerbeordnung und anderen Gesetzentwürfen stellte, zu denen Liebknecht seine Stimme nur ungern hergab. Er hielt es schließlich für zweckmäßig, seinen abweichenden Standpunkt in einem Vortrag darzulegen, den er am 31. Mai 1869 im Berliner Demokratischen Arbeiterverein hielt. Der Vortrag ist nachher in einer Broschüre erschienen, betitelt: »Die politische Stellung der Sozialdemokratie, insbesondere mit Bezug auf den Reichstag.«

Liebknecht äußerte darin: Die soziale Bewegung ist ein revolutionärer Umgestaltungsprozeß, der sich nicht über Nacht vollziehen kann … Aber die neue Gesellschaft steht in unversöhnlichem Gegensatz mit dem alten Staat … Was die neue Gesellschaft will, hat daher vor allem auf Vernichtung des alten Staates hinzuwirken … Für die soziale Praxis muß sich die Sozialdemokratie erst den staatlichen Boden schaffen … Der Kampf im Reichstag sei bloß ein Scheinkampf, bloß eine Komödie … Verhandeln könne man nur, wo eine gemeinsame Grundlage bestehe … Prinzipien seien unteilbar, man müsse sie ganz bewahren oder ganz opfern … Den im Reichstag fast ausschließlich vertretenen herrschenden Klassen gegenüber sei der Sozialismus keine Frage der Theorie mehr, sondern einfach eine Machtfrage, die in keinem Parlament, die nur auf der Straße, auf dem Schlachtfeld zu lösen sei, gleich jeder anderen Machtfrage … Alles, was von dem Werte der Reden im Reichstag gesagt werde, sei hinfällig. Ob man glaube, den Reichstag durch Reden bekehren zu können? Dieses Reden sei zwecklos, und zwecklos zu reden, sei ein Vergnügen der Toren.

Er wendete sich dann gegen die Überschätzung des Wahlrechts im absolutistischen Staat; losgelöst von staatsbürgerlicher Freiheit, ohne Preßfreiheit, ohne Vereinsrecht könne das allgemeine Stimmrecht nur Spiel und Werkzeug des Absolutismus sein.

Der Reichstag habe auch keine Macht; eine Kompanie Soldaten jage, selbst wenn wir die Mehrheit darin hätten, diese Mehrheit zum Tempel hinaus … Revolutionen würden nicht mit hoher obrigkeitlicher Bewilligung gemacht; die sozialistische Idee könne nicht innerhalb des heutigen Staates verwirklicht werden; sie müsse ihn stürzen, um ins Leben treten zu können. »Kein Friede mit dem heutigen Staat.«

Diese rein negierende Stellung Liebknechts ist für die Partei nie maßgebend geworden, so oft er auch dafür kämpfte. Als aber in den achtziger Jahren unter der Herrschaft des Sozialistengesetzes der Anarchismus in Deutschland hier und da Boden fand, benutzten selbstverständlich die Anarchisten die Broschüre Liebknechts, um gegen uns als »parlamentarische Partei« zu kämpfen. Es war ein unhaltbarer Zustand, daß eine Rede des ersten Führers der Partei ständig gegen die Wirksamkeit der Partei ausgenutzt wurde. Darauf machte ich ihn in einer Fraktionssitzung Mitte der achtziger Jahre aufmerksam. Liebknecht gab die Berechtigung meiner Auffassung ohne weiteres zu, und so erschien die neue Auflage mit einem Vorwort, in dem er darauf hinwies, daß sein in der Broschüre vertretener Standpunkt sich nur auf die Periode *vor* Gründung des Reiches beziehe. Im weiteren hat dann auch Liebknecht auf dem St. Galler Kongreß – Oktober 1887 – offen und rückhaltlos erklärt, er sei nunmehr zu der Ansicht gekommen, daß die praktische Tätigkeit in den Parlamenten eine Notwendigkeit und von großem Vorteil für die Partei sei. Damit waren die Meinungsverschiedenheiten zwischen uns über die parlamentarische Taktik beseitigt.

Die Liebknechtsche Rede hatte ein gerichtliches Nachspiel. Das Berliner Stadtgericht verurteilte ihn in contumaciam, da er auf Vorladung nicht erschienen war, wegen Schmähung obrigkeitlicher Anordnungen zu drei Monaten Gefängnis. Das Berliner Stadtgericht forderte darauf die Auslieferung Liebknechts – man halte fest, daß es damals noch kein gemeinsames Strafrecht und kein gemeinsames Prozeßverfahren gab – auf Grund des Gesetzes über die gegenseitige Rechtshilfe. Diese Auslieferung wurde von den sächsischen Gerichten *verweigert,* weil es nach dem neuen sächsischen Strafrecht kein Vergehen gab wie jenes, auf das hin Liebknecht in Berlin verurteilt worden war. Nun verlangte die preußische Regierung bei der sächsischen die Verfolgung Liebknechts wegen Schmähung von Bundesinstitutionen. Die sächsische Regierung machte auch Miene, dem Verlangen stattzugeben. Die Sache zog sich aber in die Länge, und schließlich erging es Liebknecht mit seiner Berliner wie mir mit meinen Plauener Reden, sie wanderten als schätzbares Anklagematerial in die Akten unseres kommenden Hochverratsprozesses.

Der Deutsch-Französische Krieg

Das Vorspiel zur Kriegserklärung

Die Haltung, die Liebknecht und ich bei Ausbruch und während der Dauer jenes Krieges in und außerhalb des Reichstags einnahmen, ist jahrzehntelang Gegenstand der Erörterung und heftiger Angriffe gewesen. Anfangs auch in der Partei. Aber nur kurze Zeit, dann gab man uns recht. Ich bekenne, daß ich unsere damalige Haltung in keiner Weise bedaure und daß, wenn wir bei Ausbruch des Krieges bereits gewußt hätten, was wir im Laufe der nächsten Jahre auf Grund amtlicher und außeramtlicher Veröffentlichungen kennenlernten, unsere Haltung vom ersten Augenblick an eine noch schroffere gewesen sein würde. Wir hätten uns nicht, wie es geschah, bei der ersten Geldforderung für den Krieg der Abstimmung enthalten, wir hätten direkt gegen dieselbe stimmen müssen.

Heute kann es keinem Zweifel mehr unterliegen, daß der Krieg von 1870 von *Bismarck gewollt* und durch ihn von langer Hand vorbereitet worden ist. Wenn er mit seinen Versuchen, anläßlich der Kriege von 1864 und 1866 sich als den Unschuldigen und dazu Gereizten hinzustellen, wenig Glück hatte, so ist ihm dieses in bezug auf den Krieg von 1870/71 glänzend gelungen. Mit Ausnahme eines kleinen Kreises Eingeweihter, der wußte, daß Bismarck mit allen ihm zu Gebote stehenden Mitteln auf den Krieg mit Frankreich hinarbeitete – zu dem der damalige König und spätere Kaiser Wilhelm I. nicht gehörte –, hat Bismarck alle Welt düpiert und den Glauben zu erwecken verstanden, daß Napoleon den Krieg provozierte und er, der friedliebende Bismarck, sich mit seiner Politik in der Rolle des Angegriffenen befand. Und die offizielle und offiziöse Geschichtsschreibung hat diesen Glauben, wonach Frankreich der Angreifer, Deutschland der Angegriffene war, bis heute in der großen Masse der Bevölkerung aufrechtzuerhalten verstanden.

Allerdings hat Napoleon formell den Krieg erklärt, aber das Bewundernswerte in der Bismarckschen Politik lag darin, daß er die Karten so geschickt gemischt hatte, daß Napoleon mit der Kriegserklärung austrumpfen *mußte,* er mochte wollen oder nicht, und so als der Friedensbrecher erschien.

Haben doch kurze Zeit selbst Männer wie Marx und Engels die Anschauung gehabt und öffentlich zum Ausdruck gebracht, Napoleon sei der Friedensbrecher gewesen, obgleich die Warte, auf der sie standen, für die Beurteilung der europäischen Politik eine weit höhere war als die unsere. Die Vorgänge bis zur Kriegserklärung waren so irreführend und verblüffend, daß man ganz die Tatsache übersah, daß Frankreich, das den Krieg erklärte, mit seiner Armee auf keinen Krieg vorbereitet war, wohingegen in Deutschland, das als der zum Kriege provozierte Teil erschien, die Kriegsvorbereitungen *bis auf den letzten Lafettennagel fertig waren* und die Mobilmachung wie am Schnürchen sich vollzog.

Die öffentliche Anklage, daß Bismarck der Urheber des Deutsch-Französischen Krieges sei, habe ich meines Erinnerns in der Partei zuerst in zwei Artikeln des »Volksstaat«, und zwar in den Nummern 73 und 74 vom Jahre 1873 erhoben, die die Überschrift trugen: »Zum zweiten September.« Liebknecht, dem ich die beiden Artikel vorlegte, hat nur einige kleine formale Änderungen daran vorgenommen und hat sie beide an der Spitze seiner später erschienenen Broschüre: »Die Emser Depesche oder wie Kriege gemacht werden«, abgedruckt.

Der Krieg mit Frankreich lag lange in der Luft. Sobald die Lösung der deutschen Frage durch die Kabinette und nicht durch die Volksmassen in die Hand genommen wurde, war bei der Situation in Deutschland und Europa, die der Wiener Kongreß von 1815 geschaffen hatte, auch die Einmischung des Auslandes zu befürchten, in erster Linie die Frankreichs, dessen damaliger Herrscher Napoleon sich eine Art Schiedsrichterrolle in Europa anzumaßen verstanden hatte. Der Antagonismus zwischen Österreich und Preußen, wie das ganze Gebilde des damaligen deutschen Bundes, erleichterte ihm diese Rolle. Bismarck trug dieser Rolle ebenfalls Rechnung, indem er von 1864 bis 1866 sich auf allerlei bedenkliche Unterhandlungen mit Napoleon einließ, bei denen die Abtretung gewisser Teile Deutschlands als Kompensation für Annexionen deutscher Staaten durch Preußen in Frage kam. Ich habe schon im ersten Teil meiner Arbeit darauf Bezug genommen.

Bismarck war es gelungen, sowohl 1864 wie 1866 Napoleon zu prellen; er ging bei der Umgestaltung der deutschen Verhältnisse zugunsten Preußens leer aus. Aber seine Einmischung in die Friedensverhandlungen des Krieges von 1866 hatte doch genügt, um Preußen die geplante Annexion Sachsens unmöglich zu machen; auch war Napoleons Einfluß die Bestimmung des Artikel 4 des Prager Friedensvertrags zu verdanken, wonach eine Abtretung des dänisch sprechenden Teiles Nordschleswigs an Dänemark in Aussicht genommen wurde; ferner mußte Preußen auf Annexion südlich der Mainlinie verzichten. Napoleons Einfluß war weiter geschuldet die Lösung der Luxemburger Frage im folgenden Jahre zuungunsten Deutschlands.

Es liegt auf der Hand, daß diese Störung von Bismarcks Zirkeln durch Napoleon bei Bismarck Rache- und Vergeltungsgedanken aufkommen ließen und er danach gierte, die überragende Stellung Napoleons und Frankreichs in Europa zu brechen. Einen Krieg gegen Frankreich zu beginnen, sobald eine günstige Gelegenheit sich dazu biete, war von 1866 ab das Ziel der neupreußisch-deutschen Politik. Auf dieses Ziel wurde die militärische Reorganisation und Armeeerweiterung mit fieberhafter Eile betrieben; es wurden alle Maßnahmen bis ins kleinste getroffen, um, wenn der Moment komme, mit Frankreich anbinden zu können.

Daß der nächste Krieg ein Krieg mit Frankreich sein werde, war seit 1866 die Überzeugung aller Politiker. Auch in der Armee sah man dieses als selbstverständlich an und sehnte sich nach demselben. Wir klagten deshalb die Bismarcksche Politik an, daß sie einen Zustand für Deutschland geschaffen hatte, wie er seit 1815 nicht vorhanden gewesen sei. Das gespannte Verhältnis zu Österreich, das der Ausgang des Krieges von 1866 zur Folge hatte, mache die Frage für Deutschland doppelt gefährlich, weil befürchtet werden müsse, daß Österreich zu einer Revanche für 1866 mit Frankreich im Bunde bereit sein werde. Tatsächlich wurden auch bezügliche Verhandlungen zwischen Frankreich und Österreich gepflogen, die aber keinen Erfolg hatten, weil der unerwartete rasche Ausbruch des Krieges und die siegreichen Schläge, mit der die französische Armee von der deutschen niedergeworfen wurde, es Österreich klüger erscheinen ließen, von einer Einmischung abzusehen. Aus dieser Situation heraus sah man im Volke einem Kriege zwischen Deutschland und Frankreich mit großem Unbehagen entgegen, um so mehr, da man in weiten Volkskreisen noch an eine Unbesiegbarkeit Frankreichs glaubte. Andererseits stand allerdings fest, daß der Mangel an positivem Gewinn, den Napoleon aus seiner Einmischungsrolle heimgebracht, sein Ansehen im eigenen Lande tief heruntergesetzt und der bürgerlichen Opposition großen Anhang verschafft hatte. Diese Stimmung kam deutlich zum Ausdruck bei den Wahlen im Mai 1869, bei welchen auf die Kandidaten der Regierung nur rund 4469000 Stimmen, auf die der Opposition 3259000 Stimmen fielen. Über diesen Wahlausfall schrieb man damals der »Frankfurter Zeitung« aus Paris: »Nicht allein die moralischen, auch die materiellen Interessen Europas lassen die republikanische Staatsform als unerläßlich für die Regeneration unserer Verhältnisse erscheinen.«

Die Opposition in der Kammer war auf 116 Köpfe gestiegen. Das veranlaßte Napoleon Anfang Januar 1870, das Mitglied der Opposition, Olivier, zum Präsidenten eines gemäßigt liberalen Kabinetts zu ernennen und zur Unterstützung seiner Politik am 8. Mai ein sogenanntes Plebiszit (allgemeine Volksabstimmung) vorzunehmen, wobei er für sein Regiment zwar 7350000 Ja gegen 1500000 Nein erzielte, aber was sehr bedenklich war, die Armee und Marine hatten 50000 Nein in die Urne geworfen.

Außerdem hatten zahlreiche Städte, voran Paris, ein erhebliches Mehr gegen ihn ergeben.

Die feindselige Stimmung gegen Napoleon war in Paris schon im Januar zutagegetreten bei der Beerdigung des Schriftstellers Victor Noir, den der Prinz Pierre Napoleon bei einem persönlichen Streit meuchlings niedergeschossen hatte. Eine ungeheure Menschenmenge begleitete demonstrativ die Leiche Victor Noirs. Es fehlte nicht viel, und es wäre dabei zu einem revolutionären Ausbruch gekommen.

Alle diese Vorgänge wirkten niederdrückend auf Napoleon, der damals schon an einem schmerzhaften Blasensteinleiden litt, dem er schließlich auch erlag. Dieses Leiden raubte ihm Energie und Tatkraft.

Aber auch die militärischen Verhältnisse Frankreichs waren solche, die einen Krieg mit einer starken Macht für gefährlich erscheinen ließen. Wenn Preußen-Deutschland seit 1866 mit aller Kraft und Energie an der Vermehrung und Ausbildung der Armee arbeitete, so geschah gleiches nicht in Frankreich. Napoleon hatte zwar in dem Oberst Stoffel einen Militärattaché in Berlin, der offene Augen und Ohren hatte und fortgesetzt Berichte einschickte, worin er über die gewaltigen Fortschritte in der militärischen Entwicklung Preußens Bericht erstattete und zu ähnlichem Vorgehen antrieb, aber alles war vergebens. Oberst Stoffel predigte tauben Ohren. Einige Urteile Stoffels, weil von historischer Bedeutung, mögen hier Platz finden. So schrieb er unter dem 22. Juli 1868: »Nach meiner Meinung lebt man in Frankreich in der tiefsten Unwissenheit von alledem, was Preußen angeht, sowohl die preußische Nation als die preußische Armee.« Am 12. August 1869 schrieb er prophetisch: »Preußen hat Scharfblick genug, um zu erkennen, daß der Krieg, den es nicht wünscht, doch ausbrechen wird, und es hat alle Anstrengungen gemacht, trat vorbereitet zu sein für diese Eventualität, daß irgendein Zwischenfall den Krieg herbeiführt.« Ein andermal bemerkt er: »Das ist der Hauptgegenstand meiner Befürchtung, dieser schlagende Kontrast zwischen der Voraussicht Preußens und der Verblendung Frankreichs.« Wütend ist er über Thiers, der 1848 verhindert habe, daß die allgemeine Wehrpflicht in Frankreich eingeführt wurde. *»Dieser Mensch war für unser Land ein schlimmeres Verhängnis als zwanzig Niederlagen.«* Und bei Ausbruch des Krieges bezeichnete er denselben von französischer Seite als den Krieg der Voraussehungslosigkeit, der Unwissenheit und der Albernheit gegenüber der Voraussicht, Bildung und Intelligenz. Napoleon sei krank, *die Revolution stehe vor der Tür,* und dazu komme die Dummheit der Kaiserin.

In Paris glaubte kein Mensch an einen Krieg mit Deutschland. *Noch Anfang Juli 1870, also vierzehn Tage vor Ausbruch des Krieges, beschloß die französische Deputiertenkammer die Herabsetzung des Rekrutenkontingents von 100000 auf 90000 Mann.* Der Kriegsminister Leboeuf erklärte, daß, *wenn er der Herabsetzung zustimme, es geschehe, weil er einen Beweis der Friedfertigkeit des Ministeriums geben wolle.* Und der Ministerpräsident Olivier erklärte auf eine Anfrage des Abgeordneten Jules Favre, *daß zu keiner Zeit die Erhaltung des Friedens mehr gesichert sei als gegenwärtig. Nirgends gebe es eine aufregende Frage.*

Und doch kam über Nacht der Krieg.

»Fern im Süd das schöne Spanien« gab ungewollt die Gelegenheit dazu. Seit Herbst 1868 war Spanien Republik, aber die herrschenden Klassen sehnten sich nach der Monarchie. So gingen sie auf die Königsuche. Wie nachträglich bekanntgeworden ist, wurde bereits im September 1869 der Fürst Karl Anton von Hohenzollern davon unterrichtet, daß man seinen Sohn Leopold, der damals als Leutnant in einem preußischen Garderegiment stand, zum König von Spanien wünsche. Der preußische Gesandte in München, Freiherr v. Werthern, hatte dabei seine Hand im Spiele. Ob mit oder ohne Wissen Bismarcks? Bismarck leugnete, daß er davon etwas gewußt habe, aber wer glaubt es ihm? Ein Hohenzollernprinz als Kandidat für den spanischen Königsthron war eine Sache von größter politischer Bedeutung, sowohl für die Hohenzollern wie für Napoleon. Napoleon und Frankreich fühlten sich in ihren Interessen aufs stärkste gefährdet, wenn neben dem Hohenzollern an der Ostgrenze ein Hohenzoller auf der Südgrenze als Regent eines großen Staates hinzukam. Im Fall eines Krieges mit Deutschland mußte alsdann Frankreich sich gegen einen Überfall von Süden schützen, was eine starke militärische Schwächung bedeutete.

König Wilhelm hatte bezeichnenderweise von einem ernsthaften Plan, einen Hohenzollernprinzen auf den spanischen Königsthron zu erheben, *keine Ahnung.* Er erhielt die Nachricht darüber erst Ende Februar 1870 und schrieb darauf unter dem 26. an Bismarck:

»Die Einlage fällt mir wie ein Blitz aus heiterer Luft auf den Leib! Wieder ein hohenzollerischer Thronkandidat, und zwar für Spanien. Ich ahndete kein Wort und spaßte neulich mit dem Erbprinzen über die frühere Nennung seines Namens und beide verwarfen die Idee unter gleichem Spaß! Da Sie vom Fürsten Details erhalten haben, so müssen wir konferieren, obgleich ich von Haus gegen die Sache bin.

Ihr W.«

Bismarck ließ sich aber durch diese Ansicht des Königs nicht irremachen, er verfolgte konsequent seinen Plan und erreichte schließlich doch, daß in einer Beratung unter dem Vorsitz des Königs, an welcher der Kronprinz, der Fürst von Hohenzollern, er und Moltke teilnahmen, der Kandidatur des Prinzen Leopold zugestimmt wurde.

Napoleon soll anfangs die Nachricht von der Kandidatur des Hohenzollernprinzen ohne besonderen Widerspruch hingenommen haben, was für seine Apathie und sein Ruhebedürfnis spräche. Als aber Anfang Juli die provisorische Regierung Spaniens sich für die Kandidatur des Hohenzollern aussprach und dieser Beschluß in Frankreich bekannt wurde, begann der größte Teil der französischen Presse zu toben wegen der Gefahr, die ein Hohenzoller auf dem spanischen Königsthron für Frankreich bedeute. Jetzt mußte auch Napoleon sich rühren. Er sandte seinen Botschafter Benedetti um Aufklärung zu Bismarck. Dieser gab zur Antwort, das *Ministerium* wisse nichts von der Sache. So stellt er selbst in »Gedanken und Erinnerungen« die Sache dar. Dort erklärt er im zweiten Bande auf Seite 80, politisch habe er der Frage ziemlich gleichgültig gegenübergestanden. Auf der folgenden Seite aber äußert er bereits: »Wenn der Herzog von Gramont (in einer 1872 erschienenen Broschüre) sich bemüht, den Beweis zu führen, daß ich der spanischen Anregung gegenüber mich nicht ablehnend verhalten hätte, so finde ich keinen Grund, dem zu widersprechen.«

Einer seiner Verehrer hat recht, wenn er schreibt: »Indem Bismarck Geschichte schreibt, macht er Geschichte«, das heißt er dreht die Dinge so, wie sie ihm passen.

Dem Lärm in der französischen Presse folgte der Lärm in der deutschen. Aber zunächst nicht überall. Noch am 12. Juli sprach die »Kölnische Zeitung« sich sehr entschieden gegen die Hohenzollern-Kandidatur aus im Interesse der Ruhe Europas. Und wie man in jenen Tagen in Bürgerkreisen über den Militarismus dachte, darüber legt Zeugnis ab ein Beschluß einer Vertrauensmännerversammlung der Fortschrittspartei für Rheinpreußen am 10. Juli in Köln. Jene Versammlung resolvierte:

144

»Wir erwarten und fordern von den zu wählenden Abgeordneten zum Reichstag, daß sie in der nächsten Session des Reichstags insbesondere für die Verminderung der Militärlast durch Verringerung der Friedensarmee und Verkürzung der Dienstzeit eintreten und für den Fall, *daß diese Forderung abgelehnt wird, in Ausübung ihres verfassungsmäßigen Rechtes jedwede Bewilligung von Geldmitteln für das Militär dem Bundespräsidium verweigern.*«

Wer denkt in den bürgerlichen Parteien heute noch an dergleichen Schritte, obgleich mittlerweile die militärischen Rüstungen zu Wasser und zu Lande einen Umfang angenommen haben, den zu jener Zeit *niemand* für *möglich* hielt.

Da kam der 13. Juli, der die Entscheidung brachte. Nach der offiziellen und offiziösen Darstellung der Begegnung des Grafen Benedetti mit König Wilhelm in Ems sollte Benedetti in brüsker Weise vom König gefordert haben, zu erklären, daß er nie wieder eine Hohenzollernkandidatur für den spanischen Thron zulassen werde, nachdem an demselben Tage, auf Betreiben des Königs Wilhelm der Hohenzollernprinz seine Kandidatur *zurückgezogen* hatte. Der König hatte durch einen Adjutanten an Benedetti diesem mitgeteilt, daß er die Verzichtleistung approbiert habe. Auf einen nochmaligen Wunsch Benedettis, den König zu sprechen, ließ dieser, wie sein Generaladjutant Prinz Radziwill nachher in einer Erklärung mitteilte, »dem Grafen Benedetti durch mich zum dritten Male nach Tisch, etwa um 6 Uhr, erwidern, Seine Majestät müsse es entschieden ablehnen, in betreff der bindenden Erklärungen für die Zukunft sich in weitere Diskussionen einzulassen. Was er heute morgen gesagt, wäre sein letztes Wort in dieser Sache, und er könne sich lediglich darauf berufen. Hierauf erklärte Benedetti, sich seinerseits bei dieser Erklärung beruhigen zu wollen.« Damit war tatsächlich der Zwischenfall erledigt. Aber nicht für Bismarck, dessen Pläne auf einen Konflikt mit Frankreich durch die Erklärung des Königs durchkreuzt waren. Er erzählt selbst in »Gedanken und Erinnerungen«, daß, als er an jenem Tage mit Moltke und Roon gemeinsam speiste, diese über die Nachricht von der Verzichtleistung des Prinzen von Hohenzollern auf den spanischen Thron im höchsten Grade deprimiert waren. Bismarck selbst war so aufgebracht, daß er seine Demission geben wollte. Bald darauf lief aus Ems eine lange Depesche ein, in der Abeken im Auftrag des Königs den Verlauf der letzten Zusammenkunft desselben mit Benedetti schilderte, deren Inhalt die letzte Hoffnung auf einen Konflikt mit Frankreich zerstörte. Roon und Moltke legten tief betroffen Gabel und Messer hin, erzählt Bismarck; daß die Aussicht auf Krieg geschwunden war, hatte ihnen den Appetit verdorben. Darauf setzte sich Bismarck – immer nach seiner eigenen Darstellung – an einen Nebentisch, nahm den Stift und strich die Depesche so zusammen, daß dieselbe einen völlig veränderten Charakter bekam. Als er sie in seiner Fassung Moltke und Roon vorlas, leuchteten beider Augen, und Moltke, der Schweiger, rief: »So, das hat einen anderen Klang, vorher war es eine Schamade, jetzt ist es eine Fanfare!« Alsdann setzten sich alle drei fröhlich zu Tisch und aßen mit bestem Appetit weiter. *Der Krieg war gesichert.*

Die Depesche ging in die Welt und wurde offiziell an alle fremden Kabinette mit Ausnahme des Pariser verschickt, was die schwerste Beleidigung für die französische Regierung war. In der redigierten Fassung lautete die Depesche:

»Ems, 13. Juli 1870. Nachdem die Nachrichten von der Entsagung des Erbprinzen von Hohenzollern der kaiserlich französischen Regierung von der königlich spanischen amtlich mitgeteilt worden sind, hat der französische Botschafter in Ems an Seine Majestät noch die Forderung gestellt, ihn zu autorisieren, daß Seine Majestät der König sich für alle Zukunft verpflichte, niemals wieder seine Zustimmung zu geben, wenn die Hohenzollern auf ihre Kandidatur wieder zurückkommen sollten. *Seine Majestät der König hat es darauf abgelehnt, den französischen Botschafter zu empfangen und demselben durch den Adjutanten vom Dienst sagen lassen, daß Seine Majestät dem Botschafter nichts weiter mitzuteilen habe.*«

Diese Bismarcksche Depesche hatte die gewünschte Wirkung. Sobald sie bekannt wurde, war die Aufregung in Frankreich und Deutschland und weit über diese Länder hinaus eine ungeheure. Ich bekam Kenntnis von derselben, als ich am Nachmittag des 14. Juli im Vorderhause bei meinem Friseur war und die damals von Professor Dr. Karl Biedermann redigierte »Allgemeine Deutsche Zeitung« hereingebracht wurde, die jene Depesche enthielt. Als ich sie gelesen, warf ich das Blatt mit den Worten auf den Tisch: »Da haben wir den Krieg!« Der Friseur erschrak über diese Äußerung aufs höchste, ich mußte ihm auseinandersetzen, warum die Depesche diese Bedeutung habe.

Wie vorauszusehen, erfolgte am 19. Juli die Kriegserklärung Frankreichs an Deutschland, nachdem die französische Kammer bereits am 15. Juli eine Kriegsanleihe in Höhe von 700 Millionen Franken gegen eine kleine Minorität bewilligt hatte.

Meinungsdifferenzen

Die geschilderten Vorgänge hatten zwischen Liebknecht und mir abermals eine Meinungsverschiedenheit hervorgerufen. Liebknecht hatte die Ansicht, Napoleon wolle den Krieg, Bismarck habe aber nicht den Mut, den hingeworfenen Fehdehandschuh aufzunehmen. So schrieb er am 13. Juli im »Volksstaat«: »Das Frankreich des Bonaparte hat dem Preußen des Bismarck die Kriegsfrage gestellt, und wenn letzteres sich nicht zu einem schimpflichen Rückzug entschließt, ist der Krieg unvermeidlich.« Am 16. Juli schrieb er: »Der Mutige weicht zurück – vor dem Stärkeren. Die Hohenzollernkandidatur ist gegenüber der drohenden Haltung Bonapartes zurückgezogen worden; es bleibt Friede, und der großmächtige Norddeutsche Bund, der Deutschland Achtung im Ausland verschaffen sollte, hat mit derselben Demut, wie weiland in der Luxemburger Affäre, vor dem französischen Kaiserreich die Segel gestrichen.«

Ich vertrat den entgegengesetzten Standpunkt. Wohl habe Napoleon den Krieg erklärt, aber er sei nach meinem Gefühl in eine Falle getappt, die Bismarck ihm gestellt; *letzterer* wolle den Krieg, und er habe sein Ziel erreicht. Ich war über die Auffassung des »Volksstaat« im höchsten Grade erregt, es kam zu lebhaften Erörterungen zwischen Liebknecht und mir, und erst auf eine Intervention Geibs kam es zu einer Verständigung zwischen uns. Vom 20. Juli ab vertrat der »Volksstaat« eine Auffassung, die auch ich durchaus teilte.

Ohne Ahnung, daß ein Krieg ausbrechen werde, hatten wir zum 17. Juli eine Landesversammlung der sozialdemokratischen Arbeiterpartei nach Chemnitz einberufen. Natürlich mußten wir nunmehr zur Kriegsfrage Stellung nehmen. Dieses geschah durch folgende Resolution, die Liebknecht und ich vorschlugen und die einstimmig angenommen wurde.

»Die Landesversammlung protestiert gegen jeden nicht im Interesse der Freiheit und Humanität geführten Krieg, als einen Hohn auf die moderne Kultur. Die Landesversammlung protestiert gegen einen Krieg, der nur im dynastischen Interesse geführt wird und das Leben von Hunderttausenden, den Wohlstand von Millionen auf das Spiel setzt, um den Ehrgeiz einiger Machthaber zu befriedigen. Die Versammlung begrüßt mit Freuden die Haltung der französischen Demokratie und insbesondere der sozialistischen Arbeiter, sie erklärt sich mit deren Bestrebungen gegen den Krieg vollständig einverstanden und erwartet, daß auch die deutsche Demokratie und die deutschen Arbeiter in diesem Sinne ihre Stimme erheben.«

Die Pariser Arbeiter hatten schon vor uns sich gegen den Krieg ausgesprochen. In ähnlichem Sinne wie wir erklärten sich die Arbeiter vieler Städte in öffentlichen Versammlungen, so unter anderen in Barmen, Berlin, Nürnberg, München, Königsberg, Fürth, Krefeld.

Anders dachte der Braunschweiger Parteiausschuß, der zum 16. Juli eine Volksversammlung einberufen hatte, in der er eine Resolution annehmen ließ, in der die Versammelten sich auf den Standpunkt stellten, daß Napoleon und die Majorität der Volksvertreter Frankreichs die frivolen Friedensbrecher und Ruhestörer Europas seien. Die deutsche Nation dagegen sei die beschimpfte, die angegriffene, deshalb müsse die Versammlung den Verteidigungskrieg als unvermeidliches Übel anerkennen, sie fordere jedoch das gesamte Volk auf, mit allen Mitteln dahin zu wirken, daß dem Volke selbst die Entscheidung zwischen Krieg und Frieden, wie überhaupt die vollste Selbstbestimmung werde. Dieser Auffassung des Parteiausschusses schlossen sich eine große Zahl Parteiorte, namentlich in Norddeutschland, an. Es war also eine starke Meinungsverschiedenheit in der Partei vorhanden.

*

Der Reichstag war zum 19. Juli einberufen worden. Als Liebknecht und ich am 18. von Chemnitz abreisten, waren bereits die Bahnen durch die Militärtransporte so in Anspruch genommen, daß wir auf dem Gößnitzer Bahnhof mehrere Stunden warten mußten, ehe wir weiterfahren konnten. Hier besprachen wir unsere im Reichstag zu beobachtende Taktik. Liebknecht war der Ansicht, wir müßten die Geldforderung strikte ablehnen, da beide Teile am Kriege schuld seien und wir für keinen Teil Partei ergreifen dürften. Ich erklärte dieses für einen Fehler. Nach Lage der Sache könnten wir allerdings für keinen der streitenden

Teile Partei ergreifen. Dieser Eindruck würde aber gerade dann, und zwar zugunsten Napoleons, hervorgerufen, wenn wir gegen die Anleihe stimmten; es bliebe uns kein anderer Weg, als uns der Abstimmung zu enthalten. Schließlich ersuchte mich Liebknecht, den Entwurf einer Erklärung auszuarbeiten und am nächsten Tage mit nach Berlin zu bringen. Dies geschah. Nach einigen kleinen Änderungen stimmte Liebknecht meinem Entwurf zu, auch sollte ich die Erklärung im Reichstag abgeben. In der Sitzung vom 21. Juli nahm ich das Wort: »Da, wie wir vernommen, es der Wunsch ist, die Tagesordnung ohne Debatte zu erledigen, so sind wir übereingekommen, keine Debatte zu provozieren, obgleich wir mit der Ansicht des Hauses in keiner Weise einverstanden sind. Wir sind entschlossen, in der vorliegenden Frage uns der Abstimmung zu enthalten, und werden unsere Motive in einer schriftlichen Erklärung zu den Akten des Hauses niederlegen.«

Simson als Präsident meinte: Das zu tun, könne er uns nicht hindern. Die Motivierung unseres Standpunktes lautete:

»Der gegenwärtige Krieg ist ein dynastischer Krieg, unternommen im Interesse der Dynastie Bonaparte, wie der Krieg von 1866 im Interesse der Dynastie Hohenzollern.

Die zur Führung des Krieges dem Reichstag abverlangten Geldmittel können wir nicht bewilligen, weil dies ein Vertrauensvotum für die preußische Regierung wäre, die durch ihr Vorgehen im Jahre 1866 den gegenwärtigen Krieg vorbereitet hat.

Ebensowenig können wir die geforderten Geldmittel verweigern; denn es könnte dies als Billigung der frevelhaften und verbrecherischen Politik Bonapartes aufgefaßt werden.

Als prinzipielle Gegner jedes dynastischen Krieges, als Sozialrepublikaner und Mitglieder der Internationalen Arbeiterassoziation, die ohne Unterschied der Nationalität alle Unterdrücker bekämpft, alle Unterdrückten zu einem großen Bruderbund zu vereinigen sucht, können wir uns weder direkt noch indirekt für den gegenwärtigen Krieg erklären und enthalten uns daher der Abstimmung, indem wir die zuversichtliche Hoffnung aussprechen, daß die Völker Europas, durch die jetzigen unheilvollen Ereignisse belehrt, alles aufbieten werden, um sich ihr Selbstbestimmungsrecht zu erobern und die heutige Säbel- und Klassenherrschaft, als die Ursache aller staatlichen und gesellschaftlichen Übel, zu beseitigen.«

Die geforderten 120 Millionen Taler Kriegsanleihe wurden vom Reichstag bewilligt. Fritzsche, Hasenclever, Mende und Schweitzer stimmten dafür, Försterling hatte im Frühjahr sein Mandat für Chemnitz niedergelegt. In der Nachwahl war der Kreis den Hatzfeldtianern verloren gegangen. Als aber die Anleihe zur Zeichnung aufgelegt wurde, gab die deutsche Kapitalistenklasse der Welt ein trauriges Schauspiel. Obgleich das Geld mit 5 Prozent verzinst werden sollte und der Gläubiger für 100 Taler nur 88 zu geben brauchte, für die er aber nachher 100 Taler erhielt, *wurden nur 68 Millionen Taler gezeichnet.* Das war eine ungeheure Blamage. Anders in Frankreich. Dort wurden die geforderten 700 Millionen Franken voll gezeichnet, und zwar zu dem gleichen Zins, den Deutschland bot.

*

Unser Verhalten im Reichstag hatte die Differenzen zwischen uns und dem Parteiausschuß erweitert. Es kam zu sehr gereizten brieflichen Auseinandersetzungen, namentlich zwischen Liebknecht und dem Ausschuß, da Liebknecht nicht im Sinne des Ausschusses den »Volksstaat« redigieren wollte. Vergebens mahnte Liebknecht zur Vernunft. Unter dem 26. Juli schrieb er an Bracke unter anderem: »Ich nehme Euch Euren patriotischen Eifer nicht übel. Aber seid auch Euerseits tolerant. Wenn Ihr mit Bebels und meinem Verhalten auf dem Reichstag nicht einverstanden seid, so muß dieser Zwist jetzt um jeden Preis beigelegt oder wenigstens ein offener Ausbruch vermieden werden. Es darf in einem Moment, wie dem jetzigen, in der Partei nichts vorkommen, was wie Uneinigkeit aussähe, und ich beschwöre Euch, alles zu unterlassen, was die Differenzen verschärfen könnte.«

Diese Bitte war vergeblich. Schließlich war Liebknecht so verärgert, daß er drohte auszuwandern, die Wirtschaft und der nationale Paroxismus ekle ihn an. Auch mir wurden die Nörgeleien der Braunschweiger zu arg. Am 13. August schrieb ich nach dort: »Wenn der Ausschuß gegen Liebknecht vorgeht, verzichten wir auf jede fernere Mitarbeit am ›Volksstaat‹. Nach Eurem Briefe (der an Liebknecht gerichtet war und Drohungen gegen ihn enthielt) scheint Ihr in eine Art von nationalem Paroxismus verfallen zu sein, scheint Ihr den Skandal und den Bruch in der Partei um jeden Preis zu wollen. Einen Verstoß gegen die Parteiprinzipien könnt Ihr in unserem Verhalten auf dem Reichstag nicht nachweisen. Statt Euch damit zu begnügen, daß keine Verschärfung des Konflikts eintritt, verlangt Ihr von Leuten, die eine feste Meinung haben, die Änderung, die Verleugnung dieser Ansicht. Der ›Volksstaat‹ hat sich gerade in den letzten Wochen streng als Parteiorgan gezeigt. Beweis, das einstimmige Wutgeheul unserer Gegner. Wollt Ihr auch in dieses nationalliberale Geheul mit einstimmen? Ihr sprecht von sächsischem Partikularismus. Und doch sind wir gerade in Sachsen gut *sozialrepublikanisch,* und wir betrachten alle den Krieg als einen dynastischen. Marx hat sich auch für uns erklärt.«

Am 1. September schrieb Liebknecht auf einen Brief von Bracke: »Nicht aus Furcht vor den Strebern habe ich Lust, wegzugehen, sondern aus Ekel vor dem patriotischen Dusel. Diese Krankheit muß ihren Verlauf nehmen, und während derselben bin ich hier sehr überflüssig, kann aber anderwärts sehr nützlich sein, zum Beispiel in Amerika. Doch es wird nicht so schlimm kommen, und ich werde nicht zu gehen brauchen.«

August Geib-Hamburg suchte abermals zu vermitteln. Aber erfolgreicher als alle Vermittlung wirkte der Gang der Ereignisse, der uns bald wieder in die gleiche Schlachtlinie trieb.

Erklärungen und Proklamationen

Am 17. Juli fand in Berlin ein großer Kriegsrat statt. Wie es mit den Kriegsaussichten für Preußen-Deutschland stand, zeigt eine Erklärung Moltkes, die dieser zugleich im Namen Roons abgab: »*Preußen sei noch nie in der Lage gewesen, hinsichtlich seiner Heeresverfassung, Ausrüstung, Hilfsmittel usw. mit solchen Aussichten auf Erfolg einen Krieg anzunehmen wie gegenwärtig.* Er sei *sehr genau* über den Fortschritt (er hätte sagen können die Zurückgebliebenheit. A.B.) der französischen Rüstungen informiert, und *danach sei eine militärische Überrumpelung seitens Frankreichs nicht zu fürchten.*« Die Richtigkeit dieser Ansicht bestätigte sich sofort. In Deutschland glaubte man allgemein, der Kriegserklärung Napoleons werde ohne Verzug ein Einbruch der französischen Armee in deutsches Gebiet folgen. Man wartete vergebens. In Frankreich hatte die Kriegserklärung ein vollständiges Durcheinander hervorgerufen, kein einziges Armeekorps war auf Kriegsfuß, die Kopflosigkeit herrschte von oben bis unten. Anfang August standen bereits 380000 Deutsche 250000 Franzosen gegenüber. Und wie man in deutschliberalen Kreisen die Situation ansah, bewies ein Toast des Professor Biedermann in Leipzig auf einem studentischen Fest, in dem er bereits *Ende Juli* ausführte: »Wir werden die französische Nation daniederwerfen, daß sie in einem Menschenalter nicht mehr an Krieg denken kann. Wir werden das tun, indem wir dafür Sorge tragen, *daß der Leib Frankreichs etwas schmäler wird.*«

Hier wurde also bereits auf eine Annexion angespielt, noch ehe eine Schlacht geschlagen war. Man rechnete also absolut sicher mit dem Siege. In den offiziellen Aktenstücken lautete es um diese Zeit ganz anders! So wurde in der Thronrede, mit der der Reichstag am 19. Juli eröffnet worden war, gesagt, »daß man die Volkskraft zum Schutze unserer Unabhängigkeit aufrufe«, »Deutschland trage in sich selbst den Willen und die Kraft der Abwehr erneuter französischer Gewalttat«, man wende sich getrosten Mutes »an die Vaterlandsliebe und Opferfreudigkeit des deutschen Volkes mit dem Aufruf *zur Verteidigung seiner Ehre und seiner Unabhängigkeit*«. »Wir werden nach dem Beispiel unserer Väter« – so lautete der Schluß – »*für unsere Freiheit und für unser Recht gegen die Gewalttat fremder Eroberer kämpfen* und in diesem Kampfe, *in dem wir kein anderes Ziel verfolgen,* als den *Frieden Europas dauernd zu sichern, wird Gott mit uns sein, wie er mit unseren Vätern war.*«

Nach dieser feierlichen Erklärung – deren Verfasser Lothar Buchet war – handelte es sich also um einen *Verteidigungs-,* nicht um einen *Eroberungskrieg,* mit dem Zweck, für künftig den Frieden zu sichern.

Einen interessanten Satz enthielt aber noch die Thronrede; der Satz lautete:

»Das deutsche wie das französische Volk, beide die Segnungen christlicher Gesittung und steigenden Wohlstandes genießend und begehrend, sind zu einem heilsameren Wettkampf berufen als zu dem blutigen der Waffen.«

Bezeichnend für die Stimmung in den offiziellen Kreisen war auch die Proklamation des Königs von Preußen vom 11. August 1870, worin er anzeigte, daß er in Frankreich eingerückt sei und den Oberbefehl übernommen habe: »Ich führe Krieg mit den französischen *Soldaten* und nicht mit den *Bürgern* Frankreichs.«

Eine sehr günstige Beurteilung in unseren Kreisen fand die Proklamation des Prinzen Friedrich Karl:

»An die Soldaten der zweiten Armee!

Ihr betretet französischen Boden. Der Kaiser Napoleon hat ohne allen Grund an Deutschland den Krieg erklärt, er und seine Armee sind unsere Feinde. Das französische Volk ist nicht gefragt worden, ob es mit seinen deutschen Nachbarn einen blutigen Krieg führen wolle, ein Grund zur Feindschaft ist nicht vorhanden. Seid dessen eingedenk den friedlichen Bewohnern Frankreichs gegenüber, zeigt ihnen, daß in unserem Jahrhundert zwei Kulturvölker selbst im Kriege untereinander die Gebote der Menschlichkeit nicht vergessen, denkt stets daran, wie eure Eltern in der Heimat es empfinden würden, wenn ein Feind, was Gott verhüte, unsere Provinzen überschwemmte. Zeigt den Franzosen, daß das deutsche Volk nicht nur groß und tapfer, sondern auch gesittet und edelmütig dem Feinde gegenübersteht.«

Und bereits am 25. Juli hatte der König auf die laut gewordenen Kundgebungen ein Dankschreiben veröffentlicht, in dem es hieß:

»Die Liebe zu dem gemeinsamen Vaterlande, die einmütige Erhebung der deutschen Stämme und ihrer Fürsten hat alle Unterschiede und Gegensätze in sich beschlossen und versöhnt, und einig, wie kaum jemals zuvor, darf Deutschland in seiner Einmütigkeit, in seinem Recht die Bürgschaft finden, daß der Krieg ihm den dauernden Frieden bringen und daß aus der blutigen Saat eine von Gott gesegnete Ernte deutscher Freiheit und Einheit sprießen werde.«

Es ist zu beachten, wie in diesem Dankschreiben am Schluß die Freiheit vor die Einheit gesetzt ist. Das sollte mir später verhängnisvoll werden, als ich an dieses Versprechen in mehreren öffentlichen Versammlungen erinnerte.

Die Verhaftung des Braunschweiger Ausschusses

Im »Volksstaat« vom 30. Juli veröffentlichte der Parteiausschuß einen Aufruf, in dem der abweichende Standpunkt, der ihn damals von uns noch trennte, zum Ausdruck kam. Nachdem er die Partei zu energischer Tätigkeit aufgefordert, fuhr er fort: »Unsere Aufgabe ist es, bei der Geburt dieses, wie wir hoffen, *ganz* Deutschland umfassenden Staates *bestimmend mitzuwirken*, damit, wenn es möglich ist, *nicht der dynastische Staat,* sondern der *sozialdemokratische Volksstaat* (!!! A.B.) ins Dasein tritt;

unsere Aufgabe ist es – mag der gewordene neue Staat bei der Geburt *noch* dynastische Färbung tragen –, ihm in ernstem, schwerem Kampfe den Stempel *unserer* Ideen aufzudrücken.« Er hoffe, daß unsere Brüder mit Begeisterung und Mut uns bald zum Siege in Frankreich führten, doch solle man sich nicht vom Siegestaumel beherrschen lassen. Man müsse den Bruderkampf zwischen zwei Völkern bedauern, aber Deutschland sei unschuldig an dem Kriege; den Schuldigen werde die Strafe ereilen, dann aber gelte es, uns kräftig zu erhalten für den glorreicheren gemeinsamen Kampf aller Unterdrückten der Erde. Sei Napoleon besiegt, werde das französische Volk freier aufatmen, und wir hätten alsdann unsere Machthaber daran zu erinnern, was dem Volke von Gottes und Rechts wegen gebühre und was zu fordern die unendlichen Opfer und Qualen des Krieges es doppelt und dreifach berechtigten.

Der Ausschuß ahnte in seinem Optimismus damals nicht, daß er das erste Opfer sein werde, das die Herrlichkeit des Sieges zu kosten bekommen werde. Die Armeen des Kaiserreichs wurden in rasch aufeinanderfolgenden Schlägen zu Boden geworfen, Deutschland sah ganze Armeen französischer Gefangener in seinen Gauen, deren Unterbringung und Verpflegung bald eine unbequeme Last wurde. Es kam die Schlacht bei Sedan, die Napoleon unter Umständen annahm, daß man fast glauben sollte, er habe absichtlich so manövriert, um als Gefangener nach Deutschland, nicht als geschlagener Kaiser nach Frankreich zu kommen. Als die Nachricht von seiner Gefangenschaft nach Deutschland kam, jubelte alles, wir mit. Alle Welt erhoffte das Ende des Krieges, dessen Schlachten mit ihren ungeheuren Verlusten an Menschenleben schon den Überdruß am Kriege erzeugt hatten. »Ich scheue mich, nach den Verlusten zu fragen«, schrieb der König von Preußen nach den Schlachten um Metz an die Königin. An den König von Württemberg telegraphierte er: »Die Verluste der letzten Schlacht (am 19. August) wie der vorhergehenden sind so bedeutend, daß die Siegesfreude sehr getrübt wird.« Und die von Guido Weiß redigierte Berliner »Zukunft« schrieb: »Vor dem bleichen Purpur des Todes beugen sich auch die im Purpur Geborenen. Eine Furcht überkommt selbst die Furchtlosen: Zu weit ausgegriffen hat die Sichel, zu reichlich gedüngt ist das Blachfeld.«

Doch der Krieg wütete weiter. Die Gefangennahme Napoleons bei Sedan beantwortete Paris mit der Erklärung der Republik, ein Ereignis, das namentlich im deutschen Hauptquartier sehr unangenehm berührte. Um Frankreich zu einer Republik zu machen, dafür hatte man den Krieg nicht begonnen. Man fürchtete das böse Beispiel, wie sich gezeigt hat, ohne Grund. Als die Nachricht von der Verkündung der Republik nach Deutschland kam, stürzte Liebknecht in größter Aufregung und mit Tränen in den Augen zu mir in die Werkstatt, um mir das Ereignis zu verkünden. Er war frappiert über die Kühle, mit der ich die Nachricht aufnahm. Aber auch im Braunschweiger Ausschuß hatte die Nachricht wie eine Bombe eingeschlagen und einen starken Gesinnungswechsel hervorgerufen. Jetzt waren mit einem Schlage alle Differenzen zwischen uns beseitigt. Sofortiger Friedensschluß mit der französischen Republik, Ersatz aller Kriegskosten, aber Verzicht auf jede Annexion waren die Forderungen, die wir jetzt gemeinsam erhoben. Aus dem Verteidigungskrieg war mittlerweile der Eroberungskrieg geworden. Was Biedermann schon Ende Juli angedeutet, wurde nach den vielen und raschen Siegen allgemeine Forderung der liberalen und konservativen Presse.

In einem Manifest, das der Generalrat der Internationalen Arbeiterassoziation mit Bezug auf den Krieg erließ und der »Volksstaat« am 7. August veröffentlichte, hieß es: »Das Kriegskomplott vom Juli 1870 ist nur eine verbesserte Auflage des Staatsstreichs vom Dezember 1851.« Der Krieg habe so aberwitzig geschienen, daß Frankreich nicht daran glauben wollte, selbst die bürgerliche Opposition habe die Geldmittel verweigert. Die der Internationale angehörenden französischen Arbeiter hätten den Krieg als einen *dynastischen* Krieg verurteilt. »Welchen Verlauf auch immer der Krieg Louis Bonapartes mit Preußen nimmt, die Totenglocke des zweiten Kaiserreichs hat bereits in Paris geläutet. Es wird enden, wie es begonnen, mit einer Parodie.« Auf deutscher Seite sei der Krieg ein Verteidigungskrieg, »aber welche Politik habe verschuldet, daß Deutschland in diese Lage komme?« Die Kritik der Bismarckschen Politik, die hier folgte, mußte der »Volksstaat« unterdrücken. »Wenn die deutschen Arbeiter es erlauben, daß der gegenwärtige Krieg seinen streng defensiven Charakter verliert und in einen Krieg gegen das französische Volk ausartet, wird Sieg oder Niederlage sich gleich verhängnisvoll erweisen.« Der Generalrat weist als dann darauf hin, daß in einem solchen Falle Rußland den Vorteil habe.

Im Sinne des Manifestes des Generalrats handelte jetzt der Braunschweiger Ausschuß, als er, datiert vom 5. September, einen Aufruf »An alle deutschen Arbeiter« erließ. Mit Hinweis auf die neuesten Ereignisse in Frankreich erwarte er, daß die neue republikanische Regierung den Frieden mit Deutschland zu erreichen suche. Darin müßten die deutschen

Arbeiter die Absichten der republikanischen Regierung unterstützen und einen ehrenvollen Frieden mit dem französischen Volke fordern, für den sie in Masse ihre Stimmen erheben sollten.

Der Ausschuß zitiert dann aus einem Briefe von Karl Marx – dessen Name aber nicht genannt wurde –, was folgen werde und folgen müsse, wenn man auf der Annexion von Elsaß-Lothringen bestehen bleibe. Das Zitat lautet:

»Wer nicht ganz vom Geschrei des Augenblicks übertäubt ist oder ein Interesse daran hat, das deutsche Volk zu übertäuben, muß einsehen, daß der Krieg von 1870 ganz so notwendig einen Krieg zwischen Deutschland und Rußland im Schoße trägt, wie der Krieg von 1866 den von 1870. ... ... Durch den Verlauf des jetzigen Krieges *sei der Schwerpunkt der kontinentalen Arbeiterbewegung von Frankreich nach Deutschland verlegt.* Damit hafte größere Verantwortlichkeit auf der deutschen Arbeiterklasse.«

Der Ausschuß akzeptierte diese Auffassung, forderte zu Kundgebungen auf gegen die Annexion von Elsaß-Lothringen und für einen ehrenvollen Frieden mit der französischen Republik. Der Aufruf schloß:

»Wenn wir jetzt sehen, wie wieder ein großes Volk seine Geschicke in seine Hände genommen, wenn wir heute die Republik nicht allein mehr sehen in der Schweiz und jenseits der Meere, sondern auch faktisch Republik in Spanien, Republik in Frankreich, so lasset uns ausbrechen in den Ruf, der, wenn es auch heute noch nicht sein kann, auch für Deutschland einst die Morgenröte der Freiheit verkünden wird, in den Jubelruf: Es lebe die Republik!«

Am 11. September hatte der »Volksstaat« den hier erwähnten Aufruf abgedruckt, in der nächsten Nummer am 14. mußten bereits Liebknecht und ich eine Ansprache an die Parteigenossen veröffentlichen, in der wir anzeigten, daß der General Vogel v. Falckenstein in Hannover – wie sich herausstellte wider Recht und Gesetz – Befehl gegeben hatte, den Parteiausschuß, und zwar Bracke, Bonhorst, Spier, Kühn und den Buchdruckereibesitzer Sievers, mit Ketten gefesselt und unter starker militärischer Bedeckung nach der Festung Lötzen in Ostpreußen zu transportieren und dort zu internieren. Die den Verhafteten widerfahrene

Behandlung war eine höchst brutale, um nicht zu sagen grausame; sie brauchten allein 36 Stunden, um nach Königsberg zu gelangen. Auf der Reise hielt man sie überall von seiten des Publikums für gefangene Landesverräter und behandelte sie danach. Wir forderten auf, daß bis auf weitere Anordnung der Kontrollkommission Briefe und Gelder an Geib-Hamburg gesandt werden sollten. Der Schluß lautete:

»Parteigenossen! Es ist ein schwerer Schlag, der die Partei getroffen, und es werden ihm vielleicht andere folgen.

Stehet fest und unverzagt; in der Gefahr zeigt sich die echte Überzeugung, bewährt sich der rechte Mann.

Arbeitet kräftig für Ausbreitung der Partei und unserer Prinzipien, aber seid vorsichtig im Reden, vorsichtig auch im Schreiben – die uns feindliche Gewalt sucht alles gegen uns zu benutzen.

Wirkt kräftig für die Verbreitung des Parteiorgans, denn in ihm liegt in diesem Moment des geistigen Kampfes unsere Macht und unsere Stärke.

Es lebe der internationale Kampf des Proletariats! Hoch die sozialdemokratische Organisation!«

Die Nennung von Geibs Namen in unserer Ansprache genügte für Vogel v. Falckenstein, um auch diesen nach Lötzen schaffen zu lassen. Dasselbe Schicksal traf Johann Jacoby wegen einer Rede in Königsberg gegen die Annexion, und Gutsbesitzer Herbig, der Vorsitzender jener Versammlung gewesen war. Vogel v. Falckenstein handelte als Oberstkommandierender in Norddeutschland, das er gegen eine eventuelle Landung der Franzosen an den Nordküsten verteidigen sollte. In Ermangelung kriegerischer Taten verfiel er auf Polizeimaßregeln.

Die Verhaftung Jacobys und Herbigs machte in der liberalen Presse einen unangenehmen Eindruck. Ein linksliberales Blatt meinte: »Diese Handlungen paßten schlecht zu den großen Siegen und veranlaßten die Frage aufzuwerfen, *ob nicht dem deutschen Volk an innerer Freiheit verlorengehe, was es an äußerem Ruhm gewonnen.*«

Wir sahen das Tun und Treiben der Machthaber als selbstverständlich an. Es war eben eine Illusion des Parteiausschusses, daß er an eine freiheitliche Gestaltung in der neuen Ordnung glaubte, die derselbe Mann gewähren sollte, der sich bis dahin als der größte Feind jeder freiheitlichen, ich sage nicht einmal demokratischen Entwicklung gezeigt hatte, und der jetzt als Sieger dem neuen Reich den Kürassierstiefel in den Nacken setzte.

In Harburg wurden auch York und mehrere Genossen und in Halberstadt Naters verhaftet und ins Gefängnis gesetzt, um ihnen einen Prozeß wegen Verbreitung des Manifestes des Parteiausschusses zu machen. In Sachsen erließ das Generalgouvernement für das 12. Armeekorps Ende September eine Verordnung, wonach alle Volksversammlungen mit Rücksicht auf die Endziele des Krieges verboten wurden. Ein Lichtblick in dieser Zeit war, daß in Kirchberg und in Mittweida (beide in Sachsen) die Stadtverordnetenwahlen für unsere Partei glänzend ausfielen. Auch war trotz des Krieges am 1. August in Crimmitschau ein täglich erscheinendes Parteiblatt, »Der Bürger- und Bauernfreund«, den Karl Hirsch redigierte, erschienen, und am nächsten 1. Februar folgte die »Chemnitzer Freie Presse«, die ebenfalls täglich herauskam. Der Unterschied zwischen uns und dem Allgemeinen Deutschen Arbeiterverein bestand auch darin, daß wir Neugründungen von Parteiblättern kein Hindernis in den Weg legten.

Anfang Oktober bedauerte die offiziöse »Norddeutsche Allgemeine Zeitung«, daß man Liebknecht und mich nicht ebenfalls in Haft genommen habe wie den Braunschweiger Ausschuß, Johann Jacoby usw. Ihr Wunsch fand bald Erfüllung.

Die Kontrollkommission hatte den provisorischen neuen Ausschuß nach Dresden verlegt. Er wurde von den Genossen Knieling, Köhler und Otto Walster gebildet. Da wir wußten, daß bei der Verhaftung des Braunschweiger Ausschusses eine große Menge Briefschaften beschlagnahmt worden waren, schrieb ich an Walster, der Sekretär im neuen Ausschuß war, er möge sich den Braunschweiger Vorgang als Warnung dienen lassen und keinen der Briefe aufheben. Aber wer diesen guten Rat *nicht* befolgte, war Walster. Als später – wie vorauszusehen war – auch bei ihm Durchsuchung stattfand, fiel sogar mein Warnungsbrief der Polizei in die Hände, der dann in die Akten des bevorstehenden Hochverratsprozesses wanderte.

*

Ein eigenartiges Intermezzo erlebten Liebknecht und ich Ende Oktober. Der 31. Oktober, der Reformationstag, an dem Luther seine 95 Thesen an die Tür der Wittenberger Schloßkirche schlug, ist in Sachsen ein

Feiertag. Zwei Tage vor demselben erhielt ich einen eingeschriebenen Brief, worin Liebknecht und ich dringend ersucht wurden, in einer hochwichtigen Sache am 31. Oktober nach Mittweida zu kommen. Wir folgten der Einladung. Am Bahnhof wurden wir geheimnisvoll in Empfang genommen und um die halbe Stadt nach einer Restauration geführt, woselbst wir zu unserer Überraschung die gesamten Vertrauensmänner des oberen und unteren Erzgebirges versammelt fanden. Darauf wurde von einem Redner an uns die Frage gestellt, warum wir die Hände in den Schoß legten und nicht zum Losschlagen aufforderten, die Armee sei doch außerhalb des Landes, was im Lande sei, könne leicht überwältigt werden. Wir schüttelten über diese Naivität den Kopf. Ich nahm zunächst das Wort und bewies dem Redner das Unsinnige seines Verlangens. Liebknecht sprach sich selbstverständlich im gleichen Sinne aus. Es kostete uns keine Mühe, den Anwesenden die Richtigkeit unseres Standpunktes klarzumachen. Die Anwesenden waren gleich uns auf Einladung von zwei Parteigenossen nach Mittweida gekommen ohne Ahnung dessen, was man hier wollte.

Um dieselbe Zeit hielten die Züricher Parteigenossen eine öffentliche Versammlung ab, in der der damalige *Staatsanwalt* Parteigenosse *Forrer* eine Rede hielt, in der er folgende Resolutionen begründete:

»1. Unsere Sympathien gehören der französischen Republik! Möge es derselben gelingen, durch energischen Widerstand die Militärmacht Hohenzollern so zu schwächen, daß ihr ein baldiger Friede angeboten werden muß.

2. Wir sprechen unseren Parteigenossen in Deutschland und England (Marx und Engels) die wärmste Anerkennung aus.

Namentlich seid Ihr, Brüder in Deutschland, trotz Verfolgung und Unterdrückung, trotz Kerker und Ketten als Männer für Eure Prinzipien eingestanden, und wir haben das feste Vertrauen auf Euch, Ihr werdet Eure Schuldigkeit tun und Euch der weltgeschichtlichen Aufgabe der Sozialdemokratie würdig erzeigen.«

Uns bereitete damals diese Anerkennung unserer Züricher Genossen eine große Genugtuung, und ich empfinde sie noch heute. Gegenwärtig ist der damalige Redner und Parteigenosse *Forrer* Mitglied des schweizerischen Bundesrats in Bern und war zeitweilig dessen Präsident. Selbstverständlich konnte er zu dieser Würde nicht als Sozialdemokrat gelangen. So weit ist man auch in der Schweiz noch nicht. Er rückte eben mit der Zeit, wie so mancher andere, von links nach rechts und kam dadurch zu Würden und Ehren.

Annexionen und Kaiserkrone

Der Krieg mit Frankreich wurde nach Sedan mit ungeschwächten Kräften weitergeführt. Die kaiserliche Armee war zwar vernichtet oder gefangen, aber jetzt hatte die Regierung der nationalen Verteidigung, an deren Spitze Gambetta und Freycinet standen, die Organisation neuer Armeen in die Hand genommen. Diese wurden mitten im Kriege sozusagen aus dem Boden gestampft. Ein interessantes Buch über diese großartige Leistung ist »Léon Gambetta und seine Armee« von Freiherrn von der Goltz, Berlin 1877. Das Hauptverdienst fiel aber nicht Gambetta, sondern Freycinet, dem ehemaligen Ingenieur, zu. Hatte der Krieg gegen das Kaiserreich keine sechs Wochen gedauert, so jetzt gegen die Republik noch nahezu sechs Monate. Die neue Regierung hatte zwar Versuche gemacht, Frieden zu schließen, allein diese scheiterten an dem Verlangen Bismarcks nach Annexionen. Auch erklärte Bismarck, der immer noch an die Wiedereinsetzung Napoleons dachte, die Regierung der Landesverteidigung sei keine stabile Regierung, mit der man unterhandeln könne. Schließlich mußte man aber dennoch mit dieser Frieden schließen.

Ende Oktober übergab Bazaine Metz mit 150000 Mann Besatzung und enormen Kriegsvorräten, was ein Glück für die deutsche Armeeleitung war, die alle Kräfte gegen die neugebildete französische Loire- und Nordarmee brauchte.

Am 26. Oktober wurden Jacoby, Bonhorst und Herbig aus Lötzen entlassen. Es standen die preußischen Landtagswahlen bevor, und da konnte man die wider Recht und Gesetz verhafteten Landesangehörigen nicht in Haft behalten. Einige Wochen später, am 14. November, wurden die Mitglieder des Braunschweiger Ausschusses wiederum in Ketten gefesselt von Lötzen nach Braunschweig zurücktransportiert. Es sollte hier ein Hochverratsprozeß gegen sie inszeniert werden. Endlich wurde Anfang Dezember auch Geib aus Lötzen entlassen, und zwar auf Betreiben des Hamburger Senats. Anklagematerial lag gegen ihn nicht vor.

*

Auf den 24. November war der norddeutsche Reichstag zu einer außerordentlichen Session einberufen worden, die zwar kurz, aber sehr erregt war. Es handelte sich um eine weitere Bewilligung von Geldmitteln für die Fortführung des Krieges und um die Beratung der Versailler Verträge mit den süddeutschen Staaten und die neue Reichsverfassung.

Was bis dahin über die Versailler Verträge bekannt geworden war, hatte in den liberalen Kreisen große Verstimmung hervorgerufen. Danach waren den süddeutschen Staaten, insbesondere Bayern, sogenannte Reservatrechte eingeräumt worden, die die Reichseinheit nur komplizierten. Die Norddeutsche Bundesverfassung sollte mit den unumgänglich nötigen Änderungen, die die Versailler Verträge bedingten, Reichsverfassung werden. Die Freiheit, die Ende Juli in seinem Dankschreiben der König in Aussicht gestellt hatte, blieb wo sie war, in der Kaserne. Nicht einmal die Diäten wurden bewilligt. War schon durch diese Vorgänge die Stimmung eine gedrückte, so noch mehr durch die Tatsache, daß der Krieg sich in die Länge zog, ungeheure Opfer aller Art kostete und sich ein Ende nicht absehen ließ. Anfang September hatte Moltke an seinen Bruder geschrieben, er hoffe Ende Oktober in Creisau (seinem Gute in Schlesien) zu sein und Hasen zu schießen. Diese blieben aber unbehelligt von der Moltkeschen Flinte.

Im Reichstag herrschte über die Nachrichten vom Kriegsschauplatz eine sehr gedrückte Stimmung. So hatte man sich den Gang der Dinge nicht vorgestellt. Der Kriegsberichterstatter der »Kölnischen Zeitung«, ein Herr v. Wickede, schrieb noch Ende Dezember:

»Dieser entsetzliche Krieg, der mit Streitermassen geführt wird, wie solche die Geschichte aller Zeiten und Völker noch niemals in dem Umfang gehabt hat, spottet in der Tat aller und jeglicher Berechnung. Man glaubte endlich am Ende desselben zu sein, und nun stellt sich heraus, daß man am Ende des Monats genau so weit ist wie am Anfang desselben. Wir schlagen fort und fort die Franzosen, töten und verwunden ihnen Tausende von Soldaten ... und immer von neuem und wieder von neuem sammeln sich ihre geschlagenen Scharen ... und werfen sich uns sehr häufig mit dem wilden Mut der äußersten Verzweiflung entgegen. ... Es herrscht jetzt schon in manchen von unseren Truppen besonders ausgesogenen Gegenden eine entsetzliche Hungersnot, die Leute fallen wie die Fliegen im Hochsommer zu Dutzenden um, und dieser

Zustand wird sich im Laufe des strengen Winters in noch furchtbarerer Weise steigern.«

Die Thronrede, mit welcher der Reichstag eröffnet wurde, verlas der Präsident des Bundeskanzleramts, Delbrück; es hieß darin, die jetzigen Machthaber Frankreichs zögen es vor, die Kräfte einer edlen Nation einem aussichtslosen Kampfe zu opfern. In einem gewissen Widerspruch hiermit wurde bemerkt, Frankreich habe keine Regierung, mit der man unterhandeln könne; es seien auch durch die Haltung der Bevölkerung die Hoffnungen auf dauernden Frieden vernichtet worden. Sobald Frankreich sich erholt oder durch Bündnisse sich stark genug fühle, sei eine Wiederaufnahme des Krieges zu erwarten. Man sah also ein, wohin das Verlangen nach Annexionen die künftige Entwicklung treiben werde.

Am 26. November stand die Forderung der weiteren Geldbewilligung (100 Millionen Taler) auf der Tagesordnung. Ich nahm zu dieser Forderung das Wort. Vor mir hatte der Abgeordnete Reichensperger sich für die Bewilligung ausgesprochen. Meine Rede war nicht lang, aber sie erweckte einen Sturm, wie ich ihn seitdem nie wieder mit einer Rede hervorrief. Ich führte aus, ich glaubte ein so guter Deutscher zu sein wie der Vorredner, trotzdem käme ich bei Prüfung der Sache zu dem entgegengesetzten Resultat. Ich gab eine kurze historische Übersicht bis zum Sturze des Kaiserreichs und wies nach, daß mit der Gefangennahme Napoleons die eigentliche Kriegsursache beseitigt sei. Dabei stützte ich mich auf die Thronrede vom 19. Juli und die Proklamation des Königs von Preußen vom 11. August. Meine Ausführungen riefen große Unruhe und heftigen Widerspruch hervor. Die Behauptung, Frankreich besitze keine Regierung, mit der man unterhandeln könne, sei falsch. Ich wies dieses in meinen Ausführungen nach. Was den Friedensschluß unmöglich mache, sei die Forderung der Annexionen. Ich verurteilte dann scharf, daß man uns verbiete, in öffentlichen Versammlungen unseren Standpunkt über die Annexionen darzulegen. Diesen unseren Standpunkt begründete ich näher. Wiederum regnete es Unterbrechungen. Als ich dann auf die traurige Rolle hinwies, die die deutsche Kapitalistenklasse bei der ersten Kriegsanleihe gespielt und wie ganz anders sich dagegen die französische Bourgeoisie im gleichen Falle benommen habe, brach vollends der Sturm los. Ein großer Teil des Hauses hatte einen förmlichen Tobsuchtsanfall; man überschüttete uns mit Schimpfworten der gröbsten Art, Dutzende von Mitgliedern drangen mit erhobenen Fäusten auf uns ein und drohten uns hinauszuwerfen. Viele Minuten lang konnte ich nicht zum Worte kommen; zum Schlusse empfahl ich die Annahme des Antrags, den Liebknecht und ich gestellt hatten. Dieser Antrag lautete:

»Der Reichstag wolle beschließen:
Den Gesetzentwurf betreffend *den ferneren Geldbedarf für die Kriegführung abzulehnen* und folgendem Antrag seine Zustimmung zu geben:
In Erwägung, daß der am 19. Juli von Louis Bonaparte, damals Kaiser der Franzosen, erklärte Krieg durch die Gefangennahme Louis Bonapartes und die Niederwerfung des französischen Kaiserreichs tatsächlich sein Ende erreicht hat:
in Erwägung, daß nach den eigenen Erklärungen des Königs von Preußen in der Thronrede am 19. Juli und der Proklamation an das französische Volk vom 11. August der Krieg deutscherseits nur ein Verteidigungskrieg und kein Krieg gegen das französische Volk sei;
in Erwägung, daß der Krieg, welcher trotzdem seit dem 4. September geführt wird, in schroffstem Widerspruch mit dem königlichen Wort, nicht ein Krieg gegen die kaiserliche Regierung und die kaiserliche Armee, welche nicht mehr existieren, sondern ein Krieg gegen das französische Volk ist, nicht ein Verteidigungskrieg, sondern ein Eroberungskrieg, nicht ein Krieg für die Unabhängigkeit Deutschlands, sondern ein Krieg für die Unterdrückung der edlen französischen Nation, die nach den Worten der Thronrede vom 19. Juli berufen ist, ›die Segnungen christlicher Gesittung und steigenden Wohlstandes gleichmäßig zu genießen und zu begehren und zu einem heilsameren Wettkampf als zu dem blutigen der Waffen‹,
beschließt der Reichstag, die verlangte Geldbewilligung für die Kriegführung *abzulehnen,* und fordert den Bundeskanzler auf, dahin zu wirken, *daß unter Verzichtleistung auf jede Annexion französischen Gebiets mit der französischen Republik schleunigst Frieden geschlossen werde.«*

Nach mir kam der Abgeordnete Lasker zum Wort, der sich in den Tönen höchster sittlicher Entrüstung über uns und das französische Volk erging. Köstlich war, wie er die Finanzwelt gegen meine Vorwürfe in Schutz nahm. »Es ist wahr«, führte er aus, »daß die große Finanzwelt sich nicht erheblich beteiligt hat; es stand kein Gewinn in Aussicht (im Falle des Sieges sogar ein recht großer. A.B.), und es ist die Weise der Geschäftsleute, wie dies in der Natur des Geschäftslebens liegt, sich nicht als Geschäftsleute zu beteiligen, wenn eben ein Gewinn nicht sichtbar ist. Nun, auch dort die Männer – auf uns zeigend –, die über den Gewinn und die Belohnung lachen, üben doch ihre ideale Tätigkeit gegen Entgelt aus (Heiterkeit), und ihre Leistungen, welche sie als apostolische bezeichnen, erfolgen gegen Diäten. (Heiterkeit. Sehr gut!) Welche Verwirrung der Begriffe, wenn diese Herren, welche nach der Natur ihrer Leistungen vielleicht mit geringeren Summen sich begnügen müssen (das Haus schüttelt sich vor Lachen), über die Lust am Gewinn die Nase rümpfen. Also, die höhere Finanzwelt hat die Gelegenheit nicht für geeignet gehalten, gewinnbringende Geschäfte zu machen.«

Öder und widerspruchsvoller konnte wirklich nicht die deutsche Kapitalistenklasse zu rechtfertigen versucht werden. (In einer zweiten Rede antwortete ich gebührend Lasker.) Nach Lasker folgte Braun-Wiesbaden, diesem Liebknecht. Dieser ging den liberalen Vorrednern kräftigst zu Leibe. Wiederum heftige Unterbrechungen. Ordnungsruf des Präsidenten.
Liebknecht führte unter anderem aus:

»Die Regierung, die im Juli den Krieg erklärt hat, ist beseitigt und ihr Führer sitzt auf Wilhelmshöhe und ist der gute Bruder des Königs von Preußen; er schwelgt in kaiserlichem Luxus, während die deutschen Krieger draußen ihr Blut vergießen und die furchtbarsten Strapazen erdulden müssen im Kampfe gegen das französische Volk, welches unser Brudervolk trotz alledem und alledem ist, und welches den Frieden mit uns will. (Unruhe, Zurufe.) Es ist wahrlich ehrenhafter, der Bruder des französischen Volkes und der französischen Arbeiter zu sein, als der liebe Bruder des Schurken auf Wilhelmshöhe. (Abgeordneter Dr. v. Schweitzer: Bravo, bravo!)«

Liebknecht schloß:

»Die Anleihe, die man von uns fordert, ist für die Durchführung der Annexion bestimmt, wie das ja auch aus dem Wortlaut der Thronrede hervorgeht. Die Annexion aber bringt uns nicht den Frieden, sondern den Krieg. Indem sie auch nach dem Frieden eine beständige Kriegsgefahr schafft, befestigt sie in Deutschland die Militärdiktatur. ... Aus diesen Gründen bin ich natürlich gegen die Kriegsanleihe und habe mit meinem Freunde Bebel den Antrag auf Verweigerung derselben gestellt.«

Dieser Antrag wurde gegen fünf Stimmen abgelehnt.

In der Sitzung vom 28. November, in der die dritte Lesung der Kriegsanleihe auf der Tagesordnung stand, nahm der von unserer Partei gewählte Dr. Götz-Lindenau, der im März desselben Jahres noch die Kandidatur Johann Jacobys für den Reichstag befürwortet hatte, das Wort, um sich *für* die Kriegsanleihe auszusprechen, obgleich ihm dieses, wie er versicherte, »blutessigsauer« werde, und obgleich er aus der Thronrede entnommen, daß der Krieg nicht den Frieden bringe und auch keine Verminderung der Militärlasten zu hoffen sei. Die Rede war ungemein konfus. Bezeichnend war, daß, als wir in dieser Sitzung gegen Angriffe durch Zwischenrufe uns wehrten, Lasker die Frage an den Präsidenten richtete, ob nicht durch sofortige Änderung der Geschäftsordnung diesem »Unfug« ein Ende gemacht werden könne. Liebknecht antwortete, indem er auf die beleidigenden Zurufe und Reden hinwies, die wir in der Sitzung am 26. November zu hören bekommen hatten. Als Liebknecht dann bei dem § 1 des Gesetzentwurfes über die Kriegsanleihe auf die gehörten Angriffe antworten wollte, unterbrach ihn der Präsident, er könne nicht auf die allgemeine Debatte zurückgreifen. Als Liebknecht mit vollem Recht diesen Standpunkt nicht anerkannte, denn der § 1 enthielt die Geldforderung für Fortsetzung des Krieges, entzog ihm das Haus auf Anfrage des Präsidenten das Wort. Gegen die Kriegsanleihe stimmten in dritter Lesung Dr. Ewald (Hannoveraner), Fritzsche, Hasenclever, Liebknecht, Mende, Schraps, Schweitzer und ich.

Einige Tage später stand eine Interpellation des Abgeordneten Duncker und Genossen, betreffend die Handhabung der Verfassungsbestimmungen während des Kriegszustandes, auf der Tagesordnung. Dieselbe richtete sich gegen die Maßnahmen des Generals Vogel v. Falckenstein. Uns war eine solche Interpellation einzubringen nicht möglich, weil wir nicht die nötigen dreißig Unterschriften bekamen. Wenn man in bürgerlichen Kreisen den Gewaltakt gegen unseren Parteiausschuß sich gefallen ließ, so hatte die Verhaftung Johann Jacobys viel böses Blut gemacht; sie paßte schlecht zu dem, was man von der neuen Reichsgründung erwartete. Jacoby hatte sich nach seiner Verhaftung direkt beschwerdeführend an Bismarck im Versailler Hauptquartier gewandt und dessen Intervention für seine Freilassung verlangt, da seine Verhaftung ungesetzlicherweise erfolgt sei. Bismarck gab in seiner Antwort an Jacoby indirekt diesem recht, er tat aber nichts zu seiner Freilassung, offenbar wollte er es mit den Militärs im Hauptquartier, mit denen er auf sehr gespanntem Fuße stand, nicht noch mehr verderben. Aber nach der Niederschrift seines Leibjournalisten Moritz Busch, der über die Herd- und Tischunterhaltungen Bismarcks getreulich Bericht erstattete, äußerte er am 20. Oktober, als das Gespräch auf die Verhaftung Jacobys kam: »Ich freue mich darüber ganz und gar nicht; der Parteimann mag das tun, weil seine Rachegefühle dadurch befriedigt werden; der politische Mann, die Politik kennt solche Gefühle nicht; die fragt nur, ob es nützt, wenn politische Gegner mißhandelt werden.« Und als am 24. November, also wenige Tage vor der Interpellation im Reichstag, das Gespräch wieder auf das Thema kam, äußerte Bismarck – nach derselben Quelle –, die Militärs befragten ihn zu selten um seine Meinung. »So war's auch mit der Ernennung Vogel v. Falckensteins, der jetzt den Jacoby gemaßregelt hat. Wenn ich mich vor dem Reichstag darüber aussprechen müßte, würde ich meine Hände in Unschuld waschen; man hätte mir nichts Unangenehmeres einbrocken können. Ich bin militärfromm in den Krieg gekommen, künftig gehe ich mit den Parlamentarischen, und wenn sie mich weiter ärgern, lasse ich mir einen Stuhl auf die äußerste Linke stellen.«

Schade, daß er diese Drohung nicht wahr machte, ich würde mich sehr gefreut haben, wenn ich ihn in der nächsten Session, in der ich allein die äußerste Linke markierte, als Kampfgenossen an meiner Seite gehabt hätte.

Die Verhandlung, die am 3. Dezember stattfand, war sehr erregt. Duncker wies nach, daß Jacoby und Herbig zu unrecht verhaftet worden seien, dasselbe gestand er auch unseren nach Lötzen geschleppten Braunschweiger Genossen zu. Er verlangte – da mittlerweile, wie schon bemerkt, die gefangenen preußischen Staatsangehörigen in Rücksicht auf die bevorstehenden preußischen Landtagswahlen freigekommen waren –, daß ähnliches künftig unterbleibe. Der Präsident des Bundeskanzleramtes, Delbrück, nahm als Vertreter Bismarcks das Wort und versuchte die Maßregeln zu rechtfertigen. Ihm antwortete Windthorst, der ihm scharf zu Leibe ging und unter anderem bissig bemerkte, daß nach dem, was er heute vom Präsidenten des Bundeskanzleramtes gehört, er nicht recht daran glaube, daß es nunmehr gelingen werde, was zu Anfang des Krieges versprochen worden war, »daß der deutsche Staat ein Staat der Gottesfurcht, der guten Sitten und der wahren Freiheit werde«. Er empfahl höhnisch, in die Friedensbedingungen mit Frankreich die Bestimmung aufzunehmen, daß es uns auch Cayenne und Lambessa abtrete, damit man geeignete Orte habe, um unbequeme Persönlichkeiten unterzubringen. Im weiteren beschwerte sich Windthorst bitter über die Mißhandlungen, die Vogel v. Falckenstein gefangengesetzten Hannoveranern habe zuteilwerden lassen. Im Laufe der Debatte nahm auch ich das Wort, um die Behandlung zu schildern, die unseren gefangengesetzten Genossen auf der Reise nach und von Lötzen und während ihrer Haft in Lötzen widerfahren sei. Auch beschwerte ich mich über das generelle Versammlungsverbot in Sachsen. Die Maßregeln seien ein Hohn auf Recht und Gesetz. Miquel billigte, wie nicht anders von ihm zu erwarten war, nicht nur die Maßregeln Vogel v. Falckensteins, er behauptete sogar, daß durch unsere Haltung in Deutschland Frankreich in seinem Widerstand bestärkt worden sei, eine Behauptung, deren Unwahrheit ich ihm sofort nachwies. Bekanntlich gehen in der Regel Interpellationen aus wie das berühmte Hornberger Schießen, so auch diesmal.

In einer der folgenden Sitzungen standen die Verträge mit Baden, Hessen, Württemberg und Bayern zur Beratung. Ich erklärte mich sowohl gegen diese wie gegen die neue Verfassung überhaupt. Das Volk werde in Bälde zur Einsicht darüber kommen, wie es mit der deutschen Freiheit und Einheit aussehe. Die drei Kriege, die Deutschland seit zehn Jahren durchzuführen gehabt habe, hätten es in freiheitlicher Beziehung nur zurückgebracht. Doch das Volk werde einst sein Selbstbestimmungsrecht fordern und erlangen und dann eine Verfassung sich selber schaffen, die nur die Republik zum Ziele haben könne.

Nach mir nahm der Geheime Regierungsrat Wagener das Wort und erzählte zu Liebknechts und meiner großen Überraschung, daß wir, wie er aus der ihm soeben übermittelten »Börsenzeitung« ersehen habe, von dem *französischen Konsul* in Wien, Lefaivre, den Dank der französischen Republik für unser Auftreten im Reichstag empfangen hätten. (Lebhafte Zurufe: Hört! Hört! und Pfui!) Ich konnte darauf in einer persönlichen Bemerkung nur antworten, daß bis zu diesem Augenblick weder Liebknecht noch mir ein solcher Brief zugegangen sei, was mir um so unbegreiflicher wäre, da, wie ich eben gehört, auch die »Norddeutsche Allgemeine Zeitung« den Brief abgedruckt habe. Ich sei der Meinung, daß der Brief eine elende Mystifikation sei, die vom preußischen Pressebüro ausgehe, um mich und Liebknecht zu diskreditieren. In der folgenden Sitzung hielt Wagener seine Behauptung aufrecht. Der Brief, der an meine Adresse geschickt worden, sei echt. Ich antwortete am Schlusse der Sitzung, daß ich bis zu diesem Augenblick den fraglichen Brief nicht erhalten habe, also bei meiner ersten *Erklärung verbleiben* müsse. Schließlich erhielt ich ihn aber dennoch; er war an Liebknecht und mich gerichtet. Der Brief existierte also, er war vom 2. Dezember datiert und hatte *sechs* Tage gebraucht, bis er in meine Hände gelangte. Er lautete:

»Meine Herren! Im Namen der französischen Republik, deren Regierung mich zu ihrem speziellen Vertreter bei der Demokratie Deutschlands bestellt hat, erachte ich es für meine Pflicht, Ihnen für die edlen Worte, die Sie im Berliner Parlament inmitten einer durch den Geist der Eroberung und der Trunkenheit des Militarismus fanatisierten Versammlung gesprochen haben, meinen Dank auszudrücken. Der Mut, den Sie bei dieser Gelegenheit bewiesen, hat die Aufmerksamkeit von ganz Europa auf Sie gelenkt und Ihnen einen ruhmvollen Platz in der Reihe der Streiter für Freiheit erobert. Der freisinnige und humanitäre Geist Deutschlands erleidet in diesem Augenblick, wie Sie, meine Herren, es so beredt dargetan haben, eine jener Verfinsterungen, die wir selbst während der Periode unseres ersten Kaiserreichs durchgemacht haben, und geht denselben Enttäuschungen entgegen. Eine Sucht nach brutaler Herrschaft hat sich der erleuchteten Geister bemächtigt. Jene Denker, die noch vor kurzem solche Lichtstrahlen über die Welt aussandten, sind heute unter der Eingebung des Herrn v. Bismarck zu Aposteln des Mordes und der Vernichtung einer ganzen Nation geworden. Sie, meine Herren, sind es und Ihre Partei, welche bei diesem allgemeinen Abfall die große deutsche Tradition aufrecht erhalten. – In unseren Augen sind Sie die großen Vertreter einer deutschen Nation, die wir mit einer wahrhaft brüderlichen Liebe umfassen und die wir zu lieben nicht aufgehört haben. Frankreich begrüßt Sie, meine Herren, und dankt Ihnen, denn es erblickt in Ihnen die Zukunft Deutschlands und die Hoffnung auf eine Versöhnung zwischen den beiden Völkern.«

Der Brief mochte gut gemeint sein, aber in jenem Augenblick bedeutete er eine große Taktlosigkeit. Wer ihn veröffentlichte, haben wir nie erfahren. Ich vermute, der Konsul wurde zu dem Briefe von einer Seite animiert, die ein Interesse daran hatte, uns zu schaden. –

Während der Verfassungsberatung kam es zu einer heiteren Szene. Es war bekanntgeworden, daß der König Ludwig II. von Bayern nach langem Drängen und Unterhandeln sich bereiterklärt hatte, die deutschen

Bundesfürsten und freien Städte zu ersuchen, dem König von Preußen die deutsche Kaiserkrone anzutragen. Die Mitteilung dieses Ereignisses sollte mit einer gewissen feierlichen Überraschung im Reichstag erfolgen. In der betreffenden Sitzung erhob sich der Abgeordnete Friedenthal und stellte eine diesbezügliche Anfrage. Darauf erhob sich feierlich der Präsident des Bundeskanzleramtes, Delbrück, um das betreffende Schriftstück vorzulesen. Aber er wußte nicht, in welche Tasche er es gesteckt hatte. In höchster Aufregung durchsuchte er krampfhaft alle Taschen, ein Schauspiel, das im Hause ungeheure Heiterkeit hervorrief. Schließlich fand er den Brief, aber die Wirkung war verpufft. Delbrück war ein sehr tüchtiger Beamter, aber die trockenste Bürokratennatur, die man sich vorstellen konnte. Eine feierliche Manifestation zu inszenieren, dazu war er ganz und gar nicht der Mann. Bismarck brauste auf, als er in Versailles von der mißlungenen Manifestation hörte.

In dieser Debatte erregte eine Rede Liebknechts über die neue Verfassung und das neue Kaisertum Stürme der Entrüstung. Er warf einen Rückblick auf die deutschen Einheitsbestrebungen, die eine ganz andere Einheit Deutschlands als Ziel gehabt hätten, als jene, die jetzt geschaffen werde. Diese sei ein Gewaltwerk von oben, über die sich die Fürsten verständigt hätten und zu dem der Reichstag einfach Ja sagen solle und müsse. Die Verfassung zeige, daß sie im Heerlager zu Versailles ihren Ursprung habe. Die dort abgeschlossenen Verträge mit den süddeutschen Staaten zeigten aber auch, daß es sich nicht einmal um eine äußere Einheit handle. Das Hindernis einer wirklichen Einheit Deutschlands bilde das Haus Hohenzollern, dessen Interessen im Gegensatz zu denen des deutschen Volkes stünden. Die Krönung des neuen Kaisers solle man auf dem (Berliner) Gendarmenmarkt vornehmen, der das geeignete Symbol hierfür sei. Denn dieses Kaisertum könne nur durch den Gendarmen aufrecht erhalten werden. Mehrere Ordnungsrufe und eine Reihe von Zurechtweisungen durch den Präsidenten gaben der Rede die Weihe.

Am 10. Dezember wurde eine Deputation gewählt, die dem König die beschlossene Adresse mit den Glückwünschen des Reichstags zur Kaiserwürde nach Versailles überbringen sollte. Die Fortschrittspartei, die mit uns zum größeren Teil gegen das Verfassungswerk stimmte, hatte dem Büro mitgeteilt, daß sie auf Beteiligung an der Deputation verzichte. Die Mitglieder sollten durch das Los bestimmt werden. Wir schwiegen und ließen es darauf ankommen, ob einer von uns durch das

Los für die Deputation bestimmt würde. Selbstverständlich hätte er nicht angenommen. Aber das Glück blieb uns fern. Als der Name Rothschilds aus der Urne gezogen wurde, ging Windthorst feierlich auf diesen zu, schüttelte ihm kräftig die Hand und gratulierte ihm zur Wahl. Das ganze Haus brach in stürmische Heiterkeit aus.

Die Deputation war von ihrer von vielen Hindernissen begleiteten Reise und von dem Empfang im Versailler Hauptquartier nicht entzückt. Der Empfang stand so gar nicht im Einklang mit den Vorstellungen, die sich die Deputation von ihrer »hehren Mission« gemacht hatte. Der König selbst stand der Kaisermache so gleichgültig gegenüber, daß er ganz überrascht war, als der Kronprinz ihm mitteilte, die anwesenden Fürsten und Generale hätten den Wunsch, bei Überreichung der Reichstagsadresse durch die Deputation anwesend zu sein. Die trockene Antwort des Königs lautete, wenn wirklich jemand von den Genannten dabei zu sein Lust habe, habe er nichts dawider. Seine Stimmung wäre wohl eine der neuen Würde günstigere gewesen, hätte die Deputation ihm in Aussicht stellen können, daß im Falle der Annexion von Elsaß-Lothringen dieses Preußen angegliedert werden solle. Es war der erste große Krieg, den ein Hohenzoller siegreich führte, der ohne Landeserwerb für Preußen endete. Das konnte ein Hohenzoller nur schwer verwinden.

Es ist also wie so vieles andere eine Geschichtslegende, zu behaupten, der damalige König habe die deutsche Kaiserwürde als das Ziel seines Sehnens angesehen. Daher entspricht auch die Darstellung, die der Kaiser Wilhelm II. am 26. Februar 1894 in einer Rede bei dem Festessen des Provinziallandtags der Provinz Brandenburg gab, nicht den geschichtlichen Tatsachen. Damals führte Wilhelm II. mit Hinweis auf die Einigung Deutschlands aus:

»Das alte Deutsche Reich wurde verfolgt von außen, von seinen Nachbarn, und von innen, durch seine Parteiungen. Der einzige, dem es gelang, gewissermaßen das Land einmal zusammenzufassen, das war der Kaiser Friedrich Barbarossa. Ihm dankt das deutsche Volk noch heute dafür. Seit der Zeit verfiel unser Vaterland, und es schien, als ob niemals der Mann kommen sollte, der imstande wäre, dasselbe wieder zusammenzufügen. Die Vorsehung schuf sich dieses Instrument und suchte sich aus den Herrn, den wir als den ersten großen Kaiser des neuen Deutschen Reiches begrüßen konnten. Wir können ihn verfolgen, wie er langsam heranreifte von der schweren Zeit der Prüfung bis zu dem Zeitpunkt, wo er als fertiger Mann, dem Greisenalter nahe, zur Arbeit berufen wurde, sich jahrelang auf seinen Beruf vorbereitend, die großen Gedanken bereits in seinem Haupte fertig, die es ihm ermöglichen sollten, das Reich wieder erstehen zu lassen. Wir sehen, wie er zuerst sein Heer stellt und aus dinghaften Bauernsöhnen seiner Provinzen sie zusammenreiht zu einer kräftigen, waffenglänzenden Schar; wir sehen, wie es ihm gelingt, mit dem Heer allmählich eine Vormacht in Deutschland zu werden und Brandenburg-Preußen an die führende Stelle zu setzen. Und als dies erreicht war, kam der Moment, wo er das gesamte Vaterland aufrief und auf dem Schlachtfeld der Gegner Einigung herbeiführte.«

In Wahrheit lagen die Dinge so, daß nicht der alte Wilhelm, sondern sein Sohn, der Kronprinz – der spätere Kaiser Friedrich – Sehnsucht nach der Kaiserwürde empfand und damals in Versailles alles aufbot, um dieselbe durchzusetzen. Sein Freund, der bekannte Schriftsteller Gustav Freytag, behauptete sogar, daß dem Kronprinzen allein die Erlangung der Kaiserwürde für die Hohenzollern zu danken sei. Sicher ist, daß neben dem Kronprinzen auch Bismarck alles aufbot, um die Kaiserwürde für die Hohenzollern zu erlangen. Bismarck, der sicher hier der kompetenteste Beurteiler ist, schreibt über die Stellung des Königs zur Kaiserwürde in seinen »Gedanken und Erinnerungen«:

Die Kaiserkrone erschien ihm im Lichte eines übertragenen modernen Amtes, dessen Autorität von Friedrich dem Großen bekämpft war, den großen Kurfürsten bedrückt hatte. Bei den ersten Erörterungen sagte er: »Was soll mir der Charakter-Major?« Worauf ich unter anderem erwiderte: »Euer Majestät wollen doch nicht ewig ein Neutrum bleiben, ›das Präsidium‹? In dem Ausdruck ›Präsidium‹ liegt eine Abstraktion, in dem Worte ›Kaiser‹ eine große Schwungkraft.«

Ausführlich und sehr lehrreich wird die Kaiserfrage in des Kronprinzen Friedrich Tagebuch erörtert, das der Geheimrat Geffken nach dem Tode Friedrichs in der »Deutschen Rundschau«, Oktoberheft 1888, zum größten Ärger Bismarcks veröffentlichte. Dort schreibt Friedrich unter dem 30. September 1870:

»Ich rede Seine Majestät auf die Kaiserfrage an, die im Anrücken begriffen; er betrachtet sie als gar nicht in Aussicht stehend; beruft sich auf Bois-Reymonds Äußerung, der Imperialismus liege zu Boden, so daß es in Deutschland künftig nur einen König von Preußen, Herzog der Deutschen, geben könne. Ich zeige dagegen, daß die drei Könige uns nötigen, den Supremat durch den Kaiser zu ergreifen, daß die tausendjährige Kaiser- oder Königskrone nichts mit dem modernen Imperialismus zu tun habe, schließlich wird sein Widerspruch schwächer.«

Und am 17. Januar, dem Tage vor der Ausrufung des Königs zum deutschen Kaiser, schreibt Friedrich:

»Die Reichsfarben machen wenig Bedenken, *die, wie der König sagt, sind nicht aus dem Straßenschmutz gestiegen; doch werde er die Kokarde nur neben der preußischen dulden, er verbat sich die Zumutung, von einem kaiserlichen Heere zu hören,* die Marine aber möge kaiserlich genannt werden; *man sah, wie schwer es ihm wurde, morgen von dem alten Preußen, an dem er so festhält, Abschied nehmen zu müssen.* Als ich auf die Hausgeschichte hinwies, wie wir vom Burggrafen zum Kurfürsten und dann zum König gestiegen seien, wie auch Friedrich I. ein Scheinkönigtum geübt und dasselbe doch so mächtig geworden, daß uns jetzt die Kaiserwürde zufalle, erwiderte er, mein Sohn ist mit ganzer Seele bei dem neuen Stand der Dinge, während ich mir nicht ein Haar breit daraus mache und nur zu Preußen halte.«

Am 11. Dezember, nach Schluß des Reichstags, reisten Liebknecht und ich nach Leipzig zurück. Am 15. referierten wir in einer öffentlichen Versammlung des sozialdemokratischen Arbeitervereins über die Verhandlungen des Reichstags. Die Versammlung war so massenhaft besucht, daß sie zur Volksversammlung wurde. Unter den Zuhörern befanden sich eine Menge französischer Offiziere in Zivil, die als Kriegsgefangene in Leipzig interniert waren. Die Versammlung verlief ausgezeichnet; dieselbe nahm mit großer Begeisterung eine Resolution an, in der uns für unsere Haltung im Reichstag gedankt wurde. Zustimmungen zu unserer Haltung waren uns auch aus einer Reihe anderer Orte zugegangen. Es war auf längere Zeit die letzte Versammlung, die wir abhalten sollten. Am 17. traf uns der Schlag, den wir längst erwartet hatten. Ich hatte bereits in einem Briefe vom 1. Dezember an den Parteigenossen

F.A. Sorge in Hoboken geschrieben: Die Wut der »patriotischen« Kreise gegen uns ist grenzenlos; wenn man uns nächstens packen kann, dann geschieht's sicher und fest.

Unsere Verhaftung

An der Spitze des »Volksstaat« vom 7. September hatten wir mitgeteilt, wir hätten aus sicherster Quelle in Erfahrung gebracht, daß auf entschiedenes Verlangen im deutschen Hauptquartier, speziell des Grafen v. Bismarck, die sächsische Regierung entschlossen sei, gegen unsere Partei mit allem Nachdruck vorzugehen. Haussuchungen und Verhaftungen sollten bevorstehen. Wie auf Kommando ging fast die gesamte Presse, die liberale voran, in Hetzartikeln gegen uns los. Man trieb die Unverschämtheit so weit, daß man uns des Landesverrats zugunsten Frankreichs bezichtigte. Als dann im Dezember die damals erscheinende offiziöse »Zeidlersche Korrespondenz« aus den bei dem Braunschweiger Parteiausschuß beschlagnahmten Briefen von Liebknecht und mir tendenziös herausgerissene Bruchstücke veröffentlichte, um ihre Denunziationen gegen uns gerechtfertigt erscheinen zu lassen, schickte ich der Berliner »Zukunft« folgende Erklärung zur Veröffentlichung:

»Die unter der Mitwirkung des Herrn Wagener auf Dummerwitz erscheinende ›Zeidlersche Korrespondenz‹ hat, wie ich aus hiesigen Lokalblättern ersehe, Bruchstücke aus Briefen von Liebknecht und mir, die bei Verhaftung des Braunschweiger Ausschusses gefunden wurden, abgedruckt, um ihre Denunziantenmission daran zu üben. Obgleich ich der Meinung bin, daß nur *durch Bruch des Amtseids eines Beamten* die ›Zeidlersche Korrespondenz‹ in der Lage ist, jene Bruchstücke zu veröffentlichen, muß ich dennoch den Wunsch aussprechen, daß sie statt der Bruchstücke den ganzen Inhalt meiner Briefe der Öffentlichkeit übergebe.

Ich habe alle Ursache zu glauben, daß durch eine *solche* Veröffentlichung klar und zweifellos festgestellt wird, wie Herr Zeidler und Konsorten die bruchstückweise Veröffentlichung von Privatbriefen, die ihnen nur *von einem gewissenlosen Beamten* zugesteckt sein können, deshalb betreiben, weil sie dadurch ihr schwarzes Handwerk mit größerer Wirkung auf das leichtgläubige Publikum ausüben können.

Mich wundert dieses Treiben nicht. Die offiziöse Preßmeute tut eben, was Natur und Amt ihr vorschreiben.

Leipzig, den 16. Dezember 1870.

A. Bebel.«

Am 17. Dezember morgens arbeitete ich in meiner Werkstatt, als plötzlich meine Frau totenbleich hereinstürzte und mir mitteilte, daß oben in unserer Wohnung ein Polizeibeamter sei, der mich zu sprechen wünsche. Ich wußte woran ich war. Ich eile die Hintertreppe hinauf und treffe in unserer Wohnstube den mir bekannten Beamten, zugleich aber auch einen Soldaten in kriegsmäßiger Ausrüstung. Auf meine Frage, was das bedeute, antwortete mir meine Frau, der Mann sei soeben als Einquartierung eingetroffen. Alsdann teilte mir der Beamte mit, er habe Auftrag, meine Papiere zu beschlagnahmen. Das war rasch geschehen, ich hatte für reinen Tisch gesorgt. Der Beamte erklärte weiter, er habe auch Auftrag, mich zu verhaften. Ich kleidete mich rasch um, nahm Abschied von Frau und Kind, mit der Vertröstung, ich würde bald zurückkommen, und stieg in die vor dem Hause wartende Droschke, die mich zunächst nach dem Polizeiamt, von dort nach dem Bezirksgericht führte. Hier wurde mir im Bezirksgerichtsgefängnis eine Zelle angewiesen. Ich mache kein Hehl daraus, daß, nachdem der Beamte das große Schloß und die beiden eisernen Riegel, womit nach alter Väter Weise die Tür versehen war, hinter mir abgeschlossen hatte, ich wütend in der Zelle auf und ab lief und meinen Feinden fluchte. Aber was half es? Der Kluge gibt nach. Am nächsten Morgen (Sonntag) traten der Staatsanwalt und der Bezirksgerichtsdirektor, der die Oberaufsicht über das Gefängnis hatte, herein und fragten, ob ich Wünsche hätte. Ich bat, daß ich mir Bücher dürfe kommen lassen und um Licht bis abends 10 Uhr. Der Direktor sagte beides zu, Licht aber nur bis abends 8 Uhr. Der Staatsanwalt teilte mir mit, daß es sich bei der Untersuchung um meine gesamte agitatorische Tätigkeit handeln werde, die man als staatsgefährlich und hochverräterisch ansehe. Die Untersuchung werde längere Zeit währen, da auch Recherchen nach auswärts nötig seien. Ich würde morgen vor dem Untersuchungsrichter mein erstes Verhör haben. Meine Spannung war groß. Der Untersuchungsrichter, Landgerichtsrat Ahnert, dem ich vorgeführt wurde, empfing mich mit strenger Miene und großer Zurückhaltung. Es werde gegen mich, Liebknecht und Hepner, die beide ebenfalls verhaftet seien, was ich erst jetzt erfuhr, die Anklage auf Versuch und Vorbereitung zum Hochverrat erhoben werden. Daß Liebknecht mit mir gepackt war, fand ich natürlich, aber auch der Unglückswurm

Hepner, der erst kurze Zeit zweiter Redakteur am »Volksstaat« war? Der war doch so unschuldig wie ein neugeborenes Kind. Weiter teilte mir zu meiner nicht geringen Überraschung und Enttäuschung der Richter mit, daß er die Untersuchung noch nicht weiter führen könne, *weil der Hauptteil des Untersuchungsmaterials noch in Braunschweig sei.* Er hoffe aber, daß dasselbe noch vor Neujahr eintreffe, worauf er alsdann mit allem Fleiß an die Arbeit gehen werde. Man hatte uns also, streng genommen, ohne gesetzlichen Grund verhaftet, denn weder der Richter noch der Staatsanwalt kannten das Anklagematerial, auf Grund dessen wir angeklagt werden sollten. Es war also offenbar der Wunsch des Hauptquartiers, uns möglichst rasch unschädlich zu machen, für unsere Verhaftung maßgebend gewesen.

Ich war sehr ärgerlich, als ich in meine Zelle zurückkehrte; ich hatte jetzt reichlich Zeit, mich zunächst mit dieser zu beschäftigen. Die Zelle hatte genügend Raum, denn sie war fast leer. In einer Ecke an der Tür stand ein großer, verdeckter hölzerner Kübel, über dessen Zweck ich kein Wort zu verlieren nötig habe. An der einen Wand war ein kleines Regal angebracht, auf dem ein Wasserkrug stand und ein Gesangbuch und das Neue Testament lagen. An der anderen Wand war eine drei Fuß lange schmale Bank befestigt, so daß man sie nicht wegrücken konnte, und vor derselben hatte man mir, als besondere Vergünstigung, ein kleines Tischchen aufgestellt, so groß, daß, wenn ich einen Band Gartenlaube darauf ausbreitete, die Tischplatte bedeckt war; ein Bett war nicht vorhanden, die Matratze, die abends auf den Fußboden gelegt wurde, wanderte am nächsten Morgen auf den Korridor auf einen Berg anderer Matratzen. Unten vor meinem Fenster, das fest vergittert war und nur durch Besteigen des Tischchens erreicht werden konnte, hörte ich Tag und Nacht ein eigentümliches Geräusch. Als ich an das Fenster stieg, sah ich, daß unten in einem Garten sechs große Kaffeeröstmaschinen aufgestellt waren, in denen große Quantitäten Kaffee für die im Felde stehenden Truppen geröstet wurden. Der Winter 1870/71 war wohl der strengste, den wir in vielen Jahrzehnten hatten. Die armen Teufel im Felde – Deutsche wie Franzosen – litten fürchterlich unter Kälte, Eis und Schnee. Das Unwetter hatte früh eingesetzt und hörte erst spät auf. Aber auch in meiner Zelle war es scheußlich kalt. Der alte vorsintflutliche eiserne Ofen, der morgens um 5 Uhr mit einer Handvoll Kohlen geheizt wurde, gab keine besondere Wärme ab. Außerdem mußte ich doch frische Luft haben. Öffnete ich also morgens die Fen-

sterklappe, so war das bißchen Wärme im Nu verflogen. Ich fror hunde-
mäßig. Um mich zu erwärmen, setzte ich mich auf das Tischchen,
stützte die Füße auf die Bank und umwickelte die Beine mit einer weißen
wollenen Decke, die ich als Bettdecke erhalten hatte. Trotzdem bekam
ich einen Blasenkatarrh. Zum Unglück lag meine Zelle auch noch nach
Norden. Liebknecht, als dem ältesten unter uns, hatte man ein Zimmer,
das damals für sogenannte Wechselgefangene reserviert war, eingeräumt.
Dies erfuhr ich bei einem Besuche meiner Frau, die wöchentlich einmal
in Gegenwart des Untersuchungsrichters mich kurze Zeit sprechen
durfte. Auch wurde mir die Korrespondenz mit ihr unter Kontrolle des
Richters gestattet.

Sehr rasch entdeckte ich aber zu meinem großen Unbehagen, daß ich
die Zelle nicht allein bewohnte; dieselbe wimmelte von Ungeziefer. Nun,
ich hatte Zeit zur Jagd, und ich war dabei erfolgreicher als Moltke mit
seiner Hoffnung auf die Creisauer Hasen. Die weiße Wolldecke wurde
zur Falle. Ich hatte bald eine Rekordziffer erreicht. Ich tötete an einem
Tage, meine Leserinnen mögen nicht erschrecken, einundachtzig der
braunen Kerle, die man Flöhe nennt. Allmählich brachte ich die Zelle
rein, auch ohne Insektenpulver, das mir meine Frau auf mein Verlangen
ein paarmal sandte, das ich aber nie erhielt, weil es die Aufseher für sich
verbrauchten. Ich hatte auch durchgesetzt, daß meine Matratze in der
Zelle blieb, die vordem jedesmal am Abend voll Ungeziefer wieder zu
mir hereingebracht wurde. Kaum hatte ich aber mein »Heim« rein, so
wurde ich auf Anordnung des Arztes nach der Westseite umquartiert.
Ich erhielt jetzt eine Zelle, in der vor mir eine Kindesmörderin zugebracht
hatte, wie mir mein Aufseher in liebenswürdiger Weise mitteilte. Nun
hatte ich die Arbeit des Reinigens von neuem vorzunehmen.

Eine Untersuchungshaft wie die unsere ist die scheußlichste aller
Haftarten. In strenger Einzelhaft hinter Schloß und Riegel sitzen müssen,
ohne zu wissen, wie lange die Haft währt und welches Anklagematerial
vorliegt, wirkt ungemein aufregend und nervenzerrüttend. Endlich
wurde ich Anfang Januar wieder dem Untersuchungsrichter vorgeführt.
Als ich in das Zimmer des Richters trat, fiel mein Blick auf ein stattliches
Bündel blauer Papiere, die auf der breiten Fensterbank lagen. Es waren
meine Briefe an den Parteiausschuß, die dieser mit den Briefen von
Liebknecht, Marx und Engels ganz besonders sorgfältig und liebevoll
aufbewahrt hatte. Ich weiß nicht, was ich getan, hätte ich in diesem
Augenblick unseren Parteisekretär Bonhorst zwischen den Fingern gehabt.

Bald ergab sich aber, daß ich keine Ursache hatte, mich über die beschlagnahmten Briefe zu ärgern. Der Untersuchungsrichter teilte mir mit, daß er erst vor ein paar Tagen das Anklagematerial erhalten habe, daß er aber gewillt sei, nach Möglichkeit die Untersuchung zu beschleunigen. Und er hielt Wort. Mit jedem neuen Verhör wurde der Richter zugänglicher. Selbstverständlich waren unsere Briefe das erste Material, was er durchstudierte. Und da nun diese fast alle streng vertraulicher Natur waren, so hatten wir darin uns gegenseitig nicht nur unsere Parteischmerzen, sondern auch unsere großen und kleinen Privatschmerzen mitgeteilt, und dabei stellte sich heraus, daß keiner von uns auf Rosen gebettet war. Wohl zu seiner eigenen Überraschung entdeckte der Untersuchungsrichter, daß wir keine Landesverräter und Königsmörder seien, sondern Menschen, die von den besten Absichten beseelt waren und warmes Herzblut in den Adern hatten. Ende Februar hatte der Untersuchungsrichter das Riesenmaterial, das quantitativ sehr groß war – es waren allein gegen 2000 Briefe vorhanden –, durchgearbeitet und die Untersuchung geschlossen. Der Untersuchungsrichter hatte, und er war ein sehr intelligenter und gewissenhafter Mann, wie wir später durch unseren Rechtsanwalt Otto Freytag erfuhren, die Überzeugung gewonnen, daß wir nicht nur nicht wegen Versuchs, sondern auch nicht wegen Vorbereitung zum Hochverrat verurteilt werden könnten. Er stellte demgemäß den Antrag auf unsere Haftentlassung, dem aber die Staatsanwaltschaft widersprach.

Als Ende Februar 1871 in Österreich das Ministerium Graf Hohenwart-Schäffle ans Ruder kam und durch eine Amnestie die Wiener Hochverräter Oberwinder, A. Scheu, Most usw. aus dem Zuchthaus entlassen wurden, legte mir eines Abends gelegentlich eines Verhörs der Untersuchungsrichter schweigend die »Leipziger Zeitung« vor, in der die Depesche über die Amnestie enthalten war. Ich konnte mich nicht enthalten zu bemerken, dergleichen würde uns nicht blühen; und ich behielt recht. Ich hatte die feste Überzeugung, daß wir verurteilt würden, nicht weil ich mich schuldig fühlte, sondern weil ich wegen der Hatz, die namentlich auch während unserer Haft gegen uns fortgesetzt betrieben wurde, die Stimmung der Geschworenen nicht traute. Außerdem sagte ich mir, daß die Regierung alles aufbieten werde, unsere Verurteilung herbeizuführen. Andernfalls wäre der Prozeß eine Blamage für sie geworden. Ich hatte sogar in einem Brief an einen Freund, den ich meiner Frau zur Übermittlung schickte, ausgesprochen, wir würden wohl mit zwei Jahren

Festung hängenbleiben. Darüber war namentlich Frau Liebknecht, der
meine Frau meine Ansicht mitgeteilt hatte, ganz entsetzt. Aber meine
Prophezeihung traf wieder einmal ein.

*

Nachdem wir in Haft genommen waren, beriefen die Leipziger Parteigenossen Karl Hirsch, der damals Redakteur am »Crimmitschauer Bürger-
und Bauernfreund« war, nach Leipzig, um die Redaktion des »Volksstaat«
zu übernehmen. Karl Hirsch sprang bereitwillig ein und verdiente sich
durch die Art, wie er das Blatt in schwerster Zeit redigierte, den Dank
der Partei. In der Nummer 102 des »Volksstaat« vom 21. Dezember
kündigte er an, daß er die Redaktion auf unseren Wunsch übernommen
habe, und fuhr dann fort:

»Die gegen unsere Freunde eingeleitete Untersuchung wird, wie ich
hoffe, nicht von langer Dauer sein und, wie ich überzeugt bin, die
Schuldlosigkeit derselben zum Ergebnis haben. *Einstweilen werde ich
mir die edle, kühne und nicht ›landesverräterische‹, sondern im Gegenteil
wahrhaft patriotische Haltung, die der ›Volksstaat‹ unter seiner bisherigen
Leitung eingenommen hat, bei meiner Redaktion zum Vorbild nehmen.*
An der Tendenz und am Erscheinen des Blattes wird nichts geändert,
die gegnerischerseits gehegte Hoffnung, der Schlag, der unser Organ
betroffen, werde die Partei mundtot machen, wird zuschanden werden.«

Kaum war Hirsch in die Redaktion des »Volksstaat« eingetreten, so
begann Professor Biedermann in der »Deutschen Allgemeinen Zeitung«
auch gegen ihn zu denunzieren. Im gleichen Sinne arbeitete die »Zeidlersche Korrespondenz«, die, wie sie von uns Briefe tendenziös stückweise
veröffentlichte, dasselbe mit Briefen von Hirsch machte, die in Braunschweig beschlagnahmt worden waren. Hirsch schüttelte die Denunzianten kräftig ab. Weiter antwortete Hirsch damit, daß er an der Spitze des
»Volksstaat« vom 1. Januar 1871 Freiligraths Gedicht »Die Schlacht am
Birkenbaum« zum Abdruck brachte.
Im Januar wurden die Wahlen zum Reichstag ausgeschrieben; sie
sollten am 3. März vorgenommen werden. Eine Landesversammlung
der Partei hatte uns wieder in unseren alten Wahlkreisen aufgestellt. In
Leipzig vereinigten sich die Lassalleaner mit unseren Genossen auf

175

meine Kandidatur. Ich ließ das Komitee wissen, daß ich im Interesse der Konzentration der Mittel und Kräfte auf die aussichtsreichen Wahlkreise eine Kandidatur für Leipzig nicht annehmen könne. Es blieb aber dabei. In bürgerlichen Kreisen veranstaltete man Geldsammlungen, um Liebknechts und meine Wahl zu verhindern. In meinem Wahlkreis – Glauchau-Meerane-Hohenstein – hatten die Gegner sich auf die Kandidatur von *Schulze-Delitzsch* gegen mich vereinigt. Schulze nahm die Kandidatur an, er weigerte sich aber, Wählerversammlungen abzuhalten, da ich an der Abhaltung solcher verhindert sei; dieselben wären ihm wahrscheinlich schlecht bekommen. Ende Januar legte der provisorische Parteiausschuß in Dresden sein Mandat nieder; es galt, die Kräfte zu konzentrieren, und so wurde auf Anordnung der Kontrollkommission in Hamburg Leipzig Sitz des provisorischen Ausschusses. Die Geldmittel waren natürlich sehr knapp. Die Parteigenossen von heute ahnen nicht, mit wie wenig Geld damals die Wahlen betrieben wurden. Über 500 bis 600 Mark gingen die Wahlkosten kaum irgendwo hinaus.

Die Wahlen verliefen ungünstig; sie fanden statt unter Glockengeläute und Kanonendonner, da am 3. März der Präliminarfriede in Versailles unterzeichnet wurde. Die einzigen Sieger waren Schraps und ich im 17. und 18. sächsischen Wahlkreis. Ich hatte mit 7344 Stimmen gegen Schulze-Delitzsch mit 4679 Stimmen gesiegt. Schraps, der streng genommen nicht mehr zur Partei gehörte und an dessen Stelle von Rechts wegen Julius Motteler hätte aufgestellt werden sollen, siegte mit 5875 gegen 5706 Stimmen. Liebknecht unterlag im 19. sächsischen Wahlkreis mit 3981 gegen 5134 Stimmen. Spier war in Mittweida-Frankenberg in engere Wahl gekommen, er unterlag aber mit 4017 gegen 5430 Stimmen, die auf Professor Biedermann fielen. In Leipzig hatte ich 2576, mein Gegenkandidat Bürgermeister Dr. Stephani 7312 Stimmen erhalten. Das Resultat galt als sehr günstig; im Herbst 1867 erhielten wir nur 900 Stimmen. In Leipzig-Land war Johann Jacoby aufgestellt worden, der mit 2877 gegen 5718 Stimmen seinem Gegner unterlag. Bracke wurde in Chemnitz und im 22. sächsischen Wahlkreis aufgestellt und erhielt 2972 bezw. 3477 Stimmen. Wir hatten in Sachsen über 39000 Stimmen auf unsere Kandidaten vereinigt. In manchen Wahlkreisen, wie Bielefeld, hatten unsere Parteigenossen den Kandidaten des Allgemeinen Deutschen Arbeitervereins (Pfannkuch) unterstützt, in Mittel- und Süddeutschland hatten sie fast überall von der Aufstellung eigener Kandidaten abgesehen.

Der Allgemeine Deutsche Arbeiterverein hatte im ganzen 63000 Stimmen auf seine Kandidaten vereinigt.

Wie die angeführten Zahlen zeigen, war die Beteiligung an der Wahl eine schwache, nirgends herrschte Begeisterung für das neue Reich. Der schwere Druck, der auf Handel und Wandel lastete, die Arbeitslosigkeit, alles Folgen des Krieges, dazu der lange und harte Winter, der den Massen ebenfalls schwere Opfer auferlegte, schaffen eine sehr gedrückte Stimmung.

Sobald ich die offizielle Nachricht von meiner Wahl erhalten hatte, schickte ich aus dem Gefängnis meinem Wahlkomitee folgende Danksagung zur Veröffentlichung:

»An meine Wähler! Parteigenossen! Ihr habt mir aufs neue einen glänzenden Beweis Eures Vertrauens gegeben, indem Ihr mich nunmehr zum dritten Male zum Vertreter des 17. Wahlkreises in den Reichstag erwähltet.

Ihr habt mir Euer Vertrauen erhalten, obgleich ich nicht in Eurer Mitte erscheinen konnte, um meinen Standpunkt gegenüber der neuen Sachlage der Dinge darzutun. Ebensowenig habt Ihr Euch auch beirren lassen durch die heftige und niedrige Kampfweise, womit die Gegner den Wahlkampf führten.

Dies, verbunden mit der Tatsache, daß der unterlegene Gegner als die gefeiertste Größe des Liberalismus und Kapitalismus gilt, macht die diesmalige Wahl für mich doppelt ehrenvoll. Nehmt dafür meinen wärmsten und innigsten Dank entgegen und das Versprechen, daß ich tun werde, was in meinen Kräften steht, Euer Vertrauen zu rechtfertigen.

Es lebe die Sozialdemokratie! Das sei der Ruf, mit dem wir neuen Kämpfen entgegengehen.

Leipzig, Bezirksgerichtsgefängnis, den 13. März 1871.

Mit sozialdemokratischen Gruß

Euer *A. Bebel.*«

Ich habe in meinem Leben oft das Glück gehabt, angesungen zu werden, und zwar im guten wie im schlimmen Sinne. Auch in dem jetzt verflossenen Wahlkampf spielte die Poesie eine, wenn auch zweifelhafte Rolle. So veröffentlichte der Bürgermeister Hohensteins, natürlich anonym, folgendes Gedicht:

Er sitzt auf Wilhelmshöhe,
Er im Bezirksgericht.
Er hat sie in der Zehe
Und er im Kopf die Gicht.«

Im »Meeraner Wochenblatt« höhnte ein anderer Anonymus über mich:

»Der Wilhelmshöher an Bebel

Mein lieber Bebel!
Lassen Sie uns ein vernünftiges Wort miteinander reden! Sehen Sie, ich bin ein alter Praktikus und habe das alles schon durchgemacht, was Sie noch vor sich haben. Ach, Bebel, wenn mir auch der Schlummerkopf vom ›New-York-Herald‹ neulich wieder einige Hoffnungen gemacht hat – ich fürcht', ich fürchte doch sehr, es wird mit mir nichts mehr werden. Mir fehlen die Mittel, noch einmal von vorn wieder anzufangen.

Aber Sie, Bebel, Sie haben ohne Frage eine Zukunft. Sie sind noch jung, haben ein gewinnendes Äußeres, einen guten Appetit, eine edle Dreistigkeit, eine formidable Sprache und ein harmloses Wesen. Kommt dazu noch die Gunst der Weiber und die Freundschaft der Kirche, so haben wir alle Eigenschaften beisammen, deren ein junger Mann bedarf um en gros sein Glück zu machen.

Jetzt, Bebel, will ich Ihnen ein wichtiges Wort über die Republik sagen. Die Republik ist eine sehr gute Einrichtung, wenn man – Präsident derselben ist. Ist man es nicht, so ist die Republik eine ebenso mangelhafte Staatsform wie alle anderen, das Papsttum mit einbegriffen. Wie man Präsident wird, Bebel, das will ich Ihnen einmal unter vier Augen sagen. Das aber kann ich Ihnen gleich ganz offen sagen, daß von der Präsidentschaft bis zur Kaiserkrone nur *ein* Schritt ist.« Und so weiter.

In Leipzig hatte man, und das ist von einem gewissen kulturhistorischen Interesse, die Verhöhnung unserer Personen während unserer Haft noch weiter getrieben. So wurde in einem Tingeltangel eine Posse aufgeführt, betitelt: »Nebel und Piepknecht«; in einem anderen größeren Lokal der Stadt wurde eine Posse aufgeführt, betitelt: »Bebel oder der erleuchtete Schuster mit seinem Jungen.« In dieser Weise machten die »Patrioten« ihrem Zorn wider uns Luft.

Ein Teil der liberalen Presse war über meine Wahl höchlich aufgebracht und agitierte dafür, daß der Reichstag bei seinem Zusammentritt sich gegen meine Freilassung aus der Untersuchungshaft aussprechen sollte. Die »Magdeburger Zeitung« war von Leipzig aus im gleichen Sinne inspiriert worden. Darauf veröffentlichte unser Anwalt Otto Freytag eine Erklärung, in der er ausführte, die Behauptung, wir würden wegen Landesverrat oder Vorbereitung zum Landesverrat angeklagt, sei eine Unwahrheit. Wir würden wegen *Vorbereitung zum Hochverrat,* begangen durch unsere Agitation, angeklagt. *Liebknechts und mein Verhalten in der Kriegsfrage spiele auch nicht einmal nebensächlich eine Rolle.* Es sei auch eine dreiste Unwahrheit, wenn behauptet werde, Staatsanwalt und Untersuchungsrichter würden sich einer Haftentlassung widersetzen. Im Gegenteil, ihm habe der Untersuchungsrichter erklärt, daß gegen eine Haftentlassung, nachdem die Untersuchung beendet sei, nicht das geringste Bedenken vorliege. Ebenso werde der Staatsanwalt *keine* Bedenken gegen die Freilassung erheben.

Am 27. März stellte Schraps, unterstützt von den Mitgliedern der Fortschrittspartei, im Reichstag den Antrag auf meine Freilassung. Im Gegensatz hierzu beantragten die Abgeordneten Dr. Stephani-Leipzig und Professor Biedermann, den Reichskanzler um Auskunft über den Stand der Sache zu ersuchen. In ihrem blinden Haß fühlten sie nicht das Kleinliche und Verächtliche ihrer Handlungsweise. Am 29. März wollte der Präsident die beiden Anträge auf die Tagesordnung der Sitzung vom 30. März setzen. Darauf erklärte der Abgeordnete Schraps zur Geschäftsordnung: *Er habe die Nachricht erhalten, daß wir am gestrigen Tage aus der Haft entlassen worden seien.*

So war es in der Tat. Die sächsische Regierung wollte die Debatte im Reichstag umgehen, so ordnete sie unsere Freilassung an. Am Nachmittag des 28. März gegen 4 Uhr wurden plötzlich mit besonderer Hast Schloß und Riegel an meiner Tür geöffnet, und herein stürzte der Aufseher mit dem Ruf: Ich glaube, Sie kommen frei! Als ich aus der Zelle trat, standen Liebknecht und Hepner bereits auf dem Korridor. Ohne ein Wort zu sagen, stürzten wir uns alle drei in die Arme. Wir hatten uns seit jener ominösen Versammlung am 15. Dezember mit keinem Auge gesehen. Vor den Untersuchungsrichter geführt, erklärte dieser, wir seien aus der Haft entlassen, doch müßten wir durch Handschlag versichern, keinen

Fluchtversuch zu unternehmen und den Bezirk, Stadt- und Amtshauptmannschaft Leipzig, nicht ohne seine Zustimmung zu überschreiten. Nachdem wir unsere Siebensachen zur Abholung bereitgestellt, eilten wir fort nach Hause, wo es ein frohes Wiedersehen gab. Mein Töchterchen sprang mir mit einem Freudenschrei an den Hals.

Zwei Tage danach, am 30. März, wurde auch der Braunschweiger Ausschuß aus der Haft entlassen. Das Obergericht zu Wolfenbüttel hatte die Erhebung einer Anklage wegen *Hoch- und Landesverrat abgelehnt.* Die Braunschweiger hatten 200, wir 101 Tage in der Haft zugebracht. Optimisten nahmen an, daß nunmehr auch wider uns die Anklage auf Hochverrat fallen würde.

Der Braunschweiger Ausschuß wurde darauf im Herbst 1871 von dem Kreisgericht in Braunschweig wegen einer Reihe Verstöße wider verschiedene Paragraphen des Strafgesetzes verurteilt, und zwar Bracke und Bonhorst zu 16 Monaten, Spier zu 14 Monaten, Kühn zu 5 Monaten Gefängnis. Auf erhobene Nichtigkeitsbeschwerde hob das Obergericht zu Wolfenbüttel das erste Urteil auf und verurteilte die Genannten wegen Verstoßes gegen das Vereinsgesetz: Bracke und Bonhorst zu 3 Monaten, Spier zu 2 Monaten Gefängnis und Kühn zu einer 6-wöchigen Haft. Die Strafen wurden durch die Untersuchungshaft als verbüßt erachtet.

Meine weitere parlamentarische Tätigkeit, der

Leipziger Hochverratsprozess und anderes

Die erste Session des Deutschen Reichstags

Am 2. April 1871 fuhr ich zur Ausübung meines Mandats nach Berlin. Der Reichstag, der diesmal in besonders feierlicher Weise durch den Kaiser unter Anwesenheit der gesamten deutschen Fürsten und Vertreter der freien Städte am 23. März eröffnet worden war, tagte im preußischen Abgeordnetenhaus am Dönhofplatz.

Zunächst besuchte ich meine frühere Wirtin, um zu hören, ob ich wieder Wohnung bei ihr bekommen könne. Sie erklärte, daß sie zu ihrem großen Bedauern mich nicht in Wohnung nehmen dürfe. Nachdem Liebknecht und ich im Dezember abgereist seien, *sei die Polizei zu ihr gekommen und habe ihr heftige Vorwürfe gemacht, daß sie uns Wohnung gegeben habe.* Wir waren in jener Session auf Schritt und Tritt durch Geheimpolizisten überwacht worden, als seien wir Verbrecher. Wie uns erging es den Polen. Kleinlichkeit und Gehässigkeit, mit einem Wort Unanständigkeit ist das Charakteristikum der politischen Polizei, sobald es sich um die Verfolgung von Gegnern der Staatsgewalt handelt. Das lernten wir später auch als sächsische Landtagsabgeordnete in Dresden kennen.

Als ich in den Reichstag trat, waren die Plätze auf der Linken besetzt, nur auf der äußersten Rechten waren noch, solche frei. Dorthin begab ich mich, obgleich mir die Nachbarschaft der ehrenwerten Herren der äußersten Rechten nicht sehr sympathisch war. Aber sie begriffen mein Unglück und ließen mich nicht entgelten, daß ich als Saul unter die Propheten geraten war. Sie benahmen sich durchaus als Gentlemen, obgleich auch ihnen meine Nachbarschaft sicher unangenehm war. Manchmal entstand im Hause Heiterkeit, wenn die Linke gegen die Rechte stimmte und ich auf der äußersten Rechten mich mit der Linken erhob. Unter Larven die einzig fühlende Brust.

Die Generaldebatte über die Reichsverfassung, die nunmehr nach den nötigen redaktionellen Änderungen auch der Deutsche Reichstag gutzuheißen hatte, wurde bereits zu einer Kulturkampfdebatte. Die Unfehlbarkeitserklärung des Papstes auf dem vatikanischen Konzil zu Rom im Jahre 1870 hatte die Geister wach gerufen, und namentlich brannten die Liberalen darauf, das, was sie an bürgerlicher Freiheit preiszugeben bereit waren, durch hochtönende Kulturkampfpauken (die Bezeichnung Kulturkampf hatte der Abgeordnete Professor Virchow erfunden) vergessen zu machen. Die katholische Partei hatte sich als Zentrum konstituiert unter Führung von Windthorst und Malinckrodt. Unter den Kulturkämpfern ragte namentlich Kiefer-Baden hervor, der eine hohe Richterstelle bekleidete. Als ich am 3. April zum Wort kam, sprach ich meine Verwunderung aus über den religiösen Charakter, den die Debatten angenommen hätten. Es scheine, daß im neuen Deutschen Reich die religiösen Debatten alles andere verdrängen sollten. Jemanden, der wie ich in den zwei Sitzungen, denen ich bis jetzt beigewohnt, außer Religion kaum etwas anderes zu hören bekommen und mit den religiösen Dogmen vollständig gebrochen habe, koste es eine gewisse Selbstüberwindung, diesen Verhandlungen länger zuzuhören. (Heiterkeit.) Ich griff darauf die Nationalliberalen an, deren Redner, Professor v. Treitschke, erklärt hatte, Grundrechte für eine Verfassung zu fordern, gehöre in die Zeit der politischen Kinderjahre. Ich stimmte ihm zu, denn politische Kinderei sei es gewesen, wenn man 1849 dem König von Preußen zugemutet habe, eine Verfassung anzunehmen, die volle Preßfreiheit, volle Vereins- und Versammlungsfreiheit, Trennung der Kirche vom Staat, Gewährleistung der persönlichen Freiheit und andere schöne Dinge verlangte. Es sei allerdings kindlich, das einem Hohenzollern zuzumuten. Ich kritisierte weiter die Liberalen, die lieber alle Freiheiten preisgäben, als sich mit einer Partei, die als revolutionär gelte, einzulassen. Indessen hoffte ich, daß, ehe das neunzehnte Jahrhundert zu Ende gegangen sei, wir alle unsere Forderungen verwirklicht hätten. (Große Unruhe.) Diese Ansicht war, wie sich inzwischen gezeigt hat, sehr optimistisch.

Nach mir sprach Miquel, der meinte, er werde nicht mit mir diskutieren, vorläufig sei meine Partei noch keine Gefahr. Das sei anders mit den Herren vor ihm (dem Zentrum), gegen die er losdonnerte. Zum Schluß der Sitzung nahm ich das Wort zu einer persönlichen Bemerkung gegen Miquel. Er habe sich etwas wegwerfend über meine Partei ausgelassen. Ich wunderte mich darüber nicht, ich wolle aber doch konstatieren, daß der Abgeordnete Miquel – allerdings zu einer Zeit, wo er weder Bankdirektor noch Oberbürgermeister gewesen sei – zu derselben Partei gehört hätte, die er heute bekämpfte, *nämlich zur kommunistischen.* Das Haus war über diese Enthüllung verdutzt. Miquel schwieg. Nach der Sitzung traten eine ganze Anzahl Abgeordnete an mich heran, um zu hören, inwiefern der erhobene Vorwurf wahr sei! Der Abgeordnete Miquel behandelte mich von jetzt ab mit einer gewissen Hochachtung.

Kaum hatte man die Verfassungsberatung hinter sich, so kamen Schulze-Delitzsch und Genossen und beantragten die Änderung des Artikels 32 der Verfassung zwecks Einführung der Diäten. Bei der Verfassungsberatung hatte man diesen Antrag nicht gestellt, obgleich er dort am Platze war. In einer Rede, die ich dazu hielt, führte ich aus, daß nur die Angst vor der Sozialdemokratie die Herren abhielt, die Diäten durchzusetzen, die in allen anderen Vertretungskörpern eingeführt seien. Bismarck verhöhnte die Antragsteller. Er wolle nicht mit voller Sicherheit entscheiden, ob die Versammlung in ihrer Zusammensetzung nach der Einführung der Diäten noch dieselbe sei. Aber er wolle den Versuch nicht machen, es wäre ihm zu schmerzlich, wenn er sich vergeblich nach der liebgewonnenen Versammlung zurücksehnen solle. (Große Heiterkeit.) Das Herrenhaus, das keine Diäten erhalte, habe immer die Neigung, die Sitzungen abzukürzen, bei dem Abgeordnetenhaus, das Diäten erhalte, sei das Gegenteil der Fall.

Am 24. April stand die Beschaffung weiterer Geldmittel zur Bestreitung der durch den Krieg veranlaßten außerordentlichen Ausgaben auf der Tagesordnung. Die französische Nationalversammlung hatte zwar am 26. Februar dem Präliminar-Friedensvertrag ihre Zustimmung gegeben, aber die Frage der Kriegskostenzahlung war noch nicht endgültig erledigt. Man brauchte für die große Armee in Frankreich weiter Geld. Bismarck nahm zunächst das Wort, um die Notwendigkeit der Vorlage zu begründen. Bis jetzt habe Frankreich seine Zahlungsverpflichtungen nicht einhalten können. Man könne ja in die inneren Verhältnisse Frankreichs eingreifen, aber das wolle man nicht, es sei daher wünschbar, Frankreich Zeit zu lassen, sich zu rangieren. Ich nahm nach Bismarck das Wort. Seine Erklärung zeige, daß er mit seiner Politik in der Klemme sei. Ich legte dann noch einmal unseren Standpunkt in der Kriegsfrage dar. Hätte man nicht auf der Annexion bestanden, so wäre der Friede schon seit vielen Monaten geschlossen worden. Ungeheure Verluste an Menschen und Geld wären uns erspart geblieben, und die Lage Deutschlands wäre eine viel günstigere geworden, als sie jetzt sei. Zwei Milliarden damals seien mehr wert gewesen, als heute fünf. Außerdem werde keine Regierung in Frankreich, heiße sie wie sie wolle, den Verlust von Elsaß-Lothringen vergessen dürfen. Frankreich werde nach Bündnissen suchen, und Rußland werde künftig anders zu der Frage stehen. Daß es dem Reichskanzler gelingen werde, Rußland ebenso über den Löffel zu barbieren, wie ihm das mit Napoleon gelungen sei, bezweifelte ich sehr. (Stürmische Heiterkeit.) *Sicher sei, daß wir künftig ein viel höheres Militärbudget aufzubringen haben würden, als dieses bei einer vernünftigen Verständigung mit Frankreich unter Verzicht auf die Annexionen der Fall wäre.* Wie Napoleon in Frankreich, so werde der Reichskanzler in Deutschland in seiner Politik durch die Bourgeoisie unterstützt. Es seien nur die Arbeiter hüben und drüben gewesen, die allein für den Frieden eingetreten seien. Man sehe jetzt wieder, wie die so viel, angegriffene und verleumdete Kommune mit der größten Mäßigung vorgehe. (Große, anhaltende Heiterkeit.) – Die Kommune war seit dem 18. März in Paris proklamiert worden. – Ich sei durchaus nicht mit allen Maßregeln, die die Kommune ergriffen, einverstanden, aber sie sei zum Beispiel der großen Finanz gegenüber mit einer Mäßigung verfahren, die wir vielleicht in einem ähnlichen Falle in Deutschland schwerlich anwenden würden.

(Heiterkeit.) Herr v. Kardorff nahm mir gegenüber das Wort, um festzustellen, daß ganz Deutschland *ohne* Annexion den Frieden nicht gewollt habe, was ich durch heftigen Widerspruch bestritt.

In dieser Session wurde auch der Gesetzentwurf betreffend die Verpflichtung zum Schadenersatz (Haftpflichtgesetzentwurf) bei Unfällen beraten. Ich nahm bei der dritten Lesung das Wort und hob hervor, daß die Hoffnungen, die man in Arbeiterkreisen an das Gesetz geknüpft, einmal schon durch den Regierungsentwurf, nachher aber noch mehr durch die Beschlüsse des Reichstags zunichtegemacht worden seien. Ich wies dieses in längeren Ausführungen nach. Insbesondere kritisierte ich scharf den § 4, den Lasker in den Entwurf gebracht hatte, wonach der ganze Betrag der Leistungen aus Versicherungsanstalten, Knappschafts-, Unterstützungs-, Kranken- oder ähnlichen Kassen, wenn zu der Versicherungssumme der Unternehmer mindestens ein Drittel zahle, auf die Gesamtentschädigung einzurechnen sei. Der Unternehmer, der den Nutzen aus der Arbeit des Arbeiters ziehe, sei auch allein verpflichtet, ihn im Falle des Unfalls voll zu entschädigen.

Schließlich verlangte ich, daß bei Feststellung der Entschädigungen aus den Kreisen der beiden beteiligten Parteien Sachverständige in der Form von Geschworenen oder Schöffen hinzugezogen würden, und zwar Unternehmer und Arbeiter in gleicher Stärke. So wie der Gesetzentwurf jetzt vorliege, vermöchte ich nicht für denselben zu stimmen.

Da ich im Reichstag allein stand, Schraps zählte ernsthaft nicht mit, war ich gezwungen, häufiger als sonst in Berlin zu sein, um den Sitzungen beizuwohnen. Nun verlangte aber auch mein Geschäft dringend meine Anwesenheit. Das Unbehagliche dieser Zwitterstellung lastete schwer auf mir und kam in einem Briefe vom 10. Mai an meine Frau zum Ausdruck, der ich schrieb:

»Es ist eine unsäglich langweilige Wirtschaft hier und meine Stellung mir deshalb im höchsten Grade unangenehm. Dieser Widerspruch zwischen meiner Stellung und der Notwendigkeit, im Geschäft auf dem Platze sein zu müssen und zu wollen, ist es, was die schlimme Stimmung erzeugt, die Du und andere an mir bemerkt haben.«

Diejenigen, die mich damals wegen meiner Tätigkeit im Reichstag bejubelten, ahnten nicht, wie mir zumute war.

Am 25. Mai mußte ich wieder ins Feuer. Auf der Tagesordnung stand
der Gesetzentwurf betreffend die Vereinigung von Elsaß-Lothringen mit
dem Reiche; zugleich sollte, zunächst bis zum 1. Januar 1873, die Diktatur
in Elsaß-Lothringen aufrechterhalten werden. Wiederum ging ich auf
den Verlauf des Krieges ein und auf die Versicherung des Königs von
Preußen, daß der Krieg ein Verteidigungskrieg sei. Die Annexion wider-
spreche dieser Versicherung. Die Annexion bedeute nur eine Stärkung
der Hohenzollernschen Hausmacht. In Elsaß-Lothringen werde nur so
regiert werden, wie der Kaiser es wolle. Was aber die Diktatur bedeute,
hätten wir seinerzeit nach der Annexion von Hannover erlebt, wie ich
an Beispielen nachwies. Man habe hier von der französischen Präfekten-
wirtschaft gesprochen, von der angeblich die Elsaß-Lothringer erlöst
werden sollten; die preußische Landratswirtschaft sei aber um kein Haar
besser, eher schlimmer. Habe man doch kürzlich einem in Solingen zum
Bürgermeister Gewählten die Bestätigung versagt, weil er als Beamter
die Aktenschwänze nicht in Ordnung gehalten habe. (Große Heiterkeit.)
Der Reichskanzler habe neulich in einer Sitzung, der ich nicht beiwohnen
konnte, davon gesprochen, man müsse Elsaß-Lothringen die preußische
Städtefreiheit bringen. Ja, er habe sogar gesagt, daß die Bestrebungen
der Kommune im Grunde darauf hinausliefen, die preußische Städteordnung in Paris einzuführen. Dafür aber zu kämpfen, lohnte nicht der
Mühe, denn diese sei keinen Schuß Pulver wert. Habe aber der Reichskanzler recht, dann begriffe ich nicht, wie er in dem Friedensvertrag –
der am 10. Mai in Frankfurt beiderseitig ratifiziert worden war – die
Bestimmung aufnehmen konnte, wonach der französischen Regierung
die gefangenen Armeen zur Niederwerfung der Kommune zur Verfügung
gestellt werden sollten. Auch habe er in demselben Friedensvertrag
festgesetzt, daß dreißig Tage nach dem Falle der Kommune Frankreich
die ersten 500 Millionen Franken Kriegsentschädigung zu zahlen habe.
Das sei doch eine seltsame Art, wie er die Kämpfer für die preußische
Städteordnung in Paris behandle. Werde aber so von deutscher Seite die
Kommune bekämpft, so wolle ich meinerseits erklären, daß das europäische Proletariat hoffnungsvoll auf Paris sehe. Der Kampf in Paris sei
nur ein kleines Vorpostengefecht, und ehe wenige Jahrzehnte ins Land
gegangen seien, werde der Schlachtruf des Pariser Proletariat, »Krieg
den Palästen, Friede den Hütten, Tod der Not und dem Müßiggang«,
der Schlachtruf des europäischen Proletariats sein. Ich schloß meine
Rede, indem ich der Hoffnung Ausdruck gab, die elsaß-lothringische

Bevölkerung werde, ihrer freiheitlichen Mission bewußt, den freiheitlichen Kampf mit uns in Deutschland aufnehmen, damit endlich die Zeit komme, wo die europäischen Bevölkerungen ihr volles Selbstbestimmungsrecht erlangten, das sie aber nur erreichen könnten, wenn die Völker Europas in der republikanischen Staatsform das Ziel ihrer Bestrebungen erblicken würden. (Unruhe.)

Fürst Bismarck äußerte im Herbst 1878 bei der Beratung des Sozialistengesetzes, es sei diese meine Rede gewesen, die ihm die Gefährlichkeit des Sozialismus vor Augen führte. Davon war an jenem Tage, an dem ich diese Rede hielt, nichts zu bemerken. Fürst Bismarck nahm unmittelbar nach mir das Wort und begann: »Befürchten Sie nicht, daß ich dem Herrn Vorredner antworte; Sie werden alle mit mir das Gefühl teilen, daß seine Rede in diesem Saale einer Antwort nicht bedarf«. (Zustimmung.) Das war alles, was er gegen mich äußerte. Auch die folgenden Redner machten es sehr gnädig mit mir, sie erwähnten mich kaum. Dafür ging draußen in der Presse der Lärm um so ärger gegen mich los. Darauf erklärte Liebknecht im »Volksstaat« kategorisch: »Was Bebel gesagt, hat er sagen müssen; es war seine Pflicht, für die Kommune einzutreten!« Mitten in dem Toben gegen mich erschien eine Sonntagsplauderei in der »Berliner Börsen-Zeitung«, die in einem ganz anderen, und zwar viel harmloseren Ton gehalten war. Offenbar rührte sie von Stettenheim her, der damals Redakteur der »Berliner Wespen« war. Ich hatte Stettenheim im Verein »Berliner Presse« kennengelernt, den ich manchmal auf Einladung von Robert Schweichel besuchte. Dieses ist auch der Verein, von dem Stettenheim in der Plauderei spricht. Darin hieß es, soweit sie sich auf mich bezieht:

»Berlin ist ruhig!
Die Schüsse, welche man dann und wann hört, bedeuten nicht die Hinrichtung von Insurgenten, es sind Äußerungen des artilleristischen Examens in Tegel, und der Qualm, welcher den Horizont einhüllt, ist nicht der Rauch flammender Paläste, es ist der Kongreß der verschiedenen Sorten Staubes, welcher aus allen Ecken unserer geliebten Stadt aufsteigt und die Luft von Tauben, Spatzen und anderem Gefieder reinigt.

Wir teilen dies in aller Eile und aus bester Quelle mit, um ängstliche Gemüter, deren Berlin sehr viele zählt, zu beruhigen. ...

... In der ›Kreuzzeitung‹ taucht sogar eine Mutter von acht Söhnen auf, welche alle Mitmütter Berlins auffordert, den Kaiser zu bitten, zur

Verhütung eines gleich schrecklichen Strafgerichts wie des Pariser alles vernichten und zerstören zu lassen, was Berlin an Anstalten, Aufführungen, Bildern, Büchern usw. besitzt, welche der Moralität unserer Kinder schädlich sein könnten …

… So hat die Rede Bebels gewirkt!

Wir halten es für unsere Pflicht, Öl in die aufgeregten Wogen der Phantasie zu gießen, welche eine Mutter von acht Söhnen an die Inseratengestade der ›Kreuzzeitung‹ schleudert.

Die Rede Bebels war allerdings etwas heftiger Art. Sie unterscheidet sich von gewöhnlichen Tischreden durch Drohungen und Betrachtungen, welche furchtsame Ohren erzittern machen. ›Krieg den Palästen!‹ klingt etwas ungewöhnlich. Bei einem solchen Ausruf wird bekanntlich vorzugsweise jeder unruhig, der kein Palais besitzt, sondern zur Miete wohnt. Der Palastbewohner von Berlin pflegt sich auf seinen Portier zu verlassen, der sich im Falle mit verdächtigen Besuchern herumbalgt, bis der Schutzmann erscheint und die Übelwollenden zur Wache führt.

Bebel rief: Krieg den Palästen! Er setzt allerdings hinzu: Friede den Hütten! Das aber ist kein Balsam für das blutende Herz einer Mutter von acht Söhnen. … Friede den Hütten! Was will das sagen?

Es gibt vor allen Dingen gar keine Hütten mehr. Man baut nur noch drei- vierstöckige Häuser. Wo steht in Berlin eine Hütte? Mit Hüttenfrieden ist wenigen gedient, und Bebel kann ihn versprechen, wie er auch allen, welche Sandalen tragen, Steuerfreiheit versprechen könnte. Steuerfreiheit ist nicht übel, aber wer trägt heute Sandalen?

Mittags hatte Bebel seine Brandfackel zu Protokoll gegeben, abends trafen wir ihn in einem Verein.

Dieser Verein treibt keine Politik, sondern anderen Unsinn. Man kürzt sich die Zeit mit allerlei Gesprächen und Bieren.

Man denke sich einen robusten Mann mit rötlichem Haar und energieträchtiger Nase – das ist Bebel nicht!

Bebel ist eine zierliche Erscheinung. Aus einem hübschen Gesicht strahlen Augen, welche gewiß schon viele Frauenherzen auf dem Gewissen haben. Aber Bebel ist kein Don Juan. Er ist solide, sogar philiströs, am allerwenigsten kokett, hauptsächlich bescheiden. Wir haben bemerkt, daß er das Feuerzeug weit wegschob, weil ihn der Schwefelgeruch augenscheinlich belästigte.

Und nun fragen wir jede Mutter, ohne von jeder acht Söhne zu beanspruchen, wir fragen jeden Berliner Junggesellen, Verlobte, Väter,

Großväter: Sieht Bebel, welchen man nach seiner Rede für den deutschen Haus- und Gebäude-Nero halten möchte, wie seine Rede aus? Wir boten Bebel eine Zigarre an.

Ich rauche nicht! sagte Bebel elegant abwehrend.

Sollen wir noch etwas zur Beruhigung der Haupt- und Residenzstadt anführen? Bebel raucht nicht. Bebel zündet keine Zigarre an – und er sollte Paläste anzünden?

Wir haben leider vergessen, ihn zu fragen, ob er abends Öl oder Gas brennt. Wir sind überzeugt davon, daß Bebel kein Petroleum im Hause hat. Und ein solcher Mann sollte – –?

Nein! Bebels Seele ist frei von Petroleum!

Zum Überfluß verwickelten wir ihn noch in ein Gespräch über die Paläste und ähnliche Gebäude in Berlin, die er nicht einmal alle kannte, und wiesen vorsichtshalber darauf hin, daß Berlin recht arm an Palästen sei, so daß es gar nicht die Mühe lohnte, einen Krieg gegen sie zu unternehmen. Bebel fiel es augenscheinlich nicht einmal ein, daß wir mit Bezug auf seine Rede also sprachen, das ›Krieg den Palästen‹ war ihm ohne Zweifel nur so herausgefahren. ›Was nun die Berliner Hütten betrifft‹, fuhren wir fort, ›so ist in erster Linie der Eisbock zu nennen, hinter welchem reichlich unschönen Bauwerk alle anderen Hütten zurückstehen. Würde er verschwinden, so dürfte Berlin kaum bestürzt sein.‹ Bebel hatte höflich zugehört, aber er begriff kaum unsere Andeutung, daß ein ›Krieg den Hütten‹ uns am Ende, und zwar auf eine einzige beschränkt, viel willkommener wäre als irgendeine andere Demolierung, worin er uns recht zu geben schien, denn ihm gefiel der Eisbock ebensowenig wir irgendeinem anderen Sterblichen.

So haben wir also Bebel von seiner Rede zu trennen. In unseren Parlamenten wird manches gesprochen, was sich besser, respektive schrecklicher liest, als es sich einfach ausgeführt denken läßt. Erinnern sich unsere geehrten Leser gefälligst der Dreizackrede des Abgeordneten Ziegler: ›Der Kultusminister muß fort von seinem Platz!‹ Herr v. Mühler saß dabei und zuckte die Achsel. Heute noch sitzt er ›aufrecht auf der Matte‹.

Bebel ist der Ziegler der Paläste!

Ziegler ist der Bebel des Kultusministers!«

Die Ausführungen, die ich in den hier von mir zitierten Reden über die Pariser Kommune machte, werden einem sehr erheblichen Teile meiner Leser unverständlich sein. Ein Teil derselben weiß überhaupt nicht, was die Kommune war, ein anderer Teil ist in Vorurteilen befangen durch das, was er gegen die Kommune las, nur der kleinste Teil kennt die Geschichte der Kommune. Unsere Stellung zu derselben spielte aber in den Kämpfen – insbesondere in den Wahlkämpfen der siebziger und achtziger Jahre – eine große Rolle. Ich mußte sogar noch in den neunziger Jahren unsere Stellung zur Kommune im Reichstag verteidigen.

Im März 1876 hatte ich in Leipzig eine große Disputation mit dem Hauptagitator der Leipziger Nationalliberalen Bruno Sparig, auf die ich an geeigneter Stelle zurückkommen und meine damaligen Ausführungen über die Kommune zum Abdruck bringen werde.

*

Der Reichstag wurde gegen Ende Mai 1871 geschlossen. Zu Hause angekommen, machte ich die Bekanntschaft von *Johann Most,* der nach seiner Amnestierung aus Österreich ausgewiesen worden und nach Leipzig gekommen war. Nach seiner Haftentlassung wurde sein Brief bekannt, den er an seinen Vater geschrieben hatte, der in Augsburg, irre ich nicht, Beamter bei einer Kirchenstiftung war. Der Vater hatte versucht, den Sohn von seinen »Irrwegen« abzubringen.

Most hatte darauf am 13. Januar 1871 unter anderem geantwortet:

»Ich versichere es Ihnen: Wenn Sie mir eine Stelle mit einem Monatsgehalt von 1000 Gulden offerierten und ich einer mir gesinnungsfeindlichen Partei dienen sollte, und wenn mir andererseits von seiten *meiner* Parteigenossen nur trockenes Brot entgegengehalten würde, so würde ich, ohne mich zu besinnen, nach dem trockenen Brote greifen.«

Dieser Brief spricht sehr zugunsten von Mosts Charakter. Was er schrieb, war seine ehrliche Überzeugung, denn Most war im Grunde eine vortrefflich angelegte Natur. Wenn er später unter dem Sozialistengesetz immer mehr auf Abwege geriet, Anarchist und Vertreter der Propaganda der Tat wurde, ja schließlich sogar, er, der immer ein Muster von Enthaltsamkeit war, als Trunkenbold in den Vereinigten Staaten endete, so legte den Grund zu dieser schlimmen Entwicklung das Sozialistengesetz, das ihn wie so viele andere außer Landes trieb. Wäre Most unter dem Einfluß von Männern geblieben, die ihn zu leiten und seine

Leidenschaftlichkeit zu zügeln verstanden, die Partei hätte in ihm einen ihrer eifrigsten, opferwilligsten und unermüdlichsten Kämpfer behalten. Er hat später als Redakteur der von ihm gegründeten »Freiheit« – die erst in London, nachher in New York erschien – mich oft heftig angegriffen. Noch schlimmer als mich behandelte er Ignaz Auer und Liebknecht. Aber dennoch ist mir leid, daß er, der gut Veranlagte, so elend zugrundeging.

Most wurde in Leipzig nach wenigen Tagen seiner Anwesenheit ebenfalls ausgewiesen. Er ging nach Chemnitz, woselbst er Redakteur der »Chemnitzer Freie Presse« wurde und den großen Metallarbeiterstreik leitete, der im Hochsommer 1871 zum Ausbruch kam.

*

Die Partei hatte sich von den Wirkungen der Kriegszeit rasch erholt. Die glänzende industrielle Prosperitätsperiode, die jetzt begann, kam der Bewegung zustatten. Daß die deutsche Frage einen Abschluß erlangt hatte, der, wenn er auch uns nicht gefiel, zunächst keine Aussicht auf Änderung bot, beseitigte verschiedene Differenzpunkte, die bisher zwischen den streitenden Arbeiterparteien bestanden. Das Schlachtfeld wurde übersichtlicher und vereinfachter. In der Eisenacher Partei, wie unsere Partei kurz genannt wurde, erschienen in Bälde eine Anzahl Parteiorgane. So neben den Blättern in Crimmitschau und Chemnitz solche in Braunschweig, wo der unermüdliche, immer opferbereite Bracke den »Volksfreund« ins Leben rief und eine eigene Druckerei gründete, ferner in Hamburg-Altona, Dresden, Nürnberg, Hof, später in München und Mainz. Dagegen ging der »Proletarier« in Augsburg Mitte Juni ein.

Der erste deutsche Webertag

Die Prosperitätsepoche, die nach dem Deutsch-Französischen Krieg einsetzte, stimulierte die Arbeiterkreise zur Gründung neuer und Ausdehnung der vorhandenen gewerkschaftlichen Organisationen. Ein solches Bedürfnis machte sich auch unter der Weberbevölkerung geltend, deren Lage eine besonders gedrückte war. Aus meinem Wahlkreis wurde die Anregung zu einem deutschen Webertag gegeben, der vom 28. bis 30. Mai 1871 in Glauchau tagte. Derselbe war von 147 Delegierten besucht, die 134 Mandate aus 85 Orten zu vertreten hatten. Unter den Delegierten befand sich auch der spätere Reichstagsabgeordnete Harm-Elberfeld, der damals im Allgemeinen Deutschen Arbeiterverein stand. An Stelle von Motteler, der eine notwendige Geschäftsreise zu unternehmen hatte, war mir das Referat über die drei Fragen übertragen worden: 1. Wie ist es gekommen, daß in der Weberei die Löhne so gedrückt sind? 2. Wie sind sie zu heben? 3. Wie sind sie den Zeitverhältnissen entsprechend zu erhalten? Im Laufe des Vortrags wies ich darauf hin, daß durch die Annexionen von Elsaß-Lothringen mit seiner hochentwickelten Baumwollspinnerei und -weberei den gleichen deutschen Industriezweigen eine gewaltige Konkurrenz erwachsen dürfte, die zweifellos auch eine revolutionierende Wirkung auf die Art der bisherigen Produktionsweise in Deutschland (weite Verbreitung der Hausweberei) ausüben werde. Glauchauer Kaufleute, die als Zuhörer anwesend waren und damals durch ihre Faktoren in der Hausweberei arbeiten ließen, hörten diese Ausführungen mit Kopfschütteln an. Als ich aber nach langer Haft im Jahre 1875 in meinen Wahlkreis zurückkehrte, wurde mir allseitig die Richtigkeit meiner Ausführungen bestätigt. Davon überzeugte mich auch der Anblick der Städte in meinem Wahlkreis, in denen in wenig Jahren die Fabriken wie Pilze aus dem Boden gewachsen waren. Ich empfahl, mit den elsaß-lothringischen Webereiarbeitern Fühlung zu nehmen. Weiter beantragte ich Resolutionen, die ein Verbot der Kinderarbeit in den Fabriken und die gesetzliche Einführung eines zehnstündigen Normalarbeitstags verlangten, die einstimmig angenommen wurden. Ferner wurde gegen zwei Stimmen die Abschaffung der Sonntagsarbeit zu fordern beschlossen. Eine andere von mir eingebrachte Resolution, die nach lebhaften Erörterungen ebenfalls Zustimmung fand, betraf die Arbeitseinstellungen, und lautete:

»Der allgemeine deutsche Webertag empfiehlt allen Fachgenossen, bei Organisierung von Streiks mit der größten Vorsicht vorzugehen und unter keinen Umständen eine Arbeitseinstellung vorzunehmen, wenn nicht die Gewißheit vorhanden ist, daß durch genügende Mittel und Unterstützung der Erfolg gesichert ist.«

Bezüglich der Schiedsgerichte schlug ich folgende Resolution vor:

»Der erste allgemeine deutsche Webertag erachtet es für wünschenswert, daß sich Schiedsgerichte bilden, die zu gleichen Teilen aus Arbeitern und Arbeitgebern bestehen, um Differenzen, durch die ein Streik droht, auf gütlichem Wege auszugleichen.«

Schließlich wurde ein Komitee von fünf Personen niedergesetzt (Sitz Glauchau), das die Agitation und Organisation der Fachgenossen in die Hand nehmen und regelmäßig Zirkulare herausgeben sollte mit fachgenössischen Mitteilungen. Es fand auch ein zweiter Webertag in Berlin statt, und eine Anzahl Zirkulare wurden ebenfalls herausgegeben, dann aber brach die Bewegung wieder zusammen.

Weiteres aus Sachsen

Zum 14. Juni 1871 hatten wir in Leipzig eine Volksversammlung einberufen mit der Tagesordnung: »Die hohen Kommunalsteuern und die städtische Verwaltung«. Leipzig hatte seit 1848 keine solche Beteiligung gesehen wie bei dieser Versammlung. Eine wahre Völkerwanderung begann nach dem Versammlungslokal, das, obgleich es 5000 Köpfe faßte, kaum den dritten Teil der Besucher aufnehmen konnte. Die Versammlung war eine Antwort auf die heftigen Angriffe, welche die Leipziger Presse gegen unsere Partei und speziell gegen mich wegen meines Auftretens im Reichstag inszeniert hatte. Ich ging mit der Stadtverwaltung streng ins Gericht. Die von mir vorgeschlagenen Resolutionen tadelten das *Steuersystem,* das die kleinen Leute zugunsten der Wohlhabenden ungerecht belaste, sie tadelten ferner die *Verwendung* der Gemeindesteuern, die hauptsächlich im Interesse der besitzenden Klasse erfolge, und forderten, da diese Wirtschaftsweise nur durch das bestehende Klassenwahlgesetz möglich sei, die Einführung des allgemeinen, gleichen, geheimen und direkten Wahlrechts. Die Versammlung nahm unter stürmischem Beifall meine Vorschläge gegen drei Stimmen an. Die liberale Presse tobte.

Jetzt begann auch die Ära der Verfolgungen in Sachsen. Im Juli wurde Vahlteich, der als Stellvertreter für Hirsch am »Crimmitschauer Bürger- und Bauernfreund« eingetreten war, als letzterer die Redaktion des »Volksstaat« übernahm, wegen Majestätsbeleidigung durch die Presse zu drei Monaten Festungshaft verurteilt. Kurz darauf erhielt Karl Hirsch wegen desselben Deliktes vier Monate Festungshaft.

Den 3. August eröffnete die Staatsanwaltschaft Liebknecht, Hepner und mir, daß sie gegen uns die Anklage auf Vorbereitung zum Hochverrat erheben werde, außerdem gegen Liebknecht wegen Majestätsbeleidigung. Am 27. September beschloß die Anklagekammer, dem Antrag der Staatsanwaltschaft stattzugeben. Die von uns hiergegen eingelegte Nichtigkeitsbeschwerde bei dem Oberappellationsgericht in Dresden wurde am 10. November *verworfen.*

Der Dresdener Parteikongreß

Derselbe war auf den 12. bis 14. August 1871 berufen worden. Er war von 56 Delegierten besucht, die 6220 Parteigenossen aus 75 Orten zu vertreten hatten. Ich wurde erster, Bracke zweiter Vorsitzender. Die Tagesordnung war interessant und die Verhandlungen wurden sehr lebhafte. In der Eröffnungsrede konstatierte ich mit Genugtuung, daß der Kongreß in der Hauptstadt desjenigen Landes tage, in dem die Sozialdemokratie am heftigsten verfolgt würde, was ihr keinen Schaden tun werde. Die »Berliner Volkszeitung«, die zu jener Zeit unter ihrem Redakteur Bernstein der Partei besonders feindlich gesinnt war, führte Klage darüber, daß der Leipziger Untersuchungsrichter uns (Liebknecht, Hepner und mir) die Beteiligung am Kongreß nicht verboten habe, was er nicht konnte. York war Referent über den gesetzlichen Normalarbeitstag. Er hielt eine gute Rede und befürwortete eine Resolution, in der ein gesetzlicher Normalarbeitstag von höchstens zehn Stunden gefordert wurde. Ich referierte über die Forderung der Einführung des allgemeinen, gleichen, direkten und geheimen Wahlrechts für die Landtags- und Gemeindewahlen, Bracke über das neue Haftpflichtgesetz. Er schlug eine Resolution vor, durch die der Reichstag getadelt wurde, der das Gesetz in durchaus unbefriedigender Weise verabschiedet habe. Über die politische Stellung der Sozialdemokratie referierte an Liebknechts Stelle, der vorläufig abgehalten war zu kommen, Most. Die Verhandlungen hierüber führten zu heftigen Szenen. Der überwachende Polizeikommissar verlangte im Namen seiner vorgesetzten Behörde, ich solle dem Referenten mitteilen, daß er sich aller und jeder Abschweifung auf die Pariser Kommune zu enthalten habe. Das lehnte ich ab. Für Most war dieser Zwischenfall Wasser auf die Mühle. Er sprach zwar kurz, dafür aber um so schärfer. Man mache den Versuch, äußerte er, ihm einen moralischen Maulkorb vorzuhängen. Dinge, die in der ganzen Welt, selbst bei den Chinesen, diskutiert würden, wolle man uns verbieten zu erörtern. Dabei seien wir fortgesetzt wegen unserer Haltung Gegenstand der heftigsten

Angriffe und der niedrigsten Verleumdungen. Und nachdem wir so von allen Seiten mit Schmutz besudelt und mit Steinen beworfen würden, wolle man uns verwehren, unseren Standpunkt darzulegen. (Stürmischer Beifall.) Der Kommissar suchte geltend zu machen, daß sich das Verbot nur auf Äußerungen über die Kommune beziehe. Das war aber für uns der Punkt, auf den es uns ankam, wir wollten unseren Standpunkt gegenüber der Kommune darlegen.

Nach Most nahm ich das Wort. Mir scheine, daß die Art, wie die Behörden sich in unsere Verhandlungen einmischten, und sie zu beeinflussen suchten, eines sozialdemokratischen Kongresses unwürdig sei. (Stürmischer, minutenlanger Beifall.) Mir sei nicht bewußt, daß Urteile über die Pariser Kommune abzugeben ungesetzlich sein sollte. Indes wüßten ja die Anwesenden alle, wie wir zur Kommune stünden. Wir seien leider dem Vorgehen der Behörden gegenüber machtlos, wir könnten nur dagegen protestieren. Ich schlage vor, da es unserer unwürdig sei, unter den uns auferlegten Beschränkungen zu debattieren, daß der Referent auf das Wort verzichte und wir ohne Debatte über die vorgelegte Resolution abstimmten. Es sei ein trauriges Zeichen der Zeit, daß jetzt, nachdem die offiziellen Aktenstücke über die Kommune bekannt geworden und festgestellt sei, daß das seit Monaten gegen die Kommune Gesagte Lüge, Verleumdung, Unwahrheit sei (stürmischer Beifall), man uns verbieten wolle, diese Kampfweise an den Pranger zu stellen.

Most erklärte, er wäre um so mehr mit meinem Vorschlag einverstanden, da die Zeit schon weit vorgeschritten sei. Er nehme an, daß alle mit ihm einverstanden seien, wenn er erkläre: *Wenn die Reaktion sich international verbindet, dann muß sich selbstverständlich die Revolution ebenfalls international verbinden.* (Stürmischer Beifall.) Er schloß:

> »Seht wie von Osten hin nach West
> So hell die Flamme loht;
> Wir halten treu, wir halten fest,
> Denn unsre Fahn' ist rot!«

Stürmischer, langanhaltender Beifall folgte seinen Worten. Dann ließ ich über die Resolution abstimmen, die lautete:

»Der Kongreß erklärt seine volle Zustimmung zu der Haltung des Parteiorgans ›Volksstaat‹ gegenüber den politischen und sozialen Fragen des vergangenen Jahres. Insbesondere *billigt* der Kongreß den durch den ›Volksstaat‹ unterhaltenen geistigen Zusammenhang der deutschen Sozialdemokratie mit der Internationalen Arbeiterassoziation.«

Die Resolution fand einmütige Zustimmung. Die weiteren Verhandlungen des Kongresses beschäftigten sich mit den inneren Angelegenheiten der Partei: Bericht des provisorischen Parteiausschusses und der Kontrollkommission, Anträge über Statutenänderung usw. Der Bericht über den »Volksstaat« ergab, daß derselbe 4020 Abonnenten und eine Schuld von 1675 Taler hatte. Hierbei ist zu beachten, daß die Gründung der Lokalblätter an den Orten mit der besten Parteiorganisation notwendig der Verbreitung des »Volksstaat« sehr hinderlich war. Von diesem Gesichtspunkt aus betrachtet war der Stand des Blattes ein erfreulicher. Heinrich Scheu, der in Stuttgart seinen Wohnsitz genommen hatte, dann aber aus ganz Württemberg ausgewiesen worden war, tadelte scharf die Liebäugelei unserer Parteigenossen in Württemberg mit der Volkspartei, was den schlechten Ausfall der Reichstagswahlen für unsere Partei dort verschuldet habe und überhaupt die Unklarheit in der Partei fördere. Es wurde ein Antrag der Ronsdorfer Parteigenossen angenommen, lautend: »Bei den Reichstagswahlen sind nur solche Kandidaten zu unterstützen, die als Mitglieder unserer Partei eventuell den anderen sozialdemokratischen Parteien angehören.« Weiter wurde auf Antrag Metzner und Josewicz beschlossen, der Pariser Kommune unsere Anerkennung ohne Debatte durch Erheben von den Plätzen auszusprechen. Schließlich beschäftigte man sich mit der Frage, wie am zweckmäßigsten die Agitation und Organisation unter den Landarbeitern betrieben werden könne. Auf meinen Antrag beschloß der Kongreß die Gründung einer Genossenschaftsdruckerei in Leipzig auf Grund des sächsischen Genossenschaftsgesetzes, das die beschränkte Haft zuließ. Als Sitz des Parteiausschusses wurde Hamburg, als Sitz der Kontrollkommission Berlin, als nächster Kongreßort Mainz gewählt. Nach einem Dank an das Büro des Kongresses und das Dresdner Lokalkomitee wurde der in höchst befriedigender Weise verlaufene Kongreß geschlossen.

Kurz nach dem Dresdener Kongreß wurden die ersten Frauenversammlungen in Leipzig, Chemnitz usw. abgehalten und bildete sich in

Chemnitz die erste Frauenorganisation. In Berlin gingen Anhänger des Allgemeinen Deutschen Arbeitervereins in der gleichen Richtung vor.

Die zweite Session des Deutschen Reichstags

Die Session begann im Oktober 1871. Ende desselben stand die erste Lesung über den Etat für 1872 auf der Tagesordnung. Das Etatsjahr begann damals mit dem 1. Januar. Die Abgeordneten Lasker und Richter hatten vor mir gesprochen. Ich polemisierte gegen beide. Der Abgeordnete Lasker habe früher einmal gegen mich ausgeführt, eine starke Regierung brauche nicht notwendig reaktionär zu sein. Der Beweis dafür sei aber in Deutschland geliefert, wo die Regierung stark, das Parlament aber schwach sei. Alle Beschlüsse des Reichstags, die dem Reichskanzler nicht paßten, wanderten in den Papierkorb, und seien diese Beschlüsse auch noch so berechtigt. So werde es auch mit dem Verlangen des Abgeordneten Richter gehen, der die Abschaffung der Salzsteuer fordere, sobald Frankreich seine letzte halbe Milliarde Kriegskosten bezahlt habe. Das werde nach dem Friedensvertrag in zwei Jahren der Fall sein. Mittlerweile werde aber der Reichskanzler wieder aufs neue dilatorische Verhandlungen begonnen haben und wir stünden vor einem neuen Kriege. – Tatsächlich standen wir 1875 nahe vor einem solchen. – Die Salzsteuer werde nicht abgeschafft werden, weder jetzt noch in zwei Jahren. Auch werde die gewünschte Ermäßigung des Militäretats nicht eintreten. Der Abgeordnete Lasker habe unrecht, dem Abgeordneten Greil vorzuwerfen, es sei eine falsche Auffassung seinerseits, daß man im Volke geglaubt habe, nach der Gründung des Reiches würden die Militärlasten vermindert werden. Dieser Glaube sei allerdings vorhanden gewesen und er sei durch die Liberalen vertreten worden. Diesen Glauben hätte ich allerdings nie geteilt. Schon die wachsenden Klassengegensätze, die aus der zunehmenden kapitalistischen Entwicklung resultierten, würden es verhindern, die stehende Armee zu vermindern, und darüber hätten auch die Ausführungen des Abgeordneten Lasker keinen Zweifel gelassen. Es sei aber irrig, wenn Lasker glaube, die stehende Armee unter allen Umständen als Stütze der bestehenden Ordnung der Dinge ansehen zu können. Frankreich habe auch eine große Armee gehabt, aber die Entstehung der Kommune habe diese nicht verhindert. Außerdem vermehre sich das Proletariat weit rascher, als die stehende Armee vermehrt werden könne, und außerdem steige mit der Vermehrung der Armee auch das sozialistische Element in derselben, da das industrielle Proletariat einen immer größeren Bruchteil derselben bilde. Trotz alledem würden die Liberalen ihre Hoffnung auf die Armee setzen und jede Forderung für dieselbe bewilligen.

Am 8. November wurde über einen Antrag Büsing in dritter Lesung verhandelt, der verlangte, daß in jedem Bundesstaat eine aus Wahlen hervorgegangene Volksvertretung bestehen müsse. Dieser Antrag war in zweiter Lesung angenommen worden. Ich erklärte zu demselben, daß ich heute mit den Konservativen und dem Zentrum gegen den Antrag stimmen würde, auf die Gefahr hin, daß man wieder von einer Kooperation der Schwarzen mit den Roten spreche. Früher hätten wir uns gegen Kompetenzerweiterungen des Bundes ausgeprochen, in der Hoffnung, in den Mittel- und Kleinstaaten werde man sich etwas freier bewegen können. Das sei eine Täuschung gewesen, was man zum Beispiel gegen uns in Sachsen leiste, könnte nicht leicht überboten werden. Wenn daher der Reichskanzler die gesamten Mittel- und Kleinstaaten in die Tasche stecken wollte, hätten wir nichts dagegen, mit dem einen würden wir nachher auch fertig. (Gelächter.) Ich stimmte gegen den Antrag, weil er inhaltlos sei. Was heiße das, in jedem Bundesstaat müsse eine aus Wahlen hervorgegangene Vertretung bestehen. Aus welchen Wahlen? Etwa nach dem Dreiklassenwahlsystem in Preußen? Von den heutigen einzelstaatlichen Vertretungen als *Volksvertretungen* zu reden, sei Schwindel. (Gelächter und große Unruhe.) Man habe davon gesprochen, der Reichskanzler sei seit 1866 konstitutioneller geworden. Das sei nicht wahr. Die liberalen Parteien seien *nachgiebiger* geworden, das sei des Pudels Kern. (Große Unruhe.) Man habe eine Reichsverfassung geschaffen, wie sie reaktionärer nicht sein könne. (Gelächter.) Das sei Scheinkonstitutionalismus, nackter Cäsarismus. Der Präsident Simson, der schon lange nervös geworden war, unterbrach mich und drohte, wenn ich so fortfahren würde, sich vom Hause autorisieren zu lassen, daß er mir die Fortsetzung der Rede untersage. (Lebhafte Zustimmung.) Dazu hatte er nach der Geschäftsordnung keinen Funken Recht. Ich protestierte also gegen seine Drohung und fuhr fort, auszuführen, daß, wenn die mecklenburgische Verfassung etwa ebenso schlecht sein sollte. ... Abermalige Unterbrechung durch den Präsidenten. Er habe die Grenzen der Redefreiheit weit gezogen, aber gegen eine Verfassung, unter der wir lebten, so zu reden wie ich, überschreite alle Grenzen. Er drohte abermals mit der Wortentziehung. Ich protestierte aufs neue und berief mich darauf, daß die Opposition – zu der damals auch Simson gehörte – in der preußischen Konfliktszeit viel schärfer geredet habe als ich heute. Der Präsident erwiderte, was damals geschehen sei, gehe ihn nichts an, was jetzt gesagt werden dürfe, bestimme er.

Abermaliger Protest von meiner Seite. Ich charakterisierte dann den Humbug des Scheinkonstitutionalismus, was eine solche Verfassung für einen Wert habe? Ich hätte keine Neigung, den paar Dutzend Verfassungen in Deutschland, die nicht das Papier wert wären, auf dem sie geschrieben ständen, noch eine neue hinzuzufügen.

Der Präsident geriet abermals in Aufregung. Ob ich mit dieser Charakterisierung auch die Reichsverfassung gemeint habe? Ich hätte nicht nötig gehabt, auf diese Frage zu antworten, dennoch erklärte ich, daß ich allerdings auch die Reichsverfassung mit darunter verstanden habe. (Große Unruhe.) Darauf erbat sich der Präsident die Ermächtigung vom Hause, mir das Wort zu entziehen. Die Mehrheit stimmte zu.

Nach mir kam die Parlamentsanstandsdame, der Abgeordnete Lasker, zum Worte. Ihm zufolge hatten wir im Reichstag und im Reiche das denkbar höchste Maß von Rede- und Preßfreiheit. Das sei uns alles nicht genug, wir wollten mit roher Gewalt alles durchsetzen und uns über die Gesetze stellen. (Ich unterbrach den Redner durch Zurufe, der Präsident verwies mich zur Ordnung.) Ich sollte nur nicht glauben, daß man eine Armee von 400000 Mann hielte, um meine Bestrebungen zurückzuweisen. Das würden die Bürger allein besorgen. Er hatte hier hinzugefügt, indem sie uns mit Knüppeln totschlügen. Diesen Satz hatte er nachher im Stenogramm gestrichen. Der deutsche Bürger sei weit mutiger als der französische, ich sei ein Phantast, zu glauben, daß wir unser Ziel erreichen könnten.

Ich nahm am Schlusse der Sitzung zu einer persönlichen Bemerkung das Wort, um darauf hinzuweisen, daß der Präsident die Beleidigung, ich sei ein Phantast, nicht gerügt habe. Ich glaubte, der Abgeordnete Lasker sei mehr Phantast als ich. Geprahlt hätte ich auch nicht, daß das deutsche Volk hinter uns stehe. Ich wüßte, daß wir noch eine kleine Minderheit seien, stünde das Volk hinter uns, dann säßen der Abgeordnete Lasker und seine Freunde nicht in diesem Hause. (Große Heiterkeit.) Des weiteren habe der Abgeordnete Lasker sich gegen meine Partei Denunziationen erlaubt. Was er über die Kommune gesagt, darüber würde ich mich mit ihm ein anderes Mal auseinandersetzen. Der Abgeordnete Wiggers hatte ebenfalls gegen mich polemisiert. Mit meiner Ablehnung ihres Antrags spräche ich mich für den bestehenden Zustand in Mecklenburg aus. Ich antwortete, das sei ein Irrtum, er habe überhört, daß ich mich für die Annexion von Mecklenburg an Preußen ausgesprochen habe, da sei doch ihm und seinen Mecklenburger Parteigenossen auf einmal geholfen. (Heiterkeit.)

Am folgenden Tage nahm ich vor Eintritt in die Tagesordnung zu einer Erklärung das Wort. Das Haus habe mir gestern auf Verlangen des Präsidenten im Namen der Ordnung das Wort entzogen. *Das Haus habe aber selbst die Ordnung aufs schwerste verletzt.* Ich wies dieses an dem Wortlaut der Geschäftsordnung nach. Mir hätte nur das Wort entzogen werden können, nachdem der Präsident mich ausdrücklich zweimal zur Ordnung gerufen habe. Das sei nicht geschehen. Die vorgekommenen Unterbrechungen meiner Rede durch den Präsidenten seien keine Ordnungsrufe gewesen. Er hätte mir deutlich sagen müssen: Ich rufe Sie zur Ordnung! Nachdem der Präsident die vorgeschriebene Regel nicht beobachtet habe, sei auch der Beschluß des Hauses vollständig unberechtigt und deshalb nichtig.

Den Präsidenten brachte mein Einspruch aus dem Gleichgewicht, er wußte genau, daß er und das Haus ein Unrecht an mir begangen hatten. Er spitzte jetzt die Frage darauf zu, ob er bei einem Ordnungsruf die Formel gebrauchen müsse: Ich rufe den Redner zur Ordnung. Er sei nicht dieser Meinung; sei ich anderer Ansicht, so wolle er den Fall der Geschäftsordnungskommission überweisen.

Darauf erklärte ich, daß ich meine Auffassung über das Verfahren des Präsidenten und des Hauses aufrechterhalten müsse. Es läge kein Ordnungsruf vor, da eine bloße Unterbrechung des Redners durch den Präsidenten nie als Ordnungsruf gegolten habe. Er möchte die Frage der Geschäftsordnungskommission überweisen. Dazu erklärte sich Simson bereit.

Diese Vorgänge hatten großes Aufsehen hervorgerufen und fast die gesamte Presse trat auf meine Seite. Der Präsident und der Reichstag hätte mir unrecht getan. Der Reichstag werde nervös und verliere die sachliche Urteilsfähigkeit, sobald ich spräche, äußerte ein liberales Blatt. Die »Elberfelder Zeitung« hatte einige Tage vorher geschrieben, der Vertretungskörper des deutschen Volkes habe bei all seinen Vorzügen doch die Schwäche, den fremden Tropfen Blut in seinen Adern mit allzuwenig Geduld zu ertragen. Man solle die Spektakelsucht einzelner Reichstagsmitglieder durch die engsten gesetzlichen Schranken eindämmen, aber über die Grenzlinie des gesetzlich Erlaubten soll man nicht ein Haar breit gehen … Am Mittwoch seien aber die gesetzlichen Formen ohne allen Zweifel vom Präsidenten und vom Hause selbst verletzt worden, und auch heute sei Lasker im Unrecht gewesen.

Als dann der stenographische Bericht über die Sitzung vom 8. November vorlag, nahm ich abermals vor der Tagesordnung das Wort. Der Abgeordnete Lasker wollte laut stenographischem Bericht in jener Sitzung gesagt haben, so würde der redliche und besitzende Bürger mit eigener Macht sie (uns) niederschlagen. Diese Stelle sei eine *Fälschung* der Rede; er habe gesagt: *mit Knüppeln sie totschlagen.* Er, Lasker, werde sich zwar sehr hüten, an die Spitze der redlichen Bürger, mit einem Knüppel bewaffnet, sich zu stellen, aber die Äußerung sei gerade für ihn interessant, der sich mir gegenüber stets, und auch wieder in der erwähnten Sitzung, als Vertreter von Anstand und Sitte hingestellt und im Namen der Zivilisation gegen mich gesprochen habe. Da der Vizepräsident, der Fürst zu Hohenlohe-Schillingsfürst – der spätere Reichskanzler – mich unterbrach und mich nicht weiterreden lassen wollte, kam ich auch mit diesem in Konflikt.

Lasker nahm alsdann das Wort, um in einer Rede voll sittlicher Entrüstung mich als Ausbund alles Schlechten hinzustellen, gab aber zu, daß es ihm darum zu tun gewesen sei, seine Worte abzuschwächen. Ich antwortete, es komme nicht darauf an, was er (Lasker) habe sagen *wollen,* sondern was er gesagt *habe,* und das müsse unter allen Umständen in den stenographischen Bericht. Ich wandte mich dann gegen seine Ausführungen über die Kommune, auf die er wieder zu sprechen gekommen war. Ich verteidigte die Kommune und wies darauf hin, daß jetzt selbst die liberale Presse eine ganze Reihe angeblicher Schandtaten habe richtigstellen müssen, deren sie vorher die Kommune beschuldigt habe. Das Haus wurde wieder nervös, man unterbrach mich und gebrauchte die stärksten Schimpfworte gegen mich, ohne daß der Präsident ein Wort des Tadels hätte.

Am 22. November war endlich der große, Tag, an dem die Streitfrage zwischen dem Präsidenten und mir ihre Erledigung finden sollte. Die Geschäftsordnungskommission hatte sich ihre Aufgabe sehr leicht gemacht. Der Präsident hatte ihr die Frage unterbreitet, ob er bei einem Ordnungsruf sagen müsse: »Ich rufe den Redner zur Ordnung.« Der Präsident hatte auch mich für diese Formel einfangen wollen, indem er mir seinen Antrag zur Mitunterschrift unterbreiten ließ. Ich verweigerte die Unterschrift. Die Fragestellung war eine total falsche und ebenso die Antwort der Kommission, denn der Präsident brauchte nicht gerade die erwähnte Formel zu gebrauchen, um einen Redner zur Ordnung zu rufen. Das Mitglied der Fortschrittspartei Klotz-Berlin war Berichterstatter der Kommission. Gegen die grundfalsche Stellung derselben nahm zunächst der Zentrumsabgeordnete Greil-Passau das Wort und stellte sich auf meine Seite. Nach ihm kam der sächsische Generalstaatsanwalt Dr. v. Schwarze und verteidigte den Beschluß der Kommission. Alsdann kam ich zum Wort. Ich zerpflückte unbarmherzig den Kommissionsbeschluß. Ich hätte nicht behauptet, der Präsident *müsse* unter allen Umständen bei einem Ordnungsruf die Worte gebrauchen: »Ich rufe den Redner zur Ordnung!« Er könne auch sagen: »Ich sehe mich genötigt, den Abgeordneten Soundso zur Ordnung zu rufen!« Und so gebe es noch viele Formen. Entscheidend sei, *daß der Redner und das Haus wisse,* daß der Ordnungsruf erteilt wurde Das sei bei mir nicht der Fall gewesen. Dann zitierte ich aus einer Rede Simsons vom 10. Februar 1866. Er habe damals geäußert, daß die Freiheit der Rede gemißbraucht werden könne und häufig gemißbraucht werde, *daß vielleicht nicht viele unter uns seien, die sich von einem solchen Vorwurf freisprechen könnten, – was ändere das?* Habe nicht Niebuhr die Wahrheit ausgesprochen: »*Was nicht gemiß-braucht werden kann, das taugt nichts?*« Simson habe in jener Rede die Regierung also angeklagt: »*Die Regierung sei schlechterdings unverträglich mit allem, was der Freiheit auch nur entfernt ähnlich sehe; sie könnte nicht mit einer freien Presse regieren; sie könnte nicht regieren ohne Einfluß auf die Zusammensetzung der Gerichte und sollte dadurch das Ansehen der Justiz im Lande untergraben werden; sie könnte nicht regieren ohne Beeinflussung der Wahlen und sollte das Wahlresultat das Gegenteil von dem sein, was im Volke an Überzeugungen lebe; sie könnte nicht regieren mit einer freien Kommunalverwaltung; sie könnte schließlich nicht regieren mit einem Hause, in dem durch den Artikel 84 die Redefreiheit walte!*«

Ich fragte, wie der Präsident sein Verhalten mir gegenüber mit seiner Rede vom 10. Februar 1866 in Einklang bringen wolle. Bismarck habe einmal geäußert: »Man muß den Parlamentarismus durch den Parlamentarismus totmachen.« Das Haus sei auf dem besten Wege, durch sein Verhalten mir gegenüber dieses Wort wahrzumachen. Nach mir kam der Diplomat Windthorst zum Wort, der einen seiner berühmten Eiertänze aufführte. Die Geschäftsordnung sei angeblich nicht klar genug; schließlich beantragte er die Zurückweisung der Angelegenheit an die

Kommission, um die betreffenden Vorschriften einer Revision zu unterziehen. Er schloß: »Ich stimme weder für noch gegen Simson, noch für oder gegen Bebel.« Auch die Redner der Fortschrittspartei, Freiherr v. Hoverbeck und Franz Duncker, waren weder warm noch kalt. Duncker sprach sich für den Windthorstschen Antrag aus, Hoverbeck dagegen; er glaubte nichts Besseres tun zu können, als Steine auf mich zu werfen. Der Antrag Windthorst wurde schließlich angenommen. Der alte Ziegler war tief ergrimmt über das Schauspiel, das der Reichstag und speziell seine Partei bot. Sobald der Beschluß gefaßt worden war, kam Ziegler bebend vor Zorn zu mir an meinen Platz und sagte: »*Hören Sie, Bebel, wir sind allesamt Sch – –, bekommen Sie die Gewalt in die Hand, so hängen Sie uns samt und sonders an die Laterne! –*« Ich versprach ihm mit lachendem Munde, gegebenen Falles seinen freundlichen Rat zu befolgen. Den Beschluß des Reichstags faßte Simson als ein Mißtrauensvotum auf. Er legte das Präsidium nieder. Natürlich wurde er wiedergewählt.

Diese Vorgänge wie überhaupt mein Verhalten in den letzten drei Sessionen hatten mir eine große Popularität in den Arbeiter- und den demokratischen Bürgerkreisen verschafft. Letztere gab es damals noch. Es war zum Beispiel in Berlin eine ziemlich starke Gruppe meist gutgestellter Bürger, die in Johann Jacoby ihr Ideal sahen und mit uns sympathisierten. Sie gruppierten sich um Dr. Guido Weiß, den Redakteur der von ihm vorzüglich geleiteten »Zukunft«, eines großen demokratischen Tageblatts, das die vermögenden Jakobyten – wie wir die speziellen Anhänger Jacobys kurz nannten – im Jahre 1867 gegründet hatten, aber wegen zu großer Opfer, die das Blatt erforderte, im Frühjahr 1871 eingehen lassen mußten. Zugehörige dieser Gruppe waren William Spindler, der Sohn des Gründers des großen Färbereigeschäfts W. Spindler, van der Leeden, Dr. G. Friedländer, Morten Levy, Dr. Meierstein, Boas, Dr. Stephani, später Chefredakteur der »Vossischen Zeitung«, und andere. Auch der damals noch sehr junge Franz Mehring, den ich durch Robert Schweichel hatte kennengelernt, gehörte zu diesem Kreis. Blieben Liebknecht und ich über Sonntag in Berlin, so trafen wir in der Regel mit mehreren der Genannten, unter denen sich auch öfter Paul Singer befand, in einer Weinstube zusammen. Nach stillschweigender Übereinkunft tranken alle einen billigen Moselwein, sogenannten Kutscher, den Schoppen zu 50 Pfennig. Nachher ging es nicht selten noch in ein Bierhaus. Meine Leistung im Trinken war allezeit eine minimale, aber

Schweichel, Liebknecht, Guido Weiß, Mehring waren trinkfeste Mannen. Mehr als einmal gingen wir, doch stets aufrechten Hauptes, nach Hause, als schon die Sonne hell leuchtend am Himmel stand.

Eine Folge meiner Popularität war, daß ich hofiert und fetiert wurde und öfter Einladungen zu solennen Mittag- oder Abendessen bei Familien der Bekannten erhielt. Aber ich war kein großer Freund solcher Einladungen und ging ihnen so viel als möglich aus dem Wege. So schrieb ich unter dem 19. November 1871 an meine Frau:

»Für heute Sonntag habe ich mir alle Einladungen vom Halse geschafft, indem ich rundheraus erklärte, ich sei schon eingeladen, obgleich es nicht wahr war. Man ist froh, ein paar Stunden wieder Mensch sein zu können, indem man sich selbst angehört. ... Übrigens hoffe ich, hier bald loskommen zu können, ich habe das Leben hier sehr satt und sehne mich zu Euch und nach meiner Häuslichkeit ... Wenn vom Essen und Trinken das menschliche Glück abhinge, müßte ich hier sehr glücklich sein, aber ich bin es nicht.« –

Die Vorgänge im Reichstag schlugen noch längere Zeit in der Presse ihre Wellen. So veröffentlichte die »Augsburger Allgemeine Zeitung« Übersichten über die Verhandlungen, in denen es in bezug auf meine Stellung zum Antrag Büsing sehr wohlwollend hieß:

»Bebel gab wieder Proben seines glänzenden Rednertalents und davon, daß er ein ganzer Mann ist. Schon weil es wenig bekannt ist, verdient hervorgehoben zu werden, daß der junge Drechslermeister von Leipzig sich, obgleich er völlig allein steht, und seine weitgehenden Ansichten fast einstimmig verdammt und bedauert werden, im Reichstag eine ganz exzeptionelle Stellung, und bei der Mehrzahl, namentlich auch bei den Hochkonservativen, achtungsvolle Anerkennung erworben hat, welche dadurch, daß er seine Mußestunden in Berlin dazu benutzt, durch Arbeit bei einem Handwerksgenossen den Unterhalt für seine Familie zu verdienen, nur vermehrt und durch die teilweise ungerechten Angriffe Laskers nicht beeinträchtigt werden konnte. Bebel bietet zugleich ein Beispiel der wunderbaren Fügungen der Vorsehung. Wäre er nicht als Knabe überaus schwächlich gewesen, so würde er als Sohn eines preußischen Unteroffiziers unzweifelhaft in einem preußischen Militärwaisenhause erzogen worden und jetzt voraussichtlich wohldisziplinierter

Wachtmeister sein. Nun aber erhielt er seine Erziehung durch die Wincklersche Stiftung in Wetzlar, und seine angeborene Begabung und eigener Fleiß machten ihn zum Führer einer, trotz ihrer beschränkten Zahl nicht ungefährlichen Volkspartei und zu einem hervorragenden Redner im deutschen Parlament.«

Es war selbstverständlich eine *Legende,* wenn der Berichterstatter mich in Berlin bei einem Handwerksgenossen den Unterhalt für meine Familie verdienen ließ. Das war denn doch ein Ding der Unmöglichkeit. Aber diese Legende machte Schule; ich begegnete ihr eine Reihe Jahre später wieder in einem Buche über die Sozialdemokratie. So wird oft Geschichte gemacht. Ich erhielt später noch ähnliche Proben.

*

In der Partei ging in dieser Periode die Entwicklung ganz nach Wunsch. Die gegen die Partei inszenierten Verfolgungen, die schon kräftig eingesetzt hatten, schadeten ihr nicht, sie nützten ihr. Für jeden, der im Kampfe unfähig gemacht wurde, traten drei andere an seine Stelle. Zu den Wundern jener Zeit muß es gerechnet werden, daß die Leipziger Kreishauptmannschaft die Ausweisung Mosts durch die Leipziger Polizei aufhob, weil die Begründung für diese Maßregel nicht genüge. Keine angenehme Sache war es für mich, in den Versammlungen, die ich während meiner Anwesenheit in Berlin abhielt, in der Regel mich mit einer Anzahl Agitatoren des Allgemeinen Deutschen Arbeitervereins herumzuschlagen. Das Verhältnis zwischen uns war trotz des Rücktritts Schweitzers vom Präsidium unter dessen Nachfolger Hasenclever nicht besser geworden. Namentlich schlug Hasselmann im »Neuen Sozialdemokrat« einen sehr rohen Ton an. Als ich im November im Streikverein der Sattler einen Vortrag hielt, wobei ich zum erstenmal Ignaz Auer kennenlernte, trat unter Führung Hasselmanns eine ganze Kolonne Redner gegen mich auf, um mich moralisch zu vernichten. Der Versuch bekam ihnen übel. Als ich dann nach Schluß der Versammlung mehreren meiner Gegner im Privatgespräch Vorwürfe machte wegen ihrer perfiden Kampfweise, gaben zwei derselben, Zielowsky und Finn, wie aus einem Munde zur Antwort: *Sie müßten uns bekämpfen; denn werde heute eine Einigung der Sozialdemokratie hergestellt, schreite morgen die Regierung mit aller Macht ein, um die Partei zu unterdrücken!* Die beiden waren ahnungsvolle Engel, denn so ungefähr kam es nachher, als die Einigung verwirklicht wurde. Hasenclever gefiel sich anfangs als Präsident auch in der Pose Schweizers. So ließ er sich in Altona in einer mit zwei Schimmeln bespannten Kutsche eine Ovation bringen. Er fand aber bald, daß er kein Schweitzer war und zu einer solchen Rolle nicht paßte.

Im Dezember löste der Polizeidirektor Rüder den sozialdemokratischen Arbeiterverein in Leipzig wegen Verletzung des Verbindungsverbots auf. Das Verbot fand anderwärts Nachahmung. Um dieselbe Zeit veröffentlichten unsere Nürnberger Parteigenossen unter Führung Anton Memmingers einen Aufruf zur Unterstützung des Philosophen *Feuerbach,* der in großer Notlage in der Nähe Nürnbergs lebte. Memminger, der infolge lokaler Streitigkeiten in Nürnberg unmöglich wurde, ist später ganz nach rechts marschiert; er wurde eine Leuchte des bayerischen Bauernbundes und einer seiner fanatischsten und geschicktesten Vertreter in der Presse und im bayerischen Landtag. –

In Sachsen hatten die polizeilichen und gerichtlichen Verfolgungen, die mit der Gründung des Deutschen Reiches eine nie vorher gekannte Schärfe erlangten, eine ganz vortreffliche Stimmung in der Partei hervorgerufen. Als wir am 9. Januar 1872 in Chemnitz in einer Landesversammlung zusammentraten, musterten wir 120 Delegierte. Das ganze Land war bis in die letzten Bezirke vertreten. Ich führte den Vorsitz, Most war Schriftführer. Beschlossen wurde, für eine gründliche Umgestaltung des Vereins- und Versammlungsrechtes zu wirken; das allgemeine, gleiche, direkte und geheime Wahlrecht solle für die Landtags- und Gemeindewahlen gefordert werden; die Armenunterstützung solle reichsgesetzlich geordnet und die Kosten durch eine progressive Einkommensteuer aufgebracht werden. Den gemaßregelten Vereinen und Gewerkschaften wurde empfohlen, ihre Beschwerden bis in die letzte Instanz zu verfolgen und, falls diese resultatlos seien, Lokalvereine zu gründen. Ferner wurde die Aufhebung der Dienstbotenordnung verlangt und den Parteigenossen, die mit religiösen Überzeugungen gebrochen hätten, der Austritt aus der Landeskirche empfohlen. –

Am 1. Februar 1872 trat Vahlteich seine Festungshaft in Hubertusburg an; später folgte ihm Karl Hirsch. Mittlerweile wurden aber auch die übrigen Gefängnisse mit verurteilten Sozialdemokraten besetzt. Einzelne Genossen waren mit sehr harten Gefängnisstrafen bedacht worden.

Der Leipziger Hochverratsprozeß

Bei der Eröffnungsfeier des ersten deutschen Reichstags am 23. März 1871 im sogenannten Weißen Saale des königlichen Schlosses zu Berlin trat Fürst Bismarck an den Abgeordneten v. Schwarze heran mit den Worten: »Nun, Herr Generalstaatsanwalt, was wird denn aus dem Prozeß Bebel und Genossen?« Der Angeredete zuckte die Achseln und erwiderte: »Gar nichts wird!« Worauf Bismarck unwillig antwortete: »Dann hätte man die Leute auch nicht einstecken sollen; jetzt fällt das Odium des Prozesses auf uns.« Wenige Augenblicke nach jenem Vorgang wandte sich der sächsische Finanzminister v. Friesen, der die Unterhaltung zwischen Bismarck und Schwarze angehört hatte, an den Abgeordneten Professor Birnbaum, Vertreter für Leipzig-Land, mit den Worten: »Da hat unser Schwarze eine große Dummheit gemacht!«

Herr v. Schwarze hatte aber keine Dummheit gemacht, er hatte nur gesagt, was er als Jurist nach genauer Kenntnis des Inhaltes der Akten sagen mußte. Schwarze hielt ebenso wie unser Untersuchungsrichter eine Verurteilung für unmöglich, und Bismarck hatte ganz vergessen, daß unsere Verhaftung am 17. Dezember 1870 nicht erfolgt war, weil man irgendwelche Beweise für unsere angebliche Vorbereitung zum Hochverrat hatte, sondern weil man die Tatsache der Beschlagnahme unserer Briefe bei dem Braunschweiger Ausschuß benutzen wollte, uns hinter Schloß und Riegel zu bringen. Uns war sogar mitgeteilt worden, daß Bismarck selbst vom Hauptquartier aus die Anregung zu unserer Verhaftung gegeben habe.

Die Früjahrssession des Leipziger Schwurgerichtes war für unsere Aburteilung bestimmt worden. Der Prozeß sollte Montag den 11. März seinen Anfang nehmen. Die Aufregung in Leipzig war groß. Seitens der Behörden rechnete man mit Unruhen. Das veranlaßte uns, an der Spitze des »Volksstaat« vom 6. und 9. März folgende Aufforderung zu veröffentlichen:

»An unsere Parteigenossen!

Wie Ihr wißt, beginnen Montag den 11. März die Schwurgerichtsverhandlungen in dem Hochverratsprozeß gegen uns. Viele von Euch werden denselben beiwohnen wollen. Dies veranlaßt uns, die dringende Aufforderung an Euch zu richten, weder durch Zeichen des Beifalls noch des Mißfallens die Verhandlungen zu unterbrechen. Geschehe was da wolle, verhaltet Euch ruhig. Mag unsere Gegnerschaft durch bübische Hetzartikel oder durch bezahlte Agents provocateurs Euch zu reizen suchen, macht diese perfiden Machinationen zuschanden. Die Abrechnung wird nicht ausbleiben.

Leipzig, den 3. März 1872.

Bebel, Liebknecht, Hepner.«

Diese Mahnung war nicht überflüssig. In der Furcht, es werde unsere Verurteilung mißlingen, hielten es die Brockhaussche »Deutsche Allgemeine Zeitung«, das »Leipziger Tageblatt« und die von Dr. Hans Blum redigierten »Grenzboten« für ihre vornehmste Aufgabe, durch Hetzartikel, die man den Geschworenen zustellte, diese gegen uns einzunehmen. Ebenso wurde in den verschiedensten Formen persönlich auf diese eingewirkt.

Es kann nicht meine Aufgabe sein, den Verlauf des Prozesses, der vierzehn Verhandlungstage in Anspruch nahm, in seinen Einzelheiten darzulegen. Das Anklagematerial bildete unsere gesamte agitatorische Tätigkeit in Vereinen, Versammlungen, Artikeln und Broschüren nebst einer Anzahl Briefe, die bei dem Braunschweiger Ausschuß gefunden worden waren. Außerdem wurde aber auch fast die ganze bis dahin in deutscher Sprache erschienene sozialistische Broschürenliteratur als belastend herangezogen, auch wenn wir an deren Verfasserschaft und Verbreitung gar nicht beteiligt waren, wie zum Beispiel bei dem Kommunistischen Manifest. Auch eine Broschüre des bürgerlichen Republikaners Karl Heinzen, betitelt: »Ein europäischer Soldat an seine Kameraden«, mußte als Belastungsmaterial dienen, obgleich bis zur Prozeßverhandlung keiner von uns von der Existenz der Broschüre etwas wußte. Dieselbe war im Archiv des Parteiausschusses in einem Exemplar gefunden worden. Das Belastungsmaterial ließ also an *Quantität* nichts zu wünschen übrig, um so schlimmer stand es mit der *Qualität,* wie wir das wiederholt während der Verhandlungen hervorhoben.

Unsere Reichstagsreden konnten auf Grund der Verfassung nicht unter Anklage gestellt werden, es sorgte aber die Leipziger liberale Presse dafür, daß die schärfsten Stellen aus denselben den Geschworenen bekannt wurden.

Als Belastungszeugen hatte die Staatsanwaltschaft eine Anzahl Herren aus Plauen im Vogtland geladen, die in den beiden Versammlungen

anwesend gewesen waren, die ich Frühjahr 1870 dort gegen Dr. Max
Hirsch abgehalten hatte. Der Inhalt jener Reden, die damals wegen Inkrafttreten des deutschen Strafgesetzbuchs nicht mehr verfolgt werden
konnten, und ebenso die Liebknechtsche Rede »Über die politische
Stellung der Sozialdemokratie«, wegen deren er 1869 in Berlin *in contumaciam* zu mehreren Monaten Gefängnis verurteilt worden war, wurden
jetzt ebenfalls als Material für den Hochverratsprozeß verwendet. Die
Belastungszeugen waren der Obergendarm aus Plauen, der meine Versammlungen überwacht hatte, ferner der Vorsitzende einer derselben,
Rechtsanwalt Kirbach, ein Redakteur, ein Oberlehrer und der Einberufer
der Versammlungen. Als Entlastungszeugen hatten wir Bracke und Spier
laden lassen, die alsdann dem Prozeß bis zu seinem Schlußakt beiwohnten.

Präsident des Schwurgerichts war ein Herr v. Mücke, Bezirksgerichtsdirektor in Bautzen. Herr v. Mücke war im Gegensatz zu seinem Namen
ein herkulisch gebauter Mann, der Hände wie ein Fleischer und eine so
niedere Stirn besaß, daß man sich erstaunt fragte, wo in jenem Kopf das
Gehirn sitze. Offenbar hatte der Justizminister Abeken sich als Präsident
des Schwurgerichts den beschränktesten Kopf ausgesucht, den es unter
den Gerichtsdirektoren in Sachsen gab. Will man in einem politischen
Prozeß um jeden Preis eine Verurteilung herbeiführen, so empfiehlt sich,
als Leiter eines solchen entweder einen gewissenlosen Streber – ein solcher scheint zu jener Zeit in Sachsen nicht vorhanden gewesen zu sein
– oder einen beschränkten Kopf auszuwählen, der sich leicht beeinflussen
läßt. Herr v. Mücke war seiner Aufgabe in keiner Weise gewachsen,
weder beherrschte er das sehr umfängliche Aktenmaterial, noch besaß
er das Maß von Unparteilichkeit und Ruhe, das erste Voraussetzung für
den Leiter einer solchen Verhandlung ist. Auch war ihm bis dahin offenbar der Sozialismus ein mit sieben Siegeln verschlossenes Buch. Es
stimmte oft sehr heiter und blamierte ihn gründlich, wenn er über unsere
Ausführungen ganz aufgeregt wurde, Sinn und Tragweite derselben nicht
verstehen konnte und dann in die Rolle fiel, uns widerlegen zu wollen,
wozu er ganz und gar unfähig war und auch kein Recht hatte. Man
konnte ihn naiv bis zur Bewußtlosigkeit nennen.

Unsere Verteidigung hatten die Rechtsanwälte Otto und Bernhard
Freytag übernommen, die bei ihnen in den besten Händen lag. Beide
machten durch ihre Kreuz- und Querfragen dem Präsidenten, der diese

Fragen oft nicht verstand oder ihre Tragweite nicht übersah, das Leben sauer.

Unter den Geschworenen waren sechs Kaufleute, davon drei aus Leipzig, ein Rittergutsbesitzer, ein Oberförster und einige Gutsbesitzer. Die Verhandlungen waren für Leipzig eine Sensation. Tag für Tag war der geräumige Verhandlungssaal überfüllt mit Zuhörern aus allen Ständen. Mehrere Male waren auch der Justizminister und der Generalstaatsanwalt anwesend. Und da alle größeren Blätter Deutschlands ausführliche Berichte brachten und ihre Leser jetzt zum erstenmal zu hören bekamen, was der Sozialismus sei und was die Sozialisten erstrebten – soweit dies bei Zeitungsberichten möglich ist –, wirkten die Verhandlungen eminent agitatorisch. Dafür sorgten natürlich auch wir durch unsere Haltung, namentlich Liebknecht, der der eigentliche Führer des Prozesses wurde. An allerlei kleinen dramatischen Szenen fehlte es auch nicht. So wenn der Präsident durch ungeschickte Fragen und Bemerkungen von Liebknecht gehörig auf den Sand gesetzt wurde, oder ich bei der Frage, was ich zu dem Kommunistischen Manifest zu sagen habe, antwortete, ich sei damals, als dasselbe erschienen sei, kaum acht Jahre alt gewesen, oder Hepner wiederholt antworten mußte, er sei überhaupt noch nicht geboren gewesen, als dieses oder jenes Aktenstück erschien.

Die Beeinflussung der Geschworenen wurde Tag für Tag von unseren Gegnern dadurch versucht, daß sie dieselben in der Restauration aufsuchten, in der die meisten von ihnen allabendlich zusammenkamen. Alsdann wurden die Vorgänge des Tages besprochen und entsprechend auszunutzen versucht. So äußerte zum Beispiel eines Abends ein Appellationsgerichtsrat Müller: »Denken Sie sich, meine Herren, mir träumte verflossene Nacht, Bebel sei freigesprochen worden, da habe ich mich aber geärgert.« Er schien anzunehmen, man wolle nur Liebknecht verurteilen. Für die Qualität einzelner Geschworener war auch folgender Vorgang bezeichnend: Eines Tages trifft einer unserer Rechtsanwälte einen der Geschworenen auf der Straße und fragt ihn, ob er sich wohl ein klares Bild von dem Inhalt der vorgetragenen Aktenstücke machen könne. Worauf dieser antwortete: »Herr Advokat, offen gesagt, wenn ich nicht zeitweilig eine Prise nähm', schlief' ich ein.« Nun wurden wir schließlich mit acht gegen vier Stimmen verurteilt, mehr als sieben Stimmen verlangte das Gesetz für einen Schuldigspruch, und es war die Stimme dieses Herrn, die das Schuldig bewirkte.

Am dreizehnten Verhandlungstag begannen unter enormem Zudrang des Publikums die Plädoyers, nachdem die Fragen für die Geschworenen formuliert worden waren. Der öffentliche Ankläger schloß seine Rede mit den Worten: »Wenn Sie die beiden Angeklagten nicht verurteilen – von Hepner sprach er nicht, er gab ihn preis –, dann sanktionieren Sie für immer den Hochverrat!«

Zunächst antwortete Rechtsanwalt Otto Freytag, der damit begann, zu erklären, er habe trotz einer dreiviertelstündigen Pause, die zwischen der Anklagerede des Staatsanwaltes und seiner Rede lag, sich noch immer nicht von dem Erstaunen erholt, das bei ihm die Begründung der Anklage hervorgerufen habe. Nach einer mehrstündigen vorzüglichen Rede, in der er die Anklage gründlich zerzauste, beantragte er unsere Freisprechung. Am nächsten Morgen nahm Rechtsanwalt Bernhard Freytag das Wort. Auch er blieb an oratorischer und juristischer Gewandtheit nicht hinter seinem Bruder zurück. Nach zirka drei Stunden schloß er mit den Worten an die Geschworenen: »Bejahen Sie die Fragen, so schaffen und sanktionieren Sie in Sachsen einen rechtlosen Zustand.« Wegen dieser Worte kam es zwischen ihm und dem Präsidenten zu einer heftigen Auseinandersetzung. Der Präsident hatte diese Worte gerügt.

Nach dem Schlußwort des Staatsanwaltes nahm noch einmal Otto Freytag das Wort, dagegen erklärte sein Bruder, daß, nachdem der Staatsanwalt auf seine Frage: »Worin ›das bestimmte Unternehmen‹ bestehe, dessen er uns anklage«, nicht geantwortet habe, er bei der eigentümlichen Disziplin, die in diesem Saale herrsche, auf weitere Auseinandersetzungen verzichte. Eine Erklärung, der wir uns anschlossen. So ging die Verhandlung einen Tag früher zu Ende, als erwartet worden war. Bei der »Rechtsbelehrung« der Geschworenen durch den Präsidenten kam es abermals zwischen diesem und unseren Verteidigern zu lebhaften Auseinandersetzungen; sie wollten die »Rechtsbelehrung« desselben, weil von falschen Voraussetzungen ausgehend, nicht gelten lassen. Beide meldeten schon im voraus die Nichtigkeitsbeschwerde an.

Nach mehr als zweieinhalbstündiger Beratung verkündeten die Geschworenen, daß sie Liebknecht und mich der Vorbereitung zum Hochverrat schuldig befunden, Hepner freigesprochen hätten. Der Staatsanwalt beantragte hierauf gegen uns eine Höchststrafe von zwei Jahren Festung, weil die Vorbereitungshandlungen noch entfernte gewesen seien, gegen Hepner beantragte er Freisprechung. Der Gerichtshof erkannte demgemäß gegen Liebknecht und mich unter Anrechnung von zwei Monaten Untersuchungshaft.

Unsere Parteigenossen waren über das Urteil höchst aufgebracht. Mich packte der Galgenhumor: »Wißt ihr was«, äußerte ich zu den Verteidigern und Mitangeklagten nach Schluß der Verhandlung, »wir gehen heute abend dem Urteil zum Trotz in Auerbachs Keller (berühmt geworden durch die Kellerszene in Goethes Faust) und trinken eine Flasche Wein.« – »Das tun wir«, erklärte Otto Freytag, »und wir (er und sein Bruder) bezahlen die Zeche.«

Unsere Frauen, die uns mit lautem Weinen empfingen, waren freilich von diesem Vorschlag sehr wenig erbaut. Es sei eine Frivolität, dergleichen zu tun, wir seien schreckliche Männer. Aber sie waren tapfer und gingen schließlich mit. Auch Bracke mit seiner jungen, liebenswürdigen Frau, die ihn nach Leipzig begleitet hatte, und Spier waren bei der Partie. Meine Frau war noch vor der Verurteilung durch unseren Hausarzt in etwas eigentümlicher Weise getröstet worden. »Frau Bebel«, hatte er zu ihr gesagt, »wird Ihr Mann zu einem Jahre Festung verurteilt, so seien Sie froh, er braucht sehr dringend Ruhe.«

Am 27. März, dem Tage, an dem wir die Entscheidungsgründe des Gerichtshofs erhalten hatten, erließen Liebknecht und ich im »Volksstaat« eine kurze Ansprache »An die Parteigenossen«, in der wir sie auffordertⴰ ten, tapfer zur Sache zu stehen und namentlich für die Verbreitung des »Volksstaat« zu sorgen, der jetzt 5500 Abonnenten hatte. An demselben Tage veröffentlichten wir eine zweite Erklärung im »Volksstaat« – »Zu unserer Verurteilung«, in der es hieß:

»Der Wahrspruch der Herren Geschworenen ist *nicht wahr*. Was wir gewollt und getan, haben wir ohne Hehl bekannt; ein hochverräterisches Unternehmen im Sinne des Strafgesetzbuches haben wir *nicht vorbereitet*. Wenn wir schuldig sind, ist jede Partei schuldig, die nicht gerade am Ruder ist. Indem man uns verurteilt, ächtet man die freie Meinungsäußerung.

Durch Ihren Wahrspruch, meine Herren Geschworenen, haben Sie im Namen der besitzenden Klasse die Gewalttat von Lötzen sanktioniert und der Reaktion einen Freibrief in blanco ausgestellt. Uns persönlich ist das Resultat gleichgültig. Dieser Prozeß hat so unendlich viel für die Verbreitung unserer Prinzipien gewirkt, daß wir gern die paar Jahre Gefängnis hinnehmen, die – falls Rechtskraft eintritt – über uns verhängt werden können. *Die Sozialdemokratie steht über dem Bereich eines Schwurgerichtes.* Unsere Partei wird leben, wachsen und siegen. Wohl aber haben Sie, meine Herren Geschworenen, durch Ihr Verdikt das Todesurteil gefällt über das Institut der heutigen Schwurgerichte, die, ausschließlich aus der besitzenden Klasse gebildet, nichts sind als Mittel der Klassenherrschaft und Klassenunterdrückung.«

Die ganze demokratische und linksliberale Presse, die damals noch Bedeutung hatte, stand auf unserer Seite, mit Ausnahme der »Berliner Volkszeitung«. Diese folgerte: Das Schwurgericht ist Volksstimme, Volksstimme ist Gottesstimme, ergo … Auch der frühere Appellationsgerichtspräsident Temme, einer der aufrechtesten Männer, die der preußische Richterstand je gehabt hat, der aber der Reaktion im Anfang der fünfziger Jahre zum Opfer gefallen war, veröffentlichte in einem Wiener Blatte einen scharfen Artikel wegen unserer Verurteilung. Ich hatte das Glück, Temme noch kurz vor seinem Ableben 1882 in Zürich kennenzulernen, wohin er sich zurückgezogen hatte; er war eine äußerst sympathische Persönlichkeit.

Herr v. Mücke und der Staatsanwalt Hoffmann wurden für ihre staatsretterische Tätigkeit durch Orden belohnt. Der Generalstaatsanwalt v. Schwarze, der bei der Anklage Geburtshelferdienste geleistet hatte, war schon zuvor belohnt worden. Als Antwort auf das Urteil erklärte Johann Jacoby am 2. April seinen Beitritt zur Sozialdemokratischen Arbeiterpartei. Dem Vorgehen desselben schloß sich der Berliner Demokratische Verein – nicht zu verwechseln mit dem Demokratischen Arbeiterverein – insofern an, als er mit großer Mehrheit dem Eisenacher Programm zustimmte.

Unsere Parteigenossen legten in der Parteipresse und in zahlreichen Volksversammlungen schärfsten Protest gegen das Urteil ein, was freilich zur Folge hatte, daß eine ganze Anzahl derselben gerichtlich verurteilt wurde.

Kurz nach Schluß des Prozesses befiel mich eine sehr schmerzhafte Brustfellentzündung, die mich mehrere Wochen ans Bett fesselte. Auch hatten Agitation, parlamentarische Tätigkeit, Untersuchungshaft und Prozeß, wozu noch angestrengte Tätigkeit in meinem Geschäft kam, das meine Kräfte ebenfalls in hohem Grade in Anspruch nahm und mich zu Erweiterungen meines kleinen Betriebs nötigte, meine Nerven zerrüttet. Ich litt neben heftigen Schmerzen an großer Schlaflosigkeit. In den

Nächten, in denen ich mich schlaflos im Bette wälzte, dachte ich öfter an Bismarck, der damals insofern mein Leidensgefährte war, als er nach den Berichten der Zeitungen ebenfalls an Schlaflosigkeit und neuralgischen Schmerzen litt. Geteilter Schmerz ist halber Schmerz.

Die dritte Session des ersten deutschen Reichstags

Ende April 1872 war der Reichstag wieder zusammengetreten. Eben genesen, reiste ich nach Berlin und hielt am 1. Mai eine Rede zu dem Antrag Hoverbeck und Genossen, betreffend die Abschaffung der Salzsteuer. Ich wendete mich in der Rede gegen die gesamten indirekten Steuern auf notwendige Lebensbedürfnisse. Die besitzenden Klassen suchten in ihrem Klasseninteresse dieses System aufrechtzuerhalten und weiter auszubauen; sie suchten sich den Staatslasten, wo sie könnten, zu entziehen, aber sie machten die direkten Steuern zum Maßstab der politischen Rechte. Ob das Haus glaube, daß solche Zustände die Versöhnung der verschiedenen Klassen herbeiführten? Das Gegenteil werde erreicht; da dürfe sich die Bourgeoisie nicht wundern, wenn ihr alsdann von uns gesagt werde, was Tell über Geßler sagte: »Mach' deine Rechnung mit dem Himmel, Vogt, fort mußt du, deine Uhr ist abgelaufen.« (Stürmisches Gelächter.) Eugen Richter erklärte, er wolle mir nicht antworten, das hieße meiner Person und meiner Doktrin eine Bedeutung beimessen, die sie nicht habe. Ich polemisierte darauf gegen Richter in einer persönlichen Bemerkung; seine geringschätzende Bemerkung gegen mich solle nur verdecken, daß ihm die Gründe zu meiner Widerlegung fehlten. Richter antwortete, er hielt mich durchaus nicht für so unbedeutend, daß es sich nicht lohne, mir zu antworten, aber er hielt mich, wenigstens zurzeit noch nicht, für so bedeutend wie den Reichskanzler (Heiterkeit), darum habe er keine Zeit gehabt, mir zu antworten. –

Im Jahre 1872 ging der »Kulturkampf« seinem Höhepunkt entgegen, jener »Kulturkampf«, der der größte politische Fehler war, den Bismarck in der inneren Politik machte, und der der innerpolitischen Entwicklung Deutschlands eine höchst verderbliche Richtung gab. Bismarck hatte das Jesuitenausweisungsgesetz dem Reichstag vorgelegt, um das ein heftiger Kampf entbrannte. Bei der dritten Lesung am 19. Juni kam ich zum Worte. Ich führte aus, der englische Kulturhistoriker Buckle bemesse den Kulturgrad eines Volkes nach der Bedeutung, die religiöse Streitigkeiten bei demselben fänden. An diesem Maßstab gemessen, müßten wir in Deutschland auf einem tiefen Kulturgrad stehen. Keiner Frage werde seit längerer Zeit so viel Aufmerksamkeit geschenkt als der religiösen Frage. Freilich, die religiösen Auffassungen stünden in inniger Verbindung mit dem sozialen und politischen Zustand eines Volkes. Sei das Zentrum im Hause so stark vertreten, so nicht etwa bloß seiner religiösen Anschauungen wegen, sondern namentlich auch wegen der sozialen und politischen Interessen, die es vertrete. Die rückständigen ökonomischen Schichten im katholischen Volke schlössen sich mit Vorliebe dem Zentrum an, die anderen kapitalistischen Schichten den Liberalen. Der Protestantismus, einfach, schlicht, hausbacken, gewissermaßen die Religion in Schlafrock und Pantoffeln, sei die Religion des modernen Bürgertums. Der ganze Kampf sei, soweit die Religion in Frage komme, nur ein Scheinkampf, in Wahrheit bedeute er den Kampf um die Herrschaft im Staate. Wolle die liberale Bourgeoisie ehrlich den Fortschritt, müsse sie mit der Kirche brechen, denn die Bourgeoisie habe in Wahrheit keine Religion. Für sie sei die Religion nur Mittel zum Zweck, um die Autorität zu stützen, die sie brauche, und um in den Arbeitern willige Ausbeutungsobjekte zu erziehen.

Man sage, der Jesuitismus habe mit dem Katholizismus nichts zu tun. Das sei falsch. Der Jesuitismus sei die festeste Stütze des Katholizismus, und insofern habe das Zentrum recht, wenn es sage, der Kampf gegen den Jesuitismus sei ein Kampf gegen den Katholizismus. Die Verteidiger der Vorlage behaupteten, sie wollten durch dieselbe den Frieden herstellen; das Gegenteil werde erreicht; sie würden nicht den Frieden bekommen, sondern den Krieg.

Man sage ferner, das Dogma von der Unfehlbarkeit sei staatsgefährlich. Das könnte ich nicht einsehen. Schließlich ständen alle Dogmen mit der Wissenschaft und der gesunden Vernunft in Widerspruch und seien von diesem Gesichtspunkt aus ebenfalls staatsgefährlich. (Heiterkeit.) Je ungeheuerlicher ein Dogma ist, und das sei das von der Unfehlbarkeit des Papstes, um so mehr Widerspruch finde es bei allen Denkenden. Man behaupte auch, der Jesuitismus sei unmoralisch. Der Staat habe aber allezeit verdammt wenig nach der Moral gefragt, und der Reichskanzler sei der letzte, dem diese Sorge mache. Was den Reichskanzler ärgere, sei, daß man ihn in seiner Politik nicht für unfehlbar halte. (Heiterkeit.) Würden die Jesuiten und die Herren im Zentrum sich bereit erklären, seine Politik zu unterstützen, so könnten sie auf kirchlichem Gebiete tun, was sie wollten. (Sehr richtig.) Je reaktionärer dann der Jesuitismus sei, um so lieber würde es dem Reichskanzler sein. Er wolle nichts weiter, als daß die ultramontane Partei sein Werkzeug werde. Daß man es wage, dem Reichstag einen solchen Gesetzentwurf vorzulegen, sei ein Zeichen dafür, wie tief man ihn einschätze. (Unruhe.) Die Liberalen suchten durch den Kampf gegen den Jesuitismus nur wieder zu gewinnen, was sie an Kredit bei dem Volk durch Preisgabe aller Volksrechte eingebüßt hätten. Man bekämpfe den Jesuitismus mit einem Ausnahmegesetz, *und die Folge werde sein, daß sein Anhang größer werde, als er je gewesen.* Die Masse der Menschen sympathisiere mit dem Verfolgten. Es gehe nicht an, ein Gesetz zu erlassen, wonach man einen Menschen heimatlos machen und wie ein wildes Tier von einem Orte zum andern jagen könne. Wir hätten Unterdrückungsgesetze in Deutschland genug, wofür ich Beispiele anführte; wir brauchten keine neuen. Wer habe denn den Jesuitismus gezüchtet? Der Staat. Statt jährlich viele hundert Millionen für Mordwerkzeuge auszugeben, verwende man diese Mittel *auf die Bildung des Volkes,* das werde dem Jesuitismus mehr schaden als alle Ausnahmegesetze. Man errichte ein auf der Höhe der Zeit stehendes Bildungssystem, man trenne den Staat von der Kirche, man verweise die Kirche aus der Schule, und ehe zehn Jahre vergingen, würde es mit den pfäffischen Wühlereien zu Ende sein. Die Herren könnten dann in Gottes Namen in der Kirche predigen, hin gehe niemand mehr. (Heiterkeit.) Doch das wolle man nicht, sie alle brauchten Autoritäten, deren Hauptstütze die Kirche sei. Man wisse, höre die himmlische Autorität auf, dann falle auch die irdische. Man fürchte, es würde alsdann auf dem politischen Gebiet die Republik, auf dem sozialen der Sozialismus und auf dem religiösen der Atheismus zur Geltung kommen. Ich würde gegen das Gesetz stimmen, müßte aber die Behauptung, Ultramontanismus und Sozialismus seien Verbündete, als eine infame Verleumdung zurückweisen. Es würde dem Ultramontanismus und dem Liberalismus gleich schlecht gehen, wenn wir am Ruder wären. (Unruhe.)

Im Verlauf der Debatte sprach auch Graf Ballestrem, der spätere Präsident des Reichstags. Mit Hinweis auf meine Ausführungen meinte er, wohin man mit Annahme des Gesetzentwurfes steuere, habe meine Rede gezeigt. Verliere das Volk, erst den Glauben an das Paradies im Himmel, dann werde es das Paradies auf der Erde verlangen, und das verspreche ihm die Internationale. Ich unterstrich diese Worte, indem ich kräftig »sehr richtig« rief.

Kurze Zeit danach erzählte man sich im Reichstag einen amüsanten Vorgang. Einige Herren vom Zentrum unterhielten sich in einer Restauration über den katholischen Kirchengelehrten Döllinger und das neue Dogma von der Unfehlbarkeit des Papstes. Döllinger war heftiger Gegner der Unfehlbarkeitserklärung. Darauf äußerte ein geistlicher Herr, Abgeordneter für München: »Glaubt der alte Esel an so viel Unsinn, konnte er auch an diesen glauben.« Diese Äußerung wurde im Reichstag bekannt und viel belacht.

Mein Majestätsbeleidigungsprozeß

Die Anklage gegen Liebknecht auf Majestätsbeleidigung war auf Beschluß der Anklagekammer von der Anklage wegen Vorbereitung auf Hochverrat getrennt und vor das Leipziger Bezirksgericht verwiesen worden. Hier wurde Liebknecht Anfang April freigesprochen. Ende Mai 1872 verwarf das Oberappellationsgericht in Dresden unsere Nichtigkeitsbeschwerde, es war somit das Urteil des Schwurgerichts rechtskräftig geworden. Liebknecht trat Mitte Juni seine Haft in Hubertusburg an. Ich hatte nach Schluß des Reichstags auch noch eine Anklage zu erledigen. Ich war ebenfalls auf Majestätsbeleidigung, begangen durch Reden in zwei Volksversammlungen im Bezirk der Leipziger Amtshauptmannschaft, angeklagt worden. Ich hatte anknüpfend an das Dankschreiben des Königs von Preußen vom 25. Juli 1870, das mit den Worten schloß, er hoffe, daß die *Freiheit* und Einheit Deutschlands das Ergebnis des Krieges sein werde, allerlei kritische Bemerkungen gemacht. Ich hatte ausgeführt, daß wir zwar die Einheit bekommen hätten, die Freiheit sei aber ausgeblieben; es sei in dieser Beziehung sogar schlimmer als früher, was ich durch Tatsachen bewies. Es sei eben die alte Geschichte. Seien die Könige in der Verlegenheit, so fehle es nicht an schönen Versprechungen, habe aber das Volk die Opfer gebracht und die Könige gerettet, dann würden die gemachten Versprechen vergessen und nicht eingelöst. In diesen Ausführungen sah die Staatsanwaltschaft eine Majestätsbeleidigung, und der Gerichtshof schloß sich ihr in der Verhandlung am 6. Juli 1872 an, in der ich mich selbst verteidigte. Der Staatsanwalt hatte eine Zusatzstrafe zu der bereits erkannten Festungshaft beantragt. Das Gericht ging über diesen Antrag hinaus und verurteilte mich zu *neun Monaten Gefängnis*. Da es sich um eine andere Strafart als die mir bereits zuerkannte handelte, fiel die Zusatzstrafe; sonst würden, wenn es bei neun Monaten Festungshaft geblieben wäre, diese mit der schon erkannten Festungshaft wahrscheinlich auf achtundzwanzig Monate zusammengezogen worden sein. Außerdem ging der Gerichtshof noch in einem zweiten Punkt über den Antrag des Staatsanwaltes hinaus, *er erkannte mir das Reichstagsmandat ab.*

Dieser letztere Beschluß war ein großer politischer Fehler von seiner Seite, denn da er mir nicht auch die Wählbarkeit aberkennen konnte, mußte er sich sagen, sein Beschluß werde wirkungslos bleiben, indem meine Parteigenossen mich in meinem bisherigen Wahlkreis wieder aufstellen und mich sicher wählen würden. So geschah es. Meine Wiederwahl wurde für den Gerichtshof eine schallende Ohrfeige. Darüber später.

Unsere Festungshaft und was zwischenzeitlich passierte

Hubertusburg

Am 1. Juli 1872 schrieb mir Bracke einen Abschiedsbrief, in dem er äußerte: »Wenn Eure Familien nicht wären, könnte ich fast triumphieren über die Einfalt, unserer Feinde! Du zum Beispiel wirst Dich körperlich erholen und viel lernen; dann bist Du ein verdammt gefährlicher Kerl, und schließlich wird Deine liebe Frau auch, trotz des harten Loses der Trennung, zufrieden sein, wenn Du auf diese Weise eine Kurzeit durchmachst, die Dich wieder kräftigt fürs ganze Leben.« Am 8. Juli, dem Tage meines Haftantritts, veröffentlichte ich folgende Erklärung:

»An meine Wähler im 17. sächsischen Wahlkreis!

Freunde und Gesinnungsgenossen! Das Königliche Bezirksgericht zu Leipzig hat die Gewogenheit gehabt, mir wegen ›Majestätsbeleidigung‹ neben einer neunmonatigen Gefängnisstrafe auch ›den Verlust der bekleideten öffentlichen Ämter sowie der aus Wahlen hervorgegangenen Rechte‹ abzuerkennen.

Durch dieses Erkenntnis bin ich des mir von euch verliehenen Mandats *verlustig* geworden.

Freunde und Gesinnungsgenossen! Der Schlag soll nicht nur mich, er soll auch euch, deren *Vertreter* ich bisher war, er soll die *Partei* treffen, der wir angehören. *Zeigen wir, daß der geführte Schlag ein Schlag ins Wasser ist.* Ihr seid vor die Alternative einer Neuwahl gestellt. *Ich biete mich euch für dieselbe aufs neue als Kandidat an.* Habe ich nach eurer Meinung das in mich gesetzte Vertrauen gerechtfertigt, *dann wählt mich wieder.*

Seid versichert, die erhaltenen ›Strafen‹ machen mich nicht mürbe. Festung und Gefängnis sind nicht die Mittel, mir bessere Begriffe über unsere faulen Gesellschaftszustände beizubringen. Die Gesellschaft, die zu solchen Mitteln der Belehrung greifen muß, verdient, daß sie aufhört zu existieren.

Führen wir also den Krieg fort mit aller uns zu Gebote stehenden Kraft und mit aller Zähigkeit; gebt mir durch die *Neuwahl* das Mittel in die Hand, daß ich auch für die nächsten Jahre mich an diesem Kampfe beteiligen kann. Der Tag kommt, wo auch *unsere* Stunde schlägt.

Lebt wohl! Auf Wiedersehen zu neuem Kampf und Sieg!«

Am Nachmittag desselben Tages reiste ich nach Hubertusburg. Am Bahnhof hatten sich eine große Zahl Männer und Frauen eingefunden, um sich von mir zu verabschieden. Meine Frau hatte ich gebeten, mit unserem Töchterchen zu Hause zu bleiben. Unter dem Gepäck, das ich mitnahm, befand sich auch ein großer Vogelbauer mit einem prächtigen Kanarienhahn, den mir ein Dresdener Freund als Gesellschafter für meine Zelle geschickt hatte. Er wurde, nachdem ich ihm zu einem Weibchen verholfen, der Stammvater einer Kinder- und Enkelschar, die ich in Hubertusburg züchtete. An der Station Dahlen, an der ich aussteigen mußte, um von dort zu Wagen nach Hubertusburg zu fahren, brachte man mir eine eigenartige Ovation. Als ich ausstieg, standen sämtliche Schaffner an dem langen Personenzug vor ihren Wagen und salutierten, indem sie die Hand an die Mütze legten. Der Lokomotivführer schwenkte die Mütze, ebenso schwenkte ein großer Teil der Passagiere, der in den Fenstern lag, Hüte und Mützen und rief mir Lebewohl zu. Ich war sehr gerührt über diese Zeichen der Sympathie.

Als ich in Hubertusburg ankam und mit Liebknecht zusammentraf, lachte er mich aus, daß ich mir noch neun Monate Gefängnis geholt. Da sei er doch klüger gewesen. Er hatte gut lachen. Er hat nachher für die Artikel, die er heimlich aus Hubertusburg an den »Volksstaat«

schrieb, weit mehr als neun Monate Gefängnis den verantwortlichen Redakteuren aufbrummen helfen. Und wie vorsichtig glaubte er zu sein. Hatte er einen solchen Artikel auf der Pfanne und hegte er Bedenken gegen seine Fassung, so zog er mich zu Rate. Er las mir alsdann die betreffende Stelle vor. Warnte ich ihn, eine mir bedenklich scheinende Stelle im Artikel zu lassen, so versuchte er mir nachzuweisen, daß und warum sie nicht gefährlich sei. Er erhielt alsdann regelmäßig von mir die Antwort: »Du würdest recht haben, dächten Staatsanwalt und Richter so wie du.« Er kaute alsdann an einem Fingernagel und überlegte sich die neue Fassung. Manchmal war diese aber noch schärfer als die frühere. Er trennte sich sehr ungern von einem Gedanken, mit dessen Veröffentlichung er den Gegner ärgern konnte.

Außer Liebknecht war noch Karl Hirsch und ein Chemnitzer Parteigenosse in der Festungshaft. Vahlteichs Haft war bereits zu Ende, doch sorgten die Gerichte stets für Ersatz. Wir waren meist fünf bis sechs Genossen, darunter zeitweilig auch irgendein Student, der wegen Duellgeschichten zu kurzer Festungshaft verurteilt worden war. Erst als meine Haft zu Ende ging, war ich der letzte der Mohikaner, den Hubertusburg beherbergt hatte.

Es fiel uns auf, daß wir unsere Haft auf Hubertusburg statt auf der sächsischen Festung Königstein zu verbüßen hatten. Der Grund war, daß auf Königstein sich keine Räume für Zivilgefangene befanden, diese mußten erst erstellt werden.

Hubertusburg ist weiteren Kreisen bekannt geworden durch den 1763 hier abgeschlossenen Friedensvertrag, der den siebenjährigen Krieg beendete. Das Schloß ist ein stattlicher Bau im Zopfstil. Vor demselben dehnt sich ein großer Hof aus, der durch pavillonartige ein- und zweistockige Gebäude eingeschlossen ist, die früher den Hofbeamten und Bediensteten zur Wohnung dienten. Zu unserer Zeit wohnten dort die Beamten der in Hubertusburg vereinigten Anstalten und hatten daselbst ihre Büros. Längere Zeit waren Teile der Gebäude als Landesgefängnis benutzt worden. Für uns Festungsgefangene war ein Flügel dieser Bauten reserviert, in dem man sieben oder acht Zellen eingerichtet hatte. Mit Hubertusburg verbunden war ein Siechenhaus und eine Irrenanstalt für Frauen, und eine Pflegeanstalt für blinde und blödsinnige Kinder. Die Insassen dieser Anstalten bekamen wir aber nicht zu sehen. Unsere Zellen besaßen hohe Fenster, die mit Eisenstäben versehen waren. Wir blickten aus den Fenstern in den großen Wirtschaftsgarten, in dem wir unsere Spaziergänge zu machen hatten, und über dessen Mauern hinaus auf Wald und Flur und das in der Ferne liegende kleine Städtchen Mutzschen.

Die Reinigung unserer Zellen besorgte ein sogenannter Kalfakter. Für deren Reinigung und Miete – der Staat gibt auch den Gefängnisraum nicht umsonst – hatten wir monatlich fünf Taler zu zahlen. Unser Essen bezogen wir aus einem Gasthaus des an Hubertusburg grenzenden Wermsdorf. Unsere Tagesordnung war folgende: Morgens 7 Uhr mußten wir angekleidet sein, alsdann wurden die Zellen zwecks der Reinigung geöffnet. Während dieser Zeit frühstückten wir auf dem breiten Korridor, der vor den Zellen hinlief. Diese Pause benutzte Karl Hirsch, um mit einem Zivilgefangenen eine Partie Schach zu spielen, wobei sich die beiden zu unserem größten Ergötzen regelmäßig in die Haare gerieten. Um 8 Uhr wurden wir wieder eingeschlossen bis 10 Uhr, zu welcher Zeit wir unseren Spaziermarsch im Garten unternahmen. Um 12 Uhr wieder Einschließung bis 3 Uhr im Winter, 4 Uhr im Sommer, dann zweiter Spaziergang, von 5 beziehungsweise 6 Uhr ab wieder Einschließung bis nächsten Morgen. Da wir das Recht hatten, bis 10 Uhr abends Licht brennen zu dürfen, waren diese Stunden meine Hauptarbeitszeit. Nach einigen Monaten erlangte ich, daß Liebknecht den Vormittag von 8 bis 10 Uhr in meine Zelle mit eingeschlossen wurde, um mir englischen und französischen Unterricht zu geben. Bei dieser Gelegenheit wurden dann auch die Interna der Partei und die politischen Vorgänge erörtert. Die Korrespondenz für mein Geschäft erledigte ich auf Grund der Unterlagen, die mir täglich meine Frau sandte.

Liebknecht und ich waren passionierte Teetrinker. Tee konnten wir aber nicht erhalten, und das Selbstkochen war der Feuersgefahr wegen verboten. Aber Verbote sind da, um übertreten zu werden. Ich verschaffte mir also heimlich eine Teemaschine und die nötigen Ingredienzien. Sobald am Abend der Aufseher die Zelle abgeschlossen und sich entfernt hatte, begann ich Tee zu brauen. Um aber auch Liebknecht den Genuß desselben zu ermöglichen, hatte ich mir im Garten einen etwa zwei Meter langen Stock zurechtgeschnitten. An dessen Ende befestigte ich eine Schnur, die mit einem von mir geflochtenen Netz versehen war, in das ich das gefüllte Glas stellen konnte. War der Tee fertig, klopfte ich Liebknecht, dessen Zelle neben der meinen lag, damit er ans Fenster trete. Alsdann streckte ich den Stock mit dem Teeglas zum Fenster hinaus, beschrieb mit demselben einen Bogen nach Liebknechts Fenster, worauf dieser, sobald er das Glas in Händen hatte, mit einem: »Ich hab's, danke!« den Empfang anzeigte. Ähnlich machten wir's mit dem Austausch der Zeitungen, die jeder sobald als möglich lesen wollte. Wir hatten vor den Fenstern der Zellen, längs der Eisenstäbe, eine Schnur ohne Ende angebracht. Wer mit dem Lesen seiner Zeitung fertig war, befestigte diese mit einem Haken an die Schnur, darauf klopfte er dem Nachbar, der alsdann ans Fenster trat und das Zeitungspäckchen zu sich heranlotste.

Kaum hatte ich mich in meiner Zelle häuslich eingerichtet, als ich wie ein Taschenmesser zusammenklappte. Die großen Anstrengungen und Aufregungen der letzten Jahre hatten mir nicht zum Bewußtsein kommen lassen, wie sehr meine Kräfte heruntergekommen waren. Jetzt, wo ich gewaltsam zur Ruhe verwiesen worden war und die Spannung nachließ, brach ich zusammen. Die Erschöpfung war so groß, daß ich wochenlang keine ernste Arbeit vornehmen konnte. Aber absolute Ruhe und frische Luft brachten mich allmählich wieder auf die Füße. Mein Hausarzt hatte recht, als er meine Frau tröstete, ein Jahr Festung werde meiner Gesundheit nützlich sein. Später stellte sich bei einer genauen ärztlichen Untersuchung auch heraus, daß mein linker Lungenflügel stark tuberkulös angegriffen war und eine Kaverne aufwies, die auf der Festung ausheilte. Freunde, die das erfuhren, meinten lachend, da sei ich ja dem Staate Dank schuldig, daß er mich auf die Festung geschickt. Ich antwortete, Dank würde ich ihm schulden, hätte er mich zu meiner Gesundung zu Festung verurteilen lassen. Ich hatte wieder einmal, wie so oft im Leben, »Schwein« gehabt. Was mein Verderben sein konnte, schlug zum Guten aus.

Nachdem unabänderlich feststand, daß ich für einunddreißig Monate meine Freiheit eingebüßt hatte, entschloß ich mich, diese Zeit mit aller Kraft zu verwenden, um die Lücken meines Wissens einigermaßen auszufüllen. Sobald ich also wieder arbeitsfähig war, stürzte ich mich mit aller Energie in die Arbeit, das beste Mittel, über eine unangenehme Situation hinwegzukommen. Ich studierte hauptsächlich Nationalökonomie und Geschichte. Zum zweitenmal studierte ich Marx' »Kapital«, dessen erster Band damals nur vorlag, Engels' »Lage der arbeitenden Klassen in England«, Lassalles »System der erworbenen Rechte«, Stuart Mills »Politische Ökonomie«, Dührings und Careys Werke, Lavelayes »Ureigentum«, Lorenz Steins »Geschichte des französischen Sozialismus und Kommunismus«, Platos »Staat«, Aristoteles' »Politik«, Machiavellis »Der

Fürst«, Thomas Morus' »Utopia«, v. Thünens »Der isolierte Staat«. Von den Geschichtswerken, die ich las, fesselten mich besonders Buckles »Geschichte der englischen Zivilisation« und Wilhelm Zimmermanns »Geschichte des Deutschen Bauernkriegs«. Letztere gab mir die Anregung, eine populäre Abhandlung zu schreiben unter dem Titel »Der Deutsche Bauernkrieg mit Berücksichtigung der hauptsächlichsten sozialen Bewegungen des Mittelalters«. Das Buch erschien bei W. Bracke in Braunschweig; später, unter dem Sozialistengesetz, wurde seine Verbreitung verboten. Eine zweite Auflage, die eine Neubearbeitung erforderte, gab ich wegen Zeitmangel nicht mehr heraus. Auch die Naturwissenschaften vernachlässigte ich nicht. Ich las Darwins »Die Entstehung der Arten«, Häckels »Natürliche Schöpfungsgeschichte«, L. Büchners »Kraft und Stoff« und »Die Stellung des Menschen in der Natur«, Liebigs »Chemische Briefe« usw. Ebenso widmete ich dem Lesen der Klassiker einen Teil meiner Zeit. Ich war von einer wahren Lern- und Arbeitsgier befallen.

Ferner übersetzte ich während der Haft »Etude sur les doctrines sociales du Christianisme« von Ives Guyot und Sigismond Lacroix, eine Übersetzung, die unter dem Titel »Die wahre Gestalt des Christentums« bis heute erscheint. Dazu verfaßte ich eine Gegenschrift unter dem Titel »Glossen zu Ives Guyots und Sigismond Lacroix: Die wahre Gestalt des Christentums, nebst einem Anhang über die gegenwärtige und zukünftige Stellung der Frau«. Der letztere Aufsatz war, glaube ich, die erste parteigenössische Abhandlung über die Stellung der Frau vom sozialistischen Standpunkt aus. Die Anregung zu dieser Abhandlung hatte mir das Studium der französischen sozialistischen und kommunistischen Utopisten gegeben. Auch machte ich während dieser Haft die Vorstudien zu meinem Buche »Die Frau«, das zuerst im Jahre 1879 unter dem Titel »Die Frau in der Vergangenheit, Gegenwart und Zukunft« erschien und trotz des Verbreitungsverbots unter dem Sozialistengesetz acht Auflagen erlebte. Im Jahre 1910 erschien die 50. und 51. Auflage.

Es war schön und nützlich, daß ich die Zeit meiner Gefangenschaft zu meinem eigenen Besten verwenden konnte, nichtsdestoweniger atmete ich auf und begrüßte den Tag, an dem ich meine Freiheit wieder erlangte. Da aber jeder Gefangene, der seiner baldigen Befreiung entgegensieht, von großer Unruhe und Ungeduld gepackt wird und Tage und Stunden zählt, suchte ich dieselbe dadurch zu meistern, daß ich mir vornahm, noch ein Pensum Arbeit zu erledigen, das nur unter äußerster Aufbietung der Kräfte bewältigt werden konnte. Nach dieser Methode verfuhr ich auch bei späteren Freiheitsentziehungen; ich fand sie probat.

Unsere Familien besuchten uns alle drei bis vier Wochen einmal. Wir setzten schließlich durch, daß sie die Gültigkeit der Rückfahrkarten – drei Tage – ausnutzen durften. Sie wohnten während der Zeit im Dorfe. Jede der drei Frauen brachte ein Kind mit; Frau Liebknecht ihren Ältesten, der etwas jünger war als meine Tochter. Die Reise war beschwerlich, namentlich in der ungünstigen Jahreszeit. Die Frauen und Kinder mußten schon früh vor 7 Uhr von Hause fort; Geld für eine Droschke auszugeben, hätte jede der Frauen als ein Verbrechen angesehen. Von vormittags $^{1}/_{2}$10 Uhr bis abends 7 Uhr durften sie in unserer Zelle bleiben, auch den Spaziergang im Garten mitmachen. Das war für uns eine große Erleichterung der Haft.

Ich hatte ein großes Bedürfnis zu körperlicher Arbeit. So kam ich auch auf den Gedanken, wir sollten uns zu diesem Zweck im Garten einige Beete anlegen. Unser Gesuch, uns dazu ein Stückchen Land zu überweisen, wurde abgelehnt, wir könnten aber von dem mehrere Meter breiten Rain, der sich längs der Gartenmauer hinziehe, in Betrieb nehmen, so viel wir wollten. So geschah es. Mit dem nötigen Werkzeug ausgerüstet, gingen wir an die Arbeit. Liebknecht, der damals seine Abhandlung über die Grund- und Bodenfrage schrieb, betrachtete sich als agrarischen Sachverständigen. Er versicherte, wir hätten an dem Rain einen vorzüglichen Humusboden zu bearbeiten. Als wir aber die Spaten in den Boden stießen, antwortete ein Mark und Bein durchdringendes Ächzen. Wir stießen bei jedem Spatenstich auf Steine. Liebknecht machte bei diesem Resultat ein langes Gesicht, wir lachten unbändig. Statt aus Humus bestand der Boden aus magerem Lehm, den wir, wie unser Aufseher versicherte, düngen müßten, wenn wir ernten wollten. Liebknecht und ich nahmen also einen großen Korb und zogen nach einem Komposthaufen, der in einer Ecke des Gartens angelegt war. Wer einen solchen Komposthaufen kennt, weiß, daß, wenn man ihn ansticht, ihm Düfte entströmen, die alle Wohlgerüche Indiens und Arabiens nicht überwinden können. Aber wir gingen mit wahrer Todesverachtung ans Werk, und nachdem wir den Korb gefüllt, steckten wir durch die Henkel zwei Stangen und trabten, Liebknecht vorn, ich hinten, nach unserem Beet. Die im Garten arbeitenden Frauen lachten aus vollem Halse, als sie unser Tun sahen. Ich habe damals und später öfter geäußert, mutete der Staat uns eine solche Arbeit zu, wir hätten sie mit höchster Empörung zurückgewiesen. Das ist der Unterschied zwischen Zwang und freiem Willen.

Wir hatten unser Beet mit Radieschensamen bestellt und warteten sehnsüchtig auf die Ernte. Der Same ging prachtvoll auf, das Kraut schoß mächtig in die Höhe, aber die ersehnten Radieschen zeigten sich nicht. Jeden Vormittag, sobald wir unseren Spaziergang antraten, veranstalteten wir ein Wettrennen nach dem Radieschenbeet, denn jeder wollte die ersten Früchte ernten. Vergebens. Als wir nun eines Tages kopfschüttelnd um unser Beet standen und tiefsinnige Betrachtungen über die fehlgeschlagene Ernte anstellten, lachte unser Aufseher, der in einiger Entfernung unserer Unterhaltung zugehört hatte, und sagte: »Warum Sie keine Radieschen bekommen, meine Herren, das will ich Ihnen sagen, Sie haben zu fett gedüngt!« Tableau! So war also alle unsere Mühe vergeblich gewesen.

*

In den ersten Monaten des Jahres 1873 sollte wieder der Reichstag zusammentreten, und so mußte die sächsische Regierung wohl oder übel eine Neuwahl für den von mir innegehabten Wahlkreis anordnen. Der Wahltag wurde auf den 20. Januar festgesetzt. Die ganze Partei betrachtete es als eine Ehrensache, nicht bloß das Mandat für mich wiederzuerobern, sondern auch mit höherer Stimmenzahl. Was an agitatorischen Kräften zur Verfügung stand, eilte in den Wahlkreis. Auer, Motteler, Vahlteich, Wilhelm Stolle, Walster, York usw. gingen an die Arbeit. Als Gegenkandidat hatten die Gegner den Bezirksgerichtsdirektor Petzold in Glauchau aufgestellt, ein wegen seines leutseligen Wesens im Wahlkreis sehr beliebter Herr. Aber das half ihnen nichts. Am Abend des Wahltags wurden für mich 10740, für meinen Gegner 4240 Stimmen gezählt. Ich brauche nicht zu versichern, daß dieses Wahlresultat im Wahlkreis wie in der ganzen Partei stürmischen Jubel hervorrief. Das Resultat war eine klatschende Ohrfeige für den Gerichtshof, der mir das Mandat aberkannt hatte. Ich hatte fast 4000 Stimmen *mehr* erhalten als am 3. März 1871. Und damit nicht genug. Einige Tage nach der Wahl veröffentlichte mein besiegter Gegner in der Presse des Wahlkreises seinen Dank an die Partei, die den Wahlkampf gegen ihn in so anständiger Weise geführt habe.

Auer und York kamen nach der Wahl, nachdem sie zuvor meine Frau in Leipzig besucht und sie beglückwünscht hatten, zu mir nach Hubertusburg, um mir ebenfalls zu gratulieren. Es war ein fröhliches Wiedersehen.

Als dann die Session des Reichstags begann, machte ich den Versuch, von der sächsischen Regierung für die Teilnahme an dessen Sitzungen Urlaub zu erhalten. Wie ich vorausgesehen, ohne Erfolg. Nunmehr stellte Schraps, unterstützt von einer Anzahl liberaler Abgeordneter, den Antrag, mich für die Dauer der Session aus der Strafhaft zu entlassen. Dieser Antrag wurde mit großer Mehrheit abgelehnt. Der Abgeordnete v. Mallinckrodt erklärte, er bedauere, daß ich an den Sitzungen des Reichstags nicht teilnehmen könne, aber der § 31 der Reichsverfassung erstrecke die Immunität der Abgeordneten nicht auf die Strafhaft.

Ich bekenne, daß ich diesen Beschluß nicht bedauerte. Wäre ich freigekommen, so mußte ich um die Urlaubszeit länger im Gefängnis zubringen. Und da mich dieses Schicksal während drei bis vier Sessionen getroffen haben würde, wäre statt im Frühjahr 1875 frühestens Sommer 1876 meine Haft zu Ende gewesen.

In einem konstitutionellen Staate sollte es eine selbstverständliche Sache sein, daß ein Abgeordneter, der in Strafhaft sich befindet, bei Beginn einer Session sofort aus der Haft entlassen wird, um seine Pflichten als Abgeordneter erfüllen zu können. Davon will man in Deutschland nichts wissen. Und doch ist für einen Abgeordneten, der wie ich mehrere Jahre Strafhaft zu verbüßen hatte, die regelmäßige Beurlaubung während einer Session keineswegs eine Annehmlichkeit, wie irrtümlicherweise allgemein angenommen wird. Ich wenigstens würde sie als eine *Verschärfung* meiner Haft angesehen haben, weil sie vor allem meine wirtschaftliche Existenz noch schwerer geschädigt haben würde.

Liebknecht und ich hatten selbstverständlich das Bedürfnis, wenigstens mit den führenden Genossen draußen in möglichster Fühlung zu bleiben. Das war allerdings nur in beschränktem Maße möglich. Konnten wir auch öfter Briefe heimlich hinausbringen, die Gefahr bestand, daß durch eine ungeschickte Antwort dieser Verkehr dem Anstaltsdirektor verraten wurde, und das hätte für uns unangenehme Folgen gehabt. Es galt also, vorsichtig zu sein. So schrieben wir nach Möglichkeit direkt, obgleich diese Korrespondenz der amtlichen Kontrolle unterlag. Ab und zu nahm dieselbe auch einen humoristischen Charakter an. Einen Brief, den ich von Most als Antwort auf einen solchen von mir aus dem Zwickauer

Landesgefängnis erhielt, woselbst er wegen verschiedener Preß- und Redevergehen über ein Jahr zu verbüßen hatte, bringe ich hier zum Abdruck, weil er zugleich die Persönlichkeit Mosts am besten charakterisiert. Most anwortete mir:

»Zwickau, den 21. 4. 73.

Mein lieber Bebel!

Aus Deinem Schreiben, das wie ein lichter Blitzstrahl aus düsterem Himmel in meine Einsiedelei fuhr, ersehe ich und freue mich darüber, daß es Euch ruchlosen Bösewichtern, die Ihr mittels Stahlfedern und Tintentöpfen den Staat in Gefahr gebracht hattet, ganz vortrefflich ergeht. – Ihr wollt nun auch wissen, wie es mit mir steht; glaub's gern, da ich mir denken kann, daß es Euch gerade so ergehen wird, wie es mir erging, ehe ich hier meinen Einzug hielt, daß Ihr nämlich bei dem Namen Zwickau stets an ein Zwicken denkt und ein ›Au‹ schreien zu vernehmen wähnt. Ich muß gestehen, daß es mir trotz meiner zähen Katzennatur, und meines Galgenhumors – ohne mich gerade einer Angstmichelei hinzugeben – nicht ganz so wohl war, wie den bekannten 500 Säuen, wenn ich vor meiner Hieherkunft an dieselbe dachte, jetzt aber, wo ich da bin, hat die Sache ein ganz anderes Gesicht. – Natürlich solch ein Jagdschloßleben wie Ihr führe ich nicht, sondern eher ein Karthäusermönchsdasein, allein Langeweile habe ich desungeachtet auch nicht, da ich ja noch gar vieles nachzuholen habe und jetzt daher die Gelegenheit zu fleißigem Studieren benütze. Zur Zerstreuung dienen mir die Zeitungen, welche ich erhalte, und alle meine leiblichen Bedürfnisse befriedige ich *in gewohnheitsmäßiger Weise* (Kost, Kleidung usw.). Überhaupt erdulde ich nur eine Freiheits-, nicht aber auch eine Leibesstrafe, wofür ich alles halte, was dem Gefangenen außer der Entziehung seiner Freiheit angetan wird. Bequemlichkeiten habe ich, von einem zu schriftlichen Arbeiten geeigneten Tische abgesehen, nicht. Nach einem eigenen Bette empfinde ich kein Bedürfnis, während ich aber mein eigenes Kopfkissen benütze. Die Zelle ist eben eine solche, wie sie Vahlteich, schilderte (der ebenfalls längere Zeit im Landesgefängnis zu Zwickau war); andere gibt es hier nicht; man gewöhnt sich indes bald daran, zumal diese Zellen trotz des hochgelegenen Fensters sehr hell sind. Spazieren gehe ich pro Tag 2 Stunden in einem Raume, welcher ein Mittelding zwischen Hof und Garten ist, und zwar allein. Besuche macht mir niemand, weshalb ich natürlich auch keine annehmen kann. Dir wird es seinerzeit nicht verwehrt werden, daß Du mit Deinen Familiengliedern verkehrst. Ebenso wird man Dir so wenig wie mir den Bart abnehmen wollen. Licht brenne ich bis 10 Uhr. So, das wäre das Wesentlichste, was ich Dir von meiner Sozialistenklause aus berichten kann. Betreffs der Studien seid Ihr freilich schön heraus, da Ihr gleich Euren Professor bei Euch habt. Ich fühle es besonders bei Sprachstudien, wie sehr da ein Lehrer mangelt, zumal ja die Konversation ohne einen solchen gar nicht gepflogen werden kann. Apropos! Was für ein Lehrbuch benütztest Du fürs Französische? Mir hat Vahlteich auf meinen Wunsch nach einer französischen Grammatik einen ganz antiken, unbrauchbaren, unausstehlich-umständlichen und verkehrten Schunken (Hirzel) übermittelt, den ich schon manchmal vor Zorn am liebsten mitten entzwei gerissen hätte. – Was Du von Thiers schreibst, ist klar. Dieser Knirps ist der größte Intrigant Frankreichs, der lebendig gewordene Geldsack und zugleich die einzige Person, welche die Sache der Monarchie zu fördern verstand, freilich ohne Erfolg, allein der Plan war wenigstens nicht schlecht angelegt; den *Status quo* so lange wie möglich aufrecht zu erhalten und so schön langsam, gleichsam unmerklich die Republik erblassen und die Monarchie erscheinen zu lassen. Jeder andere Monarchist würde an seiner Stelle längst einen Staatsstreich gemacht haben und – dabei das Genick gebrochen, wie überhaupt der Monarchie den letzten Rest gegeben haben. In Spanien – ist man zu glauben versucht – haben die regierenden Tratschweiber vor lauter Schwätzen ihr bißchen Verstand verloren, sonst könnte es doch wahrhaftig nicht möglich sein, daß sie mit der Handvoll karlistischer Mordbrenner nicht fertig werden. Nun, hoffentlich wird da, wie in Frankreich, bald energisch ausgemistet. – Du staunst über die Fortschritte, die unsere Sache in der jüngsten Zeit gemacht hat; nun, die Ursachen sind zahlreich genug, um solche Wirkungen zu erzeugen. Ich sage Dir: nur 1000 Mann wie Du, oder selbst nur wie ich (ohne Selbstüberhebung) – und Europa, nicht bloß Deutschland, ist binnen 5 Jahren sozialistisch. Es erstehen zwar neue Kräfte genug, und wenn die Feigheit nicht so groß wäre, zeigte sich noch mancher, aber es sind viel zu wenig. Man sollte glauben, die meisten Menschen fallen bei der Geburt auf den Kopf oder gar auf den Mund, weil sie nicht imstande sind, den letzteren ordentlich aufzumachen. Und wir brauchen weiter nichts, als bloß Leute, die Mund und Herz am rechten Flecke haben. – Wenn ich mich schon in keinen großen Hoffnungen wiege, so freue ich mich immerhin gewaltig auf die nächste Wahlkampagne. Wenigstens wird agitatorisch gefletscht werden, daß die

Funken sprühen. Die Situation ist für uns wie geschaffen. Fortschritts-Bankrott, Siegestaumel-Katzenjammer, Invalidenfrage, Wohnungsfrage, Schulfrage, Milliardenfrage, Friedensfrage, Gründerfrage, ›Kulturkampf‹-Angelegenheit, Fabrikantenbünde, Maßregelungen, Verfolgungen, Schubsereien usw. werden ihr Scherflein zu unseren Gunsten beitragen. Somit konserviere ich meine Lungenflügel und wetze meinen Schnabel, um dereinst mit wahrer Wollust, wenn die Wahlschlacht tobt, so manchen politischen Sumpfpiraten in den Grund bohren zu können. – In Sachsen freilich werde ich direkt nicht lospauken können, allein es gibt anderwärts auch viele Leute, denen man die Bretter loslösen muß, welche vor ihre Hirnkästen genagelt sind. Aus Sachsen wurde ich nämlich polizeilich ausgewiesen, wiewohl sich die höheren Instanzen noch nicht darüber ausgelassen haben, ob dieses Ding der gesetzlichen Unmöglichkeit auch durchgeführt werden soll, allein ich erwarte nichts Gutes, es ist mir aber auch ganz ›schnuppe‹, wie die Sache abläuft. Weniger ›schnuppe‹, ja geradezu unbegreiflich ist es mir, daß zu diesem Akt …[1] der sanfte Julius[2] bisher nicht zu bewegen war, einen Kommentar zu liefern. Richtig, das Schönste hätte ich bald vergessen, im Falle ich trotz Ausweisung wieder in Sachsen mich zeigen sollte, wurde mir aktenmäßig bedeutet, *steckt man mich in ein Korrektionshaus!!* – Und auch darüber wird geschwiegen. – Nun, wenn ich wieder frei bin, ist auch noch Gelegenheit zum – – –. Im allgemeinen befinde ich mich sehr wohl und bin bei ausgezeichnetem Humor. Jetzt lebe wohl, grüße alle Insassen des Sozialistenseminars und sei auch Du bestens gegrüßt von Deinem

Joh. Most.«

Einen anderen Charakter wie der Mostsche Brief hatte ein solcher von Kokosky an uns. Dieser, der 1871 in Königsberg die »Demokratischen Blätter« herausgab, mußte diese bald eingehen lassen und trat Ende 1872 auf Einladung von Bracke in die Redaktion des »Braunschweiger Volksfreund«. Kokosky hatte eine sehr humoristische Ader, wovon die Kneipabende der damaligen Parteitage zu erzählen wissen. Auch er

1   Die Stelle wurde durch den Kontrollbeamten gestrichen.

2   Vahlteich. Most beschuldigte Vahlteich, daß er seine Kandidatur für den Reichstag in Chemnitz unmöglich zu machen suche und die Veröffentlichung verschiedener Mitteilungen für die »Chemnitzer Freie Presse« unterdrückte.

verfiel dem Schicksal der Parteiredakteure jener Zeit. Es währte nicht lange, und er hatte so und so viele Monate Haft auf dem Rücken. Diese verdarben ihm aber nicht den Humor, wie folgender Brief zeigt:

»Braunschweig, den 14. Mai 1873.

Werte Freunde! Sie haben es gut; vorsorglich hat der väterliche Staat Sie in sein Gewahrsam genommen, damit Sie in beschaulicher Stille die Segnungen einer guten Regierung kennen lernen. Haben die drei Männer im feurigen Ofen Loblieder singen können, warum sollt Ihr es nicht, wenn es anders die Festungsordnung nicht verbietet, hinter den Mauern von Hubertusburg können?

Auch mir hat eine gütige Vorsehung drei Monate Festungshaft gewährt, damit ich wenigstens für einige Zeit den Schreckruf nicht zu hören brauche: Herr Kokosky, es fehlt Manuskript! Schon der Gedanke hat etwas Beruhigendes, daß etwaige Briefe, die man empfängt, erst vorher die Zensur passieren müssen, so daß unangenehme und aufregende Mitteilungen ferngehalten werden. So enthalte ich mich auch aller revolutionären Mitteilungen, so gern ich Euch auch über den Stand der Rüstungen, über die äußerst gelungene Anfertigung der Handgranaten und Nitroglyzerinbomben, die wahrhaft Wunder verrichten, aufklären möchte. Nur das eine:

Hamburg, 27. Mai. Petroleum fester; loco R.-M. 16, 20–80, per Mai 16, 20, Aug.-Dez. 17 B., 16, 90 G.

Die Bourgeoisie fängt bereits an, Sie zu beneiden. Als neulich in einer Bourgeois-Gesellschaft auf die Sozialdemokraten losgezogen wurde, meinte ein für sehr fein, ja für oberfein gehaltener Börsier: ›Bei den heutigen Börsennachrichten geht mir der Kopf so mit Grundeis, daß ich Bebel beneiden möchte, daß er ruhig kann sitzen in Hubertusburg und braucht sich nicht zu kümmern um die Schwankungen der Kurse. Man gebe so einem Sozialdemokraten so für 30.000 Taler Wechslerbank zu 130 und lasse sie dann fallen auf 85, oder Louise Tiefbau mit 15 Prozent über Pari, und ich kann Ihnen sagen, sie sind gestraft genug.‹ So, von dieser Seite müßt Ihr die Sache betrachten lernen, dann wird das gärende Drachengift sich wieder in die Milch der frommen Den-

kungsart verwandeln, mit welcher und mit den herzlichsten Grüßen –
ich schließe, da der Brief zur Post gebracht werden soll – ich bleibe
Euer treuer Freund und Parteigenosse

S. Kokosky.«

Am 29. Oktober 1873 starb der König Johann von Sachsen, und sein
Sohn Albert trat an seine Stelle. Da in der Regel ein solcher Thronwechsel
mit einer Amnestie verbunden ist, hofften auch unsere Frauen auf eine
solche. Man konnte ihnen das nicht verargen, denn sie litten am härtesten
unter unserer Verurteilung und Haft, die wir als eine nicht zu vermei-
dende Konsequenz unserer Tätigkeit ansahen. Sobald wir aber von den
erweckten Hoffnungen erfuhren, schrieben wir ihnen, sie möchten sich
nicht mit falschen Hoffnungen tragen. Eine Amnestie werde kommen,
aber nicht für uns. In dem Briefe an meine Frau bemerkte ich, der neue
König werde eher alle Zuchthäusler Sachsens begnadigen als uns. Die
Amnestie fiel sehr mäßig aus, von den zahlreichen gefangenen Parteigenossen in den verschiedenen sächsischen Gefängnissen wurde nach
meiner Erinnerung nicht einer getroffen. Und das war gut so. Die allgemeinen Reichstagswahlen, die Anfang 1874 stattfanden, weil damals der
Reichstag nur eine dreijährige Legislaturperiode hatte, zeigten eine
Stimmung, die durch Amnestien nicht hätte verdorben werden dürfen.

Mir kam der Gedanke, daß ich mich auch als Gefangener in sehr
nützlicher Weise an der Wahlagitation beteiligen könnte durch Abfassung
einer Broschüre über die bisherige Tätigkeit des Reichstags, die den
Kandidaten und Agitatoren der Partei das nötige Material liefere. Gedacht, getan. Die Broschüre erschien rechtzeitig unter dem Titel: »Die
parlamentarische Tätigkeit des Reichstags und der Landtage und die
Sozialdemokratie von 1871 bis 1873«. Als Anhang hatte ich derselben
die wichtigsten Bestimmungen des Reichswahlgesetzes, der Wahlgesetz-
verordnung, der einschlägigen Bestimmungen des Reichsstrafgesetzbuches,
der Vereinsgesetze und Winke für die Agitation angefügt. Die Broschüre,
die anonym erscheinen mußte, wurde von der Partei mit großer Genugtuung begrüßt. Zwei Jahrzehnte später machte mir sogar der Abgeordnete Eugen Richter ein Kompliment darüber, als wir uns eines Tages
auf einer Reise nach Hamburg in einem Wagenabteil begegneten. Wir
hatten bis dahin, obgleich wir damals bereits über fünfundzwanzig Jahre
Kollegen im Reichstag gewesen waren, nie miteinander eine Privatunterhaltung gepflogen. Diese kam jetzt in Fluß. Im Laufe der Unterhaltung

erzählte mir Richter, er habe in den siebziger Jahren in einer thüringischen Stadt einen Vortrag in einer Volksversammlung gehalten, wobei in der darauf stattgefundenen Debatte ihm ein Parteigenosse von mir eine Reihe Sünden vorgehalten, die er zum Teil längst vergessen gehabt habe. Da er bemerkte, daß der Redner die Vorwürfe aus einer Broschüre zitierte, habe er einen seiner Parteigenossen gebeten, sich an den Redner heranzuschlängeln, um festzustellen, was für eine Broschüre es sei, aus der er zitiere. Er habe alsdann sich dieselbe beschafft und aus dem Inhalt ersehen, daß die der Broschüre zugrundeliegende Idee eine sehr gute sei. Darauf habe er sich entschlossen, den Gedanken, wenn auch in anderer Form, ebenfalls für seine Partei zur Durchführung zu bringen. So sei sein bekanntes politisches Abcbuch entstanden. Ich war in diesem Augenblick ein wenig stolz, meinem vielgerühmten politischen Gegner als Lehrmeister gegenüberzusitzen. Später haben bekanntlich auch die anderen Parteien, unserem Beispiel folgend, derartige politische Leitfäden herausgegeben.

Eine andere Wirkung meiner Broschüre war, daß ein Kaplan Hohoff aus Hüffe in Westfalen sich veranlaßt sah, in mehreren Artikeln, die der »Volksstaat« veröffentlichte, gegen meine Auffassung des Christentums und des Kulturkampfes zu polemisieren. Ich antwortete in einer Reihe Artikel, die nachher als Broschüre unter dem Titel »Christentum und Sozialismus« erschienen sind und bis heute eine größere Zahl Auflagen erlebten.

Die Wahlen waren auf den 10. Januar 1874 angesetzt worden. Das Wahlresultat war für uns sehr befriedigend. Wir hatten auf den ersten Hieb sechs Abgeordnete durchgebracht – Geib-Freiberg, Liebknecht-Stollberg-Schneeberg, Most-Chemnitz, Vahlteich-Mittweida-Burgstädt, Motteler-Crimmitschau-Zwickau und mich in meinem alten Kreise Glauchau-Meerane. Im 13. Wahlkreis Leipzig-Land war Johann Jacoby in Stichwahl gekommen. Der Allgemeine Deutsche Arbeiterverein hatte zwei seiner Kandidaten durchgebracht. Hasenclever in Altona und Reimer im schleswig-holsteinschen Wahlkreis Seegeberg. Hasselmann kam in Barmen-Elberfeld zur Stichwahl und siegte. Auch Johann Jacoby siegte mit 7577 gegen 6674 Stimmen, aber zur allgemeinen und unangenehmen Überraschung der Partei lehnte er das Mandat ab. Es war richtig, er hatte bei der Befragung, ob er eine Kandidatur annehme, nicht auch die Zusage gemacht, daß er eine Wahl annehmen werde. Er hatte in seinem Briefe ausgeführt: Den Parteigenossen sei seine Ansicht über das preußisch-deutsche Kaisertum bekannt; sie möchten hiernach ermessen, wie wenig Verlangen er trage, an den unersprießlichen Reichstagsverhandlungen sich zu beteiligen. Sollte – aus taktischen Gründen – die Partei für gut befinden, ihn als Kandidaten aufzustellen, so habe er nichts dagegen, er müsse jedoch im voraus bemerken, daß er – im Falle der Wahl – die freie Entscheidung über Annahme oder Ablehnung des Mandats sich vorbehalte. In dem Ablehnungsbrief bemerkte er, er habe seine Kandidatur nur als Protestkandidatur aufgefaßt, denn wie er über die neue Ordnung der Dinge in Deutschland denke, habe er schon am 6. Mai 1867 im preußischen Abgeordnetenhaus ausgesprochen. Er glaube nicht daran, daß man auf parlamentarischem Wege einen Militärstaat in einen Volksstaat verwandeln könne.

Der Fehler lag beim Wahlkomitee, das auf seinen ersten Brief keine klipp und klare Antwort verlangte. Die Aufregung über den Schritt Jacobys wurde in der Partei noch größer, als bei der Nachwahl unser Kandidat Wilhelm Bracke mit 5676 gegen nahe an 8000 Stimmen, die auf den Gegner fielen, unterlag. Ich selbst war über den Vorgang so aufgebracht, daß ich einen heftigen Brief an Dr. Guido Weiß, den Freund Jacobys, schrieb, worin ich die Ablehnung der Wahl tadelte.

Die beiden Fraktionen der Sozialdemokratie waren also nunmehr durch 9 Abgeordnete im Reichstag vertreten. Die Stimmenzahl, die auf ihre Kandidaten fiel, betrug 351670, davon kamen auf die Kandidaten des Allgemeinen Deutschen Arbeitervereins 180319, auf die Kandidaten der Sozialdemokratischen Arbeiterpartei 171351. Beide Fraktionen musterten also eine fast gleich starke Anhängerzahl; die Gesamtstimmenzahl war gegen 1871 um 200 Prozent, im ganzen um 236000 Stimmen gestiegen.

Dieser glänzende Wahlausfall hatte in den höheren Regionen wie in den bürgerlichen Kreisen stark verschnupft. Ein solches Resultat hatte man nicht erwartet. Es zeigte sich, daß allen Verfolgungen und Schikanen zum Trotz die Partei ständig wuchs, und so verdichteten sich die schon vorhandenen Gedanken in den maßgebenden Kreisen mehr und mehr, der Partei mit Ausnahmeregeln auf den Leib zu rücken.

*

Das tägliche Einerlei unserer Haft wurde Ende Februar 1874 durch einen Besuch von Gustav Rasch in amüsanter Weise unterbrochen. Rasch war ein wenig Sensationsschriftsteller, er liebte es, in seinen Arbeiten die Farben etwas dick aufzutragen. Er hatte sich dadurch einen Namen gemacht, daß er Ende der fünfziger und in der ersten Hälfte der sechziger Jahre in der »Gartenlaube« und mehreren großen liberalen Zeitungen zahlreiche Artikel veröffentlichte über die Schandwirtschaft der Österreicher in Venetien und die »Tyrannenherrschaft« der Dänen in Schleswig-Holstein, die großes Aufsehen erregten. Liebknecht und ich hatten ihn in Berlin kennengelernt. Jetzt kam er hauptsächlich wohl zu einem Besuch, weil er hoffte, Material für einen Artikel zu erhalten. Solche Besuche fanden auf dem Büro in Gegenwart eines Beamten statt und sollten nicht über eine Stunde währen. Das paßte aber Rasch nicht. Er verlangte vom Direktor, mit uns unter vier Augen sprechen zu dürfen, auch wünschte er unsere Zellen zu sehen. Der Direktor lehnte dieses Ansinnen mit den Worten ab: Er (Rasch) solle sich doch in seine Lage denken, um einzusehen, daß das nicht gehe; wäre er (Rasch) Direktor, könnte er auch nicht anders handeln, worauf Rasch mit seiner göttlichen Unverfrorenheit antwortete, o, wenn er Direktor wäre, er erlaubte es sicher! Eine Antwort, die uns alle zu schallendem Gelächter veranlaßte.

Königstein

Im Laufe des März wurde uns offiziell mitgeteilt, wir würden am 1. April nach der Festung Königstein überführt werden. Die Nachricht war uns nicht angenehm. Liebknechts Haft ging Mitte April, die meine Mitte Mai zu Ende und da kam uns ein Umzug mit unseren Büchern und Skripturen und verschiedenen Möbelstücken sehr ungelegen. Im letzten Moment wurde aber die Übersiedlung verschoben, und so konnte Liebknecht am 15. April von Hubertusburg nach Leipzig reisen. Ich aber mußte am 23. April 1874 die Reise nach dem Königstein in Begleitung eines Beamten in Zivil unternehmen. Als ich mich am Tage vor der Abreise vom Direktor verabschiedete und ihm für sein Entgegenkommen in so mancher Angelegenheit dankte, war er sehr gerührt. Er drückte mir zum Abschied warm die Hand und entließ mich mit den Worten: »Gehen Sie mit Gott!« Der beste Wunsch, den er von seinem Standpunkt aus wohl glaubte mir mitgeben zu können. Als ich dann am nächsten Morgen 5 Uhr die Reise antrat, war auch die ganze Familie des Aufsehers versammelt, um sich von mir zu verabschieden. Dieser wurde nunmehr nach dem Waldheimer Zuchthaus versetzt; ich glaube, die Zeit, in der er uns unter seiner Obhut hatte, war die schönste seines Lebens. Er starb bald nachher.

Der 23. April war ein herrlicher Tag, das ganze Elbtal grünte und blühte in voller Frühlingspracht. Beim Aufstieg auf die Festung begegneten wir dem Gouverneur der Festung, Generalleutnant v. Leonhardti, dem ich durch meinen Begleiter vorgestellt wurde. Während wir nun selbander den Weg nach oben zurücklegten, ließ sich der General in eine Unterhaltung mit mir ein. Er wünschte zu wissen, wie die Tagesordnung und die Behandlung in Hubertusburg gewesen sei. Nachdem ich ihm die gewünschte Auskunft gegeben, meinte er: »Na, schlechter sollen Sie es bei mir nicht haben.«

Als Aufenthalt wurde mir ein altes, nach früheren Begriffen bombenfestes Gebäude angewiesen, das vordem Zeughaus war. Auf dem Korridor standen zur Stütze des Daches Balken von einer Dicke, wie man sie nur noch auf den Böden alter Kirchendächer sieht. Die Stube war geräumig und hatte zwei schießschartenartige Fenster, die mit dicken Eisenstäben versehen waren, als gelte es, Mörder und Mordbrenner in Gewahrsam zu halten. An der einen Wand stand ein riesiger Kachelofen, in dem die fünf Pfund Kohlen, die mir als tägliches Deputat der Staat gewährte – denn es war trotz der vorgeschrittenen Jahreszeit und dem prächtigen Frühlingswetter in dem Raum bitter kalt –, verschwanden. Ich mußte mir auf eigene Kosten noch Feuerungsmaterial beschaffen, wollte ich nicht frieren. Hätten wir unsere ganze Haft dort oben verbringen müssen, wir hätten ein kleines Vermögen für Feuerungsmaterial zugesetzt.

Eine interessante Persönlichkeit war mein Wärter. Dieser, ein siebzigjähriger Mann, leistete schon seit 36 Jahren auf der Festung Dienst und hatte 1849 zwei Mitglieder der provisorischen Regierung Sachsens, Tod und Heubner, ferner August Röckel und einen der Leiter des Dresdener Maiaufstandes, *Michael Bakunin,* den später nach den einen berühmt, nach den anderen berüchtigt gewordenen Führer der Anarchisten, in seiner Obhut. Die Genannten befanden sich auf der Festung in Untersuchungshaft.

Sehr beschränkt war der Raum für meinen Spaziergang, der sich auf einen einzigen kurzen Weg in dem kleinen Park der Festung erstreckte und bei dem regelmäßig ein Posten Wache stand, um die zahlreichen Besucher des Königsteins mir fernzuhalten. Das einzig Zufriedenstellende war die Kost, die ich aus einer kleinen Wirtschaft auf der Festung bezog. Der Wirt schien mich in sein Herz geschlossen zu haben; das Essen war nicht nur sehr gut und billig, sondern auch sehr reichlich. Ich war verwundert, als ich am ersten Tage die für mich bestimmte Portion sah, war aber höchlich überrascht, als ich sie ganz verzehrte. Die Höhenluft tat ihre Wirkung. Die Soldaten der kleinen Besatzung klagten, daß sie hier oben nie satt würden und froh seien, wenn sie abgelöst würden, was alle drei Monate geschah.

Endlich kam der 14. Mai, der Tag der vorläufigen Befreiung. Unter denen, die mich zu Hause begrüßten, befand sich auch Eduard Bernstein, der extra zu diesem Zweck von Berlin nach Leipzig gekommen war. Ich hatte Bernstein bereits 1871 in Berlin kennengelernt. Durch Vermittlung meines Rechtsanwalts Otto Freytag hatte sich das Ministerium herbeigelassen, mir bis zum Antritt der neunmonatigen Haft im Landesgefängnis in Zwickau eine sechswöchige Frist zu gewähren. Da in diese Pause Pfingsten fiel, machte ich mit meiner Frau und Tochter und einigen Freunden einen Ausflug nach der sächsischen Schweiz und dem Königstein. Hier machte es mir großes Vergnügen, daß die Zelle, in der ich drei Wochen kampiert hatte, mittlerweile zu den Sehenswürdigkeiten der Festung avanciert war. Der Fremdenführer machte auf die Fenster der Zelle, die mich damals beherbergte, aufmerksam. Später ist ihm das verboten worden. Für die Dresdener Parteigenossen hieß der Königstein längere Zeit scherzweise die Bebelburg.

Zwickau

Nachdem ich vor meinem Haftantritt dem Direktor des Landesgefängnisses einen Besuch abgestattet, um zu erfahren, welche Erleichterungen er mir als politischer Gefangner während der Haft gewähren wollte, rückte ich am 1. Juli 1874 dort ein. Die Einrichtungen des Gefängnisses und die Erleichterungen, die den meisten politischen Gefangenen gewährt wurden, sind bereits in dem Mostschen Brief an mich erwähnt. Ich kann hier darauf Bezug nehmen. Den Besuch der Familie sollte ich monatlich einmal auf eine Stunde unter Aufsicht eines Beamten genießen können. Nachdem meine Frau einen solchen im dritten Monat meiner Haft gemacht hatte, verzichteten wir beiderseitig darauf, den Besuch zu erneuern. Zu den Kosten der Reise auch noch die Beamtenkontrolle über jedes Wort, das man miteinander sprach, in den Kauf nehmen zu sollen, das war ein zu großes Opfer. Anderweitige Besuche empfing ich auch nur vereinzelt, ich sehnte mich nicht danach.

Ich stürzte mich nunmehr wieder mit allem Eifer in die Arbeit. Sehr aufregend wirkte auf mich, als von meiner Frau Berichte einliefen über den schweren Stand, den wir geschäftlich hatten, denn mittlerweile war die große Industriekrise mit aller Wucht hereingebrochen und machte sich obendrein für uns die ruinöse Konkurrenz eines neu errichteten Fabrikbetriebs geltend. Wer eine solche Situation nie durchgemacht hat, ahnt nicht, wie niederdrückend das Bewußtsein vollständiger Hilflosigkeit auf den Gefangenen wirkt. Meine Hauptgefängnisarbeit war die schon erwähnte Geschichte des deutschen Bauernkriegs – die längst vergriffen ist –, die aber schon aus dem Grunde kein Meisterwerk werden konnte, weil mir die nötigen Hilfsmittel fehlten. Ich schrieb das Buch, weil mir der große deutsche Bauernkrieg von 1525 und die ihm unmittelbar vorhergehenden revolutionären Bauernaufstände mit das wichtigste Ereignis der neueren deutschen Geschichte zu sein dünkt, das die offizielle Geschichtschreibung zu schildern schmählich vernachlässigte.

Am 1. Januar 1875 erhielt ich durch Motteler eine Depesche, daß am Vorabend York gestorben sei. York war ein knorriger und eigenwilliger Charakter, aber auch ein Mann von unermüdlicher Tätigkeit und höchster Opferwilligkeit. Dabei war er äußerst bescheiden. Er begnügte sich in den ersten Jahren als Parteisekretär mit einem Gehalt, das ihm nicht einmal erlaubte, wie er mir einmal schrieb, sich eine neue Hose anzuschaffen. Er starb arm wie eine Kirchenmaus, die Partei dankte ihm dadurch, daß sie die Sorge für seine Frau und Kinder übernahm. An Yorks Stelle war schon den Herbst zuvor Auer als Parteisekretär eingetreten.

Endlich waren auch die neun Monate Zwickau überstanden. Am 1. April 1875 – dem 60. Geburtstag Bismarcks – wurde ich entlassen. Der Abschied zwischen dem Direktor und mir war auch hier ein warmer. Ich habe allezeit den Grundsatz befolgt, sich in Unvermeidliches, das man nicht zu ändern vermag, nach Möglichkeit zu fügen und den Dingen die beste Seite abzugewinnen. Von diesem Gesichtspunkt ausgehend, bin ich, ohne mir dabei das geringste zu vergeben, den Gefängnisbeamten bei Ausübung ihres schweren Amtes möglichst entgegengekommen, indem ich mich in die vorgeschriebene Ordnung fügte. Dafür waren sie stets dankbar. In den größeren Gefängnissen haben es die Beamten mit so viel sozial bedenklichen und verkommenen Elementen zu tun – den traurigen Produkten unserer famosen sozialen Ordnung –, daß ihr Dienst einer der schwersten ist, den es gibt; sie sind glücklich, wenn sie Leute unter ihre Obhut bekommen, mit denen sie menschlich verkehren können.

Die Zwickauer Genossen hatten sich am Tage meiner Entlassung zu einer Ovation vereinigt; sie überreichten mir und meiner Frau ein paar feine, mit einer Widmung versehene Kaffeetassen. Wir sollten das sächsische Nationalgetränk künftig noch recht lange in voller Ruhe und Muße und ungetrennt genießen. Der Wunsch war gut gemeint, aber in Erfüllung ging er nicht.

Unter den zahlreichen Gratulanten, die mir ihre Glückwünsche zu meiner Befreiung übermittelten, befand sich auch die damals noch demokratische »Frankfurter Zeitung«, die unter anderem mit Hinweis auf Bismarcks Geburtstag schrieb:

»... Unser Glückwunsch sucht an einem anderen Orte einen anderen Mann. Er gilt dem schlichten Bürger und Arbeiter, der morgen nach fast ununterbrochener dreijähriger Haft das Gefängnis verläßt mit demselben fleckenlosen Rufe, mit dem er es nach einem Richterspruch, über den, soweit es von der Mitwelt noch nicht geschehen ist, die Nachwelt richten wird, betreten hat, geliebt von seinen Parteigenossen, gefürchtet und geachtet von seinen Gegnern. Wir zählen nicht zu diesen noch zu jenen, aber wir schätzen, wo wir sie finden, Überzeugungstreue und ehrliches, uneigennütziges Streben, und es erfüllt uns die stärkste Sympathie für jeden, der um ihrer willen leiden muß. ... Gruß und Glückwunsch darum dem Reichstagsabgeordneten August Bebel.«

Einige Monate zuvor hatte mir der Hauptbesitzer der »Frankfurter Zeitung«, Leopold Sonnemann, zwanzig Flaschen Wein ins Gefängnis geschickt; ich ließ sie nach Hause wandern, da im Gefängnis solche Genüsse nicht gestattet werden. Ich trank sie nachher in Gemeinschaft mit meiner Frau und Freunden. Zu meiner Freilassung am 1. April sandte mir dann Sonnemann noch einen brieflichen Glückwunsch, worin er bemerkte: »Ich hoffe, daß nunmehr Dein Martyrium auf längere Zeit ein Ende hat.« Wir duzten uns seit 1866.

*

Kurze Zeit nach meiner Entlassung aus Zwickau erhielt ich einen Brief von Professor Schäffle aus Stuttgart. Schäffle hatte nach seinem Rücktritt aus dem Ministerium Hohenwart in Wien sich nach Stuttgart zurückgezogen, woselbst er seinen Studien lebte. 1874 war von ihm eine Broschüre, betitelt »Die Quintessenz des Sozialismus«, erschienen, die durch die objektive Beurteilung, die er darin dem Sozialismus zuteilwerden ließ, großes Aufsehen machte. Jetzt sandte er mir den ersten Band seines dreibändigen Werkes »Bau und Leben des sozialen Körpers« nebst einem Brief mit folgendem Inhalt:

Er wisse nicht, ob ich mich seiner noch vom Zollparlament her erinnere. Gesehen hätten wir uns seitdem nicht mehr, aber wohl öfter voneinander gehört. Gingen wir auch in vielem in unseren Lebensauffassungen auseinander, so sei doch wohl das Interesse an den sozialen Fragen bei uns gleich stark geblieben. Er sei daher so frei, mir ein Exemplar seines neuen Buches, in dem mich wohl manche Ausführung interessieren dürfte, zu übersenden. Es würde ihn freuen, wenn ich das Buch, das ihm viel Gedankenarbeit verursacht habe, als ein Zeichen der Erinnerung entgegennehmen wolle.

Ich antwortete entsprechend und dankte ihm nachträglich noch besonders dafür, daß er bei seinem Eintritt ins Ministerium Hohenwart die Amnestie für die verurteilten »Hochverräter« Scheu, Most, Oberwinder usw. erlangt habe.

Im Sommer 1877 besuchte mich Schäffle in Leipzig. Wir unterhielten uns längere Zeit. Hauptthema unserer Unterhaltung bildete die Entwicklung der sozialdemokratischen Partei und der Zeitpunkt, wann der Sozialismus zum Siege kommen werde. Ich als Optimist sah diesen Zeitpunkt sehr nahe, er dagegen meinte, das werde mindestens noch zweihundert Jahre dauern. Darüber stritten wir uns. 1880 machte ich ihm einen Gegenbesuch in Stuttgart, wo wir ebenfalls wieder eine längere Unterhaltung hatten, die zeigte, daß er uns nach wie vor freundlich gegenüberstand. In den nächsten Jahren vollzog sich aber bei ihm eine vollständige Wandlung. Nachdem Bismarck die soziale Versicherungsgesetzgebung inaugurierte, von der, wie er meinte, seine Geheimräte zu wenig verständen, wurde seine Aufmerksamkeit auf Schäffle gelenkt. Schäffle war geneigt, eine Stellung im deutschen Reichsdienst anzunehmen. Damit aber keinerlei ungünstiges Vorurteil gegen ihn bestehen bleibe, verfaßte er jetzt eine Schrift, betitelt »Die Aussichtslosigkeit der Sozialdemokratie«, die das Gegenteil von seinen früheren Auffassungen bekundete. Hermann Bahr, der in seinen jungen Jahren ebenfalls sozialistische Hosen trug wie so viele unserer Intellektuellen, verfaßte darauf eine Broschüre, betitelt »Die Einsichtslosigkeit des Herrn Schäffle«, in der er in geschickter und humoristischer Weise Schäffle und seine Schrift verspottete. Meine Beziehungen zu Schäffle hörten mit dem Jahre achtzig auf. Bekanntlich erfüllte sich seine Hoffnung, in den Reichsdienst gezogen zu werden, nicht.

Von 1871 bis zum Vereinigungskongress zu Gotha

Die Regierungen und die Sozialdemokratie

Die Pariser Kommune hatte in den regierenden Kreisen große Besorgnisse vor der sozialistischen Bewegung hervorgerufen. Die Sympathien, die die Kommune in allen Ländern mit sozialistischer Bewegung bei den Arbeitern fand, wurden auf das unangenehmste vermerkt und steigerten das Mißbehagen. Dazu kamen die übertriebenen, um nicht zu sagen lächerlichen Vorstellungen, die sich Bourgeoisie und Regierungen von der Macht der Internationale machten. So sollte zum Beispiel die Internationale der Pariser Kommune zwei Millionen Franken, viele tausend Gewehre, Munition usw. geliefert haben, obgleich der Kommune sowohl die Mittel der Bank von Frankreich zur Verfügung standen wie die Arsenale von Paris mit ihren Munitions- und Waffenvorräten. Überdies war die allgemeine Volksbewaffnung bereits seit Beginn September, seit der drohenden Einschließung von Paris durch die Deutschen, also noch unter der bürgerlichen Regierung, durchgeführt worden. In Deutschland wurden ebenfalls zahlreiche Stimmen laut, die ein scharfes Vorgehen gegen die sozialistische Bewegung forderten, ein Verlangen, dem Polizei, Staatsanwälte und Gerichte bereitwillig entgegenkamen. In dieser Situation benahm sich Garibaldi sehr anständig, der in einem Briefe an den Redakteur der »Romagnole« – Caprera, August 1871 – schrieb, die Internationale vertrete einen zahlreichen Teil der Gesellschaft, welcher um weniger Privilegierter willen leide. Folglich müßten sie für die Internationale sein, und wenn in ihren Einrichtungen Fehler seien, müßte man sie verbessern.

Obgleich um diese Zeit die sozialistische Bewegung in Österreich von geringer Bedeutung war und das Ministerium Hohenwart-Schäffle nicht

die geringste Neigung zu Verfolgungsmaßregeln zeigte, folgte dennoch
der Reichskanzler Graf v. Beust einer Einladung Bismarcks zu einer
Konferenz der beiden Kaiser und ihrer Kanzler in Gastein, um dort über
Maßregeln gegen die Internationale zu beraten. Schäffle hatte von dieser
Konferenz abgeraten, aber er und Beust standen auf gespanntem Fuße,
auch mochte es Beust darum zu tun sein, mit seinem langjährigen intimen Feinde einmal zusammenzukommen, wohingegen Bismarck von
einer Zusammenkunft mit seinem Gegner von 1866 eine Annäherung
erhoffte für seine spätere äußere Politik. Soweit bekannt wurde, kam
man bezüglich der Internationale überein, zunächst die soziale Lage zu
»studieren«.

Dagegen sah sich Anfang Februar 1872 die *spanische* Regierung veranlaßt – Spanien hatte mittlerweile in der Person des Prinzen Amadeo
von Italien einen König erhalten – in einer Zirkulardepesche an die
Mächte einen Notschrei über die Internationale auszustoßen, die mit
ihren Bestrebungen allen Überlieferungen der Menschheit ins Gesicht
schlage, Gott aus dem Geiste auslösche, Familie und Erbnachfolge aus
dem Leben streiche und durch ihre furchtbare Organisation eine Gefahr
bilde, deren Größe nicht überschätzt werden könne. Die spanische Regierung wünsche deshalb, daß eine der Großmächte die Angelegenheit
gegen die Internationale in die Hand nehme. Mit diesem Verlangen kam
sie bei der englischen Regierung übel an. Der Leiter der englischen auswärtigen Politik, Lord Granville, antwortete ihr in einer Note, die ihr
jedes weitere Vorgehen verleidete. Er erklärte, obgleich die Internationale
ein Mittelpunkt für die Verbindung von Arbeitern und Gewerkschaften
in den verschiedenen Teilen der Welt geworden sei, beschränke sie sich
in Großbritannien darauf, hauptsächlich Ratschläge in Sachen von Arbeitseinstellungen zu geben. *Auch habe sie sehr wenig Geld.* Nach den
bestehenden Gesetzen Großbritanniens hätten alle Ausländer das unum-
schränkte Recht, dieses Land zu betreten und sich hier aufzuhalten, und
während sie in diesem Lande seien, *ständen sie im gleichen Grade wie
die britischen Untertanen unter dem Schutz der Gesetze. Auch könnten
sie nicht anders bestraft werden als für einen Verstoß gegen das Gesetz
und kraft des Urteilsspruchs der ordentlichen Gerichtstribunale nach einer
öffentlichen Prozedur und nach einem Erkenntnis, das sich auf die in offenem Gerichtsverfahren beigebrachten Beweise stütze.* Kein Ausländer
könne als solcher des Landes verwiesen werden, mit Ausnahme derer,
die auf Verträge mit anderen Staaten hin behufs wechselseitiger Auslie-

ferung von Kriminalverbrechern weggeschafft würden. Schließlich äußerte Granville, es liege bis jetzt kein Grund vor, Änderungen der bestehenden Gesetzgebung über den Aufenthalt von Ausländern in Großbritannien vorzunehmen.

Durch diese Haltung der englischen Regierung war jede Möglichkeit zu internationalen Vereinbarungen gegen die Internationale ausgeschlossen. Endlich zeigte auch der Ausgang des Kongresses der Internationale im Haag im September 1872, der mit einer Spaltung zwischen Sozialisten und Anarchisten – dort Marx, hier Bakunin – endete, auch der ängstlichsten Regierung, daß vorläufig die befürchteten Gefahren nicht eintreten würden. Und indem die Internationale den Sitz des Generalrats von London nach Newyork verlegte, war der Beweis geliefert, daß sie selbst ihre Reorganisation für eine Notwendigkeit hielt.

War so die Aussicht auf eine internationale Verfolgung der Sozialisten geschwunden, so hielt Bismarck um so nachdrücklicher an der Verfolgung der Arbeiterbewegung durch Ausnahmemaßregeln in Deutschland fest. Dieses zeigte seine Rede, die er Ende April 1873 im Herrenhaus hielt, worin er die Notwendigkeit scharfer Gesetze gegen die Partei der Internationale – wie er uns nannte – für ebenso notwendig erklärte wie gegen die Partei der weltlichen Priesterherrschaft, das Zentrum.

Dieser Ankündigung folgte die Tat auf dem Fuße. Anfang Juni 1873 ließ er dem Reichstag einen Preßgesetzentwurf zugehen, in dem der § 20 also lautete: »Wer in einer Druckschrift die Familie, das Eigentum, die allgemeine Wehrpflicht oder sonstige Grundlagen der staatlichen Ordnung in einer die Sittlichkeit, den Rechtssinn oder die Vaterlandsliebe *untergrabenden* Weise angreift, oder Handlungen, welche das Gesetz als strafbar bezeichnet, als nachahmungswert, verdienstlich oder pflichtmäßig darstellt, oder Verhältnisse der bürgerlichen Gesellschaft in einer den öffentlichen Frieden gefährdenden Weise erörtert, wird mit Gefängnis oder Festungshaft bis zu zwei Jahren bestraft. Wer die im § 166 des Strafgesetzbuchs für das Deutsche Reich (Vergehen wider die Religion) vorgesehenen Handlungen mittels der Presse verübt, wird mit Gefängnis nicht unter drei Monaten *bis vier Jahren* bestraft.« Nach § 21 sollte der verantwortliche Redakteur einer periodischen Druckschrift mit der Strafe des Täters belegt werden.

Diese diabolischen Bestimmungen, die eine Änderung des Strafgesetzes in wichtigen Materien enthielten, die jede wissenschaftliche Erörterung der mit Strafe bedrohten Fragen unmöglich machten und außerdem gegen alle Parteien Anwendung finden konnten, waren denn doch nebst anderen Bestimmungen der Mehrheit des Reichstags zu bedenklich. Der Entwurf fiel.

Mit seinem Preßgesetzentwurf hatte aber Bismarck nicht genug. Er beantragte in derselben Session auch eine Abänderung und Verschärfung des § 153 der Gewerbeordnung, wonach unter Umständen statt der bisherigen Maximalstrafe von drei Monaten Gefängnis eine solche bis zu sechs Monaten, eventuell bis zu einem Jahre erkannt werden konnte. Ferner schlug er eine Änderung des § 108 der Gewerbeordnung vor, wonach die Streitigkeiten zwischen Unternehmern und den von ihnen beschäftigten Arbeitern durch Gewerbegerichte entschieden werden sollten, deren Vorsitzender von der obersten Justizaufsichtsbehörde des betreffenden Bundesstaats, deren Beisitzer durch die *Gemeindevertretungen* gewählt werden sollten. Wegen Schluß der Session blieben die Gesetzentwürfe unerledigt.

Im folgenden Jahre folgte der Entwurf eines Kontraktbruchgesetzes und ein neuer Preßgesetzentwurf, und in der Session von 1875/76 ein Entwurf für die Abänderung des Strafgesetzbuches, und endlich nach den Attentaten des Frühjahrs 1878 das Ausnahmegesetz gegen die Sozialdemokratie. Da vom Jahre 1874 ab die Sozialdemokratie wieder durch ihre Vertreter im Reichstag zum Worte kam, komme ich noch auf die Behandlung dieser Vorlagen ausführlicher zu sprechen.

Die Einigungsfrage vor den beiden Fraktionen

Der Charakter, den die Verfolgungen seit 1872 gegen beide Fraktionen der Sozialdemokratie annahmen, hätte bei ihnen das Bedürfnis nach festem Zusammenhalten und nach Vereinigung hervorrufen sollen. Davon war aber vorläufig wenig zu merken. In den Jahren 1872 und 1873 waren sogar die gegenseitigen Angriffe in der Presse der beiden Fraktionen heftiger als je zuvor, und der Ton in der Presse übertrug sich auf die Versammlungen. Da um jene Zeit *Auer* neben York unser eifrigster und sehr wirksamer Agitator war, bekamen sie die Folgen dieser Kampfmethode besonders zu genießen, *Auer* noch speziell in seiner Agitation in Berlin, worüber sich beide öfter in Briefen, die sie an mich nach Hubertusburg richteten, beschwerten. Auer sprach nur noch von den Schülern Tölckes und von Tölckianern. Aus diesen Vorgängen erklärt sich der bittere Ton, den Auer einige Male auf den Parteikongressen anschlug, sobald die Einigungsfrage zur Erörterung kam, und sein Verhalten auf dem Einigungskongreß in Gotha. Das schloß aber nicht aus, daß er ehrlich die Vereinigung wollte, und als sie endlich unter seiner Mithilfe kam, keiner mehr als er bemüht war, die mancherlei persönlichen Gegensätze, deren Vorhandensein nach jahrelanger erbitterter Bekämpfung nur natürlich war, auszugleichen.

Die Frage der Vereinigung wurde zum ersten Male offiziell auf der Generalversammlung des Allgemeinen Deutschen Arbeitervereins zu Berlin (22. bis 25. Mai 1872) erörtert, auf der das Mitglied Harm, der sich schon auf dem allgemeinen deutschen Webertag sehr versöhnlich gezeigt hatte, im Namen seiner Elberfelder Genossen den Antrag stellte: »Die Generalversammlung möge Mittel und Wege suchen, um die verschiedenen Fraktionen der deutschen Arbeiterpartei zu vereinigen.« Dieser Antrag wurde heftig bekämpft unter starken Ausfällen gegen unsere Partei und schließlich Übergang zur Tagesordnung beschlossen.

*

Vom 7. bis 11. September 1872 hielt die sozialdemokratische Arbeiterpartei ihren vierten Kongreß in Mainz ab. Den Vorsitz führten Motteler und Vahlteich. Unter den Gästen befand sich Hartung-Wien, der jetzt die schweizer Gewerkschaften vertrat. Hartung war es 1869 gelungen, sich der Verhaftung zur Einleitung des Wiener Hochverratsprozesses auch wider ihn durch die Flucht zu entziehen. Er war eine Reihe von Jahren in Zürich und der schweizer Bewegung tätig, zog sich aber dann zurück und wurde als Inhaber einer großen Schreinerei in Zürich ein wohlhabender Mann. Der mit Hartung eng befreundete Oberwinder verblieb in Österreich und war Redakteur des »Volkswille«. Die gegen ihn ausgesprochene Ausweisung war zurückgenommen worden. Die Rolle, die er aber jetzt in der österreichischen Arbeiterbewegung spielte, wurde immer mehr eine zweideutige und führte schließlich zur Spaltung. Aber auch seines Bleibens war auf die Dauer nicht in Österreich. In der Zeit des Sozialistengesetzes lebte er in Paris und kam hier bei unseren Parteigenossen in den Verdacht, im Dienste der preußischen Polizei zu stehen. Der Partei hatte er Valet gesagt. Später kehrte er nach Deutschland zurück und übernahm die Chefredaktion des »Dresdener Anzeigers«, eines magistratlichen Amtsblattes. Oberwinder setzte sich im Jahre 1911 in seiner Heimat Weilburg an der Lahn zur Ruhe.

Ich erwähne dieses hier im Anschluß an meine Bemerkungen über Hartung, nachdem ich in dieser meiner Arbeit Oberwinders wiederholt gedachte. Andreas Scheu, auch einer der Führer der damaligen österreichischen Bewegung, der mit Oberwinder in Konflikt geriet, ging nach schweren Verfolgungen außer Landes, und zwar nach England.

Unter den 51 Delegierten auf dem Mainzer Kongreß befand sich zum ersten Male der junge Karl Grillenberger, der sich um jene Zeit die ersten Sporen in der Nürnberger Arbeiterbewegung erworben hatte und deshalb in der Cramer-Klettschen Fabrik, in der er als Schlosser arbeitete, gemaßregelt worden war.

In den Verhandlungen des Kongresses kam auch die Vereinigungsfrage zur Erörterung. Es lag zunächst ein langer Antrag von Bruno Geiser vor, der die Redaktion des »Volksstaat« scharf tadelte wegen ihrer Polemik gegen den »Neuen Sozialdemokrat«. Er verlangte, daß die Redaktion des »Volksstaat« unverzüglich die Polemik einstelle und eine solche nur dann aufnehme, wenn der Parteiausschuß eine solche billige. Dieser Antrag wurde abgelehnt. Es standen dann weiter drei Anträge zur Verhandlung, die sämtlich die Vereinigung befürworteten. Schließlich fand folgender Antrag Annahme, wodurch die anderen Anträge erledigt waren:

»Der Allgemeine Deutsche Arbeiterverein ist seinen sozialistischen Prinzipien gemäß der einzige natürliche Bundesgenosse der sozialdemokratischen Arbeiterpartei; der Kongreß beauftragt demgemäß den Ausschuß, ein prinzipielles Zusammengehen mit dem Allgemeinen Deutschen Arbeiterverein immer von neuem zu versuchen; ferner dafür Sorge zu tragen, daß die Haltung aller dem Allgemeinen Deutschen Arbeiterverein abgeneigten Mitgliedschaften eine versöhnliche werde und die Redaktion des ›Volksstaat‹ unverzüglich jede Polemik gegen den Allgemeinen Deutschen Arbeiterverein und seine Leiter einzustellen, sowie etwa neu eintretenden Anfeindungen von Seiten des letzteren mit Schweigen zu beantworten, falls der Ausschuß nicht ausnahmsweise eine sachgemäße Erwiderung für unbedingt geboten erachtet.«

Kurze Zeit darauf, am 20. September 1872, veröffentlichte der »Neue Sozialdemokrat« einen Artikel mit der Überschrift: »Ein ernstes Wort an die Arbeiter der Eisenacher Partei«, eine Anrede, in der er seiner ständigen Taktik uns gegenüber den Namen der Partei verschwieg und einen Gegensatz zwischen den Arbeitern und Nichtarbeitern in der

Partei konstruierte. In dieser Ansprache, die der »Volksstaat« wörtlich abdruckte, führte er bittere Beschwerde über angebliche Angriffe, die der »Volksstaat« und einzelne Mitglieder der Partei trotz jener in Mainz beschlossenen Resolution gegen den Allgemeinen Deutschen Arbeiterverein richteten. Auf seiner Seite habe man stets nur in der Verteidigung gestanden, wohingegen der »Volksstaat« der Angreifer gewesen sei. Daraufhin erwiderte der »Volksstaat« unter dem 28. September in einem Artikel mit der Überschrift »Eine Antwort« und unterzeichnet »Die Redaktion«, in der jene Angriffe zurückgewiesen wurden. Am Schlusse des Artikels, den Liebknecht und ich auf Hubertusburg verfaßt und der Redaktion zugesandt hatten, hieß es: »Wir wollen von nun an alle Polemik gegen den ›Neuen Sozialdemokrat‹ einstellen unter der Bedingung, daß er 1. unsere Partei ausdrücklich und unzweideutig als eine sozialdemokratische anerkennt und sie, wenn er von ihr spricht, stets bei ihrem richtigen Namen nennt, und 2. daß er die Angriffe gegen die Internationale Arbeiterassoziation unterläßt.

Wir unsererseits erklären, wie wir das schon des öfteren getan haben, 1. daß wir die Mitglieder des Allgemeinen Deutschen Arbeitervereins als unsere Parteigenossen ansehen, was nicht ausschließt, daß wir gegen gewisse Persönlichkeiten im Allgemeinen Deutschen Arbeiterverein so lange ein entschiedenes Mißtrauen hegen werden, bis die von unserer Seite geltend gemachten Verdachtsgründe konklusiv widerlegt sind; 2. erklären wir uns bereit, einen Vorschlag zu unterstützen, der dahin ginge, einen gemeinschaftlichen Kongreß der beiden Fraktionen einzuberufen, auf welchem die Differenzpunkte behufs einer Einigung besprochen werden. Sollte eine Einigung respektive Verschmelzung nicht möglich sein, dann müßte wenigstens ein gemeinsames Programm aufgestellt und die Formen festgesetzt werden, innerhalb denen eine gemeinsame Aktion (bei Wahlen, der Agitation usw.) sich zu bewegen hätte. Ein von beiden Teilen gleichmäßig zu wählender Ausschuß hätte die Ausführung der vereinbarten Punkte zu überwachen. Ferner möchten wir noch die Niedersetzung eines aus beiden Fraktionen gleichmäßig zu wählenden Schiedsgerichts befürworten, das die gegen verschiedene Mitglieder einer der beiden Fraktionen von der anderen Seite erhobenen Anklagen zu untersuchen und zu richten hat. Bemerken wollen wir, daß ähnliche Vorschläge, wie die soeben angedeuteten, privatim schon wiederholentlich Mitgliedern des Allgemeinen Deutschen Arbeitervereins von uns unterbreitet und von diesen auch gebilligt worden sind.«

Auf dem Mainzer Kongreß habe die Sozialdemokratische Arbeiterpartei offiziell in feierlichster Form ihrer versöhnlichen Stimmung Ausdruck gegeben; am Allgemeinen Deutschen Arbeiterverein sei es jetzt, die dargebotene Hand zu ergreifen und der deutschen Arbeiterwelt den Frieden zu geben.

Auf diesen Vorschlag antwortete der »Neue Sozialdemokrat« durch nichtssagende Ausflüchte. Als dann kurze Zeit darauf die Lassalleaner eine Versammlung unserer Parteigenossen in Berlin gewaltsam sprengten, veröffentlichte der »Volksstaat« eine Art Kriegserklärung gegen den »Neuen Sozialdemokrat«, die mit den Worten schloß: »Die offenbaren Verräter der Arbeitersache müssen unschädlich gemacht werden.«

Damit war der Kampf zwischen den beiden Fraktionen aufs neue entbrannt, man schoß in den beiden führenden Blättern herüber und hinüber und klagte sich gegenseitig mit einer Heftigkeit an, daß es schien, als stehe eine Vereinigung weiter denn je im Felde. Schließlich mußte es als ein Fortschritt in der Stellung der beiden Fraktionen zueinander angesehen werden, als der »Neue Sozialdemokrat« anläßlich der Wahl am 20. Januar 1873 im 17. sächsischen Wahlkreis seine Parteigenossen dort aufforderte, nichts gegen meine Wiederwahl zu unternehmen.

Einen sehr unangenehmen Eindruck machte es auf unserer Seite, daß F.W. Fritzsche, der 1869 die Sozialdemokratische Arbeiterpartei in Eisenach mitgegründet hatte, jetzt plötzlich wieder auf die andere Seite schwenkte und Stellung gegen uns nahm.

In diesem gegenseitigen Kampfe glaubte die Kontrollkommission, die in Breslau ihren Sitz hatte, unter Führung Geisers einen Rüffel der Redaktion des »Volksstaat« erteilen zu sollen, daß sie auf eigene Faust Versöhnungsvorschläge gemacht und dabei den Kampf wider den »Neuen Sozialdemokrat« abermals aufgenommen habe.

Die Antwort gab der Kontrollkommission die nächste Generalversammlung des Allgemeinen Deutschen Arbeitervereins.

*

Bei den polizeilichen Verfolgungen, die in jener Zeit in Betracht kamen, suchte der Leipziger Polizeidirektor seine Kollegen im übrigen Deutschland in den Schatten zu stellen. Der Auflösungs- und Ausweisungswut fügte er ein Verbot des Besuchs des Internationalen Arbeiterkongresses im Haag hinzu mit Androhung von vier Wochen Gefängnis im Falle der Zuwiderhandlung. Ebenso verbot er die Mitgliedschaft, die Anwerbung von Mitgliedern und die Geldsammlung für die Internationale. Als dann Hepner trotz des Erlasses eines Verbots den Haager Kongreß besuchte, erreichte ihn das angedrohte Geschick. Er bekam seine vier Wochen Gefängnis und wurde im nächsten Frühjahr auf Grund dieser Bestrafung aus Leipzig ausgewiesen, eine Maßregelung, die ihm nachher in der Umgebung Leipzigs wiederholt widerfuhr. Da er aber auch mit dem Parteiausschuß in Konflikt gekommen war, entschloß er sich, nach Breslau zu übersiedeln und dort einen Buchverlag zu gründen.

Die Animosität, die Hepner gegen den Parteiausschuß und speziell gegen York als Parteisekretär empfand, in dem er nur den verbissenen Lassalleaner, den bösen Geist in der Partei sah, veranlaßten ihn, an Marx und Engels Mitteilungen gelangen zu lassen, wonach es in der Partei sehr trübe aussehen sollte. Bei dem übertriebenen Mißtrauen, das Marx und Engels gegen alles Lassallesche empfanden, genügten diese Hepnerschen Schilderungen, um Engels zugleich im Namen von Marx zu einem Warnungsbrief an Liebknecht zu veranlassen. Da mir Liebknecht den Inhalt dieses Briefes mitteilte, nahm ich Veranlassung, an Marx folgendes zu schreiben:

»Hubertusburg, den 19. Mai 1873

Geehrter Freund!

... Es sind mehr als 5 Jahre, daß ich Ihnen zum letztenmal geschrieben und jener Brief betraf Schweitzer. Dieser ist nun glücklich gestürzt und vieles andere seit jener Zeit ebenfalls. Unsere Partei hingegen hat einen mächtigen Aufschwung genommen und ich hoffe in weiteren 5 Jahren ist sie so weit, daß sie ein ernsthaftes Wörtchen mitreden kann. Hepner hat allem Anschein nach Ihnen und Freund Engels unsere Parteiverhältnisse sehr düster gemalt, sehr mit Unrecht. Ich habe darüber Freund Engels ausführlicher geschrieben, der Ihnen Mitteilung davon machen wird. Im großen und ganzen halte ich die Parteiverhältnisse für durchaus zufriedenstellend; was noch mangelhaft ist, wird in nicht allzulanger Zeit sich beseitigen lassen, allerdings ist da auch notwendig, daß man sich leidlich verträglich hält und nicht mit Gewalt Krakeel haben will. Was mich zu dieser Verträglichkeit bestimmt, ist, daß ich genau weiß, daß der beste und ehrlichste Wille für das Wohl der Partei auch bei den Andersmeinenden vorhanden ist. In einem solchen Falle halte ich es für unrecht, Meinungsverschiedenheiten schroff zu behandeln und zum Bruch zu reizen. Glauben Sie aber nicht, daß wir deshalb die Verträglichkeit zur Schwäche treiben, es gibt eine Grenze, wo sie aufhört; die Mittel und die Macht fehlen dann auch nicht, um unseren Willen durchzusetzen ...

Dem Wunsche Liebknechts, das Sie Lassalles Schriften mal zum Gegenstand einer kritischen Abhandlung machen möchten, schließe ich mich vollkommen an. Eine solche ist durchaus notwendig, und damit sie die nötige Wirkung erzielt, müßten Sie und kein anderer sie veröffentlichen. Eine solche Kritik würde der Partei in Deutschland nach verschiedenen Seiten hin den Boden ebnen.

Mit Liebknecht habe ich schon mehrere Male gesprochen wegen neuer Herausgabe des Kommunistischen Manifestes; wir können es aber in Rücksicht auf den Schluß nicht riskieren. Dieser würde uns sofort einen Hochverratsprozeß auf den Hals laden. Das Manifest ist zwar in einem Heft des Leipziger Hochverratsprozesses als Aktenstück abgedruckt, es sind auch einige Separatabzüge gemacht worden, aber das genügt nicht, es müßte nachdrücklich empfohlen und öffentlich verkauft werden können. Diese Schrift, mit einem passenden Vorwort verbunden, würde vielen die Augen öffnen, sie würde beweisen, wie unendlich schwächlich die Lassalleschen Vorschläge sind. Überlegen Sie sich die Sache einmal.

Mit freundlichem Gruß

Ihr *Bebel*.«

In meinem Brief an Engels lauteten die entscheidenden Stellen:

»Ihr Brief, den Sie am 17. v.M. an Liebknecht sandten und von dessen Inhalt ich Kenntnis genommen, gibt mir Veranlassung, ebenfalls einige Zeilen an Sie zu richten. Hepner hat augenscheinlich die Farben über den Stand unserer Parteiverhältnisse sehr dick aufgetragen und namentlich den Einfluß und die Absichten Yorks recht schwarz gemalt. Wundern tut mich das von Hepner nicht, er ist ein durchaus braver und treuer Genosse, aber leicht verbissen, und gegen den Ausschuß und speziell gegen York hat er infolge einer ganzen Reihe von Streitigkeiten einen solchen Zorn, daß er das Schlechteste von ihnen glaubt und jedes Wort aufs strengste auslegt.«

Ich setzte dann im Detail auseinander, warum Hepner und York verbissene Gegner seien, und fuhr fort:

»Neben den schlimmen hat York auch entschieden gute Eigenschaften, dahin gehört, daß er mit großem Eifer die Agitation und regelmäßige Steuerzahlung betreibt, zwei Dinge, die sehr notwendig sind und die seit den Wirren des Jahres 1870 – Verhaftung des Braunschweiger Ausschusses – im argen gelegen haben. Hier ist sein Feld und hier hat er allerdings auch Verdienste aufzuweisen.

Ein zweiter Punkt ist unsere Stellung zu Lassalle und dem Lassalleanismus. Da sind Sie wie Hepner entschieden im *Unrecht,* wenn sie meinen, wir könnten rücksichtslos vorgehen, ohne erheblichen Schaden in der Partei zu haben. Der Lassallekultus muß ausgerottet werden, damit bin ich ganz einverstanden, auch die falschen Ansichten Lassalles müssen bekämpft werden, aber mit Vorsicht. Sie können von dort aus unmöglich unsere Verhältnisse genau beurteilen, und Hepner ist zu wenig praktisch.

Sie dürfen nicht vergessen, daß die Lassalleschen Schriften tatsächlich – – das läßt sich nicht wegdiskutieren – durch ihre populäre Sprache die Grundlage der sozialistischen Anschauung der Massen bilden. Sie sind zehnfach, zwanzigfach mehr wie irgendeine andere sozialistische Schrift in Deutschland verbreitet, Lassalle genießt so eine bedeutende Popularität. Diese Popularität ist durch die Ihnen hinlänglich bekannten Mittel der Gräfin Hatzfeldt, Schweitzers und anderer zum *Kultus* potenziert worden, und wenn letzterer auch, dank dem gesunden Gefühl der Massen und unserer eigenen Tätigkeit, schon *bedeutend* abgenommen hat und täglich mehr abnimmt, so wäre es doch unklug, durch rücksichtsloses Vorgehen diese Gefühle zu verletzen.

In unserer eigenen Partei ist der Lassallekultus so gut wie verschwunden, aber immerhin gibt es einige Gegenden, wie das Rheinland und Schlesien, in denen er Anhänger zählt, und, was uns namentlich veranlassen muß, nicht allzu schroff vorzugehen, ist, daß sehr viele Arbeiter im früheren Hatzfeldtschen Lager und im Allgemeinen Deutschen Arbeiterverein sich mehr und mehr uns nähern und teilweise schon angeschlossen haben. Daß je der Lassalleanismus in Deutschland wieder Oberwasser bekommt, daran ist nicht entfernt zu denken; lassen wir also den Dingen ruhig ihren Lauf und wo sich Gelegenheit bietet, dem spezifischen Lassalleanismus einen Klaps zu versetzen, da wird es geschehen. Das hat, glaube ich, auch der ›Volksstaat‹ bisher getan, und wenn darüber York und einige andere sich ereifern, so läßt man sie eben gewähren.

Ein vernichtender Schlag für den Lassallekultus würde es sein, wenn Freund Marx dem Wunsche Liebknechts – den ich vollständig teile – nachkäme und in einigen objektiv gehaltenen Artikeln im ›Volksstaat‹ wissenschaftlich die Fehler und Mängel der Lassalleschen Theorien nachwies. Marx' wissenschaftliche Autorität auf ökonomischem Gebiet ist so unbestritten, daß die Wirkung einer solchen Arbeit eine kolossale sein würde. Helfen Sie uns, daß Freund Marx diesen Dienst der Partei leistet.

Das oben Gesagte kurz resumiert, steht die Sache also so: Yorks Einfluß ist unbedeutend, er selbst nichts weniger als gefährlich, der Lassalleanismus in der Partei ist ebenfalls wenig verbreitet, Schonung nur in Rücksicht auf zahlreiche ehrliche, aber mißleitete Arbeiter, die bei geschickter Behandlung uns sicher sind, geboten.

Ich hoffe, daß nach diesen Auseinandersetzungen Sie nicht anstehen werden, Ihre Mitarbeiterschaft dem ›Volksstaat‹ zu erhalten. Eine Zurückziehung (womit Engels gedroht) wäre das Allerverkehrteste, was Sie tun könnten, dadurch würden Sie dem oppositionellen Element eine Bedeutung beilegen, die es absolut nicht hat, und die Partei schädigen. …

    Mit freundlichem Gruß

Ihr Bebel.«

An Hepners Stelle trat Wilhelm Blos als leitender Redakteur. Blos war zuvor an mehreren süddeutschen demokratischen Blättern Redakteur gewesen, dann wurde er Mitarbeiter an unserem Parteiblatt, dem »Fürther demokratischen Wochenblatt«, dessen Hauptleserkreis aber in Nürnberg war. Blos war 1872 der Partei wie der Internationale beigetreten und wurde an Stelle des verhafteten Kokosky Redakteur des »Braunschweiger Volksfreund«, alsdann des »Volksstaat«, den er, nachdem Liebknecht freigekommen war, Herbst 1874 verließ, um auf dessen Wunsch die Redaktion der Mainzer »Süddeutschen Volksstimme« zu übernehmen. In jenen Jahren waren die gerichtlichen Verfolgungen gegen den »Volksstaat« so nachdrücklich, daß beständig zwei, manchmal drei seiner verantwortlichen Redakteure im Gefängnis zubrachten. Ähnlich erging es den meisten anderen unserer Parteiorgane, zu denen damals außer dem »Volksstaat« der »Braunschweiger Volksfreund«, der »Dresdener

Volksbote«, die »Chemnitzer freie Presse«, der »Crimmitschauer Bürger-
und Bauernfreund«, das »Fürther demokratische Wochenblatt«, der
»Münchner Zeitgeist«, die »Hofer Zeitung«, die Mainzer »Süddeutsche
Volksstimme« und der »Thüringer Volksbote« zählten.

Die führenden Persönlichkeiten jener Zeit hatten mit wenigen Ausnahmen alle mehr oder weniger oft mit dem Gefängnis Bekanntschaft gemacht. In Sachsen fügte man hierzu noch die Ausweisungen aus Orten
und ganzen Bezirken, von der neben Most und Hepner unter anderem
Auer, Daschner, Lyser, Muth, Rüdt, Ufert, später auch Max Kayser betroffen wurden.

Der Parteikongreß zu Eisenach 1873

Zu jener Zeit marschierte auch Bayern in den Reihen der Reaktion. Der
Parteiausschuß hatte für den 24. August 1873 und die folgenden Tage
den Parteikongreß nach Nürnberg einberufen. Am 31. Juli erfolgte durch
den königlichen Kommissar der Stadt Nürnberg das Verbot des Kongresses mit Hinweis auf Artikel 17 des bayerischen Vereins- und Versammlungsgesetzes. Auch sei zu befürchten, daß die §§ 110, 130, 131 und 360
Ziffer 11 des Reichsstrafgesetzbuches durch die Abhaltung des Kongresses
verletzt würden. Eine Beschwerde gegen dieses merkwürdige Verbot
wurde nicht erhoben, weil der Ausschuß sofort den Kongreß nach *Eisenach* einberief. Nun glaubte der Leipziger Polizeidirektor Rüder hinter
dem Nürnberger Kommissar nicht zurückstehen zu sollen. Er verbot
nunmehr auch den Besuch des Eisenacher Kongresses bei Strafe von
vier Wochen Gefängnis im Falle der Zuwiderhandlung. In der Tat blieb
infolge dieses Verbots Leipzig auf dem Eisenacher Kongreß unvertreten.

Auf diesem waren 71 Delegierte anwesend, die 9224 Mitglieder aus
132 Orten hinter sich hatten. Demselben präsidierten Geib und Motteler.
Im Laufe der Verhandlungen kam auch die leidige Angelegenheit
Memminger, die schon jahrelang die Nürnberg-Fürther Parteigenossen
zerklüftet hatte, zur Sprache. Auf der Seite Memmingers stand *Grillenberger,* gegen ihn *Auer* und *Löwenstein.* Mit großem Mehr beschloß der
Kongreß, daß Memminger sich ein parteischädigendes Verhalten habe
zuschulden kommen lassen und durch eine Reihe von Handlungen sich
außerhalb der Partei gestellt habe.

Die Verhandlungen über die Einigungsfrage, die ebenfalls auf der
Tagesordnung stand, wurden sehr ungünstig beeinflußt durch die Hal-

tung, die der Allgemeine Deutsche Arbeiterverein auf seiner Generalversammlung im vorhergehenden Mai in Berlin eingenommen hatte. Auf dieser hatten sich Frohme, Hasenclever, Hasselmann und andere Redner sehr entschieden *gegen* einen Antrag, der die Vereinigung forderte, ausgesprochen. Schließlich war mit allen gegen 3 Stimmen ein Antrag *Richter*-Wandsbeck, den *Tölcke,* Harm-Elberfeld, Dasbach-Hanau usw. unterzeichnet hatten, angenommen worden, der lautete:

»In Erwägung: 1. daß die sogenannte ›Sozialdemokratische Arbeiterpartei‹ ursprünglich auf dem Verbandstag der Schulze-Delitzschen Arbeiterbildungsvereine zu Nürnberg im Jahre 1868, beziehentlich auf dem Kongreß zu Eisenach im Jahre 1869, *lediglich in der Absicht gegründet worden ist, die Arbeiterbewegung in Deutschland zu schädigen* dadurch, daß neben dem *Allgemeinen Deutschen Arbeiterverein eine zweite* angeblich sozialdemokratische Fraktion geschaffen wurde, welche nur deshalb ein anscheinend mehr politisch-revolutionäres Programm aufstellte, um durch dasselbe die Arbeiter anzuziehen und so die Spaltung der deutschen Arbeiter herbeizuführen;

in Erwägung: 2. daß das jetzige *Zusammenwirken des Herrn v. Schweitzer* mit den Führern der sogenannten ›Sozialdemokratischen Arbeiterpartei‹ zum gemeinsamen Unterwühlen und zur Beseitigung der Organisation des Allgemeinen Deutschen Arbeitervereins den schlagendsten Beweis liefert, daß die Vernichtung des Allgemeinen Deutschen Arbeitervereins der Hauptzweck der Führer der Sozialdemokratischen Arbeiterpartei ist, die sich nicht scheuen, sich zur Erreichung dieses Zweckes mit unstreitig reaktionären Elementen zu verbinden;

in Erwägung: 3. daß das Programm, die Organisation und die Taktik der Sozialdemokratischen Arbeiterpartei durchaus unvereinbar sind mit dem Programm und der Organisation des Allgemeinen Deutschen Arbeitervereins,

tritt die Generalversammlung dem Beschluß des Vorstandes des Allgemeinen Deutschen Arbeitervereins vom 5. Januar d.J. bei, welcher also lautet:

In Erwägung, daß für die Mitglieder des Allgemeinen Deutschen Arbeitervereins in prinzipieller und formeller Beziehung durchaus keine Veranlassung vorliegt, an der Organisation des Allgemeinen Deutschen Arbeitervereins zum Zwecke einer Vereinigung mit der Eisenacher Partei eine Änderung vorzunehmen, in fernerer Erwägung, daß es den Mitgliedern jener Partei freisteht, in Gemäßheit des Statuts des Allgemeinen Deutschen Arbeitervereins in diesen einzutreten, welcher eben durch seine starke Organisation sowie durch seine viel bedeutendere Mitgliederzahl die beste Grundlage zur Einigkeit der Arbeiter bietet,

geht der Vorstand über die sogenannten Einigungsvorschläge der Eisenacher Partei zur Tagesordnung über.«

Dem Kongreß lagen eine Anzahl Anträge, die Vereinigungsfrage betreffend, vor, die sich teils für, teils gegen eine solche aussprachen, teils unter bestimmten Bedingungen Kandidaten des Allgemeinen Deutschen Arbeitervereins bei den bevorstehenden Reichstagswahlen unterstützen wollten.

In der Debatte nahm auch *Auer* das Wort. Er führte aus: Nach den gemachten Erfahrungen wäre es unserer Partei unwürdig, noch Kompromisse mit dem Allgemeinen Deutschen Arbeiterverein einzugehen. In demselben Sinne sprach sich *Blos* aus, der weiter verlangte, daß man auch mit der Volkspartei sich auf kein Kompromiß einlassen solle, von der im umgekehrten Falle kein Mitglied für einen Arbeiterkandidaten stimme. Schließlich zog Auer einen Berliner Antrag zugunsten eines Antrags Albert-Glauchau zurück, der lautete:

»Die Sozialdemokratische Partei betrachtet die Reichstagswahl nur als Agitationsmittel und als Prüfung für die Verbreitung ihrer Prinzipien, jeden Kompromiß mit anderen Parteien ablehnend.«

Dieser Antrag wurde nebst einem Antrag der Ronsdorfer Genossen angenommen, der aussprach:

»Da von seiten unserer Partei bereits Schritte zur Einigung der gesamten deutschen Sozialdemokratie gemacht wurden, von der diesjährigen Generalversammlung des Allgemeinen Deutschen Arbeitervereins aber fast einstimmig zurückgewiesen worden sind, erklärt der Kongreß, jedweden Versuch mit obiger Fraktion, sei er auf die Einigung der Partei oder auf Wahlen gerichtet, einzustellen.«

Als dann infolge dieses Beschlusses unsere Parteigenossen mich in Altona gegenüber Hasenclever als Kandidat zur Reichstagswahl aufstellten und der »Neue Sozialdemokrat« sich darüber beschwerte, verhöhnte ihn *Auer* in einer Korrespondenz aus Dresden in Nr. 123 des »Volksstaat«, die mit den Worten endete: »Ich schließe, indem ich dem Herrn Hasselmarat und Strohpuppe Hasenclever das Sprüchlein zu bedenken gebe: Vorgetan und nachbedacht, hat manchen in groß' Leid gebracht.« Das ist zugleich eine Probe, wie damals zeitweilig polemisiert wurde.

Über den Ausfall der Wahlen vom 10. Januar 1874 habe ich schon berichtet. Von Interesse dürfte sein, mit welch finanziellen Mitteln zu jener Zeit eine Reichstagswahl von unserer Seite gemacht wurde. Die Ausgaben der Parteikasse für ganz Deutschland betrugen 1300 Taler. Das sächsische Landeskomitee hatte für die 91000 Stimmen, die in Sachsen auf unsere Kandidaten fielen, eine Ausgabe von 780 Taler. Die Wahlen in Leipzig Stadt und Land, einschließlich der Nachwahl in Leipzig Land, erforderten 733 Taler, die Chemnitzer Wahl 345 Taler, Freiburg-Oederan (Geibs Wahlkreis) 165 Taler, Stollberg-Schneeberg (Liebknechts Wahlkreis) 350 Taler. Das sind Beträge, die im Vergleich zu den heutigen Ausgaben für die gleichen Zwecke winzig genannt werden müssen. Zwischen damals und jetzt besteht aber ein Unterschied. Jetzt opfern die Parteigenossen mehr Geld und bezahlen die Wahlarbeit. Damals opferten die Parteigenossen weniger Geld – weil sie weniger hatten und auch gegen heute gering an Zahl waren – aber sie leisteten die Wahlarbeit meist umsonst. Der einzelne mußte damals durchschnittlich weit größere persönliche Opfer bringen als heute, sollten Resultate erzielt werden. Übersehen darf allerdings nicht werden, daß gegenwärtig die Wahlagitation in Deutschland namentlich auch seitens der Gegner in ganz anderem Maße betrieben wird wie früher und schon deshalb unsererseits weit größere Anstrengungen und Aufwendungen erfordert.

Die erste Session des neuen Reichstags 1874

Diese wurde im Februar 1874 eröffnet. Seitens unserer Vertreter wurde den Vertretern des Allgemeinen Deutschen Arbeitervereins der Vorschlag gemacht, eine Fraktion zu bilden. Das lehnten diese ab. Dagegen kam man überein, sich gegenseitig bei Stellung von Anträgen zu unterstützen, auch wolle man dahin wirken, daß in der Presse und in den Versammlungen die gegenseitigen Angriffe unterblieben. Das war nicht viel, aber das andere mußte folgen. Eine große Anzahl Parteigenossen auf beiden Seiten hatte allmählich die gegenseitige Bekämpfung, die nur den Gegnern zustatten kam, satt und wünschte, wenn eine Vereinigung noch nicht möglich sein sollte, eine Verständigung zu gemeinsamem Vorgehen.

In unserer Partei war man mit der Haltung der gewählten Vertreter unzufrieden. Man fand, daß sie zu selten das Wort ergriffen und dann nicht scharf genug geredet hatten. Der Unmut darüber kam auch mehrfach in der Parteipresse zum Ausdruck. Liebknecht wohnte keiner Sitzung mehr bei, da die Session kurz nach seiner Freilassung geschlossen wurde. Ich erhielt von den verschiedensten Seiten Zuschriften, worin die Verfasser sich über die Haltung der Parlamentsgenossen beklagten. So schrieb mir nach Schluß der Session Robert Schweichel, der seit seiner Übersiedlung nach Berlin die Redaktion der »Romanzeitung« übernommen hatte und daher öffentlich politisch nicht tätig sein konnte, die Haltung der sozialdemokratischen Abgeordneten habe allgemein enttäuscht. Nach dem glänzenden Ausfall der Wahlen habe man eine andere Haltung erwartet. Diese fördere die Partei nicht. Rübner, der Expedient der »Chemnitzer Freien Presse«, schrieb mir: »Die Vertreter des Allgemeinen Deutschen Arbeitervereins haben unseren Genossen im Reichstag geschickt den Rang abgelaufen. Darüber sind unsere Leute wütend.« Die Abgeordneten selbst beschwerten sich lebhaft darüber, daß der Präsident bei Wortmeldungen die Vertreter des Allgemeinen Deutschen Arbeitervereins bevorzugt habe. An dieser Behauptung war etwas Wahres. An Simsons Stelle war Forckenbeck getreten, der, wie ich schon einmal erwähnte, der parteiischste Präsident war, den der Reichstag je gehabt hat. Erleichtert wurde ihm diese Parteilichkeit durch die Abschaffung der Rednerliste, die erfolgt war, um die sozialdemokratischen Abgeordneten möglichst am Redenhalten hindern zu können. Die Abgeordneten mußten von jetzt ab durch ein Zeichen dem Präsidenten bekunden, daß sie das Wort zu haben wünschten, ungefähr so wie die Kinder in der Schule, wenn sie dem Lehrer bemerklich machen wollen, daß sie eine Antwort auf eine Frage geben können. Damit lag es in der Willkür des Präsidenten, ob er eine solche Wortmeldung sehen und ob und wann er sie berücksichtigen wollte. Und Forckenbeck machte von seiner Vollmacht rücksichtslos Gebrauch. Das veranlaßte später Windthorst und seine Freunde, den Antrag zu stellen, die Rednerliste wieder einzuführen. Der Antrag, zu dem von unserer Seite Vahlteich sprach, wurde abgelehnt. Darauf sah sich Most veranlaßt, noch kurz vor Schluß der Session die Parteilichkeit des Präsidenten öffentlich im Reichstag zu denunzieren. Er habe trotz zahlreicher Meldungen das Wort nur einmal erhalten. Ihm gegenüber lag allem Anschein nach ein Racheakt vor. Most hatte sich verleiten lassen, bei Beginn der Session, bevor er nach Berlin reiste, in der »Chemnitzer Freien Presse«, deren Redakteur er war, eine Art Kriegserklärung an den Reichstag zu veröffentlichen, in der er demselben den Kampf bis aufs Messer ansagte. Dafür mußte er offenbar jetzt büßen. Die einzige Rede, die er halten konnte, betraf den Entwurf zum Impfgesetz, und diese mißglückte ihm. Er schloß die kurze Rede mit den Worten: »Vorläufig verlangen wir die öffentlichen Badeanstalten, und wenn wir diese haben, werden wir auch mit dem Normalarbeitstag kommen.« Kein Wunder, daß dieser Schluß in Mosts Munde die Heiterkeit der Gegner hervorrief.

Aber es machte sich von dieser Session, ab noch ein anderer Unfug mit Forckenbecks Unterstützung breit, der später immer schlimmer wurde. Es fand sich in einem Mitglied der nationalliberalen Partei, dem Abgeordneten für Hildburghausen, Valentin, der seines Zeichens Rechtsanwalt gewesen war, ein stets bereiter Schlußantragsteller. Sobald Forckenbeck den Schluß der Debatte wünschte, gab er Valentin das verabredete Zeichen, worauf dieser gehorsam den Schlußantrag stellte, dem alsdann wie auf Kommando die Mehrheit – Nationalliberale und Konservative – Folge leistete. Für diese Methode der Wortabschneidung bildete sich im Reichstag die Bezeichnung, der redenwollende Abgeordnete sei valentiniert, das heißt geistig guillotiniert worden. Dieser Unfug ging schließlich so weit, daß auf dem Büro Valentinsche Schlußanträge *auf Vorrat* lagen, deren sich der Präsident nach Belieben bediente. Valentin wurde für seine Tätigkeit von seiner Fraktion dadurch geehrt, daß diese ihm, wie im Reichstag erzählt wurde, zu seinem Geburtstag ein Kistchen mit gedruckten Schlußanträgen schenkte.

Bezeichnend für die damalige Situation im Reichstag war auch, daß der Abgeordnete Bamberger es wagen konnte, die sozialistischen Abgeordneten als geduldete Gäste zu bezeichnen, denen man das Hausrecht verweigern könne. Kleinlich war auch, daß man Liebknecht und mich während unserer Haft bei namentlichen Abstimmungen stets als »unentschuldigt« in den Listen geführt, ein Unfug, der erst auf eine energische Beschwerde Vahlteichs in öffentlicher Sitzung ein Ende nahm.

Unter den Vorlagen, die den Reichstag beschäftigten, befanden sich mehrere von besonderer Wichtigkeit. So eine neue Militärvorlage, die eine erhebliche Erhöhung der Präsenzziffer, auf über 401000 Mann, ausschließlich der Einjährig-Freiwilligen, forderte, und zwar für die

Dauer von sieben Jahren. Damals hatten die Liberalen einschließlich der Nationalliberalen noch konstitutionelle Bedenken gegen eine derartige Festlegung auf viele Jahre. Es kam zu scharfen Debatten, aber schließlich fügten sich die Nationalliberalen und nahmen an, nachdem Bismarck mit Niederlegung seines Amtes drohte. In der ersten Lesung nahm Hasenclever, in der Generaldebatte der dritten Lesung Motteler das Wort. Beide forderten die Miliz. In diesen Debatten äußerte Moltke zur Verteidigung der Vorlage die später oft zitierten Worte:

»Was wir in einem halben Jahre mit den Waffen in der Hand errungen haben, das mögen wir ein halbes Jahrhundert mit den Waffen schützen, damit es uns nicht wieder entrissen wird. Darüber, meine Herren, dürfen wir uns keiner Täuschung hingeben: Wir haben seit unseren glücklichen Kriegen an Achtung überall, an Liebe nirgends gewonnen.«

Damit wurde bestätigt, was wir wiederholt in den Jahren 1870/71 vorausgesagt hatten. Nicht der Krieg an sich, aber seine Folgen, die Annexion von Elsaß-Lothringen, hatte in Europa eine Situation geschaffen, die die Lage immer gespannter machte, Rußland eine dominierende Stellung verschaffte und immer neue Rüstungen hervorrief. Zu unseren Milizvorschlägen äußerte Moltke: »Meine Herren! Die Gewehre sind bald ausgeteilt, aber schwer wieder zurückzubekommen!« (Heiterkeit.)

Der Abgeordnete Malinckrodt hatte den Antrag auf zweijährige Dienstzeit gestellt, dafür stimmte Vahlteich, dagegen Geib, der Abstimmung enthielten sich Most und Motteler. Hasenclever, Hasselmann und Reimer hatten den Antrag gestellt, 540000 Mann für zwei Monate und 18000 Mann für die weiteren zehn Monate zu bewilligen, ferner sollte die militärische Jugenderziehung vom 14. bis 20. Jahre eingeführt werden. Für diesen Antrag stimmten nur die Antragsteller. Diese Abstimmungen gaben kein erhebendes Bild von der Tätigkeit der sozialdemokratischen Abgeordneten.

Eine zweite für die Arbeiterklasse wichtige Vorlage war eine Novelle zur Gewerbeordnung, die in etwas abgeänderter Form die Vorlage aus der vorigen Session wiederbrachte. Man begnügte sich diesmal, den § 153 dahin zu verschärfen, daß Verletzung desselben statt wie bisher mit höchstens drei Monaten künftig mit bis zu sechs Monaten Gefängnis bestraft werden sollte. Dagegen hatte man in einem neuen § 153a die Bestrafung des Kontraktbruchs vorgeschlagen, dieser sollte mit Geldstrafe bis zu 150 Mark oder Haft geahndet werden. Die Streiks, die in den Gründerjahren häufig unter Kontraktbruch vorkamen und nach ausgebrochener Krise wegen Lohnherabsetzungen und Arbeitszeitverlängerungen Abwehrstreiks unter Nichtbeachtung der Kündigungsfristen hervorriefen, hatten das Unternehmertum in die höchste Aufregung versetzt. Es inszenierte einen Petitionssturm an die verbündeten Regierungen und den Reichstag, um die kriminelle Bestrafung des Kontraktbruchs zu erlangen. Diesem Verlangen waren die verbündeten Regierungen durch den Vorschlag des § 153a nachgekommen. Im weiteren wurden die früher schon vorgeschlagenen Bestimmungen betreffend die gewerblichen Schiedsgerichte wieder in Vorschlag gebracht mit der kleinen Abänderung, daß die höhere Verwaltungsbehörde bestimmen könne, ob eine Wahl der Beisitzer durch die beteiligten Arbeiter und Arbeitgeber erfolgen solle. Zu dem Gesetzentwurf hielt Hasselmann eine gute Rede. In die Kommission wurde von unserer Seite Motteler gesandt, der sich aber an den Verhandlungen nicht beteiligte, sondern stummer Zuhörer blieb, was ihm von verschiedenen Seiten verdacht wurde. Die Kommission strich den Kontraktbruchparagraphen, ebenso wurde die Verschärfung des § 153 abgelehnt; sie beschloß ferner, daß die Wahl der Beisitzer in den Gewerbegerichten nur durch allgemeine Wahlen der Interessenten zu erfolgen habe. Der Entwurf wurde indes im Plenum nicht zu Ende beraten. Man war vorläufig seitens der Mehrheit des Reichstags zu Ausnahmebestimmungen oder Verschärfung der bestehenden Gesetze noch nicht geneigt.

Die dritte wichtige Vorlage war der Entwurf eines Preßgesetzes. In diesem hatte der vorjährige § 20 folgenden Wortlaut erhalten:

»Wer mittels der Presse den Ungehorsam gegen die Gesetze oder die Verletzung von Gesetzen als etwas Erlaubtes oder Verdienstliches darstellt, wird mit Gefängnis oder Festungshaft bis zu zwei Jahren bestraft. Wer die im § 166 des Strafgesetzbuches für das Deutsche Reich vorgesehenen Handlungen mittels der Presse verübt, wird mit Gefängnis nicht unter drei Monaten und bis zu vier Jahren bestraft.«

Auch zu diesem Gesetzentwurf hielt *Hasselmann* eine gute Rede, außer ihm sprach *Geib*. Der § 20 fiel in der Kommission und im Plenum. Im übrigen beseitigte das Gesetz die Kautionen und verbot die Zeitungsstempel und die Inseratenabgaben, wo solche noch bestanden. Wirkliche

Verbesserungen gegen den bisherigen Zustand brachte das Gesetz nur Preußen, Braunschweig und den beiden Mecklenburg, für Sachsen, die mitteldeutschen und süddeutschen Staaten schuf es hingegen verschiedene zum Teil erhebliche Verschlechterungen, so daß seine Annahme anfangs zweifelhaft war. Es ging hier wie bei allen wichtigen Gesetzen des Reichs, den Verbesserungen standen *stets* Verschlechterungen gegenüber; zu einem politischen Gesetz, das für alle eine wesentliche Besserung bedeutete, konnte sich der Reichstag nicht erheben, stets gab er dem Druck der Regierungen, das heißt Preußen nach, dem Stimmführer für alles Rückschrittliche.

Erwähnt sei, daß bei Beginn der Session auch wieder der Antrag auf meine Freilassung für die Dauer der Session gestellt worden war, jedoch mit demselben negativen Erfolg wie früher. Redner für den Antrag waren Vahlteich und Hasenclever. Die Fortschrittspartei verweigerte die Unterstützung des Antrags, weil es zwecklos sei, ihn zu stellen.

*

Die Tatsache, daß die Vertreter der beiden sozialdemokratischen Fraktionen im Reichstag genötigt wurden, öfter gemeinsame Sache bei den Beratungen zu machen, war für alle jene, die eine Vereinigung wünschten, ein neuer Anstoß zum Handeln. Der erste Schritt hierzu wurde auf der Generalversammlung des Allgemeinen Deutschen Arbeitervereins unternommen, die vom 26. Mai bis 5. Juni 1874 in Hannover tagte. F. W. Fritzsche, Hartmann-Hamburg, Meister-Hannover und andere stellten den Antrag, zu erklären: »Die Generalversammlung des Allgemeinen Deutschen Arbeitervereins hält die Vereinigung aller sozialdemokratischen Arbeiter Deutschlands für erforderlich, um die Endziele der Sozialdemokratie zu erreichen, und empfiehlt, um eine solche Vereinigung anzubahnen, daß dieselben in allen öffentlichen Versammlungen sowie in der Parteipresse sich nicht mehr bekämpfen und anfeinden. Bestimmte Vorschläge zur Vereinigung können nicht eher gemacht und diskutiert werden, bevor der Kongreß der Eisenacher konstatiert, daß auch er eine Einigung aufrichtig anstrebt.«

Der Antrag wurde zwar nach längerer Debatte mit 50 gegen 19 Stimmen *abgelehnt,* aber die Debatte wurde in einem merklich anderen Tone als bei früheren ähnlichen Gelegenheiten geführt.

Die Sozialdemokratische Arbeiterpartei hielt ihren Kongreß im folgenden Monat, vom 18. bis 21. Juli, in Koburg ab, auf dem seit 1871 zum erstenmal Liebknecht wieder auf einem Parteikongreß erschien. Die Vereinigungsfrage kam hier ebenfalls zur Verhandlung, zu der verschiedene Anträge gestellt worden waren. In dem Bericht, den *Geib* im Namen des Ausschusses erstattete, hatte dieser bereits ausgeführt: »Wenn wir schließlich noch unsere Stellung zum Allgemeinen Deutschen Arbeiterverein erwähnen, so geschieht es nur, um zu konstatieren, daß seit der Reichstagswahl der alte Hader im Wanken begriffen ist. Viel trägt dazu die Tatsache bei, daß der Allgemeine Deutsche Arbeiterverein jetzt von oben herab mit gleichem Maße gemessen wird wie unsere Partei. Daß die Stellung des Allgemeinen Deutschen Arbeitervereins tatsächlich doch noch eine zurückhaltende ist, geht aus der Abstimmung über den auf der Generalversammlung dieses Vereins gestellten Einigungsantrag, für welchen unter 69 Delegierten nur 19 stimmten, deutlich hervor. Wir haben uns demgemäß zu reservieren und vor allem auf die prinzipielle Haltung der Allgemeinen Deutschen Arbeitervereins zu achten, da hierin ein wesentliches, wenn nicht das wesentlichste Moment zur Richtschnur unserer Einigungstaktik zu suchen ist.« In der später folgenden Debatte über die Einigungsanträge nahm auch *Auer* das Wort, der noch immer der Frage kühl gegenüberstand und pessimistisch äußerte: »Im großen und ganzen sind wir alle mit der Einigung einverstanden, aber solange auf beiden Seiten die prinzipiellen Unterschiede ins Gewicht fallen, kann an eine wirkliche Einigung nicht gedacht werden. Die Aussichten, die uns in dieser Hinsicht der Allgemeine Deutsche Arbeiterverein eröffnet, sind gering, dies zeigt schon sein neuester Entschluß, sich sektenmäßig *Lassalleaner* zu nennen. Unser Versöhnungsdusel hat bis jetzt wenig geholfen. Das einzige Mittel zur Einigung heißt: Die Lassalleaner unsere Macht fühlen lassen und uns stärken. Stellen wir uns auf den Standpunkt der Einigungsvorschläge, die vor zwei Jahren im ›Volksstaat‹ veröffentlicht wurden. (Siehe Seite 240/241.) Mag ein allgemeiner Kongreß zur Beratung der Einigungsfrage berufen werden.« *Bernstein* stand der Frage optimistischer gegenüber als Auer. Im Allgemeinen Deutschen Arbeiterverein seien bereits viele Mitglieder für eine Vereinigung. Der Verlauf der Generalversammlung des Allgemeinen Deutschen Arbeitervereins bestätige seine Auffassung. Er erklärte sich ebenfalls für einen Kongreß behufs Verständigung. *Liebknecht* sprach sich in längerer Rede dafür aus, daß, wenn zunächst die Vereinigung nicht möglich sei, die Einigung erstrebt werden müsse, die Vereinigung werde nachher von selbst kommen, dafür sorge Herr Tessendorf und die Logik der Tatsachen, wenn nicht mit, dann den Führern zum Trotz. *Motteler* berichtete über Besprechungen, die in Berlin zwischen Hasenclever und Hasselmann auf der einen und unseren Vertretern auf der anderen Seite stattgefunden hatten. Hasenclever und Hasselmann hätten erklärt, *an eine Vereinigung sei nicht zu denken,* da der Allgemeine Deutsche Arbeiterverein unbedingt die bessere Organisation habe. Ein friedliches Nebeneinandergehen in Presse und Versammlungen sei ja vereinbart. Zum Schlusse wurde mit großer Mehrheit ein Antrag Geibs angenommen, lautend:

»Der Kongreß erklärt, der Einigung der beiden deutschen Arbeiterfraktionen geneigt zu sein. Über den Modus einer solchen Einigung werden zum nächsten Kongreß seitens des Ausschusses und den der Partei angehörigen Reichstagsmitgliedern Vorschläge erwartet. Im übrigen geht der Kongreß zur Tagesordnung über.«

*

Auf dem Koburger Kongreß kam es auch zu lebhaften Debatten über den oft unzeitigen Eifer der Parteigenossen, in den größeren Orten Lokalblätter zu gründen, die ungenügend finanziell fundiert, alsdann der Partei große Verlegenheiten bereiteten, weil sie nunmehr um jeden Preis am Leben erhalten werden sollten. Klagen, die sich bekanntlich bis in die Neuzeit wiederholten. Nicht wenige dieser Blätter führten eine prekäre Existenz und machten der Parteileitung schwere Sorge. Es war fast für das eine und das andere eine Wohltat, unter dem Sozialistengesetz totgeschlagen zu werden; sie starben wenigstens auf dem Felde der Ehre, im Kampfe mit einem übermächtigen Gegner.

Auch die Frage der Programmänderung beschäftigte den Koburger Kongreß. Es lagen für dieselbe, unter anderen auch von Bracke, eine Anzahl Anträge vor. Nach längerer Debatte fand alsdann ein Antrag Kokosky-Grillenberger und Genossen Annahme, wonach der Kongreß die Reformbedürftigkeit des Programms anerkannte, jedoch in der Erwägung, daß die Frage im Augenblick noch nicht spruchreif sei, die Änderung des Programms bis zum nächsten Kongreß vertage. Die Programmänderung solle in der Presse zur Diskussion gestellt werden.

Des weiteren wurden öffentliche Vorträge veranstaltet, wobei Liebknecht und Motteler über die politische Stellung der Sozialdemokratie, York und Grillenberger über die industrielle und ländliche Arbeiterfrage sprachen. Grillenberger, der über das letztere Thema sprach, hielt zu dieser Frage eine gute instruktive Rede.

Tessendorf als Bahnbrecher der Einigung

Einigungsverhandlungen

Geib und Liebknecht hatten recht, als sie ausführten, die Neigung zu einer Vereinigung mit uns werde im Allgemeinen Deutschen Arbeiterverein gefördert werden durch die Behandlung, die ihm jetzt gleich uns von oben zuteil wurde. Als vornehmster Träger dieser Verfolgungen erwies sich Staatsanwalt *Tessendorf*, der im Sommer 1873 von Magdeburg an das Berliner Stadtgericht berufen wurde. Er fand in der siebenten Deputation des Berliner Stadtgerichtes in den Herren Reich als Vorsitzender, v. Ossowsky und Giersch als Beisitzer drei kongeniale Geister, die seinen staatsretterischen Eifer nach jeder Richtung unterstützten und in einer längeren Reihe von Jahren in den Prozessen gegen eine große Anzahl Parteigenossen als wahre Blutrichter sich erwiesen.

Tessendorf hatte sich seinen Ruf als Sozialistentöter schon in Magdeburg erworben, allerdings mit der Wirkung, daß die von ihm verfolgte und gehaßte Partei nach jedem Schlage, den er gegen sie führte, immer stärker und kräftiger wurde. Er war einer der schlimmsten Streber in unserer an Strebern so reichen Zeit. Tessendorf zeigte schon im Jahre 1871 Wie unglücklich er darüber war, daß er in unseren Hochverratsprozeß nichts hineinzureden hatte. Dafür zeugt folgender Vorfall, den ich etwas ausführlicher erwähne, weil er diesen fanatischsten aller Sozialistenfresser im rechten Lichte zeigt. Die »Magdeburger Zeitung« hatte damals wiederholt in Leipziger Korrespondenzen uns, die wir hinter Schloß und Riegel saßen und uns nicht wehren konnten, in unqualifizierbarer Weise beschimpft. Als es dann in Zürich im März 1871 zu einem großen Krawall gekommen war anläßlich einer Siegesfeier, welche die in Zürich lebenden Deutschen in der dortigen Tonhalle veranstaltet hatten, sollten wir nach der Leipziger Korrespondenz in der »Magdeburger Zeitung« die Urheber jenes Krawalls sein und unsere Züricher Parteigenossen die Täter. Nebenbei bemerkt, wurde später gerichtlich festgestellt, daß unsere Züricher Parteigenossen zu jenem Krawall in gar keiner Beziehung standen. Unser Anwalt Otto Freytag sah sich darauf veranlaßt, bei dem Magdeburger Stadt- und Kreisgericht einen Strafantrag gegen die »Magdeburger Zeitung« zu stellen. Zu seiner nicht geringen Verwunderung meldete sich in einem langen Schreiben der Staatsanwalt Tessendorf, der es ablehnte, gegen die »Magdeburger Zeitung« vom Amts wegen einzuschreiten. Dabei erging er sich in langen und gehässigen politischen Betrachtungen über unser Tun und Lassen. Freytag antwortete, es sei ihm nicht eingefallen, die Hilfe einer königlich preußischen Staatsanwaltschaft für uns anzurufen, wie der Wortlaut seines Strafantrags beweise. Im übrigen müsse er seine, Tessendorfs, Einmischung in politische Angelegenheiten, *die ihn nichts angingen,* als eine *Anmaßung* zurückweisen. Nach Verlauf eines Monats kam Tessendorf abermals in einem Schreiben an Freytag auf den Vorgang zurück, worin er das taktlose Geständnis machte, *daß er bis jetzt vergeblich auf die Veröffentlichung seines Schreibens im »Volksstaat« gewartet habe. Sollte die Veröffentlichung in Rücksicht auf seine Person unterblieben sein, so wolle er mitteilen, daß man diese Rücksicht nicht zu nehmen brauche.* Freytag erteilte ihm unter dem 28. April eine gepfefferte Antwort, deren Schlußsätze lauteten:

»Ihr ganzes Verhalten in der vorliegenden Sache gibt mir den Beweis, *daß Sie Ihre Karriere als königlich preußischer Staatsanwalt und Polizeimann machen werden, auch wenn Ihr strammes Auftreten gegen die Herren Bebel und Liebknecht nicht an die Glocke der Öffentlichkeit gehängt wird. Vielleicht finden Sie noch einen anderen Weg, ihre Zufertigung gedruckt zu sehen.«*

Und Tessendorf machte Karriere. Er wurde schließlich Oberreichsanwalt bei dem Reichsgericht zu Leipzig. Er starb aber, ohne seine Hoffnung und seine Sehnsucht, preußischer Justizminister zu werden, erfüllt zu sehen. Ein anderer streberischer Staatsanwalt lebte zu jener Zeit in Bielefeld, der unter dem 26. April 1871 sogar eine öffentliche Warnung an die Bevölkerung ergehen ließ, auf den »Volkstaat« zu abonnieren. Eine Unverschämtheit sondergleichen.

Tessendorf entsprach in vollem Maße den Erwartungen, die seine Vorgesetzten und speziell Bismarck auf ihn gesetzt hatten. Die Zahl der Verurteilungen, die in den nächsten Jahren in Berlin auf seinen Antrag durch die berüchtigte siebente Deputation vorkamen, ist Legion, und die Urteile wurden immer härter und grausamer. Aber mit der Verfolgung wuchs auch der Widerstand der Parteigenossen, und wenn Tessendorf und die Richter der siebenten Deputation am Ende ihres Lebens sich ehrlich Rechenschaft über ihr Tun und Treiben abgelegt haben, mußten sie sich sagen: »*Wir arbeiteten ohne Erfolg;* wir haben viele Existenzen vernichtet, viel Familienglück zerstört und manchen durch harte Verurteilung in ein frühzeitiges Grab gebracht, aber die Bewegung, die wir meistern wollten, meisterte uns. War sind die Unterlegenen. Die wir vernichten wollten, blieben Sieger.«

Im Jahre 1874 wurde von der erwähnten Deputation Most in Berlin wegen einer Rede über die Pariser Kommune mit anderthalb Jahren Gefängnis bedacht. Der Schriftsetzer Genosse Heinsch, einer der besten Organisatoren Berlins, wurde wegen Abdrucks eines Gedichts zu einem Jahre Gefängnis verurteilt. A. Kapell vom Allgemeinen Deutschen Arbeiterverein erhielt neun Monate, die das Kammergericht auf drei Monate reduzierte, Frohme erhielt ebenfalls neun Monate, die das Kammergericht auf sechs herabsetzte. Eine ganze Reihe anderer Parteigenossen wurde mit gleich hohen und zum Teil noch höheren Strafen belegt, und in fast allen diesen Prozessen handelte es Sich um Nichtigkeiten, die vor einem anderen Gericht mit wenigen Wochen Gefängnis oder einer Geldstrafe bedacht worden wären. Die Nervosität nahm in gewissen Kreisen immer mehr zu. In ganz Preußen wurden im Jahre 1874 in 104 Prozessen 87 Lassalleaner zu 211 Monaten und 3 Wochen Gefängnis verurteilt. Ähnlich war es in Sachsen, in dem ebenfalls die Urteile immer härter wurden. Wo sonst Monate genügten, wurden jetzt Jahre verhängt. Das Hauptkontingent der Verurteilten stellte unsere Partei.

Mit den gerichtlichen Verurteilungen gingen die polizeilichen Maßregelungen Hand in Hand. In Berlin wurde Ende Juni der Allgemeine Deutsche Arbeiterverein polizeilich geschlossen. Als dann Hasenclever, als Präsident des Vereins, den Sitz desselben nach Bremen verlegte, wurde er wegen Verletzung des Vereinsgesetzes zu zwei Monaten Gefängnis verurteilt. Weiter verfielen in Berlin der Auflösung die Mitgliedschaft der Sozialdemokratischen Arbeiterpartei, der Arbeitermädchen- und -frauenverein, der Allgemeine Deutsche Schuhmacherverein, der Allgemeine Deutsche Tischlerverein und der Allgemeine Deutsche Maurerverein. In Frankfurt a.M. folgte die Polizei ihrer Berliner Kollegin und löste gleichfalls die meisten der dort bestehenden Arbeiterorganisationen auf. Auch in Hannover, Königsberg i. Pr. und an anderen Orten verfielen sowohl der Allgemeine Deutsche Arbeiterverein wie die Mitgliedschaften der Sozialdemokratischen Arbeiterpartei der polizeilichen Auflösung. Sachsen und Bayern blieben hinter dem preußischen Beispiel nicht zurück. So fielen die Arbeiterorganisationen in München, Nürnberg, Erlangen, Hof. In München wurde gleichzeitig eine Reihe gewerkschaftlicher Organisationen aufgelöst, so der Allgemeine Deutsche Schneiderverein, die Gewerkschaft der Maler, Lackierer und Vergolder, der Allgemeine Deutsche Metallarbeiter- und der Allgemeine Deutsche Holzarbeiterverein.

Alle diese Vorgänge trugen sehr wesentlich dazu bei, selbst den widerstrebendsten Elementen klarzumachen, daß diesen Gewaltmaßregeln gegenüber, die beide Fraktionen ohne Unterschied trafen, erhöhter Widerstand nur in der Vereinigung gefunden werden könne.

Da, am 11. Oktober 1874, schrieb mir Liebknecht nach dem Zwickauer Landesgefängnis einen Brief, in dem es hieß:

»Gestern war *Tölcke* hier; er will Vereinigung mit uns. Im selben Sinne schrieb mir heute Fritzsche. Auch Reimer und Hasselmann wollen, so schreibt Fritzsche, mindestens Verbündung; Verschmelzung sei noch unmöglich. Mehr mündlich – acht Tage vor Eröffnung des Reichstags besuche ich Dich. Nur so viel! Feststeht, daß die Deutschen Allgemeinen vollständig en deroute (in Auflösung) sind; Tölcke – das Zusammentreffen mit ihm war zum Malen – gab zerknirscht zu, daß die heilige Organisation sich nicht bewährt habe ... Daß wir nicht gleich einen Einigungskongreß auf den 15. November berufen wollten, war ihm eine bittere Enttäuschung und noch mehr meine Erklärung, daß wir unmöglich den Rückschritt zu dem Lassalleschen Programm, auch einem reformierten, machen könnten. Tölcke meinte, man brauche ja Lassalle gar nicht zu nennen, überhaupt sei der Lassallekultus rein aus taktischen Gründen getrieben worden usw. usw. Tölcke kam im Auftrag Hasenclevers – der in Zeitz sitzt – und im Einverständnis mit Wode. Das ist die eine Clique – die andere ist Hasselmann-Reimer. Dazwischen als would be (sogenannter) Schiedsrichter Fritzsche. Tölcke hat eine furchtbare Wut auf Hasselmann. Auf meine Frage, ob Hasselmann mit seinem, Tölckes, Schritt einverstanden sei, erwiderte er: Nein, aber er muß! Und auf meinen Einwurf: Wenn Ihr gegen Hasselmann, der den ›Neuen Sozialdemokrat‹ hat, vorgeht, werdet Ihr einfach in die Luft gesprengt, ähnlich

wie Schweitzer es seinerzeit mit der Opposition tat, antwortete Tölcke:
Hasselmann könne nichts machen, juristischer Eigentümer des Blattes
sei Hasenclever.«

Liebknecht schrieb weiter, er habe Tölcke erklärt, Definitives könnten
wir in Leipzig nicht abmachen, er solle zunächst nach Hamburg, dem
Sitz des Parteivorstandes, reisen und dort mit Geib, Auer usw. Rücksprache nehmen. Vor Weihnachten sei ein Kongreß unmöglich, auch müsse
vorher erst eine Konferenz stattfinden, doch müsse man vorsichtig sein.
»An Verschmelzung ist nicht zu denken«, schrieb Liebknecht zum
Schlusse; aber einmal A gesagt, treiben die Dinge weiter.

In Hamburg kam man überein, vorzuschlagen, zu gleichen Teilen eine
Kommission aus beiden Fraktionen zusammenzusetzen, die die Bedingungen einer Einigung beraten und formulierte Vorschläge machen
sollte. In unserer Partei wurden diese Einigungsversuche, sobald sie bekannt wurden, allgemein begrüßt. Als der Genosse Dotzauer-Zwickau
mir am 15. Oktober ins Gefängnis schrieb, er habe gehört, es seien
Vereinigungsverhandlungen im Gange, antwortete ich: Das sei mir bekannt. Es freue mich, daß jetzt die Leute vom Allgemeinen Deutschen
Arbeiterverein an uns herankämen und die Hand zur Versöhnung
reichten. Er (Dotzauer) sei falsch unterrichtet, wenn er angebe, Liebknecht solle den Antrag »kurzerhand« abgelehnt haben, seine Schritte
in Hamburg bewiesen das Gegenteil. Dieses Friedensanerbieten hätten
Liebknecht und ich mit Genugtuung begrüßt. »Der Kampf, der acht
Jahre gedauert, hat mich ein gut Teil meiner besten Kräfte, sehr viel Zeit
und andere Opfer gekostet. Gut, daß er ein für allemal und siegreich zu
Ende ist.«

Über die Treibereien von Hasselmann und Reimer schrieb Tölcke an
das Vorstandsmitglied Wode – der während der Haft Hasenclevers Vizepräsident des Vereins war – unter dem 22. Oktober 1874 aus Iserlohn
einen Brief, in dem es hieß:

»Nach Annoncen im ›Volksstaat‹ gehen die ›Eisenacher‹ mit der Besprechung des Einigungsprojekts flott vorwärts. Wenn wir nicht von
ihnen überflügelt werden wollen, dann ist auch bei uns – zumal mit
Rücksicht *auf die Abneigung der Herren Hasselmann und Reimer* – die
rastloseste Tätigkeit erforderlich. Ich mache Dich darauf besonders aufmerksam, daß Hasselmann und Reimer durch ihre Ansprache in Nr.

119 des ›Neuen Sozialdemokrat‹ offenbar die Absicht kundgeben, in betreff der Agitation durchaus selbständig vorgehen zu wollen, ohne sich um die Vereinsleitung irgendwie zu kümmern; für die Herren scheint der Vizepräsident gar nicht zu existieren.

Es ist also nach allen Seiten hin ein rasches Handeln unerläßlich und halte ich es deshalb für notwendig, daß wir in folgender Weise vorgehen:

1. Weil nach der Ansicht Hasenclevers weder von ihm, noch von Dir oder von Vorstandsmitgliedern in der Angelegenheit *amtlich* Schritte getan werden können, und weil man allerwärts *von mir* Benachrichtigung über den Erfolg meiner Reise erwartet, wird es zweckmäßig sein, daß ich auf unserer Seite die Korrespondenz wegen des Zusammentritts der gemischten Kommission und bis zu deren Zusammenkunft führe …

2. Um gewisse Gegenagitationen unschädlich zu machen, muß ich schleunigst eine Konferenz sämtlicher Bevollmächtigter in Rheinland und Westfalen ins Wuppertal einberufen. …«

Tölcke schlug dann eine solche auch für den Süden einschließlich Kassel vor und erbot sich, die Reisen nach Frankfurt, Offenbach, Hanau und Kassel zu übernehmen. Er fuhr dann fort in seinem Briefe:

»Mit dem Leitartikel in der gestrigen Nummer des ›Neuen Sozialdemokrat‹, besonders am Schluß desselben, hat Hasselmann seine Agitation *gegen* den Kongreß bereits begonnen.«

Tölcke schloß seinen Brief mit dem Ersuchen um sofortiges und rastloses Handeln.

Hasenclever war mit dem Vorgehen Tölckes einverstanden, doch wurde in einer Besprechung, die er mit Liebknecht und einigen anderen bei sich im Gefängnis zu Zeitz hatte, vereinbart, mit weiterem Vorgehen bis zu seiner Entlassung, die anfangs Dezember erfolgte, zu warten. Alsdann traten Vertreter der beiden Fraktionen in Berlin zusammen, um weitere Schritte zu beraten. Dort beschloß man, daß jede Fraktion eine gleiche Zahl Mitglieder wähle, und jede Fraktion ihrerseits einen Programm- und Organisationsvorschlag ausarbeiten sollte. Nachher sollten die Vertreter der beiden Fraktionen zusammentreten und auf Grund der beiden Entwürfe einen solchen ausarbeiten, der dann dem Kongreß als Grundlage der Beratung zu unterbreiten sei.

Die erste Kunde von den im Gange befindlichen Vereinigungsbestrebungen erhielt die weitere Öffentlichkeit durch eine Bekanntmachung Hasenclevers an die Mitglieder seines Vereins, die er unter dem 11. Dezember 1874 im »Neuen Sozialdemokrat« veröffentlichte und die der »Volksstaat« abdruckte. Er teilte darin mit, daß, nachdem er wisse, daß die große Mehrheit der Mitglieder des Allgemeinen Deutschen Arbeitervereins für die Vereinigung sei, die Unterhandlungen mit der Sozialdemokratischen Arbeiterpartei, die ebenfalls den Wunsch einer Vereinigung hege, aufgenommen worden seien. Der Wunsch der Lassalleaner, daß die Anschauungen und Forderungen Lassalles in das gemeinsame Programm aufgenommen werden sollten und eine einheitliche straffe Organisation geschaffen werde, würden Berücksichtigung finden, doch solle keine Überstürzung der Beratungen stattfinden, darin seien die Vertreter der beiden Parteien einig.

Die erste Massenkundgebung für die Vereinigung sah Berlin. In der betreffenden Versammlung waren die sieben auf freiem Fuße befindlichen Reichstagsabgeordneten anwesend. Eine Einigungsresolution wurde einstimmig angenommen, auch beschlossen, Most in Plötzensee und mich in Zwickau von dem Vorgang zu unterrichten.

Zu einer zweiten Einigungsdemonstration wurde die Leichenfeier Yorks in Hamburg, der, wie ich schon berichtete, in der Nacht auf den 1. Januar 1875 gestorben war. Fünftausend Arbeiter beider Fraktionen folgten mit zwanzig Fahnen dem Sarge des Mannes, der sowohl einer der Gründer des Allgemeinen Deutschen Arbeitervereins, wie später der Sozialdemokratischen Arbeiterpartei war und mit Leib und Seele der Bewegung gedient hatte.

Am 19. Januar schrieb mir Eduard Bernstein einen Brief, worin er sich entschuldigte, daß er als Schriftführer der großen Volksversammlung, die in Berlin tagte und ihn beauftragte, Most und mir die herzlichste Sympathie der Versammlung zu übermitteln, erst jetzt nachkomme:

»Ich weiß nicht, wie Sie über, die Einigung denken, doch glaube ich, daß wir insoweit einverstanden sind, daß die Idee einer solchen solange als möglich festzuhalten ist. Illusionen mache ich mir gar nicht, doch weiß ich, daß das Einigungsbedürfnis auch unter den Mitgliedern des Allgemeinen Deutschen Arbeitervereins groß ist. Leider sind die Leute so verstockte Lassalleaner, daß wir in dieser Hinsicht Konzessionen machen müssen.«

Die niedergesetzte Kommission bestand aus je acht Mitgliedern jeder Fraktion. Die Lassalleaner hatten Hasenclever, Hasselmann, R. und O. Kapell, Wode, Reinders, Hartmann und Walther, die Eisenacher Auer, Bernstein, Bock-Gotha, Geib, Liebknecht, Motteler, Ramm und Vahlteich delegiert. Am 14. und 15. Februar 1875 trat alsdann die Kommission in Gotha zusammen, um aus den beiden stark abweichenden Programm- und Organisationsentwürfen einen einzigen zu schmieden. Die Arbeit war keine leichte, schließlich wurden Geib, Hasenclever, Hasselmann und Liebknecht als Redaktionskommission niedergesetzt. Die Kommission konnte alsdann verkünden, daß das Werk zur vollständigen Zufriedenheit der Teilnehmer ausgefallen sei. Das war in der Partei nicht überall der Fall. Als Liebknecht mir am 5. März den Programmentwurf ins Gefängnis sandte mit dem Bemerken, mehr sei nicht zu erreichen gewesen, war ich wie aus den Wolken gefallen. Bemerken muß ich, daß ich bereits wochenlang in großer Aufregung und ärgerlicher Stimmung darüber war, daß weder Liebknecht, wie er versprochen, sich bei mir hatte sehen lassen, noch weder er noch Motteler es der Mühe wert erachtet hatten, mir irgendwelche Mitteilungen über den Gang der Verhandlungen zu machen. Das glaubte ich erwarten zu dürfen. Ich setzte mich nunmehr hin, schrieb einen mehrere Bogen langen, sehr gereizten Brief, in dem ich das Programm scharf kritisierte und einen Gegenentwurf machte, der allerdings übermäßig lang und detailliert ausfiel. Ich hatte wieder einmal eine Probe geliefert, wie die Abgeschlossenheit von der Außenwelt das Spintisieren begünstigt. Liebknecht entschuldigte sich, daß er mich nicht besucht und Rücksprache mit mir genommen habe. Aber er sei mit Arbeit überlastet, außerdem habe er sich gesagt, daß eine Unterhaltung über heikle Dinge in Gegenwart eines Beamten keine angenehme Sache sei. Das war richtig. Aber der Gefangene, der weiß, daß draußen über Dinge verhandelt wird, die sein ganzes Denken und Fühlen umfassen, sehnt sich nach einer Aussprache und sei sie noch so beengt. Liebknecht hatte meinen Brief an den Parteiausschuß nach Hamburg gesandt, wo er natürlich ebenfalls eine ablehnende Aufnahme fand. Wenn ich schließlich meine eigenen Vorschläge preisgab, so war damit meine Unzufriedenheit mit dem Programmentwurf nicht beseitigt. Außer mir befand sich auch Bracke in heftiger Opposition gegen den Entwurf. Als er mich zu meiner endlichen Befreiung am 1. April beglückwünschte, sprach er sich in der erregtesten Weise gegen das Programm aus. Bracke war in den letzten Jahren gezwungen worden, sich eine gewisse Zurückhaltung aufzuerlegen. Er kränkelte unausgesetzt und mußte wiederholt Erholungsreisen unternehmen. Andererseits zwangen ihn geschäftliche Rücksichten – er war der Leiter des väterlichen Geschäfts und hatte mit der Gründung eines Druckerei- und Verlagsunternehmens sich so schwere finanzielle Lasten auferlegt, daß nur die umsichtigste Tätigkeit ihn vor schweren Verlusten schützen konnte – manchem wichtigen Vorgang in der Partei fernzubleiben. So war es gekommen, daß Bracke nicht zu der Vereinigungskommission gehörte, was lebhaft zu bedauern war. Er teilte mir mit, er habe unter anderem Geib geschrieben, das Programm sei in III geradezu unsinnig. Es sei ein Skandal, die Parteigenossen mit diesem Blödsinn zu infizieren, den Widerspruch dagegen aus den Parteikreisen zu verbannen und die Parteimitgliedschaft von der Zustimmung zu demselben abhängig zu machen usw. Es entspann sich zwischen uns eine Korrespondenz, in der Bracke mir am 19. April schrieb:

»Diesmal ist das Entschuldigen auf meiner Seite. Aber auch ich habe ebenso wenig Zeit und muß gestehen, daß dieser ††† Entwurf mir alle Freudigkeit genommen hat, für den Gegenstand einmal mit Gewalt eine Stunde herauszureißen.

Ich bin ganz Deiner Meinung, daß dieser Entwurf gar nicht verbessert werden kann, sondern ein ganz neuer Entwurf gemacht werden müßte; ich bin nun gern bereit, mit Dir in Magdeburg zusammenzutreffen, werde aber schwerlich einen Entwurf machen können, denn woher die Zeit nehmen?«

Schließlich meinte er, da wir keine Zeit zu gründlicher Beratung hätten und keiner auch die Zeit, einen Entwurf zu machen, es sich empfehle, den Kommissionsentwurf als *provisorisches* Programm anzunehmen, nachdem man durch Kritik denselben möglichst erschüttert habe. Mit der Detailmalerei in meinem Entwurf könne er sich auch nicht einverstanden erklären, das gehöre in eine Broschüre. Außer mit mir stand Bracke mit Marx und Engels wegen des Programm-Entwurfs in Korrespondenz und veranlaßte Marx, seine bekannte Kritik zu schreiben, die im Band IX, Seite 385 der »Neuen Zeit« veröffentlicht wurde.

Ich hatte Veranlassung genommen, in einem Privatbrief an Engels unter dem 23. Februar 1875 zu fragen: »Was sagen Sie und Marx zu der Einigungsfrage? Ich habe kein vollgültiges Urteil, denn ich bin außer aller Kenntnis, ich weiß nur, was die Zeitungen berichteten. Ich bin gespannt, zu hören und zu sehen, wie die Dinge liegen, wenn ich den 1. April freikomme!« Darauf antwortete mir Engels folgendes:

»London, 18./28. März 1875

Lieber Bebel!

Ich habe Ihren Brief vom 23. Februar erhalten und freue mich, daß es Ihnen körperlich so gut geht.

Sie fragen mich, was wir von der Einigungsgeschichte halten? Leider ist es uns ganz gegangen wie Ihnen. Weder Liebknecht noch sonst jemand hat uns irgendwelche Mitteilung gemacht, und auch wir wissen daher nur, was in den Blättern steht, und da stand nichts, bis vor zirka acht Tagen der Programmentwurf kam. Der hat uns allerdings nicht wenig in Erstaunen gesetzt.

Unsere Partei hatte so oft den Lassalleanern die Hand zur Versöhnung oder doch wenigstens zum Kartell geboten und war von den Hasenclever, Hasselmann und Tölckes so oft und so schnöde zurückgewiesen worden, daß daraus jedes Kind den Schluß ziehen mußte: Wenn diese Herren jetzt selbst kommen und Versöhnung bieten, so müssen sie in einer verdammten Klemme sein. Bei dem wohlbekannten Charakter dieser Leute ist es aber unsere Schuldigkeit, diese Klemme zu benutzen, um uns alle und jede mögliche Garantien auszubedingen, damit nicht jene Leute auf Kosten unserer Partei in der öffentlichen Arbeitermeinung ihre erschütterte Stellung wieder befestigen. Man mußte sie äußerst kühl und mißtrauisch empfangen, die Vereinigung abhängig machen von dem Grade ihrer Bereitwilligkeit, ihre Sektenstichworte und ihre Staatshilfe fallen zu lassen und im wesentlichen das Eisenacher Programm von 1869 oder eine für den heutigen Zeitpunkt angemessene verbesserte Ausgabe desselben anzunehmen. Unsere Partei hätte von den Lassalleanern in theoretischer Beziehung, also in dem, was fürs Programm entscheidend ist, *absolut nichts zu lernen,* die Lassalleaner aber wohl von ihr; die erste Bedingung der Vereinigung war, daß sie aufhörten, Sektierer, Lassalleaner zu sein, daß sie also vor allem das Allerweltsheilmittel der Staatshilfe wo nicht ganz aufgaben, doch als eine untergeordnete Übergangsmaßregel unter und neben vielen möglichen anderen anerkannten. Der Programmentwurf beweist, daß unsere Leute theoretisch den Lassalleanerführern hundertmal überlegen – ihnen an politischer

263

Schlauheit ebensowenig gewachsen sind; die ›Ehrlichen‹ sind einmal wieder von den Nichtehrlichen grausam über den Löffel barbiert.

Zuerst nimmt man die großtönende, aber historisch falsche Lassallesche Phrase an: Gegenüber der Arbeiterklasse seien alle anderen Klassen nur eine reaktionäre Masse. Dieser Satz ist nur in einzelnen Ausnahmefällen wahr, zum Beispiel in einer Revolution des Proletariats, wie die Kommune, oder in einem Land, wo nicht nur die Bourgeoisie Staat und Gesellschaft nach ihrem Bilde gestaltet hat, sondern auch schon nach ihr das demokratische Kleinbürgertum diese Umbildung bis auf ihre letzten Konsequenzen durchgeführt hat. Wenn zum Beispiel in Deutschland das demokratische Kleinbürgertum zu dieser reaktionären Masse gehörte, wie konnte da die Sozialdemokratische Arbeiterpartei jahrelang mit ihm, mit der Volkspartei Hand in Hand gehen? Wie kann der ›Volksstaat‹ fast seinen ganzen politischen Inhalt aus der kleinbürgerlich-demokratischen ›Frankfurter Zeitung‹ nehmen? Und wie kann man nicht weniger als sieben Forderungen in dies selbe Programm aufnehmen, die direkt und wörtlich übereinstimmen mit dem Programm der Volkspartei und kleinbürgerlichen Demokratie? Ich meine, die sieben politischen Forderungen 1 bis 5 und 1 bis 2, von denen keine einzige, die nicht *bürgerlich*-demokratisch.

Zweitens wird das Prinzip der Internationalität der Arbeiterbewegung praktisch für die Gegenwart vollständig verleugnet, und das von den Leuten, die fünf Jahre lang und unter den schwierigsten Umständen dies Prinzip auf die ruhmvollste Weise hochgehalten. Die Stellung der deutschen Arbeiter an der Spitze der europäischen Bewegung beruht *wesentlich* auf ihrer echt internationalen Haltung während des Kriegs; kein anderes Proletariat hätte sich so gut benommen. Und jetzt soll dies Prinzip von ihnen verleugnet werden im Moment, wo überall im Ausland die Arbeiter es in demselben Maße betonen, in dem die Regierungen jeden Versuch seiner Betätigung in einer Organisation zu unterdrücken streben! Und was bleibt allein von Internationalismus der Arbeiterbewegung übrig? Die blasse Aussicht – nicht einmal auf ein späteres Zusammenwirken der europäischen Arbeiter zu ihrer Befreiung – nein, auf eine künftige ›internationale Völkerverbrüderung‹ – auf die ›Vereinigten Staaten von Europa‹ der Bourgeois von der Friedensliga!

Es war natürlich gar nicht nötig, von der Internationale als solche zu sprechen. Aber das mindeste war doch, keinen Rückschritt gegen das Programm von 1869 zu tun und etwa zu sagen: *Obgleich* die deutsche

Arbeiterpartei *zunächst* innerhalb der ihr gesetzten Staatsgrenzen wirkt (sie hat kein Recht, im Namen des europäischen Proletariats zu sprechen, besonders nicht etwas Falsches zu sagen), so ist sie sich ihrer Solidarität bewußt mit den Arbeitern aller Länder, und wird stets bereit sein, wie bisher auch fernerhin die ihr durch diese Solidarität aufgelegten Verpflichtungen zu erfüllen. Derartige Verpflichtungen bestehen auch ohne daß man gerade sich als Teil der ›Internationale‹ proklamiert oder ansieht, zum Beispiel Hilfe, Abhalten von Zuzug bei Streiks, Sorge dafür, daß die Parteiorgane die deutschen Arbeiter von der ausländischen Bewegung unterrichtet halten, Agitation gegen drohende oder ausbrechende Kabinettskriege, Verhalten während solcher wie 1870 und 1871 mustergültig durchgeführt usw.

Drittens haben sich unsere Leute das Lassallesche ›eherne Lohngesetz‹ aufoktroyieren lassen, das auf einer ganz veralteten ökonomischen Ansicht beruht, nämlich daß der Arbeiter im Durchschnitt nur das *Minimum* des Arbeitslohnes erhält, und zwar deshalb, weil nach Malthusscher Bevölkerungstheorie immer zuviel Arbeiter da sind (dies war Lassalles Beweisführung). Nun hat Marx im ›Kapital‹ ausführlich nachgewiesen, daß die Gesetze, die den Arbeitslohn regulieren, sehr kompliziert sind, daß je nach den Verhältnissen bald dieses; bald jenes vorwiegt, daß sie also keineswegs ehern, sondern im Gegenteil sehr elastisch sind, und daß die Sache gar nicht so mit ein paar Worten abzumachen ist, wie Lassalle sich einbildete. Die Malthussche Begründung des von Lassalle ihm und Ricardo (unter Verfälschung des letzteren) abgeschriebenen Gesetzes, wie sie sich zum Beispiel ›Arbeiterlesebuch‹ Seite 5 aus einer anderen Broschüre Lassalles zitiert findet, ist von Marx in dem Abschnitt über ›Akkumulationsprozeß des Kapitals‹ ausführlich widerlegt. Man bekennt sich also durch Adoptierung des Lassalleschen ›ehernen Gesetzes‹ zu einem falschen Satz und einer falschen Begründung desselben.

Viertens stellt das Programm als *einzige soziale* Forderung auf – die Lassallesche Staatshilfe in ihrer nacktesten Gestalt, wie Lassalle sie von Buchez gestohlen hatte. Und das, nachdem Bracke diese Forderung sehr gut in ihrer ganzen Richtigkeit aufgewiesen; nachdem fast alle, wo nicht alle Redner unserer Partei im Kampf mit den Lassalleanern genötigt gewesen sind, gegen diese ›Staatshilfe‹ aufzutreten! Tiefer konnte unsere Partei sich nicht demütigen. Der Internationalismus heruntergekommen auf Amand Gögg, der Sozialismus auf den Bourgeoisrepublikaner Buchez, der diese Forderung *gegenüber den Sozialisten* stellte, um sie auszustechen!

Im besten Fall aber ist die ›Staatshilfe‹ im Lassalleschen Sinne doch nur eine *einzige* Maßregel unter vielen anderen, um das Ziel zu erreichen, was hier mit den lahmen Worten bezeichnet wird, ›um die Lösung der sozialen Frage anzubahnen‹, als ob es für uns noch eine theoretisch *ungelöste* soziale *Frage* gäbe! Wenn man also sagt: Die deutsche Arbeiterpartei erstrebt die Abschaffung der Lohnarbeit und damit der Klassenunterschiede vermittels der Durchführung der genossenschaftlichen Produktion in Industrie und Ackerbau und auf nationalem Maßstab; sie tritt ein für jede Maßregel, welche geeignet ist, dieses Ziel zu erreichen! – so kann kein Lassalleaner etwas dagegen haben.

Fünftens ist von der Organisation der Arbeiterklasse als Klasse vermittels der Gewerksgenossenschaften gar keine Rede. Und das ist ein sehr wesentlicher Punkt, denn dies ist die eigentliche Klassenorganisation des Proletariats, in der es seine täglichen Kämpfe mit dem Kapital durchficht, in der es sich schult, und die heutzutage bei der schlimmsten Reaktion (wie jetzt in Paris) platterdings nicht mehr kaputt zu machen ist. Bei der Wichtigkeit, die diese Organisation auch in Deutschland erreicht, wäre es unserer Ansicht nach unbedingt notwendig, ihrer im Programm zu gedenken und ihr womöglich einen Platz in der Organisation der Partei offen zu lassen.

Das alles haben unsere Leute den Lassalleanern zu Gefallen getan. Und was haben die anderen nachgegeben? Daß ein Haufen ziemlich verworrener *rein demokratischer Forderungen* im Programm figurieren, von denen manche reine Modesache sind, wie zum Beispiel die ›Gesetzgebung durch das Volk‹, die in der Schweiz besteht und mehr Schaden als Nutzen anrichtet, wenn sie überhaupt was anrichtet. *Verwaltung* durch das Volk, das wäre noch etwas. Ebenso fehlt die erste Bedingung aller Freiheit: Daß alle Beamte für alle ihre Amtshandlungen jedem Bürger gegenüber vor den gewöhnlichen Gerichten und nach gemeinem Recht verantwortlich sind. Davon, daß solche Forderungen wie: Freiheit der Wissenschaft – Gewissensfreiheit, in jedem liberalen Bourgeoisprogramm figurieren und sich hier etwas befremdend ausnehmen, davon will ich weiter nicht sprechen.

Der freie Volksstaat ist in den freien Staat verwandelt. Grammatikalisch genommen ist ein freier Staat ein solcher, wo der Staat frei gegenüber seinen Bürgern ist, also ein Staat mit despotischer Regierung. Man sollte das ganze Gerede vom Staat fallen lassen, besonders seit der Kommune, die schon kein Staat im eigentlichen Sinne mehr war. Der ›*Volksstaat*‹ ist uns von den Anarchisten bis zum Überdruß in die Zähne geworfen worden, obwohl schon die Schrift Marx' gegen Proudhon und nachher das Kommunistische Manifest direkt sagen, daß mit Einführung der sozialistischen Gesellschaftsordnung der Staat sich von selbst auflöst und verschwindet. Da nun der Staat doch nur eine vorübergehende Einrichtung ist, deren man sich im Kampf, in der Revolution bedient, um seine Gegner gewaltsam niederzuhalten, so ist es purer Unsinn, von freiem Volksstaat zu sprechen, solange das Proletariat den Staat noch *gebraucht,* gebraucht es ihn nicht im Interesse der Freiheit, sondern der Niederhaltung seiner Gegner, und sobald von Freiheit die Rede sein kann, hört der Staat als solcher auf, zu bestehen. Wir würden daher vorschlagen, überall statt *Staat* ›Gemeinwesen‹ zu setzen, ein gutes altes deutsches Wort, das das französische ›Kommune‹ sehr gut vertreten kann.

›Beseitigung aller sozialen und politischen Ungleichheit‹ ist auch eine sehr bedenkliche Phrase statt: ›Aufhebung aller Klassenunterschiede‹. Von Land zu Land, von Provinz zu Provinz, von Ort zu Ort sogar wird immer eine *gewisse* Ungleichheit der Lebensbedingungen bestehen, die man auf ein Minimum reduzieren, aber nie ganz beseitigen können wird. Alpenbewohner werden immer andere Lebensbedingungen haben als Leute des flachen Landes. Die Vorstellung der sozialistischen Gesellschaft als des Reiches der *Gleichheit* ist eine einseitige französische Vorstellung, anlehnend an das alte ›Freiheit, Gleichheit, Brüderlichkeit‹, eine Vorstellung, die *als Entwicklungsstufe* ihrer Zeit und ihres Ortes berechtigt war, die aber, wie alle die Einseitigkeiten der früheren sozialistischen Schulen, jetzt überwunden sein sollten, da sie nur Verwirrung in den Köpfen anrichten, und präzisere Darstellungsweisen der Sache gefunden sind.

Ich höre auf, obwohl fast jedes Wort in diesem dabei saft- und kraftlos redigierten Programm zu kritisieren wäre. Es ist der Art, daß, falls es angenommen wird, Marx und ich uns *nie* zu der auf dieser Grundlage errichteten *neuen* Partei bekennen können und uns sehr ernstlich werden überlegen müssen, welche Stellung wir – auch öffentlich – ihr gegenüber zu nehmen haben. Bedenken Sie, daß man *uns* im Auslande für alle und jede Äußerungen und Handlungen der deutschen Sozialdemokratischen Arbeiterpartei verantwortlich macht. So Bakunin in seiner Schrift ›Politik und Anarchie‹, wo wir einstehen müssen für jedes unüberlegte Wort, das Liebknecht seit Stiftung des ›Demokratischen Wochenblattes‹ gesagt und geschrieben. Die Leute bilden sich eben ein, wir kommandierten von hier aus die ganze Geschichte, während Sie so gut wie ich wissen, daß wir uns fast nie im geringsten in die inneren Parteiangelegenheiten gemischt, und auch nur dann, um Böcke, die nach unserer Ansicht geschossen worden, und zwar *nur theoretische,* wieder nach Möglichkeit gutzumachen. Sie werden aber selbst einsehen, daß dies Programm einen Wendepunkt bildet, der uns sehr leicht zwingen könnte, alle und jede Verantwortlichkeit mit der Partei, die es anerkennt, abzulehnen.

Im allgemeinen kommt es weniger auf das offizielle Programm einer Partei an, als auf das, was sie tut. Aber ein *neues* Programm ist doch immer eine öffentlich aufgepflanzte Fahne, und die Außenwelt beurteilt danach die Partei. Es sollte daher keinenfalls einen Rückschritt enthalten, wie dies gegenüber dem Eisenacher. Man sollte doch auch bedenken, was die Arbeiter anderer Länder zu diesem Programm sagen werden; welchen Eindruck diese Kniebeugung des gesamten deutschen sozialen Proletariats vor dem Lassalleanismus machen wird.

Dabei bin ich überzeugt, daß eine Einigung auf *dieser* Basis kein Jahr dauern wird. Die besten Köpfe unserer Partei sollten sich dazu hergeben, auswendig gelernte Lassallesche Sätze vom ehernen Lohngesetz und der Staatshilfe abzuleiern? Ich möchte zum Beispiel Sie dabei sehen! Und täten sie es, ihre Zuhörer würden sie auszischen. Und ich bin sicher, die Lassalleaner bestehen gerade auf *diesen* Stücken des Programms wie der Jude Shylock auf seinem Pfund Fleisch. Die Trennung wird kommen; aber wir werden Hasselmann, Hasenclever und Tölcke und Konsorten wieder ›ehrlich gemacht‹ haben; wir werden schwächer und die Lassalleaner stärker aus der Trennung hervorgehen; unsere Partei wird ihre politische Jungferschaft verloren haben und wird nie wieder gegen Lassallephrasen, die sie eine Zeitlang selbst auf die Fahne geschrieben, herzhaft auftreten können; und wenn die Lassalleaner dann wieder sagen, sie seien die eigentlichste und einzige Arbeiterpartei, unsere Leute seien Bourgeois, so ist das Programm da, um es zu beweisen. Alle sozialistischen Maßregeln darin sind *ihre,* und *unsere* Partei hat nichts hineingesetzt als Forderungen der kleinbürgerlichen Demokratie, die doch *auch von ihr* in demselben Programm als Teil der ›reaktionären Masse‹ bezeichnet ist!

Ich hatte diesen Brief liegen lassen, da Sie doch erst am 1. April zu Ehren von Bismarcks Geburtstag freikommen und ich ihn nicht der Chance des Abfassens bei einem Schmuggelversuch aussetzen wollte. Da kommt nun gerade ein Brief von Bracke, der auch wegen des Programms seine schweren Bedenken hat und unsere Meinung wissen will. Ich schicke ihn daher zur Beförderung an ihn, damit er ihn lese und ich den ganzen Kram nicht noch einmal zu schreiben brauche. Übrigens habe ich Ramm ebenfalls klaren Wein eingeschenkt, an Liebknecht schrieb ich nur kurz. Ich verzeihe ihm nicht, daß er uns von der ganzen Sache *kein Wort* mitgeteilt (während Ramm und andere glaubten, er habe uns genau unterrichtet), bis es sozusagen zu spät war. Das hat er zwar von jeher so gemacht – und daher die viele unangenehme Korrespondenz, die wir, Marx sowohl wie ich, mit ihm hatten – aber diesmal ist es doch zu arg, und *wir gehen entschieden nicht mit.*

Sehen Sie, daß Sie es einrichten, im Sommer herzukommen, Sie wohnen natürlich bei mir, und wenn das Wetter gut, können wir ein paar Tage seebaden gehen, das wird Ihnen nach dem langen Brummen recht nützlich sein.

Freundlichst Ihr *F.E.*

Marx ist eben ausgezogen, er wohnt 41 Maitland Park Crescent NW. London.« 267

Unter dem 10. Mai schrieb alsdann Bracke an Marx mit Bezug auf meine nunmehrige Stellung:

»Ich hatte erst geglaubt, Bebel würde zu einem entschiedenen Vorgehen geneigt sein, aber einesteils seine angegriffene Gesundheit und die notwendige geschäftliche Rehabilitierungsarbeit, anderenteils dringende Bitten von Liebknecht scheinen ihn abgehalten zu haben.«

Es waren nicht allein Liebknechts Bitten, die mich veranlaßten, meiner Unzufriedenheit über den Programmentwurf keinen öffentlichen Ausdruck zu geben, es war das Drängen von allen Seiten, ich möge durch mein Auftreten es nicht zu einem Eklat treiben und damit vielleicht die Vereinigung unmöglich machen.

Diesem Verlangen gab ich nach, denn die Vereinigung lag auch mir am Herzen. Überdies war das Drängen nach Vereinigung in der Partei so stark, daß alle Rücksichten auf programmatische Bedenken schweigen mußten. Schließlich konnten die gemachten Fehler später repariert werden.

*

Die Einigungsbestrebungen unter der Führerschaft wurden wesentlich gefördert durch den Wiederzusammentritt des Reichstags, der die längere Anwesenheit der Abgeordneten in Berlin gebot. Die Session wurde am 29. Oktober 1874 eröffnet, aber schon am 30. Januar geschlossen. Die Beteiligung unserer Vertreter an den Verhandlungen war keine lebhafte. Die Verhandlungen über die Einigung der Partei nahmen das Interesse der Abgeordneten mehr in Anspruch als die Beratungen des Reichstags, obgleich denselben wichtige Vorlagen beschäftigten. So war unter anderen der Entwurf eines Gerichtsverfassungsgesetzes, einer Straf- und einer Zivilprozeßordnung vorgelegt worden und ein Gesetzentwurf über den Landsturm, zu dem später Liebknecht und Hasselmann das Wort nahmen.

Selbstverständlich wurde wieder der Antrag auf unsere Beurlaubung aus der Haft während der Dauer der Session eingebracht, der diesmal Hasenclever, Most und mich umfaßte. Zu der Begründung des Antrags nahm Liebknecht das Wort, der sich die Gelegenheit nicht entgehen ließ, die Prozesse, die unsere Verurteilung herbeigeführt, unter die Lupe zu nehmen und die Urteile gründlich zu zerzausen. Besonders nachdrücklich sprach er sich über die unwürdige Behandlung aus, die damals Most in Plötzensee zuteil wurde.

Nach Liebknecht nahm Windthorst das Wort, der sich ebenfalls lebhaft über die Behandlung politischer Gefangener aus dem Lager der Althannoveraner beklagte. Dem Antrag auf unsere Freilassung könne er aber in Rücksicht auf den Inhalt des Artikel 31 der Verfassung nicht zustimmen, er wünsche aber, daß, wenn ein in Gefangenschaft befindlicher Abgeordneter einen Antrag auf seine Beurlaubung stelle, die Regierungen auf einen solchen Antrag bereitwillig eingingen und der Herr Reichskanzler dafür eintrete. Bismarck nahm darauf das Wort und bemerkte spöttisch, der »Herr Reichskanzler« werde im vorliegenden Falle dafür eintreten, daß der Verhaftete beurlaubt werde, wenn er darum bitte, denn Reden wie die der beiden Vorredner habe man lange nicht im Reichstag gehört, sie seien außerordentlich lehrreich und fehlten uns seit langem. (Heiterkeit.) Der Reichstag ahnte nicht, daß er auf Grund des ablehnenden Beschlusses, den er, ähnlich wie früher, faßte, in Bälde in eine unangenehme Situation gebracht wurde. Die Verhandlungen über den Antrag Liebknecht und Genossen waren am 21. November gewesen,

268

aber bereits am 12. Dezember sah sich der Abgeordnete Lasker, unterstützt durch die Abgeordneten v. Bennigsen, Schenk v. Stauffenberg, v. Forckenbeck, Dr. Hänel, Windthorst, v. Denzin, Dr. Schwarze und Fürst Hohenlohe-Langenburg – also den Vertretern sämtlicher bürgerlichen Parteien – genötigt, den Antrag zu stellen:

»Mit Rücksicht darauf, daß die am gestrigen Tage erfolgte Verhaftung des Reichstagsmitglieds Herrn Majunke infolge eines rechtskräftigen Strafurteils glaubhaft berichtet wird, die Geschäftsordnungskommission mit schleuniger Berichterstattung darüber zu beauftragen: 1. Ob nach Artikel 31 der deutschen Reichsverfassung die Verhaftung eines Reichstagsmitglieds *während der Session des Reichstags ohne Zustimmung* des letzteren verfassungsmäßig zulässig ist; 2. ob und welche Schritte zu veranlassen sind, um einer Verhaftung von Mitgliedern des Reichstags infolge eines rechtskräftigen Strafurteils *während der Session* des Reichstags ohne Zustimmung desselben vorzubeugen.«

Der Antrag, in dessen Beratung das Haus sofort eintrat, war lächerlich. War, wie das Haus wiederholt und zuletzt erst am 21. November entschieden hatte, der Artikel 31 der Verfassung auf die *Strafhaft* von Abgeordneten nicht anwendbar, dann hatten die zuständigen Behörden auch das unbestreitbare Recht, einen Abgeordneten *während der Session* in Strafhaft zu nehmen. Nun hatte der Fall des Abgeordneten Majunke, der als Redakteur der »Germania« zu einem Jahr Gefängnis verurteilt worden war, ungeheures Aufsehen erregt. Es war auch unzweifelhaft, daß seine Verhaftung kurz vor Beginn einer Reichstagssitzung nicht ohne Bismarcks Zustimmung erfolgte. Denn tatsächlich war das Urteil schon seit dem 23. September rechtskräftig, man konnte also mit der Verhaftung Majunkes ohne Schaden für die Rechtspflege auch bis zum Schluß der Session, Ende Januar, warten, nachdem man es unterlassen, ihn vor Beginn der Session in Haft zu nehmen. Aber das wollte Bismarck nicht. Er wollte offenbar dem Zentrum für die Debatte am 4. Dezember einen Denkzettel geben; daß damit auch der Reichstag moralisch geohrfeigt wurde, der sich diesen Streich auf Grund seiner eigenen Beschlüsse gefallen lassen mußte, war ihm sehr gleichgültig. Er fand es auch nicht einmal der Mühe wert, sich zur Verhandlung einzustellen. Der Antrag Lasker wurde also der Geschäftsordnungskommission überwiesen, die aber, wie vorauszusehen war, sich über keinen Antrag zu einigen vermochte und in einigen Tagen mit leeren Händen vor das Haus trat. Hier nahm die Debatte denselben kläglichen Verlauf. Eine Reihe Anträge, die gestellt wurden, lehnte stets irgend eine Mehrheit ab. Der Ausgang der Sache war für den Reichstag so blamabel wie möglich.

Ich erwähnte die Debatte vom 4. Dezember als Grund für den Racheakt Bismarcks gegen Majunke. In jener Sitzung hielt der katholische Sozialpolitiker Jörg eine Rede über Bismarcks auswärtige Politik und die Nichteinberufung des Bundesratsausschusses für die Kontrolle dieser Politik. Bismarck, erbittert über einen Hirtenbrief der französischen Bischöfe, von denen mehrere zu jener Zeit auch elsaß-lothringische Reichsangehörige zu ihren Diözesanen zählten, worin die Bischöfe sich über die deutschen Kulturkampfmaßregeln mißbilligend äußerten, hatte eine Zirkulardepesche an die Gesandten des Reiches versendet, in der er ausführte: Sollte sich herausstellen, daß es für das Deutsche Reich nicht möglich sei, mit dem westlichen Nachbarn in einem dauernden Frieden zu leben, dann werde man nicht abwarten, bis die Franzosen vollkommen zum Losschlagen gerüstet seien, sondern werde den geeigneten Moment selbst wählen und die Initiative ergreifen. Das war eine Drohung mit Krieg, die große Beunruhigung hervorrief. Nach einem Bismarckschen Wort in der »Norddeutschen Allgemeinen Zeitung« erhielt die Depesche die historische Bezeichnung: »Die Kaltwasserstrahldepesche«. Jörg sah in diesem Vorgehen Bismarcks eine unverantwortliche Handlungsweise, die leichtherzig das Reich großen Gefahren aussetzte. Auch beschwerte er sich darüber, daß man das Zentrum für das Attentat Kullmanns, das dieser an Bismarck im verflossenen Sommer in Kissingen begangen hatte, verantwortlich mache. Jörg bezeichnete Kullmann als einen Halbverrückten, für den das Zentrum keine Verantwortung übernehme. Bismarck ging darauf in einer sehr aggressiven Rede gegen das Zentrum los. Mit Hinweis auf das Geständnis, das Kullmann ihm, Bismarck, im Gefängnis gemacht, daß er durch Lesen der Zentrumspresse zu dem Attentat bestimmt worden sei, erhob er die Beschuldigung, das Zentrum trage an dem Attentat die Mitschuld, Kullmann hänge ihm an den Rockschößen. Diese Worte riefen einen ungeheuren Lärm hervor, aus dem wiederholte Pfuis ertönten, die man aus der Mitte des Zentrums Bismarck entgegenschleuderte. Der Hauptrufer im Streit war der spätere Präsident des Reichstags, Graf Ballestrem.

Diesen Vorgang hatte Bismarck nicht vergessen, denn eine Haupteigenschaft seiner Berserkernatur war, ein guter Hasser zu sein. Mit seinem

Hasse hat er mir immer imponiert, dagegen mißfiel mir im höchsten Grade die kleinliche und gehässige Art, wie er seinem Hasse Befriedigung verschaffte. Hier war ihm jedes Mittel recht.

In dieser Session trugen wir unerwartet einen Erfolg davon. Most hatte sich in einer Petition beschwerdeführend über seine Behandlung in Plötzensee an den Reichstag gewendet und eine gesetzliche Regelung der Strafhaft beantragt. Die Petitionskommission, die darüber Bericht zu erstatten hatte, konnte sich der Berechtigung der Mostschen Klagen nicht entziehen. Bei der Verhandlung im Plenum, in der Liebknecht ebenfalls das Wort nahm, wurde der folgende Antrag der Kommission mit großer Mehrheit angenommen:

»Die Petition dem Herrn Reichskanzler mit der Aufforderung zu überweisen, dahin zu wirken, daß in denjenigen Bundesstaaten, in welchen die Strafvollstreckung bislang nicht durch Gesetz geregelt ist, insbesondere im Königreich Preußen, von den Bundesregierungen schleunigst der Strafvollzug und das Gefängniswesen in einer Weise geordnet wird, daß dadurch der Vollzug der Strafen, namentlich der Gefängnisstrafen, im Sinne des Strafgesetzbuchs, insbesondere des § 16 desselben, sichergestellt wird;

den Herrn Reichskanzler ferner zu ersuchen, bei der königlich preußischen Regierung dahin zu wirken, daß der § 23 der Instruktion vom 24. Oktober 1837, der Justizministerialerlaß vom 24. November 1851 (5c) und § 37 der Hausordnung für das Strafgefängnis bei Berlin, als mit dem § 16, Alinea 2, des Strafgesetzbuchs in Widerspruch stehend beseitigt werden.«

Meine Freilassung am 1. April 1875 – dem Geburtstag Bismarcks – nach einunddreißigmonatiger Haft, war nicht nur ein Freudentag für meine Familie und mich. Es gingen mir von allen Seiten aus der Partei eine solche Menge Glückwünsche in Briefen und Depeschen zu, daß ich sagen darf, auch ein großer Teil der Partei betrachtete den Tag als einen Freudentag.

Für den 11. April hatte mein Wahlkreis eine große Empfangsfeier in Glauchau veranstaltet, die ich mit meiner Familie besuchte. In der Rede, die ich hielt, sagte ich mit Bezug auf die bevorstehende Vereinigung: »Ich begrüße mit voller Freude die Mitglieder der anderen Fraktion, die uns oft von dieser Stelle aus als Gegner gegenüberstanden; wir gehen fortan nicht nur friedlich nebeneinander, wir kämpfen jetzt schon gemeinsam miteinander für das hohe Ziel, dem wir zustreben. In Bälde werden wir aber vereinigt sein in einem gemeinsamen Verband. So heftig wir uns früher bekämpft, nunmehr werden wir um so gestärkter, mutiger und furchtloser gegen den gemeinsamen Feind vorgehen. Der Erfolg wird nicht ausbleiben.« Die Stimmung auf dem Feste war die denkbar beste, alle waren im Hinblick auf die stattgehabte Versöhnung wie von einem Alp befreit. Im Juli folgten die Meeraner Genossen ebenfalls mit einem großen Feste und später Hohenstein-Ernstthal.

Moritz Heß erlebte die Vereinigung nicht mehr. Er starb im April in Paris. Karl Hirsch hielt die Leichenrede. In demselben Monat starb auch Georg Herwegh, der sich seit Lassalles Tod der Partei ferngehalten hatte, und zwar in Baden-Baden. In demselben Jahre sah sich die »Frankfurter Zeitung« veranlaßt, eine Sammlung für den ehemaligen »Zuchthäusler« August Röckel zu veranstalten, der in größter Not in Wien lebte.

Vom Vereinigungskongreß zu Gotha bis zum

Vorabend des Sozialistengesetzes

Das Einigungswerk

Der Vereinigungskongreß war auf den 25. Mai 1875 und die folgenden Tage von dem vorberatenden Komitee einberufen worden. Nach jahrelangen gegenseitigen erbitterten Kämpfen standen sich jetzt die bisher feindlichen Brüder zu gemeinsamem Werke Auge in Auge gegenüber. Daß man sich nicht gleich brüderlich umarmte, sondern zum Teil noch immer mißtrauisch betrachtete, wer wird sich darüber wundern? Es bedurfte noch großer gegenseitiger Rücksichtnahme und gegenseitig einer Behandlung, als habe man es mit rohen Eiern zu tun, sollte es nicht zum Aufeinanderplatzen der noch vorhandenen persönlichen und sachlichen Gegensätze kommen. Neugierig und gespannt blickten unsere gemeinsamen Gegner in jenen Tagen nach Gotha, ob das Vereinigungswerk gelinge. Und es gelang nach einigen kleinen Reibereien über Erwarten und trug seine Früchte.

Auf dem Kongreß waren 25659 Parteigenossen durch 127 Delegierte vertreten. Davon entfielen auf den Allgemeinen Deutschen Arbeiterverein

272

16538 Mitglieder mit 71 Delegierten, auf die Sozialdemokratische Arbeiterpartei 9121 Mitglieder mit 56 Delegierten.

Die Versammlung eröffnete W. Bock-Gotha im Namen des Lokalkomitees und begrüßte die Anwesenden. Bock war einer der Mitbegründer der Sozialdemokratischen Arbeiterpartei in Eisenach, und nun legte er zum zweiten Male mit Hand ans Werk zur Gründung der neuen, größeren Partei.

Zu Vorsitzenden des Kongresses wurden Geib und Hasenclever gewählt. Bei der Mandatprüfung erklärte ich mich für die Zulassung einer kleinen Vereinigung von Lassalleanern in Leipzig, die sich vom Hauptverein abgesplittert hatte. Solle Vereinigung sein, so ganze. Auer widersprach. Mein Antrag fiel, doch ließ man den Vertreter der Sekte mit beratender Stimme zu. Ich hatte also halb gesiegt. Weiter war von Breslau der Antrag gestellt, die beiden Fraktionen sollten vor Eintritt des Gesamtkongresses in die Beratung ihre Separatkongresse abhalten, um ihre inneren Angelegenheiten zu ordnen. Dagegen erklärte sich *Auer*. Diese könnten ebensogut nach dem allgemeinen Kongreß abgehalten werden. Die Eisenacher brauchten dazu einen Tag. Deren Abrechnungen stimmten, wie die anwesenden Delegierten bezeugen würden. Der Kongreß finde nach getroffenen Vereinbarungen der Vertreter der beiden Parteien statt. Hintergedanken habe niemand gehabt. Bei den Eisenachern gelte die Parole: Wir sind arm, aber ehrlich. Wir könnten den Kongreß nicht in die Länge ziehen, daher seien wir gegen den Breslauer Antrag. Diese Ausführungen Auers verletzten erklärlicherweise die andere Seite, und so nahm *Fritzsche* am folgenden Tage das Wort, um sich über die Äußerung Auers: »Wir sind arm, aber ehrlich«, zu beschweren. Diese Worte erweckten den Verdacht, als gehe es im Allgemeinen Deutschen Arbeiterverein unehrlich zu. *Geib* beruhigte Fritzsche. *Auer* erklärte: Er halte die Äußerung unter den gegebenen Verhältnissen für gerechtfertigt. Die Lassalleaner hätten selbst solche Angriffe erhoben und dabei von »beiden Seiten« gesprochen.

Dieses war der einzige ernstliche Mißton, der in den Verhandlungen zum Vorschein kam.

In der Programmfrage war *Liebknecht* Referent. Im Programm war der Satz enthalten: Die Befreiung der Arbeiter muß das Werk der Arbeiterklasse sein, »der gegenüber alle anderen Klassen nur eine reaktionäre Masse sind«. Ich beantragte, an Stelle des letzten Satzes zu sagen: »Der gegenüber alle anderen Klassen reaktionär sind«. Vahlteich ging weiter und beantragte die Streichung des ganzen Abschnittes. Sein Antrag wurde mit 12 gegen 111 Stimmen, der meine mit 58 gegen 50 Stimmen abgelehnt. Bei der Spezialberatung der nächsten Forderungen beantragte ich, das Wahlrecht für Staatsangehörige beiderlei Geschlechts zu fordern. *Hasselmann* erklärte sich gegen, *Auer* für meinen Antrag. Derselbe wurde mit 55 gegen 62 Stimmen abgelehnt. Nachträglich gab *Hasenclever* die Erklärung ab: Viele Delegierte hätten gegen meinen Antrag gestimmt, weil sie die Forderung durch den Ausdruck Staatsangehörige gedeckt hielten; ähnlich äußerte sich Liebknecht, er habe aus stilistischen Gründen (beiderlei Geschlechts) gegen meinen Antrag gestimmt, in der Sache selbst sei er mit mir einverstanden. Es wurden alsdann noch eine Reihe kleinerer Verbesserungsanträge, die wir gestellt, angenommen. In der Endabstimmung fand das Programm einstimmig Annahme. In seinen prinzipiellen Sätzen lautete nunmehr dasselbe:

»1. Die Arbeit ist die Quelle alles Reichtums und aller Kultur, und da allgemein nutzbringende Arbeit nur durch die Gesellschaft möglich ist, so gehört der Gesellschaft, das heißt allen ihren Gliedern, das gesamte Arbeitsprodukt, bei allgemeiner Arbeitspflicht, nach gleichem Recht, jedem nach seinen vernunftgemäßen Bedürfnissen.

In der heutigen Gesellschaft sind die Arbeitsmittel Monopol der Kapitalistenklasse; die hierdurch bedingte Abhängigkeit der Arbeiterklasse ist die Ursache des Elends und der Knechtschaft in allen Formen.

Die Befreiung der Arbeit erfordert die Verwandlung der Arbeitsmittel in Gemeingut der Gesellschaft und die genossenschaftliche Regelung der Gesamtarbeit mit gemeinnütziger Verwendung und gerechter Verteilung des Arbeitsertrags.

Die Befreiung der Arbeit muß das Werk der Arbeiterklasse sein, der gegenüber alle anderen Klassen nur eine reaktionäre Masse sind.

2. Von diesen Grundsätzen ausgehend, erstrebt die Sozialistische Arbeiterpartei Deutschlands mit allen gesetzlichen Mitteln den freien Staat und die sozialistische Gesellschaft, die Zerbrechung des ehernen Lohngesetzes durch Abschaffung des Systems der Lohnarbeit, die Aufhebung der Ausbeutung in jeder Gestalt, die Beseitigung aller sozialen und politischen Ungleichheit.

Die Sozialistische Arbeiterpartei Deutschlands, obgleich zunächst im nationalen Rahmen wirkend, ist sich des internationalen Charakters der Arbeiterbewegung bewußt und entschlossen, alle Pflichten, welche dieselbe den Arbeitern auferlegt, zu erfüllen, um die Verbrüderung aller Menschen zur Wahrheit zu machen.

3. Die Sozialistische Arbeiterpartei Deutschlands fordert, um die Lösung der sozialen Frage anzubahnen, die Errichtung von sozialistischen Produktivgenossenschaften mit Staatshilfe unter der demokratischen Kontrolle des arbeitenden Volkes. Die Produktivgenossenschaften sind für Industrie und Ackerbau in solchem Umfang ins Leben zu rufen, daß aus ihnen die sozialistische Organisation der Gesamtarbeit entsteht.« ²⁷⁴

Im weiteren folgten die Forderungen für die Demokratisierung des Staates und die nächsten sozialen Forderungen.

Wie aus dem Programm hervorgeht, war der Name der vereinigten Partei: »Sozialistische Arbeiterpartei.« Über die vorgeschlagene Organisation berichtete *Hasenclever,* die mit einigen Änderungen ebenfalls nach der Vorlage einstimmig angenommen wurde. Danach stand an der Spitze der Partei ein Vorstand aus fünf Personen, die der Kongreß wählte. Für die Kontrolle der Geschäftsführung des Vorstandes wurde eine Kontrollkommission aus sieben Personen eingesetzt, deren Sitz der Kongreß bestimmte und deren Wahl durch die Mitglieder der Partei an dem Sitz der Kontrollkommission vorgenommen wurde. Außerdem wurde ein Ausschuß von achtzehn Personen, über Deutschland verteilt wohnend, gewählt, der als vorläufig richtende Instanz über den Parteivorstand zu entscheiden hatte und bei besonders wichtigen Vorgängen zur Beratung von seiten des Vorstandes eingeladen werden sollte. Die Leitung der örtlichen Geschäfte wurde einem Agenten übertragen, den auf Vorschlag der Mitglieder eines Ortes der Parteivorstand einsetzte. Man hoffte damit einer Anklage wegen gesetzwidriger Verbindung von Vereinen aus dem Wege zu gehen. Wie sich bald ergab, vergeblich.

Als Sitz des Parteivorstandes wurde auf meinen Vorschlag Hamburg bestimmt. Weiter wurden die von mir vorgeschlagenen Gehälter für die fünf Vorstandsmitglieder angenommen, wonach der geschäftsführende Vorsitzende *monatlich* 65 Taler, sein Stellvertreter 15 Taler, die beiden Schriftführer je 50 Taler, der Kassierer 35 Taler erhalten sollten. Diese Sätze waren vorher unter uns vereinbart worden; ebenso schlug ich im Namen der Eisenacher vor, in den neuen Vorstand drei Lassalleaner und zwei Eisenacher zu wählen, was ebenfalls Annahme fand. Darauf wurden *Hasenclever* als erster, *Hartmann*-Hamburg als zweiter Vorsitzender, *Auer* und *Derossi* als Schriftführer, *Geib* als Kassierer gewählt. Sitz der Kontrollkommission wurde Leipzig und ich deren Vorsitzender.

Offizielle Organe der Partei wurden der »Neue Sozialdemokrat« in Berlin und der Leipziger »Volksstaat«. Beide Blätter gingen in Parteieigentum über.

Am 27. Mai abends halb 12 Uhr waren die Beratungen zu Ende und wurde der Kongreß mit einem Hoch auf die Arbeiter aller Kulturstaaten und nachfolgendem Gesang der Arbeitermarseillaise geschlossen.

*

Bracke, der dem Kongreß aus Gesundheitsrücksichten fernbleiben mußte, war am Schlusse desselben durch die erzielten Resultate in günstigerer Stimmung. So schrieb er am 27. Mai an Engels:

»Ich persönlich kann Ihnen noch keine Mitteilung sagen, da man das, was beschlossen ist, erst vor sich haben muß, ehe man urteilt. Sind diese Beschlüsse nicht unsinnig, werden wir auch keinen Unsinn machen. (Anspielung auf einen Brief Liebknechts an Bracke.) Jedenfalls war bei Liebknecht, Geib usw. der ernste Wille vorhanden, den begangenen Fehler wieder gutzumachen. Der Verlauf des Kongresses hat gezeigt, daß die Konzessionen des Entwurfes weit weniger wegen der Arbeiter nötig waren als aus persönlicher Rücksicht gegen Hasenclever usw. *Soweit bis jetzt ein Urteil möglich ist, bin ich mit dem Kongreß zufrieden,* denn derselbe hat gezeigt, daß die Arbeiter tatsächlich viel weiter sind als ich glaubte.«

Ich kam erst im Herbst dazu, Engels auf seinen Brief von Ende März zu antworten. Ich schrieb:

»Leipzig, den 21. Sept. 1875

Lieber Engels!

Ich muß recht sehr um Entschuldigung bitten, daß ich Sie auf Ihren Brief von Ende März ohne alle Antwort gelassen. Ich kann Ihnen aber versichern, daß ich in den ersten drei bis vier Monaten nach meiner Freilassung keine ruhige Stunde gehabt, in der ich den Brief hätte beantworten können, und selbst heute fällt es mir schwer, die nötige Muße aufzutreiben.

Mit dem Urteil das Sie über die Programmvorlage fällten, stimme ich, wie das auch Briefe von mir an Bracke beweisen, vollkommen überein. Ich habe auch Liebknecht über seine Nachgiebigkeit heftige Vorwürfe gemacht, aber nachdem einmal das Malheur geschehen war, galt es, sich so gut als möglich herauszuziehen. Was der Kongreß beschlossen, war das Äußerste, was zu erreichen war. Es zeigte sich auf der anderen Seite eine entsetzliche Borniertheit und teilweise Verbissenheit, man mußte mit den Leuten wie mit Porzellanpüppchen umgehen, wollte man nicht, daß der mit soviel Lärm in Szene gesetzte Einigungskongreß zum Jubel der Gegner und zur größten Blamage der Partei resultatlos auseinander- ging. Schließlich gelang es aber dennoch, namentlich in der Personenfra- ge, derart zu operieren, daß *wir mit dem Resultat zufrieden sein konnten.* Es wird allerdings noch manchen Kampf gegen die Borniertheit und den persönlichen Egoismus zu kämpfen geben, aber ich zweifle nicht, daß auch diese Kämpfe, wenn wir geschickt operieren, ohne Schaden für das Ganze ausgefochten werden, und daß in zwei Jahren ein ganz anderer Geist die jetzt teilweise noch widerhaarigen Elemente durch- dringt.

Das Ganze ist eine Erziehungsfrage. Nachdem die Leute acht bis neun Jahre in Lassalle-Schweitzerschem Geiste erzogen worden sind, wollen sie sich nicht sofort an die andere Methode gewöhnen, hier gilt's, Geduld haben.

Die von mir bezeichnete Erziehungsmethode würde sich vielleicht erheblich abkürzen lassen, wenn wir hier den von allen Seiten herbeiströ- menden Einladungen zu Versammlungen und Festreden genügen könnten. Im persönlichen Verkehr mit den Leuten ließen sich Vorurteile und Voreingenommenheiten rascher beseitigen, aber wir können nicht entfernt leisten, was verlangt wird.

Ich speziell bin durch mein Geschäft ganz bedeutend lahm gelegt, und der Durchkrach bei der Landtagswahl hat niemand mehr gefreut als mich. Liebknecht und Motteler geht es, trotzdem sie in der Partei ihre ganze Stellung haben, nicht viel besser; denn ihre laufende Arbeit verträgt sich schlecht mit dem vagabundierenden Agitatorenleben, und dann haben wir in diesem Punkte auch schon zuviel geleistet, um noch große Sehnsucht danach zu empfinden. Lunge und Stimmorgane sprechen ja auch ein Wörtchen mit.

Im allgemeinen können wir mit dem Gang der Partei sehr zufrieden sein, jetzt sieht man erst, wie die frühere Bekämpfung die Kräfte zersplitterte, die Partei ist jetzt finanziell so gestellt, wie nie zuvor, und die Steuern gehen, trotz der schlechten Geschäftszeit, sehr pünktlich und regelmäßig ein.

Ihrer freundlichen Einladung nach London konnte ich natürlich unter den oben geschilderten Umständen nicht nachkommen; ich möchte gerne einmal hinüber nach Old-England, aber vorläufig ist nicht daran zu denken. Vielleicht muß ich nächstes Jahr nach dem Rheinland, eventuell nach Holland in Geschäften, und dann ist der Weg zu Ihnen nicht mehr allzuweit.

Wie ich gehört, ist Marx in Karlsbad, wahrscheinlich werde ich ihn aber nicht zu sehen bekommen; wie mir Liebknecht sagte, will er durch Bayern zurück. In ungefähr 14 Tagen werde ich nach Karlsbad kommen, ich will eine Geschäftstour nach Böhmen machen, dann wird er aber nicht mehr dort sein. Grüßen Sie Marx, wenn er zurückkehrt. Wollen Sie denn nicht Deutschland mal heimsuchen? Sie sitzen in England wie eingerostet.

Freundschaftlichst grüßt Ihr ergebener Bebel.«

Die Antwort, die ich von Engels erhielt, bewies, daß er und Marx meinen Brief in einem Sinne aufgefaßt hatten, der mit dem Inhalt desselben nicht recht in Einklang zu bringen war. Engels schrieb:

»London, 12. Oktober 1875

Lieber Bebel!
Ihr Brief bestätigt ganz unsere Ansicht, daß die Einigung unsererseits überstürzt ist und den Keim künftigen Zwiespalts in sich trägt. Wenn es gelingt, diesen Zwiespalt bis über die nächsten Reichstagswahlen hinauszuschieben, wäre es schon gut ...
Das Programm, wie es jetzt ist, besteht aus drei Teilen:
1. Den Lassalleschen Sätzen und Stichworten, die aufgenommen zu haben eine Schmach unserer Partei bleibt. Wenn zwei Fraktionen sich über ein gemeinsames Programm einigen, so setzen sie das hinein, worüber sie einig und berühren nicht das, worüber sie uneinig sind. Die Lassallesche Staatshilfe stand zwar im Eisenacher Programm, aber als *eine* aus vielen *Übergangsmaßregeln,* und nach allem, was ich gehört habe, war sie, *ohne* die Einigung, ziemlich sicher, im diesjährigen Kongreß auf Brackes Antrag an die Luft gesetzt zu werden. Jetzt figuriert sie als das eine unfehlbare und ausschließliche Heilmittel für alle sozialen

Gebrechen. Das ›eherne Lohngesetz‹ und andere Lassallesche Phrasen sich aufoktroyieren zu lassen, war für unsere Partei eine kolossale moralische Niederlage. Sie bekehrte sich zum Lassalleschen Glaubensbekenntnis. Das ist nun einmal nicht wegzuleugnen. Dieser Teil des Programms ist das kaudinische Joch, unter dem unsere Partei zum größeren Ruhm des heiligen Lassalle durchgekrochen ist;

2. aus demokratischen Forderungen, die ganz im Sinn und im Stil der Volkspartei aufgesetzt sind;

3. aus Forderungen an den ›*heutigen* Staat‹ (wobei man nicht weiß, an wen denn die übrigen ›Forderungen‹ gestellt werden), die sehr konfus und unlogisch sind;

4. aus allgemeinen Sätzen, meist dem Kommunistischen Manifeste und den Statuten der Internationale entlehnt, die aber so umredigiert sind, daß sie entweder *total Falsches* enthalten oder aber *reinen Blödsinn,* wie Marx das in dem Ihnen bekannten Aufsatz im einzelnen nachgewiesen.

Das Ganze ist im höchsten Grad unordentlich, konfus, unzusammenhängend, unlogisch und blamabel. Wenn unter der Bourgeoispresse ein einziger kritischer Kopf wäre, hätte er dies Programm Satz für Satz durchgenommen, jeden Satz auf seinen wirklichen Inhalt hin untersucht, den Unsinn recht handgreiflich auseinandergelegt, die Widersprüche und ökonomischen Schnitzer (zum Beispiel: daß die Arbeitsmittel heute ›Monopol der Kapitalistenklasse‹ sind, als ob es keine Grundbesitzer gäbe, das Gerede von ›Befreiung der *Arbeit*‹ statt der Arbeiterklasse, die Arbeit selbst ist heutzutage ja gerade *viel zu frei!*) entwickelt und unsere ganze Partei greulich lächerlich gemacht. Statt dessen haben die Esel von Bourgeoisblättern dies Programm ganz ernsthaft genommen, hineingelesen, was nicht darin steht und es kommunistisch gedeutet. Die Arbeiter scheinen dasselbe zu tun. Es ist *dieser Umstand allein,* der es Marx und mir möglich gemacht hat, uns nicht öffentlich von einem solchen Programm loszusagen. Solange unsere Gegner und ebenso die Arbeiter diesem Programm unsere Ansichten unterschieben, ist es uns erlaubt, darüber zu schweigen.

Wenn Sie mit dem Resultat in der Personenfrage zufrieden sind, so müssen die Ansprüche auf unserer Seite ziemlich tief gesunken sein. Zwei von den Unseren und drei Lassalleaner! Also auch hier die Unseren nicht gleichberechtigte Alliierte, sondern Besiegte und von vornherein überstimmt. Die Aktion des Ausschusses, soweit wir sie kennen, ist auch nicht erbaulich: 1. Beschluß, Brackes und B. Beckers zwei Schriften über Lassallesches *nicht* auf die Parteischriftenliste zu setzen; wenn dies zurückgenommen, so ist es nicht die Schuld des Ausschusses und auch nicht Liebknechts; 2. Verbot an Vahlteich, die ihm von Sonnemann angetragene Korrespondenz für die Frankfurter Zeitung anzunehmen. Dies hat Sonnemann dem durchreisenden Marx selbst erzählt. Was mich noch mehr dabei wundert als die Arroganz des Ausschusses und die Bereitwilligkeit, womit Vahlteich sich gefügt hat, statt dem Ausschuß etwas zu pfeifen, ist die kolossale Dummheit dieses Beschlusses. Der Ausschuß sollte doch lieber dafür sorgen, daß ein Blatt, wie die Frankfurter, von allen Orten aus *nur* durch unsere Leute bedient wird. –

... Daß die ganze Sache ein Erziehungsexperiment ist, das auch unter diesen Umständen einen sehr günstigen Erfolg verspricht, darin haben Sie ganz recht. Die Einigung als solche ist ein großer Erfolg, wenn sie sich zwei Jahre hält. Aber sie war unzweifelhaft billiger zu haben.«

Man sieht, es war kein leichtes Stück, mit den beiden Akten in London sich zu verständigen. Was bei uns kluge Berechnung, geschickte Taktik war, das sahen sie als Schwäche und unverantwortliche Nachgiebigkeit an, schließlich war doch die Tatsache der Einigung die Hauptsache. Diese trug logisch die Weiterentwicklung in sich selbst, dafür sorgten auch nach wie vor unsere Freunde, die Feinde. Daran konnten auch Beschränktheiten und Engherzigkeiten, wie sie der Parteivorstand in den von Engels gerügten Fällen sich zuschulden kommen ließ, nichts ändern. Erwähnt muß werden, daß damals die »Frankfurter Zeitung« der von uns vertretenen Richtung freundlich gegenüberstand, dagegen hatte der Allgemeine Deutsche Arbeiterverein mit Sonnemann manchen Span auszufechten gehabt. Daher war auf dieser Seite die Animosität gegen ihn und seine Zeitung erklärlicherweise eine sehr starke.

Nachwehen

So glatt, wie ich in meinem Briefe an Engels die Sachlage dargestellt hatte, verlief indes die Einigung nicht überall. Namentlich platzten in Hamburg, wo Hasselmann und Richter-Wandsbeck und ihr Anhang schürten, die Geister oft heftig aufeinander. Auer, der als Parteisekretär in Hamburg wohnte, sah diese Vorgänge als ziemlich bedenklich an. So schrieb er mir am 15. September 1875, in der Parteimitgliedschaft sei

nach wie vor große Uneinigkeit, es sei fraglich, ob aus all dem Teufels-
quark nicht noch eine Spaltung hervorgehe. Und in einem Briefe vom
25. September an mich wiederholte er seine Klagen. Auf dem Parteikongreß 1876 wurde dann Richter-Wandsbeck wegen seines parteischädigen-
den Treibens aus der Partei ausgestoßen.

*

In Leipzig hatte der zum Reichstag gewählte Abgeordnete Dr. Stephani
im Frühjahr 1875 sein Mandat niedergelegt. Es kam zu einer Nachwahl,
bei der ich wieder als Kandidat der Partei aufgestellt worden war. Bei
der Wahl am 11. Mai erhielt ich 4018 Stimmen, 367 mehr als das Jahr
zuvor bei den allgemeinen Wahlen, mein nationalliberaler Gegner erhielt
über 1000 Stimmen weniger, die auf einen Konservativen fielen. Ich war
auch als Landtagskandidat für den sächsischen Landtagswahlkreis Mee-
rane-Hohenstein-Ernstthal aufgestellt worden. Ich unterlag hier gleichfalls,
und zwar mit 694 gegen 899 Stimmen, die mein nationalliberaler Gegner
erhielt. Ich war über diese Niederlage, wie ich in meinem oben abgedruckten Briefe an Engels bereits andeutete, sehr zufrieden. Die Partei
hatte sich um jene Zeit noch wenig mit den Landtagswahlen befaßt. Das
Wahlgesetz war zwar im Vergleich zu dem heute bestehenden ein sehr
günstiges, es forderte für den Wähler einen Zensus von 3 Mark direkter
Staatssteuer, die sächsische Staatsangehörigkeit und ein Alter von 25
Jahren. Für das Recht, als Abgeordneter gewählt zu werden, das sogenannte passive Wahlrecht, wurde ein Zensus direkter Staatssteuer von
mindestens 30 Mark, ein Alter von 30 Jahren und dreijährige Staatsangehörigkeit verlangt. Trotzdem war die Zahl unserer Wähler gering, da
zu jener Zeit viele Arbeiter die Staatssteuer von 3 Mark, die mit einem
Jahreseinkommen von 600 Mark verknüpft war, nicht bezahlten. Erst
mit der Einführung eines neuen Einkommensteuergesetzes im Jahre 1876
änderte sich dieses zu unseren Gunsten infolge der höheren Einkommen-
einschätzung. Von jetzt ab begannen wir mit Erfolg uns an den Wahlen
zum Landtag zu beteiligen.

Um die stattgehabte Vereinigung immer mehr in Fleisch und Blut
der früher feindlichen Brüder überzuleiten, kamen wir überein, daß die
bekanntesten Persönlichkeiten aus den ehemaligen beiden Lagern
hauptsächlich in den Bezirken Versammlungen abhalten sollten, die ihnen
früher mehr oder weniger unzugänglich waren. So gingen Liebknecht

und Motteler nach dem Norden und Westen, Hasenclever, Dreesbach und andere nach dem Süden und nach Sachsen, ich nach Altona-Hamburg, woselbst meine Versammlungen ungemein stark besucht wurden, ebenso in Berlin, woselbst ich im Tivoli eine Riesenversammlung abhielt. In Hamburg, Altona und Umgebung erhielt die Bewegung einen neuen Stützpunkt in der Gründung des »Hamburg-Altonaer Volksblattes«, das mit dem 1. Oktober 1875 ins Leben trat. Hasenclever zog es jetzt vor, aus dem Vorstand aus- und in die Redaktion des »Hamburg-Altonaer Volksblattes« einzutreten.

*

Für mich persönlich war damals die Situation keine angenehme. Unter dem Widerspruch der Interessen zwischen Geschäft und Partei litt ich schwer, darüber klagte auch Bracke in einem Briefe an mich Ende August. Es sei schrecklich, Sklave eines Geschäftes zu sein. Aber wie loskommen? Er trage sich mit dem Gedanken, sein Druck- und Verlagsgeschäft an die Leipziger Genossenschaftsdruckerei zu verkaufen, aber andererseits habe er wieder Bedenken. Er habe erdrückende Arbeit und ein schweres Defizit zu tragen, das ihm Verlag und Druckerei verursache. Ich bewunderte bei ihm die Heiterkeit des Gemüts, die er trotz aller Sorgen behielt. Da ich um jene Zeit meinen späteren Associé gewonnen hatte, eine Verbindung, die erst im nächsten Herbste durchgeführt werden konnte, wovon aber die Nachricht sich blitzschnell in Leipzig verbreitet hatte, entstand das von den Gegnern genährte Gerücht, ich werde mich alsdann aus dem Parteileben zurückziehen. Die erste Nachricht von diesem Geschwätz erhielt ich durch einen Altenburger Genossen, der mir am 30. August schrieb, er habe bei seiner kürzlichen Anwesenheit in Leipzig von verschiedenen Seiten gehört, daß ich einen Kompagnon erhielte, Großindustrieller würde und dann mich langsam aus der Partei zurückziehen wolle. Das habe er bei einem Arbeiterfest in Schmölln auch Meeraner und Gößnitzer Genossen mitgeteilt und ihnen gesagt, sie müßten diesen schmerzlichen Schlag, den sie von mir erhielten, überwinden. Da sei es aber rührend gewesen, mit welch felsenfesten Vertrauen die betreffenden Genossen geantwortet, das glaubten sie nicht, das hielten sie für unmöglich. Mittlerweile habe er auch vernommen, daß es nicht wahr sei. Er habe ihnen aber versprechen müssen, an mich wegen der Sache zu schreiben, er bitte wegen seiner Zudringlichkeit um Verzeihung, ich möchte aber dem Gerücht *öffentlich* entgegentreten, ein Verlangen, das zu erfüllen ich meiner unwürdig hielt.

Um diese Zeit – September 1875 – befand sich Most noch immer im Gefängnis zu Plötzensee. Ich schrieb ihm zur Tröstung einen längeren Brief und erkundigte mich, wie es ihm gehe. Daß seine Behandlung gegen früher eine anständigere geworden war, hatte ich vernommen. Darauf schrieb er mir am 27. September:

»Lieber Bebel! Wenn ich Dir sage, daß ich oft monatelang weder von der Partei noch von Parteigenossen ein Sterbenswörtchen höre, so kannst Du Dir denken, daß mich Dein Brief freute. Du muß Dir meinethalben keine Sorge machen, es steht zwar (*lediglich* wegen meiner kärglichen Lebensweise) faul genug mit mir, aber flöten gehe ich deshalb doch nicht. Mir geht es von Kindheit an, namentlich aber seit den letzten sieben Jahren, so nichtswürdig, daß ich immerhin ungemein viel aushalten kann. ... Alle Nachrichten, die Du mir betreffend unserer Partei übermittelst, beweisen mir aufs neue, daß alle gegen uns inszenierten Verfolgungen fruchtlos waren und sind. Komme ich erst heraus, hoffe ich meine Freude zu haben. Und was meine Stimmbänder betrifft, so werden sie wohl noch ein Weilchen aushalten. ... Was ich tue? Nun, ich ochse! Erstens schreibe ich für Geib, zweitens büffle ich französische Übersetzungen und drittens löffle ich tüchtig Materialismus. ... Man muß ja heutzutage entsetzlich viel gelesen haben, will man nicht als Schafskopf gelten. ... Die Zeit vergeht mir verhältnismäßig sehr rasch. Geib meint, ich solle beantragen, daß man mich vorläufig entlasse, aber dieses habe ich nun schon dreimal abgelehnt, da solche Betteleien prinzip- und zwecklos sind.«

Reichstagsarbeit

Ende Oktober 1875 wurde die neue Session des Reichstags eröffnet. Nach einer Pause von fast dreieinhalb Jahren nahm ich zum erstenmal wieder an dessen Beratungen teil. Es war auch die erste Session, in der die Vertretung der Partei als die der *geeinigten* Partei vor die Öffentlichkeit trat. Das Auftreten der Fraktion war denn auch sofort lebhafter, selbstbewußter und energischer als in irgendeiner früheren Session. Die Natur des Beratungsstoffs trug ebenfalls zu einem lebhafteren Eingreifen bei.

Dem Reichstag war ein Gesetzentwurf zugegangen betreffend die Abänderung des Titels 8 der Gewerbeordnung in Verbindung mit einem Gesetzentwurf über die gegenseitigen Hilfskassen. Die Debatte über den Gesetzentwurf in den verschiedenen Stadien seiner Beratung wurde von uns mit allem Nachdruck geführt. Fast die gesamten Mitglieder der Fraktion beteiligten sich zum Teil wiederholt an den Debatten und begründeten auch eine größere Zahl Anträge zu den verschiedenen Paragraphen. In der Arbeiterwelt hatte der Entwurf lebhafte Mißstimmung erzeugt und eine Anzahl Petitionen hervorgerufen, unter denen namentlich die Petition der Kommission der Krankenkassenvorstände *Berlins* sehr ausführlich auf die einzelnen Bestimmungen des Gesetzentwurfs einging.

Seitens der Fraktion war ich zum Redner in der Generaldebatte bestimmt worden. Die Verhandlungen begannen am 6. November und wurden noch an demselben Tage zu Ende geführt. Die Mehrheit liebte es, möglichst wenig zu diskutieren und raschen Schluß zu machen. Ich nahm gegen den Entwurf in der vorliegenden Fassung entschieden Stellung. Fraktion und Partei standen damals auf dem Standpunkt, daß die Krankenkassen *ausschließlich* den Arbeitern gehörten, daß sie allein die Beiträge zahlen und die *volle* Selbstverwaltung besitzen sollten. Die Haftpflicht beziehungsweise Unfallpflicht in allen ihren Konsequenzen sei *ausschließlich* den Unternehmern zu übertragen. Die Invaliditäts- und Altersversicherung sei auf die Beiträge *beider* Teile zu begründen. Ich führte aus, der Entwurf stelle die Arbeiter unter die Vormundschaft der Behörden und der Unternehmer. Er verweigere den Arbeitern das Recht, das jede andere Klasse für die Verwaltung ihres eigenen Vermögens besitze, das Recht der unumschränkten Selbstverwaltung. Was würde der Reichstag sagen, machten wir in einem Aktien- oder Genossenschaftsgesetz solche bevormundende Vorschriften! Statt von großen des Reiches würdigen Gesichtspunkten sei man von kleinlichen und kleinlichsten Gesichtspunkten ausgegangen. Namentlich in Verbindung mit dem § 4 des Haftpflichtgesetzes sei der Entwurf sehr bedenklich, da er den Arbeitern in den Hilfskassen Lasten auferlege, die die Haftpflichtversicherung der Unternehmer zu tragen habe. Behalte der Gesetzentwurf im wesentlichen seinen jetzigen Charakter, werde er statt Zufriedenheit große Unzufriedenheit in der Arbeiterwelt hervorrufen, also das Gegenteil von dem, was er bezwecken solle. Der Entwurf wurde an eine Kommission von 21 Mitgliedern verwiesen. Nachdem dieser Beschluß gefaßt war, trat der Abgeordnete Miquel an mich heran und stellte die Frage, ob ich bereit wäre, Mitglied der Kommission zu werden. Nach erfolgter Umfrage bei den Fraktionsgenossen erklärte ich mich dazu bereit. Als aber die Wahl erfolgen sollte, kam Miquel abermals zu mir, er müsse zu einem Bedauern mir mitteilen, daß die große Mehrheit seiner Fraktion meine Wahl nicht wünsche. Er riet mir, mich mit dem Zentrum zu verständigen. Ich lehnte dieses ab; es sei unserer unwürdig, bei einer anderen Fraktion um einen Sitz in einer Kommission zu petitionieren. Der Seniorenkonvent bestand damals schon, der die Verteilung der Mitglieder der Kommissionen nach der Stärke der Fraktionen vornahm. Wir mit unseren neun Mitgliedern wurden aber als Fraktion nicht anerkannt, dazu waren mindestens fünfzehn erforderlich. So unterblieb meine Teilnahme an der Kommission. Wir stimmten schließlich gegen das Gesetz, da wir mit unseren Verbesserungsanträgen kein Glück hatten; sie wurden sämtlich abgelehnt.

Eine zweite Vorlage, die unsere Beteiligung an den Verhandlungen herausforderte, war die Strafgesetznovelle, durch die nicht weniger als 53 Paragraphen des Strafgesetzes, das erst fünf Jahre in Wirksamkeit war, geändert oder neu eingeführt werden sollten. Die verbündeten Regierungen wollten mit der Vorlage 14 neuen Vergehen die strafrechtliche Verfolgung sichern. Bismarck war allezeit ein Gewaltmensch; jede ihm unbequeme oder unangenehme Zeitströmung glaubte er durch Anwendung von staatlichen Gewaltmitteln aus der Welt schaffen zu können. So die katholische, die Polen-, die sozialistische Bewegung. Und er ist von dieser Auffassung auch nicht bekehrt worden, obgleich am Ende seines Lebens das gründliche Fiasko dieser Politik auf der flachen Hand lag und er der Besiegte und nicht der Sieger war. Die Strafgesetznovelle sollte im großen zuwege bringen, was bisher durch Polizei und Richter mißlungen war. Es waren also insbesondere die sogenannten politischen Paragraphen des Strafgesetzbuches, zum Beispiel die §§ 95, 103, 110, 111, 113, 114, 117, 128, 130, 130a, 131 usw., die entsprechend verschärft werden sollten. So sollte der § 130 folgende Fassung erhalten: »Wer in einer den öffentlichen Frieden gefährdenden Weise verschiedene Klassen der Bevölkerung gegen einander öffentlich aufreizt, oder wer in gleicher Weise die Institute der Ehe, der Familie, des Eigentums öffentlich durch Rede oder Schrift angreift, wird mit Gefängnis bestraft«. Ähnlich erweitert wurde der § 131. Es wurde an seine Stelle etwas modifiziert der berüchtigte ehemalige preußische Haß- und Verachtungsparagraph vorgeschlagen. Wir beobachteten die Taktik, uns zunächst zurückzuhalten und den Liberalen, die mit dem Regierungsentwurf sehr unzufrieden waren, den Vortritt zu lassen. Diese Taktik erwies sich als richtig. Nicht nur Dr. *Hänel* von der Fortschrittspartei, sondern selbst die Nationalliberalen *Bamberger* und *Lasker* entwickelten Anschauungen über die Freiheit der öffentlichen Meinung, denen wir nichts hinzuzusetzen brauchten, die aber sehr abstachen gegen die Haltung, die sie einige Jahre später dem zweiten Sozialistengesetzentwurf gegenüber einnahmen. Ein Teil der Vorlage ging an eine Kommission, der andere sollte im Plenum beraten werden. Unsere eigentliche Beteiligung begann mit der Beratung des § 130, der am 27. Januar 1876 auf der Tagesordnung stand. Graf Eulenburg, der Minister des Innern für Preußen, begann seine Rede mit den Worten: »Meine Herren, der § 130 ist gegen die Sozialdemokratie gerichtet«. Der übrige Inhalt seiner Rede bestand vorzugsweise in langen Zitaten aus dem »Sozialdemokrat« und »Volksstaat« und aus einer Lassalleschen Rede aus dem Jahre 1863, wodurch er unsere Staatsgefährlichkeit nachzuweisen suchte. Schließlich bat er, den verbündeten Regierungen die geforderten Machtmittel gegen uns zu bewilligen, sonst müsse man sich mit den jetzigen unzulänglichen Gesetzesparagraphen begnügen, *»bis die Flinte schießt und der Säbel haut«*. Die Rede verlief vollständig eindruckslos, und so hatte es *Hasselmann*, der nach Eulenburg sprach, leicht, ihn zu widerlegen. Die Regierung stehe verständnislos der sozialdemokratischen Bewegung gegenüber, die doch nur die naturgemäße Frucht der bestehenden wirtschaftlichen Mißstände sei. Die Forderungen im sozialdemokratischen Programm seien die Heilmittel, die wir gegen die vorhandenen Übel in Vorschlag brächten. Auf die Anklage, wir reizten die Arbeiter in den Volksversammlungen auf, stellte er die Frage, warum man nicht in diese Versammlungen komme, um uns zu widerlegen? Den Klassenkampf hätten die Gegner begonnen, und wie grausam und blutig sie ihn eventuell führten, habe die Pariser Kommune gezeigt. Er erklärte schließlich, wir würden den Kampf auf gesetzlichem Boden weiterführen, möge er noch so schwere Opfer kosten. Das Ende der Debatte war, daß, nachdem ein Amendement der Konservativen abgelehnt worden war, sich *keine* Stimme für den Antrag der Regierung erklärte, was große Heiterkeit hervorrief.

Die Parteipresse beantwortete die Rede Eulenburgs durch Abstattung ihres Dankes für die agitatorische Wirkung derselben zugunsten der Partei, und der Parteivorstand beschloß ihre Massenverbreitung. Auch der § 131 fand in der neuen vorgeschlagenen Fassung im Reichstag keine Gegenliebe und flog ebenfalls sang- und klanglos in den Orkus. Zum sogenannten Arnimparagraph (§ 353a) hielt *Liebknecht* eine kurze, aber sehr wirkungsvolle Rede, die den lebhaften Widerspruch der Mehrheit des Reichstags hervorrief.

Bei der dritten Lesung der Novelle empfand Bismarck das Bedürfnis, noch einmal zum § 130 der Vorlage zu sprechen. Da dieser aber nicht mehr existierte, nahm der Abgeordnete Freiherr von Nordeck zur Rabenau den Antrag wieder auf. Bismarck ging darauf sofort aufs schärfste gegen uns los. Er verlange, daß man dem sozialistischen Agitationen auch im Reichstag gebührend entgegentrete. Spreche im Hause ein sozialistischer Abgeordneter, so sei es hergebracht, ihm zuzuhören, als spreche er aus einer anderen Welt, mit der sich der Reichstag nicht zu befassen habe. Man müsse den Gegengründen gegen den utopistischen Unsinn der Sozialisten die weiteste Verbreitung geben; sei es doch so weit gekommen, daß die Mörder und Mordbrenner der Pariser Kommune hier im Reichstag eine öffentliche Lobeserhebung bekommen hätten, ohne daß eine entgegengesetzte Ansicht ausgesprochen worden sei. Es seien das Gebilde, die von den Verführten nur im Dunkel der Blendlaterne der Verführer gesehen würden; wenn sie aber hinreichend an die Luft und Sonne gebracht würden, so müßten sie in ihrer Unausführbarkeit und verbrecherischen Torheit erkannt werden.

Diese Bismarckschen Anklagen richteten sich zweifellos gegen meine Rede in der Session von 1871 zur Verteidigung der Kommune, denn seitdem waren Reden über die Kommune im Reichstag nicht gehalten worden, und so meldete ich mich zum Wort. Nachdem dann Windthorst und Bismarck noch einmal gesprochen, zog der Freiherr v. Nordeck zur Rabenau seinen Antrag mit der Motivierung zurück, Fürst Bismarck, der bei der zweiten Lesung habe fehlen müssen, sei jetzt zum Worte gekommen, damit sei der Zweck seines Antrags erreicht. Als Windthorst auf der Fortsetzung der Debatte bestand, bestritt Simson, der kurze Zeit als Präsident den verhinderten Forckenbeck vertrat, daß dieses möglich sei, und als nunmehr Sonnemann, um mich zu Worte kommen zu lassen, den Antrag v. Nordecks zur Rabenau wieder aufnahm, erklärte Simson, alsdann habe der Abgeordnete Valentin den Schluß der Debatte beantragt. Ein Schlußantrag Valentins lag also bereits wieder einmal auf dem Büro zu geeigneter Verwendung vorrätig vor. So schnitt man mir das Wort zur Entgegnung auf die Angriffe Bismarcks ab. Ich versuchte nunmehr, in einer persönlichen Bemerkung mich zu verteidigen. Ich tadelte, daß man mir nach den heftigen Angriffen des Reichskanzlers auf meine Person das Wort zur Entgegnung verweigert habe. (Wiederholte Zwischenrufe.) Es sei kein Zweifel, daß die Angriffe des Reichskanzlers sich gegen mich persönlich richteten, wie ich das mit Hinweis auf meine Reden im Jahre 1871 nachwies. Der Reichskanzler habe sich über die häufigen Beleidigungen seiner Person beschwert, da hätte er den guten Rat, den er dem Hause gab, zunächst mir und meiner Partei gegenüber befolgen sollen. Seine Anklage, ich hätte Mörder und Mordbrenner verteidigt, wies ich als eine mir zugefügte Beleidigung zurück. Ich hätte die Männer der Kommune verteidigt, weil sie *nicht* als Mörder und Mordbrenner angesehen werden könnten, sondern als Männer, denen man bitter unrecht getan habe. Daß sie keine Mörder und Mordbrenner gewesen seien, dafür spreche, daß drei hochangesehene Regierungen, der Schweizer Bundesrat, die belgische und die englische Regierung, verweigert hätten, die Flüchtlinge der Pariser Kommune, weil sie keine Verbrecher seien, auszuliefern. Hier unterbrach mich der Präsident. Meine Ausführungen seien nicht mehr persönlich, ich machte sachliche Ausführungen, und da stünde Ansicht gegen Ansicht, das gehe aber nicht innerhalb des Rahmens einer persönlichen Bemerkung. So mußte ich auf weitere Ausführungen verzichten. Ich revanchierte mich aber in einer Versammlung in Leipzig, in der ich meinem Herzen Luft machte.

Auch die Verhaftungsfrage der Abgeordneten kam durch einen fortschrittlichen Antrag wieder zur Verhandlung, dem wir, da er eine Halbheit war, einen weitergehenden korrekten Antrag gegenüberstellten. Unser Antrag, den ich motivierte, fiel, aber auch der fortschrittliche Antrag wurde mit 142 gegen 127 Stimmen abgelehnt. *Lasker,* der nach seiner Haltung in der vorigen Session für den Antrag hätte stimmen *müssen,* enthielt sich der Abstimmung, *v. Bennigsen* fehlte als entschuldigt.

Ein Vorgang, der auf dem nächsten Parteikongreß zur Sprache kam und angegriffen wurde, betraf unsere Abstimmung über den Antrag von Schulze-Delitzsch und Genossen, betreffend Zahlung von Diäten. Liebknecht und ich hatten uns bei der zweiten Lesung über diesen Antrag der Abstimmung enthalten, Hasenclever hatte dafür gestimmt und die übrigen Kollegen, von denen Most in Haft war, waren bei der Abstimmung nicht anwesend. Bei der dritten Lesung nahm ich im Namen der *Gesamtheit* das Wort und erklärte, daß wir uns sämtlich der Abstimmung enthalten würden. Wir hätten es satt, beständig für den Papierkorb des Bundesrats zu arbeiten, der Reichstag nehme jede Session mit stets steigernder Mehrheit den Antrag auf Diätenzahlung an, der Bundesrat werfe ihn ebenso regelmäßig in den Papierkorb. Meine es der Reichstag ernst mit der Diätenzahlung, dann solle er auch die ihm zu Gebote stehenden Mittel anwenden, um sie zu erlangen. Er solle alsdann zunächst dem Reichskanzler das Gehalt verweigern. Es sei eine Schande, dem Reichstag zu verweigern, was alle anderen Parlamente in Deutschland erhielten. Wir wollten dieses Spiel nicht weiter mitmachen und würden uns der Abstimmung enthalten, da wir gegen den Antrag nicht stimmen könnten. Die kurze Rede brachte mir zwei Ordnungsrufe ein. Den 10. Februar wurde die Session geschlossen.

Meine Stellung zur Kommune

Am 10. März 1876 hatte ich in Leipzig eine Disputation mit Bruno Sparig, einem Hauptagitator der Leipziger Nationalliberalen, der in seiner Rede über meine Stellung zur Kommune alle die Angriffe vorbrachte, die man damals gegen die Kommune machte. Jene Versammlung war von beiden Parteien gemeinsam einberufen, jede Partei bekam gleichviel Eintrittskarten zur Verteilung, jede Partei wählte auch einen Vorsitzenden, der den Vorsitz führte, während der Gegner redete. Von unserer Seite war Julius Motteler dieser Vorsitzende, von Seiten der Gegner ein Direktor Peucker.

Ich erweise manchem meiner Leser einen Dienst, wenn ich meine damalige Leipziger Rede, wenn auch gekürzt, hier zum Abdruck bringe:

»Direktor *Peucker:* Herr Bebel hat jetzt das Wort. (Der Redner wird beim Betreten der Tribüne mit stürmischem Beifall empfangen.)

Bebel: Ich knüpfe an die letzten Worte des Herrn Sparig an. (Unruhe.) Herr Sparig erklärte, er habe noch so viel Tatsachen gegen die Kommune anzuführen, daß er noch zehn Abende damit zubringen könnte. (Unruhe.) Meine Herren, ich habe Herrn Sparig gleich anfangs die Offerte gemacht, daß, wenn die Disputation an einem Abende nicht beendigt sei, sie am nächsten oder an einem späteren Tage fortgesetzt werden solle. Wir könnten also morgen oder nächsten Montag die Debatte fortsetzen, wozu ich bereit bin. (Große Unruhe, Zischen.) Herr Sparig hat aber erklärt, es sei an einem Abende genug, die Sache würde dabei zum Austrag gebracht werden. (Bravo! Zischen.)

287 Meine Herren, zunächst eine persönliche Erklärung meinen Parteigenossen gegenüber, die mir zum Teil heftige Vorwürfe gemacht haben, daß ich auf die Bedingung eingegangen bin, daß zu dieser Versammlung Karten ausgegeben wurden, weil dies gegen das Prinzip der Volksversammlungen verstößt. Meine Herren, ich würde nimmer auf diesen Vorschlag eingegangen sein, wenn ich nicht überzeugt gewesen wäre, daß im anderen Falle die Versammlung gar nicht stattgefunden hätte. Ich bin einzig und allein aus diesem Grunde darauf eingegangen, ich werde aber ein zweites Mal nicht darauf eingehen, weil, obgleich bei unserer Abmachung Herr Sparig sagte, man wolle, um nicht ›unanständig‹ zu erscheinen, bei dem Eingang nicht sammeln, um kein Geldgeschäft daraus werden zu lassen, dennoch von seiten des Herrn Sparig das Versprechen nicht gehalten, sondern der Vertrag verletzt und die Karten gegen Geld ausgeboten wurden. (Große Unruhe. Rufe: Das ist nicht wahr!) *Bebel:* Wie können Sie da rufen, das ist nicht wahr? (Bravo! Zurufe.)

Meine Herren! Zunächst bitte ich vor allem meine Parteigenossen, mich nicht durch Beifallsbezeigungen zu unterbrechen, aus dem einfachen Grunde, weil mir diese zu viel Zeit wegnehmen. Ich habe nur anderthalb Stunden Zeit. (Unterbrechung, Zischen.)

Vorsitzender Direktor *Peucker:* Meine Herren, ich muß Sie ersuchen, alle derartigen Ausrufe wie ›Das ist nicht wahr‹ usw. zu unterlassen. Herr Bebel hat laut eingegangenem Kontrakt das Wort. Ich ersuche beide Parteien, Herrn Bebel ruhig reden zu lassen.

Bebel: Meine Parteigenossen haben Herrn Sparig mit der größten Ruhe angehört, obgleich sie häufig Ursache gehabt hatten, ihr Mißfallen kundzugeben. (Fortgesetzte Unruhe seitens der Liberalen.)

Ich glaube, meine Herren, wir haben der liberalen Partei heute den Beweis geliefert, daß ihre Behauptung unwahr ist, daß ein Gegner in einer sozialdemokratischen Versammlung nicht sprechen könne; Herr Sparig hat im Gegenteil ganz ruhig sprechen können, während Sie – (Große Unruhe. Rufe: Raus! Lärm seitens der Liberalen.)

Bebel: Meine Herren! Ich hoffe, daß die Herren Gegner nicht provozieren wollen, daß die Versammlung polizeilich aufgelöst werde. Fast komme ich zu dieser Überzeugung. Herr Sparig hat ausgeführt, daß wir uns über die Mundtotmachung im Reichstag beschwert hätten, und er hat weiter erklärt, er nähme es den Reichsboten nicht übel wenn sie nicht immer wieder die sozialdemokratischen Phrasen anhören wollten.

Wir sind im Reichstage Volksvertreter so gut wie jeder andere, der dort sitzt, und wir haben nicht bloß das Recht, sondern auch die Pflicht, unsere Parteianschauungen dort zu vertreten, wo sich die Gelegenheit bietet. Sind wir einmal in einer Sitzung des Reichstages nicht zugegen, dann führt die liberale Presse und besonders das ›Leipziger Tageblatt‹ gewissenhaft Buch und man liest am nächsten Tage: Bei der und der Abstimmung haben die und die sozialdemokratischen Abgeordneten gefehlt. Reden die sozialdemokratischen Abgeordneten, dann heißt es: Sie sind unverschämt! Und schneidet man uns das Wort ab, auch wenn wir zum Reden herausgefordert wurden, so heißt die liberale Presse und Herr Sparig ein solch nichtswürdiges Verfahren gut …

Herr Sparig ist dann auf die Verhandlungen des Deutschen Reichstags im Jahre 1871 eingegangen und erwähnte dabei zuerst die Sitzung vom 25. Mai, in der es sich um die Annexion von Elsaß und Lothringen handelte. Hier hat nun Herr Sparig einen chronologischen Schnitzer begangen: er läßt meine Rede vom 10. April hinter der Rede vom 25. Mai kommen. In der Rede vom 10. April war es, wo ich erklärte, daß ich die Handlungen der Kommune zwar nicht in allen Stücken billige, und zwar aus Zweckmäßigkeitsgründen, daß ich aber nichtsdestoweniger die Kommune verteidige, und daß ich mich dazu um so mehr für verpflichtet halte, als selbst die liberale Presse, nachdem sie zuvor gewisse Handlungen der Kommune als Gewalttaten gebrandmarkt hatte, nach wenig Tagen ihre Beschuldigungen als unwahr zurücknehmen mußte. …

… Herr Sparig hat die Tätigkeit der Kommune als eine lange, ununterbrochene Kette von Verbrechen und Scheußlichkeiten hinzustellen versucht. Als Hauptschandtaten führte Herr Sparig die Erschießung der Generale Clement Thomas und Lecomte an, ferner die Erschießung der Geiseln und den Befehl zur Inbrandsetzung des Finanzministeriums, den er Ferré imputiert. Sonstige ›Schandtaten‹ hat er nicht anzugeben vermocht.

Wie steht es aber nun mit diesen angeblichen Schandtaten? Am 18. März, dem Tag der Erschießung der Generale Clement Thomas und Lecomte, hat die Kommune, nach dem eigenen Geständnis des Herrn Sparig, noch nicht bestanden. Man kann sie also dafür unmöglich verantwortlich machen.

An dem Tage, an dem die Geiseln erschossen worden sind – als welchen Tag Herr Sparig selbst den 24. Mai angibt – hat die Kommune offiziell nicht mehr bestanden; der Kommunerat hat am 22. Mai die letzte sehr schwach besuchte Versammlung abgehalten, was Herr Sparig gleichfalls bestätigte. Wenn wirklich, wie Herr Sparig behauptet, was aber nicht erwiesen ist, Ferré und Raoul Rigault am 24. den Befehl zur Erschießung der Geiseln gegeben hätten, so würde es sich also nur um zwei Personen von 90 handeln, welche den Kommunerat bildeten, und diese zwei, nicht aber die Kommune, könnten verantwortlich gemacht werden.

(Redner gibt hierauf einen kurzen geschichtlichen Abriß des Entstehens der Kommune, der Belagerung von Paris, des Mißtrauens der Bevölkerung gegen Trochu, der Übergabe von Paris, des Ausschreibens der Wahlen zur Nationalversammlung, welche den Frieden ratifizieren sollte.)

Die Wahlen wurden ausgeschrieben in einem Moment, wo zwei Drittel von Frankreich von den Deutschen besetzt waren, wo ein großer Teil des Landes im Belagerungszustand war, wo bei der Kürze der Frist von einer Verständigung über die zu Wählenden keine Rede sein konnte, wo endlich der größte Teil der bonapartistischen Präfekten und Beamten, die mehrere Jahrzehnte die niederträchtigste Wahlkorruption betrieben hatten und darauf eingeübt waren, noch im Amte saß. Unter solchen Umständen konnte unmöglich von freien Wahlen die Rede sein.

Die Wahlen fielen auch danach aus. War auch die Majorität nicht bonapartistisch gesinnt, so war sie doch royalistisch und der Republik feindlich. Die Folge war, daß Gambetta zurücktrat und Herr Thiers an die Spitze der Regierung kam. Die Nationalversammlung, die damals bekanntlich in Bordeaux tagte und die ausdrücklich nur zu dem Zweck gewählt worden war, über die Friedensbedingungen zu beschließen, maßte sich jetzt an, über das Geschick Frankreichs zu entscheiden, und beging damit eine schwere Verletzung ihres Mandats. Die Regierung war jämmerlich genug, auf solche Anmaßungen einzugehen. Ja es kam in kurzer Zeit so weit, daß selbst die blauen Republikaner wie Jules Favre und Konsorten gänzlich aus der Regierung verdrängt wurden.

Mit dieser Haltung der Versammlung in Bordeaux gingen weitere Schritte der Regierung gegen Paris Hand in Hand. Die Regierung verlangte von der Pariser Nationalgarde, und zwar im Widerspruch mit den Stipulationen des Friedensvertrages, daß sie die Waffen ausliefere. Der Belagerungszustand, der seit der Revolution vom 4. September in

Paris aufgehoben war, wurde wieder eingeführt. Der als ein Feind der Republik bekannte Jesuiten-General d'Aurelles de Paladine wurde zum Oberkommandanten der Nationalgarde, der verhaßte bonapartistische General Vinoy zum Gouverneur von Paris ernannt. Diesen gegen Paris feindseligen Schritten schlossen sich eine Reihe anderer an. Infolge der Belagerung von Paris und des vollständigen Daniederliegens von Geschäften und Verkehr war früher eine Aufschiebung der fälligen Wechselzahlungen ausgesprochen worden. Die Regierung, die mittlerweile von Bordeaux nach Versailles übergesiedelt war, bestimmte jetzt, daß, obgleich Handel und Wandel noch gleich sehr daniederlagen, alle fälligen Wechselzahlungen sofort bezahlt werden müßten. Es wurde ferner befohlen, daß die fälligen Mieten – die bis dahin ebenfalls gestundet waren – sofort bezahlt werden müßten. Gleichzeitig wurde eine Stempelsteuer von 2 Centimes auf jedes Zeitungsblatt eingeführt. Die Folge von allem diesem war, daß nicht nur die Sozialisten, sondern daß der größte Teil der Pariser Bevölkerung, die kleinen Kaufleute, die Krämer, die Handwerker mit den revolutionären Elementen gemeinsame Sache machten. Sie erklärten, unter keinen Umständen auf die Bedingungen und Zumutungen eingehen zu können, welche die gegenwärtige Regierung stelle. Als die Regierung die Stimmung in Paris sah, wurde ein Handstreich von ihr versucht. Man wollte sich Paris mit Gewalt bemächtigen. In der Nacht vom 17. auf den 18. März rückte der General Lecomte auf Befehl des Generals d'Aurelles de Paladine mit einer Anzahl Linienbataillone gegen den Montmartre, um sich der dorthin gebrachten mehreren hundert Geschütze, welche sich die Nationalgarde aus eigenen Mitteln während der Belagerung beschafft hatte, zu bemächtigen. Die Nationalgarde hatte tags zuvor von diesem Plane Kunde erhalten, sie war infolgedessen auf dem Posten. Als die Truppen heranrückten, fanden sie alle Zugänge sorgfältig besetzt. Lecomte sah die Unmöglichkeit ein, die Kanonen, wie er gehofft, ohne Schwertstreich wegzunehmen; er kommandierte Feuer. Wie es bei solchen Gelegenheiten geht, hatten sich neben der Nationalgarde auch eine Menge Volks, Männer, Frauen und Kinder, eingefunden, die bei dem Feuern notwendig wären mitgetroffen worden. Da erklärte die Linie: ›Wir schießen nicht‹. Statt das Gewehr auf die Nationalgarde zu richten, wandte sie die Gewehrkolben nach oben und fraternisierte mit dem Volk. Viermal forderte der General zum Feuern auf und viermal verweigerten die Soldaten den Gehorsam.

Jetzt begann der General wütend zu schimpfen. Dies erbitterte seine Soldaten, und darauf wurde er von seinen eigenen Leuten verhaftet und im Laufe des Nachmittags erschossen. Dabei war kein Mitglied des Zentralkomitees der Nationalgarde zugegen, und die Kommune wurde erst wenige Tage später proklamiert.

In diese Affäre mengte sich nun der General Clement Thomas, der in Zivilkleidern als Spion sich unter das Volk gemischt hatte und, als er auf das Benehmen der Soldaten schimpfte, erkannt wurde. Herr Sparig sagt, Clement Thomas sei ein Republikaner gewesen.

Meine Herren! Es gibt in Frankreich eine Menge Leute, die sich Republikaner nennen, im Grunde aber nichts anderes sind wie bei uns die Nationalliberalen. Clement Thomas war einer von dieser verwässerten republikanischen Richtung. Früher Offizier, der den Dienst quittiert hatte, war er anfangs 1848 bei dem Journal ›National‹ als Sitzredakteur beschäftigt, dem zugleich die Stelle des Duellanten bei den Streitigkeiten mit den Redakteuren anderer Blätter zufiel. Von der Februarregierung wieder in die Armee eingereiht und zum General erhoben, spielte er vor und während der Junischlacht 1848 die infamste Henkerrolle und setzte sich durch seine Barbarei gegen die Arbeiter ein trauriges Denkmal.

Dieser selbe General wurde von Trochu zum Kommandanten der Pariser Nationalgarde ernannt, als der General Tamisier im November 1870 wegen des nicht gehaltenen Versprechens, daß Paris seine Kommuneregierung wählen solle, das Kommando niederlegte. Das war eine direkte Provokation. Clement Thomas hatte nach Antritt seines Kommandos nichts Eiligeres zu tun, als in allen seinen Handlungen die offenbarste Feindschaft gegen die Nationalgarden aus den Arbeiterquartieren zu zeigen. Und in dem Moment, wo die Aufregung über das Benehmen des Generals Lecomte, aufs Höchste gestiegen war, erschien der verhaßte Mann auf der Bühne und nahm für Lecomte Partei. Er wurde festgenommen und gleich Lecomte von den ergrimmten Soldaten erschossen.

Meine Herren! Das war eine Gewalttat, und ich bin weit entfernt, sie gutzuheißen; aber man muß sich die Lage vergegenwärtigen, und wenn man dies tut, wird man diese Handlungen entschieden entschuldigen müssen. Es sind von seiten der Reaktion ganz andere und größere Grausamkeiten begangen worden, und zwar nicht in einer Zeit der Aufregung und Leidenschaft, unter welcher die Kommune existierte, sondern man hat sie in ruhiger Zeit und mit kaltem Blute begangen. Man denke nur an die entsetzliche Behandlung der Kommunedeportierten in Neukaledonien, welche alles bisher Dagewesene an Grausamkeit übertrifft und jahrelang nach dem Kampfe fortgesetzt wurde. Solche Greuel fordern die Empörung und Verurteilung jedes Menschenfreundes heraus.

Als die in Paris anwesenden Regierungsbehörden am 18. März sahen, wie die Stimmung der Stadt und der Soldaten war, fanden sie es für gut, sich eiligst aus dem Staube zu machen. Das Zentralkomitee der Nationalgarde nahm jetzt die Leitung der Verwaltung in die Hand.

Herr Sparig glaubt der Versailler Regierung den Vorwurf machen zu müssen, daß sie am 18. März nicht zuverlässige Truppen nach Paris gesandt. Es gab aber für die Regierung überhaupt keine zuverlässigen Truppen. Die ganze französische Armee, soweit sie im Lande war, war empört über die Haltung der Regierung und sympathisierte mit dem Volk. Die einzig zuverlässigen Truppen: die Garden Napoleons, die Zuaven und Turkos und die ultramontanen bretonischen Regimenter, befanden sich in der deutschen Gefangenschaft. Und erst als Herr Thiers und Herr von Bismarck sich verständigt hatten, erwies der letztere dem ersteren die Gefälligkeit, ihm mehr als 80000 Mann der bezeichneten Truppen zur Verfügung zu stellen, welche jetzt wie Bestien und als wollten sie die Niederlage, die sie von den Deutschen erlitten, an ihren Landsleuten rächen, über Paris herfielen und in ihrer schauerlichen Blutarbeit über 30000 Menschen niedermetzelten. Diese Truppen haben sich für ewig gebrandmarkt, und sie haben später von ihren Kameraden in der Armee häufig es anhören müssen, daß es eine Schande und eine Schmach für sie sei, sich zu Würgern und Henkern des Pariser Volks hergegeben zu haben.

Veranlaßt durch das Zentralwahlkomitee der Nationalgarde, wählte das Pariser Volk am 25. März die Kommune. Herr Sparig erklärte, es habe dabei eine große Wahlenthaltung stattgefunden, und scheint daraus schließen zu dürfen, daß alle, die nicht gewählt, Gegner der Kommune gewesen seien.

In bezug auf die Wahl der Kommune kann ich mich auf einen Gewährsmann berufen, der ein wütender Sozialistenfeind ist, nämlich auf Herrn Johannes Scherr, der gegenwärtig in der ›Gartenlaube‹ eine Reihe von Artikeln veröffentlicht, die an Schimpfereien gegen die Kommune wahrhaftig nichts zu wünschen übrig lassen.

Nun, in diesen Artikeln teilt Herr Scherr mit, daß von 490000 Wählern am 25. März 277300 zur Urne kamen und für die Kommune stimmten.

Das sind 57 Prozent. Haben wir etwa eine solche Wahlbeteiligung in Leipzig einmal bei der Reichstagswahl oder gar bei der Stadtverordnetenwahl gehabt? Bei der letzteren haben bei der neuesten Wahl kaum 33 Prozent gewählt. Und was würde Herr Sparig sagen, wenn wir seine Logik akzeptieren wollten und erklärten, die übrigen 67 Prozent, die sich der Wahl enthielten, sind Sozialdemokraten? Er würde uns auslachen und mit vollem Recht. Dasselbe aber gebührt ihm mit seinem Urteil über die Kommune.

Es ist eine Tatsache, daß die große Mehrheit der Bevölkerung von Paris sich für die Kommune erklärt hat; ja Herr Scherr geht sogar so weit, zu erklären, daß die Kommunewahl am 25. März mit einer Einmütigkeit, mit einer Freudigkeit ohnegleichen seitens der Bevölkerung begangen wurde, daß der Tag zu den schönsten gerechnet werden müsse, die Paris gesehen. Das Volk von Paris habe sich an diesem Tage in seinem vollen Glanze und von seiner besten Seite gezeigt, wie kaum bei einem anderen historischen Ereignis. So muß ein Gegner der Sozialdemokratie über die Kommune urteilen!

Herr Sparig hat weiterhin die ›Gesetzesmacherei‹ der Kommune kritisiert. Er sagte, daß ein Dekret das andere gejagt, das eine das andere wieder aufgehoben oder verschärft habe.

Aber war denn das anders möglich, wenn man einen solchen Augiasstall auszumisten hatte, wie es das kaiserliche Paris war? (Heiterkeit.) Da hatte man allerdings sehr viel zu dekretieren. Und es versteht sich von selbst, daß in einer solchen Situation nicht alles wie am Schnürchen geht. Der Krieg von 1870 war seitens der Deutschen sicher sehr gut vorbereitet, fragen Sie aber einmal den Generalstäbler Moltke, ob alles so glatt gegangen ist, und er wird Ihnen sagen, daß es da und dort gehapert hat. Wie viel mehr muß dies der Fall sein, wenn es sich um eine revolutionäre Bewegung handelt, wenn an Stelle des alten ein neuer Staat geschaffen werden soll, inmitten von Hunderttausenden von Feinden – der deutschen Armee und der Versailler, die mit aller Kraft und all ihren Mitteln darauf hinarbeiteten, der neuen Institution den Garaus zu machen.

Die Dekrete aber, die Herr Sparig anführte, war er selber nicht imstande, als solche zu qualifizieren, die geeignet wären, die Kommune zu kompromittieren. Wenn er beispielsweise bezüglich des Dekrets der Kommune, betreffend die Nachtarbeit der Bäcker, sagt, er glaube nicht, daß auch die Sozialisten geneigt wären, morgens zum Kaffee mit einem

altbackenen Dreierbrötchen vorliebzunehmen, so ist das ein so flacher
Witz, daß ich es unterlasse, näher darauf einzugehen. Es handelte sich
bei dieser Maßregel nicht darum, ob der verwöhnte Gaumen der Bourgeoisie ein Bedürfnis befriedigen konnte oder nicht, sondern darum, ob
eine zahlreiche Klasse von Arbeitern permanent der aufreibenden und
ruinierenden Nachtarbeit ausgesetzt sein sollte oder nicht. Jeder, der
sich mit diesen Dingen einigermaßen beschäftigt hat, weiß, daß die
Bäckergesellen infolge der Nachtarbeit und der ungemein langen Arbeitszeit überhaupt, die häufig 16, ja 18 Stunden beträgt, meist einem frühen
Tode entgegengehen.

Die Kommune hat nun allerdings auf solche Zustände ihr Augenmerk
gerichtet, und das gereicht ihr zur Ehre. (Zustimmung.)

Weiter führt Herr Sparig an, daß die Kommune zwar die Todesstrafe
abgeschafft habe, aber das Erschießen eingeführt, und er bezog sich dabei
auf ein Dekret, welches die Strafe des Erschießens allen denen androhte,
die sich dem Dienste in der Nationalgarde, also der Verteidigung der
Stadt entzögen.

Die Kommune, von der Anschauung ausgehend, daß jedes stehende
Heer ein Werkzeug in den Händen der Regierung sei, um das Volk zu
unterdrücken, verlangte die Abschaffung des stehenden Heeres und
führte die allgemeine Volksbewaffnung ein. Es war demgemäß jeder
waffenfähige Mann verpflichtet zur Verteidigung der Stadt.

Das benachteiligte keinen und war für alle gerecht, was von unserem
Wehrsystem, das trotz der Phrasen von allgemeiner Wehrpflicht nur
einen Teil des Volkes bewaffnet, allerdings nicht gesagt werden kann.
Nun gab es freilich einen Teil, der für die Kommune nicht eintreten
wollte, obgleich sie ringsum von Feinden umgeben war, die mit allen
ihr zu Gebote stehenden Mitteln sie vernichten wollten.

Die Kommune, von allen Seiten angegriffen und zum Kriegführen
gezwungen, mußte in dieser Lage diejenigen Mittel anwenden, die in
einem solchen Falle jeder kriegführenden Partei zu Gebote stehen und
stehen müssen. Sie bedrohte jeden mit dem Tod durch Erschießen, der
sich weigerte, die Waffen zur Verteidigung zu tragen.

Es hat Tausende meiner Parteigenossen 1870 gegeben, die mit dem
Kriege nicht einverstanden waren und die man nicht frug, ob sie mitgehen wollten. Sie mußten mitgehen und sie würden, im Falle der Weigerung, vor ein Kriegsgericht gestellt und ohne Gnade erschossen worden
sein.

Herr Sparig verwechselt also die Abschaffung der Todesstrafe in Zivilstrafrechtsfällen mit der militärischen Todesstrafe im Falle eines Krieges, was doch ein himmelweiter Unterschied ist. Die Todesstrafe zur Aufrechterhaltung der Disziplin im Kriege wird es geben, solange es Krieg gibt.

Herr Sparig hat weiter ein Kommunedekret hervorgehoben, wonach diejenigen Werkstätten und Fabriken, die seitens der Arbeitgeber verlassen worden waren, von der Kommune in Beschlag genommen und denjenigen Arbeitern, welche bisher darin gearbeitet, zum Betrieb übergeben werden sollten. Ferner, daß eine Kommission gewählt werden sollte, um die Werkstätten abzuschätzen, damit die früheren Besitzer entschädigt werden könnten. Er hat sehr richtig hervorgehoben, daß die Kommune dies allgemein durchgesetzt haben würde, wenn sie die Macht dazu gehabt hätte. Ja, er hat auch recht, wenn er vermutet, daß wir allerwärts ähnlich vorgehen würden, wenn wir könnten. Wir wollen den Gegensatz zwischen Arbeitern und Arbeitgebern ausgleichen, da die Interessen von Arbeitern und Arbeitgebern sich heute feindlich gegenüberstehen. Die Arbeitgeber wollen möglichst geringen Lohn zahlen und möglichst lange arbeiten lassen; der Arbeiter will möglichst hohen Lohn bei möglichst geringer Arbeitszeit. Mit jeder Maschine, die erfunden wird, mit jeder neuen Fabrik wird dieser Klassengegensatz schärfer. Jede Bahn, die gebaut, jeder Telegraphendraht, der gelegt wird, trägt die Erkenntnis in weitere Kreise, verschafft uns neue Anhänger. Jeder Schritt zur Konzentration des Kapitals, zur Vernichtung der kleinen Unternehmer vermehrt die Spaltung und drängt zur Lösung, indem Produktion und Distribution assoziativ betrieben werden, daß heißt alle Werkstätten, alle Fabriken, alle Arbeitsmittel müssen in den Händen der Gesellschaft sein und von dieser im Interesse und bei Gleichberechtigung aller Staatsbürger verwaltet werden. Jeder muß arbeiten und jeder hat seinen vollen Anteil am Gewinn, wie selbstverständlich auch am Verlust. An Stelle der Privatindustrie, an Stelle der wilden, unorganisierten Produktionsweise – die uns die gegenwärtige Krise auf den Hals gebracht hat – soll eine sozialistisch, das heißt gesellschaftlich organisierte Produktionsweise treten, wo einer für alle und alle für einen einstehen. Dazu hat die Kommune den ersten Schritt getan, und er war ein solcher, wobei die in Frage kommenden Arbeitgeber durchaus keinen Nachteil hatten, denn sie sollten den vollen Wert für ihre Werkstätten und Fabriken vergütet erhalten.

Nach unserer Auffassung hat die Gesellschaft die Pflicht, sich so zu organisieren, daß für das Wohl aller ihrer Mitglieder gleichmäßig gesorgt ist, daß jedes ihrer Mitglieder in immer höherem Grade an den Errungenschaften der Kultur und Zivilisation auf allen Gebieten des menschlichen Lebens teilnehmen kann. Die Gegner behaupten zwar, dem Fortschritt zu huldigen, aber sobald es sich um eine Besserstellung der Gesamtheit handelt, schreien die, die im Fette sitzen und die Macht in Händen haben, wir leben in der besten der Welten, es ist ein Verbrechen, wenn diese umgestaltet werden soll.

Mit allen Mitteln verteidigen sie die Vorrechtsstellung, die sie innehaben, und dies geht so weit, daß Männer, die bei einem ganz untergeordneten Gesetz, das mit dem Sozialismus gar nichts zu tun hat, wie zum Beispiel das Hilfskassengesetz, sich herausnehmen zu sagen, daß das Gesetz gegen die Arbeitgeber ein Unrecht sei, und wer dafür ist, sich den Vorwurf entgegenschleudern lassen muß – denn als Vorwurf betrachtet man es – du bist Sozialist. Wir haben das erst heute im ›Tageblatt‹ gelesen. Damit wird aufs deutlichste ausgesprochen: ›Wir sind nicht geneigt, den Unterdrückten auch nur die geringsten Konzessionen zu machen.‹

Wenn überall, im kleinen wie im großen, in der Gesetzgebung wie im sozialen Leben dieser Klassengegensatz hervortritt, so versteht es sich von selbst, daß Revolutionen entstehen, wie in Paris. Und es ist meine feste Überzeugung – wie ich dieses auch in der hier angezogenen Reichstagsrede ausgesprochen habe – daß, ehe wenig Jahrzehnte vergehen, alles was in Paris geschah, sich in ganz Europa wiederholt. An der Gesellschaft ist es, zur Einsicht zu kommen und sich zu bemühen, auf dem Wege der Gesetzgebung die vorhandenen Klassengegensätze auszugleichen.

Was hat nun die Kommune weiter getan? Sie hat eine alte liberale Forderung, die seit Jahrzehnten im Programm der liberalen Partei gestanden, aber seitdem sie zur Herrschaft gelangt ist, in die Rumpelkammer geworfen wurde, verwirklicht. Die Kommune hat die Trennung der Kirche von Schule und Staat beschlossen und durchgeführt, und sie hat weiter beschlossen, das Kircheneigentum zu konfiszieren.

Mich wundert nur, daß Herr Sparig dieses nicht erwähnt und eine Anklage auf Verletzung des Eigentums erhoben hat. Zum Vorwurf hat man es der Kommune vielfach gemacht. Da es Herr Sparig nicht erwähnte, so erwähne ich's, um ihn zu ergänzen. (Heiterkeit.)

Schade nur, daß das, was die Kommune getan, andere längst vor ihr getan haben. Wenn in der Reformation, die 1517 begann, viele Fürsten auf die Seite Luthers traten, so geschah das nicht aus idealem Interesse, sondern weil sie sich mit dem reichen Kircheneigentum ihre großen Taschen füllen konnten. (Heiterkeit, Beifall.)

Und als in den Vereinigten Staaten von Nordamerika vor 15 Jahren der große Krieg zwischen dem Süden und dem Norden ausbrach und schließlich der Norden die Sklaverei abschaffte, so war das ein solcher Eingriff in das Eigentum der Sklavenhalter, wie man sich ihn ärger nicht denken kann. Unsere Gegner finden, das, was ihnen nützt, sei recht und billig; tut es aber das Volk zu seinen Gunsten, dann ist es Verbrechen und Diebstahl.

Dieselbe Partei, welche gegen die Kommune wegen Antastung des Eigentums die Anklage erhebt, hat noch zu Anfang der 60er Jahre, als sie auf Österreich noch gut zu sprechen war, ihm den Rat gegeben, die Kirchengüter zu konfiszieren, um seine kolossale Schuldenlast zu decken, und sie hat jubelnd Beifall geklatscht, als Italien in dieser Richtung vorging. Nun, die kirchlichen Korporationen haben ihr Eigentum auf Grund derselben Rechtstitel erworben, wie irgendein Bourgeois sein Haus oder sein Grundstück. Wo bleibt da die Konsequenz? Nachdem die Kommune die Trennung der Kirche vom Staat und von der Schule ausgesprochen, dekretierte sie den obligatorischen und unentgeltlichen Unterricht, und nicht bloß in bezug auf das Schulgeld, sondern auch in bezug auf die Lehrmittel. Arme und Reiche sollten gleiche Erziehung genießen, und dadurch, daß der Staat für alle in gleicher Weise eintrat, sollte vermieden werden, daß der Neid und der Haß zwischen arm und reich schon in die jugendlichen Herzen gepflanzt werde. Zeigen Sie mir doch einen liberalen Staat, der auch nur entfernt etwas Ähnliches geleistet. (Beifall.)

Herr Sparig hat sich weiter hämische Bemerkungen darüber erlaubt, daß die Kommune erklärt, ihre Politik und ihre Bestrebungen beruhten auf Wissenschaft.

Die Kommune hat damit sagen wollen, daß sie alle Errungenschaften der modernen Wissenschaft inbezug auf Nationalökonomie, inbezug auf Rechtspflege und Volkswohlfahrt überhaupt für die Gesetzgebung möglichst allgemein nützlich zu verwenden gedenke und sich nicht an bestimmte Theorien und Axiome binde. Sie hat sich damit allerdings auf den Standpunkt der modernen Wissenschaft gestellt, auf jenen Standpunkt, der nicht von bestimmten Voraussetzungen und vorgefaßten

Meinungen ausgeht, sondern an der Hand der Prüfung und Erfahrung das Beste ausfindig zu machen sucht.

Wenn die Kommune nur Stückwerk geleistet hat, so erklärt sich das aus der Lage und aus den Verhältnissen, in denen sie sich befand. Bedenken Sie, daß die Kommune während ihrer ganzen Dauer nicht einen ruhigen Augenblick gehabt, daß sie fortwährend im Kriegszustand und Kampf sich befand – wie konnte es anders sein?

Herr Sparig hat der Kommune einen besonderen Vorwurf daraus gemacht, daß sie, die angeblich die vollste Preßfreiheit gewollt habe, die Preßfreiheit aufhob, indem sie gegnerische Journale unterdrückte. Auch diese Handlungsweise erklärt sich sehr leicht aus der Zwangslage, in welcher sich die Kommune befand. Von allen Seiten angegriffen, mitten im Kampfe und in der Revolution, gebot ihr die Not, neben dem vor den Toren stehenden Feind nicht auch noch den Feind in den eigenen Mauern zu dulden. Sie mußte Journale unterdrücken, die Tag für Tag die heftigsten Angriffe und Verleumdungen gegen sie schleuderten, die mit dem vor den Toren stehenden Feind in Verbindung standen und auf ihren Sturz hinarbeiteten.

Als 1870 der Krieg ausbrach, wurde in Deutschland in allen Provinzen, die man für gefährdet hielt, der Kriegszustand proklamiert. Die oppositionellen Blätter wurden unterdrückt und alle Persönlichkeiten, von denen man glaubte, daß sie dem Kriege feindlich seien, gefangengesetzt. Wohlan, dasselbe Recht nehmen wir auch für die Kommune in Anspruch.

Auch findet es Herr Sparig absurd, daß sich die Kommune über die Wegnahme des Oktrois seitens des Herrn Thiers beschwerte, sie, die doch eine Feindin der indirekten Steuern hätte sein wollen. Zu dieser Beschwerde hatte sie ein Recht. Das Oktroi gehörte der Stadt, und die Kommune war nicht in der Lage, mitten im Kampf ein neues Steuersystem einzuführen. Das Oktroi bildete die einzige regelmäßig fließende Steuerquelle, und sie mußte diese benutzen, wenn sie die Verteidigung und die Verwaltung im Gang erhalten wollte.

Da Herr Thiers der Kommune die Steuern wegnahm, mußte sie zu Anleihen bei der Bank von Frankreich und bei Rothschild ihre Zuflucht nehmen, um ihre Bedürfnisse zu decken, und diese Anleihen wurden unbeanstandet, und zwar mit Zustimmung des Herrn Thiers, gewährt. Eins aber ist bei der Finanzverwaltung der Kommune zutagegetreten, was auch Herr Sparig nicht anzugreifen vermochte. Das ist die große

Sparsamkeit und Wirtschaftlichkeit der Kommune, der selbst aus gegnerischem Munde die größte Anerkennung gezollt worden ist.

Mit vollem Recht konnte der Finanzminister der Kommune, Jourde, vor seinen Versailler Richtern sagen: ›Ich habe ärmer das Finanzministerium verlassen, als ich es betreten habe!‹ (Hört!) Man zeige mir doch die monarchischen Finanzminister, die gleiches von sich sagen können! (Heiterkeit, Zustimmung.) Herr Thiers, der 1830 als armer Advokat und Schriftsteller unter Louis Philippe ins Ministerium trat, verließ es 1836 als Millionär.

Der erste Schritt der Kommune war, die hohen Gehälter abzuschaffen, ihre Mitglieder sollten für gute Arbeitslöhne arbeiten. Der erste Beamte sollte nicht mehr als jährlich 6000 Franken, das sind 4800 Mark, erhalten. Der erste Bürgermeister von Leipzig bekommt jährlich 15000 Mark. (Heiterkeit, hört!) Der erste General der Kommune erhielt ebenfalls nur 6000 Franken, aber als Herr Thiers kaum Präsident geworden war, hatte er nichts Eiligeres zu tun, als sich eine Zivilliste von drei Millionen Franken auswerfen zu lassen. (Hört!)

Die Kommune hat ein Beispiel von Sparsamkeit gegeben, das allen Regierungen als Muster dienen könnte. Das hat sogar der Sozialistenfeind Herr Scherr anerkannt. Herr Sparig hat das freilich nicht erwähnt, drum erwähne ich's. (Heiterkeit.)

Ich komme nun auf die Erschießung der Geiseln und die Brandstiftungen. Herr Sparig bemerkte in bezug auf letztere, er sei vierzehn Tage nach dem Fall der Kommune in Paris gewesen und habe die Verwüstungen mit eigenen Augen gesehen. Er hat uns sogar von einem Privathaus erzählt, das man habe anzünden wollen und das nicht in der Verteidigungslinie gelegen. Er hat uns nun freilich nicht gesagt, daß man das Haus wirklich angezündet hat. Und wie kann er, der während des Kampfes nicht dort war, überhaupt beurteilen, was zur Verteidigung nötig war oder nicht? Er beruft sich auf mündliche Versicherungen, die ihm geworden. Diese gelten in meinen Augen gar nichts. Die Verfolgungswut der Versailler und ihr bestialisches Wüten war so groß, daß nicht bloß Wochen, sondern noch Monate und Jahre lang nach dem Fall der Kommune jeder verfolgt wurde, der ein Wort der Sympathie für sie hatte. Die Furcht war so groß, daß nicht nur niemand sie in Schutz zu nehmen wagte, sondern viele auf sie schimpften, um jeden Verdacht von sich abzulenken. Und dabei zeigte sich die Erbärmlichkeit der Bourgeoisie im vollsten Lichte. Binnen wenig Tagen nach dem Fall der Kommune sind bei den Versaillern nicht weniger als 370000 Denunziationen eingereicht worden. Die Pariser Bourgeoisie hat sich damals gerade so nichtswürdig benommen, wie 1866 die Leipziger Bourgeoisie, die damals bei dem preußischen General so viele Denunziationen vorbrachte, daß dieser vor Ekel erklärte, er wolle davon nichts mehr wissen.

Und wenn Herr Sparig hier nun kommt mit einem angeblich von Ferré unterzeichneten Brandbriefe, der das Siegel des Kriegsministers trägt, das ebensogut der Kriegsminister des Herrn Thiers daraufgesetzt haben kann, so ist dies in meinen Augen ein Wisch, der verdient, daß ich ihn zerreiße. (Redner zerreißt das Papier. Bravo. Unruhe.) Meine Herren, es sind eine Menge von Aktenstücken, betreffend die Brandstiftungen, die Erschießung von Geiseln, die angebliche Wegnahme von Eigentum usw. als Fälschungen vor Gericht konstatiert worden.

Ferré, der Inbrandlegung des Finanzministeriums auf Grund des hier vorgezeigten Aktenstücks angeklagt, hat die Echtheit desselben bis zum letzten Augenblick bestritten; er hat an gewissen Buchstaben nachzuweisen gesucht, daß dasselbe gefälscht sei; aber da der seitens der Versailler angestellte Handschriftenvergleicher die Echtheit behauptete, wurde Ferré verurteilt. Ebenso wurde Ferré der Erschießung der Geiseln angeklagt. Er selbst sagt aus, daß er nicht den Befehl zu deren Erschießung, sondern zu deren *Freilassung* gegeben habe. Damit stimmen auch andere Berichte, namentlich der eines englischen Arztes, überein, und ebenso ist festgestellt, daß Geistliche, die als Geiseln verhaftet waren, später vor Gericht zeugten, also nicht erschossen sein konnten. Wohl ist ein Teil der 60 Geiseln erschossen worden, aber es wird behauptet, erst in dem Moment, wo dieselben das Gefängnis verließen und, von den Barrikadenmännern zur Unterstützung der Verteidigung aufgefordert, sich dessen weigerten. Da habe man sie mit Flintenschüssen verfolgt. Auch Raoul Rigault ist der Erschießung der Geiseln angeklagt worden. Nun, Raoul Rigault ist tot, er hat wie ein Mann gekämpft und ist mitten im Kampfe wie ein Mann gestorben; ihn kann man leicht anklagen, er ist tot und kann nicht antworten.

Was haben die Geiseln für einen Zweck? Die Deutschen haben 1870 in Frankreich viele Geiseln genommen, und zwar weil die Franktireurs oder sonstige Bewohner Frankreichs den Deutschen auf Weg und Steg Abbruch zu tun bestrebt waren, indem sie die Proviantkolonnen überfielen, die Eisenbahnen, Brücken und Straßen zerstörten, einzelne Posten überfielen und niedermachten, kurz, schadeten, wo sie konnten. Die

Franktireurs taten damit, was 1813 der preußische Landsturm gegenüber den Franzosen tat, und zwar bin ich in der Lage, Ihnen die damaligen Landsturmverordnungen vorlesen zu können, die vorschrieben, dem Feinde zu schaden und ihn zu vernichten, wie und wo sich die Gelegenheit biete.

Die Deutschen wollten diese Kriegführung nicht als kriegsrechtlich anerkennen und alle Offiziere bekamen den Befehl, wo Soldaten auf die bezeichnete Weise geschädigt würden, Geiseln zu nehmen und diese ohne Gnade zu erschießen, wenn man die Schuldigen nicht ausfindig machen könne. Es sollten ferner von den Bewohnern die Dorfschaften Kontributionen erhoben, die Häuser oder die Dörfer, aus denen Schüsse auf die Truppen gefallen, ohne Rücksicht auf Schuldige oder Unschuldige niedergebrannt werden. Diese Befehle sind oft vollzogen worden. Hunderte und aber Hunderte sind so ums Leben gekommen, Häuser und ganze Ortschaften wurden angezündet, ich habe darüber in der liberalen Presse keinen Tadel, sondern nur Billigung gefunden.

Die Kommune befand sich den Versaillern gegenüber in einer ähnlichen Lage, und mindestens ebenso im Recht, wie die Deutschen gegenüber der irregulären Kriegführung der Franktireurs. Die Versailler haben während des wochenlangen Kampfes gegen Paris die ihnen in die Hände fallenden Gefangenen wider alles Kriegsrecht niedergemetzelt. Auf solche Weise sind die Kommunegenerale Duval und Flourens und viele andere Offiziere ums Leben gekommen. Ja, die Versailler haben sich nicht entblödet, auf die Verbandplätze zu schießen und die gefangenen Krankenpflegerinnen, nachdem sie dieselben geschändet, zu füsilieren. Das konnten nur Bestien tun, wie sie Herrn Thiers durch die Hilfe der Deutschen in den gefangenen Soldaten zur Verfügung gestellt wurden.

Auf diese Schandtaten hin beschloß die Kommune, Geiseln zu nehmen und für jeden Nationalgardisten, der niedergemacht würde, drei Geiseln zu erschießen. Aber es blieb bei dem Beschluß, und als die Geiseln zum Teil schließlich erschossen wurden, da bestand, wie Herr Sparig selber zugegeben hat, die Kommune nicht mehr, sie kann also dafür auch nicht verantwortlich sein.

Als nun die Versailler durch die Unterstützung der Deutschen, die ihnen den Weg dazu freigaben, in Paris eindrangen – was ihnen ohne Hilfe kaum gelungen wäre – da begannen sie in den Straßen der Stadt ein Gemetzel und ein Blutbad, wie es in der Geschichte fast unerhört ist. Alles, was den Versaillern in die Hände fiel, Männer, Weiber und

Kinder, wurde niedergemacht, die Gefangenen wurden zu Hunderten, wie auf dem Kirchhof Père Lachaise, in Reihen aufgestellt, mit Mitrailleusen niedergeschmettert und die noch zuckenden Leichname, mit Kalk und Petroleum begossen, in die Gruben geworfen.

Wie die Versailler gewütet, beweist die Tatsache, daß keine Verwundeten vorhanden waren. So kamen in wenig Tagen nach übereinstimmenden Aussagen 15–20.000 Menschen ums Leben.

In einer solchen Lage gab es für die Kommune kein Mittel, als sich auf jede mögliche Art ihrer Haut zu wehren; daß man durchaus berechtigte Handlungen der Besiegten als Schandtaten hinstellt, daran sind wir gewöhnt. Lesen Sie einmal das Buch Röckels über seine Gefangenschaft in Waldheim, worin er auch den Dresdener Maiaufstand von 1849 schildert, dort werden Sie finden, daß man den Maikämpfern genau dieselben Verleumdungen seitens der Reaktion nachsagte, die man heute der Kommune nachsagt, nur war die Mairevolution in Dresden eine *bürgerliche* Revolution. Und lesen Sie weiter die Geschichte des Wiener Oktoberaufstands von 1848, nach dessen Niederwerfung Robert Blum erschossen wurde; die Proklamation, die damals Fürst Windischgrätz über die Zustände in Wien in die Welt sandte, sie gleicht auf ein Haar jener, welche die Versailler über die Zustände in Paris während der Kommune der Welt verkündeten.

Ich habe hier aus Blums Feder einen Aufsatz, worin er sich in der entschiedensten Weise über jene Proklamation des Windischgrätz ausspricht und entrüstet ausruft: ›Was muß die Welt über Wien denken, von dem sie nichts erfahren kann, wenn man uns, die wir die Dinge kennen, solches zu sagen wagt!‹

Hierbei will ich aber auch erwähnen, wie Blum zu jener Zeit die Revolution auffaßte und wie er in einer Rede in der Aula erklärte: ›Bleiben wir nicht auf halbem Wege stehen, führen wir den Kampf gegen unsere Gegner bis zu Ende und ohne Erbarmen.‹ Und heute noch wird das Andenken Robert Blums von den Liberalen gefeiert, und mit Recht.

Ganz wie damals in Wien Bürgertum und Reaktion, so standen sich in Paris die Kommune und die Versailler gegenüber. Die Kommune mußte bis zum letzten Atemzuge kämpfen, und sie hat heldenmütig gekämpft. Das können ihre grimmigsten Gegner nicht bestreiten. Und wie man 1848 und 49 unsere besten Männer in Wien, Rastatt und Mannheim standrechtlich erschossen hat, so fielen auch die Männer der

Kommune, die meisten mit dem Rufe: ›Es lebe die Republik! Es lebe die Kommune!‹

Jetzt komme ich zu den Brandlegungen.

Die Versailler haben den Kampf gegen Paris viele Wochen lang geführt und sie haben nicht mit Zuckererbsen geschossen; daß es dabei Verwüstungen absetzt, ist selbstverständlich. Aber während der letzten acht Tage, als sie mit Hilfe der Deutschen den Montmartre mit 50 schweren Geschützen besetzen konnten, haben sie mit glühenden Kugeln und selbst mit Petroleumbomben auf die Häuser geschossen und, wie nicht anders zu erwarten, viele davon in Brand gesteckt. So sind die meisten Brände durch die Versailler entstanden, die sie der Kommune in die Schuhe schieben. Als nun der Kampf in den Straßen entbrannte und seitens der Versailler mit wilder Grausamkeit geführt wurde, war die Kommune genötigt, einzelne Gebäude zu Verteidigungszwecken anzuzünden, um die Versailler für eine Weile zurückzuhalten. Ist denn diese Handlungsweise so ungerecht und unerhört, daß man sie als Mordbrennerei bezeichnen darf? Die Deutschen haben bei der Belagerung von Straßburg 500 bis 600 Häuser demoliert, nur um die Stadt zur Übergabe zu zwingen, obgleich sie mit der Zivilbevölkerung keinen Krieg führten. Als die Festung Soissons übergeben wurde, bestätigten die verschiedensten Berichterstatter, daß fast kein Haus in der Stadt unversehrt sei, daß ganze Straßen vernichtet, fast alle Dächer zerschossen, aber die Wälle der Festung intakt seien. Man beschoß die Privathäuser und verwundete und tötete die Bevölkerung, damit diese in ihrer Not die Offiziere zur Übergabe zwang. Ich habe nicht gelesen, daß die liberale Presse diese Art der Kriegführung mißbilligt hätte. Und wie die Deutschen gegen die Festungen, so handelte Thiers gegen Paris, und da will man es der Kommune als Verbrechen anrechnen, wenn sie sich, so gut es ging, wehrte! Bei dem Aufstand 1849 in Dresden verlangte Herr von Beust von den zu Hilfe gerufenen Preußen, sie sollten die Stadt in Brand schießen, und das wäre geschehen, wenn nicht der kommandierende Graf Waldersee erklärte, er hoffe auch ohne das mit den Insurgenten fertig zu werden. Allerdings hat man es aber dann an anderen Barbareien nicht fehlen lassen. So hat man zum Beispiel eine Anzahl Gefangene von der großen Elbbrücke in das Wasser gestürzt, und wenn sie versuchten, sich an dem Geländer festzuhalten, hackte man ihnen mit Säbeln die Finger ab. Ähnliche und schlimmere Grausamkeiten begingen die Versailler Ordnungsbanditen wochenlang in Paris.

Der größte Teil der Brände entstand also durch die Beschießung von Paris seitens der Versailler, wie das auch ein Augenzeuge, der eben in jener Zeit in Paris war und sich schon seit 20 Jahren dort aufhielt, der italienische Abgeordnete Patrucelli della Gattinea, in der ›Gazetta d'Italia‹ öffentlich erklärt hat. Derselbe schrieb, man müsse annehmen, daß von zehn in Brand geratenen Häusern sicher neun durch die Versailler Bomben in Brand geschossen worden seien. Die Brandstiftungen der Kommune seien zu Verteidigungszwecken geschehen. Da nun die Zahl der angezündeten und niedergebrannten Häuser sich auf zirka zweihundert belief, so träfe hiernach die Kommune ein verhältnismäßig geringer Teil.

Meine Herren, die Zeit, die mir gewährt ist, ist bereits weit vorgeschritten, ich habe nur noch wenige Minuten, ich werde aber die Belege für das von mir Angeführte entweder in der Duplik oder in einer zweiten Versammlung, die abzuhalten nötig sein wird, beibringen. Ich kann alles, was ich gesagt, durch gegnerische Aussagen als wahr beweisen ...«

Ich kam dann nochmals auf die Erschießung der Geiseln, die angeblich Ferré veranlaßt habe, zu sprechen und fuhr fort:

»Die Kommune hat gehandelt, wie sie nach Lage der Dinge handeln mußte, und wer ihr Verfahren nicht billigt, wird es wenigstens erklärlich finden und entschuldigen.

Mit der Anklage gegen Ferré schloß Herr Sparig, ich muß jetzt ebenfalls schließen. Sicher steht fest, daß die Kommune nichts getan hat – und ich hoffe, noch Gelegenheit zu haben, dies weiter zu beweisen – dessen sie sich zu schämen brauchte, und daß sie an Gewalttaten nichts begangen hat, was nicht in Europa die monarchischen Regierungen in ähnlichen Momenten hundert- und tausendmal ärger getan haben. (Stürmischer, langanhaltender Beifall.)

Vorsitzender *Motteler:* Meine Herren, wir müssen die Sache kurz machen; soeben hat mir der Herr Polizeidirektor mitgeteilt, daß er nur bis 12 Uhr die Versammlung tagen lassen könne.«

Nachdem dann Sparig kurz, aber völlig belanglos geantwortet, nahm ich nochmals das Wort:

»Meine Herren, Herr Sparig hat auf meine Rede nicht geantwortet, er hat sich auch nicht bereiterklärt, eine zweite Versammlung abzuhalten, obgleich wir bei der vorgeschrittenen Zeit heute nicht fertig werden können. Ich bin nun genötigt, auf einige der letzten Bemerkungen des Herrn Sparig kurz einzugehen. Herr Sparig hat seinen eigenen Mut gepriesen, daß er uns entgegengetreten ist. Ob ein großer Mut dazu gehört, einer Partei entgegenzutreten, von der man behauptet, daß sie nur aus einem Häuflein phantastischer Köpfe besteht, will ich dahingestellt sein lassen.

Herr Sparig hat dann die Hoffnung ausgesprochen, daß die heutige Versammlung zu einer lebhafteren Beteiligung bei den Wahlen beitragen werde; das hoffen auch wir. (Heiterkeit.) Wir werden dabei keinen Schaden haben. (Zustimmung.) Bisher hat jeder Wahlkampf gezeigt, daß wir einige hundert Stimmen mehr erhielten als vorher, und ich hoffe, die heutige Versammlung hat dazu beigetragen, daß dies bei der nächsten Reichstagswahl erst recht der Fall sein wird. (Heiterkeit, Bravo!)

Herr Sparig hat sich auch für verpflichtet erachtet, im Namen der Nachkommen Blums dagegen zu protestieren, daß ich denselben in Verbindung mit der Kommune gebracht. Ich weiß nicht, woher Herr Sparig die Vollmacht hat, gegen etwas zu protestieren, was nicht geschehen ist. (Heiterkeit.) Ich weiß so gut wir irgend jemand, daß Robert Blum kein Sozialist war, aber er war ein guter Demokrat und ein echter Republikaner, und das ist mehr, als Herr Sparig ist. (Beifall. Herr Sparig verneigt sich. Stürmische Heiterkeit.) Ich habe nur erklärt, daß die Kommune sich in einer ähnlichen Lage befand, wie 1848 in den Oktobertagen Wien. Und daß Robert Blum, der damals in Wien war, sich mit einer Entschiedenheit für die Fortsetzung der Revolution ausgesprochen, wie das seitens der Kommune nicht entschiedener geschehen konnte. Und da ich vorhin auf eine Rede von Robert Blum aus jenen Tagen Bezug nahm, so will ich hier bemerken, daß dieselbe sich in einem Buche befindet, das ein Herr Artur Frey zu Ehren Blums herausgegeben hat und in welchem er sich bemüht, Robert Blum als Mensch, Schriftsteller und Politiker darzustellen. Die betreffende Stelle der Rede lautet:

›Keine halbe Revolution! Fortschreiten, wenn auch blutiges, auf der eingeschlagenen Bahn, vor allem – keine Schonung gegen die Anhänger des alten Systems, die Ruhe aus selbstsüchtigen Absichten begehren; gegen diese werde ein Vernichtungskrieg geführt.‹

Kann der entschiedenste Sozialist sich entschiedener ausdrücken, als es hier von Robert Blum gegen die Gegner der Revolution geschah? (Beifall.)

Und nun hören Sie auch eine Stelle aus der Proklamation, welche Windischgrätz an die Wiener erließ:

›Die Stadt ist befleckt worden durch Greueltaten, welche die Brust jedes Ehrenmannes mit Entsetzen erfüllen! ... Wien befindet sich in der Gewalt einer kleinen, aber verwegenen, vor keiner Schandtat zurückschreckenden Faktion[1]; Leben und Eigentum sind einer Handvoll Verbrecher preisgegeben!‹

Stimmt das nicht bis aufs Wort mit den Erklärungen überein, die Herr Thiers über Paris und die Kommune erließ? (Zustimmung.)

Herr Sparig hat weiter gesagt, solange die Sozialdemokratie der Phantasie des Internationalismus huldige, könne sie seitens seiner Partei keine Beachtung finden. Auf das letztere verzichten wir. (Heiterkeit.) Aber ist denn die Idee der Internationalität wirklich etwas Phantastisches? Aus der Familie wurde der Stamm, aus mehreren Stämmen der Staat und die Nation, und schließlich entwickelt sich aus der engen Verbindung der Nationen die Internationalität. Das ist der historische Verlauf. Und indem der Sozialismus sich auf den Standpunkt der allgemeinen Menschenliebe und Brüderlichkeit stellt, indem er dafür kämpft, daß die nationalen Kriege und Verhetzungen aufhören, daß die Nationen in friedlicher Arbeit und Kulturförderung zusammengehen, vertritt die Sozialdemokratie die höchste Kulturidee, die überhaupt denkbar ist. (Beifall.)

Indem man nun unsere Partei, weil sie den engherzigen nationalen Standpunkt bekämpft, weil sie gegen die Rassenkämpfe Front macht und die Idee der Völkerverbrüderung vertritt, verleumdet und verfolgt, geschieht ihr nur, was zu allen Zeiten den Vorankämpfenden geschah. Meine Herren! Gehen Sie beispielsweise heute noch in ein gut katholisches Land und hören Sie einmal, mit welcher Unkenntnis über Luther geurteilt wird! So ist es allen Parteien in der Welt gegangen, die den Fortschritt vertraten, und so erging es auch der liberalen. Heute, wo die liberale Partei am Ruder ist und die Herrschaft hat, betrachtet sie ihre Welt für die beste der Welten, und wir, die wir dies nicht anerkennen wollen, wir werden von ihr heute behandelt, wie sie selbst von der feu-

1 Pol. Partei. Verächtlich: Rotte.

dalen Partei vor kaum zwanzig Jahren behandelt wurde. Ganz natürlich
das!

Wir lassen uns durch solche Anschuldigungen nicht beirren, wir
wissen, daß unsere Zeit kommt, daß die Verhältnisse uns in die Hände
arbeiten, daß mit der Zunahme des Klassengegensatzes, mit dem Verschwinden der Mittelschicht, des Kleinbürgertums, das in die Reihen
der Lohnarbeiter geschleudert wird, die Sozialdemokratie immer stärker
wird, bis sie endlich die Macht in Händen hat. (Lebhafter Beifall.)

Herr Sparig hat sich gefreut, daß bei der letzten Landtagswahl in
Chemnitz kein Sozialdemokrat in den Landtag gekommen ist. Die
Freude dürfte ihm bald zu Wasser werden. (Heiterkeit.) Es ist aber bezeichnend für ihn, daß er damit sein Wohlgefallen an einem Wahlgesetz
kundgibt, das nur durch seine reaktionären Bestimmungen eine Volks-
wahl verhindert. (Beifall.) Indes der Sozialdemokrat wird doch in den
Landtag kommen, wenn auch dieses Jahr nicht, so im nächsten Jahre
gewiß (Bravo, Heiterkeit), und hätte der Chemnitzer Stadtrat die Wahl-
liste ebenso geführt, wie er die Steuerliste führt – zwei Dinge, die bekanntlich auch in Leipzig nicht harmonieren – so wäre er schon drinnen.
(Große Heiterkeit und Beifall.)

Endlich hat Herr Sparig, indem er sich an die hier anwesenden Vertreter der konservativen Presse wandte, gemeint, die konservative Presse
werde jetzt wohl einsehen, daß die Nationalliberalen mit der Sozialdemokratie nichts zu schaffen haben. Das hat sicherlich noch kein Mensch
wirklich geglaubt, und die, welche es geschrieben haben, am allerwenigsten. (Heiterkeit.)

Tatsache ist, daß der Streit zwischen Konservativen und Nationalliberalen nur als ein Streit zwischen zwei unzufriedenen Eheleuten betrachtet
werden kann. Mischt sich ein dritter hinein, so sind sie einig. (Heiterkeit.)
… Vor einigen Wochen stand im ›Leipziger Tageblatt‹ ein Artikel, in
dem allen Gegnern der Sozialdemokratie zugerufen wurde: ›Bilden wir
allesamt eine einzige große Ordnungspartei.‹ Nun, wir gratulieren Ihnen
dazu. Sie werden's nötig haben. (Heiterkeit.) Wir haben es auch kürzlich
in Chemnitz gesehen. Anfangs lagen sich dort Konservative und Nationalliberale in den Haaren und beide Parteien wollten einen Kandidaten
aufstellen, weil keine der anderen das Feld gönnte, doch als es hieß, ein
Sozialist würde aufgestellt, da hörte der Streit auf, da hieß es: ›Alle gegen
Bebel.‹ (Große Heiterkeit und Beifall.)«

Mit meinen Ausführungen schloß die glänzend verlaufene Versammlung.

Neue Verfolgungen

Anfang Januar 1876 hielten die sächsischen Parteigenossen eine sehr gut besuchte Landesversammlung in Chemnitz ab, in der man sich bereits mit der Aufstellung der Kandidaten für die nächste Reichstagswahl beschäftigte, die man Januar 1877 erwartete. Die Stimmung war trotz aller Verfolgungen vorzüglich. Mit Beginn des Jahres hatten die Berliner Genossen in der »Berliner Freien Presse« sich ein Lokalblatt geschaffen, das sich allmählich eine bei Freund und Feind angesehene Stellung eroberte. Jetzt wurden auch die ersten Zeichen einer Wandlung der gesamten Politik des Reiches bemerkbar. Mit der Entlassung des Präsidenten des Reichskanzleramtes Delbrück, die Ende April erfolgte, wurde die offizielle Schwenkung nach der schutzzöllnerischen Seite eingeleitet. Der preußische Handelsminister v. Camphausen, der noch kurz zuvor im Reichstag die Lohnherabsetzungen durch die Unternehmer als Mittel, aus der Krise herauszukommen, gerechtfertigt hatte und dafür von Eugen Richter das Lob erntete: »Alle Hochachtung vor einem Minister, der es wagt, so unpopuläre Wahrheiten auszusprechen«, folgte ihm später in die Wüste nach. Unterdessen nahmen die Verfolgungen gegen die Parteigenossen ununterbrochen ihren Fortgang, ganz besonders wegen Beleidigungen des Reichskanzlers. Bismarck hatte die Gewohnheit angenommen, daß er seine Strafanträge en masse hektographieren ließ und denjenigen Staatsanwälten zur Anklageerhebung zusandte, die ihm einen Beleidiger namhaft gemacht hatten.

Diese Strafanträge wurden von ihm unausgesetzt bis zum Ende seines Amtes – Februar 1890 – gestellt. Dieselben gingen in die Tausende, und die Verurteilten halfen die Gefängnisse bevölkern. Von Charaktergröße legte dieses Verfahren kein Zeugnis ab, es wurde selbst von vielen seiner Verehrer mißbilligt.

Getreu den Intentionen Bismarcks setzte ferner Tessendorf seine Verfolgungen der Arbeiterorganisationen fort. Hatte er bei seiner Anklage gegen die Leiter des Allgemeinen Deutschen Arbeitervereins wegen Vergehens gegen das preußische Vereinsgesetz März 1875 den Antrag auf dessen Unterdrückung mit den Worten begründet: »Zerstören wir die sozialistische Organisation, und es existiert keine sozialistische Partei mehr«, Worte, die sein ganzes Unverständnis der Bewegung bewiesen, so sah er sich jetzt zu weiteren ähnlichen Maßregeln veranlaßt. Die Unterdrückung des Allgemeinen Deutschen Arbeitervereins war durch die Gründung der Sozialistischen Arbeiterpartei in Gotha wettgemacht worden. Diese sollte jetzt an die Reihe kommen. Es gelang ihm auch, bei der Ratskammer des Berliner Stadtgerichtes einen Beschluß zu erlangen, wonach sowohl die Berliner Mitgliedschaft der Partei wie die Partei selbst *für ganz Preußen für vorläufig geschlossen erklärt wurden*. Der Parteivorstand antwortete auf diesen Beschluß mit einer Ansprache an die Parteigenossen, sie sollten unbekümmert, um denselben in die Agitation für die nächsten Reichstagswahlen eintreten. Die Partei solle zeigen, daß sie sich durch Beschlüsse, wie jenen der Ratskammer des Berliner Stadtgerichtes, nicht einschüchtern lasse. Es sei nunmehr erst recht notwendig, daß jeder einzelne Genosse seine volle Schuldigkeit für die Partei tue. Dem Trumpf Tessendorfs »Vernichtung der Sozialdemokratie« müsse durch den Gegentrumpf »Es lebe die Sozialdemokratie« geantwortet werden. Nunmehr wurden überall in Preußen an Stelle der aufgelösten Parteiorganisationen *lokale* Organisationen ins Leben gerufen, die allerdings jeden Schein einer Verbindung mit der für das übrige Deutschland fortbestehenden Zentralorganisation vermeiden mußten. Das Vorgehen Tessendorfs erwies sich buchstäblich als ein Schlag ins Wasser, denn für die Anwerbung von Parteigenossen, die Verbreitung der Parteipresse und die Sammlung von Geldmitteln leisteten diese Lokalorganisationen mindestens so viel wie die aufgelöste Zentralorganisation.

Freilich war unter diesen Verhältnissen ein Parteikongreß im früheren Sinne nicht mehr möglich. Da wir aber einen solchen nicht entbehren wollten und konnten, traten Reichstagsfraktion und Parteivorstand zusammen, um zu beraten, was geschehen solle. Man einigte sich sehr rasch auf den von mir gemachten Vorschlag, daß die Reichstagsfraktion einen allgemeinen Sozialistenkongreß einberufen solle, und zwar für die Tage vom 20. bis 23. August nach Gotha, wozu die Delegierten in öffentlichen Versammlungen gewählt werden sollten. Um andererseits den preußischen Parteigenossen die Leistung von Parteibeiträgen in unanfechtbarer Form zu ermöglichen, wurde beschlossen, monatlich ein ungefähr handgroßes Blättchen unter dem Titel »Der Wähler« herauszugeben, das zum Preise von 20 Pfennig sich eines guten Absatzes erfreute.

Tessendorfs Verfolgungseifer begnügte sich aber nicht mit der Auflösung der Parteiorganisation in Preußen. Er ging alsbald auch gegen eine

Anzahl Zentralverbände der Gewerkschaften vor, um diesen als »politischen Organisationen« das Schicksal der Partei zu bereiten. Das gelang ihm auch bei vier derselben. Die aufgelösten Zentralleitungen siedelten nunmehr nach Hamburg über, dessen Vereinsgesetz ein Verbindungsverbot für politische Vereine nicht kannte.

*

Am 28. Juni war Most endlich nach 26 Monaten Haft aus Plötzensee entlassen worden. An demselben Tage kündigte Bracke öffentlich das Erscheinen einer von Most verfaßten Broschüre an, betitelt: »Die Bastille am Plötzensee«, in der er seine Erlebnisse erzählte und die Art und Weise schilderte, wie er und andere hinter dem Rücken der Beamten sich allerlei Vorteile beschafft und die Beamten hinter das Licht geführt hatten. Diese Veröffentlichung war eine Unklugheit. Kaum war die Schrift erschienen, so verlangte der Minister des Innern von dem nichtsahnenden Direktor des Gefängnisses Plötzensee Auskunft über die geschilderten Vorgänge. Das Resultat war, daß mehrere Beamte bestraft und entlassen wurden und von jetzt ab eine weit strengere Handhabung der Gefängnisordnung Platz griff. Auch wurden von jetzt ab – mit mir machte man, als ich ebenfalls in Plötzensee Quartier beziehen mußte, worüber weiter unten mehr, noch eine Ausnahme – die meisten politischen Gefangenen im sogenannten Maskenflügel interniert. Als Most im Jahre 1878 abermals auf sechs Monate in Plötzensee seinen Einzug halten mußte, vergalt man ihm seine Indiskretionen. Er wurde jetzt in strenge Isolierhaft genommen, und so oft er die Zelle verließ, mußte er, wie die anderen Insassen des Zellenhauses, eine schwarze Maske vorlegen, damit ihn niemand erkenne.

Entsprechend den um jene Zeit einen immer aggressiveren Charakter annehmenden Verfolgungen der Partei wurden auch die verhängten Strafen bemessen. Wo man vordem Wochen oder wenige Monate verhängte, erhielt jetzt der Verurteilte eine drei- und vierfach höhere Strafe zuerkannt. Urteile, die zwölf, fünfzehn, achtzehn und mehr Monate diktierten, wurden Regel. Einzelne Parteiblätter, wie der »Vorwärts« und die »Berliner Freie Presse«, hatten ständig mehrere Redakteure in Haft. So erhielt zum Beispiel Saeweke-Chemnitz wegen Majestätsbeleidigung und was man als Gotteslästerung ansah zwei Jahre Gefängnis; vom Augsburger Schwurgericht wurden wegen verschiedener Preßvergehen

R. Franz zu drei, E. Rottmanner und E. Köber zu je zwei Jahren Gefängnis verurteilt, eine Verurteilung, die in der ganzen Partei einen Sturm der Entrüstung hervorrief. In anderen Prozessen wurde Thomas-Augsburg zu zwei Jahren, Loof-Chemnitz zu einem Jahre vier Monaten verurteilt. Vahlteich erhielt im folgenden Jahre wegen verschiedener Preßvergehen achtzehn Monate Gefängnis, und zu der gleichen Strafe wurde im nächstfolgenden Jahre G. v. Vollmar, der Redakteur der »Dresdener Volkszeitung« war, verurteilt. Diese Verurteilungen erregten schließlich in der Partei kaum noch Aufsehen; wer Redakteur oder Agitator war, mußte mit dem Gefängnis als einem unumgänglichen Attribut seiner Stellung rechnen. Mit Vollmar war ich infolge seiner Stellung als Redakteur der »Dresdener Volkszeitung« in lebhafteren brieflichen Verkehr gekommen. Die verschiedenen Preßvergehen, in die er verwickelt war, legten ihm die Frage nahe, ob bei einer Verurteilung ihm die Pension, die er als schwer verwundeter Teilnehmer im Deutsch-Französischen Kriege bezog, nicht entzogen werden könne, und er ersuchte mich darüber um meine Meinung. Darauf antwortete ich ihm unter dem 17. Juni 1877 unter anderem:

»... Bezüglich Ihrer Pensionsangelegenheit habe ich mit Freytag noch nicht sprechen können, glaube auch kaum, daß er Ihnen mehr als ich wird sagen können.

Ich habe mir die Reichstagsverhandlungen angesehen. § 32 des Gesetzes, die Pensionierung und Versorgung der Militärpersonen, bestimmt unter b), daß durch rechtskräftige gerichtliche Verurteilung der Pensionsverlust herbeigeführt werden könne, und bestimmt dann weiter:

Die Pensionserhöhungen können jedoch durch gerichtliches Erkenntnis nicht entzogen werden.

Aus den Verhandlungen ergibt sich nun mit keinem Wort, in welchem Falle ein solches Aberkenntnis eintreten dürfte. Es wurde bei der Beratung darauf aufmerksam gemacht, daß im Reichsstrafgesetzbuch, das ja auch für Bayern gilt, alle Bestimmungen gestrichen wurden, wonach die Pension aberkannt werden könne. Im Gegensatz hierzu besteht aber das alte preußische Militärstrafgesetzbuch aus dem Jahre 1845, das solche Bestimmungen enthält. Da dieses aber meines Wissens für Bayern nicht gilt, so fragt es sich, welche bezüglichen Bestimmungen das bayerische Militärstrafgesetzbuch enthält, diese kommen alsdann in Betracht, und dieses Gesetz werden Sie sich wohl leicht verschaffen können.

Ich empfehle Ihnen äußerste Vorsicht in der Schreibweise, ich fürchte, man läßt Sie tüchtig hereinfallen. Da aber die Verurteilung auf keinen Fall den Verlust der Ehrenrechte nach sich ziehen kann, so fragt es sich, ob diese Entziehung nicht eine Bedingung für die Aberkennung der Pension ist, in welchem Falle Sie gedeckt wären. Daß gegen Sie als einen ›Apostaten‹ die herrschende Gewalt eine besondere Animosität besitzt, ist sicher ...«

Große Genugtuung rief es hervor, als um jene Zeit in der Partei bekannt wurde, daß der oberste Gerichtshof im Herzogtum Braunschweig den General Vogel v. Falckenstein wegen der Lötzener Affäre verurteilt habe, an die Herbst 1870 von ihm gefangengesetzten Genossen Entschädigung zu zahlen, und zwar an Bracke 2100 Mark, an Gralle 108 Mark, an Bonhorst 105 Mark, an Ehlers als selbständigen Gewerbetreibenden pro Tag 7,50 Mark, an Kühn als Arbeiter pro Tag 3 Mark.

Der Parteikongreß in Gotha 1876

Für den Parteikongreß in Gotha – 19. bis 23. August – hatten wir als Tagesordnung festgesetzt:

»1. Die Tätigkeit der sozialistischen Abgeordneten; 2. Gang und Stand der sozialistischen Organisation in Deutschland; 3. die bevorstehenden Reichstagswahlen; 4. Feststellung der sozialistischen Kandidaturen; 5. die sozialistische Organisation in Deutschland; 6. die Parteipresse.«

Die offiziöse »Norddeutsche Allgemeine Zeitung« lärmte gewaltig über diese Veranstaltung und drohte, man werde festzustellen suchen, ob dieser Kongreß nicht eine Gesetzesumgehung mit Hinblick auf die erfolgten Schließungen und Auflösungen sei. Indes an diese Drohungen kehrten wir uns nicht. Wir mußten zeigen, daß wir uns nicht einschüchtern ließen und entschlossen waren, jedes Mittel zu benutzen, das die Umstände uns zu ergreifen ermöglichten, um die gegen uns gerichteten Schläge zu parieren.

Geib und *Hasenclever* führten auf dem Kongreß wieder den Vorsitz. Anwesend waren 98 Delegierte, die aus 291 Orten 38254 Mandanten zu vertreten hatten. Liebknecht und ich konnten aus privaten Gründen erst am zweiten Tage der Verhandlungen erscheinen. Aus dem von *Auer* vorgetragenen Bericht ging hervor, daß die Einnahmen der Parteileitung vom 8. Juni 1875 bis 19. August 1876 sich auf 53973 Mark beliefen, denen eine Ausgabe von 54432 Mark gegenüberstand. Es war also ein kleines Defizit vorhanden, das durch den Überschuß des »Wähler« in Höhe von 4330 Mark gedeckt wurde. Die Partei besaß zu jener Zeit 23 politische Organe und das neugegründete Unterhaltungsblatt »Die Neue Welt«. Von den Organen erschienen acht sechsmal, acht drei-, vier zwei- und drei einmal wöchentlich. Zum erstenmal liefen auf einem deutschen Parteikongreß eine Reihe Zuschriften von sozialistischen Organisationen des Auslandes ein, in denen die Partei wegen ihrer tapferen Haltung beglückwünscht wurde. Ich war in der Lage, die Grüße einer internationalen Konferenz in Bern zu überbringen, der ich gelegentlich einer Geschäftsreise in der Schweiz beigewohnt hatte. Zum Zeichen brüderlicher internationaler Solidarität wurde beschlossen, für die in großer Not befindlichen Kommunards in geeigneter Weise Geld aufzubringen. Karl Hirsch erschien als Delegierter Pariser Arbeiter auf dem Kongreß. Über die Tätigkeit der Fraktion im Reichstag berichtete *Hasenclever*. Ich ergriff die Gelegenheit, um unsere Stimmenthaltung in der Diätenfrage zu rechtfertigen, die mehrfach angegriffen worden war. *Molkenbuhr*, der namens der Gegner unserer Abstimmung das Wort ergriff, behauptete, die Abstimmung habe uns in der Agitation geschadet, diese Taktik habe bei den Parteigenossen befremdend gewirkt. Die Fraktion müsse stets klare Stellung nehmen für oder gegen eine Vorlage und geschlossen stimmen. Nach längerer Debatte brachten A. Kapell und Dreesbach einen Antrag ein, wonach unsere Abstimmung in der Diätenfrage als unpraktisch erklärt werden sollte. Dieser Antrag wurde abgelehnt. Dagegen wurde ein Antrag Löwenstein angenommen, der vorschlug, über die Frage zur Tagesordnung überzugehen, denn es sei selbstverständlich, daß die sozialistischen Abgeordneten für Diätenzahlung seien und in vorliegendem Falle mit der Stimmenthaltung nur der Schwindel hätte konstatiert werden sollen, dessen sich ein Teil der liberalen Abgeordneten schuldig machte.

Die weiteren Verhandlungen zeigten, daß noch starke persönliche und sachliche Gegensätze in der neugeeinten Partei vorhanden waren, die jetzt zum Ausbruch kamen. So rief Frohme dadurch eine heftige Diskussion hervor, daß er die Anschuldigung erhob, verschiedene Parteiblätter und ebenso Liebknecht und ich hätten von Sonnemann-Frankfurt Geldunterstützungen bezogen. Es wurde festgestellt, daß kein

Blatt genannt werden konnte, das von Sonnemann Geldunterstützung erhalten hatte, das gleiche galt von Liebknecht. Ich teilte mit, daß Sonnemann, der während meiner Haft sich wiederholt bereiterklärt habe, mir mit einem Darlehen zu helfen, falls ich solches für die Rehabilitierung meines Geschäfts nach meiner Haftentlassung bedürfe, mir ein solches in Höhe von 600 Taler gewährt habe, das ich mit 5 Prozent verzinste und in Raten zurückzahlte. Das sei um so unbedenklicher, da ich seit 1865 mit Sonnemann befreundet und die ganze Angelegenheit eine rein private sei. Sonnemann selbst hatte durch eine Indiskretion gegen einen Frankfurter Genossen den Fall in weitere Kreise getragen. Das Endresultat der Debatte war, daß ein Antrag von Bracke – der zum erstenmal seit Jahren wieder einen Kongreß besuchte – mit allen gegen sieben Stimmen angenommen wurde, der das gegen mich beliebte Vorgehen tadelte. Ich nahm Veranlassung, noch im Laufe des Jahres das Darlehen an Sonnemann zurückzuzahlen.

Eine weitere Debatte, die zeitweilig ebenfalls einen heftigen Charakter annahm, wurde durch die Frage herbeigeführt, ob fernerweit zwei offizielle Organe (»Der Neue Sozialdemokrat« in Berlin und »Der Volksstaat« in Leipzig) bestehen sollten oder eines und welches dazu ernannt werden sollte. Schließlich wurden 49 Stimmen für Leipzig und 38 Stimmen für Berlin abgegeben, 6 Delegierte enthielten sich der Abstimmung. Darauf wurde weiter beschlossen, das Zentralorgan solle vom 1. Oktober ab unter dem Namen »Vorwärts« erscheinen, und zwar dreimal wöchentlich. Lebhafte Erörterung rief alsdann die Wahl der beiden Redakteure hervor. *Hasselmann,* der der Vereinigung nie grün war, erklärte, unter keinen Umständen nach Leipzig überzusiedeln und verzichtete auf eine Redakteurstelle. Auf Vorschlag *Geibs* erklärte sich *Hasenclever* bereit, neben *Liebknecht* die Redaktion zu übernehmen. Des weiteren kam man überein, nachdem die Partei in Preußen aufgelöst war, an Stelle des Parteivorstandes in Hamburg ein Zentralkomitee zu setzen, in das *Auer, Brasch, Derossi, Geib* und *Hartmann* eintraten. Auf meinen Antrag wurde das Gehalt des Sekretärs auf 150 Mark, des Kassiers auf 105 Mark und der beiden Beisitzer auf je 45 Mark monatlich festgesetzt.

Im weiteren beschäftigte sich zum erstenmal ein Parteikongreß mit der Stellungnahme zu wirtschaftlichen Tagesfragen. Die industrielle Krise, die mit dem Jahre 1874 einsetzte und sich mit jedem Jahre mehr verschärfte, hatte einen vollständigen Umschwung in den Kreisen der Industriellen über die Frage: Schutzzoll oder Freihandel? herbeigeführt und schließlich auch in den landwirtschaftlichen Kreisen, die seit Jahrzehnten die Hauptstützen des Freihandelssystems bildeten, Anhang gefunden. In erster Linie waren es die Eisenindustriellen, die über die beschlossene Aufhebung der Eisenzölle, die vom 1. Januar 1877 ab eintreten sollte, schon Jahre zuvor in Aufregung gerieten und dagegen kämpften. Ihnen schlossen sich andere Industrielle, namentlich die Baumwollindustriellen an. Und da durch die jetzt sich immer bemerkbarer machende amerikanische Getreidekonkurrenz auch die Getreidepreise nicht die erwünschte Höhe behielten, sondern sanken, schwenkten die ostelbischen Getreideproduzenten, die ihren Absatz nach dem Ausland unter der amerikanischen Konkurrenz immer mehr einbüßten und diese Konkurrenz selbst im eigenen Lande verspürten, ins schutzzöllnerische Lager ab. Diese Umwandlung in den Anschauungen weiter Kreise über Freihandel und Schutzzoll mußte notwendig auch in den Parteikreisen Beachtung finden. So erklärten sich im Laufe der Jahre namentlich *Auer*, *Fritzsche* und *Max Kayser* für eine mehr oder weniger ausgeprägte Schutzzollpolitik. Der Kongreß konnte also nicht umhin, zu der veränderten Strömung Stellung zu nehmen; er tat dies allerdings in einer Weise, die unbefriedigend war und eine gewisse Unklarheit verriet. Auf Antrag von Bracke, Frick, Fritzsche, Grillenberger, Hasselmann, Liebknecht und Most nahm der Kongreß ohne jede Debatte eine Resolution an, in der es hieß: »Die Sozialisten Deutschlands stehen dem innerhalb der besitzenden Klassen ausgebrochenen Kampfe zwischen Schutzzoll und Freihandel *fremd gegenüber*; die Frage, ob Schutzzoll oder nicht, ist nur eine praktische Frage, die in jedem einzelnen Falle entschieden werden muß; die Not der arbeitenden Klassen wurzelt in den allgemeinen wirtschaftlichen Zuständen, doch sind die bestehenden Handelsverträge seitens der Reichsregierung ungünstig für die deutsche Industrie abgeschlossen und erheischen eine Änderung.« Die Parteipresse wurde aufgefordert, die Arbeiter davor zu warnen, für die unter dem Verlangen nach Schutzzoll eine Staatshilfe erstrebende Bourgeoisie die Kastanien aus dem Feuer zu holen. Und da zu jener Zeit auch die Frage aufgetaucht war, ob Privat- oder Staatseisenbahnen, und Bismarck die Monopolisierung der Bahnen durch das Reich erstrebte, nahmen die beantragten Resolutionen auch zu dieser Frage Stellung. Der Kongreß sprach sich für die Verstaatlichung der Eisenbahnen aus, aber *gegen* das Reichseisenbahnprojekt, weil dieses letztere bestimmt sei, die Interessen des Klassen- und Militärstaats zu fördern, und die Einnahmen zu unproduktiven

Zwecken verwendet werden sollten, wodurch das Reich ein neues Gewicht
im volksfeindlichen Sinne erlangte und den Börsenjobbern große Summen vom Volkseigentum zugespielt würden.

Über den Verlauf des Kongresses schrieb der weiche und gemütvolle
Bracke, der die mancherlei Unbill, die man ihm nach seinem Austritt
aus dem Allgemeinen Deutschen Arbeiterverein von jener Seite hatte
angetan, noch nicht vergessen konnte, in einem Briefe vom 31. August
an Friedrich Engels:

»Die Verhandlungen waren famos, die Angelegenheit Frohme-Sonnemann, dann die Abstimmung über die Diäten, dann die Frage, ob das
Zentralorgan nach Berlin oder Leipzig kommen solle, das waren die drei
Hauptpositionen; die Lassalleaner hatten ernstlich geglaubt, die Bewegung
in ihre Hände zu bekommen, jedenfalls waren sie ihres Sieges in der
Organisation sicher. Und dazu hatten sie allen Grund. Auf einer in
Berlin stattgehabten Konferenz hatte *Ramm*-Leipzig (der Leiter der
Leipziger Parteibuchdruckerei. A.B.) der Verlegung nach Berlin zugestimmt, und *Geib,* der sich allein sah, machte dann keine Opposition
mehr. *Bebel* aber und ich, sowie *Auer* erklärten die Verlegung für ganz
unmöglich, wir fanden auch viele Zustimmung und erweckten *Liebknecht*
und *Geib* und andere zu neuem Leben. Die Schlacht wurde dann auch
glorreich geschlagen. Nachdem in der Angelegenheit Sonnemann und
in der bezüglich der Diäten der Sieg auf unserer Seite gewesen, setzten
die Lassalleaner, denen nun doch das wirtschaftliche Interesse des Berliner
Unternehmens zu Hilfe kam, alles daran. Die Erregung auf beiden Seiten
war groß; es wurde eine regelmäßige parlamentarische Schlacht geschlagen. Zuerst waren 42 Redner eingezeichnet, voran außer Bebel lauter
Berliner. Wir brachten durch passende Anträge diese Liste zu Fall, kamen,
da die Gegner das nicht erwartet, dann unsererseits zuerst auf die Liste
und konnten nun großmütig sein, wobei uns schließlich Richter-
Wandsbek noch einen großen Dienst leistete. Die Erregung war außerordentlich, jedes Mittel wurde von beiden Seiten benutzt. Die Gegner
aber ließen sich von ihrer Erregung hinreißen, polterten hitzig hervor,
um die fünfminutige Redezeit auszunutzen, während wir ruhig blieben
und durchweg langsam und gemessen sprachen. Das Resultat ist Ihnen
bekannt. Liebknecht und Bebel waren famos.

Daß Hasenclever sich schließlich von Geib breitschlagen ließ, ans
Zentralblatt nach Leipzig zu gehen, vollendete den Sieg, da man sonst

mit Frick-Bremen gesagt haben würde: Das neue Blatt ist nur das Organ der Herren Bebel und Liebknecht. Damit ist die Einheit besiegelt ...«

Hasselmann gab zum 1. Oktober 1876 seine Stellung an der »Berliner Freien Presse« auf und zog sich nach Barmen-Elberfeld zurück, woselbst er die Redaktion der »Bergischen Volksstimme« übernahm und ein neues Organ, »Die rote Fahne«, das angeblich nur als Flugblatt erscheinen sollte, ins Leben rief. Es zeigte sich aber bald, daß *Hasselmann* mit der Gründung dieses Blattes separatistische Ziele verfolgte, was ihm in eine schiefe Stellung zur Partei und zum Zentralwahlkomitee brachte und auf dem nächstjährigen Parteikongreß wieder zu unerquicklichen Debatten führte.

Der Wahlkampf 1876 bis 1877

Mit einem Aufruf, datiert vom 12. Oktober 1876, eröffnete das Zentralwahlkomitee den Wahlkampf. Auf seinen und vieler Genossen Wunsch hatte ich wiederum eine Broschüre, betitelt: »Die parlamentarische Tätigkeit des Deutschen Reichstags und der Landtage von 1874 bis 1876«, verfaßt. Die Schrift erschien diesmal unter meinem Namen in der Genossenschaftsbuchdruckerei zu Berlin, also unter den Augen Tessendorfs, der diesen Umstand, wie ich bald genug zu meinem Schaden erfuhr, gebührend ausnützte.

Am 30. Oktober trat der Reichstag zu seiner letzten Session zusammen. Diese konnte aber nur kurz sein, und da Gesetzentwürfe von besonderem Interesse für uns nicht vorlagen, befaßten wir uns mit den parlamentarischen Verhandlungen nur wenig, aber um so mehr mit der Wahlagitation, die mich in jenen Wochen von Leipzig nach Köln, von dort nach Königsberg i. Pr. und von hier nach Breslau usw. führte. In Königsberg mußte ich an zwei Abenden in überfüllten Versammlungen sprechen, weil die Diskussion, die mein Vortrag hervorgerufen hatte, erst am zweiten Abend zu Ende geführt werden konnte. In der ersten Versammlung war auch Johann Jacoby anwesend, den man zum Ehrenvorsitzenden der Versammlung ernannt hatte. Ich lernte erst jetzt Jacoby persönlich kennen. Der kaum mittelgroße Mann, der offensichtlich in seinem ganzen Wesen zurückhaltender Natur war und nur durch die Verhältnisse gezwungen sich zu einem demonstrativen Eingreifen in die öffentlichen Angelegenheiten herbeiließ, machte auf mich einen ungemein günstigen

Eindruck. Ich hatte ihn vor der ersten Versammlung in seiner Wohnung besucht, wobei er mich in seinem sehr geräumigen Arbeitszimmer empfing, dessen Regale und Schränke bis an die Decke mit Büchern vollgepfropft waren. Ich beneidete ihn um diesen ideal ausgestatteten Raum, der in seiner behaglichen Einrichtung zum Arbeiten geradezu einlud. Jacoby starb im nächsten Frühjahr infolge einer Steinoperation; im Oktober des vorhergehenden Jahres war ihm Franz Ziegler im Tode vorausgegangen.

*

Nach Leipzig zurückgekehrt, ließ ich eine Volksversammlung einberufen mit der Tagesordnung: »Die Stellung der Frau im heutigen Staat und zum Sozialismus.« Obgleich wir den größten Saal Leipzigs zur Verfügung hatten, faßte er nicht die Masse der herbeiströmenden Zuhörer, von denen viele wieder wegen Mangel an Raum umkehren mußten. Die Frauen waren sehr zahlreich vertreten. Ich setzte ihnen unter anderem auseinander, welch lebhaftes Interesse auch sie an den bevorstehenden Reichstagswahlen nehmen müßten; da sie aber vorläufig kein Wahlrecht besäßen, sei es ihre Aufgabe, agitatorisch in den Wahlkampf einzugreifen und ihre Männer und wahlberechtigten männlichen Verwandten für die Beteiligung an der Wahl anzutreiben, und zwar zugunsten der Sozialdemokratie, die für ihre volle politische und soziale Gleichberechtigung eintrete. Die Versammlung verlief nach Wunsch; es war die erste Versammlung, in der die Frauen zur politischen Beteiligung bei einer Wahl aufgefordert wurden.

Von Leipzig eilte ich nach Dresden zur Agitation, woselbst ich als Kandidat der Partei aufgestellt worden war. Die organisierten Genossen im 17. sächsischen Wahlkreis Glauchau-Meerane, in dem ich ebenfalls wieder kandidierte, hatten bereits im voraus erklärt, sollte ich auch in einem zweiten Wahlkreis gewählt werden, so seien sie zu einer Neuwahl an meiner Stelle bereit, denn daß sie im 17. Wahlkreis wieder siegen würden, sah alle Welt als selbstverständlich an. Und so geschah es.

In Dresden erhielt ich zunächst die relative Mehrheit unter den aufgestellten drei Kandidaten. Ich kam mit dem Kandidaten der Liberalen, Professor Maihoff, in engere Wahl und siegte über diesen mit 10837 gegen 9920 Stimmen. Als mir am Tage nach der Wahl die Depesche, die meinen Sieg meldete, zuging – ich hatte gebeten, am Wahltagabend mir das Wahlresultat nicht zu telegraphieren – fragte ich meine Frau, ob wir noch eine Flasche Wein im Keller hätten, und als sie dies bejahte, äußerte ich: »Gut, dann wollen wir sie heute mittag auf das Wohl meiner Dresdener Wähler trinken.« Darauf meinte mein Töchterchen, das dieser Unterhaltung beigewohnt hatte: »Papa, wird Herr Professor Maihoff heute mittag auch eine Flasche Wein trinken?« Ich gab lachend zur Antwort, das wüßte ich nicht, ich kennte nicht den Geschmack des Herrn Professors. An meine Stelle im 17. Wahlkreis wurde nunmehr Wilhelm Bracke gewählt.

Der Ausfall der Wahlen war für uns ein sehr günstiger. *Hasselmann* war zwar in Barmen-Elberfeld mit 14245 gegen 14485 Stimmen unterlegen, aber der benachbarte Solinger Kreis schickte *Rittinghausen* mit 10636 gegen 7453 Stimmen in den Reichstag, und beinahe wäre auch *Grillenberger* in Nürnberg gewählt worden, der mit 12089 gegen 12625 Stimmen seinem Gegner unterlag. Die Partei war bei 24 Stichwahlen beteiligt. Gewählt wurden 12 Abgeordnete: Auer, Blos, Bracke, der Hofbaurat Demmler-Schwerin im 13. sächsischen Wahlkreis Leipzig-Land, Fritzsche, Hasenclever, A. Kapell, Liebknecht, Most, Motteler, Rittinghausen und ich.

Wie der alte Demmler uns gelegentlich erzählte, hatte er die Gepflogenheit, wenn er auf längere Zeit Schwerin verließ, sich bei dem Großherzog von Mecklenburg, als dessen ehemaliger Hofbaumeister er das prachtvolle Schweriner Schloß gebaut hatte, zu verabschieden. So auch dieses Mal, als er die Reise nach Berlin zum Reichstag antrat. Bei dieser Gelegenheit hatte der Großherzog geäußert: »Ich wünsche Ihnen glückliche Reise, aber lieber Demmler – und dabei erhob er lächelnd drohend den Finger – machen Sie es in Berlin nur nicht zu arg.« Hier sei bemerkt: Demmler hatte den Schweriner Schloßbau ohne Meister allein durch Vertrag mit den Arbeitern gebaut und war mit dem erzielten Resultat sehr zufrieden.

Am 2. Februar schrieb ich an den Parteigenossen Schlüter in Dresden, der Expedient unseres dortigen Parteiorgans war, daß ich dem Wahlkommissar die Annahme der Dresdener Wahl mitgeteilt hätte, und bemerkte dazu:

313 »Es amüsiert mich, daß es gerade neunzehn Jahre waren, seitdem ich als Handwerksbursche in die Fremde ging, natürlich ohne eine Ahnung, daß ich neunzehn Jahre später auf denselben Tag an einen Wahlkommis-

sar meine Erklärung für die Annahme des Reichstagsmandats für die sächsische Residenz abschicken würde. Der alte Napoleon äußerte einmal, jeder Soldat hat den Marschallstab im Tornister, heute könnte man sagen: Jeder Handwerksbursche trägt ein Reichstagsmandat im Berliner[2]. Es geht vorwärts. Unsere Freunde, die Feinde, sollen leben.«

Und die letzteren machten zu dem Wahlausfall böse Gesichter, denn weit mehr als die paar gewonnenen Mandate lag ihnen das starke Wachstum der gewonnenen Stimmen in den Gliedern. Die Stimmenzahl der Partei war von 351670 im Jahre 1874 auf 493447 gestiegen, die wir jetzt im Januar 1877 auf unsere Kandidaten vereinigten. Das war ein Mehr von 141777 Stimmen gleich 36 Prozent. In Sachsen hatten wir die relative Mehrheit der Stimmen erhalten, 124600 von 318740.

Das System Tessendorf, das allmählich über die Grenzen Preußens hinaus in den meisten Mittel- und Kleinstaaten Schule gemacht hatte, war also, wie der Wahlausfall zeigte, elend zusammengebrochen. Und wenn nunmehr auch das Wüten gegen die sozialdemokratische Presse und die sozialdemokratischen Organisationen von neuem losging und gegen die Vertreter der Partei Urteile gefällt wurden eins drakonischer als das andere, auch das half nicht. Es half auch nichts, als Bismarck, vom Glück begünstigt, endlich erhielt, wonach er lange gelechzt, ein schneidiges Ausnahmegesetz gegen die ihm verhaßte und doch so gefürchtete Partei.

Der Reichstag 1877

In der am 22. Februar eröffneten Reichstagssession spielten die sozialen Fragen eine hervorragende Rolle. Das ständige Steigen der sozialdemokratischen Stimmen hatte namentlich das Zentrum beunruhigt, das jetzt zum ersten Male unter der Firma des Grafen Galen und Genossen einen Gesetzentwurf einbrachte, der ganz dem sozialpolitischen Eiertanz entsprach, dem von jetzt ab das Zentrum in immer stärkerem Maße huldigte. *Bisher hatte sich das Zentrum den sozialen Fragen gegenüber durchaus zurückhaltend benommen.* Der Gesetzentwurf sollte sowohl den Kleingewerbetreibenden wie den Arbeitern eine Verbesserung ihrer Lage bringen. Fritzsche und ich hatten diesem gegenüber einen Gesetzentwurf ausge-

2   Siehe Bd. I, S. 30.

arbeitet, der eine Änderung wichtiger Bestimmungen in den Titeln 1, 2, 7, 9 und 10 der Gewerbeordnung zugunsten der Arbeiter verlangte, dem die Fraktion ihre Zustimmung erteilte. Der Gesetzentwurf forderte eine Regelung der Gefängnisarbeit, wonach diese auf Arbeiten für den Staat beschränkt werden sollte. Weiter wurde gefordert: Verbot der industriellen Sonntagsarbeit; wo ein solches Verbot unmöglich sei, sollte dem Arbeitspersonal ein freier Tag in der Woche gewährt werden müssen; ein Normalarbeitstag von neun Stunden; für Arbeiterinnen, Arbeiter unter achtzehn Jahren und Lehrlinge ein solcher von acht Stunden; Verbot der Nachtarbeit; wo solches durch die Natur des Betriebs unmöglich sei, solle ein achtstündiger Schichtwechsel eingeführt werden. Die Schonzeit der Schwangeren und der Wöchnerinnen sollte entsprechend verlängert werden. Für jede Arbeitsstätte sollte eine Arbeitsordnung eingeführt werden, deren Bestimmungen zwischen Unternehmern und Arbeitern zu vereinbaren seien. Ferner wurde gefordert: die Aufhebung der Arbeitsbücher auch für die Bergarbeiter; die Ausstellung von Zeugnissen sollte nur auf Verlangen des Arbeiters erfolgen können; Festsetzung gleicher Kündigungsfristen für beide Teile, Truckverbot[3], strengere Schutzmaßregeln für Arbeiterinnen und Lehrlinge; die Einführung von Gewerbekammern und Gewerbegerichten; eine Reichsarbeitsinspektion sollte unter Leitung und Kontrolle des Reichsgesundheitsamts eingeführt werden. Endlich verlangten wir Sicherung und Erweiterung des Koalitionsrechts.

Die Debatte über die gleichzeitig zur Beratung gestellten Gesetzentwürfe des Zentrums und unserer Partei leitete von seiten der Fraktion Fritzsche ein. Die Debatte wuchs sich zu einer Sozialistendebatte aus, die mir Gelegenheit gab, die erhobenen Vorwürfe mit aller Schärfe zurückzuweisen und die von den Zentrumsrednern vertretene sogenannte christliche Weltanschauung gebührend zu kritisieren. Meine Rede machte großen Eindruck. Der Leipziger Buchdruckergehilfenverein ließ mir in einem besonderen Abdruck ein Exemplar derselben in einem feinen Einband überreichen.

Ein praktisches Resultat hatte die Beratung der Anträge nicht.

In der Sitzung vom 24. April erklärte der Reichstag Hasenclevers Wahl im sechsten Berliner Wahlkreis, die mit dreißig Stimmen Mehrheit erfolgt

3 Trucksystem: Ganze oder teilweise Ablohnung der Arbeiter mit Naturalien
   – Waren, Lebensmittel etc. – statt mit Geld.

war, für ungültig, weil seltsamerweise eine Wählerliste aus Versehen in einem Wahlbezirk verheftet gewesen sei, so daß eine Anzahl Wähler nicht hätten wählen können. Die Fortschrittspartei hoffte bei einer Nachwahl den sechsten Wahlkreis wieder erobern zu können; sie täuschte sich. Wir warfen uns mit aller Energie in die Wahlagitation, und so siegte jetzt Hasenclever mit einem Mehr von über tausend Stimmen.

Bei einer Verhandlung über die Eisenzollfrage hielt Bracke eine gute Rede über Schutzzoll und Freihandel, als es aber zur Abstimmung kam, stimmte die Fraktion geteilt, eine Minorität stimmte für den Zoll.

Der Versuch, eine andere Fassung des § 46 der Geschäftsordnung herbeizuführen, um der fortdauernden Willkür bei der Stellung von Schlußanträgen ein Ende zu machen, mißlang. Der Antrag kam nicht mehr zur Verhandlung. Dagegen genehmigte der Reichstag den Antrag auf Einstellung *eines Strafverfahrens* gegen mich. Tessendorf hatte bei dem Berliner Stadtgericht wegen meiner Reichstagsbroschüre die Erhebung der Anklage gegen mich beantragt, und zwar wegen mehrfacher Beleidigung des Reichskanzlers und Verletzung des § 131 des Strafgesetzbuches. Dieser Paragraph lautet: »Wer erdichtete oder entstellte Tatsachen, wissend, daß sie erdichtet oder entstellt sind, öffentlich behauptet oder verbreitet, um dadurch Staatseinrichtungen oder Anordnungen der Obrigkeit verächtlich zu machen, wird mit Geldstrafe bis zu 600 Mark oder mit Gefängnis bis zu zwei Jahren bestraft.« Bei einer Haussuchung, die auf Antrag Tessendorfs am 12. Januar in der Expedition der »Berliner Freien Presse« vorgenommen wurde, waren nur noch 12 Exemplare meiner Schrift gefunden worden, die beschlagnahmt wurden.

Der Kongreß in Gotha 1877

Wie schon im vorhergehenden Jahre, so berief auch für das Jahr 1877 die Reichstagsfraktion einen allgemeinen deutschen Sozialistenkongreß für den 27. bis 30. Mai nach Gotha. Auf der Tagesordnung stand: 1. Bericht der Reichstagsabgeordneten über ihre Tätigkeit; 2. Bericht über Gang und Stand der sozialistischen Bewegung in Deutschland; 3. die sozialistische Organisation in Deutschland; 4. die Parteipresse; 5. das Parteiprogramm.

Aus dem wieder von *Auer* erstatteten Bericht ging hervor, daß die Partei in 175 Wahlkreisen von 397 eigene Kandidaten aufgestellt hatte.

Die Zahl der Parteiblätter war auf 41 gestiegen. Es bestanden weiter vierzehn Parteidruckereien. Die Parteieinnahmen ergaben 54217 Mark, die Ausgaben betrugen 50635 Mark.

Den Bericht über die Tätigkeit der Fraktion erstattete an Stelle von Liebknecht, der wegen Krankheit in der Familie noch nicht eingetroffen war, Fritzsche. Ich traf wegen geschäftlicher Behinderung mit Liebknecht erst am 28. Mai in Gotha ein.

Über die Organisationsfrage berichtete Tölcke, der im Namen der gewählten Organisationskommission beantragte, folgender Resolution die Zustimmung zu geben:

»Mit Rücksicht auf die von preußischen Behörden mit unerhörter Dreistigkeit förmlich proklamierte völlige Rechtlosigkeit sozialistischer Vereine in Preußen nimmt der Kongreß von der Herstellung einer Organisation der Partei Abstand, auf welche die in Deutschland, besonders in Preußen bestehenden Vereinsgesetze angewendet werden können; der Kongreß überläßt es den Parteigenossen in den einzelnen Orten, sich je nach den örtlichen Verhältnissen und Bedürfnissen zu organisieren.«

Diese Resolution wurde ohne Diskussion einstimmig angenommen. Hervorgehoben zu werden verdient, daß damals fast die gesamte liberale Presse, die fortschrittliche nicht ausgenommen, den Scherereien, Plackereien und Gewalttätigkeiten der Behörden gegen die sozialistischen Organisationen mit stoischem Gleichmut zusah und selten ein Wort der Kritik hören ließ. Darin sahen natürlich die Behörden nur eine Ermutigung ihres ungesetzlichen und gewalttätigen Vorgehens.

Eine unerquickliche Debatte rief wieder das Verhalten *Hasselmanns* hervor. Hasselmann hatte das von ihm mit Zustimmung des Zentralwahlkomitees Januar 1877 herausgegebene Blatt unter dem Titel »Die Rote Fahne« nur als Flugblatt für die Unterstützung der Wahlen erscheinen lassen wollen. Dagegen war nichts einzuwenden. Er hatte aber dasselbe förmlich hinter dem Rücken des Zentralwahlkomitees als regelrecht erscheinendes Wochenblatt behördlich angemeldet, und nun benutzten seine Anhänger dasselbe überall, um den »Vorwärts« zu verdrängen. Es konnte kein Zweifel bestehen, daß *Hasselmann* auf Spaltung der Partei hinarbeitete. Das kam auch in der Debatte durch die Mehrzahl der Redner zum Ausdruck. Schließlich wurde ein Antrag von mir gegen fünf Stimmen angenommen, dahin lautend: »Der Kongreß ersucht den Genossen Hasselmann, die ›Rote Fahne‹ eingehen zu lassen, sobald die ›Bergisch-Märkische Volksstimme‹ – deren Redakteur er war – sich deckt«. Aber er mußte bereits Anfang Oktober das Eingehen der »Roten Fahne« ankündigen. Das Blatt deckte nicht seine Kosten, und so war ihm seine Fortführung unmöglich.

Nicht minder unerquicklich wie die Debatte über Hasselmann war die Debatte, die Most über Friedrich Engels’ Artikelserie im »Vorwärts« über Professor Dühring hervorrief. Dühring war es gelungen, fast die gesamten Führer der Berliner Bewegung für seine Theorien einzunehmen. Auch ich war der Ansicht, daß jede schriftstellerische Leistung, die, wie die Dühringschen Arbeiten, dem bestehenden Sozialzustand scharf zu Leibe ging und sich für den Kommunismus erklärte, aus agitatorischen Gründen unterstützt und für uns ausgenutzt werden müsse. Von diesem Standpunkt aus hatte ich schon 1874 von der Festung aus zwei Artikel unter der Überschrift »Ein neuer Kommunist« im »Volksstaat« veröffentlicht, in denen ich Dührings Arbeiten besprach. Die betreffenden Bücher hatte mir Eduard Bernstein zugesandt, der damals mit Most, Fritzsche und anderen zu Dührings begeisterten Anhängern gehörte. Daß Dühring bald darauf wegen seiner Lehren mit den Staats- und Universitätsbehörden in Konflikt kam, ein Konflikt, der im Juni 1877 zu seiner Maßregelung an der Berliner Universität führte, erhöhte noch sein Ansehen in den Augen seiner Anhänger. Das alles veranlaßte Most, auf dem Kongreß eine Resolution einzubringen, lautend:

»Der Kongreß erklärt, Artikel, wie beispielsweise die in den letzten Monaten von Engels gegen Dühring veröffentlichten Kritiken, die für die weitaus größte Mehrheit der Leser des ›Vorwärts‹ völlig ohne Interesse oder gar höchst anstoßerregend sind, haben künftighin aus dem Zentralorgan fernzubleiben.«

Das Ansehen Dührings erlitt allerdings nicht lange nachher in den Augen seiner sozialistischen Anhänger gründlich Schiffbruch. Das Benehmen des Mannes wurde so autokratisch und an Größenwahn grenzend, daß sich einer nach dem anderen von ihm zurückzog.

Auf demselben Kongreß wurde von Vollmar – der damals zum erstenmal auf einem Parteikongreß erschien – der Antrag gestellt und angenommen:

»Um der Solidarität der Sozialisten aller Länder Ausdruck zu geben, beschließt der Kongreß, den diesjährigen internationalen Sozialistenkongreß zu Gent durch einen Delegierten zu beschicken. Das Zentral-Wahlkomitee bestimmt den Delegierten.«

Grillenberger unterstützte den Antrag, dagegen mahnte Liebknecht zur Vorsicht im Hinblick auf die in Belgien vorhandene bakunistisch-anarchistische Strömung, die versuchen werde, den Kongreß zu beherrschen.

Ob der Kongreß zustandekam, ist mir nicht erinnerlich, jedenfalls wurde er von uns nicht beschickt; der Partei erwuchsen mittlerweile im Innern ernstere und kostspieligere Aufgaben.

Landtagswahl in Sachsen – »Die Zukunft«

Im September 1877 gelang es uns in einem der Landtagswahlkreise Leipzig-Land – 36. ländlicher Wahlkreis – Liebknecht zum Abgeordneten zu wählen. Die Parteigenossen hatten zunächst mir die Kandidatur angeboten, ich lehnte aber ab, da ich unmöglich meinem Associé und meinem Geschäft zumuten konnte, neben dem Reichstagsmandat auch ein Landtagsmandat zu übernehmen. Bei der Prüfung der Wahl durch den Wahlkommissar stellte sich heraus, daß Liebknecht noch nicht drei Jahre sächsischer Staatsangehöriger war und somit zum Abgeordneten nicht gewählt werden konnte. Die Wahl wurde für ungültig erklärt. Darauf stellten die Parteigenossen des Wahlkreises den Parteigenossen Rechtsanwalt Otto Freytag in Leipzig auf, der auch gewählt wurde. –
Den 1. September trat Vahlteich seine achtzehnmonatige Haft in Zwickau an, dem im nächsten Jahre Vollmar folgte. Am 1. Oktober erschien in Berlin eine Monatsschrift unter dem Titel »Die Zukunft«, zu deren Erscheinen *Karl Höchberg,* der Sohn eines Frankfurter Bankiers, die Mittel hergab. Höchberg hatte sich, ich möchte sagen aus gefühlsphilosophischen Beweggründen der Bewegung angeschlossen; sein Privatsekretär wurde Eduard Bernstein, der infolgedessen seine Stellung in einem Berliner Bankgeschäft aufgab. Die unklare Stellung, die die Zeitschrift sowohl in Anbetracht der Anschauungen ihres Gründers und des Kreises ihrer Mitarbeiter, in dem alle Richtungen in der Bewegung vertreten waren, zum wissenschaftlichen Sozialismus, wie ihn Marx und Engels begründet hatten, einnahm, hatten von vornherein das Mißtrauen der

beiden Alten in London geweckt, ein Mißtrauen, das um so lebhafter wurde, als der Gang der Ereignisse und die finanzielle Not, in die dabei die Partei geriet, die finanzielle Opferwilligkeit Höchbergs nach verschiedenen Richtungen in hohem Grade in Anspruch nahm. Marx und Engels, die die Dinge nur aus der Ferne sahen, Personen und Verhältnisse nicht näher kannten, sahen in dieser Opferwilligkeit Höchbergs schlaue Berechnung, einen kaltblütig ausgeheckten Plan, die Partei auf Abwege zu bringen, sie ihrer Aufgabe zu entfremden.

Das war eine durchaus irrige Auffassung. Höchberg hat nie den Versuch gemacht, seine finanziellen Mittel im Sinne der befürchteten Bestrebungen anzuwenden oder die Unterstützung derselben zur Bedingung seiner Hilfsleistungen zu machen. Er gab aus gutem Herzen und aus Interesse für die Sache, und nie, ohne mich oder andere Freunde, Geib, Liebknecht usw., zu Rate zu ziehen. Aber der Versuch, das Mißtrauen gegen Höchberg bei den Londonern zu beseitigen, gelang erst, als ich mich entschloß, mit Bernstein nachmals den in der Partei berühmt gewordenen »Kanossagang« im Spätherbst 1880 anzutreten, um Marx und Engels klaren Wein einzuschenken. Darüber im nächsten Bande. 319

Ich selbst schrieb mehrere Artikel für die »Zukunft«, so einen über das Proportionalwahlrecht, eine Frage, die damals in der Partei noch wenig erörtert worden war. Die für mich selbstverständliche Art, wie dieses Wahlsystem ausgeführt werden müsse und tatsächlich auch nachher in der Praxis angewendet wurde, fand anfangs bei dem Hauptvertreter dieses Wahlsystems in der Schweiz, unserem altbewährten Genossen Karl Bürkli, einigen Widerspruch. Aber als ich mich im Herbst 1901 nach einem Mittagessen bei Professor Dodel in Zürich von ihm verabschiedete, äußerte Bürkli: »Bebel, wir werden uns nicht mehr wiedersehen« – er ging ins 79. Lebensjahr – »aber eins will ich Ihnen noch sagen, Ihr Vorschlag, den Sie seinerzeit in der ›Zukunft‹ machten über die Ausführung des Proportionalwahlrechts, ist der richtige«. Wenige Monate später starb Bürkli; er hatte sein baldiges Ende richtig vorausgesehen.

Wieder reif fürs Gefängnis

Am 12. Juni 1877 stand endlich auch ich vor der berüchtigten siebenten Deputation des Stadtgerichts in Berlin als Angeklagter. Tessendorf hatte in meiner Broschüre nicht weniger als drei Bismarckbeleidigungen entdeckt, außerdem, wie ich schon erwähnte, eine Verletzung des § 131 des Strafgesetzbuchs gefunden. Bismarck hatte bereitwillig den Strafantrag gestellt. Es war richtig, ich hatte den Reichskanzler etwas unsanft angefaßt. Als ich die Broschüre schrieb, wurmte mich noch immer die beleidigende Rede, die er mir Anfang 1876 im Reichstag ins Gesicht geschleudert hatte, auf die zu antworten mich die Mehrheit durch Annahme eines Schlußantrags verhindert hatte. Wäre ich damals ausführlich zum Wort gekommen, höchstwahrscheinlich wäre mir die Reichskanzlerbeleidigung erspart geblieben, denn es waren die Vorgänge im Reichstag, auf die ich in den Angriffen auf Bismarck in meiner Broschüre Bezug nahm. Außerdem hatte ich in einem Angriff auf die Nationalliberalen diese gehöhnt, daß sie sich vom Reichskanzler hausknechtmäßig behandeln ließen, und dachte gar nicht daran, damit eine Beleidigung Bismarcks begehen zu wollen. Es war eben die Zeit, in der der Abgeordnete Bamberger in einem Augenblick anerkennenswerter Selbsterkenntnis wegen seiner und seiner Freunde Behandlung durch den Reichskanzler das Wort geprägt hatte: *»Hunde sind wir ja doch!«*

Die Verletzung des § 131 des Strafgesetzbuchs wurde in der scharfen Kritik gefunden, die ich dem Militarismus hatte angedeihen lassen, die aber ganz den von uns vertretenen Anschauungen entsprach. Ich empfand es als eine persönliche Beleidigung, daß man mich anklagte, erdichtete oder entstellte Tatsachen, wissend, daß sie erdichtet oder entstellt sind, öffentlich behauptet und verbreitet zu haben, um damit die Einrichtungen des Militarismus verächtlich zu machen; denn was ich geschrieben hatte, entsprach meinem Standpunkt und meiner Überzeugung.

Tessendorf als öffentlicher Ankläger machte sich sein Amt sehr leicht, er kannte ja genügend die siebente Deputation. Nonchalant, als pflege er eine private Unterhaltung, stand er vor dem Gerichtshof, die eine Hand in der Tasche einer hellgestreiften Sommerhose – die heute übliche Amtskleidung wurde erst später eingeführt –, angetan mit einem schäbigen schwarzen Frack, und beantragte nach einer kaum fünf Minuten langen Rede 9 Monate wegen Beleidigung des Reichskanzlers und 5 Monate wegen der Verletzung des § 131 des Strafgesetzbuchs, also 14 Monate Gefängnis, die er auf ein Jahr Gefängnis zusammenzuziehen vorschlug.

Die Art, wie Tessendorf die Sache behandelte, brachte mich noch mehr in Erregung, als es ohnedem schon der Fall war. Ich verteidigte mich selbst. In anderthalbstündiger Rede suchte ich die Anklage Punkt für Punkt zu widerlegen. Wolle man aus meiner Broschüre eine Beleidigung des Reichskanzlers herauslesen, dann müßten die Umstände berücksichtigt werden, unter denen ich zu meinen Ausführungen gekommen sei, und in Anbetracht dieser sei das beantragte Strafmaß viel zu hoch. Eine Verletzung des § 131 liege aber in allewege nicht vor. Ich betrachtete es als unerhört, mich auf diesen Paragraphen hin anzuklagen, da es doch gerichtsnotorisch sein müsse, daß die obendrein mit Tatsachen und Zitaten wissenschaftlicher und militärischer Autoritäten begründeten Ausführungen nur meinem Parteistandpunkt und meiner Überzeugung entsprächen.

Ich glaube, ich hielt eine sehr gute Rede, aber sie würde auch keinen Eindruck auf die Richter gemacht haben, wenn deren Aufmerksamkeit nicht durch ein ausgebrochenes Hagelwetter, dessen Körner gegen die Fensterscheiben trommelten, in Anspruch genommen gewesen wäre. Die Frage, in welchem Augenblick wohl die Fensterscheiben durch die Hagelkörner zertrümmert würden, war den Richtern offenbar wichtiger als meine schönen Ausführungen. Der Gerichtshof zog sich zurück, da Tessendorf es nicht der Mühe wert fand, mir zu antworten, und verkündete nach kurzer Beratung in allen Fällen meine Verurteilung zu neun Monaten Gefängnis.

Ich appellierte, und die Sache kam am 28. Oktober vor dem Kammergericht zur Verhandlung. Hier führte Staatsanwalt Groschuff die Anklage. Im Laufe seiner Rede machte er geltend, daß ich schon wegen meiner Vorstrafen keine milde Verurteilung verdiente; er beantragte Bestätigung des Urteils der ersten Instanz.

Ich verteidigte mich wiederum selbst. In einstündiger Rede wendete ich mich gegen die Ausführungen des Staatsanwalts. Seine Bemerkung, daß ich quasi wegen Rückfälligkeit harter bestraft werden müßte, hatte mich besonders gereizt. Ich protestierte, daß man einen Angeklagten, der im Kampfe für seine Überzeugungen wiederholt mit dem Strafrichter Bekanntschaft gemacht habe, mit einem gemeinen Verbrecher – einem Diebe oder Betrüger im Rückfalle – auf gleiche Stufe stelle. Der gemeine Verbrecher handle gegen das Gesetz, um einen persönlichen Vorteil zu erlangen, also aus *Eigennutz,* der politische »Verbrecher«, der, geschehe es in Verteidigung oder Propagierung seiner Ansichten, gegen das Gesetz verstoße, handle aus *Idealismus.* Ihm gebühre für die unentwegte Vertretung seiner Anschauungen nicht verschärfte Strafe, sondern *Anerkennung.* Kein politischer »Verbrecher« werde wegen der Vertretung seiner

Überzeugungen, die ihn mit dem Strafgesetz in Konflikt brächten, gesellschaftlich mißachtet, wie das mit dem gemeinen Verbrecher wohl die Regel sei. Der politische Verbrecher gewinne sogar an Ansehen in den Augen seiner Gesinnungsgenossen.

In meiner weiteren Rede legte ich den Schwerpunkt auf die Anklage wegen Verletzung des § 131 des Strafgesetzbuchs. Ich erreichte damit, daß der Vorsitzende des Gerichtshof sieben Seiten meiner Schrift, die Urteile über den Militarismus enthielten, vorlesen ließ. Das Endresultat war: Ich wurde von der Anklage, den § 131 verletzt zu haben, freigesprochen, aber wegen Beleidigung Bismarcks zu sechs Monaten Gefängnis verurteilt.

Hinzufügen möchte ich hier, daß, als einige Monate später, im Dezember, der konservative Sozialpolitiker Dr. Rudolf Meier ebenfalls wegen Bismarckbeleidigung von dem Kammergericht zu einem Jahre Gefängnis verurteilt wurde, derselbe Staatsanwalt Groschuff, der die Anklage auch gegen mich geführt hatte, jetzt äußerte, *er hege den Wunsch, dieses möge der letzte Bismarckbeleidigungsprozeß sein.* Diese hörten aber erst auf, als Bismarck aufhörte, Reichskanzler zu sein, das heißt dreizehn Jahre später.

Da es mir sehr darum zu tun war, in Rücksicht auf meine Familie und mein Geschäft, meine Haft in Leipzig zu verbüßen, hier aber nach den ministeriellen Vorschriften nur Haftstrafen bis zum Höchstmaß von fünf Monaten erledigt werden konnten, wandte ich mich an die zuständige Stelle mit der Frage, ob ich eventuell für die Verbüßung einer fünfmonatigen Haft im Leipziger Gefängnis zugelassen würde. Nachdem dieses bejaht worden war, begab ich mich nach Berlin zu dem Vorsitzenden der siebenten Deputation, Reich, und ersuchte diesen zu gestatten, daß ich nach Verbüßung einer einmonatigen Haft in Plötzensee die restlichen fünf Monate im Leipziger Bezirksgerichtsgefängnis verbringen könne. Zu meiner nicht geringen Verwunderung empfing er mich mit ausgesuchter Höflichkeit und erklärte seine Zustimmung zu meinem Antrag.

Darauf trat ich am 23. November meine Haft in Plötzensee an. Die Prozedur der Aufnahme war eine sehr umständliche und widerwärtige. Als ich dem Arbeitsinspektor vorgeführt wurde, empfing mich dieser mit den Worten: »Nun, Herr Bebel, wie es in der Bastille am Plötzensee aussieht, werden Sie aus Mosts Schrift ersehen haben.« Ich antwortete, ich hätte zwar die Schrift gelesen, aber das sei schon längere Zeit her, ich bäte ihn, mich zu informieren. Nun brach bei ihm der offenbar schon lange verhaltene Grimm gegen Most los. Er verstehe, daß der Gefangene in den Beamten seine Feinde sehe und sich hinter deren Rücken an Vorteilen zu verschaffen suche, was ihm möglich sei, aber dann sich nachher auf den Markt zu stellen und auszuschreien, wie man die Beamten hintergangen oder diese zu Konzessionen verleitet habe, sei eine Gemeinheit und eine Dummheit. Er erzählte alsdann, welche Wirkung und welche Folgen die Mostsche Schrift nach ihrer Veröffentlichung unter den Beamten in Plötzensee hervorgerufen habe. Er schloß seine erregten Auseinandersetzungen mit den Worten: »Most soll uns nur mal wieder zwischen die Finger kommen, dem wollen wir seine Indiskretionen eintränken.«

Und er kam ihnen bald genug wieder zwischen die Finger, und sie haben's ihm tüchtig eingetränkt. Einen Vorgeschmack bekam Most von dem, was ihn gegebenenfalls erwartete, daß, als er mir in Plötzensee einen Besuch machen wollte, er kurzerhand abgewiesen wurde.

Ich erlangte das Recht, mich literarisch beschäftigen zu dürfen und bis abends 10 Uhr Licht zu brennen. Marx' »Kapital« und verschiedene andere sozialistische Schriften wurden mir fortgenommen, als wenn an mir noch etwas zu verderben gewesen wäre. Und da der Arbeitsinspektor absolut verlangte, daß ich mich nicht bloß mit dem Studium von Büchern abgeben dürfe, sondern auch irgendeine literarische Arbeit vorzeigen müsse, setzte ich mich hin und schrieb ein kleines Broschürchen, das unter dem Titel erschien: »Frankreich im achtzehnten Jahrhundert.«

Selbstbeköstigung gab es nicht, die war Börsenjobbern, die wegen Gaunereien in Plötzensee Quartier bezogen hatten, gewährt worden, politischen Gefangenen nicht. Was aber dem Gefangenen die magere Kost noch besonders verleidete, um nicht zu sagen verekelte, war der feststehende Küchenzettel, das heißt die in einer Woche morgens, mittags und abends verabreichte Kost kehrte fast in derselben Reihenfolge Woche für Woche, Tag für Tag wieder. Ich verlor in den nahezu zwei Monaten, die ich in Plötzensee verbrachte, erheblich an Gewicht. Ich begriff nicht, wie Anstaltsärzte eine solche Verpflegungsordnung zulassen konnten. Auf meinen Antrag bewilligte mir der Arzt die sogenannte Krankenkost. Danach erhielt ich dreimal in der Woche zu Mittag einen Teller wirklich gute Fleischbrühsuppe, einen Sperling Fleisch, das auf ein spitzes Holzstäbchen gespießt war, da man Messer und Gabel dem Gefangenen nicht anvertraut, und Kartoffeln und Gemüse. Die Bezeichnung Sperling rührte daher, daß das Stückchen Fleisch nach Form und Größe einem gerupften Sperling ähnlich sah.

Ich hatte darauf gerechnet, unmittelbar vor Weihnachten von Plötzensee nach Leipzig übersiedeln und alsdann die Weihnachtsfeiertage bei meiner Familie verbringen zu können. Von den acht Weihnachtsfesten, die bis dahin mein Töchterchen erlebt hatte, hatte ich vier in den Gefängnissen zugebracht. Ich hoffte, nicht das fünfte Mal die Weihnachtsfeier im Gefängnis verbringen zu müssen. Es kam aber doch so. Auf meine Anfrage bei der Leipziger Gefängnisverwaltung, ob ich nach den Weihnachtsfeiertagen die Haft dort antreten könne, kam die Antwort, daß dieses vorläufig nicht möglich sei, die Räume seien alle besetzt. Erst am 18. Januar 1878 konnte ich nach Leipzig übersiedeln.

Während meiner Haft in Plötzensee besuchte mich wiederholt der Gefängnisgeistliche, um sich mit mir über die politischen Vorgänge zu unterhalten. Mir war das Halten der »Vossischen Zeitung« bewilligt worden, deren sämtliche Tagesnummern ich aber regelmäßig erst am Ende der Woche, am Sonntag, zugestellt erhielt. Most hatte um jene Zeit mit der ganzen Leidenschaftlichkeit seines Temperaments eine öffentliche Agitation für den Austritt aus der Landeskirche begonnen. Die von ihm veranlaßten Volksversammlungen waren überfüllt und von leidenschaftlicher Erregung getragen. Diese wuchs, als jetzt die neu erstandene christlich-soziale Partei unter Führung des Hofpredigers *Stöcker* ebenfalls Versammlungen abhielt und Redner dieser Partei auch in den Mostschen Versammlungen erschienen, dort aber, wie vorauszusehen war, unter dem Jubel der Massen den kürzeren zogen. Diese Agitation rief bei den Frommen im Lande eine ungeheure Aufregung hervor, die auch den Gefängnisgeistlichen ergriffen hatte. Selbst der alte Kaiser sah sich veranlaßt, als ihm zu seinem Geburtstag im März 1878 das Präsidium des Landtags gratulierte, in seiner Antwort zu betonen: »Die Religion muß dem *Volke* erhalten werden.«

Innere Vorgänge

Während ich hinter den Gefängnismauern Zeit zu allerlei Betrachtungen hatte, spielten sich in und außerhalb der Partei eine Reihe Vorgänge ab, die von besonderer Bedeutung waren. Im November hatten die Berliner Genossen an Stelle der aufgelösten Organisationen einen Verein zur Wahrung der Interessen der werktätigen Bevölkerung gegründet. Die christlich-konservativen Staatssozialisten gründeten eine Wochenschrift, »Der Staatssozialist«, an der als Mitarbeiter Professor Schäffle, Professor v. Scheel, Bankier Samter, Professor Ad. Wagner, Pastor Tod, Dr. Petermann-Dresden und andere tätig sein sollten. Die evangelischen Sozialpolitiker wollten den katholischen nicht allein das Feld überlassen, sondern unter den evangelischen Arbeitern vor der Sozialdemokratie retten, was noch zu retten war.

Auch in der großen Politik schienen Veränderungen bevorzustehen. Die fortgesetzt steigenden Ausgaben des Reiches erforderten neue Einnahmen. Die wachsenden Matrikularumlagen, durch die die Einzelstaaten das Reichsdefizit zu decken hatten, wurde diesen angesichts des eigenen steigenden Geldbedarfes für ihre innere Verwaltung immer lästiger. Die gesteigerten Ausgaben aber auf dem Wege direkter Besteuerung zu decken, davon wollte Bismarck am wenigsten wissen. Er haßte die direkten Steuern und suchte sich persönlich nach Möglichkeit der Zahlung derselben zu entziehen. Er hatte schon am 22. November 1876 im Reichstag sein *Steuerideal* entwickelt, wobei er ausführte:

»Ich erkläre mich von Hause aus wesentlich für Aufbringung *aller* Mittel nach Möglichkeit für *indirekte* Steuern, und halte die direkten Steuern für einen harten und plumpen *Notbehelf,* nach Ähnlichkeit der Matrikularumlagen, mit alleiniger Ausnahme, ich möchte sagen einer *Anstandssteuer;* die ich von der direkten Steuer immer aufrechterhalten würde; das ist die Einkommensteuer der reichen Leute ... wohlverstanden, der wirklich reichen Leute ... Ich kann die Zeit kaum erwarten, daß der Tabak höhere Summen steuere, so sehr ich jedem Raucher das Vergnügen gönne. Analog steht es auch mit dem Bier, dem Branntwein, dem Zucker, dem Petroleum und allen diesen großen Verzehrungsgegenständen, gewissermaßen den *Luxusgegenständen* der großen Masse.«

Ein großer Teil der Liberalen war geneigt, auf dem gleichen Wege die Deckung der Mehrausgaben zu suchen. Da Bismarck um jene Zeit mit einem Teil der konservativen Partei ein starkes Zerwürfnis hatte, andererseits mit dem Zentrum noch immer in Fehde lebte, kam er auf den Gedanken, die Nationalliberalen, die damals noch mit ihren nächsten Affiliierten die stärkste Partei im Reichstag bildeten, dadurch an seine Politik zu ketten, daß er mit ihrem Führer Herrn v. Bennigsen wegen dessen Eintritt in das preußische Ministerium in Unterhandlungen trat.

Bennigsen war dazu geneigt, aber er hielt die Zustimmung der führenden Parteigenossen zu diesem Schritt für notwendig. Unter dem Einfluß Laskers kam man überein, dem Eintritt Bennigsens in das Ministerium nur zuzustimmen, wenn neben Bennigsen auch der Bayer Freiherr v. Stauffenberg und Herr v. Forckenbeck in das Ministerium Aufnahme fänden. Bennigsen allein würde der wachsenden reaktionären und schutzzöllnerischen Strömungen gegenüber nicht gewachsen sein. Bismarck brachten diese Bedingungen namentlich gegen Lasker in hellen Zorn, dem er vorwarf, ihm einmal wieder in die Suppe gespuckt zu haben. Als dann der alte Kaiser von der Kombination mit Bennigsen hörte, in dem er wegen seiner Haltung im Jahre 1866 gegen das hannoversche Herrscherhaus einen halben Hochverräter sah und sich entschieden gegen Bennigsen als preußischen Minister erklärte, fiel der ganze Plan ins Wasser. Bismarck vergaß den Nationalliberalen nicht, was sie nach seiner Meinung gegen ihn gesündigt hatten, er nahm bald darauf Rache an ihnen.

*

Ende des Jahres 1877 siedelte *Auer* von Hamburg nach Berlin über, um neben Most und anderen in die Redaktion der »Berliner Freien Presse« einzutreten. August Geib bemühte sich, an Auers Stelle Julius *Motteler* zum Eintritt als Sekretär in das Zentralwahlkomitee zu gewinnen. Motteler, der aus privaten Gründen 1876 aus der Leitung der Leipziger Genossenschaftsbuchdruckerei ausgetreten war, lehnte aber ab.

Bald darauf erlebte Berlin zwei Vorgänge, die die gesamte Öffentlichkeit in Spannung versetzten. Am 7. März 1878 starb der Faktor der Berliner Assoziationsbuchdruckerei August Heinsch und wurde am 10. März beerdigt. Heinsch war kein Redner, aber er war ein vorzüglicher Organisator, in dessen Händen alle Fäden der Berliner Bewegung zusammenliefen, und er hatte sich wegen seiner Unermüdlichkeit, trotz seines leidenden Zustandes – er starb an der Schwindsucht – zu helfen und zu raten, wo er konnte, die allgemeinste Sympathie der Berliner Arbeiter erworben. Das Leichenbegängnis gestaltete sich zu einer großen sozialdemokratischen Demonstration, wie sie bis dahin Berlin noch nicht gesehen hatte. Der Polizeipräsident bewies sein Verständnis für die Bewegung dadurch, daß er die Mitnahme von Fahnen im Zuge, auch wenn sie verhüllt waren, verbot.

Die Demonstration hatte durch die Ruhe und Ordnung, mit der sie verlief, den Gegnern so imponiert, daß der »Kladderadatsch« sich zu folgendem Gedicht verstieg:

»Für die Sozialdemokratie

Daß neulich Zucht und Ordnung sie gehalten
Bei ihrem Aufzug, laßt es uns gestehn.
Ein gleicher Geist der Ordnung möge walten
Bei uns, wenn wir in solchen Massen gehn!
Wir wollen gern den Beifall ihnen zollen,
Der ungerecht nur scheint den Toren.
Es sind verloren,
Die nicht vom Gegner lernen wollen.«

Wenige Wochen später sah Berlin ein zweites, womöglich noch größeres Leichenbegängnis. Paul Dentler, der verantwortliche Redakteur der »Berliner Freien Presse«, war ebenfalls an der Schwindsucht, aber unter so empörenden Umständen gestorben, daß ein Sturm der Entrüstung die Partei in Berlin und in ganz Deutschland ergriff. Dentler war wie Heinsch ein noch junger Mann, der mir in meiner Prozeßangelegenheit bereitwilligst eine Reihe kleiner Dienste erwiesen hatte. Eine hoch aufgeschossene schlanke Gestalt mit der bleichen Gesichtsfarbe und der zarten durchsichtigen Haut, wie sie Schwindsüchtige öfter zu haben pflegen, war er in seinem ganzen Wesen die personifizierte Liebenswürdigkeit und Gefälligkeit.

Dentler war am 18. Januar unter der Anklage, mehrere Majestätsbeleidigungen und sonstige Vergehen in der »Berliner Freien Presse« begangen zu haben, in schwer krankem Zustand in Untersuchungshaft genommen und am 7. Februar von der siebten Deputation zu 21 Monaten Gefängnis verurteilt worden, wogegen er die Berufung anmeldete. Dentler beantragte alsdann mit Hinweis auf seinen schwerkranken Zustand seine Entlassung aus der Untersuchungshaft, die infolge der Berufung fortdauerte. Das Gericht forderte den Gefängnisarzt zur Begutachtung des Falles auf. Woche um Woche verging; Dr. Lewin, so hieß der Ehrenmann, ließ sich ab und zu einmal in der Zelle sehen, fragte Dentler, wie es ihm gehe, und verschwand wieder. Alles, was Dentler schließlich erreichte, war, daß er kurz vor seinem Tode aus der Stadtvogtei in die Gefangenenabteilung der Charité gebracht wurde.

Von hier schrieb *Dentler* der Redaktion der »Berliner Freien Presse«:

»Mein Zustand verschlimmert sich jeden Tag, nach Verlauf einer Woche erinnere ich (an den Antrag auf Entlassung) – vergebens. Eine zweite Woche bricht an, geht zu Ende und am letzten Tage derselben – vierzehn Tage nach meinem Antrage – erscheint der Medizinalrat Wolff ... Nach einer sehr sorgfältigen Untersuchung geht Herr Wolff, nachdem er sich sehr bedenklich über meinen Zustand ausgesprochen hat. – Seit jener Untersuchung sind wiederum volle acht Tage verflossen, ich bin nach wie vor im unklaren über mein Schicksal, die siebte Deputation hat seitdem drei Sitzungen gehalten und ich – nun ich habe heute nachmittag in der Spazierstunde Blut gespien, nach meinen bisherigen Erfahrungen ein Vorbote starker, in kurzer Zeit darauf folgender Lungenblutungen. Daß ich jetzt eine Lungenblutung vom Schlage der beiden erlebten überstehen würde, halte ich einfach für unmöglich.«

Und der vorausgesagte Blutsturz kam. Am 24. April war *Dentler* eine Leiche. Am 28. April fand seine Bestattung unter immenser Beteiligung statt; sie war ein flammender Protest gegen die ihm widerfahrene Behandlung. Wiederum war das Bürgertum erstaunt und erschreckt über die Massen, die Dentler zu Grabe geleiteten. Dieser Überraschung gab jetzt die »Magdeburger Zeitung« mit den Worten Ausdruck:

»Wer spricht noch von Arbeiterbataillonen Berlins angesichts dieses Leichenaufgebots? Das sind Regimenter, Brigaden, Divisionen, ja mehr, das sind ganze Armeekorps, welche ihrem sicherlich um die Sache hochverdienten Toten die letzte Ehre erwiesen.«

Seitdem hat Berlin noch manchen sozialdemokratischen Leichenzug gesehen, größer als jenen der Heinsch und Dentler, die der bürgerlichen Welt ein Mene tekel upharsin zuriefen.

Der Reichstag Frühjahr 1878

Mittlerweile war der Reichstag zum 6. April 1878 einberufen worden. Ich war durch meine Haft wieder von seinen Beratungen ausgeschlossen.

Ein Antrag auf meine Beurlaubung hatte wie früher einen negativen Erfolg.

Die Fraktion war sehr fleißig in der Stellung von Anträgen. Sie beantragte die Abänderung des Artikels 31 der Verfassung – Freilassung der Abgeordneten auch aus der Strafhaft –, Änderung des Reichstagswahlgesetzes: Einführung der Kuverts, Wahltag am Sonntag, gesetzliche Festlegung der Zahl und des Umfanges der Wahlkreise nach jeder Volkszählung, Änderung der Bestimmungen des Strafgesetzbuchs in bezug auf Wahlbeeinflussungen; einen Gesetzentwurf betreffend das Vereins- und Versammlungsrecht, Antrag auf Änderung des Freizügigkeitsgesetzes – Einschränkung der Ausweisungen –, Anträge zu dem Bericht der Kommission über die Einführung der Gewerbegerichte, Anträge zu dem von den Regierungen eingebrachten Gesetzentwurf betreffend Änderung der Gewerbeordnung.

Bei einer der in jener Zeit öfter vorkommenden Sozialistendebatten erlaubte sich Bismarck den Scherz, er wolle mir einen polnischen Bezirk zum Musterversuch für sozialistische Experimente überlassen. Da ich hinter Schloß und Riegel saß, konnte ich ihm auf diesen Scherz nicht gebührend antworten.

Als ich vernahm, daß Motteler zur Frage der Fabrikarbeit der Kinder sprechen wolle, schrieb ich ihm am 12. Februar:

»Gestern sagte mir Dr. Glattstern, daß Du ihn wegen Beschaffung von Material in bezug auf Kindersterblichkeit angegangen habest. Wenn Du dies in Rücksicht auf die Einschränkung der Kinderarbeit durch die Gewerbeordnungsnovelle getan, dürfte es sich empfehlen, von Zahlenmaterial, da es meines Wissens in brauchbarer Weise nicht vorhanden ist, abzusehen. Die große Kindersterblichkeit ist notorisch, auch in den späteren Jahren, aber es muß beachtet werden, daß neben der Fabrikarbeit auch elende Wohnung, elende Nahrung und elende Pflege während der Krankheiten sehr ins Gewicht fallende Faktoren sind. Willst Du dagegen die große Kindersterblichkeit in den ersten Lebensjahren auf die Beschäftigung der Mütter in den Fabriken mit zurückführen, so ist das unzweifelhaft gut und hierfür kein besseres Beispiel anzuführen als die Zeit der Baumwollenkrise in England, während des amerikanischen Bürgerkriegs, in der die Kinder bedeutend weniger starben, weil sie jetzt infolge der mangelnden Arbeit für die Mütter die Mutterbrust erhalten konnten (siehe Marx' Kapital).

Ich glaube, Du tust am besten, hier einfach auf die physischen und moralischen Nachteile dieser Arbeit an und für sich und in Verbindung damit auf die Zerrüttung des Familienlebens hinzuweisen, das die Fabrikarbeit der Mütter hervorruft, und appellierst an das Gefühl der Gegner, was sie sagen würden, wenn ihren Frauen und Kindern solche Zumutungen gemacht würden. Daneben wäre die perfide Art, wie die Reichsregierung im Interesse der Fabrikanten die größere Ausbeutung ermöglicht, gebührend zu brandmarken.

Hierbei wäre aber ein neuer guter Gedanke in aller Form zum Austrag zu bringen. Mache das gänzliche Verbot der Kinder- und eine wesentliche Einschränkung der Frauenarbeit den Fabrikanten die Konkurrenz des Auslandes schwer, so solle das Mittel ergriffen werden, das die Regierung auch schon auf anderen Gebieten mit Erfolg ergriffen hat, *der Abschluß bezüglicher internationaler Verträge.* Sie würde hierbei nicht nur die öffentliche Meinung Deutschlands wie in kaum einer anderen Frage auf ihrer Seite haben, sondern auch die Sympathien der arbeitenden Klassen des Auslandes. Der moralische Druck eines solchen Vorgehens würde so groß, daß jede Regierung gezwungen würde, auf solche Vorschläge einzugehen.

Ich glaube, mit diesem Trumpf könnten wir sehr viel gewinnen.

Ihr könntet zu dem Antrag von Schulze-Delitzsch, Nr. 11 der Drucksachen, betreffend das Genossenschaftsgesetz, einige weitere Anträge bringen, zum Beispiel auf Einführung der beschränkten Haftpflicht, analog dem früheren sächsischen Genossenschaftsgesetz. Auch müssen einige Schulzesche Anträge entschieden bekämpft werden. Ich stelle mein Exemplar des Berichts zur Verfügung, worin ich zu den Materien die Bemerkungen, die weiter ausgesponnen werden könnten, angebracht habe. *Auer* oder wer sonst Lust hat, könnte dieses Kapitel übernehmen.

Ich werde gelegentlich den Bericht (Aktenstück Nr. 11) hinausgeben, bitte aber mir ihn aufzubewahren und zurückzugeben.«

Im Leipziger Gefängnis und was währenddem geschah

Die Muße im Gefängnis benutzte ich, um unter anderem im »Vorwärts« einen Artikel für die Gründung einer allgemeinen Parteibibliothek (Archiv) Stimmung zu machen. Die Ereignisse der nächsten Monate verhinderten, den Plan weiter zu verfolgen. Ich habe dann den Gedanken später im Züricher »Sozialdemokrat« aufs neue angeregt und jetzt nahm sich der Parteigenosse Schlüter, der in der Buchhandlung des »Sozialdemokrat« beschäftigt war, der Ausführung des Gedankens an. Die Gründung des Parteiarchivs erfolgte.

Des weiteren arbeitete ich an der Vollendung meines Buches »Die Frau und der Sozialismus«, das im folgenden Jahre in der ersten Auflage erscheinen konnte. Auch schrieb ich ein Broschürchen »Das Reichsgesundheitsamt und sein Programm«, in dem ich die sozialhygienischen Aufgaben erörterte, die nach meiner Ansicht das Reichsgesundheitsamt lösen müsse, wolle es seinem Namen und seiner Stellung gerecht werden.

Meine diesmalige Leipziger Haft gab mir auch die Gelegenheit, einem Teil meiner Mitgefangenen zu einer kleinen Verbesserung ihrer Lage zu verhelfen. Zu jener Zeit hatte noch die Oberleitung im Gefängnis ein alter Inspektor, von dem die Sage ging, daß er in seiner Stellung ein reicher Mann geworden sei dadurch, daß er den Gefangenen, die im Besitz von Geld waren, Eßwaren und Getränke zu einem Preise verkaufte, der ihm einen hohen Nutzen abwarf. Weiter erfuhr ich in der Privatunterhaltung mit meinem Aufseher, der froh war, wenn ich mit ihm eine Weile plauderte, daß der Inspektor auch nach anderer Richtung sich an den Gefangenen verging. So sparte er an Handtüchern und Seife, mit denen die Gefangenen doppelt so lange aushalten mußten, als vorgeschrieben war. Die Gefangenen erhielten ihr Mittagessen in Steinkrügen. Daß ab und zu einer derselben zerbrach, war selbstverständlich. Der Inspektor sorgte aber nicht für Ersatz, sondern ein Teil der Gefangenen mußte warten bis der andere Teil gegessen hatte, und dann wurde die mittlerweile kalt gewordene Speise in den unausgewaschenen Krügen dem anderen Teil überreicht.

Diese Mitteilungen erregten meinen Zorn. Ich faßte nunmehr einen Plan, um dem Inspektor sein Treiben zu legen. Ich setzte mich hin und schrieb eine Beschwerde an den Direktor des Gerichts, dem damals die Oberaufsicht über das Gefängnis oblag, worin ich die ganzen ungehörigen Vorgänge schilderte, aber in der Rolle eines Mannes, der eben als Gefangener das Gefängnis verlassen und die Ungehörigkeiten des Inspektors am eigenen Leibe zu spüren bekommen habe, denn ich wurde ja davon nicht betroffen. Natürlich mußte dieses Schreiben anonym abgehen.

Als meine Frau mir ihren nächsten Besuch machte, der nur in Gegenwart des Inspektors stattfinden konnte, drückte ich ihr heimlich einen Zettel in die Hand, in der ich sie bat, an einem bestimmten Abend Punkt $^1/_2 10$ Uhr durch die Straße zu gehen, nach der mein Zellenfenster mündete, ich würde ihr alsdann einen Brief hinunterwerfen, den sie von unbekannter Hand solle abschreiben lassen und an den Gerichtsdirektor senden. So geschah es. Als meine Frau mit ihrem Töchterchen auf der Straße erschien, warf ich ihr aus dem dritten Stock das ziemlich stark gewordene Briefpaket hinunter, das bei der Stille in der Straße mit großem Geräusch auf das Pflaster klatschte. Meine Frau hob eilig das Paket auf und eilte fluchtartig mit ihrem Töchterchen von dannen, sie glaubten einen Mann hinter sich kommen zu hören und befürchteten, sie würden verfolgt. Einige Tage später stürzte der Aufseher in großer Aufregung in meine Zelle und erzählte, den Vormittag habe es zwischen dem Direktor und dem Inspektor einen heftigen Auftritt gegeben. Der Alte – wie er den Inspektor bezeichnete – sei zum Direktor befohlen worden und dieser habe ihm aus einem Briefe, den ein entlassener Gefangener geschrieben habe, alle seine Sünden vorgerückt und ihm furchtbar den Marsch geblasen. Der Alte sei ganz aufgeregt zu ihnen, den Aufsehern, gekommen und habe sofort Order für Abstellung der Übelstände gegeben. Der Aufseher erzählte mir das mit großer Genugtuung, selbstverständlich hütete ich mich, ihn merken zu lassen, wer der Briefschreiber gewesen war.

*

Anfang Mai veröffentlichte das Zentralwahlkomitee einen Aufruf für die Abhaltung eines Sozialistenkongresses, der in der Zeit vom 15. bis 18. Juni abermals in Gotha stattfinden sollte. Unter den Punkten der Tagesordnung befand sich als Punkt 3: Beratung über die Stellung der Sozialdemokratie zum Staats- und Gemeindebetrieb, für den ich mit Rittinghausen als Berichterstatter angemeldet wurde. Den Anstoß zu diesem Beratungspunkt gab der Bismarcksche Plan, die Eisenbahnen in Reichsbesitz zu bringen, ferner das Tabakmonopol einzuführen, ein Plan, der damals zwar noch nicht öffentlich erörtert worden war, aber es war durchgesickert, daß in den Verhandlungen Bismarcks mit Herrn v. Bennigsen das Tabakmonopol eine Rolle gespielt habe. Auch hatte unser Parteigenosse Rittinghausen sich für die Verstaatlichung des Versicherungswesens öffentlich ausgesprochen und damit in der Partei nicht überall Zustimmung gefunden.

Der geplante Kongreß kam aber nicht mehr zur Ausführung, die eintretenden Ereignisse machten ihn unmöglich.

Das Hödel-Attentat und seine Folgen

Am 12. Mai wurde mir in meine Zelle die Nachricht, die mich im höchsten Grad überraschte, überbracht, daß am Tage zuvor, nachmittags 3 Uhr, ein gewisser Hödel aus Leipzig, der Sozialdemokrat wäre, ein Attentat auf den alten Kaiser gemacht habe, der aber unverwundet geblieben sei. Mir erschien der Vorgang zunächst unerklärlich. Der Name Hödel alias Lehmann war mir bekannt. Hödel war das Jahr zuvor in Leipzig in der Partei aufgetaucht. Persönlich kannte ich ihn nicht. Da er keine Arbeit hatte, vielleicht auch keine nehmen wollte – er hatte als Klempner gelernt –, hatte er sich mit der Verbreitung unseres Leipziger Lokalorgans, »Die Fackel«, und mit dem Verkauf sozialistischer Schriften beschäftigt. Aber er erwies sich bald als Schwindler. Er unterschlug die eingenommenen Gelder, was die Expedition der »Fackel« schon am 5. April veranlaßte, bekannt zu machen, daß Hödel der Vertrieb des Blattes entzogen worden sei. Ferner hatte einige Tage später die Leipziger Parteimitgliedschaft beschlossen, Hödels Ausschließung aus der Partei zu beantragen, und in der Tat hatte das Zentralwahlkomitee den Ausschluß Hödels aus der Partei am 9. Mai, also zwei Tage vor seinem Attentat, öffentlich im »Vorwärts« bekanntgemacht.

Hödel hatte sich alsdann, nachdem er bei uns unmöglich geworden war, an den nationalliberalen Agitator Sparig und die Redaktion des nationalliberalen »Leipziger Tageblatts« gewendet und lieferte diesen für Geld eine Reihe unwahrer und übertriebener Anklagen gegen die Partei, die das »Leipziger Tageblatt« gegen uns auszuschlachten versuchte. Nachdem er in Leipzig seine Mission gegen die Partei erfüllt hatte, suchten ihn Sparig und Konsorten loszuwerden; sie gaben ihm das Geld zur Reise nach Berlin. Hier angekommen, hielt er es mit beiden Lagern. Er trat in einen sozialdemokratischen Verein und gleichzeitig in die christlichsoziale Partei des Hofpredigers Stöcker ein, um den sich damals eine große Zahl katilinarischer Existenzen aus den verschiedensten Schichten gesammelt hatte. So auch der Schneider Grüneberg, der zwei Jahre zuvor in Stuttgart und München von der sozialdemokratischen Partei wegen Betrügereien ausgeschlossen worden war. Grüneberg, der später auch von Stöcker gegangen wurde, verriet, daß neben Hödel auch Dr. Nobiling, der spätere zweite Attentäter auf den Kaiser, Mitglied der christlichsozialen Partei gewesen war. Er, Grüneberg, habe auf Geheiß des Hofpredigers eine neue Mitgliederliste anfertigen müssen, in der der

Name Nobilings fehlte. In Berlin hatte Hödel sowohl sozialdemokratische wie christlichsoziale Blätter und Schriften, so den »Staatssozialist« und ein Flugblatt »Über die Liebe zu König und Vaterland« verbreitet. Als er verhaftet wurde, fand man auch Photographien von Liebknecht, Most und mir bei ihm, mit denen er handelte. Über die moralische Qualifikation dieses Menschen konnte wohl kein Zweifel bestehen.

Sobald *Bismarck* die Nachricht von dem Hödelattentat in Friedrichsruh erhielt, telegraphierte er nach Berlin: »*Ausnahmegesetz gegen die Sozialdemokratie*«, woraus ersichtlich war, wie gierig er auf irgendeine Gelegenheit wartete, der verhaßten Partei womöglich den Todesstoß zu versetzen. Anfangs nahmen die Öffentlichkeit und die Presse die Nachricht von dem Attentat ziemlich kühl auf. Als einzelne Blätter den Versuch machten, die Sozialdemokratie für das Attentat verantwortlich zu machen, wies der offiziöse Hamburger Korrespondent in einem Artikel nach, daß binnen 78 Jahren 35 Meuchelmorde und Meuchelmordversuche gegen hervorragende politische Persönlichkeiten vorgekommen seien, und zwar von Angehörigen der verschiedensten Parteien. Die Anklage, der politische Meuchelmord sei am Holze der Sozialdemokratie gewachsen, sei unhaltbar. Auch im Reichstag faßte man den Vorgang zunächst noch so kühl auf, daß ein Antrag von uns auf Einstellung eines Strafverfahrens gegen Most am 14. Mai ohne jede Debatte angenommen wurde.

Bei seiner ersten Vernehmung bestritt Hödel, daß er auf den Kaiser habe schießen wollen, er habe vielmehr die Absicht gehabt, Selbstmord zu begehen als Zeichen der Erbärmlichkeit unserer Zustände, die ihn dazu genötigt hätten. Dafür sprach, daß, als er verhaftet wurde, er keinen Pfennig in der Tasche hatte und daß der Revolver, den er benutzte, ein elendes Ding war, der, wie der Büchsenmacher, der ihn untersuchte, feststellte, auf wenige Schritte sein Ziel verfehlen mußte. Es wurde weiter festgestellt, daß Hödel als uneheliches Kind seiner Mutter, die einen Lehmann geheiratet hatte, weshalb er sich auch zeitweilig Lehmann nannte, eine schlechte Erziehung genossen hatte. Man hatte ihm zwar das Hirn mit Katechismus- und Bibelsprüchen vollgepfropft, aber er konnte keinen Satz richtig schreiben. Außerdem wurde eine venerische Verseuchung bei ihm festgestellt. Als er zur Gerichtsverhandlung geführt wurde, betrat er blöde lachend den Gerichtssaal, und mit demselben Lachen verließ er ihn nach seiner Verurteilung. Einen Brief, den er an seine Eltern schrieb, unterzeichnete er: Max Hödel, Attentäter Sr. Majestät des Deutschen Kaisers. Festgestellt war auch worden, daß er von Jugend auf ein Lügner und Dieb war. Das ganze Benehmen des Mannes war, wie der Gerichtshof, der ihn nichtsdestoweniger zum *Tode* verurteilte, feststellte, das *eines geistig und körperlich zerrütteten Menschen*. Und wegen der Tat eines solchen Menschen sollte die deutsche Sozialdemokratie ans Kreuz geschlagen werden.

Hödel hatte den Rechtsanwalt Otto Freytag in Leipzig als Verteidiger gewünscht. Freytag erklärte sich auch bereit, die Verteidigung zu übernehmen, er verlangte aber die Zusendung der Akten und eine achttägige Frist zum Studium derselben und zur Vorbereitung der Verteidigung. Bezeichnenderweise wurde ihm beides *abgeschlagen*. Man hatte es sehr eilig mit Hödels Prozeß und Hinrichtung. Hödel erhielt jetzt einen Offizialverteidiger, der nichts Besseres zu tun wußte, als sich vor Gericht zu entschuldigen, daß ihn das Los getroffen habe, die Verteidigung eines Hochverräters übernehmen zu müssen. Hödels Kopf fiel unter dem Beil des Henkers. Als Professor Virchow bat, ihm den Kopf Hödels zur anatomischen Untersuchung zu überlassen, *wurde ihm dieses verweigert*.

Die Hinrichtungsurkunde mußte der Kronprinz Friedrich unterzeichnen, der die Stellvertretung des Kaisers übernommen hatte, nachdem dieser mittlerweile durch das am 2. Juni erfolgte Nobilingsche Attentat schwer verwundet worden war. Der Kronprinz hat dann während seiner Regentschaft kein einziges Todesurteil mehr unterzeichnet, obgleich sich unter den Verurteilten ein Doppelmörder befand. Auch noch andere Symptome sprachen dafür, wie anders er die ganzen Vorgänge auffaßte.

Das erste Ausnahmegesetz

Das Verlangen Bismarcks nach einem Ausnahmegesetzentwurf gegen die Sozialdemokratie wurde bald erfüllt. Bereits am 12. Mai traf Bismarcks *Entwurf* für ein Ausnahmegesetz in Berlin ein, den 14. Mai war derselbe von seiner Kanzlei fertiggestellt worden und fand seine Zustimmung. Bereits am 16. wurde derselbe vom Bundesrat genehmigt – am eifrigsten plädierte die sächsische Regierung dafür – und am 20. Mai kam er mit den Motiven an den Reichstag, der ihn schon am 23. auf seine Tagesordnung setzte.

Den Nationalliberalen war bei diesen ganzen Vorgängen nicht wohl zumute; sie fühlten instinktiv, daß Bismarck noch andere Pläne im Hintergrund habe, die sich gegen sie selbst richteten. In der preußischen Regierung waren Wandlungen vor sich gegangen, die nichts Gutes ahnen ließen. Statt des Eintritts von Bennigsen und Forckenbeck in das Ministerium, waren zwei Hochkonservative, der Graf Botho zu Eulenburg und der Graf Udo zu Stolberg-Wernigerode, derselbe, der 1909 als Präsident des Reichstags starb, berufen worden. Der freihändlerische liberale Finanzminister v. Camphausen hatte ebenfalls seinen Abschied nehmen müssen und kam an seine Stelle der charakterschwache nationalliberale Hobrecht. Ebenso mußte der liberale Kultusminister Falk, der Verfasser der Maigesetze gegen das Zentrum und des einzig liberalen Gesetzes aus dem Kulturkampf, des Gesetzes über die Einführung der Zivilstandsregister, das Feld räumen, was eine große Konzession an das Zentrum bedeutete. Die Nationalliberalen hatten also alle Ursache zum Mißtrauen.

Nach der sechs Paragraphen umfassenden Sozialistengesetzvorlage konnten Drucksachen und Vereine, welche die Ziele der Sozialdemokratie verfolgten, vom Bundesrat verboten werden. Dem Reichstag mußte, sobald derselbe versammelt war, Mitteilung von den Verboten gemacht werden. Ein Verbot mußte außer Kraft gesetzt werden, wenn der Reichstag dies verlangte. Die Polizeibehörden konnten die Verbreitung von Druckschriften auf öffentlichen Wegen, Straßen, Plätzen oder anderen öffentlichen Orten vorläufig verbieten. Das Verbot sollte erlöschen, wenn nicht innerhalb vier Wochen die Druckschrift seitens des Bundesrats verboten wurde. Das Verbot und die Auflösung von Versammlungen war ganz und gar in die Hände der Polizei gelegt. Berufung sollte es hiergegen nicht geben. Die Zuwiderhandlungen gegen die Verbote sollten mit Gefängnis bis zu fünf Jahren bestraft werden. Die Beschlagnahme einer Druckschrift sollte ohne richterliche Anordnung vorgenommen werden können. Vorsteher von verbotenen Vereinen, Unternehmer und Leiter von verbotenen Versammlungen und diejenigen, die ein Lokal für einen verbotenen Verein oder eine verbotene Versammlung hergaben, sollten mit einer Mindeststrafe von nicht unter drei Monaten belegt werden. Das Gesetz sollte für einen Zeitraum von drei Jahren Gültigkeit haben.

In der Annahme, die Fraktion werde bei Beratung der Vorlage durch einen ihrer Redner gegen dieselbe scharf ins Zeug gehen, schrieb ich Motteler unter dem 20. Mai aus dem Gefängnis:

»Da die Einbringung der Ausnahmemaßregel Tatsache ist, so mag derjenige, der von unserer Seite dazu zum Wort kommt, nicht vergessen, daß seine Rede in einigen hunderttausend Exemplaren verbreitet werden muß. Auch ist zu beachten, daß im Falle der Ablehnung der Vorlage 335 der Reichstag aufgelöst wird, wir also vor einer Wahlkampagne stehen und dann diese Rede ihre Dienste leisten muß. Also vor allen Dingen alles, was auf den Täter Bezügliches in unseren Händen ist, Punkt für Punkt erörtert.

Das Sonntag-Morgenblatt der Frankfurter Zeitung bringt einen guten Leitartikel, den ich Euch zur Beachtung empfehle. Der Gesetzentwurf grenzt an Wahnsinn.«

Die Fraktion hatte aber nach längerer Beratung beschlossen, durch Liebknecht eine Erklärung abgeben zu lassen und sich an den weiteren Verhandlungen nicht zu beteiligen.

Die Beratung im Reichstag wurde eingeleitet mit einer kurzen Rede des Grafen zu Eulenburg. Dann erhielt Liebknecht das Wort zu folgender Erklärung:

»Der Versuch, die Tat eines Wahnwitzigen, noch ehe die gerichtliche Untersuchung geschlossen ist, zur Ausführung eines lang vorbereiteten Reaktionsstreiches zu benutzen und die ›moralische Urheberschaft‹ des noch unerwiesenen Mordattentats auf den deutschen Kaiser einer Partei aufzuwälzen, welche den Mord in jeder Form verurteilt und die wirtschaftliche und politische Entwicklung als von dem Willen einzelner Personen ganz unabhängig auffaßt, richtet sich selbst so vollständig in den Augen jedes vorurteilslosen Menschen, daß wir, die Vertreter der sozialdemokratischen Wähler Deutschlands, uns zu der Erklärung gedrungen fühlen:

Wir erachten es mit unserer Würde nicht vereinbar, an der Diskussion des dem Reichstage heute vorliegenden Ausnahmegesetzes teilzunehmen und werden uns durch keine Provokationen, von welcher Seite sie auch kommen mögen, in diesem Beschluß erschüttern lassen. Wohl aber werden wir uns an der Abstimmung beteiligen, weil wir es für unsere Pflicht halten, zur Verhütung eines beispiellosen Attentats auf die Volksfreiheit das Unserige beizutragen, indem wir unsere Stimmen in die Waagschale werfen.

Falle die Entscheidung des Reichstages aus wie sie wolle – die deutsche Sozialdemokratie, an Kampf und Verfolgungen gewöhnt, blickt weiteren Kämpfen und Verfolgungen mit jener zuversichtlichen Ruhe entgegen, die das Bewußtsein einer guten und unbesiegbaren Sache verleiht.«

Nach Liebknecht nahm Bennigsen das Wort. Er hielt eine Rede, die ich für die beste ansehe, die er bis dahin gehalten hatte; sie zeigte, daß er auch anders konnte und daß er vermochte, die Dinge auch von einem höheren Standpunkt, als er bisher bei den nationalliberalen Rednern zur Geltung kam, zu beurteilen. Es sei die Ansicht laut geworden, führte er unter anderem aus, die Regierung habe die Vorlage eingebracht, obgleich sie wisse, daß sie abgelehnt werde. Er erwarte, daß diese Ansicht dementiert werde. Er wies auf die Unsicherheit und die schwankenden Verhältnisse in der Regierung hin, die niemals so schlimm gewesen seien wie jetzt. *In Preußen sei die Ministerkrise in Permanenz.* Wolle man diktatorische Gewalt, müsse man vor allen Dingen wissen: wer übt sie aus? Seine Partei könne kein Ausnahmegesetz wie das verlangte bewilligen, die Geschichte zeige, wohin diese führten und daß sie nichts nützten. Er machte darüber längere historische Betrachtungen. Weiter sprach er sich im Laufe der Rede für das Aufhören des Kulturkampfes aus. Das war der müde Mann, der einen Kampf beendigt zu sehen wünschte, bei dem bisher die sogenannten Kulturkämpfer keine Seide gesponnen hatten, obgleich einstmals er und seine Freunde diesen Kampf unter Führung Bismarcks mit Jubel begrüßt und durchgefochten hatten. Schließlich erbot er sich, auf dem Boden des gemeinen Rechtes im nächsten Jahre eine Vorlage durchbringen zu helfen, die die bürgerliche Freiheit mit gesetzlicher Ordnung und fester Autorität im öffentlichen Leben für alle Klassen vereinige.

Er erbot sich also jetzt zu dem, was er und seine Freunde zwei Jahre früher mit guten Gründen abgelehnt hatten. Das war wieder ganz nationalliberal. Aber die Ereignisse schritten über diese Vorsätze hinweg und zwangen Bennigsen und seine Freunde, doch zu tun, was sie augenblicklich ablehnten.

Nach zweitägiger Verhandlung wurde § 1 der Vorlage mit 243 gegen 60 Stimmen bei 6 Enthaltungen abgelehnt. Noch stimmte das Zentrum geschlossen gegen die Vorlage; von den Nationalliberalen erklärten sich die Professoren Beseler, Gneist und v. Treitschke dafür. Nach diesem Resultat zog die Regierung die Vorlage zurück.

War das Ausnahmegesetz einstweilen gefallen, so veranlaßte nunmehr Graf zu Eulenburg durch einen Erlaß vom 1. Juni an die Polizeibehörden diese zu scharfem Einschreiten gegen die Partei. »Es sei Pflicht, der sozialdemokratischen Agitation entschieden entgegenzutreten und zu diesem Zwecke von den zu Gebote stehenden gesetzlichen Mitteln, unter sorgfältiger Einhaltung der durch die Gesetze gezogenen Schranken, innerhalb derselben aber bis an die Grenze des Zulässigen Gebrauch zu machen.«

Einer solchen Aufforderung bedurfte es nicht erst. Die Polizei zeigte überall den größten Eifer für ihre staatsretterische Tätigkeit und Staatsanwälte und Richter nicht minder.

Das Nobiling-Attentat und seine Wirkung

Ich war Ende Mai aus der Haft entlassen worden. Am 2. Juni, einem Sonntag, machte ich mit Frau und Kind einen Spaziergang, von dem wir nach 7 Uhr abends zurückkehrten. Kaum waren wir zu Hause angekommen, so trat die Schwester des Rechtsanwaltes Freytag in großer Eile in unsere Wohnung und fragte aufgeregt, ob wir nicht wüßten, was passiert sei? Wir wohnten in der äußeren Stadt, wohin Nachrichten, namentlich am Sonntag, nicht rasch drangen. Ich verneinte die Frage. Darauf stellte Fräulein Freytag weiter die Frage: »Kennen Sie einen Dr. Nobiling? Derselbe hat heute nachmittag auf den Kaiser geschossen und ihn schwer verwundet.« Ich war sprachlos, wie vom Blitz getroffen. Ich antwortete, der Name Nobiling sei mir nicht bekannt, ich hielt für ausgeschlossen, daß er zur Partei gehöre. Beruhigt entfernte sich die junge Dame.

Am nächsten Morgen eilte ich auf die Redaktion des »Vorwärts«, um zu hören, was man dort wisse und wie man den Fall beurteile. Ein öffentlich angeschlagenes Telegramm enthielt kein Wort davon, daß Nobiling der Sozialdemokratie angehöre. Erleichtert atmete ich auf und trat in die Redaktion mit den Worten ein: »Na, den können sie uns nicht an die Rockschöße hängen.« Liebknecht, Hasenclever und alle übrigen Anwesenden waren mit mir der gleichen Ansicht, niemand kannte den Attentäter, keiner hatte vorher auch nur seinen Namen gehört. In beruhigter Stimmung verließ ich die Redaktion, mußte aber nach wenigen Minuten wieder umkehren, weil mittlerweile ein zweites Telegramm veröffentlicht worden war, in dem es hieß: Nobiling habe in seiner ersten Vernehmung bekannt, er sei Sozialdemokrat und habe Mitschuldige. Wir alle waren sprachlos.

Diese Angaben des Wolffschen Telegraphenbüros erwiesen sich nachher, wie viele andere Nachrichten gleicher Art, die damals mit größter Geflissentlichkeit verbreitet wurden, als grobe Unwahrheiten und Fälschungen. Aber sie erreichten im vollsten Maße ihren Zweck.

Die öffentliche Meinung, die schon durch die am 1. Juni eingetroffene Nachricht aufs höchste erregt worden war, daß der »Große Kurfürst«, eines der größten Schiffe der damaligen deutschen Flotte, bei hellem Tage infolge einer Kollision mit einem anderen Schiffe mit fast fünfhundert Köpfen Besatzung angesichts der englischen Küste untergegangen sei, geriet über das zweite Attentat in Siedehitze.

Als bei Bismarck die Nachricht eintraf, rief er frohlockend: »Jetzt habe ich die Kerle – die Nationalliberalen –, jetzt drücke ich sie an die Wand, daß sie quietschen«; dann erst erkundigte er sich nach dem Befinden des durch die Nöbilingsche Schrotflinte schwer verwundeten Kaisers. Die Auflösung des Reichstags und infolgedessen Neuwahlen standen nunmehr in sicherer Aussicht, durch die er eine Mehrheit zusammenzubekommen hoffen durfte, die ihm sowohl ein Ausnahmegesetz gegen uns wie neue Einnahmen durch die einzuführende Schutzzollpolitik gewährte.

Nobiling hatte den Schuß auf den Kaiser aus dem Fenster eines Hauses Unter den Linden, woselbst er sich eingemietet hatte, abgegeben. Er selbst hatte danach durch zwei Fehlschüsse einen Selbstmordversuch gemacht. Ein Offizier, der sich unter den Personen befand, die nach dem Schuß auf den Kaiser in Nobilings Wohnung eindrangen, hatte ihm mit einem Säbelhieb eine schwere Kopfwunde beigebracht. Nobiling war zunächst besinnungslos und vollkommen vernehmungsunfähig. Festgestellt wurde, daß er vor Jahren Landwirtschaft in Leipzig studiert hatte und dort im Seminar des Professors Birnbaum, eines unserer schlimmsten Gegner, sich bei den Debatten als heftiger Widersacher unserer Partei gezeigt hatte. Von Leipzig war er nach Dresden gegangen, wo er das Seminar des Professors Böhmert besuchte, der gleichfalls ein eifriger Gegner der Sozialdemokratie war. In Dresden zeigte sich Nobiling wiederholt in Versammlungen, in denen er als Gegner unserer Partei Reden hielt, wodurch ihn unsere Parteigenossen dort, wie Vollmar, Schlüter, Paschky usw. kennenlernten. Diese machten nachher in der Untersuchung wider Nobiling Zeugenaussagen, nach denen er ein unbedeutender Mensch und großer Wirrkopf war. Er hatte mit der Partei noch weniger zu tun gehabt als Hödel. Mehrfach wurden Stimmen laut, die die Ansicht vertraten, daß Nobiling zu seiner Tat erst angeregt worden sei durch die Art, wie ein großer Teil der Presse sich mit der Person Hödels beschäftigte, dessen Porträt zum Beispiel von einem Familienblatt in einem Prachtholzschnitt dargestellt wurde. Die Meinung, daß man es auch in Nobiling mit einem geistig kranken Menschen zu tun habe, war weit verbreitet. So schrieb selbst die freikonservative »Post«, allezeit eine der gehässigsten Gegnerinnen der Sozialdemokratie, bei allen Antworten, die Nobiling gebe, umspiele ein eigentümliches Lächeln seine Lippen, das auf Geistesstörung schließen ließe. Und dem Redakteur der »Germania«, Majunke, gegenüber hatte der Untersuchungsrichter Nobilings geäußert: »Das Bild, das die Zeitungen über Nobiling ausmalen, ist ganz und gar unzutreffend, er ist nichts weniger als intelligent, er ist noch dümmer als Hödel.« Als Nobiling am 10. September im Gefängnis starb, war nicht der geringste Beweis erbracht, daß die Sozialdemokratie direkt oder indirekt mit dem Attentäter in Verbindung gestanden oder sein Handeln beeinflußt hatte.

Für die Hetzer, die um jeden Preis die beiden Attentate für ein Ausnahmegesetz gegen die Sozialdemokratie ausnutzen wollten, waren alle diese Feststellungen nicht vorhanden. Bismarck mißbrauchte den gewaltigen Einfluß, den er mit Hilfe des Reptilienfonds auf einen großen Teil der Presse ausübte, um die Bevölkerung zum fanatischsten Hasse gegen die Sozialdemokratie aufzupeitschen. Und dieser Presse schlossen sich alle an, die an einer Niederlage der Sozialdemokratie ein Interesse hatten, insbesondere ein großer Teil der Unternehmerschaft. Die Partei hieß im gegnerischen Lager nur noch die Partei der Meuchelmörder, der Allesruinierer, die der Masse den Glauben an Gott, Königtum, Familie, Ehe und Eigentum raube. Diese Partei zu bekämpfen und sie, wenn möglich, zu vernichten, erschien diesen Gegnern als die glorreichste Tat. Tausende und aber Tausende von Arbeitern, die als Sozialdemokraten bekannt waren, wurden auf die Straße geworfen. In den Annoncenteilen der Zeitungen erschienen Erklärungen, wodurch die Arbeiter sich verpflichteten, fernerweit weder einer sozialdemokratischen Organisation anzugehören, noch sozialdemokratische Blätter zu halten und zu lesen, noch Geld für sozialdemokratische Bestrebungen zu opfern. Dieser Unternehmerterrorismus war so stark, daß unsere Parteizeitungen die Anhänger der Partei aufforderten, sie sollten jede gewünschte Erklärung unterzeichnen, sie könnten nachher doch tun, was sie wollten, einem solchen Terrorismus gegenüber gebe es kein Worthalten. Der Terrorismus und der damit verbundene Boykott gingen noch weiter: Patriotische Hausherren kündigten ihren sozialdemokratischen Mietern, Wirte, die jahrelang froh waren, Sozialdemokraten zu ihren Kunden zu zählen, forderten jetzt diese auf, ihre Lokalitäten zu meiden. In Leipzig hatten die Redakteure des »Vorwärts« und der »Neuen Welt« – Liebknecht, Hasenclever, Geiser – die Gewohnheit, nach Schluß der Redaktion am Nachmittag in einem bestimmten Lokal einen »Frühschoppen« zu trinken. Der Wirt ließ ihnen nunmehr sagen, daß er auf ihren Besuch gern verzichte. Ähnliche Vorgänge wiederholten sich auch gegenüber den Redakteuren der »Berliner Freien Presse« und anderwärts.

In Schwerin warf man dem alten Demmler an zwei Nächten hintereinander die Fenster ein, was den vierundsiebzigjährigen Mann so aufregte, daß er auf einige Zeit Schwerin verließ und die weitere Annahme einer Kandidatur für den Reichstag ablehnte. Alle diese Ausbrüche fanatischer Roheit und politischen Wahnsinns genügten aber den »Patrioten« noch nicht, um ihre Verfolgungswut zu befriedigen. Es entstand eine Sintflut von Denunziationen wegen wirklichen und angeblichen Majestätsbeleidigungen. In zahlreichen Fällen wurde gerichtlich konstatiert, daß gemeine Rachsucht wegen verletzter Privatinteressen die Denunzianten zu ihrem Vorgehen leitete. Das hinderte aber nicht, daß die härtesten Bestrafungen ausgesprochen wurden. Ein großer Teil der Richter war ebenfalls vom Verfolgungsparoxysmus befallen, und so verkündeten sie Strafen von ein, zwei, drei bis zu fünf Jahren Gefängnis, der Maximalstrafe, die das Gesetz zuließ. Äußerungen, die vordem keinen Staatsanwalt auch nur einen Augenblick aus seiner Ruhe aufgescheucht haben würden, wurden jetzt als Kardinalverbrechen angesehen und aufs härteste bestraft.

Anfang Juli schrieb die fortschrittliche »Vossische Zeitung«: »Nachdem wir über die auswärtigen Verurteilungen (wegen Majestätsbeleidigung) in einer Gesamthöhe der erkannten Strafen von 500 bis 600 Jahren berichtet haben, *widerstrebt es uns, die traurige Liste weiterzuführen.*« Was sollte man aber zu Richtern sagen, die ganz und gar vergessen hatten, was sie ihrem Amte schuldig waren? *In zwei Monaten wurden 521 Personen zu rund 812 Jahren Gefängnis verurteilt.* Nur ein kleiner Teil der Verurteilten war sozialdemokratisch gesinnt. Auch die Polizeibehörden waren, wie immer bei solchen Gelegenheiten, wie von Sinnen und veranstalteten Haussuchungen und veranlaßten Verhaftungen auf jede vage Vermutung hin. Die allermeisten der Verhafteten mußten nach kurzer Zeit wieder entlassen werden.

Hatte bereits im Mai der Senat zu Hamburg die Abhaltung eines allgemeinen deutschen Gewerkschaftskongresses untersagt, so verbot Anfang Juni der Stadtrat zu Gotha die Abhaltung des deutschen Sozialistenkongresses, und ähnlich verfuhren die Behörden vielfach gegen Vereine und Versammlungen. Wiederholt wurden uns Äußerungen aus maßgebenden Kreisen zugetragen, wie die, die Sozialdemokratie müsse so geknebelt und an die Wand gedrückt werden, daß sie aufmucke und man schießen könne. Das veranlaßte die »Berliner Freie Presse« zu der Ankündigung: »Seid vorsichtig und habt acht, man will schießen.« Trotz alledem kündigten eine Anzahl Parteiblätter ihre Vergrößerung mit dem 1. Juli an. Die Zahl der Abonnenten der »Berliner Freien Presse« war seit Neujahr von 10000 auf 14000 gewachsen. Ende September 1878 hatte aber auch die »Berliner Freie Presse« sechs Redakteure hinter Schloß und Riegel, darunter Richard Fischer, der als junges Kerlchen die Aufnahme in den Bund der Geächteten mit sieben Monaten Gefängnis zu bezahlen hatte.

*

Für mich und unser Geschäft hatte die allgemeine Hetze ganz besonders mißliche Folgen. Ich war genötigt, nach meiner längeren Haft endlich eine Geschäftsreise zu unternehmen. Dieselbe sollte nach Nordwestdeutschland und dem Unterrhein vor sich gehen, Länderstrecken, die ich bisher zum größten Teil geschäftlich noch nicht besucht hatte. Das war im gewissen Sinne mein Glück. Ich war in jenen Gegenden persönlich nur sehr wenig bekannt und konnte es so riskieren, in den Hotels unter angenommenem Namen zu wohnen, da ich unter meinem eigenen Namen *nirgends* als Gast geduldet worden wäre. Tag für Tag war ich an der Wirtstafel Augen- und Ohrenzeuge, wie die Gäste in Ausdrücken grenzenlosen Hasses sich gegen die Partei und speziell auch gegen meine Person ergingen. Wäre ich erkannt worden, es wäre zu den schlimmsten Szenen gekommen. Ähnlich erging es mir aber auch bei dem Besuch der Geschäftsleute, denen ich unsere Fabrikate zum Kauf anbot. Den ersten Besuch machte ich bei einem Kaufmann in Halle a.S. Demselben gefielen unsere Artikel und er gab mir einen namhaften Auftrag. Sobald ich ihm aber unsere Geschäftskarte überreichte und er den Namen der Firma las, erklärte er schroff: »Mit dieser Firma arbeite ich nicht, annullieren Sie meine Bestellung.« Und so erging es mir häufig. Andere wieder lehnten, ohne irgendeine Bemerkung zu machen, eine Bestellung zu geben ab. Ich machte so schlechte Geschäfte, daß, als ich nach sechs Wochen nach Hause zurückkehrte, froh war, das Erlebte hinter mir zu haben, da ich aus den Verkäufen unserer Artikel nicht einmal die Reisespesen gedeckt hatte, obgleich ich diese aufs niedrigste zu halten suchte und zu diesem Zwecke in den einzelnen Orten selbst meinen neun Kilo schweren Musterkoffer Straße auf, Straße ab bei Regen und glühendem Sonnenschein trug, um keinen Trägerlohn ausgeben zu müssen.

Die Reichstagswahl von 1878

Wieder nach Hause gekommen, stürzte ich mich in die Wahlagitation. Bismarck, der es auch hier wieder verstand, das Eisen zu rechter Zeit zu schmieden, und den die Attentate aus allerlei inneren Wirrnissen befreit hatten, hatte im Bundesrat den Antrag auf Auflösung des Reichstags gestellt, dem der Bundesrat am 12. Juni Folge leistete. Die Wahlen wurden auf den 30. Juli 1878 angesetzt.

Wenn es Bismarck nur um ein Ausnahmegesetz gegen die Sozialdemokratie zu tun gewesen wäre, so hätte er dieses auch ohne Auflösung des Reichstags bekommen. Nach dem Nobilingattentat versicherte die gesamte nationalliberale Presse und bei den verschiedensten Gelegenheiten auch die Abgeordneten der Partei, daß sie jetzt bereit seien, ein scharfes Ausnahmegesetz gegen uns zu bewilligen.

Damit war aber Bismarck allein nicht mehr gedient. Er war entschlossen, die Macht der Nationalliberalen zu brechen; ihren Ansprüchen, erklärte er, könne keine Regierung gerecht werden. Und wie bescheiden waren diese Ansprüche doch immer gewesen. Er veranlaßte die Veröffentlichung einer förmlichen Programmerklärung, in der er mit der herrschenden, angeblich dem Freihandel dienenden Wirtschaftsordnung vollständig brach. Das bisherige Vorherrschen von Juristen, Beamten und Gelehrten, von Leuten ohne produktive Beschäftigung hätten dem Parlament eine unpraktische Richtung gegeben. Der Parteihaß, der Machtstreit der Fraktionen, der Ehrgeiz ihrer Führer veranlasse, daß die Zeit mit oratorischen Schaustellungen vergeudet werde. Die Mehrzahl habe keinen produktiven Beruf, sie treibe weder ein Gewerbe noch Handel, weder Industrie noch Landwirtschaft. Die Vertretung der wirtschaftlichen Interessen läge in den Händen solcher, die von Gehalt, Honorar, von Diäten (die damals der Reichstag noch nicht erhielt. A.B.), vom Preßgewerbe oder von zinstragenden Papiere lebe, usw.

Die Philippika ließ an Deutlichkeit, aber auch an Grobheit nichts zu wünschen übrig. Die Beamten, die den Wahlkampf beeinflussen konnten, wußten nun, woran sie waren, und handelten danach.

Der Wahlkampf entbrannte mit einer bisher nicht gekannten Heftigkeit. Die Bismarcksche Wahlparole verhinderte nicht, daß alle bürgerlichen Parteien den Kampf gegen uns als ihre vornehmste Pflicht ansahen. »Die Sozialdemokratie muß aus dem Reichstag hinaus. Kein Sozialdemokrat darf mehr gewählt werden«, wurde die Losung auch in der fortschrittlichen Presse. Und obgleich für jeden sichtbar war, was Bismarck im Schilde führte, und er nicht bloß unsere Vernichtung, sondern auch die Schwächung der Liberalen erstrebte, brachte es der Führer der Fortschrittspartei, *Eugen Richter,* fertig, als im Erfurter Wahlkreis der sozialdemokratische mit dem konservativen Kandidaten in engerer Wahl stand, seinen Parteigenossen die Wahlparole zu telegraphieren: Lieber Lucius (konservativ) als Kapell (der Sozialdemokrat). Sein Haß gegen uns machte ihn gegen die selbstverständlichsten Regeln der Wahltaktik blind, denn der Sozialdemokrat war so gut wie die Liberalen Gegner der Bismarckschen Wirtschaftspolitik, und der Zukunftsstaat stand nicht in Frage.

Ich kandidierte wieder in Dresden und in Leipzig. Mir gegenüber standen in Dresden der Freiherr v. Friesen, Minister a.D., und ein fortschrittlicher Kandidat. Ich erhielt im ersten Wahlgang 9855, v. Friesen 7266, Walther (Fortschrittler) 5410 Stimmen. Es kam zur engeren Wahl zwischen mir und v. Friesen, die der Wahlkommissär auf den 9. August, an welchem v. Friesen seinen siebzigsten Geburtstag feierte, ansetzte. Offenbar rechnete man mit meiner sicheren Niederlage. Aber ich siegte, und zwar mit 11616 über 10702 Stimmen. In Leipzig erhielt ich 5822 Stimmen, 600 mehr als bei der vorhergehenden Wahl. Außer mir waren schließlich von der Partei gewählt: Bracke-Glauchau-Meerane, Fritzsche-Berlin, Hasselmann-Barmen-Elberfeld, Kayser-Oederan-Freiberg (Sachsen),Liebknecht-Stollberg-Lugau,Reinders-Breslau,Vahlteich-Mittweida-Limbach, Wiemer-Annaberg-Zschopau (Sachsen). Also neun Abgeordnete, von denen nur zwei, Bracke und Liebknecht, in der Hauptwahl gewählt worden waren.

Mit dem Hinauswurf der Sozialdemokratie aus dem Reichstag war es also nichts. Aber auch in bezug auf die Stimmenzahl schnitten wir günstiger ab, als wir nach der furchtbaren Hetze gegen uns hoffen durften, denn in einer Anzahl Wahlkreise war der gegnerische Terrorismus so stark, daß wir keine Agitation betreiben konnten. Es wurden bei der Hauptwahl für die Partei 437158 Stimmen abgegeben, gegen 493447 bei der Wahl im Januar 1877. Das war ein Verlust von 56389 Stimmen und drei Mandaten. Die Gegner waren sehr unzufrieden mit diesem Resultat.

Das Gesamtresultat der Wahlen war, wie vorauszusehen, ein Sieg Bismarcks. Die Nationalliberalen sanken von 137 auf 106 Mandate, die Fortschrittspartei von 39 auf 26. Die Konservativen hatten ihre Mandate entsprechend vermehrt, das Zentrum erhielt ebenfalls einige Mandate mehr.

Bismarck hatte jetzt für seine Politik zwei Mehrheiten zur Verfügung. Eine nationalliberal-konservative Mehrheit für ein Ausnahmegesetz gegen uns und eine Mehrheit aus Konservativen und Zentrum, der sich der rechte Flügel der Nationalliberalen anschloß, für seine Zollpolitik. Die neue Ära mit der politischen Entrechtung der klassenbewußten Arbeiter und der Belastung der Massen durch die Zollpolitik konnte nunmehr in Szene gesetzt werden. Der neue Reichstag wurde zur Beschlußfassung über das Sozialistengesetz auf den 9. September nach Berlin berufen.

Das Spiel konnte seinen Anfang nehmen. Es sollte eine Tragödie werden, in der die Sozialdemokratie für die monarchistisch-kapitalistischen Interessen als Opferstier bestimmt war, um den todsicheren Keulenschlag zu erhalten. Aber es kam auch diesmal, wie so oft schon, anders. Der Herkules, der uns mit seiner Keule erschlagen sollte, fiel selbst nach zwölf Jahren eines für ihn ruhmlosen Kampfes mit dem verhaßten Gegner und deckte mit seiner Leiche das Blachfeld.

344

Dritter Teil

Die Beratung des Sozialistengesetzes

Die Eröffnung des neugewählten Reichstags wurde im Weißen Saale des königlichen Schlosses vollzogen. Man hatte erwartet, es werde an Stelle des immer noch leidenden Kaisers der Kronprinz die Thronrede verlesen. Aber es erschien weder dieser noch der Reichskanzler. Dieses Amt übernahm vielmehr der Stellvertreter des Reichskanzlers, der Graf Otto zu Stolberg-Wernigerode.

Dieser Vorgang gab zu lebhaften öffentlichen Erörterungen Veranlassung. Man schloß daraus, der Kronprinz sei mit dem Ausnahmegesetz nicht einverstanden und habe sich deshalb geweigert, den Reichstag zu eröffnen. Bismarck hingegen habe wieder aus Ärger über diese Weigerung auf die Eröffnung verzichtet, so sei sein Stellvertreter zu dieser Ehre gekommen.

Dieser Froschmäusekrieg in den höchsten Regionen war ja immerhin interessant, aber an der Sache änderte er nichts; denn daß der Ausnahmegesetzentwurf in der einen oder anderen Form Annahme finden werde, daran konnte nach dem Ausfall der Wahlen und der Stimmung in einem großen Teile der Presse nicht gezweifelt werden.

Die Vorlage hatte vor ihrer Vorgängerin vom Mai voraus, daß sie weit gründlicher als diese durchgearbeitet war. Dagegen war ihre Begründung eine äußerst dürftige. Die verbündeten Regierungen, hieß es unter anderem in ihr, seien durch die Attentate und die vielen denselben folgenden Majestätsbeleidigungen davon überzeugt worden, daß in weiten Kreisen eine jedes sittliche und rechtliche Gebot verachtende Gesinnung herrsche, die Staat und Gesellschaft mit großen Gefahren bedrohe. Es bedürfe also gesetzlicher Vorschriften, die sich gegen die sozialdemokratische Bewegung, als die Trägerin jener Gefahren, richteten.

Es folgte alsdann eine kurze und recht oberflächliche Darstellung der sozialistischen Bewegung seit der Gründung des Allgemeinen Deutschen Arbeitervereins (1863) und der Gründung der Internationalen Arbeiterassoziation (1864). Dieser kärglichen geschichtlichen Darstellung folgte der Abdruck der Statuten der Internationale und des Allgemeinen Deutschen Arbeitervereins, des Eisenacher und Gothaer Programms und das Genter Manifest vom Jahre 1877. Das Statut der Internationale enthielt den Satz:

»Der erste internationale Arbeiterkongreß erklärt: daß die Internationale Arbeiterassoziation und alle ihr angehörigen Gesellschaften und Individuen Wahrheit, Recht und Sitte als die Grundlage ihres Betragens untereinander und gegen alle ihre Mitmenschen ohne Rücksicht auf Farbe, Bekenntnis oder Nationalität an erkennen.«

Dieser schöne unanfechtbare und nur zu lobende Satz wurde jetzt mit zur Begründung eines Ausnahmegesetzes verwendet. Weiter folgten Auszüge aus den Rechenschaftsberichten der Partei auf den Kongressen zu Gotha in den Jahren 1876 und 1877. Es waren alles Aktenstücke, die öffentlich erschienen und jedem bekannt waren, der sich mit der Arbeiterbewegung beschäftigte. Diese mußten jetzt als Material für den Scheiterhaufen dienen, auf dem man die sozialdemokratische Partei zu verbrennen hoffte.

Die Verhandlungen über die Vorlage begannen am 16. September unter dem Präsidium v. Forckenbecks. Der Stellvertreter des Reichskanzlers eröffnete die Debatte mit einer äußerst dürftigen Rede, die kaum fünf Minuten in Anspruch nahm. Der Reichskanzler blieb den Verhandlungen fern. Wozu sollte er sich in rednerische Unkosten stürzen bei einer Reichstagsmehrheit, die den festen Willen hatte, ihm ein annehmbares Gesetz zu apportieren?

Der erste Redner aus dem Hause war der Vertreter des Zentrums, der Abgeordnete Peter Reichensperger-Olpe. In jenen Tagen spürte das Zentrum den Kulturkampf, wenn er auch schon im Abbröckeln war, noch in allen Knochen. Ein Ausnahmegesetz, wenn auch gegen eine ihm verhaßte Partei, erschien ihm schon wegen der Konsequenzen bedenklich. Auch hätten seine Anhänger eine solche Haltung nicht verstanden, nachdem man selbst unter Ausnahmegesetzen stand. So erklärte sich Herr Reichensperger »einstweilen« gegen Annahme und Amendierung des Gesetzentwurfes.

Anders der Abgeordnete v. Helldorf-Bedra, einer der Heißsporne der konservativen Partei. Er sprach sich mit erfrischender Deutlichkeit für den Gesetzentwurf aus und warf die Frage auf, ob es mit dem Ausnahmegesetz genug sei, ob es sich nicht auch empfehle, eine Änderung des Reichstagswahlrechtes in dem Sinne vorzunehmen, daß Garantien für ein gereifteres Alter und größere Seßhaftigkeit geschaffen werden, und ob es nicht ratsam sei, die Legislaturperioden des Reichstags zu verlängern, um der zunehmenden Unruhe des politischen Lebens ein Ende zu machen.

Der letztere Herzenswunsch fand neun Jahre später seine Erfüllung.

Nach Helldorf kam ich als erster Redner der Fraktion zum Wort. Die Fraktion war übereingekommen, das Gesetz sowohl im ganzen wie in seinen Einzelheiten nachdrücklich zu bekämpfen, und hatte zu diesem Zweck die Redner für die verschiedenen Materien bestimmt. Vahlteich und Kayser konnten sich an den Verhandlungen nicht beteiligen, sie genossen um jene Zeit Staatsquartier.

Meinem Grundsatz entsprechend, der Hieb sei die beste Deckung, ging ich der Vorlage und den Vorrednern in zweistündiger Rede zu Leibe. Zunächst gab ich eine Vorgeschichte des Gesetzentwurfes, wobei ich nachwies, daß die amtliche Darstellung mehrfach mit der Wahrheit in Widerspruch stehe. Des weiteren griff ich das willkürliche Verhalten der Polizeibehörden und die barbarischen Urteile der Gerichte in der Attentatsperiode an, Vorkommnisse, die zu den traurigsten und beschämendsten Vorgängen der neueren deutschen Geschichte gehörten und eine Schmach und Schande für das Deutsche Reich seien. (Ordnungsruf.) Alsdann behandelte ich die Geschichte der Partei. Ich wies auf die Versuche Bismarcks hin, unmittelbar nach seinem Eintritt in das preußische Ministerium, September 1862, durch seine Agenten Einfluß auf die Bewegung zu gewinnen, auf seine Verhandlungen mit Lassalle, auf die Bemühungen seines Geheimrats Lothar Bucher, Karl Marx zum Mitarbeiter am »Staatsanzeiger« zu werben, auf die Rolle Schweitzers im Allgemeinen Deutschen Arbeiterverein usw., Vorkommnisse, die deutlich zeigten, daß Bismarck von nichts weniger beseelt sei als von Abscheu gegen die Sozialdemokratie. Ihn treibe vielmehr der Ärger, daß die Partei sich seinen Plänen unzugänglich erwies und der heftigste Gegner seiner Politik wurde, was ihn bewogen habe, die Attentate, die anständigerweise niemand uns an die Rockschöße hängen könne, für ein Ausnahmegesetz gegen uns auszunutzen.

Mit dem Gesetz, so führte ich weiter aus, werde man aber den beabsichtigten Zweck nicht erreichen. Die Sozialdemokratie werde unter ihm und durch es erst recht an Anhang gewinnen. Das Interesse für sie werde zunehmen, und nicht wir, sondern unsere Gegner würden die Besiegten sein. Man solle also den Entwurf dahin verweisen, wohin er gehöre, in den Papierkorb, im Kampfe gegen uns sich aber nicht auf leere Beschuldigungen und Redensarten, sondern auf Tatsachen und Beweise stützen, die bisher nicht erbracht worden seien.

Des weiteren entwickelte ich, wie wir aller Voraussicht nach unter dem Sozialistengesetz für die Verbreitung unserer Ideen arbeiten würden, ohne daß die Polizei uns an den Leib könne, und wie die Verbreitung der verbotenen Literatur einen Umfang annehmen werde, wie wir ihn bisher nicht gekannt. Die Zukunft werde zeigen, daß das Gesetz seinen Zweck verfehle.

11 Meine Rede hatte, wie die Ausführungen der nachfolgenden Redner bewiesen, die gewünschte Wirkung erzielt, auch die Presse aller Parteien im In- und Ausland beschäftigte sich mit ihr. Der preußische Minister des Innern Graf zu Eulenburg, der nach mir das Wort ergriff, machte es wie sein Kollege Graf zu Stolberg-Wernigerode, er faßte sich kurz. Er begnügte sich, aus einer meiner Schriften einige Zitate vorzutragen, die beweisen sollten, daß die Partei eine Anhängerin des gewaltsamen Umsturzes sei. Im übrigen bestritt er, daß Beziehungen zwischen der Sozialdemokratie und Vertretern der Regierung bestanden hätten, oder doch nur zu einer Zeit, in der die Partei eine andere gewesen sei. Ihm sei von Vereinbarungen oder Verbindungen wie den von mir geschilderten nichts bekannt; er müsse, bis Tatsachen angeführt würden, auf die er im einzelnen antworten könne, solche Anknüpfungsversuche auf das bestimmteste in Abrede stellen. Anders der nationalliberale Abgeordnete Dr. Bamberger, der in kurzer Rede die Gefährlichkeit der sozialistischen Lehren darzulegen versuchte, aber auch mit Unbehagen konstatierte, daß man in maßgebenden Kreisen nicht allezeit der Sozialdemokratie abweisend gegenübergestanden habe, das bezeugten schon Bismarcks Beziehungen zu Lassalle. Was ich darüber gesagt, sei zum Teil schon bekannt gewesen, zum Teil aber neu. Aber auch im »Staatssozialist«, den Stöcker, Pastor Todt und Genossen gegründet hatten, seien Anschauungen vertreten worden, die sich mit den unserigen deckten, dort aber viel gefährlicher wirkten. Er beantragte, eine Kommission von 21 Mitgliedern einzusetzen. Das Gesetz bedürfe einer eingehenden und aufmerksamen Prüfung, denn meine Rede habe ihn überzeugt, daß kein Versuch unterlassen werden dürfe, um die Gesellschaft vor den Gefahren zu schützen, die ich ihnen vorgeführt. Bamberger, der fast zwei Jahrzehnte als politischer Flüchtling in Paris gelebt hatte, tat, als erfahre er erst durch meine Rede, was der Sozialismus sei.

Am nächsten Tage erschien Bismarck, um gegen mich zu polemisieren. Er entschuldigte sich mit seinem Gesundheitszustand, der ihn bisher genötigt habe, den Verhandlungen fernzubleiben. Aber er sei nunmehr erschienen, um der Legendenbildung, zu deren Organ ich mich gemacht, entgegenzutreten, damit sie nicht Geschichte werde. Ich habe das Wesentliche der Ausführungen Bismarcks gegen mich schon im ersten Bande (erste Auflage Seite 63 ff., zweite Auflage Seite 65 ff.) angeführt. Ich verweise hier darauf. Zum Schlusse seiner Rede versicherte er: Er habe erst durch meine Kommunerede (Mai 1871) die wahre Natur der Sozialdemokratie erkannt und sei von da ab unser ausgesprochener Feind geworden. Er habe auch wiederholt, wie das Haus wisse, Versuche gemacht, uns als Feinde von Staat und Gesellschaft durch gesetzgeberische Maßnahmen in die Schranken zu weisen, er sei aber damit bei dem Hause nicht durchgedrungen. Die sozialistische Presse habe gedroht und gerufen »discite moniti«. »Ihr seid gewarnt. Wovor denn gewarnt? Doch vor nichts anderem als vor dem nihilistischen Messer und der Nobilingschen Schrotflinte. Ja, meine Herren, wenn wir in einer solchen Weise unter der Tyrannei einer Gesellschaft von Banditen existieren sollen, dann verliert jede Existenz ihren Wert.« (Beifall rechts.) Jetzt gelte es den Kaiser zu schützen. »Daß bei der Gelegenheit vielleicht einige Opfer des Meuchelmords unter uns fallen werden, das ist ja sehr wohl möglich; aber jeder, dem das geschehen könnte, mag eingedenk sein, daß er zum Nutzen, zum großen Nutzen seines Vaterlandes auf dem Schlachtfeld der Ehre bleibt.« Die Rechte brach nach diesen Worten in einen Beifallssturm aus, wir protestierten und ich verlangte das Wort zur Geschäftsordnung, um gegen den Kanzler wegen der uns zugefügten Beleidigungen den Ordnungsruf zu fordern. Aber bereits hatte der Präsident dem alten Feuerbrand der Konservativen, Herrn v. Kleist-Retzow das Wort erteilt. Dieser wetterte gegen uns mit dem ganzen Fanatismus eines christlichpreußischen orthodoxen Junkers, der für die Vorrechte seiner Klasse kämpft. Unsere ganze Tätigkeit in Presse und Versammlungen falle unter die Vorbereitung zum Hochverrat. Unsere Gesänge seien Schlachtgesänge, unsere ganze Tätigkeit eine Vorbereitung zum Kriege. Wir raubten dem Volke die Religion, was zur Folge habe, daß das Volk schon im Diesseits nicht bloß die gleichen Rechte, sondern auch die gleichen Genüsse fordere. Er schloß seine Philippika mit einer Klage über die steigende Unzufriedenheit und mangelnde Dankbarkeit und die Verderbtheit großer Massen, die das Christentum gefährde.

Ich erhielt nunmehr das Wort zur Geschäftsordnung und forderte den Ordnungsruf sowohl gegen den Reichskanzler wie gegen Herrn v. Kleist-Retzow, der uns der Vorbereitung des Hochverrats beschuldigt habe. Der Präsident bestritt, daß die Äußerungen der Vorredner den von mir behaupteten Sinn gehabt hätten. Er müsse jeden Versuch, in seine Geschäftsführung einzugreifen, zurückweisen.

Bracke, der alsdann das Wort erhielt, sprach im Gegensatz zu dem leidenschaftlichen Charakter, den die Debatte angenommen hatte, sehr ruhig. Auf die Zitate, die der Minister des Innern und Herr v. Kleist-Retzow aus Schriften von uns vorgetragen hatten, antwortete er mit Zitaten aus den Schriften bürgerlicher Schriftsteller, die zum Teil aus der Kulturkampfzeit stammten und an Schärfe alles übertrafen, was man gegen uns anführen konnte. Auf die liberalwirtschaftlichen Theorien Bambergs antwortete er mit der sozialistischen Auffassung von Staat und Gesellschaft. Auch er erklärte, daß unsere Gegner mit der Ausnahmegesetzgebung uns nicht überwinden würden.

Nach Bracke suchte der Elsässer Fabrikant Dollfuß nachzuweisen, daß sie mit ihren sogenannten Wohlfahrtseinrichtungen in Mülhausen ein Arkanum gegen die Sozialdemokratie besäßen. Aber noch vor Ablauf des Sozialistengesetzes wurde Mülhausen durch einen Sozialdemokraten im Reichstag vertreten. Dem Elsässer folgte ein polnischer Redner, der die preußische Ausnahmegesetzgebung gegen die Polen am eigenen Leibe kennengelernt hatte. Er sprach sich scharf gegen die Vorlage aus. Das veranlaßte den ihm folgenden Herrn v. Kardorff, sich um so eifriger für sie einzusetzen. Nach einer längeren Rede Eugen Richters, worin dieser sich namentlich mit dem Reichskanzler auseinandersetzte, beschloß die Mehrheit den Schluß der Generaldebatte, wodurch mir das Wort zu einer Entgegnung auf die Rede des Reichskanzlers abgeschnitten wurde. Ich konnte ihm nur in einer persönlichen Bemerkung eine Anzahl seiner gegen mich gerichteten falschen Behauptungen und Irrtümer zurückweisen.

Das Haus beschloß entsprechend dem Antrag Bamberger, die Vorlage einer Kommission von 21 Mitgliedern zu überweisen. Es wäre eine Anstandssache, ja eine Pflicht des Hauses gewesen, in diese Kommission auch ein Mitglied der angeklagten Partei, über die entschieden werden sollte, aufzunehmen, damit dieses Rede und Antwort stehe und die unzweifelhaft notwendig werdenden Richtigstellungen vornehmen konnte. Ein Teil des Hauses war auch geneigt dazu. Auf Anfrage an die Fraktion, wen sie in die Kommission gewählt sehen wollte, wurde ich vorgeschlagen. Aber sofort setzte die Intrige gegen mich ein, und so fiel ich bei der Wahl durch.

In der Kommission kam es zu lebhaften Auseinandersetzungen. Der linke Flügel der Nationalliberalen unter der Führung Laskers versuchte wieder einmal die Quadratur des Zirkels zu entdecken. Handelte es sich auch um ein Ausnahmegesetz, so suchten sie doch nach Möglichkeit die Willkür der Polizei einzuengen. Sie wollten daher verhüten, daß die sogenannten legitimen Forderungen der Sozialdemokratie, die man später den »berechtigten Kern« unserer Bestrebungen nannte, durch das Gesetz getroffen würden. Auch sollten andere den sozialistischen Reformbestrebungen verwandte Bestrebungen in bürgerlichen Kreisen nicht getroffen werden können. Dagegen war die rechte Seite der Kommission der Meinung, man müsse ganze Arbeit machen; man müsse der Sozialdemokratie jede Möglichkeit nehmen, ihre gefährlichen Bestrebungen unter harmlosen Formen zu verfolgen, und da müsse man zu den Verwaltungsbehörden Vertrauen haben und ihnen nicht durch unklare und zweideutige Gesetzesbestimmungen in die Arme fallen. Mit Hilfe der Gegner der Vorlage, die für alle Abschwächungsanträge stimmten, siegten Lasker und Genossen. Die Erfahrung lehrte allerdings, daß die beschlossenen Halbheiten nur Zwirnsfäden waren, durch die sich die Verwaltungsbehörden nicht einengen ließen; sie legten eben das Gesetz nach ihrem Gutdünken aus.

Die Hauptänderungen, die die Kommission und ihr folgend das Plenum annahm, waren nachfolgende: Im Gesetzentwurf hieß es, daß Vereine, Verbindungen jeder Art, auch genossenschaftliche Kassen, Versammlungen, Preßerzeugnisse, Geldsammlungen verboten, beziehungsweise unterdrückt werden sollten, sobald sich herausstellte, daß sie Bestrebungen dienten, die auf *Untergrabung* der bestehenden Staats- oder Gesellschaftsordnung gerichtet waren. Nach den Beschlüssen der Kommission beziehungsweise des Plenums lautete der Satz dahin, daß das Verbot oder die Unterdrückung eintreten sollte, sobald sozialistische, sozialdemokratische oder kommunistische, auf den Umsturz der bestehenden Staats- oder Gesellschaftsordnung gerichtete Bestrebungen in einer den öffentlichen Frieden, insbesondere die Eintracht der Bevölkerungsklassen gefährdeten Weise zutage treten.

Ein Streit um Worte. Dem Aal kann es gleichgültig sein, ob er gebraten oder geschmort werden soll.

Weiter sollte nach dem Entwurf ein Ausschuß aus sieben Mitgliedern eingesetzt werden, den der Bundesrat aus seiner Mitte wählte, an den letztinstanzlich die Beschwerden über getroffene Maßregeln der unteren Behörde zu richten seien. Kommission und Reichstag beschlossen, eine Kommission von neun Mitgliedern niederzusetzen, von denen der Bundesrat vier aus seiner Mitte wählte. Die fünf anderen sollten aus der Zahl der Mitglieder der höchsten Gerichte des Reiches oder der einzelnen Bundesstaaten entnommen werden. Der Reichstag glaubte damit eine größere Garantie gegen allzu kühne Auslegung des Gesetzes zu schaffen. Die Praxis ergab, daß er sich auch hier irrte. Die Urteile dieser Beschwerdekommission waren so reaktionär, daß wir im Jahre 1880 in Leipzig in der Parteileitung beschlossen, weil zwecklos, keine Beschwerden mehr bei ihr einzureichen.

Im § 20 des Entwurfes, später § 28 des Gesetzes, betreffend den sogenannten kleinen Belagerungszustand, war vorgeschrieben, daß in Bezirken, in denen durch die sozialistischen Bestrebungen die öffentliche Sicherheit bedroht war, sämtliche Versammlungen der polizeilichen Genehmigung unterworfen werden könnten. Kommission und Reichstag beschlossen, daß eine Ausnahme von dieser Bestimmung für die Wahlen zum Reichstag oder zu einer Landesvertretung eintreten solle. Der Senat zu Hamburg umging aber diese Vorschrift dadurch, daß er, gestützt auf eine landesgesetzliche Bestimmung, auch solche Versammlungen verbot. So konnte während der ganzen Dauer des Sozialistengesetzes, ausgenommen für die Reichstagswahl im Februar 1890, als bereits feststand, daß das Gesetz Ende September fallen würde, die Sozialdemokratie dort keine einzige Wahlversammlung abhalten. Genützt hat diese Maßregel des Hamburger Senats nichts; denn unter der Herrschaft des Gesetzes fielen sämtliche drei Wahlkreise in die Hände der Sozialdemokratie und verblieben ihr.

Eine andere Änderung und auch Verbesserung des § 20 beziehungsweise 28 bestand darin, daß über jede auf Grund des erwähnten Paragraphen getroffene Anordnung dem Reichstag sofort beziehungsweise bei seinem nächsten Zusammentritt Rechenschaft gegeben werden müsse über die Gründe, die zu ihrem Erlaß geführt. Durch diesen Beschluß wurde zwar nirgends die Verhängung des kleinen Belagerungszustandes verhindert, aber er gab uns die Möglichkeit, Jahr für Jahr bei Besprechung solcher Maßregeln die Handhabung des Gesetzes zu kritisieren. Die Sozialistengesetzdebatten wurden damit Regel.

Die zweite Beratung des Entwurfs begann im Plenum am 9. Oktober. Das Zentrum gab durch den Mund seines Vorsitzenden die Erklärung ab, es werde gegen den Gesetzentwurf stimmen. Obgleich entschiedener Gegner der Sozialdemokratie, hieß es in der Erklärung, könne es nicht einem Ausnahmegesetz zustimmen, das die Rechtssicherheit der Staatsbürger in Frage stelle, mit den verwerflichen auch berechtigte Bestrebungen treffe und das polizeiliche Ermessen an Stelle des richterlichen Urteils setze. Für ein allgemeines Rechtsgesetz, das gegenüber den immer stärker hervortretenden Gefahren im Reich eine Erweiterung des Strafgesetzes in bezug auf Ausschreitungen der Presse, der Vereine und Versammlungen herbeiführe, sei es zu haben. Auch erwarte es, daß nunmehr positive Maßregeln ergriffen würden, um den unleugbar vorhandenen und weit verbreiteten Mißständen im wirtschaftlichen und sozialen Leben, namentlich dem des Arbeiterstandes, abzuhelfen, »damit Gerechtigkeit, Gottesfurcht und Friede, insbesondere auch Friede auf dem staatlich-kirchlichen Gebiet im Reich zur vollen Herrschaft gelangen.«

Im Grunde genommen wollte also das Zentrum noch mehr, als das Sozialistengesetz ihm bot; es wollte die allgemeine Verschärfung der Gesetze, die allgemeine Reaktion.

Der erste Redner für die Vorlage war der Abgeordnete Freiherr Marschall v. Bieberstein, der spätere Staatssekretär des Auswärtigen Amtes und zuletzt Gesandter in Konstantinopel und London. Marschall, eine große, stattliche Persönlichkeit, war zu jener Zeit Staatsanwalt in Mannheim, wo er als öffentlicher Ankläger auch wiederholt gegen Parteigenossen auftrat, so unter anderem gegen Franz Joseph Ehrhart. Diese Anklage gab Veranlassung zu einer heiteren Episode. Ehrhart war angeklagt, ein Plakat verfaßt zu haben, auf dem ich als Kandidat der Mannheimer Parteigenossen den Wählern des Mannheimer Wahlkreises mit den Worten empfohlen wurde, ich sei ein tapferer Volksmann, der wegen seines Kampfes für Volksfreiheit und Volksrecht zu zwei Jahren Festung verurteilt worden sei. Es handelte sich um die Reichstagswahl im Januar 1877. Herr v. Marschall sah als Staatsanwalt in dieser Behauptung eine entstellte Tatsache, wodurch eine Anordnung der Obrigkeit wider besseres Wissen verächtlich gemacht werde. Er klagte Ehrhart auf Grund des § 131 des deutschen Reichsstrafgesetzbuchs an und beantragte gegen den blutjungen Sünder eine exemplarische Gefängnisstrafe. Denn ich sei nicht wegen meines Kampfes für politische Freiheit, sondern wegen Vorbereitung zum Hochverrat verurteilt worden. Schon wollte der Gerichtsvorsitzende die Verhandlung schließen, als Ehrhart sich mit der Bemerkung das Wort erbat, daß er als Angeklagter doch auch etwas zu sagen habe. Er erhielt es, worauf er seine kurze, im reinsten Pfälzer Dialekt gehaltene Verteidigungsrede mit den Worten schloß: »Meine Herren Richter, glauben Sie dem da oben (dem Staatsanwalt) nichts, der macht aus einem Läusle einen Elefanten«. Marschall griff rasch nach der Zeitung, die er vor das Gesicht hielt, um das Lachen zu verbergen. Der Gerichtshof aber glaubte dem Staatsanwalt und schickte Ehrhart auf drei Monate ins Gefängnis. Sein späteres Verhalten sprach dagegen, daß die Strafe eine erzieherische Wirkung auf ihn ausgeübt hatte.

Im Gegensatz zu seinen scharfmacherischen Parteigenossen war Herr v. Marschall ein Gemäßigter. Er sprach sich für ein Gesetz von kurzer Dauer aus, mit dem man den beabsichtigten Zweck wohl erreiche. Ihm folgte Sonnemann, der sich gegen das Gesetz erklärte. Bismarck, der noch aus der Zeit des Krieges von 1866 einen Span auf Sonnemann hatte, antwortete diesem.

Ich bin im Zweifel, wen Bismarck persönlich mehr haßte, ob Eugen Richter oder Sonnemann. Ich glaube den letzteren, denn Eugen Richter war trotz aller Opposition immer ein guter Preuße, aber in Sonnemann haßte er den süddeutschen Antipreußen, den »Republikaner«, von dessen Organ der »Frankfurter Zeitung«, er behauptete, daß es mehr mit der französischen Republik als mit dem Deutschen Reich sympathisiere. So kam es denn, daß, als bei der Reichstagswahl im Jahre 1884 Sonnemann mit unserem Kandidaten Sabor in die Stichwahl kam, Bismarck auf eine Anfrage der Frankfurter Nationalliberalen, wen sie wählen sollten, antworten ließ: »Fürst wünscht Sabor.« Und Sabor wurde gewählt.

Bismarck hatte, wenn er einmal in Kampfstimmung war – und an jenem Tage besaß er sie –, die Gepflogenheit, sich wenig an den zur Beratung stehenden Gegenstand zu halten. Um seinem Herzen Luft zu machen, sprang er alsdann von einem Gegenstand zum anderen und schlug auf den Gegner los, der ihm im Wege stand. Oftmals zur Verzweiflung des Präsidenten, der nicht wagte, ihn zu unterbrechen, dann aber auch nicht verhindern konnte, daß die Angegriffenen sich wehrten und so eine Debatte entstand, die weit über den Rahmen des zu verhandelnden Gegenstandes hinausging. So auch diesmal.

Nachdem er sich mit Sonnemann auseinandergesetzt, rückte er uns zu Leibe. Ehemals sei Frankreich das Versuchsfeld für den Sozialismus gewesen; nach dem Niederschlagen der Kommune sei es Deutschland geworden. Dann klagte er: die Deutschen seien geborene Kritiker, die an der Diskreditierung der Behörden und Institutionen ihre helle Freude hätten. Das treffe namentlich auf die Fortschrittspartei zu, die in den großen Städten den Boden für uns gelockert habe; sie sei die »Vorfrucht der Sozialdemokratie«. Dann fiel er aufs neue über uns her, verurteilte die Art unserer Agitation und wie wir die Massen in unser Garn lockten. Weiter klagte er über die Milde unserer Strafgesetzgebung, die Gutmütigkeit der Richter, über die Freizügigkeit, die Verführung der Massen durch die Vergnügungen in den großen Städten. Seine Rede war eine Jeremiade, die den Junkern und Junkergenossen aus der Seele kam. Aber sie enthielt keine Spur von staatsmännischer Einsicht in das Wesen und Getriebe der bürgerlichen Welt, in dem doch die Wurzeln liegen für all das, was er beklagte, und das die Sozialdemokratie zu einer naturnotwendigen Erscheinung des öffentlichen Lebens machte, mit der er rechnen mußte.

Des weiteren klagte er über die Spaltungen in den bürgerlichen Parteien, über den Mangel an Vertrauen und Entgegenkommen von jener Seite. Seine Rede klang in die Aufforderung aus, sich zu einer Phalanx zusammenzuschließen, die sich in allen Teilen gegenseitig vertraue, so daß das Reich allen Stürmen gewachsen sei und ihnen einen wirksamen Widerstand entgegenzusetzen vermöge. Diese Aufforderung war nach alledem, was sich Bismarck selbst im gegenseitigen Ausspielen der Parteien geleistet und sich selbst noch in dieser Rede zur Erreichung seiner Zwecke geleistet hatte, dem Hause doch ein zu starkes Stück. Er schloß seine Rede ohne das geringste Zeichen von Beifall.

Den nächsten Tag erhielt Hasselmann Gelegenheit, auf die Angriffe und Provokationen Bismarcks zu antworten. Er tat dies in einem großen Teil seiner Rede mit unleugbarem Geschick. Zum Schlusse verfiel er aber selbst in eine Provokation. Auf den Angriff Bismarcks in seiner vorletzten Rede gegen mich antwortete Hasselmann: Wir schleifen keine Dolche für den Fürsten Bismarck, wir verachten den Dolch, der von hinten trifft; wenn wir kämpfen, kämpfen wir Brust an Brust, aber wenn man für uns Kugeln gießt und Bajonette schleift, dann sagen auch wir: »Wenn wir in einer solchen Weise unter der Tyrannei einer Gesellschaft von Banditen existieren sollen ...« Darauf großer Sturm in der Versammlung. Der Präsident rief Hasselmann zur Ordnung wegen angeblicher Provokation zum Aufruhr. Hasselmann fuhr fort: »Nicht ich bin es, der provoziert; ich habe zur Genüge gesagt, daß ich den Weg des Friedens vorziehe (Lachen), ja ich ziehe ihn vor; ich bin aber auch bereit, mein Leben zu lassen. Fürst Bismarck möge auch einmal an den 18. März denken.«

Löwe-Kalbe, der Hasselmann als Redner folgte, äußerte: Ich danke dem Herrn Redner, daß er das System Bebel in der Verteidigung seiner Sache verlassen hat und offen mit der Sprache herausgegangen ist. Herr v. Bennigsen, der jetzt ebenfalls das Wort ergriff, suchte durch lange Ausführungen den vernünftigen Standpunkt, den er bei der ersten Ausnahmegesetzvorlage nach dem Hödel-Attentat eingenommen hatte, zu verwischen. Er sagte jetzt: Vater, verzeihe mir.

Im Verlauf der zweiten Lesung wurden die Debatten immer erregter. Die gesamten bürgerlichen Parteien schickten ihre besten Kräfte vor, um ihren Standpunkt zu verteidigen. Von unserer Seite nahmen Bracke, Fritzsche, Hasselmann, Liebknecht, Reinders und ich, die meisten von uns mehreremal das Wort. Eine lebhafte Szene rief Bracke hervor bei Beratung des § 4 der Vorlage, der später § 8 des Gesetzes wurde, der von der Auflösung der Vereine handelte und die Bestimmung enthielt, daß die Beschwerde gegen ein Verbot eines Vereins keine aufschiebende Wirkung habe. Gegen diese Bestimmung sprach sich Bracke in seiner kurzen Rede besonders scharf aus. Dann plötzlich aus der Konstruktion der Rede fallend, rief er in den Saal hinein: »Meine Herren, ich will Ihnen sagen, wir pfeifen auf das ganze Gesetz!«

Wir brachen in stürmischen Beifall aus, der größte Teil des Hauses tobte vor Entrüstung, und der Präsident erteilte Bracke einen Ordnungsruf; draußen aber im Lande jubelte die Partei über diese drastische Kennzeichnung unserer Stellung zum Gesetz.

Am 18. Oktober begann die dritte Lesung des Gesetzentwurfs. Der Abgeordnete v. Schorlemer Alst erklärte sich namens des Zentrums noch einmal scharf gegen den Entwurf: Wer wie wir unter solchen Ausnahmegesetzen gestanden hat, kann nun und nimmermehr für ein Ausnahmegesetz stimmen. Das war schön gesagt. Es kam aber bei späteren Beratungen über die Verlängerung des Gesetzes anders; auch im Zentrum fanden sich immer mehr Stimmen für dasselbe, oder man blieb der entscheidenden Sitzung fern, um eine Mehrheit für die Verlängerung zu sichern.

Von unserer Seite nahm noch einmal Liebknecht das Wort, um in nachdrücklichster Weise das Gesetz zu bekämpfen, wohl wissend, wie er gleich bei Eingang seiner Rede bemerkte, daß die Würfel der Entscheidung bereits gefallen seien. Er rede nur, um seine Pflicht zu tun. Er schloß mit den Worten: »Der Tag wird kommen, wo das deutsche Volk Rechenschaft fordern wird für dieses Attentat an seiner Wohlfahrt, an seiner Freiheit, an seiner Ehre«. Den 19. Oktober fanden zwei Sitzungen statt; die Mitglieder drängten, nach Hause zu kommen. Die erste wurde um 10 Uhr 30 Minuten, die zweite um 2 Uhr 15 Minuten eröffnet. Die letztere diente ausschließlich der namentlichen Abstimmung. Während derselben herrschte atemlose Stille. Alsdann verkündete der Präsident das Resultat. Es hatten an der Sitzung 370 Abgeordnete teilgenommen – das Haus zählt 397 –, von denen 221 mit Ja, 149 mit Nein stimmten. Das Mehr betrug also 72 Stimmen. Alsdann erhob sich Bismarck und verlas die kaiserliche Botschaft, durch die die Session geschlossen wurde. Aber er begnügte sich nicht damit; er richtete an das Haus noch eine Ansprache. Er gebe der Befriedigung Ausdruck, äußerte er, daß ungeachtet großer Meinungsverschiedenheiten, die sich zu Anfang der Beratung herausgestellt hätten, eine für alle zustimmenden Teile befriedigende Lösung gefunden worden sei. Sollte das Gesetz im Verlauf seiner Wirksamkeit ergeben, daß es seinen Zweck nicht erreiche, so würden sich die verbündeten Regierungen wieder vertrauensvoll an den Reichstag wenden, um entweder eine Verschärfung des Gesetzes oder eine Reform der Allgemeingesetzgebung, die er für den besseren Weg halte, zu erreichen. Die verbündeten Regierungen hegten alsdann die Hoffnung, daß, nachdem sie durch loyale Handhabung des Gesetzes das Vertrauen des Reichstags gerechtfertigt hätten, die Hilfe und der Beistand des Reichstags ihnen nach Maßgabe der Bedürfnisse nicht fehlen werden.

Die Versicherung, man werde das Gesetz loyal handhaben, klang wie Ironie. Ein Gesetz, das dem Ermessen der Behörden alle Tore und Türen öffnete, war ein Freischein für die Willkür. Das sollte sich bald genug zeigen. Und Bismarck war der erste, der jede Willkürmaßregel, sobald sie sich gegen uns richtete, verteidigte und rechtfertigte.

Nachdem er alsdann die Sitzungen des Reichstags für geschlossen erklärt hatte, brachte der Präsident das übliche Hoch auf den Kaiser aus. Wir hatten uns mittlerweile aus dem Saal entfernt und verließen, wenn auch als Geschlagene, guten Mutes das Haus, hoffend, der Tag werde kommen, wenn auch erst nach schwerer Zeit, an dem wir als Sieger zurückkehrten. Ich leugne nicht, mich packte der Ingrimm, als ich nach Hause fuhr. Ich nahm mir in jener Stunde vor, soweit es an mir läge, alles aufzubieten, um die Wirksamkeit des Gesetzes zu durchkreuzen, und ich habe mein mir gegebenes Wort redlich gehalten.

Unsere Feinde hatten es eilig. Am nächstfolgenden Tage wurde bereits das Gesetz verkündet. Es trat den 21. Oktober in Kraft.

Die nächsten Wirkungen des Gesetzes

Sobald der Reichstag am 17. September die erste Lesung beendet hatte und der Entwurf in die Kommissionsberatung ging, fuhr die Fraktion nach Hamburg, um dort mit dem Parteiausschuß zu beraten, welche Maßnahmen nach Inkrafttreten des Gesetzes ergriffen werden sollten. Im Ausschuß herrschte keineswegs eine gehobene Stimmung. Seit Auer von Hamburg nach Berlin übergesiedelt war, um in die Redaktion der »Freien Presse« einzutreten, war August Geib die einzige Person von Bedeutung in dem fünfgliedrigen Ausschuß. Geib fühlte sich infolgedessen isoliert und ohne eigentliche Stütze in einem Kampfe, wie er jetzt zu erwarten war. Auch war Geib, obgleich ein Mann von hoher Intelligenz, untadeliger Rechtschaffenheit und großer Sachkunde, der die Geschäfte mit Kaltblütigkeit und Ruhe erledigte, keine eigentliche Kampfnatur. Dem Feinde die Zähne zu zeigen und jedes Mittel anzuwenden, das ihm eine Niederlage beibringen konnte, das lag nicht in seinem Wesen. Dazu kamen noch zwei Umstände, die uns damals nicht bekannt waren, aber sein Verhalten erklärlich machten. Geib war herzkrank, wie sein baldiger Tod uns zeigte und ich gelegentlich einer Haussuchung bei ihm wahrnahm, der ich als unfreiwilliger Zeuge beiwohnte. Dann aber stellte sich auch zu unserer aller Überraschung nach seinem Tode heraus, daß seine materielle Lage nicht so war, wie man sie einschätzte. Er schien mäßig wohlhabend zu sein und ein Geschäft (Leihbibliothek) zu besitzen, das seinen Mann gut nährte. Das gemütliche Heim, das er sich mit Hilfe seiner Frau zu schaffen wußte, und die Gastfreundschaft, die er übte, unterstützten diese Auffassungen. Das war aber ein Irrtum. Hätte er zum Beispiel noch die Zeit der Verhängung des kleinen Belagerungszustandes über Hamburg-Altona erlebt und wäre er dann als erster mit ausgewiesen worden, er wäre finanziell zusammengebrochen, und was dieses für den außerordentlich feinfühlenden Mann bedeutete, kann man sich vorstellen. Geib hätte also auch die Arbeitslast nicht leisten können, die ihm unter dem Gesetz, wenn auch nicht mehr als offiziellem Ausschußmitglied, erwuchs. An Gehalt war ebenfalls nicht zu denken.

Das alles mochte sich Geib sagen, und so erklärte er zu unserer unangenehmen Überraschung, daß er unter allen Umständen sein Amt niederlege und die Meinung habe, man solle die Partei auflösen, noch bevor das Gesetz in Kraft getreten sei, damit sie von der Polizei nicht aufgelöst werde. Mit Geibs Rücktritt war aber Hamburg als künftige Zentralstelle unmöglich.

Es gab zwischen uns und Geib eine lebhafte Auseinandersetzung. Es wurden die verschiedensten Vorschläge gemacht, wie man ihm seine Tätigkeit erleichtern könne. Er blieb aber bei seinem Vorsatz. Darauf erklärte ich, es sei doch ein Ding der Unmöglichkeit, daß die Partei keinen Zentralpunkt mehr habe, an den sich die Genossen in ihren Nöten um Rat und Hilfe wenden könnten. Lehne Hamburg ab, so schlüge ich Leipzig vor, und ich sei bereit, die Stelle Geibs als Kassierer von Mitteln, die zu schaffen angesichts der kommenden Opfer mir jetzt die wichtigste Tätigkeit zu sein schiene, zu übernehmen. Dementsprechend wurde beschlossen. Darauf händigte mir Geib die letzten 1000 Mark ein, die er noch in der Kasse hatte. Das war der Grundstock für meine künftige Tätigkeit als Finanzminister unter dem Sozialistengesetz.

Auch dem Drängen Geibs, sofort die Partei für aufgelöst zu erklären, da er nicht mehr sein Amt verwalten wolle, mußten wir nachgeben; denn es wäre eine Lächerlichkeit gewesen, für eine Galgenfrist von wenig Wochen noch einen provisorischen Ausschuß einzusetzen, bis die polizeiliche Auflösung erfolgte. So wurde denn beschlossen, mit einer Proklamation an die Partei heranzutreten und sie für aufgelöst zu erklären. Aber die Art, wie dies geschah, erregte Unzufriedenheit. Statt daß der Ausschuß oder das Zentralwahlkomitee, wie der Ausschuß genannt wurde, seit dem Tessendorf das Verbot der Parteiorganisation für Preußen durchgesetzt hatte, sich selbst in einer Proklamation an die Partei wendete, die Organisation für aufgelöst erklärte, ihre Ratschläge für ferneres Wirken machte und ihr Mut zusprach, erschien im »Vorwärts« eine Bekanntmachung des Sekretärs Derossi, die an Trockenheit des Tones und Schwächlichkeit des Inhalts kaum übertroffen werden konnte. Erst auf unsere Einsprache, daß die Bekanntmachung des Sekretärs nicht genüge und der Ausschuß mit der Namensunterschrift seiner Mitglieder die Parteiorganisation für aufgelöst erklären möge, erschien eine solche, datiert vom 15. Oktober, im »Vorwärts« vom 21. Oktober.

Aber diese Proklamation verbesserte die Stimmung nicht. Das Komitee erklärte, daß es seine Auflösung der Polizeibehörde angezeigt habe, es also von jetzt ab eine zentralistische Organisation der Partei nicht mehr gebe, sonach auch keine planmäßige Organisation mehr. Damit sei es vorüber. Auch für Geldsendungen habe man keine Verwendung mehr. Man solle solche nicht mehr an Geib adressieren. Man ging noch weiter und forderte, daß, wenn noch irgendwo eine Parteimitgliedschaft bestehe, diese sich sofort auflösen sollte. Der Aufruf schloß: Einig in der Taktik, auch zur Zeit der Bedrängnis, sei die Gewähr für eine bessere Zukunft.

In der Hamburger Zusammenkunft war man einmütig der Ansicht, die Schläge abzuwarten, die nach Verkündung des Gesetzes gegen die Partei geführt würden, und danach seine Maßnahmen zu treffen. Unter keinen Umständen dürfe das Feld freiwillig geräumt werden. Es sei vorauszusehen, daß in erster Linie die Partei- und Gewerkschaftsorgane der Unterdrückung verfallen würden. Es bestanden zu jener Zeit 23 politische Organe, von denen 8 sechsmal wöchentlich, 8 dreimal, 4 zweimal und 3 einmal erschienen. Daneben bestand die »Neue Welt« als Unterhaltungsblatt. Weiter erschienen 14 Gewerkschaftsblätter. Die Mehrheit dieser Blätter wurde in 16 Genossenschaftsdruckereien hergestellt.

Mit der Unterdrückung dieser Preßorgane, erwartete man, würden sofort eine Menge Personen, als Redakteure, Expediteure, Kolporteure, Verwaltungsbeamte, Schriftsetzer, Hilfspersonen aller Art, brotlos. Um für alle diese brotlos gewordenen Personen nach Möglichkeit Hilfe zu schaffen, müßte man versuchen, an Stelle der unterdrückten neue Blätter zu gründen, die sich dem Gesetz anzubequemen versuchten. Hatten doch Lasker wie der Berichterstatter der Kommission bei der Beratung des Gesetzes erklärt, daß Blätter, die ihre Haltung änderten, nicht unterdrückt werden sollten. Aber respektiert wurden diese Zusagen nicht. Neben der Neugründung von Blättern solle man sich auf die Herstellung allgemein bildender Literatur werfen. Die Gründung von Blättern sei auch geboten, weil sie die bequemste und unverfänglichste Art bilde, die Verbindung unter den Parteigenossen aufrechtzuerhalten. Gelänge es nicht, in der einen oder anderen Form Hilfe zu schaffen, dann würde eine große Zahl der führenden Personen genötigt, ins Ausland zu wandern, was ein großer Verlust für die Partei sei. Als Sozialisten stigmatisiert, fänden sie angesichts der Stimmung in den Unternehmerkreisen keine Stellung, die überdies infolge der Krise Arbeitskräfte in Mengen zur Verfügung hätten.

Daß man sehr bald auch mit einer für die Parteiverhältnisse großen
Zahl Ausgewiesener und deren dadurch in Not geratenen Familien
werde rechnen müssen, daran dachten wir zunächst nicht. Auf Grund
der Erklärungen, die während der Beratungen über den kleinen Belagerungszustand aus kompetentem Munde abgegeben wurden, hielten wir
zunächst die Verhängung desselben für unwahrscheinlich. Wir täuschten
uns. Noch ehe der Monat November zu Ende ging, wurde der kleine
Belagerungszustand über Berlin verhängt. Ihm folgte im Jahre 1880
derjenige über Hamburg-Altona und Umgegend, dann über Harburg,
Ende Juni 1881 über Stadt und Amtshauptmannschaft Leipzig usw.
Wenn bei irgendeiner unter dem Sozialistengesetz getroffenen Maßregel,
so erwies sich bei der Verhängung des kleinen Belagerungszustandes die
»loyale« Behandlung des Gesetzes als Lüge.

Sobald das Gesetz verkündet und in Kraft getreten war, fielen die
Schläge hageldicht. Binnen wenigen Tagen war die gesamte Parteipresse
mit Ausnahme des »Offenbacher Tageblatts« und der »Fränkischen Tagespost« in Nürnberg unterdrückt. Das gleiche Schicksal teilte die Ge-
werkschaftspresse mit Ausnahme des Organs des Buchdruckerverbandes,
des »Korrespondenten«. Auch war der Verband der Buchdrucker, abgesehen von den Hirsch-Dunckerschen Vereinen, die einzige Gewerkschaftsorganisation, die von der Auflösung verschont blieb. Alle übrigen fielen
dem Gesetz zum Opfer. Ebenso verfielen der Auflösung die zahlreichen
lokalen sozialdemokratischen Arbeitervereine, nicht minder die Bildungs-,
Gesang- und Turnvereine, an deren Spitze Sozialdemokraten standen,
und die deshalb für sozialdemokratische Vereine erklärt wurden, in denen, wie die Phrase im Gesetz lautete, »sozialdemokratische, auf den
Umsturz der bestehenden Staats- oder Gesellschaftsordnung gerichtete
Bestrebungen in einer den öffentlichen Frieden, insbesondere die Eintracht der Bevölkerungsklassen gefährdenden Weise« zutage getreten
seien.

Wer heute diese Phrase liest, wird sich kaum des Kopfschüttelns und
wohl auch eines Lächelns enthalten können. Aber damals war es bitterer
Ernst mit dieser Phrase. Mit einem Federzug vernichtete die Polizei, was
durch viele Jahre unter großer Mühe und Opfern aller Art aufgebaut
worden war.

Das Trümmerfeld des Zerstörten wurde erweitert durch die Verbote
der nicht periodisch erscheinenden Literatur. Die Reihe der Verbote eröffnete das Berliner Polizeipräsidium. An der Spitze der ersten Leporel-

loliste von 84 Verboten stand wie zum Hohn Leopold Jacobys »Es werde Licht«. Dem blinden Eifer, zu verbieten, fielen auch eine Anzahl Schriften zum Opfer, die mit Sozialismus nicht das geringste zu tun hatten. So zum Beispiel August Röckels »Sachsens Erhebung und das Zuchthaus zu Waldheim« und allerlei »Gereimtes und Ungereimtes« von William Spindler. Sogar die Schrift des ehemaligen österreichischen Ministers Professor Schäffle »Die Quintessenz des Sozialismus« wurde verboten, indes wurde das Verbot auf erhobene Beschwerde wieder aufgehoben.

Die Versuche, an Stelle der unterdrückten Blätter neue zu gründen, die nach Lage der Dinge außerordentlich vorsichtig redigiert werden mußten, mißlangen in den ersten Jahren fast alle. So versuchte man in Berlin nach der Unterdrückung der »Freien Presse« unter dem Titel der »Berliner Tagespost« ein farbloses Blatt zu gründen, das als Fortsetzung der »Berliner freien Presse« angesehen und sofort verboten wurde. Seine Herausgeber wurden deshalb zu einer hohen Geldstrafe verurteilt. Mit dem »Vorwärts« in Leipzig fielen eine Reihe hier erscheinender Provinzblätter: »Volksblatt in Altenburg«, »Volksblatt für den 14. sächsischen Wahlkreis«, »Muldentaler Volksfreund«, »Groitzsch-Pegauer Volksblatt« und »Voigtländische freie Presse« dem Gesetz zum Opfer. Ebenso fielen die »Mitteldeutsche Zeitung«, die »Freie Presse« und die »Neue Leipziger Zeitung«. 1879 folgten der »Leipziger Beobachter«, das »Deutsche Wochenblatt« und der »Wanderer«, als letztes Blatt wurde 1881 der »Reichsbürger« unterdrückt, nachdem zuvor noch ein kleines Witzblatt »Das Lämplein« den Weg des Sozialistengesetzes gegangen war. Nunmehr stellten wir in Leipzig auf Jahre hinaus jeden Versuch einer Blattgründung ein. Wir machten die Erfahrung, daß die Blätter stets dann verboten wurden, sobald der Abonnentenstand soweit gediehen war, daß er ihre Kosten deckte. Dadurch und durch verschiedene andere Wahrnehmungen mißtrauisch gemacht, entdeckten wir, daß wir einen Polizeispion in der Person eines unserer Expedienten im Geschäft sitzen hatten, dem natürlich sofort mit dem nötigen moralischen Fußtritt die Tür gewiesen wurde. Wir machten alsdann noch den Versuch mit einem bürgerlichen Verleger, unter dessen Firma gemeinsam ein Blatt herauszugeben. Dieses führte aber in Kürze zu Mißhelligkeiten, und so traten wir von dem Versuch zurück. Und da die gleichen Maßnahmen wie in Berlin und Leipzig fast überall gegen uns getroffen wurden, hatten wir im Lauf von wenigen Monaten für Hunderte von Existenzen und deren Familien zu sorgen. Von allen Seiten kamen die Hilferufe an uns nach Leipzig, denen wir selbst mit Aufbietung aller Kräfte nur zum kleinsten Teile gerecht werden konnten.

Parteigenossen, die damals den Ereignissen fern standen oder sich gar im Ausland in sicherer Hut befanden, haben später geglaubt, die »Untätigkeit« der leitenden Personen scharf kritisieren zu müssen. Die guten Leute, aber schlechten Musikanten hatten keine Ahnung von dem wirklichen Zustand der Dinge, die wir öffentlich nicht mit der großen Glocke bekannt machen durften. Als Entschuldigung mag für den einen und anderen dieser Kritiker dienen, daß er auf Grund des Protokolls über den Wydener Kongreß urteilte. Aber dieses Protokoll ist irreführend. Es war frisiert und mußte genau so wie später das Protokoll über den Kopenhagener Kongreß frisiert werden, wollten wir uns nicht selbst denunzieren und bezichtigen. So wurden in diesen Protokollen zwar die Angriffe gegen die Parteileitung veröffentlicht, aber was diese zu ihrer Rechtfertigung zu sagen und überhaupt Wichtiges zu berichten hatte, wurde möglichst verschwiegen oder nur abgetönt wiedergegeben. Dies diente auch zur Irreführung der Behörden.

Im ersten Bande meiner Erinnerungen schrieb ich, die Jahre 1867 bis 1871 seien die arbeitsreichsten meines Lebens gewesen, von den drei Jahren Herbst 1878 bis Herbst 1881 darf ich sagen, es waren die unangenehmsten, weil sorgenvollsten meines Lebens. Und Arbeit gab es auch im Übermaß. Da ich zu jener Zeit durch meine geschäftliche Stellung vor materieller Sorge gesichert war, im Gegensatz zu Auer, Blos, Hasenclever, M. Kayser, Liebknecht, Motteler und vielen anderen, die mehr oder weniger zeitweilig dem Nichts gegenüberstanden, was war natürlicher, als daß in erster Linie die Last der Parteiarbeit und insbesondere auch die Sorge um die Beschaffung der materiellen Mittel auf mich fiel? Eine sechzehnstündige Arbeitszeit wurde für mich die Regel.

Es galt zunächst im Hause Ordnung zu schaffen, ehe man sich auf auswärtige Unternehmungen einließ. So wiesen wir – Liebknecht und ich – ein bald nach Verhängung des Sozialistengesetzes gemachtes Angebot, uns die Mittel für ein im Ausland erscheinendes Blatt zur Verfügung zu stellen, vorläufig zurück. Ich bemerke, um keine falschen Kombinationen aufkommen zu lassen, es war nicht Karl Höchberg, der uns dieses Angebot machte. Höchberg und Otto Freytag in Leipzig und eine kleine Zahl bemittelter Personen, die damals der Partei nahestanden oder zu ihr gehörten, lieferten die Mittel, damit wir der dringendsten Not abhelfen konnten. Denn die Sammlungen durch die Partei kamen

erst allmählich in Fluß und wurden auch durch die von Ort zu Ort
wandernden Ausgewiesenen in Anspruch genommen. Und die Zahl der
Hilfsbedürftigen war namentlich in den ersten Jahren groß und wuchs
beständig.

Unter solchen Verhältnissen war der Partei das Hemd näher als der
Rock. Vor allem galt es zunächst, wieder festen Boden unter den Füßen
zu bekommen, die im ersten Sturm des Sozialistengesetzes in Deroute
geratenen Massen wieder zu sammeln und ihnen das Rückgrat zu steifen.
Es ist ebenfalls eine falsche Darstellung, als seien damals die Führer die
Kopflosen gewesen und als hätten die Massen die Partei retten müssen.
Massen und Führer sind aufeinander angewiesen, die einen können ohne
die anderen nicht wirken. Wohl gab es unter den Führern – das Wort
im weitesten Sinne genommen – mehr Marodeure und Hasenfüße, als
uns lieb war, doch die materielle Notlage der meisten entschuldigt vieles.
Aber auch in den Massen, namentlich in den mittleren und kleinen
Orten, herrschte vielfach Niedergeschlagenheit und Tatlosigkeit. Es bedurfte zahlreicher geheimer Zusammenkünfte und Versammlungen und
energischer Agitation, um die mutlos Gewordenen aufzurichten und zu
erneuter Tätigkeit anzuspornen. Und das gelang. Von dieser mühsamen,
absolut notwendigen Tätigkeit konnte und durfte man außerhalb der
Kreise der Beteiligten nichts sehen und hören lassen bei Strafe der
Selbstdenunziation.

Während wir so in voller Tätigkeit waren, aus den Trümmern, die
das Sozialistengesetz uns bis dahin geschaffen hatte, zu retten, was zu
retten möglich war, wurden wir am 29. November mit der Nachricht
überrascht, daß am Abend zuvor der »Reichsanzeiger« eine Proklamation
des Ministeriums veröffentlichte, wonach der kleine Belagerungszustand
über Berlin verhängt wurde. Dieser Hiobspost folgte am nächsten Tage
die Mitteilung, daß 67 unserer bekanntesten Parteigenossen, darunter J.
Auer, Heinrich Rackow, F. W. Fritzsche, bis auf einen sämtliche Familienväter, ausgewiesen worden seien. Einige mußten binnen 24 Stunden
die Stadt verlassen, die meisten anderen binnen 48 Stunden, einigen
wenigen räumte man eine Frist von drei Tagen ein. Die Nachricht von
der Verkündigung des kleinen Belagerungszustandes über Berlin rief eine
gewaltige Aufregung in Berlin und außerhalb hervor. Niemand konnte
sich die Gründe einer solchen Gewaltmaßregel erklären, selbst die bürgerlichen Blätter bis weit nach rechts äußerten Bedenken.

Als während der Beratung des Gesetzes bei § 28 (kleiner Belagerungszustand) der Abgeordnete Windthorst Bedenken äußerte, daß diese äußerste Maßregel leicht mißbräuchliche Anwendung finden könne, suchte ihn der Berichterstatter der Kommission, der Abgeordnete v. Schwarze-Dresden, durch die Erklärung zu beruhigen: »Es sind (für die Anwendung des § 28) ausdrücklich nur solche Fälle in Betracht genommen worden, wo ganze Bezirke oder Ortschaften durch die sozialdemokratischen Agitationen so unterwühlt sind, daß das allgemeine Bewußtsein von der Rechtssicherheit und dem Rechtsfrieden der Bürger gestört ist; daß man erwarten kann, die öffentliche Sicherheit werde durch irgendwelche gewalttätige Ausbrüche gefährdet und gestört werden; daß mit einem Wort durch die gewöhnlichen, gegen einzelne Personen möglichen Maßregeln des Landesgesetzes die Rechtssicherheit und der Rechtsfrieden nicht aufrechterhalten werden könnten.« Ähnlich äußerte sich ein anderer konservativer Abgeordneter. Wären diese Erklärungen des Berichterstatters der Kommission, des Abgeordneten v. Schwarze, ehrlich von den Regierungen als Grundbedingung für die Verhängung des kleinen Belagerungszustandes angesehen worden, man hätte ihn weder über Berlin noch über die anderen Städte im Bezirk, die später davon betroffen wurden, verhängen können. Kein ehrlicher Mann konnte behaupten, daß in jenen Städten und Bezirken Zustände vorhanden waren, wie sie der Abgeordnete v. Schwarze als Voraussetzung für die Anwendung des § 28 des Sozialistengesetzes für notwendig hielt. Es erwiesen sich eben alle jene Interpretationen und Zusagen, die man während der Beratung des Gesetzes zur Beruhigung bedenklicher Gemüter gemacht, jetzt als leere Ausreden, die keinen Pfifferling Wert hatten.

Für uns in Leipzig war durch die Berliner Massenausweisung die Situation sehr verbösert worden. Jetzt galt es aufs neue für die brot- und existenzlos gewordenen Genossen Stellung und für sie und ihre Familien während ihrer Existenzlosigkeit Mittel zum Unterhalt zu beschaffen. Auer ging nach Hamburg und fand dort an der neugegründeten »Gerichtszeitung« Stellung. Rackow, der Geschäftsführer der Berliner Genossenschaftsbuchdruckerei, wanderte nach London aus. Eine kleine Zahl der ausgewiesenen Genossen schwamm über den »großen Teich« nach den Vereinigten Staaten, die Mehrzahl kam nach Leipzig – darunter F. W. Fritzsche – und Hamburg. Um neue Mittel zu schaffen, verfaßte ich im Einverständnis mit den übrigen Komiteemitgliedern folgendes

Rundschreiben, das ich an alle mir geeignet scheinenden Persönlichkeiten sandte.

»Leipzig, Datum des Poststempels.

Geehrter Herr!

Infolge von Vorgängen, die Ihnen hinlänglich bekannt geworden sein dürften, sind eine große Anzahl von Personen heimat- und existenzlos geworden und mit ihren Angehörigen bitterster Not überantwortet.

Diese Notleidenden soweit als möglich zu unterstützen und ihnen zu einer anderweitigen Existenz zu verhelfen, dürfte ein Gebot der einfachsten Menschenpflicht sein, und erlaube ich mir deshalb im Einverständnis einer Anzahl meiner Freunde, auch an Sie die dringende Bitte zu richten, ein Scherflein für die Notleidenden beitragen zu wollen und in gleichem Sinne im Kreise Ihrer Freunde zu wirken.

Ihren Beitrag wollen Sie gütigst unter der Adresse: Herrn M. Kobitsch, Dresden, an der Frauenkirche 6 und 7, oder an Frau J. Bebel, Hauptmannstraße 2, Leipzig, einsenden.

Gewissenhafter Verwendung eingehender Beträge und diskretester Behandlung der ganzen Angelegenheit dürfen Sie sich versichert halten.

Hochachtungsvoll *A. Bebel.*«

Die vorsichtige Fassung des Rundschreibens zeigt, wie sehr wir im Dunkeln tappten. Wir mußten vorerst feststellen, wie weit wir auf Grund des Gesetzes würden gehen können, denn die Sammlung der Gelder konnte nicht verborgen bleiben. Tatsächlich erfolgte auch einige Monate später bei mir eine ergebnislos gebliebene Haussuchung und eine Anklage auf Grund des Sozialistengesetzes wegen verbotener Geldsammlungen. Ich wurde aber freigesprochen. Damals gingen die Gerichte noch nicht so weit, Sammlungen für die Ausgewiesenen zu bestrafen, später aber, als die Behörden solche Sammlungen ausdrücklich auf Grund des Sozialistengesetzes verboten, wurde die Rechtsprechung eine andere. Wir mußten jetzt die Sammlungen ausschließlich für die *Familien* der Ausgewiesenen vornehmen.

Meine Aufforderung zur Geldsammlung wurde von einem Erfolg gekrönt, den ich nicht erhofft hatte. Später, als die Handhabung des Gesetzes immer strenger wurde und die Zahl der Ausgewiesenen immer größer, veranstalteten auch einzelne Abgeordnete der Linken im Reichstag Geldsammlungen. Sogar der Abgeordnete Lasker, dem sehr bald das

Gewissen wegen seiner Zustimmung zum Gesetz schlug, beteiligte sich an einer solchen.

Die Unterbringung der Ausgewiesenen in eine Arbeitsstelle wurde uns, wie ich schon ausgeführt, sehr schwer gemacht. Die wirtschaftliche Krise befand sich noch auf voller Höhe. Ein Überangebot von Arbeitskräften war in fast allen Branchen vorhanden. Und war es einem Ausgewiesenen geglückt, eine Stelle zu erhalten, flugs erschien die Polizei und denunzierte den armen Teufel seinem Arbeitgeber, der oft widerwillig den eben erst angenommenen Arbeiter entließ. Der mußte jetzt sein Ränzel aufs neue schnüren und zum Wanderstab greifen. Für Männer in vorgeschrittenen Jahren ein hartes Los.

Die fortgesetzten Ausweisungen und die Schikanierung der Ausgewiesenen durch die Polizei hatten aber einen Erfolg, den unsere Staatsretter nicht vorausgesehen. Durch die Verfolgungen aufs äußerste verbittert, zogen sie von Stadt zu Stadt, suchten überall die Parteigenossen auf, die sie mit offenen Armen aufnahmen, und übertrugen jetzt ihren Zorn und ihre Erbitterung auf ihre Gastgeber, die sie zum Zusammenschluß und zum Handeln anfeuerten. Dadurch wurde eine Menge örtlicher geheimer Verbindungen geschaffen, die ohne die Agitation der Ausgewiesenen kaum entstanden wären. Der Vorgang erinnert an die Verfolgung der Christen in den ersten Jahrhunderten unserer Zeitrechnung durch die römischen Cäsaren und ihre Werkzeuge. In die äußersten Winkel des Reiches vor den Verfolgungen flüchtend, predigten sie überall die neue Lehre, wegen der sie verfolgt wurden, und untergruben so am meisten das Reich, das sie als Umstürzler fürchtete. Es muß ausgesprochen werden, daß die Ausgewiesenen, meist kenntnisreiche energische Männer, damals der Partei die größten Dienste leisteten und ihr doppelt und dreifach vergalten, was die Partei an finanziellen Opfern für sie bringen mußte. Das kam auch allmählich unseren Feinden zum Bewußtsein. Von den Bürgermeistern der kleinen Städte und den Landratsämtern liefen fortgesetzt Klagen bei den höheren Instanzen ein über das Unheil, das diese Ausgewiesenen in ihren Bezirken anrichteten. So kam es, daß man vom Jahre 1886 an wenigstens in Berlin nur ganz ausnahmsweise auswies. Man sagte geradezu denjenigen, die man auf verbotenen Wegen ertappte, nachdem sie ihre Strafe verbüßt: Wir weisen euch nicht aus, draußen agitiert ihr, aber hier haben wir euch unten der Fuchtel und legen euch das Handwerk.

Mit welchen Augen ich die Lage Ende 1878 beurteilte, nachdem das Gesetz etwas über zwei Monate in Kraft gewesen war, mag folgender Brief vom 12. Dezember an Vollmar zeigen, der zu jener Zeit noch im Landesgefängnis zu Zwickau wegen Preßvergehens eine lange Straftat verbüßte.

»Wenn ich Sie so lange mit einigen Zeilen von mir warten lasse, so muß ich zu meiner Entschuldigung das alte Lied wiederholen: Überhäufung mit Arbeit. Die Maßregelungen, die Ausweisungen usw. haben mir eine Menge von Arbeiten gebracht, an die ich bei Kreierung des Gesetzes nicht gedacht. Statt daß es recht stille werden sollte, habe ich mehr zu tun wie die ganzen Jahre zuvor, und zum Glück setzt mich meine längere Anwesenheit hier in die Lage, wieder erledigen zu können, was mir sonst unmöglich wäre. Wir haben jetzt alle Hände voll zu tun, um für die existenz- und heimatlos Gewordenen das Nötige aufzubringen. Doch bin ich mit dem Resultat zufrieden. Trotz der erbärmlichen Zeiten – denn die Geschäfte gehen im allgemeinen sehr schlecht, und wir haben bis jetzt den ungünstigsten Winter, den wir in den letzten Jahren gehabt – opfern die Genossen, was sie vermögen, und beschämen so jene traurigen Wichte und jenes erbärmliche Lumpengesindel, welches sich namentlich jetzt in schamlosester Weise in der Presse zeigt.

Sie haben schwerlich einen Begriff davon, wie seit Monaten unausgesetzt und selbst jetzt, wo man uns mundtot gemacht, die liberale Preßmeute mit Beschimpfungen und Denunziationen über uns herfällt. Es ist eine böse Saat, die gesät wird, und sie wird keine guten Früchte bringen.

Ihre Ausweisung ist uns natürlich bekannt, selbstverständlich werden Sie appellieren, aber ebenso selbstverständlich ohne Erfolg. Jetzt darf man sich gegen Sozialdemokraten alles erlauben, Recht und Gesetz gibt es für uns nicht.

Am heitersten sind die Entscheidungen der hohen Reichskommission auf die Beschwerden gegen die Unterdrückungsmaßregeln; die übertrumpft noch die Polizei. Nach den letzten Vorgängen in Berlin übrigens selbstverständlich.

Kayser war diese Woche auch hier, er war noch stark gelb angelaufen; er will nach Breslau.

Kann ich Ihnen in irgendeiner Weise dienen, so wollen Sie mir nur ungeniert schreiben; was zu tun möglich ist, soll geschehen. Im übrigen bewahren Sie sich die nötige philosophische Ruhe. Wären Sie jetzt in der ›Freiheit‹, so würden Sie auch viel Ärger und Verdruß haben, für uns ist Deutschland heute nur Zuchthaus.

Herzliche Grüße von uns.

Ihr *A. Bebel*.«

Erläuternd bemerke ich: Die Ausweisung, die Vollmar traf, sobald er das Gefängnis verließ, erfolgte auf Grund eines alten sächsischen Gesetzes, wonach jede mit Gefängnis bestrafte Person aus ihrem Wohnort ausgewiesen werden konnte. Von dieser Gesetzesbestimmung machte man zu jener Zeit gegen bestrafte Sozialdemokraten umfassenden Gebrauch. Insbesondere waren damals Max Kayser und Wilhelm Ufert, die durch das halbe Königreich von Ort zu Ort verfolgt wurden, die Gehetzten.

Meine Bemerkungen über die Reichskommission, über deren Wirksamkeit ich mich schon früher äußerte, mögen ergänzt werden durch einen Auszug aus den Tagebuchaufzeichnungen des verstorbenen Kultusministers Bosse, die erklärlich machen, daß diese Beschwerdekommission nicht anders handelte. Die Art ihrer Zusammensetzung sorgte dafür. Bosse schreibt unter dem 20. Oktober 1878:

»Zunächst brachte Bismarck die Ausführung des Sozialistengesetzes zur Sprache! Annahme im Bundesrat, dann sofort Vorlage an den Kronprinzen um schleunigste Publikation … Als richterliche Mitglieder der Beschwerdekommission sind ihm die Mitglieder des Obertribunals v. Grävenitz, Clauswitz, Hahn und Delius als praktisch vollkommen zuverlässig bezeichnet worden. Der Justizminister schlug noch den Obertribunalrat v. Holleben vor und benützte den Anlaß, um – wie mir schien wenig taktvoll und geschickt – die preußischen Richter überhaupt als praktisch zuverlässig herauszustreichen. Fürst Bismarck meinte, wenn die preußischen Juristen alle so wären wie der Staatsanwalt Tessendorf, dann wären sie in der Rekursinstanz zu brauchen; aber die preußischen Staatsanwälte fühlten sich meist nicht als Regierungsbeamte, sondern als souveräne Richter. Den badischen Oberstaatsanwalt Kiefer bezeichnete er als abschreckendes Beispiel. An badische Richter könne man also für die Kommission nicht denken.«

Ein zweiter Brief, den ich fünf Monate später unter dem 28. März 1879 an Vollmar über unsere Lage schrieb, lautet:

»Ihr Brief vom 23. dieses ist in meinen Besitz gelangt. Ich hätte Ihnen schon längst geschrieben, wenn ich nicht fortgesetzt mit den widersprechendsten und häufig auch unangenehmsten Arbeiten überlastet wäre

31

und infolgedessen allmählich in eine Aufregung gekommen bin, die mein Befinden zu keinem erfreulichen gemacht hat. Wenn man von allen Seiten um Rat und Hilfe angegangen wird, die volle Notwendigkeit dazu anerkennt und doch so wenig zu leisten vermag, so ist dies eine höchst unangenehme Situation. Was ich Ihnen, ich glaube schon einmal vor Monaten schrieb, die Krisis ruiniert uns materiell weit mehr als das Sozialistengesetz, gilt auch heute noch und mehr als früher in vollem Umfang. Die einzelnen Unternehmungen haben überall stetig an Halt verloren, und wenn das so fortgeht, so läßt sich mathematisch genau berechnen, wann sie aufhören, existenzfähig zu sein. Daß unter solchen Umständen namentlich bei den überall beschränkten Fonds weit mehr an eine Reduzierung als an eine Vermehrung der Arbeitskräfte gedacht werden muß, brauche ich nicht erst zu sagen.

Von unseren älteren und bekannteren Leuten sind Motteler und Kayser noch vollständig stellungslos, Wiemer hat die Fabrikation von Federhaltern aus Schilf ergriffen, Vahlteich will, da man ganz neuerdings ihn zwangsweise von hier fortgebracht – er wohnte unangemeldet hier –, in Chemnitz zur Schusterei greifen, der einarmige Seifert will es mit der Kolportage versuchen, Kayser, Hasenclever und Liebknecht werden zur Not noch hier gehalten, auf wie lange, wage ich bei dem Stand der Dinge nicht zu sagen, da die ›Neue Welt‹ bedeutend an Abonnenten verloren hat und hart am Rande des Defizits steht und die anderen Unternehmungen sich auch nur soso durchschlagen. Wie in dieser Lage für Sie passende Stellung gefunden werden soll, weiß ich bei dem besten Willen nicht. Vielleicht ließe sich mit Übersetzungsarbeiten, welche in Broschürenform gedruckt und verbreitet werden können, aber selbstverständlich nicht der Gefahr der Unterdrückung ausgesetzt sein dürfen, etwas machen. Die hiesige Genossenschaft könnte sie in Verlag nehmen; doch wird dies immerhin nur eine mäßige Hilfe abwerfen. Ich will einmal mit Liebknecht reden, ob sich für auswärts eine Korrespondenz findet. Daß Sie bei S. nicht ankommen konnten, habe ich gefürchtet, S. ist furchtbar vorsichtig, bis zur Feigheit vorsichtig.

Da fällt mir eben ein, daß Sie vielleicht eine Korrespondenz an der von Curti und Rüegg in Zürich am 1. April gegründeten ›Züricher Post‹ bekommen könnten. Als ich kurz nach Ostern dort war, waren sie mit dem Stand des Blattes zufrieden. Viel werden sie freilich nicht leisten können. Curti war früher einer der Redakteure der ›Frankfurter Zeitung‹, schreiben Sie direkt an ihn, Brief wird jedenfalls unter der Adresse der

Zeitung ankommen, und berufen Sie sich auf mich, wenn Sie ihn persönlich nicht kennen.«

Unsere Verlegenheiten waren also nicht gering, aber sie mußten überwunden werden und sie wurden überwunden. Daß die Partei scheinbar alles geduldig über sich ergehen ließ, führte irre. Dem Reichskanzler paßte diese scheinbare Fügsamkeit gar nicht, er hätte am liebsten gesehen, wir ließen uns zu Putschen hinreißen. Von der geleisteten Minierarbeit hatte er keine Vorstellung. In jenen Tagen wurde ihm die Äußerung zugeschrieben: »Man muß die Sozialdemokratie so lange schikanieren und drangsalieren, bis sie losschlägt, um sie dann gründlich ausrotten zu können.« Dieselbe Auffassung vertrat er noch gegen Ende des Gesetzes, als Wilhelm II. durch die Einberufung der internationalen Arbeiterschutzkonferenz und den bekannten Februarerlaß von 1890 andere Wege einschlug. Auch in anderen maßgebenden Kreisen, namentlich den militärischen, war der Glaube verbreitet, die Sozialdemokratie werde auf die Verkündung des Ausnahmegesetzes durch offenen Aufruhr antworten, und war überrascht, daß dies nicht geschah. Man sah darin nur einen Beweis unserer Feigheit. So erzählte mir im Frühjahr 1880 die Schwester des Philosophen Mainländer, deren persönliche Bekanntschaft ich gemacht hatte, sie sei vor kurzem einige Wochen zu Besuch in Berlin gewesen – die Dame wohnte in Offenbach – und sei bei dieser Gelegenheit in eine größere Gesellschaft gekommen, in der sich auch mehrere Gardeoffiziere befanden. Im Laufe des Abends sei die Unterhaltung auch auf die Sozialdemokratie gekommen, und da sei sie erschrocken über den Haß, den die Offiziere gegen uns bekundeten. So habe der eine geäußert: Hätten die Kerls den Mut loszuschlagen, wir wateten bis an die Knöchel in ihrem Blut.

Um aber auch die entsprechende Stimmung bei dem alten Kaiser gegen uns immer mehr zu schüren, unterhielt man ihn mit den schlimmsten Märchen über unsere angeblichen Pläne. So nur war es möglich, daß, als der alte Herr nach monatelanger Abwesenheit am 7. Dezember 1878 – neun Tage nach Verhängung des kleinen Belagerungszustandes über Berlin – dorthin zurückkehrte, er zu den ihn begrüßenden Stadtverordneten äußerte: »Es ist bewiesen, daß weitverzweigte Verbindungen bestehen, mit dem ausgesprochenen Prinzip, die Häupter der Staaten zu beseitigen.« Mit solchen Geschichten schüchterte man Wilhelm I. ebenso ein, wie man durch die gleichen Geschichten nachher unter dem Ministerium Feilitzsch Ludwig II. von Bayern vor der Sozialdemokratie ängstigte. Und man versuchte die gleichen Mittel bei Wilhelm II. anzuwenden. Mir haben Bekannte, die das kaiserliche Schloß besuchten, wiederholt berichtet, daß im Arbeitszimmer Wilhelms I. auf dessen Schreibtisch die bösesten Hetz- und Schandschriften über unsere Partei gelegen hätten. Zu welchem Zweck ist klar.

Den Herren da oben geht es wie anderen Sterblichen, sie glauben zu schieben und werden geschoben, sie glauben zu regieren und werden regiert.

Die ersten öffentlichen Lebenszeichen der Partei

In den bürgerlichen Kreisen glaubte man vielfach, wir seien mausetot. Was der Mensch gern hofft, das glaubt er. Weil wir so wenig äußere Lebenszeichen von uns gaben, was war wahrscheinlicher, als daß wir kaum noch lebten. Aber wir lebten. Als es im Februar 1879 in Breslau-West zu einer Nachwahl kam, trat auch die Partei in die Schranken, und wenn sie auch keinen Sieg erfocht und weniger Stimmen auf ihren Kandidaten vereinigte als bei der Hauptwahl im Jahre 1878, im Vergleich zu den bürgerlichen Parteien hatten wir am wenigsten eingebüßt. Ein zweiter Vorgang in Breslau zeigte in noch deutlicherem Maße, daß die Partei noch am Leben sei. Am 22. Mai war der Abgeordnete für Breslau-Ost, der Genosse Klaus Peter Reinders an der Proletarierkrankheit gestorben. Reinders, der selbst bis zum letzten Atemzuge mit Leib und Seele für die Partei tätig gewesen, dem die Partei das Höchste war, bekam eine Leichenfeier, wie sie Breslau noch nie gesehen hatte. Und der Erfolg bei der Nachwahl für ihn übertraf unsere kühnsten Erwartungen. Zwar griff mit einer bisher nie gekannten Brutalität die Polizei in den Wahlkampf ein, sie verbot zum Beispiel alle Wahlversammlungen, so daß Hasenclever, der als Kandidat aufgestellt war, und Max Kayser, der ihn im Wahlkampf unterstützen wollte, nur in einer Versammlung in der freien Gemeinde sprechen konnten. Das Resultat der Wahl am 8. Juli war engere Wahl zwischen Hasenclever und dem fortschrittlichen Kandidaten, und in dieser siegte Hasenclever mit 1200 Stimmen Mehrheit. Die Gegner waren betroffen, um so mehr begrüßte die Partei mit großer Genugtuung diesen Sieg. Der Beweis war erbracht, daß auch unter dem Sozialistengesetz allen Schikanen und Gewalttaten zum Trotz die Partei zu siegen verstand.

Dem Breslauer Sieg folgte ein schwerer Verlust für die Partei. Am 1. August starb nach kurzem Krankenlager August Geib am Herzschlag. Man darf es aussprechen, der scheinbar so robuste Mann mit dem prächtigen langbärtigen Männerkopf starb im 38. Lebensjahr als ein Opfer des Sozialistengesetzes. Ohne dessen Aufregungen, Ärgernisse und Sorgen hätte er noch viele Jahre gelebt. Die ganze Liebe und Verehrung für den Mann, der im Rate der Partei stets einer der Ersten und Besten gewesen, kam bei seinem Begräbnis zum Ausdruck. Über dreißigtausend Arbeiter folgten seinem Sarge. Hamburg, die stolzeste Feste der Partei bewies nachher, daß der Same aufgegangen, den Geib als Sämann mit ausgestreut hatte. Aus Anlaß seines Todes schrieb die Frau des schon damals schwer erkrankten Bracke an meine Frau:

»Braunschweig, den 2. August 1879.

Meine liebe Julie!

Es drängt mich, Dir heute einige Zeilen zu schreiben. Beim Empfang dieses Briefes wird es Dir gewiß auch schon bekannt sein, daß Herr Geib gestern am Herzschlag gestorben. Es tut uns sehr sehr leid, er war ein braver Mann und ein treuer, wackerer Kämpfer im Dienste der Sozialdemokratie. Mein Mann wurde heute morgen so von seiner inneren Stimmung beherrscht, daß ihm die Tränen in die Augen traten, und ich fühle es der armen Frau Geib nur zu gut nach. Sie haben keine Kinder, und so war ihr Mann ihr alles. O, es ist überwältigend, mit einem Schlage so elend in der Welt dazustehen, das Leben muß einem zu einer traurigen Einöde werden. Gestern hatten wir die große Freude, Deinen lieben Mann bei uns zu sehen. Wir machten auch einen kleinen Ausflug ins Gehölz per Wagen, denn mein Mann kann leider immer noch nicht gut gehen. Die Füße sind ihm wie gelähmt, es ist kein Leben darin. Dein Mann wird Dir's späterhin erzählen. Wieviel Angst und Sorge mir dieser Zustand macht, brauche ich Dir wohl kaum zu sagen. Man sieht keine Besserung, und das macht einen mut- und hoffnungslos. Wenn ich daran denke, wie er früher gut zu Fuß war und tüchtig marschieren konnte, und wenn ich ihn jetzt dahingehen sehe, so blutet mir das Herz. Der Gedanke, daß es ihm auch so ergehen könnte, wie dem Großpapa, will mir gar nicht aus dem Sinn, und er ist ja doch noch so jung, wieviel schwerer ist ein solches Schicksal doch für einen jungen Mann, als für jemand, dessen Lebensabend schon ziemlich weit vorgerückt ist. In acht Tagen wird mein Mann eine Kur gebrauchen in Baden-Baden. Mein

Bruder ist soeben nach Hamburg zu Geibs Begräbnis. Er wird hoffentlich Deinen guten Mann auch dort antreffen. Mein Mann hat dem Deinigen nach Hannover telegraphiert. Derselbe wird sich auch sehr erschrocken haben, wir sprachen noch über Geibs Kranksein. Für Eure freundliche Einladung tausend Dank, wie gern käme ich mal nach Leipzig, doch daran ist gar nicht zu denken. Dahingegen hat mir aber Dein Mann versprochen, daß Du mit Frida diesen kommenden Herbst uns besuchen sollst. Eine größere Freude könnte es für mich nicht geben. Wir werden uns später noch darüber schreiben. Für heute sage ich Dir Adieu, ich muß hinunter, das Abendbrot zu besorgen. Lebe recht wohl und schreibe mir bald einmal ein paar Zeilen wieder. Tausend herzliche Grüße von uns allen auch für Frida in treuer Liebe Deine

Emilie Bracke.«

Als Frau Bracke diesen Brief schrieb, ahnte sie nicht, daß ehe ein Jahr verging, sie ebenfalls Witwe war.

Dem schweren Verlust, den uns der Tod August Geibs zugefügt, folgten wieder Erfolge. Im August 1879 fanden in Sachsen die Landtagsergänzungswahlen statt, bei denen nach dem Gesetz nur ein Drittel der Wahlkreise beteiligt ist. In einem der Wahlkreise, Leipzig Land, siegte Liebknecht und in Zwickau Land Rechtsanwalt Puttrich. Ein bedeutendes Mehr an Stimmen gegen früher erhielten wir in einem der Dresdener Landwahlkreise und in einem Wahlkreise der Stadt Chemnitz. In letzterer Stadt tobte die Polizei wie besessen. So verhaftete sie kurz vor dem Wahltag zwanzig Parteigenossen, die Flugblätter und Stimmzettel falzten, und führte sie wie ein Bündel Zigarren mit einem Strick umschnürt nach dem Polizeiamt. Dort wurden die meisten der Verhafteten wieder entlassen; dagegen wurden Julius Vahlteich, der Kandidat der Partei, und einige andere wider Recht und Gesetz für mehrere Tage in Haft genommen. Eine Anklage konnte nicht erhoben werden. Zweck dieser Prozedur war, unsere Wahlagitation zu durchkreuzen. Dieser Zweck wurde durch die schnöde Rechtsverletzung, die sich die Chemnitzer Polizei zuschulden kommen ließ, auch erreicht.

Bei den Reichstagsnachwahlen in Erfurt und in Magdeburg schnitt die Partei sehr günstig ab. Diese Erfolge wirkten so niederschlagend auf die gegnerische Presse, daß ein Teil derselben jetzt befürwortend dafür eintrat, das Sozialistengesetz über den 31. Oktober 1881 hinaus zu verlängern. Anfang Januar 1880 sah Bracke sich genötigt, sein Mandat für

613

den 17. sächsischen Reichstagswahlkreis Glauchau-Meerane-Hohenstein niederzulegen. Dieser Rücktritt vom Mandat veranlaßte die gegnerische Presse zu allerlei plumpen Verdrehungen und Unwahrheiten. Bracke sollte das Mandat niedergelegt haben, weil er weder mit dem »Sozialdemokrat« einverstanden sei, noch sich in Übereinstimmung mit Liebknecht und mir befinde. Weiter hätten geschäftliche Rücksichten ihn zum Rücktritt aus der Öffentlichkeit veranlaßt. Darauf antwortete Bracke in der Nummer 15 des »Sozialdemokrat« vom 11. April 1880:

»Ich erkläre erstens: Mein Gesundheitszustand ist leider ein so trauriger, daß noch vor Weihnachten mein Arzt Dr. med. Otto Müller, wie er mir nach der seit einigen Monaten eingetretenen Besserung sagte, die ernstesten Bedenken hegte. Auch jetzt leide ich noch an periodisch auftretenden, äußerst heftigen Katarrhen, welche allein genügen, mich zum Stillsitzen zu *zwingen;* an einem rheumatischen Zustande, der mir oftmals nicht erlaubt, ohne Hilfe wenige Schritte im Zimmer zu gehen; an einem Nervenleiden, welches jede größere Anstrengung und Aufregung als gefährlich, wenn nicht tödlich erscheinen läßt. Wenn an diese Krankheit aber in Braunschweig *kein Mensch* glaubt, so muß sich die Mehrheit der Einwohner über Nacht in Tiere oder Engel verwandelt haben. Zweitens: Geschäftliche ›Rücksichten‹, wie überhaupt materielle Interessen haben mich *nie in meinem Leben* davon abgehalten, für meine Überzeugung meine Pflicht zu tun. Die Behauptung des Gegenteils bei Gelegenheit der mir jetzt auferlegten Zurückhaltung ist eine höchst leichtfertige und grobe Beleidigung. ›Auf eine Anzahl adeliger Großgrundbesitzer‹ habe ich bisher nie ›Rücksicht‹ genommen und glücklicherweise auch keine zu nehmen. Diejenigen Herren, welche bisher mit mir verkehrt, fanden offenbar Geschmack an meinen *geschäftlichen* Grundsätzen und fragten nicht nach meinem politischen Standpunkte, und diejenigen, welche sich erdreisten möchten, hiernach zu fragen, tun am besten, mir fern zu bleiben. (Bracke führte das väterliche Geschäft: Getreide- und Mehlhandlung. A.B.) Drittens: Ich bedaure allerdings *jedes* gewalttätige Vorgehen; aber die Geschichte zeigt, daß noch jedesmal die Gewalttat von oben die Gewalttat von unten erzeugte. Ich befinde mich deshalb auch mit meinen Freunden Bebel und Liebknecht wie mit dem ›Sozialdemokrat‹ in Zürich in *vollem* Einverständnis. Von einem ›Verlust‹ im ihrem Sinne kann deshalb nicht die Rede sein, wenn ich allerdings auch vorläufig zu den Ganzinvaliden gehöre.«

Diese Erklärung war Brackes letztes Hervortreten in der Öffentlichkeit. Kaum vierzehn Tage später, am 27. April, abends 8 Uhr, starb er an den Folgen eines schweren Blutsturzes im Alter von kaum 38 Jahren. Ein großes Herz hatte aufgehört zu schlagen, einer der liebenswürdigsten Menschen war nicht mehr. Die Partei hatte einen hochintelligenten, unermüdlichen, opferwilligen Parteigenossen verloren, sein Weib und seine vier Kinder einen Gatten und Vater, der mit schwärmerischer Liebe an ihnen hing, seine alten Eltern – der Vater war selbst schon jahrelang leidend – einen liebevollen Sohn. Wir, die wir ihm persönlich näherstanden, einen stets heiteren, lieben Freund und Kameraden, »einen bessern findst du nit«.

Sonntag, den 2. Mai, wurde Bracke unter enormer Beteiligung der Bevölkerung zur letzten Ruhe bestattet. Und jetzt zeigte sich wieder einmal die Polizei in ihrer ganzen Barbarei und erbärmlichen Nichtswürdigkeit; sie verbot das Tragen von Traueremblemen im Zug und jede Rede am Grabe. Das nahm aber der Feier nicht ihre Würde. Die Parteigenossen Braunschweigs schaufelten selbst das Grab zu, und ihre Frauen bestreuten den Grabhügel mit frischen Blumen, um ihn wurde ein Berg von Kränzen und Palmen aufgebaut. Jahrzehntelang war es üblich, daß die Braunschweiger Genossen am Todestage ihres unvergeßlichen Führers an seinem Grabe eine Gedächtnisfeier veranstalteten.

Nachdem Bracke sein Mandat niedergelegt hatte, wurde im 17. sächsischen Wahlkreis Ignaz Auer als Kandidat aufgestellt, für dessen Wahl ich in Nummer 5 des »Sozialdemokrat« einen Aufruf zur Geldsammlung veröffentlichte. Am 2. März siegte Auer mit 8225 Stimmen über seinen Gegner, der 7256 Stimmen erhielt. Die Beteiligung an der Wahl war eine mäßige und die Mehrheit Auers keine große. Das lag nicht an ihm. Im Winter von 1879 auf 1880 war namentlich unter den damals im Verhältnis sehr zahlreichen Handwebern die Not aufs höchste gestiegen und hatte allgemein Entmutigung im Gefolge. Die Notlage, besonders unter den Handwebern der Weberdörfer im sogenannten Mülsengrund, war eine so große, daß ich mich veranlaßt sah, über deren Lage eine Enquete zu veranstalten und, um die öffentliche Aufmerksamkeit auf die Zustände zu lenken, eine Broschüre veröffentlichte unter dem Titel »Wie unsere Weber leben«, die in zwei Auflagen erschien. Bei Bearbeitung des Materials legte ich mir wiederholt die Frage vor: Wie können diese Menschen überhaupt noch leben?

Ein anderer Umstand, der auf die Wahlbeteiligung ungünstig einwirkte, war der, daß die Behörde die Wirte bestimmte, keinen Saal zu Versammlungen herzugeben. Und als Auer dieses dadurch auszugleichen suchte, daß er von Ort zu Ort zog und in die Wirtschaften Leute zusammenrufen ließ, um in der Privatunterhaltung sich auszusprechen, hatten die Gendarmen Anweisung, ihm auf Schritt und Tritt zu folgen. Doch diese Art bornierter Staatsretterei, in der damals die sächsischen Behörden von der obersten Spitze bis zum letzten Gendarmen schwelgten, hatten, wie gezeigt, nicht den gewünschten Erfolg. Es sei hier kurz auf die unsäglichen Gemeinheiten hingewiesen, denen zu jener Zeit Auer in Hamburg seitens einer Clique Hamburger Genossen ausgesetzt war, denen Most in der »Freiheit« sekundierte. Sie beschuldigen Auer und Rackow neben anderem, sie hätten sich nach der Verhängung des kleinen Belagerungszustandes in Berlin mehr Gelder auszahlen lassen, als ihnen gebührte. Ein gewisser Krahnstöver war der Hauptwortführer für diese Beschuldigungen, welche die bürgerliche Presse mit Wollust weiter verbreitete und entsprechend glossierte. Auer und Rackow klagten gegen Krahnstöver. Der Prozeß ergab nicht das geringste, was die Ehre der beiden beflecken konnte. Die Hamburger Presse berichtete auch durchaus objektiv über den Prozeß, nur die Berliner »Post«, die damals wie heute zu den giftigsten und unfairsten Gegnern der Partei gehörte, griff Auer aufs häßlichste an. Das veranlaßte mich, dem Krahnstöver und Genossen öffentlich zu sagen, daß sie aus Haß gegen Auer ein Bubenstück an ihm verübt hätten. Da aber zu jener Zeit wiederholt solche Zänkereien mit gegenseitigen Beschimpfungen vorkamen, wobei das bemerkenswerteste war, das stets der Teil, der Unrecht bekam, ins Mostsche Lager abschwenkte, veröffentlichte ich in Nummer 7 des »Sozialdemokrat« von 1880 einen geharnischten Artikel, in dem ich ausführte:

»Es war schon früher Taktik der gegnerischen Presse, Differenzen, die zwischen einzelnen Sozialisten vorkamen, geflissentlich zu vergrößern und in ein gehässiges Licht zu stellen, in der Hoffnung, damit Mißtrauen und Spaltung in die Parteikreise zu werfen. Neuerdings hat sich diese Taktik mehrfach wiederholt. Die sozialistenfeindliche Presse hofft jetzt eine Spaltung mit um so größerem Erfolg herbeiführen zu können, da durch das Ausnahmegesetz die Parteipresse und das Versammlungsrecht in Deutschland unterdrückt sind und es damit uns unmöglich gemacht wurde, Angriffe und Verdächtigungen zurückzuweisen und die gegnerische Taktik gebührend an den Pranger zu stellen. Um so mehr muß es

sich jeder Parteigenosse zur Pflicht machen, im Kreise der Gesinnungsgenossen der Verbreitung gehässiger Darstellungen entgegenzuwirken
und, wo er selbst nicht genügend unterrichtet ist, durch Anfrage bei
solchen Genossen, von denen er weiß, daß sie besser unterrichtet sind,
sich Aufklärung zu verschaffen. Solange die sozialistische Partei besteht,
hat es keine Zeitperiode gegeben, in welcher das Gefühl der Solidarität
aller so notwendig gewesen ist wie gegenwärtig. Wird dieses Gefühl ab-
geschwächt oder wird es dadurch untergraben, daß einzelne, sei es aus
persönlicher Gehässigkeit gegen diesen und jenen oder aus angeborener
Klatsch- und Händelsucht, sich zum Mundstück perfider Anklagen
hergeben, so hört die Partei auf zu sein, was sie ist, sie wird eine Clique,
von der sich schließlich die, welche es ehrlich mit der Sache meinen,
aus Ekel zurückziehen, wohingegen die unfruchtbaren und unfähigen
Skandalmacher das Feld behaupten.«

Daß aber damals jene in Hamburg systematisch betriebenen Stänkereien auf die große Masse der Hamburger Genossen keinen Einfluß
hatten, zeigte sich bei einer Reichstagsnachwahl im zweiten Hamburger
Wahlkreis. Hier wurde am 27. April 1880, dem Todestag Brackes, unser
Kandidat Hartmann mit 13158 Stimmen in den Reichstag gewählt, das
heißt mit der höchsten Stimmenzahl, die wir bisher in diesem Kreise
gehabt. Seit jenem Tage ist der Wahlkreis ununterbrochen im Besitz der
Partei verblieben, dessen Vertreter seit den Reichstagswahlen von 1881
der Genosse H. Dietz ist. Most, der beständig gegen das Wählen eiferte,
begleitete den Sieg Hartmanns mit folgender Glosse: »Die Hamburger
Spießbürger wollten einmal eine Abwechslung haben, darum schickten
sie an Stelle des (liberalen) Maurermeisters Bauer den Schuhmacher
Hartmann nach Berlin. Das ist alles.« Solche Ruppigkeiten waren bei
Most Gewohnheit geworden.

Die Gründung der illegalen Parteipresse

Illegal, gesetzwidrig vom Standpunkt des Sozialistengesetzes aus, legal,
gesetzlich im Ausland, wo sie erschien. Im Ausland empfanden unsere
Parteigenossen nach Vernichtung der sozialistischen Presse in Deutschland zunächst das Bedürfnis nach einem sozialdemokratischen Blatt,
denn was nach Verhängung des Sozialistengesetzes noch an Blättern
erschien, konnte ihnen am wenigsten genügen. Die Zahl der deutschen

Sozialisten in den großen und größeren Städten des Auslandes: London, Paris, Brüssel, Zürich, Basel, Genf usw. und ebenso in den Vereinigten Staaten war zu jener Zeit eine ungewöhnlich große. Die seit 1874 währende Krise und die Verfolgungen unter dem Sozialistengesetz hatten viele Tausende unserer Parteigenossen brotlos gemacht und ins Ausland getrieben. In welch riesigem Maße allein die überseeische Auswanderung wuchs, zeigen folgende Zahlen: 1879 war die Zahl der Auswanderer aus dem Deutschen Reich 51763, 1880 149769, 1881 247332, 1882 231943, 1883 201314. Wieviel Tausende jener Auswanderer Sozialisten waren, läßt sich nicht feststellen, aber groß war ihre Zahl und sie wuchs beständig. Nicht nur durch die steigende Zahl der Ausgewiesenen aus den Belagerungszustandsgebieten, auch aus dem übrigen Lande. Überall waren die Sozialisten für die Polizei Edelwild, und jeder polizeiliche Schubjack, und ihre Zahl war groß, der auf Anerkennung und Avancement rechnete oder auf Nachsicht seiner Vorgesetzten für begangene schlechte Streiche hoffte, wußte, daß er als Sozialistenverfolger auf seine Rechnung kam. Eine Zusammenstellung der polizeilichen Willkürlichkeiten und Schandtaten aus jenen Jahren gäbe ein dickes Buch.

Durch diese Verfolgungen vielfach ins Ausland getrieben, wurden dort überall die Kader der deutschen Sozialistenvereine gefüllt. Und diese Vereine wurden im Laufe der Jahre für die Partei eine wesentliche Stütze, indem sie die illegale Presse und Literatur verbreiteten und Mittel sammelten für die verschiedenen Zwecke, die die Partei im Reich zu erfüllen hatte.

Aber auch in Deutschland wuchs mit der Dauer des Ausnahmegesetzes das Bedürfnis für ein prinzipiell gehaltenes Blatt. Es wurde unmöglich, ohne ein solches auszukommen. Einmal der prinzipiellen Aufklärung wegen, die von den im Inland erscheinenden paar Blättern nicht geleistet werden konnte und durfte. Dann der Kritik wegen, die an den polizeilichen und gerichtlichen Taten zu üben war. Drittens wegen der Verständigung über die innezuhaltende Taktik, die sich als notwendig erwies. Endlich viertens, um den Parteigenossen Mitteilungen und Ratschläge zugängig zu machen, die bei den bestehenden Zuständen auf andere Weise nicht gemacht werden konnten.

Das erste Blatt, man darf im diesem Falle Blättchen sagen, das im Ausland erschien, war die von Karl Hirsch herausgegebene »Laterne«. Das Format – 10 Zentimeter lang, 7 Zentimeter breit – war darauf berechnet, das Blatt in den damals üblichen Briefkuverts zu verschicken.

Karl Hirsch, der seit 1874 in Paris lebte, war dort ausgewiesen worden und nach Breda in Belgien gegangen, wo er die »Laterne« herausgab. Inhaltlich war das Blättchen nicht nur dürftig, es entsprach auch im Tone nicht dem Bedürfnis der Leser. In der Nummer vom 11. Mai 1879 wandte sich Hirsch gegen die in Deutschland angeblich grassierende Abwiegelei. »Da wurde in alle Teile Deutschlands herumgeschrieben, herumgetuschelt, herumgereist, um nur ja die Genossen von der Unterstützung und sogar vom Lesen der auswärtigen Blätter abzuhalten.«

Das war Schwarzseherei. Mir ist von diesen Wühlereien nichts bekannt geworden. Daß er Max Kayser in einer unschönen, beleidigenden Weise kritisierte wegen einer seiner Reden im Reichstag, mißbilligten wir alle, obgleich die meisten von uns mit der kritisierten Rede Kaysers nicht einverstanden waren. Aber ein Grund zur Bekämpfung des Blattes war dadurch für uns nicht gegeben. Unsere Unterstützung fand es allerdings auch nicht, weil es in der vorliegenden Form nicht dem Bedürfnis entsprach.

Anders lagen die Dinge mit der Mostschen »Freiheit«, deren erste Nummer Ende Dezember 1878 in London erschien.

Most war am 9. Dezember 1878 aus Plötzensee entlassen worden, nachdem also das Sozialistengesetz seit anderthalb Monaten und der kleine Belagerungszustand über Berlin seit elf Tagen in Kraft getreten waren. In Berlin konnte daher seines Bleibens nicht sein. Er reiste zunächst nach Braunschweig, wo, wie er glaubte, Bracke einen Redakteur suchte für sein unpolitisches Unterhaltungsblatt, das er gegründet, nachdem sein politisches Organ der »Braunschweiger Volksfreund«, unterdrückt worden war. Most fand die Stelle besetzt. Er ging nunmehr nach Hamburg, wo an Stelle des unterdrückten »Volksblatts« seit dem 10. November die »Gerichtszeitung« erschien. Aber hier, wo Auer, Blos und andere beschäftigt waren, fand er ebenfalls kein Unterkommen. Darauf entschloß er sich, dem Beispiel anderer zu folgen und nach den Vereinigten Staaten auszuwandern. Auf der Reise dahin in London angekommen, wurde er im Kommunistischen Arbeiterbildungsverein namentlich von seinem Freund Franz Ehrhart bestimmt, dort zu bleiben. Franz Ehrhart war es auch, der nach seiner Darstellung im »Pfälzer Kalender« den Vorschlag machte, ein Blatt herauszugeben, ein Vorschlag, der die Zustimmung Mosts und des Kommunistischen Arbeiterbildungsvereins fand. So entstand die »Freiheit«.

Die Herausgabe des Blattes fand statt, ohne daß man uns mit einem Worte von dem Plan unterrichtete und uns um unsere Zustimmung und Beihilfe ersuchte. Ob wir diese gewährt hätten, ist freilich eine andere Frage. Bedingung wäre alsdann wohl gewesen, daß das Blatt unter unsere Kontrolle kam und wir auf seine Haltung bestimmenden Einfluß ausüben konnten. Ohne die Erfüllung dieser Bedingung hätten wir weder das Blatt empfohlen noch irgendeine Verantwortung dafür übernehmen können. Das wußte man auch in London. So ging man auf eigene Faust vor. Anfangs wurde das Blatt leidlich vernünftig redigiert. Aber Most hätte nicht Most sein müssen, wenn Vernunft und Einsicht lange hätten bei ihm vorhalten sollen. Jedes Verantwortungsgefühl bar, von Natur zum Exzentrischen neigend, durch die aus Deutschland kommenden Nachrichten über immer neue Gewaltstreiche der Behörden immer mehr und mehr empört, ließ er sich zu immer radikalerem Vorgehen verleiten.

Bald genug kämpfte er auch mit blindem Fanatismus gegen die Partei und besonders ihre Führer, deren Taktik er nicht begriff. Was nicht mit Lärm in Szene gesetzt wurde, existierte für ihn nicht. Er begann dann in seinem Blatt mit Leidenschaft kleine Stänkereien und Zänkereien aufzubauschen, die unter der Herrschaft des Sozialistengesetzes häufiger als sonst hier und dort ausbrachen, weil die Möglichkeit geordneter Aussprache fehlte. Kritiklos öffnete er jedem Klatsch und Tratsch, namentlich wenn er sich gegen die in Deutschland lebenden Führer richtete, bereitwillig die Spalten seines Blattes und suchte durch gehässige und verletzende Glossierung den Streit zu verbösern. So konnte der »Sozialdemokrat« schon Mitte Februar 1880 ihm vorwerfen, daß sein Blatt mit Ausnahme einer kurzen Zeit seines Anfangs weit mehr der Anfeindung und Schädigung der Partei als der Bekämpfung ihrer Gegner gewidmet sei. Und dieses System gehässiger Bekämpfung wurde um so maßloser angewendet, als er die Erfahrung machen mußte, daß in der Partei bekannte und angesehene Genossen, die anfangs die Gründung seines Blattes begrüßt und für dasselbe mitgearbeitet und für seine Verbreitung tätig gewesen waren, sich seit Gründung des »Sozialdemokrat« mehr und mehr von ihm zurückzogen. Schließlich fühlte er sich isoliert und wurde nach und nach ein Opfer seiner Umgebung, die seiner Eitelkeit schmeichelte und seinen Radikalismus zur höchsten Höhe anstachelte. Er konnte sich von jetzt ab in radikaler Übertreibung nicht genug tun. Die Führer in der Partei waren in seinen Augen samt und sonders dem parlamentarischen Kretinismus verfallen und zu jedem Verrat an der

Partei fähig. Insbesondere mußten Auer, Liebknecht und Vahlteich die Zügellosigkeit seines Hasses kosten, den er gegen sie vom Kontinent hinüber nach England genommen hatte. Auer, weil er Mosts Radikalismus in der Redaktion der »Berliner Freien Presse« oft den Kappzaum angelegt und ihn sein geistiges Übergewicht hatte fühlen lassen, Liebknecht, weil er nach Mosts Meinung seinen phantasiereichen Plänen gern mit leichtem Spott begegnete und ihn nicht genügend respektierte, Vahlteich endlich, weil er in ihm seit Jahren noch aus seiner Chemnitzer Zeit einen persönlichen Feind sah, der ihn nicht zur Geltung wollte kommen lassen. Auch mir blieb ein Teil gepfefferter Angriffe nicht erspart, aber ich kam verhältnismäßig noch am besten bei ihm weg. Als er mich im Herbst 1879 denunzierte, daß ich im Frühjahr eine geheime Agitationsreise durch Deutschland gemacht hätte, und ich ihn darüber gebührend zur Rede stellte, entschuldigte er sich noch mit der Ausflucht, die betreffende Notiz sei ihm im Drange der Geschäfte entgangen. Aber bald genug verlor er das Bewußtsein für die traurige Rolle, die er der Partei gegenüber spielte. Und da Menschenkenntnis nie seine Stärke war und er Schmeichlern sich leicht zugänglich erwies, nisteten sich in der Redaktion und Expedition seines Blattes Agenten des Berliner Polizeipräsidiums ein, die ihn zu allen Tor- und Tollheiten verleiteten. Das Geschimpfe auf die Fürsten und Kronenträger nahm pathologischen Charakter an; er begann Rezepte für die Anfertigung von Bomben und Sprengstoffen zu veröffentlichen und befürwortete die Propaganda der Tat, die gegenüber dem Geschwätz in den Parlamenten einzig und allein am Platze sei. Vom Herbst 1883 ab geriet er in einen wahren Blutrausch; er hetzte und stachelte zu Attentaten an, und wo seine Anhänger ein solches vollbrachten, brach er in Jubelrufe aus und pries die Attentäter als Retter der Menschheit. Wurde einer seiner Gehilfen als Polizeispitzel entlarvt, wie dies im Laufe seiner Wirksamkeit in London öfter geschah, so war das ein ihm widerfahrenes Pech, das ihn aber nicht zur Vorsicht mahnte. Diese Spitzel mochten es denn auch hauptsächlich sein, die ein gut Teil der Schuftereien, die sich im Laufe der Jahre die »Freiheit« zuschulden kommen ließ, in Szene setzten. So zum Beispiel, als Anfang 1880 die »Freiheit« unseren Genossen Heinrich Vogel in Berlin denunzierte, daß er eine aus Zürich an ihn adressierte Kiste mit dem »Sozialdemokrat« empfangen habe. Darauf wurde Vogel ausgewiesen und sein blühendes Drogengeschäft zugrunde gerichtet. An der gegen Vogel erhobenen Beschuldigung war kein wahres Wort.

Unter bewandten Umständen war es eine selbstverständliche Sache, daß wir nunmehr ebenfalls der Herausgabe eines Parteiblatts im Ausland nähertraten. Abgesehen von den schon angeführten Gründen war dies auch wünschbar, um den Lügenbeuteleien Mosts, wo notwendig, entgegenzutreten. In der Fraktion, in der ich und Liebknecht die Frage zunächst anregten, war die Meinung anfangs eine sehr geteilte. Es gab nicht wenige Mitglieder in ihr, die nach wie vor für das Temporisieren waren, die von der Gründung eines solchen Blattes ein verschärftes Vorgehen der Behörden gegen die Partei befürchteten und die bei ihnen vorhandene Hoffnung auf baldige Aufhebung des Gesetzes zu Wasser werden sahen. Diesen Auffassungen traten Liebknecht und ich entschieden entgegen. Schließlich einigte man sich, den Versuch zu machen. Das Blatt sollte in Zürich erscheinen, wobei man von der Voraussetzung ausging, daß unsere in Zürich wohnenden Genossen, der aus Berlin ausgewiesene Versicherungsinspektor Schramm, Karl Höchberg und Bernstein, sein Sekretär, dem Unternehmen ihre Unterstützung gewährten. Schweizer Genossen waren nicht vorhanden, denen wir die Ausführung übertragen konnten, und unter unseren Genossen im Deutschen Verein in Zürich fehlten ebenfalls die Kräfte. Die genannten Züricher Genossen waren aber von dem Vorschlag wenig erbaut. Bei diesen hatte eine merkwürdig katzenjämmerliche Stimmung Platz gegriffen. Schon am 15. März 1879 hatte Bernstein an Most geschrieben: »Mit Deiner Schreibweise leistest Du unserer Sache keinen großen Dienst, ebensowenig wie seinerzeit der ›Volksstaat‹ getan. Ich habe längst die Überzeugung gewonnen, daß dieser uns viel, sehr viel geschadet hat, indem er uns unnötige Feinde machte und unseren eigenen Leuten jenen albernen süffisanten Ton anlernte, der sich in seiner Unfehlbarkeit über alles erhaben dünkte und auf alles unbesehen losschimpfte. In den letzten Jahren hatte das glücklicherweise nachgelassen, und wenn Du diesen Ton wieder einführen willst, nun, so wirst Du mir wenigstens erlauben müssen, dagegen zu remonstrieren ...« Und unter dem nämlichen Datum hatte Höchberg, offenbar auf einen Brief Most, geantwortet: »Was das Abwiegeln betrifft, so tue ich das heute nicht mehr, als ich es immer getan habe; ich glaube, Sie erinnern sich, daß mir der Ton unserer Blätter, besonders des ›Zentralorgans‹ in Leipzig sehr häufig gar nicht gefallen hat, und wer weiß, ob nicht den Übertreibungen, die in Presse und Agitation öfter zutage traten, ein Teil der Schuld am Sozialistengesetz zugeschrieben werden muß.« Es war ein Glück, daß diese Äußerungen,

45

die sich nachher mit anderen deckten, auf die ich noch zu sprechen komme, nicht in die Öffentlichkeit gelangten, sie hätten bei den Parteigenossen sehr böses Blut gemacht und den Feinden Waffen geliefert.

Auf unseren Vorschlag antwortete man in Zürich mit dem Gegenvorschlag, eine durch den Hektographen hergestellte Korrespondenz zu verbreiten. Schließlich erklärte man sich mit unserem Plan einverstanden, aber großen Eifer zu seiner Durchführung entwickelte man nicht. Liebknecht war der Meinung, die Redaktion an Karl Hirsch zu übertragen, dessen »Laterne« keine Aussicht auf Bestand hatte, und ich war anfangs auch dafür. Marx und Engels waren mit der Kandidatur Hirschs ebenfalls einverstanden, wünschten aber, daß das Blatt in London erscheine, wo für seine Lebensfähigkeit die größten Garantien vorhanden seien, was in der Schweiz nicht der Fall wäre. Auch hatten Marx und Engels ein ausgeprägtes Mißtrauen gegen das Züricher Trio: Bernstein, Höchberg, Schramm, von denen sie einen ungünstigen Einfluß auf die Haltung des Blattes fürchteten. Hirsch wollte die Redaktion annehmen, verlangte aber zu wissen, ob auch die nötigen Fonds vorhanden seien, die die Existenz des Blattes sicherten. Liebknecht, der stets eine große Vorliebe für London und England hatte, war geneigt, das Blatt dorthin zu verlegen. Dagegen wehrte ich mich entschieden; wollten wir nicht nur im brieflichen, sondern auch im persönlichen Verkehr mit dem Personal des Blattes bleiben, dann wäre dies in Zürich viel leichter als in London. Außerdem sei Zürich eine Deutsch sprechende Stadt und die Angrenzung der Schweiz an die süddeutschen Staaten für den Verkehr mit unseren Genossen von unleugbarem Vorteil. Auch der Schmugglerdienst sei von der Schweiz aus leichter zu organisieren als von England aus. Daß Hirsch eine finanzielle Sicherung für den Bestand des Blattes verlangte, mißfiel mir ebenfalls. Mit einer solchen Frage hatten wir uns bisher bei Blattgründungen nie beschäftigt, das Vertrauen in die Werbekraft der Partei war so groß, daß man darüber hinwegsah. Ich war deshalb schließlich für Vollmar als Redakteur, der mir als der geeignetere erschien, und hatte bereits brieflich mit ihm darüber verhandelt. Über die Sachlage schrieb ich ihm am 17. Juli 1879 also:

»Ihr Brief hat mich nicht mehr in Berlin getroffen, er kam heute in meine Hände. Ihre Stellung anlangend, kann ich Ihnen folgendes mitteilen: Wir haben beschlossen, für das neue Blatt, das in Zürich erscheinen soll – vorausgesetzt, daß man dort darauf eingeht –, Karl Hirsch oder Sie als Redakteur in Aussicht zu nehmen. Karl Hirsch kam deshalb in

Frage, weil er seine ›Laterne‹ eingehen lassen soll und es ein Gebot des Anstandes schien, ihm in diesem Falle den Redakteurposten, der vorläufig nicht sonderlich dotiert werden könnte, anzubieten. Ich hoffe und wünsche, daß er ablehnt, da er in Paris sich besser steht (die Ausweisung Hirschs aus Frankreich war mittlerweile aufgehoben worden); die Angelegenheit muß sich in den nächsten vierzehn Tagen entscheiden. Zunächst geht Liebknecht nach Hamburg, um dort Zustimmung zu dem Plane zu erhalten, und schreibt dann nach Paris. Ich habe von anderer Seite an Karl Hirsch schreiben lassen, daß er nicht annehmen soll. Bestimmteres läßt sich vorläufig nicht sagen. Das Blatt soll spätestens Mitte August erscheinen, wenn nicht unvorhergesehene Hindernisse eintreten. Die Zusammenkunft in Böhmen (Vollmar war zu jener Zeit in Teplitz) oder sonstwo werden Sie selbst für unmöglich halten, wenn ich Ihnen schreibe, daß Vahlteich, der diese Woche sein Geschäft beginnen wollte und bereits Geld, das ich schicken sollte, dafür aufgenommen, gestern eilig nach Bremen ist, weil Höchberg erklärt, er wolle das dortige Geschäft halten, wenn V.[1] Prokurist werde. V. will von Bremen nach Hamburg, und wann er von dort zurückkehrt, davon habe ich keine Ahnung. Liebknecht geht morgen nach Breslau und von dort nach Hamburg und kommt erst Montag zurück. Kayser wollte diese Woche nach Freiberg und in den Bezirk, will aber zur Stichwahl am 18. dieses in Breslau sein, wo er nachher ist, weiß ich nicht; Wiemer befindet sich auf der Tour in Süddeutschland, ich muß Montag auf zirka sechzehn Tage fort, so bleibt von der Fraktion der einzige Fritzsche, der, soviel ich weiß, hier ist. Es ist also gar nicht möglich, irgend etwas Gemeinsames zu verabreden oder zu tun.

Die Überwachungsgeschichte müssen Sie allerdings in die Öffentlichkeit bringen, sie hat übrigens einige Ähnlichkeit mit unseren Berliner Erlebnissen, wo wir bis zur letzten Minute überwacht waren. Herzlichen Gruß von Ihrem

A. Bebel.

Sie wollen hierher Mitteilung machen, sobald Sie die Haft antreten (Vollmar hatte noch drei Wochen zu verbüßen).«

1 Vahlteich. D.H.

Ich will hier bemerken, daß die Briefe, die Vollmar an mich schrieb, mir abhanden gekommen sind, ebenso die Briefe von Engels an mich, die erst wieder vom November 1879 ab erhalten wurden.

Im Frühjahr 1879 wurde uns bekannt, daß Most, um für sein Blatt Propaganda zu machen, einen Brief an einen Züricher Genossen geschrieben hatte, in dem es hieß: »Bei Marx und Engels war ich schon wiederholt auf viele Stunden zu Besuch. Die Leute haben vor Beginn des ›Freiheit‹unternehmens zwar nicht dazu geraten, weil sie früher zu ähnlichen Versuchen zu große materielle Opfer zu bringen hatten, jetzt aber sind sie ganz damit einverstanden – auch mit der Haltung des Blattes einschließlich Schreibweise, was sich namentlich Ede (Bernstein) zur Notiz nehmen möge. Zum Unterschied jener zwei Versuche abzuwiegeln, wie sie von Leipzig und Castagnola (wo sich Höchberg und Bernstein anfangs 1879 aufhielten) aus gemacht wurden, stimmen die alten Schweden mit hundert anderen überein, welche mir bisher aus Deutschland ermunternde Briefe geschrieben haben. Weit entfernt, in puncto Lehmann und Konsorten etwas rügen zu wollen, versprachen mir die Leute, möglichst viel Material zu neuen Angriffen zu liefern, da man die Reaktion beständig reizen müsse, weil sie sonst einlenken und mithin nicht so gute Konsequenzen haben würde, wie wenn sie einen immer tolleren Koller bekommt«, was natürlich Hans in London fern von Madrid nichts schadete. Ich nehme an, daß, was Most hier über Marx' und Engels' Ansicht schrieb, der Wahrheit entsprach. Man muß festhalten, daß jener Brief vom 3. Februar 1879 datiert ist, also aus einer Zeit stammt, wo die »Freiheit« noch vergleichsweise vernünftig redigiert wurde. Most suchte aber die Zustimmung der beiden Alten über Gebühr und mit entsprechenden Übertreibungen fortwährend für sich auszunutzen, und so kamen diese Renommistereien auch zu den Ohren von Marx und Engels, was diese veranlaßte, wie der folgende Brief zeigt, bei Bracke anzufragen, was hinter der Sache stecke. Bracke wendete sich an mich, und so antwortete ich Engels in folgendem Brief:

»Leipzig, den 19. Juli 1879.

Lieber Engels!
Bracke sandte mir Ihren Brief vom 28. vorigen Monats, worin Sie um Aufklärung baten wegen der Äußerungen Mosts bezüglich Ihrer und Marxens Haltung zur ›Freiheit‹.

Soviel ich mich entsinnen kann, stammt meine Mitteilung von Bernstein in Zürich, es ist dies also dieselbe Quelle, auf die eine anderweitig an Sie gelangte Mitteilung zurückzuführen ist.

Ich möchte Ihnen nun vorschlagen, vorläufig eine Erklärung gegen Most zu unterlassen, dagegen Ihre und Marx' Meinung in anderer Weise in die Öffentlichkeit zu bringen.

Es hat sich nämlich allseitig das Bedürfnis herausgestellt, daß wir ein auswärtiges Blatt, das frei und vor allen Dingen sozialistisch schreiben kann, durchaus nötig haben. Einesteils, um eine bessere Verbindung aufrechterhalten zu können, dann aber namentlich, um Prinzipienfragen wie Fragen der Taktik ungeniert besprechen zu können. Das Blatt soll im Laufe nächsten Monats im Format und Stil des früheren ›Volksstaat‹ in Zürich erscheinen, als dem Orte, wo die Bedingungen nach reiflicher Erwägung am günstigsten vorhanden sind. Karl Hirsch soll und will die ›Laterne‹ eingehen lassen, Redakteur soll er oder Vollmar werden. Wir wollen sämtlich mitarbeiten, und soll auch die Verbreitung des Blattes möglichst organisiert werden.

Mit diesem Blatte haben wir auch die geeignete Waffe gegen Most – obgleich wir entschlossen sind, die ›Freiheit‹ mehr durch vornehmes Ignorieren als durch direkte Angriffe unmöglich zu machen –, und in diesem Blatte könnten Sie in einer Korrespondenz von London aus das nötig Scheinende sagen, wie wir denn hoffen und darauf rechnen, daß Sie und Marx als Mitarbeiter des Blattes sich beteiligen werden.

Um dem Blatte nicht das Leben durch Interventionen von deutscher Regierungsseite schwer zu machen, soll dasselbe einen internationalen Charakter annehmen und neben dem deutschen einen schweizerischen Redakteur besitzen.

Ich zweifle nicht, daß der Plan reüssiert und auch Ihre und Marx' Zustimmung finden wird ...

Entschuldigen Sie und Marx, daß ich so selten schreibe, aber ich bin wirklich über alle Maßen in Anspruch genommen; beständig die Haut wechselnd, einmal Geschäftsmann und Commis voyageur, dann wieder Parteimann, und von beiden möglichst die unangenehmen Seiten kostend, bin ich in einer beständigen Aufregung und Überarbeitung.

Seien Sie und Marx herzlichst gegrüßt von Ihrem

A. Bebel.«

48

Ich beschränke mich nunmehr zunächst in Sachen des »Sozialdemokrat« auf die Wiedergabe des Briefwechsels zwischen Vollmar und mir und Engels und mir. Ich werde dort erläuternde Bemerkungen zu den Briefen geben, wo sie mir zum besseren Verständnis nötig scheinen.

Unter dem 27. Juli 1879 schrieb ich von Leipzig an Vollmar:

»In aller Eile nur wenige Zeilen, da ich morgen früh weg muß und vor lauter Arbeit nicht weiß, wo anpacken.

An Liebknechts Übersiedlung nach Zürich ist nicht zu denken; in dem Maße, wie Sie meinen, haben wir nicht gedacht, den Schwerpunkt ganz nach außen zu verlegen. Zudem kann Liebknecht mit Familie nicht nach dort, und den Reichstag von dort besuchen und im übrigen im Ausland leben, das dürfte ein arges Gehetze geben.

Wir halten einmaliges Erscheinen pro Woche für vollständig ausreichend; Marx und Engels in London schreiben mir heute, daß sie eventuell sogar ein vierzehntägiges Erscheinen für genügend halten. Wer soll die Kosten für ein mehrmaliges Erscheinen aufbringen? Daran ist gar nicht zu denken, da der Abonnementspreis bei einmal wöchentlich schon 3 bis 4 Mark pro Quartal beträgt, da die Expedition sehr teuer wird. Durch Brief bezogen kostet jede Nummer 20 Pf. Porto. Der Redakteur im Verein mit Schramm, Höchberg und Bernstein, die sowieso in Zürich sind, sind Kollegium genug. Zudem versteht es sich von selbst, daß aus Deutschland die Hauptarbeit geliefert wird. Den Namen anlangend, so schlug Karl Hirsch denselben wie Sie vor. Wir sind dagegen, weil dieses die erste Veranlassung zur Intervention seitens der deutschen Regierung gäbe und uns das Unternehmen in der Schweiz unmöglich gemacht würde.

Dein Termin anlangend, so scheinen sich die Züricher über Gebühr Zeit zu nehmen, sie wollen erst am 1. Oktober beginnen, wogegen wir sind. Sicher muß den 1. September begonnen werden, doch können wir natürlich die in Zürich nicht zwingen, wenn sie erklären, nicht früher vorgehen zu können. Ich will von der Reise an Bernstein schreiben, und zwar so bald als möglich.

Wenn Sie wollen und es zweckmäßig finden, könnten Sie also höchstwahrscheinlich Ihre drei Wochen ohne Schaden abmachen. Ich an Ihrer Stelle täte es, weil Sie damit auch für Deutschland jederzeit aktionsfähig wären.

Über die Redaktion ist von Zürich noch nichts entschieden, man hat erst nach Paris an Karl Hirsch geschrieben. Man fragt von Zürich an, ob Ihnen nicht die Pension verloren ginge, wenn Sie im Ausland lebten.

Engels und Marx erklären sich mit unserem Projekt in der Hauptsache einverstanden. In aller Eile Ihr

A. Bebel.«

Die Zwangslage, in der ich mich in Rücksicht auf mein Geschäft befand, den Sommer durch Reisen für dasselbe auszunutzen, verhinderte, daß ich mich kontinuierlich mit den Vorgängen in Zürich befaßte und nachdrücklich dort auf eine rasche Entscheidung dringen konnte. So war ich gezwungen, unter dem 17. August Vollmar folgendes zu schreiben:

»Ich bin gestern abend von der Tour zurückgekehrt, die ich in solcher Eile machte, daß mir zu Korrespondenzen keine Zeit blieb. Ich weiß augenblicklich kaum mehr wie vor drei Wochen. In Zürich scheint man sehr flau und unbestimmt zu sein, und bin ich selbstverständlich über diese Art der Behandlung der Sache sehr wenig erbaut.

Infolge von Briefen, die Bernstein an Hirsch und dieser nach London geschickt und geschrieben hat, sind Engels und Marx von der Mitarbeiterschaft zurückgetreten, wie ich heute aus einem Briefe von Engels, den ich vorfinde, ersehe. Grund dafür ist die flaue und schlappschwänzige Haltung, die Engels und Marx nach jenem Briefe befürchten.

Daß das Blatt vernünftig wird und seinem Zweck entspricht, dafür werden wir sorgen; daß die Angelegenheit bezüglich der Redakteurschaft aber so rasch erledigt wird, wie Sie mit Recht wünschen, dafür kann ich in diesem Augenblick rechtzeitig nichts mehr tun. Ich bitte Sie also, da ich selbst keine Verantwortung übernehmen möchte, Ihre Entschließungen nach der Antwort zu fassen, die Sie von Zürich bekommen. Auch bitte ich um Mitteilung derselben an mich, damit ich orientiert bin.

Morgen werde ich an Bernstein schreiben und soll mein Brief an Entschiedenheit nichts zu wünschen übriglassen; da ich außerdem jetzt mit Unterbrechung von nur wenigen Tagen dann und wann zu Hause bleibe, so will ich für die Erledigung der Sache tun, was ich kann. Noch sei bemerkt, daß nach Engels' Brief Hirsch bestimmt abgelehnt hat, daß hernach also unser Vorschlag bezüglich Ihrer Person Annahme finden muß, wenn man in Zürich nicht auf eigene Faust handeln will. Letzteres

würde auf unserer Seite sehr unangenehm berühren, und zu Differenzen
führen. In aller Eile Ihr

A. Bebel«

Der Rücktritt von Marx und Engels von der Mitarbeiterschaft am
»Sozialdemokrat« war wesentlich auf Betreiben von Hirsch erfolgt. Beide
waren noch aus den Tagen der Höchbergschen »Zukunft« von Mißtrauen
gegen Höchberg erfüllt, der, wie sie meinten, einer sehr gemischten Gesellschaft von Doktoren, Studenten und Kathedersozialisten sein Blatt
geöffnet habe und, wie sie jetzt fürchteten, das Spiel im »Sozialdemokrat«
wiederholen werde. Nun hatte aber Hirsch nicht bloß Briefe von Bernstein nach London gesandt, die wahrscheinlich – ich habe sie nie gesehen
– Marx' und Engels' Befürchtungen zu rechtfertigen schienen. Hirsch,
der mittlerweile auch in Zürich war, um sich nach dem Stand der Dinge
umzusehen, berichtete alsdann weiter nach London, daß er in Zürich
neben Schramm, Höchberg und Bernstein auch Singer und Viereck als
Delegierte der Leipziger getroffen habe und daß die drei erstgenannten
als Verwaltungskomitee und Aufsichtsinstanz über die Redaktion eingesetzt worden seien. Gegen deren Entscheidungen im Falle von Differenzen
sollten wir in Leipzig als letzte Instanz angerufen werden. Hirsch, dem
es überhaupt nicht ernsthaft um die Übersiedlung nach Zürich zu tun
war, der obendrein ein Schwarzseher und voll Animosität gegen die drei
Genannten war, hatte das alles in London ins gehörige Licht gesetzt,
und damit war der Entschluß von Marx und Engels, von der Mitarbeiterschaft zurückzutreten, besiegelt.

Darauf schrieb ich unter dem 20. August an Engels:

»Lieber Engels!
Ihre Auffassung über das neu zu gründende Blatt ist unrichtig, und
wenn Karl Hirsch sich durch einige Stellen in Bernsteins Briefen zu der
gleichen Auffassung bekannt hat, so ist das um so unbegreiflicher, als
er von Liebknecht genügende Aufschlüsse erhalten hatte. Liebknecht ist
auf Karl Hirsch sehr schlecht zu sprechen, den er beschuldigt, er habe
sich durch ganz andere Motive, als er angibt, von der Übernahme des
Redakteurpostens abbringen lassen.

Ich kann Ihnen versichern, daß wir in keinem andern Sinne die Redaktion des Blattes dulden werden, als wie ich Ihnen geschrieben habe,
und daß von einem maßgebenden Einfluß Höchbergs keine Rede sein

kann. Dafür wird auch schon Vollmar sorgen, der infolge der Ablehnung Hirschs die Redaktion übernimmt. Wir haben von Vollmar eher ein zu scharfes und derbes Vorgehen zu erwarten als das Gegenteil, auch hat Vollmar sich, seitdem er in der Bewegung steht, stets eifrigst mit der internationalen Bewegung beschäftigt, so daß er auch auf diesem Gebiete kein Fremdling ist. Übrigens wird Vollmar – der augenblicklich noch eine dreiwöchige Gefängnisstrafe verbüßt –, bevor er nach Zürich geht, hier eine längere und gründliche Besprechung mit uns haben, so daß er von unseren Intentionen genau unterrichtet ist.

Ich hoffe also, daß Sie und Marx, wie zuerst versprochen, für das Blatt mitarbeiten, damit dasselbe in Wirklichkeit ein deutsch-internationales Blatt wird.

Daß ich Ihren Brief so spät beantwortet, wollen Sie entschuldigen, ich war mehrere Wochen auf der Geschäftsreise und bin erst Sonnabend zurückgekehrt. Der Eindruck, den ich auf meiner Reise über die Stimmung im Volke erhalten, entspricht ganz und gar den Ausführungen, die Sie in Ihrem

vorhergehenden Briefe über die Wirkungen der deutschen Zollpolitik machten. Wir können trotz Sozialistengesetz mit dem Gang der Dinge sehr zufrieden sein.

Herzliche Grüße an Sie und Marx.

Ihr A. Bebel.

P.S. Wenn Höchberg auch materiell das Blatt unterstützen wird, wovon ich vorläufig nichts weiß, so sind wir doch auf ihn allein keineswegs angewiesen. Es sind uns von mehreren Seiten bereits in Summa 800 Mark in Aussicht gestellt, und mehr wird, wenn notwendig, folgen, zudem hoffe ich, daß der Zuschuß kein bedeutender zu sein braucht, indem das Blatt sich in Bälde decken wird. Endlich muß ich sagen, daß Höchberg bisher nie einen Versuch gemacht, ungebührlichen Einfluß zu erwerben. Der Mann hat mit sich selbst zu viel zu tun und ist zu sehr körperlich leidend, um dies zu können. Als Redakteur der ›Zukunft‹ war es natürlich, daß er seinen Anschauungen möglichst Spielraum gab. Er hat bei der Redaktion des ›Sozialdemokrat‹ nicht mehr Stimme als jeder andere bekannte Parteigenosse, und seine Meinung wird gegen die unsere unter keinen Umständen durchdringen.«

Mein letzter Brief an Vollmar vor Antritt seiner Redakteurschaft lautete:

»Leipzig, den 24. August 1879.

Lieber Freund!

Ich bin sehr froh, daß endlich die Redakteurfrage und damit die Hauptfrage geordnet ist. Eine persönliche Zusammenkunft zwischen Ihnen und uns ist natürlich sehr wünschenswert und ist es das beste, wenn diese hier stattfindet, da Sie damit keinen Umweg nach Zürich machen. Bis dahin wollen wir auch alle Spezialpunkte unerörtert lassen, da sich mündlich alles viel rascher ordnet.

Nach Zürich scheint ein Druck nach links sehr am Platze zu sein, und er soll und wird schon jetzt von hier aus erfolgen. Die ersten Arrangements, die dort getroffen sind, finden nicht unseren Beifall, weil sie offenbar an Lahmheit leiden. Man sieht, wie leicht die Fühlung und die Energie verloren gehen, wenn es sich um Personen handelt, die aus Charakter zum Nachgeben geneigt sind.

Für die Reisekosten werde ich sorgen. Haben Sie die Güte und bringen Sie mir meine Bücher mit, wenn Sie herkommen. Ihr Schreiben an Most wird keinen großen Erfolg haben. Most wird nur noch wütender werden, wenn er von dem Plane hört, und da es sich bei ihm sowohl um eine Existenzfrage wie um eine Frage des Einflusses auf die Partei handelt, wieder einmal die schlimmsten Motive gegen sich uns unterschieben. Ich habe gegen Most keine Zeile veröffentlicht, und doch schlägt er auf mich genau so blind los wie auf andere.

An Engels und Marx in London ist geschrieben und denke ich, daß diese, die sich durch Hirsch in etwas leichter Weise beeinflussen ließen, andere Saiten aufziehen.

Möge Ihnen die Zeit Ihrer Haft nicht lang werden und nach Wunsch verlaufen. Freundschaftlichst Ihr

A. Bebel.«

Als Vollmar das Gefängnis verließ, übergab ihm die Dresdener Polizei als Angebinde nach Zürich die Ausweisungsorder aus Dresden, wohingegen Max Kayser wegen seiner Verurteilung auf Grund von § 22 des Sozialistengesetzes die Ausweisungsorder erhielt.

Das Richtersche Jahrbuch

Das Zögern und die Unlust der drei Züricher Genossen – Schramm, Höchberg und Bernstein – gegenüber unserem Verlangen, das Erscheinen des »Sozialdemokrat« energisch zu fördern, klärte sich jetzt auf: sie hatten in einem von Höchberg veranlaßten Werk »Jahrbuch für Sozialwissenschaft und Sozialpolitik«, das im Juli 1879 erschien, einen gemeinsam verfaßten Artikel veröffentlicht, der allerdings schlecht zu dem von uns geplanten Unternehmen paßte. Wir wollten in dem von uns zu gründenden Blatt mit aller Wucht den Kampf gegen das Schandgesetz, das in unseren Augen das Sozialistengesetz war, führen. Die drei aber sahen in einer Art Quietismus – darauf deuteten schon im Grundton die an Most gerichteten Briefe aus dem März hin – das Gesetz als eine nicht unverdiente Zuchtrute für unser so wenig artiges Verhalten vor der Zeit des Sozialistengesetzes an. Erklärten sie doch im Eingang des Artikels, der die Überschrift trug »Rückblicke auf die sozialistische Bewegung, kritische Aphorismen von *.*«, daß die Partei die recht nötige Ruhepause, die ihr das Sozialistengesetz aufoktroyiert habe, zur Selbstkritik und zur Einkehr bei sich selbst nötig habe, also einer Art Bußzeit bedürfe. Nachdem sie getadelt, daß man sich bisher weder bei den Kommunalwahlen noch bei den Landtagswahlen ohne Rücksicht auf die bestehenden Landesgesetze beteiligt habe, kritisierten sie das ablehnende Verhalten gegenüber den bürgerlichen Demokraten und den Intelligenzen. Man habe dadurch tüchtige Bundesgenossen vor den Kopf gestoßen und damit verhindert, Leute von Intelligenz und Wissen zu gewinnen, um durch sie eine forttreibende Entwicklung herbeizuführen. Man habe sich, hieß es weiter, in einseitiger Weise als »Arbeiterpartei« geriert und sei dadurch auf die geistige Produktion weniger Männer beschränkt geblieben, die in dem Parteiorgan den Inhalt der Lassalleschen Agitationsbroschüren vielfach mit denselben Schlagworten wiederholten. Nur für Arbeiter schreibend und nur zu Arbeitern sprechend, habe man den Ton der Volksversammlung in die Presse übertragen und sich in kräftiger Ausdrucksweise zu überbieten gesucht. Der Ton der Zeitungen habe durchaus nicht zur Bildung eines guten Geschmacks beigetragen. Wollte man ein Lexikon der in unseren Zeitungen vorgekommenen Schimpfereien anlegen – wobei auch Lassalle wegen einzelner Äußerungen im »Bastiat-Schulze«, die Mangel an Höflichkeit zeigten, einen Hieb erhielt

–, »so dürfte dasselbe selbst von dem enragiertesten Genossen sicherlich nicht als eine Musterleistung zur Erlernung des guten Tones angesehen werden ... Und der Stil ist der Mensch ... Offengesagt hat hier das böse Beispiel einzelner Führer geradezu demoralisierend gewirkt.«

So ging das Moralpredigen weiter. Es erstreckte sich sogar auf den Anzug und das äußere Aussehen und Auftreten der Parteigenossen. »Von der Arbeit schmutzig zu sein, ist sicherlich keine Schande, wohl aber, sich nach getaner Arbeit in dem Schmutz wohl zu fühlen.«

Über »das Eindringen der sozialistischen Ideen in die Kreise der Gebildeten«, wie es die drei ansahen, hieß es: »Das Auftreten der Pastoren Stöcker und Todt, ja das Verhalten des Fürsten Bismarck zu so entschieden sozialistisch, wenn auch nicht sozialdemokratisch gesinnten Personen wie Geheimrat Wagener und Lothar Bucher zeigt evident, daß die neue Wahrheit unwiderstehlich die Gemüter gefangen nimmt.« Im weiteren wurde gegen die Halbbildung geeifert, gegen den Mangel an Takt einzelner Redakteure, und wurde die Frage aufgeworfen, ob die Partei nicht selbst einige Schuld daran trüge, daß sie die Schlacht vom 21. Oktober 1878 verloren habe. Die Frage wurde bejaht.

Es ist nur ein kurzer, unvollständiger Auszug, den ich aus dem Artikel wiedergebe.

Dieser Artikel, ohne jeden höheren Gesichtspunkt und jede tiefere Auffassung der Bewegung, wurde von uns als eine Schulmeisterarbeit ersten Ranges angesehen, der überall in Parteikreisen Erbitterung erregen mußte, wo man ihn las. Die Zeit für eine solche Leistung war so unglücklich wie möglich gewählt. Es war ein Glück, daß das Buch mit Ausschluß der Öffentlichkeit erschien. Für die Bismarck und Genossen wäre der Artikel eine glänzende Genugtuung ihres Verhaltens gegen uns gewesen. Sobald das Buch an Marx und Engels gelangte – und sie erhielten es früher als wir – und sie den Artikel lasen, gerieten beide in den höchsten Zorn. Das Buch hatte noch gefehlt, um ihnen die Überzeugung beizubringen, daß sie es in Höchberg – denn ohne dessen Geld wäre das Buch unmöglich gewesen – mit einem bewußten Parteiverderber zu tun hatten. Sie arbeiteten ein Exposé aus, in dem sie Buch und Artikel gründlich zerzausten. Engels schrieb mir sogar, ein Mann wie Höchberg müsse aus der Partei ausgeschlossen werden. Das Exposé schickten sie zur Kenntnisnahme an die Fraktion, die ihrerseits durch Fritzsche eine Antwort ausarbeiten ließ, nachdem wir uns über diese verständigt hatten. Das Exposé ging von uns an Bracke, was Marx und Engels ausdrücklich verlangt hatten, und von diesem an das Züricher Dreigestirn. Darauf schrieb ich an Engels:

»Leipzig, den 23. Oktober 1879.

Lieber Engels!

Die beifolgende Antwort auf Ihr und Marx' Exposé ist um deswillen so formell ausgefallen, weil sie Fritzsche verfaßte.

In dem Augenblick, wo ich das Schriftstück absenden wollte, kam mir ein Fragment vom Richterschen Jahrbuch unter Kreuzband zu, das den vielberufenen Artikel enthält. Ich habe denselben gelesen und begreife Ihre Entrüstung. Abgesehen von den prinzipiellen Schnitzern, ist derselbe eine Schulmeisterarbeit, wie mir noch keine vor Augen gekommen ist. Indem sich die drei Verfasser so recht hübsch über alle stellen und ihr kritisches Licht vom hohen Stuhle herab leuchten lassen, haben sie es mit allen verdorben, ohne einen zu gewinnen oder zu befriedigen. Dabei ist die Arbeit voller Widersprüche.

Ich werde selbstverständlich nicht anstehen, meine Meinung nach Zürich zu schreiben. Dasselbe werden auch die anderen hier tun, sobald sie den Artikel zu Gesicht bekommen haben, wofür ich sorgen werde. Indem ich mich also gegen diese Arbeit und ihre gänzlich zwecklose Veröffentlichung aussprechen muß, möchte ich andererseits vor einer Überschätzung des Einflusses der Verfasser in der Partei warnen. Ich glaube nicht zu viel zu sagen, daß in der Partei kein Dutzend Leute sind, die diese Arbeit auch nur in der Hauptsache billigen, und niemand hat mehr Schaden davon als die Verfasser selbst.

Eine ganz irrtümliche Meinung ist die Ihre über den Einfluß der Verfasser in der Partei. Ich muß wiederholt und mit allem Nachdruck betonen, daß Höchberg trotz der wirklich großartigen Opfer, die er materiell der Partei geleistet, nie den geringsten Versuch gemacht hat, dafür auch entsprechenden Einfluß zu verlangen. Er hat, soviel ich weiß, nie eine Bedingung gestellt, daß dies oder jenes Blatt so oder so redigiert werden müsse, daß dieser oder jener Redakteur weggehen oder ein anderer hinkommen müsse. So oft er um Hilfe von irgendeiner Seite angegangen wurde, und das ist sehr oft geschehen, und er hat ein bedeutendes Vermögen bereits verloren, hat er sich *stets* entweder an Geib oder an mich, in der Regel an uns beide und noch an andere mit der Frage gewandt, ob er Hilfe gewähren solle, ob das Unternehmen oder die Personen es verdienten, und *unser Wort war für ihn bindend.* Dieser höchst seltenen Uneigennützigkeit wegen habe ich ihm seine mancherlei Fehler nachgesehen.

Wenn er in der ›Zukunft‹ durch seine redaktionelle Tätigkeit einen gewissen Einfluß erlangte, so geschah es, weil tatsächlich Mangel an passenden Kräften vorhanden war. Überdies wäre es grobe Selbsttäuschung, wenn wir behaupten wollten, daß eine volle prinzipielle Klarheit in vielen Köpfen in der Partei schon vorhanden gewesen wäre. Das mag ein Fehler und zu bedauern sein, es ist aber nicht zu ändern. Es liegt in der Kürze ihres Bestehens und in dem Umstand, daß Tausende sich ihr zunächst aus den verschiedensten Gründen und ohne klare Erkenntnis anschlossen, die dann erst nach und nach in der Partei die nötige Schulung erhielten.

Um nun noch einmal auf die berührten Personalien zurückzukommen, bemerke ich folgendes:

Hirsch brauchte sich gerade so wenig an etwaigen brieflichen Ungenauigkeiten der Züricher zu stoßen, wie Vollmar das getan hat. Vollmar hat seinen Standpunkt brieflich nach Zürich klargelegt; hier hat er sich seine Instruktionen geholt, und als er nach Zürich kam, ging die Sache glatt und ohne Anstand. Heute beschwert er sich über zu wenig Aufsicht, wenigstens soweit es die Geschäftsleitung anlangt; redaktionell ist ihm noch niemand zu nahe gekommen. Sie sind sehr irre, wenn Sie glauben, daß erst Hirsch uns zu einem unabhängigen Blatt verholfen hätte. Sie haben uns da gründlich unterschätzt und ebensosehr die Züricher überschätzt.

Wenn nun Hirsch so sehr Gewicht auf die zufriedenstellende Antwort bezüglich seiner Anfrage wegen der Fundierung legt und Sie dies gleichfalls tun und ihm darin vollkommen recht geben, so verstehe ich dieses nicht.

Die Partei hat bisher nie an ihre Unternehmungen den Maßstab strenger Geschäftsmäßigkeit gelegt, denn dann wären die meisten Blätter nicht entstanden. Wir haben seinerzeit das ›Demokratische Wochenblatt‹, aus dem der ›Volksstaat‹ und dann der ›Vorwärts‹ hervorgingen, ohne Geld gegründet, und genau so ist es mit einem Dutzend anderer Zeitungsunternehmen gegangen.

Diese Frage hat uns, ehrlich gestanden, auch diesmal sehr wenig Kopfschmerzen gemacht, weil wir alle der Überzeugung waren und sind, das Blatt wird sich in Kürze nicht nur decken, sondern auch einen Überschuß abwerfen, um die Gründungskosten zu decken.

Worauf wir rechneten, war, daß Höchberg allenfalls sich herbeilassen werde, die nötigen Vorschüsse für die Gründung und Einführung zu machen, soweit wir sie nicht aufzubringen vermöchten. Hätte Hirsch sich an mich gewandt, so hätte ich ihm nicht anders antworten können, als ich Ihnen hier schreibe. Es scheint mir aber, daß Hirsch ohne garantierte Tausende Zuschuß kein Vertrauen in das Unternehmen hatte, und weil ihm dieses fehlte, Gespenster sah, wo keine waren.

Es fällt mir gar nicht ein, mich weiter über diese Punkte auszulassen. Die Sache ist abgetan, das Unternehmen lebt und wird so leben bleiben, daß es auch Ihren und Marx' Beifall findet.

Wenn wir im Ton des Blattes uns eine gewisse Reserve auflegen, so geschieht es, damit bei den gar nicht ausbleibenden Prozessen, die wegen Verbreitung erfolgen, die Gerichte die Angeklagten nicht noch auf schwere Vergehen in bezug auf den Inhalt anklagen können. Wir können diese Verurteilungen, die uns schwere Geldopfer auferlegen, jetzt absolut nicht brauchen. Es hält sehr schwer, die nötigen Geldmittel für die Menge der Ausgewiesenen und deren Familien und sonstige durch das Sozialistengesetz außer Brot gekommene Genossen aufzubringen; jeder neue Anspruch an unseren Beutel ist uns höchst unwillkommen. Wäre die Krise nicht, dann würden wir lachen, aber diese drückt von Woche zu Woche furchtbarer; auf unseren besten Bezirken lastet sie am schwersten. Das sind Umstände, denen wir Rechnung tragen müssen, wir mögen wollen oder nicht.

Noch einige Worte über den Fall Kayser. Ich sage Ihnen geradeheraus, daß ich über die Art und Weise wie Hirsch Kayser angriff, empört war, so wenig ich selbst mit Kaysers Haltung einverstanden bin. In dieser Weise traktiert man Parteigenossen nicht. Der Angriff strotzte von persönlichen Gehässigkeiten; man sah es dem Schreiber an, daß er die Gelegenheit mit Freuden ergriff, Kayser etwas am Zeuge zu flicken.

Wie die Partei über Schutzzoll und Freihandel denkt, hat ihre Resolution auf dem Kongreß zu Gotha (1877), dem Hirsch beiwohnte, bewiesen. Die dort angenommene Resolution, der K. Hirsch und Most zustimmten, war die Richtschnur unseres Handelns. Ob durch einen Schutzzoll Bismarck eine Reihe von Millionen erhielt oder nicht, war für uns gänzlich indifferent, wenn wir zu der Ansicht gekommen wären, daß ein Schutzzoll unter den gegebenen Verhältnissen für die Industrie notwendig gewesen wäre. In dieser Ansicht waren wir geteilt, und zwar in mehr als in einem Fall, und in dieser Frage waren nicht nur wir Abgeordnete geteilt, sondern auch die Partei überhaupt. So war zum Beispiel Auer wütender Schutzzöllner, während Geib und Blos ebenso wütende Freihändler waren. Höchberg war für unbedingten Freihandel, Bernstein bedingt für Schutzzoll usw.

Was uns im Reichstag blamierte, waren nicht unsere Abstimmungen, sondern die mangelhafte Vertretung durch das Wort. Kaysers unglückliches Debüt in der Eisenzollfrage konnte niemand mehr ärgern als uns, und es hat ihm an Vorwürfen nicht gefehlt. Vahlteich, der die Generalrede halten sollte, kam in der ersten Generaldebatte nicht zum Wort, und als er bei der dritten Lesung zum Wort kam, war er so unglücklich disponiert, daß wir froh sein mußten, daß er keinen Schnitzer gemacht. Das war Pech, und ich war davon nicht erbaut.

Was sonst noch unsere diesmalige Vertretung so matt erscheinen ließ, war – abgesehen von verschiedenen Wortabschneidungen, mit denen ich allein in der Getreidezollfrage zweimal bedacht wurde – die lange Dauer der Session, die uns fast sämtlich nötigte, längere Zeit nach Hause zu gehen und häufig zu fehlen, dann der Mangel an Mitteln, die auf diese Dauer nicht eingerichtet waren. Sie im Ausland haben gar keinen Begriff von den Schwierigkeiten, mit denen fast jeder einzelne von uns zu kämpfen hat. Ich würde es für kein Unglück ansehen, wenn ich mal durch einen Durchfall bei einer Wahl auf einige Jahre erlöst würde.

Auf die Befürchtungen, die Sie betreffs der Haltung des neuen Organs aussprechen, will ich nicht weiter eingehen. Das Blatt ist da, und Sie mögen urteilen. Genügt es Ihnen und Marx nach dieser oder jener Richtung nicht, nun so helfen Sie es besser machen, indem sie fleißig hineinschreiben.

Morgen sende ich das Aktenstück von Ihnen an Bracke, der übrigens infolge seiner Krankheit fast von nichts weiß, und von dort soll es nach Zürich gehen.

Freundschaftliche Grüße an Sie und Marx von Ihrem

A. Bebel.«

Der »Sozialdemokrat«

Nachdem endlich alle vorhergehenden Hindernisse überwunden waren, erschien die erste Nummer des Blattes am 28. September mit einem

Aufruf, unterzeichnet von dem Verlag und der Redaktion des Blattes. Der Aufruf wies zunächst darauf hin, daß das Sozialistengesetz eine Presse, die die Grundsätze der Partei offen vertrete, unmöglich gemacht habe, und zwar nicht bloß in Deutschland, sondern auch in Österreich, woselbst ohne Ausnahmegesetz, durch Konfiskationen und Verurteilungen jede noch so gemäßigte Vertretung unserer Prinzipien aufs äußerste erschwert worden sei. Ein Organ, das mit spezieller Rücksicht auf Deutschland und Österreich rückhaltlos und rücksichtslos für die Prinzipien der Sozialdemokratie und deren Verbreitung im Volk eintrete, sei also eine Notwendigkeit. Daß die deutsche Partei bisher, ohne ein eigentliches Parteiorgan zu besitzen, den Kampf zu führen wußte, habe der Erfolg gezeigt, aber auf die Dauer sei ein Blatt, das sich die prinzipielle Fort- und Weiterbildung der Parteigenossen zur Aufgabe stelle, unentbehrlich. Die Gründung des »Sozialdemokrat« gehe von einer Gruppe Sozialdemokraten deutscher Zunge aus, die sich in der Schweiz zusammengefunden und entschlossen hätten, ein internationales Organ der Sozialdemokratie deutscher Zunge erscheinen zu lassen als ein nach jeder Richtung hin kampfbereiter Vertreter der Partei. Die Haltung des Blattes werde bestimmt durch das Gothaer Einigungsprogramm, das ihm zur Richtschnur diene. Die Partei bleibe nach wie vor eine revolutionäre Partei im besten Sinne des Wortes, sie werde aber der törichten Revolutions- und Putschmacherei auf das entschiedenste entgegentreten. Der »Sozialdemokrat« stehe »voll und ganz auf dem Boden der deutschen Sozialdemokratie, wie sie war und wie sie ist«. Und da dem Blatt die berufensten Vorkämpfer der Sozialdemokratie aller Länder, vor allem der deutschen, ihre Mitarbeiterschaft zugesagt hätten, so sei es kein privates Unternehmen, sondern das offizielle Zentralorgan der Partei.

In den nächsten Nummern des »Sozialdemokrat« erschien der Rechenschaftsbericht der Fraktion über ihre Tätigkeit. In bezug auf die innezuhaltende Taktik bemerkte er: Die Aufgabe der Partei sei: Der Reaktion keine Möglichkeit zu bieten, die Sozialdemokratie als rotes Gespenst zu verwenden, das durch infame Verleumdungen auf uns geworfene Odium abzustreifen und so zu handeln, daß das Odium für die herrschende Mißwirtschaft und die herrschenden Mißstände auf diejenigen gewälzt werde, die es entweder durch aktives Verschulden oder durch passives Geschehenlassen wirklich verdient haben. »Wir sind, was wir waren, und werden bleiben, was wir sind.«

Der Bericht warnt vor der Illusion, als werde das Sozialistengesetz und der über Berlin verhängte Belagerungszustand ein Ende nehmen. Die Reaktion könne nicht und werde nicht einhalten, bis sie auf unübersteiglichen Widerstand gestoßen sei.

Der Schluß lautete: »Mögen die Genossen überall sich fest aneinander schließen, die Fühlung mit dem Ganzen erstreben! Jeder hat in dieser Zeit der Prüfung und Läuterung in vollstem Maße seine Schuldigkeit zu tun, alle seine Kräfte und Fähigkeiten in den Dienst der Partei zu stellen. Das Zusammenwirken aller ist dringend erforderlich. Wer es stört und Zwietracht sät, ist ein Feind unserer Sache. Kein blindes Vertrauen in einzelne Personen, aber auch kein blindes Mißtrauen, strenge Kritik der Genossen, verbunden mit strenger Selbstkritik. Wir kennen die gesteigerten Pflichten, welche das Sozialistengesetz uns auferlegt, und sind entschlossen, sie zu erfüllen. Hoch die Sozialdemokratie! A. Bebel, W. Bracke, F. W. Fritzsche, M. Kayser, W. Liebknecht, J. Vahlteich, Ph. Wiemer.«

Hasenclever, der erst nach Schluß der letzten Session in den Reichstag gewählt worden war, erklärte sich durch eine Nachschrift mit dem Rechenschaftsbericht der Fraktion einverstanden.

Ich lasse nun wieder einige Briefe folgen, deren Inhalt sich nicht ausschließlich auf den »Sozialdemokrat« bezieht, die aber, wie ich glaube, insofern von großem Interesse sind, als sie Meinungsverschiedenheiten zutage treten lassen, über die bis heute in der Partei nichts bekannt wurde.

Am 21. Oktober 1879 antwortete ich auf einen Brief Vollmars:

»Lieber Freund!
Daß nicht alles in Zürich so glatt abging, haben wir uns wohl gedacht; da indes das, worüber zu klagen ist, wie Sie selbst sagen, sich mehr auf Mängel an richtiger Auffassung und eine gewisse Ängstlichkeit zurückführen läßt, so wird sich alles allmählich einrichten.

Wenn Schramm sich ganz fernhält, Höchberg meist verreist ist, so soll Bernstein uns zwei Personen vorschlagen, die ihm das Geschäft regulieren und uns zeitweilig Bericht erstatten. Eine stramme und geregelte Expedition ist durchaus notwendig und wünschen wir sehr, daß speziell Bernstein sich recht darum kümmern möge, da er als Kaufmann entschieden das Zeug hat, die Verwaltung einzurichten. Ich habe auch geschrieben, daß es sich sehr empfehle, bei der Umsicht, welche die Expedition entfalten müsse, und in Anbetracht, daß sie möglichst auch den Schriftenbetrieb leiten und organisieren müsse, daß Uhle sich ganz und gar der Expedition widme; an Arbeit wird es ihm nicht fehlen. Beilage, die das auf die Expedition Bezügliche enthält, wollen Sie Uhle behändigen. Wir haben alle die feste Überzeugung, daß das Blatt in nicht ferner Zeit seine Kosten decken wird. Die Stimmung ist allerwärts günstig. Schwierigkeiten wird im Anfang der Bezug machen. Die Leute wissen sich noch nicht zu helfen, und damit gibt es auch hier und da zuzusprechen und zu organisieren. Sehr empfehlen würde es sich, wenn Sie an der Spitze mit allem Nachdruck bekannt machten, daß das Abonnieren und Lesen des Blattes nicht strafbar sei, sondern nur das Weitergeben an Dritte. Ich werde, sobald ich nur die dringendsten Arbeiten beseitigt habe, einige Artikel schreiben über das Verhalten unserer Leute im Falle von Maßregelungen auf Grund des Sozialistengesetzes. Man läßt sich vielfach mehr gefallen, als sich mit dem Gesetz verträgt, und wenn auch Beschwerden wenig nützen, so müssen sie bis in die letzte Instanz verfolgt werden, damit wir um so rückhaltloser seinerzeit im Reichstag angreifen können. Mit Ihrer Taktik gegen Most und ›Die Freiheit‹ sind wir ganz einverstanden, darüber bestand ja auch wohl von vornherein keine Meinungsverschiedenheit. Mag Most noch so ordinär im Briefkasten angreifen, wir sehen es nicht. Er richtet sich damit bei den Vernünftigeren seiner eigenen Anhänger. Tatsache ist, daß das bloße Erscheinen des Blattes allerwärts den günstigsten Eindruck gemacht hat und die Stimmung auch dort, wenn nicht zum sofortigen Umschlag, so doch zu bedeutendem Schwanken gebracht hat, wo man bisher ganz und gar auf Mostscher Seite stand. Soweit ich bis jetzt gehört, wird die Haltung des Blattes gebilligt ...

Bringen Sie an die Spitze des Blattes einen energischen Aufruf für Sammlungen zugunsten der Ausgewiesenen. Ich bin in heller Verzweiflung, heute sind wieder sieben von den neuesten Berliner Ausgewiesenen – lauter Familienväter – hier eingetroffen, und ich weiß nicht mehr, woher ich die Mittel nehmen soll. Machen Sie auf die brutale Taktik Madais aufmerksam, mit raffinierter Bosheit hauptsächlich Familienväter auszuweisen. Der Kerl zielt offenbar auf Aufreizung ab und hätte gerne einen Putsch oder ein neues Attentat eines durch seine Brutalität zur Verzweiflung Getriebenen. Machen Sie ferner darauf aufmerksam, daß diese Ausweisungen nur den einen Zweck haben, die Erneuerung des Belagerungszustandes Dummen plausibel zu machen.

Mitteilen will ich, daß ich, wegen Sammlung für die Ausgewiesenen angeklagt, in vorvoriger Woche freigesprochen wurde. Erkenntnis folgt.

Sie können in dem Aufruf sagen, daß man Geld an die bekannten Adressen in Deutschland senden möge, außerdem erkläre sich aber auch die Redaktion, respektive die Expedition dazu bereit ...

Herzliche Grüße von uns allen.

Ihr *A. Bebel.*«

Die in dem vorstehenden Brief erwähnten Artikel, die ich schreiben wollte, sind später erschienen; sie trugen die Überschrift: »Wie verhalten wir uns vor Polizei und Gericht?« Eine Aufklärung, wie sie die Artikel enthielten, war eine Notwendigkeit bei den unausgesetzten schweren Verstößen gegen die Gesetze, die sich sowohl zahlreiche Polizeibeamte wie Staatsanwälte und Untersuchungsrichter in der Behandlung unserer Genossen zuschulden kommen ließen. Namentlich wurde bei den zahllosen Haussuchungen in der Regel keine der gesetzlichen Vorschriften respektiert. Und solche Haussuchungen fanden im Jahre viele Tausende statt. Erlaubte sich doch zum Beispiel die Dresdener Polizei den Unfug, daß sie bei dem Genossen Kegel einen Monat lang Tag für Tag eine Haussuchung vornahm. Das war offener Mißbrauch der Amtsgewalt. Meine Artikel wurden nach ihrem Erscheinen zu einem Broschürchen zusammengestellt und in Tausenden von Exemplaren verbreitet. Es leistete den Parteigenossen gute Dienste.

Am 14. November 1879 erhielt ich von Engels Antwort auf meinen Brief vom 23. Oktober. Er schrieb:

»Lieber Bebel!
Besten Dank für Ihre Mitteilungen sowie die von F. und L.[1], die uns endlich gestatten, den Sachverhalt klar zu überschauen. Daß aber die Sache von vornherein keineswegs so einfach lag, beweisen die früheren Leipziger Briefe sowie die Irrungen und Wirrungen mit Hirsch überhaupt. Letztere waren unmöglich, wenn die Leipziger dem Anspruch der Züricher auf Zensur von vornherein einen Riegel vorschoben. Tat man das und machte Hirsch davon Mitteilung, so war alles in Ordnung. Da dies aber nicht geschah, so kann ich bei nochmaliger Vergleichung des Geschehenen und des Unterlassenen der jetzigen Mitteilungen und der

1 Fritzsche und Liebknecht. D.H.

früheren Briefe aller Beteiligten nur zu dem Schluß kommen, daß Höchberg nicht so unrecht hatte, als er mir sagte, die Züricher Zensur sei nur wegen Hirsch eingesetzt gewesen, gegen Vollmar sei sie überflüssig.

Was die Fundierung betrifft, so wundert's mich nicht sehr, daß Sie die Sache so leicht nehmen. Sie probieren das Ding eben zum erstenmal. Hirsch aber hatte gerade an der ›Laterne‹ die Erfahrung praktisch gemacht, und wir, die wir dergleichen schon öfters gesehen und selbst durchgemacht, können ihm nur recht geben, wenn er diesen Punkt ernstlich erwogen sehen wollte. Die ›Freiheit‹ schließt trotz aller Zuschüsse ihr drittes Quartal mit einem Defizit von 100 Pfund gleich 2000 Mark ab. Ich habe noch nie ein im Inland verbotenes deutsches Blatt gekannt, das sich ohne bedeutende Zuschüsse gehalten hätte. Lassen Sie sich nicht durch die ersten Erfolge blenden. Die eigentlichen Schwierigkeiten des Schmuggels zeigen sich erst mit der Zeit und steigen unaufhörlich.

Ihre Äußerungen über die Haltung der Abgeordneten und der Parteiführer überhaupt in der Schutzzollfrage bestätigen jedes Wort meines Briefes. Schlimm genug war's schon, daß die Partei, die sich rühmt, dem Bourgeois so überlegen zu sein, bei dieser ersten ökonomischen Probe ebenso gespalten war, ebensowenig Bescheid wußte wie die Nationalliberalen, die doch wenigstens für ihren kläglichen Zusammenbruch die Entschuldigung hatten, daß hier wirkliche Bourgeoisinteressen in Konflikt kamen. Noch schlimmer, daß man diese Spaltung sichtbar werden ließ, daß man unsicher und schwankend auftrat. War einmal keine Einigung zu erzielen, dann war nur ein Weg: Die Frage für eine reine Bourgeoisfrage zu erklären, was sie ja auch ist, und nicht mitzustimmen. Am schlimmsten war, daß man Kayser erlaubte, seine Jammerreden zu halten und in erster Lesung für das Gesetz zu stimmen. Erst nach dieser Abstimmung hat Hirsch ihn angegriffen, und wenn Kayser dann in dritter Lesung gegen das Gesetz stimmt, so macht das die Sache für uns nicht besser, sondern eher schlimmer.

Der Kongreßbeschluß ist keine Entschuldigung. Wenn die Partei sich heute noch an alle alten in gemütlicher Friedenszeit gefaßten Kongreßbeschlüsse binden will, so legt sie sich selbst in Fesseln. Der Rechtsboden, auf dem eine lebende Partei sich bewegt, muß nicht nur selbstgeschaffen, er muß auch jederzeit abänderbar sein. Indem das Sozialistengesetz alle Kongresse und damit die Abänderung der alten Kongreßbeschlüsse unmöglich macht, vernichtet es auch die bindende Kraft jener Beschlüsse.

Eine Partei, der man die Möglichkeit abschneidet, bindende Beschlüsse zu fassen, hat ihre Gesetze nur in ihren lebendigen, stets wechselnden Bedürfnissen zu suchen. Will sie diese Bedürfnisse aber früheren Beschlüssen unterordnen, die jetzt starr und tot sind, so gräbt sie ihr eigenes Grab.

Dies das Formelle. Der Inhalt jenes Beschlusses aber macht ihn erst recht hinfällig. Erstens steht er im Widerspruch mit dem Programm, indem er die Bewilligung von indirekten Steuern zuläßt. Zweitens im Widerspruch mit der unabweisbaren Parteitaktik, indem er die Bewilligung von Steuern an den heutigen Staat erlaubt. Drittens aber besagt er in klares Deutsch übersetzt folgendes:

Der Kongreß bekennt, über die Schutzzollfrage nicht hinlänglich unterrichtet zu sein, um einen entscheidenden Entschluß für oder wider fassen zu können. Er erklärt sich also in dieser Frage für inkompetent, indem er des lieben Publikums halber sich darauf beschränkt, einige teils nichtssagende, teils einander oder dem Parteiprogramm widersprechende Gemeinplätze aufzustellen, und ist damit froh, die Sache los zu sein. Und diese Inkompetenzerklärung, mit der man in Friedenszeiten die damals rein akademische Frage auf die lange Bank schob, soll nun in den jetzigen Kriegszeiten, wo die Frage brennend geworden ist, so lange für die ganze Partei bindend sein, bis sie durch einen neuen, jetzt unmöglich gemachten Beschluß rechtsgültig aufgehoben ist?

So viel ist sicher: Was auch der Eindruck ist, den die Hirschschen Angriffe gegen Kayser bei den Abgeordneten gemacht, diese Angriffe spiegeln den Eindruck wider, den das unverantwortliche Auftreten Kaysers bei den deutschen wie nichtdeutschen Sozialdemokraten des Auslandes gemacht hat. Und man sollte doch endlich einsehen, daß man nicht nur innerhalb der eigenen vier Pfähle, sondern auch vor Europa und Amerika die Reputation der Partei aufrechtzuerhalten hat.

Und dies führt mich auf den Rechenschaftsbericht. So gut der Anfang, so geschickt – unter den Umständen – die Behandlung der Schutzzolldebatte, so unangenehme Konzessionen an den deutschen Philister sind im dritten Teil enthalten. Wozu die ganz überflüssige Stelle über den ›Bürgerkrieg‹, wozu das Hutabnehmen vor der ›öffentlichen Meinung‹, die in Deutschland stets die des Bierphilisters sein wird, wozu hier die vollständige Verwischung des Klassencharakters der Bewegung? Wozu den Anarchisten diese Freude machen? Und dazu sind alle diese Konzessionen total nutzlos. Der deutsche Philister ist die inkorporierte Feigheit, er respektiert nur den, der ihm Furcht einflößt. Wer sich aber liebes Kind bei ihm machen will, den hält er für seinesgleichen und respektiert ihn nicht mehr als seinesgleichen, nämlich gar nicht. Und jetzt, nachdem der Sturm der Bierphilisterentrüstung, genannt öffentliche Meinung, sich zugegebenermaßen wieder gelegt hat, wo der Steuerdruck die Leute ohnehin wieder mürbe macht, wozu da noch diese Süßholzraspelei? Wenn Sie wüßten, wie das im Ausland sich anhört! Es ist ganz gut, daß ein Parteiorgan von Leuten redigiert werden muß, die mitten in der Partei und im Kampf stehen. Aber wären Sie nur sechs Monate im Ausland, so würden Sie über diese ganz unnötige Selbsterniedrigung der Parteiabgeordneten vor dem Philister ganz anders denken. Der Sturm, der nach der Kommune über die französischen Sozialisten hereinbrach, war doch noch was ganz anderes als das Nobilinggezeter in Deutschland. Und wieviel stolzer und selbstbewußter haben sich die Franzosen benommen! Wo finden Sie da solche Schwächen, solche Komplimente für den Gegner? Sie schwiegen, wo sie nicht frei ausreden konnten. Sie ließen den Spießbürger sich ausheulen, sie wußten, ihre Zeit werde schon wieder kommen, und jetzt ist sie da.

Was Sie über Höchberg sagen, will ich gern glauben. Ich habe ja gegen seinen Privatcharakter absolut gar nichts. Ich glaube auch, daß er sich erst durch die Sozialistenhetze darüber klar geworden ist, was, er im Grunde seines Herzens will. Daß das bürgerlich ist, was er will, und nicht proletarisch, habe ich ihm – wahrscheinlich vergebens – klarzumachen gesucht. Aber nachdem er sich einmal ein Programm gebildet, müßte ich ihm mehr als deutsche Philisterschwäche zutrauen, wenn ich annähme, daß er es nicht auch zur Anerkennung zu bringen suchte. Höchberg vor und Höchberg nach jenem Artikel sind eben zwei verschiedene Leute.

Nun aber finde ich in Nr. 5 des ›Sozialdemokrat‹ eine Korrespondenz von der Niederelbe, worin Auer meinen Brief zum Vorwand nimmt, um mich – zwar ohne Namen, aber hinreichend bezeichnet – anzuklagen, ›Mißtrauen gegen die bewährtesten Genossen zu säen‹, also sie zu verleumden (denn sonst wäre ich ja berechtigt dazu). Damit nicht zufrieden, lügt er mir ebenso alberne wie infame Dinge an, die in meinem Brief gar nicht stehen. Wie es scheint, bildet Auer sich ein, ich wolle von der Partei irgend etwas. Sie wissen aber, daß nicht ich von der Partei, sondern im Gegenteil die Partei von mir etwas will. Sie und Liebknecht wissen: Das einzige, was ich von der Partei überhaupt verlangt habe, ist, daß sie mich in Ruhe läßt, damit ich meine theoretischen Arbeiten abschließen kann. Sie wissen, daß ich seit 16 Jahren dennoch immer und immer wieder angegangen worden bin, in den Parteiorganen zu schreiben; daß ich dies auch getan, ganze Reihen von Artikeln, ganze Broschüren auf ausdrückliche Bestellung Liebknechts geschrieben habe, so die ›Wohnungsfrage‹ und den ›Anti-Dühring‹. Was ich dafür von der Partei für Liebenswürdigkeiten besehen – zum Beispiel die angenehmen Kongreßverhandlungen wegen des Dühring –, darauf will ich nicht näher eingehen. Sie wissen ebenfalls, daß Marx und ich die Verteidigung der Partei gegen auswärtige Gegner freiwillig geführt, solange die Partei besteht, und daß wir dafür nur das eine von der Partei verlangt haben, daß sie sich nicht selbst untreu werden soll.

Wenn aber die Partei von mir verlangt, ich soll an ihrem neuen Organ mitarbeiten, so ist selbstredend, daß sie zum mindesten dafür sorgt, daß ich nicht noch während schwebender Verhandlung und noch dazu von einem der nominellen Miteigentümer von diesem selben Organ als Verleumder verleumdet werde. Ich kenne keinen literarischen oder sonstigen Ehrenkodex, mit dem das verträglich wäre, ich glaube, selbst ein Reptil ließe sich das nicht bieten. Ich muß also die Anfrage stellen: erstens, welche Satisfaktion können Sie mir anbieten für diesen unprovozierten und gemeinen Insult; zweitens, welche Garantie haben Sie mir zu bieten, daß sich dergleichen nicht wiederholt?

Übrigens will ich zu den Auerschen Unterschiebungen nur noch bemerken, daß wir hier weder die Schwierigkeiten unterschätzen, mit denen die Partei in Deutschland zu kämpfen hat, noch die Bedeutung der trotzdem errungenen Erfolge und die bisher ganz musterhafte Haltung der Parteimassen. Es ist ja selbstredend, daß jeder in Deutschland erfochtene Sieg uns ebensosehr freut wie ein anderswo erfochtener und noch mehr, weil ja die deutsche Partei von Anfang an in Anlehnung an unsere theoretischen Aufstellungen sich entwickelt hat. Aber eben deswegen muß uns auch besonders daran liegen, daß die praktische Haltung der deutschen Partei und namentlich die öffentlichen Äußerungen der Parteileitung auch mit der allgemeinen Theorie im Einklang bleiben. Unsere Kritik ist gewiß für manchen nicht angenehm, aber mehr als alle unkritischen Komplimente muß es doch für die Partei von Vorteil sein, wenn sie im Ausland ein paar Leute hat, die unbeeinflußt von den verwirrenden Lokalverhältnissen und Einzelheiten des Kampfes von Zeit zu Zeit das Geschehene und Gesagte an den für alle moderne proletarische Bewegung

geltenden theoretischen Sätzen messen und ihr den Eindruck widerspiegeln, den ihr Auftreten außerhalb Deutschlands macht.
Freundschaftlichst der Ihrige.

F. Engels.«

Der aggressive Ton des Schreibens wie die Angriffe auf Auer veranlaßten mich, bereits am 18. November darauf zu antworten:

»*Lieber Engels!*
Ich schreibe deshalb so rasch auf Ihren Brief, obgleich ich mit Arbeit überhäuft bin, weil ich möglichst bald ein arges Mißverständnis Ihrerseits aufklären möchte. Sie betrachten die Korrespondenz in Nr. 5 vom 23. Oktober als gegen Sie gerichtet. Das ist ein Irrtum. An jenem Tage hatte Auer, wie ich Ihnen bestimmt versichern kann, das Schreiben noch gar nicht in Händen. Er hat es erst unmittelbar nach jener Zeit bekommen. Auer hat offenbar, und anders habe ich die Korrespondenz beim ersten Anblick gar nicht aufgefaßt, Hans Most damit gemeint und niemand sonst. Ich würde diesen Glauben selbst dann haben, wenn er Ihren Brief schon damals gehabt hätte, und zwar aus dem einfachen Grunde, weil von einem ›Mißtrauensäen gegen bewährte Genossen‹ bei dem kleinen Kreis der Leser des Briefes unmöglich die Rede sein konnte. Auer hätte sehr naiv sein müssen, wenn er solche Auseinandersetzungen, die jedenfalls als durchaus loyal auch von ihm aufgefaßt wurden – denn sie waren ja an alle Beteiligte gerichtet –, zum Gegenstand einer Korrespondenz machte.
Ich hoffe, daß diese Auseinandersetzung Sie überzeugt, daß Ihre Auffassung eine unrichtige ist und daß damit auch all die Folgerungen unrichtig sind, welche Sie daraus zogen. Hat Höchberg wirklich die Erklärung abgegeben, daß die Zensur nur wegen Hirsch eingesetzt gewesen, gegen Vollmar aber überflüssig sei, so verstehe ich das einfach nicht. Nach meiner Auffassung der Personen muß Hirsch Höchberg sympathischer gewesen sein als Vollmar, welcher in seinem ganzen Wesen etwas Derbes und keineswegs Fügsames besitzt. Auch steht Hirsch in der damals brennenden Tagesfrage, der Zollfrage, Höchberg weit näher wie Vollmar, denn Höchberg ist absoluter Freihändler.
Sie sagten, wir hätten sofort intervenieren sollen, als man von Zürich den Versuch machte, Hirsch unter Zensur zu stellen. Darauf habe ich zu erwidern, daß ich davon erst erfuhr, als Hirsch definitiv abgelehnt.

Ich kann ferner versichern, daß Vollmar wütend war, daß man ihn, der sich damals in sehr prekärer Lage befand, mit definitiver Antwort hinhielt, weil man noch fortgesetzt an Hirsch arbeitete, trotz seiner bereits erfolgten Ablehnung anzunehmen, und Höchberg zu diesem Zweck sogar nach Paris reiste. Doch es ist heute zwecklos, weiter darüber zu schreiben.

Ihre Ansicht über unsere Haltung in der Zollfrage ist nicht richtig. Gerade weil wir zu unseren Leuten nicht sprechen konnten, mußten wir mehr als sonst auf die Stimmung Rücksicht nehmen, und diese war tatsächlich geteilt. Kayser konnten wir seine ›Jammerrede‹ nicht verbieten, weil wir vorher nicht wissen konnten, daß er eine solche hielt. Er hatte tatsächlich mit großem Fleiß das Thema einstudiert, aber er kam im rechten Moment nicht zum Wort und wurde durch die Unterbrechung konfus. Ein Malheur, was auch anderen Leuten schon passiert ist. Hintennach wäre es uns auch lieber gewesen, er hätte nicht gesprochen, aber mißhandeln, wie es Hirsch in der ›Laterne‹ getan hat, durften wir ihn deshalb nicht.

Kayser hat auch nicht in der ersten (richtiger zweiten) Lesung – denn in der ersten gibt es, weil sie Generaldebatte ist, keine Abstimmung – für das Gesetz gestimmt, er hat dies nur für den höheren Eisenzoll getan und einige andere Positionen. Für den hohen Eisenzoll hat er auch in der dritten Lesung gestimmt, aber schließlich gegen das ganze Gesetz.

Ich bin überzeugt, daß, wenn die Partei 1879 ebenfalls hätte einen Kongreß halten können, ihr Beschluß genau so ausfiel wir vor zwei Jahren, und zwar aus dem einfachen Grunde, weil in dieser rein praktischen Frage verschiedene Strömungen vorhanden sind und die bloße Negation in den Wählerkreisen schwerlich Anklang gefunden hätte. Wir werden, solange wir parlamentarisch mittun, uns in der reinen Negation nicht halten können, die Masse verlangt, daß auch für das Heute gesorgt werde, unbeschadet dessen, was morgen kommt.

Ich gebe zu, daß man da leicht zu weit gehen kann und daß es fortgesetzter sorgfältiger Beratung von Fall zu Fall bedarf, wie weit man gehen darf. In allen diesen Fällen sind Meinungsverschiedenheiten sehr leicht, namentlich wenn man, wie Ihr, außerhalb der Fühlung mit den Massen steht, auf die man zunächst Rücksicht zu nehmen hat.

Lehrreich ist jedenfalls, daß der letzte Marseiller Kongreß in der Zollfrage fast wörtlich denselben Beschluß gefaßt hat wie wir vor zwei Jahren.

Und nun zu unserem Rechenschaftsbericht. Ich gebe Ihnen von vornherein zu, daß derselbe ungleich schärfer hätte ausfallen können, als er ausgefallen ist; aber Sie dürfen eines nicht vergessen, die Umstände und Zustände, unter denen er geschrieben wurde. Auf Grund unseres Preßgesetzes konnte man uns alsdann in Deutschland fassen, und daß uns daran nichts lag im gegenwärtigen Moment, ist wohl selbstverständlich.

Nun hätten wir den ganzen Passus mit der Revolution überhaupt weglassen können, allein den fortgesetzten Anklagen und Verdächtigungen Mosts gegenüber, dem, weil er allein das Wort führte, es gelungen war, eine Menge Köpfe zu verdrehen, war eine solche Erklärung notwendig. Ich glaube auch nicht, daß man aus dem bezüglichen Passus eine Konzession an den Bierphilister lesen kann, so naiv sind wir nicht. Wir haben wohl deutlich genug gesagt, was wir unter der ›öffentlichen Meinung‹ verstehen. Wir meinten dabei allerdings auch den Kleinbürger und Bauern, die in den letzten Jahren in größerer Zahl sich uns angeschlossen und bei der letzten Wahl in manchem Bezirk die Ehre der Partei gerettet haben, weil die Lohnarbeiter unter dem Druck und der Hetze der Fabrikanten auf der einen, der Krise auf der anderen Seite vielfach von der Stimmurne fernblieben, ja hier und da, wenn auch mit Wut im Herzen, sich zum Stimmen gegen uns herbeiließen.

Ich bin kein Freund vom Ducken und andere neben mir auch nicht; glaubte ich, daß auch nur einer unserer Gegner aus unserem Rechenschaftsbericht so etwas wie Sentimentalität oder Nachgiebigkeit herauslesen könnte, ich hätte ihn nicht unterschrieben. Ihr könnt Euch eben dort von der Situation hier keine rechte Vorstellung machen, und da legt Ihr eben einen ganz anderen Maßstab an und kritisiert, wie innerhalb Deutschlands keinem zu kritisieren einfällt. Unsere Gegner täuschen sich nicht über uns und wir uns nicht über sie. Daß wir leben und uns nicht tot machen ließen, bringt sie zur Verzweiflung, sie können es gar nicht begreifen, daß man ohne obrigkeitliche Bewilligung am Leben bleiben kann. Da wir aber eben zum Maulhalten in der Öffentlichkeit verurteilt sind, wohingegen unsere Gegner uneingeschränkt das Wort besitzen, so haben wir da, wo wir das Wort ergreifen, uns möglichst vorsichtig zu benehmen, um ihnen möglichst die Gelegenheit zu wirksamen Angriffen zu verleiden.

Das ist eine Taktik, womit wir uns meines Erachtens absolut nichts vergeben, aber sehr viel nützen. Ich wiederhole, unsere Gegner täuschen sich über unsere Taktik nicht, das zeigt das ruhige Geschehenlassen der größten Willkürlichkeiten gegen uns, aber wir setzen sie außerstande, weiterzuhetzen, und das ist, wie die Dinge liegen, notwendig und ein Erfolg.

Wir werden Eure Kritiken stets gerne entgegennehmen und wir wünschen auch, daß Ihr sie im Blatte selbst, nur nicht in verletzender Form, ungeniert übt. Wir erkennen an, daß gerade jetzt der Meinungsaustausch um so nötiger ist, wo Hunderte von Kanälen verstopft sind, durch die sonst das Gefühl der Zusammengehörigkeit und Übereinstimmung drang. Im ganzen glaube ich sagen zu dürfen, daß wir weit besser Eure Stellung begreifen wie Ihr die unsrige, und daraus geht hervor, welche Seite die schwierigere ist.

Ich hoffe, daß die Magdeburger Wahl am 10. Dezember wieder eine kleine Herzerfrischung wird. Wahrscheinlich werden wir an Stelle Brackes, der, wie er behauptet, unfähig ist, weiter mitzutun, auch eine Neuwahl bekommen. Wir wollen sie auf 1880 aufsparen.

Hans hat in meinem Brief an den Kommunistischen Arbeiterbildungsverein, wie ich glaube absichtlich, mehrere sinnstörende Entstellungen vorgenommen.

Mit den besten Grüßen an Sie und Marx Ihr

A. Bebel.«

Engels antwortete auf vorstehenden Brief bereits am 24. November 1879:

»Lieber Bebel!
Ich hatte meine guten Gründe, als ich Auers Wink auf mich bezog. Das Datum beweist nichts. Most schließt er ausdrücklich aus. Also fragen Sie ihn doch selbst, wen er gemeint hat, wir werden dann ja sehen, was er sagt. Ich bin überzeugt, das Mißverständnis ist nicht auf meiner Seite.
Die betreffende Erklärung hat Höchberg allerdings gegeben.
Daß Sie während der Verhandlung mit Hirsch meist abwesend waren, weiß ich, und es fällt mir nicht ein, Sie für das Geschehene verantwortlich zu machen.
In Beziehung auf die Zollfrage bestätigt Ihr Brief gerade das, was ich gesagt habe. War die Stimmung geteilt, was ja der Fall war, so mußte man, wenn man auf diese geteilte Stimmung Rücksicht nehmen wollte, sich ja gerade enthalten. Sonst nahm man nur auf einen Teil Rücksicht.

Warum aber der schutzzöllnerische Teil mehr Rücksicht verdient als der freihändlerische, ist doch nicht abzusehen. Sie sagen, Sie können sich parlamentarisch nicht in der reinen Negation halten. Aber indem Sie alle schließlich gegen das Gesetz stimmten, hielten Sie sich doch in der reinen Negation. Ich sage nur, man hätte von vornherein wissen sollen, wie man sich verhalten wollte, man hätte handeln sollen in Übereinstimmung mit der schließlichen Abstimmung.

Die Fragen, in denen sozialdemokratische Abgeordnete aus der reinen Negation heraustreten können, sind sehr eng begrenzt. Es sind alles Fragen, in denen das Verhältnis der Arbeiter zum Kapitalisten direkt ins Spiel kommt: Fabrikgesetzgebung, Normalarbeitstag, Haftpflicht, Lohnzahlung in Waren usw. Dann allenfalls noch Verbesserungen im rein bürgerlichen Sinne, die einen positiven Fortschritt bilden: Münz- und Gewichtseinheit, Freizügigkeit, Erweiterung der persönlichen Freiheit usw. Damit wird man Sie wohl vorläufig nicht belästigen. In allen anderen ökonomischen Fragen, wie Schutzzölle, Verstaatlichung der Eisenbahnen, der Assekuranzen usw., werden sozialdemokratische Abgeordnete immer den entscheidenden Gesichtspunkt behaupten müssen, nichts zu bewilligen, was die Macht der Regierung gegenüber dem Volke verstärkt. Und es ist dies um so leichter, als hier ja regelmäßig die Stimmung in der Partei selbst gespalten sein wird und damit Enthaltung, Negation von selbst geboten ist.

Was Sie von Kayser sagen, macht die Sache noch schlimmer. Wenn er für Schutzzölle im allgemeinen spricht, warum stimmt er denn dagegen? Wenn er gegen sie stimmen will, warum spricht er für sie? Wenn er aber das Thema mit großem Fleiß studiert hat, wie kann er für Eisenzölle stimmen? Waren seine Studien einen Pfennig wert, so mußten sie ihn lehren, daß in Deutschland zwei Hüttenwerke sind, Dortmunder Union und Königs- und Laurahütte, deren jedes imstande ist, den ganzen inländischen Bedarf zu decken; daneben noch die vielen kleineren, daß hier also Schutzzoll reiner Unsinn ist, daß hier nur Eroberung des auswärtigen Marktes helfen kann, also absoluter Freihandel oder aber Bankrott. Daß die Eisenfabrikanten selbst den Schutzzoll nur wünschen können, wenn sie sich zu einem Ring, einer Verschwörung zusammengetan haben, die dem inneren Markte Monopolpreise aufzwingt, um dagegen die überschüssigen Produkte auswärts zu Schleuderpreisen loszuschlagen, wie sie dies im Augenblick bereits tatsächlich tun. Im Interesse dieses Ringes, dieser Monopolistenverschwörung hat Kayser gesprochen, und soweit er für Eisenzölle stimmte, auch gestimmt, und Hansemann von der Dortmunder Union und Bleichröder von der Königs- und Laurahütte lachen ins Fäustchen über den dummen Sozialdemokraten, der noch dazu das Thema mit Fleiß studiert hat.

Sie müssen sich unter allen Umständen Rudolf Meyers ›Politische Gründer in Deutschland‹ verschaffen. Ohne Kenntnis des hierin zusammengestellten Materials über den Schwindel, den Krach und die politische Korruption der letzten Jahre ist kein Urteil über die jetzigen deutschen Zustände möglich. Wie konnte es zugehen, daß diese Fundgrube nicht ihrerzeit für unsere Presse ausgebeutet wurde? Das Buch ist natürlich verboten.

Die Stellen im Rechenschaftsbericht, die ich vorzüglich meine, sind erstens die, wo so viel Gewicht darauf gelegt wird, die öffentliche Meinung zu gewinnen –, wer diesen Faktor gegen sich habe, sei gelähmt –, es war eine Existenzfrage, daß ›dieser Haß in Sympathie (Sympathie! von Leuten, die sich soeben während des Schreckens als Hundsfötter erwiesen!) verwandelt wurde‹ usw. So weit braucht man nicht zu gehen, namentlich da der Schreck längst vorüber war. Zweitens, daß die Partei, welche den Krieg in jeder Gestalt verurteilt (also auch den, den sie selbst führen muß, den sie trotzdem führt) und die allgemeine Verbrüderung aller Menschen zum Ziele hat (das hat der Phrase nach jede Partei und der unmittelbaren Wirklichkeit nach keine, denn auch wir wollen uns nicht mit den Bourgeois verbrüdern, solange sie Bourgeois bleiben wollen), nicht den Bürgerkrieg erstreben kann (also auch nicht in dem Falle, wo der Bürgerkrieg das einzige Mittel zum Ziele wäre) - dieser Satz kann auch so gefaßt werden: Daß eine Partei, die das Blutvergießen in jeder Gestalt verdonnert, weder Aderlaß noch Amputation brandiger Glieder noch wissenschaftliche Vivisektion erstreben kann. Warum solche Redensarten machen? Ich verlange nicht, daß Ihr ›forsch‹ reden sollt, ich werfe dem Bericht nicht vor, daß er zu wenig sagt - im Gegenteil zu viel, was besser weggeblieben wäre. Was dann nachher kommt, ist wieder viel besser, und so hat Hans Most die paar Stellen glücklich übersehen, aus denen er Kapital schlagen konnte.

Ein Bock aber war's, im ›Sozialdemokrat‹ feierlich anzuzeigen, daß Liebknecht usw. den sächsischen Eid geschworen. Das hat Hans sich nicht entgehen lassen, und seine anarchistischen Freunde werden es schon weiterverarbeiten. Marx und ich finden die Sache selbst gar nicht so gefährlich, wie zum Beispiel Hirsch sie im ersten Eifer genommen hat; Ihr müßt wissen, ob ›Paris vaut bien une messe‹, wie Heinrich IV. sagte, als er katholisch wurde und damit Frankreich einen Dreißigjährigen Krieg ersparte; ob die Vorteile derart sind, daß man diese Inkonsequenz begeht und einen Eid schwört, der noch dazu der einzige ist, der einem keinen Meineidsprozeß zuziehen kann. Aber wenn man schwor, mußte man davon schweigen, bis andere Lärm davon schlugen, dann war Zeit genug zur Verteidigung. Ohne den ›Sozialdemokrat‹ hätte Hans kein Wort davon erfahren.

Sehr erfreut hat uns Ihre Vermöbelung des notorischen Trunkenbolds und Ludrians. Wir werden sorgen, daß dies in Paris weiterverbreitet wird, und sind nur um die französischen Worte verlegen, die obige Kraftausdrücke wiedergeben sollen.

Übrigens, daß wir hier, wie man sagt, gut reden haben und Eure Stellung viel schwieriger ist als unsere, verkennen wir keineswegs.

Der Zutritt der Kleinbürger und Bauern ist zwar ein Kennzeichen des reißenden Fortschritts der Bewegung, aber auch eine Gefahr für sie, sobald man vergißt, daß diese Leute kommen müssen, aber auch nur kommen, weil sie müssen. Ihr Zutritt ist der Beweis, daß das Proletariat in Wirklichkeit die leitende Klasse geworden ist. Da sie aber mit kleinbürgerlichen und bäuerlichen Vorstellungen und Wünschen kommen, so darf man nicht vergessen, daß das Proletariat seine leitende, geschichtliche Rolle verscherzen würde, wenn es diesen Vorstellungen und Wünschen Konzessionen machte.

Freundschaftlichst Ihr

F. Engels.«

Auf diesen Brief lautete meine Antwort:

»Leipzig, 11. Dezember 1879.

Lieber Engels!

Auer schreibt mir gestern, daß er in jener Korrespondenz Most und Ehrhart gemeint. Sie sehen also, ich hatte recht.

Höchberg hat mir beiliegende Zeilen vor einiger Zeit übersandt. Sie wollen von deren Inhalt Notiz nehmen. Auf die Schutzzollfrage, und was damit zusammenhängt, lasse ich mich nicht weiter ein, ich sehe, daß wir uns brieflich doch nicht verständigen.

Ich gehe zu der Eidesleistung über. Hirsch hat darüber kürzlich einen sehr rabiaten Brief geschrieben und Liebknecht beschworen, sich nicht von der ›faulen Leipziger Umgebung‹ beeinflussen zu lassen. Ich weiß nicht, was Hirsch damit meint, das aber kann ich versichern, daß es von Seiten der Leipziger noch keines Druckes bedurfte, um Liebknecht zu dem zu bringen, was er bisher getan. Speziell in der Eidesfrage stand ich auf einem anderen Standpunkt. Daß der Eid geleistet wurde, war auch meine Ansicht, denn wollte man ihn nicht leisten, so brauchte man überhaupt nicht zu wählen; aber ich wollte, daß vor der Eidesleistung erklärt würde, daß man den Eid nur als eine Formalie ansehe, die man erfüllen müsse, weil ohne sie kein Eintritt in die Kammer und keine Ausübung des Mandats möglich sei. Der Eid könne uns in unseren sozialistischen und republikanischen Ansichten nicht irritieren. Liebknecht war gegen diese Auffassung, und ich habe mich aus naheliegenden Gründen nicht weiter auf Streitereien eingelassen. Ebenso meine ich, wenn unsere Leute im Landtag ebenso, wie wir es konsequent im Reichstag gehalten, sich von allem intimen Umgang (Festlichkeiten, Präsidialessen, parlamentarische Kneipereien usw.) ferngehalten, es wäre besser. So oft jetzt dergleichen vorkommt, gibt es gewissen Blättern Stoff zu hämischen Bemerkungen, und da wir den Mund halten müssen, tragen solche Notizen dazu bei, unangenehme Kontroversen in den Reihen unserer eigenen Leute zu erzeugen. Wo die Sachlage so einfach ist wie hier, sollte man alles vermeiden, was zu Differenzen Anlaß gibt. Liebknecht läßt sich eben zu sehr von seinen Gefühlen beherrschen; wer ihm freundlich entgegenkommt, kann alles von ihm verlangen, und im sächsischen Landtag ist die gemütliche Seite sehr ausgebildet. Ich wünsche übrigens, daß Sie ihm über diese Dinge nichts schreiben, Gefahr ist für ihn nicht dabei, er bereitet sich nur allerlei kleine Unannehmlichkeiten, die er leicht vermeiden könnte.

Die Magdeburger Wahl ist wieder einmal so eine kleine Herzerfrischung und wird unsere Gegner weidlich ärgern. Bei der Stichwahl werden wir 2000 bis 3000 Stimmen mehr erlangen, einesteils, weil wir neues Element in den Kampf reißen, andernteils, indem ein großer Teil der Arbeiter und Kleinbürger, die für den fortschrittlichen Kandidaten gestimmt haben, nunmehr mit uns geht.

Leider werden wir in den ersten Monaten des neuen Jahres wiederum eine Wahl haben. Bracke kann krankheitshalber sein Mandat nicht länger behalten und wird es zu Ende des Jahres niederlegen. An seiner Stelle soll Auer kandidieren, für den sich die Vertrauensmänner des Bezirkes entschieden haben.

Gruß und Handschlag von Ihrem

A. Bebel.«

Engels gab sich aber keineswegs geschlagen und antwortete mit folgendem Brief:

»London, 16. Dezember 1879.

Lieber Bebel!

Es ist mir unbegreiflich, wie Auer jetzt sagen kann, er habe unter anderem Most gemeint, da er ihn doch im Artikel möglichst deutlich ausschloß. Doch mag das auf sich beruhen.

In Nummer 10 des ›Sozialdemokrat‹ stehen ›geschichtliche Rückblicke‹, die unbedingt von einem der drei Sterne herrühren. Darin heißt es: ›Nur *ehrend* sei für die Sozialdemokratie der Vergleich mit Belletristen wie Gutzkow und Laube, also mit Leuten, die schon lange vor 1848 den letzten Rest von politischem Charakter zu Grabe getragen, wenn sie je einen hatten‹. Ferner: ›Die Ereignisse von 1848 mußten kommen, entweder *mit allen Segnungen des Friedens,* wenn die Regierungen den Forderungen der Zeit genügt hätten, oder – da sie dies nicht taten – blieb *leider* kein anderer Weg als der der gewaltsamen Revolution.‹

In einem Blatt, wo es möglich ist, die Revolution von 1848, die der Sozialdemokratie erst Tür und Tor öffnete, förmlich zu *bejammern,* in einem solchen Blatt ist kein Raum für uns. Es geht aus diesem Artikel und aus Höchbergs Brief deutlich hervor, daß das Dreigestirn den Anspruch erhebt, ihre im Jahrbuch zum erstenmal klar ausgesprochenen kleinbürgerlich-sozialistischen Anschauungen im ›Sozialdemokrat‹ als gleichberechtigt neben den proletarischen zur Geltung zu bringen. Und ich sehe nicht ein, wie Ihr in Leipzig, nachdem der Karren einmal so weit verfahren, ohne förmlichen Bruch dies hindern wollt. Ihr erkennt die Leute nach wie vor als Parteigenossen an. Wir können das nicht. Der Jahrbuchartikel trennt uns scharf und absolut von ihnen. Wir können nicht einmal mit den Leuten verhandeln, solange sie behaupten, sie gehörten mit uns zu derselben Partei. Die Punkte, um die es sich hier handelt, sind Punkte, die in jeder proletarischen Partei gar nicht mehr diskutiert werden können. Sie innerhalb der Partei zur Diskussion stellen, heißt den ganzen proletarischen Sozialismus in Frage stellen. In der Tat, es ist auch besser, daß unter diesen Umständen wir nicht mitarbeiten. Wir würden in einem fort protestieren und in wenigen Wochen unseren

Rücktritt öffentlich erklären müssen, womit der Sache doch auch nicht gedient wäre.

Es tut uns sehr leid, Euch in diesem Augenblick der Unterdrückung nicht unbedingt zur Seite stehen zu können. Solange die Partei in Deutschland ihrem proletarischen Charakter treu blieb, haben wir alle anderen Rücksichten beiseite gesetzt. Jetzt aber, wo die kleinbürgerlichen Elemente, die man zugelassen, offen Farbe bekannt haben, liegt die Sache anders. Sobald ihnen erlaubt wird, ihre kleinbürgerlichen Vorstellungen stückweise in das Organ der deutschen Partei einzuschmuggeln, wird uns dadurch dies Organ einfach verschlossen.

Die Eidesgeschichte rührt uns sehr wenig. Man hätte vielleicht, wie Sie wollten, einen anderen Weg finden können, der den unangenehmen Schein etwas beseitigte, aber viel liegt auch nicht daran. Die gewünschte Diskretion werden wir beobachten.

Die Malonsche Zeitschrift kann gut wirken, denn erstens ist Malon nicht der Mann, um viel Unheil anzurichten, und zweitens werden seine Mitarbeiter unter den Franzosen dafür sorgen, daß die Sache im rechten Fahrwasser bleibt. Wenn Höchberg da einen Boden für seine Kleinbürgereien träumt, wird er finden, daß er sein Geld weggeworfen.

Die Magdeburger Wahl hat uns sehr gefreut. Die Unerschütterlichkeit der Arbeitermassen in Deutschland ist bewundernswert. Die Korrespondenzen der Arbeiter im ›Sozialdemokrat‹ sind das einzig Gute, was drinsteht.

Höchbergs Brief hierbei zurück. Dem Mann ist nicht zu helfen. Wenn wir nicht in der Gesellschaft der Zukunftsleute mitmachen wollten, so ist das persönliche Eitelkeit. Aber ein Drittel der Leute waren und sind uns noch dem Namen nach *total unbekannt,* und ungefähr ein anderes Drittel waren notorische Kleinbürgersozialisten. Und das nannte sich eine ›wissenschaftliche‹ Zeitschrift. Und Höchberg glaubt noch, sie habe ›aufklärend‹ gewirkt; Zeuge sein eigener, so merkwürdig klarer Kopf, der bis heute noch, trotz aller meiner Bemühungen, den Unterschied von kleinbürgerlichem und proletarischem Sozialismus nicht fassen kann. Alle Differenzen sind ›Mißverständnisse‹. Ganz wie bei den demokratischen Heulern von 1848. Oder aber ›übereilte Folgerungen‹. Natürlich, denn jede Folgerung ist übereilt, die dem Gerede dieser Herren einen bestimmten Sinn entlehnt. Sie wollen ja nicht nur *dies* sagen, sondern womöglich auch das Gegenteil.

Im übrigen geht die Weltgeschichte ihren Gang, unbekümmert um diese Weisheits- und Mäßigkeitsphilister. In Rußland muß die Sache jetzt in wenig Monaten zum Klappen kommen. Entweder stürzt der Absolutismus, und dann weht sofort nach dem Sturz der großen Reserve der Reaktion ein anderer Wind durch Europa, oder aber es gibt einen europäischen Krieg, und der begräbt auch die jetzige deutsche Partei unter dem unvermeidlichen Kampf eines jeden Volkes um die nationale Existenz. Solch ein Krieg wäre unser größtes Unglück, er könnte die Bewegung um zwanzig Jahre zurückwerfen. Aber die neue Partei, die daraus schließlich doch hervorgehen müßte, würde in allen europäischen Ländern frei sein von einer Masse Bedenklichkeiten und Kleinlichkeiten, die jetzt überall die Bewegung hemmen. Freundschaftlichst Ihr

F. E.«

Zwischendurch hatte ich eine Korrespondenz mit Vollmar, die sich wesentlich auf den »Sozialdemokrat« bezog. Ich schrieb ihm:

»Leipzig, 30. November 1879.

Lieber Freund!

Es wird wohl Zeit, daß die Expedition instand kommt; wir haben bisher bis zu Nummer 7 erhalten, aber alles merkwürdig spät. Woran das liegt, weiß ich nicht. Ist denn eine schnellere Beförderung nicht möglich? In Berlin sind bisher 4, 6 und 7 ausgeblieben; wenn das so fortgeht, verlieren wir diesen wichtigsten Posten. Ob man am Aufgabe- oder am Empfangsort fehlt, ich weiß nicht, darüber müßt ihr Recherchen anstellen. Ich warte diesmal auf die Eröffnung des Reichstages nur, damit eine Agitation möglich ist …

In bezug auf die Haltung des Blattes rate ich zum entschiedensten Ton; die Stimmung unserer Leute gravitiert immer mehr nach links. Die fortgesetzten Maßregelungen und die Erneuerung des Belagerungszustandes erbittern aufs höchste, und dieser Erbitterung verlangen sie Ausdruck zu geben. Ebenso empfehle ich, die französischen Bourgeoisrepublikaner preiszugeben. Ich bin der Ansicht, daß es für die französischen Sozialisten gar nichts Besseres geben kann, als wenn sie sich von den Radikalen trennen. Die Selbständigkeit der Arbeiterpartei, die wir in Deutschland stets mit aller Entschiedenheit vertreten haben, müssen wir auch den französischen Arbeitern anraten. Zudem müssen die Franzosen am besten wissen, was sie von den Radikalen zu erwarten haben. Ich traue den letzteren nicht über den Weg, sie haben sich gegen die Kommune alle ohne Ausnahme schuftig benommen.

Karl Hirsch hat gleich Ihre schwankende Haltung in diesem Punkte benutzt, um in einem Brief an L.[2] auf Sie loszuschlagen. Daraus haben Sie und wir uns nichts zu machen, da Hirsch jetzt am allerwenigsten ein kompetenter und unparteiischer Richter ist. Aber er hat nach meiner Überzeugung in diesem Punkte die große Mehrzahl unserer Genossen auf seiner Seite, und das müssen wir beachten.

Unsere Aufgabe muß es sein, die Franzosen, soweit unser Einfluß reicht, mehr und mehr nach links zu drängen, damit sie endlich zu einer wirklichen selbständigen Organisation kommen. ...

Noch einmal bitte ich Sie, daß die Expedition ihre ganze Sorgfalt auf rasche Lieferung vom deutschen Boden aus legt.

Herzliche Grüße an Sie und alle Genossen.

Ihr *A.B.*«

»Leipzig, 5. Januar 1880.

Lieber Freund!

Heute gab es zwischen Hasenclever und V.[3] einerseits und mir anderseits lebhafte Auseinandersetzungen über die neueste Nummer. Man fand dieselbe zu kraß, die ›Freiheit‹ noch überbietend und uns kompromittierend, indem sie zu Prozessen wie der in Hannover führe.

Ich kann nicht leugnen, daß einige Stellen im Gedicht wie in dem Artikel sich befinden, die sehr geeignet sind, einem erwischten Verbreiter einen Hochverratsprozeß an den Hals zu bringen. Dann wird der zweitletzte Absatz des Artikels ›Unsere Festtage‹ gehörig gegen uns ausgebeutet werden, und zwar im Reichstag. Jedenfalls haben Sie gezeigt, daß Sie, wenn's gewünscht wird, auch à la Hans schreiben können, und das mag die Nörgler beruhigen.

In Berlin herrscht der weiße Schrecken; alle unsere bekannteren Genossen stehen in einem Maße unter Beaufsichtigung, daß keiner mit dem anderen zusammenkommen kann. Vorläufig ist Berlin vollständig gesperrt. Man munkelt von starken Verschärfungen des Sozialistengeset-

2   Liebknecht. D.H.

3   Das V. kann Viereck bedeuten, aber auch Vahlteich. Bebel hatte zu dem V. schon den Namen Viereck geschrieben, ihn aber wieder gestrichen. Er traute offenbar seinem Gedächtnis in diesem Punkte nicht. D.H.

zes; man wolle einen Paragraphen hineinbringen, wonach an jedem Ort ohne Belagerungszustand gefährliche Personen ausgewiesen werden könnten.

Sollte dies sich bewahrheiten und der Plan durchgehen, gäbe es eine großartige Schubserei, in erster Linie hier am Platze. Bringen Sie vorläufig öffentlich nichts, es könnte sonst der Plan einzelner sehr bald Fleisch und Blut erlangen. Überhaupt rate ich, alle Nachrichten, welche die Gegner stutzig machen könnten, möglichst zu vermeiden; es ist augenblicklich nicht gut, uns gefährlicher zu machen, als wir sind.

Ihr A.B.«

Am 23. Januar 1880 schrieb ich noch zu der Differenz zwischen Vollmar und Engels an letzteren:

»Lieber Engels!
Ich sende Ihnen beiliegend ein Schriftstück, das mir Vollmar schon vor einiger Zeit auf Ihren letzten Brief und Druckschrift übersandte und von dem er nachdrücklich verlangt, daß ich es Ihnen übermittle, was hiermit geschieht.

Ich lasse mich mit Ihnen in bezug auf das früher Vorgefallene in keine Polemik mehr ein; ich bin in einer Weise mit Arbeit beladen, daß ich meine keineswegs gute Laune nicht mehr durch fruchtlose Auseinandersetzungen verderben will. Mir brummt der Kopf wegen anderer Dinge; die lange und heftige Dauer der Krise bringt uns materiell in das härteste Gedränge, und dabei steigen die Anforderungen bei den vielen Ausgewiesenen und der Menge der Existenzen, die, durch das Sozialistengesetz aufs Pflaster geschleudert, nicht wissen, was sie anfangen, wovon sie leben sollen. Ich bin zum Zentralpunkt geworden, an dem all die Klagen und Anliegen zusammenlaufen, und da mögen Sie sich denken, in welche Stimmung man allmählich hineingerät ...

Alles, was über Spaltungen in der deutschen Sozialdemokratie gesagt und geschrieben wird, ist, wenn wir von dem Fall Hasselmann absehen, der uns keine Kopfschmerzen macht, Schwätzerei. Eine Differenz, die hier oder da mal zwischen zwei Leuten ausbricht und zufällig mal in die Öffentlichkeit gelangt, wird von der gegnerischen Presse zu einem Spaltungs- und Zersetzungssymptom aufgebauscht, und man jubelt um so lauter, je mehr man das Unbehagen über die fortdauernde Aktivität der Partei zu vertuschen suchen muß. Alles, was Euch also in dieser

Richtung in der deutschen Presse aufstößt, das betrachtet mit dem größten Skeptizismus.

Mit den besten Grüßen an Sie und Marx

Ihr A. Bebel.«

Das im Eingang dieses Briefes erwähnte Schriftstück war eine Darlegung Vollmars, worin er sich gegen Marx und Engels wegen deren Angriffe auf seine Redaktion verteidigte. Der Brief hatte das praktische Resultat, daß Engels mir einen Scheck von 10 Pfund Sterling für die Kasse schickte.

Die Verbreitung des »Sozialdemokrat« und der rote Postmeister

Ein tüchtiger Leiter der Expedition des »Sozialdemokrat« war mindestens ebenso nötig wie ein tüchtiger Redakteur. Was nützte uns das beste Blatt, wenn nicht eine Kraft vorhanden war, die den außerordentlich schwierigen Transport des Blattes ins Deutsche Reich und die Organisierung seiner Verbreitung im Reich zu leiten verstand? Wenn sich nicht ein Mann fand, der, ungeachtet aller Fehlschläge, die unausbleiblich waren, nie den Mut und den Kopf verlor, sondern mit gutem Humor immer neue Wege und Mittel fand, den zahlreichen Aufpassern an der Grenze eine Nase zu drehen? Denn kaum war das Blatt erschienen, so bot die deutsche Polizei durch Spione, die sie nach Zürich sandte, oder dort für gutes Geld zu gewinnen suchte, das Äußerste auf, um den Schleichwegen auf die Spur zu kommen, auf denen der Massentransport des Blattes bewerkstelligt wurde. Und die Polizeispionage in der Schweiz wurde durch die Mobilmachung der Grenzwächter längs der deutsch-schweizerischen Grenze ergänzt, deren höchster Ehrgeiz es wurde, eine Sendung »Sozialdemokrat« abzufangen.

Der Kampf, der nunmehr während zehn Jahren zwischen den Leitern der Verbreitung des Blattes und der deutschen Polizei und den Grenzwachen geführt wurde, dürfte der interessanteste gewesen sein, der jemals in dieser Art stattfand. Er stellte die höchsten Anforderungen an die Ausdauer, die Umsicht, die Geschicklichkeit und Verschlagenheit des angreifenden Teils und konnte nur dadurch siegreich durchgeführt werden, daß sich allmählich diesseits und jenseits der Schweizer Grenze eine große Anzahl wagender und gewandter Genossen fanden, die, Hand in Hand mit der Leitung in Zürich, sich in den Dienst der gemeinsamen Sache stellten. Aber diese Genossen zu finden und entsprechend zu instruieren, war auch kein leichtes Stück Arbeit. Doch es gelang. Und nicht bloß fanden sich Genossen in Zivil, auch solche im Bahn- und sogar im Polizeidienst, die bei dem Transport der verbotenen Ware behilflich waren. Zu letzteren gehörte ein Polizeiwachtmeister B. in Konstanz, der uns manchen guten Dienst leistete. So sollte er zum Beispiel eines Tages einen verfolgten Genossen auf Anweisung des Staatsanwalts Fieser in Karlsruhe verhaften, dem er in der Nacht vorher Quartier in seiner Wohnung gegeben und zur Flucht verholfen hatte. B. hat später den Dienst quittiert und lebt in der Schweiz als wohlhabender Mann. Sein Vermögen erwarb er sich durch einen Schuhwarenhandel, den er in Winterthur begann. Unter den deutschen Genossen waren es insbesondere Adolf Geck und sein Bruder Karl, ferner die Genossen Autenriet und Haueisen in Offenburg, Kaufmann Arnold in Konstanz, Fr. Haug in Freiburg in Baden und sein Bruder Jakob Haug in Mühlhausen im Elsaß, die Brüder Lutz in Villingen und Besigheim, Gutmann in Basel und viele andere, die den Schmuggeldienst übernahmen oder vermittelten. Später, und namentlich als der »Sozialdemokrat« vom Sommer 1888 ab in London erschien, war Hamburg das Einfallstor für das Blatt, dessen Verbreitung hauptsächlich Wilhelm Schröder und Steinfatt leiteten.

Viele Verbreiter erhielten wegen ihrer Tätigkeit zum Teil wiederholt Gefängnisstrafen. So Adolf Geck elf, sein Bruder Karl sieben, Autenriet vier, Haueisen drei Monate usw.

Die Lagerungsplätze und Transportgelegenheiten für den »Sozialdemokrat« waren zuweilen recht eigenartige. So wurde das Blatt längere Zeit in einer Kirche in Villingen unter der Treppe der Kanzel gelagert. Der Verbreiter des »Sozialdemokrat« im Leipziger Bezirk, Genosse Kleemann, verwahrte es bis zu seiner Ausweisung aus Leipzig in einem ihm als Logenschließer im Stadttheater zur Verfügung stehenden Schrank. Und als Kaiser Wilhelm II. einmal von einer Reise nach England zurückkehrte, ahnte er nicht, daß im Bauch seines Schiffes ein großes Quantum »Sozialdemokrat« verstaut war. Sind einmal die unteren Beamten und Staatsarbeiterschichten für eine einer Regierung feindliche Partei gewonnen, so vermag sie mit dieser Partei nicht mehr fertig zu werden; sie ist auf die Leistungen dieser Schichten angewiesen. Ihr schwankt alsdann der Boden unter den Füßen.

Als der »Sozialdemokrat« ins Leben trat, wurde ein Parteigenosse Uhle, der sich als tüchtiger und gewandter Agitator betätigt hatte, Expedient desselben. Aber bald zeigte sich, daß er für diesen Posten nicht taugte, es fehlte ihm die Geschäftsgewandtheit. Immerhin machte er in der kurzen Zeit, da er diesen Posten bekleidete, eine sehr wertvolle Erwerbung. Er gewann in dem Genossen Schuhmacher J. Belli, einem badischen Bauernsohn, der sich in dem Grenzort Kreuzlingen bei Konstanz niedergelassen hatte, einen vorzüglichen Organisator des Pascherdienstes. J. Belli hat über seine Erlebnisse in dieser Rolle ein Büchlein erscheinen lassen unter dem Titel: »Die rote Feldpost und anderes«, in dem er amüsant die Abenteuer schildert, die mit seiner Tätigkeit verbunden waren. Die Unzulänglichkeit Uhles für seinen Posten veranlaßte mich, an Motteler zu schreiben, ob er geneigt sei, den Posten zu übernehmen, aber Motteler antwortete, er wolle Deutschland ohne Not nicht verlassen. Darauf wandten Vollmar und ich uns nach einiger Zeit nochmals an ihn, der damals in Nymphenburg bei München wohnte, und nunmehr nahm er unser Anerbieten an. Damit hatten wir den richtigen Mann für den richtigen Posten gefunden.

Motteler hatte sich als Kaufmann in der Wollwarenmanufaktur ausgebildet, er war aber auch, um das Geschäft gründlich kennenzulernen, längere Zeit als Arbeiter in der Fabrik tätig gewesen. Er hatte also sozusagen von der Pike auf gedient. Aber Motteler war nicht nur Geschäftsmann, er war auch eine geborene Dichter- und Künstlernatur. Ein genialisch angelegter Mensch und ein angenehmer Gesellschafter, dem Witz und Humor zur Verfügung standen. Unsere Frauen freuten sich stets, wenn die Leipziger Messe herannahte, und er als Vertreter der von ihm gegründeten Krimmitschauer Spinn- und Webgenossenschaft in Leipzig erschien. Die Phantasie spielte allerdings in seinen Erzählungen eine große Rolle. Er sah die Welt stets anders an als wir anderen, aber vergnüglich war es, ihm zuzuhören. Auch war er ein guter Redner, der die Hörer in glänzenden Bildern hinzureißen wußte. Was ihn besonders für seine neue Stellung geeignet machte, war seine Energie und Findigkeit. Auch war er eine unermüdliche Arbeitskraft, im höchsten Grad opferwillig, gewissenhaft und zuverlässig. Eine besondere Geschicklichkeit entwickelte er in der Verpackung des Blattes, sei es in Briefen, sei es in Paketen. Wer auf dem »Olymp« erschien, so hieß die Wohnung Mottelers bei den Züricher Genossen, die mit der Expedition verbunden und für gewöhnliche Menschenkinder unzugänglich war, mußte an den Expeditionstagen auch zur Arbeit heran. Der beständige Wechsel in den Adressen, herbeigeführt durch Wohnungs- oder Ortswechsel, Briefsperre, Verrat oder Bespitzelung der Adressaten verursachte sehr viel Arbeit und erforderte große Umsicht. Kam aber ein Genosse auf den »Olymp«, der nach Deutschland reiste, dann mußte ein solcher eine besondere Prozedur über sich ergehen lassen. Der »rote Postmeister«, wie bald genug Motteler im Munde der Parteigenossen hieß, ordnete alsdann an, daß der Betreffende bis auf die Unterwäsche sich entkleidete. Alsdann wurden der Körper und seine Gliedmaßen kunstgerecht mit Briefen in den verschiedensten Formen eingepackt und ausgepolstert. War dieses Geschäft unter steter großer Heiterkeit der Beteiligten beendet, dann durfte er zur Bahn, um sich jenseits der Grenze in sicheren Händen der überflüssigen Last zu entledigen. Mir ist nicht bekannt, daß je einer der so ausgepolsterten Genossen von einem Zerberus jenseits der Grenze gefaßt worden wäre.

Dagegen wurden manchmal ganze Ladungen an der Grenze oder im Inneren des Landes, fast immer infolge von Ungeschicklichkeit oder Vertrauensseligkeit der eigenen Leute, abgefaßt. Kam eine solche Nachricht, dann geriet auch der rote Postmeister in Zorn. Nun mußte sein Adlatus Belli hinaus, um einen anderen Weg ausfindig zu machen oder neue Schmuggler zu engagieren, für die der Blatt- und Schriftenschmuggel ein gutes Geschäft war.

Aber eine Lücke in meiner Darstellung wäre es, wollte ich hier nicht auch der Ehefrau Mottelers gedenken. Beide stammten aus der gleichen Stadt, Eßlingen in Württemberg. Jugendneigung verband sie. Frau Motteler stand ihrem Mann treu helfend zur Seite. Wehe dem, der gegen ihren Julius eine ungünstige Bemerkung machte. Die Wohnung Mottelers am oberen Wolfbach in Zürich war so gewählt, daß er von ihr aus einen bequemen Überblick über die damals noch unbebaute Umgebung besaß. Polizeispione, deren namentlich das Berliner Polizeipräsidium stets eine Anzahl in Zürich präsent hatte, konnten sich also nicht unbemerkt an die Wohnung heranschleichen. Kam aber ein Fremdling nach dem »Olymp« und begehrte Einlaß, dann trat ihm die »Tante«, wie Frau Motteler wegen ihres gastfreundlichen Wesens von uns scherzweise genannt wurde, in der Tür persönlich entgegen und fragte nach seinem Begehr, wobei sie den Fremdling mit strengstem Blick vom Scheitel bis zur Zehe maß. Bestand er das Examen, dem er unterworfen wurde, dann wurde ihm der Eintritt in das Heiligste, die Expedition, erlaubt. War er aber ein Vertrauter der beiden Eheleute, dann wurde er zum Eintritt in das Allerheiligste, in die gemütlich eingerichtete Wohnstube gebeten.

Aber trotz allen Vorsichtsmaßregeln und allem Mißtrauen, das volle Berechtigung hatte, geschah es doch einmal, daß ein später als gefährlicher Polizeispion und Agent provocateur Entlarvter in die Mottelersche Wohnung Zutritt erlangte, der ehemalige badische Artilleriehauptmann a.D. von Ehrenberg und seine Frau. Sobald aber unser Mißtrauen gegen den Herrn erweckt wurde, mußte er mit seiner sicher völlig unschuldigen Frau das Feld räumen.

Ich komme später noch auf Ehrenberg zu sprechen.

Es mag hier noch kurz einiges über das private Treiben unserer Züricher Freunde verlautbart werden. Allmählich hatte sich in Zürich ein ganzer Generalstab tüchtiger Kräfte eingefunden. Neben Bernstein, Motteler, Vollmar die beiden Setzer des »Sozialdemokrat« Richard Fischer und Tauscher, Derossi, der Gehilfe Mottelers, Karl Kautsky und später Heinrich Schlüter, dann der Züricher Genosse Schneider Beck und der Buchbinder Karl Manz, der in Berlin der letzte verantwortliche Redakteur der Berliner »Freien Presse« gewesen war, ehe ihr das Sozialistengesetz den Garaus machte, und andere. Schlüter beriefen wir Ende 1883 auf meinen Vorschlag nach Zürich zur Organisierung des Schriftenvertriebs, nachdem er in Dresden ausgewiesen worden war und in Stuttgart keine ihn befriedigende Existenz hatte finden können. Auf ihn geht die Einrichtung des Parteiarchivs zurück, dessen Gründung ich schon im Leipziger »Vorwärts« und dann wieder im »Sozialdemokrat« angeregt hatte. Schneider Beck, ein lustiger Kumpan, war der »Hofschneider« des damaligen Studenten Peter Karageorgewitsch, des späteren Königs Peter von Serbien. Peter Karageorgewitsch, der öfter mit unseren Parteigenossen verkehrte, manchmal auch an den lustigen Sitzungen im Mohrenklub teilnahm, war damals ein armer Teufel, der sich ständig in Geldnot befand. Um sich ein wenig herauszuhelfen, veranlaßte er den Schneider Beck, ihm seine Rechnung fünfzig Prozent höher im Preise anzusetzen. Sobald dann Peters Rechnung von dessen Angehörigen bezahlt wurde, erhielt Peter von Beck die überschießenden Beträge. König Peter hat während des Balkankriegs einem Interviewer der »Neuen Züricher Zeitung« das Geständnis abgelegt, wie schön es in seiner Jugend in Zürich gewesen sei und welche hochfliegenden Pläne sie damals für Völkerwohl und Völkerglück geschmiedet hätten. Aber Träume sind Schäume. Es gibt noch manchen Staatsmann und hohen Beamten auf dem Balkan, der in jungen Jahren in Zürich ein firmer Marxist wurde und es mit der Internationale hielt. Es soll ihnen kein Vorwurf daraus gemacht werden. Ich schätze sie höher als jene preußischen Junkersöhne – darunter einige von altem Adel –, die damals ebenfalls in Zürich studierten, aber ebenso borniert nach Hause zurückkehrten, wie sie in Zürich einrückten.

In Zürich ging es zuweilen recht lustig zu, denn Trübsalblasen war auch unter dem Sozialistengesetz trotz alledem nicht unsere Art. Die ständig von allen Seiten nach Zürich gelangenden Nachrichten von den Schand- und Gewalttaten im Reiche, die noch durch die Erzählungen der nach Zürich kommenden Ausgewiesenen und Flüchtlinge ergänzt wurden, steigerten zwar den Zorn unserer Genossen über diese Zustände, was an der Haltung des »Sozialdemokrat« zu spüren war, aber es gab auch wieder Stunden, wo man sich mehr als Mensch denn als Parteimann fühlte und dem Humor die Zügel schießen ließ. In der Regel ging es im Mohrenklub, wie in Erinnerung an die gleichnamige Verbindung, die vor dem Sozialistengesetz in Berlin bestand, eine Vereinigung von Parteigenossen sich nannte, besonders lebhaft zu, wenn wir nach Zürich kamen, was jedes Jahr mehrere Male geschah. Alsdann wurde mit besonderer Andacht das berühmte »Lied vom Bürgermeister Tschech« gesungen, der in den vierziger Jahren ein Attentat auf Friedrich Wilhelm IV. mit ziemlich komischem Ausgang unternommen hatte. Eduard Bernstein war alsdann der Vorsänger, den Refrain sang der Chor. Diesem Lied folgte das ebenso berühmte »Petroleumlied« und ähnliche Spottgesänge auf die Zustände in Deutschland. Oder Eduard Bernstein und Karl Kautsky – damals die beiden Unzertrennlichen – sangen ein Duett, das Steine erweichen, Herzen brechen machte. Oder man trieb sonstige Allotria, bei denen wir aus dem Lachen nicht herauskamen. Eine Zeitlang wohnte in dem Hause, in dessen Parterreräumen der Mohrenklub tagte, Gottfried Keller, der berühmte Züricher Dichter. Als er eines Abends den Besuch von Paul Heyse hatte, war der Lärm im Parterre besonders stark. Heyse fragte Keller, wer denn die Lärmer seien, worauf Keller im züricherischen Dialekt antwortete, das seien die Sozialdemokraten. Darauf deklamierte Paul Heyse mit komischem Pathos: »Dort unter der Schwelle brodelt die Hölle.« Aber diese gemütlichen Lärmer konnten sehr ungemütlich werden, galt es, einem entlarvten Spitzel gründlich das Fell zu gerben oder ihm sonst zu zeigen, »wo Barthel den Most holte.«

Das geschah zum Beispiel dem sächsischen Spitzel Schmidt, den das Dresdener Polizeipräsidium mit Staatsgeldern unterstützte, wissend, daß Schmidt ein gemeiner Verbrecher war. Als Schmidt nach seiner Entlarvung nach Dresden zurückkehrte, mußte ihm der Prozeß gemacht werden, in dem er zu fünfjährigem Zuchthaus verurteilt wurde.

Sobald Motteler seinen Posten in Zürich angetreten hatte, entwickelte sich zwischen uns eine lebhafte Korrespondenz. Ich kann dieselbe ungeachtet ihres interessanten Inhaltes nur zum kleinsten Teile wiedergeben, meine Arbeit nähme sonst einen zu großen Umfang an. Dieselbe Reserve muß ich mir auch in der Wiedergabe der Korrespondenz mit Marx, Engels, Vollmar und anderen auferlegen. Mit Mottelers Eintritt in die Verwaltung des »Sozialdemokrat« bekam diese ein anderes Gesicht. Es kam Zug in die Sache, und die Zahl der Leser wuchs rasch. Ende 1879, also schon nach dreimonatigem Bestand, hatte der »Sozialdemokrat« einen Absatz von 3600 Exemplaren, ein über Erwarten großer Erfolg in Erwägung der großen Schwierigkeiten, die seiner Einschmuggelung in Deutschland entgegenstanden. Und der Absatz stieg immer mehr, aber auch die Schwierigkeit der Einschmuggelung, da die Grenzwachen ihre Tätigkeit verdoppelten und verdreifachten. So entstand nach einigen Jahren die Frage, ob es sich nicht empfehle, einen größeren Teil der Auflage im geheimen in Deutschland drucken zu lassen. Die gleiche Frage entstand nun noch dringender für die Herstellung verbotener Schriften, deren Absatz ebenfalls ständig wuchs. Hier kamen den Zürichern die Ratschläge und das Eingreifen der Genossen Dietz und Grillenberger zu Hilfe, die sich damit um die Partei große Verdienste erwarben. Die Herüberschmuggelung der Matern nach Deutschland geschah in sehr ingeniöser Weise. Das Blatt wurde bald hier bald dort fertiggestellt, manchmal auch auf längere Zeit an einem Orte, erlaubten das die Umstände. Die Polizei merkte bald, wohl unterrichtet durch die Grenzbeamten, denen zeitweilig immer kleiner werdende Sendungen Blätter in die Hände fielen, daß in der Hauptsache das Blatt in Deutschland gedruckt werden müsse. Die Polizei setzte nunmehr ihr ganzes Können ein, um den Orten der geheimen Herstellung auf die Spur zu kommen. Vergeblich. Wo nicht Ungeschicklichkeit im Spiele war, reichte der Witz der Polizei nicht aus, Entdeckungen zu machen. Verräter gab es hier keine, denn die Genossen, die sich an der Herstellung dieser Literatur beteiligten, waren erstklassige Männer, auf deren Verschwiegenheit und Geschicklichkeit man bauen konnte. Während der ganzen Dauer des

Sozialistengesetzes gelang es der Polizei auch nicht einmal, eine Herstellungsstätte verbotener Schriften zu entdecken. Mit geradezu unerhörter Kühnheit druckte zum Beispiel längere Zeit Grillenberger den »Sozialdemokrat«. Die Nürnberger Polizei ahnte, daß er bei Wörlein & Co., dem Grillenbergerschen Geschäft, hergestellt werde. Sie veranstaltete auch eine Haussuchung nach der anderen bei Tag und bei Nacht, jedoch stets ohne Resultat.

Auch Genosse Dietz nahm ein großes Risiko auf sich, als er mehrere Auflagen meines Buches: »Die Frau und der Sozialismus« im geheimen herstellte. Hier handelte es sich um eine umfangreiche Schrift, deren Herstellung längere Zeit in Anspruch nahm, wobei die Gefahr der Entdeckung mit jedem Tage wuchs. Ich begriff seine Lage, als er mir eines Tages schrieb: Es sei doch eine verflucht gefährliche Geschichte, in die er sich eingelassen habe. Der Stuttgarter Staatsanwalt leitete auch, wahrscheinlich auf Hörensagen hin, eine Voruntersuchung wegen Herstellung verbotener Schriften gegen ihn ein. Aber der Liebe Müh war vergeblich[1].

1 Über diese Angelegenheit schreibt Genosse Dietz:
Bebel beabsichtigte eine vollständig neu bearbeitete Ausgabe seines Buches »Die Frau und der Sozialismus« in Deutschland herstellen zu lassen. Als Verlag sollte eine Schweizer Firma genannt werden. Maßgebend war, daß eine in Deutschland gedruckte Auflage im Inlande verbleiben und daher leichter verbreitet werden konnte als eine, die vom Ausland über die Grenze geschmuggelt werden mußte. Bebel und ich kamen überein, das Werk in der Stuttgarter Buchdruckerei herzustellen. Das Verlags-Magazin (J. Schabelitz) in Zürich hatte sich bereit erklärt, seine Firma auf das Werk setzen zu lassen und den Vertrieb für das Ausland zu übernehmen. Der alte Titel wurde abgeändert in »Die Frau in der Vergangenheit, Gegenwart und Zukunft«. Etwa ein halbes Jahr nach der Fertigstellung wurde der Behörde verraten, ich hätte das Werk gedruckt. Eine Haussuchung fand statt, von dem Werk wurde in der Druckerei nichts vorgefunden, dagegen glaubwürdig festgestellt, daß die Verjährung nach dem Preßgesetz (6 Monate) bereits eingetreten sei, eine Verfolgung also nicht mehr eintreten könne. Ein Nachspiel sollte die Affäre aber insoweit haben, als Herr v. Puttkamer in der nächsten Session des Reichstags einen von der Regierung eingebrachten Gesetzentwurf verteidigte, nach dem die Verjährungsfrist wegen Preßvergehen von einem halben Jahr auf drei Jahre erhöht werden sollte. Der Reichstag lehnte den Gesetzentwurf kurzerhand ab. Unter seinen Papieren hatte Herr v. Puttkamer auch Bebels Buch liegen, das damals

So hing über den meisten von uns das Damoklesschwert, bei dem einen aus diesem, bei dem andern aus jenem Grunde. Und das band uns wieder zusammen, wenn einmal zwischen uns Differenzen ausbrachen, was bei der Verschiedenheit der Temperamente und der Auffassungen nur natürlich war, begünstigt durch die Schwierigkeit, im öffentlichen Kreise sich aussprechen zu können. Das war, ist und wird sein, solange es eine Partei gibt. Dem gemeinsamen Feind aber standen wir allezeit als eine geschlossene Phalanx gegenüber, die jeden Tag stärker wurde.

Die Reichstagssession von 1879

Diese war eine ungewöhnlich lange; sie begann am 12. Februar und endete am 12. Juli. Den Hauptgegenstand der Verhandlungen bildete der neue Zolltarif, der den Umschwung in der deutschen Handelspolitik vom gemäßigten Freihandel zum Schutzzoll einleitete. Zugleich verwirklichte diese Session bis zu einem gewissen Grad Bismarcks Steuerideal, wie er es in seiner Rede über direkte und indirekte Steuern am 22. November 1876 enthüllte, worin er sich mit Nachdruck gegen die direkten Steuern und für möglichst hohe indirekte Steuern auf die »Luxusartikel der großen Masse« aussprach, als welche er Bier, Branntwein, Zucker, Kaffee, Tabak und Petroleum bezeichnete. Eine mäßige direkte Steuer solle nur als Anstandssteuer für die ganz reichen Leute zugelassen werden.

Der Umschwung in der Zollpolitik wurde herbeigeführt durch zwei Umstände. Die große industrielle Krise, die jetzt schon in das sechste Jahr währte und eine internationale war, hatte der inländischen Industrie

unter dem gelben Umschlag der »Berichte der Fabrik-Inspektoren 1883« eine starke Verbreitung fand.

Das auf Grund des Sozialistengesetzes erlassene Verbot hatte folgenden Wortlaut: »Die Frau in der Vergangenheit, Gegenwart und Zukunft. Von August Bebel. Verlag des Verlags-Magazins (J. Schabelitz) zu Zürich 1883. Kgl. Polizei-Präsident zu Berlin. 2. 11. 83. Das Verbot erstreckt sich auch auf diejenigen Exemplare dieser Druckschrift, welche unter einem Deckelumschlag mit der Titelaufschrift: ›Berichte der Fabrik-Inspektoren 1883‹ verbreitet werden. Kgl. Polizei-Präsident zu Berlin, 19. 12. 83.«

Die erste Auflage von 1879 war schon unter Umschlägen verbreitet worden, auf denen gedruckt stand »Engel, Statistik, 5. Heft«.

eine starke Auslandskonkurrenz herangezogen. Insbesondere schrien die Eisenindustriellen über die Aufhebung der Eisenzölle, die im Januar 1877 beschlossen worden war. Sie verlangten nicht bloß ihre Aufrechterhaltung, sondern auch ihre Erhöhung. Ebenso fühlten sich die Baumwollindustriellen durch die englische Konkurrenz bedroht und machten mit den Eisenindustriellen gemeinsame Sache. Industrielle anderer Zweige, die sich gleichfalls durch die Auslandskonkurrenz gedrückt fühlten, schlossen sich ihnen an. Die Industriellen hätten aber ihre Pläne nicht allein durchgesetzt, wenn ihnen nicht die Agrarier zu Hilfe kamen. Diese waren bis vor kurzem die Hauptstützen der Freihandelspolitik gewesen, sie hatten ihren Weizen und ihr Vieh vornehmlich nach England abgesetzt, wobei sie hohe Preise im In- und Ausland erzielten. In der zweiten Hälfte der siebziger Jahre machte sich aber plötzlich die amerikanische Getreidekonkurrenz bemerkbar. Unterstützt durch die modernen Transportmittel erschienen enorme Getreidemengen auf dem englischen Markt und verdrängten durch billigere Preise das deutsche Getreide. Damit nicht genug, das amerikanische Getreide erschien auch auf dem deutschen Markt und half die damals sehr hohen Getreidepreise werfen. Jetzt vollzog sich in den Ansichten der Agrarier ein rapider Umschwung, über Nacht wurden sie ebenso eifrige Schutzzöllner, wie sie vorher Freihändler gewesen waren. Damit waren aber die Berührungspunkte zwischen Agrariern und Industriellen zu gemeinsamem Handeln gegeben. Es kam zwischen beiden das große Kartell zustande, das durch Schaffung des neuen Zolltarifs ihr Bündnis besiegelte. Das Foyer des Reichstags glich damals einer Schacherbude. Die Vertreter der verschiedensten Industriezweige und Agrarier bevölkerten zu Hunderten das Foyer und die Fraktionszimmer des Reichstags. Dort wurden die Kompromisse geschlossen, die nachher das Plenum sanktionierte. Erleichtert wurde dieses Schachergeschäft auf Kosten der großen Masse dadurch, daß die Sozialdemokratie durch das Sozialistengesetz in der Agitation gegen die neue Zollpolitik gelähmt war. Und die Reichstagsmehrheit besaß die Unverfrorenheit, die von der Polizei gegen die Versammlungen im Lande geübte Taktik auf die sozialdemokratischen Redner im Reichstag anzuwenden, indem sie systematisch unsere Mundtotmachung betrieb. So wurde mir zweimal das Wort zu den Getreidezöllen abgeschnitten, das gleiche Schicksal teilten verschiedene andere Parteigenossen bei den übrigen Positionen des Tarifs, so Kayser und Vahlteich. Damit nicht genug. Als zum erstenmal der Rechenschaftsbericht wegen des über Berlin verhängten kleinen Belagerungszustandes zur Verhandlung stand, schloß man schon die Debatte, nachdem Liebknecht und nach ihm der Minister Graf zu Eulenburg gesprochen hatten, und schnitt damit Hasselmann, einem der Berliner Ausgewiesenen, das Wort ab. Bezeichnenderweise und offenbar nach Übereinkommen hatte sich kein bürgerlicher Abgeordneter zum Wort gemeldet.

Am 26. Februar stand eine Interpellation des Herrn v. Hertling wegen Erweiterung des Haftpflichtgesetzes zur Verhandlung. Ich war seitens der Fraktion als Redner bestimmt worden. Meine Reformvorschläge gingen dahin: 1. Eine Konferenz der Gewerbeinspektoren zu berufen, die ihrerseits Reformvorschläge machen sollten; 2. eine Anfrage an das Reichsoberhandelsgericht – das spätere Reichsgericht – zu richten, welches seine Erfahrungen mit dem Haftpflichtgesetz seien; 3. Erweiterung der Entschädigungspflicht bei Unfällen im Sinne des § 1 des Haftpflichtgesetzes; 4. Ausdehnung der Haftpflichtversicherung auf alle Arbeiter in Gewerbe, Handel, Verkehr und Landwirtschaft; 5. Verpflichtung der Unternehmer, bei Unfällen den Beweis zu führen, daß nicht höhere Gewalt den Unfall verschuldete; 6. Gründung einer Reichsunfallversicherungsanstalt, die vom Reich verwaltet werde, an Stelle der privaten Haftpflichtversicherungen. Die Beiträge der Unternehmer sollten gleichzeitig mit der Erhebung der Steuern eingezogen werden, was die Verwaltung verbillige.

Ein besonderes Aufsehen rief der in dieser Session eingebrachte Gesetzentwurf betreffend die Strafgewalt über die Mitglieder des Reichstags hervor. Es genügte Bismarck nicht in seiner Verfolgungssucht, daß er das Sozialistengesetz erhalten hatte; er wollte, daß nunmehr auch jede unbequeme Opposition im Reichstag erstickt werden könne. Der Gesetzentwurf richtete sich zugestandenermaßen in erster Linie gegen die sozialdemokratischen Redner, seine Bestimmungen konnten aber jeden Augenblick auch gegen unbequeme bürgerliche Oppositionsredner Anwendung finden. Für die Ausübung der Strafgewalt über die Reichstagsmitglieder sollte eine Kommission niedergesetzt werden, bestehend aus den drei Präsidenten und zehn Mitgliedern des Reichstags, die letzterer wählte. Diese Kommission sollte je nach der Schwere der Ungebühr gegen einen Redner beschließen können; 1. Verweis vor versammeltem Hause; 2. Verpflichtung zur Entschuldigung oder zum Widerruf vor versammeltem Hause in der von der Kommission vorgeschriebenen Form; 3. Ausschließung aus dem Reichstag auf eine bestimmte Zeitdauer, eventuell bis zum Ende der Legislaturperiode. Auch sollte der Präsident des Reichstags das Recht haben, ungebührliche Äußerungen der Mitglieder vorläufig von der Aufnahme in den stenographischen Bericht auszuschließen. Dem Gemaßregelten sollte hiergegen Berufung an die Kommission zustehen.

Dieser Gesetzentwurf war eine Ungeheuerlichkeit, wie sie nur aus der Gewaltnatur eines Bismarck entstehen konnte. Im Reichstag bekam der Entwurf die Spottbezeichnung »Maulkorbgesetz«. Ein großes englisches Blatt erklärte, ein derartiger Gesetzentwurf sei nur in Deutschland möglich. Und einen solchen schlug derselbe Mann vor, der sich unter allen Rednern des Hauses in beleidigenden Angriffen gegen oppositionelle Redner und Parteien, nie genug tun konnte, der, wenn ein Redner in einer Versammlung oder ein Schriftsteller in einem Artikel ihn beleidigte, sofort zum Kadi lief und gedruckte Strafanträge zu Tausenden stellte.

Seitens der Fraktion war ich wieder zum Redner bestimmt worden. In meiner Rede vom 5. März schenkte ich dem Reichskanzler nichts. Der Reichstag lehnte die freundliche Einladung zum moralischen Selbstmord – denn etwas anderes war der Entwurf nicht – ohne Kommissionsberatung ab.

In der Sitzung vom 7. Juli machte ich den Versuch durch Beantragung einer Resolution, das Verbot der Tabakfabrikation in den deutschen Strafanstalten, Untersuchungsgefängnissen und öffentlichen Arbeitshäusern vom 31. Dezember des laufenden Jahres ab durchzusetzen. Die Resolution wurde abgelehnt.

Große Mißstimmung unter uns hatte schon seit langem die Geschäftsführung des Präsidenten, des Herrn v. Forckenbeck, hervorgerufen, der der parteiischste Präsident war, den der Reichstag je besaß. Als nun in einer tagelangen Debatte die meisten Redner immer wieder auf mich losschlugen, ohne daß mir der Präsident auch nur einmal das Wort zur Entgegnung gab, riß mir die Geduld. In der Sitzung vom 11. Juli nahm ich zur Geschäftsordnung das Wort und beschwerte mich energisch über die gegen uns geübte Willkür. Bei einer späteren Gelegenheit, bei der wir die Wiedereinführung der Rednerliste beantragten, die Jahre zuvor mit der Begründung abgeschafft worden war, es hinge vom Zufall ab, wie die Reihenfolge der Redner sei, und es solle dem Präsidenten überlassen bleiben, dem Redner, der sich ihm zuerst bemerkbar mache, das Wort zu erteilen, trat auch Windthorst auf unsere Seite. Auch er mußte konstatieren, daß die Handhabung der Redeordnung einen willkürlichen Charakter angenommen hatte.

In der Session von 1879 hatte sich der Reichstag auch mit einem Antrag des Staatsanwaltes Tessendorf zu beschäftigen, der die Genehmigung des Reichstags zur Strafverfolgung der Abgeordneten Fritzsche und Hasselmann verlangte, weil sie trotz ihrer Ausweisung aus Berlin auf Grund des kleinen Belagerungszustandes der Einberufung des Reichstages gefolgt seien und damit Bannbruch begangen hätten. Aber der gelehrigste Schüler Bismarcks, der seinen Absichten am meisten entsprach, fiel mit diesem dreisten Verlangen herein. Der Reichstag lehnte einstimmig Tessendorfs Antrag ab und gab eine Deklaration des Artikels 28 des Sozialistengesetzes, wonach er nicht anwendbar sei auf aus Berlin ausgewiesene Abgeordnete, die dem Rufe zur Eröffnung des Reichstages folgten. Aber auch bei dem Berliner Stadtgericht blitzte Tessendorf mit einer Anklage gegen die beiden Abgeordneten ab, die er erhoben hatte, weil sie in der Nacht auf den 9. Juli in Lichterfelde gesehen worden seien und damit Bannbruch begangen hätten. Das Gericht sprach die beiden frei, weil sie aus dem Kreise Teltow, über den ebenfalls der kleine Belagerungszustand verhängt worden war, nicht ausgewiesen worden seien.

In jener Nacht hatten wir, die sozialdemokratische Fraktion nebst einer Anzahl Berliner Vertrauensmänner, in dem damals noch wenig bebauten Lichterfelde-Ost eine geheime Zusammenkunft abgehalten, um über Hasselmann wegen seiner fortgesetzten Quertreibereien gegen die Partei und Fraktion Gericht zu halten. Es regnete in Strömen. Wir standen im dichtesten Gebüsch, wobei die Regenschauer auf unsere Schirme niederprasselten, daß wir kaum unsere Worte verstehen konnten. Hasselmann, der sich gänzlich isoliert sah, gab klein bei und versprach alles mögliche, um es nachher nicht zu halten. Als wir nachts nach 2 Uhr bis auf die Haut durchnäßt den Rückweg nach Berlin antraten und in einer an der Straße liegenden Restauration Einkehr hielten, stießen wir auf unsere Berliner Geheimpolizisten, die uns offenbar gefolgt waren. Diese denunzierten nun Fritzsche und Hasselmann, worauf Tessendorf die Anklage erhob.

Eine verlorene Erbschaft

Im Frühjahr 1879 erschien bei uns in Leipzig ein Deutschamerikaner, alter Achtundvierziger, mit Namen Lingenau, und machte uns die Mitteilung, daß er nach Absprache mit Jean Philipp Becker in Genf dort sein Testament hinterlegt habe, in dem er die sozialistische Partei Deutschlands zum Erben eingesetzt habe. Als Testamentsvollstrecker habe er Liebknecht, Geib, Bracke und mich eingesetzt. Da Lingenau, ein robuster Fünfziger, sich offenbar einer sehr guten Gesundheit erfreute, dachte niemand von uns daran, daß wir in Bälde Erbe seines Vermögens werden könnten. Aber auf der Rückkehr im Herbst nach den Vereinigten Staaten, kaum ans Land gestiegen, wurde er vom Schlag getroffen und verschied. Ich beschaffte nunmehr mit Hilfe von Freytag die nötigen Ausweise und setzte mich mit dem Parteigenossen Sorge in Hoboken bei Newyork in Verbindung, damit wir möglichstbald den uns zugefallenen Schatz heben konnten. Es handelte sich um etwa 12000 Dollar, die wir in unseren Nöten recht gut gebrauchen konnten. Ich schrieb alsdann an den Parteigenossen Sorge folgenden Brief, der zugleich ein Situationsbericht über unsere Lage war:

»Leipzig, 15. November 1879.

Lieber Freund!

Die vor einiger Zeit von Jean Philipp[1] verlangten Vollmachten werden hoffentlich in Ihren Händen sein, und wollen wir nur wünschen, daß alles hübsch klappt und nach Wunsch geht und wir wirklich bis zum Schluß des Jahres im reinen sind. Eine besonders vorsichtige Manipulation erheischt die Herüberlotsung des Geldes, damit dies nicht unseren guten Freunden, den Feinden, in die Hände fällt. Es empfiehlt sich deshalb, daß es an keinen von uns direkt, sondern an eine unverfängliche Adresse gesandt wird, als welche wir diejenige des Advokaten Freytag hier vorschlagen. Sie werden am besten tun, auf die ganze Summe einen Scheck zu nehmen, der auf ein deutsches, am liebsten Leipziger Bankhaus lautet, wodurch ohne Aufsehen und Kenntnisnahme weiterer Kreise die Operation vollzogen wird. Sobald die Auszahlung erfolgt, wollen wir eine Zusammenkunft der Testamentsvollstrecker veranlassen, um über das

---

1 Becker. D.H.

Geld nach dem Willen des Testators zu verfügen. Uns in Deutschland kommt das Geld so gelegen wie nie. Die furchtbare Krise, die diesen Winter eine Höhe erreichen wird und Elend schafft, wie wir es noch kaum gekannt, hat selbstverständlich auf die Opferfähigkeit unserer Leute ungünstig gewirkt, und sie wirkt auch moralisch verderblich, insofern die Gefahr, die Arbeit zu verlieren und dann auf unbestimmte Zeit auf dem Pflaster zu liegen, selbst die Mutigsten zur größten Vorsicht mahnt, viele sich dieser Gefahr gar nicht aussetzen mögen. Und die Gefahr der Maßregelung ist heute um so größer, da Massenangebot von Händen überall vorhanden ist und ein gut Teil der deutschen Bourgeois, gerade weil er die Sozialdemokratie öffentlich nicht mehr hantieren sieht, sie um so mehr fürchtet und um so mehr haßt. Jedes Lebenszeichen, das wir von uns geben, erregt in gewissen Kreisen einen Schrecken, der uns außerordentlich amüsiert. Man kann nicht begreifen, daß wir noch leben und woher wir den Mut nehmen, der heiligen Polizei zum Trotz noch den Kopf zu erheben. Die Polizei selbst lebt in beständiger Angst und Sorge, daß wir trotz aller Überwachung und Beobachtung verbotene Zusammenkünfte halten, verbotene Schriften und Blätter lesen, und macht an vielen Orten Anstrengungen, dies zu verhüten, in einer Art, wovon Ihr drüben keinen Begriff habt. Umgekehrt wird dafür von unserer Seite die heilige Hermandad vielfach zum besten gehalten und in ihrem Verfolgungseifer zu den lächerlichsten Maßnahmen verführt. So fehlt in dieser erbärmlichen Zeit doch nicht der Humor.

Am tollsten treibt es die Berliner Polizei, die in einer Weise die anderen Polizeiverwaltungen der größeren Städte behandelt, als sei das Polizeipräsidium in Berlin das deutsche Reichspolizeiministerium. In Leipzig und in Hamburg und in allen größeren nichtpreußischen Städten stecken polizeiliche Spitzel, welche die doppelte Aufgabe haben, einesteils die Sozialisten, andernteils die Polizei am Ort zu überwachen, ob sie auch mit dem nötigen Eifer verfährt.

Die fortgesetzten Ausweisungen haben uns neuerdings wieder zu einem Appell an unsere Leute gezwungen, von dem ich einige Exemplare beilege, vielleicht daß dort etwas dafür geschehen kann. Bis jetzt haben wir aus New York nichts gesehen, dagegen hat Philadelphia sich im ganzen gut gehalten und namhafte Beträge geschickt. Douai schrieb, daß die Mostsche Agitation dort zu nachteilig für uns gewirkt. Hans brauche zu viel Geld für sein eigenes Unternehmen, das sich nur mühsam erhalte, und da fiele für andere Zwecke nichts ab.

Wenn Sie in der eingangs erwähnten Sache antworten wollen, bitte
ich dies unter der Adresse des Advokaten Otto Freytag, Amtmannshof
hier, zu tun und nicht an mich direkt zu schreiben.

Gruß und Handschlag von Ihrem

A. Bebel.«

Diese guten Ratschläge verfehlten leider ihren Zweck. Unsere schönen
Hoffnungen wurden zu Wasser. Die Nachricht von der Erbschaftsange-
legenheit war durch die Schweizer Presse in die Öffentlichkeit gelangt,
und so bot Fürst Bismarck alles auf, um uns die Beute zu entreißen. Der
deutsche Gesandte in Bern mußte den Schweizer Behörden klarmachen,
daß es in Deutschland eine sozialistische Arbeiterpartei nicht mehr gebe,
daß sie aufgelöst sei und in Deutschland auch nicht mehr geduldet
werde. Es sei also der im Testament bezeichnete Erbe nicht vorhanden,
und die Testamentsvollstrecker könnten kein Anrecht auf das Erbe einer
nicht mehr bestehenden Partei geltend machen. Dieser Auffassung
schlossen sich die Schweizer Behörden an. Wir waren die Geprellten.
An Vollmar schrieb ich, es sei zwar unangenehm, daß uns das schöne
Geld entgangen sei, aber zum Glück hänge die Stärke der Partei nicht
von der Größe des Geldbeutels ab.

Kämpfe mit der deutschen Polizei

Während der zwölfjährigen Dauer des Sozialistengesetzes war ich – ich
darf das ohne Übertreibung sagen – der in Deutschland polizeilich am
meisten verfolgte Mensch. Die Polizei hatte die vorgefaßte Meinung, ich
sei ein gefährlicher Mensch, den man nicht aus den Augen lassen dürfe.
Und Herr v. Puttkamer, der vom Frühjahr 1881 ab bis in die letzten
Regierungstage Kaiser Friedrichs im Jahre 1888 preußischer Minister
des Innern war, bestätigte diese Ansicht, indem er mich gelegentlich einer
Sozialistendebatte im Reichstag im Jahre 1886 den »Allergefährlichsten«
nannte. Daß ich mich unter dieser polizeilichen Schutzwache wohl gefühlt, wird man nicht annehmen. Im Gegenteil, mein Haß gegen diese
Staatsretterei steigerte sich von Jahr zu Jahr, und da die zahllosen Gemeinheiten und Gewissenlosigkeiten, die die Polizei an zahlreichen
Parteigenossen und auch an mir verübte, sich berghoch anhäuften, wuchs
auch meine Verachtung gegen sie. Ich kam allmählich in eine Stimmung,

wonach es mein sehnlichster Wunsch war, es möchte zu einer inneren
Katastrophe kommen, die uns in die Lage setzte, Vergeltung zu üben
für all die Frevel, die man von jener Seite sich gegen uns hatte zuschulden
kommen lassen. Noch heute steigt mir das Blut zu Kopfe, gedenke ich
jener Zeiten. Daß ich, wenn ich in Berlin zum Reichstag war, auf Schritt
und Tritt überwacht wurde, das passierte auch meinen sozialdemokratischen Kollegen. Aber daß man den Telegraphen hinter mir in Bewegung
setzte und von einer Stadt zur anderen telegraphierte, daß und wann
ich ankommen würde, passierte nur mir. Das geschah meist in der
Weise, daß der Polizist, der mich zu überwachen hatte, sobald ich auf
dem Bahnhof eine Fahrkarte löste, hinter mir an den Schalter trat und
sich erkundigte, wohin ich die Fahrkarte genommen. Und nicht bloß
wegen sogenannter Agitationsreisen wurde ich verfolgt, sondern auch
auf meinen geschäftlichen Reisen wurde derselbe Unfug verübt. Ich
hatte schließlich eine solche Übung in der Entdeckung dieser »Geheimen«
unter einem Haufen anderer Menschen erlangt, daß, wenn der Zug in
eine Station einfuhr und ich den Kopf zum Fenster herausstreckte, ich
auch rasch das Polizeigesicht entdeckte, daß meine Überwachung übernehmen werde. Bei dieser Art der Verfolgung entwickelte sich ein stiller
Krieg zwischen mir und meinen Verfolgern. Da ich selbstverständlich
das Bedürfnis empfand, namentlich an den Abenden in den Kreisen
meiner Genossen zu verkehren und mit diesen Gedanken auszutauschen,
die für Polizeiohren nicht bestimmt waren, so bot ich alles auf, den mir
folgenden »Staatsretter« zu »versetzen«, wie bei uns der Kunstausdruck
lautete, das heißt, ich bot alles auf, um im Gewirr der Straßen und
Häuser meinem Verfolger zu entrinnen, was mir mit Hilfe meiner flinken
Beine und der Mithilfe der Genossen fast ausnahmslos gelang. Mancher
ruhige Bürger sah mir etwas erstaunt nach, wenn mein rascher Schritt
allmählich in einen gelinden Trab sich verwandelte und eine Strecke
hinter mir keuchend und schweißtriefend ein Individuum sich zeigte,
über dessen Charakter er nicht im klaren war. Als dann die Rundreise-
hefte eingeführt wurden, änderte sich die Art der Eisenbahnverfolgung.
Ich benützte ein solches Rundreiseheft zum ersten Male im Frühjahr
1885. Ich reiste von Dresden durch Sachsen, Bayern, Württemberg und
die Schweiz. Auf deutschem Boden verfolgt wie ehedem. Als ich von
Basel aus ins Badische nach Freiburg kam, fiel mir auf, daß mein Poli-
zeipudel bereits vor dem Hotel stand, in dem ich zu wohnen pflegte,
und mich erwartete. In Karlsruhe wiederholte sich derselbe Vorgang.

Ich fragte nunmehr den Kellner, woher die Polizei wisse, daß ich kommen werde. Er zuckte die Achsel und meinte, der Beamte stehe schon seit drei Tagen vor dem Hotel und erwarte mich. Der Vorgang wurde mir immer rätselhafter. Unter dem gleichen Überwachungssystem kam ich endlich nach Mainz. Dort stand, als ich an meinem Hotel ankam, der Oberkellner vor der Türe und rief mir, als er mich erblickte, entgegen: »Endlich kommen Sie, Herr Bebel, wir erwarteten Sie schon seit acht Tagen.« Und als ich verwundert fragte: »Ja, wieso denn?« antwortete er: »Ihr Tugendwächter hat schon seit acht Tagen bei uns angefragt, wann Sie kommen würden. Eben hat er sich gedrückt, als er Sie kommen sah.«

Das war mir doch zu toll. Nächsten Vormittag besuchte ich meinen Parteigenossen, der Stadtverordneter war, um, da die Polizei in Mainz unter städtischer Verwaltung stand, vielleicht von ihm erfahren zu können, woher diese Überwachungsmethode rührte. Ich blieb auch nicht lange in Ungewißheit. Es stellte sich heraus, daß die Dresdener Bahnhofverwaltung der Dresdener Polizei Mitteilung von meiner Bestellung eines Rundreiseheftes gemacht und ihr in Abschrift die Coupons überliefert hatte. Die Dresdener Polizeiverwaltung, damals in bezug auf uns eine der verfolgungssüchtigsten im ganzen Reich, hatte darauf sofort den Polizeiverwaltungen der betreffenden Orte mein Kommen gemeldet. Da aber die Polizei nicht wissen konnte, wieviel Zeit ich an den einzelnen Orten verbrauchte, war in ihrer Berechnung bis nach Mainz eine Differenz von acht Tagen entstanden.

In jenen Jahren stand jedoch nicht nur die Bahnverwaltung in intimen Beziehungen zur Polizei, sondern auch die Post. Daß Briefe und Pakete, die an bekannte Sozialdemokraten kamen, vor ihrer Ablieferung der Polizeibehörde mitgeteilt wurden, so daß diese hinter der Ablieferung der Gegenstände sofort in die Wohnung eintrat und die Beschlagnahme ausführte, kam in Tausenden von Fällen vor. Der Staatssekretär der Reichspost, Dr. Stephan, hatte einmal in den siebziger Jahren auf eine Beschwerde Liebknechts im Reichstag, daß ihm Briefe erbrochen worden seien, geantwortet: »Das Briefgeheimnis ist im Deutschen Reiche so sicher wie die Bibel auf dem Altar«, ein Ausspruch, der schon damals bei uns nur Ungläubige fand, unter dem Sozialistengesetz aber uns reichlich zur Glossierung Veranlassung gab. Bei mir kam die Verbindung der Post mit der Polizei auch noch in anderer Form zutage.

Es ist bei Fabrikanten und Kaufleuten Geschäftsgebrauch, daß, wenn sie ihre Vertreter auf die Reise senden, um von ihren Kunden Bestellungen entgegenzunehmen, sie kurze Zeit vor dem Eintreffen ihres Vertreters an einem Orte dorthin gedruckte Anzeigen von dessen bevorstehender Ankunft senden. Das war auch in unserem Geschäft üblich. Eines Tages erfuhr ich in Mainz, daß bereits seit mehreren Tagen zwei Geheimpolizisten auf dem Bahnhof in Wiesbaden bereitstünden, um nach meiner Ankunft den Überwachungsdienst zu übernehmen. Und zwar habe die Polizei meine bevorstehende Ankunft auf Grund der bei der Post eingegangenen Geschäftsanzeigen erfahren. Mein Entschluß, sie gründlich zu foppen, war rasch gefaßt. Nächsten Morgen fuhr ich mit zwei befreundeten Parteigenossen bis auf die letzte Station *vor* Wiesbaden, dort stiegen wir aus und kamen auf einem Wege, den die Polizei nicht ahnte, nach der Stadt, woselbst ich meine Geschäftsgänge erledigte und auch noch eine Besprechung mit meinen Parteigenossen hatte. Als ich abends in Gesellschaft einer ganzen Anzahl von Genossen auf dem Wiesbadener Bahnhof erschien, um nach Mainz zurückzufahren, standen die beiden Polizisten noch dort und machten zu unserem größten Vergnügen sehr erstaunte Gesichter, als sie mich sahen.

Überhaupt wurde es unter dem Sozialistengesetz bei den Parteigenossen geradezu Sport, die Polizei zum besten zu halten und irrezuführen. Und jeder gelungene Streich wurde weidlich belacht und stachelte zu neuen Versuchen an. Kamen wir zusammen und hatten wir unsere Parteiangelegenheiten erledigt, dann kam auch der Humor zu seinem Recht, und einen großen Teil des Unterhaltungsstoffes bildeten Erzählungen über die Nasführungen der Polizei. Diese hatte überhaupt das, was sie entdeckte und erfuhr, in den seltensten Fällen ihrem eigenen Witz und Geschick zu danken, sondern dem Leichtsinn oder der Schwatzsucht dieses oder jenes Genossen. Abgesehen von Verrätereien durch Genossen, die den Geldangeboten der Polizei nicht zu widerstehen vermochten oder auch von der Polizei zu Verräterdiensten gezwungen wurden, weil diese über sie Dinge erfahren hatte, die, wenn sie zur Anzeige gebracht wurden, die Betreffenden dem Gefängnis überlieferten. Solche Zwangsfälle kamen wiederholt vor. Die polizeilichen Stützen des christlichen Staates ließen gern ein Vergehen ungesühnt, wenn sie dafür einen politischen Verrat eintauschen konnten.

Ich hatte die Gewohnheit, mich in den meisten Hotels unter falschem Namen einzutragen, was selbstverständlich die Polizei sehr bald erfuhr, aber ungerochen geschehen ließ. Ich tat dies einmal, weil bei der feindseligen Haltung in den bürgerlichen Kreisen mich mancher Hotelier nicht in Quartier genommen hätte, wenn er gewußt hätte, wer ich war. Dann aber auch wollte ich der Gafferei und Neugierde der übrigen Gäste nicht ausgesetzt sein. Da ich unter dem Sozialistengesetz einen Vollbart trug im Gegensatz zu früher, wo ich Schnurr- und Spitzbart zu tragen pflegte, so war mein Äußeres nicht vielen bekannt. Freilich erfuhren die Hoteliers und ihr Personal sehr bald, wer ich wirklich war, aber sie ließen mich ungeschoren, und in der Regel sympathisierte das Personal mit mir. Längere Zeit machte ich den Fehler, mich in der einen Gegend unter dem Namen meines Associés, in einer anderen unter dem Namen Kaufmann August Friedrich einzutragen. Aber da geschah es einmal, daß ich mich an einem Orte unter dem Namen Friedrich eintrug, an dem ich mich das vorhergehende Mal unter dem Namen meines Associés eingetragen hatte. Das war fatal, und so blieb ich von jetzt ab bei dem Namen Friedrich.

Das führte eines Tages zu einem amüsanten Vorkommnis in Freiburg in Baden. Ich verließ am Morgen das Hotel, um meinen Geschäften nachzugehen. Vor der Tür treffe ich den Briefträger, den ich frage, ob er für Kaufmann Friedrich aus Leipzig einen Brief habe. »Jawohl, sogar einen Einschreibebrief!« war die Antwort. Ich quittierte den Empfang und entfernte mich. Fünf Monate später war ich wieder in Freiburg, und wieder begegnete mir zufällig vor der Tür derselbe Briefträger, den ich abermals fragte, ob er einen Brief für Kaufmann Friedrich habe. Sobald ich diesen Namen nannte, warf er den Kopf in die Höhe, sah mich scharf an und sagte: »Sie sind gar nicht Herr Friedrich, Sie sind Herr Bebel!« – »So, woher wissen Sie denn das?« – »Na, Sie haben mich dieses Frühjahr in schöne Verlegenheit gebracht. Sie erinnern sich, ich übergab Ihnen damals einen Einschreibebrief, und als ich nach Hause kam und meine Scheine durchsah, entdeckte ich zu meinem Schreck, daß Ihr Schein statt der Unterschrift Friedrich den Namen Bebel trug. Ich eilte ins Hotel zum Oberkellner und klagte ihm mein Leid. Der Oberkellner lachte und bemerkte, Bebel und Friedrich seien ein und dieselbe Person.« Zum Glück habe sein Vorgesetzter, dem er die Scheine habe übergeben müssen, diese nur durchgezählt, aber nicht die Unterschriften angesehen, so sei er mit einem blauen Auge davongekommen.

Das Vorkommnis amüsierte mich, aber ich nahm mir doch vor, künftig vorsichtiger zu sein.

Die polizeiliche Überwachung meiner Person nahm in jenen Jahren öfter einen häßlichen und aufreizenden Charakter an, namentlich in einer Reihe Städte Mittel- und Süddeutschlands. In Norddeutschland war man in der Überwachung – ich möchte sagen diskreter. Die Polizei benahm sich unauffälliger und folgte mir mehr aus der Ferne, aber in einer Anzahl mittel- und süddeutscher Städte war sie plump und dreist und selbst vom Polizeistandpunkt aus betrachtet dumm. Hier folgte mir in der Regel der Polizist in Zivil, wenn ich mit meinem Musterkoffer durch die Straßen ging, in kurzer Entfernung und wartete in der unmittelbaren Nähe des Hauses, in das ich getreten war, bis ich dasselbe verließ, um dann wieder wie ein getreuer Pudel mir zu folgen. Als mir zum ersten Male im Frühjahr 1879 in Nürnberg eine solche Überwachung zuteil wurde, verbreitete sich die Nachricht davon wie ein Lauffeuer unter den Parteigenossen. Am Abend gab es eine große Ansammlung vor der Polizeiwache, und es wurden Schimpfworte gegen die Polizei geschleudert, wie sie nur dem Zaun der Zähne eines Bayern entfliehen können. Ruhiger denkende Genossen hatten Mühe, die Ansammlung zu zerstreuen und einen Konflikt zu verhüten.

Hier in Nürnberg war jahrelang der mich überwachende Geheimpolizist ein gewisser Marsching, der von früh bis spät meinen Spuren folgte. Eines Abends war ich ihm wieder wie gewöhnlich entwischt. Gegen Mitternacht gingen ich und ein Freund, bei dem ich wohnte – ich zog begreiflicherweise damals die Privatwohnung der Hotelwohnung vor –, nach Hause. Mein Freund wohnte in Glaishammer, einem Vorort von Nürnberg, jenseits der Bahn. Es war eine wundervolle Mondnacht. Wir gingen über eine Wiese, als ich unerwartet Herrn Marsching auf der Straße, auf die wir eben stießen, an einer Pappel stehen sah. Er wollte offenbar wenigstens wissen, wann wir nach Hause gekommen seien. Ich machte meinen Freund auf Marsching aufmerksam. Sobald dieser den Marsching erblickte, ging er im Eilschritt auf ihn los. Es herrschte in der Gegend Totenstille, weit und breit war niemand zu sehen. Jetzt mochte sich Marsching sagen, zwei gegen einen ist eine unangenehme Sache. Er machte also rasch kehrt und eilte die Straße entlang. Mein Freund nun im Galopp hinter ihm drein, beide in einem Sträßlein verschwindend, das sich zwischen Gärten schlängelte. Plötzlich erdröhnte ein Schuß. Mir fuhr der Schreck in die Glieder, ich nahm an, der Polizist habe auf meinen Freund geschossen. Nun eilte ich den beiden nach. Als ich eben in das Sträßlein einbiege, kommt mir mein Freund laut lachend entgegen. »Wer hat denn geschossen?« fragte ich. »Ich habe geschossen, der Kerl ist aber gesprungen«, antwortete er. »Ja bist du denn verrückt, wenn Marsching dich anzeigt, muß ich gegen dich zeugen.« – »Ich habe ja nur in die Luft geschossen«, antwortete er begütigend. Merkwürdigerweise hörten wir von dem Vorgang nichts mehr. Marsching mochte es für klüger gehalten haben, zu schweigen. Später trat er aus der Polizei aus und begann einen Milchhandel. Mir wurde versichert, er sei sogar der Partei beigetreten.

Im Jahre 1882 wurde ich wider Willen die Ursache, daß dem Fürther Magistrat von der Regierung ein wichtiges Recht entzogen wurde. Der Magistrat, der überwiegend aus bürgerlichen Demokraten und ein paar Sozialdemokraten bestand, hatte zugelassen, daß ich in einer riesenhaft besuchten Volksversammlung sprach. Darüber ergrimmte die bayerische Regierung und entzog dem Magistrat das Recht der Handhabung des Vereins- und Versammlungsrechts, das der mittelfränkischen Kreisregierung übertragen wurde. Als endlich im Jahre 1902 – also nach 20 Jahren – der Parteigenosse Segitz die bayerische Regierung im Landtag interpellierte, wie lange sie denn noch diese Rechtlosmachung des Fürther Magistrats aufrechtzuerhalten gedenke, antwortete der damalige Minister v. Feilitzsch: Solange noch in der Fürther Gemeindevertretung Sozialdemokraten säßen. Man besann sich aber doch bald eines Besseren und gab dem Fürther Magistrat sein Recht zurück. Und einen Minister, der mit solch lächerlich kleinlichen Mitteln regiert, nennt man bekanntlich in Deutschland einen Staatsmann.

Von Nürnberg-Fürth reiste ich in der Regel nach München, wo ich ebenfalls meist drei bis vier Tage verblieb. Meine Anwesenheit wurde den Parteigenossen sofort bekannt, und dann gab es an dem Sonntag, den ich dort zubrachte, regelmäßig eine große Demonstration auf einem der Bierkeller. Die Parteigenossen zogen alsdann in Scharen hinaus und demonstrierten durch Hochrufe und Gesänge. Den Parteigenossen folgte auf dem Fuße in Stärke von einem Dutzend Mann die hochwohllöbliche Gendarmerie unter der Führung des Polizeikommissars Michel Gehret oder seines Adlatus Auer. Das Sonntagsvergnügen fand stets damit seinen Abschluß, daß ich wieder einmal den Versuch machte, der Polizei zu entrinnen. Ich sehe noch im Geiste, wie am einem solchen Abend der lange Maximus Ernst die Rockschöße in die Hände nahm und mit seinen langen Beinen durch das Gassengewirr in der Nähe des Hofbräuhauses stürmte, wobei ich vor Lachen über die komische Figur, die er spielte, ihm kaum zu folgen vermochte.

Im Württembergischen ging es etwas gemütlicher zu, obgleich auch dort die Polizei oftmals unseren Genossen das Leben schwer machte. Als einmal die Stuttgarter Genossen zu einer Märzfeier versammelt waren, erschien ein Polizeibeamter und erklärte: Eine Festrede dürfe nicht gehalten werden. Alles Parlamentieren half nichts, es blieb bei dem Verbot. Darauf fragte ihn der Festleiter, ob denn deklamiert werden dürfe, worauf der Beamte im Vollgefühl seiner Würde die klassische Antwort erteilte: »Deklamiere dürfe Se, schwätze aber net!« Und nun erfolgte an Stelle einer Festrede, die wahrscheinlich ziemlich zahm ausgefallen wäre, die Deklamierung der revolutionärsten Gedichte von Freiligrath und anderen. Der Staat war wieder einmal gerettet.

Ein anderer Vorgang verlief also: Eines Abends wurde ich in Stuttgart von drei Eßlinger Genossen angegangen, sofort mit ihnen nach Eßlingen zu kommen und dort in einer Versammlung Sonnemann entgegenzutreten. Ich weigerte mich. Einmal war ich müde, dann liebte ich es nicht, auf der Geschäftsreise in öffentlichen Versammlungen Reden zu halten, weil ich meinen Kunden, die fast ausnahmslos politische Gegner von mir waren, nicht noch sozusagen im eigenen Hause vor den Kopf stoßen wollte. Schließlich gab ich widerwillig dem Drängen nach. Als wir in das Versammlungslokal traten, war es überfüllt. Wir mußten uns an der Tür aufstellen. Sonnemann sprach auffallend schlecht, er war offenbar sehr indisponiert. Karl Mayer, von dem man sich scherzweise in Berlin erzählte, er verzehre jeden Morgen wenigstens einen Preußen zum Frühstück, präsidierte. Als Sonnemann geendet, forderte Mayer zur Wortmeldung auf. Ich meldete mich. Als Mayer und die Versammlung meinen Namen hörten, entstand eine Bewegung, als wäre eine Bombe zum Dache hereingeflogen. Darauf erklärte Mayer, indem er mich unter einem Schwall von Worten als »tapferen Volksmann« begrüßte, daß er zu seinem Bedauern das Präsidium niederlegen müsse, da ich einer Partei angehöre, die ausnahmegesetzlich verfolgt werde. Das war mir noch nicht vorgekommen und obendrein nicht von einem Demokraten. Kurz entschlossen ergriff ich die Glocke und erklärte der Versammlung: Glücklicherweise seien wir in Württemberg, wo nach dem Landesgesetz eine polizeiliche Anmeldung einer Versammlung nicht erforderlich sei. Ich wolle das Präsidium übernehmen, falls niemand etwas dagegen habe. Die Versammlung schwieg. Ich mußte zu diesem eigenartigen Vorgehen schreiten, weil ich nicht wußte, wen von meinen Eßlinger Genossen ich zum Vorsitzenden vorschlagen sollte. Darauf gab ich mir selbst das Wort. Sehr bald merkte ich aber, weshalb Sonnemann so schlecht gesprochen hatte. Nach zehn Minuten erging es mir wie ihm. Die dichte Menschenmenge und die sommerliche Temperatur erzeugten eine enorme Hitze. Und da der Saal allem Anschein nach kurz zuvor mit Kalkfarbe gestrichen worden war, fingen die Decke und die Wände an zu schwitzen und lösten sich zahllose Kalkpartikelchen in der Luft auf, die sich auf die Schleimhäute legten und das Sprechen außerordentlich erschwerten. Mir wurde sehr unbehaglich zumute. Da unterbrach mich eine Stimme von der Tür her. Ich verstand den Sprecher nicht und fragte, was er wolle; darauf bekam ich die Antwort: »Im Namen des Gesetzes, die Versammlung ist aufgelöst!« Niemand war glücklicher als ich. Die Stimme gehörte einem Polizisten, der als Zuhörer gekommen war, aber von den in seiner Nähe stehenden nationalliberalen Stadtgrößen so lange bearbeitet wurde, bis er die Versammlung für aufgelöst erklärte. Damit war aber auch der Erfolg der Versammlung gesichert, denn die meisten Anwesenden ärgerte es, daß sie in solcher Weise nach Hause geschickt wurden. Überhaupt war in jenen Jahren unter der Herrschaft des Sozialistengesetzes keiner von uns betrübt, wenn plötzlich mitten in der Rede der überwachende Polizeibeamte die Versammlung für aufgelöst erklärte. Das löste stets demonstrativen Beifall für den Redner aus, und der Erfolg war der beste; obendrein schonte der Redner seine Lunge.

Am Tage nach jener Eßlinger Versammlung reiste ich nach Tübingen, wo ein guter Bekannter von mir – ein linksstehender Volksparteiler – mich an der Bahn abholte. Ich erzählte ihm den Eßlinger Vorgang, zu dem er den Kopf schüttelte. Zur Mittagszeit gingen wir zusammen nach dem Ratskeller und setzten uns an einen Tisch, an dem schon ein Herr Platz genommen hatte, den mir mein Bekannter als den Polizeikommissar der Stadt Tübingen vorstellte. Diesem erzählte er sofort das Eßlinger Vorkommnis. Der Kommissar lachte und meinte alsdann zu mir: »Wissen Sie was, Herr Bebel, halten Sie heute abend hier eine Versammlung, ich gebe Ihnen mein Wort, ich löse sie nicht auf.« Ich gab lachend zur Antwort: Ich bedauere, seiner freundlichen Einladung, die mir bisher von Polizeiseite noch niemals zuteil geworden sei, nicht folgen zu können, aber ich müßte mit dem Nachmittagszug nach Zürich reisen, woselbst ich erwartet würde.

Anders im Badischen. Dort hatte die Polizei schon zu jener Zeit preußische Manieren angenommen. In Freiburg war meine Überwachung besonders streng. Ich pflegte im »Römischen Kaiser« zu wohnen. Der Wirt des Hotels, ein Herr Springer, war selbstverständlich ein politischer Gegner von mir, aber ein anständiger Mann. Ihn ärgerte es, daß schon am frühen Morgen die Polizei sowohl am Vorder- wie am Hinterausgang des Hotels Posto faßte, um auf meine Entfernung zu warten. Und als gar die Herren Polizisten immer dreister wurden und einmal in Haus und Hof traten, wies er sie energisch zum Tor hinaus. Ich beschwerte mich eines Tages über die unverschämte Art der Überwachung bei dem Polizeichef Amtmann Wiener, aber der Herr nahm meine Beschwerde sehr ungnädig auf. Ein so gefährlicher Mann wie ich dürfe sich nicht beklagen, wenn die Polizei ihn überwache. Ich erklärte, ich würde diese Überwachungsmethode nächstens im Reichstag zur Sprache bringen. Antwort: Das sei ihm gleich, er tue, was er für notwendig halte. Ich glaube, der Herr wäre froh gewesen, hätte ich ihn im Reichstag angegriffen. Der damalige Großherzog war ein grimmiger Feind von uns, und ein Beamter, den ich wegen schneidigen Vorgehens gegen uns anklagte, wäre bei ihm gut angeschrieben worden und hatte Aussicht auf rasches Avancement. Polemisierte doch der Großherzog noch in den neunziger Jahren bei Kriegervereinsfesten wiederholt gegen mich – ohne meinen Namen zu nennen – wegen Festreden, von denen ich die eine auf dem Hohentwiel bei Singen, die andere das folgende Jahr in Villingen auf dem Schwarzwald gehalten hatte.

Auch in Karlsruhe ließ die Überwachung nichts zu wünschen übrig. Ich entrann wiederholt meinen Beaufsichtigten dadurch, daß ich mich in eine alleinstehende Droschke warf und in vollem Galopp davonfuhr. Eines Sonntags war auch Paul Singer mit von der Partie, als wir uns in Karlsruhe trafen.

Einen besonders unangenehmen Begleiter hatte ich während mehrerer Jahre in Frankfurt am Main. Der Mensch marschierte kaum einen Meter hinter mir. Blieb ich stehen, um mir ein interessantes Gebäude oder einen Baum anzusehen, sofort nahm er die gleiche Haltung an. Einmal aber »versetzte« ich ihn bei hellem Tage. Ich fuhr eines Mittags mit der Lokalbahn nach Offenbach. Er hinter mir drein, setzte sich in dasselbe Wagenabteil, in dem ich fuhr. In Offenbach hatte ich meine Geschäfte rasch erledigt. Ich besuchte nunmehr unseren Parteifreund Ulrich, der an der Stadtgrenze im Hofe eines Hauses eine kleine Druckerei besaß.

Diesen fragte ich, ob ich dem Verfolger, der vor dem Hause stehe, nicht entrinnen könne, wenn ich statt der Lokalbahn einen Zug der Main-Weser-Bahn, wie damals die Linie Kassel-Frankfurt genannt wurde, benutzte. Dies bejahte Ulrich, in kurzer Zeit gehe ein solcher, ich brauchte nur über seine Hofplanke zu steigen und querfeldein einen Fußsteig zu benützen, der direkt zum Main-Weser-Bahnhof führe. Mit Hilfe Ulrichs stieg ich über die Planke, alsdann reichte er mir meinen Musterkoffer, und kurz vor Eintreffen des Zuges war ich auf dem Bahnhof. In Frankfurt angekommen, eilte ich nach meiner Wohnung in der »Stadt Darmstadt«, einem kleinen Hotel in unmittelbarer Nähe des Doms, in dem 1848 die radikale Linke des Parlaments ihr Kneiplokal besessen. Ich gab meinen Musterkoffer ab und entfernte mich. Als ich abends nach elf Uhr in die Gaststube trat, empfing mich ein Ausbruch der Heiterkeit des Wirts und der Gäste. Man erzählte mir, daß, nachdem ich am Abend das Hotel verlassen, kurz nachher der Polizist in einer Droschke im sausenden Galopp angefahren sei, um zu erfahren, daß ich das Hotel bereits wieder verlassen. Unter dem Gelächter der Gäste habe er sich mit einem Fluch entfernt.

Später brachte ich diese Vorgänge im Reichstag zur Sprache. Damit hörte wenigstens in Frankfurt und Wiesbaden diese widerliche Art der Überwachung auf.

Aber auch im Ausland war ich vor polizeilicher Verfolgung nicht sicher. Ich pflegte von Zittau aus geschäftliche Abstecher nach Reichenberg in Böhmen zu unternehmen. Sobald ich dorthin abfuhr, meldete der sächsische Polizeiposten auf dem Zittauer Bahnhof telegraphisch die Zeit meiner Ankunft an die Reichenberger Polizei. Dort angekommen, stand bereits ein robuster Gendarm in voller militärischer Ausrüstung am Bahnhof, um mir das Geleite zu meinen Kunden zu geben. Das rief großes Aufsehen hervor. Als ich dann eines Tages nach getaner Arbeit mit einer Anzahl Parteigenossen in einem Restaurationsgarten zusammentraf und wir uns eben unterhielten, wurde ich vor den Stadtgewaltigen zitiert, der, nachdem er sich erkundigt, was mich nach Reichenberg geführt, mir den Rat gab, mit dem nächsten Zuge abzureisen, widrigenfalls er meine Ausweisung verfügen müsse. In Österreich herrschte um jene Zeit genau wie bei uns der Rotkoller; Gewaltmaßregeln schlimmster Art gegen unsere Parteigenossen waren an der Tagesordnung. Genützt haben sie nichts, so wenig wie bei uns.

Von Reichenberg reiste ich meist durch Nordböhmen weiter. Eine dieser Fahrten führte mich eines Tages schließlich nach Chemnitz. Auch dort wurde mir der übliche Empfang zuteil. Die Polizei besaß sogar die Unverfrorenheit, während meiner Abwesenheit meinen Koffer aus dem Hotel zu holen und zu öffnen, um nach Verbotenem zu forschen. Auf der Straße verlangte sogar ein Polizist, ich solle mit ihm nach der Polizei kommen, um meinen Musterkoffer durchsuchen zu lassen. Dessen weigerte ich mich, wolle er den Koffer tragen, würde ich ihm folgen. Darauf begnügte er sich damit, daß er mit mir in ein Haus trat, um sich von der Harmlosigkeit des Kofferinhalts zu überzeugen. Meine Beschwerde gegen diesen ungesetzlichen Unfug, die bis an das Ministerium ging, hatte keinen Erfolg.

Dagegen hatte ich am Nachmittag desselben Tages eine heiteres Intermezzo mit der Mittweidaer Polizei: Ich reiste hinüber, um unseren dortigen Genossen einen Besuch zu machen. Als ich auf dem Bahnhof Mittweida ankam, wurde mir ein doppelter Empfang bereitet. Es erwartete mich eine Anzahl Parteigenossen und hinter diesen stehend ein Aufgebot der Polizei mit dem Stadtoberhaupt, dem Bürgermeister Keubler, in höchsteigener Person an der Spitze. Dieser Empfang stimmte mich gleich sehr heiter. Ich machte also meinen Parteigenossen gleich den Vorschlag, statt in ein Lokal einzutreten, auf der Hauptstraße Mittweidas auf und ab zu spazieren, wobei ich ihnen allerlei erzählen wolle. Gedacht, getan. Der Spaziergang begann. Hinter uns in mäßiger Entfernung Bürgermeister und Polizei im Gefolge. In wenigen Minuten hatte sich ein großer Menschenhaufe angesammelt, aus dessen Mitte dem Bürgermeister und der Polizei allerlei humoristische Bemerkungen zugerufen wurden. Alles lachte. Voller Verlegenheit zog sich der Bürgermeister in ein Haus zurück und ließ seinen Untergebenen den Befehl zukommen, sich zu entfernen.

Als ich von Mittweida nach Chemnitz zurückgekehrt war, postierte mir die Polizei einen Doppelposten vor das Hotel, in dem ich wohnte. Ich schlief längst den Schlaf des Gerechten, als die armen Polizisten erst ihren Posten verlassen durften. Am nächsten Morgen reiste ich mit dem ersten Zuge ab. Als die Polizisten sich wieder einstellten, hörten sie, sicher mit Genugtuung, ihr Postenstehen sei überflüssig geworden. Alle diese Maßnahmen konnten nur von Behörden getroffen werden, die uns gegenüber jeder Überlegung bar waren und kein Gefühl mehr dafür besaßen, wie sie sich damit in den Augen jedes vernünftigen Menschen bloßstellten. Der Sozialistenkoller machte sie eben besinnungslos.

So auch nach meiner Ausweisung im Jahre 1881 in Leipzig. Sobald man mir allergnädigst gestattete, zwei-, höchstens dreimal im Jahre ein, zwei Tage in die Stadt zu dürfen, um mich wegen einer Geschäftsreise im Geschäft zu unterrichten, stand auch der Polizeiposten von früh bis spät vor dem Tore. Geschäftsfreunde, die uns auf dem Kontor besuchten, scherzten: wir dachten uns schon, Majestät sei wieder zugegen, seine Leibwache steht vor der Türe. Einer unserer Arbeiter, der im Zorn über diese Überwachung dem Polizisten eine beleidigende Bemerkung zurief, büßte diese mit acht Tagen Haft. Passierte ich auf der Durchreise Leipzig, so mußte ich vorher anmelden, auf welchem Bahnhof und zu welcher Stunde ich ankam und auf welchem Bahnhof und wann ich abreiste. Alsdann trat wieder die polizeiliche Überwachung in Kraft, Vorschrift war, ohne weiteren Aufenthalt von einem Bahnhof zum anderen mit dem nächsten Zug die Stadt zu verlassen. Diese Verpflichtung traf alle aus Leipzig und der Amtshauptmannschaft Leipzig Ausgewiesenen, sobald sie das Gebiet wegen einer Durchreise betraten. Gegen mich war die Leipziger Polizei besonders rigoros, wohingegen Liebknecht mancher längere Aufenthalt gestattet wurde, den man mir systematisch verweigerte. Den Grund für dieses zweierlei Maß erfuhr ich zufällig nach dem Fall des Sozialistengesetzes. Der Polizeigewaltige, Wachtmeister Döbler, hatte mich im Verdacht, von mir rührten die Leipziger Korrespondenzen im »Sozialdemokrat« her, die ihm übel mitspielten und in denen von ihm immer nur als von einem Grünäugigen die Rede war. Nun rührte aber nicht eine von diesen Korrespondenzen von mir her; wäre Döbler nicht ein äußerst beschränkter Mensch gewesen, so hätte er am Stil – den er in Leipzig lange Jahre studieren konnte – sofort erkannt, wer der Attentäter war. Das Wort des Oxenstierna trifft aber immer wieder zu: »Du ahnst nicht, mein Sohn, mit wie wenig Verstand die Welt regiert wird.«

Zum Schluß dieses Kapitels, das ich noch sehr lange ausspinnen könnte, sei noch ein Vorgang erwähnt, der unter Umständen für mich einen sehr üblen Ausgang nehmen konnte. Im März 1881 reiste ich in Geschäften nach dem Osten. Ich kam dabei auch nach Posen und entschloß mich, von hier aus einen Abstecher nach der Geburtsstadt meines Vaters, Ostrowo, zu unternehmen. Nach einer Angabe meines Parteigenossen Luck, dessen Eltern dort wohnten, sollten in Ostrowo noch drei Geschwister meines Vaters leben, außerdem eine Anzahl jüngerer Verwandter. Unter den letzteren traf ich auch einen Vetter, den häufig Geschäfte nach Kalisch führten. Dieser machte mir den Vorschlag, am nächsten Tag, der ein Sonntag war, Kalisch zu besuchen. Kalisch sei Festung, habe eine starke russische Garnison, und eine russische Stadt hatte ich auch noch nicht gesehen. Es sei ihm leicht, für mich einen falschen Paß zu verschaffen. Mir schwante, die Sache könne schief gehen, denn ich merkte, ich werde auch in Ostrowo polizeilich überwacht. Ich lehnte also ab. Als ich Montag morgen zum Frühstück in die Gaststube trat, fragte mich der Wirt, ob ich den Lärm im Hotel gehört, der in der Nacht entstanden sei. Verwundert fragte ich: Weshalb? Seine Antwort war: Es sei nach zwölf Uhr von Berlin eine Depesche eingetroffen, nach der am Sonntagnachmittag der Zar Alexander II. in Petersburg von einer Bombe zerrissen wurde. Diese Nachricht habe seine Gäste sehr aufgeregt, und einige, die angetrunken gewesen, hätten behauptet, an diesem Attentat sei die deutsche Sozialdemokratie mitschuldig, und so habe man die Treppe hinaufstürmen wollen, um mich aus dem Hause zu werfen. Dieses habe er nur mit Mühe verhüten können.

Das war eine nette Mitteilung. Kurz darauf erschien auch mein Vetter und äußerte, es sei doch gut gewesen, daß wir nicht in Kalisch waren. Er habe soeben gehört, daß dort nach Eintreffen der Depesche über den Kaisermord am Nachmittag um vier Uhr sämtliche Tore geschlossen worden seien und niemand weder hinein noch heraus gedurft habe. Ich vergegenwärtigte mir, was wohl geschehen wäre, wenn ich in Kalisch erkannt wurde, wofür die deutsche Polizei jedenfalls gesorgt hätte. Fürst Bismarck hätte sicher für meine Freilassung keinen Finger gerührt, seine Polizisten würden, nach den Erfahrungen, die wir damals gemacht, sogar noch beschworen haben, meine Reise im Osten sei unter verdächtigen Umständen erfolgt, obgleich ich, außer in Königsberg und Danzig, nirgends Parteigenossen besucht hatte. Wenige Tage nach jenem Vorgang veröffentlichte denn auch die Berliner »Post« einen Artikel: »Herr Bebel an der russischen Grenze«, worin meine Reise mit dem Attentat in Verbindung gebracht wurde. Ich hatte also Ursache, mich zu freuen, daß mich meine Vorsicht von der Kalischer Reise abgehalten hatte.

Einiges über Versammlungen unter dem Sozialistengesetz

Wäre es unter der Herrschaft jenes Gesetzes jemand beigekommen, die Grundsätze festzustellen, nach denen polizeilicherseits Versammlungen verboten oder aufgelöst wurden, er hätte, auch wenn ein sehr hoher Preis auf die Lösung dieser Frage gesetzt wurde, erklären müssen: es gibt dafür keine Grundsätze. Laune und Willkür der Beamten sind dafür allein maßgebend. Die Gründe, die in einem Ort zu einem Verbot oder einer Auflösung führten, galten nicht an einem anderen Ort. Bald war es das Thema, bald die Person des Redners, bald die Natur des Lokals, was zu Maßregeln führte. Was der eine Beamte zuließ, verbot der andere, oft an ein und demselben Ort. Auch geschah es, daß Order gegeben wurde, der und der Redner dürfe ein für allemal nicht reden. Das geschah zum Beispiel Paul Singer im Königreich Sachsen.

Ich hatte in Dresden im Jahre 1886, als der Battenbergskandal in Bulgarien, die Aufmerksamkeit von ganz Europa in Anspruch nahm, eine Volksversammlung veranlaßt, in der ich einen Vortrag über jene Vorgänge hielt. Im Laufe der Debatte nahm auch Paul Singer das Wort, dem in seiner Rede eine Beleidigung des Bundesrats entschlüpfte. Der überwachende Beamte entzog ihm sofort das Wort. Ich rechnete mit einer Anklage und gratulierte meinem Freunde, daß er jetzt die Gewißheit habe, sich auch einmal die Mauern eines Gefängnisses von innen anzusehen. Ich täuschte mich. Es kam keine Anklage, dagegen eine Verordnung des Ministeriums des Innern, wonach Singer das öffentliche Reden innerhalb Sachsens ein für allemal zu verbieten sei.

Manchmal nahmen Versammlungsverbote auch einen amüsanten Verlauf, so ein solches in Großenhain in Sachsen. Ich war dort für eine Volksversammlung als Redner über das neue Unfallversicherungsgesetz angemeldet worden, also kein sozialistisches Thema. Gleichwohl wurde die Versammlung verboten, weil ich der Redner sein sollte. Auf meinen Rat legten die Großenhainer Genossen Beschwerde durch alle Instanzen ein, wurden aber überall abgewiesen. Sie wendeten sich nunmehr mit einer Beschwerde an den Landtag. Sie kam zur Verhandlung und kostete diesen eine lange Sitzung. Das Resultat war Zurückweisung unserer Beschwerde gegen unsere und einige liberale Stimmen.

Ich machte nunmehr den Großenhainer Genossen den Vorschlag, eine neue Versammlung mit demselben Thema einzuberufen, aber mit einem Arbeiter als Berichterstatter. In der darauffolgenden Diskussion wollte ich dann das Wort ergreifen. Das geschah. Unterderhand war aber bekannt gemacht worden, ich würde in der Versammlung anwesend sein. Die Versammlung war überfüllt, unter den Anwesenden befanden sich fast sämtliche Offiziere des in Großenhain garnisonierenden Husarenregiments, die in Zivil erschienen waren. Der Referent sprach etwa zwanzig Minuten, in der darauf eröffneten Debatte erhielt ich alsdann das Wort, ohne daß die Polizei zu intervenieren wagte. Ich sprach über eine Stunde unter stürmischem Beifall. Die Krönung des Ganzen aber war, daß nach Schluß der Versammlung der überwachende Polizeibeamte an mich herantrat und mir für meinen interessanten Vortrag dankte. Eine stärkere moralische Abfuhr konnte der Regierung und dem Landtag nicht zuteil werden.

Als ich später bei einer Sozialistengesetzdebatte im Reichstag zur Beleuchtung der Handhabung des Gesetzes den Großenhainer Vorfall erwähnte und auch den Dank des Polizeibeamten hervorhob, der mir geworden, brach das ganze Haus in stürmische Heiterkeit aus einschließlich Bismarcks, der zugegen war. Ein so gemütlicher Polizeibeamter war ihm wohl noch nicht vorgekommen.

Neben den öffentlichen Versammlungen fanden aber unzählige geheime statt. Diese waren sogar die wichtigsten. Die gesamte Führerschaft war bei solchen beteiligt, und selten gelang es, eine solche Zusammenkunft zur gerichtlichen Aburteilung zu bringen. Einsam und abseits gelegene Lokale, der Wald, die Heide, die Kiesgruben und Steinbrüche waren gesuchte Versammlungsorte. Ich konnte zum Beispiel unter dem Sozialistengesetz meinen Hamburger Parteigenossen über meine Reichstagstätigkeit gar nicht anders Bericht erstatten, als daß wir an solchen Orten zusammenkamen.

Aber einmal wurde ich doch gefaßt, als ich an einer geheimen Zusammenkunft der Mannheimer Parteigenossen auf der sogenannten Neckarspitze teilnahm, jene Stelle, an der der Neckar in den Rhein fließt. Wir wurden erkannt und August Dreesbach, ich und eine Anzahl Mannheimer Parteigenossen wurden zu Geldstrafen verurteilt. Dagegen blieb ungesühnt eine zahlreiche geheime Versammlung, die wir an einem Sonntagnachmittag auf einer unbewohnten Rheininsel unterhalb Mainz abhielten. Wohl versuchte die Staatsanwaltschaft einen Prozeß anzustrengen, aber die Zeugen versagten. So mußte die Anklage unterbleiben.

Mit den örtlichen geheimen Versammlungen war es aber dabei nicht getan. Auch Bezirks- und Landesversammlungen waren eine Notwendigkeit. So auch in Sachsen. Die Polizei war zwar solchen Zusammenkünften wiederholt auf der Spur, aber stets schlugen wir ihr ein Schnippchen. In besonderem Maße anläßlich einer Landeskonferenz, die wir scheinbar in der Höhle des Löwen, in Dresden abhalten wollten. An einem trüben Novembersonntag kamen die Delegierten nach Dresden, von der Polizei beobachtet. Dort versammelten wir uns, vierzig bis fünfzig Mann stark, am Nachmittag an der Dampfschiffstation, um elbeaufwärts zu fahren. Selbstverständlich sah uns die Polizei, und selbstverständlich gab sie uns vier Geheime als Schutzwache mit. Trotz des unfreundlichen Wetters blieben wir auf Deck. Unsere Fahrkarten lauteten nach Pillnitz. Den Polizisten wurde es in unserer Gesellschaft ungemütlich. Das hatten wir erwartet. Sie verzogen sich in die Kajüte. Dorthin folgten ihnen vier unserer Genossen, die ein Kartenspiel begannen, ein Beispiel, dem die Polizisten folgten. Unter uns war in aller Stille abgemacht, daß wir nicht nach Pillnitz fahren, sondern auf der vorhergehenden Station rasch das Schiff verlassen wollten. Unsere vier Genossen sollten zur Beruhigung der Polizei erst in Pillnitz aussteigen. Zusammenkunftsort war die mitten im Wald gelegene Maixmühle, bei günstiger Jahreszeit ein beliebter Ausflugsort der Dresdener. Als wir das Schiff von der Polizei unbemerkt verließen, war es schon bedenklich dunkel. Im Sturmschritt eilten wir nach der Maixmühle, wo Wirt und Wirtin über eine so zahlreiche Schar Gäste bei dieser Jahreszeit und Stunde nicht wenig überrascht waren. Wir begaben uns nach dem Saal und erklärten den Wirtsleuten, wir seien ein Gesangverein und wollten uns selbst bedienen. Um sie zu täuschen, wurde ab und zu ein Lied gesungen. Die Verhandlungen nahmen bei solchen Gelegenheiten stets einen raschen Verlauf. Mitten in der Beratung erschienen unsere vier Pillnitzer, die stürmische Heiterkeit erregten, als sie uns schilderten, welche verdutzte Gesichter die Polizisten gemacht, als sie sich mit ihnen allein an der Station Pillnitz sahen. Unsere vier hatten sich sofort in den pechfinsteren Wald begeben und die Polizisten ihrem Schicksal überlassen. Wahrscheinlich waren sie mit dem nächsten Schiff nach Dresden zurückgefahren. Eine Nase hatten sie sicher von ihren Vorgesetzten zu erwarten.

Sobald wir mit unseren Beratungen zu Ende waren, ließen wir uns vom Wirte eine Laterne geben, die einer unserer Genossen an einem Stab uns vorantragen mußte, damit wir den kotigen Weg nicht verfehlten, und zogen singend unsere Straße. Nach Mitternacht kamen wir nunmehr zu Fuße wieder in Dresden an. Die Polizei bedurfte keiner großen Kombinationsgabe, um zu erraten, wo wir getagt hatten; sie schickte am nächsten Morgen eine Kommission nach der Maixmühle, um ein Verhör mit den Wirtsleuten vorzunehmen. Diese waren nicht wenig überrascht, als sie hörten, was für gefährliche Sonntagsgäste sie gehabt hatten. Sie konnten aber keine uns belastenden Aussagen machen, sie wußten von nichts.

Ähnliche Vorgänge hat damals jeder erlebt, der unter dem Sozialistengesetz in einer tätigen Parteistellung war. Was ich hier erzähle, ist nur ein kleiner Ausschnitt aus dem Bilde.

Minierarbeit

Eine wichtige Aufgabe unserer geheimen Tätigkeit bestand im Organisieren der Verbreitung des »Sozialdemokrat« und anderer verbotener Literatur. Eine Reihe meiner Briefe an die Züricher sei hier abgedruckt, in denen diese Seite des Parteilebens unter dem Sozialistengesetz hervortritt.

»Leipzig, den 28. Dezember 1879.

Lieber Motteler!
Zunächst die Mitteilung, daß die Berliner vom Rechenschaftsbericht der Fraktion 500 Stück nehmen, und zwar sollen sie diese ausnahmsweise à 10 Pfennig erhalten, um den Überschuß für die Familien der Ausgewiesenen zu verwenden. Auch ist Nummer 4 des ›Sozialdemokrat‹ in Berlin mit dem Schluß des Berichts nicht angekommen und infolgedessen der Glaube entstanden, die Nummer 4 sei von *uns* zurückbehalten worden, um zu verschweigen, daß H.[1] nicht darunter stehe. Es ist eine kuriose Logik, sie hat aber viele Gläubige in Berlin gefunden, und da ist die starke Verbreitung des Berichts sehr notwendig.

Hierher sollen 300 gesendet werden, und könnt Ihr die Adresse des Fräulein Kl. bei F. benutzen.

1   Hasenclever. Vergl. S. 66. D.H.

Nummern 8, 9, 10 und 11 sind in Berlin nicht angekommen, da durch die Verhaftung Grunzigs die Adressen verraten wurden respektive der Polizei in die Hände fielen; es ist erstaunlich, mit welcher Ungeschicklichkeit unsere besten Leute verfahren. Einstweilen schickt nach Berlin nichts, bis Ihr Adressen bekommt, was nächster Tage geschehen soll. Sendet, wenn Euch von Berlin nicht direkt Adressen aufgegeben werden, Abrechnung für dort nach hier.

Wenn die Dispositionen so getroffen werden, wie Du schreibst, und alles klappt, dann wird in bezug auf die Expedition nichts mehr zu wünschen übrig bleiben. Ich bin dann der Meinung, daß Ihr die geheime Organisation auch dann beibehaltet, wenn Euch von Hamburg aus andere Vorschläge zugehen. Es empfiehlt sich nicht, getroffene Dispositionen und eingerichtete Organisationen ohne weiteres preiszugeben. Schreibt also, wenn Ihr überzeugt seid, daß das Vereinbarte den Zweck gut erreicht, daß man einstweilen von anderen Maßregeln absehen und sich nur dann darauf einlassen solle, wenn der andere Weg verlegt werde.

Vielleicht könnt Ihr von dort aus das nach H. dirigieren, was der Norden bezieht; doch wollen wir da keine Vorschriften machen, weil Ihr am besten wissen und sehen müßt, was sich empfiehlt, was nicht.

Über den Bücher- und Schriftenvertrieb habe ich schon vor ein paar Tagen geschrieben und werdet Ihr den Brief erhalten haben.

Ich kann hier nur wiederholen, daß, wenn von hier Vorschläge kommen, die sich nach dem Stande der Dinge dort nicht durchführen lassen, Ihr Euch nach den Verhältnissen dort richtet. Wir können hier nur unsere Gedanken entwickeln; ob sie immer richtig und durchführbar sind, vermögen wir nicht zu übersehen. Seht darauf, daß das Blatt künftig zu ganz bestimmter Zeit fertig wird, so daß sowohl die Mittelspersonen wie die schließlichen Empfänger ziemlich auf den Tag rechnen können, wann die Sendungen eintreffen; bisher war das letztere ganz unmöglich.

Von Paris erhielt ich einen Brief, worin man auch über unregelmäßiges Eintreffen des ›Sozialdemokrat‹ Klage führt.

Vahlteich hofft, nächster Tage die Erlaubnis zum Reisen zu erhalten; sein Chemnitzer Prozeß ist das Hindernis …

Wie geht denn meine Schrift (›Die Frau und der Sozialismus‹)? Ich bitte, dieselbe regelmäßig zu annoncieren. Mit Ausnahme von ein paar Dutzend ist die Auflage vergriffen. Mache ich eine zweite, muß ich die

Schrift in Kapitel einteilen; sie liest sich in der jetzigen Einteilung schlecht.

Nebenanstehendes bitte Vollmar zu behändigen.

Herzliche Grüße.

Dein A.B.«

»Leipzig, den 29. Dezember 1879.

Lieber Motteler!

Ihr seid kaum aus dem Bau, und schon juckt Euch das Fell; habt die Falle ganz vergessen, in der andere hängen bleiben.

Es gehört gar kein Genie dazu, festzustellen, wer die Beträge empfängt, da die Posten zu fünf Sechstel in offener Einzahlung anher kommen.

Eine ›Kriegskasse‹ würde den Kassierer ganz gehörig bloßstellen und den gewünschten und von gewisser Seite längst geplanten und herbeigesehnten Belagerungszustand uns auf den Hals schaffen. Aus demselben Grunde mißbillige ich die Bezeichnung ›offiziell‹ in dem bewußten Blättchen, das mit Nr. 13 versendet wurde und meines Erachtens ganz zwecklos war. Wo ein ›offizielles‹ Blatt ist, ist auch eine ›offizielle‹ Leitung; wenigstens gibt es sehr viele und sehr einflußreiche Leute, die das glauben und die ferner glauben, daß diese in Leipzig sei und daß dieses Nest zerstört werden müsse. Ich weiß wenigstens bestimmt, daß es nicht an gewissen Leuten in Berlin liegt, wenn wir hier noch ungeschoren sitzen. Jeder Erfolg macht das Drängen nach Ausfegung größer; wurde doch heute wieder in der unverschämtesten Weise auf Leipzig als den eigentlichen Herd für die Magdeburger Wahl hingewiesen. Also laßt Dinge sein, die uns bloßstellen und Euch gar nichts nützen.

In Hannover ist vorige Woche Kaufmann wegen verbotener Rückkehr nach Berlin und Vertriebs der ›Freiheit‹ sowie wegen vierzehn anderer durch den Inhalt der ›Freiheit‹ begründeter Vergehen (sechs Majestäts- und mehrere Bismarckbeleidigungen usw.) zu vier Jahren Gefängnis verurteilt worden. Es heißt, daß er unter der Anklage des Hochverrats weiter noch vor das Reichsgericht kommen soll, das künftig alle gegen das Reich gerichteten Hochverrats- und Landesverratsunternehmungen aburteilen soll. In Berlin sind anarchistische Dummejungenstreiche begangen worden; ein Glück, daß der Spuk erst nach der erneuten Erklärung des Belagerungszustandes inszeniert wurde.

Notiz wegen Kaufmann kann veröffentlicht werden.

Dein August Bebel.«

»Leipzig, den 15. Januar 1880.

Liebster Brandter![2]

Briefe erhalten. Nachdem Bericht unterm 2. Januar veröffentlicht worden, habe ich keine Reklamation über Verlorenes mehr zu machen.

Hast Du den Brief von Höchberg erhalten, den ich diesem vor ein paar Tagen geschrieben?

Wiederhole, daß Leipzig 130 braucht, wovon 117 fest sind; wahrscheinlich wird Bedarf größer. Die erste Sendung enthielt nur 97; Fehlendes ist zu ergänzen auf angegebene Höhe.

Adressen von Braunschweig usw. sind gut.

Wenn ich auf die Frühjahrstour gehe, werde ich, wo ich kann, unsere Leute zusammentrommeln und mit ihnen gründlich sprechen. Daß Endres (Augsburg) gestorben ist, wißt Ihr. Er tut mir leid, er war ein braver Junge.

Was meinst Du damit: ›Über die Leipziger Sachen bin ich noch ohne Bescheid?‹ Bezüglich der Schriften haben wir seinerzeit Uhle geschrieben, alles, was uns gehört von der Volksbuchhandlung, herüberzunehmen und uns Mitteilung zu machen, an die Volksbuchhandlung aber nur gegen bar zu verkaufen, da diese respektive die ›Tagwacht‹ uns erheblich schuldet. Da Ihr mit der Volksbuchhandlung infolge des Druckes in Abrechnung steht, so kann also aller Schriftenbezug ihrerseits davon abgeschrieben werden.

In Berlin ist, was von Nummer 8 abging, abgefaßt worden, und zwar weil Grg.[3] so geschickt war, sämtliche Adressaten bis Nummer 12 und 13 in seinem Notizbuch aufzuführen, wodurch die Polizei leichtes Spiel hatte. Daß Verrat im Spiele war, beweist, daß er auf dem Kontor abgefaßt wurde und daß die Polizei direkt auf das Spind losging, worin er die Sachen aufbewahrte. Es ist wahrscheinlich, daß sie dort noch manches andere fand. Die Untersuchung ist bis jetzt streng geheim geführt und weiß niemand, wie die Dinge stehen.

Haussuchungen mit ähnlich genauer Kenntnis der Lokalität sind mehrfach vorgekommen. Ihr könnt Euch denken, daß infolgedessen großes Mißtrauen herrscht und man nicht eher etwas riskieren will, bis man glaubt, der Sache sicher zu sein.

2   Pseudonym für Motteler.

3   Grunzig. D.H.

In bezug auf den Rechenschaftsbericht haben die Berliner den Beschluß gefaßt, ihn nicht zu verbreiten, weil er nicht scharf genug sei, also ein Mißtrauensvotum in aller Form. Wir haben den Leutchen gehörig den Kopf gewaschen; ich nehme an, daß da andere Einflüsse im Spiele sind.

Da Walther (Pseudonym für Vollmar) auch auf den Bericht in seinem Brief kam, in dem ich einige zu scharfe Stellen gestrichen, so will ich noch hier bemerken, daß er erstens darin doch wohl irrt und Hsls.[4] Hand mit der meinen verwechselte; zweitens das mit unserer Namensunterschrift versehene Schriftstück so gehalten sein mußte, daß wir keinen Prozeß bekommen.

Wenn Süddeutschland wie bisher im Schuß bleibt, brauchen wir vorläufig Hamburg nicht. Bis jetzt ist alles gut gegangen, wenigstens bis Nummer 1; Nummer 2 ist noch nicht da.

Es empfiehlt sich, bei Aufforderungen zum Abonnement durch Sendung von Probeblättern stets ein Zettelchen beizulegen mit der Anweisung, Geld in Briefmarken oder Papier beizulegen und den Brief rekommandiert nach dort zu senden. Die Leute wissen nicht, wie sie schicken sollen, da Postanweisung, weil auf internationalem Formular und in ›Franken‹ auszuweisen, Schwierigkeiten macht, zweitens der Name genannt werden muß. Die Leute an uns zu weisen, ist bedenklich; erstens gibt es der Arbeit so schon genug, zweitens gehen die Leute dann gleich merkwürdig ungeschickt vor, so daß wir nur unserer bis jetzt noch nicht korrumpierten Postanstalt hier die Vermeidung von Fatalitäten zu verdanken haben.

Schickt Ihr künftig Briefe, rekommandiert oder als Geldbriefe, so ist kein Bedenken, diese direkt zu schicken, meinetwegen an meine Frau.

Eine Umarbeitung ›Unsere Ziele‹ möchte ich nicht vornehmen; dann müßte dies von Grund aus geschehen, und das macht eine Menge Arbeit. Druckt sie, wie sie ist, aber zehntausend? Wohin wollt Ihr damit?

Jetzt haben wir auch in Berlin eine Neuwahl zum Reichstag, da kann die Probe auf das Sozialistengesetz gemacht werden.

Im siebzehnten Wahlkreis werden wir neben Penzig einen Konservativen zum Gegenkandidaten haben.

Herzliche Grüße von Deinem

August Bebel.«

4   Hasenclevers. D.H.

»Leipzig, den 15. Januar 1880.

Lieber Freund (Vollmar)!

Ich werde die Punkte Ihrer Briefe einzeln vornehmen.

Zunächst die mir sehr unangenehm gewordene Mitteilung, daß ich Malon seinen Artikel nicht liefern kann und auch keinen Termin festzusetzen imstande bin. Meine Arbeitskraft wird täglich mehr und mehr mit allen möglichen Dingen in Anspruch genommen, so daß mir jede Arbeit, zu der ich die Gedanken zusammennehmen muß, fast unmöglich wird. Von acht bis zwölf vormittags Geschäft, bis ein Uhr oder halb zwei Uhr Vorstandssitzung in der Genossenschaft, von zwei bis sieben Uhr wieder Geschäft. Benutzte ich nicht einen guten Teil der Geschäftszeit zu den Parteiarbeiten, würde ich sie in den Abenden allein unmöglich bewältigen können. Und ginge es noch glatt, dann möchte das alles sein, aber es gibt der Sorgen und Unannehmlichkeiten aller Art eine schwere Menge, so daß ich mich nicht wundern werde, wenn es mir eines Tages geht wie dem armen Geib.

Und nun zu dem übrigen.

Ihre Antwort an Engels ist gut, ich werde sie, nachdem ich sie Liebknecht mitgeteilt, an Engels senden, der bös schimpfen wird. Schadet nichts, ich habe seine Nörgelei auch satt und habe ihm das auch geschrieben.

Um dann noch einmal, und damit hoffentlich zum letztenmal auf die Bemerkungen wie ›offiziell‹ usw. zu kommen, wir halten diese Äußerungen, einerlei, von wem sie kommen, für bedenklich. Wie wenig Sie selbst ihre unbequeme Verbreitung verhindern können, haben Sie an dem von mir angezogenen Fall gesehen. Und wie wenig Sie sich auf unsere Leute verlassen können, haben Sie an dem Grunzigschen Fall gesehen. Mit der Leugnung ist's aber absolut nicht getan. Erstens glaubt man einer solchen Leugnung nicht, zweitens ist's nicht angenehm, leugnen zu müssen, drittens haben, falls es wegen einer Sache zum Prozeß kommt, unsere Richter einen so großen Spielraum subjektiven Ermessens, daß der ›Beweis‹ im streng juristischen Sinne gar nicht notwendig ist.

Nun haben Sie in dem Zirkular zum Mostschen Schandbrief wieder von der ›Parteileitung‹ gesprochen. Wenn Ihr erstes Zirkular zusammen mit dem jetzigen in unrechte Hände kommt, möchte ich wissen, was da noch zu leugnen ist. Auf jeden Fall fällt ein gut Teil eines solchen Eklats auf Sie, und ich meine, das kann Ihnen nicht angenehm sein.

114

Euch dort geht's genau wie vielen unserer Parteigenossen, sie leben noch so mitten in dem alten Zustand der Dinge, daß sie noch im alten Jargon reden. Das läßt sich aber mit Leichtigkeit vermeiden, und das muß geschehen.

Ich hätte gewünscht, daß Sie sich in der Hauptsache auf die Wiedergabe des Mostschen Schandbriefes beschränkt hätten, und zwar schon deshalb, weil, soviel ich weiß, in Deutschland und wohl kaum auch im Ausland kein Mensch lebt, der glaubt, der ›Sozialdemokrat‹ sei ein Unternehmen Höchbergs. Unser Bericht, ich meine den der Abgeordneten und die nachfolgenden, für ihre Mitarbeiterschaft verräterisch genug zeugenden Artikel hätten diesen Glauben, wenn er überhaupt vorhanden war, längst zerstreut, und das ist wohl sehr gründlich geschehen.

Ich glaube, Sie sind zu nervös und lassen sich zu leicht in Aufregung bringen.

Höchberg ist um deswillen, wie er mir schreibt, von dem Zirkular nicht angenehm berührt, weil sein Name genannt wird. Er hat natürlich alle Ursache, sich möglichst im Hintergrund zu halten.

Daß Sie den Mostschen Schandbrief aufgegabelt, ist sehr gut, wir wollen ihn aber vorläufig nicht weiterverbreiten, und zwar Höchbergs wegen. Gelegentlich soll er Hans gehörig unter die Nase gerieben werden.

Ihre Auseinandersetzungen, wie es gekommen ist, daß die Nummer 1 so losgeschlagen, erkennen wir als vollkommen richtig an. Beiläufig bemerkt habe ich mit Liebknecht, der fortdauernd in Dresden ist und nur Sonntags respektive Sonnabends nach hier kommt, noch nicht gesprochen, und Fritzsche ist zu dick und phlegmatisch, um sich sehen zu lassen. Ich spreche hier von Hscr. und V.[5], denen ich den Brief vorlas. Ich weiß auch zu gut, wie leicht man über den Strang hauen kann, und ich für meine Person habe den faux pas in Rücksicht auf seine Wirkung in der gegnerischen Presse nicht allzusehr bedauert. Die Befürchtung richtete sich nach ganz anderer Seite, wie ich schon geschrieben; an den Hauptschaden, die Aufnahme in den offiziellen Kreisen der Schweiz, hatte ich erst gedacht, als mein Brief schon fort war.

Diese ist es denn auch, die uns die Taktik vorschreibt, und in Rücksicht hierauf müssen wir das Blatt halten.

5   Hasenclever und Vahlteich. D.H.

Wir werden uns bemühen, diese Gesichtspunkte überall zur Geltung zu bringen, wo wir Gelegenheit haben, und Sie wollen in dem gleichen Sinne brieflich schreiben, wenn dies nötig wird.

Mit Berlin läßt sich wahrscheinlich nicht eher etwas machen, als bis wir hinkommen. Die Überwachung geht ins Großartige und Massenhafte, Haussuchungen bei jedem, von dem man nur entfernt annimmt, daß er etwas mit einem verbotenen Blatt oder mit Leuten, die solche lieben, zu tun hat.

Ihr August Bebel.«

Zu diesen Briefen sei erläuternd bemerkt: das »Blättchen« war ein Rundschreiben, das Vollmar verfaßt hatte. Vollmar hatte unter dem Pseudonym Walther eine sogenannte Auswärtige Verkehrsstelle in Zürich errichtet, die unabhängig von uns die Verbindung mit den im Ausland vorhandenen Vereinen pflegen sollte. Dagegen hatten wir nichts einzuwenden. Es kamen aber öfter in den Erlassen der Auswärtigen Verkehrsstelle Ausdrücke und Redewendungen vor, die geeignet waren, uns im Inland zu kompromittieren, falls ein solcher Erlaß in unrechte Hände kam. Diese Gefahr bestand aber, da überall in den größeren Vereinen im Ausland – Brüssel, London, Paris, Genf usw. – auch deutsche Polizeispitzel tätig waren. Merkwürdigerweise kam man aber in Berlin jahrelang nicht dahinter, wer eigentlich Walther war, dafür sprach die Art der öfteren Anführung des Namens Walther durch Herrn v. Puttkammer im Reichstag.

In der Berliner Leitung wechselten die Personen infolge von Verfolgungen und Prozessen sehr häufig. Mehrmals saßen auch notorische Polizeiagenten darin, die dann an Radikalismus sich nicht genug tun konnten und Konflikte mit uns hervorzurufen suchten.

Der hier erwähnte Mostsche Schandbrief richtete sich gegen Höchberg, dem Most eigentlich für früher geleistete Hilfe zu Dank verpflichtet war. Most schämte sich nicht, den Mann, mit dem er früher freundschaftlich verkehrt hatte und dem er nicht vorwerfen konnte, seine Ansichten gewechselt zu haben, in ehrenrühriger Weise anzugreifen und zu denunzieren, als stehe er hinter dem »Sozialdemokrat«. Darauf gab Höchberg in Nummer 11 des »Sozialdemokrat« eine Erklärung dahin ab: Er besitze keinen nennenswerten Einfluß in der Partei, auch habe er weder den »Sozialdemokrat« gegründet noch sei dieser sein Organ. Auch habe er sich weder mit der Partei noch mit dem »Sozialdemokrat« stets im Ein-

116

verständnis befunden, er müsse deshalb jede Solidarität mit dem Blatte ablehnen. Diese Erklärung wirkte auch beruhigend auf Marx und Engels, die jetzt erkannten, daß sie die Stellung Höchbergs doch falsch eingeschätzt hatten.

Für Höchberg hatte die Mostsche Denunziation die Wirkung, daß es ihm so ging wie mir, als er bald darauf eine Reise nach Deutschland unternahm. Er wurde beständig polizeilich verfolgt. Er kampierte damals auch eine Nacht bei mir auf dem Sofa. Ein Polizeiposten stand als Wache bis spät in der Nacht vor der Haustür, aber am nächsten Morgen war Höchberg so früh aufgestanden, daß der Vogel ausgeflogen war, als der Polizeiposten wieder vor dem Hause erschien. Der Polizist machte ein recht verdutztes Gesicht, als er mich von der Bahn kommen und alsdann ins Haus gehen sah.

Eine neue Differenz zwischen der Redaktion des »Sozialdemokrat« und uns trat im Februar 1880 ein. Ich hatte die Gepflogenheit, Mitteilungen und Weisungen an die Parteigenossen an der Spitze abdrucken zu lassen, die die Überschrift trugen: »Deutschland, den usw.« In Nummer 9 vom 29. Februar 1880 veröffentlichte die Redaktion einen Aufruf, der ohne unser Wissen erschien, die Gründung einer allgemeinen geheimen Organisation über Deutschland anregte und unterzeichnet war: Deutschland, Ende Februar 1880. Der Aufruf gipfelte in dem Satze: »Über die Organisation zu sprechen, ist hier natürlich nicht der Ort; die Genossen mögen sich nur mit sicheren Adressen ins Einvernehmen setzen, worauf das Weitere folgen wird.«

Das ging wider unsere Absichten. Während der ganzen Dauer des Sozialistengesetzes sahen wir streng darauf, es zu keiner allgemeinen, über ganz Deutschland verbreiteten geheimen Organisation kommen zu lassen. Wir waren überzeugt, daß diese schon nach ganz kurzer Zeit entdeckt werden und dann zu einer allgemeinen Verfolgung schlimmster Art führen müsse. Organisierten sich die Genossen an einem bestimmten Orte, so war im Falle der Entdeckung eine Verfolgung über den Ort hinaus nicht möglich. Vereinigte man sich für einen bestimmten Zweck zu einer Zusammenkunft, so kam nur die Verfolgung wegen einer nicht gesetzlich angemeldeten Versammlung in Frage. Trotzdem war in Polizeikreisen die Meinung verbreitet, daß eine über ganz Deutschland verbreitete geheime Organisation bestehe und ich in erster Linie zu ihrer Leitung gehöre. Daß eine solche allgemeine Verbindung bestehe, wurde in Zeitungsartikeln, die polizeilichen Ursprungs waren, und in gleichgearteten Broschüren behauptet und sogar von Polizeibeamten vor Gericht beschworen. Ich kam im Laufe der Jahre in die Lage, in einer Anzahl von Prozessen in verschiedenen Städten nachweisen zu müssen, daß eine solche Verbindung nicht bestehe, nicht bestehen könne, und es erfolgte regelmäßig die Freisprechung der Angeklagten, soweit die Anklage sich auf die Zugehörigkeit zu einer über ganz Deutschland verbreiteten geheimen Organisation bezog.

Den größten Triumph feierte ich im Jahre 1888, als die Leiter der Berliner Geheimorganisation unter der Anklage standen, einer über Deutschland verbreiteten geheimen Organisation anzugehören. Belastungszeugen waren dreißig höhere und niedere Polizeibeamte, darunter der bei uns berüchtigte Berliner Polizeirat Krüger, das Oberhaupt der politischen Polizei, und – ich. Mein Zeugnis warf das Zeugnis der dreißig Polizeibeamten über den Haufen, der Gerichtshof sprach die Angeklagten wegen Zugehörigkeit zu einer allgemeinen geheimen Verbindung frei, verurteilte sie aber wegen örtlicher geheimer Verbindung.

Den Polizeirat Krüger regte dieses Urteil derart auf, daß er, nach seinem Büro zurückgekehrt, gegen den Gerichtshof tobte, der einem Kerl wie mir mehr glaubte als dreißig königlich preußischen Polizeibeamten.

Woher ich von diesem Tobsuchtsanfall Krügers Kenntnis erhielt? Auf seinem Büro saß ein Beamter, der uns von allen Vorgängen dort unterrichtete.

Später mehr darüber.

Ich brauche nicht zu erwähnen, daß die in Zürich geplante Geheimorganisation von uns im Keime unterdrückt wurde.

Die Reichstagssession von 1880

In dieser Session kam es zu sehr scharfen und erregten Auseinandersetzungen zwischen uns, der Regierung und den bürgerlichen Parteien. Die polizeilichen Gewaltakte hatten einen Umfang und eine Härte erlangt, daß wir in der erbittertsten Stimmung waren. Der gab ich namentlich Ausdruck in der Verhandlung über die Erneuerung des kleinen Belagerungszustandes in Berlin. Ich schloß meine damalige Rede mit den Worten: »Meine Herren, was muß naturgemäß ein solcher Zustand in den Herzen und Gefühlen der Masse erregen, was muß er erzeugen? Nichts wie Haß, nichts wie Erbitterung, eine Erbitterung, die schließlich allgemein zu dem Glauben und zu der Überzeugung führen muß, daß nichts mehr übrig bleibt als der gewaltsame Umsturz alles Bestehenden. Das haben Sie mit Ihren Maßregeln herbeigeführt. Und nicht allein dieses, sondern auch das Verlangen – denn es sind Menschen, mit denen Sie es zu tun haben –, das notwendigerweise hervorgerufene Verlangen nach Rache und Vergeltung, das in Hunderttausenden von Menschenherzen wachgerufen wird. Das sind die Früchte, die Sie erreicht haben, und wenn Sie mit diesen Früchten zufrieden sind – nun, wir auch.«

Die »Frankfurter Zeitung« schrieb über diese Rede: »Welche Summe von Haß und Rachsucht im Gefolge des Ausnahmegesetzes erwächst, läßt uns die Rede Bebels schaudernd ahnen; wir erhalten den unheimlichen Eindruck geheimer Gefahren die den Frieden der Nation mehr bedrohen, als dies je die offene Agitation vermochte.«

Und die »Germania« schloß einen Artikel anläßlich der verlangten Verlängerung des Sozialistengesetzes mit den Worten: »Eine Hoffnung hält die Sozialisten aufrecht. Nicht diejenige auf Beendigung des Ausnahmegesetzes, sondern die auf den baldigen Tag der Revanche, so ungefähr um 1889 herum.«

In derselben Session kam die erste Vorlage für die weitere Verlängerung des Sozialistengesetzes bis zum 31. März 1886 zur Verhandlung. Das Zentrum schickte als ersten Redner den Freiherrn v. Hertling vor, der mit seiner Rede den Umfall eines Teiles seiner Partei in Sachen des Ausnahmegesetzes einläutete. Er schlug Kommissionsberatung vor. Umgekehrt fand der Abgeordnete Lasker, daß das Gesetz zu rigoros gehandhabt worden sei. Er erklärte sich gegen seine Verlängerung und stimmte schließlich gegen dieselbe.

Wir hatten eine Anzahl Abänderungsanträge gestellt, um auf diese Weise die Handhabung des Gesetzes gründlich zur Sprache bringen zu können. An den Debatten beteiligten wir uns fast sämtlich. Die Verlängerung wurde schließlich bis zum 30. September 1884 beschlossen, also auf weitere zweieinhalb Jahre. Auch nahm der Reichstag eine Resolution an, wonach die Sammlung von Beiträgen oder die öffentliche Aufforderung zur Leistung von Beiträgen nicht unter den § 16 fallen sollte, wenn die Sammlung nur zur Unterstützung solcher Personen bestimmt sei, denen durch die Ausführung der §§ 22 und 28 des Gesetzes der Ernährer entzogen worden sei.

Eine besondere Episode in der dritten Beratung des Gesetzes bildete eine Rede Hasselmanns am 4. Mai, in der er sich vor versammeltem

Reichstag von uns lossagte: Man habe die Nihilisten desavouiert, er zähle sich zu ihnen. Die Zeit des parlamentarischen Schwatzens sei vorüber, und die Zeit der Taten beginne.

Ich hatte in meiner Etatsrede Herrn v. Kardorff gegenüber, der behauptete, ich hätte mich meiner russischen Beziehungen gerühmt, erklärt: »Ich kann dem Abgeordneten v. Kardorff nur antworten, daß ich in Rußland gar keine Verbindungen habe, und daß die Nihilisten in Rußland sich aus ganz anderen Kreisen rekrutieren als die Sozialdemokraten in Deutschland. Dort sind es die Gesellschaftskreise des Herrn v. Kardorff.« (Große Heiterkeit.) Auf diese Ausführungen hatte Hasselmann, wie erwähnt, Beziehung genommen. Nachdem er in solcher Weise sich gegen uns ausgesprochen hatte, erklärten wir öffentlich, daß wir ihn nicht mehr als zu unserer Partei gehörig erachteten, eine Erklärung, die in den Kreisen seiner Anhänger böses Blut machte. Hasselmanns Tatendrang endete damit, daß er sich unter Hinterlassung einer ziemlichen Menge Schulden nach den Vereinigten Staaten wendete, wo er bald aus der Bewegung schied.

In derselben Etatsrede kam ich auch zum erstenmal auf das Buch des Freiherrn v. d. Goltz: »Léon Gambetta und seine Armee« zu sprechen, das ich von da ab mehrfach in meinen Reden in rühmlicher Weise erwähnte und zugunsten unseres Standpunktes in der Wehrfrage ausnützte. Herr v. d. Goltz sei wegen seines Buches strafversetzt worden, er habe aber von Rechts wegen in den Generalstab gehört. Der damalige Oberst ist bekanntlich später Generalfeldmarschall geworden, ohne daß die Forderungen seines Buches Verwirklichung fanden.

Ich hatte aber in jener Session noch ein weiteres Vergehen begangen, das einen Angriff auf mich hervorrief. Bei der Debatte über die neue Militärvorlage (Septennat von 1881 bis 1888) hatte ich auf einen Angriff gegen uns geantwortet: »Sollte es dahin kommen, daß irgendeine Macht deutsches Gebiet erobern wollte, werde die Sozialdemokratie gegen diesen Feind gerade so gut Front machen wie jede andere Partei.« Darauf wurde ich im »Sozialdemokrat« von einem ungenannten süddeutschen Genossen angegriffen. Ich antwortete (in Nummer 16 des »Sozialdemokrat«), daß ich kein Wort von dem Gesagten zurücknähme, und schloß: »Es mag der Sozialdemokratie sehr hart ankommen, eventuell in einem Kampfe für die Integrität des deutschen Bodens gewissermaßen das famose heimische Regierungssystem und ihre Todfeinde mit verteidigen zu müssen, aber diese wird sie nicht durch fremde Eroberer los, sondern allein durch eigene Hilfe, durch die Übertreibung des Systems, das herrscht und schließlich die Massen gegen sich empört. Wir geben uns, indem wir unser Land und uns selbst – nicht unsere Feinde und deren Institutionen, die vorübergehende sind – gegebenenfalls vor Zerstückelung und Unterjochung schützen, nicht zum Bollwerk her, ›um unseren wackeren Polizisten und Richtern Schutz vor dem Feinde zu bieten‹, wie der verehrliche Genosse aus Süddeutschland höhnt, sondern um selbst freie Hand zu haben, uns mit unseren Feinden zu Hause ins reine setzen zu können. Es könnte eine Zeit kommen, wo ein russischer Kaiser mit seiner Armee in Berlin den Feinden der Sozialdemokratie sehr genehm, ihr selbst aber sehr unbequem wäre.

In meiner Rede vom 2. März ist nicht ein Wort, das unserem Standpunkt etwas vergäbe, denn wir verteidigen in einem Verteidigungskrieg nicht unsere Feinde und deren Institutionen, wir verteidigen uns selbst und das Land, dessen Institutionen wir in unserem Sinne umgestalten wollen, das allein den Boden für unsere Tätigkeit bildet.«

Vor, während und nach dem Wydener Kongreß

Im Frühjahr 1880 machte sich allgemein bei uns das Bedürfnis geltend, eine größere Zusammenkunft von Vertretern der Parteigenossen zu veranstalten, die nur im Ausland stattfinden konnte. Einmal galt es, volle Klarheit zu schaffen über die Stellung der Partei zu den Machinationen und Agitationen eines Hasselmann und Most. Zweitens war es notwendig, die Partei über die innere Lage aufzuklären und hierüber eine gründliche Aussprache herbeizuführen. Drittens mußte die Partei über den »Sozialdemokrat« und seine Verbreitung unterrichtet werden. Endlich galt es, sich über die Maßnahmen für die Agitation zu den nächstjährigen allgemeinen Reichstagswahlen zu verständigen. Die Züricher und wir stimmten darin überein, daß diese Zusammenkunft notwendig sei. So meldete ich ihnen alsdann unter dem 29. März, wir hätten beschlossen, sie solle zwei Tage nach dem offiziellen Schluß des Reichstags in Romanshorn oder Rorschach zusammentreten. Der Schluß des Reichstags sei kurz vor Pfingsten zu erwarten. Die Einladung zu der Zusammenkunft solle von der Redaktion und Expedition des »Sozialdemokrat« durch ein Rundschreiben, für das ich einen Entwurf beilegte, erfolgen. Die Versendung der Einladung für das Inland würden wir übernehmen. Man solle allseitig größte Diskretion beobachten und empfehlen.

Aber dieses war gut predigen. Ehe noch die Zusammenkunft stattfinden konnte, hatte die Regierung des Kantons Zürich Wind von der Sache bekommen und Erkundigungen eingezogen, was Wahres daran sei. Dies veranlaßte den »Sozialdemokrat«, in seiner Nummer vom 16. Mai mitzuteilen, die für die Pfingstwoche geplante Zusammenkunft in der Schweiz könne verschiedener Hindernisse halber nicht stattfinden und müsse auf mehrere Monate verschoben werden. Diese Mitteilung hatte nicht früher erfolgen können, so daß mehrere Delegierte, und darunter Most, erst Kenntnis davon erhielten, als sie bereits auf Schweizer Boden angekommen waren.

Most kam bei dieser Gelegenheit auch nach Zürich. Hier beriefen die Genossen eine Versammlung ein, in der er nach jedem Redner das Wort nehmen konnte, um seine Anklagen gegen die Partei zu begründen. Schließlich sprach die Versammlung das Verlangen aus, daß die Polemik zwischen der »Freiheit« und dem »Sozialdemokrat« von jetzt ab eingestellt werde. Sollte aber die »Freiheit« ihre maßlosen Angriffe gegen die Partei fortsetzen, so sei man gezwungen, die zu ihr stehenden Anhänger aus der Partei auszuschließen.

Most gab klein bei und versprach, der Resolution nachzukommen. Kaum war er aber in London, so führte er den alten Kampf weiter und bestritt sogar, versprochen zu haben, die Angriffe gegen die Partei einzustellen.

Nachdem die Pfingstzusammenkunft unmöglich geworden war, mußten wir uns mit der Einberufung einer neuen beschäftigen, worüber ich an die Züricher schrieb:

»Leipzig, den 24. Mai 1880.

Liebe Freunde!
Wegen des Termins wird heute abend entschieden, wo es sich zugleich um eine Feststellung bezüglich Hasselmanns handelt. Wird ein früherer Termin als Mitte August beschlossen, so kann ich nicht kommen … In Magdeburg haben eine Reihe von Verhaftungen stattgefunden, und bei einer soll ein Brief von Euch gefunden worden sein, worin Ihr tüchtig über uns loszieht.

Damit habt Ihr uns einen bösen Streich gespielt. Das eine wirklich Gute ist, daß Ihr tüchtig auf uns geschimpft habt, andererseits steht aber fest, daß Ihr durch diesen Brief eine längst gesuchte Waffe gegen Leipzig geliefert habt, und man wird dieselbe ausnutzen.

Ich meine doch, in Zeitläuften wie die gegenwärtigen, wo allerhand Zufälligkeiten eintreten können und wirklich eintreten, solltet Ihr Euch nicht gleich von der Leidenschaft hinreißen lassen, sondern kühl und vorsichtig bleiben. Vorläufig hätte doch die Anfrage hierher, wie das zugehe, daß wir die Verbreitung eines Blattes verhinderten, vollständig genügt. Außerdem solltet Ihr doppelt vermeiden, auf hier loszuschlagen, da dies von Hans und anderen schon zur Genüge besorgt wird. Wir werden sehen, was die Magdeburger Affäre für Folgen hat. Ob die Blätter gefaßt sind, wissen wir nicht, der Briefschreiber hat nichts verlauten lassen und müssen wir erst anfragen.

Da von hier kein Verbot der Verbreitung erfolgt ist, haben wir natürlich auch kein solches zurückzunehmen; Ihr seid eben in dieser Beziehung wieder einmal das Opfer von Mißverständnissen geworden und hättet Euch viel Ärger ersparen können. Also noch einmal: hübsch kaltes Blut, selbst da, wo man glaubt, das Richtige unfehlbar zu haben …

Ich bin sehr ärgerlich, daß die Angelegenheit mit der Zusammenkunft verfahren wurde, so daß mehrere unnütz reisten. Hätte man mich sofort von der beschlossenen Vertagung in Kenntnis gesetzt, wäre alles noch vollkommen rechtzeitig geordnet worden. Ich habe übrigens die Überzeugung, daß die Vertagung nichts schadete, daß im Gegenteil verschiedene später kommen werden, die jetzt wegen der Kürze der Zeit nicht kommen konnten. –

27./5. Montag abend ist beschlossen worden, den Kongreß auf 21., 22. und 23. August anzusetzen. Für einen früheren Termin war *niemand,* mehrere für einen viel späteren. Hauptgrund ist: wir müssen Geld schaffen, die Geschichte kommt jetzt so viel teurer. Die Verhandlungen beginnen, wie gewöhnlich mit der Vorversammlung Sonnabend.

Den Ort bestimmt Ihr. Wenn Ihr Rorschach nicht nehmen wollt, sondern St. Gallen, empfiehlt sich da nicht gleich Zürich?

Ich bin der Ansicht, daß wir vorläufig, der Spitzel wegen, über den genauen Termin strenges Schweigen beobachten, dagegen allgemein den August als Termin angeben, und daß Ihr demnächst in einer Nummer des ›Sozialdemokrat‹ dies offiziell anzeigt und wiederholt auffordert, daß sich diejenigen, die zum Kongreß kommen wollen, bei Euch anmelden. Laßt aber das Wort Kongreß öffentlich fort und meldet Besprechung, es erleichtert uns später unsere Verteidigung vor den Gerichten …

Erklärung gegen Hasselmann und Most, für jeden nach seiner Art, ist Montag vereinbart worden. Hasselmann war von den Berlinern gewählt, aber zu feig anzunehmen, jetzt sprengt der Lump aus, man hätte ganz gut die Versammlung auf deutschem Boden halten können, es sei reine Geldverschwendung von uns. Ihr tut am besten, im Redaktionsbriefkasten eine Notiz zu bringen, worin Ihr einem Beliebigen sagt: ›Daß eine größere Zusammenkunft in Deutschland zur Besprechung von allgemeinen Parteiangelegenheiten, die eventuell mehrere Tage in Anspruch nähme, möglich sei, das können nur politische Kinder glauben.‹

Ich verreise nächsten Montag bis ziemlich Ende Juni und bitte, alle Briefe so einzurichten, daß sie einem größeren Kreis von Genossen vorgelegt werden können. Habt Ihr etwas Spezielles für meine Person, so laßt dies in besonderem Brief an mich gehen.

Euer August Bebel.«

In Zürich war man mittlerweile auf die gute Idee gekommen, die Zusammenkunft nicht in einer Stadt, sondern auf dem alten Schloß Wyden abzuhalten, das bei dem Dorf Ossingen an der Thur auf einem Hügel romantisch gelegen ist. Der alte Bau gehörte einem Basler Herrn, der uns das Schloß und seine Nebengebäude auf einige Tage vermietete. In einem der letztern wurde ein Massenquartier eingerichtet, bestehend aus Strohlager mit Wolldecke. Der rote Postmeister behauptete, die Ossinger Wirte würden uns kaum freundlich aufnehmen, worin er sich irrte, wie sich nachher erwies; auch würde die Geheimhaltung der Konferenz kaum möglich sein, verkehrten wir im Dorf. So wurden der Wirt des Deutschen Vereins in Romanshorn und seine Frau veranlaßt, die Bewirtung der Kongreßteilnehmer im Schlosse selbst zu übernehmen.

Als wir von der Station Ossingen auf einem Weg um das Dorf zur Burg hin aufstiegen, standen die Bauern in den Feldern und Weinbergen auf ihre Geräte gestützt und sahen uns überrascht und kopfschüttelnd nach. Noch überraschter wurden sie, als am Abend in dem alten Bau Lichter angezündet wurden und die Stimmen der Redner durch die offenen Fenster in den klaren Augustabend hinausschallten. Je mehr aber der Abend fortschritt, um so weniger verlockend erschien mir die Aussicht auf dies nächtliche Strohlager. Die Erinnerung an meine Handwerksburschenzeit stieg erschreckend in mir auf. Außerdem glaubte ich nicht an die Versicherung des roten Postmeisters, die Ossinger Wirte würden uns Speise und Trank trotz unseres guten Geldes verweigern. Ich setzte

124

Liebknecht heimlich auseinander, daß wir dort unten sicher besseres Quartier fänden als hier oben, und lud ihn zum Mitgehen ein. Der war bereit dazu. So verschwanden wir aus dem Kreise der Zecher. Wie ich erwartet, wurden wir im Dorf vom Wirt »Zum Hirschen« sehr freundlich empfangen und mit gutem Landwein, Schwarzbrot mit frischer Butter und vorzüglichem Schweizerkäse gelabt. Der Wirt gab wiederholt seiner Verwunderung Ausdruck, warum »die Herren« auf dem Schloß kampierten, statt zu ihnen ins Dorf zu kommen.

Als wir nächsten Morgen wieder auf der Burg erschienen, regnete es Spöttereien. Aber das böse Beispiel verdarb die guten Vorsätze. Das Nachtquartier im Nebenbau des Schlosses war keineswegs ideal gewesen. Außerdem hatten eine Anzahl übermütiger Gesellen einen solchen Lärm und Unfug vollführt, daß an Schlaf kaum gedacht werden konnte. Am zweiten Abend war die Zahl der Ausreißer schon erheblich größer, und am Schluß des Kongresses waren es nur noch einige Unentwegte, die nachts auf dem Schloß aushielten.

Die Ossinger erwiesen sich uns in überraschender Weise dankbar. Im nächsten Jahre sollte in Zürich ein internationaler Kongreß abgehalten werden. Die Liberalen setzten Himmel und Hölle in Bewegung, damit die Regierung ihn verbiete. Sie sammelten im Kanton über 30000 Unterschriften für ein Verbot, aber kein Ossinger Bauer unterzeichnete. Diese erklärten vielmehr, sie hätten die ausländischen Sozialdemokraten kennengelernt, das seien alles anständige Leute gewesen; sie sähen nicht ein, warum diese in Zürich keine Versammlung abhalten sollten.

Die Zahl der in Wyden versammelten Delegierten belief sich auf 56, darunter alle bekannten Genossen aus Deutschland. Unter anderen waren anwesend: Auer, Bernstein, Birkert-Darmstadt, Garve, Greulich, Fritzsche, Frohme, Grillenberger, Hasenclever, Hillmann-Elberfeld, Kautsky, M. Kegel, Leyendecker-Mainz, Liebknecht, Löwenstein-Fürth, Motteler, Oldenburg-Altona, Schlüter-Dresden, Tauscher, Ulrich-Offenbach, Vahlteich, Vater-Hamburg, Vollmar usw.

Den Vorsitz führten Hasenclever und Vahlteich. Die Berichterstattung über die Situation in Deutschland und die Kassenverhältnisse war mir übertragen. Außerdem war ich Berichterstatter über das Treiben von Most. Auer referierte über die Kasseneinnahmen im Gebiet von Hamburg-Altona und deren Verwendung, Fritzsche über eine besondere Sammlung zugunsten der Berliner Ausgewiesenen und ihrer Angehörigen. Außerdem war Auer die Berichterstattung über die Spaltungsversuche

Hasselmanns übertragen. Im ganzen waren bis zum 1. August 1880 rund 36044 Mark eingegangen, von denen durch meine Hände 24254 Mark geflossen waren. An die Berliner Ausgewiesenen und ihre Familien hatte ich 10710 Mark gezahlt, für anderweit gemaßregelte und im Gefängnis sitzende Genossen und deren Familien 5200 Mark, für drei Reichstagssessionen Diäten von 2032 Mark, für Geldstrafen und Gefängnisentschädigungen 2416 Mark usw. Für Gehälter wurde nichts bezahlt. Der »Sozialdemokrat« führte besondere Abrechnung. Neben diesen an der Zentralstelle eingegangenen Geldern liefen erhebliche Summen, die an den einzelnen Orten eingenommen und ausgegeben wurden.

Von einer Anzahl Berliner Ausgewiesener in Hamburg war ein einundzwanzig Bogen langer Protest eingegangen, der sich hauptsächlich gegen die Fraktion richtete und speziell die Geldverwendung angriff. Tiedt, einer der Berliner Kongreßdelegierten, der den Protest übergeben hatte, erklärte, er habe die Übergabe des Protestes auf Wunsch der Verfasser übernommen, aber mit dem Inhalt desselben könne er sich nicht einverstanden erklären. Um den Berliner Genossen einen genauen Einblick in die Kassenverhältnisse zu ermöglichen, wurde Tiedt mit in die Prüfungskommission gewählt. Die Kommission kam zu dem einstimmigen Beschluß, dem Kongreß die Billigung der Kassenführung vorzuschlagen, die völlig in Ordnung sei. Der Kongreß beschloß einstimmig demgemäß. Später wurde bekannt, daß der Verfasser des Protestes ein ausgewiesener Berliner, der einäugige Wolff war, der als Spitzel im Dienste der Berliner Polizei entlarvt wurde. Im weiteren beschloß der Kongreß einstimmig, das Verhalten der Abgeordneten und der von ihnen eingehaltenen Taktik zu billigen, und sprach den in schwieriger Lage handelnden Vorkämpfern der Partei sein Vertrauen aus.

Im Laufe der allgemeinen Diskussion stellte Schlüter den Antrag, das Wort »gesetzlich« aus dem Programm zu streichen; die Partei sei rechtlos, gesetzliches Wirken sei ihr unmöglich gemacht, was solle da die Versicherung bedeuten, man wolle mit gesetzlichen Mitteln sein Ziel erreichen? Nach kurzer Diskussion wurde der Antrag einstimmig angenommen. Dieser Beschluß hat nachher inner- und außerhalb des Parlaments und auch in Gerichtsverhandlungen viel Staub aufgewirbelt. Mit Unrecht. Man faßte den Beschluß nicht als einfache Konsequenz der Lage auf, in der sich die Partei befand, sondern als einen revolutionären Akt, der die bisherige Taktik über den Haufen werfen sollte. 126

Die Verhandlungen über den Ausschluß Hasselmanns aus der Partei nahmen erhebliche Zeit in Anspruch. Am 27. Juni hatte die Fraktion im »Sozialdemokrat« einen Aufruf veröffentlicht, in dem sie Hasselmanns Ausschluß forderte wegen der schon erwähnten Reichstagsrede, in der er seine Solidarität mit dem russischen Anarchismus erklärte. Die Fraktion antwortete darauf: »Diese Worte bedeuten eine Lossagung von der Partei und speziell von uns. Wir akzeptieren diese Lossagung mit Vergnügen. Sie trägt dazu bei, Klarheit in unseren Reihen zu schaffen, was jetzt vor allem not tut, und entfernt einen Menschen aus der Partei, der ihr vom ersten Tag der Vereinigung der deutschen Sozialdemokratie auf dem Kongreß des Jahres 1875 an nur widerwillig vor der Öffentlichkeit angehörte und insgeheim fortgesetzt und planmäßig gegen sie intrigierte und konspirierte. Sprengung der Sozialdemokratischen Partei Deutschlands und Gründung einer Partei Hasselmann – das war das Ziel, welches Herr Hasselmann, seinem Wesen entsprechend, durch Ränke und Verhetzungen aller Art auf Schleichwegen zu erreichen suchte.«

Die Fraktion trat für diese Anklagen sofort den Beweis an durch Veröffentlichung einer Reihe von Briefen Hasselmanns, aus denen hervorging, wie er systematisch gegen die Partei arbeitete und die nach Eingehen des »Neuen Sozialdemokrat« (Ende September 1876) vom ihm gegründete »Rote Fahne« dazu benutzen wollte, die eben erst geschaffene Einheit zu sprengen.

Im weiteren warf der Aufruf Hasselmann vor, wie er nicht einmal den Mut gehabt habe, seine Rede in seinem eigenen Blatt unverändert abzudrucken, wo er sie abschwächte. Die Fraktion forderte, daß, wer gegen die sozialistische Arbeiterpartei sei, sich von ihr trenne. »Wir verlangen reine Bahn. Wer nicht für uns ist, ist gegen uns.«

Zum Schlusse wendete sich der Aufruf auch gegen Most, dessen Tollheiten und Inkonsequenzen die Fraktion ebenso fernstehe wie den demagogischen Hetzereien und Intrigen des Herrn Hasselmann. Die Erklärung war von sämtlichen Abgeordneten, mit Ausnahme von Hartmann-Hamburg, unterzeichnet, der die Erklärung für »unzeitgemäß« hielt.

Auer hatte an der Hand des vorliegenden Materials leichtes Spiel, nachzuweisen, daß die Bestätigung des Ausschlusses Hasselmanns durch den Kongreß eine Selbstverständlichkeit sei. Der Kongreß billigte denn auch mit allen gegen drei Stimmen den Ausschluß. Zwei von diesen drei erklärten, daß sie den Beschluß nicht mehr für nötig hielten, da Hasselmann sich durch sein Treiben selbst außerhalb der Partei gestellt habe.

In der Tat hatte sich Hasselmann schon im Juni nicht entblödet, öffentlich Auer, Derossi und Garve zu denunzieren, sie hätten eine verbotene Sammlung abgehalten. Von der Staatsanwaltschaft zu Hamburg war darauf auch eine Voruntersuchung eingeleitet worden, die aber resultatlos verlief. Most hatte sich in der »Freiheit« zu der gleichen Ehrlosigkeit verstiegen. Auch die Verhandlungen gegen diesen nahmen den erwarteten Verlauf. Ich hatte es ebenfalls leicht, an dem berghoch vorhandenen Material die traurige Rolle, die er spielte, nachzuweisen. Ein Antrag, ihn als ausgeschieden aus der Partei zu betrachten, wurde mit allen gegen zwei Stimmen angenommen.

Die Versuche einer Anzahl Berliner Genossen, die Anhänger Mosts und Hasselmanns waren, durch spezielle Anträge Hasenclever, Liebknecht, Kayser und mich wegen Äußerungen im Reichstag auf dem Kongreß zur Verantwortung zu ziehen mißglückten kläglich. Es zeigte sich, daß sich der Kongreß in allen Fragen von Bedeutung in einer überraschend einmütigen Stimmung befand. So auch, als er den »Sozialdemokrat« zum Zentralorgan der Partei ernannte und die Beteiligung an den Reichstags-, Landtags- und Kommunalwahlen empfahl, und zwar aus agitatorischen und propagandistischen Rücksichten.

Weiter wurde beschlossen, für die Beteiligung an den Reichstagswahlen im Herbst mit aller Kraft einzutreten. Bei Stichwahlen sollten die Parteigenossen im allgemeinen Wahlenthaltung üben. Andere Beschlüsse betrafen die Zustimmung zu der in Zürich gegründeten Auswärtigen Verkehrsstelle und die Billigung der Einberufung eines internationalen Kongresses, den die belgischen Genossen angeregt hatten.

Die Nachricht von der Abhaltung des Kongresses auf dem Schloß Wyden war für die Polizei und die öffentliche Meinung Deutschlands eine Sensation. Die Polizei war in der verzweifelten Lage, zugestehen zu müssen, daß sie trotz ihres großen Spitzelapparates nicht vermocht hatte, herauszufinden, wann und wo er stattfinden werde. Die bürgerlichen Parteien waren darüber in Aufregung, daß überhaupt ein Kongreß stattfinden konnte, und sie regten sich noch mehr auf, als kurz nach dem Kongreß in der Berliner »Tribüne« und der »Magdeburger Zeitung« höchst romanhaft klingende Schilderungen, die unsere Züricher Genossen inspiriert hatten, erschienen und das ganze Unternehmen im abenteuerlichsten Licht erscheinen ließen. Wir amüsierten uns weidlich darüber.

Auf die Stimmung in der Partei war der Wydener Kongreß von der allerbesten Wirkung. Die bloße Tatsache, daß er stattgefunden, wirkte schon höchst anregend. Man war wieder einmal beisammen gewesen, die alten Kämpen hatten sich gesehen und gründlich ausgesprochen, Mißtrauen, wo es vorhanden war, beseitigt; der Mut der einzelnen war bedeutend gehoben worden. Alle gingen frischen Mutes nach der Heimat mit dem Entschluß, die in Wyden ausgestreute Saat zur Reife zu bringen.

Nachdem die erste Überraschung bei unseren Gegnern vorüber war, brach in der gegnerischen Presse eine Hetze gegen die Schweiz los, »Kreuzzeitung« und »Reichsbote« voran. Sie verlangten die Ausweisung der Verschwörer aus der Schweiz und rieten zu dem Versuch, einen Hochverratsprozeß zu inszenieren. Aber das Verlangen der »Kreuzzeitung« und ähnlicher Organe, die Schweiz solle das Asylrecht mißachten und politisch mißliebige Personen ausweisen, hatte nur zur Folge, daß der im September tagende Schweizer Juristentag sich sehr entschieden für das Asylrecht aussprach. Der Grundsatz der Nichtauslieferung politischer Verbrecher sei unbeschränkt aufrechtzuerhalten. Die Schweiz solle in der Asylgewährung weitherzige Grundsätze betätigen, aber Spione, Agents provocateurs und ähnliches Gesindel mit Grund wegweisen. Ausweisung dürfe niemals einem fremden Staat zu Gefallen verhängt werden.

Polizei und Gerichte entwickelten nach Wyden wieder neuen Eifer in unserer Verfolgung. So versuchte das Breslauer Amtsgericht einen Prozeß gegen eine angeblich bestehende geheime Verbindung anzustrengen und verfügte zu diesem Zweck die Briefsperre über 3000 Personen. Das ganze Postwesen Breslaus wurde desorganisiert und ein großer geschäftlicher Schaden angerichtet. Und das für nichts.

Auch in Leipzig wurde die Polizei uns immer aufsässiger. Die Wolken zogen sich langsam über unseren Häuptern zusammen. Als wir gegen Mitte September uns ungefähr vierzig Mann stark zu einer »Geburtstagsfeier« vereinigt hatten, brach plötzlich die Polizei in das Lokal und verhaftete uns allesamt. Unter starker Polizeieskorte wurden wir nach dem Polizeiamt geführt, um verhört zu werden. Ein großer Menschenhaufen begleitete uns. Diese Prozedur, die ergebnislos verlief, währte über zwei Stunden, dann wurden wir entlassen. Das einzige Opfer jenes Vorgangs war der russische Genosse Zetkin, der als Schriftsetzer in Leipzig tätig war und als Gast der »Geburtstagsfeier« beigewohnt hatte. Er wurde ausgewiesen.

Eine erneute, aber erfolglose Haussuchung fand bei mir statt. Auch machte ich die Entdeckung, daß die Staatsanwaltschaft über eine Dame, die sich bereit erklärt hatte, für Briefe an mich als Deckadressatin zu dienen, die Briefsperre verhängt hatte. Die der Staatsanwaltschaft hierbei in die Hände gefallenen Briefe boten aber kein Material zu einer Anklage. Auch sorgte ich sofort dafür, daß die Deckadresse gelöscht wurde.

Der Kampf ging weiter. Die Nummer 39 des »Sozialdemokrat« vom 26. September veröffentlichte einen von mir verfaßten und von den Kollegen gebilligten Aufruf, unterzeichnet: »Deutschland, den 18. September, Die Parteivertretung«, in dem es mit Hinweis auf den Wydener Kongreß unter anderem hieß:

»... Unsere Aufgabe ist unter den Umständen, unter denen die Partei gegenwärtig in Deutschland lebt und kämpft, eine sehr verantwortliche und schwierige. Von Feinden umgeben, die uns vernichten wollen, denen eine reaktionäre Gesetzgebung Mittel in Hülle und Fülle an die Hand gibt, uns im ›Namen des Gesetzes‹ zu unterdrücken, kann, wir wiederholen es, nur Mut, gepaart mit Klugheit, uns Erfolge sichern.

Unter diesen Bedingungen ist *jedes* Mittel recht, das Erfolge sichert, und die Sache der Parteigenossen jedes einzelnen Ortes ist es, die geeigneten Mittel und Wege zu ergreifen und einzuschlagen, die ihnen zur Erreichung des Erfolges am sichersten scheinen. ...

Also organisiert euch, einerlei wie, ... Organisation überall, bis in den entlegensten Ort, wo wir Anhänger haben, und unter jeder denkbaren Form. Das ist das erste Gebot.

Das zweite ist: Unermüdliche Agitation für die Verbreitung unseres Zentralorgans, des ›Sozialdemokrat‹, durch Gewinnung neuer Leser und Abonnenten. ...

Das dritte Gebot ist: Das beständige Sammeln von Geldern für Agitations- und Unterstützungszwecke an jedem Orte und in jeder Form. ... Zum Kriegführen gehört Geld, Geld und wieder Geld, und da die Partei beständig Krieg führt, braucht sie auch beständig Geld.«

Des weiteren rieten wir zur Vorsicht.

»Ihr sollt vorsichtig sein, und ihr müßt namentlich verschwiegen sein – Spione gibt's überall –, aber ihr dürft nicht feig sein.«

Darauf folgten Anweisungen, wie man sich im einzelnen verhalten solle. Schließlich wurde nochmals dringend die Organisation in den einzelnen Wahlkreisen im Hinblick auf die nächsten Reichstagswahlen empfohlen. Auch solle man Geld für die Wahl sammeln und sich über den Kandidaten verständigen.

Außer der hier im Auszug mitgeteilten Ansprache der Parteileitung hatte sich aber auch die Auswärtige Verkehrsstelle in Zürich veranlaßt gesehen, eine Art Manifest zu veröffentlichen und als Flugblatt zu versenden, in dem eine Auslegung der Wydener Beschlüsse gegeben wurde, die wir nicht billigen konnten und durften, da sie in künftigen Prozessen dem Staatsanwalt ein bedenkliches Material lieferte. Die Anschauungen, die wir in Leipzig über dieses Vorgehen der Auswärtigen Verkehrsstelle hatten, kommen in einem Briefe zum Ausdruck, den ich am 18. September an die Züricher Genossen schrieb und in dem es heißt:

»... Und nun zum Schlusse zu einem Punkte, der hier in den letzten Tagen sehr viel Staub aufgewirbelt hat. Es betrifft dies das Manifest, das die ›Magdeburger Zeitung‹ anscheinend in extenso brachte.

Wir haben von diesem Aktenstück keine Ahnung, wir wissen auch nicht, welchen Zweck dasselbe hat und ob dies etwa die Antwort sein soll, von der W.[1] in seinem Briefe spricht, daß er sie auf die Kongreßbegrüßungen (aus dem Ausland) gegeben. Diese einfache Tatsache beweist, in welch peinlicher Lage wir uns befinden.

Ich bin beauftragt, zu erklären, daß wir sämtlich gegen diese Art des Vorgehens Protest erheben und ein zweiter derartiger Schritt zu einem unheilbaren Konflikt zwischen uns und der Verkehrsstelle führen muß.

Ich will hier nicht über die Form, und den Ton sprechen, in dem das Aktenstück gehalten ist, obgleich hierüber sehr absprechende und sehr scharfe Urteile gefallen sind und auch mir scheint es, als glaube man bei Euch, Herrn Most um jeden Preis übertrumpfen zu müssen.

Worin aber Einstimmigkeit herrschte, das war über das eigenmächtige Vorgehen der Verkehrsstelle in einem Fall, der notwendigerweise uns erst zur Prüfung und Begutachtung vorgelegt werden mußte. Die Verkehrsstelle ist keine besondere Behörde, sie kann und darf nicht offizielle Aktenstücke auf eigene Faust in die Welt schicken, für die wir unter allen Umständen verantwortlich gemacht werden. Eine solche Verantwortung übernehmen wir nicht, und eine Behandlung, wie sie uns in dem vorliegenden Fall zuteil geworden ist, lassen wir uns nicht gefallen.

Hier geschieht nichts, was nicht zuvor kollegialisch beraten worden ist, und wir müssen darauf sehen, daß jedes auf weitere Kreise und zur

---

1 Wohl Walther, das heißt Vollmar. D.H.

Veröffentlichung bestimmte Aktenstück, das einen offiziellen Charakter trägt, oder tragen soll, uns zuvor vorgelegt und nicht eher und nicht anders veröffentlicht wird, wie wir nach vorausgegangener Beratung bestimmen. ...

Darüber kann kein Zweifel sein, daß der Kongreß, und was ihm nachfolgt, die Wut unserer Gegner aufs äußerste gereizt hat und ein systematisch geführter Hetzkrieg mit entsprechenden Verfolgungen nicht ausbleiben wird. Den gilt es, nicht ohne Not zu verschärfen.

Wir räumen der Verkehrsstelle das Recht ein, die Korrespondenz mit den auswärtigen Genossen zu führen, Aufschlüsse und Auskünfte zu geben, soweit sie das für zweckmäßig hält, und die Gelder einzuziehen. Sobald es sich aber um Akte handelt, durch die größere Parteikreise in irgendeiner Weise in Mitleidenschaft gezogen werden sollen, müssen wir darauf bestehen, unterrichtet zu werden und daß rechtzeitig unsere Zustimmung dazu eingeholt wird. ... Ich glaube, das ist nicht mehr als recht und billig. Da hier die Leitung ist und nicht in Zürich, so darf dort nichts von Wichtigkeit und entscheidender Bedeutung geschehen, von dem wir hier nicht zuvor unterrichtet wurden.« –

Welchen Eindruck dieses Manifest auf unsere Gegner gemacht, zeigte die Rede, die Herr v. Puttkammer am 30. März 1881 im Reichstag gegen uns hielt, in der er das Manifest vorlas, um an ihm den gefährlichen revolutionären Charakter der Sozialdemokratie zu demonstrieren. Und als achtzehn Jahre später (1899) es sich darum handelte, den Parteigenossen Dr. Arons von der Stellung eines Privatdozenten an der Berliner Universität zu entfernen, stützten sich seine Ankläger wieder auf jenes Manifest, das sie als offizielles Aktenstück der damaligen Parteileitung bezeichneten.

Meine Auffassung über die damalige Situation gibt folgender Brief an Engels wieder:

»Leipzig, den 22. September 1880.

Lieber Engels!

Ich habe Sie auf eine Antwort auf Ihren Brief vom 27. März bis heute warten lassen. Ich kann diese lange Pause damit entschuldigen, daß ich von jener Zeit bis Anfang September, mit sehr kurzen Unterbrechungen, fast stets auf der Reise war. Die kurzen Unterbrechungen waren aber so mit anderen Arbeiten in Anspruch genommen, daß ich nicht die Zeit zu einer Antwort fand.

Nach dieser langen Pause will ich auch auf verschiedene persönliche Angelegenheiten, die in Ihrem Briefe erwähnt werden, nicht weiter zurückkommen.

Es wäre mir sehr angenehm, wenn Sie die von mir gewünschten Photographien von Ihnen und Marx Liebknecht mitgeben könnten. ... Wie es mit der neuen Auflage Ihrer Schrift geworden ist, wird Ihnen Liebknecht mitteilen; ich bat ihn, die Angelegenheit zu ordnen, weil ich aus den eingangs erwähnten Gründen keine Zeit dazu hatte. Irre ich nicht ganz, so betraf der kürzlich in Breslau beschlagnahmte Satz Ihre Schrift. Daß Verrat im Spiele war, ist offenbar, wie denn der Verrat überall neben der Ungeschicklichkeit eine mehr oder weniger große Rolle spielt. So wurde mir vor einer Stunde mitgeteilt, daß man hier Haussuchung bei einem Genossen hielt, der im Verdacht steht, den ›Sozialdemokrat‹ zu kolportieren. Das konnte nur infolge von Verrat geschehen. Mit welchem Erfolg gehaussucht wurde, weiß ich bis diesen Augenblick, abends 9 Uhr, nicht. Der Betreffende war noch zufällig heute nachmittag bei mir, und während seiner Abwesenheit fiel ihm die Polizei ins Haus. Sie wollen Liebknecht den Fall mitteilen, er wird ihn interessieren.

Verschiedene Anzeichen deuten darauf hin, daß in der nächsten Zeit hier einige Hauptschläge bevorstehen, das heißt, wenn man das Material dazu findet. Der Kongreß hat riesig verschnupft, und die Führerschaft in all dem Unheil wird Leipzig zugeschrieben. Wir haben bisher hier, im Vergleich zu anderen Orten, ein idyllisches Leben geführt; das hat nunmehr aufgehört, und wir werden die Ohren steif halten müssen.

Über den Verlauf des Kongresses sind Sie einigermaßen aus dem ›Sozialdemokrat‹ unterrichtet, die wichtigsten Beratungen mußten natürlich verschwiegen werden; mit dem Verlauf desselben bin ich im allgemeinen sehr zufrieden, und er hat auch überall bei den deutschen Genossen sehr gut gewirkt. Wenn Most durch lügnerische Darstellungen und gehässige Kritisierung glaubt großen Schaden anrichten zu können, irrt er sich. Sein Anhang ist im ganzen sehr gering, und der unverhohlene Übertritt ins anarchistische Lager, wie er namentlich durch den Leitartikel der letzten Nummer und die hinter diesem abgedruckten Bakunistischen Revolutionsregeln zum Ausdruck gelangt ist, wird ihm noch mehr schaden.

Ich sollte meinen, daß dadurch aber gerade auch für Sie und Marx der Zeitpunkt gekommen wäre, rund und nett zu erklären, daß Sie mit

Most keine Beziehungen haben. Sie werden vielleicht antworten, das sei nicht nötig, da Sie nie sich für Most erklärten. Diese Auffassung ist nicht richtig. Most hat in zahlreichen Briefen sich mit Ihrer und Marx' Zustimmung gebrüstet; der Umstand, daß von Marx einigemal Abonnementsgeld quittiert war, hat nach außen, wo man den Sachverhalt nicht kennt, den Eindruck gemacht, als werde Most gar materiell unterstützt. Tatsache ist, daß Most mit allem diesem namentlich in Österreich stark für sich Propaganda gemacht hat. Ich verlange nun nicht, daß Ihr Euch für den ›Sozialdemokrat‹ erklären sollt, auch nicht, daß Ihr diesem eine Erklärung zusendet. Die Angelegenheit läßt sich in einer für Euch völlig anstandslosen Weise dadurch erledigen, daß Ihr einem von uns einen Brief als Antwort auf eine bezügliche Anfrage schreibt und der Empfänger – der seinen Namen nicht zu nennen braucht – Euren Brief veröffentlicht. Die Wirkung dürfte für Euch und für uns eine gute sein. Ihre und Marx' vollständige Passivität wird häufig nicht günstig beurteilt, und man wünscht allgemein, daß Ihr Euch aktiv beteiligt und sagt, was Ihr über die Zeit denkt.

Sie haben ja vollkommen recht, wenn Sie in Ihrem letzten Briefe ausführen, wie alle Tätigkeit unserer Gegner schließlich zu unseren Gunsten ausfalle und wie namentlich die unruhige Vielgeschäftigkeit und zerstörerische Tätigkeit Bismarcks uns in die Hände arbeite. Aber damit allein kann sich doch niemand von uns zufrieden geben, wir müssen die Löcher, die jener gräbt, weiter schaufeln und die Unzufriedenheit, die seine Tätigkeit wie die fortdauernde allgemeine Misere erzeugt, nach Kräften schüren, und da müßt Ihr so gut wie wir helfen.

Recht interessante Überraschungen wird uns die Handelsministerschaft Bismarcks bringen. Hier ist er auf ein Gebiet geraten, auf dem er sich die Zähne sicher ausbeißt und auf dem er obendrein nicht anders als im höchsten Grade Unzufriedenheit säend wirken kann. Bringt er wirklich Gesetze zugunsten der Arbeiter, so hat er erstens die ganze Bourgeoisie gegen sich, und er wird zweitens die Arbeiter nicht gewinnen, weil er bei dem besten Willen doch nur Halbheiten bieten kann. Von allen Ämtern, die er bisher bekleidete, ist dies, was er jetzt angenommen hat, dasjenige, was ihn am gründlichsten ruinieren wird.

Ein weiterer Vorteil wird sein, daß durch die heftige Polemik, welche seine Maßnahmen notwendig hervorrufen, die indifferenten Massen aufgerüttelt und zur Teilnahme am und zur Parteinahme im öffentlichen Leben gezwungen werden. Das kann wiederum niemand mehr nützen als uns. So vorteilhaft das alles ist, wir müssen die Situation auch für uns ausbeuten. Wenn Ihr Euch entschließen könntet, jetzt einmal öffentlich hervorzutreten, indem Ihr die Situation, wenn ich mich so ausdrücken soll, theoretisch beleuchtet, so würde das von mächtiger Wirkung sein, und Euer Urteil würde mehr als einmal von unseren und Bismarcks Gegnern zitiert werden.

Wir sind hier mit den laufenden täglichen Arbeiten und hunderterlei oft kleinen und kleinlichen Geschichten so in Anspruch genommen, daß die nötige Zeit und Sammlung zu solcher Arbeit fehlt, und zudem versteht Ihr's auch weit gründlicher wie wir. Also gebt das Schmollen auf.

Ich wäre verwünscht gerne einmal noch dorthin gekommen, um Euch persönlich kennenzulernen, aber es paßte diesmal wieder nicht, gegen Ende nächsten Monats wäre es gegangen. Die übrige Jahreszeit, die Reichstagssession inbegriffen, bin ich mit dem Geschäft und geschäftlichen Reisen so im Gedränge, daß ich sehr schwer abkommen kann. Indes, es muß doch einmal werden.

Herzliche Grüße an Sie und Marx von Ihrem

August Bebel.«

Der kleine Belagerungszustand über Hamburg-Altona

und Umgegend

Anfang Oktober verlautete, Preußen sei an Hamburg herangetreten, um es unter Hinweis auf den Ausfall der Reichstagswahl im zweiten Hamburger Wahlkreis zur Verhängung des kleinen Belagerungszustandes in Hamburg zu veranlassen, wobei Preußen gleichzeitig denselben über Altona, Ottensen, Wandsbek und Umgebung verhängen werde. Der Hamburger Senat habe aber das Ansinnen abgelehnt, er glaube ohne ein solches Gewaltmittel die öffentliche Ruhe und Sicherheit aufrechterhalten zu können. Wie vergleichsweise objektiv man damals in Hamburg sogar dem Wydener Kongreßbeschluß gegenüberstand, das Wort »gesetzlich« aus dem Programm zu streichen, zeigte eine Äußerung des offiziösen »Hamburger Korrespondent«: Die Sozialdemokratie habe mit diesem Beschluß nur den durch das Ausnahmegesetz auf sie gezogenen Wechsel akzeptiert.

War man also in Hamburg zunächst nicht geneigt, dem Drängen Preußens nachzugeben, so besagt das nicht, daß man gegen die Sozialdemokratie dort glimpflich verfuhr. Im Gegenteil, vom ersten Augenblick der Verkündigung des Ausnahmegesetzes an traten Polizei und Gerichte Hand in Hand arbeitend mit der größten Strenge und Rücksichtslosigkeit auf. Ein Prozeß jagte den anderen, und die Strafen waren die höchsten, die ausgesprochen werden konnten. Und als schließlich dennoch der Hamburger Senat dem Drängen Preußens erlag und am 24. Oktober den Kleinen verhängte, zeigte die Masse der Ausweisungen, daß die Hamburger Republik mit dem Polizeistaat Preußen in Konkurrenz treten konnte. Aus Hamburg wurden auf den ersten Hieb fünfundsiebzig Personen ausgewiesen, darunter siebenundsechzig Familienväter. Im Laufe der Jahre stieg die Zahl der aus Hamburg Ausgewiesenen auf über dreihundertfünfzig. Gleichzeitig mit Hamburg war der Kleine über Altona, Ottensen, Blankenese und Wedel usw. einschließlich der Güter des Fürsten Bismarck und der Stadt Lauenburg verhängt worden. Im ganzen über ein Gebiet von über tausend Quadratkilometer.

Ausgewiesen wurden unter anderen Auer, den dieses Schicksal binnen einem Jahre zum zweitenmal traf, Blos, Dietz, Garve, Praast, die beiden Kapell usw. Nach einigen Monaten wurde auch die »Gerichtszeitung« wegen eines nichtssagenden Artikels über russische Zustände verboten, wodurch abermals eine Anzahl Existenzen vernichtet wurde und ein großer materieller Schaden entstand. Dietz, der bei Verhängung des Sozialistengesetzes die im Jahre 1876 gegründete Genossenschaftsdruckerei pro forma käuflich übernommen hatte, fiel jetzt das schwerste Stück Arbeit zu. Er sollte Arbeit und Mittel schaffen für die vielen Existenzlosen und mußte alle Anordnungen von Harburg aus treffen, wohin er sich mit einer Anzahl Ausgewiesener begeben hatte. Aber auch dort war ihres Bleibens nicht. Preußen erklärte nach einiger Zeit auch über Harburg den Kleinen und zwang die Hamburger Ausgewiesenen, sich zu zerstreuen. Dietz ging nach Stuttgart, woselbst er die in Leipzig unhaltbar gewordene Druckerei übernahm, die später mit der »Neuen Welt« nach Hamburg übersiedelte. Auer, der sich vergeblich nach einer Stellung umgesehen hatte, trat in das Geschäft seiner Schwiegermutter in Schwerin, dem er als ehemaliger Sattler und Tapezierer gute Dienste leisten konnte. Blos ging nach Bremen; die Mehrzahl der aus dem nördlichen Belagerungsgebiet Ausgewiesenen wanderte über den Großen Teich nach Nordamerika, darunter Molkenbuhr.

Für die Parteikasse, die eben anfing sich zu erholen, kam der Hamburg-Altonaer Schlag sehr ungelegen, doch sei zur Ehre der Hamburg-Altonaer Genossen gesagt, sie parierten die Schläge aus eigenen Kräften. Es waren nur tausend Mark, die sich Dietz eines Tages von mir für die Hamburger Ausgewiesenen erbat, und diesen Betrag haben die Hamburger Genossen während der Dauer des Sozialistengesetzes buchstäblich hundertfältig zurückbezahlt. Vom Jahre 1884 ab, wo ich in Plauen bei Dresden Wohnung genommen hatte, war die Hamburger Deputation, die alle paar Monate einmal spät abends bei mir einrückte, ein gern gesehener Gast; sie kam stets mit Mammon beladen an, und fünftausend Mark war das mindeste, was sie jedesmal der Kasse zuführte.

Überhaupt hatte der Hamburg-Altoner Schlag die entgegengesetzte Wirkung, die man oben erwartete. Eine leidenschaftliche Bewegung ging durch die Massen, und denen »oben« die Stirn zu bieten, koste es, was es wolle, war die allgemeine Losung. Von jetzt an hörte allmählich die Geldklemme auf, Kanäle öffneten sich überall.

In Berlin hatte man gehofft, mit der Erneuerung des kleinen Belagerungszustandes über Berlin und Umgegend ihn auch durch die sächsische Regierung über Leipzig und Umgegend verhängt zu sehen. Aber unsere Stunde war noch nicht gekommen.

Mitte November mußte Liebknecht seine sechsmonatige Gefängnisstrafe antreten, die er sich durch eine Rede in einer Versammlung in Chemnitz zugezogen hatte. Diese Haft war sehr unangenehm im Hinblick darauf, daß Vollmar die Redaktionsstelle im »Sozialdemokrat« zum 1. Januar gekündigt hatte. Er wollte nicht durch längeres Bleiben als Redakteur sich die Stellung in Deutschland unmöglich machen, wie sich das für Motteler und Bernstein aus ihrer Tätigkeit ergab. Er wollte nicht auf eine aktive Rolle in der deutschen Politik verzichten.

Über diese Vorgänge schrieb ich am 4. Dezember 1880 an Engels:

»Lieber Engels!
Wieder einmal habe ich auf eine Antwort recht lange warten lassen, dafür ist die Situation mittlerweile um so klarer geworden. Vollmar hat seinen Posten am Blatt gekündigt und will die Stelle am 1. Januar verlassen. Wir kamen also in die Lage, eine Neuwahl zu treffen, die am Mittwoch stattfand.

Hirsch ist zum Redakteur gewählt worden, jedoch zunächst provisorisch und erst nach Überwindung ziemlich starken Widerstandes. Dieser

Widerstand richtete sich nicht – das muß ich ausdrücklich sagen – gegen ihn, weil man einen Systemwechsel befürchtete, sondern gegen gewisse Taktlosigkeiten, die Hirsch seinerzeit in der ›Laterne‹ beging, und gegen seinen Charakter, dem man Neigung zu persönlicher Rachsucht und Unverträglichkeit glaubte vorwerfen zu dürfen. Ferner hieß es: Hirsch sei ein Mensch, der keine Disziplin kenne und gern auf eigene Faust handle, so daß man fürchten müsse, sehr bald mit ihm in Konflikt zu kommen. Daß Hirsch noch in den letzten Tagen in einer Korrespondenz in der ›Züricher Post‹ einzelne in der Partei in der gröbsten Weise angegriffen, hatte die Stellung derjenigen nicht gebessert, die für Hirsch eintraten, und das waren eigentlich nur zwei (Liebknecht und ich).

Es wurde daher zur ersten Bedingung gemacht, daß Hirsch sich jedes Angriffs gegen innerhalb der Partei stehende Personen enthalten müsse, also speziell auch gegen Höchberg, und ich schließe mich dieser Ansicht an. Ihr seid irre, wenn Ihr glaubt, daß innerhalb der Partei die Meinungen so übereinstimmend seien, dies werden Euch schon die Artikel von A. und D. gezeigt haben. Die Mehrzahl der Führer neigt mehr oder weniger nach jener Seite. Allein man fühlt sich auch nicht unfehlbar, und wenn daher eine scharfe, aber objektive Redaktion geführt wird, und wenn es namentlich Hirsch gelingt, einen Ton zu treffen, der den Massen zusagt und die Massen begeistert, dann ist Hirsch gewonnen.

Ich will mich hier auf weitere Auseinandersetzungen nicht einlassen. Hirsch hat selbst die Redaktion so scharf angegriffen, daß es jetzt an ihm ist, zu zeigen, daß er es besser machen kann. Führt er die Redaktion des ›Sozialdemokrat‹ so, wie er seinerzeit, als wir in der Hochverratsuntersuchung saßen, die Redaktion des ›Volksstaats‹ führte, dann hat er meine Zufriedenheit und Zustimmung.

Was unsere Stellung zu Höchberg usw. anlangt, so habe ich schon früher, wie ich glaube, geschrieben, daß Höchberg namhafte Opfer für das Blatt gebracht hat und noch bringt, daß er aber bisher sich in keiner Weise angemaßt hat, sich in die Redaktion zu mischen. In Rücksicht auf die bisher geübte Opferwilligkeit und das persönliche, höchst anständige Benehmen Höchbergs erwarten wir also, daß Hirsch sich jedes feindseligen Aktes gegen Höchberg enthält. Mag Höchberg immerhin kein Sozialist in unserem Sinne sein, so ist er ein durchaus anständiger Mensch, und es läßt sich mit ihm verkehren.

Daß Höchberg die Wahl Hirschs gerne sieht, ist nicht zu erwarten, und ich glaube, die größere Schuld ist in diesem Falle auf Seite Hirschs, er wird aber auch nicht dagegen opponieren, und wenn er opponierte, würde es ihm nichts helfen ...

Ich darf wohl annehmen, daß durch die Wahl Hirschs Euch zur Genüge gezeigt ist, daß fremder Einfluß bei dem Blatt nicht vorhanden ist.

Bei guter Redaktion dürfen wir hoffen, daß sich der Leserkreis in Kürze so steigert, daß das Blatt ohne Hilfe Dritter sich trägt und erhält, und dies wird wieder ganz wesentlich dadurch gefördert werden, daß Sie und Marx schriftstellerisch mit dafür eintreten. Ich darf wohl hoffen, daß Ihr nächster Brief die Zustimmung dazu enthält.

Für einstweilen sind wir noch dem Belagerungszustand entgangen, auf wie lange, das wissen die Götter. Einstweilen sind die Herren in den höchsten Regionen wieder einmal untereinander sich aufsässig, und das kann uns nichts schaden. Sehr gespannt bin ich auf die Motive Hamburgs für den Belagerungszustand. Der arme Senat wird große Mühe haben, die wahren Gründe nicht merken zu lassen.

Beiliegendes bitte ich an Hirsch zu geben und noch einmal gründlich mit ihm zu sprechen.

Herzliche Grüße an Sie und Marx von Ihrem

August Bebel.«

Der Kanossagang nach London

Die Umstände, unter denen die Wahl Hirschs zum Redakteur des »Sozialdemokrat« zustande gekommen war, und die Bedenken, die gegen diese Wahl bei der Mehrheit der Parteileitung herrschten, ließen es mir angemessen erscheinen, nunmehr die längst geplante und immer wieder verschobene Reise nach London anzutreten. Hirsch lebte damals in London, ich konnte mich also gleich mit ihm auseinandersetzen. Dann aber wünschte ich auch, daß Bernstein, gegen den bei Marx und Engels und ebenso bei Hirsch starke Animosität herrschte, mit nach London in die Höhle des Löwen gehe, um zu zeigen, daß er nicht der schlimme Geselle war, den die beiden Alten in ihm sahen. Bei Bernstein selbst hatte das Leben in Zürich und was dort täglich über die Zustände aus Deutschland berichtet wurde, eine andere Stimmung erzeugt, als sie in dem bösen Dreigestirnartikel im Richterschen Jahrbuch zum Ausdruck gekommen war. Ich hatte sogar die stille Hoffnung, daß, wenn Hirsch die Redaktion des »Sozialdemokrat« ablehne, es gelingen werde, Bernstein an seine Stelle zu bringen. Sollte es aber mit Erfolg gelingen, so war ein persönlich erträgliches Verhältnis zwischen dem neuen Redakteur und Marx und Engels notwendig. Ich ersuchte also Bernstein, die Kanossareise nach London mit mir anzutreten, wozu er sofort bereit war. Wir trafen uns in Calais, da Bernstein allen Grund hatte, das Betreten deutschen Bodens zu vermeiden.

In London angelangt, besuchten wir zunächst Engels, der eben, zwischen 10 bis 11 Uhr vormittags, beim Frühstück saß. Engels hatte die Gepflogenheit, nie vor 2 Uhr nachts sich zur Ruhe zu begeben. Engels empfing uns sehr liebenswürdig; er redete mich sofort mit Du an, ebenso Marx, den wir am Nachmittag besuchten, außerdem lud mich Engels, der dieses Jahr zum Witwer geworden war, ein, bei ihm zu wohnen, und die Tage unserer Anwesenheit wurden selbstverständlich zu einem gründlichen Meinungsaustausch nach allen Seiten benutzt, in dessen Verlauf Bernstein sichtlich an Vertrauen bei den beiden gewann. Im Laufe der Tage, die wir in London waren, wobei Engels als der Beweglichere und Freiere öfter den Führer machte und uns die Sehenswürdigkeiten Londons zeigte, traf auch Paul Singer ein, der, auf seiner jährlichen Geschäftsreise in England begriffen, von Manchester nach London zurückgekehrt war. Den einzigen Sonntag, den wir damals in London zubrachten, waren wir sämtlich zu Marx zu Tisch geladen. Frau Jenny Marx hatte ich bereits kennengelernt, sie war eine vornehme Erscheinung, die sofort meine Sympathie gewann, die ihre Gäste in der scharmantesten und liebenswürdigsten Weise zu unterhalten verstand. An jenem Sonntag lernte ich auch die älteste, mit Longuet verheiratete Tochter Jenny kennen, die mit ihren Kindern zu Besuch gekommen war. Hierbei wurde ich sehr angenehm überrascht, zu sehen, mit welcher Herzlichkeit und Zärtlichkeit Marx, der zu jener Zeit überall als der schlimmste Menschenfeind verschrien war, mit den beiden Enkelkindern zu spielen verstand und mit welcher Liebe diese an dem Großvater hingen. Außer Jenny, der ältesten Tochter, waren auch die beiden jüngeren Töchter, Tussy, die spätere Frau Aveling, und Laura, die Gattin Lafargues, zugegen. Tussy mit schwarzen Haaren und schwarzen Augen, das Ebenbild des Vaters, Laura, hellblond mit dunklen Augen, mehr das Ebenbild der Mutter, beide hübsch und lebhaft.

Auffallend für den Fremden war, daß Marx von Frau und Kindern immer Mohr angeredet wurde, als existiere kein anderer Name für ihn. Der kam von seinem pechschwarzen Haupt- und Barthaar, das damals, mit Ausnahme des Schnurrbartes, schon weiß leuchtete. Auch Engels besaß einen intimen Spitznamen. Die Marxsche Familie und seine näheren Bekannten nannten ihn General, wobei das Wort stets englisch ausgesprochen wurde: Dscheneräl. Den Titel trugen ihm seine kriegswissenschaftlichen Studien ein, denen er mit Vorliebe oblag. Man schrieb ihm ein sehr maßgebendes Urteil in militärischen und kriegswissenschaftlichen Dingen zu. Als ich am Tage vor unserer Abreise noch einmal die Marxsche Familie besuchte, lag Frau Marx zu Bett. Auf meine Bitte, mich verabschieden zu dürfen, führte mich Marx zu ihr mit der strengen Weisung, nicht länger als eine Viertelstunde mit ihr zu plaudern. Aber wir gerieten sofort in eine so animierte Unterhaltung, daß ich ihren Zustand ganz vergaß, und aus der Viertelstunde wurde mehr als eine halbe Stunde. Da trat der ungeduldig gewordene Marx ein und hielt mir eine Strafpredigt, ich wolle ihm wohl seine Frau zugrunde richten? Wehmütig nahm ich Abschied von ihr, denn das Leiden, an dem sie litt, war unheilbar. Ich sah sie nie wieder. Sie starb bereits im nächsten Jahr.

In Angelegenheiten der Redaktion des »Sozialdemokrat« erklärte sich nach vielem Wenn und Aber Hirsch bereit, unter den von mir im Namen der Leitung formulierten Bedingungen die Redaktion zu übernehmen und nach Zürich zu übersiedeln.

Nach vollem achttägigem Aufenthalt verließen wir befriedigt von den Resultaten London. Bernstein reiste über Paris zurück nach Zürich, Singer und ich reisten zusammen bis nach Köln, woselbst ich ihn verließ. Aber mein Glaube, mit Hirsch nunmehr im reinen zu sein, erwies sich sehr bald als Täuschung, wie folgender Brief an Engels vom 26. Dezember 1880 zeigt:

»Lieber Engels!
Die Angelegenheit Hirsch ist also in der Weise gelöst, daß Hirsch bleibt, wo er ist, und die Redaktion nicht übernimmt.

Ganz entgegengesetzt zu unseren Verabredungen trifft am 24. Dezember abends ein Brief von ihm ein, worin er unter Wiederholung der bekannten Anschuldigungen gegen die Züricher erklärte, nicht nach Zürich zu gehen, sondern die Redaktion von London aus leiten zu wollen. Dieser Brief, den ich gestern in der Zusammenkunft, der Liebknecht beiwohnte, vorlas schlug dem Faß den Boden aus. Wir waren nunmehr einstimmig der Ansicht, daß Hirsch einfach nicht von London weg will, und da wir andererseits unmöglich Hirsch zuliebe und ohne äußeren Zwang die von ihm geplante Umwälzung vornehmen können, noch wollen, so wurde sein Schreiben als Ablehnung aufgefaßt und heute von mir dementsprechend beantwortet.

Damit ich nicht Wiederholungen zu machen habe, bitte ich, daß Ihr Euch von Hirsch meinen Brief zur Einsicht vorlegen laßt.

Das Arrangement soll so getroffen werden, daß Liebknecht die Hauptleitung des Blattes hat, Leitartikel und politische Übersicht schreibt respektive liefert, Kautsky die Korrespondenz und das Technische der Redaktion zu erledigen hat. Wie das Arrangement sich bewährt, muß die Erfahrung lehren, große Erwartungen habe ich nicht. Ich bitte Euch (Dich und Marx), daß Ihr nach Kräften Liebknecht unterstützt, namentlich in der Zeit, wo er im Gefängnis ist.

Die Sendung Tee, Whisky usw. ist glücklich eingetroffen und sieht ihrer Verwendung entgegen. Meine Frau läßt herzlich danken und schließe ich mich speziell noch diesem Danke an in bezug auf alles, was Ihr in London für mich getan.

Mich erwartete hier ein ganzer Berg von Arbeit, zu dessen Erledigung mir die Feiertage sehr gelegen kommen. Sonst alles beim alten. Liebknecht hat auf 24 Stunden Ferien gehabt, mußte aber gestern nachmittag wieder einziehen. Silvester bekommt er wieder 24 Stunden frei. Die Leute sind hier noch anständig.

Herzliche Grüße Euch allen, speziell auch der Familie Marx.

Dein A. Bebel.«

Kautsky lehnte es ab, in die Redaktion des »Sozialdemokrat« einzutreten, er hatte nicht die Absicht, dauernd in Zürich zu bleiben[1]. So trat zunächst provisorisch Bernstein an Vollmars Stelle, und siehe, es zeigte sich jetzt, daß wir in ihm den richtigen Mann getroffen hatten. Sogar

---

1   Ich kann mich der Sachlage nicht mehr entsinnen, glaube aber, daß Bebel hier irrt. Ich hatte damals nicht die Absicht, Zürich zu verlassen. Wenn ich ablehnte, geschah es am ehesten deswegen, weil ich als Österreicher, der noch nie in Deutschland gelebt, mir nicht zutraute, unter den damaligen schwierigen Verhältnissen immer die richtige Auffassung der deutschen Politik zu treffen. Ich hielt es daher für richtiger, daß Bernstein die Redaktion des »Sozialdemokrat« übernahm, in der ich jedoch ebenfalls arbeitete, bis ich an die Gründung der »Neuen Zeit« ging.

K. Kautsky.

die Londoner erklärten, daß sie mit der Redaktion, wie sie sich seit Neujahr gestaltet, zufrieden seien. So meldete ich denn Engels unter dem 2. Februar 1881, daß ich heute an Bernstein geschrieben, ob er nicht definitiv die Redaktion übernehmen wolle. Nimmt er an, sind wir eine große Sorge los. Und Bernstein nahm, wenn auch widerwillig und nach langem Zögern, schließlich definitiv an. Damit hatten wir den Redakteur gewonnen, den das Blatt benötigte.

In dem erwähnten Brief schrieb ich weiter an Engels:

»Was Du bezüglich der Liebknechtschen sächsischen Landtagsrede schreibst, habe ich nicht genau verfolgt. Ich hatte eine Zeitlang das Steuer verloren. Er hatte sich insbesondere im sächsischen Landtag, veranlaßt durch Fr. und P.[2], viel zu sehr in die gemütliche Stimmung versetzen lassen. Dazu kommt sein von jeher viel zu viel auf das rein Politische gerichteter Blick, der verschuldet, daß er die ökonomischen Verhältnisse und ihre Entwicklung zu wenig beachtet und dadurch notwendig zu falschen Auffassungen getrieben wird.

Es wäre gut, wenn Du Liebknecht gelegentlich Deine Meinung über seine Landtagsrede mitteilen wolltest. Auch ist eine solche Einwirkung um so wichtiger, da die Mehrzahl der ›Führer‹ noch einseitiger ist wie Liebknecht, und dabei von einem bedenklichen Pessimismus befallen ist.

Zum Glück ist die Masse, wie immer, besser als die Führer und wird eines Tages über sie hinwegschreiten. Das habe ich schon mehrfach unverhohlen ausgesprochen, wenn ich in dem stattfindenden Meinungsaustausch gegen das Einseitige und Schiefe der Beurteilung unserer Zustände und den nahezu gänzlichen Mangel an Vertrauen zu den Massen losziehen mußte.

Mir ist es unbegreiflich, daß man bei unseren Zuständen anders als mit Hoffnung in die Zukunft blicken kann. Daß sie für uns persönlich unangenehm und widerwärtig sind, ist unzweifelhaft, aber sie sind es aus ganz anderen Gründen auch für die Mehrzahl unserer Gegner, und zwar bis hoch in die herrschende Klasse hinauf ...

Interessant ist, was man zu hören bekommt, wenn man als Wolf im Schafspelz unter die Kaufleute und Fabrikanten kommt und diese in ihren Herzensgesinnungen belauscht. So ist noch nie auf Bismarck und

2   Freytag und Puttrich. D.H.

sein System geschimpft worden wie jetzt. Die nächsten Wahlen dürften eine stark oppositionelle Färbung annehmen ...

Könntet Ihr für Liebknecht nicht eine leidlich bezahlte Korrespondenz in eine englische Zeitung schaffen, in die er schreiben kann, ohne sich etwas zu vergeben? Liebknecht wird, wenn er aus dem Gefängnis kommt, mehr seinen Erwerb in dieser Richtung suchen müssen, da ihm die Bezahlung unserer Blätter allein nicht ausreichenden Lebensunterhalt gewährt ...

Ich bitte um gelegentliche Mitteilung einiger Deckadressen. Die seinerzeit mitgeteilten habe ich vorigen Sonntag in Breslau vernichtet, als ich dort in der Wohnung Hepners von vier Mann Polizei beehrt wurde. Wir waren sechs oder sieben Mann beieinander, um verschiedenes zu besprechen, als die Diener der heiligen Hermandad in der Hoffnung auf einen Hauptfang plötzlich eintraten und eine körperliche Visitation und Wohnungsdurchsuchung vornahmen. Der einzige Fund war ein von mir angefangener Brief an Hasenclever, den ich anläßlich des Besuches nicht hatte vollenden können. Mit diesem Brief konnten sie nichts anfangen. Die Herren zogen nach zwei Stunden kleinlaut von dannen.

Freundschaftliche Grüße Euch allen

Dein A. Bebel.«

Ich möchte diesen Abschnitt nicht schließen, ohne noch einige Bemerkungen über Engels zu machen: Persönlich war Engels ein reizender, liebenswürdiger Mensch, der es mit Martin Luthers Parole hielt, daß Wein, Weib und Gesang des Lebens Würze seien, wobei er aber auch des Ernstes der Arbeit nicht vergaß. Er war bis an sein Lebensende einer der fleißigsten Menschen, der noch, nachdem er schon das siebzigste Lebensjahr zurückgelegt hatte, Rumänisch erlernte und mit lebhaftestem Interesse allen Ereignissen folgte. – Immer heiter und guter Dinge, besaß er ein erstaunliches Gedächtnis für allerlei kleine Erlebnisse und komische Situationen in seinem bewegten Leben, die er in heiterer Gesellschaft zum besten gab und damit die Unterhaltung würzte. Ein Abend bei ihm gehörte zu den angenehmsten Erinnerungen der bei ihm verkehrenden Freunde und Genossen. Die Unterhaltung war sehr lebhaft, einerlei, ob man über ernste Themen sprach oder Heiteres die Grundstimmung bildete. Auch war Engels ein robuster Zecher, der über einen respektablen Weinkeller kommandierte und sich freute, erwiesen seine Gäste seinem Weine die Ehre.

143

Am puritanischen Sonntag, dem Tage, an dem der Aufenthalt in London für jeden lebensfrohen Menschen ein Greuel ist, führte Engels offenes Haus. Wer kam, war willkommen, und vor morgens zwei, drei Uhr verließ keiner seiner Gäste sein Haus. – Ich bin bis zu seinem Tode im Jahre 1895 mehrere Male sein Gast gewesen, er auch einmal der meine, als er im Jahre 1893 sich auf mein fortgesetztes Drängen entschloß, eine Reise nach dem Kontinent zu unternehmen, bei welcher Gelegenheit er den Internationalen Kongreß in Zürich und nachher Wien besuchte. Als er 1895 im fünfundsiebzigsten Lebensjahr starb, war mir's, als starb ein Stück von mir. Und dieses Gefühl hatte außer mir noch mancher andere.

Meine Anwesenheit in London hatte ich auch dazu benutzt, im Kommunistischen Arbeiterbildungsverein einen Vortrag über die sozialpolitische Lage in Deutschland zu halten. Obgleich die Anhänger Mosts zahlreich anwesend waren, wagte keiner, mir Opposition zu machen. Dagegen luden sie mich ein, in einer von ihnen einberufenen Versammlung zu einer von ihnen aufzustellenden Tagesordnung zu sprechen. Das lehnte ich ab.

Die erste Session des Reichstags im Jahre 1881

Diese wurde Mitte Februar eröffnet. Seit Einführung der neuen Zollpolitik bildeten deren Resultate den Gegenstand lebhafter Erörterungen, wobei es an Reden für und wider nicht fehlte. Die Etatsverhandlungen boten hierzu in erster Linie das geeignete Feld. So auch jetzt. Ich hatte im Namen der Fraktion die Etatsrede zu halten. Die seit 1874 eingetretene wirtschaftliche Krise herrschte noch immer, und es zeigten sich nur schwache Anfänge zur Besserung. Die Arbeiter litten wie immer darunter besonders schwer, da die Unternehmer das Rezept des Finanzministers v. Camphausen, das dieser 1875 aufgestellt, rücksichtslos anwandten, wonach eine Besserung der wirtschaftlichen Verhältnisse nur dadurch möglich sei, daß man sparsamer wirtschafte, an die Leistungsfähigkeit der Arbeiter höhere Anforderungen stelle und die Löhne reduziere. Ein Vorschlag, der dem Abgeordneten Eugen Richter am 22. November 1875 die Äußerung entlockte: Allen Respekt vor einem Minister, der so unpopuläre Anschauungen auszusprechen wagte.

An diese Vorgänge erinnerte ich in meiner Rede, wobei ich das herrschende Wirtschaftssystem gründlich kritisierte; dieses System bedürfe einer Änderung von Grund aus, sollen die arbeitenden Massen sich wohl fühlen. Diese Änderung könne aber von den gegenwärtigen Machthabern nicht vorgenommen werden, heiße der Reichskanzler Bismarck, Richter oder Rickert.

Ende März kam zum erstenmal der Rechenschaftsbericht des Hamburger Senats und der preußischen Regierung wegen Verhängung des kleinen Belagerungszustandes über Hamburg-Altona und Umgegend zur Verhandlung, die zwei Tage in Anspruch nahm. Der Bericht bewegte sich in den üblichen nichtssagenden Redensarten, durch die sich diese Berichte ohne Ausnahme auszeichneten. Auer und ich waren von der Fraktion als Redner bestimmt. Wir sprachen beide in der fünfundzwanzigsten und sechsundzwanzigsten Sitzung, wie ich glaube sagen zu können, sehr gut. Nach Auer nahm Herr v. Puttkamer das Wort. Er erschien zum erstenmal im Reichstag als Vertreter der preußischen Regierung für die getroffenen Anordnungen. Er zeigte sofort, wes Geistes Kind er war, und daß Bismarck in ihm einen Gehilfen gefunden hatte, der ebenso rücksichtslos, aber gewandter als er, jede Gewalttat, aber auch jede, zu beschönigen und zu rechtfertigen versuchte. Er war eben ein Junker vom Scheitel bis zur Zehe, wie sie nur ostwärts der Elbe wachsen, der, wie die Zukunft lehrte, an der Stelle des Herzens einen Stein hatte, dem die gewalttätigsten Mittel die genehmsten waren. Aber als er im achten Jahre seines Regiments durch einen Machtanspruch des sterbenden Kaiser Friedrich gezwungen wurde, abzutreten, mußte er sich das Geständnis ablegen, daß sein Kampf gegen uns pro nihilo (für nichts) gewesen war. Wohl hatte er viele Hunderte Existenzen vernichtet, noch mehr Parteigenossen in die Gefängnisse gebracht und zahlreiche Ehe- und Familienbande zerstört, er, der Retter und Beschützer von Ehe, Familie und Eigentum, aber die Partei stand stolz und ungebrochen da, stärker als je. In den drei allgemeinen Reichstagswahlen, die von 1881 bis 1887 unter Puttkamer stattfanden, wuchs ihre Stimmenzahl von rund 312000 auf rund 763000, und sie schickte sich an, die stärkste aller Parteien zu werden.

In der Antwort, die Puttkamer Auer gab, äußerte er: Die königlich preußische Regierung habe aus hiesigen, der königlich sächsischen Regierung natürlich nicht bekannten Vorgängen die Überzeugung gewonnen, daß von von Tag zu Tag für Leipzig die Gefahr mehr wachse, und sie würde es sich nicht versagen können, wenn die Sachsen so weitergehen, es der Weisheit der sächsischen Regierung anheimzugeben, ob sie nicht für Leipzig eine ähnliche Maßregel beantragen wolle, wie sie für Berlin und Hamburg-Altona bestehe.

Mit mehr Unverfrorenheit konnte kein Minister einer Regierung der anderen mit dem Zaunpfahl winken, was man von ihr erwarte. Und in Dresden verstand man den Wink, aber auch wir verstanden ihn. Ich antwortete dem Minister, daß, wenn er glaube, mit unserer Bewegung fertig zu werden, er sich täusche. Seine Waffen würden an ihr zerbrechen wie Glas am Granit.

In derselben Session brachten die verbündeten Regierungen den Entwurf eines Unfallversicherungsgesetzes ein, der eine Reichsversicherungsanstalt zu gründen bezweckte, die ganze Versicherung also in die Hände des Reiches legte. In diesem wichtigen, grundlegenden Punkte entsprach die Vorlage der Forderung, die ich im Februar 1879 gelegentlich der Debatte über die Haftpflichtinterpellation des Freiherrn v. Hertling aufgestellt hatte. In der Art der Ausführung wich sie aber sehr weit von unserem Standpunkt ab. Doch dieser Entwurf genügt schon, um die größte Beunruhigung in die Kreise der bürgerlichen Parteien zu tragen, die in ihm den ersten Schritt zum Sozialismus sahen. Dieser Befürchtung hatte schon Herr v. Kardorff in seiner Etatsrede am 25. Februar Ausdruck gegeben, der in seiner beliebten übertreibenden Weise die Behauptung aufstellte, der Reichskanzler habe durch die Vorlage sogar den Sozialismus übertroffen. Ich hatte ihm darauf folgendes geantwortet: »Ich weiß nicht, was Herr v. Kardorff für Begriffe von den Ansichten der Sozialdemokratie und ihren Bestrebungen hat. Ich kann nur sagen, daß, wenn wir auch im allgemeinen das Prinzip billigen, auf dem der Unfallversicherungsgesetzentwurf beruht, wir die ganzen Ausführungsbestimmungen sehr, sehr wenig genügend finden, und wenn wir uns auch einmal der Hoffnung hingeben wollten – obgleich wir diese Hoffnung nicht haben –, daß der Entwurf hier im Reichstag in einer Weise amendiert würde, die vollständig unseren Wünschen, also den Wünschen der Arbeiterklasse entspräche, so muß ich doch sagen, daß auch damit noch sehr wenig geschaffen ist. Es wäre ein anerkennenswerter Schritt damit geschehen, aber es wäre mindestens ebenso wichtig, daß nicht allein dafür gesorgt wird – und dies ist Ihre Aufgabe, denn wir sind nur die Geduldeten in diesem Hause, man sähe uns am liebsten draußen –, daß nicht nur diejenigen Unterkunft und Brot haben, die in der Industrie durch irgendeinen Unfall geschädigt werden, sondern daß unsere Arbeiter überhaupt ausreichend Brot und Verdienst haben und beschäftigt werden können.« Der Abgeordnete Dr. Bamberger schrieb mir sogar die Autorschaft des Gesetzentwurfes zu, indem er in der ersten Lesung ausführte:

»Materiell ebenso wie formell steht der heutige Gesetzentwurf auf dem Boden des Sozialismus; er bekennt sich in seinen Motiven ausdrücklich dazu. ... Wie sehr die gegenwärtige Theorie der Gesetzgebung bereits dem Inhalt des Sozialismus nahegerückt ist, wird Ihnen nach mir wahrscheinlich ein anderer Redner sehr deutlich illustrieren, nämlich der Herr Abgeordnete Bebel. Herr Bebel hat im Jahre 1879 bei Gelegenheit gerade des Vorschlags, die Unfallversicherungsgesetzgebung zu verbessern, eine Rede gehalten, und er hat in derselben genau die Grundzüge desjenigen Gesetzes entworfen, das Ihnen heute vorliegt. Ich will Herrn Bebel nicht des Vergnügens berauben, die Stelle wörtlich vorzulesen, in der die ganze Ökonomie des Gesetzes auch seiner Ausführung nach enthalten ist; aber das kann ich sagen, nachdem ich die Rede heute morgen nachgelesen habe, ist mir der Gedanke gekommen, ich weiß nicht, warum Herr Bebel nicht vortragender Rat der volkswirtschaftlichen Abteilung in der Reichsregierung ist.«

In seiner Rede vom 2. April bestritt Fürst Bismarck entschieden diesen Charakter des Gesetzentwurfes, wobei er uns heftig angriff; er verteidigte ihn aber so wenig geschickt, daß ich darauf in meiner Rede am 4. April ausführte:

Der Reichskanzler habe uns am Sonnabend mit einer gewissen Geringschätzung behandelt, er werde heute die Erfahrung machen, daß er bei uns für seinen Entwurf bis zu einem gewissen Grade Unterstützung finde, die ihm um so angenehmer sein werde, als die Verteidigung, die er selbst seinem Entwurf habe zuteil werden lassen, keineswegs überzeugend sei (Heiterkeit.) Er bedürfe also einer Unterstützung von anderer Seite, und wir wollten ihm diese, soweit möglich, angedeihen lassen. Wir wollten ihm nach besten Kräften helfen, die positiven Bestrebungen, die zur Bekämpfung der Sozialdemokratie durch diesen Entwurf erreicht werden sollten, zu fördern, damit er zu einem gedeihlichen Ziel kommt. ... (Heiterkeit.)

In den Motiven hieß es, daß der Gesetzentwurf seine Existenz dem Umstand verdanke, daß man bei Beratung des Sozialistengesetzes versprochen habe, auch durch positive Maßregeln zum Wohle der Arbeiter die Sozialdemokratie zu bekämpfen. Daraus ersahen wir mit Freuden, daß eigentlich wir die Ursache des Gesetzentwurfes seien. (Sehr richtig! links. Heiterkeit.) ... Wir würden uns demgemäß bemühen, dem Gesetzentwurf eine Gestalt zu geben, daß er wirklich zur Bekämpfung der Sozialdemokratie beitrage. (Heiterkeit.)

Alsdann trat ich in eine längere, einschneidende Kritik des Gesetzentwurfes ein.

Gegenüber den erhobenen Bedenken, daß die Lasten, die die Einführung des Gesetzentwurfes den Unternehmern auferlege, sie dem Ausland gegenüber konkurrenzunfähig machten, empfahl ich dem Reichskanzler, zum Wohle der »Enterbten«, wie er sich so treffend ausgedrückt habe, eine internationale Konferenz der in Betracht kommenden Staaten zu veranlassen und diese zu einer gleichen Gesetzgebung zu bewegen. Er könne versichert sein, daß, falls die Regierungen der betreffenden Staaten sich weigerten, seinem Vorschlag zu folgen, die Arbeiter der betreffenden Länder ihn, den Reichskanzler, unterstützen und ihre Regierungen zu gleichem Vorgehen zwingen würden. Er, der Reichskanzler, habe drei große Kriege geführt, es seien darin viele Menschen hingeopfert, Ströme Blutes seien vergossen worden und großes Elend sei daraus hervorgegangen. Dadurch sei sein Ruhm gewachsen, er würde sich einen größeren Ruhm erwerben, wenn er friedliche Einrichtungen zum Wohle der Unterdrückten in allen Kulturländern herbeiführe.

Meine Rede gefiel Marx und Engels ausnehmend gut. Engels erklärte sie für die beste, die ich bisher überhaupt gehalten, er solle mir dieses auch im Namen von Marx schreiben.

Der Entwurf ging in eine Kommission, in der er derart umgestaltet wurde, daß die Regierungen ihn für unannehmbar erklärten.

Kurz nach Schluß der Session traf die Partei ein unangenehmer Verlust. Vahlteich und Fritzsche erklärten, nach den Vereinigten Staaten auswandern zu wollen, und sie führten diesen Plan auch trotz unseres Widerspruchs durch.

Fritzsche war mit Viereck einige Monate zuvor von uns nach den Vereinigten Staaten gesandt worden, um auf einer Vortragstour Geld für die im Herbst stattfindenden Wahlen zu sammeln. Die Reise hatte auch Erfolg, indem fünfzehntausend Mark Reinertrag verblieben. Bei dieser Gelegenheit hatte Fritzsche, der sich aus verschiedenen Gründen in der alten Heimat nicht mehr wohl fühlte, den Plan zur Auswanderung gefaßt. Das begriffen wir alle, aber daß Vahlteich den gleichen Entschluß faßte, wollte uns nicht einleuchten. Wir bedurften seiner sehr. Bei einer

Auseinandersetzung, die wir darüber hatten, erklärte er: er habe jetzt dreimal die Existenz eingebüßt, er wolle endlich Ruhe haben und sein Leben genießen. Der Existenzverlust war richtig. Er war zuletzt Geschäftsführer der Leipziger Druckerei gewesen, die existenzunfähig geworden war. Aber es hatten sich auch wieder Freunde gefunden, die bereit waren, ihm die Mittel zu einer neuen Existenz zu gewähren. Doch er lehnte ab.

Sobald die Sache öffentlich bekannt wurde, machte sie unangenehmes Aufsehen. Es war ein Verhängnis, daß die beiden ersten Gründer des Allgemeinen Deutschen Arbeitervereins zugleich Deutschland verließen. Wir bekamen eine Menge Zuschriften aus der Partei, die Aufklärung über den Vorfall verlangten. Verbösert wurde die Lage dadurch, daß die gegnerische Presse den Fall weidlich ausnutzte und behauptete, Liebknecht und ich wollten gleichfalls auswandern, was uns zu der öffentlichen Erklärung veranlaßte: möge kommen was wolle, wir würden nicht vom Platze weichen. Vahlteich hat nachher in den Vereinigten Staaten seine Parteitätigkeit weiter fortgesetzt. Die Ruhe, auf die er hoffte, bekam er also nicht.

Der kleine Belagerungszustand über Leipzig und

Umgegend

Nach Schluß des Reichstags ging die Hetze in der rechtsliberalen und konservativen Presse gegen uns los. Ich schrieb daher Anfang Mai von der Geschäftsreise an meine Frau, daß der kleine Belagerungszustand kommen werde, aber nicht, wie man in Leipzig vermutete, nach Schluß der Frühjahrsmesse, sondern vor den Wahlen, höchstwahrscheinlich Anfang Juli. Ich hatte richtig geraten. Um Material für den Belagerungszustand zu schaffen, machte man Anfang März zum zweitenmal den Versuch, gegen mich eine Anklage wegen verbotener Sammlungen – § 16 des Sozialistengesetzes – einzuleiten, und nahm zu diesem Zwecke auch eine Haussuchung vor, die resultatlos verlief. Die Anklage fiel ins Wasser, ich mußte freigesprochen werden. Dagegen sorgte die preußische Regierung dafür, daß wenigstens ein Scheinmaterial für den Kleinen geschafft werden konnte. Seit Spätherbst 1880 hatten wir in Leipzig den aus Berlin ausgewiesenen Schmied Heinrich, der ein sehr sympathisches

Äußere hatte, aber, wie sich nachher herausstellte, Agent der Berliner Polizei war, dem die Aufgabe zufiel, Material für den Kleinen zu liefern.

Bei den geheimen Zusammenkünften, die wir hatten, war Heinrich stets der radikalste. Insbesondere wollte er durchsetzen, daß wir uns auf Grund eines Statuts geheim organisierten. Dagegen wehrte ich mich energisch, und er fiel mit seinem Plane ab. Anfang April mußte ich aber auf die Geschäftsreise. Als ich nach sechs Wochen zurückkehrte, war die erste Nachricht, die ich erhielt, Heinrich habe mittlerweile einen von ihm entworfenen Organisationsplan durchgesetzt. Ich war wütend. Hätten Liebknecht und Hasenclever, die sich bei diesen Zusammenkünften nie beteiligten – sie meinten, meine Anwesenheit genüge –, an denselben teilgenommen, Heinrichs Plan wäre verhindert worden. Ich wendete mich in der nächsten Zusammenkunft sehr scharf gegen den gefaßten Beschluß, den ich für kopflos erklärte, und verlangte die Vernichtung der vorhandenen Exemplare des Organisationsstatuts. Man versprach allseitig, dieser Forderung nachzukommen. Als aber bald darauf eine allgemeine Polizeirazzia gegen uns stattfand und auch massenhaft Haussuchungen vorgenommen wurden, war das einzige Exemplar, das von dem Organisationsplan gefunden wurde, in – Heinrichs Besitz. Von jetzt an war mein Mißtrauen gegen ihn geweckt, und ich behandelte ihn danach. Er wurde später gänzlich entlarvt und mußte, da er in Magdeburg ein Sittlichkeitsverbrechen beging, flüchten, zu welchem Zwecke er von der Berliner Geheimpolizei fünfhundert Mark erhielt. Er kam nach Zürich, wo er von Stufe zu Stufe sank und schließlich elend zugrunde ging.

Am 28. Juni wurde mir eine andere Überraschung zuteil. Auf unserem Kontor erschien ein gewisser Wölffel, der in der Berliner Geheimorganisation eine Rolle spielte und aus verschiedenen Gründen bereits mein Mißtrauen geweckt hatte. Er verlangte im Namen der Berliner Geheimorganisation eine Abschrift aus meinem Kassabuch über die Einnahmen und Ausgaben der letzten Monate. Mir war sofort klar, was der Bursche bezweckte. Ich wies ihm die Tür. Eine Stunde später erschien atemlos ein Parteigenosse in meiner Wohnung und teilte mir mit, er habe soeben von einem Setzer der Teubnerschen Druckerei erfahren, daß die abends erscheinende offizielle Leipziger Zeitung eine Bekanntmachung des Ministeriums enthalten werde, wonach vom nächsten Tage ab der kleine Belagerungszustand über Stadt und Amtshauptmannschaft verhängt werde.

Die Würfel waren also gefallen.

Ich unterrichtete sofort Liebknecht und Hasenclever von dem, was uns bevorstand, und veranlaßte alsdann die Einberufung einer Vertrauensmännerversammlung von Leipzig und Umgegend, die am nächsten Tage, den 29. Juni, abends 9 Uhr, am Napoleonstein auf der Höhe bei Probstheida zusammentreten solle. Der Napoleonstein bezeichnet die Stelle, von welcher am 18. Oktober 1813 Napoleon seine Heerscharen in der Schlacht leitete. Man hatte zu jener Zeit von dort einen weiten Überblick über die Gegend, den weder Baum noch Strauch beengte, alles war Ackerfeld, so daß man Unberufene schon von weitem sehen und erkennen konnte. Heute ist die Gegend eine vollständig andere, und der Napoleonstein wird von dem mittlerweile in seiner Nähe errichteten Völkerschlachtdenkmal erdrückt.

Wir waren ungefähr hundert Mann stark vereinigt. Es wurde besprochen, wie man die Geldsammlungen für die Familien der Ausgewiesenen organisieren und wer die Gelder verteilen solle. Weiter wurde die Verbreitung des »Sozialdemokrat« geregelt und organisatorische Maßregeln für die Wahlen getroffen. Ich schloß meine Rede an die Nichtausgewiesenen mit der Mahnung, nicht den Kopf zu verlieren und standzuhalten. Diskutiert wurde nur wenig. Dann nahmen wir voneinander Abschied, und die einzelnen Trupps zogen ihrer Heimat zu.

Die Form der Ausweisung, die die Leipziger Polizei beliebte, war eine ganz niederträchtige. Die dreiunddreißig Mann, die man zunächst auf der Liste hatte, wurden nach dem Polizeiamt bestellt und dort von jedem, als seien wir Verbrecher, ein genaues Signalement aufgenommen. Da aber kein Längenmaß vorhanden war, mußte sich jeder einzelne an den Türpfosten stellen, an dem ein Beamter durch einen Bleistiftstrich die Größe vermerkte. Eine solche Behandlung war den Ausgewiesenen nirgends zuteil geworden. Ich beschwerte mich darauf energisch bei dem Minister des Innern, Herrn v. Nostitz-Wallwitz, der aber diese Behandlung gerechtfertigt fand. Nur meiner Beschwerde wegen der Art des Messens stimmte er zu, er habe Weisung gegeben, daß ein Längenmesser beschafft werde.

Der Herr Minister zeigte hier einmal Humor, eine Eigenschaft, die er sonst nicht besaß.

Da sich unter den Ausgewiesenen auch eine Anzahl der bereits aus Berlin Ausgewiesenen befanden, die in dem Glauben, sicherer in Leipzig wohnen zu können, ihre Familien übersiedelt hatten, so entstand bei diesen eine besondere Aufregung. Am Tage des Auszugs ihrer Männer zogen die Frauen mit ihren Kindern auf das Rathaus und stellten diese dem Rat zur Verfügung. Die hochwohlgeborenen Herren waren darüber sehr verdutzt und versprachen jede mögliche Unterstützung.

Liebknecht, der Xylograph Burckhardt und ich verließen am 2. Juli Leipzig und wanderten zu Fuß nach Borsdorf, einer Station der Leipzig-Dresdener Eisenbahn, wo wir zunächst bei einem Schneider zwei Zimmer mieteten. Als aber dieser über Nacht erfuhr, was für Vögel er im Nest habe, kündigte er uns sofort die Wohnung. Auch der Wirt des Bahnhofrestaurants, bei dem Liebknecht speisen wollte, der sich anderwärts in Borsdorf ein Zimmer gemietet hatte, war im Zweifel, ob er dem bösen Sozialdemokraten gegen gutes Geld des Leibes Nahrung verabreichen dürfe, und fragte deshalb ausdrücklich bei der Kreishauptmannschaft in Leipzig an. Nachher hat sich der Wirt gegen Liebknecht und seine Familie sehr anständig benommen.

Hasenclever war nach seiner Ausweisung mit seiner Familie nach Wurzen, ebenfalls einer Station der Leipzig-Dresdener Eisenbahn, verzogen. Dieses Ereignis brachte den hochwohlweisen Rat der Stadt in die größte Aufregung. Die Herren steckten die Köpfe zusammen, um zu beraten, wie sie den Gefahren entgehen könnten, die durch die Anwesenheit Hasenclevers der guten Stadt Wurzen drohten. Als echte Schildbürger kamen sie zu dem Beschluß, daß von nun an *im voraus* alle Versammlungen verboten sein sollten, von denen durch Tatsachen die Annahme gerechtfertigt sei, daß sie zur Förderung der durch das Sozialistengesetz verbotenen Bestrebungen bestimmt seien.

Auf erhobene Beschwerde unserer Parteigenossen hob aber die Kreishauptmannschaft zu Leipzig den gefaßten Beschluß auf und belehrte den Rat zu Wurzen, daß er nur von Fall zu Fall ein solches Verbot erlassen könne. Das Oberhaupt der Stadt soll einen hochroten Kopf bekommen haben, als es den Rüffel der Kreishauptmannschaft las. Es war klug genug, später nur mäßigen Gebrauch von dem Verbotsrecht zu machen.

Bevor wir Leipzig verließen, hatten Liebknecht, Hasenclever und ich unter dem 30. Juni einen Aufruf veröffentlicht: »An unsere Freunde und Gesinnungsgenossen und alle rechtlich denkenden Leute«, in dem es hieß:

Die sächsische Regierung habe für gut befunden, über Stadt und Amtshauptmannschaft Leipzig den kleinen Belagerungszustand zu ver-

hängen, »weil die öffentliche Sicherheit bedroht sei. ...« An diese Gefähr-
dung der öffentlichen Sicherheit glaube in dem betreffenden Gebiet kein
Mensch. Aber darauf komme es nicht an. Die bloße *Annahme,* daß die
öffentliche Sicherheit gefährdet sei, genüge, um eine große Anzahl Existenzen ohne Richterspruch von Weib und Kind, Haus und Herd zu
vertreiben und sie dem Elend preiszugeben. Mit Ausnahme eines einzigen
Falles, der einen bereits aus Berlin Ausgewiesenen betroffen habe, hätten
die Leipziger Richter noch keine Gelegenheit gehabt, wegen eines Vergehens wider das Sozialistengesetz über einen der Ausgewiesenen auch
nur eine Stunde Gefängnis oder eine Mark Geldstrafe zu verhängen.
»Das ist ein Zustand, wie er in keinem zivilisierten Lande der Welt ...
möglich ist ... Grimm und Haß im Herzen, werden die Ausgewiesenen
die Heimat, Weib und Kind verlassen; sie sind gezwungen, wenn auch
zähneknirschend vor Ingrimm, sich der Macht zu beugen. An Euch ist
es, für ihre Frauen und Kinder einzutreten, damit diese, abgesehen von
dem schweren moralischen Druck, den die Beraubung des Gatten, des
Vaters, des Ernährers ihnen bereitet, nicht auch unter dem schwersten
materiellen Druck des Elends seufzen ... Den Ausgewiesenen wird der
Gang in die Fremde leichter, wenn sie wissen, daß Tausende hinter ihnen
stehen, die bemüht sind, den schweren Schlag, der sie wegen ihrer
Überzeugung betroffen hat und den sie als Männer werden zu tragen
wissen, nach Kräften überwinden helfen ... Seid überzeugt, daß wir, was
auch immer uns noch treffen mag, fest und treu zu der Fahne stehen,
für die wir in die Verbannung gehen.«

Zur Empfangnahme von Unterstützungen erklärten sich unsere
Frauen bereit, ferner gaben wir für auswärts die Adressen von Grillen-
berger-Nürnberg, Auer-Schwerin und Fabrikant Emil Backofen in Mittweida i. Sa. an.

Der Aufruf zu Sammlungen hatte die Wirkung, daß aus bürgerlichen
Kreisen verschiedentlich an meine Frau die Aufforderung erging, sie
möge einen öffentlichen Aufruf zur Sammlung von Unterstützungen für
die Familien der Ausgewiesenen erlassen, er werde guten Erfolg haben.
Dem wollte meine Frau entsprechen. Sie wandte sich zur Genehmigung
eines solchen Aufrufs an das Polizeiamt zu Leipzig und die Amtshauptmannschaft Leipzig. Die letztere lehnte kurzerhand ab. Der Amtshaupt-
mann galt, und das charakterisiert sein Verhalten, für ein besonders
frommer Mann. Er hatte nicht weniger als siebzig Personen aus seinem
Amtsbezirk der Kreishauptmannschaft zur Ausweisung empfohlen. Das

Polizeiamt stellte meiner Frau allerlei Bedingungen, die diese Bedenken trug zu erfüllen und mir nach Dresden meldete.

Ich befand mich damals in der denkbar schlimmsten Stimmung. Daß man uns wie Vagabunden oder Verbrecher ausgewiesen und ohne gerichtliche Prozedur von Weib und Kind gerissen hatte, empfand ich als eine tödliche Beleidigung, für die ich Vergeltung geübt, hätte ich die Macht gehabt. Kein Prozeß, keine Verurteilung hat je bei mir ähnliche Gefühle des Hasses, der Er- und Verbitterung hervorgerufen, als jene sich von Jahr zu Jahr erneuernden Ausweisungen, bis endlich der Fall des unhaltbar gewordenen Gesetzes dem grausamen Spiel mit menschlichen Existenzen ein Ende machte.

Aus dieser Stimmung heraus wurde das Schreiben geboren, das ich am 11. Juli an das Leipziger Polizeiamt sandte, das also lautete:

»Wie mir meine Frau mitteilt, hat das Polizeiamt derselben auf ihr Gesuch, eine Sammlung für die Familien der Ausgewiesenen zu gestatten, geantwortet: sie möge die Art dieser Sammlung näher auseinandersetzen und müsse zweitens sich bereiterklären, genau Buch über Einnahmen und Ausgaben zu führen und dem Polizeiamt die Einsicht in die Abrechnung zu gestatten.

Ich betrachte diese letztere Bedingung als eine im Gesetz nicht begründete und meine Frau tief beleidigende und habe derselben den Rat gegeben, ihr Gesuch zurückzuziehen.

Die Armenordnung vom 22. Oktober 1840 enthält nicht eine Bestimmung, die der Polizeibehörde das Recht gäbe, sich um die Verwendung des Resultats einer Sammlung für einen wohltätigen Zweck zu kümmern. Das Polizeiamt begeht mit seinem Verlangen eine Handlung, die sich im Gegensatz zu dem Gesetz und zu der bisherigen Handhabung der Armenordnung befindet.

Ein solches Vorgehen muß um so mehr jeden unparteiisch Denkenden empören, da in diesem Augenblick die Lokalblätter Leipzigs Aufrufe für die von dem aufgehetzten Pöbel Rußlands malträtierten Juden enthalten, die der Kreishauptmann und der Bürgermeister Leipzigs nebst einer ganzen Anzahl anderer hochgestellter Persönlichkeiten veröffentlichten, worin an das öffentliche Mitleid für die gehetzten Juden Rußlands appelliert und in den beweglichsten Worten zur Leistung von Beiträgen aufgefordert wird, ohne daß das Polizeiamt zu Leipzig es gewagt hätte, diesen Herren eine ähnliche Bedingung zu stellen wie meiner Frau.

Aus diesem Verhalten des Polizeiamts, in Verbindung mit dem Verhalten der Amtshauptmannschaft geht hervor, daß es in Deutschland so weit gekommen ist, daß öffentliche Sammlungen und ein Appell an das Mitleid für gehetzte und zugrunde gerichtete Menschen gestattet werden, wenn diese *Nichtdeutsche* sind, daß es aber verboten oder auf alle mögliche Weise erschwert wird, Sammlungen für die ins Elend gestürzten Familienmitglieder derjenigen Landeskinder vorzunehmen, die eine angeblich aufgeklärte und wohlwollende Regierung und ihre untergeordneten Behörden mit kaltem Blute und kalter Berechnung von Weib und Kind, von Haus und Hof vertrieben und ihrer Existenz beraubt haben.

Ich begreife hiernach, was es heißt, in einem deutsch-christlichen Staate zu leben und von herzlosen Behörden regiert zu sein und werde dafür Sorge tragen, daß dieses ›humane‹, die christliche Gesinnung wie die gleichmäßige Gesetzeshandhabung so eigentümlich illustrierende Verhalten des Polizeiamts und der Amtshauptmannschaft zu Leipzig der Öffentlichkeit übergeben und an entsprechender Stelle seinerzeit zur Sprache gebracht wird.

Gleichzeitig verbinde ich hiermit die Erklärung, daß, wenn das Polizeiamt das Sammeln für die Familien der Ausgewiesenen laut Bekanntmachung im ›Leipziger Tageblatt‹ von einer vorherigen Genehmigung seinerseits abhängig macht, sich dies nach dem Wortlaut der §§ 103 und 104 der Armenordnung nur auf die öffentliche Aufforderung zu Sammlungen und auf Sammlungen von Haus zu Haus beziehen kann. Keine Behörde kann aber Sammlungen verbieten, die unter Gleichgesinnten, unter Freunden und Bekannten für den genannten Zweck vorgenommen werden, noch kann sie verbieten, daß meine Frau Beiträge dieser Art entgegennimmt. Ich habe in diesem Sinne meiner Frau Mitteilung gemacht und sehe mit Ruhe weiteren Schritten entgegen.«

Wenige Tage nach Abgang dieses Schreibens erhielt meine Frau einen Wink, vorsichtig zu sein, man werde nächsten Morgen bei ihr Haussuchung halten. Sie ließ sich erschrecken und verbarg das Kassabuch in der Röhre des Küchenherds. Als sie aber am nächsten Morgen ihren Kaffee kochte, dachte sie nicht gleich an das versteckte Buch, es fing Feuer und wurde halb verbrannt hervorgezogen. Mit Hilfe einiger Leipziger Genossen, der noch vorhandenen Briefe und Postanweisungsabschnitte gelang es, das Kassabuch neu herzustellen.

Meine Wahl in den sächsischen Landtag

Bisher hatte ich alle Angebote, eine Kandidatur für den Landtag anzunehmen, abgelehnt. Ich konnte nicht verantworten, in Rücksicht auf unser Geschäft, noch weitere Opfer an Zeit zu bringen, als mir bisher meine politische Tätigkeit, und speziell die Ausübung des Reichstagsmandats, auferlegt hatte. Diese Rücksichtnahme war jetzt durch meine Ausweisung gefallen. Jetzt wurde mir nicht nur wider Willen Herbst und Winter hindurch freie Zeit verschafft, ich hatte nunmehr auch das Verlangen, den Herren in Dresden Auge in Auge gegenüberzutreten und meine Anklagen zu erheben. Anfang Juli sollte eine Ergänzungswahl für den Landtag vorgenommen werden, von dem alle zwei Jahre ein Drittel seiner Mitglieder der Reihe nach ausscheidet. Eine Ergänzungswahl hatte dieses Mal unter anderen im dreiundzwanzigsten ländlichen Wahlkreis stattzufinden – die Wahlkreise sind in ländliche und städtische eingeteilt –, und zwar für die Industriedörfer südlich von Leipzig. Ich nahm jetzt die angebotene Kandidatur an, was große Aufregung in den Regierungs- und gegnerischen Kreisen hervorrief, denn meine Wahl schien sicher. Man bot alles auf, um sie zu verhindern. Um Schrecken unter der Wählerschaft zu verbreiten, wies man zwei Tage vor der Wahl abermals zweiundzwanzig Genossen aus. War unter der ersten Rate der Spitzel Heinrich gewesen, den man mit ausgewiesen hatte, um kein Mißtrauen gegen ihn zu erregen, so flog jetzt der zweite Polizeispitzel hinaus, Kaufmann Friedemann aus Berlin, den uns die dortige Polizei ins Nest gesetzt hatte. Friedemann ging nach Zürich, wo er ebenfalls bald darauf entlarvt wurde. Er hatte die Gepflogenheit, bei Zusammenkünften der Genossen in Zürich, wie alle diese Buben, den Radikalen zu spielen und mit Vorliebe Heinrich Heines Gedicht »Die zwei Grenadiere« zu deklamieren, wobei er die letzte Zeile im letzten Vers also abgeändert vortrug:

> »Was schert mich Weib, was schert mich Kind,
> Ich trage weit beßres Verlangen,
> Laß sie betteln gehn, wenn sie hungrig sind.
> Mein Kaiser, mein Kaiser muß *hangen*,«

statt wie im Text:

»Mein Kaiser, mein Kaiser gefangen.«

Doch die polizeiliche Liebesmühe, meine Wahl zu verhindern, war vergebens. Am 12. Juli nachmittags fuhr ich mit meinem Parteigenossen Karl Münche in Zittau zu der herrlich gelegenen Burgruine Oybin. Am Abend traf dort atemlos ein Bote ein mit dem Telegramm, das meinen Sieg mit großem Mehr verkündete. Münche war über diese Siegesnachricht so erfreut, daß er aus den beiden Böllern, die der Wirt des Oybin besaß, zwanzig Schüsse in Wald und Gebirge donnern ließ.

Auf einer Geschäftsreise begriffen, schrieb ich am nächsten Morgen sofort an den Wahlkommissar und erklärte mich zur Annahme der Wahl bereit. Dann reiste ich weiter nach Nordböhmen. Mittlerweile trug sich in Leipzig schier Unglaubliches zu. Am Tage nach meiner Wahl veröffentlichte das »Leipziger Tageblatt« einen offiziellen Artikel, in dem erklärt wurde, meine Wahl sei ungültig, ich zahlte nicht die vom Gesetz vorgeschriebenen wenigstens dreißig Mark direkten Staatssteuern. Die Sozialdemokratie habe sich vergeblich über meine Wahl gefreut. Und nun fuhr der Artikelschreiber fort, meine Einkommen- und Steuerverhältnisse auseinanderzusetzen, was er nur durch Indiskretion aus amtlichen Quellen konnte. Des weiteren aber beging der Stadtrat die unglaubliche Kopflosigkeit, meiner Frau die für das laufende Jahr bereits gezahlten Steuern zurückzusenden. Der Täter dieser Dummheiten und Kopflosigkeiten, die man nicht für möglich halten sollte, war ein Stadtrat Messerschmied, der auch als Wahlkommissar in einem städtischen Wahlkreis dreihundertsechsundvierzig auf mich gefallene Stimmen ohne weiteres für ungültig erklärte.

Die offiziöse Darstellung war falsch. Ich hatte bereits im Jahre 1871, als Liebknecht und mir der große Hochverratsprozeß drohte, um mich im Falle meiner Verurteilung nicht zum armen Manne machen zu lassen, mein kleines Eigentum gerichtlich an meine Frau übertragen lassen. Dieses Verhältnis bestand weiter. Ich trug die Steuer für nur einen Teil unseres Einkommens, der andere meiner Frau zufallende Teil der Steuer mußte aber nach der klaren Bestimmung in § 5 des sächsischen Wahlgesetzes bei der Berechnung des Zensussatzes mir in Anrechnung kommen. Damit hatte ich aber zweifellos das passive Wahlrecht und war ordnungsmäßig gewählt. Ich stellte zur Beruhigung meiner Wähler durch eine Erklärung im »Leipziger Tageblatt« diesen Sachverhalt fest. Mittlerweile war man sich aber auch auf dem Leipziger Rathaus des begangenen

Schildbürgerstreichs bewußt geworden und holte die Steuern, die man anfangs meiner Frau zurückgebracht hatte, wieder für die Kasse ab.

Das stärkste aber war, daß nachher der Minister des Innern, Herr v. Nostitz-Wallwitz, die Taktlosigkeit beging, im Landtag zu erklären, daß er es in der Hand gehabt hätte, ohne eine Gesetzesverletzung zu begehen, meine Wahl für ungültig zu erklären und eine Neuwahl anzuordnen. Nur die Rücksicht auf die Entscheidung der Kammer habe ihn davon abgehalten. Die wohlverdiente Antwort auf diese Insolenz konnte ich ihm nicht geben. Die Kammer bewahrte ihn durch Annahme des Schlusses der Debatte vor der wohlverdienten Züchtigung. Schließlich aber bekam er selbst durch die ihm so gefügige Kammer eine erstklassige moralische Ohrfeige. Die Abteilung, die meine Wahl zu prüfen hatte, erklärte sie einstimmig für gültig, und den gleichen Beschluß faßte das Plenum der Kammer. Ebenso wurden die dreihundertsechsundvierzig Stimmen für gültig erklärt, die der Stadtrat Messerschmied in seiner sinnlosen Wut gegen mich für ungültig erklärt hatte.

Ein zweites Wahldrama mit etwas anderem Ausgang folgte bald darauf.

Die allgemeinen Reichstagswahlen, im Herbst 1881

Wir traten unter den denkbar ungünstigsten Umständen in diese Wahlen ein. Eine im Inland erscheinende Parteipresse besaßen wir nicht mehr. Die farblosen Blätter, die hier und dort ins Leben gerufen worden waren, durften nicht wagen, für einen sozialdemokratischen Kandidaten einzutreten. Die paar Druckereien, die noch existierten, waren Tag und Nacht polizeilich überwacht, um die Ausgabe von sozialdemokratischen Flugblättern zu verhindern. Auch wurde eine derselben, eine kleine Quetsche, die von Zumbusch & Komp. in Dresden, polizeilich geschlossen, der Inhaber und das Personal gerichtlich zur Verantwortung gezogen und teilweise verurteilt, weil man gewagt hatte, ein Flugblatt für mich zu drucken. Bürgerliche Druckereien aber hatten nicht den Mut, für uns Flugblätter herzustellen, sie wagten oft nicht einmal, Stimmzettel für einen sozialdemokratischen Kandidaten zu drucken. So geschah es, daß, als der Wahltag herankam, in einer ganzen Anzahl Wahlkreise nicht ein Flugblatt verteilt werden konnte, in vielen nicht einmal Stimmzettel. Auch verweigerten in zahlreichen Städten die bürgerlichen Blätter die Aufnahme bezahlter Anzeigen, in denen die Wahl sozialdemokratischer

Kandidaten empfohlen wurde. Trotzdem glaubte die Polizei noch ein übriges tun zu müssen, um uns den Wahlkampf zu erschweren. Mit dem Näherkommen des Wahltermins vermehrten sich allerwärts die polizeilichen Verfolgungen und Schikanen, sie nahmen einen immer bösartigeren Charakter an. In sämtlichen Belagerungszustandsgebieten steigerte sich im Herbst die Zahl der Ausweisungen. Die Polizei wurde immer nervöser.

Zu alledem kam die Kandidatennot. Bracke, Geib, Reinders waren gestorben. Fritzsche, Hasselmann, Most, Reimer, Vahlteich waren ausgewandert. Andere, wie Motteler, Bernstein, Tauscher, Richard Fischer, waren durch ihre Stellung im Parteidienst im Ausland für eine Kandidatur unmöglich geworden. Viele ehemalige Kandidaten waren ebenfalls ausgewandert oder wagten nicht mehr zu kandidieren, um nicht ruiniert zu werden, oder sie hatten sich, wie Hartmann und die Gebrüder Kapell, unmöglich gemacht. Die Folge war, daß man allerwärts, wo es an eigenen Kandidaten fehlte, Genossen mit bekannten Namen, die bereits anderswo kandidierten, aufstellte, was auch zugleich die Agitation erleichterte. So kam ich zu der Ehre von fünfunddreißig Kandidaturen, Liebknecht und Hasenclever zu siebzehn, Grillenberger zu fünfzehn usw.

Erschwert wurde weiter die Agitation dadurch, daß viele Wahlversammlungen verboten, noch mehr während einer Rede aufgelöst oder dadurch überhaupt verhindert wurden, daß die Wirte die Hergabe der Säle verweigerten. Und wenn nun trotz alledem und alledem am Wahltag die Partei 311961 Stimmen zählte, nur 125197 weniger als bei den Attentatswahlen im August 1878, so war dieses ein gewaltiger Erfolg, der unseren Gegnern in die Glieder fuhr. Namentlich soll nach dem Bekanntwerden des Wahlresultats im Berliner Schloß eine sehr gedrückte Stimmung geherrscht haben.

Tatsächlich war schon am 27. Oktober 1881 das Sozialistengesetz besiegt.

Die moralische Wirkung auf die Partei war ungeheuer. Man hatte sich mal wieder gezählt, und siehe da, drei Viertel der alten Garde standen treu zur alten Fahne. Von jetzt an ging es unaufhaltsam vorwärts, bis endlich der 19. Februar 1890 mit 1427298 Stimmen die Entscheidungsschlacht gegen das Sozialistengesetz brachte.

Gewählt war keiner unserer Kandidaten im ersten Wahlgang. Wilhelm Stolle, der im achtzehnten sächsischen Wahlkreis Zwickau-Crimmitschau tatsächlich die Mehrheit hatte, wurde dieselbe durch den Wahlkommissar weggezählt. Er siegte erst in der Stichwahl. Wir waren im ganzen bei zweiundzwanzig engeren Wahlen beteiligt, ich allein in drei: Dresden, Leipzig und Berlin IV.

Die Dresdener Vorgänge waren für mich von besonderem Interesse, weil sie zwei eigentümliche Nachspiele hatten. Es war unmöglich, in Dresden ein Flugblatt herzustellen. Ich entdeckte mit Hilfe von Freunden einen kleinen Drucker in Zittau i.d.L., dem ich den Druck eines solchen übergab. Er erhielt den Auftrag, fünfundvierzigtausend Flugblätter und eine entsprechende Zahl Stimmzettel zu drucken und diese in Paketen von je tausend Stück verpackt in zwei Kisten, als Leinwand deklariert, an einen Dresdener Parteigenossen – Leinwandhändler – zu senden. Als Druckfirma wurde die Druckerei des »Sozialdemokrat« in Zürich-Hottingen genannt. Die beiden Riesenkisten gelangten glücklich an ihre Adresse, aber als der Adressat diese auf seinem kleinen Hof liegen sah, bekam er Angst. Er sandte sie kopfloserweise durch Dienstmänner an einen befreundeten Junggesellen, der im Hofe eines Spediteurs wohnte. Als dieser die Kisten sah, forschte er nach, was sie enthielten. Dadurch in Angst gejagt, schickte der neue Empfänger die Kisten vom Hofe wieder zurück, was den Spediteur stutzig machte, der eilig nach der Polizei sandte. Diese faßte die Dienstmänner mit den Kisten auf der Straße ab und ließ sie nach dem Polizeipräsidium bringen. Als der Inhalt erkannt wurde, rieb sich der Polizeikommissar Paul, einer unserer schlimmsten Gegner, vergnügt die Hände. Jetzt hat die Sozialdemokratie keine Flugblätter zur Wahl, jubelte er. Es war zwölf Tage vor derselben und unsere Lage eine höchst unangenehme. Aber ich verlor den Kopf nicht. Ich erinnerte mich eines Genossen, der Schriftsetzer und ein geriebener Bursche war. Diesen bat ich, sofort eine Reise in die Umgegend von Dresden anzutreten, ob er einen Drucker finde, der bereit sei, gegen gute Bezahlung ein Flugblatt zu drucken, ich wollte unterdes ein neues schreiben. Gesagt, getan. Als abends der Genosse wieder in meine Stube trat, sah ich an seinem Gesicht, daß seine Reise erfolgreich gewesen war. Er hatte in Pirna den Drucker des Amtsblatts für den Plan gewonnen. Dieser sandte nach Weisung am nächsten Sonnabend das Blatt in Koffern, die ihm zur Verfügung gestellt waren, durch einen Dienstmann nach dem Bahnhof, wo unsere Leute die Koffer in Empfang nahmen und an bestimmte Adressen ablieferten. Alles ging nach Wunsch. Da kommt es einem Dienstmann bei, seinen Kollegen wegen der Häufigkeit seiner Transporte nach dem Bahnhof der Polizei zu denunzieren. Die

Polizei belegte die letzte Sendung, etwa sechstausend Stück, mit Beschlag und meldete den Vorgang nach Dresden. Aber da es bereits Abend geworden war, standen vierhundert unserer Leute wohlvorbereitet auf dem Posten. Ehe die Polizei von ihrer Überraschung zur Besinnung gekommen war, waren Flugblätter und Stimmzettel verteilt. Es wurden nur zwei Mann mit einigen hundert Flugblättern gefaßt, denen man aber nichts anhaben konnte. Es gelang uns alsdann, noch ein zweites Flugblatt zu verbreiten.

Am Hauptwahltag hatte ich mit 9079 Stimmen die relative Mehrheit unter vier Kandidaten. Ich kam mit dem Dresdener Oberbürgermeister in engere Wahl. Die Handwerker Dresdens, die über 2076 Stimmen verfügten, legten mir ihre Forderungen zur Unterschrift vor, alsdann wollten sie mich wählen. Ich lehnte ab. Das bedeutete meine Niederlage. Die engere Wahl, die unter ganz ungewöhnlichen Umständen stattfand – Bekanntmachung, der Aufruhrparagraphen, Konsignierung des Militärs, Besetzung der Wahllokale durch Gendarmen –, entschied mit 14439 gegen 10827, die ich erhielt, gegen mich.

In Leipzig erhielt ich bei der Hauptwahl 6482 Stimmen und kam mit dem nationalliberalen Kandidaten, auf den 8894 Stimmen gefallen waren, in engere Wahl. In dieser erhielt ich 9821 Stimmen, mein Gegner 11863. Auf einen Sieg hatten wir hier nicht gerechnet.

Interessanter verlief die Wahl in Berlin IV. Hier waren bei der Hauptwahl auf mich 13524 Stimmen, auf Albert Träger 19527 Stimmen, auf den Konservativen 8270 Stimmen gefallen. In diesem Wahlkreis wie in Berlin VI, in dem Hasenclever kandidierte, hatten die Konservativen bei den engeren Wahlen den Ausschlag zu geben. Nun war zu jener Zeit die Situation in Berlin so, daß die Konservativen (Antisemiten, Christlichsoziale usw.) verzweifelte Anstrengungen machten, die Fortschrittspartei aus dem Sattel zu heben. Sie handelten dabei im Sinne Bismarcks und Puttkamers, der seit einigen Monaten an Stelle Eulenburgs Minister des Innern geworden war. Bismarcks Haß gegen die Fortschrittler und die Liberalen überhaupt war ständig im Steigen begriffen, und so war man wieder einmal wie zu Schweitzers Zeit im konservativen Lager bereit, mit dem Teufel selbst, das heißt mit uns, einen Pakt zu schließen, nur daß wir keine Neigung dazu hatten. Die Verhandlungen, die gepflogen wurden, gibt folgende Erklärung wieder, die wir in der »Berliner Volkszeitung« veröffentlichten:

»Die Mitteilungen des ›Reichsboten‹ in bezug auf die Unterhandlungen, welche anläßlich der Stichwahlen im vierten und sechsten Berliner Wahlkreis zwischen den Führern der Konservativen und Sozialreformer (den Herren Professor Wagner, Hofprediger Stöcker, Diestelkamp usw.) einerseits und Angehörigen der Sozialdemokratischen Partei andererseits stattgefunden haben, veranlassen uns zu folgender Darlegung:

Donnerstag mittag, den 10. November, erschienen hier in Dresden zwei unserer Berliner Parteigenossen und teilten uns mit, daß zwischen ihnen und den Führern der Konservativen und Sozialreformer Unterhandlungen wegen der bevorstehenden engeren Wahlen in Berlin stattgefunden und zu folgendem Resultat geführt hätten:

Wir, die Unterzeichneten, nebst Hasenclever, sollten folgende Erklärung unterschreiben:

Wir erklären:

1. daß wir die arbeiterfreundliche Absicht der deutschen Reichsregierung in ihrer Reformpolitik anerkennen;

2. daß wir ernstlich gewillt sind, gemeinsam mit den sozialreformerischen Parteien in Frieden an der Besserung der wirtschaftlichen Verhältnisse zu arbeiten;

3. daß wir hoffen, nach dem Worte eines unserer Reichstagsabgeordneten, durch energische soziale Reformen die Revolution zu überwinden.

Als Preis für die Unterzeichnung dieser drei Punkte wurde uns geboten:

1. die obenerwähnten Führer der Konservativen und Sozialreformer wollten dafür eintreten, daß ihre Parteigenossen im vierten und sechsten Berliner Wahlkreis bei der Stichwahl am 12. November für uns stimmten;

2. erboten sie sich alsdann, folgende Gegenerklärung zu unterzeichnen:

Dagegen erklären wir, daß, wenn die deutschen Sozialisten auf gesetzlichem Wege innerhalb der bestehenden Staatsordnung die Reform erstreben, wir für die Aufhebung des Sozialistengesetzes im gegebenen Falle stimmen werden.

Weiter wurde uns mündlich mitgeteilt: Weigerten wir uns, auf diesen Vertrag einzugehen, so würden die erwähnten Führer die Losung ausgeben: Stimmenthaltung, und dann sei unsere Niederlage in Berlin gewiß.

Wir haben darauf entschieden und bestimmt mündlich erklärt:

1. daß wir jeden Schacher und Stimmenkauf von uns wiesen; daß wir lieber dreitausend ehrlich gewonnene Stimmen als dreißigtausend erkaufte haben wollen; daß wir nicht in der Lage seien, die mit Erlaß des Soziali-

stengesetzes inaugurierte Wirtschaftspolitik der Reichsregierung: Vermehrung und Erhöhung der indirekten Steuern und Zölle auf notwendige Lebensbedürfnisse, Vermehrung der Militärlasten, Innungsgesetz und dergleichen als arbeiterfreundlich anzuerkennen;

2. daß wir nie abgelehnt – wie unsere Haltung und Erklärungen noch zuletzt gegenüber dem Unfallgesetz gezeigt –, Reformvorschläge der Reichsregierung ernsthaft zu prüfen, zu versuchen, sie unseren Wünschen entsprechend umzugestalten und, wenn sie unserem Standpunkt entsprächen, zu akzeptieren, daß wir es aber ablehnen müßten, mit Parteien gemeinsame Sache zu machen, die in ihren Bestrebungen reaktionär und darum arbeiterfeindlich seien;

3. daß, wenn mit Punkt 3 die Annahme ausgesprochen sein sollte, als wollten wir eine gewaltsame Revolution, dies eine ganz willkürliche Annahme sei. Wir hatten stets erklärt, daß planmäßige, gründliche und ganze Reformen der gewaltsamen sozialen Revolution, die andernfalls eine notwendige Folge (unserer politischen und ökonomischen Entwicklung sei, vorbeugen könnten, und wir nicht verantwortlich seien für Dinge, die nicht in unserem Willen und in unserer Macht liegen, sondern von dem Willen und der Macht unserer bisherigen Gegner abhängen.

Mit dieser Antwort reisten unsere Parteigenossen nach Berlin zurück. Das Wahlresultat ist bekannt.

Dresden, den 16. November 1881.

A. Bebel. W. Liebknecht.«

Das Wahlresultat war, daß Hasenclever mit 17378 gegen den Fortschrittler Klotz mit 17947 Stimmen, ich mit 18979 gegen 19031 Stimmen, die auf Träger fielen, unterlagen. In Wirklichkeit hatte ich aber gesiegt; die Minderheit von 52 Stimmen, mit der ich scheinbar unterlegen war, war dadurch entstanden, daß die Wahlkommission 450 Stimmzettel, die auf meinen Namen lauteten, wegen angeblich mangelhafter Erkennbarkeit des Kandidaten für ungültig erklärt hatte.

Die Parteigenossen des vierten Berliner Wahlkreises legten Protest gegen die Wahl Trägers ein. In der Wahlprüfungskommission beantragten auch die beiden Referenten die Ungültigkeit von Trägers Wahl. Als aber die entscheidende Sitzung herankam, *waren die Wahlakten verschwunden, sie waren gestohlen worden.* So konnte keine Entscheidung getroffen werden, und Träger blieb im Besitz des Mandats. Wer der Aktendieb war, ist nie ermittelt worden. Von jener Zeit ab werden die Wahlakten der Kreise, gegen deren Vertreter ein Wahlprotest vorliegt, in einem verschlossenen Zimmer aufbewahrt, zu dem nur die Mitglieder der Wahlprüfungskommission Zutritt haben.

Der Kampf bei der engeren Wahl in Berlin war ein sehr heftiger gewesen. Die »Berliner Tribüne« erzählt aus demselben folgende Episode: Ein neunjähriges Mädchen schreibt an eine Haustür mit Kreide: »Wählt Bebel.« Ein Schutzmann sieht dies und fragt sie: »Wie heißt du?« Sie nennt ihren Namen. »Wo wohnst du?« Sie gibt die Wohnung an. »Was ist dein Vater?« ... Ausgewiesener.

Adolf Geck brachte den Vorgang in eine poetische Einkleidung, die lautete:

In Berlin am zweiten Martinitag,
Was war da ein heftiges Ringen!
Schwer wiegt die Entscheidung. Die Losung lag:
»Hie Träger, hie Bebel!« – es dringen
Zur Urne die ringenden Scharen
Der Bourgeois und Proletaren.
Und wie so alle gaßaus gaßein
Nach einem Ziele sich drängen,
Da mischt sich mutterseelenallein
Ein Kind in die wandelnden Mengen,
Ein neunjährig Mädchen, die Wang' gebleicht
Vom Hunger; das Auge, das hohle,
Vom Darben, vom bitteren Elend zeigt. –
Das Händchen trägt eine Kohle,
Und damit an des Palastes Wand
»Wählt Bebel!« kritzelt der ärmliche Fant
Bedächtig mit kräftigen Zügen.
Der Schutzmann, er schaut's; entbrennt vor Wut
Ob des Frevels der zitternden Kleinen:
»Wer bist du, Sozialistenbrut?«
»Man nennt mich Lieschen, bin krank und arm«,
Erwidert das Kind ohne Weinen. – –
Und weiter examiniert der Gendarm:
»Wer ist dein Vater, was sein Beruf?«
Ernst mustert die Kleine den Riesen:
»Erfahre es, wer dieses Elend schuf:

Mein Vater ist ausgewiesen.«
In Berlin an jenem Tage der Schlacht
Wohl zwanzigtausend haben bedacht
Des Kindes Mahnung: »Wählt Bebel.«

Das Endresultat der Wahl war, daß wir wider Erwarten dreizehn
Mandate eroberten. Es wurden gewählt: Blos in Greiz, Dietz in Hamburg
II, Frohme in Hanau, Geiser in Chemnitz, Grillenberger in Nürnberg,
Kayser in Freiberg in Sachsen, Kräcker in Breslau-West, Liebknecht in
Mainz und Offenbach, Stolle in Zwickau, Vollmar in Mittweida in
Sachsen.

Ein Unikum bei dieser Wahl war, und ein Unikum ist es bis heute
geblieben, daß der Wahlkreis Freiberg *durch eine Frau* erobert wurde.
Kayser befand sich während der Wahlagitation wieder einmal in Haft,
so betrieb sein Freund Kaufmann O. Sch. in Dresden für ihn die Wahlagitation. Das bemerkte die Dresdener Polizei; sie sorgte also dafür, daß
O. Sch. unter einem nichtigen Vorwand verhaftet wurde. Der arme und
schlechtorganisierte Freiberger Wahlkreis war damit seines Wahlleiters
beraubt. Als ich die Nachricht erfuhr, fiel sie mir auf die Nerven, ich
wußte nicht, wie ich Ersatz für Sch. auftreiben sollte. Da tritt am nächsten
Morgen Frau Sch. bei mir ein mit den Worten: »Daß mein Mann verhaftet wurde, wissen Sie, Herr Bebel. Er wird einige Tage brummen, das
schadet ihm nichts. Aber was wird aus Max Kaysers Wahl? Was sagen
Sie dazu, ich will in den Wahlkreis reisen und die Wahlagitation leiten!«
Ich sah die Frau überrascht an, dann aber reichte ich ihr mit den Worten
die Hand: »Frau Sch., Sie sind eine prächtige Frau, ich bin mit Ihrem
Vorschlag einverstanden.« Als Frau Sch. nach Freiberg kam und dort
sich den vollständig mutlos gewordenen Genossen vorstellte, wurden
diese von ihrer Anwesenheit elektrisiert. Sie arbeiteten nunmehr unter
Frau Sch.s Leitung mit allen Kräften, und Kayser siegte.

Die Doppelwahl Liebknechts nötigte diesen zur Niederlegung eines
der eroberten Mandate. Er legte für Mainz nieder, obgleich seine
Mehrheit dort nur 600 Stimmen betrug, wohingegen er im Wahlkreis
Offenbach eine Mehrheit von über 3400 Stimmen hatte. Aber er war
durch das Offenbacher Wahlkomitee zu dieser verkehrten Maßnahme
gezwungen worden, das noch vor der Wahlentscheidung öffentlich erklärt
hatte, Liebknecht werde im Falle einer Doppelwahl für Offenbach annch-
men. Nunmehr wurde ich in Mainz als Kandidat aufgestellt. Wir setzten

alles daran, den Kreis zu erhalten. Vergebens. Es kam zunächst zur Stichwahl zwischen dem Demokraten Philipps und mir. Aber ich unterlag in der engeren Wahl am 15. Dezember mit 83185 gegen 8633 Stimmen. Ich hatte trotz der Unzufriedenheit, die bei unseren Wählern wegen der nochmaligen Wahl herrschte, 248 Stimmen mehr erhalten als Liebknecht. Als letzterer das Resultat erfuhr und mit mir darüber sprach, traten ihm die Tränen in die Augen. Das hatte er nicht gewollt.

Damit hatte zwar meine Reichstagstätigkeit, aber nicht meine parlamentarische, einstweilen ein Ende gefunden. Ich saß ja noch im sächsischen Landtag. Die Kontinuität meiner parlamentarischen Tätigkeit war also vorhanden.

Ich schrieb meiner Frau, sie solle sich über meine Niederlage nicht grämen, ich hätte jetzt mehr Zeit, mich um das Geschäft zu kümmern, da der Landtag nur alle zwei Jahre zusammentrete. Ähnlich schrieb ich an Engels, ich sei froh, einmal ein wenig Ruhe zu haben, die mir nötig sei. Der war aber nicht meiner Ansicht, er sah meine Niederlage als einen Verlust für die Partei an.

Mein Schicksal teilte auch Auer, der im siebzehnten sächsischen Wahlkreis unterlegen war. Ein Protest, den sein Wahlkomitee bei dem Reichstag einreichte, hatte die Folge, daß die Wahlprüfungskommission die Wahl seines Gegners für ungültig erklärte. Aber dieses geschah erst am Ende der letzten Session der Legislaturperiode. So kam es zu keiner Neuwahl mehr.

Ein Nachspiel zur Dresdener Reichstagswahl

Anfang März 1882 verließ ich Dresden und den sächsischen Landtag und ging auf die Geschäftsreise. Bald darauf schrieb mir meine Frau: Ein Gerichtsdiener sei bei ihr gewesen und habe sich nach meiner Adresse erkundigt. Bei dem Dresdener Gericht schwebe eine Anklage gegen mich, das Aktenstück habe man ihr nicht ausgehändigt. Ich schrieb darauf nach Dresden, daß ich auf der Geschäftsreise sei, keine bestimmte Adresse angeben könne und man meiner Frau das Aktenstück zustellen möge, doch sei ich zu Ostern in Nürnberg. Dort erhielt ich die Anklageschrift. Der Bundesrat hatte wegen Beleidigung gegen mich Anklage erhoben, weil ich in dem konfiszierten, gar nicht zur Verteilung gelangten Wahlflugblatt das Sozialistengesetz ein infames Gesetz genannt hatte.

Sei dieses infam, so sei auch der Bundesrat infam. Aus dem gleichen
Schluß erhob man Anklage gegen mich wegen Majestätsbeleidigung.
War aber der Bundesrat beleidigt, dann auch der Reichstag. Dem hatte
jedoch der sächsische Justizminister nicht den Antrag auf meine Verfolgung wegen Beleidigung unterbreitet. Er wußte, daß dieser ihn ablehnen
würde, und das hätte für den anklagenden Bundesrat keine angenehme
Situation gegeben. Ich schrieb dem Dresdener Gericht, daß ich in den
nächsten Tagen meine Geschäftsreise weiter fortsetze, aber in der
Pfingstwoche Aufenthalt in Dresden nehme, man möge mir dort weitere
Nachricht zukommen lassen. Am 18. Mai stand ich in Leipzig vor Gericht, und zwar ebenfalls wegen Beleidigung des Bundesrats, der sich
durch ein scharfes Wort, das ich in einem dort erschienenen Wahlflugblatt über das Sozialistengesetz geäußert hatte, nochmals beleidigt fühlte.
Die Verhandlung endete mit meiner Verurteilung zu einem Monat Gefängnis.

Am Abend jenes Tages reiste ich nach Dresden, wo auf polizeiliche
Benachrichtigung von Leipzig mich ein polizeilicher Schutzengel erwartete, der in respektvoller Entfernung mich bis vor mein Quartier begleitete. Nächsten Morgen reiste ich unter demselben Schutz nach Schlesien
ab. Als ich von dort, Donnerstag vor Pfingsten, nach Dresden zurückkam,
war abermals der Polizeiengel auf dem Posten, dessen Schutz jetzt auch
meine Familie genoß, als sie am nächsten Tage in Dresden eintraf. Da,
als ich am ersten Pfingsfeiertagvormittag mit meiner Tochter auf der
Brühlschen Terrasse spazieren gehe, klopft mir jemand von hinten auf
die Schulter. Als ich mich umblicke, sehe ich das mir nur allzu bekannte
Gesicht des Polizeikommissars Paul, der mir im höflichsten Sächsisch
mitteilte, er habe Befehl, mich zu verhaften. Ich brauste auf: ob es ein
schlechter Scherz sei oder ein Gewaltstreich, den man gegen mich aus-
führe. Mit Hinweis auf das Publikum, das auf uns aufmerksam geworden,
ersuchte er mich, ihm nach dem Polizeipräsidium zu folgen, woselbst
er mir den Gerichtsbeschluß über meine Verhaftung vorzeigen werde.
Er hatte mich in möglichster Nähe des Polizeipräsidiums verhaftet.

Ich sandte mein Töchterchen zur Mutter, die sich bei einer befreundeten Familie befand, um diese zu unterrichten; sie solle unbesorgt sein,
meine Verhaftung könne nicht aufrechterhalten werden.

Der Gerichtsbeschluß lautete:

»Beschluß, vorzulegen der Königlichen Polizeidirektion mit dem Ersuchen, vorstehenden Haftbefehl an dem Drechslermeister Ferdinand Au-

gust Bebel aus Leipzig, *sobald sich derselbe hier betreffen läßt,* zu vollstrecken, zugleich mit dem Bemerken, daß Bebel hier angezeigt hat, er werde während der Pfingstfeiertage in Dresden aufhältlich sein.
Dresden, den 13. Mai 1882.
Königliches Landgericht, Strafkammer II.

v. Mangoldt.«

Die Untersuchungshaft wurde also begründet:
»Die Untersuchungshaft wird verhängt, weil der Angeklagte im Hinblick auf die Höhe der angedrohten Strafe und darauf, daß er seiner eigenen Angabe nach einen festen Wohnsitz im Lande nicht habe, der *Flucht* verdächtig ist.
Dresden, den 13. Mai 1882.

Wie oben.«

Der fluchtverdächtige Landtagsabgeordnete zeigte also dem Landgericht selbst an, daß er zu Pfingsten in die Höhle des Löwen kommen werde. Der Haftbefehl, ausgestellt am 13. Mai und dahin lautend, ihn zu verhaften, sobald er sich in Dresden sehen lasse, wird zunächst nicht respektiert. Denn ich war am 18. Mai unbehelligt dort gewesen. Erst am 27. Mai, das heißt am ersten Pfingstfeiertag, ward ich auf Grund des Haftbefehls vom 13. Mai in Haft genommen. Das war also eine raffinierte Teufelei, ausgedacht, um meiner Familie und mir das Pfingstfest zu verderben. Hätte man mich gleich am 18. Mai verhaftet, als ich zum ersten Male in Dresden erschien, ich wäre zu Pfingsten längst frei gewesen.
Ich verlangte, da das Gericht geschlossen war, von dem Polizeikommissar, in die Privatwohnung des Herrn v. Mangoldt geführt zu werden, um zu versuchen, meine Freilassung zu bewirken. Paul ging bereitwillig auf mein Verlangen ein. Er wußte warum. In der Wohnung des Gerichtsdirektors eröffnete mir ein Dienstmädchen, Herr v. Mangoldt habe mit seiner Familie einen Pfingstausflug gemacht und kehre erst am nächsten Abend zurück. So hatte ich das Vergnügen, aus der obersten Etage des Polizeigefängnisses bei herrlichstem Wetter den Turm und das Dach der Frauenkirche in ihren Formen zu studieren. Am nächsten Tage wurde ich in das Landgerichtsgefängnis überführt. Den übernächsten Tag ließ ich mich bei Herrn v. Mangoldt anmelden. Ich kochte vor Ingrimm, und so mochte wohl die Rede, mit der ich mich über den Gerichtsbeschluß beschwerte und meine Freilassung beantragte, nicht im

höflichsten Tone gehalten sein. Herr v. Mangoldt erklärte barsch, er habe sich mit mir über den Gerichtsbeschluß nicht zu unterhalten, dessen Begründung mir bekannt sei. Ich könne gegen denselben Beschwerde erheben, doch werde die Kammer auch bereit sein, mich gegen Erlegung einer Kaution aus der Haft zu entlassen. Ich überlegte, daß der letztere Weg wohl der kürzeste sei, der zum Ziele führe, und erklärte mich zur Erlegung einer Kaution bereit. Jetzt wurde Herr v. Mangoldt sehr entgegenkommend, er hatte an längerer Haft kein Interesse mehr, seinen Zweck hatte er ja erreicht. Er meinte, ich solle sofort einen schriftlichen Antrag stellen, den er so frühzeitig der Kammer unterbreiten werde, daß ich am nächsten Mittag wieder zu meiner Familie käme. Ich fragte, wie hoch die Kaution sein müsse. Gegenfrage: Wieviel können Sie stellen? Ohne Besinnen antwortete ich: Tausend Mark. Er stimmte zu. Nächsten Morgen erhielt ich die Mitteilung, man habe meine Freilassung gegen die angebotene Kaution beschlossen. Nun hatte ich aber keine tausend Mark. Ich bat also, in Begleitung eines Beamten in die Stadt gehen zu dürfen, um mir das Geld zu beschaffen. Das wurde genehmigt. Um Mittag war ich frei. Meine Familie war glücklich, als sie mich wieder in ihrer Mitte hatte. Vor der Entlassung teilte mir Herr v. Mangoldt mit, die Gerichtsverhandlung werde am 15. Juni stattfinden.

Sobald ich frei war, reichte ich bei der Strafkammer den Antrag ein: Das Amt des Vorsitzenden der Kammer einem anderen Richter zu übertragen, da ich Herrn v. Mangoldt als befangen betrachte. Er habe bei der Wahlagitation im letzten Herbst einen Wahlaufruf gegen mich unterzeichnet, in dem ich persönlich aufs heftigste angegriffen worden sei. Nach Eröffnung der Gerichtsverhandlung, die hinter verschlossenen Türen stattfand, wie das damals in Dresden Regel war, namentlich bei der Mangoldtkammer, wie die Parteigenossen sie nannten, wurde mir mitgeteilt, daß mein Antrag abgelehnt sei. Herr v. Mangoldt habe sich nicht für befangen erklärt; er habe seinerzeit seine Zustimmung zur Unterschrift unter den Wahlaufruf gegeben, ohne den Inhalt gekannt zu haben. Ich erklärte, unter bewandten Umständen auf weitere Beschwerde zu verzichten. Die Staatsanwaltschaft hatte die Anklage gegen mich noch dahin ausgedehnt, daß ich die Angabe einer falschen Druckfirma veranlaßt habe, und hatte neue Zeugen geladen, die aber nichts von Belang auszusagen vermochten, so daß der Staatsanwalt die Anklage wegen Verletzung des Preßgesetzes zurückzog. Über den Verlauf des Prozesses schrieb ich an meine Frau:

»Der Staatsanwalt wurde sehr ausfallend gegen mich, und namentlich suchte er meinen Charakter anzugreifen und zu verdächtigen, so daß ich ihn mehrfach durch Zurufe unterbrach. Der Präsident rügte dieses; wir seien hier nicht im Reichstag. Als ich aber dann das Wort zur Entgegnung erhielt, leuchtete ich dem Staatsanwalt gehörig heim, so daß er vor Aufregung aufsprang und den Schutz des Präsidenten anrief. Der wurde ihm auch zuteil. Herr v. Mangoldt unterbrach mich drei- oder viermal und drohte mir sogar, wenn ich weiter so fortfahre, das Wort zu entziehen und mich abführen zu lassen. Ich ließ mich aber nicht einschüchtern; ich sagte mir, den Richtern gegenüber könne mir nur die entschiedenste Vertretung meines Standpunktes und meines guten Rechts helfen.

Mein Anwalt war über mein Benehmen ganz unglücklich; meine Rede kostete mich einen Monat mehr. Das bestritt ich. Diese Herren vertreten meist die Ansicht, man müsse sich ducken, weil man in der Gewalt der Richter sei. Nun, trotz seines milden Auftretens hatte ihn Herr v. Mangoldt einige Male in einer Weise unterbrochen, wie ich mir das nie und nimmer hätte gefallen lassen. Der Verteidiger war in einigen Punkten gut, in einer Reihe anderer Punkte verlor er sich derart in Spitzfindigkeiten, daß die Richter der Rede kaum noch folgten und das Gute seiner Ausführungen verwischt wurde. Ein Glück, daß ich nach ihm zu Wort kam, denn in diesem Augenblick standen die Karten schlecht für mich. Mir hörten die Richter sofort mit großer Aufmerksamkeit zu; sie machten sich auch eine Menge Notizen, so daß ich den Umschlag der Stimmung förmlich sehen und fühlen konnte. Der Staatsanwalt hatte genug bekommen; er verzichtete auf ein weiteres Wort. Nach halbstündiger Beratung wurde das Urteil verkündet. Es lautete wegen Beleidigung des Bundesrats auf zwei Monate Gefängnis; von der Anklage der Majestätsbeleidigung wurde ich freigesprochen. Der Kaiser habe nach der Verfassung die Gesetze einfach zu verkünden, die Bundesrat und Reichstag in Übereinstimmung beschlossen hätten. Eine Mitwirkung bei dem Zustandekommen der Gesetze stehe dem Kaiser nicht zu usw.«

Die Dresdener Parteigenossen, die sich vor dem Gerichtsgebäude angesammelt hatten, beglückwünschten mich zu dem »milden Urteil«. Die Mangoldtkammer stand bei ihnen wegen ihrer harten Urteile im schlechtesten Rufe. Erst einige Monate zuvor hatte sie den Parteigenossen Geyer wegen eines harmlosen Satzes in einem Flugblatt auf § 131 hin zu acht Monaten Gefängnis verurteilt. Ich meldete gegen das Urteil die Revision an.

Das Jahr 1882 war in bezug auf gerichtliche Anklagen gegen mich »ein gesegnetes Jahr«. Am 8. August stand ich abermals, und zwar in Gesellschaft Liebknechts und Hasenclevers, als Angeklagter vor dem Leipziger Landgericht. Es handelte sich um das Flugblatt, das wir drei nach Verhängung des kleinen Belagerungszustandes über Leipzig und Umgegend mit unserer Namensunterschrift veröffentlicht hatten. Der Staatsanwalt sah in unserer Behauptung, es habe sich bei der Verhängung des kleinen Belagerungszustandes hauptsächlich darum gehandelt, unsere Wahlagitation möglichst zu verhindern, wiederum eine Verletzung des § 131. Wir hätten durch diese Behauptung eine Anordnung der sächsischen Regierung wider besseres Wissen verächtlich gemacht. Man sieht, der § 131 wurde damals der reine Kautschukparagraph. Außerdem hatte der Justizminister Herr v. Abeken noch eine Beleidigung des Bundesrats in dem Flugblatt gefunden, wegen der die Staatsanwaltschaft ebenfalls Strafantrag stellte. Vergebens machten wir geltend, daß die Angaben im Flugblatt unserer Überzeugung entsprächen; daß es eine Beleidigung für uns sei, anzunehmen, daß wir wider besseres Wissen Angaben gemacht hätten. Was wir behauptet, hätte ein großer Teil der Presse ebenfalls gesagt; auch sei im Wahlkampf in Dresden wiederholt die Behauptung zur Einschüchterung der Wähler aufgestellt worden: würde ich gewählt, so würde auch über Dresden der kleine Belagerungszustand verhängt. Und die offiziösen »Dresdener Nachrichten« hätten verkündet: nun ich nicht gewählt sei, bleibe Dresden vom kleinen Belagerungszustand verschont. Alles vergeblich. Das Urteil lautete gegen jeden von uns auf zwei Monate Gefängnis.

Eine dritte Gerichtsverhandlung fand wieder am 26. August gegen mich und noch zwei Parteigenossen (Kleemann und Goldhausen) statt, wobei es sich ebenfalls um ein Wahlflugblatt handelte: Vergehen gegen § 131 des Strafgesetzbuchs. Gegen mich mußte der Staatsanwalt die Anklage fallen lassen, weil erwiesen wurde, daß nicht ich, sondern Liebknecht der Verfasser war. Dieser konnte aber nicht mehr belangt werden, weil mittlerweile Verjährung eingetreten war. Außerdem sprach das Gericht auch die beiden Angeklagten frei, da es in dem Flugblatt keine Verletzung des § 131 entdecken konnte. Dem Zwickauer Landgericht gereichte diese Unabhängigkeit des Urteils nicht zum Vorteil. Herr

v. Abeken ließ das übernächste Jahr Herrn v. Mangoldt zum Präsidenten des Landgerichts ernennen.

Totgesagt

Das zigeunernde Leben, das ich seit März mit sehr kurzen Unterbrechungen geführt, nebst all den Aufregungen, die ich erlebt, hatten meine Gesundheit geschwächt. Unmittelbar nach der Zwickauer Gerichtsverhandlung brach ich an einem schweren Magenkatarrh zusammen, der mich nötigte, das Bett aufzusuchen und ärztliche Behandlung in Anspruch zu nehmen. Sobald meine Frau dies erfuhr, eilte sie zum Kreishauptmann und bat, meine Überführung nach Leipzig in ihre Pflege zu gestatten. Das Gesuch wurde bewilligt. Der Polizeiarzt, den man mir sofort ins Haus schickte, bestätigte nicht nur meine Erkrankung, er veranlaßte auch, daß mein Urlaub, in Leipzig zu bleiben, um eine Woche verlängert wurde. Ich siedelte dann nach Borsdorf über und entdeckte dort ein Haus, das auch Liebknecht ermöglichte, seine enge Zimmerwohnung zu verlassen und größere Räume zu beziehen. Wir wohnten von jetzt ab in der gleichen Etage, er hatte drei, ich zwei Räume inne.

Die Nachricht von meiner Erkrankung war auch in die Auslandspresse gedrungen. Eines Tages war ich nicht wenig überrascht, als zu ungewöhnlicher Zeit meine Frau nach Borsdorf kam und, als sie mich sah, in die Worte ausbrach: »Dieses Glück, du lebst also noch!« Auf meine verwunderte Frage, wie sie zur diesem Ausruf komme, berichtete sie, sie hätte in aller Frühe zwei Depeschen erhalten. Die eine vom Deutschen Verein in Paris, in der man ihr zu meinem Tode kondoliert habe, die andere aus London, in der man vorsichtigerweise anfrug, ob die Nachricht von meinem Tode auf Wahrheit beruhe. Auch sei bereits in aller Frühe die Polizei im Hause gewesen und habe sich erkundigt, ob jemand im Hause gestorben sei. Sie hegte offenbar den Glauben, ich wohnte heimlich in Leipzig. Die Nachricht von meinem Tode war auch nach den Vereinigten Staaten gesandt worden und hatte unsere New Yorker Parteigenossen veranlaßt, eine von Tausenden besuchte Totenfeier zu veranstalten, in der Vahlteich die Gedächtnisrede hielt. Mich amüsierte dieser Vorgang ungemein, aber Vahlteich war, als er die Wahrheit erfuhr, sehr ärgerlich und machte mir Vorwürfe, daß ich sie von meinem Lebendigsein nicht unterrichtete. Ich antwortete, ich hätte doch nicht wissen können, daß sie die Nachricht erhalten hätten und glaubten.

Der Todesnachricht folgte namentlich in der französischen Presse eine große Zahl von Nekrologen, aus deren Inhalt ich zum Teil lernte, wie manchmal Geschichte gemacht wird. So enthielt zum Beispiel der »Phare de Loire« einen längeren Nekrolog, in dem der Verfasser erzählte: er habe mich in Livorno an der Mittagstafel kennengelernt. Wir seien dann zusammen nach Florenz und Rom gereist und von dort nach Caprera, der durch Garibaldis Aufenthalt berühmt gewordenen Ziegeninsel, um diesen zu besuchen. An der ganzen Darstellung war kein wahres Wort. Ich hatte zu jener Zeit noch nie einen Fuß auf italienischen Boden gesetzt. Ob der Erzähler von jemand mystifiziert worden war, der sich für mich ausgab? Das kann sein. So erhielt ich zum Beispiel in den neunziger Jahren eines Tages eine Fremdenliste der Insel Borkum zugesandt, worin ich als Gast eines bestimmten Hotels aufgeführt wurde. Ich war nie dort.

Engels schrieb mir darüber am 23. September:

»Lieber Bebel!
Wir haben Deinetwegen einen schönen Schrecken ausgestanden. Gestern vor acht Tagen, Freitag c. kamen abends 10 Uhr zwei Leute vom Verein zu mir: ob es wahr sei, was im ›Citoyen‹ schon in zwei Nummern (mit Nekrolog) gestanden, daß Du gestorben seist. Ich erklärte es für höchst unwahrscheinlich, konnte aber nichts Bestimmtes sagen. Da ich einen langweiligen Menschen bei mir sitzen hatte, der nicht gehen wollte, obwohl ich kein Wort mehr sprach, konnte ich erst nach 11 zu Tussy Marx laufen, fand sie noch auf. Sie hatte die ›Bataille‹, ebenfalls mit Nekrolog – ohne alle Quellenangabe für die Nachricht, die aber für zweifellos galt. Also allgemeine Bestürzung. Das größte Unglück, das der deutschen Partei passieren konnte, wenigstens sehr wahrscheinlich. Daß englische Blätter nichts gebracht, in dem Ägyptenjubel, war nur zu begreiflich. Nun kommt auch Samstag abend mein ›Sozialdemokrat‹ nicht an, was wohl passiert. Glücklicherweise finde ich am Sonntagmorgen, daß Tussy den ihrigen erhalten und dessen Inhalt die Nachricht höchst unwahrscheinlich macht. Deutsche Blätter in Cafés nachzusehen, war von vornherein aussichtslos, da sie tagtäglich erneuert werden. Und so blieben wir in quälender Ungewißheit, bis endlich Montag abend die ›Justice‹ ankam mit offizieller Ableugnung.

Marx ging's geradeso. Er war in Vevey am Genfer See und las die Geschichte im reaktionären ›Journal de Genève‹, das sie natürlich als zweifellos erzählte. Er schrieb mir noch denselben Tag in höchster Bestürzung. Sein Brief kam gerade denselben Montag abend an, und ich konnte ihm noch mit der Frühpost die frohe Nachricht bringen, daß alles erlogen[1].

Nein, alter Bursche, so jung darfst Du uns nicht abkratzen. Du bist zwanzig Jahre jünger als ich, und nachdem wir noch manchen lustigen Kampf zusammen ausgekämpft, bist Du verpflichtet, am Steuer zu bleiben, auch wenn ich meine letzte Grimasse geschnitten. Und da die Totgesagten am längsten leben sollen, so bist Du wohl jetzt zu einem recht langen Leben verdonnert.«

Ich antwortete:

Nachdem ich gesehen, wie wert ich den Freunden und Gesinnungsgenossen sei, lege mir das die Pflicht auf, nun erst recht zu leben und meine Schuldigkeit zu tun … »Einstweilen habe ich einen Pakt mit dem Sensenmann auf weitere vierzig Jahre geschlossen, ich denke, daß diese Zeit reicht, nicht nur um den Zusammenbruch des Alten zu erleben, sondern auch noch ein Stück vom Neuen zu genießen.« Zweiunddreißig Jahre sind vergangen, seit ich dieses schrieb, aber die noch fehlenden acht Jahre sind die schwersten, es schaut nicht danach aus, als durchlebte ich sie.

Im sächsischen Landtag 1881 bis 1882

Der Landtag wurde in jenem Jahre ausnahmsweise schon am 1. September eröffnet, um das fünfzigjährige Jubiläum der Verfassung feiern zu können. Nach Konstituierung des Landtags begannen die Verhandlungen mit der Beratung einer Adresse an den König, die Liebknecht und mir die erwünschte Gelegenheit gab, das ganze Regierungssystem einschließlich der Verhängung des Kleinen Belagerungszustandes über Leipzig und Umgegend einer scharfen Kritik zu unterziehen. Ich hatte dabei der

1 Im Marx-Engelschen Briefwechsel ist der Marxsche Brief veröffentlicht. Es heißt darin über Bebels Tod: »Es ist entsetzlich, das größte Unglück für unsere Partei! Er war eine einzige Erscheinung innerhalb der deutschen (man kann sagen, innerhalb der europäischen) Arbeiterklasse.« D.H.

Regierung vorgeworfen, sie habe sich durch die preußische Regierung zu der Maßregel drängen lassen. Das bestritt Herr v. Nostiz-Wallwitz. Die Regierung habe aus eigener Entschließung gehandelt und werde weiter so handeln. Eine Entgegnung wurde durch Annahme eines Antrags auf Schluß der Debatte abgeschnitten, ein Mittel, das von jetzt ab fleißig gegen uns in Anwendung kam.

Wir entschlossen uns nunmehr zu einer Interpellation, die lautete: Welche Gründe bestimmten die Königliche Regierung, über das Gebiet der Stadt und Amtshauptmannschaft Leipzig den sogenannten kleinen Belagerungszustand zu verhängen? Die Regierung entzog sich vorläufig der Beantwortung, indem sie am 6. September eiligst den Landtag vertagte, damit, wie die »Dresdener Nachrichten« ausplauderten, die sozialistischen Abgeordneten nicht vor den allgemeinen Reichstagswahlen Brandreden halten könnten.

Solcherart waren die »großen Gesichtspunkte«, nach denen zu jener Zeit in Sachsen regiert wurde, und in dieser Auffassung begegnete sich die übergroße Mehrheit der Kammer mit der Regierung.

Nach dem noch jetzt geltenden Gesetz setzt sich die Zweite Kammer zusammen aus Vertretern der Wahlkreise der Städte und des platten Landes, eine Scheidung zwischen Stadt und Land, nirgends weniger angebracht als in dem industriell hochentwickelten Sachsen. Aber viele Jahrzehnte lang hatte diese Trennung von Stadt und Land für die Regierung den Vorteil, daß sie sich, durch eine entsprechende Wahlkreiseinteilung unterstützt, eine konservative Mehrheit sicherte. Freilich, uns gegenüber bildete die Kammer mit ein paar Ausnahmen eine einzige reaktionäre Masse, stets bereit, alles, was von uns kam, kritiklos zurückzuweisen, und alles, was gegen uns ging, gutzuheißen. Ihrer sozialen Zusammensetzung nach konnte es nicht anders sein. Einen sehr erheblichen Bruchteil der Kammer bildeten die ländlichen Abgeordneten, deren politischer Blick über die Grenzen ihres Wahlkreises kaum hinausreichte, Leute, die von dem Wollen der Sozialdemokratie die lächerlichsten Vorstellungen hatten. Ihnen schlossen sich an eine Anzahl Bürgermeister der kleinen Städte, die in einem spießbürgerlichen Milieu lebten und danach dachten. Den Rest der Abgeordneten bildeten eine Anzahl Regierungsbeamte, einige Fabrikanten und ein größerer Teil Juristen. Mit wenigen Ausnahmen war die Kammer im engherzigsten, sächsischen Partikularismus befangen, wobei sich die sogenannten fortschrittlichen Abgeordneten von den Konservativen nicht unterschieden. In einer solchen Kammer zu sitzen, war mir nicht einen Tag ein Genuß, nur das Pflichtgefühl gegen die Partei hielt mich in ihr fest und die Notwendigkeit, von Zeit zu Zeit ein System zu brandmarken, das ich aus tiefster Seele haßte.

Ich glaube, die Minister haben manchmal im stillen bereut, daß sie den kleinen Belagerungszustand über Leipzig verhängten und so mich veranlaßten, ein Landtagsmandat anzunehmen.

Zur Vervollständigung des Bildes muß ich noch anführen, daß mir in Dresden zweimal die Wohnung gekündigt wurde, weil nach dem eigenen Geständnis der Mietsleute die Polizei sie dazu gedrängt habe. Ein Geschick, das auch Vollmar begegnete, als er zwei Jahre später in den Landtag eintrat. Borniertheit und Feindseligkeit ringsum.

Nachdem Wiederzusammentritt der Kammer Anfang November kam unsere Interpellation zur Verhandlung. Mir fiel die Begründung zu, die einen Sturm der Entrüstung in der Kammer und auf der Ministerbank hervorrief und mir mehrere Ordnungsrufe einbrachte. Als ich eine Anzahl Fälle von roher und gesetzwidriger Behandlung Ausgewiesener durch die Polizeiorgane vortrug, lachte die Mehrheit, worauf ich ihr zurief: »Wenn solche Vorkommnisse der Kammer nicht die Schamröte ins Gesicht treiben, weiß ich nicht, was noch geschehen müßte.«

Mir antwortete Herr v. Nostitz-Wallwitz, der, wie schon erwähnt, bei dieser Gelegenheit den traurigen Mut hatte, zu erklären, daß er meine Wahl, ohne mit dem Gesetz in Widerspruch zu kommen, für ungültig hätte erklären können. Des weiteren stellte er die unsinnige Behauptung auf, man habe in den Beratungen der Leipziger Sozialdemokratie die Frage erörtert, welche Personen eventuell beseitigt werden müßten. Das war offenbar eine lügnerische Behauptung der Berliner Polizeispitzel in Leipzig, die der Minister als glaubwürdig akzeptierte. Diese Behauptung war genau so glaubwürdig wie die andere, die nachher in den offiziösen Zeitungen zur Begründung für den Leipziger Belagerungszustand erschien: bei Beratung des (Heinrichschen) Organisationsplans sei die Eventualität einer allgemeinen Erhebung für den Fall in Betracht gezogen worden, daß man das Asylrecht und andere Freiheiten in der Schweiz aufhebe. Konnte man Blödsinnigeres dem lieben Publikum zumuten?

Eine Antwort auf die ministeriellen Ausführungen wurde uns wiederum durch die Annahme eines Antrags auf Schluß der Debatte unmöglich gemacht. Daß die Kammer damit die Schwäche der Regierung und ihre eigene zugleich zugab, ging über ihren Horizont. Dafür aber bekam der

Minister des Inneren am 17. November über seine Ausführungen wegen meiner Wahlfähigkeit die gebührende Antwort, und Otto Freytag beteiligte sich bei dieser Abrechnung.

Liebknecht, in dessen Wahlkreis überwiegend Bergarbeiter wohnten, hatte es sich zur Aufgabe gemacht, eine dringende Reform des Knappschaftskassenwesens durchzusetzen. Über seinen Antrag kam es am 21. Dezember zu einer großen Debatte. Der Antrag wurde einer Deputation – im sächsischen Landtag werden die Kommissionen Deputationen genannt – überwiesen, die schließlich vorschlug, unseren Antrag der Regierung als Material zu überweisen. Dagegen stellte sie selbst einen Antrag, wonach die Regierung ersucht wurde, in der nächsten Session des Landtags geeignete Vorschläge zu einer Reform des Knappschaftswesens dem Landtag zu unterbreiten. Beide Anträge wurden angenommen, die von uns aufgedeckten Mißstände im Knappschaftswesen konnte der Landtag nicht mehr länger bestehen lassen.

In einer Sitzung Ende Januar 1882 führte ich lebhafte Beschwerde über die Handhabung der Justiz. Die Staatsanwälte gingen mit der Erhebung von Anklagen und die Richter mit der Verhängung der Untersuchungshaft in mißbräuchlichster Weise vor. In Dresden seien in einem Zeitraum von achtzehn Monaten über neunzig Parteigenossen in Untersuchungshaft genommen worden. Die gesamte Untersuchungshaft habe sich auf sechs Jahre fünf Monate belaufen. Von den Verhafteten seien nur dreiundzwanzig, also ein Viertel, verurteilt worden, und zwar insgesamt zu acht Jahren zwei Monaten und sechzehn Tagen Gefängnis. Die Richter hätten im ganzen nur neun Monate Untersuchungshaft bei Verhängung der Strafhaft angerechnet. Unter den aus der Untersuchungshaft und von der Anklage Entlassenen oder Freigesprochenen seien zwölf Fälle, bei denen die unschuldig erlittene Untersuchungshaft sich durchschnittlich auf zweiundfünfzig Tage pro Kopf belaufen habe. Es sei aber auch Untersuchungshaft von achtzehn, vierzehn, zwölf und elf Wochen vorgekommen. Es habe sich um lauter leichte Anklagen gehandelt, bei denen das Strafmaß nur in zehn Fällen über sechs Wochen hätte hinausgehen können, in keinem Fall aber mehr als drei Monate betragen habe. Es sei offenbar, daß in diesen Prozessen richterliche Voreingenommenheit und Parteileidenschaft in Frage gekommen seien. Einer der Angeklagten hatte aus Verzweiflung im Gefängnis Selbstmord durch Erhängen verübt, ein anderer, der nach achtzehnwöchiger Untersuchungshaft freigesprochen werden mußte, war dem Verfolgungswahn verfallen und ertränkte sich in der Elbe. In dem schon anläßlich der Freiberger Wahl erwähnten Falle Sch. hatte der Staatsanwalt erklärt, er wolle nicht verhehlen, daß er Sch. nicht verhaftet hätte, wäre er kein Sozialdemokrat. Der Zutreiber in allen diesen Prozessen war der Polizeikommissar Paul.

Am 9. Februar machte der Justizminister, Herr v. Abeken, den Versuch, meine Anklagen richtigzustellen. Ich antwortete ausführlich. Darauf erklärte der Präsident plötzlich die Debatte für geschlossen. Herr v. Abeken war im Gegensatz zu seinem Kollegen, dem Minister des Innern, ein kleiner hagerer Mann mit einem kalten, fanatischen Gesicht. Ich bezeichnete ihn den Parteigenossen als ein Gegenstück zum Großinquisitor der spanischen Inquisition, Torquemada. In dessen Zeitalter hätte er gepaßt. Ein äußerst scharfsinniger Jurist, aus dessen ohne Tonfall mit einer scharfen, trockenen Bürokratenstimme vorgetragenen Reden man nur an einem leisen Beben die innere Erregung heraushörte, verteidigte er mit äußerster Konsequenz die Taten seiner Staatsanwälte und Richter. Er wirkte damit im höchsten Grade unheilvoll auf die Justiz seines Landes ein, wie denn für einen erheblichen Teil der Anklagen gegen uns der Justizminister der Anreger war.

In der erwähnten Sitzung hielt auch Liebknecht eine lange Anklagerede, die mit zahlreichen Tatsachen gespickt war und ihm mehrere Ordnungsrufe einbrachte. Ich unterstützte Liebknecht, aber die Annahme des Debatteschlusses verhinderte ein weiteres Vorgehen.

Ein anderer Gegenstand des Angriffs für uns war der Polizeietat der Stadt Dresden, den das Land zu bezahlen hat. In demselben waren unter großer Anerkennung seiner Tätigkeit dem Polizeikommissar Paul jährlich sechshundert Mark persönliche Zulage ausgeworfen worden, bei der Lebensweise Pauls ein Tropfen auf einen heißen Stein. Dieser Kämpfer für Sitte und öffentliche Ordnung, für Ehe, Familie, Religion und Eigentum, war einer der gewissenlosesten Menschen, die es geben konnte. Er war ein Trunkenbold, ein Generalschuldenmacher, der sich Nacht für Nacht in den in Dresden geduldeten Bordellen umhertrieb und jeder Bestechung zugänglich war. Ein Sozialistenverfolger aus Sport, der wußte, daß er damit in den Augen seiner Vorgesetzten viele seiner Sünden zudeckte, aber schließlich, gegen Ende des Sozialistengesetzes, zum Selbstmord greifen mußte, da die Staatsanwaltschaft genötigt war, ihn wegen begangener Verbrechen zur Verantwortung zu ziehen.

Paul hatte sich namentlich auch bei den verflossenen Reichstagswahlen in Dresden wie ein Wüterich benommen. Am Abend der Wahl, den 19.

November, drang er, total betrunken, in den Max Kayserschen Tabakladen und in die Restauration von Peters und schlug mit seinem Stock auf das Publikum ein. Auf dem Marktplatz kam es unter seiner Führung zu Gewalttaten der Polizei, die, als das Publikum dagegen protestierte, zu Aufruhrprozessen und schweren Verurteilungen führten.

Die Sitzung, in der wir diese Vorgänge zur Sprache brachten, war die längste und eine der stürmischsten im Landtag.

Eine andere Angelegenheit, die schließlich auch noch den Reichstag beschäftigte, war die Willkür, mit der die sächsische Regierung von dem ihr zustehenden Ausweisungsrecht gegen politisch bestrafte Personen Gebrauch machte. Sie ging hierbei so weit, daß selbst Polizeistrafen dazu dienen mußten, Ausweisungsbefehle zu rechtfertigen. In jener Zeit waren es nicht weniger als drei sächsische Abgeordnete, die von Ausweisungen auf Grund eines Gesetzes vom Jahre 1834 betroffen wurden, Kayser, Liebknecht und Vollmar. Wir beantragten, spätestens dem nächsten Landtag einen Gesetzentwurf vorzulegen, wodurch für die den Polizeibehörden verbliebene Befugnis zu Ausweisungen feste, das bloße Ermessen ausschließende und die Freiheit der Person und das Freizügigkeitsrecht möglichst sichernde Normen aufgestellt würden. Wir hielten uns in diesem Antrag an einen ähnlichen, der schon in den siebziger Jahren von der Kammer angenommen worden war. Die Begründung dieses Antrags fiel mir zu. Ich wies auf die Fälle von Ausweisungen politisch bestrafter Personen hin, die in der letzten Zeit vorkamen, von denen vier geborene Sachsen, vier sogenannte »Fremdlinge« waren, als welchen der Minister Liebknecht und mich in der Sitzung vom 5. September bezeichnet hatte. Wer nicht auf dem geheiligten Boden Sachsens geboren war, war bei ihnen nicht vollwertig, was trotzdem nicht hinderte, daß auch die in seinen Augen vollwertigen Landeskinder, sobald sie Sozialdemokraten waren, schikaniert und drangsaliert wurden. Ich wies ferner nach, daß die Ausweisungen mit dem Freizügigkeitsgesetz in Widerspruch standen, und daß der Minister selbst früher zugegeben habe, daß die Ausweisungen einer anderen, gesetzlichen Basis bedürften. In der Antwort des Ministers gab dieser wieder die Erklärung ab, daß, wenn es uns im Lande nicht gefiele, wir von der Freizügigkeit möglichst ausgedehnten Gebrauch machen sollten, eine Bemerkung, die die Kammer mit wieherndem Gelächter aufnahm. Er bekam von mir die gebührende Antwort.

Wir hatten verlangt, daß unser Antrag der Schlußberatung unterstellt würde, was nach der Geschäftsordnung zulässig war. Die Kammer lehnte den Antrag ab und beschloß, ihn der Gesetzgebungsdeputation zu überweisen. Das hieß: der Antrag wird begraben, denn der Schluß des Landtags stand bevor.

Dies veranlaßte mich, unter dem 21. Oktober 1882 an den Reichstag eine Petition zu senden, in der ich die Ausweisungsmethode der sächsischen Regierung einer gründlichen Kritik unterzog und beantragte, der Reichstag wolle durch eine Deklaration des Absatzes 1 § 3 des Gesetzes über die Freizügigkeit und auf Grund der Bestimmungen des Strafgesetzbuches über den Begriff der Verbrechen, Vergehen und Übertretungen aussprechen, daß die Auslegung, die die Königlich sächsische Regierung dem Absatz 2 des § 19 des sächsischen Heimatgesetzes vom 26. November 1834 gebe, im Widerspruch stehe mit den in Frage kommenden Bestimmungen des Freizügigkeitsgesetzes und des Strafgesetzbuches, und also eine Verletzung der bezüglichen Reichsgesetze enthalte; 2. daß Absatz 4 des § 17 des sächsischen Heimatgesetzes durch die §§ 3 und 12 des deutschen Freizügigkeitsgesetzes aufgehoben sei. Eventuell sollte der Reichstag eine Änderung des Freizügigkeitsgesetzes, § 3, beschließen, wonach Ausweisungen, wie sie in Sachsen vorkämen, künftig unmöglich gemacht würden.

Ich hatte meiner Petition die stenographischen Verhandlungsberichte über die Sitzung vom 21. Februar beigefügt und beides in Separatdruck an die Mitglieder des Reichstags verteilen lassen.

Aus dem ausführlichen gedruckten Bericht, den die Petitionskommission des Reichstags an das Plenum erstattete, ging hervor, daß die sächsische Regierung für ihre Auffassungen in der Petitionskommission auch nicht eine Stimme der Unterstützung fand, obgleich der Kommission mehrere sächsische Abgeordnete angehörten, so unter anderen mein Nachfolger im Dresdener Reichstagsmandat, der Oberbürgermeister Stübel. *Einstimmig* empfahl die Kommission dem Plenum, zu beschließen, dem Reichskanzler die Petition mit dem Ersuchen zu überweisen, die erforderlichen Maßregeln zu ergreifen, nötigenfalls durch die Vorlage eines darauf bezüglichen Reichsgesetzes, um das sächsische Heimatgesetz vom 26. November 1834 respektive dessen Handhabung mit dem Reichsgesetz über die Freizügigkeit vom 1. November 1867 in Einklang zu bringen.

179 Ich konnte mit dem Erfolg zufrieden sein.

Der erste Hochverratsprozess vor dem Reichsgericht

vom 10. bis 21. Oktober 1881

Das Sozialistengesetz hat den Anarchismus verschuldet, erklärte am 8.
Mai 1884 der nationalliberale Abgeordnete Freiherr v. Stauffenberg im
Reichstag bei der Beratung der Verlängerung des Sozialistengesetzes.
Denselben Gedankengang, nur in noch weit ausführlicherer Weise und
gestützt auf zahlreiche Tatsachen, enthält der Bericht des Generalstaats-
anwalts über die anarchistischen Umtriebe in der Schweiz, Mai 1885.
Damit wurde nur bestätigt, was wir vorher im Reichstag wiederholt
nachdrücklich erklärt hatten.

Der Anarchismus war vor dem Erlaß des Sozialistengesetzes ein in
Deutschland fast unbekanntes Gebilde. Es gab wohl einzelne Anhänger
desselben, aber nicht in nennenswerter Zahl. Einen größeren Anhang,
aber immer noch keinen erheblichen, erlangte er erst, sobald das Sozialistengesetz verhängt wurde und Most vom Jahre 1880 ab in der »Freiheit« begann, den Anarchismus in seiner gewalttätigsten Form zu propa-
gandieren. Die Erbitterung, die das Gesetz geschaffen, war ein geeigneter
Boden dafür, und diese Erbitterung wuchs durch die brutalen Maßnahmen zahlreicher Polizeibehörden, die darauf berechnet schienen, die
Betroffenen zu Gewalttätigkeiten anzureizen. Daß sie ohne das Sozialistengesetz nie zum Anarchismus gekommen wären, gestanden in dem
zur Erörterung stehenden Prozeß auch mehrere Angeklagte selbst zu.

Aber die Machtmittel, die das Gesetz der Polizei in die Hände gab,
wurden für viele Beamte ein Reizmittel, sich als Staatsretter aufzuspielen.
Die großen Geheimfonds, die namentlich in Preußen schon allein durch
den Reptilienfonds zur Verfügung standen, ließen es auch bald genug
als ein profitables Geschäft erscheinen, Verschwörungen anzuzetteln und
Fanatisierte anzustiften, ihrem Haß gegen die Gewalthaber durch Atten-
tatsversuche Befriedigung zu verschaffen. Tatsache ist, daß bei all den
Attentatsversuchen und Attentaten, die sich in den Jahren 1881 bis 1886
und noch später zutrugen, Polizeiagenten ihre Hände im Spiele hatten
und die Anreger waren. Gelang es alsdann im geeigneten Augenblick,
die Verschwörer aufzuheben und zur gerichtlichen Verantwortung zu
bringen, dann erschien die Polizei in der Gloriole der Staats- und Gesell-

schaftsretter, sie hatte ihre Unentbehrlichkeit, ja ihre Notwendigkeit erwiesen, und es regnete Lob, Belohnungen und Ehrungen.

Der Prozeß, der sich gegen den Schuhmacher Breuder aus Frankfurt am Main, den Schriftsteller Viktor Dave aus London, den Metallschläger Albert Lichtensteiger aus Lechhausen bei Augsburg und weitere elf Angeklagte aus Frankfurt a. M., Darmstadt und Berlin richtete, in dem sich die Angeklagten wegen Vorbereitung zum Hochverrat, Verletzung der §§ 110, 112, 128, 129 und 130 des deutschen Strafgesetzbuches und § 19 des Sozialistengesetzes verantworten sollten, wurde typisch für alle späteren Hochverrats- und Anarchistenprozesse.

Der Polizeirat Rumpf in Frankfurt a. M. empfand das Bedürfnis, sich einen bezahlten Provokateur zuzulegen, der die Aufgabe haben sollte, mit den in Frankfurt a. M. und Umgegend vorhandenen Anarchisten anzuknüpfen, um sie der Staatsanwaltschaft zu überliefern, aber auch, um ein Attentat gegen Rumpf selbst vorzubereiten, damit dieser sich bei seinen Vorgesetzten als einen Mann empfehle, dessen staatsretterischer Eifer ihn bei den Anarchisten als einen ganz gefährlichen Verfolger erscheinen ließ. Der Gefängnisinspektor Weidemann, der, wie er im Prozeß selbst aussagte, sich Rumpf zu Dank verpflichtet fühlte, empfahl ihm als geeignetes Subjekt den wegen Unterschlagung in Haft befindlichen Schneider Horsch. Dieser, ein armer Teufel, der eine zahlreiche Familie besaß, ließ sich gegen eine Entschädigung von zehn bis zwanzig Mark pro Woche von Rumpf in Dienst nehmen.

Zunächst sollte Horsch festzustellen suchen, wer die Hersteller und Verbreiter eines im Oktober 1880 in Frankfurt verbreiteten Flugblattes: »Die reaktionäre Sozialdemokratie« gewesen seien, das auch in Berlin und anderwärts verbreitet worden war. Um sich in das Vertrauen der Anarchisten einzuschleichen, abonnierte er mit Polizeigeld die »Freiheit« und verbreitete dieselbe unter den Anarchisten. Auch regte er im Einverständnis mit Rumpf bei seinen Freunden an, ein Attentat auf den Polizeirat zu unternehmen, das der Schuhmacher Breuder ausführen sollte. Er sollte dem Polizeirat auf einem seiner Spaziergänge ein Fläschchen Säure ins Gesicht gießen. Horsch selbst besorgte diese Säure und brachte sie nebst verbotenen anarchistischen Flugschriften und Platten zum Druck solcher Schriften von Darmstadt nach Frankfurt. Ebenso war Horsch bemüht, im Sinne der Mostschen Anweisungen Gruppen zu fünf Personen zu bilden, die getrennt voneinander die Pläne durchzuführen hatten.

Selbstverständlich wurden die Verschwörer nebst einer Anzahl ihrer Genossen rechtzeitig verhaftet und nach Berlin überführt, wo sich bereits mehrere der Anarchisten in Untersuchung befanden, die der aus dem Hödel- und Nobilingprozeß bekannte Stadtrichter Hollmann leitete, der sich zu diesem Amte eine ganz besondere Befähigung angeeignet zu haben schien. Um die gewünschten Geständnisse zu erhalten, wurden mit Wissen Hollmanns andere Gefangene in die Zellen der Verhafteten gelegt, um diese auszuhorchen. Um die Angeklagten weiter zu täuschen, verhaftete Rumpf auch Horsch, damit seine Genossen in dem Glauben blieben, es in Horsch mit einem ehrlichen Menschen zu tun zu haben. Als aber der Reichsanwalt erfuhr, daß Horsch Polizeiagent sei, setzte er ihn in Freiheit. Einer der den Verhafteten beigegebenen Spione gab nachher im Zeugenverhör die Erklärung ab, daß er sechsmal aus dem Gefängnis geführt worden sei, um Kassiber der Angeklagten hinauszubringen, die stets abgefaßt wurden. Auch habe der Polizeikommissar, Graf Stillfried, ihm tausend Mark Belohnung in Aussicht gestellt, wenn es ihm gelang, die Angeklagten hineinzulegen. Ferner habe ihm der Untersuchungsrichter Hollmann in Aussicht gestellt, ein Gnadengesuch zu befürworten, falls er durch seine Tätigkeit in diesem Prozeß als Zwischenträger verurteilt werden sollte. In der Verhandlung kamen auch zwei kompromittierende Briefe Rumpfs an Hollmann zur Kenntnis. In dem einen schrieb Rumpf: »Ich glaube nicht, daß es rätlich sein dürfte, Horsch als Zeuge zu vernehmen, weil dann sein Verrat klar zutage treten würde, was für ihn verderblich und *für mich mindestens* nicht erwünscht sein dürfte.«

»Ich glaube, Euer Wohlgeboren die Entscheidung zu überlassen, da das, was geschehen ist, lediglich im *Interesse des Staates* und zur wirksamen Bekämpfung des Sozialismus geschehen ist, und da ich für meine Pflicht gehalten, mit den mir zu Gebote stehenden Mitteln das Ziel zu erreichen. Der Erfolg hat dieses Streben gerechtfertigt.«

In dem anderen Brief an Hollmann schrieb Rumpf: »Ich halte es im öffentlichen und staatlichen Interesse für unbedingt nötig, daß die zur Erzielung des Resultats angewandten Mittel nicht bekannt werden«, die ihn aufs schwerste bloßstellten und die schuftige Rolle enthüllten, die er gespielt hatte.

Und einer der Rechtsanwälte gab auch dem Untersuchungsrichter einen Denkzettel, indem er in seiner Verteidigungsrede zugunsten der Angeklagten äußerte: Es sei kein Zweifel, daß Herr Hollmann, den er für einen sehr guten Untersuchungsrichter nach der alten Inquisitionsschule halte, *auf das Geständnis eingewirkt habe.*

Nach neuntägiger Verhandlung wurde die Mehrzahl der Angeklagten verurteilt. Unter anderen erhielt Breuder zweieinhalb Jahre, Peschmann zwei Jahre, Dave zweieinhalb Jahre, Kristupeit zwei Jahre, Lichtensteiger ein Jahr und sechs Monate Zuchthaus mit den üblichen Nebenstrafen.

Neben den Breuder und Genossen hätte von Rechts wegen auch der Haupturheber der Verbrechen, Schneider Horsch, auf die Anklagebank gehört, aber von Rechts wegen auch der Polizeirat Rumpf und der Untersuchungsrichter Hollmann, der sich Handlungen hatte zuschulden kommen lassen, die sich mit dem Strafgesetzbuch nicht vereinbaren ließen. Der Prozeß machte in der Öffentlichkeit das peinlichste Aufsehen. Die Anarchisten aber schworen Rache, und sie führten sie aus.

Am 13. Januar 1885 wurde abends 8 Uhr der Polizeirat Rumpf sterbend im Vorgarten eines Hauses aufgefunden. Es war ihm durch zwei Messer- oder Dolchstiche das Herz durchbohrt worden. Der Mord machte ungeheures Aufsehen, die erschreckten Behörden setzten zehntausend Mark aus als Belohnung für die Entdeckung des Mörders. Wenige Tage nach dem Mord wurde in Hockenheim bei Mannheim der Schuhmacher Julius Lieske aus Zossen als der Tat verdächtig durch einen Gendarmen verhaftet. Als der Gendarm ihn verhaften wollte, schoß Lieske auf ihn, ohne ihn zu verletzen. Nach fünfmonatiger Untersuchungshaft wurde Lieske vom Frankfurter Schwurgericht wegen Totschlagsversuchs an dem Gendarmen und wegen Ermordung Rumpfs zu vier Jahren Zuchthaus, zehn Jahren Ehrverlust und zum Tode verurteilt, und das Todesurteil wurde vollstreckt. Die Verurteilung zum Tode erfolgte auf bloße Indizien hin, da Lieske hartnäckig leugnete, die Tat begangen zu haben.

Bezeichnend für die Stimmung der Frankfurter Bürgerschaft nach der Ermordung Rumpfs war, daß sie sich bei der Beerdigung demonstrativ von dem Trauergeleite fernhielt. Dieses bestand ausschließlich aus Beamten.

Unstimmigkeiten

Es ist unvermeidlich, daß in einer Partei, sei sie auch noch so geschlossen und in ihrer persönlichen Auffassung einig, im Laufe des Kampfes

Meinungsverschiedenheiten entstehen und sich Gegensätze herausbilden. Es gibt keine Partei, die dergleichen Erfahrungen nicht gemacht hätte oder macht. Die Sozialdemokratie macht darin keine Ausnahme.

Parteien, die in der Macht sind und ihre Machtstellung gegen Angriffe zu verteidigen haben, sind geschlossener als solche, die um die Eroberung der Macht kämpfen. Bei diesen letzteren entstehen leicht Meinungsverschiedenheiten über die zu beobachtende Taktik, über Fragen wie die, in welcher Weise und mit welchen Mitteln man zu kämpfen habe, wie weit man dem Gegner entgegenkommen könne oder solle, welche Wirkung auf den Gegner die eine oder andere Kampfmethode ausüben werde und welchen Erfolg die eine oder andere zeitige.

Aber die Wahl der Kampfmethode ist keine freie; sie wird beeinflußt durch die Kampfweise und Machtmittel des Gegners, die den Angreifer zwingen, zu kämpfen nicht wie er will, sondern wie er muß. Darüber entstehen alsdann Meinungsverschiedenheiten, die durch Temperament und Charakter der einzelnen, die verschiedenartige Auffassung der allgemeinen Lage und der eigenen Partei zu Reibungen und Meinungskämpfen führen.

Solche Meinungskämpfe sind in der Sozialdemokratie vorgekommen, solange sie besteht, und sie werden bleiben, solange die Partei lebt, dabei allerdings nach den Umständen ihren Charakter ändern. Sollen aber solche Meinungskämpfe innerhalb einer Partei zu ihrem Nutzen verlaufen, so ist die erste Bedingung eine freie Aussprache der Meinungen, die einen Ausgleich der gegensätzlichen Auffassung herbeiführen kann.

An der Möglichkeit einer solchen offenen Aussprache, die Lebensluft für eine demokratische Partei ist, fehlte es aber unter dem Sozialistengesetz in hohem Grade. Die Kongresse, die immer erst in langen Zwischenräumen und unter Überwindung großer Schwierigkeiten stattfinden konnten, genügten allein nicht; auch die Konferenzen, die zeitweilig unter den führenden Genossen abgehalten wurden, waren nur ein Notbehelf. Ihre offene Ausfechtung im Parteiorgan war aber sehr schwierig und bedenklich, weil man dabei den Gegner in die Karten sehen lassen mußte. So erklärt es sich, daß Meinungsverschiedenheiten in der Partei zeitweilig einen unangenehmen Charakter annahmen und auf beiden Seiten zeitweilig der Glaube entstand, es werde zu einer Spaltung kommen.

In die Öffentlichkeit drang von diesen Meinungsverschiedenheiten nur wenig, aber unzweifelhaft war, daß, falls es zu erregten, öffentlichen

Erörterungen gekommen wäre, die ungeheure Mehrheit der Parteigenossen jeden Versuch, eine Spaltung hervorzurufen, zurückgewiesen hätte.

Ich habe angeführt, wie schon die Gründung des »Sozialdemokrat« unter den führenden Genossen nicht mit allgemeiner Sympathie begrüßt wurde. Auch die Haltung des Blattes wurde von einem Teil derselben fortgesetzt unliebsamer Kritik unterzogen; einzelne traten dem Blatt sogar direkt feindlich gegenüber und rührten für seine Verbreitung keinen Finger. Das hielt aber die Masse der Genossen nicht ab, ihre volle Schuldigkeit für das Blatt zu tun. Die Unzufriedenheit mit der Haltung des »Sozialdemokrat« wurde bei den charakterisierten Elementen größer, als Bernstein die Redaktion übernommen hatte und dem Blatt eine Richtung gab, die nicht nur bei Marx und Engels, sondern auch bei der Masse der Parteigenossen vollste Zustimmung fand, die sich in einer raschen Zunahme des Leserkreises äußerte. Im Juli konnte bereits die Verwaltung des »Sozialdemokrat« mitteilen, daß trotz der enormen Kosten, die namentlich die Beförderung des Blattes nach Deutschland verursachte, es seine Kosten decke. Diese Nachricht veranlaßte Engels, mir zu schreiben, daß dieses ein einzigartiger Erfolg sei, den bisher keine verfolgte Partei aufzuweisen gehabt habe.

Das Unbehagen mit der Haltung des »Sozialdemokrat« wuchs auch in den Regierungskreisen. In den sogenannten Begründungen für die weitere Verlängerung des kleinen Belagerungszustandes über Berlin und Umgegend, Hamburg-Altona und Umgebung und Stadt und Amtshauptmannschaft Leipzig spielten Zitate aus dem »Sozialdemokrat« eine wichtige Rolle, wobei es nicht ohne tendenziöse Entstellungen abging. Statt aber diese Methode mit aller Schärfe zurückzuweisen, gaben die beiden Redner der Fraktion nach Ansicht der Redaktion des »Sozialdemokrat« das Blatt preis und suchten es von der Partei abzuschütteln. Das führte zu einer scharfen Zurückweisung seitens der Redaktion, die wieder Gegenerklärungen der Redner hervorrief. Außerdem hatte der »Sozialdemokrat« in einem Artikel erklärt, die Debatte sei nicht so geführt worden, wie es die Situation erforderte. Der Vorgang rief unter uns eine große Erregung hervor; insbesondere war auch nach meiner Meinung die Desavouierung des »Sozialdemokrat« als Zentralorgan der Partei aufs schärfste zu mißbilligen, und so trat die Fraktion unter Hinzuziehung von Auer und mir, die wir ja beide infolge unseres Durchfalls bei der Wahl der Fraktion nicht angehörten, zusammen und vereinbarte eine einstimmig angenommene Erklärung. Diese besagte, daß über den offiziellen Charakter des »Sozialdemokrat« kein Zweifel bestehe, und sollte die erste Gelegenheit benutzt werden, zu erklären, daß die Fraktion mit der Gesamthaltung des Blattes vollkommen einverstanden sei.

Diese Erörterungen wurden dadurch weitergesponnen, daß der aus Hamburg ausgewiesene und in Kopenhagen lebende Parteigenosse Breuel in einem Artikel des »Sozialdemokrat« dessen Haltung tadelte und sich im wesentlichen auf den Standpunkt der angegriffenen Abgeordneten stellte. Das war dann das Signal, daß die Parteigenossen einer großen Anzahl Orte und Bezirke im In- und Ausland durch Erklärungen sich auf Seite des »Sozialdemokrat« stellten.

Unter denen, die mit der Haltung des Blattes, aber auch der der Fraktion nicht einverstanden waren, befand sich Karl Hochberg. Sätze, die in der Begründung der ersten Unfallversicherungsvorlage enthalten waren, wie die: man müsse die Arbeiter überzeugen, daß der Staat nicht bloß eine notwendige, sondern auch eine wohltätige Einrichtung sei; daß der Staat nicht als eine lediglich zum Schutze der besitzenden Klassen der Gesellschaft erfundene, sondern als eine auch den Arbeiterinteressen und -bedürfnissen dienende Institution aufzufassen sei, und daß, wenn die Gesetzgebung ein Ziel wie im Unfallversicherungsgesetzentwurf verfolge, das Bedenken, daß damit ein sozialistisches Element eingeführt werde, von der Betretung dieses Weges nicht abhalten dürfe, hatten es ihm angetan. In Briefen an Auer und mich suchte Höchberg uns von unserer irrigen Auffassung abzubringen. Darauf schrieb ich an Auer unter dem 4. Januar 1882 aus Dresden:

»Lieber Auer!
Das Prosit Neujahr erwidere ich, wenn auch etwas spät. Meine Familie war bis Montagnachmittag hier (in Dresden), und da kommt man nur zum Notwendigsten, dann reiste ich ab und kam erst verflossene Nacht heim. Erfreulich wird 1882 für uns auch nicht, doch mag kommen was da will, wir halten aus, einmal kommt doch nach oben, was unten ist, und dann wollen wir Revanche holen. ...

Karl (Höchberg) hat auch an mich einen langen Brief im gleichen Tone geschrieben, ich habe ihm ausführlich geantwortet und den ›Sozialdemokrat‹ entschieden in Schutz genommen. Karl ist einfach Philanthrop, er hat die Bewegung nie begriffen und kann sich von dem Klassencharakter der modernen Gesellschaft keine Vorstellung machen. Er glaubt, die Welt könne durch Philanthropie umgewandelt werden und es bedürfe nur des guten Willens weniger Mächtiger, und alles sei gemacht. Von dieser Anschauung aus begreift es sich, daß er den sozialistischen Experimenten eine ungemeine Bedeutung beilegt und bereits Versprechungen und Gerüchte für Taten annimmt.

Ich habe ihm geantwortet, daß wir gar keine Ursache hätten, unsere Taktik zu ändern, solange nicht die andere Seite sie ändere. Bisher sei man dort über leere Redensarten und faule Versuche nicht hinausgekommen, erst wenn man dort mit den Phrasen aufhöre und die ernste Tat zeige, wäre für uns der Moment gekommen, auch ernsthaft zu prüfen. Man könne ja von jener Seite gar nichts Besseres tun, als ernsthaft zu reformieren, dann zwinge man uns, Stellung zu nehmen, und man könne uns dann vielleicht spalten, zum mindesten schwer schädigen, wenn wir uns dem Guten wirklich verschließen usw. usw.

Daß meine Vorlesung etwas hilft, glaube ich nicht, seine ganze Natur widerstrebt der tieferen Auffassung, er wird, wie schon öfter, wenn er nicht mehr zu antworten weiß, die Polemik einstellen.

Mich ärgert einigermaßen der immerwährende Versuch des Zurückhufens und Verwässerns, den er macht, so oft er sich wieder ein wenig körperlich wohl fühlt. St. in B. war sicher aufgefordert, ihm zu sekundieren, und der versteht das allerdings mit Geschick.

Ich bin allerdings auch der Meinung, daß wir, wenn irgend möglich, versuchen, dies Jahr in größerer Zahl zusammenzukommen. Nicht um eine Spaltung zu verhüten, denn diese kommt am Ende doch, wenn erst sich die Dinge weiterentwickeln. Für mich ist kein Zweifel, daß ein Teil unserer Führer schon seit längerer Zeit kampfesmüde ist, daß dieser Teil schon früher wider seinen Willen weitergetrieben wurde, als er seiner Natur und seiner Auffassung nach gehen wollte, und heute nur noch äußerlich zur Sache hält, entweder weil er sich selbst des Gegensatzes in der Auffassung nicht klar ist oder sich sagt, daß er auf die Zustimmung der Massen schwerlich zählen kann und dann seiner bisherigen Stellung verlustig geht.

Der Differenzpunkt liegt nicht darin, ob in fünf Jahren eine Revolution ausbricht. Darüber mag man sich streiten, ein Spaltungsgrund ist es nicht, es wäre wenigstens großer Unsinn, einen daraus zu machen. Der Differenzpunkt liegt vielmehr in der ganzen Auffassung der Bewegung als Klassenbewegung, die große, weltumgestaltende Ziele hat und haben muß und deshalb keinen Kompromiß mit der herrschenden Gesellschaft eingehen kann, und, wenn sie es täte, einfach zugrunde ginge respektive in neuer Gestalt und von der bisherigen Führerschaft befreit sich regenerierte.

Indes werden die Kompromißsüchtigen und Ruhebedürftigen unter uns schon deswillen keinen Anhang finden, weil weder Bismarck noch eine der Parteien Reformvorschläge bringen kann, die nur halbwegs akzeptabel erscheinen. Es wird in allen diesen Dingen bei dem bloßen Versuch bleiben, und kommt etwas zustande, so wird es eine solche Halbheit sein, daß diese erst recht das Bedürfnis nach ganzer Arbeit – die die heutigen Machthaber zu leisten unfähig sind – erweckt.

Weshalb ich eine größere Zusammenkunft wünschte, ist, daß man sich einmal recht gründlich und ungeniert über den bestehenden Zustand der Dinge und die wahrscheinliche Zukunft aussprechen kann und mit denen zu verständigen vermag, mit denen man in der Grundanschauung sympathisiert. Ich fürchte nur, daß bei einer solchen Zusammenkunft diejenigen fehlen oder schweigen werden, die anderer Auffassung sind, ohne es eingestehen zu wollen. Aber das ist natürlich kein Grund, die Zusammenkunft zu unterlassen.

Die Verlängerung des fraglichen Gesetzes halte ich für unzweifelhaft, wenn nicht ein mit Illusionen sich wiegender Reichskanzler alsdann das Heft in der Hand hat – und ich wüßte nicht, wer jener Illusionär sein sollte – oder bei dem Thronwechsel in der ersten Hitze ein Versöhnlichkeitsgefühl die Oberhand bekommt, das mit der sonst maßgebenden Staatsräson arg kontrastiert. Das sind nahezu undenkbare Fälle. Die einzige Konzession, die vielleicht gemacht wird, ist die Aufhebung des Belagerungsszustandes, alles andere bleibt, es sei denn, daß ein Vereins- und Versammlungsrecht für das Deutsche Reich und eine Verschärfung der Strafgesetze in einer Weise möglich wird, die das Ausnahmegesetz überflüssig machen. Dazu dürfte sich aber schwerlich eine Majorität finden, denn sie verschlechterte den Zustand für alle anderen Parteien, nicht bloß für uns, und sich diese Rute selber aufzubinden, dazu liegt gar kein Grund vor. Alle Parteien ohne Ausnahme, von einzelnen Personen abgesehen, sind froh, daß das Gesetz gegen uns besteht, alle sähen mit wahrer Angst dem Zeitpunkt entgegen, wo wir wieder frei auf die Bühne träten; alle wissen, daß dann unser Anhang sich lawinenartig vergrößern würde, denn wir haben wohl Aussicht auf weitere Verschlechterung unserer ökonomischen Zustände, aber keine auf Verbesserung, höchstens nur auf sehr vorübergehende und kaum allgemein merkbare Verbesserung.

Das fühlen alle Parteien instinktiv, und daher sind alle von einer tödlichen Furcht über das, was wir dann würden, beseelt, und so wird sich 1884 die Majorität schon finden, die weiter verlängert und sich den stillen Dank der Opposition verdient.

Unser Verhalten wird an dem Verhalten unserer Gegner gar nichts ändern. Um einigermaßen zu wirken, müßten wir alles abschwören und verleugnen, unser Organ vernichten, unsere Reden im Reichstag und Landtag kastrieren, kurz, wir müßten alles unterlassen, was unseren Gegnern auch nur im geringsten mißfallen könnte. Und wenn wir das alles täten, würde man noch immer mehr verlangen und schließlich – uns doch nicht glauben, sondern erklären, das alles sei nur Heuchelei, auf Düpierung berechnet, und jetzt müsse man erst recht vorsichtig sein. Wir wären dann die gründlich Blamierten.

Der Kulturkampf sollte uns als warnendes Beispiel dienen. Wenn jemand denen oben Konzessionen machen und eine sehr erwünschte Hilfe bringen kann, ist es die katholische Kirche, und wie vorsichtig geht man da zu Werke, wie mißtraut man sich gegenseitig, obgleich man in letzter Instanz sich gegenseitig sehr nötig braucht.

Das einzige, was wir tun können und müssen, ist, nicht unnötig provozieren und kaltes Blut behalten, obgleich das bei den gegen uns ständig verübten Schweinereien verflucht schwer ist und von keinem von uns unter allen Umständen eingehalten werden kann. Jeder hat das Bedürfnis, seinem Grimm und Groll gelegentlich einmal Luft zu machen, und da passiert dann manches, was die Fischblütigen in Aufregung versetzt. Wir befinden uns in einer Situation, wo Fehler oder ein Verhalten, das als Fehler angesehen wird, unvermeidlich sind, und da bleibt schließlich keine andere Wahl, als das Unvermeidliche mit in den Kauf zu nehmen oder auszutreten.

Wir könnten nichts weiter tun, als uns allesamt bemühen, Fehler möglichst zu vermeiden, ganz vermeiden können wir sie nicht, wenn wir uns nicht selbst geistig und moralisch kastrieren wollen, und dann wollen wir nicht vergessen, daß unsere Fehler die Fehler unserer Gegner sind; wir schieben nicht, wir werden geschoben. So ist also unsere Taktik – wenn wir nicht unsere Prinzipien verleugnen wollen – uns weit mehr durch unsere Feinde vorgeschrieben, als daß wir sie uns selbst vorschreiben könnten.

Eine Frühjahrssession wird schwerlich stattfinden, auf die werden wir also kaum rechnen können, eher auf den Herbst, wo man vermutlich früher zusammenkommt.

Wenn Ihr, Du und Gr., das Verabredete ausführt, so rate ich zur größten Vorsicht in den Briefen, es ist wirklich arg, wie wenig sich ein Teil unserer Leute in die Situation zu finden vermag. Von dem beiliegenden Zettel kann ich Euch eine größere Partie zur Verfügung stellen.

Mit den besten Grüßen an Dich und die Deinen

Dein *August Bebel*«

In der damals tagenden Reichstagssession fehlte es der Fraktion nicht an Arbeit. Die Regierungen hatten abermals den Entwurf zu einem Unfallversicherungsgesetz eingebracht, der auf einer prinzipiell anderen Grundlage wie der vorhergehende fußte und den Wünschen der bürgerlichen Parteien mehr entgegenkam. Zu diesem Entwurf sprachen Grillenberger und Kayser. Ein Antrag der Fraktion auf Aufhebung aller Ausnahmegesetze kam nicht mehr zur Verhandlung.

Ein Hauptgegenstand der Beratung war die Tabakmonopolvorlage, die Professor Adolf Wagner und Genossen als das »Patrimonium der Enterbten« den ihr mißtrauisch gegenüberstehenden Massen zu empfehlen suchten. Angeblich sollten die Überschüsse des Monopols für Zwecke der Arbeiterversicherung Verwendung finden. Die Vorlage lautete wesentlich anders. Wohl sollte ein kleiner Teil des auf rund $16^{1}/_{2}$ Millionen berechneten Überschusses für die Unfallversicherung verwendet werden, aber den Hauptteil schluckte das Reich für Militär- und ähnliche Zwecke. Von den rund 100000 Arbeitern und Arbeiterinnen der Tabakindustrie glaubte man 80000 weiterbeschäftigen zu können, etwa 8000 wollte man entschädigen, der Rest von 12000 sollte leer ausgehen. Und nun der Lohn? 80000 sollten durchschnittlich im Jahr einen Hungerlohn von 577 Mark erhalten. Man rechnete in der Mehrzahl auf weibliche Arbeiter. Der Hauptredner der Fraktion war Vollmar, der in einer ausgezeichneten Rede die Vorlage zerpflückte, mit der man politischen Bauernfang treiben wolle. In der späteren Beratung sprach Hasenclever ebenfalls gut gegen die Vorlage. Die Liberalen wollten Vollmar einen Platz in der Kommission einräumen, ihnen war unsere Opposition hochwillkommen. Die Fraktion lehnte ab, sie wollte ohne Kommissionsberatung den Entwurf begraben. Er wanderte schließlich in den Papierkorb.

In der Nummer 34 und 35 des »Sozialdemokrat« erschienen ohne Nennung des Verfassers zwei Artikel mit der Überschrift: »Aufhebung des Ausnahmegesetzes«, in denen der Verfasser die Frage erörterte: ob es für die Partei nützlicher sei, daß das Gesetz aufgehoben oder durch Verschärfung des allgemeinen Gesetzes ersetzt werde. Der Verfasser sprach sich für die Beibehaltung des Gesetzes als den für die Partei wünschenswertesten Zustand aus, weil er die Partei zum Entscheidungskampf dränge. Er berief sich dabei auf eine Stelle in Liebknechts Broschüre: »Die politische Stellung der Sozialdemokratie«, wo es hieß: der Sozialismus ist keine Frage der Theorie mehr, sondern einfach eine Machtfrage, die in keinem Parlament, die nur auf der Straße, auf dem Schlachtfeld entschieden werden kann.

Der Verfasser führte weiter aus: Man müsse über den Kriegsplan schlüssig werden. ... Alle müßten von der Überzeugung erfüllt werden, daß kein Vergleich, kein Friedensschluß den Kampf wenden könne, sondern daß die Entscheidung allein beim Schwert stehe. ... Die offenen Spiele sind die starken Spiele. Lassen wir alles Verstecken, Vertuschen, Leugnen und Heucheln als unser unwürdig. ... Sagen wir offen und steifnackig unseren Feinden: Jawohl, wir sind »staatsgefährlich«, denn wir wollen euch vernichten. Jawohl, wir sind die Feinde eures Eigentums, eurer Ehe, eurer Religion und eurer ganzen Ordnung. Jawohl! Wir sind Revolutionäre und Kommunisten. Jawohl! Wir werden der Gewalt mit Gewalt begegnen. Jawohl! Wir glauben fest an eine baldige Umwälzung und Befreiung, wir hoffen auf sie und bereiten uns durch geheime Organisation und Agitation und alles, was eure Gesetze verbieten und uns gut dünkt, auf dieselbe nach Kräften vor. ...

Die beiden Artikel, als deren Verfasser nachher Vollmar bekannt wurde, machten großes Aufsehen, die einen rühmten sie, die anderen mißbilligten sie, die dritten lasen sie mit Kopfschütteln. Zu diesen letzteren gehörte ich. Engels schrieb mir in dem schon oben zum Teil zitierten Brief, den er wegen der Nachricht von meinem Tode an mich richtete: »Nach einiges Artikeln, die er in den ›Sozialdemokrat‹ geschrieben (über eine etwaige Abschaffung des Sozialistengesetzes), scheint Vollmar sich sehr herausgemacht zu haben. Es sollte mich freuen, wenn sich dies auch sonst bestätigte, wir können tüchtige Leute verdammt gut gebrauchen.«

Das war auch meine Meinung, aber gleichwohl konnte ich mich mit den beiden Artikeln nicht einverstanden erklären, und so schrieb ich an Engels:

»Borsdorf bei Leipzig, den 1. Oktober 1882.

Lieber Engels!

Deinen vor zwei Monaten geschriebenen Brief – den ich augenblicklich in Leipzig liegen habe und mir also nicht zur Hand ist – wie Deinen Brief vom 23. vorigen Monats habe ich erhalten. Es ist für mich sehr schmeichelhaft, daß die Nachricht von meinem angeblichen Tode bei Euch und überhaupt im Kreise der Parteigenossen soviel Bestürzung und Teilnahme hervorgerufen. Da habe ich gesehen, wie wert ich den Freunden und Gesinnungsgenossen bin, und das legt mir ja die Pflicht auf, nun erst recht zu leben und meine Schuldigkeit zu tun. Einstweilen habe ich einen Pakt auf weitere vierzig Jahre mit dem Sensenmann geschlossen; ich denke, diese Zeit reicht nicht nur, um den Zusammenbruch des Alten zu erleben, sondern auch noch ein redliches Stück vom Neuen zu genießen.

Wer eigentlich die Nachricht von meinem Abkratzen in die Welt gesetzt, habe ich bis jetzt nicht ausfindig machen können; ich weiß nicht einmal, wo die Nachricht zuerst aufgetaucht ist. Ich ersah nur aus verschiedenen Zuschriften, die meine Frau während meiner Krankheit in Leipzig empfing, daß man allerlei Nachrichten von gefährlicher Erkrankung in die Presse gebracht. Daß ich auch gestorben sein sollte, erfuhr ich, nachdem ich bereits hierher übergesiedelt war, und zwar infolge eines Telegramms der Pariser Parteigenossen an meine Frau, worin diese ihr Beileid über meinen Tod aussprachen.

Meine arme Frau war über dieses Telegramm nicht wenig erschrocken, sie glaubte im ersten Augenblick, man wisse in Paris mehr über mich wie sie, der man aus Schonung vielleicht die Nachricht verheimlicht habe.

Kurz und gut, die Nachricht ist erfunden, und das ist uns ja allen recht. Ich habe mich jetzt wie Liebknecht einige Stunden von Leipzig hier in Borsdorf festgesetzt. Ein elendes Dorf, das einige hundert Einwohner zählt und in einer Ebene flach wie ein Teller liegt. Der Vorteil ist nur, daß es der Zentralpunkt der Linien Leipzig-Riesa-Dresden und Leipzig-Döbeln-Dresden ist und infolgedessen sehr gute Eisenbahnverbindung mit Leipzig hat, so daß unsere Familien bequeme Fahrt nach

191

hier und wieder zurück haben. Liebknecht und ich wohnen in einem Hause und jeder hat genügend Raum, so daß auch die Familie mal übernachten kann.

Nunmehr hoffe ich auch pünktlicher in meiner Korrespondenz und fleißiger in literarischer Beziehung sein zu können. Ich habe nach beiden Richtungen seit Jahr und Tag fast nichts leisten können.

Wie ich höre, hattest Du anfangs die Vermutung, die beiden ›Artikel‹ im ›Sozialdemokrat‹ über das Sozialistengesetz seien von mir. Wie Du mittlerweile weißt, ist das nicht der Fall. Die Artikel sind gut geschrieben und prinzipiell korrekt, aber taktisch *falsch*. Wenn wir *die* Sprache führen, die Vollmar führt, dann sitzen wir binnen vier Wochen auf die §§ 80, 81, 128, 129 usw. unseres Strafgesetzbuches sämtlich im Loch und haben unsere fünf bis zehn Jahre am Halse; und wenn das Blatt in gleichem Stile schreiben wollte, würde dasselbe jedem passieren, der mit der Verbreitung des Blattes abgefaßt würde.

Diese Sprache ist einfach unmöglich, so prinzipiell richtig sie ist; wir richten uns aber mit dieser Sprache zugrunde, und daher dürfen wir sie nicht reden.

Mir ist diese Sprache Vollmars um so schwerer begreiflich, als Vollmar selbst, unter voller Würdigung unserer Zustände, regelmäßig, sobald eine Reichstagssession ihrem Ende naht, Deutschland verläßt und sich in der Zwischenzeit auf deutschem Boden nicht betreffen läßt. Grund hierfür ist seine frühere Tätigkeit am ›Sozialdemokrat‹, die der deutschen Polizei sehr genau bekannt ist. Vollmar fürchtet meines Erachtens mit Recht, daß man ihn sofort fassen und prozessieren wird, sobald man seiner außerhalb der Reichstagssession habhaft werden kann. Und nun rät er uns, die wir mitten unter den Wölfen sitzen, eine Taktik an, die uns unrettbar ans Messer lieferte. Ihr im Ausland könnt Euch aber gar nicht in unsere Lage denken und wißt nicht, wie wir zu lavieren haben, um nicht mit etwelchen Strafgesetzbuchparagraphen, die man schon lange für uns bereithält, gefaßt zu werden. Daß man eines Tages die §§ 128 und 129, handelnd von der geheimen und ungesetzlichen Organisation, gegen uns wird anzuwenden versuchen, ist für mich zweifellos, und kann man uns packen, fliegen wir mit einigen Jahren hinein. Und da sollen wir uns noch auf den Markt stellen und uns selbst denunzieren?

Ich werde gegen die Artikel schreiben. Ich bin auch nicht der Meinung, daß die Beseitigung des Ausnahmegesetzes und die Verschärfung der allgemeinen Gesetze für uns ein Schaden sei und eine Verquickung unserer Partei mit der bürgerlichen Opposition herbeiführe.

Würde zu der vorhandenen, sehr starken Unzufriedenheit der bürgerlichen Schichten über unsere ökonomischen Verhältnisse auch noch die politische Opposition hinzukommen, so wäre das eine wahre Wohltat für uns; denn beides zusammen beschleunigt die Katastrophe, und tritt diese ein, dann sind die bürgerlichen Worthelden von der Bühne verschwunden, und unser Einfluß und unsere Führung werden maßgebend sein. ...

Liebknecht und mir ist es sehr angenehm, zu sehen, daß Du so fleißig am ›Sozialdemokrat‹ mitzuarbeiten gedenkst; namentlich erklären wir uns auch sehr für Deine Artikel betreffend den Bismarckschen Sozialismus und die Lassalleschen Schlagworte. Die eifrigsten Lassalleaner in der Partei stehen heute so, daß sie sich eine Kritik Lassalles gefallen lassen, nur darf diese nicht feindselig gehalten sein, und das wirst Du ja von selbst vermeiden. Also lege nur frisch los, je mehr je lieber. Da Liebknecht Mitte dieses Monats seine Haft antritt, so kommen Deine Artikel doppelt erwünscht, denn bei der gegenwärtigen Gefängnisordnung ist die geheime Mitarbeiterschaft – offen konnte sie ja *nie* sein – sehr erschwert. Da Liebknecht zwei verschiedene Strafen hat, die durch ein Nachtragserkenntnis [noch reduziert werden dürften. D.H.], das erst nach erfolgter Revision bei dem Reichsgericht, die er gleich mir eingelegt, gefällt werden kann, so ist er in der Lage, mit Eröffnung des Reichstags das Gefängnis zu verlassen.

Ich habe die Absicht, meine Haft am 1. November anzutreten. Bringe ich durch die Revision von meinen acht Verurteilungen mit in Summa fünf Monaten nichts herunter, und das ist schwer anzunehmen, da das Reichsgericht furchtbar reaktionär und in gewisser Richtung in seiner Kompetenz sehr beschränkt ist, so wird das Nachtragserkenntnis mir die fünf Monate hoffentlich auf vier reduzieren, und würde ich dann Mitte März mein Pensum erledigt haben.

Für die Empfehlung der Bücher bin ich Dir dankbar[1]; ich werde sie mir in der einen oder anderen Weise zu verschaffen suchen.

Wenn Du an Marx schreibst, grüße ihn von mir; auch Tussy bitte ich zu grüßen.

1   Engels hatte Bebels in seinem Brief das Studium der Arbeiten G.L.v. Maurers über die Markenverfassung empfohlen. D.H.

Schreibst Du mir wieder, so benutze die bekannte Adresse weiter. Liebknecht läßt grüßen.

Die sozialen Gesetzentwürfe Bismarcks, die Du für Deine Arbeiten brauchst, werden wir Dir verschaffen. Der Mensch operiert mit riesigem Ungeschick; solche faux pas, wie die ›Provinzialkorrespondenz‹ sie gemacht, dürften nicht vorkommen. Auch daß er den alten Plan der Reichsunfallversicherungsbank – die einzige vernünftige Idee, die er bisher gehabt hat – aufgegeben, weil er sich durch Schäffle hat breitschlagen lassen, mußt Du ihm gehörig unter die Nase reiben.

Schäffles Broschüre ›Der kooperative Hilfskassenzwang‹ (Tübingen 1882, H. Lauppscher Verlag) habe ich kürzlich gelesen. Sie bezweckt, für den neuesten Gesetzentwurf und die Bismarcksche ›Sozialreform‹ Propaganda zu machen, und befürwortet eine Organisation, die das reine Tohuwabohu schafft. Es schadet nichts, wenn Du Herrn Schäffle ein wenig mitverarbeitest.

Gruß und Handschlag von Deinem

A. Bebel.«

Meine Entgegnung auf die Artikel Vollmars erfolgte in Nummer 42 des »Sozialdemokrat« vom 22. Oktober unter der Überschrift: »Aufhebung des Sozialistengesetzes?« In diesem Artikel trat ich den Trugschlüssen, die nach meiner Meinung den Vollmarschen Artikeln zugrunde lagen, entschieden entgegen und lehnte die empfohlene Taktik als unmöglich ab, weil sie die Partei zugrunde richte. In der gegnerischen Presse, die zu jener Zeit den Inhalt des »Sozialdemokrat« aufmerksam verfolgte, fand die Polemik große Beachtung. Sie sahen wieder einmal, wie vorher schon soundso oft, eine Spaltung in der Partei eintreten – denn was man wünscht, glaubt man gern – und unterrichteten in diesem Sinne ihre Leser. Es lag auch in der Natur der Sache, daß ich mit meinen Artikeln den rechtsstehenden Elementen in der Partei eine Genugtuung bereitete, obgleich ernstlich kein Grund dazu vorlag. Engels wieder meinte, ich, hätte die Vollmarschen Artikel zu ernst genommen und machte gegen seine Gewohnheit allerlei mystische Andeutungen, wonach wir das Gesetz früher loswerden würden, als wir selbst glaubten.

Darauf antwortete ich ihm unter dem 14. November durch einen aus dem Gefängnis gepaschten Brief:

»Lieber Engels!

Deinen Brief erhielt ich noch unmittelbar vor Torschluß. ... Da ich Gelegenheit habe, einige Zeilen an Dich zu schmuggeln, so will ich so gut als möglich auf Deinen letzten Brief antworten, denn zu Händen habe ich ihn natürlich nicht.

Ob ich den Artikel von Vollmar zu ernst genommen habe, lasse ich dahingestellt sein. Der ›Sozialdemokrat‹ hat jetzt bei unseren Leuten den allerbedeutendsten Einfluß, weil sie absolut nichts anderes zu lesen bekommen und auch sonst nichts hören. Bleibt eine Meinung wie die Vollmarsche unwidersprochen, wird sie als allgemein gültige anerkannt, und die Folge ist, daß dann die Leute auch die *Handlungen danach verlangen.* Es muß also jetzt mehr denn je zuvor vermieden werden, Ansichten zu verbreiten, denen zu entsprechen nicht möglich ist. Das sind, kurz gesagt, die Gründe, weshalb ich das Ding ernst nahm. Daß ich bei dieser Gelegenheit ein Lob Vierecks einheimste, war mir weder angenehm, noch hatte Viereck Veranlassung dazu; er hat im Eifer, Kapital für sich daraus zu schlagen, entweder nicht verstanden oder nicht verstehen wollen, was letzteres ja auch bei den Offiziösen geschah, die lächerlicherweise eine Spaltung ankündigten und das so dumm als möglich anfingen. Vollmar vergißt zu leicht, wenn er in der Schweiz sitzt, wie es bei uns aussieht; ist er in Deutschland, dann ist er viel vernünftiger, das hat seine Monopolrede bewiesen.

Angenehm wäre mir gewesen, wenn Du Dich weniger mystisch ausgelassen hättest, wieso wir denn etwa und vielleicht ganz unerwartet das Gesetz loswerden könnten. Ich kann mir darunter nur zweierlei denken, und ich will versuchen, ob ich Deine Idee errate.

Entweder kommt uns in Bälde abermals eine Handels- und Industriekrise über den Hals, die von Nordamerika ausgeht, und der Rückschlag dieser auf Europa treibt dasselbe aus den Fugen, oder es bricht ein europäischer Krieg aus, dessen eine Wirkung alsdann unzweifelhaft die europäische Revolution ist. Ein Drittes vermag ich nicht zu entdecken.

Der europäische Krieg scheint mir deshalb unwahrscheinlich, wenigstens auf absehbare Zeit, weil nach meiner festen Überzeugung alle europäischen Kabinette genau die Folgen eines großen Krieges kennen und fürchten. Vergeblich sucht man nicht die ägyptische Frage totzutreten auf die Gewißheit hin, daß Englands Macht sich gewaltig dadurch befestigt. Bismarck sucht offenbar auch alles zu vermeiden, was äußere Konflikte schaffen könnte, er weiß zu gut, daß Deutschland am allerwenigsten aus inneren und äußeren Gründen einen Krieg brauchen kann.

Zu erobern gibt es nichts, es kann also nur verlieren, und die Situation in dem Innern ist so, daß, ganz abgesehen von der erbitterten Arbeiterklasse, unser Bürgertum infolge einer Kriegserklärung zu drei Viertel seinen Bankerott ansagen müßte, das heißt das System wäre fertig. Ich sehe, abgesehen von Rußland, dem der beste Wille nicht fehlt, keinen Staat, der jetzt eine europäische Verwicklung wünscht, Rußland kann sie aber wegen seiner inneren Schwäche nicht ausnutzen.

Ich halte also einen europäischen Krieg in Bälde nicht für wahrscheinlich, womit nicht gesagt sein soll, daß es an Ursachen mangelt. Zündstoff ist überall in Menge, und der Zufall kann eine Explosion herbeiführen. Aber der Zufall ist doch kein Faktor, mit dem man rechnet.

Die andere Alternative für einen großen Krach: die amerikanische Krise, auf die ich unsere Leute schon seit Jahr und Tag hingewiesen habe, scheint mir dagegen sehr nahe zu sein. Mein zigeunerndes Leben in den letzten Jahren hat mich verhindert, die Entwicklung mehr im einzelnen zu verfolgen, aber das Fazit, das die nordamerikanische Handelsbilanz in den letzten Monaten ergibt, scheint mir sehr für den baldigen Krach zu sprechen, und dann gute Nacht mit der europäischen Exportindustrie. Dann dürfte insbesondere auch für England die Stunde der Umwälzung schlagen.

Das ganze bißchen Aufschwung, wenn man es so nennen will, das wir in Deutschland in den letzten anderthalb Jahren bemerkt haben, schuldet seine Existenz ausschließlich dem steigenden Export. Bekommt der ein Loch, dann bekommen wir einen Krach, ärger als jener von 1874, denn wir haben uns von dem noch nicht erholt. Unsere Eisenindustrie kommt bereits wieder bedenklich ins Schwanken; tatsächlich sind die Notierungen, wir der Börsenzettel bringt, Schwindel, und wird zu viel niedrigeren Preisen verkauft. Der Kartellvertrag der Eisenproduzenten ist, wie vorauszusehen war, längst in die Brüche gegangen, und ist die Überproduktion wieder im besten Zuge. In der Textilindustrie sieht's nur wenig besser aus; auch hier ist der Export die Hauptsache, bekommt auch dieser einem Rückschlag, so sind die beiden Hauptindustrien lahmgelegt, und die Lähmung greift weiter. Kurz, die amerikanische Krise hat weit mehr Wahrscheinlichkeit als ein europäischer Krieg, die Sturmglocke für die europäische Revolution zu werden.

Es wäre mir lieb, gelegentlich Deine und Marx' Meinung über meine Ansichten zu hören. Ich hoffe, auf Weihnachten meine Haft unterbrechen zu können.

Schreibst Du mir, so nimm auf das Datum dieses Briefes keinen Bezug, es möchte andere in Verlegenheit bringen können.

Es freut mich sehr, daß Marx wieder wohl ist. Ich erwidere seine und Tussys Grüße herzlich. R. Meyer schreibt im Nachwort zu seiner Veröffentlichung der Briefe und Aufsätze von Rodbertus: ›Es sei möglich, daß Marx noch die Zeit erlebe, daß mit seinem System ein Versuch gemacht werde.‹ Obgleich er dies offenbar nur schrieb, um Bismarck zu ärgern, so kann er doch recht haben, das wäre prächtig.

Habt Ihr die Meyerschen Bücher gelesen? Ich habe sie im Gefängnis durchgenommen. Meyer lobt Euch beide sehr und fühlt sich über die gute Aufnahme, die Ihr ihm bereitet, offenbar sehr geschmeichelt; freilich müßt Ihr diesen Ruhm mit fünf Kardinälen teilen, die ihm dieselbe Ehre widerfahren ließen. Da Marx von seinen guten Freunden den Feinden schon oft als sozialistischer Papst hingestellt worden ist, so kann er sich die Gesellschaft gefallen lassen.

Rodbertus habe ich so recht erst aus diesen Briefen und Aufsätzen kennengelernt. Er steht jedenfalls weit über dem Durchschnitt unserer sogenannten Nationalökonomen. Der Mann hat Kritik und Ideen, aber als konservativer Sozialist kommt er in den stärksten Widerspruch mit sich selbst.

Marx' ›Kapital‹ wollte er ja auch ›widerlegen‹; sein Nachlaß scheint aber nicht veröffentlicht zu werden, in bezug auf letzten Punkt für ihn selbst am nützlichsten.

Dein A. Bebel.«

Die Züricher August-Konferenz

Während sich die erwähnten Erörterungen abspielten, war man in den leitenden Kreisen der Partei allgemein zu der Überzeugung gekommen, daß eine gründliche Aussprache in einer Zusammenkunft, wie ich sie schon in meinem Briefe vom 4. Januar an Auer befürwortet, eine zwingende Notwendigkeit sei. Die Konferenz wurde in Nummer 35 des »Sozialdemokrat« öffentlich angekündigt, um den Parteigenossen die beruhigende Gewißheit zu geben, daß die strittigen Fragen einer gründlichen Erörterung unterzogen werden würden. Teilnehmer der Konferenz waren die Fraktion, die Redaktion und die Verwaltung des »Sozialdemokrat«, Auer und ich. Als Zeit der Verhandlung wurden drei

Tage angesetzt, vom 19. bis 21. August, als Tagesordnung: Taktik, Organisation, Regelung des Flugblattwesens, Stand und Haltung des Parteiorgans, Verhalten zur deutschen Presse. Darunter war die Stellungnahme zu den farblosen Blättern verstanden, die die Parteigenossen an einzelnen Orten herausgaben, Blätter, die sich allmählich in die Parteiangelegenheiten im Sinne des Bremsens mischten und an denen Reichstagsabgeordnete Mitarbeiter waren. Weiter stand auf der Tagesordnung: Errichtung eines Parteiarchivs, Kassenangelegenheiten, Einberufung eines Kongresses für das Frühjahr 1883, Anträge und Beschwerden.

Das war eine sehr umfangreiche Tagesordnung, die keine Parteifrage unberührt ließ. Wäre noch ein Zweifel über die Notwendigkeit einer Konferenz gewesen, die Verhandlungen hätten ihn beseitigt. Da von einer Veröffentlichung derselben keine Rede sein konnte, herrschte bei derselben eine herzerfrischende Offenheit und Rücksichtslosigkeit. Man sagte sich gegenseitig gründlich die Wahrheit, und was der eine oder der andere seit Jahren auf dem Herzen hatte, wurde nunmehr abgeladen. Die angesetzten drei Tage wurden redlich durch die Verhandlungen in Anspruch genommen. Die Wirkung war die eines die Luft reinigenden Gewitters. Mißverständnisse und Irrtümer wurden aufgeklärt und verschiedene persönliche Differenzen durch offene Aussprache beseitigt.

Die Wirkung der Konferenz zeigte sich namentlich auch in der nächsten Reichstagssession, in der die Fraktionsredner entschiedener und geschlossener als vorher den Kampf führten.

Die wichtigsten Beschlüsse der Konferenz waren: daß im nächsten Frühjahr wieder ein Parteikongreß im Ausland abgehalten werden sollte, wofür von einer Anzahl Parteiorte Anträge vorlagen, und daß die Gründung des Parteiarchivs in Zürich vorgenommen werden sollte. Als Schlüter 1884 nach Zürich übersiedelte, übernahm er dessen Einrichtung und Leitung.

Das Jahr 1882 brachte auch eine verbesserte Position für unsere Züricher Unternehmungen. Das unter der Firma Schweizerische Vereins- und Volksbuchhandlung bestehende Geschäft, im dem der »Sozialdemokrat« und die Parteischriften gedruckt wurden, und das bisher in den Händen eines schweizerischen Genossen gewesen war, ging in unser Eigentum über. Und zwar wurde der Genosse C. Conzett, der von Chur nach Zürich übersiedelte, Leiter desselben unter der Firma C. Conzett, Schweizerische Genossenschaftsdruckerei und Volksbuchhandlung. Das Betriebskapital brachten wir durch unverzinsliche Darlehenscheine à 5

Franken auf, zu deren Zeichnung Auer, Dietz, Grillenberger, Liebknecht und ich im »Sozialdemokrat« aufforderten.

Ruhetage

Anfang November suchte ich mal wieder, diesmal in Leipzig, das Gefängnis auf, um die mir zuerkannten Gefängnisstrafen zu absolvieren. Liebknecht und Hasenclever hatten es bereits vor mir zu demselben Zweck bezogen, doch kamen wir nicht in Beziehungen zueinander. Ich hatte gehofft, da noch eine Revision in einer Strafsache wider mich vor dem Reichsgericht schwebte und ein Nachtragserkenntnis über die ergangenen Urteile erst nach Erledigung der Revision gefällt werden konnte, zu Weihnachten die Haft unterbrechen zu können. Das war wieder einmal eine Illusion. In dem Nachtragserkenntnis, daß schließlich gefällt wurde, wurden die mir zuerkannten fünf Monate auf vier Monate reduziert. Ich hatte also die Sicherheit, Anfang März aus der Haft entlassen zu werden.

Eine Annehmlichkeit des Leipziger Gefängnisses war, daß mich jede Woche einmal in Gegenwart eines Beamten meine Frau besuchen konnte. Als ich eines Tages mit dieser über meinen Dresdener Flugblattprozeß sprach, trat der Beamte an ein Schubfach, nahm ein Paket Flugblätter heraus und legte sie mir vor. Zu meiner Überraschung waren es Exemplare meines im Oktober 1881 in Dresden konfiszierten Flugblattes, die nach dem Urteil des Gerichts dem Feuertode hätten verfallen sollen. Auf meine verwunderte Frage, wie diese Blätter sich nach Leipzig verirrten, bekam ich die Antwort, die seien durchs ganze Land gewandert. Es schienen also auch die Beamten einen besonderen Geschmack an ihnen gefunden zu haben, denn Parteigenossen hatten es nicht verbreitet.

Es war nicht das einzige Mal, daß einem meiner Geisteserzeugnisse die Ehre einer so eigentümlichen Verbreitung zuteil wurde. In Dresden war eine Kiste mit zweihundert Exemplaren des Buches »Die Frau und der Sozialismus« konfisziert worden. Das Gericht sprach die Vernichtung der zweihundert Exemplare aus, sie sollten also den Tod im feurigen Ofen erleiden. Wie ich aber nachher aus sicherster Quelle erfuhr, erlitten diesen Feuertod nur wenige Exemplare, alle übrigen wanderten in die Hände der Gerichtsbeamten. Dem Verleger entging die Bezahlung für die konfiszierten zweihundert Exemplare, der Autor aber hatte die Genugtuung, die Schrift in Händen zu sehen, in die sie ohne die Konfiskation kaum gelangt wäre. So hat jede Sache in dieser Welt ihre schlechte und ihre gute Seite.

Während ich in der Haft war, wurde die Begründung der sächsischen Regierung für die erneute Verlängerung des kleinen Belagerungszustandes über Leipzig und Umgegend bekannt. Als Hauptgrund war angeführt, daß wir beide, Liebknecht und ich, uns hart an der Grenze des Belagerungszustandsgebiets, in Borsdorf, niedergelassen hätten. Und um die Gefahr dieser Situation für das betreffende Gebiet auch äußerlich zu markieren, hatte man einen Gendarmenposten nach Borsdorf verlegt. Eine Anzahl Berliner Ausgewiesene, die von Berlin kommend eines Tages uns von Leipzig aus in Borsdorf besuchten, wurden nach ihrer Rückkehr in Leipzig einer körperlichen Untersuchung unterzogen. Das war zwar alles sehr lächerlich, aber das nennt man bei uns »regieren«.

Unter dem 22. Dezember schickte mir Engels eine Antwort auf meinen Brief vom 10. November, in der er unter anderem schrieb:

»Lieber Bebel!
Ich hoffe, Du kommst übermorgen auf vierundzwanzig Stunden los und so ohne Schwierigkeit in Besitz dieser Zeilen.

Die Stelle meines letzten Briefes, die Dir energisch vorkam, besagt weiter nichts, als daß ich eine Aufhebung des Ausnahmegesetzes erwarte von Ereignissen, die entweder selbst revolutionärer Natur sind (ein neuer Schlag oder Einberufung einer Nationalversammlung in Rußland zum Beispiel, wo sich die Rückwirkung auf Deutschland sofort zeigen würde) oder doch die Bewegung in Gang bringen und die Revolution vorbereiten (Thronwechsel in Berlin, Tod oder Abgang Bismarcks, beides mit fast unvermeidlicher ›neuer Ära‹).

Die Krisis in Amerika scheint mir wie die hiesige und wie der noch nicht überall gehobene Druck auf der deutschen Industrie keine richtige Krisis, sondern Nachwirkung der Überproduktion von der vorigen Krisis her. Der Krach in Deutschland wurde das vorige Mal durch den Milliardenschwindel verfrüht, hier und in Amerika kam er zu normaler Zeit 1877. Nie aber sind während einer Prosperitätsperiode die Produktionskräfte so gesteigert worden wie von 1871 bis 1877, daher ähnlich wie 1837 bis 1842 am chronischer Druck hier und in Deutschland auf den Hauptindustriezweigen, besonders Baumwolle und Eisen. Die Märkte können alle die Produkte noch immer nicht verdauen; da die amerikanische Industrie der Hauptsache nach noch immer für den geschützten inneren Markt arbeitet, kann dort eine lokale Zwischenkrise bei der raschen Vermehrung der Produktion sehr leicht entstehen. Sie dient aber schließlich nur dazu, die Zeit abzukürzen, in der Amerika exportfähig wird und als gefährlicher Konkurrent Englands auf dem Weltmarkt erscheint. Ich glaube daher nicht – und Marx ist derselben Ansicht –, daß die wirkliche Krisis viel vor der richtigen Verfallzeit kommen wird.

Einen europäischen Krieg würde ich für ein Unglück halten, diesmal würde er furchtbar ernst werden, überall den Chauvinismus entflammen auf Jahre hinaus, da jedes Volk um die Existenz kämpfen würde. Die ganze Arbeit der Revolutionäre in Rußland, die am Vorabend des Sieges stehen, wäre nutzlos, vernichtet; unsere Partei in Deutschland würde momentan von der Flut des Chauvinismus überschwemmt und gesprengt, und ebenso ging's in Frankreich. Das einzig Gute, was herauskommen könnte, die Herstellung eines kleinen Polens, kommt bei der Revolution ebenfalls, und zwar von selbst heraus, eine russische Konstitution im Falle eines unglücklichen Krieges hätte eine ganz andere, eher konservative Bedeutung als eine revolutionär erzwungene. Ein solcher Krieg, glaube ich, würde die Revolution um zehn Jahre aufschieben, nachher würde sie freilich um so gründlicher. Übrigens war wieder Krieg in Sicht. Bismarck hat mit der österreichischen Allianz geradeso demonstriert wie 1867 bei der Luxemburger Affäre mit den süddeutschen Bündnissen. Ob es im Frühjahr zu etwas kommt, müssen wir abwarten.

Deine Mitteilungen über den Stand der deutschen Industrie waren uns sehr interessant, namentlich die ausdrückliche Bestätigung, daß der Kartellvertrag der Eisenproduzenten gesprengt ist. Das konnte nicht vorhalten, am allerwenigsten bei deutschen Industriellen, die ohne die kleinlichste Beschummelei nicht leben können. Die Meyerschen Sachen haben wir hier bis jetzt nicht gesehen, und so hast Du uns da auch was Neues erzählt. Daß Marx neben seinen Kardinälen figurieren würde, war zu erwarten es machte Meyer immer ein ganz besonderes Vergnügen, wenn er von Kardinal Manning direkt zu Marx gehen konnte, das verschwieg er dann nie.

In seinen ›Sozialen Briefen‹ war Rodbertus nahe daran, dem Mehrwert auf die Spur zu kommen, aber näher kam er nicht. Sonst wäre sein ganzes Dichten und Trachten, wie dem verschuldeten Landjunker zu helfen sei, am Ende gewesen, und das konnte der gute Mann nicht wollen. Aber wie Du sagst, er ist viel mehr wert als die Masse der deutschen Vulgärökonomen inklusive der Kathedersozialisten, die ja nur von unseren Abfällen leben. – – –

Ich habe gestern das letzte Manuskript zur Broschüre nach Zürich geschickt, nämlich einen Anhang über die Markverfassung und eine kurze Geschichte der deutschen Bauern überhaupt. Da der Maurer sehr schlecht erzählt und viel durcheinander wirft, kommt man bei erster Lesung den Sachen schwer auf die Spur. Sobald ich also Aushängebogen erhalte, schicke ich Dir die Geschichte, da sie den Maurer nicht einfach auszieht, sondern auch indirekt kritisiert und noch vieles Neue enthält. Es ist die Erstlingsfrucht meiner seit einigen Jahren betriebenen Studien über deutsche Geschichte, und es freut mich sehr, daß ich sie nicht zuerst den Schulmeistern und sonstigen ›Gebildeten‹, sondern den Arbeitern vorlegen kann.

Jetzt muß ich schließen, sonst kann ich den Brief für die Abendpost nicht mehr einschreiben lassen. Die Preußen scheinen noch nicht so weit zu sein, auch eingeschriebene Briefe zu bestiebern, bis jetzt kommt alles in normalem Zustand an, lange Übung hat mich gelehrt, das ziemlich sicher zu beurteilen.

Deine Frau bitte ich, einliegende Weihnachtskarte und meine beste Empfehlung akzeptieren zu wollen.

Dein F.E.«

Erzählungen aus dem Biedermeier

Biedermeier - das klingt in heutigen Ohren nach langweiligem Spießertum, nach geschmacklosen rosa Teetässchen in Wohnzimmern, die aussehen wie Puppenstuben und in denen es irgendwie nach »Omma« riecht.

Zu Recht. Aber nicht nur.

Biedermeier ist auch die Zeit einer zarten Literatur der Flucht ins Idyll, des Rückzuges ins private Glück und der Tugenden. Die Menschen im Europa nach Napoleon hatten die Nase voll von großen neuen Ideen, das aufstrebende Bürgertum forderte und entwickelte eine eigene Kunst und Kultur für sich, die unabhängig von feudaler Großmannssucht bestehen sollte.

Georg Büchner Lenz **Karl Gutzkow** Wally, die Zweiflerin **Annette von Droste-Hülshoff** Die Judenbuche **Friedrich Hebbel** Matteo **Jeremias Gotthelf** Elsi, die seltsame Magd **Georg Weerth** Fragment eines Romans **Franz Grillparzer** Der arme Spielmann **Eduard Mörike** Mozart auf der Reise nach Prag **Berthold Auerbach** Der Viereckig oder die amerikanische Kiste

ISBN 978-3-8430-1884-5, 444 Seiten, 29,80 €

Erzählungen aus dem Biedermeier II

Annette von Droste-Hülshoff Ledwina **Franz Grillparzer** Das Kloster bei Sendomir **Friedrich Hebbel** Schnock **Eduard Mörike** Der Schatz **Georg Weerth** Leben und Taten des berühmten Ritters Schnapphahnski **Jeremias Gotthelf** Das Erdbeerimareili **Berthold Auerbach** Lucifer

ISBN 978-3-8430-1885-2, 440 Seiten, 29,80 €

Erzählungen aus dem Biedermeier III

Eduard Mörike Lucie Gelmeroth **Annette von Droste-Hülshoff** Westfälische Schilderungen **Annette von Droste-Hülshoff** Bei uns zulande auf dem Lande **Berthold Auerbach** Brosi und Moni **Jeremias Gotthelf** Die schwarze Spinne **Friedrich Hebbel** Anna **Friedrich Hebbel** Die Kuh **Jeremias Gotthelf** Barthli der Korber **Berthold Auerbach** Barfüßele

ISBN 978-3-8430-1886-9, 452 Seiten, 29,80 €